Dello stesso autore nel catalogo Einaudi

Adelchi
Il Conte di Carmagnola
Poesie prima della conversione

Alessandro Manzoni

I promessi sposi

Storia della colonna infame

Introduzione di Salvatore Silvano Nigro

Einaudi

www.einaudi.it

ISBN 978-88-06-21070-0

Dentro il panorama del romanzo

Prima che a leggere, i «venticinque» cui è concesso il privilegio di accedere ai *Promessi sposi* sono invitati a guardare e a darsi spaziosa vista. Il narratore si fa guida, per loro, in una passeggiata panoramica. E i «venticinque» devono andargli dietro, lasciarsi avvolgere e catturare dai «vari spettacoli»: dal cielo che si rompe sulle vette, dal gioco di sporgenze e rientranze, dal chiudersi e aprirsi improvviso di radure e balze, dal susseguirsi di specchi d'acqua, boschi, orti, distese calve e pietrose, ville e casali. Sull'azzurro ovattato dello sfondo non mancheranno di riconoscere i cocuzzoli affilati del Resegone e, in basso, tra un promontorio e un'«ampia costiera», il familiare corso dell'Adda. Mentre arranca lungo le falde di un monte, la compagnia piccola segue il dito puntato della guida che scorre sulla pagina aperta del paesaggio, da «quel ramo del lago di Como» a «queste stradicciole», per additare infine, ulteriormente ravvicinando, una specifica «viottola» percorsa sul far della sera, quel giorno che è il «7 novembre dell'anno 1628», da un curato di campagna: scendendo giú per stradelli, fino a saldare il margine tra la carta geografica e la carta topografica. «Non è chi», fra i «venticinque lettori» chiamati a farsi spettatori del paesaggio nel quale sono entrati, non si accorga subito, «al primo vederlo», di essere stati guidati oltre un confine, condotti da una «rappresentazione» fissa a una «animata, e in atto», per continuare la passeggiata dentro le costruite scene di un romanzo storico. Sarà uno dei lettori a farlo notare al narratore, nel saggio *Del romanzo storico e, in genere, de' componimenti misti di storia e d'invenzione* del 1850: «L'intento del vostro lavoro era di mettermi davanti agli occhi [...] una rappresentazione piú generale dello stato dell'umanità in un tempo, in un luogo, naturalmente piú circoscritto di quello in cui si distendono ordinariamente i lavori di storia, nel senso piú usuale del vocabolo. Corre tra questi e il vostro la stessa differenza, in certo modo, che tra una carta geografica, dove sono segnate le catene de' monti, i fiumi, le città, i borghi, le strade maestre d'una vasta regione, e una carta topografica, nella quale, e tutto questo è piú particolarizzato [...], e ci sono di piú segnate anche le alture minori, e le disuguaglianze ancor meno sensibili del terreno, e i borri, le gore, i villaggi, le case isolate, le viottole».

Il lettore ideale che Manzoni guida nella «topografia» del suo romanzo, ora procedendo e attardandosi, riposandosi quando capita, e talvolta tornando sui propri passi, è in veste di spettatore. Chi racconta si appella a un lettore che sappia fissare il proprio sguardo e, paziente, quando è necessario, torni a fissarlo sugli eventi «già conosciuti». Non c'è indice analitico dei *Promessi sposi* che registri il lettore come personaggio. Eppure di lui si ha presenza fisica nel romanzo: profilo fisiognomico, e azione. Il personaggio compare in immagine alla fine del capitolo XXVI, nell'edizione definitiva del romanzo completata nel 1842 e illustrata da Francesco Gonin e da una squadra internazionale di xilografi coordinata da Luigi Sacchi.

In una lettera del 9 marzo 1885 il disegnatore Gonin corresse una inesattezza di Stefano Stampa, figliastro di Manzoni: «[...] dici che Manzoni non ha mai *corretto* i disegnatori [...] *ma qualche rara volta proponeva il soggetto*, invece furono tutti scelti e fissati da lui, dovendosi intercalare nel testo, ebbe la pazienza di calcolare *quante righe* occuperebbe quel tal disegno onde capitasse nella pagina ove c'era il fatto, e scelto il bosso della voluta grandezza lo avvolgeva in carta bianca sulla quale scriveva il testo del soggetto, pagina tale, cosiché il disegnatore trovavasi fissata grandezza e soggetto».

Si ripete che Manzoni volesse tirare al soldo scoraggiando, con la complessità dell'operazione illustrativa, le contraffazioni delle edizioni pirata. Ed è cosa vera. Tanto piú se si mette in conto che a Manzoni si deve la lettera a Gerolamo Boccardo *Intorno a una questione di cosí detta proprietà letteraria* (1860); e soprattutto la vertenza con l'editore pirata Felice Le Monnier, che si concluse con il riconoscimento dei diritti d'autore e il risarcimento di ben 34 000 lire. Ma questo non toglie nulla alla serietà dell'impegno manzoniano e alla rilevanza della scrittura verbo-visiva, al nuovo raccontar anche per immagini.

Manzoni seppe farsi produttore, regista e sceneggiatore di una *Visual History*, attento ai dispositivi tipografici, alle spaziature, agli stacchi. Scrisse le *Istruzioni* per gli illustratori. E sorvegliò che la realizzazione fosse fedele alle sue intenzioni: alle parentele figurative imposte, all'azione scenica predisposta, al ritmo della lettura cosí come l'aveva programmato calcolando la durata della lettura visiva; alle fisionomie, ai gesti, agli arredi. Le illustrazioni fanno parte della scrittura manzoniana. Sono scritture esse stesse. Danno nuove indicazioni narrative, evidenze documentarie attraverso la riproduzione diretta dei documenti storici, dei ritratti d'epoca, delle monete, delle firme e dei paraffi in quanto rivelatori forti di caratteri; degli spazi urbani e delle architetture di Milano entro cui far seguire l'accadere e lo svolgersi degli eventi. Forniscono sussidi di lettura, integrazioni di commento. Animano il racconto. Suggeriscono relazioni fra sezioni lontane, e confronti ravvicinati nelle pagine affacciate o nel rapporto tra *recto* e *verso* delle singole pagine. Sono un aiuto mnemonico alla lettura: un indice da ripassare.

Il ritratto del lettore come osservatore è messo in correlazione con una vignetta del capitolo XIV. Durante la rivolta del pane a Milano, si era formato un crocchio di curiosi. Ne era nata una «babilonia di discorsi». C'era chi sosteneva che il gran cancelliere Ferrer, personaggio di natura bifida che prometteva in italiano e si contraddiceva in spagnolo, era accorso in carrozza per arrestare il vicario di provvisione considerato un affamatore del popolo. E c'era chi era scettico o si sentiva «canzonato» da Ferrer, scapitollatosi solo per salvare il compare: «il lupo non mangia la carne del lupo». Uno spettatore che non si fidava delle apparenze aveva fatto un gesto d'intesa: aveva portato un dito all'occhio destro e ne aveva tirato giú l'angolo. Per il ritratto del lettore, Manzoni era stato esplicito con il disegnatore. Aveva voluto una «parte di figura coll'indice d'una mano sotto un occhio; quell'atto cioè con cui si burla familiarmente uno che, credendo d'averla indovinata, s'inganna». Anonimamente vestito, e senza particolari contrassegni, il lettore deve posare uno sguardo traverso, smaliziato e critico, sulle scene del romanzo, senza lasciarsi mai ingannare, nella calca degli eventi, dalle astuzie politiche di un Seicento lombardo sudicio e sfarzoso insieme, fatto di «gale» e «cenci» contrapposti, di «superfluità» e «miseria»: imbrogliato, tra violenze

pubbliche e private, tra persecuzioni non poco ignobili e amicizie usate come esche, da una legislazione volutamente dispendiosa e prolissa a tutto beneficio degli Azzecca-garbugli di turno, da vacui puntigli e da suscettibilità d'etichetta che si alimentano di titoli sopragrandi e di precedenze pedonali in un generale regime di rivendicazione dell'onore e di riparazione dell'oltraggio spinti fino all'omicidio in duello; dalle gelose reti parentali e dalle supremazie per diritti di primogeniture; dal latinorum e dal «gergo segretariesco», dai sillogismi dei dotti, da un epistoleggiare per procura, da parte di analfabeti e semianalfabeti confusi, o da alfabetizzati che attendono a farsi prestare bella forma e poco «succo» in un sovrappiú di «fiori» retorici intossicati di barocchismo alla Claudio Achillini («Sudate, o fochi, a preparar metalli»); dal «parlare ambiguo» e dal «tacere significativo», dal «sopire» e «troncare» di ambigui e insondabili politiconi del falso scopo, che accennano a destra per battere a sinistra; da un far guerra, cercando poi di trovare una «ragione (perché le guerre fatte senza una ragione sarebbero ingiuste)», e da un far montare una «massa enorme e confusa di pubblica follia» con madornalità di demòni, streghe, untori, monatti che inneggiano alla «moría», e con la livida funerarietà (nel secolo delle plebi urbane, della

passione scenografica, e dei teleri della morte) di una processione sacra che anziché esorcizzare la peste accresce il contagio. La stoltezza è pure nell'ordine della natura che inselvatichisce negli orti e dà fuori una «marmaglia di piante».

Sagomato e fisionomizzato sugli orli di pagina, fuori della trama, il lettore deve stare sulle sue e addosso alle cose. Neppure dai libri e dalle biblioteche deve lasciarsi gabbare. Non c'è soltanto l'onesta e popolare bibliotechina di un brav'uomo di sarto che passa nel suo villaggio come «uomo di talento e di scienza», perché si diletta a leggere e a rileggere «il Leggendario de' Santi, il Guerrin meschino e i Reali di Francia». O la grande biblioteca ambrosiana («trentamila volumi stampati, e quattordicimila manoscritti»), fondata dal cardinale Federigo Borromeo, uomo d'«ingegno», di «dottrina» e di «pietà», votatosi a una vita frugale e semplice apostolicamente spesa in servizio degli altri: per «visitare» e «servire», «consolare» e «soccorrere». Il cardinale ha voluto che la biblioteca fosse aperta al pubblico e avesse i libri a vista, aggiornata allo «stato delle scienze» e contrapposta alla generale e inerte «ignorantaggine». C'è anche la biblioteca di don Ferrante, che si commisura con quella di Don Chisciotte: contiene «poco meno di trecento volumi» polverosi, che compendiano lo scibile piú conforme e antiquato dell'epoca, fatto di «universali» aristotelici, di scienza cavalleresca, magia, stregoneria e Ragion di Stato. Don Ferrante è una tignola fossile. Fa coppia d'alto affare con la moglie, donna Prassede, esperta in cose che non esistono se non per consentire a lei, ispirata dal cielo, di esercitare tormentosamente il mestiere guasto e falsamente caritativo di raddrizzatrice di cervelli. Lui, il dotto di famiglia, pratica uno scienziato idioteggiare che non demorde davanti alla morte: giunto al punto, se la prende con le stelle, ostinandosi a negare, deduttivamente, l'esistenza della peste che lo uccide. Dalla biblioteca di don Ferrante dilaga nella società la caccia alle streghe come «sogno» delirante e funesto, prodotto dalle *Disquisizioni Magiche* del teologo gesuita Martín Antonio Del Río: sei libri infernali (nel giudizio concorde di Voltaire e di Manzoni), che «furono, per piú d'un secolo, norma e impulso potente di legali, orribili, non interrotte carnificine».

Mentre il lettore aguzza lo sguardo, l'atto di prepotenza di un signorotto feudale bassamente libertino, che pratica «il mestiere di molestar le femmine», irrompe nell'idillio di due promessi sposi, due filatori di seta, Renzo e Lucia, e li butta nella Storia: «gente di nessuno», costretta a disperdersi dentro le catastrofi densamente bibliche di fame, guerra e peste, prima di poter partecipare, oltre confine, al di là di Milano, nella piú moderna e liberale terra di san Marco, ai progressi della società in veste di sposi felici e di imprenditori soccorsi da una provvidenza di leggi che erano una «cuccagna» nuova; diversa dalla «cuccagna» milanese, che aveva preteso di eliminare la fame e riportare l'abbondanza, da una parte con il demagogico ribasso del prezzo del pane, dall'altra con l'assalto ai forni.

Tutto è cominciato in quel giorno di novembre di primo Seicento, su quella fatidica «viottola» lungo la quale la geografia si fa topografia, e la storia diventa romanzo. Un curato di campagna, don Abbondio, ha trovato lí ad aspettarlo, davanti a un'edicola scalcinata, due bravi. Gli hanno detto che il matrimonio di Renzo Tramaglino e di Lucia Mondella «non s'ha da fare». L'ordine è di don Rodrigo. Quel nome «terribile» (tanto quanto quello del Dio della Bibbia) ha fatto irruzione nel cervello del curato come in un quadro barocco una tortura di luce che sconquassa: «Questo nome fu, nella mente di don Abbondio, come, nel forte d'un temporale notturno, un lampo che illumina momentaneamente e in confuso gli oggetti, e accresce il terrore. Fece, come per istinto, un grand'inchino, e disse: "se mi sapessero suggerire..."» Il curato si è ristretto nelle spalle. Si è fatto piccolo come un pulcino. Ha ubbidito. E ha fatto quello che non avrebbe dovuto fare. Incorreggibilmente pavido, non vuol sapere di «torto» o di «ragione». Si è accomodato nel sacerdozio e in una piccola parrocchia, in quell'età di violenza, e non riconosce che la «forza». Solo per essa ha riguardi e rispetti. Non senza ulteriori pruriti d'empietà, se arriverà a convincersi che la Provvidenza «arriva alla fine certa gente» e non è che una scopa comandata a far pulizia dei birboni che sono stati addosso a lui; e a dispensare a quell'acchiappasottane di don Rodrigo, finalmente ramazzato dalla peste, un *De profundis* senza pietà, la miserabile e trionfalistica parodia dell'*Ei fu* (*Il n'est plus*) proprio delle orazioni funebri, sin da quelle secentesche del vescovo Bossuet: «Ah! è morto dunque! è proprio andato! [...] lui non c'è piú, e noi ci siamo». Bisognerà aspettare *La morte di Ivan Il'ič* (1886) di Tolstoj per ritrovare tanto cinismo di fronte a un defunto.

In soccorso dei mancati sposi si prodiga fra Cristoforo: un cappuccino che ha praticato lo «scandalo» del mondo con le sue convulsioni e i suoi conflitti d'onore, e ha ucciso un uomo in duello, prima di riparare con il saio, convertendo l'orgoglio cavalleresco e la volontà di accomodare «differenze» in «riflessione d'umiltà» e spirito d'assistenza. Permangono nel frate, nella sua intimità ombrosa, guizzi e resticcioli di collera tutte le volte che deve ergersi contro la prepotenza. Il frate protegge gli «oppressi»; e bonifica verbo e azione, che risuonavano pelosi nel vocabolario del libertinismo. È pronto a sollevare il braccio, ma contro l'odio personale e sociale predica il perdono: quello stesso perdono che il fratello del prepotente da lui ucciso gli ha concesso sacramentalmente, in simbolo e sostanza, attraverso l'offerta del pane smezzato su un «piatto d'argento».

Fra Cristoforo si addossa la missione del Mosè biblico, con il quale divide il peso di un'uccisione. Guida la traversata del «deserto» di Renzo e Lucia verso la terra di salvezza. E li consegna a dure prove, all'incontro con picchi di dolore e subbugli di coscienza. Spinge Renzo nei luoghi topici del romanzo picaresco (la strada, la folla, l'osteria) e del romanzo di formazione (il richiamo della rivolta, una duplice discesa tartarea, fra le carni rotte e disfatte degli appestati e le ombre dei sopravvissuti, la disperata tenerezza delle madri e la bianchezza gelida di corpicini aspramente stroncati, la pietà dei soccorsi e la volgarità sudicia e infernale delle squadracce di monatti). Indirizza Lucia verso quanto di bene e di male, di mistero e di affari tenebrosi è possibile sperimentare nei capitoli di un romanzo gotico che coniughi le ombre fosche di un castello solitario, i recessi insanguinati di un convento, i passi penitenziali e la radiosità di una conversione. Lucia varca il claustro di una monaca sbagliata, che è stata danneggiata da un'infanzia trascorsa in compagnia di bambole vestite da monache, come dentro un quadro di Chardin (*Portrait d'une petite fille de M. Mahon, marchand, s'amusant avec sa poupée*, 1738), e da un'adolescenza vessata dalla famiglia che l'ha voluta suora a tutti i costi: «madre» bisbetica senza prole, anima profanata dal peccato, bellezza sporca di vita e attraversata da spasimi d'isteria. Viene poi reclusa nel castello accasermato di un indomito e «selvaggio signore» senza nome, e comunque innominabile, che (come il Napoleone del *Cinque maggio*, anch'egli senza nome) è una «superba altezza» in lotta con Dio o impegnata a ignorarlo e disconoscerlo: dalla cima del «suo nido insanguinato», quell'appaltatore di delitti, «non vedeva mai nessuno al di sopra di sé, né piú in alto». Travolto dal peso «incomodo» e smisurato delle memorie, e dall'«uggia delle sue scelleratezze», raccoglie gli avvisi della voce di Colui che è, tuttavia, e che gli grida da dentro la coscienza risentita e accasciata. Incalzato da Dio, si piega «al disonor del Golgota». Si converte. Riceve la benedizione del cardinale Borromeo. E si ritrova rivoltato nella vita nuova di energico benefattore. Non solo di Lucia.

Alla fine di tutto, dopo che il lettore ha assistito alla confluenza di piú di un sottogenere narrativo dentro il paesaggio unico del romanzo storico, Renzo promuove quella che lui chiama una indispensabile «birberia»: la scuola per i figli, la lettura e la scrittura. Si rende conto, una volta conquistata la sua posizione, della gravità dell'esclusione linguistica nei processi di crescita di una società civile. Per quanto ingrullito dal vino, nell'osteria della luna piena, a Milano, aveva denunciato l'arbitrio di quanti con la loro penna sono pronti a infilzare «per aria» le parole di un galantuomo che non sa scrivere, e a inchiodarle «sulla carta, per servirsene, a tempo e luogo». L'innocente scilinguagnolo può consegnare pagine bianche firmate (si fa per dire) all'impostura di chi sa tenere in mano la penna. Renzo si era inoltre scontrato con la disperazione di non poter comunicare da lontano, se non per l'interposta penna di un improvvisato e rustico «segretario» che aveva portato l'incomprensione al limite della steganografia: «Il contadino che non sa scrivere, e che avrebbe bisogno di scrivere, si rivolge a uno che conosca quell'arte, scegliendolo, per quanto può, tra quelli della sua condizione, perché degli altri si perita, o si fida poco [...] Il letterato, parte intende, parte frantende, dà qualche consiglio, propone qualche cambiamento, dice: lasciate fare a me; piglia la penna, mette come può in forma letteraria i pensieri dell'altro, li corregge, li migliora, carica la mano, oppure smorza, lascia anche fuori, secondo gli pare che torni meglio alla cosa [...] Con tutto ciò, al letterato suddetto non gli riesce sempre di dire tutto quel che vorrebbe; qualche volta gli accade di dire tutt'altro [...] allora, per poco che la corrispondenza duri, le parti finiscono a intendersi tra di loro come altre volte due scolastici che da quattr'ore disputassero sull'entelechia».

Renzo non sempre era stato accorto. Aveva il vizio di parlare alla carlona, e «il bello era a sentirlo raccontare le sue avventure». Andava raccontando il romanzo che aveva vissuto, assai diverso da quello che gli avevano cucito addosso e che lui aveva sentito raccontare da un mercante nell'osteria di Gorgonzola: con lui in veste di testa matta, di capopopolo sanguinario in combutta con una «cabala» internazionale; di un emissario di oscuri servizi segreti, invischiato nella trama di un complotto. Renzo non aveva modo di scrivere il suo romanzo. Poteva solo affidarlo alla sua ciarla, esponendo ogni parola all'infilzamento di una penna. E accadde. Un ascoltatore rimasto anonimo «inchiodò» su carta il romanzo orale. Ma era un « furbo matricolato», l'anonimo trascrittore: falso e inattendibile, non meno del suo amico notaio criminale che, dopo la denuncia di un bargello travestito, avrebbe voluto tradurre Renzo in carcere tentando di far credere di essergli favorevole. Il romanzo dell'anonimo del Seicento venne scoperto e rifatto nell'Ottocento da Alessandro Manzoni. Sicché *I promessi sposi* è di fatto, nella finzione, un romanzo che nel proprio paesaggio stratifica tre tipologie di racconto (del «primo uomo della storia», dell'anonimo, del trascrittore). Com'era avvenuto nel Seicento, nel «Quadro delle tre mani» (*Martirio delle sante Rufina e Seconda*) dipinto dal Cerano, da Giulio Cesare Procaccini e dal Morazzone: «degno portento, degno figlio di piú d'un padre per esser piú d'ogn'altro germoglio, e qualificato et avvalorato», aveva scritto nel 1636, con «una penna che fa l'officio di pennello» e trasforma le «carte» in «tele» dipinte a inchiostri colorati, lo scrittore Giovanni Pasta in una *Lettera*-ecfrasi stampata a Milano dal Collegio Ambrosiano istituito dal cardinale Borromeo. E il Pasta è l'unico romanziere barocco che Manzoni citi espressamente. Viene ricordato nel romanzo, solamente nella prima minuta (1821-23) intitolata *Fermo e Lucia*. Lo scrittore era il preferito del «bell'ingegno di Monza» che aveva scritto il testo della risposta data dalla badessa a Geltrude (poi Gertrude, la monaca insanguinata) quando aveva chiesto di entrare in convento. Il dotto scrivanello di Monza aveva letto «i celebri romanzi di Pasta». E certamente non aveva saltato *Il Dernando overo Il Principe sofferente* del 1638, saturo di «adescamenti amorosi» e di «tenerezze troppo affettuose», di azioni «carnali» e di «integrità» aggiustate «co 'l Cielo»: in compagnia di un «principe licentioso» che (come don Rodrigo) adocchiava ogni «vil feminella, la cui bassezza e povertà erano nobilitate dalle prerogative del volto», e (come Egidio con la monaca e consorelle) penetrava «di notte tempo in un chiostro a far crudo scempio» dell'«honestà» di giovinette consacrate. Manzoni non mancava di malizia. Aveva sigillato con lo stile del Pasta, e con un tacito presentimento di dissacrazione, la risposta della badessa che aveva aperto a una fanciulla, vessata dalla famiglia, la porta che l'avrebbe condannata a essere monaca per sempre.

Il *Fermo e Lucia* non usciva dal solco tracciato dall'*Ivanhoe* di Walter Scott, che Manzoni aveva scoperto a Parigi e letto attraverso le suggestioni degli storici liberali francesi, di Thierry in particolare, che vi avevano apprezzato l'incontro di storia e invenzione nella resa di un quadro d'epoca che non trascurava «gouvernement», «mesures d'état», «masses d'hommes». Riprendeva dallo scrittore scozzese la finzione del manoscritto ritrovato. Alquanto passivamente però, prima di guardar piú addentro all'arcimodello del rifacimento di un manoscritto nel *Don Chisciotte* e rendere a piú voci la struttura del romanzo nei *Promessi sposi*.

A partire dall'esperimento del *Fermo e Lucia*, Manzoni, che con la sua lunga vita (1785-1873) si trovò a percorrere per intero la parabola del Risorgimento italiano, avviò con la scrittura di un romanzo «per tutti» (che raccontava di una formazione morale e politica) la ricerca di una lingua d'uso, viva, nella quale coniugare laicamente cristianesimo e modernità; e con la quale contribuire alla coscienza di una patria unitaria: «una d'arme, di lingua, d'altare», aveva puntualizzato negli anapestici di *Marzo 1821*. L'inizio lo deluse. Gli era venuta una lingua artificiale ed eclettica: «un composto indigesto di frasi un po' lombarde, un po' toscane, un po' francesi, un po' anche latine; di frasi che non appartengono a nessuna di queste categorie, ma sono cavate per analogia e per estensione o dall'una o dall'altra di esse». Chiuse il manoscritto. Ripartí. Diede alle stampe *I promessi sposi* del 1825-27. Si era speso in un idioma storicamente determinato, stavolta, ma pur sempre libresco; in un toscano conquistato per via di vocabolario e di riletture di opere della tradizione letteraria comica e realistica. L'edizione definitiva del romanzo, pubblicata tra il 1840 e il 1842, la cosiddetta Quarantana, agganciò finalmente una lingua che esisteva nel parlato, nella conversazione civile di Firenze.

Alla novità linguistica, alla sua realtà d'uso, alla limpida trasparenza della prosa, la Quarantana (che i decreti ministeriali, tra il 1884 e il 1888, inseriranno nel canone scolastico dei classici prescelti per l'istruzione e per l'educazione nazionale, ed eleggeranno a paradigma di lingua e di stile) aggiunse l'interrelazione tra parole e immagini: l'azione scenica del romanzo grafico e cinetico integrato al testo scritto. La Quarantana portò a compimento il progetto narrativo di Manzoni, a lungo tentato, grazie anche al recupero e all'accorpamento nella struttura (in unità di costruzione e di strategia del racconto) della *Storia della colonna infame*: parte ineludibile e conclusiva del romanzo, con la parola «Fine» in calce, e in bella mostra.

La «breve storia del processo» agli untori, insieme alla «piú breve storia dell'opinione che regnò intorno ad esso», impone ai lettori una retromarcia sui tracciati di scrittura, in modo da tornare agli «orrori» dei precedenti capitoli sulla peste e alle scelleratezze di altri capitoli, fermarsi a riconsiderare la cerniera che nel paesaggio del romanzo stringe storia e invenzione, e portarsi dietro i fondali scenografici per verificare la tenuta della finzione ora investita dall'istanza di controllo suggerita dalla verità dei documenti portati in luce nella *Colonna infame*. Renzo è senz'altro un personaggio di fantasia. Ma quando a Milano, sulla strada, due donne lo additano come untore, e una di esse è un mostro di furore con tanto di bocca spalancata e di artigli, si sta replicando in una scena d'invenzione la scena madre, storicamente documentata, dalla quale prende avvio la macchina processuale della *Colonna*: due donnicciole, una delle quali è un'«infernal dea», una Furia, riconoscono un untore che va per la sua strada. Contro i giudici che parlano *in iure* e si prendono l'arbitrio di avvalersi della tortura, Manzoni mette in campo una sentenza del

Tractatus de tormentis di Francesco Casoni: «è error comune de' giudici il credere che la tortura sia arbitraria; come se la natura avesse creati i corpi de' rei perché si potessero straziarli a loro capriccio». Queste documentabili parole di un giurista sono suppergiú le stesse che nel romanzo d'invenzione fra Cristoforo butta in faccia a don Rodrigo: «Voi avete creduto che Dio abbia fatta una creatura a sua immagine, per darvi il piacere di tormentarla!» Torchiato dai giudici, un innocente, che si rifiuta di accusarsi e di accusare contro coscienza, «con [...] la ragione sfida [...] la forza, come per farle sentire che, a qualunque segno arrivi, non arriverà mai a diventar ragione». L'invenzione fa parodiare tanta eroica disperazione al pavido e blasfemo don Abbondio, che vuole convincere Renzo della giustezza dell'obbedienza a don Rodrigo e del suo venir meno all'obbligo di celebrare il matrimonio: «Non si tratta di torto o di ragione; si tratta di forza». Ai lettori non rimane che rabbrividire. E convincersi. Documenti alla mano, i giudici che avevano gestito il processo contro gli untori, promettendo impunità ai presunti colpevoli e applicando la tortura, cercando confessioni piuttosto che verità, avevano scritto con il sangue delle vittime, con le loro parole arrantolate, con le svenate agonie, un inverosimile *romance*; rispetto al quale il *novel* degli sposi promessi poteva esibire la verosimiglianza di invenzioni narrative compatibili con la storia.

I giudici avevano voluto trovare «i colpevoli d'un delitto che non c'era, ma che si voleva»; e «se non seppero quello che facevano, fu per non volerlo sapere, fu per quell'ignoranza che l'uomo assume e perde a suo piacere». Manzoni non ammette scorciatoie che giustifichino, con il condizionamento dei tempi e delle circostanze, colpe e responsabilità. Cancellata la colpa, e rimasto l'orrore, si sarebbe indotti ad accusare il silenzio di Dio: «cercando un colpevole contro cui sdegnarsi a ragione, il pensiero si trova con raccapriccio condotto a esitare tra due bestemmie, che son due deliri: negar la Provvidenza, o accusarla». Era, questo, il cosiddetto «dilemma di Epicuro» definito «formidulosus», terribile e spaventoso, da Lattanzio nel *De ira Dei*; e riattualizzato dal dibattito settecentesco, tra Voltaire e Rousseau, sull'origine del male e a proposito del grande terremoto di Lisbona del 1755.

Una colonna venne fatta erigere dai giudici a futura memoria dell'«attentato» e della «pena». «Ma un monumento, – aveva scritto Manzoni nella prima redazione della *Storia della colonna infame*, – non è una storia: anzi talvolta è, non solo molto meno, ma qualche cosa di contrario alla storia».

Il romanzo di Renzo e Lucia si era concluso con la costruzione di una casa e la creazione di una famiglia. La *Storia della colonna infame* si apre, nelle illustrazioni, con il monumento in frontespizio. E continuando a sfogliare, dietro il monumento, riappaiono i resti della casa distrutta di un innocente condannato al macello, alle mutilazioni, e alla dispersione delle ceneri. Ai figli amati e baciati di Renzo e Lucia seguono nella *Colonna* gli orfani sventurati degli «infami». Sarà inevitabile l'odio, nella società. I guai non finiscono mai, aveva pronosticato Lucia correggendo la sicurezza idillica di Renzo. Fra Cristoforo, prima di morire, aveva consegnato ai suoi protetti il pane del perdono. Aveva detto: «fatelo vedere ai vostri figliuoli. Verranno in un tristo mondo».

SALVATORE SILVANO NIGRO

Bibliografia.

Edizioni di riferimento: *I promessi sposi* (edizione interlineare), a cura di L. Caretti, 2 voll., Torino 1971; a cura di A. Stella e C. Repossi, Torino 1995; *I romanzi*, a cura di S. S. Nigro e E. Paccagnini, 3 voll., Milano 2002; *I promessi sposi - Storia della Colonna infame* (ed. illustrata, Milano 1840-42), a cura di L. Badini Confalonieri, 2 voll., Roma 2006; *I promessi sposi*, ed. critica diretta da D. Isella: *Prima minuta, 1821-1823, Fermo e Lucia*, a cura di B. Colli, P. Italia e G. Raboni, 2 voll., Milano 2006; *Storia della Colonna infame*, a cura di C. Riccardi (vol. XII dell'Edizione nazionale ed europea delle Opere di Alessandro Manzoni, a cura di G. Vigorelli), Milano 2002 (in appendice: *Alle origini della «Colonna Infame»*, a cura di G. Barbarisi; G. Rovani, *La mente di Manzoni*); *Històri̇a de la Colonna infame*, trad. di Isabel Cervelló, a cura di G. Albertocchi, Girona 2007; *Storia della Colonna infame*, a cura di L. Weber, Pisa 2009. Aggiornamenti filologici: B. Colli, *Preliminari alla «Seconda minuta dei Promessi sposi». Tipologie correttorie*, in «Strumenti critici», XXIV (2009), n. 2 (numero monografico su *Dante Isella e la filologia d'autore*, a cura di F. Gavazzeni e C. Martignoni), pp. 259-64; G. Raboni, *La scrittura purgata. Sulla cronologia della Seconda minuta dei «Promessi sposi»*, in «Filologia Italiana», 2008, n. 5, pp. 192-208. Sulle vicende editoriali: A. Ceccarelli e G. Ragone, *I tormenti dei «Promessi sposi»*, in G. Ragone, *Classici dietro le quinte. Storie di libri e di editori. Da Dante a Pasolini*, Roma-Bari 2009, pp. 177-96.

Repertori bibliografici e rassegne: *Bibliografia manzoniana 1949-73*, a cura di U. Usuelli Castellani e A. Brusomolino Isella, Milano 1974; M. L. Lombardi, *Saggio di bibliografia manzoniana (1973-78)*, in «Aevum», LIV (1980), n. 3, pp. 403-48; M. L. Lombardi e M. Goffredo De Robertis, *Bibliografia manzoniana (1979-1983)*, in «Aevum», LVIII (1984), n. 3, pp. 551-96; *Bibliografia manzoniana 1980-1985*, a cura di M. Goffredo De Robertis, Milano 1998; A. Pallotta, *Alessandro Manzoni. A critical bibliography 1950-2000*, Pisa-Roma 2007; D. Ellero, *Rassegna manzoniana (2005-2008)*, in «Lettere Italiane», 2009, n. 4, pp. 602-41; *Bibliografia critica delle edizioni in lingua italiana nazionali e straniere de «I promessi sposi»*, a cura di G. Giujusa, Lecco 1973. Sulle traduzioni del romanzo: *Cultures in contact. Translation of «I promessi sposi» in 19th Century england*, a cura di V. Intonti e R. Mallardi, Berna 2011.

Sull'edizione illustrata del romanzo: *L'officina dei «Promessi sposi»*, a cura di F. Mazzocca, Milano 1985: G. Cartago, *Il «vocabolario dei gesti» nei «Promessi sposi» e altri popolari romanzi dell'800*, in «Quaderni di Acme», 1988, n. 10 (*Ricerche di lingua e letteratura italiana*), pp. 137-48; S. Barelli, *Un romanzo per immagini. Testo verbale e testo iconico nei «Promessi sposi» illustrati del 1840*, in «Archivio storico ticinese», 1991, n. 28, pp. 193-228; G. Pozzi, *Sull'orlo del visibile parlare*, Milano 1993: paragrafo sulle vignette, pp. 123-43 (nel ritratto posto alla fine del cap. XXVI del romanzo viene ravvisato il «narratore onnisciente»: cosí decentrato in un piè di pagina, cosí vestito, cosí anonimo, cosí «imparentato» con un personaggio qualunque colto nel mucchio nella vignetta del cap. XIV, cosí diverso dal narratore che, all'inizio e alla fine dell'*Introduzione*, è disegnato, con vestaglia, pantofole e papalina, nell'atto di cominciare e portare a termine la lettura del manoscritto dell'anonimo del Seicento, per poi decidere di riscriverlo e rinarrarlo?); L. Toschi, *I prodromi della multimedialità: i «Promessi sposi» illustrati*, in «La Rassegna della Letteratura Italiana», XCIX (1995), nn. 1-2, pp. 131-40; H. Meter, *Die «Promessi sposi» und ihre Illustrationen. Francesco Gonins Zeichnungen für die Edition Guglielmini-Redaelli*, in «Italienische Studien», 1997, n. 18, pp. 165-87; G. Savelli, *Intorno a una descrizione «sbagliata» di Manzoni*, in «Strumenti critici», n.s., XIV (1999), n. 89, pp. 105-27; F. Mazzocca, *Manzoni illustrato e Manzoni illustratore*, in *Manzoni scrittore e lettore europeo*, Catalogo della Mostra di Milano, Biblioteca Nazionale Braidense, 8 febb. - 31 mar. 2001, Roma 2000, pp. 79-96; D. Picamus, *Il motivo dell'«uscio». Per una rilettura dell'edizione illustrata del 1840*, in «Annali Manzoniani», n.s., IV-V, 2001-2003, pp. 253-63; L. Badini Confalonieri, *Le noir et le blanc. Pour l'édition illustrée des «Fiancés»*, in Id., *Les régions de l'aigle et autres études sur Manzoni*, Berna 2005, pp. 177-94; *Il Manzoni illustrato*, Catalogo della Mostra di Milano, Fondazione Biblioteca di via Senato, 27 sett. 2006 - 28 genn. 2007, Milano 2006; E. Franciosi, *La fortuna del romanzo manzoniano nei libri Mondadori*, in *Libri e scrittori da collezione. Casi editoriali in un secolo di Mondadori*, a cura di R. Cicala e M. Villano (presentazione di G. C. Ferretti), Milano 2007, pp. 175-91; N. Borsellino, *Peripezie del romanzo illustrato*, in «L'illuminista», VII (2007), n. 19, pp. 127-32; E. Tonani, *Il romanzo in bianco e nero. Ricerche sull'uso degli spazi bianchi e dell'interpunzione nella narrativa italiana dall'Ottocento a oggi*, Firenze 2010; C. Marazzini, *Una correzione manzoniana illustrata: il gioco del rimbalzello*, in *Per i linguisti del nuovo millennio. Scritti in onore di Giovanni Ruffino*, Palermo 2011, pp. 209-11. Si rimanda anche a: *Quattordici lettere di Francesco Gonin a Stefano Stampa*, a cura di M. Volpi, in *Voci e volti di Casa Manzoni*, a cura di A. Stella e G. Gaspari, Milano 2007, pp. 115-41.

Profili: *Manzoni. Profilo e antologia critica*, a cura di Carlo Varotti (*La letteratura italiana* diretta da E. Raimondi), Milano 2006; P. Floriani, *Alessandro Manzoni*, in *Dizionario Biografico degli Italiani*, vol. LXIX, Roma 2007, pp. 306-22; F. De Cristofaro, *Manzoni, Profili di Storia Letteraria*, a cura di A. Battistini, Bologna 2009.

Monografie e letture: E. Raimondi, *Il romanzo senza idillio. Saggio sui «Promessi sposi»*, Torino 1974; V. Spinazzola, *Il libro per tutti. Saggi sui «Promessi sposi»*, Roma 1983; S. S. Nigro, *La tabacchiera di don Lisander. Saggio sui «Promessi sposi»*, Torino 1996; V. Di Benedetto, *Guida ai «Promessi sposi». I personaggi, la gente, le idealità*, Milano 1999; V. Puccetti, *«Come biscie all'incanto». Retoriche e simboli della visione nel «Fermo e Lucia»*, Roma 1999; *«Questo matrimonio non s'ha da fare...» Lettura de «I promessi sposi»*, coordinamento di P. Fandella, G. Langella e P. Frare, Milano 2005; A. R. Pupino, *Manzoni. Religione e romanzo*, Roma 2005; D. Brogi, *Il genere proscritto. Manzoni e la scelta del romanzo*, Pisa 2005; G. Langella, *Amor di patria. Manzoni e altra letteratura del Risorgimento*, Novara 2005; M. D'Addio, *Manzoni politico*, Lungro di Cosenza 2005; P. Frare, *La scrittura dell'inquietudine. Saggio su Alessandro Manzoni*, Firenze 2006; *Manzoni e il realismo europeo*, a cura di G. Oliva, Milano 2007; P. Fasano, *L'imbroglio romanzesco. Una teoria della comunicazione nei «Promessi sposi»*, Firenze 2007; A. Malinconico, *Diritto e letteratura. Manzoni e Pirandello*, intr. di N. Borsellino, Roma 2008; M. Palumbo, *Il romanzo italiano da Foscolo a Nievo*, Roma 2007; *L'antimanzonismo*, a cura di G. Oliva, Milano 2009; G. De Rienzo, *Per amore di Lucia*, Torino 2010; D. Ellero, *Manzoni. La politica e le parole*, Milano 2010; G. Polimeni, *La similitudine perfetta. La prosa di Manzoni nella scuola italiana dell'Ottocento*, Milano 2011; *Immaginare e costruire la nazione. Manzoni da Napoleone a Garibaldi*, a cura di L. Danzi e G. Panizza, Milano 2012.

Scelta di saggi: D. Del Corno Branca, *Strutture narrative e scansione in capitoli tra «Fermo e Lucia» e «Promessi sposi»*, in «Lettere italiane», XXXII (1980), n. 3, pp. 314-50; G. Dalla Palma, *L'apertura del cap.* VII *dei «Promessi sposi» e una lettera di San Paolo*, in «Strumenti critici», n.s., I (1986), n. 3, pp. 30-42; D. Martinelli, *Segnalibri manzoniani*, in «Studi di Filologia Italiana», LXIII (2005), pp. 307-31; M. Mancini, *La scrittura in tumulto. Aspetti metanarrativi in «Promessi sposi», XI-XVI*, in «La Rassegna della Letteratura Italiana», CIX (2005), n. 1, pp. 79-86; D. Conrieri, *Una fonte dell'innominato manzoniano?*, in *Scritture e riscritture secentesche*, Lucca 2005, pp. 275-81; C. Carena, *Manzoni e il giansenismo*, in «Rivista di filosofia neo-scolastica», XCVIII (2006), n. 1, pp. 139-150; M. Codebò, *Records, Fiction, and Power in Alessandro Manzoni's «I promessi sposi» and «Storia della Colonna infame»*, in «MLN» (*Italian Issue*), CXXI (2006), n. 1, pp. 187-206; O. Besomi, *Fonti carsiche nei «Promessi sposi»: il caso Tadino. Schede per un commento*, in «Filologia e Critica», XXXII (2007), n. 3, pp. 321-52; R. Luperini, *«I promessi sposi»: incontri essenziali*, in *L'incontro e il caso. Narrazioni moderne e destino dell'uomo occidentale*, Roma-Bari 2007, pp. 39-68; M. A. Terzoli, *Diderot, Leopardi, Manzoni e le monache*, in *Studi dedicati a Gennaro Barbarisi*, a cura di C. Berra e M. Mari, Milano 2007, pp. 585-600; M. Parretti, *«... l'idea s'ammette per isbieco in un aggettivo». Postille a «I promessi sposi»*, in «Paragone», s. III, LIX (2008), nn. 75-77, pp. 13-30; E. Paccagnini, *Carte e studi di interesse manzoniano all'Ambrosiana*, in «Studi ambrosiani di italianistica», 2010, n. 1, pp. 199-219; S. Zatti, *Duelli e conversioni nei «Promessi sposi»*, in *Per Romano Luperini*, a cura di P. Cataldi, Palermo 2012, pp. 113-22; I. Becherucci, *«Della prudenza», ovvero sul primo personaggio dei «Promessi sposi»*, in *L'entusiasmo delle opere. Studi in memoria di Domenico De Robertis*, a cura di N. Tonelli e S. Giusti, Lecce 2012, pp. 99-114; R. Bragantini, *Figure di Arpocrate: volti e risvolti del silenzio nei «Promessi sposi»*, in *Silenzio*, a cura di S. Zoppi Garampi, Roma 2012, pp. 229-44.

S. S. N.

I promessi sposi

Storia milanese del secolo XVII *scoperta e rifatta da Alessandro Manzoni*

Introduzione

«L'Historia si può veramente deffinire una guerra illustre contro il Tempo, perché togliendoli di mano gl'anni suoi prigionieri, anzi già fatti cadaueri, li richiama in vita, li passa in rassegna, e li schiera di nuovo in battaglia. Ma gl'illustri Campioni che in tal Arringo fanno messe di Palme e d'Allori, rapiscono solo che le sole spoglie piú sfarzose e brillanti, imbalsamando co' loro inchiostri le Imprese de Prencipi e Potentati, e qualificati Personaggj, e trapontando coll'ago finissimo dell'ingegno i fili d'oro e di seta, che formano un perpetuo ricamo di Attioni gloriose. Però alla mia debolezza non è lecito solleuarsi a tal'argomenti, e sublimità pericolose, con aggirarsi tra Labirinti de' Politici maneggj, et il rimbombo de' bellici Oricalchi: solo che hauendo hauuto notitia di fatti memorabili, se ben capitorno a gente meccaniche, e di piccol affare, mi accingo di lasciarne memoria a Posteri, con far di tutto schietta e genuinamente il Racconto, ouuero sia Relatione. Nella quale si vedrà in angusto Teatro luttuose Traggedie d'horrori, e Scene di malvaggità grandiosa, con intermezi d'Imprese virtuose e buontà angeliche, opposte alle operationi diaboliche. E veramente, considerando che questi nostri climi sijno sotto l'amparo del Re Cattolico nostro Signore, che è quel Sole che mai tramonta, e che sopra di essi, con riflesso Lume, qual Luna giamai calante, risplenda l'Heroe di nobil Prosapia che pro tempore *ne tiene le sue parti, e gl'Amplissimi Senatori quali Stelle fisse, e gl'altri Spettabili Magistrati qual'erranti Pianeti spandino la luce per ogni doue, venendo cosí a formare*

un nobilissimo Cielo, altra causale trouar non si può del vederlo tramutato in inferno d'atti tenebrosi, malvaggità e sevitie che dagl'huomini temerarij si vanno moltiplicando, se non se arte e fattura diabolica, attesoché l'humana malitia per sé sola bastar non dourebbe a resistere a tanti Heroi, che con occhij d'Argo e braccj di Briareo, si vanno trafficando per li pubblici emolumenti. Per locché descriuendo questo Racconto auuenuto ne' tempi di mia verde staggione, abbenché la piú parte delle persone che vi rappresentano le loro parti, sijno sparite dalla Scena del Mondo, con rendersi tributarij delle Parche, pure per degni rispetti, si tacerà li loro nomi, cioè la parentela, et il medesmo si farà de' luochi, solo indicando li Territorij generaliter. *Né alcuno dirà questa sij imperfettione del Racconto, e defformità di questo mio rozzo Parto, a meno questo tale Critico non sij persona affatto diggiuna della Filosofia: che quanto agl'huomini in essa versati, ben vederanno nulla mancare alla sostanza di detta Narratione. Imperciocché, essendo cosa evidente, e da verun negata non essere i nomi se non puri purissimi accidenti....»*

«Ma, quando io avrò durata l'eroica fatica di trascriver questa storia da questo dilavato e graffiato autografo, e l'avrò data, come si suol dire, alla luce, si troverà poi chi duri la fatica di leggerla?»

Questa riflessione dubitativa, nata nel travaglio del decifrare uno scarabocchio che veniva dopo *accidenti*, mi fece sospender la copia, e pensar piú seriamente a quello che convenisse di fare. «Ben è vero, dicevo tra me, scartabellando il manoscritto, ben è vero che quella grandine di concettini e di figure non continua cosí alla distesa per tutta l'opera. Il buon secentista ha voluto sul principio mettere in mostra la sua virtú; ma poi, nel corso della narrazione, e talvolta per lunghi tratti, lo stile cammina ben piú naturale e piú piano. Sí; ma com'è dozzinale! com'è sguaiato! com'è scorretto! Idiotismi lombardi a iosa, frasi della lingua adoperate a sproposito, grammatica arbitraria, periodi sgangherati. E poi, qualche eleganza spagnola seminata qua e là; e poi, ch'è peggio, ne' luoghi piú terribili o piú pietosi della storia, a ogni occasione d'eccitar maraviglia, o di far pensare, a tutti que' passi insomma che richiedono bensí un po' di rettorica, ma rettorica discreta, fine, di buon gusto, costui non manca mai di metterci di quella sua cosí fatta del proemio. E allora, accozzando, con un'abilità mirabile, le qualità piú opposte, trova la maniera di riuscir rozzo insieme e affettato, nella stessa pagina, nello stesso periodo, nello stesso vocabolo. Ecco qui: declamazioni ampollose, composte a forza di solecismi pedestri, e da per tutto quella goffaggine ambiziosa, ch'è il proprio carattere degli scritti di quel secolo, in questo paese. In vero, non è cosa da presentare a lettori d'oggigiorno: son troppo ammaliziati, troppo disgustati di questo genere di stravaganze. Meno male, che il buon pensiero m'è venuto sul principio di questo sciagurato lavoro: e me ne lavo le mani».

Nell'atto però di chiudere lo scartafaccio, per riporlo, mi sapeva male che una storia cosí bella dovesse rimanersi tuttavia sconosciuta; perché, in quanto storia, può essere che al lettore ne paia altrimenti, ma a me era parsa bella, come dico; molto bella. «Perché non si potrebbe, pensai, prender la serie de' fatti da questo manoscritto, e rifarne la dicitura?» Non essendosi presentato alcuna obiezion ragionevole, il partito fu subito abbracciato. Ed ecco l'origine del presente libro, esposta con un'ingenuità pari all'importanza del libro medesimo.

Taluni però di que' fatti, certi costumi descritti dal nostro autore, c'eran sembrati cosí nuovi, cosí strani, per non dir peggio, che, prima di prestargli fede, abbiam voluto interrogare altri testimoni; e ci siam messi a frugar nelle memorie di quel tempo, per chiarirci se veramente il mondo camminasse allora a quel modo. Una tale indagine dissipò tutti i nostri dubbi: a ogni passo ci abbattevamo in cose consimili, e in cose piú forti: e, quello che ci parve piú decisivo, abbiam perfino ritrovati alcuni personaggi, de' quali non avendo mai avuto notizia fuor che dal nostro manoscritto, eravamo in dubbio se fossero realmente esistiti. E, all'occorrenza, citeremo alcuna di quelle testimonianze, per procacciar fede alle cose, alle quali, per la loro stranezza, il lettore sarebbe piú tentato di negarla.

Ma, rifiutando come intollerabile la dicitura del nostro autore, che dicitura vi abbiam noi sostituita? Qui sta il punto.

Chiunque, senza esser pregato, s'intromette a rifar l'opera altrui, s'espone a rendere uno stretto conto della sua, e ne contrae in certo modo l'obbligazione: è questa una regola di fatto e di diritto, alla quale non pretendiam punto di sottrarci. Anzi, per conformarci ad essa di buon grado, avevam proposto di dar qui minutamente ragione del modo di scrivere da noi tenuto; e, a questo fine, siamo andati, per tutto il tempo del lavoro, cercando d'indovinare le critiche possibili e contingenti, con intenzione di ribatterle tutte anticipatamente. Né in questo sarebbe stata la difficoltà; giacché (dobbiam dirlo a onor del vero) non ci si presentò alla mente una critica, che non le venisse insieme una risposta trionfante, di quelle risposte che, non dico risolvon le questioni, ma le mutano. Spesso anche, mettendo due critiche alle mani tra loro, le facevam battere l'una dall'altra; o, esaminandole ben a fondo, riscontrandole attentamente, riuscivamo a scoprire e a mostrare che, cosí opposte in apparenza, eran però d'uno stesso genere, nascevan tutt'e due dal non badare ai fatti e ai principi su cui il giudizio doveva esser fondato; e, messele, con loro gran sorpresa, insieme, le mandavamo insieme a spasso. Non ci sarebbe mai stato autore che provasse cosí ad evidenza d'aver fatto bene. Ma che? quando siamo stati al punto di raccapezzar tutte le dette obiezioni e risposte, per disporle con qualche ordine, misericordia! venivano a fare un libro. Veduta la qual cosa, abbiam messo da parte il pensiero, per due ragioni che il lettore troverà certamente buone: la prima, che un libro impiegato a giustificarne un altro, anzi lo stile d'un altro, potrebbe parer cosa ridicola: la seconda, che di libri basta uno per volta, quando non è d'avanzo.

Capitolo primo

Quel ramo del lago di Como, che volge a mezzogiorno, tra due catene non interrotte di monti, tutto a seni e a golfi, a seconda dello sporgere e del rientrare di quelli, vien, quasi a un tratto, a ristringersi, e a prender corso e figura di fiume, tra un promontorio a destra, e un'ampia costiera dall'altra parte; e il ponte, che ivi congiunge le due rive, par che renda ancor piú sensibile all'occhio questa trasformazione, e segni il punto in cui il lago cessa, e l'Adda rincomincia, per ripigliar poi nome di lago dove le rive, allontanandosi di nuovo, lascian l'acqua distendersi e rallentarsi in nuovi golfi e in nuovi seni. La costiera, formata dal deposito di tre grossi torrenti, scende appoggiata a due monti contigui, l'uno detto di san Martino, l'altro, con voce lombarda, il *Resegone*, dai molti suoi cocuzzoli in fila, che in vero lo fanno somigliare a una sega: talché non è chi, al primo vederlo, purché sia di fronte, come per esempio di su le mura di Milano che guardano a settentrione, non lo discerna tosto, a un tal contrassegno, in quella lunga e vasta giogaia, dagli altri monti di nome piú oscuro e di forma piú comune. Per un buon pezzo, la costa sale con un pendío lento e continuo; poi si rompe in poggi e in valloncelli, in erte e in ispianate, secondo l'ossatura de' due monti, e il lavoro dell'acque. Il lembo estremo, tagliato dalle foci de' torrenti, è quasi tutto ghiaia e ciottoloni; il resto, campi e vigne, sparse di terre, di ville, di casali; in qualche parte boschi, che si prolungano su per la montagna. Lecco, la principale di quelle terre, e che dà nome al territorio, giace poco discosto dal ponte, alla riva del lago, anzi viene in parte a trovarsi nel lago stesso, quando questo ingrossa: un gran borgo al giorno d'oggi, e che s'incammina a diventar città. Ai tempi in cui accaddero i fatti che prendiamo a raccontare, quel borgo, già considerabile, era anche un castello, e aveva perciò l'onore d'alloggiare un comandante, e il vantaggio di possedere una stabile guarnigione di soldati spagnoli, che insegnavan la modestia alle fanciulle e alle donne del paese, accarezzavan di tempo in tempo le spalle a qualche marito, a qualche padre; e, sul finir dell'estate, non mancavan mai di spandersi nelle vigne, per diradar l'uve, e alleggerire a' contadini le fatiche della vendemmia. Dall'una all'altra di quelle terre, dall'alture alla riva, da un poggio all'altro, correvano, e corrono tuttavia, strade e stradette, piú o men ripide, o piane; ogni tanto affondate, sepolte tra due muri, donde, alzando lo sguardo, non iscoprite che un pezzo di cielo e qualche vetta di monte; ogni tanto elevate su terrapieni aperti: e da qui la vista spazia per prospetti piú o meno estesi, ma ricchi sempre e sempre qualcosa nuovi, secondo che i diversi punti piglian piú o meno della vasta scena circostante, e secondo che questa o quella parte campeggia o si scorcia, spunta o sparisce a vicenda. Dove un pezzo, dove un altro, dove una lunga distesa di quel vasto e variato specchio dell'acqua; di qua lago, chiuso all'estremità o piuttosto smarrito in un gruppo, in un andirivieni di montagne, e di mano in mano piú allargato tra altri monti che si spiegano, a uno a uno, allo sguardo, e che l'acqua riflette capovolti, co' paesetti posti sulle rive; di là braccio di fiume, poi lago, poi fiume ancora, che va a perdersi in lucido serpeggiamento pur tra' monti che l'accompagnano, degradando via via, e perdendosi quasi anch'essi nell'orizzonte. Il luogo stesso da dove contemplate que' vari spettacoli, vi fa spettacolo da ogni parte: il monte di cui passeggiate le falde, vi svolge, al di sopra, d'intorno, le sue cime e le balze, distinte, rilevate, mutabili quasi a ogni passo, aprendosi e contornandosi in gioghi ciò che v'era sembrato prima un sol giogo, e comparendo in vetta ciò che poco innanzi vi si rappresentava sulla costa: e l'ameno, il domestico di quelle falde tempera gradevolmente il selvaggio e orna vie piú il magnifico dell'altre vedute.

Per una di queste stradicciole, tornava bel bello dalla passeggiata verso casa, sulla sera del giorno 7 novembre dell'anno 1628, don Abbondio, curato d'una delle terre accennate di sopra: il nome di questa, né il casato del personaggio, non si trovan nel manoscritto, né a questo luogo né altrove. Diceva tranquillamente il suo ufizio, e talvolta, tra un salmo e l'altro, chiudeva il breviario, tenendovi dentro, per segno, l'indice della mano destra, e, messa poi questa nell'altra dietro la schiena, proseguiva il suo cammino, guardando a terra, e buttando con un piede verso il muro i ciottoli che facevano inciampo nel sentiero: poi alzava il viso, e, girati oziosamente gli occhi all'intorno, li fissava alla parte d'un monte, dove la luce del sole già scomparso, scappando per i fessi del monte opposto, si dipingeva qua e là sui massi sporgenti, come a larghe e inuguali pezze di porpora. Aperto poi di nuovo il breviario, e recitato un altro squarcio, giunse a una voltata della stradetta, dov'era solito d'alzar sempre gli occhi dal libro, e di guardarsi dinanzi: e cosí fece anche quel giorno. Dopo la voltata, la strada correva diritta, forse un sessanta passi, e poi si divideva in due viottole, a foggia d'un ipsilon: quella a destra saliva verso il monte, e menava alla cura: l'altra scendeva nella valle fino a un torrente; e da questa parte il muro non arrivava che all'anche del passeggiero. I muri interni delle due viottole, in vece di riunirsi ad angolo, terminavano in un tabernacolo, sul quale eran dipinte certe figure lunghe, serpeggianti, che finivano in punta, e che, nell'intenzion dell'artista, e agli occhi degli abitanti del vicinato, volevan dir fiamme; e, alternate con le fiamme, cert'altre figure da non potersi descrivere, che volevan dire anime del purgatorio: anime e fiamme a color di mattone, sur un fondo bigiognolo, con qualche scalcinatura qua e là. Il curato, voltata la stradetta, e dirizzando, com'era solito, lo sguardo al tabernacolo, vide una cosa che non s'aspettava, e che non avrebbe voluto vedere. Due uomini stavano, l'uno dirimpetto all'altro, al confluente, per dir cosí, delle due viottole: un di costoro, a cavalcioni sul muricciolo basso, con una gamba spenzolata al di fuori, e l'altro piede posato sul terreno della strada; il compagno, in piedi, appoggiato al muro, con le braccia incrociate sul petto. L'abito, il portamento, e quello che, dal luogo ov'era giunto il curato, si poteva distinguer dell'aspetto, non lasciavan dubbio intorno alla lor condizione. Avevano entrambi intorno al capo una reticella verde, che cadeva sull'omero sinistro, terminata in una gran nappa, e dalla quale usciva sulla fronte un enorme ciuffo: due lunghi mustacchi arricciati in punta: una cintura lucida di cuoio, e a quella attaccate due pistole: un piccol corno ripieno di polvere, cascante sul petto, come una collana: un manico di coltellaccio che spuntava fuori d'un taschino degli ampi e gonfi calzoni, uno spadone, con una gran guardia traforata a lamine d'ottone, congegnate come in cifra, forbite e lucenti: a prima vista si davano a conoscere per individui della specie de' *bravi*.

Questa specie, ora del tutto perduta, era allora floridissima in Lombardia, e già molto antica. Chi non ne avesse idea, ecco alcuni squarci autentici, che potranno darne una bastante de' suoi caratteri principali, degli sforzi fatti per ispegnerla, e della sua dura e rigogliosa vitalità.

Fino dall'otto aprile dell'anno 1583, l'Illustrissimo ed Eccellentissimo signor don Carlo d'Aragon, Principe di Castelvetrano, Duca di Terranuova, Marchese d'Avola, Conte di Burgeto, grande Ammiraglio, e gran Contestabile di Sicilia, Governatore di Milano e Capitan Generale di Sua Maestà Cattolica in Italia, *pienamente informato della intollerabile miseria in che è vivuta e vive questa città di Milano, per cagione dei bravi e vagabondi*, pubblica un bando contro di essi. *Dichiara e diffinisce tutti coloro essere compresi in questo bando, e doversi ri-*

tenere bravi e vagabondi... i quali, essendo forestieri o del paese, non hanno esercizio alcuno, od avendolo, non lo fanno.... ma, senza salario, o pur con esso, s'appoggiano a qualche cavaliere o gentiluomo, officiale o mercante... per fargli spalle e favore, o veramente, come si può presumere, per tendere insidie ad altri.... A tutti costoro ordina che, nel termine di giorni sei, abbiano a sgomberare il paese, intima la galera a' renitenti, e dà a tutti gli ufiziali della giustizia le piú stranamente ampie e indefinite facoltà, per l'esecuzione dell'ordine. Ma, nell'anno seguente, il 12 aprile, scorgendo il detto signore, *che questa Città è tuttavia piena di detti bravi.... tornati a vivere come prima vivevano, non punto mutato il costume loro, né scemato il numero*, dà fuori un'altra grida, ancor piú vigorosa e notabile, nella quale, tra l'altre ordinazioni, prescrive:

Che qualsivoglia persona, cosí di questa Città, come forestiera, che per due testimonj consterà esser tenuto, e comunemente riputato per bravo, et aver tal nome, ancorché non si verifichi aver fatto delitto alcuno... per questa sola riputazione di bravo, senza altri indizj, possa dai detti giudici e da ognuno di loro esser posto alla corda et al tormento, per processo informativo.... et ancorché non confessi delitto alcuno, tuttavia sia mandato alla galea, per detto triennio, per la sola opinione e nome di bravo, come di sopra. Tutto ciò, e il di piú che si tralascia, perché *Sua Eccellenza è risoluta di voler essere obbedita da ognuno*.

All'udir parole d'un tanto signore, cosí gagliarde e sicure, e accompagnate da tali ordini, viene una gran voglia di credere che, al solo rimbombo di esse, tutti i bravi siano scomparsi per sempre. Ma la testimonianza d'un signore non meno autorevole, né meno dotato di nomi, ci obbliga a credere tutto il contrario. È questi l'Illustrissimo ed Eccellentissimo Signor Juan Fernandez de Velasco, Contestabile di Castiglia, Cameriero maggiore di Sua Maestà, Duca della Città di Frias, Conte di Haro e Castelnovo, Signore della Casa di Velasco, e di quella delli sette Infanti di Lara, Governatore dello Stato di Milano, etc. Il 5 giugno dell'anno 1593, pienamente informato anche lui *di quanto danno e rovine sieno.... i bravi e vagabondi, e del pessimo effetto che tal sorta di gente, fa contra il ben pubblico, et in delusione della giustizia*, intima loro di nuovo che, nel termine di giorni sei, abbiano a sbrattare il paese, ripetendo a un dipresso le prescrizioni e le minacce medesime del suo predecessore. Il 23 maggio poi dell'anno 1598, *informato, con non poco dispiacere dell'animo suo, che... ogni dí piú in questa Città e Stato va crescendo il numero di questi tali* (bravi e vagabondi), *né di loro, giorno e notte, altro si sente che ferite appostatamente date, omicidii e ruberie et ogni altra qualità di delitti, ai quali si rendono piú facili, confidati essi bravi d'essere aiutati dai capi e fautori loro,....* prescrive di nuovo gli stessi rimedi, accrescendo la dose, come s'usa nelle malattie ostinate. *Ognuno dunque*, conchiude poi, *onninamente si guardi di contravvenire in parte alcuna alla grida presente, perché, in luogo di provare la clemenza di Sua Eccellenza, proverà il rigore, e l'ira sua..... essendo risoluta e determinata che questa sia l'ultima e perentoria monizione.*

Non fu però di questo parere l'Illustrissimo ed Eccellentissimo Signore, il Signor Don Pietro Enriquez de Acevedo, Conte di Fuentes, Capitano, e Governatore dello Stato di Milano; non fu di questo parere, e per buone ragioni. *Pienamente informato della miseria in che vive questa Città e Stato per cagione del gran numero di bravi che in esso abbonda..... e risoluto di totalmente estirpare seme tanto pernizioso*, dà fuori, il 5 decembre 1600, una nuova grida piena anch'essa di severissime comminazioni, *con fermo proponimento che, con ogni rigore, e senza speranza di remissione, siano onninamente eseguite.*

Convien credere però che non ci si mettesse con tutta quella buona voglia che sapeva impiegare nell'ordir cabale, e nel suscitar nemici al suo gran nemico Enrico IV; giacché, per questa parte, la storia attesta come riuscisse ad armare contro quel re il duca di Savoia, a cui fece perder piú d'una città; come riuscisse a far congiurare il duca di Biron, a cui fece perder la testa; ma, per ciò che riguarda quel seme tanto pernizioso de' bravi, certo è che esso continuava a germogliare, il 22 settembre dell'anno 1612. In quel giorno l'Illustrissimo ed Eccellentissimo Signore, il Signor Don Giovanni de Mendozza, Marchese de la Hynojosa, Gentiluomo etc., Governatore etc., pensò seriamente ad estirparlo. A quest'effetto, spedí a Pandolfo e Marco Tullio Malatesti, stampatori regii camerali, la solita grida, corretta ed accresciuta, perché la stampassero ad esterminio de' bravi. Ma questi vissero ancora per ricevere, il 24 decembre dell'anno 1618, gli stessi e piú forti colpi dall'Illustrissimo ed Eccellentissimo Signore, il Signor Don Gomez Suarez de Figueroa, Duca di Feria, etc., Governatore etc. Però, non essendo essi morti neppur di quelli, l'Illustrissimo ed Eccellentissimo Signore, il Signor Gonzalo Fernandez di Cordova, sotto il cui governo accadde la passeggiata di don Abbondio, s'era trovato costretto a ricorreggere e ripubblicare la solita grida contro i bravi, il giorno 5 ottobre del 1627, cioè un anno, un mese e due giorni prima di quel memorabile avvenimento.

Né fu questa l'ultima pubblicazione; ma noi delle posteriori non crediamo dover far menzione, come di cosa che esce dal periodo della nostra storia. Ne accenneremo soltanto una del 13 febbraio dell'anno 1632, nella quale l'Illustrissimo ed Eccellentissimo Signore, *el Duque de Feria*, per la seconda volta governatore, ci avvisa che *le maggiori sceleraggini procedono da quelli che chiamano bravi*. Questo basta ad assicurarci che, nel tempo di cui noi trattiamo, c'era de' bravi tuttavia.

Che i due descritti di sopra stessero ivi ad aspettar qualcheduno, era cosa troppo evidente; ma quel che piú dispiacque a don Abbondio fu il dover accorgersi, per certi atti, che l'aspettato era lui. Perché, al suo apparire, coloro s'eran guardati in viso, alzando la testa, con un movimento dal quale si scorgeva che tutt'e due a un tratto avevan detto: è lui; quello che stava a cavalcioni s'era alzato, tirando la sua gamba sulla strada; l'altro s'era staccato dal muro; e tutt'e due gli s'avviavano incontro. Egli, tenendosi sempre il breviario aperto dinanzi, come se leggesse, spingeva lo sguardo in su, per ispiar le mosse di coloro; e, vedendoseli venir proprio incontro, fu assalito a un tratto da mille pensieri. Domandò subito in fretta a se stesso, se, tra i bravi e lui, ci fosse qualche uscita di strada, a destra o a sinistra; e gli sovvenne subito di no. Fece un rapido esame, se avesse peccato contro qualche potente, contro qualche vendicativo; ma, anche in quel turbamento, il testimonio consolante della coscienza lo rassicurava alquanto: i bravi però s'avvicinavano, guardandolo fisso. Mise l'indice e il medio della mano sinistra nel collare, come per raccomodarlo; e, girando le due dita intorno al collo, volgeva intanto la faccia all'indietro, torcendo insieme la bocca, e guardando con la coda dell'occhio, fin dove poteva, se qualcheduno arrivasse; ma non vide nessuno. Diede un'occhiata, al di sopra del muricciolo, ne' campi: nessuno; un'altra piú modesta sulla strada dinanzi; nessuno, fuorché i bravi. Che fare? tornare indietro, non era a tempo: darla a gambe, era lo stesso che dire, inseguitemi, o peggio. Non potendo schivare il pericolo, vi corse incontro, perché i momenti di quell'incertezza erano allora cosí penosi per lui, che non desiderava altro che d'abbreviarli. Affrettò il passo, recitò un versetto a voce piú alta, compose la faccia a tutta quella quiete e ilarità che poté, fece ogni sforzo per preparare un sorriso; quando si trovò a fronte dei due galantuomini, disse mentalmente: ci siamo; e si fermò su due piedi. – Signor curato, – disse un di que' due, piantandogli gli occhi in faccia.

– Cosa comanda? – rispose subito don Abbondio, alzando i suoi dal libro, che gli restò spalancato nelle mani, come sur un leggío.

– Lei ha intenzione, – proseguí l'altro, con l'atto minaccioso e iracondo di chi coglie un suo inferiore sull'intraprendere una ribalderia, – lei ha intenzione di maritar domani Renzo Tramaglino e Lucia Mondella!

– Cioè.... – rispose, con voce tremolante, don Abbondio: – cioè. Lor signori son uomini di mondo, e sanno benissimo come vanno queste faccende. Il povero curato non c'entra: fanno i loro pasticci tra loro, e poi.... e poi, vengon da noi, come s'anderebbe a un banco a riscotere; e noi.... noi siamo i servitori del comune.

– Or bene, – gli disse il bravo, all'orecchio, ma in tono solenne di comando, – questo matrimonio non s'ha da fare, né domani, né mai.

– Ma, signori miei, – replicò don Abbondio, con la voce mansueta e gentile di chi vuol persuadere un impaziente, – ma, signori miei, si degnino di mettersi ne' miei panni. Se la cosa dipendesse da me,... vedon bene che a me non me ne vien nulla in tasca....

– Orsú, – interruppe il bravo, – se la cosa avesse a decidersi a ciarle, lei ci metterebbe in sacco. Noi non ne sappiamo, né vogliam saperne di piú. Uomo avvertito.... lei c'intende.

– Ma lor signori son troppo giusti, troppo ragionevoli....

– Ma, – interruppe questa volta l'altro compagnone, che non aveva parlato fin allora, – ma il matrimonio non si farà, o.... – e qui una buona bestemmia, – o chi lo farà non se ne pentirà, perché non ne avrà tempo, e.... – un'altra bestemmia.

– Zitto, zitto, – riprese il primo oratore, – il signor curato è un uomo che sa il viver del mondo; e noi siam galantuomini, che non vogliam fargli del male, purché abbia giudizio. Signor curato, l'illustrissimo signor don Rodrigo nostro padrone la riverisce caramente.

Questo nome fu, nella mente di don Abbondio, come, nel forte d'un temporale notturno, un lampo che illumina momentaneamente e in confuso gli oggetti, e accresce il terrore. Fece, come per istinto, un grand'inchino, e disse: – se mi sapessero suggerire...

– Oh! suggerire a lei che sa di latino! – interruppe ancora il bravo, con un riso tra lo sguaiato e il feroce. – A lei tocca. E sopra tutto, non si lasci uscir parola su questo avviso che le abbiam dato per suo bene; altrimenti..... ehm.... sarebbe lo stesso che fare quel tal matrimonio. Via, che vuol che si dica in suo nome all'illustrissimo signor don Rodrigo?

– Il mio rispetto....

– Si spieghi meglio!

– .... Disposto.... disposto sempre all'ubbidienza –. E, proferendo queste parole, non sapeva nemmen lui se faceva una promessa, o un complimento. I bravi le presero, o mostraron di prenderle nel significato piú serio.

– Benissimo, e buona notte, messere, – disse l'un d'essi, in atto di partir col compagno. Don Abbondio, che, pochi momenti prima, avrebbe dato un occhio per iscansarli, allora avrebbe voluto prolungar la conversazione e le trattative. – Signori... – cominciò, chiudendo il libro con le due mani; ma quelli, senza piú dargli udienza, presero la strada dond'era lui venuto, e s'allontanarono, cantando una canzonaccia che non voglio trascrivere. Il povero don Abbondio rimase un momento a bocca aperta, come incantato; poi prese quella delle due stradette che conduceva a casa sua, mettendo innanzi a stento una gamba dopo l'altra, che parevano aggranchiate. Come stesse di dentro, s'intenderà meglio, quando avrem detto qualche cosa del suo naturale, e de' tempi in cui gli era toccato di vivere.

Don Abbondio (il lettore se n'è già avveduto) non era nato con un cuor di leone. Ma, fin da' primi suoi anni, aveva dovuto comprendere che la peggior condizione, a que' tempi, era quella d'un animale senza artigli e senza zanne, e che pure non si sentisse inclinazione d'esser divorato. La forza legale non proteggeva in alcun conto l'uomo tranquillo, inoffensivo, e che non avesse altri mezzi di far paura altrui. Non già che mancassero leggi e pene contro le violenze private. Le leggi anzi diluviavano; i delitti erano enumerati, e particolareggiati, con minuta prolissità; le pene, pazzamente esorbitanti e, se non basta, aumentabili, quasi per ogni caso, ad arbitrio del legislatore stesso e di cento esecutori; le procedure, studiate soltanto a liberare il giudice da ogni cosa che potesse essergli d'impedimento a proferire una condanna: gli squarci che abbiam riportati delle gride contro i bravi, ne sono un piccolo, ma fedel saggio. Con tutto ciò, anzi in gran parte a cagion di ciò, quelle gride, ripubblicate e rinforzate di governo in governo, non servivano ad altro che ad attestare ampollosamente l'impotenza de' loro autori; o, se producevan qualche effetto immediato, era principalmente d'aggiunger molte vessazioni a quelle che i pacifici e i deboli già soffrivano da' perturbatori, e d'accrescer le violenze e l'astuzia di questi. L'impunità era organizzata, e aveva radici che le gride non toccavano, o non potevano smovere. Tali eran gli asili, tali i privilegi d'alcune classi, in parte riconosciuti dalla forza legale, in parte tollerati con astioso silenzio, o impugnati con vane proteste, ma sostenuti in fatto e difesi da quelle classi, con attività d'interesse, e con gelosia di puntiglio. Ora, quest'impunità minacciata e insultata, ma non distrutta dalle gride, doveva naturalmente, a ogni minaccia, e a ogni insulto, adoperar nuovi sforzi e nuove invenzioni, per conservarsi. Cosí accadeva in effetto; e, all'apparire delle gride dirette a comprimere i violenti, questi cercavano nella loro forza reale i nuovi mezzi piú opportuni, per continuare a far ciò che le gride venivano a proibire. Potevan ben esse inceppare a ogni passo, e molestare l'uomo bonario, che fosse senza forza propria e senza protezione; perché, col fine d'aver sotto la mano ogni uomo, per prevenire o per punire ogni delitto, assoggettavano ogni mossa del privato al volere arbitrario d'esecutori d'ogni genere. Ma chi, prima di commettere il delitto, aveva prese le sue misure per ricoverarsi a tempo in un convento, in un palazzo, dove i birri non avrebber mai osato metter piede; chi, senz'altre precauzioni, portava una livrea che impegnasse a difenderlo la vanità e l'interesse d'una famiglia potente, di tutto un ceto, era libero nelle sue operazioni, e poteva ridersi di tutto quel fracasso delle gride. Di quegli stessi ch'eran deputati a farle eseguire, alcuni appartenevano per nascita alla parte privilegiata, alcuni ne dipendevano per clientela; gli uni e gli altri, per educazione, per interesse, per consuetudine, per imitazione, ne avevano abbracciate le massime, e si sarebbero ben guardati dall'offenderle, per amor d'un pezzo di carta attaccato sulle cantonate. Gli uomini poi incaricati dell'esecuzione immediata, quando fossero stati intraprendenti come eroi, ubbidienti come monaci, e pronti a sacrificarsi come martiri, non avrebber però potuto venirne alla fine, inferiori com'eran di numero a quelli che si trattava di sottomettere, e con una gran probabilità d'essere abbandonati da chi, in astratto e, per cosí dire, in teoria, imponeva loro di operare. Ma, oltre di ciò, costoro eran generalmente de' piú abbietti e ribaldi soggetti del loro tempo; l'incarico loro era tenuto a vile anche da quelli che potevano averne terrore, e il loro titolo un improperio. Era quindi ben naturale che costoro, in vece d'arrischiare, anzi di gettar la vita in un'impresa disperata, vendessero la loro inazione, o anche la loro connivenza ai potenti, e si riservassero a esercitare la loro esecrata autorità e la forza che pure avevano, in quelle occasioni dove non c'era pericolo; nell'opprimer cioè, e nel vessare gli uomini pacifici e senza difesa.

L'uomo che vuole offendere, o che teme, ogni momento, d'essere offeso, cerca naturalmente alleati e compagni. Quindi era, in que' tempi, portata al massimo punto la tendenza degl'individui a tenersi collegati in classi, a formarne delle nuove, e a procurare ognuno la maggior potenza di quella a cui apparteneva. Il clero vegliava a sostenere e ad estendere le sue immunità, la nobiltà i suoi privilegi, il militare le sue esenzioni. I mercanti, gli artigiani erano arrolati in maestranze e in confraternite, i giurisperiti formavano una lega, i medici stessi una corporazione. Ognuna di queste piccole oligarchie aveva una sua forza speciale e propria; in ognuna l'individuo trovava il vantaggio d'impiegar per sé, a proporzione della sua autorità e della sua destrezza, le forze riunite di molti. I piú onesti si valevan di questo vantaggio a difesa soltanto; gli astuti e i facinorosi ne approfittavano, per condurre a termine ribalderie, alle quali i loro mezzi personali non sarebber bastati, e per assicurarsene l'impunità. Le forze però di queste varie leghe eran molto disuguali; e, nelle campagne principalmente, il nobile dovizioso e violento, con intorno uno stuolo di bravi, e una popolazione di contadini avvezzi, per tradizione famigliare, e interessati o forzati a riguardarsi quasi come sudditi e soldati del padrone, esercitava un potere, a cui difficilmente nessun'altra frazione di lega avrebbe ivi potuto resistere.

Il nostro Abbondio, non nobile, non ricco, coraggioso ancor meno, s'era dunque accorto, prima quasi di toccar gli anni della discrezione, d'essere, in quella società, come un vaso di terra cotta, costretto a viaggiare in compagnia di molti vasi di ferro. Aveva quindi, assai di buon grado, ubbidito ai parenti, che lo vollero prete. Per dir la verità, non aveva gran fatto pensato agli obblighi e ai nobili fini del ministero al quale si dedicava: procacciarsi di che vivere con qualche agio, e mettersi in una classe riverita e forte, gli eran sembrate due ragioni piú che sufficienti per una tale scelta. Ma una classe qualunque non protegge un individuo, non lo assicura, che fino a un certo segno: nessuna lo dispensa dal farsi un suo sistema particolare. Don Abbondio, assorbito continuamente ne' pensieri della propria quiete, non si curava di que' vantaggi, per ottenere i quali facesse bisogno d'adoperarsi molto, o d'arrischiarsi un poco. Il suo sistema consisteva principalmente nello scansar tutti i contrasti, e nel cedere, in quelli che non poteva scansare. Neutralità disarmata in tutte le guerre che scoppiavano intorno a lui, dalle contese, allora frequentissime, tra il clero e le podestà laiche, tra il militare e il civile, tra nobili e nobili, fino alle questioni tra due contadini, nate da una parola, e decise coi pugni, o con le coltellate. Se si trovava assolutamente costretto a prender parte tra due contendenti, stava col piú forte, sempre però alla retroguardia, e procurando di far vedere all'altro ch'egli non gli era volontariamente nemico: pareva che gli dicesse: ma perché non avete saputo esser voi il piú forte? ch'io mi sarei messo dalla vostra parte. Stando alla larga da' prepotenti, dissimulando le loro soverchierie passeggiere e capricciose, corrispondendo con sommissioni a quelle che venissero da un'intenzione piú seria e piú meditata, costringendo, a forza d'inchini e di rispetto gioviale, anche i piú burberi e sdegnosi, a fargli un sorriso, quando gl'incontrava per la strada, il pover'uomo era riuscito a passare i sessant'anni, senza gran burrasche.

Non è però che non avesse anche lui il suo po' di fiele in corpo; e quel continuo esercitar la pazienza, quel dar cosí spesso ragione agli altri, que' tanti bocconi amari inghiottiti in silenzio, glielo avevano esacerbato a segno che, se non avesse, di tanto in tanto, potuto dargli un po' di sfogo, la sua salute n'avrebbe certamente sofferto. Ma siccome v'eran poi finalmente al mondo, e vicino a lui, persone ch'egli conosceva ben bene per incapaci di far male, cosí poteva con quelle sfogare qualche volta il mal umore lungamente represso, e cavarsi anche lui la voglia d'essere un po' fantastico, e di gridare a torto. Era poi un rigido censore degli uomini che non si regolavan come lui, quando però la censura potesse esercitarsi senza alcuno, anche lontano, pericolo. Il battuto era almeno almeno un imprudente; l'ammazzato era sempre stato un uomo torbido. A chi, messosi a sostener le sue ragioni contro un potente, rimaneva col capo rotto, don Abbondio sapeva trovar sempre qualche torto; cosa non difficile, perché la ragione e il torto non si dividon mai con un taglio cosí netto, che ogni parte abbia soltanto dell'una o dell'altro. Sopra tutto poi, declamava contro que' suoi confratelli che, a loro rischio, prendevan le parti d'un debole oppresso, contro un soverchiatore potente. Questo chiamava un comprarsi gl'impicci a contanti, un voler raddirizzar le gambe ai cani; diceva anche severamente, ch'era un mischiarsi nelle cose profane, a danno della dignità del sacro ministero. E contro questi predicava, sempre però a quattr'occhi, o in un piccolissimo crocchio, con tanto piú di veemenza, quanto piú essi eran conosciuti per alieni dal risentirsi, in cosa che li toccasse personalmente. Aveva poi una sua sentenza prediletta, con la quale sigillava sempre i discorsi su queste materie:

che a un galantuomo, il qual badi a sé, e stia ne' suoi panni, non accadon mai brutti incontri.

Pensino ora i miei venticinque lettori che impressione dovesse fare sull'animo del poveretto, quello che s'è raccontato. Lo spavento di que' visacci e di quelle parolacce, la minaccia d'un signore noto per non minacciare invano, un sistema di quieto vivere, ch'era costato tant'anni di studio e di pazienza, sconcertato in un punto, e un passo dal quale non si poteva veder come uscirne: tutti questi pensieri ronzavano tumultuariamente nel capo basso di don Abbondio. «Se Renzo si potesse mandare in pace con un bel no, via; ma vorrà delle ragioni; e cosa ho da rispondergli, per amor del cielo? E, e, e, anche costui è una testa: un agnello se nessun lo tocca, ma se uno vuol contraddirgli..... ih! E poi, e poi, perduto dietro a quella Lucia, innamorato come.... Ragazzacci, che, per non saper che fare, s'innamorano, voglion maritarsi, e non pensano ad altro; non si fanno carico de' travagli in che mettono un povero galantuomo. Oh povero me! vedete se quelle due figuracce dovevan proprio piantarsi sulla mia strada, e prenderla con me! Che c'entro io? Son io che voglio maritarmi? Perché non son andati piuttosto a parlare.... Oh vedete un poco: gran destino è il mio, che le cose a proposito mi vengan sempre in mente un momento dopo l'occasione. Se avessi pensato di suggerir loro che andassero a portar la loro imbasciata....» Ma, a questo punto, s'accorse che il pentirsi di non essere stato consigliere e cooperatore dell'iniquità era cosa troppo iniqua; e rivolse tutta la stizza de' suoi pensieri contro quell'altro che veniva cosí a togliergli la sua pace. Non conosceva don Rodrigo che di vista e di fama, né aveva mai avuto che far con lui, altro che di toccare il petto col mento, e la terra con la punta del suo cappello, quelle poche volte che l'aveva incontrato per la strada. Gli era occorso di difendere, in piú d'un'occasione, la riputazione di quel signore, contro coloro che, a bassa voce, sospirando, e alzando gli occhi al cielo, maledicevano qualche suo fatto: aveva detto cento volte ch'era un rispettabile cavaliere. Ma, in quel momento gli diede in cuor suo tutti que' titoli che non aveva mai udito applicargli da altri, senza interrompere in fretta con un oibò. Giunto, tra il tumulto di questi pensieri, alla porta di casa sua, ch'era in fondo del paesello, mise in fretta nella toppa la chiave, che già teneva in mano; aprí, entrò, richiuse diligentemente; e, ansioso di trovarsi in una compagnia fidata, chiamò subito: – Perpetua! Perpetua! –, avviandosi pure verso il salotto, dove questa doveva esser certamente ad apparecchiar la tavola per la cena. Era Perpetua, come ognun se n'avvede, la serva di don Abbondio: serva affezionata e fedele, che sapeva ubbidire e comandare, secondo l'occasione, tollerare a tempo il brontolío e le fantasticaggini del padrone, e fargli a tempo tollerar le proprie, che divenivan di giorno in giorno piú frequenti, da che aveva passata l'età sinodale dei quaranta, rimanendo celibe, per aver rifiutati tutti i partiti che le si erano offerti, come diceva lei, o per non aver mai trovato un cane che la volesse, come dicevan le sue amiche.

– Vengo, – rispose, mettendo sul tavolino, al luogo solito, il fiaschetto del vino prediletto di don Abbondio, e si mosse lentamente; ma non aveva ancor toccata la soglia del salotto, ch'egli v'entrò, con un passo cosí legato, con uno sguardo cosí adombrato, con un viso cosí stravolto, che non ci sarebbero nemmen bisognati gli occhi esperti di Perpetua, per iscoprire a prima vista che gli era accaduto qualche cosa di straordinario davvero.

– Misericordia! cos'ha, signor padrone?

– Niente, niente, – rispose don Abbondio, lasciandosi andar tutto ansante sul suo seggiolone.

– Come, niente? La vuol dare ad intendere a me? cosí brutto com'è? Qualche gran caso è avvenuto.

– Oh, per amor del cielo! Quando dico niente, o è niente, o è cosa che non posso dire.

– Che non può dir neppure a me? Chi si prenderà cura della sua salute? Chi le darà un parere?...

– Ohimè! tacete, e non apparecchiate altro: datemi un bicchiere del mio vino.

– E lei mi vorrà sostenere che non ha niente! – disse Perpetua, empiendo il bicchiere, e tenendolo poi in mano, come se non volesse darlo che in premio della confidenza che si faceva tanto aspettare.

– Date qui, date qui, – disse don Abbondio, prendendole il bicchiere, con la mano non ben ferma, e votandolo poi in fretta, come se fosse una medicina.

– Vuol dunque ch'io sia costretta di domandar qua e là cosa sia accaduto al mio padrone? – disse Perpetua, ritta dinanzi a lui, con le mani arrovesciate sui fianchi, e le gomita appuntate davanti, guardandolo fisso, quasi volesse succhiargli dagli occhi il segreto.

– Per amor del cielo! non fate pettegolezzi, non fate schiamazzi: ne va.... ne va la vita!

– La vita!

– La vita.

– Lei sa bene che, ogni volta che m'ha detto qualche cosa sinceramente, in confidenza, io non ho mai....

– Brava! come quando....

Perpetua s'avvide d'aver toccato un tasto falso; onde, cambiando subito il tono, – signor padrone, – disse, con voce commossa e da commovere, – io le sono sempre stata affezionata; e, se ora voglio sapere, è per premura, perché vorrei poterla soccorrere, darle un buon parere, sollevarle l'animo....

Il fatto sta che don Abbondio aveva forse tanta voglia di scaricarsi del suo doloroso segreto, quanta ne avesse Perpetua di conoscerlo; onde, dopo aver respinti sempre piú debolmente i nuovi e piú incalzanti assalti di lei, dopo averle fatto piú d'una volta giurare che non fiaterebbe, finalmente, con molte sospensioni, con molti ohimè, le raccontò il miserabile caso. Quando si venne al nome terribile del mandante, bisognò che Perpetua proferisse un nuovo e piú solenne giuramento; e don Abbondio, pronunziato quel nome, si rovesciò sulla spalliera della seggiola, con un gran sospiro, alzando le mani, in atto insieme di comando e di supplica, e dicendo: – per amor del cielo!

– Delle sue! – esclamò Perpetua. – Oh che birbone! oh che soverchiatore! oh che uomo senza timor di Dio!

– Volete tacere? o volete rovinarmi del tutto?

– Oh! siam qui soli che nessun ci sente. Ma come farà, povero signor padrone?

– Oh vedete, – disse don Abbondio, con voce stizzosa: – vedete che bei pareri mi sa dar costei! Viene a domandarmi come farò, come farò; quasi fosse lei nell'impiccio, e toccasse a me di levarnela.

– Ma! io l'avrei bene il mio povero parere da darle; ma poi....

– Ma poi, sentiamo.

– Il mio parere sarebbe che, siccome tutti dicono che il nostro arcivescovo è un sant'uomo, e un uomo di polso, e che non ha paura di nessuno, e, quando può fare star a dovere un di questi prepotenti, per sostenere un curato, ci gongola; io direi, e dico che lei gli scrivesse una bella lettera, per informarlo come qualmente....

– Volete tacere? volete tacere? Son pareri codesti da dare a un pover'uomo? Quando mi fosse toccata una schioppettata nella schiena, Dio liberi! l'arcivescovo me la leverebbe?

– Eh! le schioppettate non si dànno via come confetti: e guai se questi cani dovessero mordere tutte le volte che abbaiano! E io ho sempre veduto che a chi sa mostrare i denti, e farsi stimare, gli si porta rispetto; e, appunto perché lei non vuol mai dir la sua ragione, siam ridotti a segno che tutti vengono, con licenza, a....

– Volete tacere?

– Io taccio subito; ma è però certo che, quando il mondo s'accorge che uno, sempre, in ogni incontro, è pronto a calar le....

– Volete tacere? È tempo ora di dir codeste baggianate?

– Basta: ci penserà questa notte; ma intanto non cominci a farsi male da sé, a rovinarsi la salute; mangi un boccone.

– Ci penserò io, – rispose, brontolando, don Abbondio: – sicuro; io ci penserò, io ci ho da pensare –. E s'alzò, continuando: – non voglio prender niente; niente:

ho altra voglia: lo so anch'io che tocca a pensarci a me. Ma! la doveva accader per l'appunto a me.

– Mandi almen giú quest'altro gocciolo, – disse Perpetua, mescendo. – Lei sa che questo le rimette sempre lo stomaco.

– Eh! ci vuol altro, ci vuol altro, ci vuol altro.

Cosí dicendo, prese il lume, e, brontolando sempre: – una piccola bagattella! a un galantuomo par mio! e domani com'andrà? – e altre simili lamentazioni, s'avviò per salire in camera. Giunto su la soglia, si voltò indietro verso Perpetua, mise il dito sulla bocca, disse, con tono lento e solenne: – per amor del cielo! –, e disparve.

Capitolo secondo

Si racconta che il principe di Condé dormí profondamente la notte avanti la giornata di Rocroi: ma, in primo luogo, era molto affaticato; secondariamente aveva già date tutte le disposizioni necessarie, e stabilito ciò che dovesse fare, la mattina. Don Abbondio in vece non sapeva altro ancora se non che l'indomani sarebbe giorno di battaglia; quindi una gran parte della notte fu spesa in consulte angosciose. Non far caso dell'intimazione ribalda, né delle minacce, e fare il matrimonio, era un partito, che non volle neppur mettere in deliberazione. Confidare a Renzo l'occorrente, e cercar con lui qualche mezzo.... Dio liberi! – Non si lasci scappar parola.... altrimenti.... *ehm!* – aveva detto un di que' bravi; e, al sentirsi rimbombar quell'*ehm!* nella mente, don Abbondio, non che pensare a trasgredire una tal legge, si pentiva anche dell'aver ciarlato con Perpetua. Fuggire? Dove? E poi! Quant'impicci, e quanti conti da rendere! A ogni partito che rifiutava, il pover'uomo si rivoltava nel letto. Quello che, per ogni verso, gli parve il meglio o il men male, fu di guadagnar tempo, menando Renzo per le lunghe. Si rammentò a proposito, che mancavan pochi giorni al tempo proibito per le nozze; «e, se posso tenere a bada, per questi pochi giorni, quel ragazzone, ho poi due mesi di respiro; e, in due mesi, può nascer di gran cose». Ruminò pretesti da metter in campo; e, benché gli paressero un po' leggieri, pur s'andava rassicurando col pensiero che la sua autorità gli avrebbe fatti parer di giusto peso, e che la sua antica esperienza gli darebbe gran vantaggio sur un giovanetto ignorante. «Vedremo, – diceva tra sé: – egli pensa alla morosa; ma io penso alla pelle: il piú interessato son io, lasciando stare che sono il piú accorto. Figliuol caro, se tu ti senti il bruciore addosso, non so che dire; ma io non voglio andarne di mezzo». Fermato cosí un poco l'animo a una deliberazione, poté finalmente chiuder occhio: ma che sonno! che sogni! Bravi, don Rodrigo, Renzo, viottole, rupi, fughe, inseguimenti, grida, schioppettate.

Il primo svegliarsi, dopo una sciagura, e in un impiccio, è un momento molto amaro. La mente, appena risentita, ricorre all'idee abituali della vita tranquilla antecedente; ma il pensiero del nuovo stato di cose le si affaccia subito sgarbatamente; e il dispiacere ne è piú vivo in quel paragone istantaneo. Assaporato dolorosamente questo momento don Abbondio ricapitolò subito i suoi disegni della notte, si confermò in essi, gli ordinò meglio, s'alzò, e stette aspettando Renzo con timore e, ad un tempo, con impazienza.

Lorenzo o, come dicevan tutti, Renzo non si fece molto aspettare. Appena gli parve ora di poter, senza indiscrezione, presentarsi al curato, v'andò, con la lieta furia d'un uomo di vent'anni, che deve in quel giorno sposare quella che ama. Era, fin dall'adolescenza, rimasto privo de' parenti, ed esercitava la professione di filatore di seta, ereditaria, per dir cosí, nella sua famiglia; professione, negli anni indietro, assai lucrosa; allora già in decadenza, ma non però a segno che un abile operaio non potesse cavarne di che vivere onestamente. Il lavoro andava di giorno in giorno scemando; ma l'emigrazione continua de' lavoranti, attirati negli stati vicini da promesse, da privilegi e da grosse paghe, faceva sí che non ne mancasse ancora a quelli che rimanevano in paese. Oltre di questo, possedeva Renzo un poderetto che faceva lavorare e lavorava egli stesso, quando il filatoio stava fermo; di modo che, per la sua condizione, poteva dirsi agiato. E quantunque quell'annata fosse ancor piú scarsa delle antecedenti, e già si cominciasse a provare una vera carestia, pure il nostro giovine, che, da quando aveva messi gli occhi addosso a Lucia, era divenuto massaio, si trovava provvisto bastantemente, e non aveva a contrastar con la fame. Comparve davanti a don Abbondio, in gran gala, con penne di vario colore al cappello, col suo pugnale del manico bello, nel taschino de' calzoni, con una cert'aria di festa e nello stesso tempo di braverία, comune allora anche agli uomini piú quieti. L'accoglimento incerto e misterioso di don Abbondio fece un contrapposto singolare ai modi gioviali e risoluti del giovinotto.

«Che abbia qualche pensiero per la testa», argomentò Renzo tra sé; poi disse: – son venuto, signor curato, per sapere a che ora le comoda che ci troviamo in chiesa.

– Di che giorno volete parlare?

– Come, di che giorno? non si ricorda che s'è fissato per oggi?

– Oggi? – replicò don Abbondio, come se ne sentisse parlare per la prima volta. – Oggi, oggi.... abbiate pazienza, ma oggi non posso.

– Oggi non può! Cos'è nato?

– Prima di tutto, non mi sento bene, vedete.

– Mi dispiace; ma quello che ha da fare è cosa di cosí poco tempo, e di cosí poca fatica....

– E poi, e poi, e poi....

– E poi che cosa?

– E poi c'è degli imbrogli.

– Degl'imbrogli? Che imbrogli ci può essere?

– Bisognerebbe trovarsi nei nostri piedi, per conoscer quanti impicci nascono in queste materie, quanti conti s'ha da rendere. Io son troppo dolce di cuore, non penso che a levar di mezzo gli ostacoli, a facilitar tutto, a far le cose secondo il piacere altrui, e trascuro il mio dovere; e poi mi toccan de' rimproveri, e peggio.

– Ma, col nome del cielo, non mi tenga cosí sulla corda, e mi dica chiaro e netto cosa c'è.

– Sapete voi quante e quante formalità ci vogliono per fare un matrimonio in regola?

– Bisogna ben ch'io ne sappia qualche cosa, – disse

Renzo, cominciando ad alterarsi, – poiché me ne ha già rotta bastantemente la testa, questi giorni addietro. Ma ora non s'è sbrigato ogni cosa? non s'è fatto tutto ciò che s'aveva a fare?

– Tutto, tutto, pare a voi: perché, abbiate pazienza, la bestia son io, che trascuro il mio dovere, per non far penare la gente. Ma ora.... basta, so quel che dico: Noi poveri curati siamo tra l'ancudine e il martello: voi impaziente; vi compatisco, povero giovane; e i superiori.... basta, non si può dir tutto. E noi siam quelli che ne andiam di mezzo.

– Ma mi spieghi una volta cos'è quest'altra formalità che s'ha a fare, come dice; e sarà subito fatta.

– Sapete voi quanti siano gl'impedimenti dirimenti?

– Che vuol ch'io sappia d'impedimenti?

– *Error, conditio, votum, cognatio, crimen,*
Cultus disparitas, vis, ordo, ligamen, honestas,
Si sis affinis,.... –

cominciava don Abbondio, contando sulla punta delle dita.

– Si piglia gioco di me? – interruppe il giovine. – Che vuol ch'io faccia del suo *latinorum*?

– Dunque, se non sapete le cose, abbiate pazienza, e rimettetevi a chi le sa.

– Orsú!....

– Via, caro Renzo, non andate in collera, che son pronto a fare.... tutto quello che dipende da me. Io, io vorrei vedervi contento; vi voglio bene io. Eh!.... quando penso che stavate cosí bene; cosa vi mancava? V'è saltato il grillo di maritarvi....

– Che discorsi son questi, signor mio? – proruppe Renzo, con un volto tra l'attonito e l'adirato.

– Dico per dire, abbiate pazienza, dico per dire. Vorrei vedervi contento.

– In somma....

– In somma, figliuol caro, io non ci ho colpa; la legge non l'ho fatta io. E, prima di conchiudere un matrimonio, noi siam proprio obbligati a far molte e molte ricerche, per assicurarci che non ci siano impedimenti.

– Ma via, mi dica una volta che impedimento è sopravvenuto?

– Abbiate pazienza, non son cose da potersi decifrare cosí su due piedi. Non ci sarà niente, cosí spero; ma, non ostante, queste ricerche noi le dobbiam fare. Il testo è chiaro e lampante: *antequam matrimonium denunciet*....

– Le ho detto che non voglio latino.

– Ma bisogna pur che vi spieghi....

– Ma non le ha già fatte queste ricerche?

– Non le ho fatte tutte, come avrei dovuto, vi dico.

– Perché non le ha fatte a tempo? perché dirmi che tutto era finito? perché aspettare....

– Ecco! mi rimproverate la mia troppa bontà. Ho facilitato ogni cosa per servirvi piú presto: ma.... ma ora mi son venute.... basta, so io.

– E che vorrebbe ch'io facessi?

– Che aveste pazienza per qualche giorno. Figliuol caro, qualche giorno non è poi l'eternità: abbiate pazienza.

– Per quanto?

«Siamo a buon porto», pensò fra sé don Abbondio; e, con un fare piú manieroso che mai, – via, – disse: – in quindici giorni cercherò,.... procurerò....

– Quindici giorni! oh questa sí ch'è nuova! S'è fatto tutto ciò che ha voluto lei; s'è fissato il giorno; il giorno arriva; e ora lei mi viene a dire che aspetti quindici giorni! Quindici... – riprese poi, con voce piú alta e stizzosa, stendendo il braccio, e battendo il pugno nell'aria; e chi sa qual diavoleria avrebbe attaccata a quel numero, se don Abbondio non l'avesse interrotto, prendendogli l'altra mano, con un'amorevolezza timida e premurosa: – via, via, non v'alterate, per amor del cielo. Vedrò, cercherò se, in una settimana....

– E a Lucia che devo dire?

– Ch'è stato un mio sbaglio.

– E i discorsi del mondo?

– Dite pure a tutti, che ho sbagliato io, per troppa furia, per troppo buon cuore: gettate tutta la colpa addosso a me. Posso parlar meglio? via, per una settimana.

– E poi, non ci sarà piú altri impedimenti?

– Quando vi dico....

– Ebbene: avrò pazienza per una settimana; ma ritenga bene che, passata questa, non m'appagherò piú di chiacchiere. Intanto la riverisco –. E cosí detto, se n'andò, facendo a don Abbondio un inchino men profondo del solito, e dandogli un'occhiata piú espressiva che riverente.

Uscito poi, e camminando di mala voglia, per la prima volta, verso la casa della sua promessa, in mezzo alla stizza, tornava con la mente su quel colloquio; e sempre piú lo trovava strano. L'accoglienza fredda e impicciata di don Abbondio, quel suo parlare stentato insieme e impaziente, que' due occhi grigi che, mentre parlava, eran sempre andati scappando qua e là, come se avesser avuto paura d'incontrarsi con le parole che gli uscivan di bocca, quel farsi quasi nuovo del matrimonio cosí espressamente concertato, e sopra tutto quell'accennar sempre qualche gran cosa, non dicendo mai nulla di chiaro; tutte queste circostanze messe insieme facevan pensare a Renzo che ci fosse sotto un mistero diverso da quello che don Abbondio aveva voluto far credere. Stette il giovine in forse un momento di tornare indietro, per metterlo alle strette, e farlo parlar piú chiaro; ma, alzando gli occhi, vide Perpetua che camminava dinanzi a lui, ed entrava in un orticello pochi passi distante dalla casa. Le diede una voce, mentre essa apriva l'uscio; studiò il passo, la raggiunse, la ritenne sulla soglia, e, col disegno di scovar qualche cosa di piú positivo, si fermò ad attaccar discorso con essa.

– Buon giorno, Perpetua: io speravo che oggi si sarebbe stati allegri insieme.

– Ma! quel che Dio vuole, il mio povero Renzo.

– Fatemi un piacere: quel benedett'uomo del signor curato m'ha impastocchiate certe ragioni che non ho potuto ben capire: spiegatemi voi meglio perché non può o non vuole maritarci oggi.

– Oh! vi par egli ch'io sappia i segreti del mio padrone?

«L'ho detto io, che c'era mistero sotto», pensò Renzo; e, per tirarlo in luce, continuò: – via, Perpetua; siamo amici; ditemi quel che sapete, aiutate un povero figliuolo.

– Mala cosa nascer povero, il mio caro Renzo.

– È vero, – riprese questo, sempre piú confermandosi ne' suoi sospetti; e, cercando d'accostarsi piú alla questione, – è vero, – soggiunse, – ma tocca ai preti a trattar male co' poveri?

– Sentite, Renzo; io non posso dir niente, perché... non so niente; ma quello che vi posso assicurare è che il mio padrone non vuol far torto, né a voi né a nessuno; e lui non ci ha colpa.

– Chi è dunque che ci ha colpa? – domandò Renzo, con un cert'atto trascurato, ma col cuor sospeso, e con l'orecchio all'erta.

– Quando vi dico che non so niente.... In difesa del mio padrone, posso parlare; perché mi fa male sentire che gli si dia carico di voler far dispiacere a qualcheduno. Pover'uomo! se pecca, è per troppa bontà. C'è bene a questo mondo de' birboni, de' prepotenti, degli uomini senza timor di Dio....

«Prepotenti! birboni! – pensò Renzo: – questi non sono i superiori». – Via, – disse poi, nascondendo a stento l'agitazione crescente, – via, ditemi chi è.

– Ah! voi vorreste farmi parlare; e io non posso parlare, perché.... non so niente: quando non so niente, è come se avessi giurato di tacere. Potreste darmi la corda, che non mi cavereste nulla di bocca. Addio; è tempo perduto per tutt'e due –. Cosí dicendo, entrò in fretta nell'orto, e chiuse l'uscio. Renzo, rispostole con un saluto, tornò indietro pian piano, per non farla accorgere del cammino che prendeva; ma, quando fu fuor del tiro dell'orecchio della buona donna, allungò il passo; in un momento fu all'uscio di don Abbondio; entrò, andò diviato al salotto dove l'aveva lasciato, ve lo trovò, e corse verso lui, con un fare ardito, e con gli occhi stralunati.

– Eh! eh! che novità è questa? – disse don Abbondio.

– Chi è quel prepotente, – disse Renzo, con la voce

d'un uomo ch'è risoluto d'ottenere una risposta precisa, – chi è quel prepotente che non vuol ch'io sposi Lucia?

– Che? che? che? – balbettò il povero sorpreso, con un volto fatto in un istante bianco e floscio, come un cencio che esca del bucato. E, pur brontolando, spiccò un salto dal suo seggiolone, per lanciarsi all'uscio. Ma Renzo, che doveva aspettarsi quella mossa, e stava all'erta, vi balzò prima di lui, girò la chiave, e se la mise in tasca.

– Ah! ah! parlerà ora, signor curato? Tutti sanno i fatti miei, fuori di me. Voglio saperli, per bacco, anch'io. Come si chiama colui?

– Renzo! Renzo! per carità, badate a quel che fate; pensate all'anima vostra.

– Penso che lo voglio saper subito, sul momento –. E, cosí dicendo, mise, forse senza avvedersene, la mano sul manico del coltello che gli usciva dal taschino.

– Misericordia! – esclamò con voce fioca don Abbondio.

– Lo voglio sapere.

– Chi v'ha detto....

– No, no; non piú fandonie. Parli chiaro e subito.

– Mi volete morto?

– Voglio sapere ciò che ho ragion di sapere.

– Ma se parlo, son morto. Non m'ha da premere la mia vita?

– Dunque parli.

Quel «dunque» fu proferito con una tale energia, l'aspetto di Renzo divenne cosí minaccioso, che don Abbondio non poté piú nemmen supporre la possibilità di disubbidire.

– Mi promettete, mi giurate, – disse, – di non parlarne con nessuno, di non dir mai....?

– Le prometto che fo uno sproposito, se lei non mi dice subito subito il nome di colui.

A quel nuovo scongiuro, don Abbondio, col volto, e con lo sguardo di chi ha in bocca le tanaglie del cavadenti, proferí: – don....

– Don? – ripeté Renzo, come per aiutare il paziente a buttar fuori il resto; e stava curvo, con l'orecchio chino sulla bocca di lui, con le braccia tese, e i pugni stretti all'indietro.

– Don Rodrigo! – pronunziò in fretta il forzato, precipitando quelle poche sillabe, e strisciando le consonanti, parte per il turbamento, parte perché, rivolgendo pure quella poca attenzione che gli rimaneva libera, a fare una transazione tra le due paure, pareva che volesse sottrarre e fare scomparir la parola, nel punto stesso ch'era costretto a metterla fuori.

– Ah cane! – urlò Renzo. – E come ha fatto? Cosa le ha detto per....?

– Come eh? come? – rispose, con voce quasi sdegnosa, don Abbondio, il quale, dopo un cosí gran sagrifizio, si sentiva in certo modo divenuto creditore. – Come eh? Vorrei che la fosse toccata a voi, come è toccata a me, che non c'entro per nulla; che certamente non vi sarebber rimasti tanti grilli in capo –. E qui si fece a dipinger con colori terribili il brutto incontro; e, nel discorrere, accorgendosi sempre piú d'una gran collera che aveva in corpo, e che fin allora era stata nascosta e involta nella paura, e vedendo nello stesso tempo che Renzo, tra la rabbia e la confusione, stava immobile, col capo basso, continuò allegramente: – avete fatta una bella azione! M'avete reso un bel servizio! Un tiro di questa sorte a un galantuomo, al vostro curato! in casa sua! in luogo sacro! Avete fatta una bella prodezza! Per cavarmi di bocca il mio malanno, il vostro malanno! ciò ch'io vi nascondevo per prudenza, per vostro bene! E ora che lo sapete? Vorrei vedere che mi faceste....! Per amor del cielo! Non si scherza. Non si tratta di torto o di ragione; si tratta di forza. E quando, questa mattina, vi davo un buon parere.... eh! subito nelle furie. Io avevo giudizio per me e per voi; ma come si fa? Aprite almeno; datemi la mia chiave.

– Posso aver fallato, – rispose Renzo, con voce raddolcita verso don Abbondio, ma nella quale si sentiva il furore contro il nemico scoperto: – posso aver fallato; ma si metta la mano al petto, e pensi se nel mio caso....

Cosí dicendo, s'era levata la chiave di tasca, e andava ad aprire. Don Abbondio gli andò dietro, e, mentre quegli girava la chiave nella toppa, se gli accostò, e, con volto serio e ansioso, alzandogli davanti agli occhi le tre prime dita della destra, come per aiutarlo anche lui dal canto suo, – giurate almeno.... – gli disse.

– Posso aver fallato; e mi scusi, – rispose Renzo, aprendo, e disponendosi ad uscire.

– Giurate.... – replicò don Abbondio, afferrandogli il braccio con la mano tremante.

– Posso aver fallato, – ripeté Renzo, sprigionandosi da lui; e partí in furia, troncando cosí la questione, che, al pari d'una questione di letteratura o di filosofia o d'altro, avrebbe potuto durar dei secoli, giacché ognuna delle parti non faceva che replicare il suo proprio argomento.

– Perpetua! Perpetua! – gridò don Abbondio, dopo avere invano richiamato il fuggitivo. Perpetua non risponde: don Abbondio non sapeva piú in che mondo si fosse.

È accaduto piú d'una volta a personaggi di ben piú alto affare che don Abbondio, di trovarsi in frangenti cosí fastidiosi, in tanta incertezza di partiti, che parve loro un ottimo ripiego mettersi a letto con la febbre. Questo ripiego, egli non lo dovette andare a cercare, perché gli si offerse da sé. La paura del giorno avanti, la veglia angosciosa della notte, la paura avuta in quel momento, l'ansietà dell'avvenire, fecero l'effetto. Affannato e balordo, si ripose sul suo seggiolone, cominciò a sentirsi qualche brivido nell'ossa, si guardava le unghie sospirando, e chiamava di tempo in tempo, con voce tremolante e stizzosa: – Perpetua! – La venne finalmente, con un gran cavolo sotto il braccio, e con la faccia tosta, come se nulla fosse stato. Risparmio al lettore i lamenti, le condoglianze, le accuse, le difese, i «voi sola potete aver parlato», e i «non ho parlato», tutti i pasticci in somma di quel colloquio. Basti dire che don Abbondio ordinò a Perpetua di metter la stanga all'uscio, di non aprir piú per nessuna cagione, e, se alcun bussasse, risponder dalla finestra che il curato era andato a letto con la febbre. Salí poi lentamente le scale, dicendo, ogni tre scalini, – son servito –; e si mise davvero a letto, dove lo lasceremo.

Renzo intanto camminava a passi infuriati verso casa, senza aver determinato quel che dovesse fare, ma con una smania addosso di far qualcosa di strano e di terribile. I provocatori, i soverchiatori, tutti coloro che, in qualunque modo, fanno torto altrui, sono rei, non solo del male che commettono, ma del pervertimento ancora a cui portano gli animi degli offesi. Renzo era un giovine pacifico e alieno dal sangue, un giovine schietto e nemico d'ogni insidia; ma, in que' momenti, il suo cuore non batteva che per l'omicidio, la sua mente non era occupata che a fantasticare un tradimento. Avrebbe voluto correre alla casa di don Rodrigo, afferrarlo per il collo, e.... ma gli veniva in mente ch'era come una fortezza, guarnita di bravi al di dentro, e guardata al di fuori; che i soli amici e servitori ben conosciuti v'entravan liberamente, senza essere squadrati da capo a piedi; che un artigianello sconosciuto non vi potrebb'entrare senza un esame, e ch'egli sopra tutto.... egli vi sarebbe forse troppo conosciuto. Si figurava allora di prendere il suo schioppo, d'appiattarsi dietro una siepe, aspettando se mai, se mai colui venisse a passar solo; e, internandosi, con feroce compiacenza, in quell'immaginazione, si figurava di sentire una pedata, quella pedata, d'alzar chetamente la testa; riconosceva lo scellerato, spianava lo schioppo, prendeva la mira, sparava, lo vedeva cadere e dare i tratti, gli lanciava una maledizione, e correva sulla strada del confine a mettersi in salvo. «E Lucia?» Appena questa parola si fu gettata a traverso di quelle bieche fantasie, i migliori pensieri a cui era avvezza la mente di Renzo, v'entrarono in folla. Si rammentò degli ultimi ricordi de' suoi parenti, si rammentò di Dio, della Madonna e de' santi, pensò alla consolazione che aveva tante volte provata di trovarsi senza delitti, all'orrore che aveva tante volte provato al racconto d'un omicidio; e si risvegliò da quel sogno di sangue, con ispavento, con rimorso, e insieme con una specie di gioia di non aver fatto altro che immaginare. Ma il pensiero di Lucia, quanti pensieri tirava seco! Tante speranze, tante promesse, un avvenire cosí vagheggiato, e cosí tenuto sicuro, e quel giorno cosí sospirato! E come, con che parole annunziarle una tal nuova? E poi, che partito prendere? Come farla sua, a dispetto della forza di quell'iniquo potente? E insieme a tutto questo, non un sospetto formato, ma un'ombra tormentosa gli passava per la mente. Quella soverchieria di don Rodrigo non poteva esser mossa che da una brutale passione per Lucia. E Lucia? Che avesse data a colui la piú piccola occasione, la piú leggiera lusinga, non era un pensiero che potesse fermarsi un momento nella testa di Renzo. Ma n'era informata? Poteva colui aver concepita quell'infame passione, senza che lei se n'avvedesse? Avrebbe spinte le cose tanto in là, prima d'averla tentata in qualche modo? E Lucia non ne aveva mai detta una parola a lui! al suo promesso!

Dominato da questi pensieri, passò davanti a casa sua, ch'era nel mezzo del villaggio, e, attraversatolo, s'avviò a quella di Lucia, ch'era in fondo, anzi un po' fuori. Aveva quella casetta un piccolo cortile dinanzi, che la separava dalla strada, ed era cinto da un murettino. Renzo entrò nel cortile, e sentí un misto e continuo ronzío che veniva da una stanza di sopra. S'immaginò che sarebbero amiche e comari, venute a far corteggio a Lucia; e non si volle mostrare a quel mercato, con quella nuova in corpo e sul volto. Una fanciulletta che si trovava nel cortile, gli corse incontro gridando: – lo sposo! lo sposo!

– Zitta, Bettina, zitta! – disse Renzo. – Vien qua; va' su da Lucia, tirala in disparte, e dille all'orecchio..... ma che nessun senta, né sospetti di nulla, ve'..... dille che ho da parlarle, che l'aspetto nella stanza terrena, e che venga subito –. La fanciulletta salí in fretta le scale, lieta e superba d'avere una commission segreta da eseguire.

Lucia usciva in quel momento tutta attillata dalle mani della madre. Le amiche si rubavano la sposa, e le facevan forza perché si lasciasse vedere; e lei s'andava schermendo, con quella modestia un po' guerriera delle contadine, facendosi scudo alla faccia col gomito, chinandola sul busto, e aggrottando i lunghi e neri sopraccigli, mentre però la bocca s'apriva al sorriso. I neri e giovanili capelli, spartiti sopra la fronte, con una bianca e sottile dirizzatura, si ravvolgevan, dietro il capo, in cerchi moltiplici di trecce, trapassate da lunghi spilli d'argento, che si dividevano all'intorno, quasi a guisa de' raggi d'un'aureola, come ancora usano le contadine nel Milanese. Intorno al collo aveva un vezzo di granati alternati con bottoni d'oro a filigrana: portava un bel busto di broccato a fiori, con le maniche separate e allacciate da bei nastri: una corta gonnella di filaticcio di seta, a pieghe fitte e minute, due calze vermiglie, due pianelle, di seta anch'esse, a ricami. Oltre a questo, ch'era l'ornamento particolare del giorno delle nozze, Lucia aveva quello quotidiano d'una modesta bellezza, rilevata allora e accresciuta dalle varie affezioni che le si dipingevan sul viso: una gioia temperata da un turbamento leggiero, quel placido accoramento che si mostra di quand'in quando sul volto delle spose, e, senza scompor la bellezza, le dà un carattere particolare. La piccola Bettina si cacciò nel crocchio, s'accostò a Lucia, le fece intendere accortamente che aveva qualcosa da comunicarle, e le disse la sua parolina all'orecchio.

– Vo un momento, e torno, – disse Lucia alle donne; e scese in fretta. Al veder la faccia mutata, e il portamento inquieto di Renzo, – cosa c'è? – disse, non senza un presentimento di terrore.

– Lucia! – rispose Renzo, – per oggi, tutto è a monte; e Dio sa quando potremo esser marito e moglie.

– Che? – disse Lucia tutta smarrita. Renzo le raccontò brevemente la storia di quella mattina: ella ascoltava con angoscia: e quando udí il nome di don Rodrigo, – ah! – esclamò, arrossendo e tremando, – fino a questo segno!

– Dunque voi sapevate....? – disse Renzo.

– Pur troppo! – rispose Lucia; – ma a questo segno!

– Che cosa sapevate?

– Non mi fate ora parlare, non mi fate piangere. Corro a chiamar mia madre, e a licenziar le donne: bisogna che siam soli.

Mentre ella partiva, Renzo susurrò: – non m'avete mai detto niente.

– Ah, Renzo! – rispose Lucia, rivolgendosi un momento, senza fermarsi. Renzo intese benissimo che il suo nome pronunziato in quel momento, con quel tono, da Lucia, voleva dire: potete voi dubitare ch'io abbia taciuto se non per motivi giusti e puri?

Intanto la buona Agnese (cosí si chiamava la madre di Lucia), messa in sospetto e in curiosità dalla parolina all'orecchio, e dallo sparir della figlia, era discesa a veder cosa c'era di nuovo. La figlia la lasciò con Renzo, tornò alle donne radunate, e, accomodando l'aspetto e la voce, come poté meglio, disse: – il signor curato è ammalato; e oggi non si fa nulla –. Ciò detto, le salutò tutte in fretta, e scese di nuovo.

Le donne sfilarono, e si sparsero a raccontar l'accaduto. Due o tre andaron fin all'uscio del curato, per verificar se era ammalato davvero.

– Un febbrone, – rispose Perpetua dalla finestra; e la trista parola, riportata all'altre, troncò le congetture che già cominciavano a brulicar ne' loro cervelli, e ad annunziarsi tronche e misteriose ne' loro discorsi.

Capitolo terzo

Lucia entrò nella stanza terrena, mentre Renzo stava angosciosamente informando Agnese, la quale angosciosamente lo ascoltava. Tutt'e due si volsero a chi ne sapeva piú di loro, e da cui aspettavano uno schiarimento, il quale non poteva essere che doloroso: tutt'e due, lasciando travedere, in mezzo al dolore, e con l'amore diverso che ognun d'essi portava a Lucia, un cruccio pur diverso perché avesse taciuto loro qualche cosa, e una tal cosa. Agnese, benché ansiosa di sentir parlare la figlia, non poté tenersi di non farle un rimprovero. – A tua madre non dir niente d'una cosa simile!

– Ora vi dirò tutto, – rispose Lucia, asciugandosi gli occhi col grembiule.

– Parla, parla! – Parlate, parlate! – gridarono a un tratto la madre e lo sposo.

– Santissima Vergine! – esclamò Lucia: – chi avrebbe creduto che le cose potessero arrivare a questo segno! – E, con voce rotta dal pianto, raccontò come, pochi giorni prima, mentre tornava dalla filanda, ed era rimasta indietro dalle sue compagne, le era passato innanzi don Rodrigo, in compagnia d'un altro signore; che il primo aveva cercato di trattenerla con chiacchiere, com'ella diceva, non punto belle; ma essa, senza dargli retta, aveva affrettato il passo, e raggiunte le compagne; e intanto aveva sentito quell'altro signore rider forte, e don Rodrigo dire: scommettiamo. Il giorno dopo, coloro s'eran trovati ancora sulla strada; ma Lucia era nel mezzo delle compagne, con gli occhi bassi; e l'altro signore sghignazzava, e don Rodrigo diceva: vedremo, vedremo. – Per grazia del cielo, – continuò Lucia, – quel giorno era l'ultimo della filanda. Io raccontai subito....

– A chi hai raccontato? – domandò Agnese, andando incontro, non senza un po' di sdegno, al nome del confidente preferito.

– Al padre Cristoforo, in confessione, mamma, – rispose Lucia, con un accento soave di scusa. – Gli raccontai tutto, l'ultima volta che siamo andate insieme alla chiesa del convento: e, se vi ricordate, quella mattina, io andavo mettendo mano ora a una cosa, ora a un'altra, per indugiare, tanto che passasse altra gente del paese avviata a quella volta, e far la strada in compagnia con loro; perché, dopo quell'incontro, le strade mi facevan tanta paura...

Al nome riverito del padre Cristoforo, lo sdegno d'Agnese si raddolcí. – Hai fatto bene, – disse, – ma perché non raccontar tutto anche a tua madre?

Lucia aveva avute due buone ragioni: l'una, di non contristare né spaventare la buona donna, per cosa alla quale essa non avrebbe potuto trovar rimedio; l'altra, di non metter a rischio di viaggiar per molte bocche una storia che voleva essere gelosamente sepolta: tanto piú che Lucia sperava che le sue nozze avrebber troncata, sul principiare, quell'abbominata persecuzione. Di queste due ragioni però, non allegò che la prima.

– E a voi, – disse poi, rivolgendosi a Renzo, con quella voce che vuol far riconoscere a un amico che ha avuto torto: – e a voi dovevo io parlar di questo? Pur troppo lo sapete ora!

– E che t'ha detto il padre? – domandò Agnese.

– M'ha detto che cercassi d'affrettar le nozze il piú che potessi, e intanto stessi rinchiusa; che pregassi bene il Signore; e che sperava che colui, non vedendomi, non si curerebbe piú di me. E fu allora che mi sforzai, – proseguí, rivolgendosi di nuovo a Renzo, senza alzargli però gli occhi in viso, e arrossendo tutta, – fu allora che feci la sfacciata, e che vi pregai io che procuraste di far presto, e di concludere prima del tempo che s'era stabilito. Chi sa cosa avrete pensato di me! Ma io facevo per bene, ed ero stata consigliata, e tenevo per certo... e questa mattina, ero tanto lontana da pensare.... – Qui le parole furon troncate da un violento scoppio di pianto.

– Ah birbone! ah dannato! ah assassino! – gridava Renzo, correndo innanzi e indietro per la stanza, e stringendo di tanto in tanto il manico del suo coltello.

– Oh che imbroglio, per amor di Dio! – esclamava Agnese. Il giovine si fermò d'improvviso davanti a Lucia che piangeva; la guardò con un atto di tenerezza mesta e rabbiosa, e disse: – questa è l'ultima che fa quell'assassino.

– Ah! no, Renzo, per amor del cielo! – gridò Lucia. – No, no, per amor del cielo! Il Signore c'è anche per i poveri; e come volete che ci aiuti, se facciam del male?

– No, no, per amor del cielo! – ripeteva Agnese.

– Renzo, – disse Lucia, con un'aria di speranza e di risoluzione piú tranquilla: – voi avete un mestiere, e io so lavorare: andiamo tanto lontano, che colui non senta piú parlar di noi.

– Ah Lucia! e poi? Non siamo ancora marito e moglie! Il curato vorrà farci la fede di stato libero? Un uomo come quello? Se fossimo maritati, oh allora....!

Lucia si rimise a piangere; e tutt'e tre rimasero in silenzio, e in un abbattimento che faceva un tristo contrapposto alla pompa festiva de' loro abiti.

– Sentite, figliuoli; date retta a me, – disse, dopo qualche momento, Agnese. – Io son venuta al mondo prima di voi; e il mondo lo conosco un poco. Non bisogna poi spaventarsi tanto: il diavolo non è brutto quanto si dipinge. A noi poverelli le matasse paion piú imbrogliate, perché non sappiam trovarne il bandolo; ma alle volte un parere, una parolina d'un uomo che abbia studiato.... so ben io quel che voglio dire. Fate a mio modo, Renzo; andate a Lecco; cercate del dottor Azzecca-garbugli, raccontategli.... Ma non lo chiamate cosí, per amor del cielo: è un soprannome. Bisogna dire il signor dottor.... Come si chiama, ora? Oh to'! non lo so il nome vero: lo chiaman tutti a quel modo. Basta, cercate di quel dottore alto, asciutto, pelato, col naso rosso, e una voglia di lampone sulla guancia.

– Lo conosco di vista, – disse Renzo.

– Bene, – continuò Agnese: – quello è una cima d'uomo! Ho visto io piú d'uno ch'era piú impicciato che un pulcin nella stoppa, e non sapeva dove batter la testa, e, dopo essere stato un'ora a quattr'occhi col dottor Azzecca-garbugli (badate bene di non chiamarlo cosí!), l'ho visto, dico, ridersene. Pigliate quei quattro capponi, poveretti! a cui dovevo tirare il collo, per il banchetto di domenica, e portateglieli; perché non bisogna mai andar con le mani vote da que' signori. Raccontategli tutto l'accaduto; e vedrete che vi dirà, su due piedi, di quelle cose che a noi non verrebbero in testa, a pensarci un anno.

Renzo abbracciò molto volentieri questo parere; Lucia l'approvò; e Agnese, superba d'averlo dato, levò, a una a una, le povere bestie dalla stía, riuní le loro otto gambe, come se facesse un mazzetto di fiori, le avvolse e le strinse con uno spago, e le consegnò in mano a Renzo; il quale, date e ricevute parole di speranza, uscí dalla parte dell'orto, per non esser veduto da' ragazzi, che gli correrebber dietro, gridando: lo sposo! lo sposo! Cosí, attraversando i campi o, come dicon colà, i luoghi, se n'andò per viottole, fremendo, ripensando alla sua disgrazia, e ruminando il discorso da fare al dottor Azzecca-garbugli. Lascio poi pensare al lettore, come dovessero stare in viaggio quelle povere bestie, cosí legate e tenute per le zampe, a capo all'in giú, nella mano d'un uomo il quale, agitato da tante passioni, accompagnava col gesto i pensieri che gli passavan a tumulto per la mente. Ora stendeva il braccio per collera, ora l'alzava per disperazione, ora lo dibatteva in aria, come per minaccia, e, in tutti i modi, dava loro di fiere scosse, e faceva balzare quelle quattro teste spenzolate; le quali intanto s'ingegnavano a beccarsi l'una con l'altra, come accade troppo sovente tra compagni di sventura.

Giunto al borgo, domandò dell'abitazione del dottore; gli fu indicata, e v'andò. All'entrare, si sentí preso da quella suggezione che i poverelli illetterati provano in vicinanza d'un signore e d'un dotto, e dimenticò tutti i discorsi che aveva preparati; ma diede un'occhiata ai capponi, e si rincorò. Entrato in cucina, domandò alla serva, se si poteva parlare al signor dottore. Adocchiò essa le bestie, e, come avvezza a somiglianti doni, mise loro le mani addosso, quantunque Renzo andasse tirando indietro, perché voleva che il dottore vedesse e sapesse ch'egli portava qualche cosa. Capitò appunto mentre la donna diceva: – date qui, e andate innanzi –. Renzo fece un grande inchino: il dottore l'accolse umanamente, con un – venite, figliuolo, – e lo fece entrar con sé nello studio. Era questo uno stanzone, su tre pareti del quale eran distribuiti i ritratti de' dodici Cesari; la quarta, coperta da un grande scaffale di libri vecchi e polverosi: nel mezzo, una tavola gremita d'allegazioni, di suppliche, di libelli, di gride, con tre o quattro seggiole all'intorno, e da una parte un seggiolone a braccioli, con una spalliera alta e quadrata, terminata agli angoli da due ornamenti di legno, che s'alzavano a foggia di corna, coperta di vacchetta, con grosse borchie, alcune delle quali, cadute da gran tempo, lasciavano in libertà gli angoli della copertura, che s'accartocciava qua e là. Il dottore era in veste da camera, cioè coperto d'una toga ormai consunta, che gli aveva servito, molt'anni addietro, per perorare, ne' giorni d'apparato, quando andava a Milano, per qualche causa d'importanza. Chiuse l'uscio, e fece animo al giovine, con queste parole: – figliuolo, ditemi il vostro caso.

– Vorrei dirle una parola in confidenza.

– Son qui, – rispose il dottore: – parlate –. E s'accomodò sul seggiolone. Renzo, ritto davanti alla tavola, con una mano nel cocuzzolo del cappello, che faceva girar con l'altra, ricominciò: – vorrei sapere da lei che ha studiato....

– Ditemi il fatto come sta, – interruppe il dottore.

– Lei m'ha da scusare: noi altri poveri non sappiamo parlar bene. Vorrei dunque sapere....

– Benedetta gente! siete tutti cosí: in vece di raccontar il fatto, volete interrogare, perché avete già i vostri disegni in testa.

– Mi scusi, signor dottore. Vorrei sapere se, a minacciare un curato, perché non faccia un matrimonio, c'è penale.

«Ho capito», disse tra sé il dottore, che in verità non aveva capito. «Ho capito». E subito si fece serio, ma d'una serietà mista di compassione e di premura; strinse fortemente le labbra, facendone uscire un suono inarticolato che accennava un sentimento, espresso poi piú chiaramente nelle sue prime parole. – Caso serio, figliuolo; caso contemplato. Avete fatto bene a venir da me. È un caso chiaro, contemplato in cento gride, e.... appunto, in una dell'anno scorso, dell'attuale signor governatore. Ora vi fo vedere, e toccar con mano.

Cosí dicendo, s'alzò dal suo seggiolone, e cacciò le mani in quel caos di carte, rimescolandole dal sotto in su, come se mettesse grano in uno staio.

– Dov'è ora? Vien fuori, vien fuori. Bisogna aver tante cose alle mani! Ma la dev'esser qui sicuro, perché è una grida d'importanza. Ah! ecco, ecco –. La prese, la spiegò, guardò alla data, e, fatto un viso ancor piú serio, esclamò: – il 15 d'ottobre 1627! Sicuro; è dell'anno passato: grida fresca; son quelle che fanno piú paura. Sapete leggere, figliuolo?

– Un pochino, signor dottore.

– Bene, venitemi dietro con l'occhio, e vedrete.

E, tenendo la grida sciorinata in aria, cominciò a leggere, borbottando a precipizio in alcuni passi, e fermandosi distintamente, con grand'espressione, sopra alcuni altri, secondo il bisogno:

– *Se bene, per la grida pubblicata d'ordine del signor Duca di Feria ai 14 di dicembre 1620, et confirmata dall'Illustriss. et Eccellentiss. Signore il Signor Gonzalo Fernandez de Cordova,* eccetera, *fu con rimedii straordinarii e rigorosi provvisto alle oppressioni, concussioni et atti tirannici che alcuni ardiscono di commettere contro questi Vassalli tanto divoti di S. M., ad ogni modo la frequenza degli eccessi, e la malitia*, eccetera, *è cresciuta a segno, che ha posto in necessità l'Eccell. Sua*, eccetera. *Onde, col parere del Senato et di una Giunta*, eccetera, *ha risoluto che si pubblichi la presente.*

– *E cominciando dagli atti tirannici, mostrando l'esperienza che molti, cosí nelle Città, come nelle Ville*.... sentite? *di questo Stato, con tirannide esercitano concussioni et opprimono i piú deboli in varii modi, come in operare che si facciano contratti violenti di compre, d'affitti*.... eccetera: dove sei? ah! ecco; sentite: *che seguano o non seguano matrimonii*. Eh?

– È il mio caso, – disse Renzo.

– Sentite, sentite, c'è ben altro; e poi vedremo la pena. *Si testifichi, o non si testifichi; che uno si parta dal luogo dove abita*, eccetera; *che quello paghi un debito; quell'altro non lo molesti, quello vada al suo molino*: tutto questo non ha che far con noi. Ah ci siamo: *quel prete non faccia quello che è obbligato per l'uficio suo, o faccia cose che non gli toccano*. Eh?

– Pare che abbian fatta la grida apposta per me.

– Eh? non è vero? sentite, sentite: *et altre simili violenze, quali seguono da feudatarii, nobili, mediocri, vili, et plebei*. Non se ne scappa: ci son tutti: è come la valle di Giosafat. Sentite ora la pena. *Tutte queste et altre simili male attioni, benché siano proibite, nondimeno, convenendo metter mano a maggior rigore, S. E., per la presente, non derogando*, eccetera, *ordina e comanda che contra li contravventori in qualsivoglia dei suddetti capi, o altro simile, si proceda da tutti li giudici ordinarii di questo Stato a pena pecuniaria e corporale, ancora di relegatione o di galera, e fino alla morte*.... una piccola bagattella! *all'arbitrio dell'Eccellenza Sua, o del Senato, secondo la qualità dei casi, persone e circostanze. E questo ir-re-mis-si-bil-men-te e con ogni rigore*, eccetera. Ce n'è della roba, eh? E vedete qui le sottoscrizioni: *Gonzalo Fernandez de Cordova*; e piú in giú: *Platonus*; e qui ancora: *Vidit Ferrer*: non ci manca niente.

Mentre il dottore leggeva, Renzo gli andava dietro lentamente con l'occhio, cercando di cavar il costrutto chiaro, e di mirar proprio quelle sacrosante parole, che gli parevano dover esser il suo aiuto. Il dottore, vedendo il nuovo cliente piú attento che atterrito, si maravigliava. «Che sia matricolato costui», pensava tra sé. – Ah! ah! – gli disse poi: – vi siete però fatto tagliare il ciuffo. Avete avuto prudenza: però, volendo mettervi nelle mie mani, non faceva bisogno. Il caso è serio; ma voi non sapete quel che mi basti l'animo di fare, in un'occasione.

Per intender quest'uscita del dottore, bisogna sapere, o rammentarsi che, a quel tempo, i bravi di mestiere, e i facinorosi d'ogni genere, usavan portare un lungo ciuffo, che si tiravan poi sul volto, come una visiera, all'atto d'affrontar qualcheduno, ne' casi in cui stimasser necessario di travisarsi, e l'impresa fosse di quelle, che richiedevano nello stesso tempo forza e prudenza. Le gride non erano state in silenzio su questa moda. *Comanda Sua Eccellenza* (il marchese de la Hynojosa) *che chi porterà i capelli di tal lunghezza che coprano il fronte fino alli cigli esclusivamente, ovvero porterà la trezza, o avanti o dopo le orecchie, incorra la pena di trecento scudi; et in caso d'inhabilità, di tre anni di galera, per la prima volta, e per la seconda, oltre la suddetta, maggiore ancora, pecuniaria et corporale, all'arbitrio di Sua Eccellenza.*

Permette però che, per occasione di trovarsi alcuno calvo, o per altra ragionevole causa di segnale o ferita, possano quelli tali, per maggior decoro e sanità loro, portare i capelli tanto lunghi, quanto sia bisogno per coprire simili mancamenti e niente di piú; avvertendo bene a non eccedere il dovere e pura necessità, per (non) *incorrere nella pena agli altri contraffacienti imposta.*

E parimente comanda a' barbieri, sotto pena di cento scudi o di tre tratti di corda da esser dati loro in pubblico, et maggiore anco corporale, all'arbitrio come sopra, che non lascino a quelli che toseranno, sorte alcuna di dette trezze, zuffi, rizzi, né capelli piú lunghi dell'ordinario, cosí nella fronte come dalle bande, e dopo le orecchie, ma che siano tutti uguali, come sopra, salvo nel caso dei calvi, o altri difettosi, come si è detto. Il ciuffo era dunque quasi una parte dell'armatura, e un distintivo de' bravacci e degli scapestrati; i quali poi da ciò vennero comunemente chiamati ciuffi. Questo termine è rimasto e vive tuttavia, con significazione piú mitigata, nel dialetto: e non ci sarà forse nessuno de' nostri lettori milanesi, che non si rammenti d'aver sentito, nella sua fanciullezza, o i parenti, o il maestro, o qualche amico di casa, o qualche persona di servizio, dir di lui: è un ciuffo, è un ciuffetto.

– In verità, da povero figliuolo, – rispose Renzo, – io non ho mai portato ciuffo in vita mia.

– Non facciam niente, – rispose il dottore, scotendo il capo, con un sorriso, tra malizioso e impaziente. – Se non avete fede in me, non facciam niente. Chi dice le bugie al dottore, vedete figliuolo, è uno sciocco che dirà la verità al giudice. All'avvocato bisogna raccontar le cose chiare: a noi tocca poi a imbrogliarle. Se volete ch'io v'aiuti, bisogna dirmi tutto, dall'a fino alla zeta, col cuore in mano, come al confessore. Dovete nominarmi la persona da cui avete avuto il mandato: sarà naturalmente persona di riguardo; e, in questo caso, io anderò da lui, a fare un atto di dovere. Non gli dirò, vedete, ch'io sappia da voi, che v'ha mandato lui: fidatevi. Gli dirò che vengo ad implorar la sua protezione, per un povero giovine calunniato. E con lui prenderò i concerti opportuni, per finir l'affare lodevolmente. Capite bene che, salvando sé, salverà anche voi. Se poi la scappata fosse tutta vostra, via, non mi ritiro: ho cavato altri da peggio imbrogli.... Purché non abbiate offeso persona di riguardo, intendiamoci, m'impegno a togliervi d'impiccio: con un po' di spesa, intendiamoci. Dovete dirmi chi sia l'offeso, come si dice: e, secondo la condizione, la qualità e l'umore dell'amico, si vedrà se convenga piú di tenerlo a segno con le protezioni, o trovar qualche modo d'attaccarlo noi in criminale, e mettergli una pulce nell'orecchio; perché, vedete, a saper ben maneggiare le gride, nessuno è reo, e nessuno è innocente. In quanto al curato, se è persona di giudizio, se ne starà zitto; se fosse una testolina, c'è rimedio anche per quelle. D'ogni intrigo si può uscire; ma ci vuole un uomo: e il vostro caso è serio; serio, vi dico, serio: la grida canta chiaro; e se la cosa si deve decider tra la giustizia e voi, cosí a quattr'occhi, state fresco. Io vi parlo da amico: le scappate bisogna pagarle: se volete passarvela liscia, danari e sincerità, fidarvi di chi vi vuol bene, ubbidire, far tutto quello che vi sarà suggerito.

Mentre il dottore mandava fuori tutte queste parole, Renzo lo stava guardando con un'attenzione estatica, come un materialone sta sulla piazza guardando al giocator di bussolotti, che, dopo essersi cacciata in bocca stoppa e stoppa e stoppa, ne cava nastro e nastro e nastro, che non finisce mai. Quand'ebbe però capito bene cosa il dottore volesse dire, e quale equivoco avesse preso, gli troncò il nastro in bocca, dicendo: – oh! signor dottore, come l'ha intesa? l'è proprio tutta al rovescio. Io non ho minacciato nessuno; io non fo di queste cose, io: e domandi pure a tutto il mio comune, che sentirà che non ho mai avuto che fare con la giustizia. La bricconeria l'hanno fatta a me; e vengo da lei per sapere come ho da fare per ottener giustizia; e son ben contento d'aver visto quella grida.

– Diavolo! – esclamò il dottore, spalancando gli occhi. – Che pasticci mi fate? Tant'è; siete tutti cosí: possibile che non sappiate dirle chiare le cose?

– Ma mi scusi; lei non m'ha dato tempo: ora le racconterò la cosa, com'è. Sappia dunque ch'io dovevo sposare oggi, – e qui la voce di Renzo si commosse, – dovevo sposare oggi una giovine, alla quale discorrevo, fin da quest'estate; e oggi, come le dico, era il giorno stabilito col signor curato, e s'era disposto ogni cosa. Ecco che il signor curato comincia a cavar fuori certe scuse.... basta, per non tediarla, io l'ho fatto parlar chiaro, com'era giusto; e lui m'ha confessato che gli era stato proibito, pena la vita, di far questo matrimonio. Quel prepotente di don Rodrigo....

– Eh via! – interruppe subito il dottore, aggrottando le ciglia, aggrinzando il naso rosso, e storcendo la bocca, – eh via! Che mi venite a rompere il capo con queste fandonie? Fate di questi discorsi tra voi altri, che non sapete misurar le parole; e non venite a farli con un galantuomo che sa quanto valgono. Andate, andate; non sapete quel che vi dite: io non m'impiccio con ragazzi; non voglio sentir discorsi di questa sorte, discorsi in aria.

– Le giuro....

– Andate, vi dico: che volete ch'io faccia de' vostri giuramenti? Io non c'entro: me ne lavo le mani –. E se le andava stropicciando, come se le lavasse davvero. – Imparate a parlare: non si viene a sorprender cosí un galantuomo.

– Ma senta, ma senta, – ripeteva indarno Renzo: il dottore, sempre gridando, lo spingeva con le mani verso l'uscio; e, quando ve l'ebbe cacciato, aprí, chiamò la serva, e le disse: – restituite subito a quest'uomo quello che ha portato: io non voglio niente, non voglio niente.

Quella donna non aveva mai, in tutto il tempo ch'era stata in quella casa, eseguito un ordine simile: ma era stato proferito con una tale risoluzione, che non esitò a ubbidire. Prese le quattro povere bestie, e le diede a Renzo, con un'occhiata di compassione sprezzante, che pareva volesse dire: bisogna che tu l'abbia fatta bella. Renzo voleva far cerimonie; ma il dottore fu inespugnabile; e il giovine, piú attonito e piú stizzito che mai, dovette riprendersi le vittime rifiutate, e tornar al paese, a raccontar alle donne il bel costrutto della sua spedizione.

Le donne, nella sua assenza, dopo essersi tristamente levate il vestito delle feste e messo quello del giorno di lavoro, si misero a consultar di nuovo, Lucia singhiozzando e Agnese sospirando. Quando questa ebbe ben parlato de' grandi effetti che si dovevano sperare dai consigli del dottore, Lucia disse che bisognava veder d'aiutarsi in tutte le maniere; che il padre Cristoforo era uomo non solo da consigliare, ma da metter l'opera sua, quando si trattasse di sollevar poverelli; e che sarebbe una gran bella cosa potergli far sapere ciò ch'era accaduto. – Sicuro, – disse Agnese: e si diedero a cercare insieme la maniera; giacché andar esse al convento, distante di là forse due miglia, non se ne sentivano il coraggio, in quel giorno: e certo nessun uomo di giudizio gliene avrebbe dato il parere. Ma, nel mentre che bilanciavano i partiti, si sentí un picchietto all'uscio, e, nello stesso momento, un sommesso ma distinto – *Deo gratias* –. Lucia, immaginandosi chi poteva essere, corse ad aprire; e subito, fatto un piccolo inchino famigliare, venne avanti un laico cercatore cappuccino, con la sua bisaccia pendente alla spalla sinistra, e tenendone l'imboccatura attortigliata e stretta nelle due mani sul petto.

– Oh fra Galdino! – dissero le due donne.

– Il Signore sia con voi, – disse il frate. – Vengo alla cerca delle noci.

– Va' a prender le noci per i padri, – disse Agnese. Lucia s'alzò, e s'avviò all'altra stanza, ma, prima d'entrarvi, si trattenne dietro le spalle di fra Galdino, che rimaneva diritto nella medesima positura; e, mettendo il dito alla bocca, diede alla madre un'occhiata che chiedeva il segreto, con tenerezza, con supplicazione, e anche con una certa autorità.

Il cercatore, sbirciando Agnese cosí da lontano, disse: – e questo matrimonio? Si doveva pur fare oggi: ho veduto nel paese una certa confusione, come se ci fosse una novità. Cos'è stato?

– Il signor curato è ammalato, e bisogna differire, – rispose in fretta la donna. Se Lucia non faceva quel segno, la risposta sarebbe probabilmente stata diversa. – E come va la cerca? – soggiunse poi, per mutar discorso.

– Poco bene, buona donna, poco bene. Le son tutte qui –. E, cosí dicendo, si levò la bisaccia d'addosso, e la fece saltar tra le due mani. – Son tutte qui; e, per mettere insieme questa bella abbondanza, ho dovuto picchiare a dieci porte.

– Ma! le annate vanno scarse, fra Galdino; e, quando s'ha a misurar il pane, non si può allargar la mano nel resto.

– E per far tornare il buon tempo, che rimedio c'è, la mia donna? L'elemosina. Sapete di quel miracolo delle noci, che avvenne, molt'anni sono, in quel nostro convento di Romagna?

– No, in verità; raccontatemelo un poco.

– Oh! dovete dunque sapere che, in quel convento, c'era un nostro padre, il quale era un santo, e si chiamava il padre Macario. Un giorno d'inverno, passando per una viottola, in un campo d'un nostro benefattore, uomo dabbene anche lui, il padre Macario vide questo benefattore vicino a un suo gran noce; e quattro contadini, con le zappe in aria, che principiavano a scalzar la pianta, per metterle le radici al sole. «Che fate voi a quella povera pianta?» domandò il padre Macario. «Eh! padre, son anni e anni che la non mi vuol far noci; e io ne faccio legna». «Lasciatela stare, disse il padre: sappiate che, quest'anno, la farà piú noci che foglie». Il benefattore, che sapeva chi era colui che aveva detta quella parola, ordinò subito ai lavoratori, che gettasser di nuovo la terra sulle radici; e, chiamato il padre, che continuava la sua strada, «padre Macario, gli disse, la metà della raccolta sarà per il convento». Si sparse la voce della predizione; e tutti correvano a guardare il noce. In fatti, a primavera, fiori a bizzeffe, e, a suo tempo, noci a bizzeffe. Il buon benefattore non ebbe la consolazione di bacchiarle; perché andò, prima della raccolta, a ricevere il premio della sua carità. Ma il miracolo fu tanto piú grande, come sentirete. Quel brav'uomo aveva lasciato un figliuolo di stampa ben diversa. Or dunque, alla raccolta, il cercatore andò per riscotere la metà ch'era dovuta al convento; ma colui se ne fece nuovo affatto, ed ebbe la temerità di rispondere che non aveva mai sentito dire che i cappuccini sapessero far noci. Sapete ora cosa avvenne? Un giorno, (sentite questa) lo scapestrato aveva invitato alcuni suoi amici dello stesso pelo, e, gozzovigliando, raccontava la storia del noce, e rideva de' frati. Que' giovinastri ebber voglia d'andar a vedere quello sterminato mucchio di noci; e lui li mena su in granaio. Ma sentite: apre l'uscio, va verso il cantuccio dov'era stato riposto il gran mucchio, e mentre dice: guardate, guarda egli stesso e vede.... che cosa? Un bel mucchio di foglie secche di noce. Fu un esempio questo? E il convento, in vece di scapitare, ci guadagnò; perché, dopo un cosí gran fatto, la cerca delle noci rendeva tanto, tanto, che un benefattore, mosso a compassione del povero cercatore, fece al convento la carità d'un asino, che aiutasse a portar le noci a casa. E si faceva tant'olio, che ogni povero veniva a prenderne, secondo il suo bisogno; perché noi siam come il mare, che riceve acqua da tutte le parti, e la torna a distribuire a tutti i fiumi.

Qui ricomparve Lucia, col grembiule cosí carico di noci, che lo reggeva a fatica, tenendone le due cocche in alto, con le braccia tese e allungate. Mentre fra Galdino, levatasi di nuovo la bisaccia, la metteva giú, e ne scioglieva la bocca, per introdurvi l'abbondante elemosina, la madre fece un volto attonito e severo a Lucia, per la sua prodigalità; ma Lucia le diede un'occhiata, che voleva dire: mi giustificherò. Fra Galdino proruppe in elogi, in augúri, in promesse, in ringraziamenti, e, rimessa la bisaccia al posto, s'avviava. Ma Lucia, richiamatolo, disse: – vorrei un servizio da voi; vorrei che diceste al padre Cristoforo, che ho gran premura di parlargli, e che mi faccia la carità di venir da noi poverette, subito subito; perché non possiamo andar noi alla chiesa.

– Non volete altro? Non passerà un'ora che il padre Cristoforo saprà il vostro desiderio.

– Mi fido.

– Non dubitate –. E cosí detto, se n'andò, un po' piú curvo e piú contento, di quel che fosse venuto.

Al vedere che una povera ragazza mandava a chiamare, con tanta confidenza, il padre Cristoforo, e che il cercatore accettava la commissione, senza maraviglia e senza difficoltà, nessun si pensi che quel Cristoforo fosse un frate di dozzina, una cosa da strapazzo. Era anzi uomo di molta autorità, presso i suoi, e in tutto il contorno; ma tale era la condizione de' cappuccini, che nulla pareva per loro troppo basso, né troppo elevato. Servir gl'infimi, ed esser servito da' potenti, entrar ne' palazzi e ne' tuguri, con lo stesso contegno d'umiltà e di sicurezza, esser talvolta, nella stessa casa, un soggetto di passatempo, e un personaggio senza il quale non si decideva nulla, chieder l'elemosina per tutto, e farla a tutti quelli che la chiedevano al convento, a tutto era avvezzo un cappuccino. Andando per la strada, poteva ugualmente abbattersi in un principe che gli baciasse riverentemente la punta del cordone, o in una brigata di ragazzacci che, fingendo d'esser alle mani tra loro, gl'inzaccherassero la barba di fango. La parola «frate» veniva, in que' tempi, proferita col piú gran rispetto, e col piú amaro disprezzo: e i cappuccini, forse piú d'ogni altr'ordine, eran oggetto de' due opposti sentimenti, e provavano le due opposte fortune; perché, non possedendo nulla, portando un abito piú stranamente diverso dal comune, facendo piú aperta professione d'umiltà, s'esponevan piú da vicino alla venerazione e al vilipendio che queste cose possono attirare da' diversi umori, e dal diverso pensare degli uomini.

Partito fra Galdino, – tutte quelle noci! – esclamò Agnese: – in quest'anno!

– Mamma, perdonatemi, – rispose Lucia; – ma, se avessimo fatta un'elemosina come gli altri, fra Galdino avrebbe dovuto girare ancora, Dio sa quanto, prima d'aver la bisaccia piena; Dio sa quando sarebbe tornato al convento; e, con le ciarle che avrebbe fatte e sentite, Dio sa se gli sarebbe rimasto in mente....

– Hai pensato bene; e poi è tutta carità che porta sempre buon frutto, – disse Agnese, la quale, co' suoi difettucci, era una gran buona donna, e si sarebbe, come si dice, buttata nel fuoco per quell'unica figlia, in cui aveva riposta tutta la sua compiacenza.

In questa, arrivò Renzo, ed entrando con un volto dispettoso insieme e mortificato, gettò i capponi sur una tavola; e fu questa l'ultima trista vicenda delle povere bestie, per quel giorno.

– Bel parere che m'avete dato! – disse ad Agnese. – M'avete mandato da un buon galantuomo, da uno che aiuta veramente i poverelli! – E raccontò il suo abboccamento col dottore. La donna, stupefatta di cosí trista riuscita, voleva mettersi a dimostrare che il parere però era buono, e che Renzo non doveva aver saputo far la cosa come andava fatta; ma Lucia interruppe quella questione, annunziando che sperava d'aver trovato un aiuto migliore. Renzo accolse anche questa speranza, come accade a quelli che sono nella sventura e nell'impiccio. – Ma, se il padre, – disse, – non ci trova un ripiego, lo troverò io, in un modo o nell'altro.

Le donne consigliaron la pace, la pazienza, la prudenza. – Domani, – disse Lucia, – il padre Cristoforo verrà sicuramente; e vedrete che troverà qualche rimedio, di quelli che noi poveretti non sappiam nemmeno immaginare.

– Lo spero; – disse Renzo, – ma, in ogni caso, saprò farmi ragione, o farmela fare. A questo mondo c'è giustizia finalmente.

Co' dolorosi discorsi, e con le andate e venute che si son riferite, quel giorno era passato; e cominciava a imbrunire.

– Buona notte, – disse tristamente Lucia a Renzo, il quale non sapeva risolversi d'andarsene.

– Buona notte, – rispose Renzo, ancor piú tristamente.

– Qualche santo ci aiuterà, – replicò Lucia: – usate prudenza, e rassegnatevi.

La madre aggiunse altri consigli dello stesso genere; e lo sposo se n'andò, col cuore in tempesta, ripetendo sempre quelle strane parole: – a questo mondo c'è giustizia, finalmente! – Tant'è vero che un uomo sopraffatto dal dolore non sa piú quel che si dica.

Capitolo quarto

Il sole non era ancor tutto apparso sull'orizzonte, quando il padre Cristoforo uscí dal suo convento di Pescarenico, per salire alla casetta dov'era aspettato. È Pescarenico una terricciola, sulla riva sinistra dell'Adda, o vogliam dire del lago, poco discosto dal ponte: un gruppetto di case, abitate la piú parte da pescatori, e addobbate qua e là di tramagli e di reti tese ad asciugare. Il convento era situato (e la fabbrica ne sussiste tuttavia) al di fuori, e in faccia all'entrata della terra, con di mezzo la strada che da Lecco conduce a Bergamo. Il cielo era tutto sereno: di mano in mano che il sole s'alzava dietro il monte, si vedeva la sua luce, dalle sommità de' monti opposti, scendere, come spiegandosi rapidamente, giú per i pendii, e nella valle. Un venticello d'autunno, staccando da' rami le foglie appassite del gelso, le portava a cadere, qualche passo distante dall'albero. A destra e a sinistra, nelle vigne, sui tralci ancor tesi, brillavan le foglie rosseggianti a varie tinte; e la terra lavorata di fresco, spiccava bruna e distinta ne' campi di stoppie biancastre e luccicanti dalla guazza. La scena era lieta; ma ogni figura d'uomo che vi apparisse, rattristava lo sguardo e il pensiero. Ogni tanto, s'incontravano mendichi laceri e macilenti, o invecchiati nel mestiere, o spinti allora dalla necessità a tender la mano. Passavano zitti accanto al padre Cristoforo, lo guardavano pietosamente, e, benché non avesser nulla a sperar da lui, giacché un cappuccino non toccava mai moneta, gli facevano un inchino di ringraziamento, per l'elemosina che avevan ricevuta, o che andavano a cercare al convento. Lo spettacolo de' lavoratori sparsi ne' campi, aveva qualcosa d'ancor piú doloroso. Alcuni andavan gettando le lor semente, rade, con risparmio, e a malincuore, come chi arrischia cosa che troppo gli preme; altri spingevan la vanga come a stento, e rovesciavano svogliatamente la zolla. La fanciulla scarna, tenendo per la corda al pascolo la vaccherella magra stecchita, guardava innanzi, e si chinava in fretta, a rubarle, per cibo della famiglia, qualche erba, di cui la fame aveva insegnato che anche gli uomini potevan vivere. Questi spettacoli accrescevano, a ogni passo, la mestizia del frate, il quale camminava già col tristo presentimento in cuore, d'andar a sentire qualche sciagura.

«Ma perché si prendeva tanto pensiero di Lucia? E perché, al primo avviso, s'era mosso con tanta sollecitudine, come a una chiamata del padre provinciale? E chi era questo padre Cristoforo?» Bisogna soddisfare a tutte queste domande.

Il padre Cristoforo da *** era un uomo piú vicino ai sessanta che ai cinquant'anni. Il suo capo raso, salvo la piccola corona di capelli, che vi girava intorno, secondo il rito cappuccinesco, s'alzava di tempo in tempo, con un movimento che lasciava trasparire un non so che d'altero e d'inquieto; e subito s'abbassava, per riflessione d'umiltà. La barba bianca e lunga, che gli copriva le guance e il mento, faceva ancor piú risaltare le forme rilevate della parte superiore del volto, alle quali un'astinenza, già da gran pezzo abituale, aveva assai piú aggiunto di gravità che tolto d'espressione. Due occhi incavati eran per lo piú chinati a terra, ma talvolta sfolgoravano, con vivacità repentina; come due cavalli bizzarri, condotti a mano da un cocchiere, col quale sanno, per esperienza, che non si può vincerla, pure fanno, di tempo in tempo, qualche sgambetto, che scontan subito, con una buona tirata di morso.

Il padre Cristoforo non era sempre stato cosí, né sempre era stato Cristoforo: il suo nome di battesimo era Lodovico. Era figliuolo d'un mercante di *** (questi asterischi vengon tutti dalla circospezione del mio anonimo) che, ne' suoi ultim'anni, trovandosi assai fornito di beni, e con quell'unico figliuolo, aveva rinunziato al traffico, e s'era dato a viver da signore.

Nel suo nuovo ozio, cominciò a entrargli in corpo una gran vergogna di tutto quel tempo che aveva speso a far qualcosa in questo mondo. Predominato da una tal fantasia, studiava tutte le maniere di far dimenticare ch'era stato mercante: avrebbe voluto poterlo dimenticare anche lui. Ma il fondaco, le balle, il libro, il braccio, gli comparivan sempre nella memoria, come l'ombra di Banco a Macbeth, anche tra la pompa delle mense, e il sorriso de' parassiti. E non si potrebbe dire la cura che dovevano aver que' poveretti, per schivare ogni parola che potesse parere allusiva all'antica condizione del convitante. Un giorno, per raccontarne una, un giorno, sul finir della tavola, ne' momenti della piú viva e schietta allegria, che non si sarebbe potuto dire chi piú godesse, o la brigata di sparecchiare, o il padrone d'aver apparecchiato, andava stuzzicando, con superiorità amichevole, uno di que' commensali, il piú onesto mangiatore del mondo. Questo, per corrispondere alla celia, senza la minima ombra di malizia, proprio col candore di un bambino, rispose: – eh! io fo l'orecchio del mercante –. Egli stesso fu subito colpito dal suono della parola che gli era uscita di bocca: guardò, con faccia incerta, alla faccia del padrone, che s'era rannuvolata: l'uno e l'altro avrebber voluto riprender quella di prima; ma non era possibile. Gli altri convitati pensavano, ognun da sé, al modo di sopire il piccolo scandolo, e di fare una diversione; ma, pensando, tacevano, e, in quel silenzio, lo scandolo era piú manifesto. Ognuno scansava d'incontrar gli occhi degli altri; ognuno sentiva che tutti eran occupati del pensiero che tutti volevan dissimulare. La gioia, per quel giorno, se n'andò; e l'imprudente o, per parlar con piú giustizia, lo sfortunato, non ricevette piú invito. Cosí il padre di Lodovico passò gli ultimi suoi anni in angustie continue, temendo sempre d'essere schernito, e non riflettendo mai che il vendere non è cosa piú ridicola che il comprare, e che quella professione di cui allora si vergognava, l'aveva pure esercitata per tant'anni, in presenza del pubblico, e senza rimorso. Fece educare il figlio nobilmente, secondo la condizione de' tempi, e per quanto gli era concesso dalle leggi e dalle consuetudini; gli diede maestri di lettere e d'esercizi cavallereschi; e morí, lasciandolo ricco e giovinetto.

Lodovico aveva contratte abitudini signorili; e gli adulatori, tra i quali era cresciuto, l'avevano avvezzato ad esser trattato con molto rispetto. Ma, quando volle mischiarsi coi principali della sua città, trovò un fare ben diverso da quello a cui era accostumato; e vide che, a voler esser della lor compagnia, come avrebbe desiderato, gli conveniva fare una nuova scuola di pazienza e di sommissione, star sempre al di sotto, e ingozzarne una, ogni momento. Una tal maniera di vivere non s'accordava, né con l'educazione, né con la natura di Lodovico. S'allontanò da essi indispettito. Ma poi ne stava lontano con rammarico; perché gli pareva che questi veramente avrebber dovuto essere i suoi compagni; soltanto gli avrebbe voluti piú trattabili. Con questo misto d'inclinazione e di rancore, non potendo frequentarli famigliarmente, e volendo pure aver che far con loro in qualche modo, s'era dato a competer con loro di sfoggi e di magnificenza, comprandosi cosí a contanti inimicizie, invidie e ridicolo. La sua indole, onesta insieme e violenta, l'aveva poi imbarcato per tempo in altre gare piú serie. Sentiva un orrore spontaneo e sincero per l'angherie e per i soprusi: orrore reso ancor piú vivo in lui dalla qualità delle persone che piú ne commettevano alla giornata; ch'erano appunto coloro coi quali aveva piú di quella ruggine. Per acquietare, o per esercitare tutte queste passioni in una volta, prendeva volentieri le parti d'un debole sopraffatto, si piccava di farci stare un soverchiatore, s'intrometteva in una briga, se ne tirava addosso un'altra; tanto che, a poco a poco, venne a costituirsi come un protettor degli oppressi, e un vendicatore de' torti. L'impiego era gravoso; e non è da domandare se il povero Lodovico avesse nemici, impegni e pensieri. Oltre la guerra esterna, era poi tribolato continuamente da contrasti interni; perché, a spuntarla in un impegno (senza parlare di quelli in cui restava al di sotto), doveva anche lui adoperar raggiri e violenze, che la sua coscienza non poteva poi approvare. Doveva tenersi intorno un buon numero di bravacci; e, cosí per la sua sicurezza, come per averne un aiuto piú vigoroso, doveva scegliere i piú arrischiati, cioè i piú ribaldi; e vivere co' birboni, per amor della giustizia. Tanto che, piú d'una volta, o scoraggito, dopo una trista riuscita, o inquieto per un pericolo imminente, annoiato del continuo guardarsi, stomacato della sua compagnia, in pensiero dell'avvenire, per le sue sostanze che se n'andavan, di giorno in giorno, in opere buone e in braverie, piú d'una volta gli era saltata la fantasia di farsi frate; che, a que' tempi, era il ripiego piú comune, per uscir d'impicci. Ma questa, che sarebbe forse stata una fantasia per tutta la sua vita, divenne una risoluzione, a causa d'un accidente, il piú serio che gli fosse ancor capitato.

Andava un giorno per una strada della sua città, seguito da due bravi, e accompagnato da un tal Cristoforo, altre volte giovine di bottega e, dopo chiusa questa, diventato maestro di casa. Era un uomo di circa cinquant'anni, affezionato, dalla gioventú, a Lodovico, che aveva veduto nascere, e che, tra salario e regali, gli dava non solo da vivere, ma di che mantenere e tirar su una numerosa famiglia. Vide Lodovico spuntar da lontano un signor tale, arrogante e soverchiatore di professione, col quale non aveva mai parlato in vita sua, ma che gli era cordiale nemico, e al quale rendeva, pur di cuore, il contraccambio: giacché è uno de' vantaggi di questo mondo, quello di poter odiare ed esser odiati, senza conoscersi. Costui, seguito da quattro bravi, s'avanzava diritto, con passo superbo, con la testa alta, con la bocca composta all'alterigia e allo sprezzo. Tutt'e due camminavan rasente al muro; ma Lodovico (notate bene) lo strisciava col lato destro; e ciò, secondo una consuetudine, gli dava il diritto (dove mai si va a ficcare il diritto!) di non istaccarsi dal detto muro, per dar passo a chi si fosse; cosa della quale allora si faceva gran caso. L'altro pretendeva, all'opposto, che quel diritto competesse a lui, come a nobile, e che a Lodovico toccasse d'andar nel mezzo; e ciò in forza d'un'altra consuetudine. Perocché, in questo, come accade in molti altri affari, erano in vigore due consuetudini contrarie, senza che fosse deciso qual delle due fosse la buona; il che dava opportunità di fare una guerra, ogni volta che una testa dura s'abbattesse in un'altra della stessa tempra. Que' due si venivano incontro, ristretti alla muraglia, come due figure di basso rilievo ambulanti. Quando si trovarono a viso a viso, il signor tale, squadrando Lodovico, a capo alto, col cipiglio imperioso, gli disse, in un tono corrispondente di voce: – fate luogo.

– Fate luogo voi, – rispose Lodovico. – La diritta è mia.

– Co' vostri pari, è sempre mia.

– Sí, se l'arroganza de' vostri pari fosse legge per i pari miei.

I bravi dell'uno e dell'altro eran rimasti fermi, ciascuno dietro il suo padrone, guardandosi in cagnesco, con le mani alle daghe, preparati alla battaglia. La gente che arrivava di qua e di là, si teneva in distanza, a osservare il fatto; e la presenza di quegli spettatori animava sempre piú il puntiglio de' contendenti.

– Nel mezzo, vile meccanico; o ch'io t'insegno una volta come si tratta co' gentiluomini.

– Voi mentite ch'io sia vile.

– Tu menti ch'io abbia mentito –. Questa risposta era di prammatica. – E, se tu fossi cavaliere, come son io, – aggiunse quel signore, – ti vorrei far vedere, con la spada e con la cappa, che il mentitore sei tu.

– È un buon pretesto per dispensarvi di sostener co' fatti l'insolenza delle vostre parole.

– Gettate nel fango questo ribaldo, – disse il gentiluomo, voltandosi a' suoi.

– Vediamo! – disse Lodovico, dando subitamente un passo indietro, e mettendo mano alla spada.

– Temerario! – gridò l'altro, sfoderando la sua: – io spezzerò questa, quando sarà macchiata del tuo vil sangue.

Cosí s'avventarono l'uno all'altro; i servitori delle due parti si slanciarono alla difesa de' loro padroni. Il combattimento era disuguale, e per il numero, e anche perché Lodovico mirava piuttosto a scansare i colpi, e a disarmare il nemico, che ad ucciderlo; ma questo voleva la morte di lui, a ogni costo. Lodovico aveva già ricevuta al braccio sinistro una pugnalata d'un bravo, e una sgraffiatura leggiera in una guancia, e il nemico principale gli piombava addosso per finirlo; quando Cristoforo, vedendo il suo padrone nell'estremo pericolo, andò col pugnale addosso al signore. Questo, rivolta tutta la sua ira contro di lui, lo passò con la spada. A quella vista, Lodovico, come fuor di sé, cacciò la sua nel ventre del feritore, il quale cadde moribondo, quasi a un punto col povero Cristoforo. I bravi del gentiluomo, visto ch'era finita, si diedero alla fuga, malconci: quelli di Lodovico, tartassati e sfregiati anche loro, non essendovi piú a chi dare, e non volendo trovarsi impicciati nella gente, che già accorreva, scantonarono dall'altra parte: e Lodovico si trovò solo, con que' due funesti compagni ai piedi, in mezzo a una folla.

– Com'è andata? – È uno. – Son due. – Gli ha fatto un occhiello nel ventre. – Chi è stato ammazzato? – Quel prepotente. – Oh santa Maria, che sconquasso! – Chi cerca trova. – Una le paga tutte. – Ha finito anche lui. – Che colpo! – Vuol essere una faccenda seria. – E quell'altro disgraziato! – Misericordia! che spettacolo! – Salvatelo, salvatelo. – Sta fresco anche lui. – Vedete com'è concio! butta sangue da tutte le parti. – Scappi, scappi. Non si lasci prendere.

Queste parole, che piú di tutte si facevan sentire nel frastono confuso di quella folla, esprimevano il voto comune; e, col consiglio, venne anche l'aiuto. Il fatto era accaduto vicino a una chiesa di cappuccini, asilo, come ognun sa, impenetrabile allora a' birri, e a tutto quel complesso di cose e di persone, che si chiamava la giustizia. L'uccisore ferito fu quivi condotto o portato dalla folla, quasi fuor di sentimento; e i frati lo ricevettero dalle mani del popolo, che glielo raccomandava, dicendo: – è un uomo dabbene che ha freddato un birbone superbo: l'ha fatto per sua difesa: c'è stato tirato per i capelli.

Lodovico non aveva mai, prima d'allora, sparso sangue; e, benché l'omicidio fosse, a que' tempi, cosa tanto comune, che gli orecchi d'ognuno erano avvezzi a sentirlo raccontare, e gli occhi a vederlo, pure l'impressione ch'egli ricevette dal veder l'uomo morto per lui, e l'uomo morto da lui, fu nuova e indicibile; fu una rivelazione di sentimenti ancora sconosciuti. Il cadere del suo nemico, l'alterazione di quel volto, che passava, in un momento, dalla minaccia e dal furore, all'abbattimento e alla quiete solenne della morte, fu una vista che cambiò, in un punto, l'animo dell'uccisore. Strascinato al convento, non sapeva quasi dove si fosse, né cosa si facesse; e, quando fu tornato in sé, si trovò in un letto dell'infermeria, nelle mani del frate chirurgo (i cappuccini ne avevano ordinariamente uno in ogni convento), che accomodava faldelle e fasce sulle due ferite ch'egli aveva ricevute nello scontro. Un padre, il cui impiego particolare era d'assistere i moribondi, e che aveva spesso avuto a render questo servizio sulla strada, fu chiamato subito al luogo del combattimento. Tornato, pochi minuti dopo, entrò nell'infermeria, e, avvicinatosi al letto dove Lodovico giaceva, – consolatevi – gli disse: – almeno è morto bene, e m'ha incaricato di chiedere il vostro perdono, e di portarvi il suo –. Questa parola fece rinvenire affatto il povero Lodovico, e gli risvegliò piú vivamente e piú distintamente i sentimenti ch'eran confusi e affollati nel suo animo: dolore dell'amico, sgomento e rimorso del colpo che gli era uscito di mano, e, nello stesso tempo, un'angosciosa compassione dell'uomo che aveva ucciso. – E l'altro? – domandò ansiosamente al frate.

– L'altro era spirato, quand'io arrivai.

Frattanto, gli accessi e i contorni del convento formicolavan di popolo curioso: ma, giunta la sbirraglia, fece smaltir la folla, e si postò a una certa distanza dalla porta, in modo però che nessuno potesse uscirne inosservato. Un fratello del morto, due suoi cugini e un vecchio zio, vennero pure, armati da capo a piedi, con grande accompagnamento di bravi; e si misero a far la ronda intorno, guardando, con aria e con atti di dispetto minaccioso, que' curiosi, che non osavan dire: gli sta bene; ma l'avevano scritto in viso.

Appena Lodovico ebbe potuto raccogliere i suoi pensieri, chiamato un frate confessore, lo pregò che cercasse della vedova di Cristoforo, le chiedesse in suo nome perdono d'essere stato lui la cagione, quantunque ben certo involontaria, di quella desolazione, e, nello stesso tempo, l'assicurasse ch'egli prendeva la famiglia sopra di sé. Riflettendo quindi a' casi suoi, sentí rinascere piú che mai vivo e serio quel pensiero di farsi frate, che altre volte gli era passato per la mente: gli parve che Dio medesimo l'avesse messo sulla strada, e datogli un segno del suo volere, facendolo capitare in un convento, in quella congiuntura; e il partito fu preso. Fece chiamare il guardiano, e gli manifestò il suo desiderio. N'ebbe in risposta, che bisognava guardarsi dalle risoluzioni precipitate; ma che, se persisteva, non sarebbe rifiutato. Allora, fatto venire un notaro, dettò una donazione di tutto ciò che gli rimaneva (ch'era tuttavia un bel patrimonio) alla famiglia di Cristoforo: una somma alla vedova, come se le costituisse una contraddote, e il resto a otto figliuoli che Cristoforo aveva lasciati.

La risoluzione di Lodovico veniva molto a proposito per i suoi ospiti, i quali, per cagion sua, erano in un bell'intrigo. Rimandarlo dal convento, ed esporlo cosí alla giustizia, cioè alla vendetta de' suoi nemici, non era partito da metter neppure in consulta. Sarebbe stato lo stesso che rinunziare a' propri privilegi, screditare il convento presso il popolo, attirarsi il biasimo di tutti i cappuccini dell'universo, per aver lasciato violare il diritto di tutti, concitarsi contro tutte l'autorità ecclesiastiche, le quali si consideravan come tutrici di questo diritto. Dall'altra parte, la famiglia dell'ucciso, potente assai, e per sé, e per le sue aderenze, s'era messa al punto di voler vendetta; e dichiarava suo nemico chiunque s'attentasse di mettervi ostacolo. La storia non dice che a loro dolesse molto dell'ucciso, e nemmeno che una lagrima fosse stata sparsa per lui, in tutto il parentado: dice soltanto ch'eran tutti smaniosi d'aver nell'unghie l'uccisore, o vivo o morto. Ora questo, vestendo l'abito di cappuccino, accomodava ogni cosa. Faceva, in certa maniera, un'emenda, s'imponeva una penitenza, si chiamava implicitamente in colpa, si ritirava da ogni gara; era in somma un nemico che depon l'armi. I parenti del morto potevan poi anche, se loro piacesse, credere e vantarsi che s'era fatto frate per disperazione, e per terrore del loro sdegno. E, ad ogni modo, ridurre un uomo a spropriarsi del suo, a tosarsi la testa, a camminare a piedi nudi, a dormir sur un saccone, a viver d'elemosina, poteva parere una punizione competente, anche all'offeso il piú borioso.

Il padre guardiano si presentò, con un'umiltà disinvolta, al fratello del morto, e, dopo mille proteste di rispetto per l'illustrissima casa, e di desiderio di compiacere ad essa in tutto ciò che fosse fattibile, parlò del pentimento di Lodovico, e della sua risoluzione, facendo garbatamente sentire che la casa poteva esserne contenta, e insinuando poi soavemente, e con maniera ancor piú destra, che, piacesse o non piacesse, la cosa doveva essere. Il fratello diede in ismanie, che il cappuccino lasciò svaporare, dicendo di tempo in tempo: – è un troppo giusto dolore –. Fece intendere che, in ogni caso, la sua famiglia avrebbe saputo prendersi una soddisfazione: e il cappuccino, qualunque cosa ne pensasse, non disse di no. Finalmente richiese, impose come una condizione, che l'uccisor di suo fratello partirebbe subito da quella città. Il guardiano, che aveva già deliberato che questo fosse fatto, disse che si farebbe, lasciando che l'altro credesse, se gli piaceva, esser questo un atto d'ubbidienza: e tutto fu concluso. Contenta la famiglia, che ne usciva con onore; contenti i frati, che salvavano un uomo e i loro privilegi, senza farsi alcun nemico; contenti i dilettanti di cavalleria, che vedevano un affare terminarsi lodevolmente; contento il popolo, che vedeva fuor d'impiccio un uomo ben voluto, e che, nello stesso tempo, ammirava una conversione; contento finalmente, e piú di tutti, in mezzo al dolore, il nostro Lodovico, il quale cominciava una vita d'espiazione e di servizio, che potesse, se non riparare, pagare almeno il mal fatto, e rintuzzare il pungolo intollerabile del rimorso. Il sospetto che la sua risoluzione fosse attribuita alla paura, l'afflisse un momento; ma si consolò subito, col pensiero che anche quell'ingiusto giudizio sarebbe un gastigo per lui, e un mezzo d'espiazione. Cosí, a trent'anni, si ravvolse nel sacco; e, dovendo, secondo l'uso, lasciare il suo nome, e prenderne un altro, ne scelse uno che gli rammentasse, ogni momento, ciò che aveva da espiare: e si chiamò fra Cristoforo.

Appena compita la cerimonia della vestizione, il guardiano gl'intimò che sarebbe andato a fare il suo noviziato a ***, sessanta miglia lontano, e che partirebbe all'indomani. Il novizio s'inchinò profondamente, e chiese una grazia. – Permettetemi, padre, – disse, – che, prima di partir da questa città, dove ho sparso il sangue d'un uomo, dove lascio una famiglia crudelmente offesa, io la ristori almeno dell'affronto, ch'io mostri almeno il mio rammarico di non poter risarcire il danno, col chiedere scusa al fratello dell'ucciso, e gli levi, se Dio benedice la mia intenzione, il rancore dall'animo –. Al guardiano parve che un tal passo, oltre all'esser buono in sé, servirebbe a riconciliar sempre piú la famiglia col convento; e andò diviato da quel signor fratello, ad esporgli la domanda di fra Cristoforo. A proposta cosí inaspettata, colui sentí, insieme con la maraviglia, un ribollimento di sdegno, non però senza qualche compiacenza. Dopo aver pensato un momento, – venga domani, – disse; e assegnò l'ora. Il guardiano tornò, a portare al novizio il consenso desiderato.

Il gentiluomo pensò subito che, quanto piú quella soddisfazione fosse solenne e clamorosa, tanto piú accrescerebbe il suo credito presso tutta la parentela, e presso il pubblico; e sarebbe (per dirla con un'eleganza moderna) una bella pagina nella storia della famiglia. Fece avvertire in fretta tutti i parenti che, all'indomani, a mezzogiorno, restassero serviti (cosí si diceva allora) di venir da lui, a ricevere una soddisfazione comune. A mezzogiorno, il palazzo brulicava di signori d'ogni età e d'ogni sesso: era un girare, un rimescolarsi di gran cappe, d'alte penne, di durlindane pendenti, un moversi librato di gorgiere inamidate e crespe, uno strascico intralciato di rabescate zimarre. Le anticamere, il cortile e la strada formicolavan di servitori, di paggi, di bravi e di curiosi. Fra Cristoforo vide quell'apparecchio, ne indovinò il motivo, e provò un leggier turbamento; ma, dopo un istante, disse tra sé: «sta bene: l'ho ucciso in pubblico, alla presenza di tanti suoi nemici: quello fu scandolo, questa è riparazione». Cosí, con gli occhi bassi, col padre compagno al fianco, passò la porta di quella casa, attraversò il cortile, tra una folla che lo squadrava con una curiosità poco cerimoniosa; salí le scale, e, di mezzo all'altra folla signorile, che fece ala al suo passaggio, seguito da cento sguardi, giunse alla presenza del padron di casa; il quale, circondato da' parenti piú prossimi, stava ritto nel mezzo della sala, con lo sguardo a terra, e il mento in aria, impugnando, con la mano sinistra, il pomo della spada, e stringendo con la destra il bavero della cappa sul petto.

C'è talvolta, nel volto e nel contegno d'un uomo, un'espressione cosí immediata, si direbbe quasi un'effusione dell'animo interno, che, in una folla di spettatori, il giudizio sopra quell'animo sarà un solo. Il volto e il contegno di fra Cristoforo disser chiaro agli astanti, che non s'era fatto frate, né veniva a quell'umiliazione per timore umano: e questo cominciò a conciliarglieli tutti. Quando vide l'offeso, affrettò il passo, gli si pose inginocchioni ai piedi, incrociò le mani sul petto, e, chinando la testa rasa, disse queste parole: – io sono l'omicida di suo fratello. Sa Iddio se vorrei restituirglielo a costo del mio sangue; ma, non potendo altro che farle inefficaci e tarde scuse, la supplico d'accettarle per l'amor di Dio –. Tutti gli occhi erano immobili sul novizio, e sul personaggio a cui egli parlava; tutti gli orecchi eran tesi. Quando fra Cristoforo tacque, s'alzò, per tutta la sala, un mormorío di pietà e di rispetto. Il gentiluomo, che stava in atto di degnazione forzata, e d'ira compressa, fu turbato da quelle parole; e, chinandosi verso l'inginocchiato, – alzatevi, – disse, con voce alterata: – l'offesa.... il fatto veramente.... ma l'abito che portate..... non solo questo, ma anche per voi... S'alzi, padre... Mio fratello.... non lo posso negare.... era un cavaliere.... era un uomo.... un po' impetuoso.... un po' vivo. Ma tutto accade per disposizion di Dio. Non se ne parli piú... Ma, padre, lei non deve stare in codesta positura –. E, presolo per le braccia, lo sollevò. Fra Cristoforo, in piedi, ma col capo chino, rispose: – io posso dunque sperare che lei m'abbia concesso il suo perdono! E se l'ottengo da lei, da chi non devo sperarlo? Oh! s'io potessi sentire dalla sua bocca questa parola, perdono!

– Perdono? – disse il gentiluomo. – Lei non ne ha piú bisogno. Ma pure, poiché lo desidera, certo, certo, io le perdono di cuore, e tutti....

– Tutti! tutti! – gridarono, a una voce, gli astanti. Il volto del frate s'aprí a una gioia riconoscente, sotto la quale trapariva però ancora un'umile e profonda compunzione del male a cui la remissione degli uomini non poteva riparare. Il gentiluomo, vinto da quell'aspetto, e trasportato dalla commozione generale, gli gettò le braccia al collo, e gli diede e ne ricevette il bacio di pace.

Un – bravo! bene! – scoppiò da tutte le parti della sala; tutti si mossero, e si strinsero intorno al frate. Intanto vennero servitori, con gran copia di rinfreschi. Il gentiluomo si raccostò al nostro Cristoforo, il quale faceva segno di volersi licenziare, e gli disse: – padre, gradisca qualche cosa; mi dia questa prova d'amicizia –. E si mise per servirlo prima d'ogni altro; ma egli, ritirandosi, con una certa resistenza cordiale, – queste cose, – disse, – non fanno piú per me; ma non sarà mai ch'io rifiuti i suoi doni. Io sto per mettermi in viaggio: si degni di farmi portare un pane, perché io possa dire d'aver goduto la sua carità, d'aver mangiato il suo pane, e avuto un segno del suo perdono –. Il gentiluomo, commosso, ordinò che cosí si facesse; e venne subito un cameriere, in gran gala, portando un pane sur un piatto d'argento, e lo presentò al padre; il quale, presolo e ringraziato, lo mise nella sporta. Chiese quindi licenza; e, abbracciato di nuovo il padron di casa, e tutti quelli che, trovandosi piú vicini a lui, poterono impadronirsene un momento, si liberò da essi a fatica; ebbe a combatter nell'anticamere, per isbrigarsi da' servitori, e anche da' bravi, che gli baciavano il lembo dell'abito, il cordone, il cappuccio; e si trovò nella strada, portato come in trionfo, e accompagnato da una folla di popolo, fino a una porta della città; d'onde uscí, cominciando il suo pedestre viaggio, verso il luogo del suo noviziato.

Il fratello dell'ucciso, e il parentado, che s'erano aspettati d'assaporare in quel giorno la trista gioia dell'orgoglio, si trovarono in vece ripieni della gioia serena del perdono e della benevolenza. La compagnia si trattenne ancor qualche tempo, con una bonarietà e con una cordialità insolita, in ragionamenti ai quali nessuno era preparato, andando là. In vece di soddisfazioni prese, di soprusi vendicati, d'impegni spuntati, le lodi del novizio, la riconciliazione, la mansuetudine furono i temi della conversazione. E taluno, che, per la cinquantesima volta, avrebbe raccontato come il conte Muzio suo padre aveva saputo, in quella famosa congiuntura, far stare a dovere il marchese Stanislao, ch'era quel rodomonte che ognun sa, parlò in vece delle penitenze e della pazienza mirabile d'un fra Simone, morto molt'anni prima. Partita la compagnia, il padrone, ancor tutto commosso, riandava tra sé, con maraviglia, ciò che aveva inteso, ciò ch'egli medesimo aveva detto; e borbottava tra i denti: – diavolo d'un frate! (bisogna bene che noi trascriviamo le sue precise parole) – diavolo d'un frate! se rimaneva lí in ginocchio, ancora per qualche momento, quasi quasi gli chiedevo scusa io, che m'abbia ammazzato il fratello –. La nostra storia nota espressamente che, da quel giorno in poi, quel signore fu un po' men precipitoso, e un po' piú alla mano.

Il padre Cristoforo camminava, con una consolazione che non aveva mai piú provata, dopo quel giorno terribile, ad espiare il quale tutta la sua vita doveva esser consacrata. Il silenzio ch'era imposto a' novizi, l'osservava, senza avvedersene, assorto com'era, nel pensiero delle fatiche, delle privazioni e dell'umiliazioni che avrebbe sofferte, per iscontare il suo fallo. Fermandosi, all'ora della refezione, presso un benefattore, mangiò, con una specie di voluttà, del pane del perdono: ma ne serbò un pezzo, e lo ripose nella sporta, per tenerlo, come un ricordo perpetuo.

Non è nostro disegno di far la storia della sua vita claustrale: diremo soltanto che, adempiendo, sempre con gran voglia, e con gran cura, gli ufizi che gli venivano ordinariamente assegnati, di predicare e d'assistere i moribondi, non lasciava mai sfuggire un'occasione d'esercitarne due altri, che s'era imposti da sé: accomodar differenze, e proteggere oppressi. In questo genio entrava, per qualche parte, senza ch'egli se n'avvedesse, quella sua vecchia abitudine, e un resticciolo di spiriti guerreschi, che l'umiliazioni e le macerazioni non avevan potuto spegner del tutto. Il suo linguaggio era abitualmente umile e posato; ma, quando si trattasse di giustizia o di verità combattuta, l'uomo s'animava, a un tratto, dell'impeto antico, che, secondato e modificato da un'enfasi solenne, venutagli dall'uso del predicare, dava a quel linguaggio un carattere singolare. Tutto il suo contegno, come l'aspetto, annunziava una lunga guerra, tra un'indole focosa, risentita, e una volontà opposta, abitualmente vittoriosa, sempre all'erta, e diretta da motivi e da ispirazioni superiori. Un suo confratello ed amico, che lo conosceva bene, l'aveva una volta paragonato a quelle parole troppo espressive nella loro forma naturale, che alcuni, anche ben educati, pronunziano, quando la passione trabocca, smozzicate, con qualche lettera mutata; parole che, in quel travisamento, fanno però ricordare della loro energia primitiva.

Se una poverella sconosciuta, nel tristo caso di Lucia, avesse chiesto l'aiuto del padre Cristoforo, egli sarebbe corso immediatamente. Trattandosi poi di Lucia, accorse con tanta piú sollecitudine, in quanto conosceva e ammirava l'innocenza di lei, era già in pensiero per i suoi pericoli, e sentiva un'indegnazione santa, per la turpe persecuzione della quale era divenuta l'oggetto. Oltre di ciò, avendola consigliata, per il meno male, di non palesar nulla, e di starsene quieta, temeva ora che il consiglio potesse aver prodotto qualche tristo effetto; e alla sollecitudine di carità, ch'era in lui come ingenita, s'aggiungeva, in questo caso, quell'angustia scrupolosa che spesso tormenta i buoni.

Ma, intanto che noi siamo stati a raccontare i fatti del padre Cristoforo, è arrivato, s'è affacciato all'uscio; e le donne, lasciando il manico dell'aspo che facevan girare e stridere, si sono alzate, dicendo, a una voce: – oh padre Cristoforo! sia benedetto!

Capitolo quinto

Il qual padre Cristoforo si fermò ritto sulla soglia, e, appena ebbe data un'occhiata alle donne, dovette accorgersi che i suoi presentimenti non eran falsi. Onde, con quel tono d'interrogazione che va incontro a una trista risposta, alzando la barba con un moto leggiero della testa all'indietro, disse: – ebbene? – Lucia rispose con uno scoppio di pianto. La madre cominciava a far le scuse d'aver osato... ma il frate s'avanzò, e, messosi a sedere sur un panchetto a tre piedi, troncò i complimenti, dicendo a Lucia: – quietatevi, povera figliuola. E voi, – disse poi ad Agnese, – raccontatemi cosa c'è! – Mentre la buona donna faceva alla meglio la sua dolorosa relazione, il frate diventava di mille colori, e ora alzava gli occhi al cielo, ora batteva i piedi. Terminata la storia, si coprí il volto con le mani, ed esclamò: – o Dio benedetto! fino a quando....! – Ma, senza compir la frase, voltandosi di nuovo alle donne: – poverette! – disse: – Dio vi ha visitate. Povera Lucia!

– Non ci abbandonerà, padre? – disse questa, singhiozzando.

– Abbandonarvi! – rispose. – E con che faccia potrei io chieder a Dio qualcosa per me, quando v'avessi abbandonata? voi in questo stato! voi, ch'Egli mi confida! Non vi perdete d'animo: Egli v'assisterà: Egli vede tutto: Egli può servirsi anche d'un uomo da nulla come son io, per confondere un.... Vediamo, pensiamo quel che si possa fare.

Cosí dicendo, appoggiò il gomito sinistro sul ginocchio, chinò la fronte nella palma, e con la destra strinse la barba e il mento, come per tener ferme e unite tutte le potenze dell'animo. Ma la piú attenta considerazione non serviva che a fargli scorgere piú distintamente quanto il caso fosse pressante e intrigato, e quanto scarsi, quanto incerti e pericolosi i ripieghi. «Mettere un po' di vergogna a don Abbondio, e fargli sentire quanto manchi al suo dovere? Vergogna e dovere sono un nulla per lui, quando ha paura. E fargli paura? Che mezzi ho io mai di fargliene una che superi quella che ha d'una schioppettata? Informar di tutto il cardinale arcivescovo, e invocar la sua autorità? Ci vuol tempo: e intanto? e poi? Quand'anche questa povera innocente fosse maritata, sarebbe questo un freno per quell'uomo? Chi sa a qual segno possa arrivare?.... E resistergli? Come? Ah! se potessi, pensava il povero frate, se potessi tirar dalla mia i miei frati di qui, que' di Milano! Ma! non è un affare comune; sarei abbandonato. Costui fa l'amico del convento, si spaccia per partigiano de' cappuccini: e i suoi bravi non son venuti piú d'una volta a ricoverarsi da noi? Sarei solo in ballo; mi buscherei anche dell'inquieto, dell'imbroglione, dell'accattabrighe; e, quel ch'è piú, potrei fors'anche, con un tentativo fuor di tempo, peggiorar la condizione di questa poveretta». Contrappesato il pro e il contro di questo e di quel partito, il migliore gli parve d'affrontar don Rodrigo stesso, tentar di smoverlo dal suo infame proposito, con le preghiere, coi terrori dell'altra vita, anche di questa, se fosse possibile. Alla peggio, si potrebbe almeno conoscere, per questa via, piú distintamente quanto colui fosse ostinato nel suo sporco impegno, scoprir di piú le sue intenzioni, e prender consiglio da ciò.

Mentre il frate stava cosí meditando, Renzo, il quale, per tutte le ragioni che ognun può indovinare, non sapeva star lontano da quella casa, era comparso sull'uscio; ma, visto il padre sopra pensiero, e le donne che facevan cenno di non disturbarlo, si fermò sulla soglia, in silenzio. Alzando la faccia, per comunicare alle donne il suo progetto, il frate s'accorse di lui, e lo salutò in un modo ch'esprimeva un'affezione consueta, resa piú intensa dalla pietà.

– Le hanno detto..., padre? – gli domandò Renzo, con voce commossa.

– Pur troppo; e per questo son qui.

– Che dice di quel birbone...?

– Che vuoi ch'io dica di lui? Non è qui a sentire: che gioverebbero le mie parole? Dico a te, il mio Renzo, che tu confidi in Dio, e che Dio non t'abbandonerà.

– Benedette le sue parole! – esclamò il giovane. – Lei non è di quelli che dan sempre torto a' poveri. Ma il signor curato, e quel signor dottor delle cause perse....

– Non rivangare quello che non può servire ad altro che a inquietarti inutilmente. Io sono un povero frate; ma ti ripeto quel che ho detto a queste donne: per quel poco che posso, non v'abbandonerò.

– Oh, lei non è come gli amici del mondo! Ciarloni! Chi avesse creduto alle proteste che mi facevan costoro, nel buon tempo; eh eh! Eran pronti a dare il sangue per me; m'avrebbero sostenuto contro il diavolo. S'io avessi avuto un nemico?.... bastava che mi lasciassi intendere; avrebbe finito presto di mangiar pane. E ora, se vedesse come si ritirano.... – A questo punto, alzando gli occhi al volto del padre, vide che s'era tutto rannuvolato, e s'accorse d'aver detto ciò che conveniva tacere. Ma volendo raccomodarla, s'andava intrigando e imbrogliando: – volevo dire..... non intendo dire..... cioè, volevo dire....

– Cosa volevi dire? E che? tu avevi dunque cominciato a guastar l'opera mia, prima che fosse intrapresa! Buon per te che sei stato disingannato in tempo. Che! tu andavi in cerca d'amici.... quali amici!... che non t'avrebber potuto aiutare, neppur volendo! E cercavi di perder Quel solo che lo può e lo vuole! Non sai tu che Dio è l'amico de' tribolati, che confidano in Lui? Non sai tu che, a metter fuori l'unghie, il debole non ci guadagna? E quando pure..... – A questo punto, afferrò fortemente il braccio di Renzo: il suo aspetto, senza perder d'autorità, s'atteggiò d'una compunzione solenne, gli occhi s'abbassarono, la voce divenne lenta e come sotterranea: – quando pure.... è un terribile guadagno! Renzo! vuoi tu confidare in me?... che dico in me, omiciattolo, fraticello? Vuoi tu confidare in Dio?

– Oh sí! – rispose Renzo. – Quello è il Signore davvero.

– Ebbene; prometti che non affronterai, che non provocherai nessuno, che ti lascerai guidar da me.

– Lo prometto.

Lucia fece un gran respiro, come se le avesser levato un peso d'addosso; e Agnese disse: – bravo figliuolo.

– Sentite, figliuoli, – riprese fra Cristoforo: – io anderò oggi a parlare a quell'uomo. Se Dio gli tocca il cuore, e dà forza alle mie parole, bene: se no, Egli ci farà trovare qualche altro rimedio. Voi intanto, statevi quieti, ritirati, scansate le ciarle, non vi fate vedere. Stasera, o domattina al piú tardi, mi rivedrete –. Detto questo, troncò tutti i ringraziamenti e le benedizioni, e partí. S'avviò al convento, arrivò a tempo d'andare in coro a cantar sesta, desinò, e si mise subito in cammino, verso il covile della fiera che voleva provarsi d'ammansare.

Il palazzotto di don Rodrigo sorgeva isolato, a somiglianza d'una bicocca, sulla cima d'uno de' poggi ond'è sparsa e rilevata quella costiera. A questa indicazione l'anonimo aggiunge che il luogo (avrebbe fatto meglio a scriverne alla buona il nome) era piú in su del paesello degli sposi, discosto da questo forse tre miglia, e quattro dal convento. Appiè del poggio, dalla parte che guarda a mezzogiorno, e verso il lago, giaceva un mucchietto di casupole, abitate da contadini di don Rodrigo; ed era come la piccola capitale del suo piccol regno. Bastava passarvi, per esser chiarito della condizione e de' costumi del paese. Dando un'occhiata nelle stanze terrene, dove qualche uscio fosse aperto, si vedevano attaccati al muro schioppi, tromboni, zappe, rastrelli, cappelli di paglia, reticelle e fiaschetti da polvere, alla rinfusa. La gente che vi s'incontrava erano omacci tarchiati e arcigni, con un gran ciuffo arrovesciato sul capo, e chiuso in una reticella; vecchi che, perdute le zanne, parevan sempre pronti, chi nulla nulla gli aizzasse, a digrignar le gengive; donne con certe facce maschie, e con certe braccia nerborute, buone da venire in aiuto della lingua, quando questa non bastasse: ne' sembianti e nelle mosse de' fanciulli stessi, che giocavan per la strada, si vedeva un non so che di petulante e di provocativo.

Fra Cristoforo attraversò il villaggio, salí per una viuzza a chiocciola, e pervenne sur una piccola spianata, davanti al palazzotto. La porta era chiusa, segno che il padrone stava desinando, e non voleva esser frastornato. Le rade e piccole finestre che davan sulla strada, chiuse da imposte sconnesse e consunte dagli anni, eran però difese da grosse inferriate, e quelle del pian terreno tant'alte che appena vi sarebbe arrivato un uomo sulle spalle d'un altro. Regnava quivi un gran silenzio; e un passeggiero avrebbe potuto credere che fosse una casa abbandonata, se quattro creature, due vive e due morte, collocate in simmetria, di fuori, non avesser dato un indizio d'abitanti. Due grand'avoltoi, con l'ali spalancate, e co' teschi penzoloni, l'uno spennacchiato e mezzo roso dal tempo, l'altro ancor saldo e pennuto, erano inchiodati, ciascuno sur un battente del portone; e due bravi, sdraiati, ciascuno sur una delle panche poste a destra e a sinistra, facevan la guardia, aspettando d'esser chiamati a goder gli avanzi della tavola del signore. Il padre si fermò ritto, in atto di chi si dispone ad aspettare; ma un de' bravi s'alzò, e gli disse: – padre, padre, venga pure avanti: qui non si fanno aspettare i cappuccini: noi siamo amici del convento: e io ci sono stato in certi momenti che fuori non era troppo buon'aria per me; e se mi avesser tenuta la porta chiusa, la sarebbe andata male –. Cosí dicendo, diede due picchi col martello. A quel suono risposer subito di dentro gli urli e le strida di mastini e di cagnolini; e, pochi momenti dopo, giunse borbottando un vecchio servitore; ma, veduto il padre, gli fece un grand'inchino, acquietò le bestie, con le mani e con la voce, introdusse l'ospite in un angusto cortile, e richiuse la porta.

Accompagnatolo poi in un salotto, e guardandolo con una cert'aria di maraviglia e di rispetto, disse: – non è lei.... il padre Cristoforo di Pescarenico?

– Per l'appunto.

– Lei qui?

– Come vedete, buon uomo.

– Sarà per far del bene. Del bene, – continuò mormorando tra i denti, e rincamminandosi, – se ne può far per tutto –. Attraversati due o tre altri salotti oscuri, arrivarono all'uscio della sala del convito. Quivi un gran frastono confuso di forchette, di coltelli, di bicchieri, di piatti, e sopra tutto di voci discordi, che cercavano a vicenda di soverchiarsi. Il frate voleva ritirarsi, e stava contrastando dietro l'uscio col servitore, per ottenere d'essere lasciato in qualche canto della casa, fin che il pranzo fosse terminato; quando l'uscio s'aprí. Un certo conte Attilio, che stava seduto in faccia (era un cugino del padron di casa; e abbiam già fatta menzione di lui, senza nominarlo), veduta una testa rasa e una tonaca, e accortosi dell'intenzione modesta del buon frate, – ehi! ehi! – gridò: – non ci scappi, padre riverito: avanti, avanti –. Don Rodrigo, senza indovinar precisamente il soggetto di quella visita, pure, per non so qual presentimento confuso, n'avrebbe fatto di meno. Ma, poiché lo spensierato d'Attilio aveva fatta quella gran chiamata, non conveniva a lui di tirarsene indietro; e disse: – venga, padre, venga –. Il padre s'avanzò, inchinandosi al padrone, e rispondendo, a due mani, ai saluti de' commensali.

L'uomo onesto in faccia al malvagio, piace generalmente (non dico a tutti) immaginarselo con la fronte alta, con lo sguardo sicuro, col petto rilevato, con lo scilinguagnolo bene sciolto. Nel fatto però, per fargli prender quell'attitudine, si richiedon molte circostanze, le quali ben di rado si riscontrano insieme. Perciò, non vi maravigliate se fra Cristoforo, col buon testimonio della sua coscienza, col sentimento fermissimo della giustizia della causa che veniva a sostenere, con un sentimento misto d'orrore e di compassione per don Rodrigo, stesse con una cert'aria di suggezione e di rispetto, alla presenza di quello stesso don Rodrigo, ch'era lí in capo di tavola, in casa sua, nel suo regno, circondato d'amici, d'omaggi, di tanti segni della sua potenza, con un viso da far morire in bocca a chi si sia una preghiera, non che un consiglio, non che una correzione, non che un rimprovero. Alla sua destra sedeva quel conte Attilio suo cugino, e, se fa bisogno di dirlo, suo collega di libertinaggio e di soverchieria, il quale era venuto da Milano a villeggiare, per alcuni giorni, con lui. A sinistra, e a un altro lato della tavola, stava, con gran rispetto, temperato però d'una certa sicurezza, e d'una certa saccenteria, il signor podestà, quel medesimo a cui, in teoria, sarebbe toccato a far giustizia a Renzo Tramaglino, e a fare star a dovere don Rodrigo, come s'è visto di sopra. In faccia al podestà, in atto d'un rispetto il piú puro, il piú sviscerato, sedeva il nostro dottor Azzecca-garbugli, in cappa nera, e col naso piú rubicondo del solito: in faccia ai due cugini, due convitati oscuri, de' quali la nostra storia dice soltanto che non facevano altro che mangiare, chinare il capo, sorridere e approvare ogni cosa che dicesse un commensale, e a cui un altro non contraddicesse.

– Da sedere al padre, – disse don Rodrigo. Un servitore presentò una sedia, sulla quale si mise il padre Cristoforo, facendo qualche scusa al signore, d'esser venuto in ora inopportuna. – Bramerei di parlarle da solo a solo, con suo comodo, per un affare d'importanza, – soggiunse poi, con voce piú sommessa, all'orecchio di don Rodrigo.

– Bene, bene, parleremo; – rispose questo: – ma intanto si porti da bere al padre.

Il padre voleva schermirsi; ma don Rodrigo, alzando la voce, in mezzo al trambusto ch'era ricominciato, gridava: – no, per bacco, non mi farà questo torto; non sarà mai vero che un cappuccino vada via da questa casa, senza aver gustato del mio vino, né un creditore insolente, senza aver assaggiate le legna de' miei boschi –. Queste parole eccitarono un riso universale, e interruppero un momento la questione che s'agitava caldamente tra i commensali. Un servitore, portando sur una sottocoppa un'ampolla di vino, e un lungo bicchiere in forma di calice, lo presentò al padre; il quale, non volendo resistere a un invito tanto pressante dell'uomo che gli premeva tanto di farsi propizio, non esitò a mescere, e si mise a sorbir lentamente il vino.

– L'autorità del Tasso non serve al suo assunto, signor podestà riverito; anzi è contro di lei; – riprese a urlare il conte Attilio: – perché quell'uomo erudito, quell'uomo grande, che sapeva a menadito tutte le regole della cavalleria, ha fatto che il messo d'Argante, prima d'esporre la sfida ai cavalieri cristiani, chieda licenza al pio Buglione....

– Ma questo – replicava, non meno urlando, il podestà, – questo è un di piú, un mero di piú, un ornamento poetico, giacché il messaggiero è di sua natura inviolabile, per diritto delle genti, *jure gentium*: e, senza andar tanto a cercare, lo dice anche il proverbio: ambasciator non porta pena. E, i proverbi, signor conte, sono la sapienza del genere umano. E, non avendo il messaggiero detto nulla in suo proprio nome, ma solamente presentata la sfida in iscritto....

– Ma quando vorrà capire che quel messaggiero era un asino temerario, che non conosceva le prime... ?

– Con buona licenza di lor signori, – interruppe don Rodrigo, il quale non avrebbe voluto che la questione andasse troppo avanti: – rimettiamola nel padre Cristoforo; e si stia alla sua sentenza.

– Bene, benissimo, – disse il conte Attilio, al quale parve cosa molto garbata il far decidere un punto di cavalleria da un cappuccino; mentre il podestà, piú infervorato di cuore nella questione, si chetava a stento, e con un certo viso, che pareva volesse dire: ragazzate.

– Ma, da quel che mi pare d'aver capito, – disse il padre, – non son cose di cui io mi deva intendere.

– Solite scuse di modestia di loro padri; – disse don Rodrigo: – ma non mi scapperà. Eh via! sappiam bene che lei non è venuta al mondo col cappuccio in capo, e che il mondo l'ha conosciuto. Via, via: ecco la questione.

– Il fatto è questo, – cominciava a gridare il conte Attilio.

– Lasciate dir a me, che son neutrale, cugino, – riprese don Rodrigo. – Ecco la storia. Un cavaliere spagnolo manda una sfida a un cavalier milanese: il portatore, non trovando il provocato in casa, consegna il cartello a un fratello del cavaliere; il qual fratello legge la sfida, e in risposta dà alcune bastonate al portatore. Si tratta....

– Ben date, ben applicate, – gridò il conte Attilio. – Fu una vera ispirazione.

– Del demonio, – soggiunse il podestà. – Battere un ambasciatore! persona sacra! Anche lei, padre, mi dirà se questa è azione da cavaliere.

– Sí, signore, da cavaliere, – gridò il conte: – e lo lasci dire a me, che devo intendermi di ciò che conviene a un cavaliere. Oh, se fossero stati pugni, sarebbe un'altra faccenda; ma il bastone non isporca le mani a nessuno. Quello che non posso capire è perché le premano tanto le spalle d'un mascalzone.

– Chi le ha parlato delle spalle, signor conte mio? Lei mi fa dire spropositi che non mi son mai passati per la mente. Ho parlato del carattere, e non di spalle, io. Parlo sopra tutto del diritto delle genti. Mi dica un poco, di grazia, se i feciali che gli antichi Romani mandavano a intimar le sfide agli altri popoli, chiedevan licenza d'esporre l'ambasciata: e mi trovi un poco uno scrittore che faccia menzione che un feciale sia mai stato bastonato.

– Che hanno a far con noi gli ufiziali degli antichi Romani? gente che andava alla buona, e che, in queste cose, era indietro, indietro. Ma, secondo le leggi della cavalleria moderna, ch'è la vera, dico e sostengo che un messo il quale ardisce di porre in mano a un cavaliere una sfida, senza avergliene chiesta licenza, è un temerario, violabile violabilissimo, bastonabile bastonabilissimo....

– Risponda un poco a questo sillogismo.

– Niente, niente, niente.

– Ma ascolti, ma ascolti, ma ascolti. Percotere un disarmato è atto proditorio; *atqui* il messo *de quo* era senz'arme; *ergo*....

– Piano, piano, signor podestà.

– Che piano?

– Piano, le dico: cosa mi viene a dire? Atto proditorio è ferire uno con la spada, per di dietro, o dargli una schioppettata nella schiena: e, anche per questo, si posson dar certi casi... ma stiamo nella questione. Concedo che questo generalmente possa chiamarsi atto proditorio; ma appoggiar quattro bastonate a un mascalzone! Sarebbe bella che si dovesse dirgli: guarda che ti bastono: come si direbbe a un galantuomo: mano alla spada. – E lei, signor dottor riverito, in vece di farmi de' sogghigni, per farmi capire ch'è del mio parere, perché non sostiene le mie ragioni, con la sua buona tabella, per aiutarmi a persuader questo signore?

– Io.... – rispose confusetto il dottore: – io godo di questa dotta disputa; e ringrazio il bell'accidente che ha dato occasione a una guerra d'ingegni cosí graziosa. E poi, a me non compete di dar sentenza: sua signoria illustrissima ha già delegato un giudice... qui il padre...

– È vero; – disse don Rodrigo: – ma come volete che il giudice parli, quando i litiganti non vogliono stare zitti?

– Ammutolisco, – disse il conte Attilio. Il podestà strinse le labbra, e alzò la mano, come in atto di rassegnazione.

– Ah sia ringraziato il cielo! A lei, padre, – disse don Rodrigo, con una serietà mezzo canzonatoria.

– Ho già fatte le mie scuse, col dire che non me n'intendo, – rispose fra Cristoforo, rendendo il bicchiere a un servitore.

– Scuse magre: – gridarono i due cugini: – vogliamo la sentenza.

– Quand'è cosí, – riprese il frate, – il mio debole parere sarebbe che non vi fossero né sfide, né portatori, né bastonate.

I commensali si guardarono l'un con l'altro maravigliati.

– Oh questa è grossa! – disse il conte Attilio. – Mi perdoni, padre, ma è grossa. Si vede che lei non conosce il mondo.

– Lui? – disse don Rodrigo: – me lo volete far ridire: lo conosce, cugino mio, quanto voi: non è vero, padre? Dica, dica, se non ha fatta la sua carovana?

In vece di rispondere a quest'amorevole domanda, il padre disse una parolina in segreto a sé medesimo: «queste vengono a te; ma ricordati, frate, che non sei qui per te, e che tutto ciò che tocca te solo, non entra nel conto».

– Sarà, – disse il cugino: – ma il padre... come si chiama il padre?

– Padre Cristoforo, – rispose piú d'uno.

– Ma, padre Cristoforo, padron mio colendissimo, con queste sue massime, lei vorrebbe mandare il mondo sottosopra. Senza sfide! Senza bastonate! Addio il punto d'onore: impunità per tutti i mascalzoni. Per buona sorte che il supposto è impossibile.

– Animo, dottore, – scappò fuori don Rodrigo, che voleva sempre piú divertire la disputa dai due primi contendenti, – animo, a voi, che, per dar ragione a tutti, siete un uomo. Vediamo un poco come farete per dar ragione in questo al padre Cristoforo.

– In verità, – rispose il dottore, tenendo brandita in aria la forchetta, e rivolgendosi al padre, – in verità io non so intendere come il padre Cristoforo, il quale è insieme il perfetto religioso e l'uomo di mondo, non abbia pensato che la sua sentenza, buona, ottima e di giusto peso sul pulpito, non val niente, sia detto col dovuto rispetto, in una disputa cavalleresca. Ma il padre sa, meglio di me, che ogni cosa è buona a suo luogo; e io credo che, questa volta, abbia voluto cavarsi, con una celia, dall'impiccio di proferire una sentenza.

Che si poteva mai rispondere a ragionamenti dedotti da una sapienza cosí antica, e sempre nuova? Niente: e cosí fece il nostro frate.

Ma don Rodrigo, per voler troncare quella questione, ne venne a suscitare un'altra. – A proposito,

– disse, – ho sentito che a Milano correvan voci d'accomodamento.

Il lettore sa che in quell'anno si combatteva per la successione al ducato di Mantova, del quale, alla morte di Vincenzo Gonzaga, che non aveva lasciata prole legittima, era entrato in possesso il duca di Nevers, suo parente piú prossimo. Luigi XIII, ossia il cardinale di Richelieu, sosteneva quel principe, suo ben affetto, e naturalizzato francese: Filippo IV, ossia il conte d'Olivares, comunemente chiamato il conte duca, non lo voleva lí, per le stesse ragioni; e gli aveva mosso guerra. Siccome poi quel ducato era feudo dell'impero, cosí le due parti s'adoperavano, con pratiche, con istanze, con minacce, presso l'imperator Ferdinando II, la prima perché accordasse l'investitura al nuovo duca; la seconda perché gliela negasse, anzi aiutasse a cacciarlo da quello stato.

– Non son lontano dal credere, – disse il conte Attilio, – che le cose si possano accomodare. Ho certi indizi....

– Non creda, signor conte, non creda, – interruppe il podestà. – Io, in questo cantuccio, posso saperle le cose; perché il signor castellano spagnolo, che, per sua bontà, mi vuole un po' di bene, e per esser figliuolo d'un creato del conte duca, è informato d'ogni cosa....

– Le dico che a me accade ogni giorno di parlare in Milano con ben altri personaggi; e so di buon luogo che il papa, interessatissimo, com'è, per la pace, ha fatto proposizioni....

– Cosí dev'essere; la cosa è in regola; sua santità fa il suo dovere; un papa deve sempre metter bene tra i principi cristiani; ma il conte duca ha la sua politica, e....

– E, e, e; sa lei, signor mio, come la pensi l'imperatore, in questo momento? Crede lei che non ci sia altro che Mantova a questo mondo? le cose a cui si deve pensare son molte, signor mio. Sa lei, per esempio, fino a che segno l'imperatore possa ora fidarsi di quel suo principe di Valdistano o di Vallistai, o come lo chiamano, e se....

– Il nome legittimo in lingua alemanna, – interruppe

ancora il podestà, – è Vagliensteino, come l'ho sentito proferir piú volte dal nostro signor castellano spagnolo. Ma stia pur di buon animo, che....

– Mi vuole insegnare....? – riprendeva il conte; ma don Rodrigo gli dié d'occhio, per fargli intendere che, per amor suo, cessasse di contraddire. Il conte tacque, e il podestà, come un bastimento disimbrogliato da una secca, continuò, a vele gonfie, il corso della sua eloquenza. – Vagliensteino mi dà poco fastidio; perché il conte duca ha l'occhio a tutto, e per tutto; e se Vagliensteino vorrà fare il bell'umore, saprà ben lui farlo rigar diritto, con le buone, o con le cattive. Ha l'occhio per tutto, dico, e le mani lunghe; e, se ha fisso il chiodo, come l'ha fisso, e giustamente, da quel gran politico che è, che il signor duca di Nivers non metta le radici in Mantova, il signor duca di Nivers non ce le metterà; e il signor cardinale di Riciliú farà un buco nell'acqua. Mi fa pur ridere quel caro signor cardinale, a voler cozzare con un conte duca, con un Olivares. Dico il vero, che vorrei rinascere di qui a dugent'anni, per sentir cosa diranno i posteri, di questa bella pretensione. Ci vuol altro che invidia; testa vuol essere: e teste come la testa d'un conte duca, ce n'è una sola al mondo. Il conte duca, signori miei, – proseguiva il podestà, sempre col vento in poppa, e un po' maravigliato anche lui di non incontrar mai uno scoglio: – il conte duca è una volpe vecchia, parlando col dovuto rispetto, che farebbe perder la traccia a chi si sia: e, quando accenna a destra, si può esser sicuri che batterà a sinistra: ond'è che nessuno può mai vantarsi di conoscere i suoi disegni; e quegli stessi che devon metterli in esecuzione, quegli stessi che scrivono i dispacci, non ne capiscon niente. Io posso parlare con qualche cognizion di causa; perché quel brav'uomo del signor castellano si degna di trattenersi meco, con qualche confidenza. Il conte duca, viceversa, sa appuntino cosa bolle in pentola di tutte l'altre corti; e tutti que' politiconi (che ce n'è di diritti assai, non si può negare) hanno appena immaginato un disegno, che il conte duca te l'ha già indovinato, con quella sua testa, con quelle sue strade coperte, con que' suoi fili tesi per tutto. Quel pover'uomo del cardinale di Riciliú tenta di qua, fiuta di là, suda, s'ingegna: e poi? quando gli è riuscito di scavare una mina, trova la contrammina già bell'e fatta dal conte duca....

Sa il cielo quando il podestà avrebbe preso terra; ma don Rodrigo, stimolato anche da' versacci che faceva il cugino, si voltò all'improvviso, come se gli venisse un'ispirazione, a un servitore, e gli accennò che portasse un certo fiasco. – Signor podestà, e signori miei! – disse poi: – un brindisi al conte duca; e mi sapranno dire se il vino sia degno del personaggio –. Il podestà rispose con un inchino, nel quale traspariva un sentimento di riconoscenza particolare; perché tutto ciò che si faceva o si diceva in onore del conte duca, lo riteneva in parte come fatto a sé.

– Viva mill'anni don Gasparo Guzman, conte d'Olivares, duca di san Lucar, gran privato del re don Filippo il grande, nostro signore! – esclamò, alzando il bicchiere.

Privato, chi non lo sapesse, era il termine in uso, a que' tempi, per significare il favorito d'un principe.

– Viva mill'anni! – risposer tutti.

– Servite il padre, – disse don Rodrigo.

– Mi perdoni; – rispose il padre: – ma ho già fatto un disordine, e non potrei...

– Come! – disse don Rodrigo: – si tratta d'un brindisi al conte duca. Vuol dunque far credere ch'ella tenga dai navarrini?

Cosí si chiamavano allora, per ischerno, i Francesi, dai principi di Navarra, che avevan cominciato, con Enrico IV, a regnar sopra di loro.

A tale scongiuro, convenne bere. Tutti i commensali proruppero in esclamazioni, e in elogi del vino; fuor che il dottore, il quale, col capo alzato, con gli occhi fissi, con le labbra strette, esprimeva molto piú che non avrebbe potuto far con parole.

– Che ne dite eh, dottore? – domandò don Rodrigo.

Tirato fuor del bicchiere un naso piú vermiglio e piú

lucente di quello, il dottore rispose, battendo con enfasi ogni sillaba: – dico, proferisco, e sentenzio che questo è l'Olivares de' vini: *censui, et in eam ivi sententiam*, che un liquor simile non si trova in tutti i ventidue regni del re nostro signore, che Dio guardi: dichiaro e definisco che i pranzi dell'illustrissimo signor don Rodrigo vincono le cene d'Eliogabalo; e che la carestia è bandita e confinata in perpetuo da questo palazzo, dove siede e regna la splendidezza.

– Ben detto! ben definito! – gridarono, a una voce, i commensali: ma quella parola, carestia, che il dottore aveva buttata fuori a caso, rivolse in un punto tutte le menti a quel tristo soggetto; e tutti parlarono della carestia. Qui andavan tutti d'accordo, almeno nel principale; ma il fracasso era forse piú grande che se ci fosse stato disparere. Parlavan tutti insieme. – Non c'è carestia, – diceva uno: – sono gl'incettatori....

– E i fornai, – diceva un altro: – che nascondono il grano. Impiccarli.

– Appunto; impiccarli, senza misericordia.

– De' buoni processi, – gridava il podestà.

– Che processi? – gridava piú forte il conte Attilio: – giustizia sommaria. Pigliarne tre o quattro o cinque o sei, di quelli che, per voce pubblica, son conosciuti come i piú ricchi e i piú cani, e impiccarli.

– Esempi! esempi! senza esempi non si fa nulla.

– Impiccarli! impiccarli!; e salterà fuori grano da tutte le parti.

Chi, passando per una fiera, s'è trovato a goder l'armonia che fa una compagnia di cantambanchi, quando, tra una sonata e l'altra, ognuno accorda il suo stromento, facendolo stridere quanto piú può, affine di sentirlo distintamente, in mezzo al rumore degli altri, s'immagini che tale fosse la consonanza di quei, se si può dire, discorsi. S'andava intanto mescendo e rimescendo di quel tal vino; e le lodi di esso venivano, com'era giusto, frammischiate alle sentenze di giurisprudenza economica; sicché le parole che s'udivan piú sonore e piú frequenti, erano: *ambrosia*, e *impiccarli*.

Don Rodrigo intanto dava dell'occhiate al solo che stava zitto; e lo vedeva sempre lí fermo, senza dar segno d'impazienza né di fretta, senza far atto che tendesse a ricordare che stava aspettando; ma in aria di non voler andarsene, prima d'essere stato ascoltato. L'avrebbe mandato a spasso volentieri, e fatto di meno di quel colloquio; ma congedare un cappuccino, senza avergli dato udienza, non era secondo le regole della sua politica. Poiché la seccatura non si poteva scansare, si risolvette d'affrontarla subito, e di liberarsene; s'alzò da tavola, e seco tutta la rubiconda brigata, senza interrompere il chiasso. Chiesta poi licenza agli ospiti, s'avvicinò, in atto contegnoso, al frate, che s'era subito alzato con gli altri; gli disse: – eccomi a' suoi comandi; – e lo condusse in un'altra sala.

Capitolo sesto

– In che posso ubbidirla? – disse don Rodrigo, piantandosi in piedi nel mezzo della sala. Il suono delle parole era tale; ma il modo con cui eran proferite, voleva dir chiaramente, bada a chi sei davanti, pesa le parole, e sbrigati.

Per dar coraggio al nostro fra Cristoforo, non c'era mezzo piú sicuro e piú spedito, che prenderlo con maniera arrogante. Egli che stava sospeso, cercando le parole, e facendo scorrere tra le dita le ave marie della corona che teneva a cintola, come se in qualcheduna di quelle sperasse di trovare il suo esordio; a quel fare di don Rodrigo, si sentí subito venir sulle labbra piú parole del bisogno. Ma pensando quanto importasse di non guastare i fatti suoi o, ciò ch'era assai piú, i fatti altrui, corresse e temperò le frasi che gli si eran presentate alla mente, e disse, con guardinga umiltà: – vengo a proporle un atto di giustizia, a pregarla d'una carità. Cert'uomini di mal affare hanno messo innanzi il nome di vossignoria illustrissima, per far paura a un povero curato, e impedirgli di compire il suo dovere, e per soverchiare due innocenti. Lei può, con una parola, confonder coloro, restituire al diritto la sua forza, e sollevar quelli a cui è fatta una cosí crudel violenza. Lo può; e potendolo.... la coscienza, l'onore....

– Lei mi parlerà della mia coscienza, quando verrò a confessarmi da lei. In quanto al mio onore, ha da sapere che il custode ne son io, e io solo; e che chiunque ardisce entrare a parte con me di questa cura, lo riguardo come il temerario che l'offende.

Fra Cristoforo, avvertito da queste parole che quel signore cercava di tirare al peggio le sue, per volgere il discorso in contesa, e non dargli luogo di venire alle strette, s'impegnò tanto piú alla sofferenza, risolvette di mandar giú qualunque cosa piacesse all'altro di dire, e rispose subito, con un tono sommesso: – se ho detto cosa che le dispiaccia, è stato certamente contro la mia intenzione. Mi corregga pure, mi riprenda, se non so parlare come si conviene; ma si degni ascoltarmi. Per amor del cielo, per quel Dio, al cui cospetto dobbiam tutti comparire.... – e, cosí dicendo, aveva preso tra le dita, e metteva davanti agli occhi del suo accigliato ascoltatore il teschietto di legno attaccato alla sua corona, – non s'ostini a negare una giustizia cosí facile, e cosí dovuta a de' poverelli. Pensi che Dio ha sempre gli occhi sopra di loro, e che le loro grida, i loro gemiti sono ascoltati lassú. L'innocenza è potente al suo....

– Eh, padre! – interruppe bruscamente don Rodrigo: – il rispetto ch'io porto al suo abito è grande: ma se qualche cosa potesse farmelo dimenticare, sarebbe il vederlo indosso a uno che ardisse di venire a farmi la spia in casa.

Questa parola fece venir le fiamme sul viso del frate: il quale però, col sembiante di chi inghiottisce una medicina molto amara, riprese: – lei non crede che un tal titolo mi si convenga. Lei sente in cuor suo, che il passo ch'io fo ora qui, non è né vile né spregevole. M'ascolti, signor don Rodrigo; e voglia il cielo che non venga un giorno in cui si penta di non avermi ascoltato. Non voglia metter la sua gloria.... qual gloria, signor don Rodrigo! qual gloria dinanzi agli uomini! E dinanzi a Dio! Lei può molto quaggiú; ma....

– Sa lei, – disse don Rodrigo, interrompendo, con istizza, ma non senza qualche raccapriccio, – sa lei che, quando mi viene lo schiribizzo di sentire una predica, so benissimo andare in chiesa, come fanno gli altri? Ma in casa mia! Oh! – e continuò, con un sorriso forzato di scherno: – lei mi tratta da piú di quel che sono. Il predicatore in casa! Non l'hanno che i principi.

– E quel Dio che chiede conto ai principi della parola che fa loro sentire, nelle loro regge; quel Dio le usa ora un tratto di misericordia, mandando un suo ministro, indegno e miserabile, ma un suo ministro, a pregar per una innocente....

– In somma, padre, – disse don Rodrigo, facendo atto d'andarsene, – io non so quel che lei voglia dire: non capisco altro se non che ci dev'essere qualche fanciulla che le preme molto. Vada a far le sue confidenze a chi le piace; e non si prenda la libertà d'infastidir piú a lungo un gentiluomo.

Al moversi di don Rodrigo, il nostro frate gli s'era messo davanti, ma con gran rispetto; e, alzate le mani, come per supplicare e per trattenerlo ad un punto, rispose ancora: – la mi preme, è vero, ma non piú di lei; son due anime che, l'una e l'altra, mi premon piú del mio sangue. Don Rodrigo! io non posso far altro per lei, che pregar Dio; ma lo farò ben di cuore. Non mi dica di no: non voglia tener nell'angoscia e nel terrore una povera innocente. Una parola di lei può far tutto.

– Ebbene, – disse don Rodrigo, – giacché lei crede ch'io possa far molto per questa persona; giacché questa persona le sta tanto a cuore....

– Ebbene? – riprese ansiosamente il padre Cristoforo, al quale l'atto e il contegno di don Rodrigo non permettevano d'abbandonarsi alla speranza che parevano annunziare quelle parole.

– Ebbene, la consigli di venire a mettersi sotto la mia protezione. Non le mancherà piú nulla, e nessuno ardirà d'inquietarla, o ch'io non son cavaliere.

A siffatta proposta, l'indegnazione del frate, rattenuta a stento fin allora, traboccò. Tutti que' bei proponimenti di prudenza e di pazienza andarono in fumo: l'uomo vecchio si trovò d'accordo col nuovo; e, in que' casi, fra Cristoforo valeva veramente per due. – La vostra protezione! – esclamò, dando indietro due passi, postandosi fieramente sul piede destro, mettendo la destra sull'anca, alzando la sinistra con l'indice teso verso don Rodrigo, e piantandogli in faccia due occhi infiammati: – la vostra protezione! È meglio che abbiate parlato cosí, che abbiate fatta a me una tale proposta. Avete colmata la misura; e non vi temo piú.

– Come parli, frate?....

– Parlo come si parla a chi è abbandonato da Dio, e non può piú far paura. La vostra protezione! Sapevo bene che quella innocente è sotto la protezione di Dio; ma voi, voi me lo fate sentire ora, con tanta certezza, che non ho piú bisogno di riguardi a parlarvene. Lucia, dico: vedete come lo pronunzio questo nome con la fronte alta, e con gli occhi immobili.

– Come! in questa casa...!

– Ho compassione di questa casa: la maledizione le sta sopra sospesa. State a vedere che la giustizia di Dio avrà riguardo a quattro pietre, e suggezione di quattro sgherri. Voi avete creduto che Dio abbia fatta una creatura a sua immagine, per darvi il piacere di tormentarla! Voi avete creduto che Dio non saprebbe difenderla! Voi avete disprezzato il suo avviso! Vi siete giudicato. Il cuore di Faraone era indurito quanto il vostro; e Dio ha saputo spezzarlo. Lucia è sicura da voi: ve lo dico io povero frate; e in quanto a voi, sentite bene quel ch'io vi prometto. Verrà un giorno....

Don Rodrigo era fin allora rimasto tra la rabbia e la maraviglia, attonito, non trovando parole; ma, quando sentí intonare una predizione, s'aggiunse alla rabbia un lontano e misterioso spavento.

Afferrò rapidamente per aria quella mano minacciosa, e, alzando la voce, per troncar quella dell'infausto profeta, gridò: – escimi di tra' piedi, villano temerario, poltrone incappucciato.

Queste parole cosí chiare acquietarono in un momento il padre Cristoforo. All'idea di strapazzo e di villania, era, nella sua mente, cosí bene, e da tanto tempo, associata l'idea di sofferenza e di silenzio, che, a quel complimento, gli cadde ogni spirito d'ira e d'entusiasmo, e non gli restò altra risoluzione che quella d'udir tranquillamente ciò che a don Rodrigo piacesse d'aggiungere. Onde, ritirata placidamente la mano dagli artigli del gentiluomo, abbassò il capo, e rimase immobile, come, al cader del vento, nel forte della burrasca, un albero agitato ricompone naturalmente i suoi rami, e riceve la grandine come il ciel la manda.

– Villano rincivilito! – proseguí don Rodrigo: – tu tratti da par tuo. Ma ringrazia il saio che ti copre codeste spalle di mascalzone, e ti salva dalle carezze che si fanno a' tuoi pari, per insegnar loro a parlare. Esci con le tue gambe, per questa volta; e la vedremo.

Cosí dicendo, additò, con impero sprezzante, un uscio in faccia a quello per cui erano entrati; il padre Cristoforo chinò il capo, e se n'andò, lasciando don Rodrigo a misurare, a passi infuriati, il campo di battaglia.

Quando il frate ebbe serrato l'uscio dietro a sé, vide nell'altra stanza dove entrava, un uomo ritirarsi pian piano, strisciando il muro, come per non esser veduto dalla stanza del colloquio; e riconobbe il vecchio servitore ch'era venuto a riceverlo alla porta di strada. Era costui in quella casa, forse da quarant'anni, cioè prima che nascesse don Rodrigo; entratovi al servizio del padre, il quale era stato tutt'un'altra cosa. Morto lui, il nuovo padrone, dando lo sfratto a tutta la famiglia, e facendo brigata nuova, aveva però ritenuto quel servitore, e per esser già vecchio, e perché, sebben di massime e di costume diverso interamente dal suo, compensava però questo difetto con due qualità: un'alta opinione della dignità della casa, e una gran pratica del cerimoniale, di cui conosceva, meglio d'ogni altro, le piú antiche tradizioni, e i piú minuti particolari. In faccia al signore, il povero vecchio non si sarebbe mai arrischiato d'accennare, non che d'esprimere la sua disapprovazione di ciò che vedeva tutto il giorno: appena ne faceva qualche esclamazione, qualche rimprovero tra i denti a' suoi colleghi di servizio; i quali se ne ridevano, e prendevano anzi piacere qualche volta a toccargli quel tasto, per fargli dir di piú che non avrebbe voluto, e per sentirlo ricantar le lodi dell'antico modo di vivere in quella casa. Le sue censure non arrivavano agli orecchi del padrone che accompagnate dal racconto delle risa che se n'eran fatte; dimodoché riuscivano anche per lui un soggetto di scherno, senza risentimento. Ne' giorni poi d'invito e di ricevimento, il vecchio diventava un personaggio serio e d'importanza.

Il padre Cristoforo lo guardò, passando, lo salutò, e seguitava la sua strada; ma il vecchio se gli accostò misteriosamente, mise il dito alla bocca, e poi, col dito stesso, gli fece un cenno, per invitarlo a entrar con lui in un andito buio. Quando furon lí, gli disse sotto voce: – padre, ho sentito tutto, e ho bisogno di parlarle.

– Dite presto, buon uomo.

– Qui no: guai se il padrone s'avvede.... Ma io so molte cose; e vedrò di venir domani al convento.

– C'è qualche disegno?

– Qualcosa per aria c'è di sicuro: già me ne son potuto accorgere. Ma ora starò sull'intesa, e spero di scoprir tutto. Lasci fare a me. Mi tocca a vedere e a sentir cose...! cose di fuoco! Sono in una casa...! Ma io vorrei salvar l'anima mia.

– Il Signore vi benedica! – e, proferendo sottovoce queste parole, il frate mise la mano sul capo bianco del servitore, che, quantunque piú vecchio di lui, gli stava curvo dinanzi, nell'attitudine d'un figliuolo. – Il Signore vi ricompenserà, – proseguí il frate: – non mancate di venir domani.

– Verrò, – rispose il servitore: – ma lei vada via subito e... per amor del cielo.... non mi nomini –. Cosí dicendo, e guardando intorno, uscí, per l'altra parte dell'andito, in un salotto, che rispondeva nel cortile; e, visto il campo libero chiamò fuori il buon frate, il volto del quale rispose a quell'ultima parola piú chiaro che non avrebbe potuto fare qualunque protesta. Il servitore gli additò l'uscita; e il frate, senza dir altro, partí.

Quell'uomo era stato a sentire all'uscio del suo padrone: aveva fatto bene? E fra Cristoforo faceva bene a lodarlo di ciò? Secondo le regole piú comuni e men contraddette, è cosa molto brutta; ma quel caso non poteva riguardarsi come un'eccezione? E ci sono dell'eccezioni alle regole piú comuni e men contraddette? Questioni importanti; ma che il lettore risolverà da sé, se ne ha voglia. Noi non intendiamo di dar giudizi: ci basta d'aver dei fatti da raccontare.

Uscito fuori, e voltate le spalle a quella casaccia, fra Cristoforo respirò piú liberamente, e s'avviò in fretta per la scesa, tutto infocato in volto, commosso e sottosopra, come ognuno può immaginarsi, per quel che aveva sentito, e per quel che aveva detto. Ma quella cosí inaspettata esibizione del vecchio era stata un gran ristorativo per lui: gli pareva che il cielo gli avesse dato un segno visibile della sua protezione. «Ecco un filo, – pensava, – un filo che la provvidenza mi mette nelle mani. E in quella casa medesima! E senza ch'io sognassi neppure di cercarlo!» Cosí ruminando, alzò gli occhi verso l'occidente, vide il sole inclinato, che già già toccava la cima del monte, e pensò che rimaneva ben poco del giorno. Allora, benché sentisse le ossa gravi e fiaccate da' vari strapazzi di quella giornata, pure studiò di piú il passo, per poter riportare un avviso, qual si fosse, a' suoi protetti, e arrivar poi al convento, prima di notte: che era una delle leggi piú precise, e piú severamente mantenute del codice cappuccinesco.

Intanto, nella casetta di Lucia, erano stati messi in campo e ventilati disegni, de' quali ci conviene informare il lettore. Dopo la partenza del frate, i tre rimasti erano stati qualche tempo in silenzio; Lucia preparando tristamente il desinare; Renzo sul punto d'andarsene ogni momento, per levarsi dalla vista di lei cosí accorata, e non sapendo staccarsi; Agnese tutta intenta, in apparenza, all'aspo che faceva girare. Ma, in realtà, stava maturando un progetto; e, quando le parve maturo, ruppe il silenzio in questi termini:

– Sentite, figliuoli! Se volete aver cuore e destrezza, quanto bisogna, se vi fidate di vostra madre, – a quel *vostra* Lucia si riscosse, – io m'impegno di cavarvi di quest'impiccio, meglio forse, e piú presto del padre Cristoforo, quantunque sia quell'uomo che è –. Lucia rimase lí, e la guardò con un volto ch'esprimeva piú maraviglia che fiducia in una promessa tanto magnifica;

e Renzo disse subitamente: – cuore? destrezza? dite, dite pure quel che si può fare.

– Non è vero, – proseguí Agnese, – che, se foste maritati, si sarebbe già un pezzo avanti? E che a tutto il resto si troverebbe piú facilmente ripiego?

– C'è dubbio? – disse Renzo: – maritati che fossimo.... tutto il mondo è paese; e, a due passi di qui, sul bergamasco, chi lavora seta è ricevuto a braccia aperte. Sapete quante volte Bortolo mio cugino m'ha fatto sollecitare d'andar là a star con lui, che farei fortuna, com'ha fatto lui: e se non gli ho mai dato retta, gli è.... che serve? perché il mio cuore era qui. Maritati, si va tutti insieme, si mette su casa là, si vive in santa pace, fuor dell'unghie di questo ribaldo, lontano dalla tentazione di fare uno sproposito. N'è vero, Lucia?

– Sí, – disse Lucia: – ma come....?

– Come ho detto io, – riprese la madre: – cuore e destrezza; e la cosa è facile.

– Facile! – dissero insieme que' due, per cui la cosa era divenuta tanto stranamente e dolorosamente difficile.

– Facile, a saperla fare, – replicò Agnese. – Ascoltatemi bene, che vedrò di farvela intendere. Io ho sentito dire da gente che sa, e anzi ne ho veduto io un caso, che, per fare un matrimonio, ci vuole bensí il curato, ma non è necessario che voglia; basta che ci sia.

– Come sta questa faccenda? – domandò Renzo.

– Ascoltate e sentirete. Bisogna aver due testimoni ben lesti e ben d'accordo. Si va dal curato: il punto sta di chiapparlo all'improvviso, che non abbia tempo di scappare. L'uomo dice: signor curato, questa è mia moglie; la donna dice: signor curato, questo è mio marito. Bisogna che il curato senta, che i testimoni sentano; e il matrimonio è bell'e fatto, sacrosanto come se l'avesse fatto il papa. Quando le parole son dette, il curato può strillare, strepitare, fare il diavolo; è inutile; siete marito e moglie.

– Possibile? – esclamò Lucia.

– Come! – disse Agnese: – state a vedere che, in trent'anni che ho passati in questo mondo, prima che nasceste voi altri, non avrò imparato nulla. La cosa è tale quale ve la dico: per segno tale che una mia amica, che voleva prender uno contro la volontà de' suoi parenti, facendo in quella maniera, ottenne il suo intento. Il curato, che ne aveva sospetto, stava all'erta; ma i due diavoli seppero far cosí bene, che lo colsero in un punto giusto, dissero le parole, e furon marito e moglie: benché la poveretta se ne pentí poi, in capo a tre giorni.

Agnese diceva il vero, e riguardo alla possibilità, e riguardo al pericolo di non ci riuscire: ché, siccome non ricorrevano a un tale espediente, se non persone che avesser trovato ostacolo o rifiuto nella via ordinaria, cosí i parrochi mettevan gran cura a scansare quella cooperazione forzata; e, quando un d'essi venisse pure sorpreso da una di quelle coppie, accompagnata da testimoni, faceva di tutto per iscapolarsene, come Proteo dalle mani di coloro che volevano farlo vaticinare per forza.

– Se fosse vero, Lucia! – disse Renzo, guardandola con un'aria d'aspettazione supplichevole.

– Come! se fosse vero! – disse Agnese. – Anche voi credete ch'io dica fandonie. Io m'affanno per voi, e non son creduta: bene bene; cavatevi d'impiccio come potete: io me ne lavo le mani.

– Ah no! non ci abbandonate, – disse Renzo. – Parlo cosí, perché la cosa mi par troppo bella. Sono nelle vostre mani; vi considero come se foste proprio mia madre.

Queste parole fecero svanire il piccolo sdegno d'Agnese, e dimenticare un proponimento che, per verità, non era stato serio.

– Ma perché dunque, mamma, – disse Lucia, con quel suo contegno sommesso, – perché questa cosa non è venuta in mente al padre Cristoforo?

– In mente? – rispose Agnese: – pensa se non gli sarà venuta in mente! Ma non ne avrà voluto parlare.

– Perché? – domandarono a un tratto i due giovani.

– Perché.... perché, quando lo volete sapere, i religiosi dicono che veramente è cosa che non istà bene.

– Come può essere che non istia bene, e che sia ben fatta, quand'è fatta? – disse Renzo.

– Che volete ch'io vi dica? – rispose Agnese. – La legge l'hanno fatta loro, come gli è piaciuto; e noi poverelli non possiamo capir tutto. E poi quante cose... Ecco; e come lasciar andare un pugno a un cristiano. Non istà bene; ma, dato che gliel abbiate, né anche il papa non glielo può levare.

– Se è cosa che non istà bene, – disse Lucia, – non bisogna farla.

– Che! – disse Agnese, – ti vorrei forse dare un parere contro il timor di Dio? Se fosse contro la volontà de' tuoi parenti, per prendere un rompicollo.... ma, contenta me, e per prender questo figliuolo; e chi fa nascer tutte le difficoltà è un birbone; e il signor curato....

– L'è chiara, che l'intenderebbe ognuno, – disse Renzo.

– Non bisogna parlarne al padre Cristoforo, prima di far la cosa, – proseguí Agnese: – ma, fatta che sia, e ben riuscita, che pensi tu che ti dirà il padre? «Ah figliuola! è una scappata grossa; me l'avete fatta». I religiosi devon parlar cosí. Ma credi pure che, in cuor suo, sarà contento anche lui.

Lucia, senza trovar che rispondere a quel ragionamento, non ne sembrava però capacitata: ma Renzo, tutto rincorato, disse: – quand'è cosí, la cosa è fatta.

– Piano, – disse Agnese. – E i testimoni? Trovar due che vogliano, e che intanto sappiano stare zitti! E poter cogliere il signor curato che, da due giorni, se ne sta rintanato in casa? E farlo star lí? ché, benché sia pesante di sua natura, vi so dir io che, al vedervi comparire in quella conformità, diventerà lesto come un gatto, e scapperà come il diavolo dall'acqua santa.

– L'ho trovato io il verso, l'ho trovato, – disse Renzo, battendo il pugno sulla tavola, e facendo balzellare le stoviglie apparecchiate per il desinare. E seguitò esponendo il suo pensiero, che Agnese approvò in tutto e per tutto.

– Son imbrogli, – disse Lucia: – non son cose lisce.

Finora abbiamo operato sinceramente: tiriamo avanti con fede, e Dio ci aiuterà: il padre Cristoforo l'ha detto. Sentiamo il suo parere.

– Lasciati guidare da chi ne sa piú di te, – disse Agnese, con volto grave. – Che bisogno c'è di chieder pareri? Dio dice: aiutati, ch'io t'aiuto. Al padre racconteremo tutto, a cose fatte.

– Lucia, – disse Renzo, – volete voi mancarmi ora? Non avevamo noi fatto tutte le cose da buon cristiani? Non dovremmo esser già marito e moglie? Il curato non ci aveva fissato lui il giorno e l'ora? E di chi è la colpa, se dobbiamo ora aiutarci con un po' d'ingegno? No, non mi mancherete. Vado e torno con la risposta –. E, salutando Lucia, con un atto di preghiera, e Agnese, con un'aria d'intelligenza, partí in fretta.

Le tribolazioni aguzzano il cervello: e Renzo il quale, nel sentiero retto e piano di vita percorso da lui fin allora, non s'era mai trovato nell'occasione d'assottigliar molto il suo, ne aveva, in questo caso, immaginata una, da far onore a un giureconsulto. Andò addirittura, secondo che aveva disegnato, alla casetta d'un certo Tonio, ch'era lí poco distante; e lo trovò in cucina, che, con un ginocchio sullo scalino del focolare, e tenendo, con una mano, l'orlo d'un paiolo, messo sulle ceneri calde, dimenava, col matterello ricurvo, una piccola polenta bigia, di gran saraceno. La madre, un fratello, la moglie di Tonio, erano a tavola; e tre o quattro ragazzetti, ritti accanto al babbo, stavano aspettando, con gli occhi fissi al paiolo, che venisse il momento di scodellare. Ma non c'era quell'allegria che la vista del desinare suol pur dare a chi se l'è meritato con la fatica. La mole della polenta era in ragion dell'annata, e non del numero e della buona voglia de' commensali: e ognun d'essi, fissando, con uno sguardo bieco d'amor rabbioso, la vivanda comune, pareva pensare alla porzione d'appetito che le doveva sopravvivere. Mentre Renzo barattava i saluti con la famiglia, Tonio scodellò la polenta sulla taffería di faggio, che stava apparecchiata a riceverla: e parve una piccola luna, in un gran cerchio di vapori.

Nondimeno le donne dissero cortesemente a Renzo: – volete restar servito? –, complimento che il contadino di Lombardia, e chi sa di quant'altri paesi! non lascia mai di fare a chi lo trovi a mangiare, quand'anche questo fosse un ricco epulone alzatosi allora da tavola, e lui fosse all'ultimo boccone.

– Vi ringrazio, – rispose Renzo: – venivo solamente per dire una parolina a Tonio; e, se vuoi, Tonio, per non disturbar le tue donne, possiamo andar a desinare all'osteria, e lí parleremo –. La proposta fu per Tonio tanto piú gradita, quanto meno aspettata; e le donne, e anche i bimbi (giacché, su questa materia, principian presto a ragionare) non videro mal volentieri che si sottraesse alla polenta un concorrente, e il piú formidabile. L'invitato non istette a domandar altro, e andò con Renzo.

Giunti all'osteria del villaggio; seduti, con tutta libertà, in una perfetta solitudine, giacché la miseria aveva divezzati tutti i frequentatori di quel luogo di delizie; fatto portare quel poco che si trovava; votato un boccale di vino; Renzo, con aria di mistero, disse a Tonio: – se tu vuoi farmi un piccolo servizio, io te ne voglio fare uno grande.

– Parla, parla; comandami pure, – rispose Tonio, mescendo. – Oggi mi butterei nel fuoco per te.

– Tu hai un debito di venticinque lire col signor curato, per fitto del suo campo, che lavoravi, l'anno passato.

– Ah, Renzo, Renzo! tu mi guasti il benefizio. Con che cosa mi vieni fuori? M'hai fatto andar via il buon umore.

– Se ti parlo del debito, – disse Renzo, – è perché, se tu vuoi, io intendo di darti il mezzo di pagarlo.

– Dici davvero?

– Davvero. Eh? saresti contento?

– Contento? Per diana, se sarei contento! Se non foss'altro, per non veder piú que' versacci, e que' cenni col capo, che mi fa il signor curato, ogni volta che c'incontriamo. E poi sempre: Tonio, ricordatevi: Tonio, quando ci vediamo, per quel negozio? A tal segno che quando, nel predicare, mi fissa quegli occhi addosso, io sto quasi in timore che abbia a dirmi, lí in pubblico: quelle venticinque lire! Che maledette siano le venticinque lire! E poi, m'avrebbe a restituir la collana d'oro di mia moglie, che la baratterei in tanta polenta. Ma....

– Ma, ma, se tu mi vuoi fare un servizietto, le venticinque lire son preparate.

– Dí su.

– Ma....! – disse Renzo, mettendo il dito alla bocca.

– Fa bisogno di queste cose? tu mi conosci.

– Il signor curato va cavando fuori certe ragioni senza sugo, per tirare in lungo il mio matrimonio; e io in vece vorrei spicciarmi. Mi dicon di sicuro che, presentandosegli davanti i due sposi, con due testimoni, e dicendo io: questa è mia moglie, e Lucia: questo è mio marito, il matrimonio è bell'e fatto. M'hai tu inteso?

– Tu vuoi ch'io venga per testimonio?

– Per l'appunto.

– E pagherai per me le venticinque lire?

– Cosí l'intendo.

– Birba chi manca.

– Ma bisogna trovare un altro testimonio.

– L'ho trovato. Quel sempliciotto di mio fratel Gervaso farà quello che gli dirò io. Tu gli pagherai da bere?

– E da mangiare, – rispose Renzo. – Lo condurremo qui a stare allegro con noi. Ma saprà fare?

– Gl'insegnerò io: tu sai bene ch'io ho avuta anche la sua parte di cervello.

– Domani....

– Bene.

– Verso sera....

– Benone.

– Ma...! – disse Renzo, mettendo di nuovo il dito alla bocca.

– Poh...! – rispose Tonio, piegando il capo sulla spalla destra, e alzando la mano sinistra, con un viso che diceva: mi fai torto.

– Ma, se tua moglie ti domanda, come ti domanderà, senza dubbio....

– Di bugie, sono in debito io con mia moglie, e tanto tanto, che non so se arriverò mai a saldare il conto. Qualche pastocchia la troverò, da metterle il cuore in pace.

– Domattina, – disse Renzo, – discorreremo con piú comodo, per intenderci bene su tutto.

Con questo, uscirono dall'osteria, Tonio avviandosi a casa, e studiando la fandonia che racconterebbe alle donne, e Renzo, a render conto de' concerti presi.

In questo tempo Agnese, s'era affaticata invano a persuader la figliuola. Questa andava opponendo a ogni ragione, ora l'una, ora l'altra parte del suo dilemma: o la cosa è cattiva, e non bisogna farla; o non è, e perché non dirla al padre Cristoforo?

Renzo arrivò tutto trionfante, fece il suo rapporto, e terminò con un *ahn?* interiezione che significa: sono o non sono un uomo io? si poteva trovar di meglio? vi sarebbe venuta in mente? e cento cose simili.

Lucia tentennava mollemente il capo; ma i due infervorati le badavan poco, come si suol fare con un fanciullo, al quale non si spera di far intendere tutta la ragione d'una cosa, e che s'indurrà poi, con le preghiere e con l'autorità, a ciò che si vuol da lui.

– Va bene, – disse Agnese: – va bene; ma.... non avete pensato a tutto.

– Cosa ci manca? – rispose Renzo.

– E Perpetua? non avete pensato a Perpetua. Tonio e suo fratello, li lascerà entrare; ma voi! voi due! pensate! avrà ordine di tenervi lontani, piú che un ragazzo da un pero che ha le frutte mature.

– Come faremo? – disse Renzo, un po' imbrogliato.

– Ecco: ci ho pensato io. Verrò io con voi; e ho un segreto per attirarla, e per incantarla di maniera che non s'accorga di voi altri, e possiate entrare. La chiamerò io, e le toccherò una corda... vedrete.

– Benedetta voi! – esclamò Renzo: – l'ho sempre detto che siete nostro aiuto in tutto.

– Ma tutto questo non serve a nulla, – disse Agnese, – se non si persuade costei, che si ostina a dire che è peccato.

Renzo mise in campo anche lui la sua eloquenza; ma Lucia non si lasciava smovere.

– Io non so che rispondere a queste vostre ragioni, – diceva: – ma vedo che, per far questa cosa, come dite voi, bisogna andar avanti a furia di sotterfugi, di bugie, di finzioni. Ah Renzo! non abbiam cominciato cosí. Io voglio esser vostra moglie, – e non c'era verso che potesse proferir quella parola, e spiegar quell'intenzione, senza fare il viso rosso: – io voglio esser vostra moglie, ma per la strada diritta, col timor di Dio, all'altare. Lasciamo fare a Quello lassú. Non volete che sappia trovar Lui il bandolo d'aiutarci, meglio che non possiamo far noi, con tutte codeste furberie? E perché far misteri al padre Cristoforo?

La disputa durava tuttavia, e non pareva vicina a finire, quando un calpestío affrettato di sandali, e un rumore di tonaca sbattuta, somigliante a quello che fanno in una vela allentata i soffi ripetuti del vento, annunziarono il padre Cristoforo. Si chetaron tutti; e Agnese ebbe appena tempo di susurrare all'orecchio di Lucia: – bada bene, ve', di non dirgli nulla.

Capitolo settimo

Il padre Cristoforo arrivava nell'attitudine d'un buon capitano che, perduta, senza sua colpa, una battaglia importante, afflitto ma non scoraggito, sopra pensiero ma non sbalordito, di corsa e non in fuga, si porta dove il bisogno lo chiede, a premunire i luoghi minacciati, a raccoglier le truppe, a dar nuovi ordini.

– La pace sia con voi, – disse, nell'entrare. – Non c'è nulla da sperare dall'uomo: tanto piú bisogna confidare in Dio: e già ho qualche pegno della sua protezione.

Sebbene nessuno dei tre sperasse molto nel tentativo del padre Cristoforo, giacché il vedere un potente ritirarsi da una soverchieria, senza esserci costretto, e per mera condiscendenza a preghiere disarmate, era cosa piuttosto inaudita che rara; nulladimeno la trista certezza fu un colpo per tutti. Le donne abbassarono il capo; ma nell'animo di Renzo, l'ira prevalse all'abbattimento. Quell'annunzio lo trovava già amareggiato da tante sorprese dolorose, da tanti tentativi andati a vòto, da tante speranze deluse, e, per di piú, esacerbato, in quel momento, dalle ripulse di Lucia.

– Vorrei sapere, – gridò, digrignando i denti, e alzando la voce, quanto non aveva mai fatto prima d'allora, alla presenza del padre Cristoforo; – vorrei sapere che ragioni ha dette quel cane, per sostenere... per sostenere che la mia sposa non dev'essere la mia sposa.

– Povero Renzo! – rispose il frate, con una voce grave e pietosa, e con uno sguardo che comandava amorevolmente la pacatezza: – se il potente che vuol commettere l'ingiustizia fosse sempre obbligato a dir le sue ragioni, le cose non anderebbero come vanno.

– Ha detto dunque quel cane, che non vuole, perché non vuole? – Non ha detto nemmen questo, povero Renzo! Sarebbe ancora un vantaggio se, per commetter l'iniquità, dovessero confessarla apertamente.

– Ma qualcosa ha dovuto dire: cos'ha detto quel tizzone d'inferno?

– Le sue parole, io l'ho sentite, e non te le saprei ripetere. Le parole dell'iniquo che è forte, penetrano e sfuggono. Può adirarsi che tu mostri sospetto di lui, e, nello stesso tempo, farti sentire che quello di che tu sospetti è certo: può insultare e chiamarsi offeso, schernire e chieder ragione, atterrire e lagnarsi, essere sfacciato e irreprensibile. Non chieder piú in là. Colui non ha proferito il nome di questa innocente, né il tuo, non ha figurato nemmen di conoscervi, non ha detto di pretender nulla; ma...... ma pur troppo ho dovuto intendere ch'è irremovibile. Nondimeno, confidenza in Dio! Voi, poverette, non vi perdete d'animo; e tu, Renzo..... oh! credi pure, ch'io so mettermi ne' tuoi panni, ch'io sento quello che passa nel tuo cuore. Ma, pazienza! È una magra parola, una parola amara, per chi non crede; ma tu.....! non vorrai tu concedere a Dio un giorno, due giorni, il tempo che vorrà prendere, per far trionfare la giustizia? Il tempo è suo; e ce n'ha promesso tanto! Lascia fare a Lui, Renzo; e sappi..... sappiate tutti ch'io ho già in mano un filo, per aiutarvi. Per ora, non posso dirvi di piú. Domani io non verrò quassú; devo stare al convento tutto il giorno, per voi. Tu, Renzo, procura di venirci: o se, per caso impensato, tu non potessi, mandate un uomo fidato, un garzoncello di giudizio, per mezzo del quale io possa farvi sapere quello che occorrerà. Si fa buio; bisogna ch'io corra al convento. Fede, coraggio; e addio.

Detto questo, uscí in fretta, e se n'andò, correndo, e quasi saltelloni, giú per quella viottola storta e sassosa, per non arrivar tardi al convento, a rischio di buscarsi una buona sgridata, o quel che gli sarebbe pesato ancor piú, una penitenza, che gl'impedisse, il giorno dopo, di trovarsi pronto e spedito a ciò che potesse richiedere il bisogno de' suoi protetti.

– Avete sentito cos'ha detto d'un non so che.... d'un filo che ha, per aiutarci? – disse Lucia. – Convien fidarsi a lui; è un uomo che, quando promette dieci.....

– Se non c'è altro....! – interruppe Agnese. – Avrebbe dovuto parlar piú chiaro, o chiamar me da una parte, e dirmi cosa sia questo...

– Chiacchiere! la finirò io: io la finirò! – interruppe Renzo, questa volta, andando in su e in giú per la stanza, e con una voce, con un viso, da non lasciar dubbio sul senso di quelle parole.

– Oh Renzo! – esclamò Lucia.

– Cosa volete dire? – esclamò Agnese.

– Che bisogno c'è di dire? La finirò io. Abbia pur cento, mille diavoli nell'anima, finalmente è di carne e ossa anche lui....

– No, no, per amor del cielo....! – cominciò Lucia; ma il pianto le troncò la voce.

– Non son discorsi da farsi, neppur per burla, – disse Agnese.

– Per burla? – gridò Renzo, fermandosi ritto in faccia ad Agnese seduta, e piantandole in faccia due occhi stralunati. – Per burla! vedrete se sarà burla.

– Oh Renzo! – disse Lucia, a stento, tra i singhiozzi: – non v'ho mai visto cosí.

– Non dite queste cose, per amor del cielo, – riprese ancora in fretta Agnese, abbassando la voce. – Non vi ricordate quante braccia ha al suo comando colui? E quand'anche..... Dio liberi!... contro i poveri c'è sempre giustizia.

– La farò io, la giustizia, io! È ormai tempo. La cosa non è facile: lo so anch'io. Si guarda bene, il cane assassino: sa come sta; ma non importa. Risoluzione e pazienza.... e il momento arriva. Sí, la farò io, la giustizia: lo libererò io, il paese: quanta gente mi benedirà....! e poi in tre salti....!

L'orrore che Lucia sentí di queste piú chiare parole,

le sospese il pianto, e le diede forza di parlare. Levando dalle palme il viso lagrimoso, disse a Renzo, con voce accorata, ma risoluta: – non v'importa piú dunque d'avermi per moglie. Io m'era promessa a un giovine che aveva il timor di Dio; ma un uomo che avesse.... Fosse al sicuro d'ogni giustizia e d'ogni vendetta, foss'anche il figlio del re....

– E bene! – gridò Renzo, con un viso piú che mai stravolto: – io non v'avrò; ma non v'avrà né anche lui. Io qui senza di voi, e lui a casa del....

– Ah no! per carità, non dite cosí, non fate quegli occhi: no, non posso vedervi cosí, – esclamò Lucia, piangendo, supplicando, con le mani giunte; mentre Agnese chiamava e richiamava il giovine per nome, e gli palpava le spalle, le braccia, le mani, per acquietarlo. Stette egli immobile e pensieroso, qualche tempo, a contemplar quella faccia supplichevole di Lucia; poi, tutt'a un tratto, la guardò torvo, diede addietro, tese il braccio e l'indice verso di essa, e gridò: – questa! sí questa egli vuole. Ha da morire!

– E io che male v'ho fatto, perché mi facciate morire? – disse Lucia, buttandosegli in ginocchioni davanti.

– Voi! – rispose, con una voce ch'esprimeva un'ira ben diversa, ma un'ira tuttavia: – voi! Che bene mi volete voi? Che prova m'avete data? Non v'ho io pregata, e pregata, e pregata? E voi: no! no!

– Sí sí, – rispose precipitosamente Lucia: – verrò dal curato, domani, ora, se volete; verrò. Tornate quello di prima; verrò.

– Me lo promettete? – disse Renzo, con una voce e con un viso divenuto, tutt'a un tratto, piú umano.

– Ve lo prometto.

– Me l'avete promesso.

– Signore, vi ringrazio! – esclamò Agnese, doppiamente contenta.

In mezzo a quella sua gran collera, aveva Renzo pensato di che profitto poteva esser per lui lo spavento di Lucia? E non aveva adoperato un po' d'artifizio a farlo crescere, per farlo fruttare? Il nostro autore protesta di non ne saper nulla; e io credo che nemmen Renzo non lo sapesse bene. Il fatto sta ch'era realmente infuriato contro don Rodrigo, e che bramava ardentemente il consenso di Lucia; e quando due forti passioni schiamazzano insieme nel cuor d'un uomo, nessuno, neppure il paziente, può sempre distinguer chiaramente una voce dall'altra, e dir con sicurezza qual sia quella che predomini.

– Ve l'ho promesso, – rispose Lucia, con un tono di rimprovero timido e affettuoso: – ma anche voi avevate promesso di non fare scandoli, di rimettervene al padre....

– Oh via! per amor di chi vado in furia? Volete tornare indietro, ora? e farmi fare uno sproposito?

– No no, – disse Lucia, cominciando a rispaventarsi. – Ho promesso, e non mi ritiro. Ma vedete voi come mi avete fatto promettere. Dio non voglia....

– Perché volete far de' cattivi augúri, Lucia? Dio sa che non facciam male a nessuno.

– Promettetemi almeno che questa sarà l'ultima.

– Ve lo prometto, da povero figliuolo.

– Ma, questa volta, mantenete poi, – disse Agnese.

Qui l'autore confessa di non sapere un'altra cosa: se Lucia fosse, in tutto e per tutto, malcontenta d'essere stata spinta ad acconsentire. Noi lasciamo, come lui, la cosa in dubbio.

Renzo avrebbe voluto prolungare il discorso, e fissare, a parte a parte, quello che si doveva fare il giorno dopo; ma era già notte, e le donne gliel'augurarono buona; non parendo loro cosa conveniente che, a quell'ora, si trattenesse piú a lungo.

La notte però fu a tutt'e tre cosí buona come può essere quella che succede a un giorno pieno d'agitazione e di guai, e che ne precede uno destinato a un'impresa importante, e d'esito incerto. Renzo si lasciò veder di buon'ora, e concertò con le donne, o piuttosto con Agnese, la grand'operazione della sera, proponendo e sciogliendo a vicenda difficoltà, antivedendo contrattempi, e ricominciando, ora l'uno ora l'altra, a descriver la faccenda, come si racconterebbe una cosa fatta. Lucia ascoltava; e, senza approvar con parole ciò che non poteva approvare in cuor suo, prometteva di far meglio che saprebbe.

– Anderete voi giú al convento, per parlare al padre Cristoforo, come v'ha detto ier sera? – domandò Agnese a Renzo.

– Le zucche! – rispose questo: – sapete che diavoli d'occhi ha il padre: mi leggerebbe in viso, come sur un libro, che c'è qualcosa per aria; e se cominciasse a farmi dell'interrogazioni, non potrei uscirne a bene. E poi, io devo star qui, per accudire all'affare. Sarà meglio che mandiate voi qualcheduno.

– Manderò Menico.

– Va bene, – rispose Renzo; e partí, per accudire all'affare, come aveva detto.

Agnese andò a una casa vicina, a cercar Menico, ch'era un ragazzetto di circa dodici anni, sveglio la sua parte, e che, per via di cugini e di cognati, veniva a essere un po' suo nipote. Lo chiese ai parenti, come in prestito, per tutto quel giorno, – per un certo servizio, – diceva. Avutolo, lo condusse nella sua cucina, gli diede da colazione, e gli disse che andasse a Pescarenico, e si facesse vedere al padre Cristoforo, il quale lo rimanderebbe poi, con una risposta, quando sarebbe tempo. – Il padre Cristoforo, quel bel vecchio, tu sai, con la barba bianca, quello che chiamano il santo...

– Ho capito, – disse Menico: – quello che ci accarezza sempre, noi altri ragazzi, e ci dà, ogni tanto, qualche santino.

– Appunto, Menico. E se ti dirà che tu aspetti qualche poco, lí vicino al convento, non ti sviare: bada di non andar, con de' compagni, al lago, a veder pescare, né a divertirti con le reti attaccate al muro ad asciugare, né a far quell'altro tuo giochetto solito....

Bisogna saper che Menico era bravissimo per fare a rimbalzello; e si sa che tutti, grandi e piccoli, facciam volentieri le cose alle quali abbiamo abilità: non dico quelle sole.

– Poh! zia; non son poi un ragazzo.

– Bene, abbi giudizio; e, quando tornerai con la risposta... guarda; queste due belle *parpagliole* nuove son per te.

– Datemele ora, ch'è lo stesso.

– No, no, tu le giocheresti. Va, e portati bene; che n'avrai anche di piú.

Nel rimanente di quella lunga mattinata, si videro certe novità che misero non poco in sospetto l'animo già conturbato delle donne. Un mendico, né rifinito né cencioso come i suoi pari, e con un non so che d'oscuro e di sinistro nel sembiante, entrò a chieder la carità, dando in qua e in là cert'occhiate da spione. Gli fu dato un pezzo di pane, che ricevette e ripose, con un'indifferenza mal dissimulata. Si trattenne poi, con una certa sfacciataggine, e, nello stesso tempo, con esitazione, facendo molte domande, alle quali Agnese s'affrettò di risponder sempre il contrario di quello che era. Movendosi, come per andar via, finse di sbagliar l'uscio, entrò in quello che metteva alla scala, e lí diede un'altra occhiata in fretta, come poté. Gridatogli dietro: – ehi ehi! dove andate galantuomo? di qua! di qua! – tornò indietro, e uscí dalla parte che gli veniva indicata, scusandosi, con una sommissione, con un'umiltà affettata, che stentava a collocarsi nei lineamenti duri di quella faccia. Dopo costui, continuarono a farsi vedere, di tempo in tempo, altre strane figure. Che razza d'uomini fossero, non si sarebbe potuto dir facilmente; ma non si poteva creder neppure che fossero quegli onesti viandanti che volevan parere. Uno entrava col pretesto di farsi insegnar la strada; altri, passando davanti all'uscio, rallentavano il passo, e guardavan sott'occhio nella stanza, a traverso il cortile, come chi vuol vedere senza dar sospetto. Finalmente, verso il mezzogiorno, quella fastidiosa processione finí. Agnese s'alzava ogni tanto, attraversava il cortile, s'affacciava all'uscio di strada, guardava a destra e a sinistra, e tornava dicendo: – nessuno –: parola che proferiva con piacere, e che Lucia con piacere sentiva, senza che né l'una né l'altra ne sapessero ben chiaramente il perché. Ma ne rimase a tutt'e due una non so quale inquietudine, che levò loro, e alla figliuola principalmente, una gran parte del coraggio che avevan messo in serbo per la sera.

Convien però che il lettore sappia qualcosa di piú preciso, intorno a que' ronzatori misteriosi: e, per informarlo di tutto, dobbiam tornare un passo indietro, e ritrovar don Rodrigo, che abbiam lasciato ieri, solo in una sala del suo palazzotto, al partir del padre Cristoforo.

Don Rodrigo, come abbiam detto, misurava innanzi e indietro, a passi lunghi, quella sala, dalle pareti della quale pendevano ritratti di famiglia, di varie generazioni. Quando si trovava col viso a una parete, e voltava, si vedeva in faccia un suo antenato guerriero, terrore de' nemici e de' suoi soldati, torvo nella guardatura, co' capelli corti e ritti, co' baffi tirati e a punta, che sporgevan dalle guance, col mento obliquo: ritto in piedi l'eroe, con le gambiere, co' cosciali, con la corazza, co' bracciali, co' guanti, tutto di ferro; con la destra sul fianco, e la sinistra sul pomo della spada. Don Rodrigo lo guardava; e quando gli era arrivato sotto, e voltava, ecco in faccia un altro antenato, magistrato, terrore de' litiganti e degli avvocati, a sedere sur una gran seggiola coperta di velluto rosso, ravvolto in un'ampia toga nera; tutto nero, fuorché un collare bianco, con due larghe facciole, e una fodera di zibellino arrovesciata (era il distintivo de' senatori, e non lo portavan che l'inverno, ragion per cui non si troverà mai un ritratto di senatore vestito d'estate); macilento, con le ciglia aggrottate: teneva in mano una supplica, e pareva che dicesse: vedremo. Di qua una matrona, terrore delle sue cameriere; di là un abate, terrore de' suoi monaci: tutta gente in somma che aveva fatto terrore, e lo spirava ancora dalle tele. Alla presenza di tali memorie, don Rodrigo tanto piú s'arrovellava, si vergognava, non poteva darsi pace, che un frate avesse osato venirgli addosso, con la prosopopea di Nathan. Formava un disegno di vendetta, l'abbandonava, pensava come soddisfare insieme alla passione, e a ciò che chiamava onore; e talvolta (vedete un poco!) sentendosi fischiare ancora agli orecchi quell'esordio di profezia, si sentiva venir, come si dice, i bordoni, e stava quasi per deporre il pensiero delle due soddisfazioni. Finalmente, per far qualche cosa, chiamò un servitore, e gli ordinò che lo scusasse con la compagnia, dicendo ch'era trattenuto da un affare urgente. Quando quello tornò a riferire che que' signori eran partiti, lasciando i loro rispetti: – e il conte Attilio? – domandò, sempre camminando, don Rodrigo.

– È uscito con que' signori, illustrissimo.

– Bene: sei persone di seguito, per la passeggiata: subito. La spada, la cappa, il cappello: subito.

Il servitore partí, rispondendo con un inchino; e, poco dopo, tornò, portando la ricca spada, che il padrone si cinse; la cappa, che si buttò sulle spalle; il cappello a gran penne, che mise e inchiodò con una manata, fieramente sul capo: segno di marina torbida. Si mosse, e, alla porta, trovò i sei ribaldi tutti armati, i quali, fatto ala, e inchinatolo, gli andaron dietro. Piú burbero, piú superbioso, piú accigliato del solito, uscí, e andò passeggiando verso Lecco. I contadini, gli artigiani, al vederlo venire, si ritiravan rasente al muro, e di lí facevano scappellate e inchini profondi, ai quali non rispondeva. Come inferiori, l'inchinavano anche quelli che da questi eran detti signori; ché, in que' contorni, non ce n'era uno che potesse, a mille miglia, competer con lui, di nome, di ricchezze, d'aderenze e della voglia di servirsi di tutto ciò, per istare al di sopra degli altri. E a questi corrispondeva con una degnazione contegnosa. Quel giorno non avvenne, ma quando avveniva che s'incontrasse col signor castellano spagnolo, l'inchino allora era ugualmente profondo dalle due parti; la cosa era come tra due potentati, i quali non abbiano nulla da spartire tra loro; ma, per convenienza, fanno onore al grado l'uno dell'altro. Per passare un poco la mattana, e per contrapporre all'immagine del frate che gli assediava la fantasia, immagini in tutto diverse, don Rodrigo entrò, quel giorno, in una casa, dove andava, per il solito, molta gente, e dove fu ricevuto con quella cordialità affaccendata e rispettosa, ch'è riserbata agli uomini che si fanno molto amare o molto temere; e, a notte già fatta, tornò al suo palazzotto. Il conte Attilio era anche lui tornato in quel momento; e fu messa in tavola la cena, durante la quale, don Rodrigo fu sempre sopra pensiero, e parlò poco.

– Cugino, quando pagate questa scommessa? – disse, con un fare di malizia e di scherno, il conte Attilio, appena sparecchiato, e andati via i servitori.

– San Martino non è ancor passato.

– Tant'è che la paghiate subito; perché passeranno tutti i santi del lunario, prima che...

– Questo è quel che si vedrà.

– Cugino, voi volete fare il politico; ma io ho capito tutto, e son tanto certo d'aver vinta la scommessa, che son pronto a farne un'altra.

– Sentiamo.

– Che il padre...... il padre...... che so io? quel frate in somma v'ha convertito.

– Eccone un'altra delle vostre.

– Convertito, cugino; convertito, vi dico. Io per me, ne godo. Sapete che sarà un bello spettacolo vedervi tutto compunto, e con gli occhi bassi! E che gloria per quel padre! Come sarà tornato a casa gonfio e pettoruto! Non son pesci che si piglino tutti i giorni, né con tutte le reti. Siate certo che vi porterà per esempio; e, quando anderà a far qualche missione un po' lontano, parlerà de' fatti vostri. Mi par di sentirlo –. E qui, parlando col naso, accompagnando le parole con gesti caricati, continuò, in tono di predica: – in una parte di questo mondo, che, per degni rispetti, non nomino, viveva, uditori carissimi, e vive tuttavia, un cavaliere scapestrato, piú amico delle femmine, che degli uomini dabbene, il quale, avvezzo a far d'ogni erba un fascio, aveva messo gli occhi....

– Basta, basta, – interruppe don Rodrigo, mezzo sogghignando, e mezzo annoiato. – Se volete raddoppiar la scommessa, son pronto anch'io.

– Diavolo! che aveste voi convertito il padre!

– Non mi parlate di colui: e in quanto alla scommessa, san Martino deciderà –. La curiosità del conte era stuzzicata; non gli risparmiò interrogazioni, ma don Rodrigo le seppe eluder tutte, rimettendosi sempre al giorno della decisione, e non volendo comunicare alla parte avversa disegni che non erano né incamminati, né assolutamente fissati.

La mattina seguente, don Rodrigo si destò don Rodrigo. L'apprensione che quel *verrà un giorno* gli aveva messa in corpo, era svanita del tutto, co' sogni della notte; e gli rimaneva la rabbia sola, esacerbata anche dalla vergogna di quella debolezza passeggiera. L'immagini piú recenti della passeggiata trionfale, degl'inchini, dell'accoglienze, e il canzonare del cugino, avevano contribuito non poco a rendergli l'animo antico. Appena alzato, fece chiamare il Griso. «Cose grosse», disse tra sé il servitore a cui fu dato l'ordine; perché l'uomo che aveva quel soprannome, non era niente meno che il capo de' bravi, quello a cui s'imponevano le imprese piú rischiose e piú inique, il fidatissimo del padrone, l'uomo tutto suo, per gratitudine e per interesse. Dopo aver ammazzato uno, di giorno, in piazza, era andato ad implorar la protezione di don Rodrigo; e questo, vestendolo della sua livrea, l'aveva messo al coperto da ogni ricerca della giustizia. Cosí, impegnandosi a ogni delitto che gli venisse comandato, colui si era assicurata l'impunità del primo. Per don Rodrigo, l'acquisto non era stato di poca importanza; perché il Griso, oltre all'essere, senza paragone, il piú valente della famiglia, era anche una prova di ciò che il suo padrone aveva potuto attentar felicemente contro le leggi; di modo che la sua potenza ne veniva ingrandita, nel fatto e nell'opinione.

– Griso! – disse don Rodrigo: – in questa congiuntura, si vedrà quel che tu vali. Prima di domani, quella Lucia deve trovarsi in questo palazzo.

– Non si dirà mai che il Griso si sia ritirato da un comando dell'illustrissimo signor padrone.

– Piglia quanti uomini ti possono bisognare, ordina e disponi, come ti par meglio; purché la cosa riesca a buon fine. Ma bada sopra tutto, che non le sia fatto male.

– Signore, un po' di spavento, perché la non faccia troppo strepito..... non si potrà far di meno.

– Spavento.... capisco.... è inevitabile. Ma non le si torca un capello; e sopra tutto, le si porti rispetto in ogni maniera. Hai inteso?

– Signore, non si può levare un fiore dalla pianta, e portarlo a vossignoria, senza toccarlo. Ma non si farà che il puro necessario.

– Sotto la tua sicurtà. E.... come farai?

– Ci stavo pensando, signore. Siam fortunati che la casa è in fondo al paese. Abbiam bisogno d'un luogo per andarci a postare: e appunto c'è, poco distante di là, quel casolare disabitato e solo, in mezzo ai campi, quella casa... vossignoria non saprà niente di queste cose... una casa che bruciò, pochi anni sono, e non hanno avuto danari da riattarla, e l'hanno abbandonata, e ora ci vanno le streghe: ma non è sabato, e me ne rido. Questi villani, che son pieni d'ubbie, non ci bazzicherebbero, in nessuna notte della settimana, per tutto l'oro del mondo: sicché possiamo andare a fermarci là, con sicurezza che nessuno verrà a guastare i fatti nostri.

– Va bene; e poi?

Qui, il Griso a proporre, don Rodrigo a discutere, finché d'accordo ebbero concertata la maniera di condurre a fine l'impresa, senza che rimanesse traccia degli autori, la maniera anche di rivolgere, con falsi indizi, i sospetti altrove, d'impor silenzio alla povera Agnese, d'incutere a Renzo tale spavento, da fargli passare il dolore, e il pensiero di ricorrere alla giustizia, e anche la volontà di lagnarsi; e tutte l'altre bricconerie necessarie alla riuscita della bricconeria principale. Noi tralasciamo di riferir que' concerti, perché, come il lettore vedrà, non son necessari all'intelligenza della storia; e siam contenti anche noi di non doverlo trattener piú lungamente a sentir parlamentare que' due fastidiosi ribaldi. Basta che, mentre il Griso se n'andava, per metter mano all'esecuzione, don Rodrigo lo richiamò, e gli disse: – senti: se per caso, quel tanghero temerario vi desse nell'unghie questa sera, non sarà male che gli sia dato anticipatamente un buon ricordo sulle spalle. Cosí, l'ordine che gli verrà intimato domani di stare zitto, farà piú sicuramente l'effetto. Ma non l'andate a cercare, per non guastare quello che piú importa: tu m'hai inteso.

– Lasci fare a me, – rispose il Griso, inchinandosi, con un atto d'ossequio e di millanteria; e se n'andò. La mattina fu spesa in giri, per riconoscere il paese. Quel falso pezzente che s'era inoltrato a quel modo nella povera casetta, non era altro che il Griso, il quale veniva per levarne a occhio la pianta: i falsi viandanti eran suoi ribaldi, ai quali, per operare sotto i suoi ordini, bastava una cognizione piú superficiale del luogo. E, fatta la scoperta, non s'eran piú lasciati vedere, per non dar troppo sospetto.

Tornati che furon tutti al palazzotto, il Griso rese conto, e fissò definitivamente il disegno dell'impresa; assegnò le parti, diede istruzioni. Tutto ciò non si poté fare, senza che quel vecchio servitore, il quale stava a occhi aperti, e a orecchi tesi, s'accorgesse che qualche gran cosa si macchinava. A forza di stare attento e di domandare; accattando una mezza notizia di qua, una mezza di là, commentando tra sé una parola oscura, interpretando un andare misterioso, tanto fece, che venne in chiaro di ciò che si doveva eseguir quella notte. Ma quando ci fu riuscito, essa era già poco lontana, e già una piccola vanguardia di bravi era andata a imboscarsi in quel casolare diroccato. Il povero vecchio, quantunque sentisse bene a che rischioso giuoco giocava, e avesse anche paura di portare il soccorso di Pisa, pure non volle mancare: uscí, con la scusa di prendere un po' d'aria, e s'incamminò in fretta in fretta al convento, per dare al padre Cristoforo l'avviso promesso. Poco dopo, si mossero gli altri bravi, e discesero spicciolati, per non parere una compagnia: il Griso venne dopo; e non rimase indietro che una bussola, la quale doveva esser portata al casolare, a sera inoltrata; come fu fatto. Radunati che furono in quel luogo, il Griso spedí tre di coloro all'osteria del paesetto; uno che si mettesse sull'uscio, a osservar ciò che accadesse nella strada, e a veder quando tutti gli abitanti fossero ritirati: gli altri due che stessero dentro a giocare e a bere, come dilettanti; e attendessero intanto a spiare, se qualche cosa da spiare ci fosse. Egli, col grosso della truppa, rimase nell'agguato ad aspettare.

Il povero vecchio trottava ancora; i tre esploratori arrivavano al loro posto; il sole cadeva; quando Renzo entrò dalle donne, e disse: – Tonio e Gervaso m'aspettan fuori: vo con loro all'osteria, a mangiare un boccone; e, quando sonerà l'ave maria, verremo a prendervi. Su, coraggio, Lucia! tutto dipende da un momento –. Lucia sospirò, e ripeté: – coraggio, – con una voce che smentiva la parola.

Quando Renzo e i due compagni giunsero all'osteria, vi trovaron quel tale già piantato in sentinella, che ingombrava mezzo il vano della porta, appoggiato con la schiena a uno stipite, con le braccia incrociate sul petto; e guardava e riguardava, a destra e a sinistra, facendo lampeggiare ora il bianco, ora il nero di due occhi grifagni. Un berretto piatto di velluto chermisi, messo storto, gli copriva la metà del ciuffo, che, dividendosi sur una fronte fosca, girava, da una parte e dall'altra, sotto gli orecchi, e terminava in trecce, fermate con un pettine sulla nuca. Teneva sospeso in una mano un grosso randello; arme propriamente, non ne portava in vista; ma, solo a guardargli in viso, anche un fanciullo avrebbe pensato che doveva averne sotto quante ce ne poteva stare. Quando Renzo, ch'era innanzi agli altri, fu lí per entrare, colui, senza scomodarsi, lo guardò fisso fisso; ma il giovine, intento a schivare ogni questione, come suole ognuno che abbia un'impresa scabrosa alle mani, non fece vista d'accorgersene, non disse neppure: fatevi in là; e, rasentando l'altro stipite, passò per isbieco, col fianco innanzi, per l'apertura lasciata da quella cariatide. I due compagni dovettero far la stessa evoluzione, se vollero entrare. Entrati, videro gli altri, de' quali avevan già sentita la voce, cioè que' due bravacci, che seduti a un canto della tavola, giocavano alla mora, gridando tutt'e due insieme (lí, è il giuoco che lo richiede), e mescendosi or l'uno or l'altro da bere, con un gran fiasco ch'era tra loro. Questi pure guardaron fisso la nuova compagnia; e un de' due specialmente, tenendo una mano in aria, con tre ditacci tesi e allargati, e avendo la bocca ancora aperta, per un gran «sei» che n'era scoppiato fuori in quel momento, squadrò Renzo da capo a piedi; poi diede d'occhio al compagno, poi a quel dell'uscio, che rispose con un cenno del capo. Renzo insospettito e incerto guardava ai suoi due convitati, come se volesse cercare ne' loro aspetti un'interpretazione di tutti que' segni: ma i loro aspetti non indicavano altro che un buon appetito. L'oste guardava in viso a lui, come per aspettar gli ordini: egli lo fece venir con sé in una stanza vicina, e ordinò la cena.

– Chi sono que' forestieri? – gli domandò poi a voce bassa, quando quello tornò, con una tovaglia grossolana sotto il braccio, e un fiasco in mano.

– Non li conosco, – rispose l'oste, spiegando la tovaglia.

– Come? né anche uno?

– Sapete bene, – rispose ancora colui, stirando, con tutt'e due le mani, la tovaglia sulla tavola, – che la prima regola del nostro mestiere, è di non domandare i fatti degli altri: tanto che, fin le nostre donne non son curiose. Si starebbe freschi, con tanta gente che va e viene: è sempre un porto di mare: quando le annate son ragionevoli, voglio dire; ma stiamo allegri, che tornerà il buon tempo. A noi basta che gli avventori siano galantuomini: chi siano poi, o chi non siano, non fa niente. E ora vi porterò un piatto di polpette, che le simili non le avete mai mangiate.

– Come potete sapere....? – ripigliava Renzo; ma l'oste, già avviato alla cucina, seguitò la sua strada. E lí, mentre prendeva il tegame delle polpette summentovate, gli s'accostò pian piano quel bravaccio che aveva squadrato il nostro giovine, e gli disse sottovoce: – Chi sono que' galantuomini?

– Buona gente qui del paese, – rispose l'oste, scodellando le polpette nel piatto.

– Va bene; ma come si chiamano? chi sono? – insistette colui, con voce alquanto sgarbata.

– Uno si chiama Renzo, – rispose l'oste, pur sottovoce: – un buon giovine, assestato; filatore di seta, che sa bene il suo mestiere. L'altro è un contadino che ha nome Tonio: buon camerata, allegro: peccato che n'abbia pochi; che gli spenderebbe tutti qui. L'altro è un sempliciotto, che mangia però volentieri, quando gliene danno. Con permesso.

E, con uno sgambetto, uscí tra il fornello e l'interrogante; e andò a portare il piatto a chi si doveva. – Come potete sapere, – riattaccò Renzo, quando lo vide ricomparire, – che siano galantuomini, se non li conoscete?

– Le azioni, caro mio: l'uomo si conosce all'azioni. Quelli che bevono il vino senza criticarlo, che pagano il conto senza tirare, che non metton su lite con gli altri avventori, e se hanno una coltellata da consegnare a uno, lo vanno ad aspettar fuori, e lontano dall'osteria, tanto che il povero oste non ne vada di mezzo, quelli sono i galantuomini. Però, se si può conoscer la gente bene, come ci conosciamo tra noi quattro, è meglio. E che diavolo vi vien voglia di saper tante cose, quando siete sposo, e dovete aver tutt'altro in testa? e con davanti quelle polpette, che farebbero resuscitare un morto? – Cosí dicendo, se ne tornò in cucina.

Il nostro autore, osservando al diverso modo che teneva costui nel soddisfare alle domande, dice ch'era un uomo cosí fatto, che, in tutti i suoi discorsi, faceva professione d'esser molto amico de' galantuomini in generale; ma, in atto pratico, usava molto maggior compiacenza con quelli che avessero riputazione o sembianza di birboni. Che carattere singolare! eh?

La cena non fu molto allegra. I due convitati avrebbero voluto godersela con tutto loro comodo; ma l'invitante, preoccupato di ciò che il lettore sa, e infastidito, e anche un po' inquieto del contegno strano di quegli sconosciuti, non vedeva l'ora d'andarsene. Si parlava sottovoce, per causa loro; ed eran parole tronche e svogliate.

– Che bella cosa, – scappò fuori di punto in bianco Gervaso, – che Renzo voglia prender moglie, e abbia bisogno..! – Renzo gli fece un viso brusco. – Vuoi stare zitto, bestia? – gli disse Tonio, accompagnando il titolo con una gomitata. La conversazione fu sempre piú fredda, fino alla fine. Renzo, stando indietro nel mangiare, come nel bere, attese a mescere ai due testimoni, con discrezione, in maniera di dar loro un po' di brio, senza farli uscir di cervello. Sparecchiato, pagato il conto da colui che aveva fatto men guasto, dovettero tutti e tre passar novamente davanti a quelle facce, le quali tutte si voltarono a Renzo, come quand'era entrato. Questo, fatti ch'ebbe pochi passi fuori dell'osteria, si voltò indietro, e vide che i due che aveva lasciati seduti in cucina, lo seguitavano: si fermò allora, co' suoi compagni, come se dicesse: vediamo cosa voglion da me costoro. Ma i due, quando s'accorsero d'essere osservati, si fermarono anch'essi, si parlaron sottovoce, e tornarono indietro. Se Renzo fosse stato tanto vicino da sentir le loro parole, gli sarebbero parse molto strane. – Sarebbe però un bell'onore, senza contar la mancia, – diceva uno de' malandrini, – se, tornando al palazzo, potessimo raccontare d'avergli spianate le costole in fretta in fretta, e cosí da noi, senza che il signor Griso fosse qui a regolare.

– E guastare il negozio principale! – rispondeva l'altro. – Ecco: s'è avvisto di qualche cosa; si ferma a guardarci. Ih! se fosse piú tardi! Torniamo indietro, per non dar sospetto. Vedi che vien gente da tutte le parti: lasciamoli andar tutti a pollaio.

C'era in fatti quel brulichío, quel ronzío che si sente in un villaggio, sulla sera, e che, dopo pochi momenti, dà luogo alla quiete solenne della notte. Le donne venivan dal campo, portandosi in collo i bambini, e tenendo per la mano i ragazzi piú grandini, ai quali facevan dire le divozioni della sera; venivan gli uomini, con le vanghe, e con le zappe sulle spalle. All'aprirsi degli usci, si vedevan luccicare qua e là i fuochi accesi per le povere cene: si sentiva nella strada barattare i saluti, e qualche parola, sulla scarsità della raccolta, e sulla miseria dell'annata; e piú delle parole, si sentivano i tocchi misurati e sonori della campana, che annunziava il finir del giorno. Quando Renzo vide che i due indiscreti s'eran ritirati, continuò la sua strada nelle tenebre crescenti, dando sottovoce ora un ricordo, ora un altro, ora all'uno, ora all'altro fratello. Arrivarono alla casetta di Lucia, ch'era già notte.

Tra il primo pensiero d'una impresa terribile, e l'esecuzione di essa (ha detto un barbaro che non era privo d'ingegno), l'intervallo è un sogno, pieno di fantasmi e di paure. Lucia era, da molte ore, nell'angosce d'un tal sogno: e Agnese, Agnese medesima, l'autrice del consiglio, stava sopra pensiero, e trovava a stento parole per rincorare la figlia. Ma, al momento di destarsi, al momento cioè di dar principio all'opera, l'animo si trova tutto trasformato. Al terrore e al coraggio che vi contrastavano, succede un altro terrore e un altro coraggio: l'impresa s'affaccia alla mente, come una nuova apparizione: ciò che prima spaventava di piú, sembra talvolta divenuto agevole tutt'a un tratto: talvolta comparisce grande l'ostacolo a cui s'era appena badato; l'immaginazione dà indietro sgomentata; le membra par che ricusino d'ubbidire; e il cuore manca alle promesse che aveva fatte con piú sicurezza. Al picchiare sommesso di Renzo, Lucia fu assalita da tanto terrore, che risolvette, in quel momento, di soffrire ogni cosa, di star sempre divisa da lui, piuttosto ch'eseguire quella risoluzione; ma quando si fu fatto vedere, ed ebbe detto: – son qui, andiamo –; quando tutti si mostraron pronti ad avviarsi, senza esitazione, come a cosa stabilita, irrevocabile, Lucia non ebbe tempo né forza di far difficoltà, e, come strascinata, prese tremando un braccio della madre, un braccio del promesso sposo, e si mosse con la brigata avventuriera.

Zitti zitti, nelle tenebre, a passo misurato, usciron dalla casetta, e preser la strada fuori del paese. La piú corta sarebbe stata d'attraversarlo: che s'andava diritto alla casa di don Abbondio; ma scelsero quella, per non esser visti. Per viottole, tra gli orti e i campi, arrivaron vicino a quella casa, e lí si divisero. I due promessi rimaser nascosti dietro l'angolo di essa; Agnese con loro, ma un po' piú innanzi, per accorrere in tempo a fermar Perpetua, e a impadronirsene; Tonio, con lo scempiato di Gervaso, che non sapeva far nulla da sé, e senza il quale non si poteva far nulla, s'affacciaron bravamente alla porta, e picchiarono.

– Chi è, a quest'ora? – gridò una voce dalla finestra, che s'aprí in quel momento: era la voce di Perpetua. – Ammalati non ce n'è, ch'io sappia. È forse accaduta qualche disgrazia?

– Son io, – rispose Tonio, – con mio fratello, che abbiam bisogno di parlare al signor curato.

– È ora da cristiani questa? – disse bruscamente Perpetua. – Che discrezione? Tornate domani.

– Sentite: tornerò o non tornerò: ho riscosso non so che danari, e venivo a saldar quel debituccio che sapete: avevo qui venticinque belle berlinghe nuove; ma se non si può, pazienza: questi, so come spenderli, e tornerò quando n'abbia messi insieme degli altri.

– Aspettate, aspettate: vo e torno. Ma perché venire a quest'ora?

– Gli ho ricevuti, anch'io, poco fa; e ho pensato, come vi dico, che, se li tengo a dormir con me, non so di che parere sarò domattina. Però, se l'ora non vi piace, non so che dire: per me, son qui; e se non mi volete, me ne vo.

– No, no, aspettate un momento: torno con la risposta.

Cosí dicendo, richiuse la finestra. A questo punto, Agnese si staccò dai promessi, e, detto sottovoce a Lucia: – coraggio; è un momento; è come farsi cavar un dente, – si riuní ai due fratelli, davanti all'uscio; e si mise a ciarlare con Tonio, in maniera che Perpetua, venendo ad aprire, dovesse credere che si fosse abbattuta lí a caso, e che Tonio l'avesse trattenuta un momento.

Capitolo ottavo

«Carneade! Chi era costui?» ruminava tra sé don Abbondio seduto sul suo seggiolone, in una stanza del piano superiore, con un libricciolo aperto davanti, quando Perpetua entrò a portargli l'imbasciata. «Carneade! questo nome mi par bene d'averlo letto o sentito; doveva essere un uomo di studio, un letteratone del tempo antico: è un nome di quelli; ma chi diavolo era costui?» Tanto il pover'uomo era lontano da prevedere che burrasca gli si addensasse sul capo!

Bisogna sapere che don Abbondio si dilettava di leggere un pochino ogni giorno; e un curato suo vicino, che aveva un po' di libreria, gli prestava un libro dopo l'altro, il primo che gli veniva alle mani. Quello su cui meditava in quel momento don Abbondio, convalescente della febbre dello spavento, anzi piú guarito (quanto alla febbre) che non volesse lasciar credere, era un panegirico in onore di san Carlo, detto con molta enfasi, e udito con molta ammirazione nel duomo di Milano, due anni prima. Il santo v'era paragonato, per l'amore allo studio, ad Archimede; e fin qui don Abbondio non trovava inciampo; perché Archimede ne ha fatte di cosí curiose, ha fatto dir tanto di sé, che, per saperne qualche cosa, non c'è bisogno d'un'erudizione molto vasta. Ma, dopo Archimede, l'oratore chiamava a paragone anche Carneade: e lí il lettore era rimasto arrenato. In quel momento entrò Perpetua ad annunziar la visita di Tonio.

– A quest'ora? – disse anche don Abbondio, com'era naturale.

– Cosa vuole? Non hanno discrezione: ma se non lo piglia al volo....

– Già: se non lo piglio ora, chi sa quando lo potrò pigliare! Fatelo venire.... Ehi! ehi! siete poi ben sicura che sia proprio lui?

– Diavolo! – rispose Perpetua, e scese; aprí l'uscio, e disse: – dove siete? – Tonio si fece vedere; e, nello stesso tempo, venne avanti anche Agnese, e salutò Perpetua per nome.

– Buona sera, Agnese, – disse Perpetua: – di dove si viene, a quest'ora?

– Vengo da... – e nominò un paesetto vicino. – E se sapeste... – continuò: – mi son fermata di piú, appunto in grazia vostra.

– Oh perché? – domandò Perpetua; e voltandosi a' due fratelli, – entrate, – disse, – che vengo anch'io.

– Perché, – rispose Agnese, – una donna di quelle che non sanno le cose, e voglion parlare.... credereste? s'ostinava a dire che voi non vi siete maritata con Beppe Suolavecchia né con Anselmo Lunghigna, perché non v'hanno voluta. Io sostenevo che siete stata voi che gli avete rifiutati, l'uno e l'altro....

– Sicuro. Oh la bugiarda! la bugiardona! Chi è costei?

– Non me lo domandate, che non mi piace metter male.

– Me lo direte, me l'avete a dire: oh la bugiarda!

– Basta.... ma non potete credere quanto mi sia dispiaciuto di non saper bene tutta la storia, per confonder colei.

– Guardate se si può inventare, a questo modo! – esclamò di nuovo Perpetua; e riprese subito: – in quanto a Beppe, tutti sanno, e hanno potuto vedere.... Ehi, Tonio! accostate l'uscio, e salite pure, che vengo –. Tonio, di dentro, rispose di sí; e Perpetua continuò la sua narrazione appassionata.

In faccia all'uscio di don Abbondio, s'apriva, tra due casipole, una stradetta, che, finite quelle, voltava in un campo. Agnese vi s'avviò, come se volesse tirarsi alquanto in disparte, per parlar piú liberamente; e Perpetua dietro. Quand'ebbero voltato, e furono in luogo, donde non si poteva piú veder ciò che accadesse davanti alla casa di don Abbondio, Agnese tossí forte. Era il segnale: Renzo lo sentí, fece coraggio a Lucia, con una stretta di braccio; e tutt'e due, in punta di piedi, vennero avanti, rasentando il muro, zitti zitti; arrivarono all'uscio, lo spinsero adagino adagino; cheti e chinati, entraron nell'andito, dov'erano i due fratelli ad aspettarli. Renzo accostò di nuovo l'uscio pian piano; e tutt'e quattro su per le scale, non facendo rumore neppur per uno. Giunti sul pianerottolo, i due fratelli s'avvicinarono all'uscio della stanza, ch'era di fianco alla scala; gli sposi si strinsero al muro.

– *Deo gratias*, – disse Tonio, a voce chiara.

– Tonio, eh? Entrate, – rispose la voce di dentro.

Il chiamato aprí l'uscio, appena quanto bastava per poter passar lui e il fratello, a un per volta. La striscia di luce, che uscí d'improvviso per quella apertura, e si disegnò sul pavimento oscuro del pianerottolo, fece riscoter Lucia, come se fosse scoperta. Entrati i fratelli, Tonio si tirò dietro l'uscio: gli sposi rimasero immobili nelle tenebre, con l'orecchie tese, tenendo il fiato: il rumore piú forte era il martellar che faceva il povero cuore di Lucia.

Don Abbondio stava, come abbiam detto, sur una vecchia seggiola, ravvolto in una vecchia zimarra, con in capo una vecchia papalina, che gli faceva cornice intorno alla faccia, al lume scarso d'una piccola lucerna. Due folte ciocche di capelli, che gli scappavano fuor della papalina, due folti sopraccigli, due folti baffi, un folto pizzo, tutti canuti, e sparsi su quella faccia bruna e rugosa, potevano assomigliarsi a cespugli coperti di neve, sporgenti da un dirupo, al chiaro di luna.

– Ah! ah! – fu il suo saluto, mentre si levava gli occhiali, e li riponeva nel libricciolo.

– Dirà il signor curato, che son venuto tardi, – disse Tonio, inchinandosi, come pure fece, ma piú goffamente, Gervaso.

– Sicuro ch'è tardi: tardi in tutte le maniere. Lo sapete, che sono ammalato?

– Oh! mi dispiace.

– L'avrete sentito dire; sono ammalato, e non so quando potrò lasciarmi vedere.... Ma perché vi siete condotto dietro quel.... quel figliuolo?

– Cosí per compagnia, signor curato.

– Basta, vediamo.

– Son venticinque berlinghe nuove, di quelle col sant'Ambrogio a cavallo, – disse Tonio, levandosi un involtino di tasca.

– Vediamo, – replicò don Abbondio: e, preso l'involtino, si rimesse gli occhiali, l'aprí, cavò le berlinghe, le contò, le voltò, le rivoltò, le trovò senza difetto.

– Ora, signor curato, mi darà la collana della mia Tecla.

– È giusto, – rispose don Abbondio; poi andò a un armadio, si levò una chiave di tasca, e, guardandosi intorno, come per tener lontani gli spettatori, aprí una parte di sportello, riempí l'apertura con la persona, mise dentro la testa, per guardare, e un braccio, per prender la collana; la prese, e, chiuso l'armadio, la consegnò a Tonio, dicendo: – va bene?

– Ora, – disse Tonio, – si contenti di mettere un po' di nero sul bianco.

– Anche questa! – disse don Abbondio: – le sanno tutte. Ih! com'è divenuto sospettoso il mondo! Non vi fidate di me?

– Come, signor curato! s'io mi fido? Lei mi fa torto. Ma siccome il mio nome è sul suo libraccio, dalla parte del debito.... dunque, giacché ha già avuto l'incomodo di scrivere una volta, cosí.... dalla vita alla morte....

– Bene bene, – interruppe don Abbondio, e brontolando, tirò a sé una cassetta del tavolino, levò fuori carta, penna e calamaio, e si mise a scrivere, ripetendo a viva voce le parole, di mano in mano che gli uscivan dalla penna. Frattanto Tonio e, a un suo cenno, Gervaso, si piantaron ritti davanti al tavolino, in maniera d'impedire allo scrivente la vista dell'uscio; e, come per ozio, andavano stropicciando, co' piedi, il pavimento, per dar segno a quei ch'erano fuori, d'entrare, e per confondere nello stesso tempo il rumore delle loro pedate. Don Abbondio, immerso nella sua scrittura, non badava ad altro. Allo stropiccío de' quattro piedi, Renzo prese un braccio di Lucia, lo strinse, per darle coraggio, e si mosse, tirandosela dietro tutta tremante, che da sé non vi sarebbe potuta venire. Entraron pian piano, in punta di piedi, rattenendo il respiro; e si nascosero dietro i due fratelli. Intanto don Abbondio, finito di scrivere, rilesse attentamente, senza alzar gli occhi dalla carta; la piegò in quattro, dicendo: – ora, sarete contento? – e, levatosi con una mano gli occhiali dal naso, la porse con l'altra a Tonio, alzando il viso. Tonio, allungando la mano per prender la carta, si ritirò da una parte; Gervaso, a un suo cenno, dall'altra; e, nel mezzo, come al dividersi d'una scena, apparvero Renzo e Lucia. Don Abbondio, vide confusamente, poi vide chiaro, si spaventò, si stupí, s'infuriò, pensò, prese una risoluzione: tutto questo nel tempo che Renzo mise a proferire le parole: – signor curato, in presenza di questi testimoni, quest'è mia moglie –. Le sue labbra non erano ancora tornate al posto, che don Abbondio, lasciando cader la carta, aveva già afferrata e alzata, con la mancina, la lucerna, ghermito, con la diritta, il tappeto del tavolino, e tiratolo a sé, con furia, buttando in terra libro, carta, calamaio e polverino; e, balzando tra la seggiola e il tavolino, s'era avvicinato a Lucia. La poveretta, con quella sua voce soave, e allora tutta tremante, aveva appena potuto proferire: – e questo.... – che don Abbondio le aveva buttato sgarbatamente il tappeto sulla testa e sul viso, per impedirle di pronunziare intera la formola. E subito, lasciata cader la lucerna che teneva nell'altra mano, s'aiutò anche con quella a imbacuccarla col tappeto, che quasi la soffogava; e intanto gridava quanto n'aveva in canna: – Perpetua! Perpetua! tradimento! aiuto! – Il lucignolo, che moriva sul pavimento, mandava una luce languida e saltellante sopra Lucia, la quale, affatto smarrita, non tentava neppure di svolgersi, e poteva parere una statua abbozzata in creta, sulla quale l'artefice ha gettato un umido panno. Cessata ogni luce, don Abbondio lasciò la poveretta, e andò cercando a tastoni l'uscio che metteva a una stanza piú interna; lo trovò, entrò in quella, si chiuse dentro, gridando tuttavia: – Perpetua! tradimento! aiuto! fuori di questa casa! fuori di questa casa! – Nell'altra stanza, tutto era confusione: Renzo, cercando di fermare il curato, e remando con le mani, come se facesse a mosca cieca, era arrivato all'uscio, e picchiava, gridando: – apra, apra; non faccia schiamazzo –. Lucia chiamava Renzo, con voce fioca, e diceva, pregando: – andiamo, andiamo, per l'amor di Dio –. Tonio, carpone, andava spazzando con le mani il pavimento, per veder di raccapezzare la sua ricevuta. Gervaso, spiritato, gridava e saltellava, cercando l'uscio di scala, per uscire a salvamento.

In mezzo a questo serra serra, non possiam lasciar di fermarci un momento a fare una riflessione. Renzo, che strepitava di notte in casa altrui, che vi s'era introdotto di soppiatto, e teneva il padrone stesso assediato in una stanza, ha tutta l'apparenza d'un oppressore; eppure, alla fin de' fatti, era l'oppresso. Don Abbondio, sorpreso, messo in fuga, spaventato, mentre attendeva tranquillamente a' fatti suoi, parrebbe la vittima; eppure, in realtà, era lui che faceva un sopruso. Cosí va spesso il mondo..... voglio dire, cosí andava nel secolo decimo settimo.

L'assediato, vedendo che il nemico non dava segno di ritirarsi, aprí una finestra che guardava sulla piazza della chiesa, e si diede a gridare: – aiuto! aiuto! – Era il piú bel chiaro di luna; l'ombra della chiesa, e piú in fuori l'ombra lunga ed acuta del campanile, si stendeva bruna e spiccata sul piano erboso e lucente della piazza: ogni oggetto si poteva distinguere, quasi come di giorno. Ma, fin dove arrivava lo sguardo, non appariva indizio di persona vivente. Contiguo però al muro laterale della chiesa, e appunto dal lato che rispondeva verso la casa parrocchiale, era un piccolo abituro, un bugigattolo, dove dormiva il sagrestano. Fu questo riscosso da quel disordinato grido, fece un salto, scese il letto in furia, aprí l'impannata d'una sua finestrina, mise fuori la testa, con gli occhi tra' peli, e disse: – cosa c'è?

– Correte, Ambrogio! aiuto! gente in casa, – gridò verso lui don Abbondio. – Vengo subito, – rispose quello; tirò indietro la testa, richiuse la sua impannata, e, quantunque mezzo tra 'l sonno, e piú che mezzo sbigottito, trovò su due piedi un espediente per dar piú aiuto di quello che gli si chiedeva, senza mettersi lui nel tafferuglio, quale si fosse. Dà di piglio alle brache, che teneva sul letto; se le caccia sotto il braccio, come un cappello di gala, e giú balzelloni per una scaletta di legno; corre al campanile, afferra la corda della piú grossa di due campanette che c'erano, e suona a martello.

Ton, ton, ton, ton: i contadini balzano a sedere sul letto; i giovinetti sdraiati sul fenile, tendon l'orecchio, si rizzano. – Cos'è? Cos'è? Campana a martello! fuoco? ladri? banditi? – Molte donne consigliano, pregano i mariti, di non moversi, di lasciar correre gli altri: alcuni s'alzano, e vanno alla finestra: i poltroni, come se si arrendessero alle preghiere, ritornan sotto: i piú curiosi e piú bravi scendono a prender le forche e gli schioppi, per correre al rumore: altri stanno a vedere.

Ma, prima che quelli fossero all'ordine, prima anzi che fosser ben desti, il rumore era giunto agli orecchi d'altre persone che vegliavano, non lontano, ritte e vestite: i bravi in un luogo, Agnese e Perpetua in un altro. Diremo prima brevemente ciò che facesser coloro, dal momento in cui gli abbiamo lasciati, parte nel casolare e parte all'osteria. Questi tre, quando videro tutti gli usci chiusi e la strada deserta, uscirono in fretta, come se si fossero avvisti d'aver fatto tardi, e dicendo di voler andar subito a casa; diedero una giravolta per il paese, per venire in chiaro se tutti eran ritirati; e in fatti, non incontrarono anima vivente, né sentirono il piú piccolo strepito. Passarono anche, pian piano, davanti alla nostra povera casetta: la piú quieta di tutte, giacché non c'era piú nessuno. Andarono allora diviato al casolare, e fecero la loro relazione al signor Griso. Subito, questo si mise in testa un cappellaccio, sulle spalle un sanrocchino di tela incerata, sparso di conchiglie; prese un bordone da pellegrino, disse: – andiamo da bravi: zitti, e attenti agli ordini –, s'incamminò il primo, gli altri dietro; e, in un momento, arrivarono alla casetta, per una strada opposta a quella per cui se n'era allontanata la nostra brigatella, andando anch'essa alla sua spedizione. Il Griso trattenne la truppa, alcuni passi lontano, andò innanzi solo ad esplorare, e, visto tutto deserto e tranquillo di fuori, fece venire avanti due di quei tristi, diede loro ordine di scalar adagino il muro che chiudeva il cortiletto, e, calati dentro, nascondersi in un angolo, dietro un folto fico, sul quale aveva messo l'occhio, la mattina. Ciò fatto, picchiò pian piano, con intenzione di dirsi un pellegrino smarrito, che chiedeva ricovero, fino a giorno. Nessun risponde: ripicchia un po' piú forte; nemmeno uno zitto. Allora, va a chiamare un terzo malandrino, lo fa scendere nel cortiletto, come gli altri due, con l'ordine di sconficcare adagio il paletto, per aver libero l'ingresso e la ritirata. Tutto s'eseguisce con gran cautela, e con prospero successo. Va a chiamar gli altri, li fa entrar con sé, li manda a nascondersi accanto ai primi; accosta adagio adagio l'uscio di strada, vi posta due sentinelle di dentro; e va diritto all'uscio del terreno. Picchia anche lí, e aspetta: e' poteva ben aspettare. Sconficca pian pianissimo anche quell'uscio: nessuno di dentro dice: chi va là?; nessuno si fa sentire: meglio non può andare. Avanti dunque: – st –, chiama quei del fico, entra con loro nella stanza terrena, dove, la mattina, aveva scelleratamente accattato quel pezzo di pane. Cava fuori esca, pietra, acciarino e zolfanelli, accende un suo lanternino, entra nell'altra stanza piú interna, per accertarsi che nessun ci sia: non c'è nessuno. Torna indietro, va all'uscio di scala, guarda, porge l'orecchio: solitudine e silenzio. Lascia due altre sentinelle a terreno, si fa venir dietro il Grignapoco, ch'era un bravo del contado di Bergamo, il quale solo doveva minacciare, acchetare, comandare, essere in somma il dicitore, affinché il suo linguaggio potesse far credere ad Agnese che la spedizione veniva da quella parte. Con costui al fianco, e gli altri dietro, il Griso sale adagio adagio, bestemmiando in cuor suo ogni scalino che scricchiolasse, ogni passo di que' mascalzoni che facesse rumore. Finalmente è in cima. Qui giace la lepre. Spinge mollemente l'uscio che mette alla prima stanza; l'uscio cede, si fa spiraglio: vi mette l'occhio; è buio: vi mette l'orecchio, per sentire se qualcheduno russa, fiata, brulica là dentro; niente. Dunque avanti: si mette la lanterna davanti al viso, per vedere, senza esser veduto, spalanca l'uscio, vede un letto; addosso: il letto è fatto e spianato, con la rimboccatura arrovesciata, e composta sul capezzale. Si stringe nelle spalle, si volta alla compagnia, accenna loro che va a vedere nell'altra stanza, e che gli vengan dietro pian piano; entra, fa le stesse cerimonie, trova la stessa cosa. – Che diavolo è questo? – dice allora: – che qualche cane traditore abbia fatto la spia? – Si metton tutti, con men cautela, a guardare, a tastare per ogni canto, buttan sottosopra la casa. Mentre costoro sono in tali faccende, i due che fan la guardia all'uscio di strada, sentono un calpestío di passini frettolosi, che s'avvicinano in fretta; s'immaginano che, chiunque sia, passerà diritto; stan quieti, e, a buon conto, si mettono all'erta. In fatti, il calpestío si ferma appunto all'uscio. Era Menico che veniva di corsa, mandato dal padre Cristoforo ad avvisar le due donne che, per l'amor del cielo, scappassero subito di casa, e si rifugiassero al convento, perché.... il perché lo sapete. Prende la maniglia del paletto, per picchiare, e se lo sente tentennare in mano, schiodato e sconficcato. «Che è questo?» pensa; e spinge l'uscio con paura: quello s'apre. Menico mette il piede dentro, in gran sospetto, e si sente a un punto acchiappar per le braccia, e due voci sommesse, a destra e a sinistra, che dicono, in tono minaccioso: – zitto! o sei morto –. Lui in vece caccia un urlo: uno di que' malandrini gli mette una mano alla bocca; l'altro tira fuori un coltellaccio, per fargli paura. Il garzoncello trema come una foglia, e non tenta neppur di gridare; ma, tutt'a un tratto, in vece di lui, e con ben altro tono, si fa sentir quel primo tocco di campana cosí fatto, e dietro una tempesta di rintocchi in fila. Chi è in difetto è in sospetto, dice il proverbio milanese: all'uno e all'altro furfante parve di sentire in que' tocchi il suo nome, cognome e soprannome: lasciano andar le braccia di Menico, ritirano le loro in furia, spalancan la mano e la bocca, si guardano in viso, e corrono alla casa, dov'era il grosso della compagnia. Menico, via a gambe per la strada, alla volta del campanile, dove a buon conto qualcheduno ci doveva essere. Agli altri furfanti che frugavan la casa, dall'alto al basso, il terribile tocco fece la stessa impressione: si confondono, si scompigliano, s'urtano a vicenda: ognuno cerca la strada piú corta, per arrivare all'uscio. Eppure era tutta gente provata e avvezza a mostrare il viso; ma non poterono star saldi contro un pericolo indeterminato, e che non s'era fatto vedere un po' da lontano, prima di venir loro addosso. Ci volle tutta la superiorità del Griso a tenerli insieme, tanto che fosse ritirata e non fuga. Come il cane che scorta una mandra di porci, corre or qua or là a quei che si sbandano; ne addenta uno per un orecchio, e lo tira in ischiera; ne spinge un altro col muso; abbaia a un altro che esce di fila in quel momento; cosí il pellegrino acciuffa un di coloro, che già toccava la soglia, e lo strappa indietro; caccia indietro col bordone uno e un altro che s'avviavan da quella parte: grida agli altri che corron qua e là, senza saper dove; tanto che li raccozzò tutti nel mezzo del cortiletto. – Presto, presto! pistole in mano, coltelli in pronto, tutti insieme; e poi anderemo: cosí si va. Chi volete che ci tocchi, se stiam ben insieme, sciocconi? Ma, se ci lasciamo acchiappare a uno a uno, anche i villani ce ne daranno. Vergogna! Dietro a me, e uniti –. Dopo questa breve aringa, si mise alla fronte, e uscí il primo. La casa, come abbiam detto, era in fondo al villaggio; il Griso prese la strada che metteva fuori, e tutti gli andaron dietro in buon ordine.

Lasciamoli andare, e torniamo un passo indietro a prendere Agnese e Perpetua, che abbiam lasciate in una certa stradetta. Agnese aveva procurato d'allontanar l'altra dalla casa di don Abbondio, il piú che fosse possibile; e, fino a un certo punto, la cosa era andata bene. Ma tutt'a un tratto, la serva s'era ricordata dell'uscio rimasto aperto, e aveva voluto tornare indietro. Non c'era che ridire: Agnese, per non farle nascere qualche sospetto, aveva dovuto voltar con lei, e andarle dietro, cercando di trattenerla, ogni volta che la vedesse riscaldata ben bene nel racconto di que' tali matrimoni andati a monte. Mostrava di darle molta udienza, e, ogni tanto, per far vedere che stava attenta, o per ravviare il cicalío, diceva: – sicuro: adesso capisco: va benissimo: è chiara: e poi? e lui? e voi? – Ma intanto, faceva un altro discorso con se stessa. «Saranno usciti a quest'ora? o saranno ancor dentro? Che sciocchi che siamo stati tutt'e tre, a non concertar qualche segnale, per avvisarmi, quando la cosa fosse riuscita! È stata proprio grossa! Ma è fatta: ora non c'è altro che tener costei a bada, piú che posso: alla peggio, sarà un po' di tempo perduto». Cosí, a corserelle e a fermatine, eran tornate poco distante dalla casa di don Abbondio, la quale però non vedevano, per ragione di quella cantonata: e Perpetua, trovandosi a un punto importante del racconto, s'era lasciata fermare senza far resistenza, anzi senza avvedersene; quando, tutt'a un tratto, si sentí venir rimbombando dall'alto, nel vano immoto dell'aria, per l'ampio silenzio della notte, quel primo sgangherato grido di don Abbondio: – aiuto! aiuto!

– Misericordia! cos'è stato? – gridò Perpetua, e volle correre.

– Cosa c'è? cosa c'è? – disse Agnese, tenendola per la sottana.

– Misericordia! non avete sentito? – replicò quella, svincolandosi.

– Cosa c'è? cosa c'è? – ripeté Agnese, afferrandola per un braccio.

– Diavolo d'una donna! – esclamò Perpetua, rispingendola, per mettersi in libertà; e prese la rincorsa. Quando, piú lontano, piú acuto, piú istantaneo, si sente l'urlo di Menico.

– Misericordia! – grida anche Agnese; e di galoppo

dietro l'altra. Avevan quasi appena alzati i calcagni, quando scoccò la campana: un tocco, e due, e tre, e seguita: sarebbero stati sproni, se quelle ne avessero avuto bisogno. Perpetua arriva, un momento prima dell'altra; mentre vuole spinger l'uscio, l'uscio si spalanca di dentro, e sulla soglia compariscono Tonio, Gervaso, Renzo, Lucia, che, trovata la scala, eran venuti giú saltelloni; e, sentendo poi quel terribile scampanío, correvano in furia, a mettersi in salvo.

– Cosa c'è? cosa c'è? – domandò Perpetua ansante ai fratelli, che le risposero con un urtone, e scantonarono. – E voi! come! che fate qui voi? – domandò poscia all'altra coppia, quando l'ebbe raffigurata. Ma quelli pure usciron senza rispondere. Perpetua, per accorrere dove il bisogno era maggiore, non domandò altro, entrò in fretta nell'andito, e corse, come poteva al buio, verso la scala.

I due sposi rimasti promessi si trovarono in faccia Agnese, che arrivava tutt'affannata. – Ah siete qui! – disse questa, cavando fuori la parola a stento: – com'è andata? cos'è la campana? mi par d'aver sentito....

– A casa, a casa, – diceva Renzo, – prima che venga gente –. E s'avviavano; ma arriva Menico di corsa, li riconosce, li ferma, e, ancor tutto tremante, con voce mezza fioca, dice: – dove andate? indietro, indietro! per di qua, al convento!

– Sei tu che....? – cominciava Agnese.

– Cosa c'è d'altro? – domandava Renzo. Lucia, tutta smarrita, taceva e tremava.

– C'è il diavolo in casa, – riprese Menico ansante. – Gli ho visti io: m'hanno voluto ammazzare: l'ha detto il padre Cristoforo: e anche voi, Renzo, ha detto che veniate subito: e poi gli ho visti io: provvidenza che vi trovo qui tutti! vi dirò poi, quando saremo fuori.

Renzo, ch'era il piú in sé di tutti, pensò che, di qua o di là, conveniva andar subito, prima che la gente accorresse; e che la piú sicura era di far ciò che Menico consigliava, anzi comandava, con la forza d'uno spaventato. Per istrada poi, e fuor del pericolo, si potrebbe domandare al ragazzo una spiegazione piú chiara. – Cammina avanti, – gli disse. – Andiam con lui, – disse alle donne. Voltarono, s'incamminarono in fretta verso la chiesa, attraversaron la piazza, dove per grazia del cielo, non c'era ancora anima vivente; entrarono in una stradetta che era tra la chiesa e la casa di don Abbondio; al primo buco che videro in una siepe, dentro, e via per i campi.

Non s'eran forse allontanati un cinquanta passi, quando la gente cominciò ad accorrere sulla piazza, e ingrossava ogni momento. Si guardavano in viso gli uni con gli altri: ognuno aveva una domanda da fare, nessuno una risposta da dare. I primi arrivati corsero alla porta della chiesa: era serrata. Corsero al campanile di fuori; e uno di quelli, messa la bocca a un finestrino, una specie di feritoia, cacciò dentro un: – che diavolo c'è? – Quando Ambrogio sentí una voce conosciuta, lasciò andar la corda; e assicurato dal ronzío, ch'era accorso molto popolo, rispose: – vengo ad aprire –. Si mise in fretta l'arnese che aveva portato sotto il braccio, venne, dalla parte di dentro, alla porta della chiesa, e l'aprí.

– Cos'è tutto questo fracasso? – Cos'è? – Dov'è? – Chi è?

– Come, chi è? – disse Ambrogio, tenendo con una mano un battente della porta, e, con l'altra, il lembo di quel tale arnese, che s'era messo cosí in fretta: – come! non lo sapete? gente in casa del signor curato. Animo, figliuoli: aiuto –. Si voltan tutti a quella casa, vi s'avvicinano in folla, guardano in su, stanno in orecchi: tutto quieto. Altri corrono dalla parte dove c'era l'uscio: è chiuso, e non par che sia stato toccato. Guardano in su anche loro: non c'è una finestra aperta: non si sente uno zitto.

– Chi è là dentro? – Ohe, ohe! – Signor curato! – Signor curato!

Don Abbondio, il quale, appena accortosi della fuga degl'invasori, s'era ritirato dalla finestra, e l'aveva richiusa, e che in questo momento stava a bisticciar sottovoce con Perpetua, che l'aveva lasciato solo in quell'imbroglio, dovette, quando si sentí chiamare a voce di popolo, venir di nuovo alla finestra; e visto quel gran soccorso, si pentí d'averlo chiesto.

– Cos'è stato? – Che le hanno fatto? – Chi sono costoro? – Dove sono? – gli veniva gridato da cinquanta voci a un tratto.

– Non c'è piú nessuno: vi ringrazio: tornate pure a casa.

– Ma chi è stato? – Dove sono andati? – Che è accaduto?

– Cattiva gente, gente che gira di notte; ma sono fuggiti: tornate a casa; non c'è piú niente: un'altra volta, figliuoli: vi ringrazio del vostro buon cuore –. E, detto questo, si ritirò, e chiuse la finestra. Qui alcuni cominciarono a brontolare, altri a canzonare, altri a sagrare; altri si stringevan nelle spalle, e se n'andavano: quando arriva uno tutto trafelato, che stentava a formar le parole. Stava costui di casa quasi dirimpetto alle nostre donne, ed essendosi, al rumore, affacciato alla finestra, aveva veduto nel cortiletto quello scompiglio de' bravi, quando il Griso s'affannava a raccoglierli. Quand'ebbe ripreso fiato, gridò: – che fate qui, figliuoli? non è qui il diavolo; è giú in fondo alla strada, alla casa d'Agnese Mondella: gente armata; son dentro; par che vogliano ammazzare un pellegrino; chi sa che diavolo c'è!

– Che? – Che? – Che? – E comincia una consulta tumultuosa. – Bisogna andare. – Bisogna vedere. – Quanti sono? – Quanti siamo? – Chi sono? – Il console! il console!

– Son qui, – risponde il console, di mezzo alla folla: – son qui; ma bisogna aiutarmi, bisogna ubbidire. Presto: dov'è il sagrestano? Alla campana, alla campana. Presto: uno che corra a Lecco a cercar soccorso: venite qui tutti....

Chi accorre, chi sguizza tra uomo e uomo, e se la batte; il tumulto era grande, quando arriva un altro, che gli aveva veduti partire in fretta, e grida: – correte, figliuoli: ladri, o banditi che scappano con un pellegrino: son già fuori del paese: addosso! addosso! –

A quest'avviso, senza aspettar gli ordini del capitano, si movono in massa, e giú alla rinfusa per la strada; di mano in mano che l'esercito s'avanza, qualcheduno di quei della vanguardia rallenta il passo, si lascia sopravanzare, e si ficca nel corpo della battaglia: gli ultimi spingono innanzi: lo sciame confuso giunge finalmente al luogo indicato. Le tracce dell'invasione eran fresche e manifeste: l'uscio spalancato, la serratura sconficcata; ma gl'invasori erano spariti. S'entra nel cortile; si va all'uscio del terreno: aperto e sconficcato anche quello: si chiama: – Agnese! Lucia! Il pellegrino! Dov'è il pellegrino? L'avrà sognato Stefano, il pellegrino. – No, no: l'ha visto anche Carlandrea. Ohe, pellegrino! – Agnese! Lucia! – Nessuno risponde. – Le hanno portate via! Le hanno portate via! – Ci fu allora di quelli che, alzando la voce, proposero d'inseguire i rapitori: che era un'infamità; e sarebbe una vergogna per il paese, se ogni birbone potesse a man salva venire a portar via le donne, come il nibbio i pulcini da un'aia deserta. Nuova consulta e piú tumultuosa: ma uno (e non si seppe mai bene chi fosse stato) gettò nella brigata una voce, che Agnese e Lucia s'eran messe in salvo in una casa. La voce corse rapidamente, ottenne credenza; non si parlò piú di dar la caccia ai fuggitivi; e la brigata si sparpagliò, andando ognuno a casa sua. Era un bisbiglio, uno strepito, un picchiare e un aprir d'usci, un apparire e uno sparir di lucerne, un interrogare di donne dalle finestre, un rispondere dalla strada. Tornata questa deserta e silenziosa, i discorsi continuaron nelle case, e moriron negli sbadigli, per ricominciar poi la mattina. Fatti però, non ce ne fu altri; se non che, quella medesima mattina, il console, stando nel suo campo, col mento in una mano, e il gomito appoggiato sul manico della vanga mezza ficcata nel terreno, e con un piede sul vangile; stando, dico, a speculare tra sé sui misteri della notte passata, e sulla ragion composta di ciò che gli toccasse a fare, e di ciò che gli convenisse fare, vide venirsi incontro due uomini d'assai gagliarda presenza, chiomati come due re de' Franchi della prima razza, e somigliantissimi nel resto a que' due che cinque giorni prima avevano affrontato don Abbondio, se pur non eran que' medesimi. Costoro, con un fare ancor men cerimonioso, intimarono al console che guardasse bene di non far deposizione al podestà dell'accaduto, di non rispondere il vero, caso che ne venisse interrogato, di non ciarlare, di non fomentar le ciarle de' villani, per quanto aveva cara la speranza di morir di malattia.

I nostri fuggiaschi camminarono un pezzo di buon trotto, in silenzio, voltandosi, ora l'uno ora l'altro, a guardare se nessuno l'inseguiva, tutti in affanno per la fatica della fuga, per il batticuore e per la sospensione in cui erano stati, per il dolore della cattiva riuscita, per l'apprensione confusa del nuovo oscuro pericolo. E ancor piú in affanno li teneva l'incalzare continuo di que' rintocchi, i quali, quanto, per l'allontanarsi, venivan piú fiochi e ottusi, tanto pareva che prendessero un non so che di piú lugubre e sinistro. Finalmente cessarono. I fuggiaschi allora, trovandosi in un campo disabitato, e non sentendo un alito all'intorno, rallentarono il passo; e fu la prima Agnese che, ripreso fiato, ruppe il silenzio, domandando a Renzo com'era andata, domandando a Menico cosa fosse quel diavolo in casa. Renzo raccontò brevemente la sua trista storia; e tutt'e tre si voltarono al fanciullo, il quale riferí piú espressamente l'avviso del padre, e raccontò quello ch'egli stesso aveva veduto e rischiato, e che pur troppo confermava l'avviso. Gli ascoltatori compresero piú di quel che Menico avesse saputo dire: a quella scoperta, si sentiron rabbrividire; si fermaron tutt'e tre a un tratto, si guardarono in viso l'un con l'altro, spaventati; e subito, con un movimento unanime, tutt'e tre posero una mano, chi sul capo, chi sulle spalle del ragazzo, come per accarezzarlo, per ringraziarlo tacitamente che fosse stato per loro un angelo tutelare, per dimostrargli la compassione che sentivano dell'angoscia da lui sofferta, e del pericolo corso per la loro salvezza; e quasi per chiedergliene scusa. – Ora torna a casa, perché i tuoi non abbiano a star piú in pena per te, – gli disse Agnese; e rammentandosi delle due parpagliole promesse, se ne levò quattro di tasca, e gliele diede, aggiungendo: – basta; prega il Signore che ci rivediamo presto: e allora..... – Renzo gli diede una berlinga nuova, e gli raccomandò molto di non dir nulla della commissione avuta dal frate; Lucia l'accarezzò di nuovo, lo salutò con voce accorata; il ragazzo li salutò tutti, intenerito; e tornò indietro. Quelli ripresero la loro strada, tutti pensierosi; le donne innanzi, e Renzo dietro, come per guardia. Lucia stava stretta al braccio della madre, e scansava dolcemente, e con destrezza, l'aiuto che il giovine le offriva ne' passi malagevoli di quel viaggio fuor di strada; vergognosa in sé, anche in un tale turbamento, d'esser già stata tanto sola con lui, e tanto famigliarmente, quando s'aspettava di divenir sua moglie, tra pochi momenti. Ora, svanito cosí dolorosamente quel sogno, si pentiva d'essere andata troppo avanti, e, tra tante cagioni di tremare, tremava anche per quel pudore che non nasce dalla trista scienza del male, per quel pudore che ignora se stesso, somigliante alla paura del fanciullo, che trema nelle tenebre, senza saper di che.

– E la casa? – disse a un tratto Agnese. Ma, per quanto la domanda fosse importante, nessuno rispose, perché nessuno poteva darle una risposta soddisfacente. Continuarono in silenzio la loro strada, e poco dopo, sboccarono finalmente sulla piazzetta davanti alla chiesa del convento.

Renzo s'affacciò alla porta, e la sospinse bel bello. La porta di fatto s'aprí; e la luna, entrando per lo spiraglio, illuminò la faccia pallida, e la barba d'argento del padre Cristoforo, che stava quivi ritto in aspettativa. Visto che non ci mancava nessuno, – Dio sia benedetto! – disse, e fece lor cenno ch'entrassero. Accanto a lui, stava un altro cappuccino; ed era il laico sagrestano, ch'egli, con preghiere e con ragioni, aveva persuaso a vegliar con lui, a lasciar socchiusa la porta, e a starci in sentinella, per accogliere que' poveri minacciati: e non si richiedeva meno dell'autorità del padre, della sua fama di santo, per ottener dal laico una condiscendenza incomoda, pericolosa e irregolare. Entrati che furono, il padre Cristoforo riaccostò la porta adagio adagio. Allora il sagrestano non poté piú reggere, e, chiamato il padre da una parte, gli andava susurrando all'orecchio: – ma padre, padre! di notte... in chiesa... con donne... chiudere... la regola.... ma padre! – E tentennava la testa. Mentre diceva stentatamente quelle parole, «vedete un poco!» pensava il padre Cristoforo, «se fosse un masnadiero inseguito, fra Fazio non gli farebbe una difficoltà al mondo; e una povera innocente, che scappa dagli artigli del lupo.... – *Omnia munda mundis*, – disse poi, voltandosi tutt'a un tratto a fra Fazio, e dimenticando che questo non intendeva il latino. Ma una tale dimenticanza fu appunto quella che fece l'effetto. Se il padre si fosse messo a questionare con ragioni, a fra Fazio non sarebber mancate altre ragioni da opporre; e sa il cielo quando e come la cosa sarebbe finita. Ma, al sentir quelle parole gravide d'un senso misterioso, e proferite cosí risolutamente, gli parve che in quelle dovesse contenersi la soluzione di tutti i suoi dubbi. S'acquietò, e disse: – basta! lei ne sa piú di me.

– Fidatevi pure, – rispose il padre Cristoforo; e, all'incerto chiarore della lampada che ardeva davanti all'altare, s'accostò ai ricoverati, i quali stavano sospesi aspettando, e disse loro: – figliuoli! ringraziate il Signore, che v'ha scampati da un gran pericolo. Forse in questo momento....! – E qui si mise a spiegare ciò che aveva fatto accennare dal piccol messo: giacché non sospettava ch'essi ne sapesser piú di lui, e supponeva che Menico gli avesse trovati tranquilli in casa, prima che arrivassero i malandrini. Nessuno lo disingannò, nemmeno Lucia, la quale però sentiva un rimorso segreto d'una tale dissimulazione, con un tal uomo; ma era la notte degl'imbrogli e de' sotterfugi.

– Dopo di ciò, – continuò egli, – vedete bene, figliuoli, che ora questo paese non è sicuro per voi. È il vostro; ci siete nati; non avete fatto male a nessuno; ma Dio vuol cosí. È una prova, figliuoli: sopportatela con pazienza, con fiducia, senza odio, e siate sicuri che verrà un tempo in cui vi troverete contenti di ciò che ora accade. Io ho pensato a trovarvi un rifugio, per questi primi momenti. Presto, io spero, potrete ritornar sicuri a casa vostra; a ogni modo, Dio vi provvederà, per il vostro meglio; e io certo mi studierò di non mancare alla grazia che mi fa, scegliendomi per suo ministro, nel servizio di voi suoi poveri cari tribolati. Voi, – continuò volgendosi alle due donne, – potrete fermarvi a ***. Là sarete abbastanza fuori d'ogni pericolo, e, nello stesso tempo, non troppo lontane da casa vostra. Cercate del nostro convento, fate chiamare il padre guardiano, dategli questa lettera: sarà per voi un altro fra Cristoforo. E anche tu, il mio Renzo, anche tu devi metterti, per ora, in salvo dalla rabbia degli altri, e dalla tua. Porta questa lettera al padre Bonaventura da Lodi, nel nostro convento di Porta Orientale in Milano. Egli ti farà da padre, ti guiderà, ti troverà del lavoro, per fin che tu non possa tornare a viver qui tranquillamente. Andate alla riva del lago, vicino allo sbocco del Bione –. È un torrente a pochi passi da Pescarenico. – Lí vedrete un battello fermo; direte: barca; vi sarà domandato per chi; risponderete: san Francesco. La barca vi riceverà, vi trasporterà all'altra riva, dove troverete un baroccio che vi condurrà addirittura fino a ***.

Chi domandasse come fra Cristoforo avesse cosí subito a sua disposizione que' mezzi di trasporto, per acqua e per terra, farebbe vedere di non conoscere qual fosse il potere d'un cappuccino tenuto in concetto di santo.

Restava da pensare alla custodia delle case. Il padre ne ricevette le chiavi, incaricandosi di consegnarle a quelli che Renzo e Agnese gl'indicarono. Quest'ultima, levandosi di tasca la sua, mise un gran sospiro, pensando che, in quel momento, la casa era aperta, che c'era stato il diavolo, e chi sa cosa ci rimaneva da custodire!

– Prima che partiate, – disse il padre, – preghiamo tutti insieme il Signore, perché sia con voi, in codesto viaggio, e sempre; e sopra tutto vi dia forza, vi dia amore di volere ciò ch'Egli ha voluto –. Cosí dicendo s'inginocchiò nel mezzo della chiesa; e tutti fecer lo stesso. Dopo ch'ebbero pregato, alcuni momenti, in silenzio, il padre, con voce sommessa, ma distinta, articolò queste parole: – noi vi preghiamo ancora per quel poveretto che ci ha condotti a questo passo. Noi saremmo indegni della vostra misericordia, se non ve la chiedessimo di cuore per lui; ne ha tanto bisogno! Noi, nella nostra tribolazione, abbiamo questo conforto, che siamo nella strada dove ci avete messi Voi: possiamo offrirvi i nostri guai; e diventano un guadagno. Ma lui!... è vostro nemico. Oh disgraziato! compete con Voi! Abbiate pietà di lui, o Signore, toccategli il cuore, rendetelo vostro amico, concedetegli tutti i beni che noi possiamo desiderare a noi stessi.

Alzatosi poi, come in fretta, disse: – via, figliuoli, non c'è tempo da perdere: Dio vi guardi, il suo angelo v'accompagni: andate –. E mentre s'avviavano, con quella commozione che non trova parole, e che si manifesta senza di esse, il padre soggiunse, con voce alterata: – il cuor mi dice che ci rivedremo presto.

Certo, il cuore, chi gli dà retta, ha sempre qualche cosa da dire su quello che sarà. Ma che sa il cuore? Appena un poco di quello che è già accaduto.

Senza aspettar risposta, fra Cristoforo, andò verso la sagrestia; i viaggiatori usciron di chiesa; e fra Fazio chiuse la porta, dando loro un addio, con la voce alterata anche lui. Essi s'avviarono zitti zitti alla riva ch'era stata loro indicata; videro il battello pronto, e data e barattata la parola, c'entrarono. Il barcaiolo, puntando un remo alla proda, se ne staccò; afferrato poi l'altro remo, e vogando a due braccia, prese il largo, verso la spiaggia opposta. Non tirava un alito di vento; il lago giaceva liscio e piano, e sarebbe parso immobile, se non fosse stato il tremolare e l'ondeggiar leggiero della luna, che vi si specchiava da mezzo il cielo. S'udiva soltanto il fiotto morto e lento frangersi sulle ghiaie del lido, il gorgoglío piú lontano dell'acqua rotta tra le pile del ponte, e il tonfo misurato di que' due remi, che tagliavano la superficie azzurra del lago, uscivano a un colpo grondanti, e si rituffavano. L'onda segata dalla barca, riunendosi dietro la poppa, segnava una striscia increspata, che s'andava allontanando dal lido. I passeggieri silenziosi, con la testa voltata indietro, guardavano i monti, e il paese rischiarato dalla luna, e variato qua e là di grand'ombre. Si distinguevano i villaggi, le case, le capanne: il palazzotto di don Rodrigo, con la sua torre piatta, elevato sopra le casucce ammucchiate alla falda del promontorio, pareva un feroce che, ritto nelle tenebre, in mezzo a una compagnia d'addormentati, vegliasse, meditando un delitto. Lucia lo vide, e rabbrividí; scese con l'occhio giú giú per la china, fino al suo paesello, guardò fisso all'estremità, scoprí la sua casetta, scoprí la chioma folta del fico che sopravanzava il muro del cortile, scoprí la finestra della sua camera; e, seduta, com'era, nel fondo della barca, posò il braccio sulla sponda, posò sul braccio la fronte, come per dormire, e pianse segretamente.

Addio, monti sorgenti dall'acque, ed elevati al cielo; cime inuguali, note a chi è cresciuto tra voi, e impresse nella sua mente, non meno che lo sia l'aspetto de' suoi piú familiari; torrenti, de' quali distingue lo scroscio, come il suono delle voci domestiche; ville sparse e biancheggianti sul pendío, come branchi di pecore pascenti; addio! Quanto è tristo il passo di chi, cresciuto tra voi, se ne allontana! Alla fantasia di quello stesso che se ne parte volontariamente, tratto dalla speranza di fare altrove fortuna, si disabbelliscono, in quel momento, i sogni della ricchezza; egli si maraviglia d'essersi potuto risolvere, e tornerebbe allora indietro, se non pensasse che, un giorno, tornerà dovizioso. Quanto piú si avanza nel piano, il suo occhio si ritira, disgustato e stanco, da quell'ampiezza uniforme; l'aria gli par gravosa e morta; s'inoltra mesto e disattento nelle città tumultuose; le case aggiunte a case, le strade che sboccano nelle strade, pare che gli levino il respiro; e davanti agli edifizi ammirati dallo straniero, pensa, con desiderio inquieto, al campicello del suo paese, alla casuccia a cui ha già messo gli occhi addosso, da gran tempo, e che comprerà, tornando ricco a' suoi monti.

Ma chi non aveva mai spinto al di là di quelli neppure un desiderio fuggitivo, chi aveva composti in essi tutti i disegni dell'avvenire, e n'è sbalzato lontano, da una forza perversa! Chi, staccato a un tempo dalle piú care abitudini, e disturbato nelle piú care speranze, lascia que' monti, per avviarsi in traccia di sconosciuti che non ha mai desiderato di conoscere, e non può con l'immaginazione arrivare a un momento stabilito per il ritorno! Addio, casa natía, dove, sedendo, con un pensiero occulto, s'imparò a distinguere dal rumore de' passi comuni il rumore d'un passo aspettato con un misterioso timore. Addio, casa ancora straniera, casa sogguardata tante volte alla sfuggita, passando, e non senza rossore; nella quale la mente si figurava un soggiorno tranquillo e perpetuo di sposa. Addio, chiesa, dove l'animo tornò tante volte sereno, cantando le lodi del Signore; dov'era promesso, preparato un rito; dove il sospiro segreto del cuore doveva essere solennemente benedetto, e l'amore venir comandato, e chiamarsi santo; addio! Chi dava a voi tanta giocondità è per tutto; e non turba mai la gioia de' suoi figli, se non per prepararne loro una piú certa e piú grande.

Di tal genere, se non tali appunto, erano i pensieri di Lucia, e poco diversi i pensieri degli altri due pellegrini, mentre la barca gli andava avvicinando alla riva destra dell'Adda.

Capitolo nono

L'urtar che fece la barca contro la proda, scosse Lucia, la quale, dopo aver asciugate in segreto le lacrime, alzò la testa, come se si svegliasse. Renzo uscí il primo, e diede la mano ad Agnese, la quale, uscita pure, la diede alla figlia; e tutt'e tre resero tristamente grazie al barcaiolo. – Di che cosa? – rispose quello: – siam quaggiú per aiutarci l'uno con l'altro, – e ritirò la mano, quasi con ribrezzo, come se gli fosse proposto di rubare, allorché Renzo cercò di farvi sdrucciolare una parte de' quattrinelli che si trovava indosso, e che aveva presi quella sera, con intenzione di regalar generosamente don Abbondio, quando questo l'avesse, suo malgrado, servito. Il baroccio era lí pronto; il conduttore salutò i tre aspettati, li fece salire, diede una voce alla bestia, una frustata, e via.

Il nostro autore non descrive quel viaggio notturno, tace il nome del paese dove fra Cristoforo aveva indirizzate le due donne; anzi protesta espressamente di non lo voler dire. Dal progresso della storia si rileva poi la cagione di queste reticenze. Le avventure di Lucia in quel soggiorno, si trovano avviluppate in un intrigo tenebroso di persona appartenente a una famiglia, come pare, molto potente, al tempo che l'autore scriveva. Per render ragione della strana condotta di quella persona, nel caso particolare, egli ha poi anche dovuto raccontarne in succinto la vita antecedente; e la famiglia ci fa quella figura che vedrà chi vorrà leggere. Ma ciò che la circospezione del pover'uomo ci ha voluto sottrarre, le nostre diligenze ce l'hanno fatto trovare in altra parte. Uno storico milanese[1] che ha avuto a far menzione di quella persona medesima, non nomina, è vero, né lei, né il paese; ma di questo dice ch'era un borgo antico e nobile, a cui di città non mancava altro che il nome; dice altrove, che ci passa il Lambro; altrove, che c'è un arciprete. Dal riscontro di questi dati noi deduciamo che fosse Monza senz'altro. Nel vasto tesoro dell'induzioni erudite, ce ne potrà ben essere delle piú fine, ma delle piú sicure, non crederei. Potremmo anche, sopra congetture molto fondate, dire il nome della famiglia; ma, sebbene sia estinta da un pezzo, ci par meglio lasciarlo nella penna, per non metterci a rischio di far torto neppure ai morti, e per lasciare ai dotti qualche soggetto di ricerca.

I nostri viaggiatori arrivaron dunque a Monza, poco dopo il levar del sole: il conduttore entrò in un'osteria, e lí, come pratico del luogo, e conoscente del padrone, fece assegnar loro una stanza, e ve gli accompagnò. Tra i ringraziamenti, Renzo tentò pure di fargli ricevere qualche danaro; ma quello, al pari del barcaiolo, aveva in mira un'altra ricompensa, piú lontana, ma piú abbondante: ritirò le mani, anche lui, e, come fuggendo, corse a governare la sua bestia.

Dopo una sera quale l'abbiamo descritta, e una notte quale ognuno può immaginarsela, passata in compagnia di que' pensieri, col sospetto incessante di qualche incontro spiacevole, al soffio di una brezzolina piú che autunnale, e tra le continue scosse della disagiata vettura, che ridestavano sgarbatamente chi di loro cominciasse appena a velar l'occhio, non parve vero a tutt'e tre di sedersi sur una panca che stava ferma, in una stanza, qualunque fosse. Fecero colazione, come permetteva la penuria de' tempi, e i mezzi scarsi in proporzione de' contingenti bisogni d'un avvenire incerto, e il poco appetito. A tutt'e tre passò per la mente il banchetto che,

[1] Josephi Ripamontii, *Historiæ Patriæ, Decadis V, Lib. VI*, Cap. III, pag. 358 et seq.

due giorni prima, s'aspettavan di fare; e ciascuno mise un gran sospiro. Renzo avrebbe voluto fermarsi lí, almeno tutto quel giorno, veder le donne allogate, render loro i primi servizi; ma il padre aveva raccomandato a queste di mandarlo subito per la sua strada. Addussero quindi esse e quegli ordini, e cento altre ragioni; che la gente ciarlerebbe, che la separazione piú ritardata sarebbe piú dolorosa, ch'egli potrebbe venir presto a dar nuove e a sentirne; tanto che si risolvette di partire. Si concertaron, come poterono, sulla maniera di rivedersi, piú presto che fosse possibile. Lucia non nascose le lacrime; Renzo trattenne a stento le sue, e, stringendo forte forte la mano a Agnese, disse con voce soffogata: – a rivederci, – e partí.

Le donne si sarebber trovate ben impicciate, se non fosse stato quel buon barocciaio, che aveva ordine di guidarle al convento de' cappuccini, e di dar loro ogn'altro aiuto che potesse bisognare. S'avviaron dunque con lui a quel convento; il quale, come ognun sa, era pochi passi distante da Monza. Arrivati alla porta, il conduttore tirò il campanello, fece chiamare il padre guardiano; questo venne subito, e ricevette la lettera, sulla soglia.

– Oh! fra Cristoforo! – disse, riconoscendo il carattere. Il tono della voce e i movimenti del volto indicavano manifestamente che proferiva il nome d'un grand'amico. Convien poi dire che il nostro buon Cristoforo avesse, in quella lettera, raccomandate le donne con molto calore, e riferito il loro caso con molto sentimento, perché il guardiano, faceva, di tanto in tanto, atti di sorpresa e d'indegnazione; e, alzando gli occhi dal foglio, li fissava sulle donne con una certa espressione di pietà e d'interesse. Finito ch'ebbe di leggere, stette lí alquanto a pensare; poi disse: – non c'è che la signora: se la signora vuol prendersi quest'impegno....

Tirata quindi Agnese in disparte, sulla piazza davanti al convento, le fece alcune interrogazioni, alle quali essa soddisfece; e, tornato verso Lucia, disse a tutt'e due: – donne mie, io tenterò; e spero di potervi trovare un ricovero piú che sicuro, piú che onorato, fin che

Dio non v'abbia provvedute in miglior maniera. Volete venir con me?

Le donne accennarono rispettosamente di sí; e il frate riprese: – bene; io vi conduco subito al monastero della signora. State però discoste da me alcuni passi, perché la gente si diletta di dir male; e Dio sa quante belle chiacchiere si farebbero, se si vedesse il padre guardiano per la strada, con una bella giovine... con donne voglio dire.

Cosí dicendo, andò avanti. Lucia arrossí; il barocciaio sorrise, guardando Agnese, la quale non poté tenersi di non fare altrettanto; e tutt'e tre si mossero, quando il frate si fu avviato; e gli andaron dietro, dieci passi discosto. Le donne allora domandarono al barocciaio, ciò che non avevano osato al padre guardiano, chi fosse la signora.

– La signora, – rispose quello, – è una monaca; ma non è una monaca come l'altre. Non è che sia la badessa, né la priora; che anzi, a quel che dicono, è una delle piú giovani: ma è della costola d'Adamo; e i suoi del tempo antico erano gente grande, venuta di Spagna, dove son quelli che comandano; e per questo la chiamano la signora, per dire ch'è una gran signora; e tutto il paese la chiama con quel nome, perché dicono che in quel monastero non hanno avuto mai una persona simile; e i suoi d'adesso, laggiú a Milano, contan molto, e son di quelli che hanno sempre ragione; e in Monza anche di piú, perché suo padre, quantunque non ci stia, è il primo del paese; onde anche lei può far alto e basso nel monastero; e anche la gente di fuori le porta un gran rispetto; e quando prende un impegno, le riesce anche di spuntarlo; e perciò, se quel buon religioso lí, ottiene di mettervi nelle sue mani, e che lei v'accetti, vi posso dire che sarete sicure come sull'altare.

Quando fu vicino alla porta del borgo, fiancheggiata allora da un antico torracchione mezzo rovinato, e da un pezzo di castellaccio, diroccato anch'esso, che forse dieci de' miei lettori possono ancor rammentarsi d'aver veduto in piedi, il guardiano si fermò, e si voltò a guardar se gli altri venivano; quindi entrò, e s'avviò al monastero; dove arrivato, si fermò di nuovo sulla soglia, aspettando la piccola brigata. Pregò il barocciaio che, tra un par d'ore, tornasse da lui, a prender la risposta: questo lo promise, e si licenziò dalle donne, che lo caricaron di ringraziamenti, e di commissioni per il padre Cristoforo. Il guardiano fece entrare la madre e la figlia nel primo cortile del monastero, le introdusse nelle camere della fattoressa; e andò solo a chieder la grazia. Dopo qualche tempo, ricomparve giulivo, a dir loro che venissero avanti con lui; ed era ora, perché la figlia e la madre non sapevan piú come fare a distrigarsi dall'interrogazioni pressanti della fattoressa. Attraversando un secondo cortile, diede qualche avvertimento alle donne, sul modo di portarsi con la signora. – È ben disposta per voi altre, – disse, – e vi può far del bene quanto vuole. Siate umili e rispettose, rispondete con sincerità alle domande che le piacerà di farvi, e quando non siete interrogate, lasciate fare a me –. Entrarono in una stanza terrena, dalla quale si passava nel parlatorio: prima di mettervi il piede, il guardiano, accennando l'uscio, disse sottovoce alle donne: – è qui, – come per rammentar loro tutti quegli avvertimenti. Lucia, che non aveva mai visto un monastero, quando fu nel parlatorio, guardò in giro dove fosse la signora a cui fare il suo inchino, e, non iscorgendo persona, stava come incantata; quando, visto il padre e Agnese andar verso un angolo, guardò da quella parte, e vide una finestra d'una forma singolare, con due grosse e fitte grate di ferro, distanti l'una dall'altra un palmo; e dietro quelle una monaca ritta. Il suo aspetto, che poteva dimostrar venticinque anni, faceva a prima vista un'impressione di bellezza, ma d'una bellezza sbattuta, sfiorita e, direi quasi, scomposta. Un velo nero, sospeso e stirato orizzontalmente sulla testa, cadeva dalle due parti, discosto alquanto dal viso; sotto il velo, una bianchissima benda di lino cingeva, fino al mezzo, una fronte di diversa, ma non d'inferiore bianchezza; un'altra benda a pieghe circondava il viso, e terminava sotto il mento in un soggolo, che si stendeva alquanto sul petto, a coprire lo scollo d'un nero saio. Ma quella fronte si raggrinzava spesso, come per una contrazione dolorosa; e allora due sopraccigli neri si ravvicinavano, con un rapido movimento. Due occhi, neri neri anch'essi, si fissavano talora in viso alle persone, con un'investigazione superba; talora si chinavano in fretta, come per cercare un nascondiglio; in certi momenti, un attento osservatore avrebbe argomentato che chiedessero affetto, corrispondenza, pietà; altre volte avrebbe creduto coglierci la rivelazione istantanea d'un odio inveterato e compresso, un non so che di minaccioso e di feroce: quando restavano immobili e fissi senza attenzione, chi ci avrebbe immaginata una svogliatezza orgogliosa, chi avrebbe potuto sospettarci il travaglio d'un pensiero nascosto, d'una preoccupazione familiare all'animo, e piú forte su quello che gli oggetti circostanti. Le gote pallidissime scendevano con un contorno delicato e grazioso, ma alterato e reso mancante da una lenta estenuazione. Le labbra, quantunque appena tinte d'un roseo sbiadito, pure, spiccavano in quel pallore: i loro moti erano, come quelli degli occhi, subitanei, vivi, pieni d'espressione e di mistero. La grandezza ben formata della persona scompariva in un certo abbandono del portamento, o compariva sfigurata in certe mosse repentine, irregolari e troppo risolute per una donna, non che per una monaca. Nel vestire stesso c'era qua e là qualcosa di studiato o di negletto, che annunziava una monaca singolare: la vita era attillata con una certa cura secolaresca, e dalla benda usciva sur una tempia una ciocchettina di neri capelli; cosa che dimostrava o dimenticanza o disprezzo della regola che prescriveva di tenerli sempre corti, da quando erano stati tagliati, nella cerimonia solenne del vestimento.

Queste cose non facevano specie alle due donne, non esercitate a distinguer monaca da monaca: e il padre guardiano, che non vedeva la signora per la prima volta, era già avvezzo, come tant'altri, a quel non so che di strano, che appariva nella sua persona, come nelle sue maniere.

Era essa, in quel momento, come abbiam detto, ritta vicino alla grata, con una mano appoggiata languidamente a quella, e le bianchissime dita intrecciate ne' vòti; e guardava fisso Lucia, che veniva avanti esitando. – Reverenda madre, e signora illustrissima, – disse il guardiano, a capo basso, e con la mano al petto: – questa è quella povera giovine, per la quale m'ha fatto sperare la sua valida protezione; e questa è la madre.

Le due presentate facevano grand'inchini: la signora accennò loro con la mano, che bastava, e disse, voltandosi, al padre: – è una fortuna per me il poter fare un piacere a' nostri buoni amici i padri cappuccini. Ma, – continuò; – mi dica un po' piú particolarmente il caso di questa giovine, per veder meglio cosa si possa fare per lei.

Lucia diventò rossa, e abbassò la testa.

– Deve sapere, reverenda madre.... – incominciava Agnese; ma il guardiano le troncò, con un'occhiata, le parole in bocca, e rispose: – questa giovine, signora illustrissima, mi vien raccomandata, come le ho detto, da un mio confratello. Essa ha dovuto partir di nascosto dal suo paese, per sottrarsi a de' gravi pericoli; e ha bisogno, per qualche tempo, d'un asilo nel quale possa vivere sconosciuta, e dove nessuno ardisca venire a disturbarla, quand'anche....

– Quali pericoli? – interruppe la signora. – Di grazia, padre guardiano, non mi dica la cosa cosí in enimma. Lei sa che noi altre monache, ci piace di sentir le storie per minuto.

– Sono pericoli, – rispose il guardiano, – che all'orecchie purissime della reverenda madre devon essere appena leggermente accennati.....

– Oh certamente, – disse in fretta la signora, arrossendo alquanto. Era verecondia? Chi avesse osservata una rapida espressione di dispetto che accompagnava quel rossore, avrebbe potuto dubitarne; e tanto piú se l'avesse paragonato con quello che di tanto in tanto si spandeva sulle gote di Lucia.

– Basterà dire, – riprese il guardiano, – che un cavalier prepotente.... non tutti i grandi del mondo si servono dei doni di Dio, a gloria sua, e in vantaggio del prossimo, come vossignoria illustrissima: un cavalier prepotente, dopo aver perseguitata qualche tempo questa creatura con indegne lusinghe, vedendo ch'erano inutili, ebbe cuore di perseguitarla apertamente con la forza, di modo che la poveretta è stata ridotta a fuggir da casa sua.

– Accostatevi, quella giovine, – disse la signora a Lucia, facendole cenno col dito. – So che il padre guardiano è la bocca della verità; ma nessuno può esser meglio informato di voi, in quest'affare. Tocca a voi a dirci se questo cavaliere era un persecutore odioso –. In quanto all'accostarsi, Lucia ubbidí subito; ma rispondere era un'altra faccenda. Una domanda su quella materia, quand'anche le fosse stata fatta da una persona sua pari, l'avrebbe imbrogliata non poco: proferita da quella signora, e con una cert'aria di dubbio maligno, le levò ogni coraggio a rispondere. – Signora.... madre.... reverenda.... – balbettò, e non dava segno d'aver altro a dire. Qui Agnese, come quella che, dopo di lei, era certamente la meglio informata, si credé autorizzata a venirle in aiuto. – Illustrissima signora, – disse, – io posso far testimonianza che questa mia figlia aveva in odio quel cavaliere, come il diavolo l'acqua santa: voglio dire, il diavolo era lui; ma mi perdonerà se parlo male, perché noi siam gente alla buona. Il fatto sta che questa povera ragazza era promessa a un giovine nostro pari, timorato di Dio, e ben avviato; e se il signor curato fosse stato un po' piú un uomo di quelli che m'intendo io.... so che parlo d'un religioso, ma il padre Cristoforo, amico qui del padre guardiano, è religioso al par di lui, e quello è un uomo pieno di carità, e, se fosse qui, potrebbe attestare...

– Siete ben pronta a parlare senz'essere interrogata, – interruppe la signora, con un atto altero e iracondo, che la fece quasi parer brutta. – State zitta voi: già lo so che i parenti hanno sempre una risposta da dare in nome de' loro figliuoli!

Agnese mortificata diede a Lucia una occhiata che voleva dire: vedi quel che mi tocca, per esser tu tanto impicciata. Anche il guardiano accennava alla giovine, dandole d'occhio e tentennando il capo, che quello era il momento di sgranchirsi, e di non lasciare in secco la povera mamma.

– Reverenda signora, – disse Lucia, – quanto le ha detto mia madre è la pura verità. Il giovine che mi discorreva, – e qui diventò rossa rossa, – lo prendevo io di mia volontà. Mi scusi se parlo da sfacciata, ma è per non lasciar pensar male di mia madre. E in quanto a quel signore (Dio gli perdoni!) vorrei piuttosto morire, che cader nelle sue mani. E se lei fa questa carità di metterci al sicuro, giacché siam ridotte a far questa faccia di chieder ricovero, e ad incomodare le persone dabbene; ma sia fatta la volontà di Dio; sia certa, signora, che nessuno potrà pregare per lei piú di cuore che noi povere donne.

– A voi credo, – disse la signora con voce raddolcita. – Ma avrò piacere di sentirvi da solo a solo. Non che abbia bisogno d'altri schiarimenti, né d'altri motivi, per servire alle premure del padre guardiano, – aggiunse subito, rivolgendosi a lui, con una compitezza studiata. – Anzi, – continuò, – ci ho già pensato; ed ecco ciò che mi pare di poter far di meglio, per ora. La fattoressa del monastero ha maritata, pochi giorni sono, l'ultima sua figliuola. Queste donne potranno occupar la camera lasciata in libertà da quella, e supplire a que' pochi servizi che faceva lei. Veramente.... – e qui accennò al guardiano che s'avvicinasse alla grata, e continuò sottovoce: – veramente, attesa la scarsezza dell'annate, non si pensava di sostituir nessuno a quella giovine; ma parlerò io alla madre badessa, e una mia parola... e per una premura del padre guardiano..... In somma do la cosa per fatta.

Il guardiano cominciava a ringraziare, ma la signora l'interruppe: – non occorron cerimonie: anch'io, in un caso, in un bisogno, saprei far capitale dell'assistenza de' padri cappuccini. Alla fine, – continuò, con un sorriso, nel quale traspariva un non so che d'ironico e d'amaro, – alla fine, non siam noi fratelli e sorelle?

Cosí detto, chiamò una conversa (due di queste erano, per una distinzione singolare, assegnate al suo servizio privato), e le ordinò che avvertisse di ciò la badessa, e prendesse poi i concerti opportuni, con la fattoressa e con Agnese. Licenziò questa, accommiatò il guardiano, e ritenne Lucia. Il guardiano accompagnò Agnese alla porta, dandole nuove istruzioni, e se n'andò a scriver la lettera di ragguaglio all'amico Cristoforo. «Gran cervellino che è questa signora! – pensava tra sé, per la strada: – curiosa davvero! Ma chi la sa prendere per il suo verso, le fa far ciò che vuole. Il mio Cristoforo non s'aspetterà certamente ch'io l'abbia servito cosí presto e bene. Quel brav'uomo! non c'è rimedio: bisogna che si prenda sempre qualche impegno; ma lo fa per bene. Buon per lui questa volta, che ha trovato un amico, il quale, senza tanto strepito, senza tanto apparato, senza tante faccende, ha condotto l'affare a buon porto, in un batter d'occhio. Sarà contento quel buon Cristoforo, e s'accorgerà che, anche noi qui, siam buoni a qualche cosa».

La signora, che, alla presenza d'un provetto cappuccino, aveva studiati gli atti e le parole, rimasta poi sola con una giovine contadina inesperta, non pensava piú tanto a contenersi; e i suoi discorsi divennero a poco a poco cosí strani, che, in vece di riferirli, noi crediam piú opportuno di raccontar brevemente la storia antecedente di questa infelice; quel tanto cioè che basti a render ragione dell'insolito e del misterioso che abbiam veduto in lei, e a far comprendere i motivi della sua condotta, in quello che avvenne dopo.

Era essa l'ultima figlia del principe ***, gran gentiluomo milanese, che poteva contarsi tra i piú doviziosi della città. Ma l'alta opinione che aveva del suo titolo gli faceva parer le sue sostanze appena sufficienti, anzi scarse, a sostenerne il decoro; e tutto il suo pensiero era di conservarle, almeno quali erano, unite in perpetuo, per quanto dipendeva da lui. Quanti figliuoli avesse, la storia non lo dice espressamente; fa solamente intendere che aveva destinati al chiostro tutti i cadetti dell'uno e dell'altro sesso, per lasciare intatta la sostanza al primogenito, destinato a conservar la famiglia, a procrear cioè de' figliuoli, per tormentarsi a tormentarli nella stessa maniera. La nostra infelice era ancor nascosta nel ventre della madre, che la sua condizione era già irrevocabilmente stabilita. Rimaneva soltanto da decidersi se sarebbe un monaco o una monaca; decisione per la quale faceva bisogno, non il suo consenso, ma la sua presenza. Quando venne alla luce, il principe suo padre, volendo darle un nome che risvegliasse immediatamente l'idea del chiostro, e che fosse stato portato da una santa d'alti natali, la chiamò Gertrude. Bambole vestite da monaca furono i primi balocchi che le si diedero in mano; poi santini che rappresentavan monache; e que' regali eran sempre accompagnati con gran raccomandazioni di tenerli ben di conto; come cosa preziosa, e con quell'interrogare affermativo: – bello eh? – Quando il principe, o la principessa o il principino, che solo de' maschi veniva allevato in casa, volevano lodar l'aspetto prosperoso della fanciullina, pareva che non trovasser modo d'esprimer bene la loro idea, se non con le parole: – che madre badessa! – Nessuno però le disse mai direttamente: tu devi farti monaca. Era un'idea sottintesa e toccata incidentemente, in ogni discorso che riguardasse i suoi destini futuri. Se qualche volta la Gertrudina trascorreva a qualche atto un po' arrogante e imperioso, al che la sua indole la portava molto facilmente, – tu sei una ragazzina, – le si diceva: – queste maniere non ti convengono: quando sarai madre badessa, allora comanderai a bacchetta, farai alto e basso –. Qualche altra volta il principe, riprendendola di cert'altre maniere troppo libere e famigliari alle quali essa trascorreva con uguale facilità, – ehi! ehi! – le diceva; – non è questo il fare d'una par tua: se vuoi che un giorno ti si porti il rispetto che ti sarà dovuto, impara fin d'ora a star sopra di te: ricordati che tu devi essere, in ogni cosa, la prima del monastero; perché il sangue si porta per tutto dove si va.

Tutte le parole di questo genere stampavano nel cervello della fanciullina l'idea che già lei doveva esser monaca; ma quelle che venivan dalla bocca del padre, facevan piú effetto di tutte l'altre insieme. Il contegno del principe era abitualmente quello d'un padrone austero; ma quando si trattava dello stato futuro de' suoi figli, dal suo volto e da ogni sua parola traspariva un'immobilità di risoluzione, una ombrosa gelosia di comando, che imprimeva il sentimento d'una necessità fatale.

A sei anni, Gertrude fu collocata, per educazione e ancor piú per istradamento alla vocazione impostale, nel monastero dove l'abbiamo veduta: e la scelta del luogo non fu senza disegno. Il buon conduttore delle due donne ha detto che il padre della signora era il primo in Monza: e, accozzando questa qualsisia testimonianza con alcune altre indicazioni che l'anonimo lascia scappare sbadatamente qua e là, noi potremmo anche asserire che fosse il feudatario di quel paese. Comunque sia, vi godeva d'una grandissima autorità; e pensò che lí, meglio che altrove, la sua figlia sarebbe trattata con quelle distinzioni e con quelle finezze che potesser piú allettarla a scegliere quel monastero per sua perpetua dimora. Né s'ingannava: la badessa e alcune altre monache faccendiere, che avevano, come si suol dire, il mestolo in mano, esultarono nel vedersi offerto il pegno d'una protezione tanto utile in ogni occorrenza, tanto gloriosa in ogni momento; accettaron la proposta, con espressioni di riconoscenza, non esagerate, per quanto fossero forti; e corrisposero pienamente all'intenzioni che il principe aveva lasciate trasparire sul collocamento stabile della figliuola: intenzioni che andavan cosí d'accordo con le loro. Gertrude, appena entrata nel monastero, fu chiamata per antonomasia la signorina; posto distinto a tavola, nel dormitorio; la sua condotta proposta all'altre per esemplare; chicche e carezze senza fine, e condite con quella famigliarità un po' rispettosa, che tanto adesca i fanciulli, quando la trovano in coloro che vedon trattare gli altri fanciulli con un contegno abituale di superiorità. Non che tutte le monache fossero congiurate a tirar la poverina nel laccio; ce n'eran molte delle semplici e lontane da ogni intrigo, alle quali il pensiero di sacrificare una figlia a mire interessate avrebbe fatto ribrezzo; ma queste, tutte attente alle loro occupazioni particolari, parte non s'accorgevan bene di tutti que' maneggi, parte non distinguevano quanto vi fosse di cattivo, parte s'astenevano dal farvi sopra esame, parte stavano zitte, per non fare scandoli inutili. Qualcheduna anche, rammentandosi d'essere stata, con simili arti, condotta a quello di cui s'era pentita poi, sentiva compassione della povera innocentina, e si sfogava col farle carezze tenere e malinconiche: ma questa era ben lontana dal sospettare che ci fosse sotto mistero; e la faccenda camminava. Sarebbe forse camminata cosí fino alla fine, se Gertrude fosse stata la sola ragazza in quel monastero. Ma, tra le sue compagne d'educazione, ce n'erano alcune che sapevano d'esser destinate al matrimonio. Gertrudina, nudrita nelle idee della sua superiorità, parlava magnificamente de' suoi destini futuri di badessa, di principessa del monastero, voleva a ogni conto esser per le altre un soggetto d'invidia; e vedeva con maraviglia e con dispetto, che alcune di quelle non ne sentivano punto. All'immagini maestose, ma circoscritte e fredde, che può somministrare il primato in un monastero, contrapponevan esse le immagini varie e luccicanti, di nozze, di pranzi, di conversazioni, di festini, come dicevano allora, di villeggiature, di vestiti, di carrozze. Queste immagini cagionarono nel cervello di Gertrude quel movimento, quel brulichío che produrrebbe un gran paniere di fiori appena colti, messo davanti a un alveare. I parenti e l'educatrici avevan coltivata e accresciuta in lei la vanità naturale, per farle piacere il chiostro; ma quando questa passione fu stuzzicata da idee tanto piú omogenee ad essa, si gettò su quelle, con un ardore ben piú vivo e piú spontaneo. Per non restare al di sotto di quelle sue compagne, e per condiscendere nello stesso tempo al suo nuovo genio, rispondeva che, alla fin de' conti, nessuno le poteva mettere il velo in capo senza il suo consenso, che anche lei poteva maritarsi, abitare un palazzo, godersi il mondo, e meglio di tutte loro; che lo poteva, pur che l'avesse voluto, che lo vorrebbe, che lo voleva; e lo voleva in fatti. L'idea della necessità del suo consenso, idea che, fino a quel tempo, era stata come inosservata e rannicchiata in un angolo della sua mente, si sviluppò allora, e si manifestò, con tutta la sua importanza. Essa la chiamava ogni momento in aiuto, per godersi piú tranquillamente l'immagini d'un avvenire gradito. Dietro questa idea però, ne compariva sempre infallibilmente un'altra: che quel consenso si trattava di negarlo al principe padre, il quale lo teneva già, o mostrava di tenerlo per dato; e, a questa idea, l'animo della figlia era ben lontano dalla sicurezza che ostentavano le sue parole. Si paragonava allora con le compagne, ch'erano ben altrimenti sicure, e provava per esse dolorosamente l'invidia che, da principio, aveva creduto di far loro provare. Invidiandole, le odiava: talvolta l'odio s'esalava in dispetti, in isgarbatezze, in motti pungenti; talvolta l'uniformità dell'inclinazioni e delle speranze lo sopiva, e faceva nascere un'intrinsichezza apparente e passeggiera. Talvolta, volendo pure godersi intanto qualche cosa di reale e di presente, si compiaceva delle preferenze che le venivano accordate, e faceva sentire all'altre quella sua superiorità; talvolta, non potendo piú tollerar la solitudine de' suoi timori e de' suoi desidèri, andava, tutta buona, in cerca di quelle, quasi ad implorar benevolenza, consigli, coraggio. Tra queste deplorabili guerricciole con sé e con gli altri, aveva varcata la puerizia, e s'inoltrava in quell'età cosí critica, nella quale par che entri nell'animo quasi una potenza misteriosa, che solleva, adorna, rinvigorisce tutte l'inclinazioni, tutte l'idee, e qualche volta le trasforma, o le rivolge a un corso impreveduto. Ciò che Gertrude aveva fino allora piú distintamente vagheggiato in que' sogni dell'avvenire, era lo splendore esterno e la pompa: un non so che di molle e d'affettuoso, che da prima v'era diffuso leggermente e come in nebbia, cominciò allora a spiegarsi e a primeggiare nelle sue fantasie. S'era fatto, nella parte piú riposta della mente, come uno splendido ritiro: ivi si rifugiava dagli oggetti presenti, ivi accoglieva certi personaggi stranamente composti di confuse memorie della puerizia, di quel poco che poteva vedere del mondo esteriore, di ciò che aveva imparato dai discorsi delle compagne; si tratteneva con essi, parlava loro, e si rispondeva in loro nome; ivi dava ordini, e riceveva omaggi d'ogni genere. Di quando in quando, i pensieri della religione venivano a disturbare quelle feste brillanti e faticose. Ma la religione, come l'avevano insegnata alla nostra poveretta, e come essa l'aveva ricevuta, non bandiva l'orgoglio, anzi lo santificava e lo proponeva come un mezzo per ottenere una felicità terrena. Privata cosí della sua essenza, non era piú la religione, ma una larva come l'altre. Negl'intervalli in cui questa larva prendeva il primo posto, e grandeggiava nella fantasia di Gertrude, l'infelice, sopraffatta da terrori confusi, e compresa da una confusa idea di doveri, s'immaginava che la sua ripugnanza al chiostro, e la resistenza all'insinuazioni de' suoi maggiori, nella scelta dello stato, fossero una colpa; e prometteva in cuor suo d'espiarla, chiudendosi volontariamente nel chiostro.

Era legge che una giovine non potesse venire accettata monaca, prima d'essere stata esaminata da un ecclesiastico, chiamato il vicario delle monache, o da qualche altro deputato a ciò, affinché fosse certo che ci andava di sua libera scelta: e questo esame non poteva aver luogo, se non un anno dopo ch'ella avesse esposto a quel vicario il suo desiderio, con una supplica in iscritto. Quelle monache che avevan preso il tristo incarico di far che Gertrude s'obbligasse per sempre, con la minor possibile cognizione di ciò che faceva, colsero un de' momenti che abbiam detto, per farle trascrivere e sottoscrivere una tal supplica. E a fine d'indurla piú facilmente a ciò, non mancaron di dirle e di ripeterle, che finalmente era una mera formalità, la quale (e questo era vero) non poteva avere efficacia, se non da altri atti posteriori, che dipenderebbero dalla sua volontà. Con tutto ciò, la supplica non era forse ancor giunta al suo destino, che Gertrude s'era già pentita d'averla sottoscritta. Si pentiva poi d'essersi pentita, passando cosí i giorni e i mesi in un'incessante vicenda di sentimenti contrari. Tenne lungo tempo nascosto alle compagne quel passo, ora per timore d'esporre alle contraddizioni una buona risoluzione, ora per vergogna di palesare uno sproposito. Vinse finalmente il desiderio di sfogar l'animo, e d'accattar consiglio e coraggio. C'era un'altra legge, che una giovine non fosse ammessa a quell'esame della vocazione, se non dopo aver dimorato almeno un mese fuori del monastero dove era stata in educazione. Era già scorso l'anno da che la supplica era stata mandata; e Gertrude fu avvertita che tra poco verrebbe levata dal monastero, e condotta nella casa paterna, per rimanervi quel mese, e far tutti i passi necessari al compimento dell'opera che aveva di fatto cominciata. Il principe e il resto della famiglia tenevano tutto ciò per certo, come se fosse già avvenuto; ma la giovine aveva tutt'altro in testa: in vece di far gli altri passi pensava alla maniera di tirare indietro il primo. In tali angustie, si risolvette d'aprirsi con una delle sue compagne, la piú franca, e pronta sempre a dar consigli risoluti. Questa suggerí a Gertrude d'informar con una lettera il padre della sua nuova risoluzione; giacché non le bastava l'animo di spiattellargli sul viso un bravo: non voglio. E perché i pareri gratuiti, in questo mondo, son molto rari, la consigliera fece pagar questo a Gertrude, con tante beffe sulla sua dappocaggine. La lettera fu concertata tra quattro o cinque confidenti, scritta di nascosto, e fatta ricapitare per via d'artifizi molto studiati. Gertrude stava con grand'ansietà, aspettando una risposta che non venne mai. Se non che, alcuni giorni dopo, la badessa, la fece venir nella sua cella, e, con un contegno di mistero, di disgusto e di compassione, le diede un cenno oscuro d'una gran collera del principe, e d'un fallo ch'ella doveva aver commesso, lasciandole però intendere che, portandosi bene, poteva sperare che tutto sarebbe dimenticato. La giovinetta intese, e non osò domandar piú in là.

Venne finalmente il giorno tanto temuto e bramato. Quantunque Gertrude sapesse che andava a un combattimento, pure l'uscir di monastero, il lasciar quelle mura nelle quali era stata ott'anni rinchiusa, lo scorrere in carrozza per l'aperta campagna, il riveder la città, la casa, furon sensazioni piene d'una gioia tumultuosa. In quanto al combattimento, la poveretta, con la direzione di quelle confidenti, aveva già prese le sue misure, e fatto, com'ora si direbbe, il suo piano. «O mi vorranno forzare, – pensava, – e io starò dura; sarò umile, rispettosa, ma non acconsentirò: non si tratta che di non dire un altro sí; e non lo dirò. Ovvero mi prenderanno con le buone; e io sarò piú buona di loro; piangerò, pregherò, li moverò a compassione: finalmente non pretendo altro che di non esser sacrificata». Ma, come accade spesso di simili previdenze, non avvenne né una cosa né l'altra. I giorni passavano, senza che il padre né altri le parlasse della supplica, né della ritrattazione, senza che le venisse fatta proposta nessuna, né con carezze, né con minacce. I parenti eran seri, tristi, burberi con lei, senza mai dirne il perché. Si vedeva solamente che la riguardavano come una rea, come un'indegna: un anatema misterioso pareva che pesasse sopra di lei, e la segregasse dalla famiglia, lasciandovela soltanto unita quanto bisognava per farle sentire la sua suggezione. Di rado, e solo a certe ore stabilite, era ammessa alla compagnia de' parenti e del primogenito. Tra loro tre pareva che regnasse una gran confidenza, la quale rendeva piú sensibile e piú doloroso l'abbandono in cui era lasciata Gertrude. Nessuno le rivolgeva il discorso; e quando essa arrischiava timidamente qualche parola, che non fosse per cosa necessaria, o non attaccava, o veniva corrisposta con uno sguardo distratto, o sprezzante, o severo. Che se, non potendo piú soffrire una cosí amara e umiliante distinzione, insisteva, e tentava di famigliarizzarsi; se implorava un po' d'amore, si sentiva subito toccare, in maniera indiretta ma chiara, quel tasto della scelta dello stato; le si faceva copertamente sentire che c'era un mezzo di riacquistar l'affetto della famiglia. Allora Gertrude, che non l'avrebbe voluto a quella condizione, era costretta di tirarsi indietro, di rifiutar quasi i primi segni di benevolenza che aveva tanto desiderati, di rimettersi da sé al suo posto di scomunicata; e per di piú, vi rimaneva con una certa apparenza del torto.

Tali sensazioni d'oggetti presenti facevano un contrasto doloroso con quelle ridenti visioni delle quali Gertrude s'era già tanto occupata, e s'occupava tuttavia, nel segreto della sua mente. Aveva sperato che, nella splendida e frequentata casa paterna, avrebbe potuto godere almeno qualche saggio reale delle cose immaginate; ma si trovò del tutto ingannata. La clausura era stretta e intera, come nel monastero; d'andare a spasso non si parlava neppure; e un coretto che, dalla casa, guardava in una chiesa contigua, toglieva anche l'unica necessità che ci sarebbe stata d'uscire. La compagnia era piú trista, piú scarsa, meno variata che nel monastero. A ogni annunzio d'una visita, Gertrude doveva salire all'ultimo piano, per chiudersi con alcune vecchie donne di servizio: e lí anche desinava, quando c'era invito. I servitori s'uniformavano, nelle maniere e ne' discorsi, all'esempio e all'intenzioni de' padroni: e Gertrude, che, per sua inclinazione, avrebbe voluto trattarli con una famigliarità signorile, e che, nello stato in cui si trovava, avrebbe avuto di grazia che le facessero qualche dimostrazione d'affetto, come a una loro pari, e scendeva anche a mendicarne, rimaneva poi umiliata, e sempre piú afflitta di vedersi corrisposta con una noncuranza manifesta, benché accompagnata da un leggiero ossequio di formalità. Dovette però accorgersi che un paggio, ben diverso da coloro, le portava un rispetto, e sentiva per lei una compassione d'un genere particolare. Il contegno di quel ragazzotto era ciò che Gertrude aveva fino allora visto di piú somigliante a quell'ordine di cose tanto contemplato nella sua immaginativa, al contegno di quelle sue creature ideali. A poco a poco si scoprí un non so che di nuovo nelle maniere della giovinetta: una tranquillità e un'inquietudine diversa dalla solita, un fare di chi ha trovato qualche cosa che gli preme, che vorrebbe guardare ogni momento, e non lasciar vedere agli altri. Le furon tenuti gli occhi addosso piú che mai: che è che non è, una mattina, fu sorpresa da una di quelle cameriere, mentre stava piegando alla sfuggita una carta, sulla quale avrebbe fatto meglio a non iscriver nulla. Dopo un breve tira tira, la carta rimase nelle mani della cameriera, e da queste passò in quelle del principe.

Il terrore di Gertrude, al rumor de' passi di lui, non si può descrivere né immaginare: era quel padre, era irritato, e lei si sentiva colpevole. Ma quando lo vide comparire, con quel cipiglio, con quella carta in mano, avrebbe voluto esser cento braccia sotto terra, non che in un chiostro. Le parole non furon molte, ma terribili: il gastigo intimato subito non fu che d'esser rinchiusa in quella camera, sotto la guardia della donna che aveva fatta la scoperta; ma questo non era che un principio, che un ripiego del momento; si prometteva, si lasciava vedere per aria, un altro gastigo oscuro, indeterminato, e quindi piú spaventoso.

Il paggio fu subito sfrattato, com'era naturale; e fu minacciato anche a lui qualcosa di terribile, se, in qualunque tempo, avesse osato fiatar nulla dell'avvenuto. Nel fargli questa intimazione, il principe gli appoggiò due solenni schiaffi, per associare a quell'avventura un ricordo, che togliesse al ragazzaccio ogni tentazion di vantarsene. Un pretesto qualunque, per coonestare la licenza data a un paggio, non era difficile a trovarsi; in quanto alla figlia, si disse ch'era incomodata.

Rimase essa dunque col batticuore, con la vergogna, col rimorso, col terrore dell'avvenire, e con la sola compagnia di quella donna odiata da lei, come il testimonio della sua colpa, e la cagione della sua disgrazia. Costei odiava poi a vicenda Gertrude, per la quale si trovava ridotta, senza saper per quanto tempo, alla vita noiosa di carceriera, e divenuta per sempre custode d'un segreto pericoloso.

Il primo confuso tumulto di que' sentimenti s'acquietò a poco a poco; ma tornando essi poi a uno per volta nell'animo, vi s'ingrandivano, e si fermavano a tormentarlo piú distintamente e a bell'agio. Che poteva mai esser quella punizione minacciata in enimma? Molte e varie e strane se ne affacciavano alla fantasia ardente e inesperta di Gertrude. Quella che pareva piú probabile, era di venir ricondotta al monastero di Monza, di ricomparirvi, non piú come la signorina, ma in forma di colpevole, e di starvi rinchiusa, chi sa fino a quando! chi sa con quali trattamenti! Ciò che una tale immaginazione, tutta piena di dolori, aveva forse di piú doloroso per lei, era l'apprensione della vergogna. Le frasi, le parole, le virgole di quel foglio sciagurato, passavano e ripassavano nella sua memoria: le immaginava osservate, pesate da un lettore tanto impreveduto, tanto diverso da quello a cui eran destinate; si figurava che avesser potuto cader sotto gli occhi anche della madre o del fratello, o di chi sa altri: e, al paragon di ciò, tutto il rimanente le pareva quasi un nulla. L'immagine di colui ch'era stato la prima origine di tutto lo scandolo, non lasciava di venire spesso anch'essa ad infestar la povera rinchiusa: e pensate che strana comparsa doveva far quel fantasma, tra quegli altri cosí diversi da lui, seri, freddi, minacciosi. Ma, appunto perché non poteva separarlo da essi, né tornare un momento a quelle fuggitive compiacenze, senza che subito non le s'affacciassero i dolori presenti che n'erano la conseguenza, cominciò a poco a poco a tornarci piú di rado, a rispingerne la rimembranza, a divezzarsene. Né piú a lungo, o piú volentieri, si fermava in quelle liete e brillanti fantasie d'una volta: eran troppo opposte alle circostanze reali, a ogni probabilità dell'avvenire. Il solo castello nel quale Gertrude potesse immaginare un rifugio tranquillo e onorevole, e che non fosse in aria, era il monastero, quando si risolvesse d'entrarci per sempre. Una tal risoluzione (non poteva dubitarne) avrebbe accomodato ogni cosa, saldato ogni debito, e cambiata in un attimo la sua situazione. Contro questo proposito insorgevano, è vero, i pensieri di tutta la sua vita: ma i tempi eran mutati; e, nell'abisso in cui Gertrude era caduta, e al paragone di ciò che poteva temere in certi momenti, la condizione di monaca festeggiata, ossequiata, ubbidita, le pareva uno zuccherino. Due sentimenti di ben diverso genere contribuivan pure a intervalli a scemare quella sua antica avversione: talvolta il rimorso del fallo, e una tenerezza fantastica di divozione; talvolta l'orgoglio amareggiato e irritato dalle maniere della carceriera, la quale (spesso, a dire il vero, provocata da lei) si vendicava, ora facendole paura di quel minacciato gastigo, ora svergognandola del fallo. Quando poi voleva mostrarsi benigna, prendeva un tono di protezione, piú odioso ancora dell'insulto. In tali diverse occasioni, il desiderio che Gertrude sentiva d'uscir dall'unghie di colei, e di comparirle in uno stato al di sopra della sua collera e della sua pietà, questo desiderio abituale diveniva tanto vivo e pungente, da far parere amabile ogni cosa che potesse condurre ad appagarlo.

In capo a quattro o cinque lunghi giorni di prigionia, una mattina, Gertrude stuccata ed invelenita all'eccesso, per un di que' dispetti della sua guardiana, andò a cacciarsi in un angolo della camera, e lí, con la faccia nascosta tra le mani, stette qualche tempo a divorar la sua rabbia. Sentí allora un bisogno prepotente di vedere altri visi, di sentire altre parole, d'esser trattata diversamente. Pensò al padre, alla famiglia: il pensiero se ne arretrava spaventato. Ma le venne in mente che dipendeva da lei di trovare in loro degli amici; e provò una gioia improvvisa. Dietro questa, una confusione e un pentimento straordinario del suo fallo, e un ugual desiderio d'espiarlo. Non già che la sua volontà si fermasse in quel proponimento, ma giammai non c'era entrata con tanto ardore. S'alzò di lí, andò a un tavolino, riprese quella penna fatale, e scrisse al padre una lettera piena d'entusiasmo e d'abbattimento, d'afflizione e di speranza, implorando il perdono, e mostrandosi indeterminatamente pronta a tutto ciò che potesse piacere a chi doveva accordarlo.

Capitolo decimo

Vi son de' momenti in cui l'animo, particolarmente de' giovani, è disposto in maniera che ogni poco d'istanza basta a ottenerne ogni cosa che abbia un'apparenza di bene e di sacrifizio: come un fiore appena sbocciato, s'abbandona mollemente sul suo fragile stelo, pronto a concedere le sue fragranze alla prim'aria che gli aliti punto d'intorno. Questi momenti, che si dovrebbero dagli altri ammirare con timido rispetto, son quelli appunto che l'astuzia interessata spia attentamente, e coglie di volo, per legare una volontà che non si guarda.

Al legger quella lettera, il principe *** vide subito lo spiraglio aperto alle sue antiche e costanti mire. Mandò a dire a Gertrude che venisse da lui; e aspettandola, si dispose a batter il ferro, mentr'era caldo. Gertrude comparve, e, senza alzar gli occhi in viso al padre, gli si buttò in ginocchioni davanti, ed ebbe appena fiato di dire: – perdono! – Egli le fece cenno che s'alzasse; ma, con una voce poco atta a rincorare, le rispose che il perdono non bastava desiderarlo né chiederlo; ch'era cosa troppo agevole e troppo naturale a chiunque sia trovato in colpa, e tema la punizione; che in somma bisognava meritarlo. Gertrude domandò, sommessamente e tremando, che cosa dovesse fare. Il principe (non ci regge il cuore di dargli in questo momento il titolo di padre) non rispose direttamente, ma cominciò a parlare a lungo del fallo di Gertrude: e quelle parole frizzavano sull'animo della poveretta, come lo scorrere d'una mano ruvida sur una ferita. Continuò dicendo che, quand'anche..... caso mai..... che avesse avuto prima qualche intenzione di collocarla nel secolo, lei stessa ci aveva messo ora un ostacolo insuperabile; giacché a un cavalier d'onore, com'era lui, non sarebbe mai bastato l'animo di regalare a un galantuomo una signorina che aveva dato un tal saggio di sé. La misera ascoltatrice era annichilata: allora il principe, raddolcendo a grado a grado la voce e le parole, proseguí dicendo che però a ogni fallo c'era rimedio e misericordia; che il suo era di quelli per i quali il rimedio è piú chiaramente indicato: ch'essa doveva vedere, in questo tristo accidente, come un avviso che la vita del secolo era troppo piena di pericoli per lei.....

– Ah sí! – esclamò Gertrude, scossa dal timore, preparata dalla vergogna, e mossa in quel punto da una tenerezza istantanea.

– Ah! lo capite anche voi, – riprese incontanente il principe. – Ebbene, non si parli piú del passato: tutto è cancellato. Avete preso il solo partito onorevole, conveniente, che vi rimanesse; ma perché l'avete preso di buona voglia, e con buona maniera, tocca a me a farvelo riuscir gradito in tutto e per tutto: tocca a me a farne tornare tutto il vantaggio e tutto il merito sopra di voi. Ne prendo io la cura –. Cosí dicendo, scosse un campanello che stava sul tavolino, e al servitore che entrò, disse: – la principessa e il principino subito –. E seguitò poi con Gertrude: – voglio metterli subito a parte della mia consolazione; voglio che tutti comincin subito a trattarvi come si conviene. Avete sperimentato in parte il padre severo; ma da qui innanzi proverete tutto il padre amoroso.

A queste parole, Gertrude rimaneva come sbalordita. Ora ripensava come mai quel sí che le era scappato, avesse potuto significar tanto, ora cercava se ci fosse maniera di riprenderlo, di ristringerne il senso; ma la persuasione del principe pareva cosí intera, la sua gioia cosí gelosa, la benignità cosí condizionata, che Gertrude non osò proferire una parola che potesse turbarle menomamente.

Dopo pochi momenti, vennero i due chiamati, e vedendo lí Gertrude, la guardarono in viso, incerti e maravigliati. Ma il principe, con un contegno lieto e amorevole, che ne prescriveva loro un somigliante, – ecco, – disse, – la pecora smarrita: e sia questa l'ultima parola che richiami triste memorie. Ecco la consolazione della famiglia. Gertrude non ha piú bisogno di consigli; ciò che noi desideravamo per suo bene, l'ha voluto lei spontaneamente. È risoluta, m'ha fatto intendere che è risoluta..... – A questo passo, alzò essa verso il padre uno sguardo tra atterrito e supplichevole, come per chiedergli che sospendesse, ma egli proseguí francamente: – che è risoluta di prendere il velo.

– Brava! bene! – esclamarono, a una voce, la madre e il figlio, e l'uno dopo l'altra abbracciaron Gertrude; la quale ricevette queste accoglienze con lacrime, che furono interpretate per lacrime di consolazione. Allora il principe si diffuse a spiegar ciò che farebbe per render lieta e splendida la sorte della figlia. Parlò delle distinzioni di cui goderebbe nel monastero e nel paese; che, là sarebbe come una principessa, come la rappresentante della famiglia; che, appena l'età l'avrebbe permesso, sarebbe innalzata alla prima dignità; e, intanto, non sarebbe soggetta che di nome. La principessa e il principino rinnovavano, ogni momento, le congratulazioni e gli applausi: Gertrude era come dominata da un sogno.

– Converrà poi fissare il giorno, per andare a Monza, a far la richiesta alla badessa, – disse il principe. – Come sarà contenta! Vi so dire che tutto il monastero saprà valutar l'onore che Gertrude gli fa. Anzi.... perché non ci andiamo oggi? Gertrude prenderà volentieri un po' d'aria.

– Andiamo pure, – disse la principessa.

– Vo a dar gli ordini, – disse il principino.

– Ma.... – proferí sommessamente Gertrude.

– Piano, piano, – riprese il principe: – lasciam decidere a lei: forse oggi non si sente abbastanza disposta, e le piacerebbe piú aspettar fino a domani. Dite: volete che andiamo oggi o domani?

– Domani, – rispose, con voce fiacca, Gertrude, alla quale pareva ancora di far qualche cosa, prendendo un po' di tempo.

– Domani, – disse solennemente il principe: – ha stabilito che si vada domani. Intanto io vo dal vicario delle monache, a fissare un giorno per l'esame –. Detto fatto, il principe uscí, e andò veramente (che non fu piccola degnazione) dal detto vicario; e concertarono che verrebbe di lí a due giorni.

In tutto il resto di quella giornata, Gertrude non ebbe un minuto di bene. Avrebbe desiderato riposar l'animo da tante commozioni, lasciar, per dir cosí, chiarire i suoi pensieri, render conto a se stessa di ciò che aveva fatto, di ciò che le rimaneva da fare, sapere ciò che volesse, rallentare un momento quella macchina che, appena avviata, andava cosí precipitosamente; ma non ci fu verso. L'occupazioni si succedevano senza interruzione, s'incastravano l'una con l'altra. Subito dopo partito il principe, fu condotta nel gabinetto della principessa, per essere, sotto la sua direzione, pettinata e rivestita dalla sua propria cameriera. Non era ancor terminato di dar l'ultima mano, che furon avvertite ch'era in tavola. Gertrude passò in mezzo agl'inchini della servitú, che accennava di congratularsi per la guarigione, e trovò alcuni parenti piú prossimi, ch'erano stati invitati in fretta, per farle onore, e per rallegrarsi con lei de' due felici avvenimenti, la ricuperata salute, e la spiegata vocazione.

La sposina (cosí si chiamavan le giovani monacande, e Gertrude, al suo apparire, fu da tutti salutata con quel nome), la sposina ebbe da dire e da fare a rispondere a' complimenti che le fioccavan da tutte le parti. Sentiva bene che ognuna delle sue risposte era come un'accettazione e una conferma; ma come rispondere diversamente? Poco dopo alzati da tavola, venne l'ora della trottata. Gertrude entrò in carrozza con la madre, e con due zii ch'erano stati al pranzo. Dopo un solito giro, si riuscí alla strada Marina, che allora attraversava lo spazio occupato ora dal giardin pubblico, ed era il luogo dove i signori venivano in carrozza a ricrearsi delle fatiche della giornata. Gli zii parlarono anche a Gertrude, come portava la convenienza in quel giorno: e uno di loro, il qual pareva che, piú dell'altro, conoscesse ogni persona, ogni carrozza, ogni livrea, e aveva ogni momento qualcosa da dire del signor tale e della signora tal altra, si voltò a lei tutt'a un tratto, e le disse: – ah furbetta! voi date un calcio a tutte queste corbellerie; siete una dirittona voi; piantate negl'impicci noi poveri mondani, vi ritirate a fare una vita beata, e andate in paradiso in carrozza.

Sul tardi, si tornò a casa; e i servitori, scendendo in fretta con le torce, avvertirono che molte visite stavano aspettando. La voce era corsa; e i parenti e gli amici venivano a fare il loro dovere. S'entrò nella sala della conversazione. La sposina ne fu l'idolo, il trastullo, la vittima. Ognuno la voleva per sé: chi si faceva prometter dolci, chi prometteva visite, chi parlava della madre tale sua parente, chi della madre tal altra sua conoscente, chi lodava il cielo di Monza, chi discorreva, con gran sapore, della gran figura ch'essa avrebbe fatta là. Altri, che non avevan potuto ancora avvicinarsi a Gertrude cosí assediata, stavano spiando l'occasione di farsi innanzi, e sentivano un certo rimorso, fin che non avessero fatto il loro dovere. A poco a poco, la compagnia s'andò dileguando; tutti se n'andarono senza rimorso, e Gertrude rimase sola co' genitori e il fratello.

– Finalmente, – disse il principe, – ho avuto la consolazione di veder mia figlia trattata da par sua. Bisogna però confessare che anche lei s'è portata benone, e ha fatto vedere che non sarà impicciata a far la prima figura, e a sostenere il decoro della famiglia.

Si cenò in fretta, per ritirarsi subito, ed esser pronti presto la mattina seguente.

Gertrude contristata, indispettita e, nello stesso tempo, un po' gonfiata da tutti que' complimenti, si rammentò in quel punto ciò che aveva patito dalla sua carceriera; e, vedendo il padre cosí disposto a compiacerla in tutto, fuor che in una cosa, volle approfittare dell'auge in cui si trovava, per acquietare almeno una delle passioni che la tormentavano. Mostrò quindi una gran ripugnanza a trovarsi con colei, lagnandosi fortemente delle sue maniere.

– Come! – disse il principe: – v'ha mancato di rispetto colei! Domani, domani, le laverò il capo come va. Lasciate fare a me, che le farò conoscere chi è lei, e chi siete voi. E a ogni modo, una figlia della quale io son contento, non deve vedersi intorno una persona che le dispiaccia –. Cosí detto, fece chiamare un'altra donna, e le ordinò di servir Gertrude; la quale intanto, masticando e assaporando la soddisfazione che aveva ricevuta, si stupiva di trovarci cosí poco sugo, in paragone del desiderio che n'aveva avuto. Ciò che, anche suo malgrado, s'impossessava di tutto il suo animo, era il sentimento de' gran progressi che aveva fatti, in quella giornata, sulla strada del chiostro, il pensiero che a ritirarsene ora ci vorrebbe molta piú forza e risolutezza di quella che sarebbe bastata pochi giorni prima, e che pure non s'era sentita d'avere.

La donna che andò ad accompagnarla in camera, era una vecchia di casa, stata già governante del principino, che aveva ricevuto appena uscito dalle fasce, e tirato su fino all'adolescenza, e nel quale aveva riposte tutte le sue compiacenze, le sue speranze, la sua gloria. Era essa contenta della decisione fatta in quel giorno, come d'una sua propria fortuna; e Gertrude, per ultimo divertimento, dovette succiarsi le congratulazioni, le lodi, i consigli della vecchia, e sentir parlare di certe sue zie e prozie, le quali s'eran trovate ben contente d'esser monache, perché, essendo di quella casa, avevan sempre goduto i primi onori, avevan sempre saputo tenere uno zampino di fuori, e, dal loro parlatorio, avevano ottenuto cose che le piú gran dame, nelle loro sale, non c'eran potute arrivare. Le parlò delle visite che avrebbe ricevute: un giorno poi, verrebbe il signor principino con la sua sposa, la quale doveva esser certamente una gran signorona; e allora, non solo il monastero, ma tutto il paese sarebbe in moto.

La vecchia aveva parlato mentre spogliava Gertrude, quando Gertrude era a letto; parlava ancora, che Gertrude dormiva. La giovinezza e la fatica erano state piú forti de' pensieri. Il sonno fu affannoso, torbido, pieno di sogni penosi, ma non fu rotto che dalla voce strillante della vecchia, che venne a svegliarla, perché si preparasse per la gita di Monza.

– Andiamo, andiamo, signora sposina: è giorno fatto; e prima che sia vestita e pettinata, ci vorrà un'ora almeno. La signora principessa si sta vestendo; e l'hanno svegliata quattr'ore prima del solito. Il signor principino è già sceso alle scuderie, poi è tornato su, ed è all'ordine per partire quando si sia. Vispo come una lepre, quel diavoletto: ma! è stato cosí fin da bambino; e io posso dirlo, che l'ho portato in collo. Ma quand'è pronto, non bisogna farlo aspettare, perché, sebbene sia della miglior pasta del mondo, allora s'impazientisce e strepita. Poveretto! bisogna compatirlo: è il suo naturale; e poi questa volta avrebbe anche un po' di ragione, perché s'incomoda per lei. Guai chi lo tocca in que' momenti! non ha riguardo per nessuno, fuorché per il signor principe. Ma finalmente non ha sopra di sé che il signor principe, e un giorno, il signor principe sarà lui; piú tardi che sia possibile, però. Lesta, lesta, signorina! Perché mi guarda cosí incantata? A quest'ora dovrebbe esser fuor della cuccia.

All'immagine del principino impaziente, tutti gli altri pensieri che s'erano affollati alla mente risvegliata di Gertrude, si levaron subito, come uno stormo di passere all'apparir del nibbio. Ubbidí, si vestí in fretta, si lasciò pettinare, e comparve nella sala, dove i genitori e il fratello eran radunati. Fu fatta sedere sur una sedia a braccioli, e le fu portata una chicchera di cioccolata: il che, a que' tempi, era quel che già presso i Romani il dare la veste virile.

Quando vennero a avvertir ch'era attaccato, il principe tirò la figlia in disparte, e le disse: – orsú, Gertrude, ieri vi siete fatta onore: oggi dovete superar voi medesima. Si tratta di fare una comparsa solenne nel monastero e nel paese dove siete destinata a far la prima figura. V'aspettano..... – È inutile dire che il principe aveva spedito un avviso alla badessa, il giorno avanti. – V'aspettano, e tutti gli occhi saranno sopra di voi. Dignità e disinvoltura. La badessa vi domanderà cosa volete: è una formalità. Potete rispondere che chiedete d'essere ammessa a vestir l'abito in quel monastero, dove siete stata educata cosí amorevolmente, dove avete ricevute tante finezze: che è la pura verità. Dite quelle poche parole, con un fare sciolto: che non s'avesse a dire che v'hanno imboccata, e che non sapete parlare da voi. Quelle buone madri non sanno nulla dell'accaduto: è un segreto che deve restar sepolto nella famiglia; e perciò non fate una faccia contrita e dubbiosa, che potesse dar qualche sospetto. Fate vedere di che sangue uscite: manierosa, modesta; ma ricordatevi che, in quel luogo, fuor della famiglia, non ci sarà nessuno sopra di voi.

Senza aspettar risposta, il principe si mosse; Gertrude, la principessa e il principino lo seguirono; scesero tutti le scale, e montarono in carrozza. Gl'impicci e le noie del mondo, e la vita beata del chiostro, principalmente per le giovani di sangue nobilissimo, furono il tema della conversazione, durante il tragitto. Sul finir della strada, il principe rinnovò l'istruzioni alla figlia, e le ripeté piú volte la formola della risposta. All'entrare in Monza, Gertrude si sentí stringere il cuore; ma la sua attenzione fu attirata per un istante da non so quali signori che, fatta fermar la carrozza, recitarono non so qual complimento. Ripreso il cammino, s'andò quasi di passo al monastero, tra gli sguardi de' curiosi, che accorrevano da tutte le parti sulla strada. Al fermarsi della carrozza, davanti a quelle mura, davanti a quella porta, il cuore si strinse ancor piú a Gertrude. Si smontò tra due ale di popolo, che i servitori facevano stare indietro. Tutti quegli occhi addosso alla poveretta l'obbligavano a studiar continuamente il suo contegno: ma piú di tutti quelli insieme, la tenevano in suggezione i due del padre, a' quali essa, quantunque ne avesse cosí gran paura, non poteva lasciar di rivolgere i suoi, ogni momento. E quegli occhi governavano le sue mosse e il suo volto, come per mezzo di redini invisibili. Attraversato il primo cortile, s'entrò in un altro, e lí si vide la porta del chiostro interno, spalancata e tutta occupata da monache. Nella prima fila, la badessa circondata da anziane; dietro, altre monache alla rinfusa, alcune in punta di piedi; in ultimo le converse ritte sopra panchetti. Si vedevan pure qua e là luccicare a mezz'aria alcuni occhietti, spuntar qualche visino tra le tonache: eran le piú destre, e le piú coraggiose tra l'educande, che, ficcandosi e penetrando tra monaca e monaca, eran riuscite a farsi un po' di pertugio, per vedere anch'esse qualche cosa. Da quella calca uscivano acclamazioni; si vedevan molte braccia dimenarsi, in segno d'accoglienza e di gioia. Giunsero alla porta; Gertrude si trovò a viso a viso con la madre badessa. Dopo i primi complimenti, questa, con una maniera tra il giulivo e il solenne, le domandò cosa desiderasse in quel luogo, dove non c'era chi le potesse negar nulla.

– Son qui....., – cominciò Gertrude; ma, al punto di proferir le parole che dovevano decider quasi irrevocabilmente del suo destino, esitò un momento, e rimase con gli occhi fissi sulla folla che le stava davanti. Vide, in quel momento, una di quelle sue note compagne, che la guardava con un'aria di compassione e di malizia insieme, e pareva che dicesse: ah! la c'è cascata la brava. Quella vista, risvegliando piú vivi nell'animo suo tutti gli antichi sentimenti, le restituí anche un po' di quel poco antico coraggio: e già stava cercando una risposta qualunque, diversa da quella che le era stata dettata; quando, alzato lo sguardo alla faccia del padre, quasi per esperimentar le sue forze, scorse su quella un'inquietudine cosí cupa, un'impazienza cosí minaccevole, che, risoluta per paura, con la stessa prontezza che avrebbe preso la fuga dinanzi un oggetto terribile, proseguí: – son qui a chiedere d'esser ammessa a vestir l'abito religioso, in questo monastero, dove sono stata allevata cosí amorevolmente –. La badessa rispose subito, che le dispiaceva molto, in una tale occasione, che le regole non le permettessero di dare immediatamente una risposta, la quale doveva venire dai voti comuni delle suore, e alla quale doveva precedere la licenza de' superiori. Che però Gertrude, conoscendo i sentimenti che s'avevan per lei in quel luogo, poteva preveder con certezza qual sarebbe questa risposta; e che intanto nessuna regola proibiva alla badessa e alle suore di manifestare la consolazione che sentivano di quella richiesta. S'alzò allora un frastono confuso di congratulazioni e d'acclamazioni. Vennero subito gran guantiere colme di dolci, che furon presentati, prima alla sposina, e dopo ai parenti. Mentre alcune monache facevano a rubarsela, e altre complimentavan la madre, altre il principino, la badessa fece pregare il principe che volesse venire alla grata del parlatorio, dove l'attendeva. Era accompagnata da due anziane; e quando lo vide comparire, – signor principe, – disse: – per ubbidire alle regole...... per adempire una formalità indispensabile, sebbene in questo caso... pure devo dirle..... che, ogni volta che una figlia chiede d'essere ammessa a vestir l'abito,..... la superiora, quale io sono indegnamente,... è obbligata d'avvertire i genitori.... che se, per caso.... forzassero la volontà della figlia, incorrerebbero nella scomunica. Mi scuserà....

– Benissimo, benissimo, reverenda madre. Lodo la sua esattezza: è troppo giusto.... Ma lei non può dubitare....

– Oh! pensi, signor principe,... ho parlato per obbligo preciso,... del resto....

– Certo, certo, madre badessa.

Barattate queste poche parole, i due interlocutori s'inchinarono vicendevolmente, e si separarono, come se a tutt'e due pesasse di rimaner lí testa testa; e andarono a riunirsi ciascuno alla sua compagnia, l'uno fuori, l'altra dentro la soglia claustrale. Dato luogo a un po' d'altre ciarle, – oh via, – disse il principe: – Gertrude potrà presto godersi a suo bell'agio la compagnia di queste madri. Per ora le abbiamo incomodate abbastanza –.

Cosí detto, fece un inchino; la famiglia si mosse con lui; si rinnovarono i complimenti, e si partí.

Gertrude, nel tornare, non aveva troppa voglia di discorrere. Spaventata del passo che aveva fatto, vergognosa della sua dappocaggine, indispettita contro gli altri e contro se stessa, faceva tristamente il conto dell'occasioni, che le rimanevano ancora di dir di no; e prometteva debolmente e confusamente a se stessa che, in questa, o in quella, o in quell'altra, sarebbe piú destra e piú forte. Con tutti questi pensieri, non le era però cessato affatto il terrore di quel cipiglio del padre; talché, quando, con un'occhiata datagli alla sfuggita, poté chiarirsi che sul volto di lui non c'era piú alcun vestigio di collera, quando anzi vide che si mostrava soddisfattissimo di lei, le parve una bella cosa, e fu, per un istante, tutta contenta.

Appena arrivati, bisognò rivestirsi e rilisciarsi; poi il desinare, poi alcune visite, poi la trottata, poi la conversazione, poi la cena. Sulla fine di questa, il principe mise in campo un altro affare, la scelta della madrina. Cosí si chiamava una dama, la quale, pregata da' genitori, diventava custode e scorta della giovane monacanda, nel tempo tra la richiesta e l'entratura nel monastero; tempo che veniva speso in visitar le chiese, i palazzi pubblici, le conversazioni, le ville, i santuari: tutte le cose in somma piú notabili della città e de' contorni; affinché le giovani, prima di proferire un voto irrevocabile, vedessero bene a cosa davano un calcio. – Bisognerà pensare a una madrina, – disse il principe: – perché domani verrà il vicario delle monache, per la formalità dell'esame, e subito dopo, Gertrude verrà proposta in capitolo, per esser accettata dalle madri –. Nel dir questo, s'era voltato verso la principessa; e questa, credendo che fosse un invito a proporre, cominciava: – ci sarebbe...... – Ma il principe interruppe: – No, no, signora principessa: la madrina deve prima di tutto piacere alla sposina; e benché l'uso universale dia la scelta ai parenti, pure Gertrude ha tanto giudizio, tanta assennatezza, che merita bene che si faccia un'eccezione per lei –. E qui, voltandosi a Gertrude, in atto di chi annunzia una grazia singolare, continuò: – ognuna delle dame che si son trovate questa sera alla conversazione, ha quel che si richiede per esser madrina d'una figlia della nostra casa; non ce n'è nessuna, crederei, che non sia per tenersi onorata della preferenza: sceglicte voi.

Gertrude vedeva bene che far questa scelta era dare un nuovo consenso; ma la proposta veniva fatta con tanto apparato, che il rifiuto, per quanto fosse umile, poteva parer disprezzo, o almeno capriccio e leziosaggine. Fece dunque anche quel passo; e nominò la dama che, in quella sera, le era andata piú a genio; quella cioè che le aveva fatto piú carezze, che l'aveva piú lodata, che l'aveva trattata con quelle maniere famigliari, affettuose e premurose, che, ne' primi momenti d'una conoscenza, contraffanno una antica amicizia. – Ottima scelta, – disse il principe, che desiderava e aspettava appunto quella. Fosse arte o caso, era avvenuto come quando il giocator di bussolotti facendovi scorrere davanti agli occhi le carte d'un mazzo, vi dice che ne pensiate una, e lui poi ve la indovinerà; ma le ha fatte scorrere in maniera che ne vediate una sola. Quella dama era stata tanto intorno a Gertrude tutta la sera, l'aveva tanto occupata di sé, che a questa sarebbe bisognato uno sforzo di fantasia per pensarne un'altra. Tante premure poi non eran senza motivo: la dama aveva, da molto tempo, messo gli occhi addosso al principino, per farlo suo genero: quindi riguardava le cose di quella casa come sue proprie; ed era ben naturale che s'interessasse per quella cara Gertrude, niente meno de' suoi parenti piú prossimi.

Il giorno dopo, Gertrude si svegliò col pensiero dell'esaminatore che doveva venire; e mentre stava ruminando se potesse cogliere quella occasione cosí decisiva, per tornare indietro, e in qual maniera, il principe la fece chiamare. – Orsú, figliuola, – le disse: – finora vi siete portata egregiamente: oggi si tratta di coronar l'opera. Tutto quel che s'è fatto finora, s'è fatto di vostro consenso. Se in questo tempo vi fosse nato qualche dubbio, qualche pentimentuccio, grilli di gioventú, avreste dovuto spiegarvi; ma al punto a cui sono ora le cose, non è piú tempo di far ragazzate. Quell'uomo dabbene che deve venire stamattina, vi farà cento domande sulla vostra vocazione: e se vi fate monaca di vostra volontà, e il perché e il per come, e che so io? Se voi titubate nel rispondere, vi terrà sulla corda chi sa quanto. Sarebbe un'uggia, un tormento per voi; ma ne potrebbe anche venire un altro guaio piú serio. Dopo tutte le dimostrazioni pubbliche che si son fatte, ogni piú piccola esitazione che si vedesse in voi, metterebbe a repentaglio il mio onore, potrebbe far credere ch'io avessi presa una vostra leggerezza per una ferma risoluzione, che avessi precipitato la cosa, che avessi..... che so io? In questo caso, mi troverei nella necessità di scegliere tra due partiti dolorosi: o lasciar che il mondo formi un tristo concetto della mia condotta: partito che non può stare assolutamente con ciò che devo a me stesso. O svelare il vero motivo della vostra risoluzione e.... – Ma qui, vedendo che Gertrude era diventata scarlatta, che le si gonfiavan gli occhi, e il viso si contraeva, come le foglie d'un fiore, nell'afa che precede la burrasca, troncò quel discorso, e, con aria serena, riprese: – via, via, tutto dipende da voi, dal vostro buon giudizio. So che n'avete molto, e non siete ragazza da guastar sulla fine una cosa fatta bene; ma io dovevo preveder tutti i casi. Non se ne parli piú; e restiam d'accordo che voi risponderete con franchezza, in maniera di non far nascer dubbi nella testa di quell'uomo dabbene. Cosí anche voi ne sarete fuori piú presto –. E qui, dopo aver suggerita qualche risposta all'interrogazioni piú probabili, entrò nel solito discorso delle dolcezze e de' godimenti ch'eran preparati a Gertrude nel monastero; e la trattenne in quello, fin che venne un servitore ad annunziare il vicario. Il principe rinnovò in fretta gli avvertimenti piú importanti, e lasciò la figlia sola con lui, com'era prescritto.

L'uomo dabbene veniva con un po' d'opinione già fatta che Gertrude avesse una gran vocazione al chiostro: perché cosí gli aveva detto il principe, quando era stato a invitarlo. È vero che il buon prete, il quale sapeva che la diffidenza era una delle virtú piú necessarie nel suo ufizio, aveva per massima d'andar adagio nel credere a simili proteste, e di stare in guardia contro le preoccupazioni; ma ben di rado avviene che le parole affermative e sicure d'una persona autorevole, in qualsivoglia genere, non tingano del loro colore la mente di chi le ascolta.

Dopo i primi complimenti, – signorina, – le disse, – io vengo a far la parte del diavolo; vengo a mettere in dubbio ciò che, nella sua supplica lei ha dato per certo; vengo a metterle davanti agli occhi le difficoltà, e ad accertarmi se le ha ben considerate. Si contenti ch'io le faccia qualche interrogazione.

– Dica pure, – rispose Gertrude.

Il buon prete cominciò allora a interrogarla, nella forma prescritta dalle regole. – Sente lei in cuor suo una libera, spontanea risoluzione di farsi monaca? Non sono state adoperate minacce, o lusinghe? Non s'è fatto uso di nessuna autorità, per indurla a questo? Parli senza riguardi, e con sincerità, a un uomo il cui dovere è di conoscere la sua vera volontà, per impedire che non le venga usata violenza in nessun modo.

La vera risposta a una tale domanda s'affacciò subito alla mente di Gertrude, con un'evidenza terribile. Per dare quella risposta, bisognava venire a una spiegazione, dire di che era stata minacciata, raccontare una storia..... L'infelice rifuggí spaventata da questa idea; cercò in fretta un'altra risposta; ne trovò una sola che potesse liberarla presto e sicuramente da quel supplizio, la piú contraria al vero. – Mi fo monaca, – disse, nascondendo il suo turbamento, – mi fo monaca, di mio genio, liberamente.

– Da quanto tempo le è nato codesto pensiero? – domandò ancora il buon prete.

– L'ho sempre avuto, – rispose Gertrude, divenuta, dopo quel primo passo, piú franca a mentire contro se stessa.

– Ma quale è il motivo principale che la induce a farsi monaca?

Il buon prete non sapeva che terribile tasto toccasse; e Gertrude si fece una gran forza per non lasciar trasparire sul viso l'effetto che quelle parole le producevano nell'animo. – Il motivo, – disse, – è di servire a Dio, e di fuggire i pericoli del mondo.

– Non sarebbe mai qualche disgusto? qualche..... mi scusi..... capriccio? Alle volte, una cagione momentanea può fare un'impressione che par che deva durar sempre; e quando poi la cagione cessa, e l'animo si muta, allora.....

– No, no, – rispose precipitosamente Gertrude: – la cagione è quella che le ho detto.

Il vicario, piú per adempire interamente il suo obbligo, che per la persuasione che ce ne fosse bisogno, insistette con le domande; ma Gertrude era determinata d'ingannarlo. Oltre il ribrezzo che le cagionava il pensiero di render consapevole della sua debolezza quel grave e dabben prete, che pareva cosí lontano dal sospettar tal cosa di lei; la poveretta pensava poi anche ch'egli poteva bene impedire che si facesse monaca; ma lí finiva la sua autorità sopra di lei, e la sua protezione. Partito che fosse, essa rimarrebbe sola col principe. E qualunque cosa avesse poi a patire in quella casa, il buon prete non n'avrebbe saputo nulla, o sapendolo, con tutta la sua buona intenzione, non avrebbe potuto far altro che aver compassione di lei, quella compassione tranquilla e misurata, che, in generale, s'accorda, come per cortesia, a chi abbia dato cagione o pretesto al male che gli fanno. L'esaminatore fu prima stanco d'interrogare, che la sventurata di mentire: e, sentendo quelle risposte sempre conformi, e non avendo alcun motivo di dubitare della loro schiettezza, mutò finalmente linguaggio; si rallegrò con lei, le chiese, in certo modo, scusa d'aver tardato tanto a far questo suo dovere; aggiunse ciò che credeva piú atto a confermarla nel buon proposito; e si licenziò.

Attraversando le sale per uscire, s'abbatté nel principe, il quale pareva che passasse di là a caso; e con lui pure si congratulò delle buone disposizioni in cui aveva trovata la sua figliuola. Il principe era stato fino allora in una sospensione molto penosa: a quella notizia, respirò, e dimenticando la sua gravità consueta, andò quasi di corsa da Gertrude, la ricolmò di lodi, di carezze e di promesse, con un giubilo cordiale, con una tenerezza in gran parte sincera: cosí fatto è questo guazzabuglio del cuore umano.

Noi non seguiremo Gertrude in quel giro continuato di spettacoli e di divertimenti. E neppure descriveremo, in particolare e per ordine, i sentimenti dell'animo suo in tutto quel tempo: sarebbe una storia di dolori e di fluttuazioni, troppo monotona, e troppo somigliante alle cose già dette. L'amenità de' luoghi, la varietà degli oggetti, quello svago che pur trovava nello scorrere in qua e in là all'aria aperta, le rendevan piú odiosa l'idea del luogo dove alla fine si smonterebbe per l'ultima volta, per sempre. Piú pungenti ancora eran l'impressioni che riceveva nelle conversazioni e nelle feste. La vista delle spose alle quali si dava questo titolo nel senso piú ovvio e piú usitato, le cagionava un'invidia, un rodimento intollerabile; e talvolta l'aspetto di qualche altro personaggio le faceva parere che, nel sentirsi dare quel titolo, dovesse trovarsi il colmo d'ogni felicità. Talvolta la pompa de' palazzi, lo splendore degli addobbi, il brulichío e il fracasso giulivo delle feste, le comunicavano un'ebbrezza, un ardor tale di viver lieto, che prometteva a se stessa di disdirsi, di soffrir tutto, piuttosto che tornare all'ombra fredda e morta del chiostro. Ma tutte quelle risoluzioni sfumavano alla considerazione piú riposata delle difficoltà, al solo fissar gli occhi in viso al principe. Talvolta anche, il pensiero di dover abbandonare per sempre que' godimenti, gliene rendeva amaro e penoso quel piccol saggio; come l'infermo assetato guarda con rabbia, e quasi rispinge con dispetto il cucchiaio d'acqua che il medico gli concede a fatica. Intanto il vicario delle monache ebbe rilasciata l'attestazione necessaria, e venne la licenza di tenere il capitolo per l'accettazione di Gertrude. Il capitolo si tenne; concorsero, com'era da aspettarsi, i due terzi de' voti segreti ch'eran richiesti da' regolamenti; e Gertrude fu accettata. Lei medesima, stanca di quel lungo strazio, chiese allora d'entrar piú presto che fosse possibile, nel monastero. Non c'era sicuramente chi volesse frenare una tale impazienza. Fu dunque fatta la sua volontà; e, condotta pomposamente al monastero, vestí l'abito. Dopo dodici mesi di noviziato, pieni di pentimenti e di ripentimenti, si trovò al momento della professione, al momento cioè in cui conveniva, o dire un no piú strano, piú inaspettato, piú scandaloso che mai, o ripetere un sí tante volte detto; lo ripeté, e fu monaca per sempre.

È una delle facoltà singolari e incomunicabili della religione cristiana, il poter indirizzare e consolare chiunque, in qualsivoglia congiuntura, a qualsivoglia termine, ricorra ad essa. Se al passato c'è rimedio, essa lo prescrive, lo somministra, dà lume e vigore per metterlo in opera, a qualunque costo; se non c'è, essa dà il modo di far realmente e in effetto, ciò che si dice in proverbio, di necessità virtú. Insegna a continuare con sapienza ciò ch'è stato intrapreso per leggerezza; piega l'animo ad abbracciar con propensione ciò che è stato imposto dalla prepotenza, e dà a una scelta che fu temeraria, ma che è irrevocabile, tutta la santità, tutta la saviezza, diciamolo pur francamente, tutte le gioie della vocazione. È una strada cosí fatta che, da qualunque laberinto, da qualunque precipizio, l'uomo capiti ad essa, e vi faccia un passo, può d'allora in poi camminare con sicurezza e di buona voglia, e arrivar lietamente a un lieto fine. Con questo mezzo, Gertrude avrebbe potuto essere una monaca santa e contenta, comunque lo fosse divenuta. Ma l'infelice si dibatteva in vece sotto il giogo, e cosí ne sentiva piú forte il peso e le scosse. Un rammarico incessante della libertà perduta, l'abborrimento dello stato presente, un vagar faticoso dietro a desidèri che non sarebbero mai soddisfatti, tali erano le principali occupazioni dell'animo suo. Rimasticava quell'amaro passato, ricomponeva nella memoria tutte le circostanze per le quali si trovava lí; e disfaceva mille volte inutilmente col pensiero ciò che aveva fatto con l'opera; accusava sé di dappocaggine, altri di tirannia e di perfidia; e si rodeva. Idolatrava insieme e piangeva la sua bellezza, deplorava una gioventú destinata a struggersi in un lento martirio, e invidiava, in certi momenti, qualunque donna, in qualunque condizione, con qualunque coscienza, potesse liberamente godersi nel mondo que' doni.

La vista di quelle monache che avevan tenuto di mano a tirarla là dentro, le era odiosa. Si ricordava l'arti e i raggiri che avevan messi in opera, e le pagava con tante sgarbatezze, con tanti dispetti, e anche con aperti rinfacciamenti. A quelle conveniva le piú volte mandar giú e tacere: perché il principe aveva ben voluto tiranneggiar la figlia quanto era necessario per ispingerla al chiostro; ma ottenuto l'intento, non avrebbe cosí facilmente sofferto che altri pretendesse d'aver ragione contro il suo sangue: e ogni po' di rumore che avesser fatto, poteva esser cagione di far loro perdere quella gran protezione, o cambiar per avventura il protettore in nemico. Pare che Gertrude avrebbe dovuto sentire una certa propensione per l'altre suore, che non avevano avuto parte in quegl'intrighi, e che, senza averla desiderata per compagna, l'amavano come tale; e pie, occupate e ilari, le mostravano col loro esempio come anche là dentro si potesse non solo vivere, ma starci bene. Ma queste pure le erano odiose, per un altro verso. La loro aria di pietà e di contentezza le riusciva come un rimprovero della sua inquietudine, e della sua condotta bisbetica; e non lasciava sfuggire occasione di deriderle dietro le spalle, come pinzochere, o di morderle come ipocrite. Forse sarebbe stata meno avversa ad esse, se avesse saputo o indovinato che le poche palle nere, trovate nel bossolo che decise della sua accettazione, c'erano appunto state messe da quelle.

Qualche consolazione le pareva talvolta di trovar nel comandare, nell'esser corteggiata in monastero, nel ricever visite di complimento da persone di fuori, nello spuntar qualche impegno, nello spendere la sua protezione, nel sentirsi chiamar la signora; ma quali consolazioni! Il cuore, trovandosene cosí poco appagato, avrebbe voluto di quando in quando aggiungervi, e goder con esse le consolazioni della religione; ma queste non vengono se non a chi trascura quell'altre: come il naufrago, se vuole afferrar la tavola che può condurlo in salvo sulla riva, deve pure allargare il pugno, e abbandonar l'alghe, che aveva prese, per una rabbia d'istinto.

Poco dopo la professione, Gertrude era stata fatta maestra dell'educande; ora pensate come dovevano stare quelle giovinette, sotto una tal disciplina. Le sue antiche confidenti eran tutte uscite; ma lei serbava vive tutte le passioni di quel tempo; e, in un modo o in un altro, l'allieve dovevan portarne il peso. Quando le veniva in mente che molte di loro eran destinate a vivere in quel mondo dal quale essa era esclusa per sempre, provava contro quelle poverine un astio, un desiderio quasi di vendetta; e le teneva sotto, le bistrattava, faceva loro scontare anticipatamente i piaceri che avrebber goduti un giorno. Chi avesse sentito, in que' momenti, con che sdegno magistrale le gridava, per ogni piccola scappatella, l'avrebbe creduta una donna d'una spiritualità salvatica e indiscreta. In altri momenti, lo stesso orrore per il chiostro, per la regola, per l'ubbidienza, scoppiava in accessi d'umore tutto opposto. Allora, non solo sopportava la svagatezza clamorosa delle sue allieve, ma l'eccitava; si mischiava ne' loro giochi, e li rendeva piú sregolati; entrava a parte de' loro discorsi, e li spingeva piú in là dell'intenzioni con le quali esse gli avevano incominciati. Se qualcheduna diceva una parola sul cicalío della madre badessa, la maestra lo imitava lungamente, e ne faceva una scena di commedia; contraffaceva il volto d'una monaca, l'andatura d'un'altra: rideva allora sgangheratamente; ma eran risa che non la lasciavano piú allegra di prima. Cosí era vissuta alcuni anni, non avendo comodo, né occasione di far di piú; quando la sua disgrazia volle che un'occasione si presentasse.

Tra l'altre distinzioni e privilegi che le erano stati concessi, per compensarla di non poter esser badessa, c'era anche quello di stare in un quartiere a parte. Quel lato del monastero era contiguo a una casa abitata da un giovine, scellerato di professione, uno de' tanti, che, in que' tempi, e co' loro sgherri, e con l'alleanze d'altri scellerati, potevano, fino a un certo segno, ridersi della forza pubblica e delle leggi. Il nostro manoscritto lo nomina Egidio, senza parlar del casato. Costui, da una sua finestrina che dominava un cortiletto di quel quartiere, avendo veduta Gertrude qualche volta passare o girandolar lí, per ozio, allettato anzi che atterrito dai pericoli e dall'empietà dell'impresa, un giorno osò rivolgerle il discorso. La sventurata rispose.

In que' primi momenti, provò una contentezza, non schietta al certo, ma viva. Nel vòto uggioso dell'animo suo s'era venuta a infondere un'occupazione forte, continua e, direi quasi, una vita potente; ma quella contentezza era simile alla bevanda ristorativa che la crudeltà ingegnosa degli antichi mesceva al condannato, per dargli forza a sostenere i tormenti. Si videro, nello stesso tempo, di gran novità in tutta la sua condotta: divenne, tutt'a un tratto, piú regolare, piú tranquilla, smesse gli scherni e il brontolío, si mostrò anzi carezzevole e manierosa, dimodoché le suore si rallegravano a vicenda del cambiamento felice; lontane com'erano dall'immaginarne il vero motivo, e dal comprendere che quella nuova virtú non era altro che ipocrisia aggiunta all'antiche magagne. Quell'apparenza però, quella, per dir cosí, imbiancatura esteriore, non durò gran tempo, almeno con quella continuità e uguaglianza: ben presto tornarono in campo i soliti dispetti e i soliti capricci, tornarono a farsi sentire l'imprecazioni e gli scherni contro la prigione claustrale, e talvolta espressi in un linguaggio insolito in quel luogo, e anche in quella bocca. Però, ad ognuna di queste scappate veniva dietro un pentimento, una gran cura di farle dimenticare, a forza di moine e buone parole. Le suore sopportavano alla meglio tutti questi alt'e bassi, e gli attribuivano all'indole bisbetica e leggiera della signora.

Per qualche tempo, non parve che nessuna pensasse piú in là; ma un giorno che la signora, venuta a parole con una conversa, per non so che pettegolezzo, si lasciò andare a maltrattarla fuor di modo, e non la finiva piú, la conversa, dopo aver sofferto, ed essersi morse le labbra un pezzo, scappatale finalmente la pazienza, buttò là una parola, che lei sapeva qualche cosa, e, che, a tempo e luogo, avrebbe parlato. Da quel momento in poi, la signora non ebbe piú pace. Non passò però molto tempo, che la conversa fu aspettata in vano, una mattina, a' suoi ufizi consueti: si va a veder nella sua cella, e non si trova: è chiamata ad alta voce; non risponde: cerca di qua, cerca di là, gira e rigira, dalla cima al fondo; non c'è in nessun luogo. E chi sa quali congetture si sarebber fatte, se, appunto nel cercare, non si fosse scoperto una buca nel muro dell'orto; la qual cosa fece pensare a tutte, che fosse sfrattata di là. Si fecero gran ricerche in Monza e ne' contorni, e principalmente a Meda, di dov'era quella conversa; si scrisse in varie parti: non se n'ebbe mai la piú piccola notizia. Forse se ne sarebbe potuto saper di piú, se, in vece di cercar lontano, si fosse scavato vicino. Dopo molte maraviglie, perché nessuno l'avrebbe creduta capace di ciò, e dopo molti discorsi, si concluse che doveva essere andata lontano, lontano. E perché scappò detto a una suora: – s'è rifugiata in Olanda di sicuro, – si disse subito, e si ritenne per un pezzo, nel monastero e fuori, che si fosse rifugiata in Olanda. Non pare però che la signora fosse di questo parere. Non già che mostrasse di non credere, o combattesse l'opinion comune, con sue ragioni particolari: se ne aveva, certo, ragioni non furono mai cosí ben dissimulate; né c'era cosa da cui s'astenesse piú volentieri che da rimestar quella storia, cosa di cui si curasse meno che di toccare il fondo di quel mistero. Ma quanto meno ne parlava, tanto piú ci pensava. Quante volte al giorno l'immagine di quella donna veniva a cacciarsi d'improvviso nella sua mente, e si piantava lí, e non voleva moversi! Quante volte avrebbe desiderato di vedersela dinanzi viva e reale, piuttosto che averla sempre fissa nel pensiero, piuttosto che dover trovarsi, giorno e notte, in compagnia di quella forma vana, terribile, impassibile! Quante volte avrebbe voluto sentir davvero la voce di colei, qualunque cosa avesse potuto minacciare, piuttosto che aver sempre nell'intimo dell'orecchio mentale il susurro fantastico di quella stessa voce, e sentirne parole ripetute con una pertinacia, con un'insistenza infaticabile, che nessuna persona vivente non ebbe mai!

Era scorso circa un anno dopo quel fatto, quando Lucia fu presentata alla signora, ed ebbe con lei quel colloquio al quale siam rimasti col racconto. La signora moltiplicava le domande intorno alla persecuzione di don Rodrigo, e entrava in certi particolari, con una intrepidezza, che riuscí e doveva riuscire piú che nuova a Lucia, la quale non aveva mai pensato che la curiosità delle monache potesse esercitarsi intorno a simili argomenti. I giudizi poi che quella frammischiava all'interrogazioni, o che lasciava trasparire, non eran meno strani. Pareva quasi che ridesse del gran ribrezzo che Lucia aveva sempre avuto di quel signore, e domandava se era un mostro, da far tanta paura: pareva quasi che avrebbe trovato irragionevole e sciocca la ritrosia della giovine, se non avesse avuto per ragione la preferenza data a Renzo. E su questo pure s'avanzava a domande, che facevano stupire e arrossire l'interrogata. Avvedendosi poi d'aver troppo lasciata correr la lingua dietro agli svagamenti del cervello, cercò di correggere e d'interpretare in meglio quelle sue ciarle; ma non poté fare che a Lucia non ne rimanesse uno stupore dispiacevole, e come un confuso spavento. E appena poté trovarsi sola con la madre, se n'aprí con lei; ma Agnese, come piú esperta, sciolse, con poche parole, tutti que' dubbi, e spiegò tutto il mistero. – Non te ne far maraviglia, – disse: – quando avrai conosciuto il mondo quanto me, vedrai che non son cose da farsene maraviglia. I signori, chi piú, chi meno, chi per un verso, chi per un altro, han tutti un po' del matto. Convien lasciarli dire, principalmente quando s'ha bisogno di loro; far vista d'ascoltarli sul serio, come se dicessero delle cose giuste. Hai sentito come m'ha dato sulla voce, come se avessi detto qualche gran sproposito? Io non me ne son fatta caso punto. Son tutti cosí. E con tutto ciò, sia ringraziato il cielo, che pare che questa signora t'abbia preso a ben volere, e voglia proteggerci davvero. Del resto, se camperai, figliuola mia, e se t'accaderà ancora d'aver che fare con de' signori, ne sentirai, ne sentirai, ne sentirai.

Il desiderio d'obbligare il padre guardiano, la compiacenza di proteggere, il pensiero del buon concetto che poteva fruttare la protezione impiegata cosí santamente, una certa inclinazione per Lucia, e anche un certo sollievo nel far del bene a una creatura innocente, nel soccorrere e consolare oppressi, avevan realmente disposta la signora a prendersi a petto la sorte delle due povere fuggitive. A sua richiesta, e a suo riguardo, furono alloggiate nel quartiere della fattoressa attiguo al chiostro, e trattate come se fossero addette al servizio del monastero. La madre e la figlia si rallegravano insieme d'aver trovato cosí presto un asilo sicuro e onorato. Avrebber anche avuto molto piacere di rimanervi ignorate da ogni persona; ma la cosa non era facile in un monastero: tanto piú che c'era un uomo troppo premuroso d'aver notizie d'una di loro, e nell'animo del quale, alla passione e alla picca di prima s'era aggiunta anche la stizza d'essere stato prevenuto e deluso. E noi, lasciando le donne nel loro ricovero, torneremo al palazzotto di costui, nell'ora in cui stava attendendo l'esito della sua scellerata spedizione.

Capitolo undicesimo

Come un branco di segugi, dopo aver inseguita invano una lepre, tornano mortificati verso il padrone, co' musi bassi, e con le code ciondoloni, cosí, in quella scompigliata notte, tornavano i bravi al palazzotto di don Rodrigo. Egli camminava innanzi e indietro, al buio, per una stanzaccia disabitata dell'ultimo piano, che rispondeva sulla spianata. Ogni tanto si fermava, tendeva l'orecchio, guardava dalle fessure dell'imposte intarlate, pieno d'impazienza e non privo d'inquietudine, non solo per l'incertezza della riuscita, ma anche per le conseguenze possibili; perché era la piú grossa e la piú arrischiata a cui il brav'uomo avesse ancor messo mano. S'andava però rassicurando col pensiero delle precauzioni prese per distrugger gl'indizi, se non i sospetti. «In quanto ai sospetti, – pensava, – me ne rido. Vorrei un po' sapere chi sarà quel voglioso che venga quassú a veder se c'è o non c'è una ragazza. Venga, venga quel tanghero, che sarà ben ricevuto. Venga il frate, venga. La vecchia? Vada a Bergamo la vecchia. La giustizia? Poh la giustizia! Il podestà non è un ragazzo, né un matto. E a Milano? Chi si cura di costoro a Milano? Chi gli darebbe retta? Chi sa che ci siano? Son come gente perduta sulla terra; non hanno né anche un padrone: gente di nessuno. Via, via, niente paura. Come rimarrà Attilio, domattina! Vedrà, vedrà s'io fo ciarle o fatti. E poi..... se mai nascesse qualche imbroglio..... che so io? qualche nemico che volesse cogliere quest'occasione,... anche Attilio saprà consigliarmi: c'è impegnato l'onore di tutto il parentado». Ma il pensiero sul quale si fermava di piú, perché in esso trovava insieme un acquietamento de' dubbi, e un pascolo alla passion principale, era il pensiero delle lusinghe, delle promesse che adoprerebbe per abbonire Lucia. «Avrà tanta paura di trovarsi qui sola, in mezzo a costoro, a queste facce, che..... il viso piú umano qui son io, per bacco... che dovrà ricorrere a me, toccherà a lei a pregare; e se prega...»

Mentre fa questi bei conti, sente un calpestío, va alla finestra, apre un poco, fa capolino; son loro. «E la bussola? Diavolo! dov'è la bussola? Tre, cinque, otto: ci son tutti; c'è anche il Griso; la bussola non c'è: diavolo! diavolo! il Griso me ne renderà conto».

Entrati che furono, il Griso posò in un angolo d'una stanza terrena il suo bordone, posò il cappellaccio e il sanrocchino, e, come richiedeva la sua carica, che in quel momento nessuno gl'invidiava, salí a render quel conto a don Rodrigo. Questo l'aspettava in cima alla scala; e vistolo apparire con quella goffa e sguaiata presenza del birbone deluso, – ebbene, – gli disse, o gli gridò: – signore spaccone, signor capitano, signor *lascifareame*?

– L'è dura, – rispose il Griso, restando con un piede sul primo scalino, – l'è dura di ricever de' rimproveri, dopo aver lavorato fedelmente, e cercato di fare il proprio dovere, e arrischiata anche la pelle.

– Com'è andata? Sentiremo, sentiremo, – disse don Rodrigo, e s'avviò verso la sua camera, dove il Griso lo seguí, e fece subito la relazione di ciò che aveva disposto, fatto, veduto e non veduto, sentito, temuto, riparato; e la fece con quell'ordine e con quella confusione, con quella dubbiezza e con quello sbalordimento, che dovevano per forza regnare insieme nelle sue idee.

– Tu non hai torto, e ti sei portato bene, – disse don Rodrigo: – hai fatto quello che si poteva; ma.... ma, che sotto questo tetto ci fosse una spia! Se c'è, se lo arrivo a scoprire, e lo scopriremo se c'è, te l'accomodo io; ti so dir io, Griso, che lo concio per il dí delle feste.

– Anche a me, signore, – disse il Griso, – è passato per la mente un tal sospetto: e se fosse vero, se si venisse a scoprire un birbone di questa sorte, il signor padrone lo deve metter nelle mie mani. Uno che si fosse preso il divertimento di farmi passare una notte come questa! toccherebbe a me a pagarlo. Però, da varie cose m'è parso di poter rilevare che ci dev'essere qualche altro intrigo, che per ora non si può capire. Domani, signore, domani se ne verrà in chiaro.

– Non siete stati riconosciuti almeno?

Il Griso rispose che sperava di no; e la conclusione del discorso fu che don Rodrigo gli ordinò, per il giorno dopo, tre cose che colui avrebbe sapute ben pensare anche da sé. Spedire la mattina presto due uomini a fare al console quella tale intimazione, che fu poi fatta, come abbiam veduto; due altri al casolare a far la ronda, per tenerne lontano ogni ozioso che vi capitasse, e sottrarre a ogni sguardo la bussola fino alla notte prossima, in cui si manderebbe a prenderla; giacché per allora non conveniva fare altri movimenti da dar sospetto; andar poi lui, e mandare anche altri, de' piú disinvolti e di buona testa, a mescolarsi con la gente, per scovar qualcosa intorno all'imbroglio di quella notte. Dati tali ordini, don Rodrigo se n'andò a dormire, e ci lasciò andare anche il Griso, congedandolo con molte lodi, dalle quali traspariva evidentemente l'intenzione di risarcirlo degl'improperi precipitati coi quali lo aveva accolto.

Va a dormire, povero Griso, che tu ne devi aver bisogno. Povero Griso! In faccende tutto il giorno, in faccende mezza la notte, senza contare il pericolo di cader sotto l'unghie de' villani, o di buscarti una taglia *per rapto di donna honesta*, per giunta di quelle che hai già addosso; e poi esser ricevuto in quella maniera! Ma! cosí pagano spesso gli uomini. Tu hai però potuto vedere, in questa circostanza, che qualche volta la giustizia, se non arriva alla prima, arriva, o presto o tardi anche in questo mondo. Va a dormire per ora: che un giorno avrai forse a somministrarcene un'altra prova, e piú notabile di questa.

La mattina seguente, il Griso era fuori di nuovo in faccende, quando don Rodrigo s'alzò. Questo cercò subito del conte Attilio, il quale, vedendolo spuntare, fece un viso e un atto canzonatorio, e gli gridò: – san Martino!

– Non so cosa vi dire, – rispose don Rodrigo, arrivandogli accanto: – pagherò la scommessa; ma non è questo quel che piú mi scotta. Non v'avevo detto nulla, perché, lo confesso, pensavo di farvi rimanere stamattina. Ma.... basta, ora vi racconterò tutto.

– Ci ha messo uno zampino quel frate in quest'affare, – disse il cugino, dopo aver sentito tutto, con piú serietà che non si sarebbe aspettato da un cervello cosí balzano. – Quel frate, – continuò, – con quel suo fare di gatta morta, e con quelle sue proposizioni sciocche, io l'ho per un dirittone, e per un impiccione. E voi non vi siete fidato di me, non m'avete mai detto chiaro cosa sia venuto qui a impastocchiarvi l'altro giorno –. Don Rodrigo riferí il dialogo. – E voi avete avuto tanta sofferenza? – esclamò il conte Attilio: – e l'avete lasciato andare com'era venuto?

– Che volevate ch'io mi tirassi addosso tutti i cappuccini d'Italia?

– Non so, – disse il conte Attilio, – se, in quel momento, mi sarei ricordato che ci fossero al mondo altri cappuccini che quel temerario birbante; ma via, anche nelle regole della prudenza, manca la maniera di prendersi soddisfazione anche d'un cappuccino? Bisogna saper raddoppiare a tempo le gentilezze a tutto il corpo, e allora si può impunemente dare un carico di bastonate a un membro. Basta; ha scansato la punizione che gli stava piú bene; ma lo prendo io sotto la mia protezione, e voglio aver la consolazione d'insegnargli come si parla co' pari nostri.

– Non mi fate peggio.

– Fidatevi una volta, che vi servirò da parente e da amico.

– Cosa pensate di fare?

– Non lo so ancora; ma lo servirò io di sicuro il frate. Ci penserò, e.... il signor conte zio del Consiglio segreto è lui che mi deve fare il servizio. Caro signor conte zio! Quanto mi diverto ogni volta che lo posso far lavorare per me, un politicone di quel calibro! Doman l'altro sarò a Milano, e, in una maniera o in un'altra, il frate sarà servito.

Venne intanto la colazione, la quale non interruppe il discorso d'un affare di quell'importanza. Il conte Attilio ne parlava con disinvoltura; e, sebbene ci prendesse quella parte che richiedeva la sua amicizia per il cugino, e l'onore del nome comune, secondo le idee che aveva d'amicizia e d'onore, pure ogni tanto non poteva tenersi di non rider sotto i baffi, di quella bella riuscita. Ma don Rodrigo, ch'era in causa propria, e che, credendo di far quietamente un gran colpo, gli era andato fallito con fracasso, era agitato da passioni piú gravi, e distratto da pensieri piú fastidiosi. – Di belle ciarle, – diceva, – faranno questi mascalzoni, in tutto il contorno. Ma che m'importa? In quanto alla giustizia, me ne rido: prove non ce n'è; quando ce ne fosse, me ne riderei ugualmente: a buon conto, ho fatto stamattina avvertire il console che guardi bene di non far deposizione dell'avvenuto. Non ne seguirebbe nulla; ma le ciarle, quando vanno in lungo, mi seccano. È anche troppo ch'io sia stato burlato cosí barbaramente.

– Avete fatto benissimo, – rispondeva il conte Attilio. – Codesto vostro podestà... gran caparbio, gran testa vota, gran seccatore d'un podestà... è poi un galantuomo, un uomo che sa il suo dovere; e appunto quando s'ha che fare con persone tali, bisogna aver piú riguardo di non metterle in impicci. Se un mascalzone di console fa una deposizione, il podestà, per quanto sia ben intenzionato, bisogna pure che...

– Ma voi, – interruppe, con un po' di stizza, don Rodrigo, – voi guastate le mie faccende, con quel vostro contraddirgli in tutto, e dargli sulla voce, e canzonarlo anche, all'occorrenza. Che diavolo, che un podestà non possa esser bestia e ostinato, quando nel rimanente è un galantuomo!

– Sapete, cugino, – disse guardandolo, maravigliato,

il conte Attilio, – sapete, che comincio a credere che abbiate un po' di paura? Mi prendete sul serio anche il podestà...

– Via via, non avete detto voi stesso che bisogna tenerlo di conto?

– L'ho detto: e quando si tratta d'un affare serio, vi farò vedere che non sono un ragazzo. Sapete cosa mi basta l'animo di far per voi? Son uomo da andare in persona a far visita al signor podestà. Ah! sarà contento dell'onore? E son uomo da lasciarlo parlare per mezz'ora del conte duca, e del nostro signor castellano spagnolo, e da dargli ragione in tutto, anche quando ne dirà di quelle cosí massicce. Butterò poi là qualche parolina sul conte zio del Consiglio segreto: e sapete che effetto fanno quelle paroline nell'orecchio del signor podestà. Alla fin de' conti, ha piú bisogno lui della nostra protezione, che voi della sua condiscendenza. Farò di buono, e ci anderò, e ve lo lascerò meglio disposto che mai.

Dopo queste e altre simili parole, il conte Attilio uscí, per andare a caccia; e don Rodrigo stette aspettando con ansietà il ritorno del Griso. Venne costui finalmente, sull'ora del desinare, a far la sua relazione.

Lo scompiglio di quella notte era stato tanto clamoroso, la sparizione di tre persone da un paesello era un tal avvenimento, che le ricerche, e per premura e per curiosità, dovevano naturalmente esser molte e calde e insistenti; e dall'altra parte, gl'informati di qualche cosa eran troppi, per andar tutti d'accordo a tacer tutto. Perpetua non poteva farsi veder sull'uscio, che non fosse tempestata da quello e da quell'altro, perché dicesse chi era stato a far quella gran paura al suo padrone: e Perpetua, ripensando a tutte le circostanze del fatto, e raccapezzandosi finalmente ch'era stata infinocchiata da Agnese, sentiva tanta rabbia di quella perfidia, che aveva proprio bisogno d'un po' di sfogo. Non già che andasse lamentandosi col terzo e col quarto della maniera tenuta per infinocchiar lei: su questo non fiatava; ma il tiro fatto al suo povero padrone non lo poteva passare affatto sotto silenzio; e sopra tutto, che un tiro tale fosse stato concertato e tentato da quel giovine dabbene, da quella buona vedova, da quella madonnina infilzata. Don Abbondio poteva ben comandarle risolutamente, e pregarla cordialmente che stesse zitta; lei poteva bene ripetergli che non faceva bisogno di suggerirle una cosa tanto chiara e tanto naturale; certo è che un cosí gran segreto stava nel cuore della povera donna, come, in una botte vecchia e mal cerchiata, un vino molto giovine, che grilla e gorgoglia e ribolle, e, se non manda il tappo per aria, gli geme all'intorno, e vien fuori in ischiuma, e trapela tra doga e doga, e gocciola di qua e di là, tanto che uno può assaggiarlo, e dire a un di presso che vino è. Gervaso, a cui non pareva vero d'essere una volta piú informato degli altri, a cui non pareva piccola gloria l'avere avuta una gran paura, a cui, per aver tenuto di mano a una cosa che puzzava di criminale, pareva d'esser diventato un uomo come gli altri, crepava di voglia di vantarsene. E quantunque Tonio, che pensava seriamente all'inquisizioni e ai processi possibili e al conto da rendere, gli comandasse, co' pugni sul viso, di non dir nulla a nessuno, pure non ci fu verso di soffogargli in bocca ogni parola. Del resto Tonio, anche lui, dopo essere stato quella notte fuor di casa in ora insolita, tornandovi, con un passo e con un sembiante insolito, e con un'agitazion d'animo che lo disponeva alla sincerità, non poté dissimulare il fatto a sua moglie; la quale non era muta. Chi parlò meno, fu Menico; perché, appena ebbe raccontata ai genitori la storia e il motivo della sua spedizione, parve a questi una cosa cosí terribile che un loro figliuolo avesse avuto parte a buttare all'aria un'impresa di don Rodrigo, che quasi quasi non lasciaron finire al ragazzo il suo racconto. Gli fecero poi subito i piú forti e minacciosi comandi che guardasse bene di non far neppure un cenno di nulla: e la mattina seguente, non parendo loro d'essersi abbastanza assicurati, risolvettero di tenerlo chiuso in casa, per quel giorno, e per qualche altro ancora. Ma che? essi medesimi poi, chiacchierando con la gente del paese, e senza voler mostrar di saperne piú di loro, quando si veniva a quel punto oscuro della fuga de' nostri tre poveretti, e del come, e del perché, e del dove, aggiungevano, come cosa conosciuta, che s'eran rifugiati a Pescarenico. Cosí anche questa circostanza entrò ne' discorsi comuni.

Con tutti questi brani di notizie, messi poi insieme e cuciti come s'usa, e con la frangia che ci s'attacca naturalmente nel cucire, c'era da fare una storia d'una certezza e d'una chiarezza tale, da esserne pago ogni intelletto piú critico. Ma quella invasion de' bravi, accidente troppo grave e troppo rumoroso per esser lasciato fuori, e del quale nessuno aveva una conoscenza un po' positiva, quell'accidente era ciò che imbrogliava tutta la storia. Si mormorava il nome di don Rodrigo: in questo andavan tutti d'accordo; nel resto tutto era oscurità e congetture diverse. Si parlava molto de' due bravacci ch'erano stati veduti nella strada, sul far della sera, e dell'altro che stava sull'uscio dell'osteria; ma che lume si poteva ricavare da questo fatto cosí asciutto? Si domandava bene all'oste chi era stato da lui la sera avanti; ma l'oste, a dargli retta, non si rammentava neppure se avesse veduto gente quella sera; e badava a dire che l'osteria è un porto di mare. Sopra tutto, confondeva le teste, e disordinava le congetture quel pellegrino veduto da Stefano e da Carlandrea, quel pellegrino che i malandrini volevano ammazzare, e che se n'era andato con loro, o che essi avevan portato via. Cos'era venuto a fare? Era un'anima del purgatorio, comparsa per aiutar le donne; era un'anima dannata d'un pellegrino birbante e impostore, che veniva sempre di notte a unirsi con chi facesse di quelle che lui aveva fatte vivendo; era un pellegrino vivo e vero, che coloro avevan voluto ammazzare, per timor che gridasse, e destasse il paese; era (vedete un po' cosa si va a pensare!) uno di quegli stessi malandrini travestito da pellegrino; era questo, era quello, era tante cose che tutta la sagacità e l'esperienza del Griso non sarebbe bastata a scoprire chi fosse, se il Griso avesse dovuto rilevar questa parte della storia da' discorsi altrui. Ma, come il lettore sa, ciò che la rendeva imbrogliata agli altri, era appunto il piú chiaro per lui: servendosene di chiave per interpretare le altre notizie raccolte da lui immediatamente, o col mezzo degli esploratori subordinati, poté di tutto comporne per don Rodrigo una relazione bastantemente distinta. Si chiuse subito con lui, e l'informò del colpo tentato dai poveri sposi, il che spiegava naturalmente la casa trovata vota e il sonare a martello, senza che facesse bisogno di supporre che in casa ci fosse qualche traditore, come dicevano que' due galantuomini. L'informò della fuga; e anche a questa era facile trovarci le sue ragioni: il timore degli sposi colti in fallo, o qualche avviso dell'invasione, dato loro quand'era scoperta, e il paese tutto a soqquadro. Disse finalmente che s'eran ricoverati a Pescarenico; piú in là non andava la sua scienza. Piacque a don Rodrigo l'esser certo che nessuno l'aveva tradito, e il vedere che non rimanevano tracce del suo fatto; ma fu quella una rapida e leggiera compiacenza. – Fuggiti insieme! – gridò: – insieme! E quel frate birbante! Quel frate! – la parola gli usciva arrantolata dalla gola, e smozzicata tra' denti, che mordevano il dito: il suo aspetto era brutto come le sue passioni. – Quel frate me la pagherà. Griso! non son chi sono..... voglio sapere, voglio trovare.... questa sera, voglio saper dove sono. Non ho pace. A Pescarenico, subito, a sapere, a vedere, a trovare.... Quattro scudi subito, e la mia protezione per sempre. Questa sera lo voglio sapere. E quel birbone....! quel frate....!

Il Griso di nuovo in campo; e, la sera di quel giorno medesimo, poté riportare al suo degno padrone la notizia desiderata: ed ecco in qual maniera.

Una delle piú gran consolazioni di questa vita è l'amicizia; e una delle consolazioni dell'amicizia è quell'avere a cui confidare un segreto. Ora, gli amici non sono a due a due, come gli sposi; ognuno, generalmente parlando, ne ha piú d'uno: il che forma una catena, di cui nessuno potrebbe trovar la fine. Quando dunque un amico si procura quella consolazione di deporre un segreto nel seno d'un altro, dà a costui la voglia di procurarsi la stessa consolazione anche lui. Lo prega, è vero, di non dir nulla a nessuno; e una tal condizione, chi la prendesse nel senso rigoroso delle parole, troncherebbe immediatamente il corso delle consolazioni. Ma la pratica generale ha voluto che obblighi soltanto a non confidare il segreto, se non a chi sia un amico ugualmente fidato, e imponendogli la stessa condizione. Cosí, d'amico fidato in amico fidato, il segreto gira e gira per quell'immensa catena, tanto che arriva all'orecchio di colui o di coloro a cui il primo che ha parlato intendeva appunto di non lasciarlo arrivar mai. Avrebbe però ordinariamente a stare un gran pezzo in cammino, se ognuno non avesse che due amici: quello che gli dice, e quello a cui ridice la cosa da tacersi. Ma ci son degli uomini privilegiati che li contano a centinaia; e quando il segreto è venuto a uno di questi uomini, i giri divengon sí rapidi e sí moltiplici, che non è piú possibile di seguirne la traccia. Il nostro autore non ha potuto accertarsi per quante bocche fosse passato il segreto che il Griso aveva ordine di scovare: il fatto sta che il buon uomo da cui erano state scortate le donne a Monza, tornando, verso le ventitre, col suo baroccio, a Pescarenico, s'abbatté prima d'arrivare a casa, in un amico fidato, al quale raccontò, in gran confidenza, l'opera buona che aveva fatta, e il rimanente; e il fatto sta che il Griso poté, due ore dopo, correre al palazzotto, a riferire a don Rodrigo che Lucia e sua madre s'eran ricoverate in un convento di Monza, e che Renzo aveva seguitata la sua strada fino a Milano.

Don Rodrigo provò una scellerata allegrezza di quella separazione, e sentí rinascere un po' di quella scellerata speranza d'arrivare al suo intento. Pensò alla maniera, gran parte della notte; e s'alzò presto, con due disegni, l'uno stabilito, l'altro abbozzato. Il primo era di spedire immantinente il Griso a Monza, per aver piú chiare notizie di Lucia, e sapere se ci fosse da tentar qualche cosa. Fece dunque chiamar subito quel suo fedele, gli mise in mano i quattro scudi, lo lodò di nuovo dell'abilità con cui gli aveva guadagnati, e gli diede l'ordine che aveva premeditato.

– Signore.... – disse, tentennando, il Griso.

– Che? non ho io parlato chiaro?

– Se potesse mandar qualchedun altro....

– Come?

– Signore illustrissimo, io son pronto a metterci la pelle per il mio padrone: è il mio dovere; ma so anche che lei non vuole arrischiar troppo la vita de' suoi sudditi.

– Ebbene?

– Vossignoria illustrissima sa bene quelle poche taglie ch'io ho addosso: e.... Qui son sotto la sua protezione; siamo una brigata; il signor podestà è amico di casa; i birri mi portan rispetto; e anch'io.... è cosa che fa poco onore, ma per viver quieto.... li tratto da amici. In Milano la livrea di vossignoria è conosciuta; ma in Monza.... ci sono conosciuto io in vece. E sa vossignoria che, non fo per dire, chi mi potesse consegnare alla giustizia, o presentar la mia testa, farebbe un bel colpo? Cento scudi l'uno sull'altro, e la facoltà di liberar due banditi.

– Che diavolo! – disse don Rodrigo: – tu mi riesci ora un can da pagliaio che ha cuore appena d'avventarsi alle gambe di chi passa sulla porta, guardandosi indietro se quei di casa lo spalleggiano, e non si sente d'allontanarsi!

– Credo, signor padrone, d'aver date prove...

– Dunque!

– Dunque, – ripigliò francamente il Griso, messo cosí al punto, – dunque vossignoria faccia conto ch'io non abbia parlato: cuor di leone, gamba di lepre, e son pronto a partire.

– E io non ho detto che tu vada solo. Piglia con te un paio de' meglio.... lo Sfregiato, e il Tiradritto; e va di buon animo, e sii il Griso. Che diavolo! Tre figure come le vostre, e che vanno per i fatti loro, chi vuoi che non sia contento di lasciarle passare? Bisognerebbe che a' birri di Monza fosse ben venuta a noia la vita, per metterla su contro cento scudi a un gioco cosí rischioso. E poi, e poi, non credo d'esser cosí sconosciuto da quelle parti, che la qualità di mio servitore non ci si conti per nulla.

Svergognato cosí un poco il Griso, gli diede poi piú ampie e particolari istruzioni. Il Griso prese i due compagni, e partí con faccia allegra e baldanzosa, ma bestemmiando in cuor suo Monza e le taglie e le donne e i capricci de' padroni; e camminava come il lupo, che spinto dalla fame, col ventre raggrinzato, e con le costole che gli si potrebber contare, scende da' suoi monti, dove non c'è che neve, s'avanza sospettosamente nel piano, si ferma ogni tanto, con una zampa sospesa, dimenando la coda spelacchiata,

Leva il muso, odorando il vento infido,

se mai gli porti odore d'uomo o di ferro, rizza gli orecchi acuti, e gira due occhi sanguigni, da cui traluce insieme l'ardore della preda e il terrore della caccia. Del rimanente, quel bel verso, chi volesse saper donde venga, è tratto da una diavoleria inedita di crociate e di lombardi, che presto non sarà piú inedita, e farà un bel rumore; e io l'ho preso, perché mi veniva in taglio; e dico dove, per non farmi bello della roba altrui: che qualcheduno non pensasse che sia una mia astuzia per far sapere che l'autore di quella diavoleria ed io siamo come fratelli, e ch'io frugo a piacer mio ne' suoi manoscritti.

L'altra cosa che premeva a don Rodrigo, era di trovar la maniera che Renzo non potesse piú tornar con Lucia, né metter piede in paese; e a questo fine, macchinava di fare sparger voci di minacce e d'insidie, che, venendogli all'orecchio, per mezzo di qualche amico, gli facessero passar la voglia di tornar da quelle parti. Pensava però che la piú sicura sarebbe se si potesse farlo sfrattar dallo stato: e per riuscire in questo, vedeva che piú della forza gli avrebbe potuto servir la giustizia. Si poteva, per esempio, dare un po' di colore al tentativo fatto nella casa parrocchiale, dipingerlo come un'aggressione, un atto sedizioso, e, per mezzo del dottore, fare intendere al podestà ch'era il caso di spedir contro Renzo una buona cattura. Ma pensò che non conveniva a lui di rimestar quella brutta faccenda; e senza star altro a lambiccarsi il cervello, si risolvette d'aprirsi col dottor Azzecca-garbugli, quanto era necessario per fargli comprendere il suo desiderio. «Le gride son tante! – pensava: – e il dottore non è un'oca: qualcosa che faccia al caso mio saprà trovare, qualche garbuglio da azzeccare a quel villanaccio: altrimenti gli muto nome». Ma (come vanno alle volte le cose di questo mondo!) intanto che colui pensava al dottore, come all'uomo piú abile a servirlo in questo, un altr'uomo, l'uomo che nessuno s'immaginerebbe, Renzo medesimo, per dirla, lavorava di cuore a servirlo, in un modo piú certo e piú spedito di tutti quelli che il dottore avrebbe mai saputi trovare.

Ho visto piú volte un caro fanciullo, vispo, per dire il vero, piú del bisogno, ma che, a tutti i segnali, mostra di voler riuscire un galantuomo; l'ho visto, dico, piú volte affaccendato sulla sera a mandare al coperto un suo gregge di porcellini d'India, che aveva lasciati scorrer liberi il giorno, in un giardinetto. Avrebbe voluto fargli andar tutti insieme al covile; ma era fatica buttata: uno si sbandava a destra, e mentre il piccolo pastore correva per cacciarlo nel branco, un altro, due, tre ne uscivano a sinistra, da ogni parte. Dimodoché, dopo essersi un po' impazientito, s'adattava al loro genio, spingeva prima dentro quelli ch'eran piú vicini all'uscio, poi andava a prender gli altri, a uno, a due, a tre, come gli riusciva. Un gioco simile ci convien fare co' nostri personaggi: ricoverata Lucia, siam corsi a don Rodrigo; e ora lo dobbiamo abbandonare, per andar dietro a Renzo, che avevam perduto di vista.

Dopo la separazione dolorosa che abbiam raccontata, camminava Renzo da Monza verso Milano, in quello stato d'animo che ognuno può immaginarsi facilmente. Abbandonar la casa, tralasciare il mestiere, e quel ch'era piú di tutto, allontanarsi da Lucia, trovarsi sur una strada, senza saper dove anderebbe a posarsi; e tutto per causa di quel birbone! Quando si tratteneva col pensiero sull'una o sull'altra di queste cose, s'ingolfava tutto nella rabbia, e nel desiderio della vendetta; ma gli tornava poi in mente quella preghiera che aveva recitata anche lui col suo buon frate, nella chiesa di Pescarenico; e si ravvedeva: gli si risvegliava ancora la stizza; ma vedendo un'immagine sul muro, si levava il cappello, e si fermava un momento a pregar di nuovo: tanto che, in quel viaggio, ebbe ammazzato in cuor suo don Rodrigo, e risuscitatolo, almeno venti volte. La strada era allora tutta sepolta tra due alte rive, fangosa, sassosa, solcata da rotaie profonde, che, dopo una pioggia, divenivan rigagnoli; e in certe parti piú basse, s'allagava tutta, che si sarebbe potuto andarci in barca. A que' passi, un piccol sentiero erto, a scalini, sulla riva, indicava che altri passeggieri s'eran fatta una strada ne' campi. Renzo, salito per un di que' valichi sul terreno piú elevato, vide quella gran macchina del duomo sola sul piano, come se, non di mezzo a una città, ma sorgesse in un deserto; e si fermò su due piedi, dimenticando tutti i suoi guai, a contemplare anche da lontano quell'ottava maraviglia, di cui aveva tanto sentito parlare fin da bambino. Ma dopo qualche momento, voltandosi indietro, vide all'orizzonte quella cresta frastagliata di montagne, vide distinto e alto tra quelle il suo *Resegone*, si sentí tutto rimescolare il sangue, stette lí alquanto a guardar tristamente da quella parte, poi tristamente si voltò, e seguitò la sua strada. A poco a poco cominciò poi a scoprir campanili e torri e cupole e tetti; scese allora nella strada, camminò ancora qualche tempo, e quando s'accorse d'esser ben vicino alla città, s'accostò a un viandante, e, inchinatolo, con tutto quel garbo che seppe, gli disse: – di grazia, quel signore.

– Che volete, bravo giovine?

– Saprebbe insegnarmi la strada piú certa, per andare al convento de' cappuccini dove sta il padre Bonaventura?

L'uomo a cui Renzo s'indirizzava, era un agiato abitante del contorno, che, andato quella mattina a Milano, per certi suoi affari, se ne tornava, senza aver fatto nulla, in gran fretta, ché non vedeva l'ora di trovarsi a casa, e avrebbe fatto volentieri di meno di quella fermata. Con tutto ciò, senza dar segno d'impazienza, rispose molto gentilmente: – figliuol caro, de' conventi ce n'è piú d'uno: bisognerebbe che mi sapeste dir piú chiaro quale è quello che voi cercate –. Renzo allora si levò di seno la lettera del padre Cristoforo, e la fece vedere a quel signore, il quale, lettovi: porta orientale, gliela rendette dicendo: – siete fortunato, bravo giovine; il convento che cercate è poco lontano di qui. Prendete per questa viottola a mancina: è una scorciatoia: in pochi minuti arriverete a una cantonata d'una fabbrica lunga e bassa: è il lazzeretto; costeggiate il fossato che lo circonda, e riuscirete a porta orientale. Entrate, e, dopo tre o quattrocento passi, vedrete una piazzetta con de' begli olmi: là è il convento: non potete sbagliare. Dio v'assista, bravo giovine –. E, accompagnando l'ultime parole con un gesto grazioso della mano, se n'andò. Renzo rimase stupefatto e edificato della buona maniera de' cittadini verso la gente di campagna; e non sapeva ch'era un giorno fuor dell'ordinario, un giorno in cui le cappe s'inchinavano ai farsetti. Fece la strada che gli era stata insegnata, e si trovò a porta orientale. Non bisogna però che, a questo nome, il lettore si lasci correre alla fantasia l'immagini che ora vi sono associate. Quando Renzo entrò per quella porta, la strada al di fuori non andava diritta che per tutta la lunghezza del lazzeretto; poi scorreva serpeggiante e stretta tra due siepi. La porta consisteva in due pilastri, con sopra una tettoia, per riparare i battenti, e da una parte, una casuccia per i gabellini. I bastioni scendevano in pendío irregolare, e il terreno era una superficie aspra e inuguale di rottami e di cocci buttati là a caso. La strada che s'apriva dinanzi a chi entrava per quella porta, non si paragonerebbe male a quella che ora si presenta a chi entri da porta Tosa. Un fossatello le scorreva nel mezzo, fino a poca distanza dalla porta, e la divideva cosí in due stradette tortuose, ricoperte di polvere o di fango, secondo la stagione. Al punto dov'era, e dov'è tuttora quella viuzza chiamata di Borghetto, il fossatello si perdeva in una fogna. Lí c'era una colonna, con sopra una croce, detta di san Dionigi: a destra e a sinistra, erano orti cinti di siepe e, ad intervalli, casucce, abitate per lo piú da lavandai. Renzo entra, passa; nessuno de' gabellini gli bada: cosa che gli parve strana, giacché, da que' pochi del suo paese che potevan vantarsi d'essere stati a Milano, aveva sentito raccontar cose grosse de' frugamenti e dell'interrogazioni a cui venivan sottoposti quelli che arrivavan dalla campagna. La strada era deserta, dimodoché, se non avesse sentito un ronzío lontano che indicava un gran movimento, gli sarebbe parso d'entrare in una città disabitata. Andando avanti, senza saper cosa si pensare, vide per terra certe strisce bianche e soffici, come di neve; ma neve non poteva essere; che non viene a strisce, né, per il solito, in quella stagione. Si chinò sur una di quelle, guardò, toccò, e trovò ch'era farina. «Grand'abbondanza, – disse tra sé, – ci dev'essere in Milano, se straziano in questa maniera la grazia di Dio. Ci davan poi ad intendere che la carestia è per tutto. Ecco come fanno, per tener quieta la povera gente di campagna». Ma, dopo pochi altri passi, arrivato a fianco della colonna, vide, appiè di quella, qualcosa di piú strano; vide sugli scalini del piedestallo certe cose sparse, che certamente non eran ciottoli, e se fossero state sul banco d'un fornaio, non si sarebbe esitato un momento a chiamarli pani. Ma Renzo non ardiva creder cosí presto a' suoi occhi; perché, diamine! non era luogo da pani quello. «Vediamo un po' che affare è questo», disse ancora tra sé; andò verso la colonna, si chinò, ne raccolse uno: era veramente un pan tondo, bianchissimo, di quelli che Renzo non era solito mangiarne che nelle solennità. – È pane davvero! – disse ad alta voce; tanta era la sua maraviglia: – cosí lo seminano in questo paese? in quest'anno? e non si scomodano neppure per raccoglierlo, quando cade? Che sia il paese di cuccagna questo? – Dopo dieci miglia di strada, all'aria fresca della mattina, quel pane, insieme con la maraviglia, gli risvegliò l'appetito. «Lo piglio?

– deliberava tra sé: – poh! l'hanno lasciato qui alla discrezion de' cani; tant'è che ne goda anche un cristiano. Alla fine, se comparisce il padrone, glielo pagherò». Cosí pensando, si mise in una tasca quello che aveva in mano, ne prese un secondo, e lo mise nell'altra; un terzo, e cominciò a mangiare; e si rincamminò, piú incerto che mai, e desideroso di chiarirsi che storia fosse quella. Appena mosso, vide spuntar gente che veniva dall'interno della città, e guardò attentamente quelli che apparivano i primi. Erano un uomo, una donna e, qualche passo indietro, un ragazzotto; tutt'e tre con un carico addosso, che pareva superiore alle loro forze, e tutt'e tre in una figura strana. I vestiti o gli stracci infarinati; infarinati i visi, e di piú stravolti e accesi; e andavano, non solo curvi, per il peso, ma sopra doglia, come se gli fossero state peste l'ossa. L'uomo reggeva a stento sulle spalle un gran sacco di farina, il quale, bucato qua e là, ne seminava un poco, a ogni intoppo, a ogni mossa disequilibrata. Ma piú sconcia era la figura della donna: un pancione smisurato, che pareva tenuto a fatica da due braccia piegate: come una pentolaccia a due manichi; e di sotto a quel pancione uscivan due gambe, nude fin sopra il ginocchio, che venivano innanzi barcollando. Renzo guardò piú attentamente, e vide che quel gran corpo era la sottana che la donna teneva per il lembo, con dentro farina quanta ce ne poteva stare, e un po' di piú; dimodoché, quasi a ogni passo, ne volava via una ventata. Il ragazzotto teneva con tutt'e due le mani sul capo una paniera colma di pani; ma, per aver le gambe piú corte de' suoi genitori, rimaneva a poco a poco indietro, e, allungando poi il passo ogni tanto, per raggiungerli, la paniera perdeva l'equilibrio, e qualche pane cadeva.

– Buttane via ancor un altro, buono a niente che sei, – disse la madre, digrignando i denti verso il ragazzo.

– Io non li butto via; cascan da sé: com'ho a fare? – rispose quello.

– Ih! buon per te, che ho le mani impicciate, – riprese la donna, dimenando i pugni, come se desse una buona scossa al povero ragazzo; e, con quel movimento, fece volar via piú farina, di quel che ci sarebbe voluto per farne i due pani lasciati cadere allora dal ragazzo. – Via, via, – disse l'uomo: – torneremo indietro a raccoglierli, o qualcheduno li raccoglierà. Si stenta da tanto tempo: ora che viene un po' d'abbondanza, godiamola in santa pace.

In tanto arrivava altra gente dalla porta; e uno di questi, accostatosi alla donna, le domandò: – dove si va a prendere il pane?

– Piú avanti, – rispose quella; e quando furon lontani dieci passi, soggiunse borbottando: – questi contadini birboni verranno a spazzar tutti i forni e tutti i magazzini, e non resterà piú niente per noi.

– Un po' per uno, tormento che sei, – disse il marito: – abbondanza, abbondanza.

Da queste e da altrettali cose che vedeva e sentiva, Renzo cominciò a raccapezzarsi ch'era arrivato in una città sollevata, e che quello era un giorno di conquista, vale a dire che ognuno pigliava, a proporzione della voglia e della forza, dando busse in pagamento. Per quanto noi desideriamo di far fare buona figura al nostro povero montanaro, la sincerità storica ci obbliga a dire che il suo primo sentimento fu di piacere. Aveva cosí poco da lodarsi dell'andamento ordinario delle cose, che si trovava inclinato ad approvare ciò che lo mutasse in qualunque maniera. E del resto, non essendo punto un uomo superiore al suo secolo, viveva anche lui in quell'opinione o in quella passione comune, che la scarsezza del pane fosse cagionata dagl'incettatori e da' fornai; ed era disposto a trovar giusto ogni modo di strappar loro dalle mani l'alimento che essi, secondo quell'opinione, negavano crudelmente alla fame di tutto un popolo. Pure, si propose di star fuori del tumulto, e si rallegrò d'esser diretto a un cappuccino, che gli troverebbe ricovero, e gli farebbe da padre. Cosí pensando, e guardando intanto i nuovi conquistatori che venivano carichi di preda, fece quella po' di strada che gli rimaneva per arrivare al convento.

Dove ora sorge quel bel palazzo, con quell'alto loggiato, c'era allora, e c'era ancora non son molt'anni, una piazzetta, e in fondo a quella la chiesa e il convento de' cappuccini, con quattro grand'olmi davanti. Noi ci rallegriamo, non senza invidia, con que' nostri lettori che non han visto le cose in quello stato: ciò vuol dire che son molto giovani, e non hanno avuto tempo di far molte corbellerie. Renzo andò diritto alla porta, si ripose in seno il mezzo pane che gli rimaneva, levò fuori e tenne preparata in mano la lettera, e tirò il campanello. S'aprí uno sportellino che aveva una grata, e vi comparve la faccia del frate portinaio a domandar chi era.

– Uno di campagna, che porta al padre Bonaventura una lettera pressante del padre Cristoforo.

– Date qui, – disse il portinaio, mettendo una mano alla grata.

– No, no, – disse Renzo: – gliela devo consegnare in proprie mani.

– Non è in convento.

– Mi lasci entrare, che l'aspetterò.

– Fate a mio modo, – rispose il frate: – andate a aspettare in chiesa, che intanto potrete fare un po' di bene. In convento, per adesso, non s'entra –. E detto questo, richiuse lo sportello. Renzo rimase lí, con la sua lettera in mano. Fece dieci passi verso la porta della chiesa, per seguire il consiglio del portinaio; ma poi pensò di dar prima un'altra occhiata al tumulto. Attraversò la piazzetta, si portò sull'orlo della strada, e si fermò, con le braccia incrociate sul petto, a guardare a sinistra, verso l'interno della città, dove il brulichío era piú folto e piú rumoroso. Il vortice attrasse lo spettatore. «Andiamo a vedere», disse tra sé; tirò fuori il suo mezzo pane, e sbocconcellando, si mosse verso quella parte. Intanto che s'incammina, noi racconteremo, piú brevemente che sia possibile, le cagioni e il principio di quello sconvolgimento.

Capitolo dodicesimo

Era quello il second'anno di raccolta scarsa. Nell'antecedente, le provvisioni rimaste degli anni addietro avevan supplito, fino a un certo segno al difetto; e la popolazione era giunta, non satolla né affamata, ma, certo, affatto sprovveduta, alla messe del 1628, nel quale siamo con la nostra storia. Ora, questa messe tanto desiderata riuscí ancor piú misera della precedente, in parte per maggior contrarietà delle stagioni (e questo non solo nel milanese, ma in un buon tratto di paese circonvicino); in parte per colpa degli uomini. Il guasto e lo sperperío della guerra, di quella bella guerra di cui abbiam fatto menzione di sopra, era tale, che, nella parte dello stato piú vicina ad essa, molti poderi piú dell'ordinario rimanevano incolti e abbandonati da' contadini, i quali, in vece di procacciar col lavoro pane per sé e per gli altri, eran costretti d'andare ad accattarlo per carità. Ho detto: piú dell'ordinario; perché le insopportabili gravezze, imposte con una cupidigia e con un'insensatezza del pari sterminate, la condotta abituale, anche in piena pace, delle truppe alloggiate ne' paesi, condotta che i dolorosi documenti di que' tempi uguagliano a quella d'un nemico invasore, altre cagioni che non è qui il luogo di mentovare, andavano già da qualche tempo operando lentamente quel tristo effetto in tutto il milanese: le circostanze particolari di cui ora parliamo, erano come una repentina esacerbazione d'un mal cronico. E quella qualunque raccolta non era ancor finita di riporre, che le provvisioni per l'esercito, e lo sciupinío che sempre le accompagna, ci fecero dentro un tal vòto, che la penuria si fece subito sentire e con la penuria quel suo doloroso, ma salutevole come inevitabile effetto, il rincaro.

Ma quando questo arriva a un certo segno, nasce sempre (o almeno è sempre nata finora; e se ancora, dopo tanti scritti di valentuomini, pensate in quel tempo!), nasce un'opinione ne' molti, che non ne sia cagione la scarsezza. Si dimentica d'averla temuta, predetta; si suppone tutt'a un tratto che ci sia grano abbastanza, e che il male venga dal non vendersene abbastanza per il consumo: supposizioni che non stanno né in cielo, né in terra; ma che lusingano a un tempo la collera e la speranza. Gl'incettatori di grano, reali o immaginari, i possessori di terre, che non lo vendevano tutto in un giorno, i fornai che ne compravano, tutti coloro in somma che ne avessero o poco o assai, o che avessero il nome d'averne, a questi si dava la colpa della penuria e del rincaro, questi erano il bersaglio del lamento universale, l'abbominio della moltitudine male e ben vestita. Si diceva di sicuro dov'erano i magazzini, i granai, colmi, traboccanti, appuntellati; s'indicava il numero de' sacchi, spropositato; si parlava con certezza dell'immensa quantità di granaglie che veniva spedita segretamente in altri paesi; ne' quali probabilmente si gridava, con altrettanta sicurezza e con fremito uguale, che le granaglie di là venivano a Milano. S'imploravan da' magistrati que' provvedimenti, che alla moltitudine paion sempre, o almeno sono sempre parsi finora, cosí giusti, cosí semplici, cosí atti a far saltar fuori il grano, nascosto, murato, sepolto, come dicevano, e a far ritornar l'abbondanza. I magistrati qualche cosa facevano: come di stabilire il prezzo massimo d'alcune derrate, d'intimar pene a chi ricusasse di vendere, e altri editti di quel genere. Siccome però tutti i provvedimenti di questo mondo, per quanto siano gagliardi, non hanno virtú di diminuire il bisogno del cibo, né di far venire derrate fuor di stagione; e siccome questi in ispecie non avevan certamente quella d'attirarne da dove ce ne potesse essere di soprabbondanti; cosí il male durava e cresceva. La moltitudine attribuiva un tale effetto alla scarsezza e alla debolezza de' rimedi, e ne sollecitava ad alte grida de' piú generosi e decisivi. E per sua sventura, trovò l'uomo secondo il suo cuore.

Nell'assenza del governatore don Gonzalo Fernandez de Cordova, che comandava l'assedio di Casale del Monferrato, faceva le sue veci in Milano il gran cancelliere Antonio Ferrer, pure spagnolo. Costui vide, e chi non l'avrebbe veduto? che l'essere il pane a un prezzo giusto, è per sé una cosa molto desiderabile; e pensò, e qui fu lo sbaglio, che un suo ordine potesse bastare a produrla. Fissò la *meta* (cosí chiamano qui la tariffa in materia di commestibili), fissò la meta del pane al prezzo che sarebbe stato il giusto, se il grano si fosse comunemente venduto trentatre lire il moggio: e si vendeva fino a ottanta. Fece come una donna stata giovine, che pensasse di ringiovinire, alterando la sua fede di battesimo.

Ordini meno insensati e meno iniqui eran, piú d'una volta, per la resistenza delle cose stesse, rimasti ineseguiti; ma all'esecuzione di questo vegliava la moltitudine, che, vedendo finalmente convertito in legge il suo desiderio, non avrebbe sofferto che fosse per celia. Accorse subito ai forni, a chieder pane al prezzo tassato; e lo chiese con quel fare di risolutezza e di minaccia, che dànno la passione, la forza e la legge riunite insieme, Se i fornai strillassero, non lo domandate. Intridere, dimenare, infornare e sfornare senza posa; perché il popolo, sentendo in confuso che l'era una cosa violenta, assediava i forni di continuo, per goder quella cuccagna fin che durava; affacchinarsi, dico, e scalmanarsi piú del solito, per iscapitarci, ognun vede che bel piacere dovesse essere. Ma, da una parte i magistrati che intimavan pene, dall'altra il popolo che voleva esser servito, e, punto punto che qualche fornaio indugiasse, pressava e brontolava, con quel suo vocione, e minacciava una di quelle sue giustizie, che sono delle peggio che si facciano in questo mondo; non c'era redenzione, bisognava rimenare, infornare, sfornare e vendere. Però, a farli continuare in quell'impresa, non bastava che fosse lor comandato, né che avessero molta paura; bisognava potere: e un po' piú che la cosa fosse durata, non avrebbero piú potuto. Facevan vedere ai magistrati l'iniquità e l'insopportabilità del carico imposto loro, protestavano di voler gettar la pala nel forno, e andarsene; e intanto tiravano avanti come potevano, sperando, sperando che, una volta o l'altra, il gran cancelliere avrebbe inteso la ragione. Ma Antonio Ferrer, il quale era quel che ora si direbbe un uomo di carattere, rispondeva che i fornai s'erano avvantaggiati molto e poi molto nel passato, che s'avvantaggerebbero molto e poi molto col ritornar dell'abbondanza; che anche si vedrebbe, si penserebbe forse a dar loro qualche risarcimento; e che intanto tirassero ancora avanti. O fosse veramente persuaso lui di queste ragioni che allegava agli altri, o che, anche conoscendo dagli effetti l'impossibilità di mantener quel suo editto, volesse lasciare agli altri l'odiosità di rivocarlo; giacché, chi può ora entrar nel cervello d'Antonio Ferrer? il fatto sta che rimase fermo su ciò che aveva stabilito. Finalmente i decurioni (un magistrato municipale composto di nobili, che durò fino al novantasei del secolo scorso) informaron per lettera il governatore, dello stato in cui eran le cose: trovasse lui qualche ripiego, che le facesse andare.

Don Gonzalo, ingolfato fin sopra i capelli nelle faccende della guerra, fece ciò che il lettore s'immagina certamente: nominò una giunta, alla quale conferí l'autorità di stabilire al pane un prezzo che potesse correre; una cosa da poterci campar tanto una parte che l'altra. I deputati si radunarono, o come qui si diceva spagnolescamente nel gergo segretariesco d'allora, si giuntarono; e dopo mille riverenze, complimenti, preamboli, sospiri, sospensioni, proposizioni in aria, tergiversazioni, strascinati tutti verso una deliberazione da una necessità sentita da tutti, sapendo bene che giocavano una gran carta, ma convinti che non c'era da far altro, conclusero di rincarare il pane. I fornai respirarono; ma il popolo imbestialí.

La sera avanti questo giorno in cui Renzo arrivò in Milano, le strade e le piazze brulicavano d'uomini, che trasportati da una rabbia comune, predominati da un pensiero comune, conoscenti o estranei, si riunivano in crocchi, senza essersi dati l'intesa, quasi senza avvedersene, come gocciole sparse sullo stesso pendío. Ogni discorso accresceva la persuasione e la passione degli uditori, come di colui che l'aveva proferito. Tra tanti appassionati, c'eran pure alcuni piú di sangue freddo, i quali stavano osservando con molto piacere, che l'acqua s'andava intorbidando; e s'ingegnavano d'intorbidarla di piú, con que' ragionamenti, e con quelle storie che i furbi sanno comporre, e che gli animi alterati sanno credere; e si proponevano di non lasciarla posare, quell'acqua, senza farci un po' di pesca. Migliaia d'uomini andarono a letto col sentimento indeterminato che qualche cosa bisognava fare, che qualche cosa si farebbe. Avanti giorno, le strade eran di nuovo sparse di crocchi: fanciulli, donne, uomini, vecchi, operai, poveri, si radunavano a sorte: qui era un bisbiglio confuso di molte voci; là uno predicava, e gli altri applaudivano; questo faceva al piú vicino la stessa domanda ch'era allora stata fatta a lui; quest'altro ripeteva l'esclamazione che s'era sentita risonare agli orecchi; per tutto lamenti, minacce, maraviglie: un piccol numero di vocaboli era il materiale di tanti discorsi.

Non mancava altro che un'occasione, una spinta, un avviamento qualunque, per ridurre le parole a fatti; e non tardò molto. Uscivano, sul far del giorno, dalle botteghe de' fornai i garzoni che, con una gerla carica di pane, andavano a portarne alle solite case. Il primo comparire d'uno di que' malcapitati ragazzi dov'era un crocchio di gente, fu come il cadere d'un salterello acceso in una polveriera. – Ecco se c'è il pane! – gridarono cento voci insieme. – Sí, per i tiranni, che notano nell'abbondanza, e voglion far morir noi di fame, – dice uno; s'accosta al ragazzetto, avventa la mano all'orlo della gerla, dà una stratta, e dice: – lascia vedere –. Il ragazzetto diventa rosso, pallido, trema, vorrebbe dire: lasciatemi andare; ma la parola gli muore in bocca; allenta le braccia, e cerca di liberarle in fretta dalle cigne. – Giú quella gerla, – si grida intanto. Molte mani l'afferrano a un tempo: è in terra; si butta per aria il canovaccio che la copre: una tepida fragranza si diffonde all'intorno. – Siam cristiani anche noi: dobbiamo mangiar pane anche noi, – dice il primo; prende un pan tondo, l'alza, facendolo vedere alla folla, l'addenta: mani alla gerla, pani per aria; in men che non si dice, fu sparecchiato. Coloro a cui non era toccato nulla, irritati alla vista del guadagno altrui, e animati dalla facilità dell'impresa, si mossero a branchi, in cerca d'altre gerle: quante incontrate, tante svaligiate. E non c'era neppur bisogno di dar l'assalto ai portatori: quelli che, per loro disgrazia, si trovavano in giro, vista la mala parata, posavano volontariamente il carico, e via a gambe. Con tutto ciò, coloro che rimanevano a denti secchi, erano senza paragone i piú; anche i conquistatori non eran soddisfatti di prede cosí piccole, e mescolati poi con gli uni e con gli altri, c'eran coloro che avevan fatto disegno sopra un disordine piú co' fiocchi. – Al forno! al forno! – si grida.

Nella strada chiamata la Corsia de' Servi, c'era, e c'è tuttavia un forno, che conserva lo stesso nome; nome che in toscano viene a dire il forno delle grucce, e in milanese è composto di parole cosí eteroclite, cosí bisbetiche, cosí salvatiche, che l'alfabeto della lingua non ha i segni per indicarne il suono[2]. A quella parte s'avventò la gente. Quelli della bottega stavano interrogando il garzone tornato scarico, il quale, tutto sbigottito e abbaruffato, riferiva balbettando la sua trista avventura; quando si sente un calpestío e un urlío insieme; cresce e s'avvicina; compariscono i forieri della masnada.

Serra serra; presto, presto: uno corre a chiedere aiuto al capitano di giustizia; gli altri chiudono in fretta la bottega, e appuntellano i battenti. La gente comin-

[2] El prestin di scansc.

cia a affollarsi di fuori, e a gridare: – pane! pane! aprite! aprite!

Pochi momenti dopo, arriva il capitano di giustizia, con una scorta d'alabardieri. – Largo, largo, figliuoli: a casa, a casa; fate luogo al capitano di giustizia, – grida lui e gli alabardieri. La gente, che non era ancor troppo fitta, fa un po' di luogo; dimodoché quelli poterono arrivare, e postarsi, insieme, se non in ordine, davanti alla porta della bottega.

– Ma figliuoli, – predicava di lí il capitano, – che fate qui? A casa, a casa. Dov'è il timor di Dio? Che dirà il re nostro signore? Non vogliam farvi male; ma andate a casa. Da bravi! Che diamine volete far qui, cosí ammontati? Niente di bene, né per l'anima, né per il corpo. A casa, a casa.

Ma quelli che vedevan la faccia del dicitore, e sentivan le sue parole, quand'anche avessero voluto ubbidire, dite un poco in che maniera avrebber potuto, spinti com'erano, e incalzati da quelli di dietro, spinti anch'essi da altri, come flutti da flutti, via via fino all'estremità della folla, che andava sempre crescendo. Al capitano, cominciava a mancargli il respiro. – Fateli dare addietro ch'io possa riprender fiato, – diceva agli alabardieri: – ma non fate male a nessuno. Vediamo d'entrare in bottega: picchiate; fateli stare indietro.

– Indietro! indietro! – gridano gli alabardieri, buttandosi tutti insieme addosso ai primi, e respingendoli con l'aste dell'alabarde. Quelli urlano, si tirano indietro, come possono; danno con le schiene ne' petti, co' gomiti nelle pance, co' calcagni sulle punte de' piedi a quelli che son dietro a loro: si fa un pigío, una calca, che quelli che si trovavano in mezzo, avrebbero pagato qualcosa a essere altrove. Intanto un po' di vòto s'è fatto davanti alla porta: il capitano picchia, ripicchia, urla che gli aprano: quelli di dentro vedono dalle finestre, scendon di corsa, aprono; il capitano entra, chiama gli alabardieri, che si ficcan dentro anch'essi l'un dopo l'altro, gli ultimi rattenendo la folla con l'alabarde. Quando sono entrati tutti, si mette tanto di catenaccio, si riappuntella; il capitano sale di corsa, e s'affaccia a una finestra. Uh, che formicolaio!

– Figliuoli, – grida: molti si voltano in su; – figliuoli, andate a casa. Perdono generale a chi torna subito a casa.

– Pane! pane! aprite! aprite! – eran le parole piú distinte nell'urlío orrendo, che la folla mandava in risposta.

– Giudizio, figliuoli! badate bene! siete ancora a tempo. Via, andate, tornate a casa. Pane, ne avrete; ma non è questa la maniera. Eh!... eh! che fate laggiú! Eh! a quella porta! Oibò oibò! Vedo, vedo: giudizio! badate bene! è un delitto grosso. Or ora vengo io. Eh! eh! smettete con que' ferri; giú quelle mani. Vergogna! Voi altri milanesi, che, per la bontà, siete nominati in tutto il mondo! Sentite, sentite: siete sempre stati buoni fi...... Ah canaglia!

Questa rapida mutazione di stile fu cagionata da una pietra che, uscita dalle mani d'uno di que' buoni figliuoli, venne a batter nella fronte del capitano, sulla protuberanza sinistra della profondità metafisica. – Canaglia! canaglia! – continuava a gridare, chiudendo presto presto la finestra, e ritirandosi. Ma quantunque avesse gridato quanto n'aveva in canna, le sue parole, buone e cattive, s'eran tutte dileguate e disfatte a mezz'aria, nella tempesta delle grida che venivan di giú. Quello poi che diceva di vedere, era un gran lavorare di pietre, di ferri (i primi che coloro avevano potuto procacciarsi per la strada), che si faceva alla porta, per sfondarla, e alle finestre, per svellere l'inferriate: e già l'opera era molto avanzata.

Intanto, padroni e garzoni della bottega, ch'erano alle finestre de' piani di sopra, con una munizione di pietre (avranno probabilmente disselciato un cortile), urlavano e facevan versacci a quelli di giú, perché smettessero; facevan vedere le pietre, accennavano di volerle buttare. Visto ch'era tempo perso, cominciarono a buttarle davvero. Neppur una ne cadeva in fallo; giacché la calca era tale, che un granello di miglio, come si suol dire, non sarebbe andato in terra.

– Ah birboni! ah furfantoni! È questo il pane, che date alla povera gente? Ahi! Ahimè! Ohi! Ora, ora! – s'urlava di giú. Piú d'uno fu conciato male; due ragazzi vi rimasero morti. Il furore accrebbe le forze della moltitudine: la porta fu sfondata, l'inferriate, svelte; e il torrente penetrò per tutti i varchi. Quelli di dentro, vedendo la mala parata, scapparono in soffitta: il capitano, gli alabardieri, e alcuni della casa stettero lí rannicchiati ne' cantucci; altri, uscendo per gli abbaini, andavano su pe' tetti, come i gatti.

La vista della preda fece dimenticare ai vincitori i disegni di vendette sanguinose. Si slanciano ai cassoni; il pane è messo a ruba. Qualcheduno in vece corre al banco, butta giú la serratura, agguanta le ciotole, piglia a manate, intasca, ed esce carico di quattrini, per tornar poi a rubar pane, se ne rimarrà. La folla si sparge ne' magazzini. Metton mano ai sacchi, li strascicano, li rovesciano: chi se ne caccia uno tra le gambe, gli scioglie la bocca, e, per ridurlo a un carico da potersi portare, butta via una parte della farina: chi, gridando: – aspetta, aspetta, – si china a parare il grembiule, un fazzoletto, il cappello, per ricever quella grazia di Dio; uno corre a una madia, e prende un pezzo di pasta, che s'allunga, e gli scappa da ogni parte; un altro, che ha conquistato un burattello, lo porta per aria: chi va, chi viene: uomini, donne, fanciulli, spinte, rispinte, urli, e un bianco polverío che per tutto si posa, per tutto si solleva, e tutto vela e annebbia. Di fuori, una calca composta di due processioni opposte, che si rompono e s'intralciano a vicenda, di chi esce con la preda, e di chi vuol entrare a farne.

Mentre quel forno veniva cosí messo sottosopra, nessun altro della città era quieto e senza pericolo. Ma a nessuno la gente accorse in numero tale da potere intraprender tutto; in alcuni, i padroni avevan raccolto degli ausiliari, e stavan sulle difese; altrove, trovandosi in pochi, venivano in certo modo a patti: distribuivan pane a quelli che s'eran cominciati a affollare davanti alle botteghe, con questo che se n'andassero. E quelli se n'andavano, non tanto perché fosser soddisfatti, quanto perché gli alabardieri e la sbirraglia, stando alla larga da quel tremendo forno delle grucce, si facevan però vedere altrove, in forza bastante a tenere in rispetto i tristi che non fossero una folla. Cosí il trambusto andava sempre crescendo a quel primo disgraziato forno; perché tutti coloro che gli pizzicavan le mani di far qualche bell'impresa, correvan là, dove gli amici erano i piú forti, e l'impunità sicura.

A questo punto eran le cose, quando Renzo, avendo ormai sgranocchiato il suo pane, veniva avanti per il borgo di porta orientale, e s'avviava, senza saperlo, proprio al luogo centrale del tumulto. Andava, ora lesto, ora ritardato dalla folla; e andando, guardava e stava in orecchi, per ricavar da quel ronzío confuso di discorsi qualche notizia piú positiva dello stato delle cose. Ed ecco a un di presso le parole che gli riuscí di rilevare in tutta la strada che fece.

– Ora è scoperta, – gridava uno, – l'impostura infame di que' birboni, che dicevano che non c'era né pane, né farina, né grano. Ora si vede la cosa chiara e lampante; e non ce la potranno piú dare ad intendere. Viva l'abbondanza!

– Vi dico io che tutto questo non serve a nulla, – diceva un altro: – è un buco nell'acqua; anzi sarà peggio, se non si fa una buona giustizia. Il pane verrà a buon mercato, ma ci metteranno il veleno, per far morir la povera gente, come mosche. Già lo dicono che siam troppi; l'hanno detto nella giunta; e lo so di certo, per averlo sentito dir io, con quest'orecchi, da una mia comare, che è amica d'un parente d'uno sguattero d'uno di que' signori.

Parole da non ripetersi diceva, con la schiuma alla bocca, un altro, che teneva con una mano un cencio di fazzoletto su' capelli arruffati e insanguinati. E qualche vicino, come per consolarlo, gli faceva eco.

– Largo, largo, signori, in cortesia; lascin passare un povero padre di famiglia, che porta da mangiare a cinque figliuoli –. Cosí diceva uno che veniva barcollando sotto un gran sacco di farina; e ognuno s'ingegnava di ritirarsi, per fargli largo.

– Io? – diceva un altro, quasi sottovoce, a un suo compagno: – io me la batto. Son uomo di mondo, e so come vanno queste cose. Questi merlotti che fanno ora tanto fracasso, domani o doman l'altro, se ne staranno in casa, tutti pieni di paura. Ho già visto certi visi, certi galantuomini che giran, facendo l'indiano, e notano chi c'è e chi non c'è: quando poi tutto è finito, si raccolgono i conti, e a chi tocca, tocca.

– Quello che protegge i fornai, – gridava una voce sonora, che attirò l'attenzione di Renzo, – è il vicario di provvisione.

– Son tutti birboni, – diceva un vicino.

– Sí; ma il capo è lui, – replicava il primo.

Il vicario di provvisione, eletto ogn'anno dal governatore tra sei nobili proposti dal Consiglio de' decurioni, era il presidente di questo, e del tribunale di provvisione; il quale, composto di dodici, anche questi nobili, aveva, con altre attribuzioni, quella principalmente dell'annona. Chi occupava un tal posto doveva necessariamente, in tempi di fame e d'ignoranza, esser detto l'autore de' mali: meno che non avesse fatto ciò che fece Ferrer; cosa che non era nelle sue facoltà, se anche fosse stata nelle sue idee.

– Scellerati! – esclamava un altro: – si può far di peggio? sono arrivati a dire che il gran cancelliere è un vecchio rimbambito, per levargli il credito, e comandar loro soli. Bisognerebbe fare una gran stia, e metterli dentro, a viver di vecce e di loglio, come volevano trattar noi.

– Pane eh? – diceva uno che cercava d'andar in fretta: – sassate di libbra: pietre di questa fatta, che venivan giú come la grandine. E che schiacciata di costole! Non vedo l'ora d'essere a casa mia.

Tra questi discorsi, dai quali non saprei dire se fosse piú informato o sbalordito, e tra gli urtoni, arrivò Renzo finalmente davanti a quel forno. La gente era già molto diradata, dimodoché poté contemplare il brutto e recente soqquadro. Le mura scalcinate e ammaccate da sassi, da mattoni, le finestre sgangherate, diroccata la porta.

«Questa poi non è una bella cosa, – disse Renzo tra sé: – se concian cosí tutti i forni, dove voglion fare il pane? Ne' pozzi?»

Ogni tanto, usciva dalla bottega qualcheduno che portava un pezzo di cassone, o di madia, o di frullone, la stanga d'una gramola, una panca, una paniera, un libro di conti, qualche cosa in somma di quel povero forno; e gridando: – largo, largo, – passava tra la gente. Tutti questi s'incamminavano dalla stessa parte, e a un luogo convenuto, si vedeva. «Cos'è quest'altra storia?» pensò di nuovo Renzo; e andò dietro a uno che, fatto un fascio d'asse spezzate e di schegge, se lo mise in ispalla, avviandosi, come gli altri, per la strada che costeggia il fianco settentrionale del duomo, e ha preso nome dagli scalini che c'erano, e da poco in qua non ci son piú. La voglia d'osservar gli avvenimenti non poté fare che il montanaro, quando gli si scoprí davanti la gran mole, non si soffermasse a guardare in su, con la bocca aperta. Studiò poi il passo, per raggiunger colui che aveva preso come per guida; voltò il canto, diede un'occhiata anche alla facciata del duomo, rustica allora in gran parte e ben lontana dal compimento; e sempre dietro a colui, che andava verso il mezzo della piazza. La gente era piú fitta quanto piú s'andava avanti, ma al portatore gli si faceva largo: egli fendeva l'onda del popolo, e Renzo, standogli sempre attaccato, arrivò con lui al centro della folla. Lí c'era uno spazio vòto, e in mezzo, un mucchio di brace, reliquie degli attrezzi detti di sopra. All'intorno era un batter di mani e di piedi, un frastono di mille grida di trionfo e d'imprecazione.

L'uomo del fascio lo buttò su quel mucchio; un altro, con un mozzicone di pala mezzo abbruciacchiato, sbracia il fuoco: il fumo cresce e s'addensa; la fiamma si ridesta; con essa le grida sorgon piú forti. – Viva l'abbondanza! Moiano gli affamatori! Moia la carestia! Crepi la Provvisione! Crepi la giunta! Viva il pane!

Veramente, la distruzion de' frulloni e delle madie,

la devastazion de' forni, e lo scompiglio de' fornai, non sono i mezzi piú spicci per far vivere il pane; ma questa è una di quelle sottigliezze metafisiche, che una moltitudine non ci arriva. Però, senza essere un gran metafisico, un uomo ci arriva talvolta alla prima, finch'è nuovo nella questione; e solo a forza di parlarne, e di sentirne parlare, diventerà inabile anche a intenderle. A Renzo in fatti quel pensiero gli era venuto, come abbiam visto, da principio, e gli tornava ogni momento. Lo tenne per altro in sé; perché, di tanti visi, non ce n'era uno che sembrasse dire: fratello, se fallo, correggimi, che l'avrò caro.

Già era di nuovo finita la fiamma; non si vedeva piú venir nessuno con altra materia, e la gente cominciava a annoiarsi; quando si sparse la voce, che, al Cordusio (una piazzetta o un crocicchio non molto distante di lí), s'era messo l'assedio a un forno. Spesso, in simili circostanze, l'annunzio d'una cosa la fa essere. Insieme con quella voce, si diffuse nella moltitudine una voglia di correr là: – io vo; tu, vai? vengo; andiamo, – si sentiva per tutto: la calca si rompe, e diventa una processione. Renzo rimaneva indietro, non movendosi quasi, se non quanto era strascinato dal torrente; e teneva intanto consiglio in cuor suo, se dovesse uscir dal baccano, e ritornare al convento, in cerca del padre Bonaventura, o andare a vedere anche quest'altra. Prevalse di nuovo la curiosità. Però risolvette di non cacciarsi nel fitto della mischia, a farsi ammaccar l'ossa, o a risicar qualcosa di peggio; ma di tenersi in qualche distanza, a osservare. E trovandosi già un poco al largo, si levò di tasca il secondo pane, e attaccandoci un morso, s'avviò alla coda dell'esercito tumultuoso.

Questo, dalla piazza, era già entrato nella strada corta e stretta di Pescheria vecchia, e di là, per quell'arco a sbieco, nella piazza de' Mercanti. E lí eran ben pochi quelli che, nel passar davanti alla nicchia che taglia il mezzo della loggia dell'edifizio chiamato allora il collegio de' dottori, non dessero un'occhiatina alla grande statua che vi campeggiava, a quel viso serio, burbero, accipigliato, e non dico abbastanza, di don Filippo II, che, anche dal marmo, imponeva un non so che di rispetto, e, con quel braccio teso, pareva che fosse lí per dire: ora vengo io, marmaglia.

Quella statua non c'è piú, per un caso singolare. Circa cento settant'anni dopo quello che stiam raccontando, un giorno le fu cambiata la testa, le fu levato di mano lo scettro, e sostituito a questo un pugnale; e alla statua fu messo nome Marco Bruto. Cosí accomodata stette forse un par d'anni; ma, una mattina, certuni che non avevan simpatia con Marco Bruto, anzi dovevano avere con lui una ruggine segreta, gettarono una fune intorno alla statua, la tiraron giú, le fecero cento angherie; e, mutilata e ridotta a un torso informe, la strascicarono, con gli occhi in fuori, e con le lingue fuori, per le strade, e, quando furon stracchi bene, la ruzzolarono non so dove. Chi l'avesse detto a Andrea Biffi, quando la scolpiva!

Dalla piazza de' Mercanti, la marmaglia insaccò, per quell'altr'arco, nella via de' *fustagnai*, e di lí si sparpagliò nel Cordusio. Ognuno, al primo sboccarvi, guardava subito verso il forno ch'era stato indicato. Ma in vece della moltitudine d'amici che s'aspettavano di trovar lí già al lavoro, videro soltanto alcuni starsene, come esitando, a qualche distanza della bottega, la quale era chiusa, e alle finestre gente armata, in atto di star pronti a difendersi. A quella vista, chi si maravigliava, chi sagrava, chi rideva; chi si voltava, per informar quelli che arrivavan via via; chi si fermava, chi voleva tornare indietro, chi diceva: – avanti, avanti –. C'era un incalzare e un rattenere, come un ristagno, una titubazione, un ronzío confuso di contrasti e di consulte. In questa, scoppiò di mezzo alla folla una maledetta voce: – c'è qui vicino la casa del vicario di provvisione: andiamo a far giustizia, e a dare il sacco –. Parve il rammentarsi comune d'un concerto preso piuttosto che l'accettazione d'una proposta. – Dal vicario! dal vicario! – è il solo grido che si possa sentire. La turba si move, tutta insieme, verso la strada dov'era la casa nominata in un cosí cattivo punto.

Capitolo tredicesimo

Lo sventurato vicario stava, in quel momento, facendo un chilo agro e stentato d'un desinare biascicato senza appetito, e senza pari fresco; e attendeva, con gran sospensione, come avesse a finire quella burrasca, lontano però dal sospettar che dovesse cader cosí spaventosamente addosso a lui. Qualche galantuomo precorse di galoppo la folla, per avvertirlo di quel che gli sovrastava. I servitori, attirati già dal rumore sulla porta, guardavano sgomentati lungo la strada, dalla parte donde il rumore veniva avvicinandosi. Mentre ascoltan l'avviso, vedon comparire la vanguardia: in fretta e in furia, si porta l'avviso al padrone: mentre questo pensa a fuggire, e come fuggire, un altro viene a dirgli che non è piú a tempo. I servitori ne hanno appena tanto che basti per chiuder la porta. Metton la stanga, metton puntelli, corrono a chiuder le finestre, come quando si vede venire avanti un tempo nero, e s'aspetta la grandine, da un momento all'altro. L'urlío crescente, scendendo dall'alto come un tuono, rimbomba nel vòto cortile; ogni buco della casa ne rintrona: e di mezzo al vasto e confuso strepito, si senton forti e fitti colpi di pietre alla porta.

– Il vicario! Il tiranno! L'affamatore! Lo vogliamo! vivo o morto!

Il meschino girava di stanza in stanza, pallido, senza fiato, battendo palma a palma, raccomandandosi a Dio, e a' suoi servitori, che tenessero fermo, che trovassero la maniera di farlo scappare. Ma come, e di dove? Salí in soffitta; da un pertugio, guardò ansiosamente nella strada, e la vide piena zeppa di furibondi; sentí le voci che chiedevan la sua morte; e piú smarrito che mai, si ritirò, e andò a cercare il piú sicuro e riposto nascondiglio. Lí rannicchiato, stava attento, attento, se mai il funesto rumore s'affievolisse, se il tumulto s'acquietasse un poco; ma sentendo in vece il muggito alzarsi piú feroce e piú rumoroso, e raddoppiare i picchi, preso da un nuovo soprassalto al cuore, si turava gli orecchi in fretta. Poi, come fuori di sé, stringendo i denti, e raggrinzando il viso, stendeva le braccia, e puntava i pugni, come se volesse tener ferma la porta.... Del resto, quel che facesse precisamente non si può sapere, giacché era solo; e la storia è costretta a indovinare. Fortuna che c'è avvezza.

Renzo, questa volta, si trovava nel forte del tumulto, non già portatovi dalla piena, ma cacciatovisi deliberatamente. A quella prima proposta di sangue, aveva sentito il suo rimescolarsi tutto: in quanto al saccheggio, non avrebbe saputo dire se fosse bene o male in quel caso; ma l'idea dell'omicidio gli cagionò un orrore pretto e immediato. E quantunque, per quella funesta docilità degli animi appassionati all'affermare appassionato di molti, fosse persuasissimo che il vicario era la cagion principale della fame, il nemico de' poveri, pure, avendo, al primo moversi della turba, sentita a caso qualche parola che indicava la volontà di fare ogni sforzo per salvarlo, s'era subito proposto d'aiutare anche lui un'opera tale; e, con quest'intenzione, s'era cacciato, quasi fino a quella porta, che veniva travagliata in cento modi. Chi con ciottoli picchiava su' chiodi della serratura, per isconficcarla; altri, con pali e scarpelli e martelli, cercavano di lavorar piú in regola: altri poi, con pietre, con coltelli spuntati, con chiodi, con bastoni, con l'unghie, non avendo altro, scalcinavano e sgretolavano il muro, e s'ingegnavano di levare i mattoni, e fare una breccia. Quelli che non potevano aiutare, facevan coraggio con gli urli; ma nello stesso tempo, con lo star lí a pigiare, impicciavan di piú il lavoro già impicciato dalla gara disordinata de' lavoranti: giacché, per grazia del cielo, accade talvolta anche nel male quella cosa troppo frequente nel bene, che i fautori piú ardenti divengano un impedimento.

I magistrati ch'ebbero i primi l'avviso di quel che accadeva, spediron subito a chieder soccorso al comandante del castello, che allora si diceva di porta Giovia; il quale mandò alcuni soldati. Ma, tra l'avviso, e l'ordine, e il radunarsi, e il mettersi in cammino, e il cammino, essi arrivarono che la casa era già cinta di vasto assedio; e fecero alto lontano da quella, all'estremità della folla. L'ufiziale che li comandava, non sapeva che partito prendere. Lí non era altro che una, lasciatemi dire, accozzaglia di gente varia d'età e di sesso, che stava a vedere. All'intimazioni che gli venivan fatte, di sbandarsi, e di dar luogo, rispondevano con un cupo e lungo mormorío; nessuno si moveva. Far fuoco sopra quella ciurma, pareva all'ufiziale cosa non solo crudele, ma piena di pericolo; cosa che, offendendo i meno terribili, avrebbe irritato i molti violenti: e del resto, non aveva una tale istruzione. Aprire quella prima folla, rovesciarla a destra e a sinistra, e andare avanti a portar la guerra a chi la faceva, sarebbe stata la meglio; ma riuscirvi, lí stava il punto. Chi sapeva se i soldati avrebber potuto avanzarsi uniti e ordinati? Che se, in vece di romper la folla, si fossero sparpagliati loro tra quella, si sarebber trovati a sua discrezione, dopo averla aizzata. L'irresolutezza del comandante e l'immobilità de' soldati parve, a diritto o a torto, paura. La gente che si trovavan vicino a loro, si contentavano di guardargli in viso, con un'aria, come si dice, di me n'impipo; quelli ch'erano un po' piú lontani, non se ne stavano di provocarli, con visacci e con grida di scherno; piú in là, pochi sapevano o si curavano che ci fossero; i guastatori seguitavano a smurare, senz'altro pensiero che di riuscir presto nell'impresa; gli spettatori non cessavano d'animarla con gli urli.

Spiccava tra questi, ed era lui stesso spettacolo, un vecchio mal vissuto, che, spalancando due occhi affossati e infocati, contraendo le grinze a un sogghigno di compiacenza diabolica, con le mani alzate sopra una canizie vituperosa, agitava in aria un martello, una corda, quattro gran chiodi, con che diceva di volere attaccare il vicario a un battente della sua porta, ammazzato che fosse.

– Oibò! vergogna! – scappò fuori Renzo, inorridito a quelle parole, alla vista di tant'altri visi che davan segno d'approvarle, e incoraggito dal vederne degli altri, sui quali, benché muti, traspariva lo stesso orrore del quale era compreso lui. – Vergogna! Vogliam noi rubare il mestiere al boia? assassinare un cristiano? Come volete che Dio ci dia del pane, se facciamo di queste atrocità? Ci manderà de' fulmini, e non del pane!

– Ah cane! ah traditor della patria! – gridò, voltandosi a Renzo, con un viso da indemoniato, un di coloro che avevan potuto sentire tra il frastono quelle sante parole. – Aspetta, aspetta! È un servitore del vicario, travestito da contadino: è una spia: dàlli, dàlli! – Cento voci si spargono all'intorno. – Cos'è? dov'è? chi è? Un servitore del vicario. Una spia. Il vicario travestito da contadino, che scappa. Dov'è? dov'è? dàlli, dàlli!

Renzo ammutolisce, diventa piccino piccino, vorrebbe sparire; alcuni suoi vicini lo prendono in mezzo; e con alte e diverse grida cercano di confondere quelle voci nemiche e omicide. Ma ciò che piú di tutto lo serví fu un – largo, largo, – che si sentí gridar lí vicino: – largo! è qui l'aiuto: largo, ohe!

Cos'era? Era una lunga scala a mano, che alcuni portavano, per appoggiarla alla casa, e entrarci da una finestra. Ma per buona sorte, quel mezzo, che avrebbe resa la cosa facile, non era facile esso a mettere in opera. I portatori, all'una e all'altra cima, e di qua e di là della macchina, urtati, scompigliati, divisi dalla calca, andavano a onde: uno, con la testa tra due scalini, e gli staggi sulle spalle, oppresso come sotto un giogo scosso, mugghiava; un altro veniva staccato dal carico con una spinta; la scala abbandonata picchiava spalle, braccia, costole: pensate cosa dovevan dire coloro de' quali erano. Altri sollevano con le mani il peso morto, vi si caccian sotto, se lo mettono addosso, gridando: – animo! andiamo! – La macchina fatale s'avanza balzelloni, e serpeggiando. Arrivò a tempo a distrarre e a disordinare i nemici di Renzo, il quale profittò della confusione nata nella confusione; e, quatto quatto sul principio, poi giocando di gomita a piú non posso, s'allontanò da quel luogo, dove non c'era buon'aria per lui, con l'intenzione anche d'uscire, piú presto che potesse, dal tumulto, e d'andar davvero a trovare o a aspettare il padre Bonaventura.

Tutt'a un tratto, un movimento straordinario cominciato a una estremità, si propaga per la folla, una voce si sparge, viene avanti di bocca in bocca: – Ferrer! Ferrer! – Una maraviglia, una gioia, una rabbia un'inclinazione, una ripugnanza, scoppiano per tutto dove arriva quel nome; chi lo grida, chi vuol soffogarlo; chi afferma, chi nega, chi benedice, chi bestemmia.

– È qui Ferrer! – Non è vero, non è vero! – Sí, sí; viva Ferrer! quello che ha messo il pane a buon mercato. – No, no! – È qui, è qui in carrozza. – Cosa importa? che c'entra lui? non vogliamo nessuno! – Ferrer! viva Ferrer! l'amico della povera gente! viene per condurre in prigione il vicario. – No, no: vogliamo far giustizia noi: indietro, indietro! – Sí, sí: Ferrer! venga Ferrer! in prigione il vicario!

E tutti, alzandosi in punta di piedi, si voltano a guardare da quella parte donde s'annunziava l'inaspettato arrivo. Alzandosi tutti, vedevano né piú né meno che se fossero stati tutti con le piante in terra; ma tant'è, tutti s'alzavano.

In fatti, all'estremità della folla, dalla parte opposta a quella dove stavano i soldati, era arrivato in carrozza Antonio Ferrer, il gran cancelliere; il quale, rimordendogli probabilmente la coscienza d'essere co' suoi spropositi e con la sua ostinazione, stato causa, o almeno occasione di quella sommossa, veniva ora a cercar d'acquietarla, e d'impedirne almeno il piú terribile e irreparabile effetto: veniva a spender bene una popolarità mal acquistata.

Ne' tumulti popolari c'è sempre un certo numero d'uomini che, o per un riscaldamento di passione, o per una persuasione fanatica, o per un disegno scellerato, o per un maledetto gusto del soqquadro, fanno di tutto per ispinger le cose al peggio; propongono o promovono i piú spietati consigli, soffian nel fuoco ogni volta che principia a illanguidire: non è mai troppo per costoro; non vorrebbero che il tumulto avesse né fine né misura. Ma per contrappeso, c'è sempre anche un certo numero d'altri uomini che, con pari ardore e con insistenza pari, s'adoprano per produr l'effetto contrario: taluni mossi da amicizia o da parzialità per le persone minacciate; altri senz'altro impulso che d'un pio e spontaneo orrore del sangue e de' fatti atroci. Il cielo li benedica. In ciascuna di queste due parti opposte, anche quando non ci siano concerti antecedenti, l'uniformità de' voleri crea un concerto istantaneo nell'operazioni. Chi forma poi la massa, e quasi il materiale del tumulto, è un miscuglio accidentale d'uomini, che, piú o meno, per gradazioni indefinite, tengono dell'uno e dell'altro estremo: un po' riscaldati, un po' furbi, un po' inclinati a una certa giustizia, come l'intendon loro, un po' vogliosi di vederne qualcheduna grossa, pronti alla ferocia e alla misericordia, a detestare e ad adorare, secondo che si presenti l'occasione di provar con pienezza l'uno o l'altro sentimento; avidi ogni momento di sapere, di credere qualche cosa grossa, bisognosi di gridare, d'applaudire a qualcheduno, o d'urlargli dietro. Viva e moia, son le parole che mandan fuori piú volentieri; e chi è riuscito a persuaderli che un tale non meriti d'essere squartato, non ha bisogno di spender piú parole per convincerli che sia degno d'esser portato in trionfo: attori, spettatori, strumenti, ostacoli, secondo il vento; pronti anche a stare zitti, quando non sentan piú grida da ripetere, a finirla, quando manchino gl'istigatori, a sbandarsi, quando molte voci concordi e non contraddette abbiano detto:

andiamo; e a tornarsene a casa, domandandosi l'uno con l'altro: cos'è stato? Siccome però questa massa, avendo la maggior forza, la può dare a chi vuole, cosí ognuna delle due parti attive usa ogni arte per tirarla dalla sua, per impadronirsene: sono quasi due anime nemiche, che combattono per entrare in quel corpaccio, e farlo movere. Fanno a chi saprà sparger le voci piú atte a eccitar le passioni, a dirigere i movimenti a favore dell'uno o dell'altro intento; a chi saprà piú a proposito trovare le nuove che riaccendano gli sdegni, o gli affievoliscano, risveglino le speranze o i terrori; a chi saprà trovare il grido, che ripetuto dai piú e piú forte, esprima, attesti e crei nello stesso tempo il voto della pluralità, per l'una o per l'altra parte.

Tutta questa chiacchierata s'è fatta per venire a dire che, nella lotta tra le due parti che si contendevano il voto della gente affollata alla casa del vicario, l'apparizione d'Antonio Ferrer diede, quasi in un momento, un gran vantaggio alla parte degli umani, la quale era manifestamente al di sotto, e, un po' piú che quel soccorso fosse tardato, non avrebbe avuto piú, né forza, né motivo di combattere. L'uomo era gradito alla moltitudine, per quella tariffa di sua invenzione cosí favorevole a' compratori, e per quel suo eroico star duro contro ogni ragionamento in contrario. Gli animi già propensi erano ora ancor piú innamorati dalla fiducia animosa del vecchio che, senza guardie, senza apparato, veniva cosí a trovare, ad affrontare una moltitudine irritata e procellosa. Faceva poi un effetto mirabile il sentire che veniva a condurre in prigione il vicario: cosí il furore contro costui, che si sarebbe scatenato peggio, chi l'avesse preso con le brusche, e non gli avesse voluto conceder nulla, ora, con quella promessa di soddisfazione, con quell'osso in bocca, s'acquietava un poco, e dava luogo agli altri opposti sentimenti, che sorgevano in una gran parte degli animi.

I partigiani della pace, ripreso fiato, secondavano Ferrer in cento maniere: quelli che si trovavan vicini a lui, eccitando e rieccitando col loro il pubblico applauso, e cercando insieme di far ritirare la gente, per aprire il passo alla carrozza; gli altri, applaudendo, ripetendo e facendo passare le sue parole, o quelle che a lor parevano le migliori che potesse dire, dando sulla voce ai furiosi ostinati, e rivolgendo contro di loro la nuova passione della mobile adunanza. – Chi è che non vuole che si dica: viva Ferrer? Tu non vorresti eh, che il pane fosse a buon mercato? Son birboni che non vogliono una giustizia da cristiani: e c'è di quelli che schiamazzano piú degli altri, per fare scappare il vicario. In prigione il vicario! Viva Ferrer! Largo a Ferrer! – E crescendo sempre piú quelli che parlavan cosí, s'andava a proporzione abbassando la baldanza della parte contraria; di maniera che i primi dal predicare vennero anche a dar sulle mani a quelli che diroccavano ancora, a cacciarli indietro, a levar loro dall'unghie gli ordigni. Questi fremevano, minacciavano anche, cercavan di rifarsi; ma la causa del sangue era perduta: il grido che predominava era: prigione, giustizia, Ferrer! Dopo un po' di dibattimento, coloro furon respinti: gli altri s'impadroniron della porta, e per tenerla difesa da nuovi assalti, e per prepararvi l'adito a Ferrer; e alcuno di essi, mandando dentro una voce a quelli di casa (fessure non ne mancava), gli avvisò che arrivava soccorso, e che facessero star pronto il vicario, – per andar subito.... in prigione: ehm, avete inteso?

– È quel Ferrer che aiuta a far le gride? – domandò a un nuovo vicino il nostro Renzo, che si rammentò del *vidit Ferrer* che il dottore gli aveva gridato all'orecchio, facendoglielo vedere in fondo di quella tale.

– Già: il gran cancelliere, – gli fu risposto.

– È un galantuomo, n'è vero?

– Eccome se è un galantuomo! è quello che aveva messo il pane a buon mercato; e gli altri non hanno voluto; e ora viene a condurre in prigione il vicario, che non ha fatto le cose giuste.

Non fa bisogno di dire che Renzo fu subito per Ferrer. Volle andargli incontro addirittura: la cosa non era facile; ma con certe sue spinte e gomitate da alpigiano, riuscí a farsi far largo, e a arrivare in prima fila, proprio di fianco alla carrozza.

Era questa già un po' inoltrata nella folla; e in quel momento stava ferma, per uno di quegl'incagli inevitabili e frequenti, in un'andata di quella sorte. Il vecchio Ferrer presentava ora all'uno, ora all'altro sportello, un viso tutto umile, tutto ridente, tutto amoroso, un viso che aveva tenuto sempre in serbo per quando si trovasse alla presenza di don Filippo IV; ma fu costretto a spenderlo anche in quest'occasione. Parlava anche; ma il chiasso e il ronzío di tante voci, gli evviva stessi che si facevano a lui, lasciavano ben poco e a ben pochi sentir le sue parole. S'aiutava dunque co' gesti, ora mettendo la punta delle mani sulle labbra, a prendere un bacio che le mani, separandosi subito, distribuivano a destra e a sinistra in ringraziamento alla pubblica benevolenza; ora stendendole e movendole lentamente fuori d'uno sportello, per chiedere un po' di luogo; ora abbassandole garbatamente, per chiedere un po' di silenzio. Quando n'aveva ottenuto un poco, i piú vicini sentivano e ripetevano le sue parole: – pane, abbondanza: vengo a far giustizia: un po' di luogo di grazia –. Sopraffatto poi e come soffogato dal fracasso di tante voci, dalla vista di tanti visi fitti, di tant'occhi addosso a lui, si tirava indietro un momento, gonfiava le gote, mandava un gran soffio, e diceva tra sé: «*por mi vida, que de gente!*»

– Viva Ferrer! Non abbia paura. Lei è un galantuomo. Pane, pane!

– Sí; pane, pane, – rispondeva Ferrer: – abbondanza; lo prometto io, – e metteva la mano al petto.

– Un po' di luogo, – aggiungeva subito: – vengo per condurlo in prigione, per dargli il giusto gastigo che si merita: – e soggiungeva sottovoce: – *si es culpable* –. Chinandosi poi innanzi verso il cocchiere, gli diceva in fretta: – *adelante, Pedro, si puedes*.

Il cocchiere sorrideva anche lui alla moltitudine, con una grazia affettuosa come se fosse stato un gran personaggio; e con un garbo ineffabile, dimenava adagio adagio la frusta, a destra e a sinistra, per chiedere agl'incomodi vicini che si ristringessero e si ritirassero un poco. – Di grazia, – diceva anche lui, – signori miei, un po' di luogo, un pochino; appena appena da poter passare.

Intanto i benevoli piú attivi s'adopravano a far fare il luogo chiesto cosí gentilmente. Alcuni davanti ai cavalli facevano ritirar le persone, con buone parole, con un mettere le mani sui petti, con certe spinte soavi: – in là, via, un po' di luogo, signori –; alcuni facevan lo stesso dalle due parti della carrozza, perché potesse passare senza arrotar piedi, né ammaccar mostacci; che, oltre il male delle persone, sarebbe stato porre a un gran repentaglio l'auge d'Antonio Ferrer.

Renzo, dopo essere stato qualche momento a vagheggiare quella decorosa vecchiezza, conturbata un po' dall'angustia, aggravata dalla fatica, ma animata dalla sollecitudine, abbellita, per dir cosí, dalla speranza di togliere un uomo all'angosce mortali, Renzo, dico, mise da parte ogni pensiero d'andarsene; e si risolvette d'aiutare Ferrer, e di non abbandonarlo, fin che non fosse ottenuto l'intento. Detto fatto, si mise con gli altri a far far largo; e non era certo de' meno attivi. Il largo si fece; – venite pure avanti, – diceva piú d'uno al cocchiere, ritirandosi o andando a fargli un po' di strada piú innanzi. – *Adelante, presto, con juicio*, – gli disse anche il padrone; e la carrozza si mosse. Ferrer, in mezzo ai saluti che scialacquava al pubblico in massa, ne faceva certi particolari di ringraziamento, con un sorriso d'intelligenza, a quelli che vedeva adoprarsi per lui: e di questi sorrisi ne toccò piú d'uno a Renzo, il quale per verità se li meritava, e serviva in quel giorno il gran cancelliere meglio che non avrebbe potuto fare il piú bravo de' suoi segretari. Al giovane montanaro invaghito di quella buona grazia, pareva quasi d'aver fatto amicizia con Antonio Ferrer.

La carrozza, una volta incamminata, seguitò poi, piú o meno adagio, e non senza qualche altra fermatina. Il tragitto non era forse piú che un tiro di schioppo; ma riguardo al tempo impiegatovi, avrebbe potuto parere un viaggetto, anche a chi non avesse avuto la santa fretta di Ferrer. La gente si moveva, davanti e di dietro, a destra e a sinistra della carrozza, a guisa di cavalloni intorno a una nave che avanza nel forte della tempesta. Piú acuto, piú scordato, piú assordante di quello della tempesta era il frastono. Ferrer, guardando ora da una parte, ora dall'altra; atteggiandosi e gestendo insieme, cercava d'intender qualche cosa, per accomodar le risposte al bisogno; voleva far alla meglio un po' di dialogo con quella brigata d'amici; ma la cosa era difficile, la piú difficile forse che gli fosse ancora capitata, in tant'anni di gran cancellierato. Ogni tanto però, qualche parola, anche qualche frase, ripetuta da un crocchio nel suo passaggio, gli si faceva sentire, come lo scoppio d'un razzo piú forte si fa sentire nell'immenso scoppiettío d'un fuoco artifiziale. E lui, ora ingegnandosi di rispondere in modo soddisfacente a queste grida, ora dicendo a buon conto le parole che sapeva dover esser piú accette, o che qualche necessità istantanea pareva richiedere, parlò anche lui per tutta la strada. – Sí, signori; pane, abbondanza. Lo condurrò io in prigione: sarà gastigato.... *si es culpable*. Sí, sí, comanderò io: il pane a buon mercato. *Así es*.... cosí è, voglio dire: il re nostro signore non vuole che codesti fedelissimi vassalli patiscan la fame. *Ox! ox! guardaos*: non si facciano male, signori. *Pedro, adelante con juicio*. Abbondanza, abbondanza. Un po' di luogo, per carità. Pane, pane. In prigione, in prigione. Cosa? – domandava poi a uno che s'era buttato mezzo dentro lo sportello, a urlargli qualche suo consiglio o preghiera o applauso che fosse. Ma costui, senza poter neppure ricevere il «cosa?» era stato tirato indietro da uno che lo vedeva lí lí per essere schiacciato da una rota. Con queste botte e risposte, tra le incessanti acclamazioni, tra qualche fremito anche d'opposizione, che si faceva sentire qua e là, ma era subito soffogato, ecco alla fine Ferrer arrivato alla casa, per opera principalmente di que' buoni ausiliari.

Gli altri che, come abbiam detto, eran già lí con le medesime buone intenzioni, avevano intanto lavorato a fare e a rifare un po' di piazza. Prega, esorta, minaccia; pigia, ripigia, incalza di qua e di là, con quel raddoppiare di voglia, e con quel rinnovamento di forze che viene dal veder vicino il fine desiderato; gli era finalmente riuscito di divider la calca in due, e poi di spingere indietro le due calche; tanto che, tra la porta e la carrozza, che vi si fermò davanti, v'era un piccolo spazio voto. Renzo, che, facendo un po' da battistrada, un po' da scorta, era arrivato con la carrozza, poté collocarsi in una di quelle due frontiere di benevoli, che facevano, nello stesso tempo, ala alla carrozza e argine alle due onde prementi di popolo. E aiutando a rattenerne una con le poderose sue spalle, si trovò anche in un bel posto per poter vedere.

Ferrer mise un gran respiro, quando vide quella piazzetta libera, e la porta ancor chiusa. Chiusa qui vuol dire non aperta; del resto i gangheri eran quasi sconficcati fuor de' pilastri: i battenti scheggiati, ammaccati, sforzati e scombaciati nel mezzo lasciavano veder fuori da un largo spiraglio un pezzo di catenaccio storto, allentato, e quasi divelto, che, se vogliam dir cosí, li teneva insieme. Un galantuomo s'era affacciato a quel fesso, a gridar che aprissero; un altro spalancò in fretta lo sportello della carrozza: il vecchio mise fuori la testa, s'alzò, e afferrando con la destra il braccio di quel galantuomo, uscí, e scese sul predellino.

La folla, da una parte e dall'altra, stava tutta in punta di piedi per vedere: mille visi, mille barbe in aria: la curiosità e l'attenzione generale creò un momento di generale silenzio. Ferrer, fermatosi quel momento sul predellino, diede un'occhiata in giro, salutò con un inchino la moltitudine, come da un pulpito, e messa la mano sinistra al petto, gridò: – pane e giustizia –; e franco, diritto, togato, scese in terra, tra l'acclamazioni che andavano alle stelle.

Intanto quelli di dentro avevano aperto, ossia avevan finito d'aprire, tirando via il catenaccio insieme con gli anelli già mezzi sconficcati, e allargando lo spiraglio, appena quanto bastava per fare entrare il desideratissimo ospite. – Presto, presto, – diceva lui: – aprite bene, ch'io possa entrare: e voi, da bravi, tenete indietro la gente; non mi lasciate venire addosso.... per l'amor del cielo! Serbate un po' di largo per tra poco.... Ehi! ehi! signori, un momento, – diceva poi ancora a quelli di dentro: – adagio con quel battente, lasciatemi passare: eh! le mie costole; vi raccomando le mie costole. Chiudete ora: no; eh! eh! la toga! la toga! – Sarebbe infatti rimasta presa tra i battenti, se Ferrer non n'avesse ritirato con molta disinvoltura lo strascico, che disparve come la coda d'una serpe, che si rimbuca inseguita.

Riaccostati i battenti, furono anche riappuntellati alla meglio. Di fuori, quelli che s'eran costituiti guardia del corpo di Ferrer, lavoravano di spalle, di braccia e di grida, a mantener la piazza vota, pregando in cuor loro il Signore che lo facesse far presto.

– Presto, presto, – diceva anche Ferrer di dentro, sotto il portico, ai servitori che gli si eran messi d'intorno ansanti, gridando: – sia benedetto! ah eccellenza! oh eccellenza! uh eccellenza!

– Presto, presto, – ripeteva Ferrer: – dov'è questo benedett'uomo?

Il vicario scendeva le scale, mezzo strascicato e mezzo portato da altri suoi servitori, bianco come un panno lavato. Quando vide il suo aiuto, mise un gran respiro; gli tornò il polso, gli scorse un po' di vita nelle gambe, un po' di colore sulle gote; e corse, come poté, verso Ferrer, dicendo: – sono nelle mani di Dio e di vostra eccellenza. Ma come uscir di qui? Per tutto c'è gente che mi vuol morto.

– *Venga usted con migo*, e si faccia coraggio: qui fuori c'è la mia carrozza; presto, presto –. Lo prese per la mano, e lo condusse verso la porta, facendogli coraggio tuttavia; ma diceva intanto tra sé: «*aqui está el busilis; Dios nos valga!*»

La porta s'apre; Ferrer esce il primo; l'altro dietro, rannicchiato, attaccato, incollato alla toga salvatrice, come un bambino alla sottana della mamma. Quelli che avevan mantenuta la piazza vota, fanno ora, con un alzar di mani, di cappelli, come una rete, una nuvola, per sottrarre alla vista pericolosa della moltitudine il vicario; il quale entra il primo nella carrozza, e vi si rimpiatta in un angolo. Ferrer sale dopo; lo sportello vien chiuso. La moltitudine vide in confuso, riseppe, indovinò quel ch'era accaduto; e mandò un urlo d'applausi e d'imprecazioni.

La parte della strada che rimaneva da farsi, poteva parer la piú difficile e la piú pericolosa. Ma il voto pubblico era abbastanza spiegato per lasciar andare in prigione il vicario; e nel tempo della fermata, molti di quelli che avevano agevolato l'arrivo di Ferrer, s'eran tanto ingegnati a preparare e a mantener come una corsía nel mezzo della folla, che la carrozza poté, questa seconda volta, andare un po' piú lesta, e di seguito. Di mano in mano che s'avanzava, le due folle rattenute dalle parti, si ricadevano addosso e si rimischiavano, dietro a quella.

Ferrer, appena seduto, s'era chinato per avvertire il vicario, che stesse ben rincantucciato nel fondo, e non si facesse vedere, per l'amor del cielo; ma l'avvertimento era superfluo. Lui, in vece, bisognava che si facesse vedere, per occupare e attirare a sé tutta l'attenzione del pubblico. E per tutta questa gita, come nella prima, fece al mutabile uditorio un discorso, il piú continuo nel tempo, e il piú sconnesso nel senso, che fosse mai; interrompendolo però ogni tanto con qualche parolina spagnola, che in fretta in fretta si voltava a bisbigliar nell'orecchio del suo acquattato compagno. – Sí, signori; pane e giustizia: in castello, in prigione, sotto la mia guardia. Grazie, grazie, grazie tante. No, no: non iscapperà. *Por ablandarlos*. È troppo giusto; s'esaminerà, si vedrà. Anch'io voglio bene a lor signori. Un gastigo severo. *Esto lo digo por su bien*. Una meta giusta, una meta onesta, e gastigo agli affamatori. Si tirin da parte, di grazia. Sí, sí; io sono un galantuomo, amico del popolo. Sarà gastigato: è vero, è un birbante, uno scellerato. *Perdone, usted.* La passerà male, la passerà male..... *si es culpable.* Sí, sí, li faremo rigar diritto i fornai. Viva il re, e i buoni milanesi, suoi fedelissimi vassalli! Sta fresco, sta fresco. *Animo; estámos ya quasi fuera.*

Avevano in fatti attraversata la maggior calca, e già eran vicini a uscir al largo, del tutto. Lí Ferrer, mentre cominciava a dare un po' di riposo a' suoi polmoni, vide il soccorso di Pisa, que' soldati spagnoli, che però sulla fine non erano stati affatto inutili, giacché sostenuti e diretti da qualche cittadino, avevano cooperato a mandare in pace un po' di gente, e a tenere il passo libero all'ultima uscita. All'arrivar della carrozza, fecero ala, e presentaron l'arme al gran cancelliere, il quale fece anche qui un saluto a destra, un saluto a sinistra; e all'ufiziale, che venne piú vicino a fargli il suo, disse, accompagnando le parole con un cenno della destra: – *beso a usted las manos* –: parole che l'ufiziale intese per quel che volevano dir realmente, cioè: m'avete dato un bell'aiuto! In risposta, fece un altro saluto, e si ristrinse nelle spalle. Era veramente il caso di dire: *cedant arma togae*; ma Ferrer non aveva in quel momento la testa a citazioni: e del resto sarebbero state parole buttate via, perché l'ufiziale non intendeva il latino.

A Pedro, nel passar tra quelle due file di micheletti, tra que' moschetti cosí rispettosamente alzati, gli tornò in petto il cuore antico. Si riebbe affatto dallo sbalordimento, si rammentò chi era, e chi conduceva; e gridando: – ohe! ohe! – senz'aggiunta d'altre cerimonie, alla gente ormai rada abbastanza per poter esser trattata cosí, e sferzando i cavalli, fece loro prender la rincorsa verso il castello.

– *Levantese, levantese; estámos ya fuera,* – disse Ferrer al vicario; il quale, rassicurato dal cessar delle grida, e dal rapido moto della carrozza, e da quelle parole, si svolse, si sgruppò, s'alzò; e riavutosi alquanto, cominciò a render grazie, grazie e grazie al suo liberatore. Questi, dopo essersi condoluto con lui del pericolo e rallegrato della salvezza: – ah! – esclamò, battendo la mano sulla sua zucca monda, – *que dirá de esto su exce-*

lencia, che ha già tanto la luna a rovescio, per quel maledetto Casale, che non vuole arrendersi? *Que dirá el conde duque*, che piglia ombra se una foglia fa piú rumore del solito? *Que dirá el rey nuestro señor*, che pur qualche cosa bisognerà che venga a risapere d'un fracasso cosí? E sarà poi finito? *Dios lo sabe*.

– Ah! per me, non voglio piú impicciarmene, – diceva il vicario: – me ne chiamo fuori; rassegno la mia carica nelle mani di vostra eccellenza, e vo a vivere in una grotta, sur una montagna, a far l'eremita, lontano, lontano da questa gente bestiale.

– *Usted* farà quello che sarà piú conveniente *por el servicio de su magestad*, – rispose gravemente il gran cancelliere.

– Sua maestà non vorrà la mia morte, – replicava il vicario: – in una grotta, in una grotta; lontano da costoro.

Che avvenisse poi di questo suo proponimento non lo dice il nostro autore, il quale, dopo avere accompagnato il pover'uomo in castello, non fa piú menzione de' fatti suoi.

Capitolo quattordicesimo

La folla rimasta indietro cominciò a sbandarsi, a diramarsi a destra e a sinistra, per questa e per quella strada. Chi andava a casa, a accudire anche alle sue faccende; chi s'allontanava, per respirare un po' al largo, dopo tante ore di stretta; chi, in cerca d'amici, per ciarlare de' gran fatti della giornata. Lo stesso sgombero s'andava facendo dall'altro sbocco della strada, nella quale la gente restò abbastanza rada perché quel drappello di spagnoli potesse, senza trovar resistenza, avanzarsi, e postarsi alla casa del vicario. Accosto a quella stava ancor condensato il fondaccio, per dir cosí, del tumulto; un branco di birboni, che malcontenti d'una fine cosí fredda e cosí imperfetta d'un cosí grand'apparato, parte brontolavano, parte bestemmiavano, parte tenevan consiglio, per veder se qualche cosa si potesse ancora intraprendere; e, come per provare, andavano urtacchiando e pigiando quella povera porta, ch'era stata di nuovo appuntellata alla meglio. All'arrivar del drappello, tutti coloro, chi diritto diritto, chi baloccandosi, e come a stento, se n'andarono dalla parte opposta, lasciando il campo libero a' soldati, che lo presero, e vi si postarono, a guardia della casa e della strada. Ma tutte le strade del contorno erano seminate di crocchi: dove c'eran due o tre persone ferme, se ne fermavano tre, quattro, venti altre: qui qualcheduno si staccava; là tutto un crocchio si moveva insieme: era come quella nuvolaglia che talvolta rimane sparsa, e gira per l'azzurro del cielo, dopo una burrasca; e fa dire a chi guarda in su: questo tempo non è rimesso bene. Pensate poi che babilonia di discorsi. Chi raccontava con enfasi i casi particolari che aveva visti; chi raccontava ciò che lui stesso aveva fatto; chi si rallegrava che la cosa fosse finita bene, e lodava Ferrer, e pronosticava guai seri per il vicario; chi, sghignazzando, diceva: – non abbiate paura, che non l'ammazzeranno: il lupo non mangia la carne del lupo –; chi piú stizzosamente mormorava che non s'eran fatte le cose a dovere, ch'era un inganno, e ch'era stata una pazzia il far tanto chiasso, per lasciarsi poi canzonare in quella maniera.

Intanto il sole era andato sotto, le cose diventavan tutte d'un colore; e molti, stanchi della giornata e annoiati di ciarlare al buio, tornavano verso casa. Il nostro giovine, dopo avere aiutato il passaggio della carrozza, finché c'era stato bisogno d'aiuto, e esser passato anche lui dietro a quella, tra le file de' soldati, come in trionfo, si rallegrò quando la vide correr liberamente, e fuor di pericolo; fece un po' di strada con la folla, e n'uscí, alla prima cantonata, per respirare anche lui un po' liberamente. Fatto ch'ebbe pochi passi al largo, in mezzo all'agitazione di tanti sentimenti, di tante immagini, recenti e confuse, sentí un gran bisogno di mangiare e di riposarsi; e cominciò a guardare in su, da una parte e dall'altra, cercando un'insegna d'osteria; giacché, per andare al convento de' cappuccini era troppo tardi. Camminando cosí con la testa per aria, si trovò a ridosso a un crocchio; e fermatosi, sentí che vi discorrevan di congetture, di disegni, per il giorno dopo. Stato un momento a sentire, non poté tenersi di non dire anche lui la sua; parendogli che potesse senza presunzione proporre qualche cosa chi aveva fatto tanto. E persuaso, per tutto ciò che aveva visto in quel giorno, che ormai, per mandare a effetto una cosa, bastasse farla entrare in grazia a quelli che giravano per le strade, – signori miei! – gridò, in tono d'esordio: – devo dire anch'io il mio debol parere? Il mio debol parere è questo: che non è solamente nell'affare del pane che si fanno delle bricconerie: e giacché oggi s'è visto chiaro che, a farsi sentire, s'ottiene quel che è giusto; bisogna andar avanti cosí, fin che non si sia messo rimedio a tutte quelle altre scelleratezze, e che il mondo vada un po' piú da cristiani. Non è vero, signori miei, che c'è una mano di tiranni, che fanno proprio al rovescio de' dieci comandamenti, e vanno a cercar la gente quieta, che non pensa a loro, per farle ogni male, e poi hanno sempre ragione? anzi quando n'hanno fatta una piú grossa del solito, camminano con la testa piú alta, che par che gli s'abbia a rifare il resto? Già anche in Milano ce ne dev'essere la sua parte.

– Pur troppo, – disse una voce.

– Lo dicevo io, – riprese Renzo: – già le storie si raccontano anche da noi. E poi la cosa parla da sé. Mettiamo, per esempio, che qualcheduno di costoro che voglio dir io stia un po' in campagna, un po' in Milano: se è un diavolo là, non vorrà esser un angiolo qui; mi pare. Dunque mi dicano un poco, signori miei, se hanno mai visto uno di questi *col muso all'inferriata*. E quel che è peggio (e questo lo posso dir io di sicuro), è che le gride ci sono, stampate, per gastigarli: e non già gride senza costrutto; fatte benissimo, che noi non potremmo trovar niente di meglio; ci son nominate le bricconerie chiare, proprio come succedono; e a ciascheduna, il suo buon gastigo. E dice: sia chi si sia, vili e plebei, e che so io. Ora, andate a dire ai dottori, scribi e farisei, che vi facciano far giustizia, secondo che canta la grida: vi danno retta come il papa ai furfanti: cose da far girare il cervello a qualunque galantuomo. Si vede dunque chiaramente che il re, e quelli che comandano, vorrebbero che i birboni fossero gastigati; ma non se ne fa nulla, perché c'è una lega. Dunque bisogna romperla; bisogna andar domattina da Ferrer, che quello è un galantuomo, un signore alla mano; e oggi s'è potuto vedere com'era contento di trovarsi con la povera gente, e come cercava di sentir le ragioni che gli venivan dette, e rispondeva con buona grazia. Bisogna andar da Ferrer, e dirgli come stanno le cose; e io, per la parte mia, gliene posso raccontar delle belle; che ho visto io, co' miei occhi, una grida con tanto d'arme in cima, ed era stata fatta da tre di quelli che possono, che d'ognuno c'era sotto il suo nome bell'e stampato, e uno di questi nomi era Ferrer, visto da me, co' miei occhi: ora, questa grida diceva proprio le cose giuste per me; e un dottore al quale io gli dissi che dunque mi facesse render giustizia, com'era l'intenzione di que' tre signori, tra i quali c'era anche Ferrer, questo signor dottore, che m'aveva fatto veder la grida lui medesimo, che è il piú bello, ah! ah! pareva che gli dicessi delle pazzie. Son sicuro che, quando quel caro vecchione sentirà queste belle cose; che lui non le può saper tutte, specialmente quelle di fuori; non vorrà piú che il mondo vada cosí, e ci metterà un buon rimedio. E poi, anche loro, se fanno le gride, devono aver piacere che s'ubbidisca: che è anche un disprezzo, un pitaffio col loro nome, contarlo per nulla. E se i prepotenti non vogliono abbassar la testa, e fanno il pazzo, siam qui noi per aiutarlo, come s'è fatto oggi. Non dico che deva andar lui in giro, in carrozza, ad acchiappar tutti i birboni, prepotenti e tiranni: sí; ci vorrebbe l'arca di Noè. Bisogna che lui comandi a chi tocca, e non solamente in Milano, ma per tutto, che faccian le cose conforme dicon le gride; e formare un buon processo addosso a tutti quelli che hanno commesso di quelle bricconerie; e dove dice prigione, prigione; dove dice galera, galera; e dire ai podestà che faccian davvero; se no, mandarli a spasso, e metterne de' meglio: e poi, come dico, ci saremo anche noi a dare una mano. E ordinare a' dottori che stiano a sentire i poveri e parlino in difesa della ragione. Dico bene, signori miei?

Renzo aveva parlato tanto di cuore, che, fin dall'esordio, una gran parte de' radunati, sospeso ogni altro discorso, s'eran rivoltati a lui; e, a un certo punto, tutti erano divenuti suoi uditori. Un grido confuso d'applausi, di – bravo: sicuro: ha ragione: è vero pur troppo, – fu come la risposta dell'udienza. Non mancaron però i critici. – Eh sí, – diceva uno: – dar retta a' montanari: son tutti avvocati –; e se ne andava. – Ora, – mormorava un altro, – ogni scalzacane vorrà dir la sua; e a furia di metter carne a fuoco, non s'avrà il pane a buon mercato; che è quello per cui ci siam mossi –. Renzo però non sentí che i complimenti; chi gli prendeva una mano, chi gli prendeva l'altra. – A rivederci a domani. – Dove? – Sulla piazza del duomo. – Va bene. – Va bene, – E qualcosa si farà. – E qualcosa si farà.

– Chi è di questi bravi signori che voglia insegnarmi un'osteria, per mangiare un boccone, e dormire da povero figliuolo? – disse Renzo.

– Son qui io a servirvi, quel bravo giovine, – disse uno, che aveva ascoltata attentamente la predica, e non aveva detto ancor nulla. – Conosco appunto un'osteria che farà al caso vostro; e vi raccomanderò al padrone, che è mio amico, e galantuomo.

– Qui vicino? – domandò Renzo. – Poco distante, – rispose colui.

La radunata si sciolse; e Renzo, dopo molte strette di mani sconosciute, s'avviò con lo sconosciuto, ringraziandolo della sua cortesia.

– Di che cosa? – diceva colui: – una mano lava l'altra, e tutt'e due lavano il viso. Non siamo obbligati a far servizio al prossimo? – E camminando, faceva a Renzo, in aria di discorso, ora una, ora un'altra domanda. – Non per sapere i fatti vostri; ma voi mi parete molto stracco: da che paese venite?

– Vengo, – rispose Renzo, – fino, fino da Lecco.

– Fin da Lecco? Di Lecco siete?

– Di Lecco... cioè del territorio.

– Povero giovine! per quanto ho potuto intendere da' vostri discorsi, ve n'hanno fatte delle grosse.

– Eh! caro il mio galantuomo! ho dovuto parlare con un po' di politica, per non dire in pubblico i fatti miei; ma... basta, qualche giorno si saprà; e allora... Ma qui vedo un'insegna d'osteria; e, in fede mia, non ho voglia d'andar piú lontano.

– No, no! venite dov'ho detto io, che c'è poco, – disse la guida: – qui non istareste bene.

– Eh, sí; – rispose il giovine: – non sono un signorino avvezzo a star nel cotone: qualcosa alla buona da mettere in castello, e un saccone, mi basta: quel che mi preme è di trovar presto l'uno e l'altro. Alla provvidenza! – Ed entrò in un usciaccio, sopra il quale pendeva l'insegna della luna piena. – Bene; vi condurrò qui, giacché vi piace cosí, – disse lo sconosciuto; e gli andò dietro.

– Non occorre che v'incomodiate di piú, – rispose Renzo. – Però, – soggiunse, – se venite a bere un bicchiere con me, mi fate piacere.

– Accetterò le vostre grazie, – rispose colui; e andò, come piú pratico del luogo, innanzi a Renzo, per un cortiletto; s'accostò all'uscio che metteva in cucina, alzò il saliscendi, aprí, e v'entrò col suo compagno. Due lumi a mano, pendenti da due pertiche attaccate alla trave del palco, vi spandevano una mezza luce. Molta gente era seduta, non però in ozio, su due panche, di qua e di là d'una tavola stretta e lunga, che teneva quasi tutta una parte della stanza: a intervalli, tovaglie e piatti; a intervalli, carte voltate e rivoltate, dadi buttati e raccolti; fiaschi e bicchieri per tutto. Si vedevano anche correre *berlinghe*, *reali* e *parpagliole*, che, se avessero potuto parlare, avrebbero detto probabilmente: «noi eravamo stamattina nella ciotola d'un fornaio, o nelle tasche di qualche spettatore del tumulto, che tutt'intento a vedere come andassero gli affari pubblici, si dimenticava di vigilar le sue faccendole private». Il chiasso era grande. Un garzone girava innanzi e indietro, in fretta e in furia, al servizio di quella tavola insieme e tavoliere: l'oste era a sedere sur una piccola panca, sotto la cappa del cammino, occupato, in apparenza, in certe figure che faceva e disfaceva nella cenere, con le molle; ma in realtà intento a tutto ciò che accadeva intorno a lui. S'alzò, al rumore del saliscendi, e andò incontro ai soprarrivati. Vista ch'ebbe la guida, «maledetto! – disse tra sé: – che tu m'abbia a venir sempre tra' piedi, quando meno ti vorrei!» Data poi un'occhiata in fretta a Renzo, disse, ancora tra sé: «non ti conosco; ma venendo con un tal cacciatore, o cane o lepre sarai:

quando avrai detto due parole, ti conoscerò». Però, di queste riflessioni nulla trasparve sulla faccia dell'oste, la quale stava immobile come un ritratto: una faccia pienotta e lucente, con una barbetta folta, rossiccia, e due occhietti chiari e fissi.

– Cosa comandan questi signori? – disse ad alta voce.

– Prima di tutto, un buon fiasco di vino sincero, – disse Renzo: – e poi un boccone –. Cosí dicendo, si buttò a sedere sur una panca, verso la cima della tavola, e mandò un – ah! – sonoro, come se volesse dire: fa bene un po' di panca, dopo essere stato, tanto tempo, ritto e in faccende. Ma gli venne subito in mente quella panca e quella tavola, a cui era stato seduto l'ultima volta, con Lucia e con Agnese: e mise un sospiro. Scosse poi la testa, come per iscacciar quel pensiero: e vide venir l'oste col vino. Il compagno s'era messo a sedere in faccia a Renzo. Questo gli mescé subito da bere, dicendo: – per bagnar le labbra –. E riempito l'altro bicchiere, lo tracannò in un sorso.

– Cosa mi darete da mangiare? – disse poi all'oste.

– Ho dello stufato: vi piace? – disse questo.

– Sí, bravo; dello stufato.

– Sarete servito, – disse l'oste a Renzo; e al garzone: – servite questo forestiero –. E s'avviò verso il cammino. – Ma... – riprese poi, tornando verso Renzo: – ma pane, non ce n'ho in questa giornata.

– Al pane, – disse Renzo, ad alta voce e ridendo, – ci ha pensato la provvidenza –. E tirato fuori il terzo e ultimo di que' pani raccolti sotto la croce di san Dionigi, l'alzò per aria, gridando: – ecco il pane della provvidenza!

All'esclamazione, molti si voltarono; e vedendo quel trofeo in aria, uno gridò: – viva il pane a buon mercato!

– A buon mercato? – disse Renzo: – *gratis et amore*.

– Meglio, meglio.

– Ma, – soggiunse subito Renzo, – non vorrei che lor signori pensassero a male. Non è ch'io l'abbia, come si suol dire, sgraffignato. L'ho trovato in terra; e se potessi trovare anche il padrone, son pronto a pagarglielo.

– Bravo! bravo! – gridarono, sghignazzando piú forte, i compagnoni; a nessuno de' quali passò per la mente che quelle parole fossero dette davvero.

– Credono ch'io canzoni; ma l'è proprio cosí, – disse Renzo alla sua guida; e, girando in mano quel pane, soggiunse: – vedete come l'hanno accomodato; pare una schiacciata: ma ce n'era del prossimo! Se ci si trovavan di quelli che han l'ossa un po' tenere, saranno stati freschi –. E subito, divorati tre o quattro bocconi di quel pane, gli mandò dietro un secondo bicchier di vino; e soggiunse: – da sé non vuol andar giú questo pane. Non ho avuto mai la gola tanto secca. S'è fatto un gran gridare!

– Preparate un buon letto a questo bravo giovine, – disse la guida: – perché ha intenzione di dormir qui.

– Volete dormir qui? – domandò l'oste a Renzo, avvicinandosi alla tavola.

– Sicuro, – rispose Renzo: – un letto alla buona; basta che i lenzoli sian di bucato; perché son povero figliuolo, ma avvezzo alla pulizia.

– Oh, in quanto a questo! – disse l'oste: andò al banco, ch'era in un angolo della cucina; e ritornò, con un calamaio e un pezzetto di carta bianca in una mano, e una penna nell'altra.

– Cosa vuol dir questo? – esclamò Renzo, ingoiando un boccone dello stufato che il garzone gli aveva messo davanti, e sorridendo poi con maraviglia, soggiunse: – è il lenzolo di bucato, codesto?

L'oste, senza rispondere, posò sulla tavola il calamaio e la carta; poi appoggiò sulla tavola medesima il braccio sinistro e il gomito destro; e, con la penna in aria, e il viso alzato verso Renzo, gli disse: – fatemi il piacere di dirmi il vostro nome, cognome e patria.

– Cosa? – disse Renzo: – cosa c'entrano codeste storie col letto?

– Io fo il mio dovere, – disse l'oste, guardando in viso alla guida: – noi siamo obbligati a render conto di tutte le persone che vengono a alloggiar da noi: *nome e cognome, e di che nazione sarà, a che negozio viene, se ha seco armi... quanto tempo ha di fermarsi in questa città...* Son parole della grida.

Prima di rispondere, Renzo votò un altro bicchiere: era il terzo; e d'ora in poi ho paura che non li potremo piú contare. Poi disse: – ah ah! avete la grida! E io fo conto d'esser dottor di legge; e allora so subito che caso si fa delle grida.

– Dico davvero, – disse l'oste, sempre guardando il muto compagno di Renzo; e, andato di nuovo al banco, ne levò dalla cassetta un gran foglio, un proprio esemplare della grida; e venne a spiegarlo davanti agli occhi di Renzo.

– Ah! ecco! – esclamò questo, alzando con una mano il bicchiere riempito di nuovo, e rivotandolo subito, e stendendo poi l'altra mano, con un dito teso, verso la grida: – ecco quel bel foglio di messale. Me ne rallegro moltissimo. La conosco quell'arme; so cosa vuol dire quella faccia d'ariano, con la corda al collo –. (In cima alle gride si metteva allora l'arme del governatore; e in quella di don Gonzalo Fernandez de Cordova, spiccava un re moro incatenato per la gola). – Vuol dire, quella faccia: comanda chi può, e ubbidisce chi vuole. Quando questa faccia avrà fatto andare in galera il signor don..... basta, lo so io; come dice in un altro foglio di messale compagno a questo; quando avrà fatto in maniera che un giovine onesto possa sposare una giovine onesta che è contenta di sposarlo, allora le dirò il mio nome a questa faccia; le darò anche un bacio per di piú. Posso aver delle buone ragioni per non dirlo, il mio nome. Oh bella! E se un furfantone, che avesse al suo comando una mano d'altri furfanti: perché se fosse solo..... – e qui finí la frase con un gesto: – se un furfantone volesse saper dov'io sono, per farmi qualche brutto tiro, domando io se questa faccia si moverebbe per aiutarmi. Devo dire i fatti miei! Anche questa è nuova. Son venuto a Milano per confessarmi, supponiamo; ma voglio confessarmi da un padre cappuccino, per modo di dire, e non da un oste.

L'oste stava zitto, e seguitava a guardar la guida, la

quale non faceva dimostrazione di sorte veruna. Renzo, ci dispiace il dirlo, tracannò un altro bicchiere, e proseguí: – ti porterò una ragione, il mio caro oste, che ti capaciterà. Se le gride che parlan bene, in favore de' buoni cristiani, non contano; tanto meno devon contare quelle che parlan male. Dunque leva tutti quest'imbrogli, e porta in vece un altro fiasco; perché questo è fesso –. Cosí dicendo, lo percosse leggermente con le nocca, e soggiunse: – senti, senti, oste, come crocchia.

Anche questa volta, Renzo aveva, a poco a poco, attirata l'attenzione di quelli che gli stavan d'intorno: e anche questa volta, fu applaudito dal suo uditorio.

– Cosa devo fare? – disse l'oste, guardando quello sconosciuto, che non era tale per lui.

– Via, via, – gridaron molti di que' compagnoni: – ha ragione quel giovine: son tutte angherie, trappole, impicci: legge nuova oggi, legge nuova.

In mezzo a queste grida, lo sconosciuto, dando all'oste un'occhiata di rimprovero, per quell'interrogazione troppo scoperta, disse: – lasciatelo un po' fare a suo modo: non fate scene.

– Ho fatto il mio dovere, – disse l'oste, forte; e poi tra sé: «ora *ho le spalle al muro*». E prese la carta, la penna, il calamaio, la grida, e il fiasco voto, per consegnarlo al garzone.

– Porta del medesimo, – disse Renzo: – che lo trovo galantuomo; e lo metteremo a letto come l'altro, senza domandargli nome e cognome, e di che nazione sarà, e cosa viene a fare, e se ha a stare un pezzo in questa città.

– Del medesimo, – disse l'oste al garzone, dandogli il fiasco; e ritornò a sedere sotto la cappa del cammino. «Altro che lepre!» pensava, istoriando di nuovo la cenere: «e in che mani sei capitato! Pezzo d'asino! se vuoi affogare, affoga; ma l'oste della luna piena non deve andarne di mezzo, per le tue pazzie».

Renzo ringraziò la guida, e tutti quegli altri che avevan prese le sue parti. – Bravi amici! – disse: – ora vedo proprio che i galantuomini si dànno la mano, e si sostengono –. Poi, spianando la destra per aria sopra la tavola, e mettendosi di nuovo in attitudine di predicatore, – gran cosa, – esclamò, – che tutti quelli che regolano il mondo, voglian fare entrar per tutto carta, penna e calamaio! Sempre la penna per aria! Grande smania che hanno que' signori d'adoprar la penna!

– Ehi, quel galantuomo di campagna! volete saperne la ragione? – disse ridendo uno di que' giocatori, che vinceva.

– Sentiamo un poco, – rispose Renzo.

– La ragione è questa, – disse colui: – che que' signori son loro che mangian l'oche, e si trovan lí tante penne, tante penne, che qualcosa bisogna che ne facciano.

Tutti si misero a ridere, fuor che il compagno che perdeva.

– To', – disse Renzo: – è un poeta costui. Ce n'è anche qui de' poeti: già ne nasce per tutto. N'ho una vena anch'io, e qualche volta ne dico delle curiose.... ma quando le cose vanno bene.

Per capire questa baggianata del povero Renzo, bisogna sapere che, presso il volgo di Milano, e del contado ancora piú, poeta non significa già, come per tutti i galantuomini, un sacro ingegno, un abitator di Pindo, un allievo delle Muse; vuol dire un cervello bizzarro e un po' balzano, che, ne' discorsi e ne' fatti, abbia piú dell'arguto e del singolare che del ragionevole. Tanto quel guastamestieri del volgo è ardito a manomettere le parole, e a far dir loro le cose piú lontane dal loro legittimo significato! Perché, vi domando io, cosa ci ha che fare poeta con cervello balzano?

– Ma la ragione giusta la dirò io, – soggiunse Renzo: – è perché la penna la tengon loro: e cosí, le parole che dicon loro, volan via, e spariscono; le parole che dice un povero figliuolo, stanno attenti bene, e presto presto le infilzan per aria, con quella penna, e te le inchiodano sulla carta, per servirsene, a tempo e luogo. Hanno poi anche un'altra malizia; che, quando vogliono imbrogliare un povero figliuolo, che non abbia studiato, ma che abbia un po' di..... so io quel che voglio dire..... – e, per farsi intendere, andava picchiando, e come arietando la fronte con la punta dell'indice; – e s'accorgono che comincia a capir l'imbroglio, taffete, buttan dentro nel discorso qualche parola in latino, per fargli perdere il filo, per confondergli la testa. Basta; se ne deve smetter dell'usanze! Oggi, a buon conto, s'è fatto tutto in volgare, e senza carta, penna e calamaio; e domani, se la gente saprà regolarsi, se ne farà anche delle meglio: senza torcere un capello a nessuno, però; tutto per via di giustizia.

Intanto alcuni di que' compagnoni s'eran rimessi a giocare, altri a mangiare, molti a gridare; alcuni se n'andavano; altra gente arrivava; l'oste badava agli uni e agli altri: tutte cose che non hanno che fare con la nostra storia. Anche la sconosciuta guida non vedeva l'ora d'andarsene; non aveva, a quel che paresse, nessun affare in quel luogo; eppure non voleva partire prima d'aver chiacchierato un altro poco con Renzo in particolare. Si voltò a lui, riattaccò il discorso del pane; e dopo alcune di quelle frasi che, da qualche tempo, correvano per tutte le bocche, venne a metter fuori un suo progetto. – Eh! se comandassi io, – disse, – lo troverei il verso di fare andar le cose bene.

– Come vorreste fare? – domandò Renzo, guardandolo con due occhietti brillanti piú del dovere, e storcendo un po' la bocca, come per star piú attento.

– Come vorrei fare? – disse colui: – vorrei che ci fosse pane per tutti; tanto per i poveri, come per i ricchi.

– Ah! cosí va bene, – disse Renzo.

– Ecco come farei. Una meta onesta, che tutti ci potessero campare. E poi, distribuire il pane in ragione delle bocche: perché c'è degl'ingordi indiscreti, che vorrebbero tutto per loro, e fanno a ruffa raffa, pigliano a buon conto; e poi manca il pane alla povera gente. Dunque dividere il pane. E come si fa? Ecco: dare un bel biglietto a ogni famiglia, in proporzion delle bocche, per andare a prendere il pane dal fornaio. A me, per esempio, dovrebbero rilasciare un biglietto in questa forma: Ambrogio Fusella, di professione spadaio, con moglie e quattro figliuoli, tutti in età da mangiar pane (notate bene): gli si dia pane tanto, e paghi soldi tanti. Ma far le cose giuste, sempre in ragion delle bocche. A voi, per esempio, dovrebbero fare un biglietto per.... il vostro nome?

– Lorenzo Tramaglino, – disse il giovine; il quale, invaghito del progetto, non fece attenzione ch'era tutto fondato su carta, penna e calamaio; e che, per metterlo in opera, la prima cosa doveva essere di raccogliere i nomi delle persone.

– Benissimo, – disse lo sconosciuto: – ma avete moglie e figliuoli?

– Dovrei bene..... figliuoli no...... troppo presto..... ma la moglie.... se il mondo andasse come dovrebbe andare.....

– Ah siete solo! Dunque abbiate pazienza, ma una porzione piú piccola.

– È giusto; ma se presto, come spero..... e con l'aiuto di Dio..... Basta; quando avessi moglie anch'io?

– Allora si cambia il biglietto, e si cresce la porzione. Come v'ho detto; sempre in ragion delle bocche, – disse lo sconosciuto, alzandosi.

– Cosí va bene, – gridò Renzo; e continuò, gridando e battendo il pugno sulla tavola: – e perché non la fanno una legge cosí?

– Cosa volete che vi dica? Intanto vi do la buona notte, e me ne vo; perché penso che la moglie e i figliuoli m'aspetteranno da un pezzo.

– Un altro gocciolino, un altro gocciolino, – gridava Renzo, riempiendo in fretta il bicchiere di colui; e subito alzatosi, e acchiappatolo per una falda del farsetto, tirava forte, per farlo seder di nuovo. – Un altro gocciolino: non mi fate quest'affronto.

Ma l'amico, con una stratta, si liberò, e lasciando Renzo fare un guazzabuglio d'istanze e di rimproveri, disse di nuovo: – buona notte, – e se n'andò. Renzo seguitava ancora a predicargli, che quello era già in istrada; e poi ripiombò sulla panca. Fissò gli occhi su quel bicchiere che aveva riempito; e, vedendo passar davanti alla tavola il garzone, gli accennò di fermarsi, come se avesse qualche affare da comunicargli; poi gli accennò il bicchiere, e con una pronunzia lenta e solenne, spiccando le parole in un certo modo particolare, disse: – ecco, l'avevo preparato per quel galantuomo: vedete; pieno raso, proprio da amico; ma non l'ha voluto. Alle volte, la gente ha dell'idee curiose. Io non ci ho colpa: il mio buon cuore l'ho fatto vedere. Ora, giacché la cosa è fatta, non bisogna lasciarlo andare a male –. Cosí detto, lo prese, e lo votò in un sorso.

– Ho inteso, – disse il garzone, andandosene.

– Ah! avete inteso anche voi, – riprese Renzo: – dunque è vero. Quando le ragioni son giuste.....!

Qui è necessario tutto l'amore, che portiamo alla verità, per farci proseguire fedelmente un racconto di cosí poco onore a un personaggio tanto principale, si potrebbe quasi dire al primo uomo della nostra storia. Per questa stessa ragione d'imparzialità, dobbiamo però anche avvertire ch'era la prima volta, che a Renzo avvenisse un caso simile: e appunto questo suo non esser uso a stravizi fu cagione in gran parte che il primo gli riuscisse cosí fatale. Que' pochi bicchieri che aveva buttati giú da principio, l'uno dietro l'altro, contro il suo solito, parte per quell'arsione che si sentiva, parte per una certa alterazione d'animo, che non gli lasciava far nulla con misura, gli diedero subito alla testa: a un bevitore un po' esercitato non avrebbero fatto altro che levargli la sete. Su questo il nostro anonimo fa una osservazione, che noi ripeteremo: e conti quel che può contare. Le abitudini temperate e oneste, dice, recano anche questo vantaggio, che, quanto piú sono inveterate e radicate in un uomo, tanto piú facilmente, appena appena se n'allontani, se ne risente subito; dimodoché se ne ricorda poi per un pezzo; e anche uno sproposito gli serve di scola.

Comunque sia, quando que' primi fumi furono saliti alla testa di Renzo, vino e parole continuarono a andare l'uno in giú e l'altre in su, senza misura né regola: e, al punto a cui l'abbiam lasciato, stava già come poteva. Si sentiva una gran voglia di parlare: ascoltatori, o almeno uomini presenti che potesse prender per tali, non ne mancava; e, per qualche tempo, anche le parole eran venute via senza farsi pregare, e s'eran lasciate collocare in un certo qual ordine. Ma a poco a poco, quella faccenda di finir le frasi cominciò a divenirgli fieramente difficile. Il pensiero, che s'era presentato vivo e risoluto alla sua mente, s'annebbiava e svaniva tutt'a un tratto; e la parola, dopo essersi fatta aspettare un pezzo, non era quella che fosse al caso. In queste angustie, per uno di que' falsi istinti che, in tante cose, rovinan gli uomini, ricorreva a quel benedetto fiasco. Ma di che aiuto gli potesse essere il fiasco, in una tale circostanza, chi ha fior di senno lo dica.

Noi riferiremo soltanto alcune delle moltissime parole che mandò fuori, in quella sciagurata sera: le molte piú che tralasciamo, disdirebbero troppo; perché, non solo non hanno senso, ma non fanno vista d'averlo: condizione necessaria in un libro stampato.

– Ah oste, oste! – ricominciò, accompagnandolo con l'occhio intorno alla tavola, o sotto la cappa del cammino; talvolta fissandolo dove non era, e parlando sempre in mezzo al chiasso della brigata: – oste che tu sei! Non posso mandarla giú..... quel tiro del nome, cognome e negozio. A un figliuolo par mio.....! Non ti sei portato bene. Che soddisfazione, che sugo, che gusto..... di mettere in carta un povero figliuolo? Parlo bene, signori? Gli osti dovrebbero tenere dalla parte de' buoni figliuoli...... Senti, senti, oste; ti voglio fare un paragone..... per la ragione..... Ridono eh? Ho un po' di brio, sí..... ma le ragioni le dico giuste. Dimmi un poco; chi è che ti manda avanti la bottega? I poveri figliuoli, n'è vero? dico bene? Guarda un po' se que' signori delle gride vengono mai da te a bere un bicchierino.

– Tutta gente che beve acqua, – disse un vicino di Renzo.

– Vogliono stare in sé, – soggiunse un altro, – per poter dir le bugie a dovere.

– Ah! – gridò Renzo: – ora è il poeta che ha parlato. Dunque intendete anche voi altri le mie ragioni. Rispondi dunque, oste: e Ferrer, che è il meglio di tutti, è mai venuto qui a fare un brindisi, e a spendere un becco d'un quattrino? E quel cane assassino di don....? Sto zitto, perché sono in cervello anche troppo. Ferrer e il padre Crrr..... so io, son due galantuomini; ma ce n'è pochi de' galantuomini. I vecchi peggio de' giovani; e i giovani..... peggio ancora de' vecchi. Però, son contento che non si sia fatto sangue: oibò; barbarie, da lasciarle fare al boia. Pane; oh questo sí. Ne ho ricevuti degli urtoni; ma..... ne ho anche dati. Largo! abbondanza! viva!.... Eppure, anche Ferrer..... qualche parolina in latino..... *siés baraòs trapolorum*..... Maledetto vizio! Viva! giustizia! pane! ah, ecco le parole giuste!... Là ci volevano que' galantuomini.... quando scappò fuori quel maledetto ton ton ton, e poi ancora ton ton ton. Non si sarebbe fuggiti, ve', allora. Tenerlo lí quel signor curato.... So io a chi penso!

A questa parola, abbassò la testa, e stette qualche tempo, come assorto in un pensiero: poi mise un gran sospiro, e alzò il viso, con due occhi inumiditi e lustri, con un certo accoramento cosí svenevole, cosí sguaiato, che guai se chi n'era l'oggetto avesse potuto vederlo un momento. Ma quegli omacci che già avevan cominciato a prendersi spasso dell'eloquenza appassionata e imbrogliata di Renzo, tanto piú se ne presero della sua aria compunta; i piú vicini dicevano agli altri: guardate; e tutti si voltavano a lui; tanto che divenne lo zimbello della brigata. Non già che tutti fossero nel loro buon senno, o nel loro qual si fosse senno ordinario; ma, per dire il vero, nessuno n'era tanto uscito, quanto il povero Renzo: e per di piú era contadino. Si misero, or l'uno or l'altro, a stuzzicarlo con domande sciocche e grossolane, con cerimonie canzonatorie. Renzo, ora dava segno d'aversela per male, ora prendeva la cosa in ischerzo, ora, senza badare a tutte quelle voci, parlava di tutt'altro, ora rispondeva, ora interrogava; sempre a salti, e fuor di proposito. Per buona sorte, in quel vaneggiamento, gli era però rimasta come un'attenzione istintiva a scansare i nomi delle persone; dimodoché anche quello che doveva esser piú altamente fitto nella sua memoria, non fu proferito: ché troppo ci dispiacerebbe se quel nome, per il quale anche noi sentiamo un po' d'affetto e di riverenza, fosse stato strascinato per quelle boccacce, fosse divenuto trastullo di quelle lingue sciagurate.

Capitolo quindicesimo

L'oste, vedendo che il gioco andava in lungo, s'era accostato a Renzo; e pregando, con buona grazia, quegli altri che lo lasciassero stare, l'andava scotendo per un braccio, e cercava di fargli intendere e di persuaderlo che andasse a dormire. Ma Renzo tornava sempre da capo col nome e cognome, e con le gride, e co' buoni figliuoli. Però quelle parole: letto e dormire, ripetute al suo orecchio, gli entraron finalmente in testa; gli fecero sentire un po' piú distintamente il bisogno di ciò che significavano, e produssero un momento di lucido intervallo. Quel po' di senno che gli tornò, gli fece in certo modo capire che il piú se n'era andato: a un di presso come l'ultimo moccolo rimasto acceso d'un'illuminazione, fa vedere gli altri spenti. Si fece coraggio; stese le mani, e le appuntellò sulla tavola; tentò, una e due volte, d'alzarsi; sospirò, barcollò; alla terza, sorretto dall'oste, si rizzò. Quello, reggendolo tuttavia, lo fece uscire di tra la tavola e la panca; e, preso con una mano un lume, con l'altra, parte lo condusse, parte lo tirò, alla meglio, verso l'uscio di scala. Lí Renzo, al chiasso de' saluti che coloro gli urlavan dietro, si voltò in fretta; e se il suo sostenitore non fosse stato ben lesto a tenerlo per un braccio, la voltata sarebbe stata un capitombolo; si voltò dunque, e, con l'altro braccio che gli rimaneva libero, andava trinciando e iscrivendo nell'aria certi saluti, a guisa d'un nodo di Salomone.

– Andiamo a letto, a letto, – disse l'oste, strascicandolo; gli fece imboccar l'uscio; e con piú fatica ancora, lo tirò in cima di quella scaletta, e poi nella camera che gli aveva destinata. Renzo, visto il letto che l'aspettava, si rallegrò; guardò amorevolmente l'oste, con due occhietti che ora scintillavan piú che mai, ora s'eclissavano, come due lucciole; cercò d'equilibrarsi sulle gambe; e stese la mano al viso dell'oste, per prendergli il ganascino, in segno d'amicizia e di riconoscenza; ma non gli riuscí. – Bravo oste! – gli riuscí però di dire: – ora vedo che sei un galantuomo: questa è un'opera buona, dare un letto a un buon figliuolo; ma quella figura che m'hai fatta, sul nome e cognome, quella non era da galantuomo. Per buona sorte che anch'io son furbo la mia parte....

L'oste, il quale non pensava che colui potesse ancor tanto connettere; l'oste che, per lunga esperienza, sapeva quanto gli uomini, in quello stato, sian piú soggetti del solito a cambiar di parere, volle approfittare di quel lucido intervallo, per fare un altro tentativo. – Figliuolo caro, – disse, con una voce e con un fare tutto gentile: – non l'ho fatto per seccarvi, né per sapere i fatti vostri. Cosa volete? è legge: anche noi bisogna ubbidire; altrimenti siamo i primi a portarne la pena. E meglio contentarli, e... Di che si tratta finalmente? Gran cosa! dir due parole. Non per loro, ma per fare un piacere a me: via; qui tra noi, a quattr'occhi, facciam le nostre cose; ditemi il vostro nome, e... e poi andate a letto col cuor quieto.

– Ah birbone! – esclamò Renzo: – mariolo! tu mi torni ancora in campo con quell'infamità del nome, cognome e negozio!

– Sta' zitto, buffone; va' a letto, – diceva l'oste.

Ma Renzo continuava piú forte: – ho inteso: sei della lega anche tu. Aspetta, aspetta, che t'accomodo io –. E voltando la testa verso la scaletta, cominciava a urlare piú forte ancora: – amici! l'oste è della....

– Ho detto per celia, – gridò questo sul viso di Renzo, spingendolo verso il letto: – per celia; non hai inteso che ho detto per celia?

– Ah! per celia: ora parli bene. Quando hai detto per celia.... Son proprio celie –. E cadde bocconi sul letto.

– Animo; spogliatevi; presto, – disse l'oste, e al consiglio aggiunse l'aiuto; che ce n'era bisogno. Quando Renzo si fu levato il farsetto (e ce ne volle), l'oste l'agguantò subito, e corse con le mani alle tasche, per vedere se c'era il morto. Lo trovò: e pensando che, il giorno dopo, il suo ospite avrebbe avuto a fare i conti con tutt'altri che con lui, e che quel morto sarebbe probabilmente caduto in mani di dove un oste non avrebbe potuto farlo uscire; volle provarsi se almeno gli riusciva di concluder quest'altro affare.

– Voi siete un buon figliuolo, un galantuomo; n'è vero? – disse.

– Buon figliuolo, galantuomo, – rispose Renzo, facendo tuttavia litigar le dita co' bottoni de' panni che non s'era ancor potuto levare.

– Bene, – replicò l'oste: – saldate ora dunque quel poco conticino, perché domani io devo uscire per certi miei affari....

– Quest'è giusto, – disse Renzo. – Son furbo, ma galantuomo.... Ma i danari? Andare a cercare i danari ora!

– Eccoli qui, – disse l'oste: e, mettendo in opera tutta la sua pratica, tutta la sua pazienza, tutta la sua destrezza, gli riuscí di fare il conto con Renzo, e di pagarsi.

– Dammi una mano, ch'io possa finir di spogliarmi, oste, – disse Renzo. – Lo vedo anch'io, ve', che ho addosso un gran sonno.

L'oste gli diede l'aiuto richiesto; gli stese per di piú la coperta addosso, e gli disse sgarbatamente – buona notte –, che già quello russava. Poi, per quella specie d'attrattiva, che alle volte ci tiene a considerare un oggetto di stizza, al pari che un oggetto d'amore, e che forse non è altro che il desiderio di conoscere ciò che opera fortemente sull'animo nostro, si fermò un momento a contemplare l'ospite cosí noioso per lui, alzandogli il lume sul viso, e facendovi, con la mano stesa, ribatter sopra la luce; in quell'atto a un di presso che vien dipinta Psiche, quando sta a spiare furtivamente le forme del consorte sconosciuto. – Pezzo d'asino! – disse nella sua mente al povero addormentato: – sei andato proprio a cercartela. Domani poi, mi saprai dire che bel gusto ci avrai. Tangheri, che volete girare il mondo, senza saper da che parte si levi il sole; per imbrogliar voi e il prossimo.

Cosí detto o pensato, ritirò il lume, si mosse, uscí dalla camera, e chiuse l'uscio a chiave. Sul pianerottolo della scala, chiamò l'ostessa; alla quale disse che lasciasse i figliuoli in guardia a una loro servetta, e scendesse in cucina, a far le sue veci. – Bisogna ch'io vada fuori, in grazia d'un forestiero capitato qui, non so come diavolo, per mia disgrazia, – soggiunse; e le raccontò in compendio il noioso accidente. Poi soggiunse ancora: – occhio a tutto; e sopra tutto prudenza, in questa maledetta giornata. Abbiamo laggiú una mano di scapestrati che, tra il bere, e tra che di natura sono sboccati, ne dicon di tutti i colori. Basta, se qualche temerario....

– Oh! non sono una bambina, e so anch'io quel che va fatto. Finora, mi pare che non si possa dire....

– Bene, bene; e badar che paghino; e tutti que' discorsi che fanno, sul vicario di provvisione e il governatore e Ferrer e i decurioni e i cavalieri e Spagna e Francia e altre simili corbellerie, far vista di non sentire; perché, se si contraddice, la può andar male subito; e se si dà ragione, la può andar male in avvenire: e già sai anche tu che qualche volta quelli che le dicon piú grosse.... Basta; quando si senton certe proposizioni, girar la testa, e dire: vengo; come se qualcheduno chiamasse da un'altra parte. Io cercherò di tornare piú presto che posso.

Ciò detto, scese con lei in cucina, diede un'occhiata in giro, per veder se c'era novità di rilievo; staccò da un cavicchio il cappello e la cappa, prese un randello da un cantuccio, ricapitolò, con un'altra occhiata alla moglie, l'istruzioni che le aveva date; e uscí. Ma, già nel far quelle operazioni, aveva ripreso, dentro di sé, il filo dell'apostrofe cominciata al letto del povero Renzo; e la proseguiva, camminando in istrada.

«Testardo d'un montanaro!» Ché, per quanto Renzo avesse voluto tener nascosto l'esser suo, questa qualità si manifestava da sé, nelle parole, nella pronunzia, nell'aspetto e negli atti. «Una giornata come questa, a forza di politica, a forza d'aver giudizio, io n'uscivo netto; e dovevi venir tu sulla fine, a guastarmi l'uova nel paniere. Manca osterie in Milano, che tu dovessi proprio capitare alla mia? Fossi almeno capitato solo; che avrei chiuso un occhio, per questa sera; e domattina t'avrei fatto intender la ragione. Ma no signore; in compagnia ci vieni; e in compagnia d'un bargello, per far meglio!»

A ogni passo, l'oste incontrava o passeggieri scompagnati, o coppie, o brigate di gente, che giravano susurrando. A questo punto della sua muta allocuzione, vide venire una pattuglia di soldati; e tirandosi da parte, per lasciarli passare, li guardò con la coda dell'occhio, e continuò tra sé: «eccoli i gastigamatti. E tu, pezzo d'asino, per aver visto un po' di gente in giro a far baccano, ti sei cacciato in testa che il mondo abbia a mutarsi. E su questo bel fondamento, ti sei rovinato te, e volevi anche rovinar me; che non è giusto. Io facevo di tutto per salvarti; e tu, bestia, in contraccambio, c'è mancato poco che non m'hai messo sottosopra l'osteria. Ora toccherà a te a levarti d'impiccio: per me ci penso io. Come se io volessi sapere il tuo nome per una mia curiosità! Cosa m'importa a me che tu ti chiami Taddeo o Bartolommeo? Ci ho un bel gusto anch'io a prender la penna in mano! ma non siete voi altri soli a voler le cose a modo vostro. Lo so anch'io che ci son delle gride che non contan nulla: bella novità, da venircela a dire un montanaro! Ma tu non sai che le gride contro gli osti contano. E pretendi girare il mondo, e parlare; e non sai che, a voler fare a modo suo, e impiparsi delle gride, la prima cosa è di parlarne con gran riguardo. E per un povero oste che fosse del tuo parere, e non domandasse il nome di chi capita a favorirlo, sai tu, bestia, cosa c'è di bello? *Sotto pena a qual si voglia dei detti osti, tavernai ed altri, come sopra, di trecento scudi*: sí, son lí che covano trecento scudi; e per ispenderli cosí bene; *da esser applicati, per i due terzi alla regia Camera, e l'altro all'accusatore o delatore*: quel bel cecino! *Ed in caso di inabilità, cinque anni di galera, e maggior pena, pecuniaria o corporale, all'arbitrio di sua eccellenza*. Obbligatissimo alle sue grazie».

A queste parole, l'oste toccava la soglia del palazzo di giustizia.

Lí, come a tutti gli altri ufizi, c'era un gran da fare: per tutto s'attendeva a dar gli ordini che parevan piú atti a preoccupare il giorno seguente, a levare i pretesti e l'ardire agli animi vogliosi di nuovi tumulti, ad assicurare la forza nelle mani solite a adoprarla. S'accrebbe la soldatesca alla casa del vicario; gli sbocchi della strada furono sbarrati di travi, trincerati di carri. S'ordinò a tutti i fornai che facessero pane senza intermissione; si spedirono staffette a' paesi circonvicini, con ordini di mandar grano alla città; a ogni forno furono deputati nobili, che vi si portassero di buon mattino, a invigilare sulla distribuzione e a tenere a freno gl'inquieti, con l'autorità della presenza, e con le buone parole. Ma per dar, come si dice, un colpo al cerchio e uno alla botte, e render piú efficaci i consigli con un po' di spavento, si pensò anche a trovar la maniera di metter le mani addosso a qualche sedizioso: e questa era principalmente la parte del capitano di giustizia; il quale, ognuno può pensare che sentimenti avesse per le sollevazioni e per i sollevati, con una pezzetta d'acqua vulneraria sur uno degli organi della profondità metafisica. I suoi bracchi erano in campo fino dal principio del tumulto: e quel sedicente Ambrogio Fusella era, come ha detto l'oste, un bargello travestito, mandato in giro appunto per cogliere sul fatto qualcheduno da potersi riconoscere, e tenerlo in petto, e appostarlo, e acchiapparlo poi, a notte affatto quieta, o il giorno dopo. Sentite quattro parole di quella predica di Renzo, colui gli aveva fatto subito assegnamento sopra; parendogli quello un reo buon uomo, proprio quel che ci voleva. Trovandolo poi nuovo affatto del paese, aveva tentato il colpo maestro di condurlo caldo caldo alle carceri, come alla locanda piú sicura della città; ma gli andò fallito, come avete visto. Poté però portare a casa la notizia sicura del nome, cognome e patria, oltre cent'altre belle notizie congetturali; dimodoché, quando l'oste capitò lí, a dir ciò che sapeva intorno a Renzo, ne sapevan già piú di lui. Entrò nella solita stanza, e fece la sua deposizione: come era giunto ad alloggiar da lui un forestiero, che non aveva mai voluto manifestare il suo nome.

– Avete fatto il vostro dovere a informar la giustizia –; disse un notaio criminale, mettendo giú la penna, – ma già lo sapevamo.

«Bel segreto! – pensò l'oste: – ci vuole un gran talento!» – E sappiamo anche, – continuò il notaio, – quel riverito nome.

«Diavolo! il nome poi, com'hanno fatto?» pensò l'oste questa volta.

– Ma voi, – riprese l'altro, con volto serio, – voi non dite tutto sinceramente.

– Cosa devo dire di piú?

– Ah! ah! sappiamo benissimo che colui ha portato nella vostra osteria una quantità di pane rubato, e rubato con violenza, per via di saccheggio e di sedizione.

– Vien uno con un pane in tasca; so assai dov'è andato a prenderlo. Perché, a parlar come in punto di morte, posso dire di non avergli visto che un pane solo.

– Già; sempre scusare, difendere: chi sente voi altri, son tutti galantuomini. Come potete provare che quel pane fosse di buon acquisto?

– Cosa ho da provare io? io non c'entro: io fo l'oste.

– Non potrete però negare che codesto vostro avventore non abbia avuta la temerità di proferir parole ingiuriose contro le gride, e di fare atti mali e indecenti contro l'arme di sua eccellenza.

– Mi faccia grazia, vossignoria: come può mai essere mio avventore, se lo vedo per la prima volta? È il diavolo, con rispetto parlando, che l'ha mandato a casa mia: e se lo conoscessi, vossignoria vede bene che non avrei avuto bisogno di domandargli il suo nome.

– Però, nella vostra osteria, alla vostra presenza, si son dette cose di fuoco: parole temerarie, proposizioni sediziose, mormorazioni, strida, clamori.

– Come vuole vossignoria ch'io badi agli spropositi che posson dire tanti urloni che parlan tutti insieme? Io devo attendere a' miei interessi, che sono un pover'uomo. E poi vossignoria sa bene che chi è di lingua sciolta, per il solito è anche lesto di mano, tanto piú quando sono una brigata, e...

– Sí, sí; lasciateli fare e dire: domani, domani, vedrete se gli sarà passato il ruzzo. Cosa credete?

– Io non credo nulla.

– Che la canaglia sia diventata padrona di Milano?

– Oh giusto!

– Vedrete, vedrete.

– Intendo benissimo: il re sarà sempre il re; ma chi avrà riscosso, avrà riscosso: e naturalmente un povero padre di famiglia non ha voglia di riscotere. Lor signori hanno la forza: a lor signori tocca.

– Avete ancora molta gente in casa?

– Un visibilio.

– E quel vostro avventore cosa fa? Continua a schiamazzare, a metter su la gente, a preparar tumulti per domani?

– Quel forestiero, vuol dire vossignoria: è andato a letto.

– Dunque avete molta gente...... Basta; badate a non lasciarlo scappare.

«Che devo fare il birro io?» pensò l'oste; ma non disse né sí né no.

– Tornate pure a casa; e abbiate giudizio, – riprese il notaio.

– Io ho sempre avuto giudizio. Vossignoria può dire se ho mai dato da fare alla giustizia.

– E non crediate che la giustizia abbia perduta la sua forza.

– Io? per carità! io non credo nulla: abbado a far l'oste.

– La solita canzone: non avete mai altro da dire.

– Che ho da dire altro? La verità è una sola.

– Basta; per ora riteniamo ciò che avete deposto; se verrà poi il caso, informerete piú minutamente la giustizia, intorno a ciò che vi potrà venir domandato.

– Cosa ho da informare? io non so nulla; appena appena ho la testa da attendere ai fatti miei.

– Badate a non lasciarlo partire.

– Spero che l'illustrissimo signor capitano saprà che son venuto subito a fare il mio dovere. Bacio le mani a vossignoria.

Allo spuntar del giorno, Renzo russava da circa sett'ore, ed era ancora, poveretto! sul piú bello, quando due forti scosse alle braccia, e una voce che dappiè del letto gridava: – Lorenzo Tramaglino! –, lo fecero riscotere. Si risentí, ritirò le braccia, aprí gli occhi a stento; e vide ritto appiè del letto un uomo vestito di nero, e due armati, uno di qua, uno di là del capezzale. E, tra la sorpresa, e il non esser desto bene, e la spranghetta di quel vino che sapete, rimase un momento come incantato; e credendo di sognare, e non piacendogli quel sogno, si dimenava, come per isvegliarsi affatto.

– Ah! avete sentito una volta, Lorenzo Tramaglino? – disse l'uomo dalla cappa nera, quel notaio medesimo della sera avanti. – Animo dunque; levatevi, e venite con noi.

– Lorenzo Tramaglino! – disse Renzo Tramaglino: – cosa vuol dir questo? Cosa volete da me? Chi v'ha detto il mio nome?

– Meno ciarle, e fate presto, – disse uno de' birri che gli stavano a fianco, prendendogli di nuovo il braccio.

– Ohe! che prepotenza è questa? – gridò Renzo, ritirando il braccio. – Oste! o l'oste!

– Lo portiam via in camicia? – disse ancora quel birro, voltandosi al notaio.

– Avete inteso? – disse questo a Renzo: – si farà cosí, se non vi levate subito subito, per venir con noi.

– E perché? – domandò Renzo.

– Il perché lo sentirete dal signor capitano di giustizia.

– Io? Io sono un galantuomo: non ho fatto nulla; e mi maraviglio....

– Meglio per voi, meglio per voi; cosí, in due parole sarete spicciato, e potrete andarvene per i fatti vostri.

– Mi lascino andare ora, – disse Renzo: – io non ho che far nulla con la giustizia.

– Orsú, finiamola! – disse un birro.

– Lo portiamo via davvero? – disse l'altro.

– Lorenzo Tramaglino! – disse il notaio.

– Come sa il mio nome, vossignoria?

– Fate il vostro dovere, – disse il notaio a' birri; i quali misero subito le mani addosso a Renzo, per tirarlo fuori del letto.

– Eh! non toccate la carne d'un galantuomo, che....! Mi so vestir da me.

– Dunque vestitevi subito, – disse il notaio.

– Mi vesto, – rispose Renzo; e andava di fatti raccogliendo qua e là i panni sparsi sul letto, come gli avanzi d'un naufragio sul lido. E cominciando a metterseli, proseguiva tuttavia dicendo: – ma io non ci voglio andare dal capitano di giustizia. Non ho che far nulla con lui. Giacché mi si fa quest'affronto ingiustamente, voglio esser condotto da Ferrer. Quello lo conosco, so che è un galantuomo; e m'ha dell'obbligazioni.

– Sí, sí, figliuolo, sarete condotto da Ferrer, – rispose il notaio. In altre circostanze, avrebbe riso, proprio di gusto, d'una richiesta simile; ma non era momento da ridere. Già nel venire, aveva visto per le strade un certo movimento, da non potersi ben definire se fossero rimasugli d'una sollevazione non del tutto sedata, o princípi d'una nuova: uno sbucar di persone, un accozzarsi, un andare a brigate, un far crocchi. E ora, senza farne sembiante, o cercando almeno di non farlo, stava in orecchi, e gli pareva che il ronzío andasse crescendo. Desiderava dunque di spicciarsi; ma avrebbe anche voluto condur via Renzo d'amore e d'accordo; giacché, se si fosse venuti a guerra aperta con lui, non poteva esser certo, quando fossero in istrada, di trovarsi tre contr'uno. Perciò dava d'occhio a' birri, che avessero pazienza, e non inasprissero il giovine; e dalla parte sua, cercava di persuaderlo con buone parole. Il giovine intanto, mentre si vestiva adagino adagino, richiamandosi, come poteva, alla memoria gli avvenimenti del giorno avanti, indovinava bene, a un di presso, che le gride e il nome e il cognome dovevano esser la causa di tutto; ma come diamine colui lo sapeva quel nome? E che diamine era accaduto in quella notte, perché la giustizia avesse preso tant'animo, da venire a colpo sicuro, a metter le mani addosso a uno de' buoni figliuoli che, il giorno avanti, avevan tanta voce in capitolo? e che non dovevano esser tutti addormentati, poiché Renzo s'accorgeva anche lui d'un ronzío crescente nella strada. Guardando poi in viso il notaio, vi scorgeva in pelle in pelle la titubazione che costui si sforzava invano di tener nascosta. Onde, cosí per venire in chiaro delle sue congetture, e scoprir paese, come per tirare in lungo, e anche per tentare un colpo, disse: – vedo bene cos'è l'origine di tutto questo: gli è per amor del nome e del cognome. Ier sera veramente ero un po' allegro: questi osti alle volte hanno certi vini traditori; e alle volte, come dico, si sa, quando il vino è giú, è lui che parla. Ma, se non si tratta d'altro, ora son pronto a darle ogni soddisfazione. E poi, già lei lo sa il mio nome. Chi diamine gliel ha detto?

– Bravo, figliuolo, bravo! – rispose il notaio, tutto manieroso: – vedo che avete giudizio; e, credete a me che son del mestiere, voi siete piú furbo che tant'altri. È la miglior maniera d'uscirne presto e bene: con codeste buone disposizioni, in due parole siete spicciato, e lasciato in libertà. Ma io, vedete figliuolo, ho le mani legate, non posso rilasciarvi qui, come vorrei. Via, fate presto, e venite pure senza timore; che quando vedranno chi siete; e poi io dirò.... Lasciate fare a me.... Basta; sbrigatevi, figliuolo.

– Ah! lei non può: intendo, – disse Renzo; e continuava a vestirsi, rispingendo con de' cenni i cenni che i birri facevano di mettergli le mani addosso, per farlo spicciare.

– Passeremo dalla piazza del duomo? – domandò poi al notaio.

– Di dove volete; per la piú corta, affine di lasciarvi piú presto in libertà, – disse quello, rodendosi dentro di sé, di dover lasciar cadere in terra quella domanda misteriosa di Renzo, che poteva divenire un tema di cento interrogazioni. «Quando uno nasce disgraziato! – pensava. – Ecco; mi viene alle mani uno che, si vede, non vorrebbe altro che cantare; e, un po' di respiro che s'avesse, cosí *extra formam*, accademicamente, in via di discorso amichevole, gli si farebbe confessar, senza corda, quel che uno volesse; un uomo da condurlo in prigione già bell'e esaminato, senza che se ne fosse accorto: e un uomo di questa sorte mi deve per l'appunto capitare in un momento cosí angustiato. Eh! non c'è scampo», continuava a pensare, tendendo gli orecchi, e piegando la testa all'indietro: «non c'è rimedio; e' risica d'essere una giornata peggio di ieri». Ciò che lo fece pensar cosí, fu un rumore straordinario che si sentí nella strada: e non poté tenersi di non aprir l'impannata, per dare un'occhiatina. Vide ch'era un crocchio di cittadini, i quali, all'intimazione di sbandarsi, fatta loro da una pattuglia, avevan da principio risposto con cattive parole, e finalmente si separavan continuando a brontolare; e quel che al notaio parve un segno mortale, i soldati eran pieni di civiltà. Chiuse l'impannata, e stette un momento in forse, se dovesse condur l'impresa a termine, o lasciar Renzo in guardia de' due birri, e correr dal capitano di giustizia, a render conto di ciò che accadeva. «Ma, – pensò subito, – mi si dirà che sono un buon a nulla, un pusillanime, e che dovevo eseguir gli ordini. Siamo in ballo; bisogna ballare. Malannaggia la furia! Maledetto il mestiere!»

Renzo era levato; i due satelliti gli stavano a' fianchi. Il notaio accennò a costoro che non lo sforzasser troppo, e disse a lui: – da bravo, figliuolo; a noi, spicciatevi.

Anche Renzo sentiva, vedeva e pensava. Era ormai tutto vestito, salvo il farsetto, che teneva con una mano, frugando con l'altra nelle tasche. – Ohe! – disse, guardando il notaio, con un viso molto significante: – qui c'era de' soldi e una lettera. Signor mio!

– Vi sarà dato ogni cosa puntualmente, – disse il notaio, – dopo adempite quelle poche formalità. Andiamo, andiamo.

– No, no, no, – disse Renzo, tentennando il capo: – questa non mi va: voglio la roba mia, signor mio. Renderò conto delle mie azioni; ma voglio la roba mia.

– Voglio farvi vedere che mi fido di voi: tenete, e fate presto, – disse il notaio, levandosi di seno, e consegnando, con un sospiro, a Renzo le cose sequestrate. Questo, riponendole al loro posto, mormorava tra' denti: – alla larga! bazzicate tanto co' ladri, che avete un poco imparato il mestiere –. I birri non potevan piú stare alle mosse; ma il notaio li teneva a freno con gli occhi, e diceva intanto tra sé: «se tu arrivi a metter piede dentro quella soglia, l'hai da pagar con usura, l'hai da pagare».

Mentre Renzo si metteva il farsetto, e prendeva il cappello, il notaio fece cenno a un de' birri, che s'avviasse per la scala; gli mandò dietro il prigioniero, poi l'altro amico; poi si mosse anche lui. In cucina che furono, mentre Renzo dice: – e quest'oste benedetto dove s'è cacciato? – il notaio fa un altro cenno a' birri; i quali afferrano, l'uno la destra, l'altro la sinistra del giovine, e in fretta in fretta gli legano i polsi con certi ordigni, per quell'ipocrita figura d'eufemismo, chiamati manichini. Consistevano questi (ci dispiace di dover discendere a particolari indegni della gravità storica; ma la chiarezza lo richiede), consistevano in una cordicella lunga un po' piú che il giro d'un polso ordinario, la quale aveva nelle cime due pezzetti di legno, come due piccole stanghette. La cordicella circondava il polso del paziente; i legnetti, passati tra il medio e l'anulare del prenditore, gli rimanevano chiusi in pugno, di modo che, girandoli, ristringeva la legatura, a volontà; e con ciò aveva mezzo, non solo d'assicurare a presa, ma anche di martirizzare un ricalcitrante: e a questo fine, la cordicella era sparsa di nodi.

Renzo si divincola, grida: – che tradimento è questo? A un galantuomo....! – Ma il notaio, che per ogni tristo fatto aveva le sue buone parole, – abbiate pazienza, –

diceva: – fanno il loro dovere. Cosa volete? son tutte formalità; e anche noi non possiamo trattar la gente a seconda del nostro cuore. Se non si facesse quello che ci vien comandato, staremmo freschi noi altri, peggio di voi. Abbiate pazienza.

Mentre parlava, i due a cui toccava a fare, diedero una girata a' legnetti. Renzo s'acquietò, come un cavallo bizzarro che si sente il labbro stretto tra le morse, e esclamò: – pazienza!

– Bravo figliuolo! – disse il notaio: – questa è la vera maniera d'uscirne a bene. Cosa volete? è una seccatura; lo vedo anch'io; ma, portandovi bene, in un momento ne siete fuori. E giacché vedo che siete ben disposto, e io mi sento inclinato a aiutarvi, voglio darvi anche un altro parere, per vostro bene. Credete a me, che son pratico di queste cose: andate via diritto diritto, senza guardare in qua e in là, senza farvi scorgere: cosí nessuno bada a voi, nessuno s'avvede di quel che è; e voi conservate il vostro onore. Di qui a un'ora voi siete in libertà: c'è tanto da fare, che avranno fretta anche loro di sbrigarvi: e poi parlerò io.... Ve n'andate per i fatti vostri; e nessuno saprà che siete stato nelle mani della giustizia. E voi altri, – continuò poi, voltandosi a' birri, con un viso severo: – guardate bene di non fargli male perché lo proteggo io: il vostro dovere bisogna che lo facciate; ma ricordatevi che è un galantuomo, un giovine civile, il quale, di qui a poco, sarà in libertà; e che gli deve premere il suo onore. Andate in maniera che nessuno s'avveda di nulla: come se foste tre galantuomini che vanno a spasso –. E, con tono imperativo, e con sopracciglio minaccioso, concluse – m'avete inteso –. Voltatosi poi a Renzo, col sopracciglio spianato, e col viso divenuto a un tratto ridente, che pareva volesse dire: oh noi sí che siamo amici!, gli bisbigliò di nuovo: – giudizio; fate a mio modo: andate raccolto e quieto; fidatevi di chi vi vuol bene: andiamo –. E la comitiva s'avviò.

Però, di tante belle parole Renzo, non ne credette una: né che il notaio volesse piú bene a lui che a' birri, né che prendesse tanto a cuore la sua riputazione, né che avesse intenzion d'aiutarlo: capí benissimo che il galantuomo, temendo che si presentasse per la strada qualche buona occasione di scappargli dalle mani, metteva innanzi que' bei motivi, per istornar lui dallo starci attento e da approfittarne. Dimodoché tutte quelle esortazioni non servirono ad altro che a confermarlo nel disegno che già aveva in testa, di far tutto il contrario.

Nessuno concluda da ciò che il notaio fosse un furbo inesperto e novizio; perché s'ingannerebbe. Era un furbo matricolato, dice il nostro storico, il quale pare che fosse nel numero de' suoi amici: ma, in quel momento, si trovava con l'animo agitato. A sangue freddo, vi so dir io come si sarebbe fatto beffe di chi, per indurre un altro a fare una cosa per sé sospetta, fosse andato suggerendogliela e inculcandogliela caldamente, con quella miserabile finta di dargli un parere disinteressato, da amico. Ma è una tendenza generale degli uomini, quando sono agitati e angustiati, e vedono ciò che un altro potrebbe fare per levarli d'impiccio, di chiederglielo con istanza e ripetutamente e con ogni sorte di pretesti; e i furbi, quando sono angustiati e agitati, cadono anche loro sotto questa legge comune. Quindi è che, in simili circostanze, fanno per lo piú una cosí meschina figura. Que' ritrovati maestri, quelle belle malizie, con le quali sono avvezzi a vincere, che son diventate per loro quasi una seconda natura, e che, messe in opera a tempo, e condotte con la pacatezza d'animo, con la serenità di mente necessarie, fanno il colpo cosí bene e cosí nascostamente, e conosciute anche, dopo la riuscita, riscotono l'applauso universale; i poverini quando sono alle strette, le adoprano in fretta, all'impazzata, senza garbo né grazia. Di maniera che a uno che li veda ingegnarsi e arrabattarsi a quel modo, fanno pietà e movon le risa, e l'uomo che pretendono allora di mettere in mezzo, quantunque meno accorto di loro, scopre benissimo tutto il loro gioco, e da quegli artifizi ricava lume per sé, contro di loro. Perciò non si può mai abbastanza raccomandare a' furbi di professione di conservar sempre il loro sangue freddo, o d'esser sempre i piú forti, che è la piú sicura.

Renzo adunque, appena furono in istrada, cominciò a girar gli occhi in qua e in là, a sporgersi con la persona, a destra e a sinistra, a tender gli orecchi. Non c'era però concorso straordinario; e benché sul viso di piú d'un passeggiero si potesse legger facilmente un certo non so che di sedizioso, pure ognuno andava diritto per la sua strada; e sedizione propriamente detta, non c'era.

– Giudizio, giudizio! – gli susurrava il notaio dietro le spalle: – il vostro onore; l'onore, figliuolo –. Ma quando Renzo, badando attentamente a tre che venivano con visi accesi, sentí che parlavan d'un forno, di farina nascosta, di giustizia, cominciò anche a far loro de' cenni col viso, e a tossire in quel modo che indica tutt'altro che un raffreddore. Quelli guardarono piú attentamente la comitiva, e si fermarono; con loro si fermarono altri che arrivavano; altri, che gli eran passati davanti, voltatisi al bisbiglío, tornavano indietro, e facevan coda.

– Badate a voi; giudizio, figliuolo; peggio per voi vedete; non guastate i fatti vostri; l'onore, la riputazione, – continuava a susurrare il notaio. Renzo faceva peggio. I birri, dopo essersi consultati con l'occhio, pensando di far bene (ognuno è soggetto a sbagliare), gli diedero una stretta di manichini.

– Ahi! ahi! ahi! – grida il tormentato: al grido, la gente s'affolla intorno; n'accorre da ogni parte della strada: la comitiva si trova incagliata. – È un malvivente, – bisbigliava il notaio a quelli che gli erano a ridosso: – è un ladro colto sul fatto. Si ritirino, lascin passar la giustizia –. Ma Renzo, visto il bel momento, visti i birri diventar bianchi, o almeno pallidi, «se non m'aiuto ora, – pensò, – mio danno». E subito alzò la voce: – figliuoli! mi menano in prigione, perché ieri ho gridato: pane e giustizia. Non ho fatto nulla; son galantuomo: aiutatemi, non m'abbandonate, figliuoli!

Un mormorío favorevole, voci piú chiare di protezione s'alzano in risposta: i birri sul principio comandano, poi chiedono, poi pregano i piú vicini d'andarsene, e di far largo: la folla in vece incalza e pigia sempre piú. Quelli, vista la mala parata, lascian andare i manichini, e non si curan piú d'altro che di perdersi nella folla, per uscirne inosservati. Il notaio desiderava ardentemente di far lo stesso; ma c'era de' guai, per amor della cappa nera. Il pover'uomo, pallido e sbigottito, cercava di farsi piccino piccino, s'andava storcendo, per isgusciar fuor della folla; ma non poteva alzar gli occhi, che non se ne vedesse venti addosso. Studiava tutte le maniere di comparire un estraneo che, passando di lí a caso, si fosse trovato stretto nella calca, come una pagliucola nel ghiaccio; e riscontrandosi a viso a viso con uno che lo guardava fisso, con un cipiglio peggio degli altri, lui, composta la bocca al sorriso, con un suo fare sciocco, gli domandò: – cos'è stato?

– Uh corvaccio! – rispose colui. – Corvaccio! corvaccio! – risonò all'intorno. Alle grida s'aggiunsero gli urtoni; di maniera che, in poco tempo, parte con le gambe proprie, parte con le gomita altrui, ottenne ciò che piú gli premeva in quel momento, d'esser fuori di quel serra serra.

Capitolo sedicesimo

– Scappa, scappa, galantuomo: lí c'è un convento, ecco là una chiesa; di qui, di là, – si grida a Renzo da ogni parte. In quanto allo scappare, pensate se aveva bisogno di consigli. Fin dal primo momento che gli era balenato in mente una speranza d'uscir da quell'unghie, aveva cominciato a fare i suoi conti, e stabilito, se questo gli riusciva, d'andare senza fermarsi, fin che non fosse fuori, non solo della città, ma del ducato. «Perché, – aveva pensato, – il mio nome l'hanno su' loro libracci, in qualunque maniera l'abbiano avuto; e col nome e cognome, mi vengono a prendere quando vogliono». E in quanto a un asilo, non vi si sarebbe cacciato che quando avesse avuto i birri alle spalle. «Perché, se posso essere uccel di bosco, – aveva anche pensato, – non voglio diventare uccel di gabbia». Aveva dunque disegnato per suo rifugio quel paese nel territorio di Bergamo, dov'era accasato quel suo cugino Bortolo, se ve ne rammentate, che piú volte l'aveva invitato a andar là. Ma trovar la strada, lí stava il male. Lasciato in una parte sconosciuta d'una città si può dire sconosciuta, Renzo non sapeva neppure da che porta s'uscisse per andare a Bergamo; e quando l'avesse saputo, non sapeva poi andare alla porta. Fu lí lí per farsi insegnar la strada da qualcheduno de' suoi liberatori; ma siccome nel poco tempo che aveva avuto per meditare su' casi suoi, gli eran passate per la mente certe idee su quello spadaio cosí obbligante, padre di quattro figliuoli, cosí, a buon conto, non volle manifestare i suoi disegni a una gran brigata, dove ce ne poteva essere qualche altro di quel conio; e risolvette subito d'allontanarsi in fretta di lí: che la strada se la farebbe poi insegnare, in luogo dove nessuno sapesse chi era, né il perché la domandasse. Disse a' suoi liberatori: – grazie tante, figliuoli: siate benedetti, – e, uscendo per il largo che gli fu fatto immediatamente, prese la rincorsa, e via; dentro per un vicolo, giú per una stradetta, galoppò un pezzo, senza saper dove. Quando gli parve d'essersi allontanato abbastanza, rallentò il passo, per non dar sospetto; e cominciò a guardare in qua e in là, per isceglier la persona a cui far la sua domanda, una faccia che ispirasse confidenza. Ma anche qui c'era dell'imbroglio. La domanda per sé era sospetta; il tempo stringeva; i birri, appena liberati da quel piccolo intoppo, dovevan senza dubbio essersi rimessi in traccia del loro fuggitivo; la voce di quella fuga poteva essere arrivata fin là; e in tali strette, Renzo dovette fare forse dieci giudizi fisionomici, prima di trovar la figura che gli paresse a proposito. Quel grassotto, che stava ritto sulla soglia della sua bottega, a gambe larghe, con le mani di dietro, con la pancia in fuori, col mento in aria, dal quale pendeva una gran pappagorgia, e che, non avendo altro che fare, andava alternativamente sollevando sulla punta de' piedi la sua massa tremolante, e lasciandola ricadere sui calcagni, aveva un viso di cicalone curioso, che, in vece di dar delle risposte, avrebbe fatto delle interrogazioni. Quell'altro che veniva innanzi, con gli occhi fissi, e col labbro in fuori, non che insegnar presto e bene la strada a un altro, appena pareva conoscer la sua. Quel ragazzotto, che, a dire il vero, mostrava d'esser molto sveglio, mostrava però d'essere anche piú malizioso; e probabilmente avrebbe avuto un gusto matto a far andare un povero contadino dalla parte opposta a quella che desiderava. Tant'è vero che all'uomo impicciato, quasi ogni cosa è un nuovo impiccio! Visto finalmente uno che veniva in fretta, pensò che questo, avendo probabilmente qualche affare pressante, gli risponderebbe subito, senz'altre chiacchiere; e sentendolo parlar da sé, giudicò che dovesse essere un uomo sincero. Gli s'accostò, e disse: – di grazia, quel signore, da che parte si va per andare a Bergamo?

– Per andare a Bergamo? Da porta orientale.

– Grazie tante; e per andare a porta orientale?

– Prendete questa strada a mancina; vi troverete sulla piazza del duomo; poi...

– Basta, signore; il resto lo so. Dio gliene renda merito –. E diviato s'incamminò dalla parte che gli era stata indicata. L'altro gli guardò dietro un momento, e, accozzando nel suo pensiero quella maniera di camminare con la domanda, disse tra sé: «o n'ha fatta una, o qualcheduno la vuol fare a lui».

Renzo arriva sulla piazza del duomo; l'attraversa, passa accanto a un mucchio di cenere e di carboni spenti, e riconosce gli avanzi del falò di cui era stato spettatore il giorno avanti; costeggia gli scalini del duomo, rivede il forno delle grucce, mezzo smantellato, e guardato da soldati; e tira diritto per la strada da cui era venuto insieme con la folla; arriva al convento de' cappuccini; dà un'occhiata a quella piazza e alla porta della chiesa, e dice tra sé, sospirando: «m'aveva però dato un buon parere quel frate di ieri: che stessi in chiesa a aspettare, e a fare un po' di bene».

Qui, essendosi fermato un momento a guardare attentamente alla porta per cui doveva passare, e vedendovi, cosí da lontano, molta gente a guardia, e avendo la fantasia un po' riscaldata (bisogna compatirlo; aveva i suoi motivi), provò una certa ripugnanza ad affrontare quel passo. Si trovava cosí a mano un luogo d'asilo, e dove, con quella lettera, sarebbe ben raccomandato; fu tentato fortemente d'entrarvi. Ma, subito ripreso animo, pensò: «uccel di bosco, fin che si può. Chi mi conosce? Di ragione, i birri non si saran fatti in pezzi, per andarmi ad aspettare a tutte le porte». Si voltò, per vedere se mai venissero da quella parte: non vide né quelli, né altri che paressero occuparsi di lui. Va innanzi; rallenta quelle gambe benedette, che volevan sempre correre, mentre conveniva soltanto camminare; e adagio adagio, fischiando in semitono, arriva alla porta.

C'era, proprio sul passo, un mucchio di gabellini, e, per rinforzo, anche de' micheletti spagnoli; ma stavan tutti attenti verso il di fuori, per non lasciare entrar di quelli che, alla notizia d'una sommossa, v'accorrono, come i corvi al campo dove è stata data battaglia; di maniera che Renzo, con un'aria indifferente, con gli occhi bassi, e con un andare cosí tra il viandante e uno che vada a spasso, uscí, senza che nessuno gli dicesse nulla; ma il cuore di dentro faceva un gran battere. Vedendo a diritta una viottola, entrò in quella, per evitare la strada maestra; e camminò un pezzo prima di voltarsi neppure indietro.

Cammina, cammina; trova cascine, trova villaggi, tira innanzi senza domandarne il nome; è certo d'allontanarsi da Milano, spera d'andar verso Bergamo; questo gli basta per ora. Ogni tanto, si voltava indietro; ogni tanto, andava anche guardando e strofinando or l'uno or l'altro polso, ancora un po' indolenziti, e segnati in giro d'una striscia rosseggiante, vestigio della cordicella. I suoi pensieri erano, come ognuno può immaginarsi, un guazzabuglio di pentimenti, d'inquietudini, di rabbie, di tenerezze; era uno studio faticoso di raccapezzare le cose dette e fatte la sera avanti, di scoprir la parte segreta della sua dolorosa storia, e sopra tutto come avean potuto risapere il suo nome. I suoi sospetti cadevan naturalmente sullo spadaio, al quale si rammentava bene d'averlo spiattellato. E ripensando alla maniera con cui gliel aveva cavato di bocca, e a tutto il fare di colui, e a tutte quell'esibizioni che riuscivan sempre a voler saper qualcosa, il sospetto diveniva quasi certezza. Se non che si rammentava poi anche, in confuso, d'aver, dopo la partenza dello spadaio, continuato a cicalare; con chi, indovinala grillo; di cosa, la memoria, per quanto venisse esaminata, non lo sapeva dire: non sapeva dir altro che d'essersi in quel tempo trovata fuor di casa. Il poverino si smarriva in quella ricerca: era come un uomo che ha sottoscritti molti fogli bianchi, e gli ha affidati a uno che credeva il fior de' galantuomini; e scoprendolo poi un imbroglione, vorrebbe conoscere lo stato de' suoi affari: che conoscere? è un caos. Un altro studio penoso era quello di far sull'avvenire un disegno che gli potesse piacere: quelli che non erano in aria, eran tutti malinconici.

Ma ben presto, lo studio piú penoso fu quello di trovar la strada. Dopo aver camminato un pezzo, si può dire, alla ventura, vide che da sé non ne poteva uscire. Provava bensí una certa ripugnanza a metter fuori quella parola Bergamo, come se avesse un non so che di sospetto, di sfacciato; ma non si poteva far di meno. Risolvette dunque di rivolgersi, come aveva fatto in Milano, al primo viandante la cui fisonomia gli andasse a genio; e cosí fece.

– Siete fuor di strada, – gli rispose questo; e, pensatoci un poco, parte con parole, parte co' cenni, gl'indicò il giro che doveva fare, per rimettersi sulla strada maestra. Renzo lo ringraziò, fece le viste di far come gli era stato detto, prese in fatti da quella parte, con intenzione però d'avvicinarsi bensí a quella benedetta strada maestra, di non perderla di vista, di costeggiarla piú che fosse possibile; ma senza mettervi piede. Il disegno era piú facile da concepirsi che da eseguirsi. La conclusione fu che, andando cosí da destra a sinistra, e, come si dice, a zig zag, parte seguendo l'altre indicazioni che si faceva coraggio a pescar qua e là, parte correggendole secondo i suoi lumi, e adattandole al suo intento, parte lasciandosi guidar dalle strade in cui si trovava incamminato, il nostro fuggitivo aveva fatte forse dodici miglia, che non era distante da Milano piú di sei; e in quanto a Bergamo, era molto se non se n'era allontanato. Cominciò a persuadersi che, anche in quella maniera, non se n'usciva a bene; e pensò a trovar qualche altro ripiego. Quello che gli venne in mente, fu di scovar, con qualche astuzia, il nome di qualche paese vicino al confine, e al quale si potesse andare per istrade comunali: e domandando di quello, si farebbe insegnar la strada, senza seminar qua e là quella domanda di Bergamo, che gli pareva puzzar tanto di fuga, di sfratto, di criminale.

Mentre cerca la maniera di pescar tutte quelle notizie, senza dar sospetto, vede pendere una frasca da una casuccia solitaria, fuori d'un paesello. Da qualche tempo, sentiva anche crescere il bisogno di ristorar le sue forze; pensò che lí sarebbe il luogo di fare i due servizi in una volta; entrò. Non c'era che una vecchia, con la rocca al fianco, e col fuso in mano. Chiese un boccone; gli fu offerto un po' di stracchino e del vin buono: accettò lo stracchino, del vino la ringraziò (gli era venuto in odio, per quello scherzo che gli aveva fatto la sera avanti); e si mise a sedere, pregando la donna che facesse presto. Questa, in un momento, ebbe messo in tavola; e subito dopo cominciò a tempestare il suo ospite di domande, e sul suo essere, e sui gran fatti di Milano: ché la voce n'era arrivata fin là. Renzo, non solo seppe schermirsi dalle domande, con molta disinvoltura; ma, approfittandosi della difficoltà medesima, fece servire al suo intento la curiosità della vecchia, che gli domandava dove fosse incamminato.

– Devo andare in molti luoghi, – rispose: – e, se trovo un ritaglio di tempo, vorrei anche passare un momento da quel paese, piuttosto grosso, sulla strada di Bergamo, vicino al confine, però nello stato di Milano... Come si chiama? – «Qualcheduno ce ne sarà», pensava intanto tra sé.

– Gorgonzola, volete dire, – rispose la vecchia.

– Gorgonzola! – ripeté Renzo, quasi per mettersi meglio in mente la parola. – È molto lontano di qui? – riprese poi.

– Non lo so precisamente: saranno dieci, saranno dodici miglia. Se ci fosse qualcheduno del miei figliuoli, ve lo saprebbe dire.

– E credete che ci si possa andare per queste belle viottole, senza prender la strada maestra? dove c'è una polvere, una polvere! Tanto tempo che non piove!

– A me mi par di sí: potete domandare nel primo paese che troverete andando a diritta –. E glielo nominò.

– Va bene; – disse Renzo; s'alzò, prese un pezzo di pane che gli era avanzato della magra colazione, un pane ben diverso da quello che aveva trovato, il giorno avanti, appiè della croce di san Dionigi; pagò il conto, uscí, e prese a diritta. E, per non ve l'allungar piú del bisogno, col nome di Gorgonzola in bocca, di paese in paese, ci arrivò, un'ora circa prima di sera.

Già cammin facendo, aveva disegnato di far lí un'altra fermatina, per fare un pasto un po' piú sostanzioso. Il corpo avrebbe anche gradito un po' di letto; ma prima che contentarlo in questo, Renzo l'avrebbe lasciato cader rifinito sulla strada. Il suo proposito era d'informarsi all'osteria, della distanza dell'Adda, di cavar destramente notizia di qualche traversa che mettesse là, e di rincamminarsi da quella parte, subito dopo essersi rinfrescato. Nato e cresciuto alla seconda sorgente, per dir cosí, di quel fiume, aveva sentito dir piú volte, che, a un certo punto, e per un certo tratto, esso faceva confine tra lo stato milanese e il veneto: del punto e del tratto non aveva un'idea precisa; ma, allora come allora, l'affar piú urgente era di passarlo, dovunque si fosse. Se non gli riusciva in quel giorno, era risoluto di camminare fin che l'ora e la lena glielo permettessero: e d'aspettar poi l'alba, in un campo, in un deserto; dove piacesse a Dio; pur che non fosse un'osteria.

Fatti alcuni passi in Gorgonzola, vide un'insegna, entrò; e all'oste, che gli venne incontro, chiese un boccone, e una mezzetta di vino: le miglia di piú, e il tempo gli avevan fatto passare quell'odio cosí estremo e fanatico. – Vi prego di far presto, – soggiunse: – perché ho bisogno di rimettermi subito in istrada –. E questo lo disse, non solo perché era vero, ma anche per paura che l'oste, immaginandosi che volesse dormir lí, non gli uscisse fuori a domandar del nome e del cognome, e donde veniva, e per che negozio.... Alla larga!

L'oste rispose a Renzo, che sarebbe servito; e questo si mise a sedere in fondo della tavola, vicino all'uscio: il posto de' vergognosi.

C'erano in quella stanza alcuni sfaccendati del paese, i quali, dopo aver discusse e commentate le gran notizie di Milano del giorno avanti, si struggevano di sapere un poco come fosse andata anche in quel giorno; tanto piú che quelle prime eran piú atte a stuzzicar la curiosità, che a soddisfarla: una sollevazione, né soggiogata né vittoriosa, sospesa piú che terminata dalla notte; una cosa tronca, la fine d'un atto piuttosto che d'un dramma. Un di coloro si staccò dalla brigata, s'accostò al soprarrivato, e gli domandò se veniva da Milano.

– Io? – disse Renzo sorpreso, per prender tempo a rispondere.

– Voi, se la domanda è lecita.

Renzo, tentennando il capo, stringendo le labbra, e facendone uscire un suono inarticolato, disse: – Milano, da quel che ho sentito dire... non dev'essere un luogo da andarci in questi momenti, meno che per una gran necessità.

– Continua dunque anche oggi il fracasso? – domandò, con piú istanza, il curioso.

– Bisognerebbe esser là, per saperlo, – disse Renzo.

– Ma voi, non venite da Milano?

– Vengo da Liscate, – rispose lesto il giovine, che intanto aveva pensata la sua risposta. Ne veniva in fatti, a rigor di termini, perché c'era passato; e il nome l'aveva saputo, a un certo punto della strada, da un viandante che gli aveva indicato quel paese come il primo che doveva attraversare, per arrivare a Gorgonzola.

– Oh! – disse l'amico; come se volesse dire: faresti meglio a venir da Milano, ma pazienza. – E a Liscate, – soggiunse, – non si sapeva niente di Milano?

– Potrebb'essere benissimo che qualcheduno là sapesse qualche cosa, – rispose il montanaro: – ma io non ho sentito dir nulla.

E queste parole le proferí in quella maniera particolare che par che voglia dire: ho finito. Il curioso ritornò al suo posto; e, un momento dopo, l'oste venne a mettere in tavola.

– Quanto c'è di qui all'Adda? – gli disse Renzo,

mezzo tra' denti, con un fare da addormentato, che gli abbiam visto qualche altra volta.

– All'Adda, per passare? – disse l'oste.

– Cioè.... sí.... all'Adda.

– Volete passare dal ponte di Cassano, o sulla chiatta di Canonica?

– Dove si sia.... Domando cosí per curiosità.

– Eh, volevo dire, perché quelli sono i luoghi dove passano i galantuomini, la gente che può dar conto di sé.

– Va bene: e quanto c'è?

– Fate conto che, tanto a un luogo, come all'altro, poco piú, poco meno, ci sarà sei miglia.

– Sei miglia! non credevo tanto, – disse Renzo. – E già, – riprese poi, con un'aria d'indifferenza, portata fino all'affettazione: – e già, chi avesse bisogno di prendere una scorciatoia, ci saranno altri luoghi da poter passare?

– Ce n'è sicuro, – rispose l'oste, ficcandogli in viso due occhi pieni d'una curiosità maliziosa. Bastò questo per far morir tra' denti al giovine l'altre domande che aveva preparate. Si tirò davanti il piatto; e guardando la mezzetta che l'oste aveva posata, insieme con quello, sulla tavola, disse: – il vino è sincero?

– Come l'oro, – disse l'oste: – domandatene pure a tutta la gente del paese e del contorno, che se n'intende: e poi, lo sentirete –. E cosí dicendo, tornò verso la brigata.

«Maledetti gli osti! – esclamò Renzo tra sé: – piú ne conosco, peggio li trovo». Non ostante, si mise a mangiare con grand'appetito, stando, nello stesso tempo, in orecchi, senza che paresse suo fatto, per veder di scoprir paese, di rilevare come si pensasse colà sul grand'avvenimento nel quale egli aveva avuta non piccola parte, e d'osservare specialmente se, tra que' parlatori, ci fosse qualche galantuomo, a cui un povero figliuolo potesse fidarsi di domandar la strada, senza timore d'esser messo alle strette, e forzato a ciarlare de' fatti suoi.

– Ma! – diceva uno: – questa volta par proprio che

i milanesi abbian voluto far davvero. Basta; domani al piú tardi, si saprà qualcosa.

– Mi pento di non esser andato a Milano stamattina, – diceva un altro.

– Se vai domani, vengo anch'io, – disse un terzo; poi un altro, poi un altro.

– Quel che vorrei sapere, – riprese il primo, – è se que' signori di Milano penseranno anche alla povera gente di campagna, o se faranno far la legge buona solamente per loro. Sapete come sono eh? Cittadini superbi, tutto per loro: gli altri, come se non ci fossero.

– La bocca l'abbiamo anche noi, sia per mangiare, sia per dir la nostra ragione, – disse un altro, con voce tanto piú modesta, quanto piú la proposizione era avanzata: – e quando la cosa sia incamminata.... – Ma credette meglio di non finir la frase.

– Del grano nascosto, non ce n'è solamente in Milano, – cominciava un altro, con un'aria cupa e maliziosa; quando sentono avvicinarsi un cavallo. Corron tutti all'uscio; e, riconosciuto colui che arrivava, gli vanno incontro. Era un mercante di Milano, che, andando piú volte l'anno a Bergamo, per i suoi traffichi, era solito passar la notte in quell'osteria; e siccome ci trovava quasi sempre la stessa compagnia, li conosceva tutti. Gli s'affollano intorno; uno prende la briglia, un altro la staffa. – Ben arrivato, ben arrivato!

– Ben trovati.

– Avete fatto buon viaggio?

– Bonissimo; e voi altri, come state?

– Bene, bene. Che nuove ci portate di Milano?

– Ah! ecco quelli delle novità, – disse il mercante, smontando, e lasciando il cavallo in mano d'un garzone. – E poi, e poi, – continuò, entrando con la compagnia, – a quest'ora le saprete forse meglio di me.

– Non sappiamo nulla, davvero, – disse piú d'uno, mettendosi la mano al petto.

– Possibile? – disse il mercante. – Dunque ne sentirete delle belle.... o delle brutte. Ehi, oste, il mio letto solito è in libertà? Bene: un bicchier di vino, e il mio solito boccone, subito; perché voglio andare a letto presto, per partir presto domattina, e arrivare a Bergamo per l'ora del desinare. E voi altri, – continuò, mettendosi a sedere, dalla parte opposta a quella dove stava Renzo, zitto e attento, – voi altri non sapete di tutte quelle diavolerie di ieri?

– Di ieri sí.

– Vedete dunque, – riprese il mercante, – se le sapete le novità. Lo dicevo io che, stando qui sempre di guardia, per frugar quelli che passano....

– Ma oggi, com'è andata oggi?

– Ah oggi. Non sapete niente d'oggi?

– Niente affatto: non è passato nessuno.

– Dunque lasciatemi bagnar le labbra; e poi vi dirò le cose d'oggi. Sentirete –. Empí il bicchiere, lo prese con una mano, poi con le prime due dita dell'altra sollevò i baffi, poi si lisciò la barba, bevette, e riprese: – oggi, amici cari, ci mancò poco, che non fosse una giornata brusca come ieri, o peggio. E non mi par quasi vero d'esser qui a chiacchierar con voi altri; perché avevo già messo da parte ogni pensiero di viaggio, per restare a guardar la mia povera bottega.

– Che diavolo c'era? – disse uno degli ascoltanti.

– Proprio il diavolo: sentirete –. E trinciando la pietanza che gli era stata messa davanti, e poi mangiando, continuò il suo racconto. I compagni, ritti di qua e di là della tavola, lo stavano a sentire, con la bocca aperta; Renzo, al suo posto, senza che paresse suo fatto, stava attento, forse piú di tutti, masticando adagio adagio gli ultimi suoi bocconi.

– Stamattina dunque que' birboni che ieri avevano fatto quel chiasso orrendo, si trovarono a' posti convenuti (già c'era un'intelligenza: tutte cose preparate); si riunirono, e ricominciarono quella bella storia di girare di strada in strada, gridando per tirar altra gente. Sapete che è come quando si spazza, con riverenza parlando, la casa; il mucchio del sudiciume ingrossa quanto piú va avanti. Quando parve loro d'esser gente abbastanza, s'avviarono verso la casa del signor vicario di provvisione; come se non bastassero le tirannie che gli hanno fatte ieri: a un signore di quella sorte! oh che birboni! E la roba che dicevan contro di lui! Tutte invenzioni: un signor dabbene, puntuale; e io lo posso dire, che son tutto di casa, e lo servo di panno per le livree della servitú. S'incamminaron dunque verso quella casa: bisognava veder che canaglia, che facce: figuratevi che son passati davanti alla mia bottega: facce che..... i giudei della *Via Crucis* non ci son per nulla. E le cose che uscivan da quelle bocche! da turarsene gli orecchi, se non fosse stato che non tornava conto di farsi scorgere. Andavan dunque con la buona intenzione di dare il sacco; ma..... – E qui, alzata in aria, e stesa la mano sinistra, si mise la punta del pollice alla punta del naso.

– Ma? – dissero forte tutti gli ascoltatori.

– Ma, – continuò il mercante, – trovaron la strada chiusa con travi e con carri, e, dietro quella barricata, una bella fila di micheletti, con gli archibusi spianati, per riceverli come si meritavano. Quando videro questo bell'apparato..... Cosa avreste fatto voi altri?

– Tornare indietro.

– Sicuro; e cosí fecero. Ma vedete un poco se non era il demonio che li portava. Son lí sul Cordusio, vedon lí quel forno che, fin da ieri, avevan voluto saccheggiare; e cosa si faceva in quella bottega? si distribuiva il pane agli avventori; c'era de' cavalieri, e fior di cavalieri, a invigilare che tutto andasse bene; e costoro (avevano il diavolo addosso vi dico, e poi c'era chi gli aizzava), costoro, dentro come disperati; piglia tu, che piglio anch'io: in un batter d'occhio, cavalieri, fornai, avventori, pani, banco, panche, madie, casse, sacchi, frulloni, crusca, farina, pasta, tutto sottosopra.

– E i micheletti?

– I micheletti avevan la casa del vicario da guardare: non si può cantare e portar la croce. Fu in un batter d'occhio, vi dico: piglia piglia; tutto ciò che c'era buono a qualcosa, fu preso. E poi torna in campo quel bel ritrovato di ieri, di portare il resto sulla piazza, e di farne una fiammata. E già cominciavano, i manigoldi, a tirar fuori roba; quando uno piú manigoldo degli altri, indovinate un po' con che bella proposta venne fuori.

– Con che cosa?

– Di fare un mucchio di tutto nella bottega, e di dar fuoco al mucchio e alla casa insieme. Detto fatto....

– Ci han dato fuoco?

– Aspettate. Un galantuomo del vicinato ebbe un'ispirazione dal cielo. Corse su nelle stanze, cercò d'un Crocifisso, lo trovò, l'attaccò all'archetto d'una finestra, prese da capo d'un letto due candele benedette, le accese, e le mise sul davanzale, a destra e a sinistra del Crocifisso. La gente guarda in su. In un Milano, bisogna dirla, c'è ancora del timor di Dio; tutti tornarono in sé. La piú parte, voglio dire; c'era bensí de' diavoli che, per rubare, avrebbero dato fuoco anche al paradiso; ma visto che la gente non era del loro parere, dovettero smettere, e star cheti. Indovinate ora chi arrivò all'improvviso. Tutti i monsignori del duomo, in processione, a croce alzata, in abito corale; e monsignor Mazenta, arciprete, cominciò a predicare da una parte, e monsignor Settala, penitenziere, da un'altra, e gli altri anche loro: ma, brava gente! ma cosa volete fare? ma è questo l'esempio che date a' vostri figliuoli? ma tornate a casa; ma non sapete che il pane è a buon mercato, piú di prima? ma andate a vedere, che c'è l'avviso sulle cantonate.

– Era vero?

– Diavolo! Volete che i monsignori del duomo venissero in cappa magna a dir delle fandonie?

– E la gente cosa fece?

– A poco a poco se n'andarono; corsero alle cantonate; e, chi sapeva leggere, la c'era proprio la meta. Indovinate un poco: un pane d'ott'once, per un soldo.

– Che bazza!

– La vigna è bella; pur che la duri. Sapete quanta farina hanno mandata a male, tra ieri e stamattina? Da mantenerne il ducato per due mesi.

– E per fuori di Milano, non s'è fatta nessuna legge buona?

– Quel che s'è fatto per Milano, è tutto a spese della città. Non so che vi dire: per voi altri sarà quel che Dio vorrà. A buon conto, i fracassi son finiti. Non v'ho detto tutto; ora viene il buono.

– Cosa c'è ancora?

– C'è che, ier sera o stamattina che sia, ne sono stati agguantati molti; e subito s'è saputo che i capi saranno impiccati. Appena cominciò a spargersi questa voce, ognuno andava a casa per la piú corta, per non arrischiare d'esser nel numero. Milano, quand'io ne sono uscito, pareva un convento di frati.

– Gl'impiccheranno poi davvero?

– Eccome! e presto, – rispose il mercante.

– E la gente cosa farà? – domandò ancora colui che aveva fatta l'altra domanda.

– La gente? anderà a vedere, – disse il mercante. – Avevan tanta voglia di veder morire un cristiano all'aria aperta, che volevano, birboni! far la festa al signor vicario di provvisione. In vece sua, avranno quattro tristi, serviti con tutte le formalità, accompagnati da' cappuccini, e da' confratelli della buona morte; e gente che se l'è meritato. È una provvidenza, vedete; era una cosa necessaria. Cominciavan già a prender il vizio d'entrar nelle botteghe, e di servirsi, senza metter mano alla borsa; se li lasciavan fare, dopo il pane sarebbero venuti al vino, e cosí di mano in mano.... Pensate se coloro volevano smettere, di loro spontanea volontà, una usanza cosí comoda. E vi so dir io che, per un galantuomo che ha bottega aperta, era un pensier poco allegro.

– Davvero, – disse uno degli ascoltatori. – Davvero, – ripeteron gli altri, a una voce.

– E, – continuò il mercante, asciugandosi la barba col tovagliolo, – l'era ordita da un pezzo: c'era una lega, sapete?

– C'era una lega?

– C'era una lega. Tutte cabale ordite da' navarrini, da quel cardinale là di Francia, sapete chi voglio dire, che ha un certo nome mezzo turco, e che ogni giorno ne pensa una, per far qualche dispetto alla corona di Spagna. Ma sopra tutto, tende a far qualche tiro a Milano; perché vede bene, il furbo, che qui sta la forza del re.

– Già.

– Ne volete una prova? Chi ha fatto il piú gran chiasso, eran forestieri; andavano in giro facce, che in Milano non s'eran mai vedute. Anzi mi dimenticavo di dirvene una che m'è stata data per certa. La giustizia aveva acchiappato uno in un'osteria.... – Renzo, il quale non perdeva un ette di quel discorso, al tocco di questa corda, si sentí venir freddo, e diede un guizzo, prima che potesse pensare a contenersi. Nessuno però se n'avvide; e il dicitore, senza interrompere il filo del racconto, seguitò: – uno che non si sa bene ancora da che parte fosse venuto, da chi fosse mandato, né che razza d'uomo si fosse; ma certo era uno de' capi. Già ieri, nel forte del baccano, aveva fatto il diavolo; e poi, non contento di questo, s'era messo a predicare, e a proporre, cosí una galanteria, che s'ammazzassero tutti i signori. Birbante! Chi farebbe viver la povera gente, quando i signori fossero ammazzati? La giustizia, che l'aveva appostato, gli mise l'unghie addosso; gli trovarono un fascio di lettere; e lo menavano in gabbia; ma che? i suoi compagni, che facevan la ronda intorno all'osteria, vennero in gran numero, e lo liberarono, il manigoldo.

– E cosa n'è stato?

– Non si sa; sarà scappato, o sarà nascosto in Milano: son gente che non ha né casa né tetto, e trovan per tutto da alloggiare e da rintanarsi: però finché il diavolo può, e vuole aiutarli: ci dan poi dentro quando meno se lo pensano; perché, quando la pera è matura, convien che caschi. Per ora si sa di sicuro che le lettere son rimaste in mano della giustizia, e che c'è descritta tutta la cabala; e si dice che n'anderà di mezzo molta gente. Peggio per loro; che hanno messo a soqquadro mezzo Milano, e volevano anche far peggio. Dicono che i fornai son birboni. Lo so anch'io; ma bisogna impiccarli per via di giustizia. C'è del grano nascosto. Chi non lo sa? Ma tocca a chi comanda a tener buone spie, e andarlo a disotterrare, e mandare anche gl'incettatori a dar calci all'aria, in compagnia de' fornai. E se chi comanda non fa nulla, tocca alla città a ricorrere; e se non dànno retta alla prima, ricorrere ancora; ché a forza di ricorrere s'ottiene; e non metter su un'usanza cosí scellerata d'entrar nelle botteghe e ne' fondachi, a prender la roba a man salva.

A Renzo quel poco mangiare era andato in tanto veleno. Gli pareva mill'anni d'esser fuori e lontano da quell'osteria, da quel paese; e piú di dieci volte aveva detto a se stesso: andiamo, andiamo. Ma quella paura di dar sospetto, cresciuta allora oltremodo, e fatta tiranna di tutti i suoi pensieri, l'aveva tenuto sempre inchiodato sulla panca. In quella perplessità, pensò che il ciarlone doveva poi finire di parlar di lui; e concluse tra sé, di moversi, appena sentisse attaccare qualche altro discorso.

– E per questo, – disse uno della brigata, – io che so come vanno queste faccende, e che ne' tumulti i galantuomini non ci stanno bene, non mi son lasciato vincere dalla curiosità, e son rimasto a casa mia.

– E io, mi son mosso? – disse un altro.

– Io? – soggiunse un terzo: – se per caso mi fossi trovato in Milano, avrei lasciato imperfetto qualunque affare, e sarei tornato subito a casa mia. Ho moglie e figliuoli; e poi, dico la verità, i baccani non mi piacciono.

A questo punto, l'oste, ch'era stato anche lui a sentire, andò verso l'altra cima della tavola, per veder cosa faceva quel forestiero. Renzo colse l'occasione, chiamò l'oste con un cenno, gli chiese il conto, lo saldò senza tirare, quantunque l'acque fossero molto basse; e, senza far altri discorsi, andò diritto all'uscio, passò la soglia, e, a guida della Provvidenza, s'incamminò dalla parte opposta a quella per cui era venuto.

Capitolo diciassettesimo

Basta spesso una voglia, per non lasciar ben avere un uomo; pensate poi due alla volta, l'una in guerra coll'altra. Il povero Renzo n'aveva, da molte ore, due tali in corpo, come sapete: la voglia di correre, e quella di star nascosto: e le sciagurate parole del mercante gli avevano accresciuta oltremodo l'una e l'altra a un colpo. Dunque la sua avventura aveva fatto chiasso; dunque lo volevano a qualunque patto; chi sa quanti birri erano in campo per dargli la caccia! quali ordini erano stati spediti di frugar ne' paesi, nell'osterie, per le strade! Pensava bensí che finalmente i birri che lo conoscevano, eran due soli, e che il nome non lo portava scritto in fronte; ma gli tornavano in mente certe storie che aveva sentite raccontare, di fuggitivi colti e scoperti per istrane combinazioni, riconosciuti all'andare, all'aria sospettosa, ad altri segnali impensati: tutto gli faceva ombra. Quantunque, nel momento che usciva di Gorgonzola, scoccassero le ventiquattro, e le tenebre che venivano innanzi, diminuissero sempre piú que' pericoli, ciò non ostante prese contro voglia la strada maestra, e si propose d'entrar nella prima viottola che gli paresse condur dalla parte dove gli premeva di riuscire. Sul principio, incontrava qualche viandante; ma, pieno la fantasia di quelle brutte apprensioni, non ebbe cuore d'abbordarne nessuno, per informarsi della strada. «Ha detto sei miglia, colui, – pensava: – se andando fuor di strada, dovessero anche diventar otto o dieci, le gambe che hanno fatte l'altre, faranno anche queste. Verso Milano non vo di certo; dunque vo verso l'Adda. Cammina, cammina, o presto o tardi ci arriverò. L'Adda ha buona voce; e, quando le sarò vicino, non ho piú bisogno di chi me l'insegni. Se qualche barca c'è, da poter passare, passo subito, altrimenti mi fermerò fino alla mattina, in un campo, sur una pianta, come le passere: meglio sur una pianta, che in prigione».

Ben presto vide aprirsi una straducola a mancina; e v'entrò. A quell'ora, se si fosse abbattuto in qualcheduno, non avrebbe piú fatte tante cerimonie per farsi insegnar la strada; ma non sentiva anima vivente. Andava dunque dove la strada lo conduceva; e pensava.

«Io fare il diavolo! Io ammazzare tutti i signori! Un fascio di lettere, io! I miei compagni che mi stavano a far la guardia! Pagherei qualche cosa a trovarmi a viso a viso con quel mercante, di là dall'Adda (ah quando l'avrò passata quest'Adda benedetta!), e fermarlo, e domandargli con comodo dov'abbia pescate tutte quelle belle notizie. Sappiate ora, mio caro signore, che la cosa è andata cosí e cosí, e che il diavolo ch'io ho fatto, è stato d'aiutar Ferrer, come se fosse stato un mio fratello; sappiate che que' birboni che, a sentir voi, erano i miei amici, perché, in un certo momento, io dissi una parola da buon cristiano, mi vollero fare un brutto scherzo; sappiate che, intanto che voi stavate a guardar la vostra bottega, io mi facevo schiacciar le costole, per salvare il vostro signor vicario di provvisione, che non l'ho mai né visto né conosciuto. Aspetta che mi mova un'altra volta, per aiutar signori.... È vero che bisogna farlo per l'anima: son prossimo anche loro. E quel gran fascio di lettere, dove c'era tutta la cabala, e che adesso è in mano della giustizia, come voi sapete di certo; scommettiamo che ve lo fo comparir qui, senza l'aiuto del diavolo? Avreste curiosità di vederlo quel fascio? Eccolo qui.... Una lettera sola?.... Sí signore, una lettera sola; e questa lettera, se lo volete sapere, l'ha scritta un religioso che vi può insegnar la dottrina, quando si sia; un religioso che, senza farvi torto, val piú un pelo della sua barba che tutta la vostra; e è scritta, questa lettera, come vedete, a un altro religioso, un uomo anche lui.... Vedete ora quali sono i furfanti miei amici. E imparate a parlare un'altra volta; principalmente quando si tratta del prossimo».

Ma dopo qualche tempo, questi pensieri ed altri simili cessarono affatto: le circostanze presenti occupavan tutte le facoltà del povero pellegrino. La paura d'essere inseguito o scoperto, che aveva tanto amareggiato il viaggio in pieno giorno, non gli dava ormai piú fastidio; ma quante cose tendevan questo molto piú noioso! Le tenebre, la solitudine, la stanchezza cresciuta, e ormai dolorosa; tirava una brezzolina sorda, uguale, sottile, che doveva far poco servizio a chi si trovava ancora indosso quegli stessi vestiti che s'era messi per andare a nozze in quattro salti, e tornare subito trionfante a casa sua; e, ciò che rendeva ogni cosa piú grave, quell'andare alla ventura, e, per dir cosí, al tasto, cercando un luogo di riposo e di sicurezza.

Quando s'abbatteva a passare per qualche paese, andava adagio adagio, guardando però se ci fosse ancora qualche uscio aperto; ma non vide mai altro segno di gente desta, che qualche lumicino trasparente da qualche impannata. Nella strada fuor dell'abitato, si soffermava ogni tanto; stava in orecchi, per veder se sentiva quella benedetta voce dell'Adda; ma invano. Altre voci non sentiva, che un mugolío di cani, che veniva da qualche cascina isolata, vagando per l'aria, lamentevole insieme e minaccioso. Al suo avvicinarsi a qualcheduna di quelle, il mugolío si cambiava in un abbaiar frettoloso e rabbioso: nel passar davanti alla porta, sentiva, vedeva quasi, il bestione, col muso al fessolino della porta, raddoppiar gli urli: cosa che gli faceva andar via la tentazione di picchiare, e di chieder ricovero. E forse, anche senza i cani, non ci si sarebbe risolto. «Chi è là? – pensava: – cosa volete a quest'ora? Come siete venuto qui? Fatevi conoscere. Non c'è osterie da alloggiare? Ecco, andandomi bene, quel che mi diranno, se picchio: quand'anche non ci dorma qualche pauroso che, a buon conto, si metta a gridare: aiuto! al ladro!

Bisogna aver subito qualcosa di chiaro da rispondere: e cosa ho da rispondere io? Chi sente un rumore la notte, non gli viene in testa altro che ladri, malviventi, trappole: non si pensa mai che un galantuomo possa trovarsi in istrada di notte, se non è un cavaliere in carrozza». Allora serbava quel partito all'estrema necessità, e tirava innanzi, con la speranza di scoprire almeno l'Adda, se non passarla, in quella notte; e di non dover andarne alla cerca, di giorno chiaro.

Cammina, cammina; arrivò dove la campagna coltivata moriva in una sodaglia sparsa di felci e di scope. Gli parve, se non indizio, almeno un certo qual argomento di fiume vicino, e s'inoltrò per quella, seguendo un sentiero che l'attraversava. Fatti pochi passi, si fermò ad ascoltare; ma ancora invano. La noia del viaggio veniva accresciuta dalla salvatichezza del luogo, da quel non veder piú né un gelso, né una vite, né altri segni di coltura umana, che prima pareva quasi che gli facessero una mezza compagnia. Ciò non ostante andò avanti; e siccome nella sua mente cominciavano a suscitarsi certe immagini, certe apparizioni, lasciatevi in serbo dalle novelle sentite raccontar da bambino, cosí, per discacciarle, o per acquietarle, recitava, camminando, dell'orazioni per i morti.

A poco a poco, si trovò tra macchie piú alte, di pruni, di quercioli, di marruche. Seguitando a andare avanti, e allungando il passo, con piú impazienza che voglia, cominciò a veder tra le macchie qualche albero sparso; e andando ancora, sempre per lo stesso sentiero, s'accorse d'entrare in un bosco. Provava un certo ribrezzo a inoltrarvisi; ma lo vinse, e contro voglia andò avanti; ma piú che s'inoltrava, piú il ribrezzo cresceva, piú ogni cosa gli dava fastidio. Gli alberi che vedeva in lontananza, gli rappresentavan figure strane, deformi, mostruose; l'annoiava l'ombra delle cime leggermente agitate, che tremolava sul sentiero illuminato qua e là dalla luna; lo stesso scrosciar delle foglie secche che calpestava o moveva camminando, aveva per il suo orecchio un non so che d'odioso. Le gambe provavano come una smania, un impulso di corsa, e nello stesso tempo pareva che durassero fatica a regger la persona. Sentiva la brezza notturna batter piú rigida e maligna sulla fronte e sulle gote; se la sentiva scorrer tra i panni e le carni, e raggrinzarle, e penetrar piú acuta nelle ossa rotte dalla stanchezza, e spegnervi quell'ultimo rimasuglio di vigore. A un certo punto, quell'uggia, quell'orrore indefinito con cui l'animo combatteva da qualche tempo, parve che a un tratto lo soverchiasse. Era per perdersi affatto; ma atterrito, piú che d'ogni altra cosa, del suo terrore, richiamò al cuore gli antichi spiriti, e gli comandò che reggesse. Cosí rinfrancato un momento, si fermò su due piedi a deliberare; e risolveva d'uscir subito di lí per la strada già fatta, d'andar diritto all'ultimo paese per cui era passato, di tornar tra gli uomini, e di cercare un ricovero, anche all'osteria. E stando cosí fermo, sospeso il fruscío de' piedi nel fogliame, tutto tacendo d'intorno a lui, cominciò a sentire un rumore, un mormorío, un mormorío d'acqua corrente. Sta in orecchi; n'è certo; esclama: – è l'Adda! – Fu il ritrovamento d'un amico, d'un fratello, d'un salvatore. La stanchezza quasi scomparve, gli tornò il polso, sentí il sangue scorrer libero e tepido per tutte le vene, sentí crescer la fiducia de' pensieri, e svanire in gran parte quell'incertezza e gravità delle cose; e non esitò a internarsi sempre piú nel bosco, dietro all'amico rumore.

Arrivò in pochi momenti all'estremità del piano, sull'orlo d'una riva profonda; e guardando in giú tra le macchie che tutta la rivestivano, vide l'acqua luccicare e correre. Alzando poi lo sguardo, vide il vasto piano dell'altra riva, sparso di paesi, e al di là i colli, e sur uno di quelli una gran macchia biancastra, che gli parve dover essere una città, Bergamo sicuramente. Scese un po' sul pendio, e, separando e diramando, con le mani e con le braccia, il prunaio, guardò giú, se qualche barchetta si movesse nel fiume, ascoltò se sentisse batter de' remi; ma non vide né sentí nulla. Se fosse stato qualcosa di meno dell'Adda, Renzo scendeva subito, per tentarne il guado; ma sapeva bene che l'Adda non era fiume da trattarsi cosí in confidenza.

Perciò si mise a consultar tra sé, molto a sangue freddo, sul partito da prendere. Arrampicarsi sur una pianta, e star lí a aspettar l'aurora, per forse sei ore che poteva ancora indugiare, con quella brezza, con quella brina, vestito cosí, c'era piú che non bisognasse per intirizzir davvero. Passeggiare innanzi e indietro, tutto quel tempo, oltre che sarebbe stato poco efficace aiuto contro il rigore del sereno, era un richieder troppo da quelle povere gambe, che già avevano fatto piú del loro dovere. Gli venne in mente d'aver veduto, in uno de' campi piú vicini alla sodaglia, una di quelle capanne coperte di paglia, costrutte di tronchi e di rami, intonacati poi con la mota, dove i contadini del milanese usan, l'estate, depositar la raccolta, e ripararsi la notte a guardarla: nell'altre stagioni, rimangono abbandonate. La disegnò subito per suo albergo; si rimise sul sentiero, ripassò il bosco, le macchie, la sodaglia; e andò verso la capanna. Un usciaccio intarlato e sconnesso, era rabbattuto, senza chiave né catenaccio; Renzo l'aprí, entrò; vide sospeso per aria, e sostenuto da ritorte di rami, un graticcio, a foggia d'*hamac*; ma non si curò di salirvi. Vide in terra un po' di paglia; e pensò che, anche lí, una dormitina sarebbe ben saporita.

Prima però di sdraiarsi su quel letto che la Provvidenza gli aveva preparato, vi s'inginocchiò, a ringraziarla di quel benefizio, e di tutta l'assistenza che aveva avuta da essa, in quella terribile giornata. Disse poi le sue solite divozioni; e per di piú, chiese perdono a Domeneddio di non averle dette la sera avanti; anzi, per dir le sue parole, d'essere andato a dormire come un cane, e peggio. «E per questo, – soggiunse poi tra sé; appoggiando le mani sulla paglia, e d'inginocchioni mettendosi a giacere: – per questo, m'è toccata, la mattina, quella bella svegliata». Raccolse poi tutta la paglia che rimaneva all'intorno, e se l'accomodò addosso, facendosene, alla meglio, una specie di coperta, per temperare il freddo, che anche là dentro si faceva sentir molto bene; e vi si rannicchiò sotto, con l'intenzione di dormire un bel sonno, parendogli d'averlo comprato anche piú caro del dovere.

Ma appena ebbe chiusi gli occhi, cominciò nella sua memoria o nella sua fantasia (il luogo preciso non ve lo saprei dire), cominciò, dico, un andare e venire di gente, cosí affollato, cosí incessante, che addio sonno. Il mercante, il notaio, i birri, lo spadaio, l'oste, Ferrer, il vicario, la brigata dell'osteria, tutta quella turba delle strade, poi don Abbondio, poi don Rodrigo: tutta gente con cui Renzo aveva che dire.

Tre sole immagini gli si presentavano non accompagnate da alcuna memoria amara, nette d'ogni sospetto, amabili in tutto; e due principalmente, molto differenti al certo, ma strettamente legate nel cuore del giovine: una treccia nera e una barba bianca. Ma anche la consolazione che provava nel fermare sopra di esse il pensiero, era tutt'altro che pretta e tranquilla. Pensando al buon frate, sentiva piú vivamente la vergogna delle proprie scappate, della turpe intemperanza, del bel caso che aveva fatto de' paterni consigli di lui; e contemplando l'immagine di Lucia! non ci proveremo a dire ciò che sentisse: il lettore conosce le circostanze; se lo figuri. E quella povera Agnese, come l'avrebbe potuta dimenticare? Quell'Agnese, che l'aveva scelto, che l'aveva già considerato come una cosa sola con la sua unica figlia, e prima di ricever da lui il titolo di madre, n'aveva preso il linguaggio e il cuore, e dimostrata co' fatti la premura. Ma era un dolore di piú, e non il meno pungente, quel pensiero, che, in grazia appunto di cosí amorevoli intenzioni, di tanto bene che voleva a lui, la povera donna si trovava ora snidata, quasi raminga, incerta dell'avvenire, e raccoglieva guai e travagli da quelle cose appunto da cui aveva sperato il riposo e la giocondità degli ultimi suoi anni. Che notte, povero Renzo! Quella che doveva esser la quinta delle sue nozze! Che stanza! Che letto matrimoniale! E dopo qual giornata! E per arrivare a qual domani, a qual serie di giorni! «Quel che Dio vuole, – rispondeva ai pensieri che gli davan piú noia: – quel che Dio vuole. Lui sa quel che fa: c'è anche per noi. Vada tutto in isconto de' miei peccati. Lucia è tanto buona! non vorrà poi farla patire un pezzo, un pezzo, un pezzo! »

Tra questi pensieri, e disperando ormai d'attaccar sonno, e facendosegli il freddo sentir sempre piú, a segno ch'era costretto ogni tanto a tremare e a battere i denti, sospirava la venuta del giorno e misurava con impazienza il lento scorrer dell'ore. Dico misurava, perché, ogni mezz'ora, sentiva in quel vasto silenzio, rimbombare i tocchi d'un orologio: m'immagino che dovesse esser quello di Trezzo. E la prima volta che gli ferí gli orecchi quello scocco, cosí inaspettato, senza che potesse avere alcuna idea del luogo donde venisse, gli fece un senso misterioso e solenne, come d'un avvertimento che venisse da persona non vista, con una voce sconosciuta.

Quando finalmente quel martello ebbe battuto undici tocchi, ch'era l'ora disegnata da Renzo per levarsi, s'alzò mezzo intirizzito, si mise inginocchioni, disse, e con piú fervore del solito, le divozioni della mattina, si rizzò, si stirò in lungo e in largo, scosse la vita e le spalle, come per mettere insieme tutte le membra, che ognuno pareva che facesse da sé, soffiò in una mano, poi nell'altra, se le stropicciò, aprí l'uscio della capanna; e, per la prima cosa, diede un'occhiata in qua e in là, per veder se c'era nessuno. E non vedendo nessuno, cercò con l'occhio il sentiero della sera avanti; lo riconobbe subito, e prese per quello.

Il cielo prometteva una bella giornata: la luna, in un canto, pallida e senza raggio, pure spiccava nel campo immenso d'un bigio ceruleo, che, giú giú verso l'oriente, s'andava sfumando leggermente in un giallo roseo. Piú giú, all'orizzonte, si stendevano, a lunghe falde ineguali, poche nuvole, tra l'azzurro e il bruno, le piú basse orlate al di sotto d'una striscia quasi di fuoco, che di mano in mano si faceva piú viva e tagliente: da mezzogiorno, altre nuvole ravvolte insieme, leggieri e soffici, per dir cosí, s'andavan lumeggiando di mille colori senza nome: quel cielo di Lombardia, cosí bello quand'è bello, cosí splendido, cosí in pace. Se Renzo si fosse trovato lí andando a spasso, certo avrebbe guardato in su, e ammirato quell'albeggiare cosí diverso da quello ch'era solito vedere ne' suoi monti; ma badava alla sua strada, e camminava a passi lunghi, per riscaldarsi, e per arrivar presto. Passa i campi, passa la sodaglia, passa le macchie, attraversa il bosco, guardando in qua e in là, e ridendo e vergognandosi nello stesso tempo, del ribrezzo che vi aveva provato poche ore prima; è sul ciglio della riva, guarda giú; e, di tra i rami, vede una barchetta di pescatore, che veniva adagio, contr'acqua, radendo quella sponda. Scende subito per la piú corta, tra i pruni; è sulla riva; dà una voce leggiera leggiera al pescatore; e, con l'intenzione di far come se chiedesse un servizio di poca importanza, ma, senza avvedersene, in una maniera mezzo supplichevole, gli accenna che approdi. Il pescatore gira uno sguardo lungo la riva, guarda attentamente lungo l'acqua che viene, si volta a guardare indietro, lungo l'acqua che va, e poi dirizza la prora verso Renzo, e approda. Renzo che stava sull'orlo della riva, quasi con un piede nell'acqua, afferra la punta del battello, ci salta dentro, e dice: – mi fareste il servizio, col pagare, di tragittarmi di là? – Il pescatore l'aveva indovinato, e già voltava da quella parte. Renzo, vedendo sul fondo della barca un altro remo, si china, e l'afferra.

– Adagio, adagio, – disse il padrone; ma nel veder poi con che garbo il giovine aveva preso lo strumento, e si disponeva a maneggiarlo, – ah, ah, – riprese: – siete del mestiere.

– Un pochino, – rispose Renzo, e ci si mise con un vigore e con una maestria, piú che da dilettante. E senza mai rallentare, dava ogni tanto un'occhiata ombrosa alla riva da cui s'allontanavano, e poi una impaziente a quella dov'eran rivolti, e si coceva di non poterci andar per la piú corta; ché la corrente era, in quel luogo, troppo rapida, per tagliarla direttamente; e la barca, parte rompendo, parte secondando il filo dell'acqua, doveva fare un tragitto diagonale. Come accade in tutti gli affari un po' imbrogliati, che le difficoltà alla prima si presentino all'ingrosso, e nell'eseguire poi, vengan fuori per minuto, Renzo, ora che l'Adda era, si può dir, passata, gli dava fastidio il non saper di certo se lí essa fosse confine, o se, superato quell'ostacolo, gliene rimanesse un altro da superare. Onde, chiamato il pescatore, e accennando col capo quella macchia biancastra che aveva veduta la notte avanti, e che allora gli appariva ben piú distinta, disse: – è Bergamo, quel paese?

– La città di Bergamo, – rispose il pescatore.

– E quella riva lí, è bergamasca?

– Terra di san Marco.

– Viva san Marco! – esclamò Renzo. Il pescatore non disse nulla.

Toccano finalmente quella riva; Renzo vi si slancia; ringrazia Dio tra sé, e poi con la bocca il barcaiolo; mette le mani in tasca, tira fuori una berlinga, che, attese le circostanze, non fu un piccolo sproprio, e la porge al galantuomo; il quale, data ancora una occhiata alla riva milanese, e al fiume di sopra e di sotto, stese la mano, prese la mancia, la ripose, poi strinse le labbra, e per di piú ci mise il dito in croce, accompagnando quel gesto con un'occhiata espressiva; e disse poi: – buon viaggio –, e tornò indietro.

Perché la cosí pronta e discreta cortesia di costui verso uno sconosciuto non faccia troppo maravigliare il lettore, dobbiamo informarlo che quell'uomo, pregato spesso d'un simile servizio da contrabbandieri e da banditi, era avvezzo a farlo; non tanto per amore del poco e incerto guadagno che gliene poteva venire, quanto per non farsi de' nemici in quelle classi. Lo faceva, dico, ogni volta che potesse esser sicuro che non lo vedessero né gabellieri, né birri, né esploratori. Cosí, senza voler piú bene ai primi che ai secondi, cercava di soddisfarli tutti, con quell'imparzialità, che è la dote ordinaria di chi è obbligato a trattar con cert'uni, e soggetto a render conto a cert'altri.

Renzo si fermò un momentino sulla riva a contemplar la riva opposta, quella terra che poco prima scottava tanto sotto i suoi piedi. «Ah! ne son proprio fuori! – fu il suo primo pensiero. – Sta lí, maledetto paese», fu il secondo, l'addio alla patria. Ma il terzo corse a chi lasciava in quel paese. Allora incrociò le braccia sul petto, mise un sospiro, abbassò gli occhi sull'acqua che gli scorreva a' piedi, e pensò «è passata sotto il ponte!» Cosí, all'uso del suo paese, chiamava, per antonomasia, quello di Lecco. «Ah mondo birbone! Basta; quel che Dio vuole».

Voltò le spalle a que' tristi oggetti, e s'incamminò, prendendo per punto di mira la macchia biancastra sul pendío del monte, finché trovasse qualcheduno da farsi insegnar la strada giusta. E bisognava vedere con che disinvoltura s'accostava a' viandanti, e, senza tanti rigiri, nominava il paese dove abitava quel suo cugino. Dal primo a cui si rivolse, seppe che gli rimanevano ancor nove miglia da fare.

Quel viaggio non fu lieto. Senza parlare de' guai che Renzo portava con sé, il suo occhio veniva ogni momento rattristato da oggetti dolorosi, da' quali dovette accorgersi che troverebbe nel paese in cui s'inoltrava, la penuria che aveva lasciata nel suo. Per tutta la strada, e piú ancora nelle terre e ne' borghi, incontrava a ogni passo poveri, che non eran poveri di mestiere, e mostravan la miseria piú nel viso che nel vestiario: contadini, montanari, artigiani, famiglie intere; e un misto ronzío di preghiere, di lamenti e di vagiti. Quella vista, oltre la compassione e la malinconia, lo metteva anche in pensiero de' casi suoi.

«Chi sa, – andava meditando, – se trovo da far bene? se c'è lavoro, come negli anni passati? Basta; Bortolo mi voleva bene, è un buon figliuolo, ha fatto danari, m'ha invitato tante volte; non m'abbandonerà. E poi, la Provvidenza m'ha aiutato finora; m'aiuterà anche per l'avvenire».

Intanto l'appetito, risvegliato già da qualche tempo, andava crescendo di miglio in miglio; e quantunque Renzo, quando cominciò a dargli retta, sentisse di poter reggere, senza grand'incomodo, per quelle due o tre che gli potevan rimanere; pensò, da un'altra parte, che non sarebbe una bella cosa di presentarsi al cugino, come un pitocco, e dirgli, per primo complimento: dammi da mangiare. Si levò di tasca tutte le sue ricchezze, le fece scorrere sur una mano, tirò la somma. Non era un conto che richiedesse una grande aritmetica; ma però c'era abbondantemente da fare una mangiatina. Entrò in un'osteria a ristorarsi lo stomaco; e in fatti, pagato che ebbe, gli rimase ancor qualche soldo.

Nell'uscire, vide, accanto alla porta, che quasi v'inciampava, sdraiate in terra, piú che sedute, due donne, una attempata, un'altra piú giovine, con un bambino, che, dopo aver succhiata invano l'una e l'altra mammella, piangeva, piangeva; tutti del color della morte: e ritto, vicino a loro, un uomo, nel viso del quale e nelle membra, si potevano ancora vedere i segni d'un'antica robustezza, domata e quasi spenta dal lungo disagio. Tutt'e tre stesero la mano verso colui che usciva con passo franco, e con l'aspetto rianimato: nessuno parlò; che poteva dir di piú una preghiera?

– La c'è la Provvidenza! – disse Renzo; e, cacciata subito la mano in tasca, la votò di que' pochi soldi; li mise nella mano che si trovò piú vicina, e riprese la sua strada.

La refezione e l'opera buona (giacché siam composti d'anima e di corpo) avevano riconfortati e rallegrati tutti i suoi pensieri. Certo, dall'essersi cosí spogliato degli ultimi danari, gli era venuto piú di confidenza per l'avvenire, che non gliene avrebbe dato il trovarne dieci volte tanti. Perché, se a sostenere in quel giorno que' poverini che mancavano sulla strada, la Provvidenza aveva tenuti in serbo proprio gli ultimi quattrini d'un estraneo, fuggitivo, incerto anche lui del come vivrebbe; chi poteva credere che volesse poi lasciare in secco colui del quale s'era servita a ciò, e a cui aveva dato un sentimento cosí vivo di se stessa, cosí efficace, cosí risoluto? Questo era, a un di presso, il pensiero del giovine; però men chiaro ancora di quello ch'io l'abbia saputo esprimere. Nel rimanente della strada, ripensando a' casi suoi, tutto gli si spianava. La carestia doveva poi finire: tutti gli anni si miete: intanto aveva il cugino Bortolo e la propria abilità: aveva, per di piú, a casa un po' di danaro, che si farebbe mandar subito. Con quello, alla peggio, camperebbe, giorno per giorno, finché tornasse l'abbondanza. «Ecco poi tornata finalmente l'abbondanza, – proseguiva Renzo nella sua fantasia: – rinasce la furia de' lavori: i padroni fanno a gara per aver degli operai milanesi, che son quelli che sanno bene il mestiere; gli operai milanesi alzan la cresta; chi vuol gente abile, bisogna che la paghi; si guadagna da vivere per piú d'uno, e da metter qualcosa da parte; e si fa scrivere alle donne che vengano.... E poi, perché aspettar tanto? Non è vero che, con quel poco che abbiamo in serbo, si sarebbe campati là, anche quest'inverno? Cosí camperemo qui. De' curati ce n'è per tutto. Vengono quelle due care donne: si mette su casa. Che piacere, andar passeggiando su questa stessa strada tutti insieme! andar fino all'Adda in baroccio, e far merenda sulla riva, proprio sulla riva, e far vedere alle donne il luogo dove mi sono imbarcato, il prunaio da cui sono sceso, quel posto dove sono stato a guardare se c'era un battello».

Arriva al paese del cugino; nell'entrare, anzi prima di mettervi piede, distingue una casa alta alta, a piú ordini di finestre lunghe lunghe; riconosce un filatoio, entra, domanda ad alta voce, tra il rumore dell'acqua cadente e delle rote, se stia lí un certo Bortolo Castagneri.

– Il signor Bortolo! Eccolo là.

«Signore? buon segno», pensa Renzo; vede il cugino, gli corre incontro. Quello si volta, riconosce il giovine, che gli dice: – son qui –. Un oh! di sorpresa, un alzar di braccia, un gettarsele al collo scambievolmente. Dopo quelle prime accoglienze, Bortolo tira il nostro giovine lontano dallo strepito degli ordigni, e dagli occhi de' curiosi, in un'altra stanza, e gli dice: – ti vedo volentieri; ma sei un benedetto figliuolo. T'avevo invitato tante volte; non sei mai voluto venire; ora arrivi in un momento un po' critico.

– Se te lo devo dire, non sono venuto via di mia volontà, – disse Renzo; e, con la piú gran brevità, non però senza molta commozione, gli raccontò la dolorosa storia.

– È un altro par di maniche, – disse Bortolo. – Oh povero Renzo! Ma tu hai fatto capitale di me; e io non t'abbandonerò. Veramente, ora non c'è ricerca d'operai; anzi appena appena ognuno tiene i suoi, per non perderli e disviare il negozio; ma il padrone mi vuol bene, e ha della roba. E, a dirtela, in gran parte la deve a me, senza vantarmi: lui il capitale, e io quella poca abilità. Sono il primo lavorante, sai? e poi, a dirtela, sono il *factotum*. Povera Lucia Mondella! Me ne ricordo, come se fosse ieri: una buona ragazza! sempre la piú composta in chiesa; e quando si passava da quella sua casuccia.... Mi par di vederla, quella casuccia, appena fuor del paese, con un bel fico che passava il muro....

– No, no; non ne parliamo.

– Volevo dire che, quando si passava da quella casuccia, sempre si sentiva quell'aspo, che girava, girava, girava. E quel don Rodrigo! già, anche al mio tempo, era per quella strada; ma ora fa il diavolo affatto, a quel che vedo: fin che Dio gli lascia la briglia sul collo. Dunque, come ti dicevo, anche qui si patisce un po' la fame... A proposito, come stai d'appetito?

– Ho mangiato poco fa, per viaggio.

– E a danari, come stiamo?

Renzo stese una mano, l'avvicinò alla bocca, e vi fece scorrer sopra un piccol soffio.

Non importa, – disse Bortolo: – n'ho io: e non ci pensare, che, presto presto, cambiandosi le cose, se Dio vorrà, me li renderai, e te n'avanzerà anche per te.

– Ho qualcosina a casa; e me li farò mandare.

– Va bene; e intanto fa' conto di me. Dio m'ha dato del bene, perché faccia del bene; e se non ne fo a' parenti e agli amici, a chi ne farò?

– L'ho detto io della Provvidenza! – esclamò Renzo, stringendo affettuosamente la mano al buon cugino.

– Dunque, – riprese questo, – in Milano hanno fatto tutto quel chiasso. Mi paiono un po' matti coloro.

Già, n'era corsa la voce anche qui; ma voglio che tu mi racconti poi la cosa piú minutamente. Eh! n'abbiamo delle cose da discorrere. Qui però, vedi, la va piú quietamente, e si fanno le cose con un po' piú di giudizio. La città ha comprate duemila some di grano da un mercante che sta a Venezia: grano che vien di Turchia; ma, quando si tratta di mangiare, la non si guarda tanto per il sottile. Ora senti un po' cosa nasce: nasce che i rettori di Verona e di Brescia chiudono i passi, e dicono: di qui non passa grano. Che ti fanno i bergamaschi? Spediscono a Venezia Lorenzo Torre, un dottore, ma di quelli! È partito in fretta, s'è presentato al doge, e ha detto: che idea è venuta a que' signori rettori? Ma un discorso! un discorso, dicono, da dare alle stampe. Cosa vuol dire avere un uomo che sappia parlare! Subito un ordine che si lasci passare il grano; e i rettori, non solo lasciarlo passare, ma bisogna che lo facciano scortare; ed è in viaggio. E s'è pensato anche al contado. Giovanbatista Biava, nunzio di Bergamo in Venezia (un uomo anche quello!) ha fatto intendere al senato che, anche in campagna, si pativa la fame; e il senato ha concesso quattro mila staia di miglio. Anche questo aiuta a far pane. E poi, lo vuoi sapere? se non ci sarà pane, mangeremo del companatico. Il Signore m'ha dato del bene, come ti dico. Ora ti condurrò dal mio padrone: gli ho parlato di te tante volte, e ti farà buona accoglienza. Un buon bergamascone all'antica, un uomo di cuor largo. Veramente, ora non t'aspettava; ma quando sentirà la storia..... E poi gli operai sa tenerli di conto, perché la carestia passa, e il negozio dura. Ma prima di tutto, bisogna che t'avverta d'una cosa. Sai come ci chiamano in questo paese, noi altri dello stato di Milano?

– Come ci chiamano?

– Ci chiaman baggiani.

– Non è un bel nome.

– Tant'è: chi è nato nel milanese, e vuol vivere nel bergamasco, bisogna prenderselo in santa pace. Per questa gente, dar del baggiano a un milanese, è come dar dell'illustrissimo a un cavaliere.

– Lo diranno, m'immagino, a chi se lo vorrà lasciar dire.

– Figliuolo mio, se tu non sei disposto a succiarti del baggiano a tutto pasto, non far conto di poter viver qui. Bisognerebbe esser sempre col coltello in mano: e quando, supponiamo, tu n'avessi ammazzati due, tre, quattro, verrebbe poi quello che ammazzerebbe te: e allora, che bel gusto di comparire al tribunal di Dio, con tre o quattro omicidi sull'anima!

– E un milanese che abbia un po' di.... – e qui picchiò la fronte col dito, come aveva fatto nell'osteria della luna piena. – Voglio dire, uno che sappia bene il suo mestiere?

– Tutt'uno: qui è un baggiano anche lui. Sai come dice il mio padrone, quando parla di me co' suoi amici? «Quel baggiano è stato la man di Dio, per il mio negozio; se non avessi quel baggiano, sarei ben impicciato». L'è usanza cosí.

– L'è un'usanza sciocca. E vedendo quello che sappiam fare (ché finalmente chi ha portata qui quest'arte, e chi la fa andare, siamo noi), possibile che non si sian corretti?

– Finora no: col tempo può essere; i ragazzi che vengon su; ma gli uomini fatti, non c'è rimedio: hanno preso quel vizio; non lo smetton piú. Cos'è poi finalmente? Era ben un'altra cosa quelle galanterie che t'hanno fatte, e il di piú che ti volevan fare i nostri cari compatriotti.

– Già, è vero: se non c'è altro di male....

– Ora che sei persuaso di questo, tutto anderà bene. Vieni dal padrone, e coraggio.

Tutto in fatti andò bene, e tanto a seconda delle promesse di Bortolo, che crediamo inutile di farne particolar relazione. E fu veramente provvidenza; perché la roba e i quattrini che Renzo aveva lasciati in casa, vedremo or ora quanto fosse da farci assegnamento.

Capitolo diciottesimo

Quello stesso giorno, 13 di novembre, arriva un espresso al signor podestà di Lecco, e gli presenta un dispaccio del signor capitano di giustizia, contenente un ordine di fare ogni possibile e piú opportuna inquisizione, per iscoprire se un certo giovine nominato Lorenzo Tramaglino, filatore di seta, scappato dalle forze *praedicti egregii domini capitanei*, sia tornato, *palam vel clam*, al suo paese, *ignotum* quale per l'appunto, *verum in territorio Leuci: quod si compertum fuerit sic esse*, cerchi il detto signor podestà, *quanta maxima diligentia fieri poterit*, d'averlo nelle mani, e, legato a dovere, *videlizet* con buone manette, attesa l'esperimentata insufficienza de' manichini per il nominato soggetto, lo faccia condurre nelle carceri, e lo ritenga lí, sotto buona custodia, per farne consegna a chi sarà spedito a prenderlo; e tanto nel caso del sí, come nel caso del no, *accedatis ad domum praedicti Laurentii Tramaliini; et, facta debita diligentia, quidquid ad rem repertum fuerit auferatis; et informationes de illius prava qualitate, vita, et complicibus sumatis*; e di tutto il detto e il fatto, il trovato e il non trovato, il preso e il lasciato, *diligenter referatis*. Il signor podestà, dopo essersi umanamente cerziorato che il soggetto non era tornato in paese, fa chiamare il console del villaggio, e si fa condur da lui alla casa indicata, con gran treno di notaio e di birri. La casa è chiusa; chi ha le chiavi non c'è, o non si lascia trovare. Si sfonda l'uscio; si fa la debita diligenza, vale a dire che si fa come in una città presa d'assalto. La voce di quella spedizione si sparge immediatamente per tutto il contorno; viene agli orecchi del padre Cristoforo; il quale, attonito non meno che afflitto, domanda al terzo e al quarto, per aver qualche lume intorno alla cagione d'un fatto cosí inaspettato; ma non raccoglie altro che congetture in aria, e scrive subito al padre Bonaventura, dal quale spera di poter ricevere qualche notizia piú precisa. Intanto i parenti e gli amici di Renzo vengono citati a deporre ciò che posson sapere della sua *prava qualità*: aver nome Tramaglino è una disgrazia, una vergogna, un delitto: il paese è sottosopra. A poco a poco, si viene a sapere che Renzo è scappato dalla giustizia, nel bel mezzo di Milano, e poi scomparso; corre voce che abbia fatto qualcosa di grosso; ma la cosa poi non si sa dire, o si racconta in cento maniere. Quanto piú è grossa, tanto meno vien creduta nel paese, dove Renzo è conosciuto per un bravo giovine: i piú presumono, e vanno susurrandosi agli orecchi l'uno con l'altro, che è una macchina mossa da quel prepotente di don Rodrigo, per rovinare il suo povero rivale. Tant'è vero che, a giudicar per induzione, e senza la necessaria cognizione de' fatti, si fa alle volte gran torto anche ai birbanti.

Ma noi, co' fatti alla mano, come si suol dire, possiamo affermare che, se colui non aveva avuto parte nella sciagura di Renzo, se ne compiacque però, come se fosse opera sua, e ne trionfò co' suoi fidati, e principalmente col conte Attilio. Questo, secondo i suoi primi disegni, avrebbe dovuto a quell'ora trovarsi già in Milano; ma, alle prime notizie del tumulto, e della canaglia che girava per le strade, in tutt'altra attitudine che di ricever bastonate, aveva creduto bene di trattenersi in campagna, fino a cose quiete. Tanto piú che, avendo offeso molti, aveva qualche ragion di temere che alcuno de' tanti, che solo per impotenza stavano cheti, non prendesse animo dalle circostanze, e giudicasse il momento buono da far le vendette di tutti. Questa sospensione non fu di lunga durata: l'ordine venuto da Milano dell'esecuzione da farsi contro Renzo era già un indizio che le cose avevan ripreso il corso ordinario; e, quasi nello stesso tempo, se n'ebbe la certezza positiva. Il conte Attilio partí immediatamente, animando il cugino a persister nell'impresa, a spuntar l'impegno, e promettendogli che, dal canto suo, metterebbe subito mano a sbrigarlo dal frate; al qual affare, il fortunato accidente dell'abietto rivale doveva fare un gioco mirabile. Appena partito Attilio, arrivò il Griso da Monza sano e salvo, e riferí al suo padrone ciò che aveva potuto raccogliere: che Lucia era ricoverata nel tal monastero, sotto la protezione della tal signora; e stava sempre nascosta, come se fosse una monaca anche lei, non mettendo mai piede fuor della porta, e assistendo alle funzioni di chiesa da una finestrina con la grata: cosa che dispiaceva a molti, i quali avendo sentito motivar non so che di sue avventure, e dir gran cose del suo viso, avrebbero voluto un poco vedere come fosse fatto.

Questa relazione mise il diavolo addosso a don Rodrigo, o, per dir meglio, rendé piú cattivo quello che già ci stava di casa. Tante circostanze favorevoli al suo disegno infiammavano sempre piú la sua passione, cioè quel misto di puntiglio, di rabbia e d'infame capriccio, di cui la sua passione era composta. Renzo assente, sfrattato, bandito, di maniera che ogni cosa diventava lecita contro di lui, e anche la sua sposa poteva esser considerata, in certo modo, come roba di rubello: il solo uomo al mondo che volesse e potesse prender le sue parti, e fare un rumore da esser sentito anche lontano e da persone alte, l'arrabbiato frate, tra poco sarebbe probabilmente anche lui fuor del caso di nuocere. Ed ecco che un nuovo impedimento, non che contrappesare tutti que' vantaggi, li rendeva, si può dire, inutili. Un monastero di Monza, quand'anche non ci fosse stata una principessa, era un osso troppo duro per i denti di don Rodrigo; e per quanto egli ronzasse con la fantasia intorno a quel ricovero, non sapeva immaginar né via né verso d'espugnarlo, né con la forza, né per insidie. Fu quasi quasi per abbandonar l'impresa; fu per risolversi d'andare a Milano, allungando anche la strada, per non passar neppure da Monza; e a Milano, gettarsi in mezzo agli amici e ai divertimenti, per discacciar, con pensieri affatto allegri, quel pensiero divenuto ormai tutto tormentoso. Ma, ma, ma, gli amici; piano un poco con questi amici. In vece d'una distrazione, poteva aspettarsi di trovar nella loro compagnia, nuovi dispiaceri: perché Attilio certamente avrebbe già preso la tromba, e messo tutti in aspettativa. Da ogni parte gli verrebbero domandate notizie della montanara: bisognava render ragione. S'era voluto, s'era tentato; cosa s'era ottenuto? S'era preso un impegno: un impegno un po' ignobile, a dire il vero: ma, via, uno non può alle volte regolare i suoi capricci; il punto è di soddisfarli; e come s'usciva da quest'impegno? Dandola vinta a un villano e a un frate! Uh! E quando una buona sorte inaspettata, senza fatica del buon a nulla, aveva tolto di mezzo l'uno, e un abile amico l'altro, il buon a nulla non aveva saputo valersi della congiuntura, e si ritirava vilmente dall'impresa. Ce n'era piú del bisogno, per non alzar mai piú il viso tra i galantuomini, o avere ogni momento la spada alle mani. E poi, come tornare, o come rimanere in quella villa, in quel paese, dove, lasciando da parte i ricordi incessanti e pungenti della passione, si porterebbe lo sfregio d'un colpo fallito? dove, nello stesso tempo, sarebbe cresciuto l'odio pubblico, e scemata la riputazion del potere? dove sul viso d'ogni mascalzone, anche in mezzo agl'inchini, si potrebbe leggere un amaro: l'hai ingoiata, ci ho gusto? La strada dell'iniquità, dice qui il manoscritto, è larga; ma questo non vuol dire che sia comoda: ha i suoi buoni intoppi, i suoi passi scabrosi; è noiosa la sua parte, e faticosa, benché vada all'ingiú.

A don Rodrigo, il quale non voleva uscirne, né dare addietro, né fermarsi, e non poteva andare avanti da sé, veniva bensí in mente un mezzo con cui potrebbe: ed era di chieder l'aiuto d'un tale, le cui mani arrivavano spesso dove non arrivava la vista degli altri: un uomo o un diavolo, per cui la difficoltà dell'imprese era spesso uno stimolo a prenderle sopra di sé. Ma questo partito aveva anche i suoi inconvenienti e i suoi rischi, tanto piú gravi quanto meno si potevano calcolar prima; giacché nessuno avrebbe saputo prevedere fin dove anderebbe, una volta che si fosse imbarcato con quell'uomo, potente ausiliario certamente, ma non meno assoluto e pericoloso condottiere.

Tali pensieri tennero per piú giorni don Rodrigo tra un sí e un no, l'uno e l'altro piú che noiosi. Venne intanto una lettera del cugino, la quale diceva che la trama era ben avviata. Poco dopo il baleno, scoppiò il tuono; vale a dire che, una bella mattina, si sentí che il padre Cristoforo era partito dal convento di Pescarenico. Questo buon successo cosí pronto, la lettera d'Attilio che faceva un gran coraggio, e minacciava di gran canzonature, fecero inclinar sempre piú don Rodrigo al partito rischioso: ciò che gli diede l'ultima spinta, fu la notizia inaspettata che Agnese era tornata a casa sua: un impedimento di meno vicino a Lucia. Rendiam conto di questi due avvenimenti, cominciando dall'ultimo.

Le due povere donne s'erano appena accomodate nel loro ricovero, che si sparse per Monza, e per conseguenza anche nel monastero, la nuova di quel gran fracasso di Milano; e dietro alla nuova grande, una serie infinita di particòlari, che andavano crescendo e variandosi ogni momento. La fattoressa, che, dalla sua casa, poteva tenere un orecchio alla strada, e uno al monastero, raccoglieva notizie di qui, notizie di lí, e ne faceva parte all'ospiti. – Due, sei, otto, quattro, sette ne hanno messi in prigione; gl'impiccheranno, parte davanti al forno *delle grucce*, parte in cima alla strada dove c'è la casa del vicario di provvisione.... Ehi, ehi, sentite questa! n'è scappato uno, che è di Lecco, o di quelle parti. Il nome non lo so; ma verrà qualcheduno che me lo saprà dire; per veder se lo conoscete.

Quest'annunzio, con la circostanza d'esser Renzo appunto arrivato in Milano nel giorno fatale, diede qualche inquietudine alle donne, e principalmente a Lucia; ma pensate cosa fu quando la fattoressa venne a dir loro: – è proprio del vostro paese quello che se l'è battuta, per non essere impiccato; un filatore di seta, che si chiama Tramaglino: lo conoscete?

A Lucia, ch'era a sedere, orlando non so che cosa, cadde il lavoro di mano; impallidí, si cambiò tutta, di maniera che la fattoressa se ne sarebbe avvista certamente, se le fosse stata piú vicina. Ma era ritta sulla soglia con Agnese; la quale, conturbata anche lei, però non tanto, poté star forte; e, per risponder qualcosa, disse che, in un piccolo paese, tutti si conoscono, e che lo conosceva; ma che non sapeva pensare come mai gli fosse potuta seguire una cosa simile; perché era un giovine posato. Domandò poi se era scappato di certo, e dove.

– Scappato, lo dicon tutti; dove, non si sa; può essere che l'acchiappino ancora, può essere che sia in salvo; ma se gli torna sotto l'unghie, il vostro giovine posato....

Qui, per buona sorte, la fattoressa fu chiamata, e se n'andò: figuratevi come rimanessero la madre e la figlia. Piú d'un giorno, dovettero la povera donna e la desolata fanciulla stare in una tale incertezza, a mulinare sul come, sul perché, sulle conseguenze di quel fatto doloroso, a commentare, ognuna tra sé, o sottovoce tra loro, quando potevano, quelle terribili parole.

Un giovedí finalmente, capitò al monastero un uomo a cercar d'Agnese. Era un pesciaiolo di Pescarenico, che andava a Milano, secondo l'ordinario, a spacciar la sua mercanzia; e il buon frate Cristoforo l'aveva pregato che, passando per Monza, facesse una scappata al monastero, salutasse le donne da parte sua, raccontasse loro quel che si sapeva del tristo caso di Renzo, raccomandasse loro d'aver pazienza, e confidare in Dio; e che lui povero frate non si dimenticherebbe certamente di loro, e spierebbe l'occasione di poterle aiutare; e intanto non mancherebbe, ogni settimana, di far loro saper le sue nuove, per quel mezzo, o altrimenti. Intorno a Renzo, il messo non seppe dir altro di nuovo e di certo, se non la visita fattagli in casa, e le ricerche per averlo nelle mani; ma insieme ch'erano andate tutte a voto, e si sapeva di certo che s'era messo in salvo sul bergamasco. Una tale certezza, e non fa bisogno di dirlo, fu un gran balsamo per Lucia: d'allora in poi le sue lacrime scorsero piú facili e piú dolci; provò maggior conforto negli sfoghi segreti con la madre; e in tutte le sue preghiere, c'era mescolato un ringraziamento.

Gertrude la faceva venire spesso in un suo parlatorio privato, e la tratteneva talvolta lungamente, compiacendosi dell'ingenuità e della dolcezza della poverina, e nel sentirsi ringraziare e benedire ogni momento. Le raccontava anche, in confidenza, una parte (la parte netta) della sua storia, di ciò che aveva patito, per andar lí a patire; e quella prima maraviglia sospettosa di Lucia s'andava cambiando in compassione. Trovava in quella storia ragioni piú che sufficienti a spiegar ciò che c'era d'un po' strano nelle maniere della sua benefattrice; tanto piú con l'aiuto di quella dottrina d'Agnese su' cervelli de' signori. Per quanto però si sentisse portata a contraccambiare la confidenza che Gertrude le dimostrava, non le passò neppur per la testa di parlarle delle sue nuove inquietudini, della sua nuova disgrazia, di dirle chi fosse quel filatore scappato; per non rischiare di spargere una voce cosí piena di dolore e di scandolo. Si schermiva anche, quanto poteva, dal rispondere alle domande curiose di quella, sulla storia antecedente alla promessa; ma qui non eran ragioni di prudenza. Era perché alla povera innocente quella storia pareva piú spinosa, piú difficile da raccontarsi, di tutte quelle che aveva sentite, e che credesse di poter sentire dalla signora. In queste c'era tirannia, insidie, patimenti; cose brutte e dolorose, ma che pur si potevan nominare: nella sua c'era mescolato per tutto un sentimento, una parola, che non le pareva possibile di proferire, parlando di sé; e alla quale non avrebbe mai trovato da sostituire una perifrasi che non le paresse sfacciata: l'amore!

Qualche volta, Gertrude quasi s'indispettiva di quello star cosí sulle difese; ma vi traspariva tanta amorevolezza, tanto rispetto, tanta riconoscenza, e anche tanta fiducia! Qualche volta forse, quel pudore cosí delicato, cosí ombroso, le dispiaceva ancor piú per un altro verso;

ma tutto si perdeva nella soavità d'un pensiero che le tornava ogni momento, guardando Lucia: «a questa fo del bene». Ed era vero; perché, oltre il ricovero, que' discorsi, quelle carezze famigliari erano di non poco conforto a Lucia. Un altro ne trovava nel lavorar di continuo; e pregava sempre che le dessero qualcosa da fare: anche nel parlatorio, portava sempre qualche lavoro da tener le mani in esercizio: ma, come i pensieri dolorosi si caccian per tutto! cucendo, cucendo, ch'era un mestiere quasi nuovo per lei, le veniva ogni poco in mente il suo aspo; e dietro all'aspo, quante cose!

Il secondo giovedí, tornò quel pesciaiolo o un altro messo, co' saluti del padre Cristoforo, e con la conferma della fuga felice di Renzo. Notizie piú positive intorno a' suoi guai, nessuna; perché, come abbiam detto al lettore, il cappuccino aveva sperato d'averle dal suo confratello di Milano, a cui l'aveva raccomandato; e questo rispose di non aver veduto né la persona, né la lettera; che uno di campagna era bensí venuto al convento, a cercar di lui; ma che, non avendocelo trovato, era andato via, e non era piú comparso.

Il terzo giovedí, non si vide nessuno; e, per le povere donne, fu non solo una privazione d'un conforto desiderato e sperato, ma, come accade per ogni piccola cosa a chi è afflitto e impicciato, una cagione d'inquietudine, di cento sospetti molesti. Già prima d'allora, Agnese aveva pensato a fare una scappata a casa; questa novità di non vedere l'ambasciatore promesso, la fece risolvere. Per Lucia era una faccenda seria il rimanere distaccata dalla gonnella della madre; ma la smania di saper qualche cosa, e la sicurezza che trovava in quell'asilo cosí guardato e sacro, vinsero le sue ripugnanze. E fu deciso tra loro che Agnese anderebbe il giorno seguente ad aspettar sulla strada il pesciaiolo che doveva passar di lí, tornando da Milano; e gli chiederebbe in cortesia un posto sul baroccio, per farsi condurre a' suoi monti. Lo trovò in fatti, gli domandò se il padre Cristoforo non gli aveva data qualche commissione per lei: il pesciaiolo, tutto il giorno avanti la sua partenza era stato a pescare, e non aveva saputo niente del padre. La donna non ebbe bisogno di pregare, per ottenere il piacere che desiderava: prese congedo dalla signora e dalla figlia, non senza lacrime, promettendo di mandar subito le sue nuove, e di tornar presto; e partí.

Nel viaggio, non accadde nulla di particolare. Riposarono parte della notte in un'osteria, secondo il solito; ripartirono innanzi giorno; e arrivaron di buon'ora a Pescarenico. Agnese smontò sulla piazzetta del convento, lasciò andare il suo conduttore con molti: Dio ve ne renda merito; e giacché era lí, volle, prima d'andare a casa, vedere il suo buon frate benefattore. Sonò il campanello; chi venne a aprire, fu fra Galdino, quel delle noci.

– Oh! la mia donna, che vento v'ha portata?

– Vengo a cercare il padre Cristoforo.

– Il padre Cristoforo? Non c'è.

– Oh! starà molto a tornare?

– Ma....? – disse il frate, alzando le spalle, e ritirando nel cappuccio la testa rasa.

– Dov'è andato?

– A Rimini.

– A?

– A Rimini.

– Dov'è questo paese?

– Eh eh eh! – rispose il frate, trinciando verticalmente l'aria con la mano distesa, per significare una gran distanza.

– Oh povera me! Ma perché è andato via cosí all'improvviso?

– Perché ha voluto cosí il padre provinciale.

– E perché mandarlo via? che faceva tanto bene qui? Oh Signore!

– Se i superiori dovessero render conto degli ordini che dànno, dove sarebbe l'ubbidienza, la mia donna?

– Sí; ma questa è la mia rovina.

– Sapete cosa sarà? Sarà che a Rimini avranno avuto bisogno d'un buon predicatore (ce n'abbiamo per tutto; ma alle volte ci vuol quell'uomo fatto apposta);

il padre provinciale di là avrà scritto al padre provinciale di qui, se aveva un soggetto cosí e cosí; e il padre provinciale avrà detto: qui ci vuole il padre Cristoforo. Dev'esser proprio cosí, vedete.

– Oh poveri noi! Quand'è partito?

– Jerlaltro.

– Ecco! s'io davo retta alla mia ispirazione di venir via qualche giorno prima! E non si sa quando possa tornare? cosí a un di presso?

– Eh la mia donna! lo sa il padre provinciale; se lo sa anche lui. Quando un nostro padre predicatore ha preso il volo, non si può prevedere su che ramo potrà andarsi a posare. Li cercan di qua, li cercan di là: e abbiamo conventi in tutte le quattro parti del mondo. Supponete che, a Rimini, il padre Cristoforo faccia un gran fracasso col suo quaresimale: perché non predica sempre a braccio, come faceva qui, per i pescatori e i contadini: per i pulpiti delle città, ha le sue belle prediche scritte; e fior di roba. Si sparge la voce, da quelle parti, di questo gran predicatore; e lo possono cercare da... da che so io? E allora, bisogna mandarlo; perché noi viviamo della carità di tutto il mondo, ed è giusto che serviamo tutto il mondo.

– Oh Signore! Signore! – esclamò di nuovo Agnese, quasi piangendo: – come devo fare, senza quell'uomo? Era quello che ci faceva da padre! Per noi è una rovina.

– Sentite, buona donna; il padre Cristoforo era veramente un uomo; ma ce n'abbiamo degli altri, sapete? pieni di carità e di talento, e che sanno trattare ugualmente co' signori e co' poveri. Volete il padre Atanasio? volete il padre Girolamo? volete il padre Zaccaria? È un uomo di vaglia, vedete, il padre Zaccaria. E non istate a badare, come fanno certi ignoranti, che sia cosí mingherlino, con una vocina fessa, e una barbetta misera misera: non dico per predicare, perché ognuno ha i suoi doni; ma per dar pareri, è un uomo, sapete?

– Oh per carità! – esclamò Agnese, con quel misto di gratitudine e d'impazienza, che si prova a un'esibizione in cui si trovi piú la buona volontà altrui, che la propria convenienza: – cosa m'importa a me che uomo sia o non sia un altro, quando quel pover'uomo che non c'è piú, era quello che sapeva le nostre cose, e aveva preparato tutto per aiutarci?

– Allora, bisogna aver pazienza.

– Questo lo so, – rispose Agnese: – scusate dell'incomodo.

– Di che cosa, la mia donna? mi dispiace per voi. E se vi risolvete di cercar qualcheduno de' nostri padri, il convento è qui che non si move. Ehi, mi lascerò poi veder presto, per la cerca dell'olio.

– State bene, – disse Agnese; e s'incamminò verso il suo paesetto, desolata, confusa, sconcertata, come il povero cieco che avesse perduto il suo bastone.

Un po' meglio informati che fra Galdino, noi possiamo dire come andò veramente la cosa. Attilio, appena arrivato a Milano, andò, come aveva promesso a don Rodrigo, a far visita al loro comune zio del Consiglio segreto. (Era una consulta, composta allora di tredici personaggi di toga e di spada, da cui il governatore prendeva parere, e che, morendo uno di questi, o venendo mutato, assumeva temporariamente il governo). Il conte zio, togato, e uno degli anziani del consiglio, vi godeva un certo credito; ma nel farlo valere, e nel farlo rendere con gli altri, non c'era il suo compagno. Un parlare ambiguo, un tacere significativo, un restare a mezzo, uno stringer d'occhi che esprimeva: non posso parlare; un lusingare senza promettere, un minacciare in cerimonia; tutto era diretto a quel fine; e tutto, o piú o meno, tornava in pro. A segno che fino a un: io non posso niente in questo affare: detto talvolta per la pura verità, ma detto in modo che non gli era creduto, serviva ad accrescere il concetto, e quindi la realtà del suo potere: come quelle scatole che si vedono ancora in qualche bottega di speziale, con su certe parole arabe, e dentro non c'è nulla; ma servono a mantenere il credito alla bottega. Quello del conte zio, che, da gran tempo era sempre andato crescendo a lentissimi gradi, ultimamente aveva fatto in una volta un passo, come si dice, di gigante, per un'occasione straordinaria, un viaggio a Madrid, con una missione alla corte; dove, che accoglienza gli fosse fatta, bisognava sentirlo raccontar da lui. Per non dir altro, il conte duca l'aveva trattato con una degnazione particolare e ammesso alla sua confidenza, a segno d'avergli una volta domandato, in presenza, si può dire, di mezza la corte; come gli piacesse Madrid, e d'avergli un'altra volta detto a quattr'occhi, nel vano d'una finestra, che il duomo di Milano era il tempio piú grande che fosse negli stati del re.

Fatti i suoi complimenti al conte zio, e presentatigli quelli del cugino, Attilio, con un suo contegno serio, che sapeva prendere a tempo, disse: – credo di fare il mio dovere, senza mancare alla confidenza di Rodrigo, avvertendo il signore zio d'un affare che, se lei non ci mette una mano, può diventar serio, e portar delle conseguenze...

– Qualcheduna delle sue, m'immagino.

– Per giustizia, devo dire che il torto non è dalla parte di mio cugino. Ma è riscaldato; e, come dico, non c'è che il signore zio, che possa....

– Vediamo, vediamo.

– C'è da quelle parti un frate cappuccino che l'ha con Rodrigo; e la cosa è arrivata a un punto che....

– Quante volte v'ho detto, all'uno e all'altro, che i frati bisogna lasciarli cuocere nel loro brodo? Basta il da fare che dànno a chi deve... a chi tocca... – E qui soffiò. – Ma voi altri che potete scansarli....

– Signore zio, in questo, è mio dovere di dirle che Rodrigo l'avrebbe scansato, se avesse potuto. È il frate che l'ha con lui, che ha preso a provocarlo in tutte le maniere....

– Che diavolo ha codesto frate con mio nipote?

– Prima di tutto, è una testa inquieta, conosciuto per tale, e che fa professione di prendersela coi cavalieri. Costui protegge, dirige, che so io? una contadinotta di là; e ha per questa creatura una carità, una carità.... non dico pelosa, ma una carità molto gelosa, sospettosa, permalosa.

– Intendo, – disse il conte zio; e sur un certo fondo di goffaggine, dipintogli in viso dalla natura, velato poi e ricoperto, a piú mani, di politica, balenò un raggio di malizia, che vi faceva un bellissimo vedere.

– Ora, da qualche tempo, – continuò Attilio, – s'è cacciato in testa questo frate, che Rodrigo avesse non so che disegni sopra questa...

– S'è cacciato in testa, s'è cacciato in testa: lo conosco anch'io il signor don Rodrigo; e ci vuol altro avvocato che vossignoria, per giustificarlo in queste materie.

– Signore zio, che Rodrigo possa aver fatto qualche scherzo a quella creatura, incontrandola per la strada, non sarei lontano dal crederlo: è giovine, e finalmente non è cappuccino; ma queste son bazzecole da non trattenerne il signore zio; il serio è che il frate s'è messo a parlar di Rodrigo come si farebbe d'un mascalzone, cerca d'aizzargli contro tutto il paese....

– E gli altri frati?

– Non se ne impicciano, perché lo conoscono per una testa calda, e hanno tutto il rispetto per Rodrigo; ma, dall'altra parte, questo frate ha un gran credito presso i villani, perché fa poi anche il santo, e....

– M'immagino che non sappia che Rodrigo è mio nipote.

– Se lo sa! Anzi questo è quel che gli mette piú il diavolo addosso.

– Come? Come?

– Perché, e lo va dicendo lui, ci trova piú gusto a farla vedere a Rodrigo, appunto perché questo ha un protettor naturale, di tanta autorità come vossignoria: e che lui se la ride de' grandi e de' politici, e che il cordone di san Francesco tien legate anche le spade, e che...

– Oh frate temerario! Come si chiama costui?

– Fra Cristoforo da *** – disse Attilio; e il conte zio, preso da una cassetta del suo tavolino, un libriccino di memorie, vi scrisse, soffiando, soffiando, quel povero nome. Intanto Attilio seguitava: – è sempre stato di quell'umore, costui: si sa la sua vita. Era un plebeo che, trovandosi aver quattro soldi, voleva competere coi cavalieri del suo paese; e, per rabbia di non poterla vincer con tutti, ne ammazzò uno; onde, per iscansar la forca si fece frate.

– Ma bravo! ma bene! La vedremo, la vedremo, – diceva il conte zio, seguitando a soffiare.

– Ora poi, – continuava Attilio, – è piú arrabbiato che mai, perché gli è andato a monte un disegno che gli premeva molto molto: e da questo il signore zio capirà che uomo sia. Voleva costui maritare quella sua creatura: fosse per levarla dai pericoli del mondo, lei m'intende, o per che altro si fosse, la voleva maritare assolutamente; e aveva trovato il.... l'uomo: un'altra sua creatura, un soggetto, che, forse e senza forse, anche il signore zio lo conoscerà di nome; perché tengo per certo che il Consiglio segreto avrà dovuto occuparsi di quel degno soggetto.

– Chi è costui?

– Un filatore di seta, Lorenzo Tramaglino, quello che....

– Lorenzo Tramaglino! – esclamò il conte zio. – Ma bene! ma bravo, padre! Sicuro.... infatti..., aveva una lettera per un.... Peccato che.... Ma non importa; va bene. E perché il signor don Rodrigo non mi dice nulla di tutto questo? perché lascia andar le cose tant'avanti, e non si rivolge a chi lo può e vuole dirigere e sostenere?

– Dirò il vero anche in questo, – proseguiva Attilio. – Da una parte, sapendo quante brighe, quante cose ha per la testa il signore zio.... – (questo, soffiando, vi mise la mano, come per significare la gran fatica ch'era a farcele star tutte) – s'è fatto scrupolo di darle una briga di piú. E poi, dirò tutto: da quello che ho potuto capire, è cosí irritato, cosí fuor de' gangheri, cosí stucco delle villanie di quel frate, che ha piú voglia di farsi giustizia da sé, in qualche maniera sommaria, che d'ottenerla in una maniera regolare, dalla prudenza e dal braccio del signore zio. Io ho cercato di smorzare; ma vedendo che la cosa andava per le brutte, ho creduto che fosse mio dovere d'avvertir di tutto il signore zio, che alla fine è il capo e la colonna della casa....

– Avresti fatto meglio a parlare un poco prima.

– È vero; ma io andavo sperando che la cosa svanirebbe da sé, o che il frate tornerebbe finalmente in cervello, o che se n'anderebbe da quel convento, come accade di questi frati, che ora sono qua, ora sono là; e allora tutto sarebbe finito. Ma....

– Ora toccherà a me a raccomodarla.

– Cosí ho pensato anch'io. Ho detto tra me: il signore zio, con la sua avvedutezza, con la sua autorità, saprà lui prevenire uno scandolo, e insieme salvar l'onore di Rodrigo, che è poi anche il suo. Questo frate, dicevo io, l'ha sempre col cordone di san Francesco; ma per adoprarlo a proposito, il cordone di san Francesco, non è necessario d'averlo intorno alla pancia. Il signore zio ha cento mezzi ch'io non conosco: so che il padre provinciale ha, com'è giusto, una gran deferenza per lui; e se il signore zio crede che in questo caso il miglior ripiego sia di far cambiar aria al frate, lui con due parole...

– Lasci il pensiero a chi tocca, vossignoria, – disse un po' ruvidamente il conte zio.

– Ah è vero! – esclamò Attilio, con una tentennatina di testa, e con un sogghigno di compassione per se stesso. – Son io l'uomo da dar pareri al signore zio! Ma è la passione che ho della riputazione del casato che mi fa parlare. E ho anche paura d'aver fatto un altro male, – soggiunse con un'aria pensierosa: – ho paura d'aver fatto torto a Rodrigo nel concetto del signore zio. Non mi darei pace, se fossi cagione di farle pensare che Rodrigo non abbia tutta quella fede in lei, tutta quella sommissione che deve avere. Creda, signore zio, che in questo caso è proprio....

– Via via; che torto, che torto tra voi altri due? che sarete sempre amici, finché l'uno non metta giudizio. Scapestrati, scapestrati, che sempre ne fate una; e a me tocca di rattopparle: che.... mi fareste dire uno sproposito, mi date piú da pensare voi altri due, che, – e qui immaginatevi che soffio mise, – tutti questi benedetti affari di stato.

Attilio fece ancora qualche scusa, qualche promessa, qualche complimento; poi si licenziò, e se n'andò, accompagnato da un – e abbiamo giudizio, – ch'era la formola di commiato del conte zio per i suoi nipoti.

Capitolo diciannovesimo

Chi, vedendo in un campo mal coltivato, un'erbaccia, per esempio un bel lapazio, volesse proprio sapere se sia venuto da un seme maturato nel campo stesso, o portatovi dal vento, o lasciatovi cader da un uccello, per quanto ci pensasse, non ne verrebbe mai a una conclusione. Cosí anche noi non sapremmo dire se dal fondo naturale del suo cervello, o dall'insinuazione d'Attilio, venisse al conte zio la risoluzione di servirsi del padre provinciale per troncare nella miglior maniera quel nodo imbrogliato. Certo è che Attilio non aveva detta a caso quella parola; e quantunque dovesse aspettarsi che, a un suggerimento cosí scoperto, la boria ombrosa del conte zio avrebbe ricalcitrato, a ogni modo volle fargli balenar dinanzi l'idea di quel ripiego, e metterlo sulla strada, dove desiderava che andasse. Dall'altra parte, il ripiego era talmente adattato all'umore del conte zio, talmente indicato dalle circostanze, che, senza suggerimento di chi si sia, si può scommettere che l'avrebbe trovato da sé. Si trattava che, in una guerra purtroppo aperta, uno del suo nome, un suo nipote, non rimanesse al di sotto: punto essenzialissimo alla riputazione del potere che gli stava tanto a cuore. La soddisfazione che il nipote poteva prendersi da sé, sarebbe stata un rimedio peggior del male, una sementa di guai; e bisognava impedirla, in qualunque maniera, e senza perder tempo. Comandargli che partisse in quel momento dalla sua villa; già non avrebbe ubbidito; e quand'anche avesse, era un cedere il campo, una ritirata della casa dinanzi a un convento. Ordini, forza legale, spauracchi di tal genere, non valevano contro un avversario di quella condizione: il clero regolare e secolare era affatto immune da ogni giurisdizione laicale; non solo le persone, ma i luoghi ancora abitati da esso: come deve sapere anche chi non avesse letta altra storia che la presente; che starebbe fresco. Tutto quel che si poteva contro un tale avversario era cercar d'allontanarlo, e il mezzo a ciò era il padre provinciale, in arbitrio del quale era l'andare e lo stare di quello.

Ora, tra il padre provinciale e il conte zio passava un'antica conoscenza: s'eran veduti di rado, ma sempre con gran dimostrazioni d'amicizia, e con esibizioni sperticate di servizi. E alle volte, è meglio aver che fare con uno che sia sopra a molti individui, che con un solo di questi, il quale non vede che la sua causa, non sente che la sua passione, non cura che il suo punto; mentre l'altro vede in un tratto cento relazioni, cento conseguenze, cento interessi, cento cose da scansare, cento cose da salvare; e si può quindi prendere da cento parti.

Tutto ben ponderato, il conte zio invitò un giorno a pranzo il padre provinciale, e gli fece trovare una corona di commensali assortiti con un intendimento sopraffino. Qualche parente de' piú titolati, di quelli il cui solo casato era un gran titolo; e che, col solo contegno, con una certa sicurezza nativa, con una sprezzatura signorile, parlando di cose grandi con termini famigliari, riuscivano, anche senza farlo apposta, a imprimere e rinfrescare, ogni momento, l'idea della superiorità e della potenza; e alcuni clienti legati alla casa per una dipendenza ereditaria, e al personaggio per una servitú di tutta la vita; i quali, cominciando dalla minestra a dir di sí, con la bocca, con gli occhi, con gli orecchi, con tutta la testa, con tutto il corpo, con tutta l'anima, alle frutte v'avevan ridotto un uomo a non ricordarsi piú come si facesse a dir di no.

A tavola, il conte padrone fece cader ben presto il discorso sul tema di Madrid. A Roma si va per piú strade; a Madrid egli andava per tutte. Parlò della corte, del conte duca, de' ministri, della famiglia del governatore; delle cacce del toro, che lui poteva descriver benissimo, perché le aveva godute da un posto distinto; dell'Escuriale di cui poteva render conto a un puntino, perché un creato del conte duca l'aveva condotto per tutti i buchi. Per qualche tempo, tutta la compagnia stette, come un uditorio, attenta a lui solo, poi si divise in colloqui particolari; e lui allora continuò a raccontare altre di quelle belle cose, come in confidenza, al padre provinciale che gli era accanto, e che lo lasciò dire, dire e dire. Ma a un certo punto, diede una giratina al discorso, lo staccò da Madrid, e di corte in corte, di dignità in dignità, lo tirò sul cardinal Barberini, ch'era cappuccino, e fratello del papa allora sedente, Urbano VIII: niente meno. Il conte zio dovette anche lui lasciar parlare un poco, e stare a sentire, e ricordarsi che finalmente, in questo mondo, non c'era soltanto i personaggi che facevan per lui. Poco dopo alzati da tavola, pregò il padre provinciale di passar con lui in un'altra stanza.

Due potestà, due canizie, due esperienze consumate si trovavano a fronte. Il magnifico signore fece sedere il padre molto reverendo, sedette anche lui, e cominciò: – stante l'amicizia che passa tra di noi, ho creduto di far parola a vostra paternità d'un affare di comune interesse, da concluder tra di noi, senz'andar per altre strade, che potrebbero.... E perciò, alla buona, col cuore in mano, le dirò di che si tratta; e in due parole son certo che anderemo d'accordo. Mi dica: nel loro convento di Pescarenico c'è un padre Cristoforo da *** ?

Il provinciale fece cenno di sí.

– Mi dica un poco vostra paternità, schiettamente, da buon amico.... questo soggetto.... questo padre.... Di persona io non lo conosco; e sí che de' padri cappuccini ne conosco parecchi: uomini d'oro, zelanti, prudenti, umili: sono stato amico dell'ordine fin da ragazzo... Ma in tutte le famiglie un po' numerose.... c'è sempre qualche individuo, qualche testa... E questo padre Cristoforo, so da certi ragguagli che è un uomo.... un po' amico de' contrasti.... che non ha tutta quella prudenza, tutti que' riguardi.... Scommetterei che ha dovuto dar piú d'una volta da pensare a vostra paternità.

«Ho inteso: è un impegno, – pensava intanto il provinciale: – colpa mia; lo sapevo che quel benedetto Cristoforo era un soggetto da farlo girare di pulpito in pulpito, e non lasciarlo fermare sei mesi in un luogo, specialmente in conventi di campagna».

– Oh! – disse poi: – mi dispiace davvero di sentire che vostra magnificenza abbia in un tal concetto il padre Cristoforo; mentre, per quanto ne so io, è un religioso.... esemplare in convento, e tenuto in molta stima anche di fuori.

– Intendo benissimo; vostra paternità deve.... Però, però, da amico sincero, voglio avvertirla d'una cosa che le sarà utile di sapere; e se anche ne fosse già informata, posso, senza mancare ai miei doveri, metterle sott'occhio certe conseguenze.... possibili: non dico di piú. Questo padre Cristoforo, sappiamo che proteggeva un uomo di quelle parti, un uomo.... vostra paternità n'avrà sentito parlare; quello che, con tanto scandolo, scappò dalle mani della giustizia, dopo aver fatto, in quella terribile giornata di san Martino, cose.... cose.... Lorenzo Tramaglino!

«Ahi!» pensò il provinciale; e disse: – questa circostanza mi riesce nuova; ma vostra magnificenza sa bene che una parte del nostro ufizio è appunto d'andare in cerca de' traviati, per ridurli....

– Va bene; ma la protezione de' traviati d'una certa specie....! Son cose spinose, affari delicati... – E qui, in vece di gonfiar le gote e di soffiare, strinse le labbra, e tirò dentro tant'aria quanta ne soleva mandar fuori, soffiando. E riprese: – ho creduto bene di darle un cenno su questa circostanza, perché se mai sua eccellenza.... Potrebbe esser fatto qualche passo a Roma.... non so niente.... e da Roma venirle...

– Son ben tenuto a vostra magnificenza di codesto avviso; però son certo che, se si prenderanno informazioni su questo proposito, si troverà che il padre Cristoforo non avrà avuto che fare con l'uomo che lei dice, se non a fine di mettergli il cervello a partito. Il padre Cristoforo, lo conosco.

– Già lei sa meglio di me che soggetto fosse al secolo, le cosette che ha fatte in gioventú.

– È la gloria dell'abito questa, signor conte, che un uomo, il quale al secolo ha potuto far dir di sé, con questo indosso, diventi un altro. E da che il padre Cristoforo porta quest'abito....

– Vorrei crederlo: lo dico di cuore: vorrei crederlo; ma alle volte, come dice il proverbio.... l'abito non fa il monaco.

Il proverbio non veniva in taglio esattamente; ma il conte l'aveva sostituito in fretta a un altro che gli era venuto sulla punta della lingua: il lupo cambia il pelo, ma non il vizio.

– Ho de' riscontri, – continuava, – ho de' contrassegni....

– Se lei sa positivamente, – disse il provinciale, – che questo religioso abbia commesso qualche errore (tutti si può mancare), avrò per un vero favore l'esserne informato. Son superiore: indegnamente; ma lo sono appunto per correggere, per rimediare.

– Le dirò: insieme con questa circostanza dispiacevole della protezione aperta di questo padre per chi le ho detto, c'è un'altra cosa disgustosa, e che potrebbe.... Ma, tra di noi, accomoderemo tutto in una volta. C'è, dico, che lo stesso padre Cristoforo ha preso a cozzare con mio nipote, don Rodrigo ***.

– Oh! questo mi dispiace, mi dispiace, mi dispiace davvero.

– Mio nipote è giovine, vivo, si sente quello che è, non è avvezzo a esser provocato....

– Sarà mio dovere di prender buone informazioni d'un fatto simile. Come ho già detto a vostra magnificenza, e parlo con un signore che non ha meno giustizia che pratica di mondo, tutti siamo di carne, soggetti a sbagliare.... tanto da una parte, quanto dall'altra: e se il padre Cristoforo avrà mancato...

– Veda vostra paternità; son cose, come io le dicevo, da finirsi tra di noi, da seppellirsi qui, cose che a rimestarle troppo.... si fa peggio. Lei sa cosa segue: quest'urti, queste picche, principiano talvolta da una bagattella, e vanno avanti, vanno avanti.... A voler trovarne il fondo, o non se ne viene a capo, o vengon fuori cent'altri imbrogli. Sopire, troncare, padre molto reverendo: troncare, sopire. Mio nipote è giovine; il religioso, da quel che sento, ha ancora tutto lo spirito, le.... inclinazioni d'un giovine: e tocca a noi, che abbiamo i nostri anni... pur troppo eh, padre molto reverendo?....

Chi fosse stato lí a vedere, in quel punto, fu come quando, nel mezzo d'un'opera seria, s'alza, per isbaglio, uno scenario, prima del tempo, e si vede un cantante che, non pensando, in quel momento, che ci sia un pubblico al mondo, discorre alla buona con un suo compagno. Il viso, l'atto, la voce del conte zio, nel dir quel *pur troppo!*, tutto fu naturale: lí non c'era politica: era proprio vero che gli dava noia d'avere i suoi anni. Non già che piangesse i passatempi, il brio, l'avvenenza della gioventú: frivolezze, sciocchezze, miserie! La cagion del suo dispiacere era ben piú soda e importante: era che sperava un certo posto piú alto, quando fosse vacato; e temeva di non arrivare a tempo. Ottenuto che l'avesse, si poteva esser certi che non si sarebbe piú curato degli anni, non avrebbe desiderato altro, e sarebbe morto contento, come tutti quelli che desideran molto una cosa, assicurano di voler fare, quando siano arrivati a ottenerla.

Ma per lasciarlo parlar lui, – tocca a noi, – continuò, – a aver giudizio per i giovani, e a rassettar le loro malefatte. Per buona sorte, siamo ancora a tempo; la cosa non ha fatto chiasso; è ancora il caso d'un buon *principiis obsta*. Allontanare il fuoco dalla paglia. Alle volte un soggetto che, in un luogo, non fa bene, o che può esser causa di qualche inconveniente, riesce a maraviglia in un altro. Vostra paternità saprà ben trovare la nicchia conveniente a questo religioso. C'è giusto anche l'altra circostanza, che possa esser caduto in sospetto di chi.... potrebbe desiderare che fosse rimosso: e, collocandolo in qualche posto un po' lontanetto, facciamo un viaggio e due servizi; tutto s'accomoda da sé, o per dir meglio, non c'è nulla di guasto.

Questa conclusione, il padre provinciale se l'aspettava fino dal principio del discorso. «Eh già! – pensava tra sé: – vedo dove vuoi andar a parare: delle solite; quando un povero frate è preso a noia da voi altri, o da uno di voi altri, o vi dà ombra, subito, senza cercar se abbia torto o ragione, il superiore deve farlo sgomberare».

E quando il conte ebbe finito, e messo un lungo soffio, che equivaleva a un punto fermo, – intendo benissimo, – disse il provinciale, – quel che il signor conte vuol dire; ma prima di fare un passo...

– È un passo e non è un passo, padre molto reverendo: è una cosa naturale, una cosa ordinaria; e se non si prende questo ripiego, e subito, prevedo un monte di disordini, un'iliade di guai. Uno sproposito.... mio nipote non crederei.... ci son io, per questo.... Ma, al punto a cui la cosa è arrivata, se non la tronchiamo noi, senza perder tempo, con un colpo netto, non è possibile che si fermi, che resti segreta.... e allora non è piú solamente mio nipote.... Si stuzzica un vespaio, padre molto reverendo. Lei vede; siamo una casa, abbiamo attinenze...

– Cospicue.

– Lei m'intende: tutta gente che ha sangue nelle vene, e che, a questo mondo.... è qualche cosa. C'entra il puntiglio; diviene un affare comune; e allora.... anche chi è amico della pace.... Sarebbe un vero crepacuore per me, di dovere.... di trovarmi.... io che ho sempre avuta tanta propensione per i padri cappuccini....! Loro padri, per far del bene, come fanno con tanta edificazione del pubblico, hanno bisogno di pace, di non aver contese, di stare in buona armonia con chi.... E poi, hanno de' parenti al secolo.... e questi affaracci di puntiglio, per poco che vadano in lungo, s'estendono, si ramificano, tiran dentro.... mezzo mondo. Io mi trovo in questa benedetta carica, che m'obbliga a sostenere un certo decoro.... Sua eccellenza.... i miei signori colleghi.... tutto diviene affar di corpo.... tanto piú con quell'altra circostanza.... Lei sa come vanno queste cose.

– Veramente, – disse il padre provinciale, – il padre Cristoforo è predicatore; e avevo già qualche pensiero.... Mi si richiede appunto.... Ma in questo momento, in tali circostanze, potrebbe parere una punizione; e una punizione prima d'aver ben messo in chiaro....

– No punizione, no: un provvedimento prudenziale, un ripiego di comune convenienza, per impedire i sinistri che potrebbero.... mi sono spiegato.

– Tra il signor conte e me, la cosa rimane in questi termini; intendo. Ma, stando il fatto come fu riferito a vostra magnificenza, è impossibile, mi pare, che nel paese non sia traspirato qualcosa. Per tutto c'è degli aizzatori, de' mettimale, o almeno de' curiosi maligni che, se posson vedere alle prese signori e religiosi, ci hanno un gusto matto; e fiutano, interpretano, ciarlano.... Ognuno ha il suo decoro da conservare; e io poi, come superiore (indegno), ho un dovere espresso.... L'onor dell'abito.... non è cosa mia.... è un deposito del quale.... Il suo signor nipote, giacché è cosí alterato, come dice vostra magnificenza, potrebbe prender la cosa come una soddisfazione data a lui, e.... non dico vantarsene, trionfarne, ma....

– Le pare, padre molto reverendo? Mio nipote è un cavaliere che nel mondo è considerato.... secondo il suo grado e il dovere: ma davanti a me è un ragazzo; e non farà né piú né meno di quello che gli prescriverò io. Le dirò di piú: mio nipote non ne saprà nulla. Che bisogno abbiamo noi di render conto? Son cose che facciamo tra di noi, da buoni amici; e tra di noi hanno da rimanere. Non si dia pensiero di ciò. Devo essere avvezzo a non parlare –. E soffiò. – In quanto ai cicaloni, – riprese, – che vuol che dicano? Un religioso che vada a predicare in un altro paese, è cosa cosí ordinaria! E poi, noi che vediamo.... noi che prevediamo.... noi che ci tocca.... non dobbiamo poi curarci delle ciarle.

– Però, affine di prevenirle, sarebbe bene che, in

quest'occasione, il suo signor nipote facesse qualche dimostrazione, desse qualche segno palese d'amicizia, di riguardo.... non per noi, ma per l'abito....

– Sicuro, sicuro; quest'è giusto.... Però non c'è bisogno: so che i cappuccini son sempre accolti come si deve da mio nipote. Lo fa per inclinazione: è un genio in famiglia: e poi sa di far cosa grata a me. Del resto, in questo caso.... qualcosa di straordinario.... è troppo giusto. Lasci fare a me, padre molto reverendo; che comanderò a mio nipote.... Cioè bisognerà insinuargli con prudenza, affinché non s'avveda di quel che è passato tra di noi. Perché non vorrei alle volte che mettessimo un impiastro dove non c'è ferita. E per quel che abbiamo concluso, quanto piú presto sarà, meglio. E se si trovasse qualche nicchia un po' lontana.... per levar proprio ogni occasione....

– Mi vien chiesto per l'appunto un predicatore da Rimini; e fors'anche, senz'altro motivo, avrei potuto metter gli occhi....

– Molto a proposito, molto a proposito. E quando....?

– Giacché la cosa si deve fare, si farà presto.

– Presto, presto, padre molto reverendo: meglio oggi che domani. E, – continuava poi, alzandosi da sedere, – se posso qualche cosa, tanto io, come la mia famiglia, per i nostri buoni padri cappuccini....

– Conosciamo per prova la bontà della casa, – disse il padre provinciale, alzatosi anche lui, e avviandosi verso l'uscio, dietro al suo vincitore.

– Abbiamo spento una favilla, – disse questo, soffermandosi, – una favilla, padre molto reverendo, che poteva destare un grand'incendio. Tra buoni amici, con due parole s'accomodano di gran cose.

Arrivato all'uscio, lo spalancò, e volle assolutamente che il padre provinciale andasse avanti: entrarono nell'altra stanza, e si riunirono al resto della compagnia.

Un grande studio, una grand'arte, di gran parole, metteva quel signore nel maneggio d'un affare; ma produceva poi anche effetti corrispondenti. Infatti, col colloquio che abbiam riferito, riuscí a far andar fra

Cristoforo a piedi da Pescarenico a Rimini, che è una bella passeggiata.

Una sera, arriva a Pescarenico un cappuccino di Milano, con un plico per il padre guardiano. C'è dentro l'obbedienza per fra Cristoforo, di portarsi a Rimini, dove predicherà la quaresima. La lettera al guardiano porta l'istruzione d'insinuare al detto frate che deponga ogni pensiero d'affari che potesse avere avviati nel paese da cui deve partire, e che non vi mantenga corrispondenze: il frate latore dev'essere il compagno di viaggio. Il guardiano non dice nulla la sera; la mattina, fa chiamar fra Cristoforo, gli fa vedere l'obbedienza, gli dice che vada a prender la sporta, il bastone, il sudario e la cintura, e con quel padre compagno che gli presenta, si metta poi subito in viaggio.

Se fu un colpo per il nostro frate, lo lascio pensare a voi. Renzo, Lucia, Agnese, gli vennero subito in mente; e esclamò, per dir cosí, dentro di sé: «oh Dio! cosa faranno que' meschini, quando io non sarò piú qui!» Ma alzò gli occhi al cielo, e s'accusò d'aver mancato di fiducia, d'essersi creduto necessario a qualche cosa. Mise le mani in croce sul petto, in segno d'ubbidienza, e chinò la testa davanti al padre guardiano; il quale lo tirò poi in disparte, e gli diede quell'altro avviso, con parole di consiglio, e con significazione di precetto. Fra Cristoforo andò alla sua cella, prese la sporta, vi ripose il breviario, il suo quaresimale, e il pane del perdono, s'allacciò la tonaca con la sua cintura di pelle, si licenziò da' suoi confratelli che si trovavano in convento, andò da ultimo a prender la benedizione del guardiano, e col compagno, prese la strada che gli era stata prescritta.

Abbiamo detto che don Rodrigo, intestato piú che mai di venire a fine della sua bella impresa, s'era risoluto di cercare il soccorso d'un terribile uomo. Di costui non possiam dare né il nome, né il cognome, né un titolo, e nemmeno una congettura sopra nulla di tutto ciò: cosa tanto piú strana, che del personaggio troviamo memoria in piú d'un libro (libri stampati, dico) di quel tempo. Che il personaggio sia quel medesimo, l'identità de' fatti non lascia luogo a dubitarne; ma per tutto un grande studio a scansarne il nome, quasi avesse dovuto bruciar la penna, la mano dello scrittore. Francesco Rivola, nella vita del cardinal Federigo Borromeo, dovendo parlar di quell'uomo, lo chiama «un signore altrettanto potente per ricchezze, quanto nobile per nascita», e fermi lí. Giuseppe Ripamonti, che, nel quinto libro della quinta decade della sua *Storia Patria*, ne fa piú distesa menzione, lo nomina uno, costui, colui, quest'uomo, quel personaggio. «Riferirò, – dice, nel suo bel latino, da cui traduciamo come ci riesce, – il caso d'un tale che, essendo de' primi tra i grandi della città, aveva stabilita la sua dimora in una campagna, situata sul confine; e lí, assicurandosi a forza di delitti, teneva per niente i giudizi, i giudici, ogni magistratura, la sovranità; menava una vita affatto indipendente; ricettatore di forusciti, foruscito un tempo anche lui; poi tornato, come se niente fosse....» Da questo scrittore prenderemo qualche altro passo, che ci venga in taglio per confermare e per dilucidare il racconto del nostro anonimo; col quale tiriamo avanti.

Fare ciò ch'era vietato dalle leggi, o impedito da una forza qualunque; esser arbitro, padrone negli affari altrui, senz'altro interesse che il gusto di comandare; esser temuto da tutti, aver la mano da coloro ch'eran soliti averla dagli altri; tali erano state in ogni tempo le passioni principali di costui. Fino dall'adolescenza, allo spettacolo e al rumore di tante prepotenze, di tante gare, alla vista di tanti tiranni, provava un misto sentimento di sdegno e d'invidia impaziente. Giovine, e vivendo in città, non tralasciava occasione, anzi n'andava in cerca, d'aver che dire co' piú famosi di quella professione, d'attraversarli, per provarsi con loro, e farli stare a dovere, o tirarli a cercare la sua amicizia. Superiore di ricchezze e di seguito alla piú parte, e forse a tutti d'ardire e di costanza, ne ridusse molti a ritirarsi da ogni rivalità, molti ne conciò male, molti n'ebbe amici; non già amici del pari, ma, come soltanto potevan piacere a lui, amici subordinati, che si riconoscessero suoi inferiori, che gli stessero alla sinistra. Nel fatto però, veniva anche lui a essere il faccendiere, lo strumento di tutti coloro: essi non mancavano di richiedere ne' loro impegni l'opera d'un tanto ausiliario; per lui, tirarsene indietro sarebbe stato decadere dalla sua riputazione, mancare al suo assunto. Di maniera che, per conto suo, e per conto d'altri, tante ne fece che, non bastando né il nome, né il parentado, né gli amici, né la sua audacia a sostenerlo contro i bandi pubblici, e contro tante animosità potenti, dovette dar luogo, e uscir dallo stato. Credo che a questa circostanza si riferisca un tratto notabile raccontato dal Ripamonti. «Una volta che costui ebbe a sgomberare il paese, la segretezza che usò, il rispetto, la timidezza, furon tali: attraversò la città a cavallo, con un seguito di cani, a suon di tromba; e passando davanti al palazzo di corte, lasciò alla guardia un'imbasciata d'impertinenze per il governatore».

Nell'assenza, non ruppe le pratiche, né tralasciò le corrispondenze con que' suoi tali amici, i quali rimasero uniti con lui, per tradurre letteralmente dal Ripamonti, «in lega occulta di consigli atroci, e di cose funeste». Pare anzi che allora contraesse con piú alte persone, certe nuove terribili pratiche, delle quali lo storico summentovato parla con una brevità misteriosa. «Anche alcuni principi esteri, – dice, – si valsero piú volte dell'opera sua, per qualche importante omicidio, e spesso gli ebbero a mandar da lontano rinforzi di gente che servisse sotto i suoi ordini».

Finalmente (non si sa dopo quanto tempo), o fosse levato il bando, per qualche potente intercessione, o l'audacia di quell'uomo gli tenesse luogo d'immunità, si risolvette di tornare a casa, e vi tornò difatti; non però in Milano, ma in un castello confinante col territorio bergamasco, che allora era, come ognun sa, stato veneto. «Quella casa, – cito ancora il Ripamonti, – era come un'officina di mandati sanguinosi: servitori, la cui testa era messa a taglia, e che avevan per mestiere di troncar teste: né cuoco, né sguattero dispensati dall'omicidio: le mani de' ragazzi insanguinate». Oltre questa bella famiglia domestica, n'aveva, come afferma lo stesso storico, un'altra di soggetti simili, dispersi e posti come a quartiere in vari luoghi de' due stati sul lembo de' quali viveva, e pronti sempre a' suoi ordini.

Tutti i tiranni, per un bel tratto di paese all'intorno, avevan dovuto chi in un'occasione e chi in un'altra, scegliere tra l'amicizia e l'inimicizia di quel tiranno straordinario. Ma ai primi che avevano voluto provar di resistergli, la gli era andata cosí male, che nessuno si sentiva piú di mettersi a quella prova. E neppur col badare a' fatti suoi, con lo stare a sé, uno non poteva rimanere indipendente da lui. Capitava un suo messo a intimargli che abbandonasse la tale impresa, che cessasse di molestare il tal debitore, o cose simili: bisognava rispondere sí o no. Quando una parte, con un omaggio vassallesco, era andata a rimettere in lui un affare qualunque, l'altra parte si trovava a quella dura scelta, o di stare alla sua sentenza, o di dichiararsi suo nemico; il che equivaleva a esser, come si diceva altre volte, tisico in terzo grado. Molti, avendo il torto, ricorrevano a lui per aver ragione in effetto; molti anche, avendo ragione, per preoccupare un cosí gran patrocinio, e chiuderne l'adito all'avversario: gli uni e gli altri divenivano piú specialmente suoi dipendenti. Accadde qualche volta che un debole oppresso, vessato da un prepotente, si rivolse a lui; e lui, prendendo le parti del debole, forzò il prepotente a finirla, a riparare il mal fatto, a chiedere scusa; o, se stava duro, gli mosse tal guerra, da costringerlo a sfrattar dai luoghi che aveva tiranneggiati, o gli fece anche pagare un piú pronto e piú terribile fio. E in quei casi, quel nome tanto temuto e abborrito era stato benedetto un momento: perché, non dirò quella giustizia, ma quel rimedio, quel compenso qualunque, non si sarebbe potuto, in que' tempi, aspettarlo da nessun'altra forza né privata, né pubblica. Piú spesso, anzi per l'ordinario, la sua era stata ed era ministra di voleri iniqui, di soddisfazioni atroci, di capricci superbi. Ma gli usi cosí diversi di quella forza producevan sempre l'effetto medesimo, d'imprimere negli animi una grand'idea di quanto egli potesse volere e eseguire in onta dell'equità e dell'iniquità, quelle due cose che metton tanti ostacoli alla volontà degli uomini, e li fanno cosí spesso tornare indietro. La fama de' tiranni ordinari rimaneva per lo piú ristretta in quel piccolo tratto di paese dov'erano i piú ricchi e i piú forti: ogni distretto aveva i suoi; e si rassomigliavan tanto, che non c'era ragione che la gente s'occupasse di quelli che non aveva a ridosso. Ma la fama di questo nostro era già da gran tempo diffusa in ogni parte del milanese: per tutto, la sua vita era un soggetto di racconti popolari; e il suo nome significava qualcosa d'irresistibile, di strano, di favoloso. Il sospetto che per tutto s'aveva de' suoi collegati e de' suoi sicari, contribuiva anch'esso a tener viva per tutto la memoria di lui. Non eran piú che sospetti; giacché chi avrebbe confessata apertamente una tale dipendenza? ma ogni tiranno poteva essere un suo collegato, ogni malandrino, uno de' suoi; e l'incertezza stessa rendeva piú vasta l'opinione, e piú cupo il terrore della cosa. E ogni volta che in qualche parte si vedessero comparire figure di bravi sconosciute e piú brutte dell'ordinario, a ogni fatto enorme di cui non si sapesse alla prima indicare o indovinar l'autore, si proferiva, si mormorava il nome di colui che noi, grazie a quella benedetta, per non dir altro, circospezione de' nostri autori, saremo costretti a chiamare l'innominato.

Dal castellaccio di costui al palazzotto di don Rodrigo, non c'era piú di sette miglia: e quest'ultimo, appena divenuto padrone e tiranno, aveva dovuto vedere che, a cosí poca distanza da un tal personaggio, non era possibile far quel mestiere senza venire alle prese, o andar d'accordo con lui. Gli s'era perciò offerto e gli era divenuto amico, al modo di tutti gli altri, s'intende; gli aveva reso piú d'un servizio (il manoscritto non dice di piú); e n'aveva riportate ogni volta promesse di contraccambio e d'aiuto, in qualunque occasione. Metteva però molta cura a nascondere una tale amicizia, o almeno a non lasciare scorgere quanto stretta, e di che natura fosse. Don Rodrigo voleva bensí fare il tiranno, ma non il tiranno salvatico: la professione era per lui un mezzo, non uno scopo: voleva dimorar liberamente in città, godere i comodi, gli spassi, gli onori della vita civile; e perciò bisognava che usasse certi riguardi, tenesse di conto parenti, coltivasse l'amicizia di persone alte, avesse una mano sulle bilance della giustizia, per farle a un bisogno traboccare dalla sua parte, o per farle sparire, o per darle anche, in qualche occasione, sulla testa di qualcheduno che in quel modo si potesse servir piú facilmente che con l'armi della violenza privata. Ora, l'intrinsichezza, diciam meglio, una lega con un uomo di quella sorte, con un aperto nemico della forza pubblica, non gli avrebbe certamente fatto buon gioco a ciò, specialmente presso il conte zio. Però quel tanto d'una tale amicizia che non era possibile di nascondere, poteva passare per una relazione indispensabile con un uomo la cui inimicizia era troppo pericolosa; e cosí ricevere scusa dalla necessità: giacché chi ha l'assunto di provvedere, e non n'ha la volontà, o non ne trova il verso, alla lunga acconsente che altri provveda da sé, fino a un certo segno, a' casi suoi; e se non acconsente espressamente, chiude un occhio.

Una mattina, don Rodrigo uscí a cavallo, in treno da caccia, con una piccola scorta di bravi a piedi; il Griso alla staffa, e quattro altri in coda; e s'avviò al castello dell'innominato.

Capitolo ventesimo

Il castello dell'innominato era a cavaliere a una valle angusta e uggiosa, sulla cima d'un poggio che sporge in fuori da un'aspra giogaia di monti, ed è, non si saprebbe dir bene, se congiunto ad essa o separatone, da un mucchio di massi e di dirupi, e da un andirivieni di tane e di precipizi, che si prolungano anche dalle due parti. Quella che guarda la valle è la sola praticabile; un pendío piuttosto erto, ma uguale e continuato; a prati in alto; nelle falde a campi, sparsi qua e là di casucce. Il fondo è un letto di ciottoloni, dove scorre un rigagnolo o torrentaccio, secondo la stagione: allora serviva di confine ai due stati. I gioghi opposti, che formano, per dir cosí, l'altra parete della valle, hanno anch'essi un po' di falda coltivata; il resto è schegge e macigni, erte ripide, senza strada e nude, meno qualche cespuglio ne' fessi e sui ciglioni.

Dall'alto del castellaccio, come l'aquila dal suo nido insanguinato, il selvaggio signore dominava all'intorno tutto lo spazio dove piede d'uomo potesse posarsi, e non vedeva mai nessuno al di sopra di sé, né piú in alto. Dando un'occhiata in giro, scorreva tutto quel recinto, i pendii, il fondo, le strade praticate là dentro. Quella che, a gomiti e a giravolte, saliva al terribile domicilio, si spiegava davanti a chi guardasse di lassú, come un nastro serpeggiante: dalle finestre, dalle feritoie, poteva il signore contare a suo bell'agio i passi di chi veniva, e spianargli l'arme contro, cento volte. E anche d'una grossa compagnia, avrebbe potuto, con quella guarnigione di bravi che teneva lassú, stenderne sul sentiero, o farne ruzzolare al fondo parecchi, prima che uno arrivasse a toccar la cima. Del resto, non che lassú, ma neppure nella valle, e neppur di passaggio, non ardiva metter piede nessuno che non fosse ben visto dal padrone del castello. Il birro poi che vi si fosse lasciato vedere, sarebbe stato trattato come una spia nemica che venga colta in un accampamento. Si raccontavano le storie tragiche degli ultimi che avevano voluto tentar l'impresa; ma eran già storie antiche; e nessuno de' giovani si rammentava d'aver veduto nella valle uno di quella razza, né vivo, né morto.

Tale è la descrizione che l'anonimo fa del luogo: del nome, nulla; anzi, per non metterci sulla strada di scoprirlo, non dice niente del viaggio di don Rodrigo, e lo porta addirittura nel mezzo della valle, appiè del poggio, all'imboccatura dell'erto e tortuoso sentiero. Lí c'era una taverna, che si sarebbe anche potuta chiamare un corpo di guardia. Sur una vecchia insegna che pendeva sopra l'uscio, era dipinto da tutt'e due le parti un sole raggiante; ma la voce pubblica, che talvolta ripete i nomi come le vengono insegnati, talvolta li rifà a modo suo, non chiamava quella taverna che col nome della Malanotte.

Al rumore d'una cavalcatura che s'avvicinava, comparve sulla soglia un ragazzaccio, armato come un saracino; e data un'occhiata, entrò ad informare tre sgherri, che stavan giocando, con certe carte sudice e piegate in forma di tegoli. Colui che pareva il capo s'alzò, s'affacciò all'uscio, e, riconosciuto un amico del suo padrone, lo salutò rispettosamente. Don Rodrigo, resogli con molto garbo il saluto, domandò se il signore si trovasse al castello; e rispostogli da quel caporalaccio, che credeva di sí, smontò da cavallo, e buttò la briglia al Tiradritto, uno del suo seguito. Si levò lo schioppo, e lo consegnò al Montanarolo, come per isgravarsi d'un peso inutile, e salir piú lesto; ma, in realtà, perché sapeva bene, che su quell'erta non era permesso d'andar con lo schioppo. Si cavò poi di tasca alcune berlinghe, e le diede al

Tanabuso, dicendogli: – voi altri state ad aspettarmi; e intanto starete un po' allegri con questa brava gente –. Cavò finalmente alcuni scudi d'oro, e li mise in mano al caporalaccio, assegnandone metà a lui, e metà da dividersi tra i suoi uomini. Finalmente, col Griso, che aveva anche lui posato lo schioppo, cominciò a piedi la salita. Intanto i tre bravi sopraddetti, e lo Squinternotto ch'era il quarto (oh! vedete che bei nomi, da serbarceli con tanta cura), rimasero coi tre dell'innominato, e con quel ragazzo allevato alle forche, a giocare, a trincare, e a raccontarsi a vicenda le loro prodezze.

Un altro bravaccio dell'innominato, che saliva, raggiunse poco dopo don Rodrigo; lo guardò, lo riconobbe, e s'accompagnò con lui; e gli risparmiò cosí la noia di dire il suo nome, e di rendere altro conto di sé a quant'altri avrebbe incontrati, che non lo conoscessero. Arrivato al castello, e introdotto (lasciando però il Griso alla porta), fu fatto passare per un andirivieni di corridoi bui, e per varie sale tappezzate di moschetti, di sciabole e di partigiane, e in ognuna delle quali c'era di guardia qualche bravo; e, dopo avere alquanto aspettato, fu ammesso in quella dove si trovava l'innominato.

Questo gli andò incontro, rendendogli il saluto, e insieme guardandogli le mani e il viso, come faceva per abitudine, e ormai quasi involontariamente, a chiunque venisse da lui, per quanto fosse de' piú vecchi e provati amici. Era grande, bruno, calvo; bianchi i pochi capelli che gli rimanevano; rugosa la faccia: a prima vista, gli si sarebbe dato piú de' sessant'anni che aveva; ma il contegno, le mosse, la durezza risentita de' lineamenti, il lampeggiar sinistro, ma vivo degli occhi, indicavano una forza di corpo e di animo, che sarebbe stata straordinaria in un giovine.

Don Rodrigo disse che veniva per consiglio e per aiuto; che, trovandosi in un impegno difficile, dal quale il suo onore non gli permetteva di ritirarsi, s'era ricordato delle promesse di quell'uomo che non prometteva mai troppo, né invano; e si fece ad esporre il suo scellerato imbroglio. L'innominato che ne sapeva già qualcosa, ma in confuso, stette a sentire con attenzione, e come curioso di simili storie, e per essere in questa mischiato un nome a lui noto e odiosissimo, quello di fra Cristoforo, nemico aperto de' tiranni, e in parole e, dove poteva, in opere. Don Rodrigo, sapendo con chi parlava, si mise poi a esagerare le difficoltà dell'impresa; la distanza del luogo, un monastero, la signora!.... A questo, l'innominato, come se un demonio nascosto nel suo cuore gliel avesse comandato, interruppe subitamente, dicendo che prendeva l'impresa sopra di sé. Prese l'appunto del nome della nostra povera Lucia, e licenziò don Rodrigo, dicendo: – tra poco avrete da me l'avviso di quel che dovrete fare.

Se il lettore si ricorda di quello sciagurato Egidio che abitava accanto al monastero dove la povera Lucia stava ricoverata, sappia ora che costui era uno de' piú stretti ed intimi colleghi di scelleratezze che avesse l'innominato: perciò questo aveva lasciata correre cosí prontamente e risolutamente la sua parola. Ma appena rimase solo, si trovò, non dirò pentito, ma indispettito d'averla data. Già da qualche tempo cominciava a provare, se non un rimorso, una cert'uggia delle sue scelleratezze. Quelle tante ch'erano ammontate, se non sulla sua coscienza, almeno nella sua memoria, si risvegliavano ogni volta che ne commettesse una di nuovo, e si presentavano all'animo brutte e troppe: era come il crescere e crescere d'un peso già incomodo. Una certa ripugnanza provata ne' primi delitti, e vinta poi, e scomparsa quasi affatto, tornava ora a farsi sentire. Ma in que' primi tempi, l'immagine d'un avvenire lungo, indeterminato, il sentimento d'una vitalità vigorosa, riempivano l'animo d'una fiducia spensierata: ora all'opposto, i pensieri dell'avvenire eran quelli che rendevano piú noioso il passato. «Invecchiare! morire! e poi?» E, cosa notabile! l'immagine della morte, che, in un pericolo vicino, a fronte d'un nemico, soleva raddoppiar gli spiriti di quell'uomo, e infondergli un'ira piena di coraggio, quella stessa immagine, apparendogli nel silenzio della notte, nella sicurezza del suo castello, gli metteva addosso una costernazione repentina. Non era la morte minacciata da un avversario mortale anche lui; non si poteva rispingerla con armi migliori, e con un braccio piú pronto; veniva sola, nasceva di dentro; era forse ancor lontana, ma faceva un passo ogni momento; e, intanto che la mente combatteva dolorosamente per allontanarne il pensiero, quella s'avvicinava. Ne' primi tempi, gli esempi cosí frequenti, lo spettacolo, per dir cosí, continuo della violenza, della vendetta, dell'omicidio, ispirandogli un'emulazione feroce, gli avevano anche servito come d'una specie d'autorità contro la coscienza: ora, gli rinasceva ogni tanto nell'animo l'idea confusa, ma terribile, d'un giudizio individuale, d'una ragione indipendente dall'esempio; ora, l'essere uscito dalla turba volgare de' malvagi, l'essere innanzi a tutti, gli dava talvolta il sentimento d'una solitudine tremenda. Quel Dio di cui aveva sentito parlare, ma che, da gran tempo, non si curava di negare né di riconoscere, occupato soltanto a vivere come se non ci fosse, ora, in certi momenti d'abbattimento senza motivo, di terrore senza pericolo, gli pareva sentirlo gridar dentro di sé: Io sono però. Nel primo bollor delle passioni, la legge che aveva, se non altro, sentita annunziare in nome di Lui, non gli era parsa che odiosa: ora, quando gli tornava d'improvviso alla mente, la mente, suo malgrado, la concepiva come una cosa che ha il suo adempimento. Ma, non che aprirsi con nessuno su questa sua nuova inquietudine, la copriva anzi profondamente, e la mascherava con l'apparenze d'una piú cupa ferocia; e con questo mezzo, cercava anche di nasconderla a se stesso, o di soffogarla. Invidiando (giacché non poteva annientarli né dimenticarli) que' tempi in cui era solito commettere l'iniquità senza rimorso, senz'altro pensiero che della riuscita, faceva ogni sforzo per farli tornare, per ritenere o per riafferrare quell'antica volontà, pronta, superba, imperturbata, per convincer se stesso ch'era ancor quello.

Cosí in quest'occasione, aveva subito impegnata la sua parola a don Rodrigo, per chiudersi l'adito a ogni esitazione. Ma appena partito costui, sentendo scemare quella fermezza che s'era comandata per promettere, sentendo a poco a poco venirsi innanzi nella mente pensieri che lo tentavano di mancare a quella parola, e l'avrebbero condotto a scomparire in faccia a un amico, a un complice secondario; per troncare a un tratto quel contrasto penoso, chiamò il Nibbio, uno de' piú destri e arditi ministri delle sue enormità, e quello di cui era solito servirsi per la corrispondenza con Egidio. E, con aria risoluta, gli comandò che montasse subito a cavallo, andasse diritto a Monza, informasse Egidio dell'impegno contratto, e richiedesse il suo aiuto per adempirlo.

Il messo ribaldo tornò piú presto che il suo padrone non se l'aspettasse, con la risposta d'Egidio: che l'impresa era facile e sicura; gli si mandasse subito una carrozza, con due o tre bravi ben travisati; e lui prendeva la cura di tutto il resto, e guiderebbe la cosa. A quest'annunzio, l'innominato, comunque stesse di dentro, diede ordine in fretta al Nibbio stesso, che disponesse tutto secondo aveva detto Egidio, e andasse con due altri che gli nominò, alla spedizione.

Se per rendere l'orribile servizio che gli era stato chiesto, Egidio avesse dovuto far conto de' soli suoi mezzi ordinari, non avrebbe certamente data cosí subito una promessa cosí decisa. Ma, in quell'asilo stesso dove pareva che tutto dovesse essere ostacolo, l'atroce giovine aveva un mezzo noto a lui solo; e ciò che per gli altri sarebbe stata la maggior difficoltà, era strumento per lui. Noi abbiamo riferito come la sciagurata signora desse una volta retta alle sue parole; e il lettore può avere inteso che quella volta non fu l'ultima, non fu che un primo passo in una strada d'abbominazione e di sangue. Quella stessa voce, che aveva acquistato forza e, direi quasi, autorità dal delitto, le impose ora il sagrifizio dell'innocente che aveva in custodia.

La proposta riuscí spaventosa a Gertrude. Perder Lucia per un caso impreveduto, senza colpa, le sarebbe parsa una sventura, una punizione amara: e le veniva comandato di privarsene con una scellerata perfidia, di cambiare in un nuovo rimorso un mezzo di espiazione. La sventurata tentò tutte le strade per esimersi dall'orribile comando; tutte, fuorché la sola ch'era sicura, e che le stava pur sempre aperta davanti. Il delitto è un padrone rigido e inflessibile, contro cui non divien forte se non chi se ne ribella interamente. A questo Gertrude non voleva risolversi; e ubbidí.

Era il giorno stabilito; l'ora convenuta s'avvicinava; Gertrude, ritirata con Lucia nel suo parlatorio privato, le faceva piú carezze dell'ordinario, e Lucia le riceveva e le contraccambiava con tenerezza crescente: come la pecora, tremolando senza timore sotto la mano del pastore che la palpa e la strascina mollemente, si volta a leccar quella mano; e non sa che, fuori della stalla, l'aspetta il macellaio, a cui il pastore l'ha venduta un momento prima.

– Ho bisogno d'un gran servizio; e voi sola potete farmelo. Ho tanta gente a' miei comandi; ma di cui mi fidi, nessuno. Per un affare di grand'importanza, che vi dirò poi, ho bisogno di parlar subito subito con quel padre guardiano de' cappuccini che v'ha condotta qui da me, la mia povera Lucia; ma è anche necessario che nessuno sappia che l'ho mandato a chiamare io. Non ho che voi per far segretamente quest'imbasciata.

Lucia fu atterrita d'una tale richiesta; e con quella sua suggezione, ma senza nascondere una gran maraviglia, addusse subito, per disimpegnarsene, le ragioni che la signora doveva intendere, che avrebbe dovute prevedere: senza la madre, senza nessuno, per una strada solitaria, in un paese sconosciuto.... Ma Gertrude, ammaestrata a una scola infernale, mostrò tanta maraviglia anche lei, e tanto dispiacere di trovare una tal ritrosia nella persona di cui credeva poter far piú conto, figurò di trovar cosí vane quelle scuse! di giorno chiaro, quattro passi, una strada che Lucia aveva fatta pochi giorni prima, e che, quand'anche non l'avesse mai veduta, a insegnargliela, non la poteva sbagliare!.... Tanto disse, che la poverina, commossa e punta a un tempo, si lasciò sfuggir di bocca: – e bene; cosa devo fare?

– Andate al convento de' cappuccini: – e le descrisse la strada di nuovo: – fate chiamare il padre guardiano, ditegli, da solo a solo, che venga da me subito subito; ma che non dica a nessuno che son io che lo mando a chiamare.

– Ma cosa dirò alla fattoressa, che non m'ha mai vista uscire, e mi domanderà dove vo?

– Cercate di passare senz'esser vista; e se non vi riesce, ditele che andate alla chiesa tale, dove avete promesso di fare orazione.

Nuova difficoltà per la povera giovine: dire una bugia; ma la signora si mostrò di nuovo cosí afflitta delle ripulse, le fece parer cosí brutta cosa l'anteporre un vano scrupolo alla riconoscenza, che Lucia, sbalordita piú che convinta, e soprattutto commossa piú che mai, rispose: – e bene; anderò. Dio m'aiuti! – E si mosse.

Quando Gertrude, che dalla grata la seguiva con l'occhio fisso e torbido, la vide metter piede sulla soglia, come sopraffatta da un sentimento irresistibile, aprí la bocca, e disse: – sentite, Lucia!

Questa si voltò, e tornò verso la grata. Ma già un altro pensiero, un pensiero avvezzo a predominare, aveva vinto di nuovo nella mente sciagurata di Gertrude. Facendo le viste di non esser contenta dell'istruzioni già date, spiegò di nuovo a Lucia la strada che doveva tenere, e la licenziò dicendo: – fate ogni cosa come v'ho detto, e tornate presto –. Lucia partí.

Passò inosservata la porta del chiostro, prese la strada, con gli occhi bassi, rasente al muro; trovò, con l'indicazioni avute e con le proprie rimembranze, la porta del borgo, n'uscí, andò tutta raccolta e un po' tremante, per la strada maestra, arrivò in pochi momenti a quella che conduceva al convento; e la riconobbe. Quella strada era, ed è tutt'ora, affondata, a guisa d'un letto di fiume, tra due alte rive orlate di macchie, che vi forman sopra una specie di volta. Lucia, entrandovi, e vedendola affatto solitaria, sentí crescere la paura, e allungava il passo; ma poco dopo si rincorò alquanto, nel vedere una carrozza da viaggio ferma, e accanto a quella, davanti allo sportello aperto, due viaggiatori che guardavano in qua e in là, come incerti della strada. Andando avanti, sentí uno di que' due, che diceva: – ecco una buona giovine che c'insegnerà la strada –. Infatti, quando fu arrivata alla carrozza, quel medesimo, con un fare piú gentile che non fosse l'aspetto, si voltò, e disse: – quella giovine, ci sapreste insegnar la strada di Monza?

– Andando di lí, vanno a rovescio, – rispondeva la poverina: – Monza è di qua.... – e si voltava, per accennar col dito; quando l'altro compagno (era il Nibbio), afferrandola d'improvviso per la vita, l'alzò da terra. Lucia girò la testa indietro atterrita, e cacciò un urlo; il malandrino la mise per forza nella carrozza: uno che stava a sedere davanti, la prese e la cacciò, per quanto lei si divincolasse e stridesse, a sedere dirimpetto a sé: un altro, mettendole un fazzoletto alla bocca, le chiuse il grido in gola. In tanto il Nibbio entrò presto presto anche lui nella carrozza: lo sportello si chiuse, e la carrozza partí di carriera. L'altro che le aveva fatta quella domanda traditora, rimasto nella strada, diede un'occhiata in qua e in là, per veder se fosse accorso qualcheduno agli urli di Lucia: non c'era nessuno; saltò sur una riva, attaccandosi a un albero della macchia, e disparve. Era costui uno sgherro d'Egidio; era stato, facendo l'indiano, sulla porta del suo padrone, per veder quando Lucia usciva dal monastero; l'aveva osservata bene, per poterla riconoscere; ed era corso, per una scorciatoia, ad aspettarla al posto convenuto.

Chi potrà ora descrivere il terrore, l'angoscia di costei, esprimere ciò che passava nel suo animo? Spalancava gli occhi spaventati, per ansietà di conoscere la sua orribile situazione, e li richiudeva subito, per il ribrezzo e per il terrore di que' visacci: si storceva, ma era tenuta da tutte le parti: raccoglieva tutte le sue forze, e dava delle stratte, per buttarsi verso lo sportello; ma due braccia nerborute la tenevano come conficcata nel fondo della carrozza; quattro altre manacce ve l'appuntellavano. Ogni volta che aprisse la bocca per cacciare un urlo, il fazzoletto veniva a soffogarglielo in gola. Intanto tre bocche d'inferno, con la voce piú umana che sapessero formare, andavan ripetendo: – zitta, zitta, non abbiate paura, non vogliamo farvi male –. Dopo qualche momento d'una lotta cosí angosciosa, parve che s'acquietasse; allentò le braccia, lasciò cader la testa all'indietro, alzò a stento le palpebre, tenendo l'occhio immobile; e quegli orridi visacci che le stavan davanti le parvero confondersi e ondeggiare insieme in un mescuglio mostruoso: le fuggí il colore dal viso; un sudor freddo glielo coprí; s'abbandonò, e svenne.

– Su, su, coraggio, – diceva il Nibbio. – Coraggio, coraggio, – ripetevan gli altri due birboni; ma lo smarrimento d'ogni senso preservava in quel momento Lucia dal sentire i conforti di quelle orribili voci.

– Diavolo! par morta, – disse uno di coloro: – se fosse morta davvero?

– Oh! morta! – disse l'altro: – è uno di quegli svenimenti che vengono alle donne. Io so che, quando ho voluto mandare all'altro mondo qualcheduno, uomo o donna che fosse, c'è voluto altro.

– Via! – disse il Nibbio: – attenti al vostro dovere, e non andate a cercar altro. Tirate fuori dalla cassetta i tromboni, e teneteli pronti; ché in questo bosco dove s'entra ora, c'è sempre de' birboni annidati. Non cosí in mano, diavolo! riponeteli dietro le spalle, lí stesi: non vedete che costei è un pulcin bagnato che basisce per nulla? Se vede armi, è capace di morir davvero. E quando sarà rinvenuta, badate bene di non farle paura; non la toccate, se non vi fo segno; a tenerla basto io. E zitti: lasciate parlare a me.

Intanto la carrozza, andando sempre di corsa, s'era inoltrata nel bosco.

Dopo qualche tempo, la povera Lucia cominciò a risentirsi, come da un sonno profondo e affannoso, e aprí gli occhi. Penò alquanto a distinguere gli spaventosi oggetti che la circondavano, a raccogliere i suoi pensieri: alfine comprese di nuovo la sua terribile situazione. Il primo uso che fece delle poche forze ritornatele, fu di buttarsi ancora verso lo sportello, per slanciarsi fuori; ma fu ritenuta, e non poté che vedere un momento la solitudine selvaggia del luogo per cui passava. Cacciò di nuovo un urlo; ma il Nibbio, alzando la manaccia col fazzoletto, – via, – le disse, piú dolcemente che poté; – state zitta, che sarà meglio per voi: non vogliamo farvi male; ma se non istate zitta, vi faremo star noi.

– Lasciatemi andare! Chi siete voi? Dove mi conducete? Perché m'avete presa? Lasciatemi andare, lasciatemi andare!

– Vi dico che non abbiate paura: non siete una bambina, e dovete capire che noi non vogliamo farvi male. Non vedete che avremmo potuto ammazzarvi cento volte, se avessimo cattive intenzioni? Dunque state quieta.

– No, no, lasciatemi andare per la mia strada: io non vi conosco.

– Vi conosciamo noi.

– Oh santissima Vergine! come mi conoscete? Lasciatemi andare, per carità. Chi siete voi? Perché m'avete presa?

– Perché c'è stato comandato.

– Chi? chi? chi ve lo può aver comandato?

– Zitta! – disse con un visaccio severo il Nibbio: – a noi non si fa di codeste domande.

Lucia tentò un'altra volta di buttarsi d'improvviso allo sportello; ma vedendo ch'era inutile, ricorse di nuovo alle preghiere; e con la testa bassa, con le gote irrigate di lacrime, con la voce interrotta dal pianto, con le mani giunte dinanzi alle labbra, – oh, – diceva: – per l'amor di Dio, e della Vergine santissima, lasciatemi andare! Cosa v'ho fatto di male io? Sono una povera creatura che non v'ha fatto niente. Quello che m'avete fatto voi, ve lo perdono di cuore; e pregherò Dio per voi. Se avete anche voi una figlia, una moglie, una madre, pensate quello che patirebbero, se fossero in questo stato. Ricordatevi che dobbiamo morir tutti, e che un giorno desidererete che Dio vi usi misericordia. Lasciatemi andare, lasciatemi qui: il Signore mi farà trovar la mia strada.

– Non possiamo.

– Non potete? Oh Signore! perché non potete? Dove volete condurmi? Perché?....

– Non possiamo: è inutile: non abbiate paura, che non vogliamo farvi male: state quieta, e nessuno vi toccherà.

Accorata, affannata, atterrita sempre piú nel vedere che le sue parole non facevano nessun colpo, Lucia si rivolse a Colui che tiene in mano il cuore degli uomini, e può, quando voglia, intenerire i piú duri. Si strinse il piú che poté, nel canto della carrozza, mise le braccia in croce sul petto, e pregò qualche tempo con la mente; poi, tirata fuori la corona, cominciò a dire il rosario, con piú fede e con piú affetto che non avesse ancor fatto in vita sua. Ogni tanto, sperando d'avere impetrata la misericordia che implorava, si voltava a ripregar coloro; ma sempre inutilmente. Poi ricadeva ancora senza sentimenti, poi si riaveva di nuovo, per rivivere a nuove angosce. Ma ormai non ci regge il cuore a descriverle piú a lungo: una pietà troppo dolorosa ci affretta al termine di quel viaggio, che durò piú di quattr'ore; e dopo il quale avremo altre ore angosciose da passare. Trasportiamoci al castello dove l'infelice era aspettata.

Era aspettata dall'innominato, con un'inquietudine, con una sospension d'animo insolita. Cosa strana! quell'uomo, che aveva disposto a sangue freddo di tante vite, che in tanti suoi fatti non aveva contato per nulla i dolori da lui cagionati, se non qualche volta per assaporare in essi una selvaggia voluttà di vendetta, ora, nel metter le mani addosso a questa sconosciuta, a questa povera contadina, sentiva come un ribrezzo, direi quasi un terrore. Da un'alta finestra del suo castellaccio, guardava da qualche tempo verso uno sbocco della valle; ed ecco spuntar la carrozza, e venire innanzi lentamente: perché quel primo andar di carriera aveva consumata la foga, e domate le forze de' cavalli. E benché, dal punto dove stava a guardare, la non paresse piú che una di quelle carrozzine che si dànno per balocco ai fanciulli, la riconobbe subito, e si sentí il cuore batter piú forte.

«Ci sarà? – pensò subito; e continuava tra sé: – che noia mi dà costei! Liberiamocene».

E voleva chiamare uno de' suoi sgherri, e spedirlo subito incontro alla carrozza, a ordinare al Nibbio che voltasse, e conducesse colei al palazzo di don Rodrigo. Ma un *no* imperioso che risonò nella sua mente, fece svanire quel disegno. Tormentato però dal bisogno di dar qualche ordine, riuscendogli intollerabile lo stare aspettando oziosamente quella carrozza che veniva avanti passo passo, come un tradimento, che so io? come un gastigo, fece chiamare una sua vecchia donna.

Era costei nata in quello stesso castello, da un antico custode di esso, e aveva passata lí tutta la sua vita. Ciò che aveva veduto e sentito fin dalle fasce, le aveva impresso nella mente un concetto magnifico e terribile del potere de' suoi padroni; e la massima principale che aveva attinta dall'istruzioni e dagli esempi, era che bisognava ubbidirli in ogni cosa, perché potevano far del gran male e del gran bene. L'idea del dovere, deposta come un germe nel cuore di tutti gli uomini, svolgendosi nel suo, insieme co' sentimenti d'un rispetto, d'un terrore, d'una cupidigia servile, s'era associata e adattata a quelli. Quando l'innominato, divenuto padrone, cominciò a far quell'uso spaventevole della sua forza, costei ne provò da principio un certo ribrezzo insieme e un sentimento piú profondo di sommissione. Col tempo, s'era avvezzata a ciò che aveva tutto il giorno davanti agli occhi e negli orecchi: la volontà potente e sfrenata d'un cosí gran signore, era per lei come una specie di giustizia fatale. Ragazza già fatta, aveva sposato un servitor di casa, il quale, poco dopo, essendo andato a una spedizione rischiosa, lasciò l'ossa sur una strada, e lei vedova nel castello. La vendetta che il signore ne fece subito, le diede una consolazione feroce, e le accrebbe l'orgoglio di trovarsi sotto una tal protezione. D'allora in poi, non mise piede fuor del castello, che molto di rado; e a poco a poco non le rimase del vivere umano quasi altre idee salvo quelle che ne riceveva in quel luogo. Non era addetta ad alcun servizio particolare, ma, in quella masnada di sgherri, ora l'uno ora l'altro, le davan da fare ogni poco; ch'era il suo rodimento. Ora aveva cenci da rattoppare, ora da preparare in fretta da mangiare a chi tornasse da una spedizione, ora feriti da medicare. I comandi poi di coloro, i rimproveri, i ringraziamenti, eran conditi di beffe e d'improperi: vecchia, era il suo appellativo usuale; gli aggiunti, che qualcheduno sempre ci se n'attaccava, variavano secondo le circostanze e l'umore dell'amico. E colei, disturbata nella pigrizia, e provocata nella stizza, ch'erano due delle sue passioni predominanti, contraccambiava alle volte que' complimenti con parole, in cui Satana avrebbe riconosciuto piú del suo ingegno, che in quelle de' provocatori.

– Tu vedi laggiú quella carrozza! – le disse il signore.

– La vedo, – rispose la vecchia, cacciando avanti il mento appuntato, e aguzzando gli occhi infossati, come se cercasse di spingerli su gli orli dell'occhiaie.

– Fa allestir subito una bussola, entraci, e fatti portare alla Malanotte. Subito subito; che tu ci arrivi prima di quella carrozza: già la viene avanti col passo della morte. In quella carrozza c'è... ci dev'essere... una giovine. Se c'è, dí al Nibbio, in mio nome, che la metta nella bussola, e lui venga su subito da me. Tu starai nella bussola, con quella... giovine; e quando sarete quassú, la condurrai nella tua camera. Se ti domanda dove la meni, di chi è il castello, guarda di non...

– Oh! – disse la vecchia.

– Ma, – continuò l'innominato, – falle coraggio.

– Cosa le devo dire?

– Cosa le devi dire? Falle coraggio, ti dico. Tu sei venuta a codesta età, senza sapere come si fa coraggio a una creatura, quando si vuole! Hai tu mai sentito affanno di cuore? Hai tu mai avuto paura? Non sai le parole che fanno piacere in que' momenti? Dille di quelle parole: trovale, alla malora. Va'.

E partita che fu, si fermò alquanto alla finestra, con gli occhi fissi a quella carrozza, che già appariva piú grande di molto; poi gli alzò al sole, che in quel momento si nascondeva dietro la montagna; poi guardò le nuvole sparse al di sopra, che di brune si fecero, quasi a un tratto, di fuoco. Si ritirò, chiuse la finestra, e si mise a camminare innanzi e indietro per la stanza, con un passo di viaggiatore frettoloso.

Capitolo ventunesimo

La vecchia era corsa a ubbidire e a comandare, con l'autorità di quel nome che, da chiunque fosse pronunziato in quel luogo, li faceva spicciar tutti; perché a nessuno veniva in testa che ci fosse uno tanto ardito da servirsene falsamente. Si trovò infatti alla Malanotte un po' prima che la carrozza ci arrivasse; e vistala venire, uscí di bussola, fece segno al cocchiere che fermasse, s'avvicinò allo sportello; e al Nibbio, che mise il capo fuori, riferí sottovoce gli ordini del padrone.

Lucia, al fermarsi della carrozza, si scosse, e rinvenne da una specie di letargo. Si sentí da capo rimescolare il sangue, spalancò la bocca e gli occhi, e guardò. Il Nibbio s'era tirato indietro; e la vecchia, col mento sullo sportello, guardando Lucia, diceva: – venite, la mia giovine; venite, poverina; venite con me, che ho ordine di trattarvi bene e di farvi coraggio.

Al suono d'una voce di donna, la poverina provò un conforto, un coraggio momentaneo; ma ricadde subito in uno spavento piú cupo. – Chi siete? – disse con voce tremante, fissando lo sguardo attonito in viso alla vecchia.

– Venite, venite, poverina, – andava questa ripetendo. Il Nibbio e gli altri due, argomentando dalle parole e dalla voce cosí straordinariamente raddolcita di colei, quali fossero l'intenzioni del signore, cercavano di persuader con le buone l'oppressa a ubbidire. Ma lei seguitava a guardar fuori; e benché il luogo selvaggio e sconosciuto, e la sicurezza de' suoi guardiani non le lasciassero concepire speranza di soccorso, apriva non ostante la bocca per gridare; ma vedendo il Nibbio far gli occhiacci del fazzoletto, ritenne il grido, tremò, si storse, fu presa e messa nella bussola. Dopo, c'entrò la vecchia; il Nibbio disse ai due altri manigoldi che andassero dietro, e prese speditamente la salita, per accorrere ai comandi del padrone.

– Chi siete? – domandava con ansietà Lucia al ceffo sconosciuto e deforme: – perché son con voi? dove sono? dove mi conducete?

– Da chi vuol farvi del bene, – rispondeva la vecchia, – da un gran.... Fortunati quelli a cui vuol far del bene! Buon per voi, buon per voi. Non abbiate paura, state allegra, ché m'ha comandato di farvi coraggio. Glielo direte, eh? che v'ho fatto coraggio?

– Chi è? perché? che vuol da me? Io non son sua. Ditemi dove sono; lasciatemi andare; dite a costoro che mi lascino andare, che mi portino in qualche chiesa. Oh! voi che siete una donna, in nome di Maria Vergine...!

Quel nome santo e soave, già ripetuto con venerazione ne' primi anni, e poi non piú invocato per tanto tempo, né forse sentito proferire, faceva nella mente della sciagurata che lo sentiva in quel momento, un'impressione confusa, strana, lenta, come la rimembranza della luce, in un vecchione accecato da bambino.

Intanto l'innominato, ritto sulla porta del castello, guardava in giú; e vedeva la bussola venir passo passo, come prima la carrozza, e avanti, a una distanza che cresceva ogni momento, salir di corsa il Nibbio. Quando questo fu in cima, il signore gli accennò che lo seguisse; e andò con lui in una stanza del castello.

– Ebbene? – disse, fermandosi lí.

– Tutto a un puntino, – rispose, inchinandosi, il Nibbio: – l'avviso a tempo, la donna a tempo, nessuno sul luogo, un urlo solo, nessuno comparso, il cocchiere pronto, i cavalli bravi, nessun incontro: ma....

– Ma che?

– Ma.... dico il vero, che avrei avuto piú piacere che l'ordine fosse stato di darle una schioppettata nella schiena, senza sentirla parlare, senza vederla in viso.

– Cosa? cosa? che vuoi tu dire?

– Voglio dire che tutto quel tempo, tutto quel tempo.... M'ha fatto troppa compassione.

– Compassione! Che sai tu di compassione? Cos'è la compassione?

– Non l'ho mai capito cosí bene come questa volta: è una storia la compassione un poco come la paura: se uno la lascia prender possesso, non è piú uomo.

– Sentiamo un poco come ha fatto costei per moverti a compassione.

– O signore illustrissimo! tanto tempo....! piangere, pregare, e far cert'occhi, e diventar bianca bianca come morta, e poi singhiozzare, e pregar di nuovo, e certe parole....

«Non la voglio in casa costei, – pensava intanto l'innominato. – Sono stato una bestia a impegnarmi; ma ho promesso, ho promesso. Quando sarà lontana....» E alzando la testa, in atto di comando, verso il Nibbio, – ora, – gli disse, – metti da parte la compassione: monta a cavallo, prendi un compagno, due se vuoi; e va' di corsa a casa di quel don Rodrigo che tu sai. Digli che mandi.... ma subito subito, perché altrimenti....

Ma un altro *no* interno piú imperioso del primo gli proibí di finire. – No, – disse con voce risoluta, quasi per esprimere a se stesso il comando di quella voce segreta, – no: va' a riposarti; e domattina.... farai quello che ti dirò!

«Un qualche demonio ha costei dalla sua, – pensava poi, rimasto solo, ritto, con le braccia incrociate sul petto, e con lo sguardo immobile sur una parte del pavimento, dove il raggio della luna, entrando da una finestra alta, disegnava un quadrato di luce pallida, tagliata a scacchi dalle grosse inferriate, e intagliata piú minutamente dai piccoli compartimenti delle vetriate. – Un qualche demonio, o.... un qualche angelo che la protegge.... Compassione al Nibbio!.... Domattina, domattina di buon'ora, fuor di qui costei; al suo destino, e non se ne parli piú, e, – proseguiva tra sé, con quell'animo con cui si comanda a un ragazzo indocile, sapendo che non ubbidirà, – e non ci si pensi piú. Quell'animale di don Rodrigo non mi venga a romper la testa con ringraziamenti; che.... non voglio piú sentir parlar di costei. L'ho servito perché.... perché ho promesso: e ho promesso perché.... è il mio destino. Ma voglio che me lo paghi bene questo servizio, colui. Vediamo un poco....»

E voleva almanaccare cosa avrebbe potuto richiedergli di scabroso, per compenso, e quasi per pena; ma gli si attraversaron di nuovo alla mente quelle parole: compassione al Nibbio! «Come può aver fatto costei? – continuava, strascinato da quel pensiero. – Voglio vederla.... Eh! no.... Sí, voglio vederla».

E d'una stanza in un'altra, trovò una scaletta, e su a tastone, andò alla camera della vecchia, e picchiò all'uscio con un calcio.

– Chi è?

– Apri.

A quella voce, la vecchia fece tre salti; e subito si sentí scorrere il paletto negli anelli, e l'uscio si spalancò. L'innominato, dalla soglia, diede un'occhiata in giro; e, al lume d'una lucerna che ardeva sur un tavolino, vide Lucia rannicchiata in terra, nel canto il piú lontano dall'uscio.

– Chi t'ha detto che tu la buttassi là come un sacco di cenci, sciagurata? – disse alla vecchia, con un cipiglio iracondo.

– S'è messa dove le è piaciuto, – rispose umilmente colei: – io ho fatto di tutto per farle coraggio: lo può dire anche lei; ma non c'è stato verso.

– Alzatevi, – disse l'innominato a Lucia, andandole vicino. Ma Lucia, a cui il picchiare, l'aprire, il comparir di quell'uomo, le sue parole, avevan messo un nuovo spavento nell'animo spaventato, stava piú che mai raggomitolata nel cantuccio, col viso nascosto tra le mani, e non movendosi, se non che tremava tutta.

– Alzatevi, ché non voglio farvi del male.... e posso farvi del bene, – ripeté il signore.... – Alzatevi! – tonò poi quella voce, sdegnata d'aver due volte comandato invano.

Come rinvigorita dallo spavento, l'infelicissima si rizzò subito inginocchioni; e giungendo le mani, come avrebbe fatto davanti a un'immagine, alzò gli occhi in viso all'innominato, e riabbassandoli subito, disse: – son qui: m'ammazzi.

– V'ho detto che non voglio farvi del male, – rispose, con voce mitigata, l'innominato, fissando quel viso turbato dall'accoramento e dal terrore.

– Coraggio, coraggio, – diceva la vecchia: – se ve lo dice lui, che non vuol farvi del male....

– E perché, – riprese Lucia con una voce, in cui, col tremito della paura, si sentiva una certa sicurezza dell'indegnazione disperata, – perché mi fa patire le pene dell'inferno? Cosa le ho fatto io?....

– V'hanno forse maltrattata? Parlate.

– Oh maltrattata! M'hanno presa a tradimento, per forza! perché? perché m'hanno presa? perché son qui? dove sono? Sono una povera creatura: cosa le ho fatto? In nome di Dio....

– Dio, Dio, – interruppe l'innominato: – sempre Dio: coloro che non possono difendersi da sé, che non hanno la forza, sempre han questo Dio da mettere in campo, come se gli avessero parlato. Cosa pretendete con codesta vostra parola? Di farmi....? – e lasciò la frase a mezzo.

– Oh Signore! pretendere! Cosa posso pretendere io meschina, se non che lei mi usi misericordia? Dio perdona tante cose, per un'opera di misericordia! Mi lasci andare; per carità mi lasci andare! Non torna conto a uno che un giorno deve morire di far patir tanto una povera creatura. Oh! lei che può comandare, dica che mi lascino andare! M'hanno portata qui per forza. Mi mandi con questa donna a ***, dov'è mia madre. Oh Vergine santissima! mia madre! mia madre, per carità, mia madre! Forse non è lontana di qui.... ho veduto i miei monti! Perché lei mi fa patire? Mi faccia condurre in una chiesa. Pregherò per lei, tutta la mia vita. Cosa le costa dire una parola? Oh ecco! vedo che si move a compassione: dica una parola, la dica. Dio perdona tante cose, per un'opera di misericordia!

«Oh perché non è figlia d'uno di que' cani che m'hanno bandito! – pensava l'innominato: – d'uno di que' vili che mi vorrebbero morto! che ora godrei di questo suo strillare; e in vece....»

– Non iscacci una buona ispirazione! – proseguiva fervidamente Lucia, rianimata dal vedere una cert'aria d'esitazione nel viso e nel contegno del suo tiranno. – Se lei non mi fa questa carità, me la farà il Signore: mi farà morire, e per me sarà finita; ma lei!.... Forse un giorno anche lei.... Ma no, no; pregherò sempre io il Signore che la preservi da ogni male. Cosa le costa dire una parola? Se provasse lei a patir queste pene....!

– Via, fatevi coraggio, – interruppe l'innominato, con una dolcezza che fece strasecolar la vecchia. – V'ho fatto nessun male? V'ho minacciata?

– Oh no! Vedo che lei ha buon cuore, e che sente pietà di questa povera creatura. Se lei volesse, potrebbe farmi paura piú di tutti gli altri, potrebbe farmi morire; e in vece mi ha.... un po' allargato il cuore. Dio gliene renderà merito. Compisca l'opera di misericordia: mi liberi, mi liberi.

– Domattina....

– Oh mi liberi ora, subito....

– Domattina ci rivedremo, vi dico. Via, intanto fatevi coraggio. Riposate. Dovete aver bisogno di mangiare. Ora ve ne porteranno.

– No, no; io moio se alcuno entra qui: io moio. Mi conduca lei in chiesa.... que' passi Dio glieli conterà.

– Verrà una donna a portarvi da mangiare, – disse l'innominato; e dettolo, rimase stupito anche lui che gli fosse venuto in mente un tal ripiego, e che gli fosse nato il bisogno di cercarne uno, per rassicurare una donnicciola.

– E tu, – riprese poi subito, voltandosi alla vecchia, – falle coraggio che mangi; mettila a dormire in questo letto: e se ti vuole in compagnia, bene; altrimenti, tu puoi ben dormire una notte in terra. Falle coraggio, ti dico; tienla allegra. E che non abbia a lamentarsi di te!

Cosí detto, si mosse rapidamente verso l'uscio. Lucia s'alzò e corse per trattenerlo, e rinnovare la sua preghiera; ma era sparito.

– Oh povera me! Chiudete, chiudete subito –. E sentito ch'ebbe accostare i battenti e scorrere il paletto, tornò a rannicchiarsi nel suo cantuccio. – Oh povera me! – esclamò di nuovo singhiozzando: – chi pregherò ora? Dove sono? Ditemi voi, ditemi per carità, chi è quel signore.... quello che m'ha parlato?

– Chi è, eh? chi è? Volete ch'io ve lo dica. Aspetta ch'io te lo dica. Perché vi protegge, avete messo su superbia; e volete esser soddisfatta voi, e farne andar di mezzo me. Domandatene a lui. S'io vi contentassi anche in questo, non mi toccherebbe di quelle buone parole che avete sentite voi. – Io son vecchia, son vecchia, – continuò, mormorando tra i denti. – Maledette le giovani, che fanno bel vedere a piangere e a ridere, e hanno sempre ragione –. Ma sentendo Lucia singhiozzare, e tornandole minaccioso alla mente il comando del padrone, si chinò verso la povera rincantucciata, e, con voce raddolcita, riprese: – via, non v'ho detto niente di male: state allegra. Non mi domandate di quelle cose che non vi posso dire; e del resto, state di buon animo. Oh se sapeste quanta gente sarebbe contenta di sentirlo parlare come ha parlato a voi! State allegra, che or ora verrà da mangiare; e io che capisco.... nella maniera che v'ha parlato, ci sarà della roba buona. E poi anderete a letto, e.... mi lascerete un cantuccino anche a me, spero, – soggiunse, con una voce, suo malgrado, stizzosa.

– Non voglio mangiare, non voglio dormire. Lasciatemi stare; non v'accostate; non partite di qui!

– No, no, via, – disse la vecchia, ritirandosi, e mettendosi a sedere sur una seggiolaccia, donde dava alla poverina certe occhiate di terrore e d'astio insieme; e poi guardava il suo covo, rodendosi d'esserne forse esclusa per tutta la notte, e brontolando contro il freddo. Ma si rallegrava col pensiero della cena, e con la speranza che ce ne sarebbe anche per lei. Lucia non s'avvedeva del freddo, non sentiva la fame, e come sbalordita, non aveva de' suoi dolori, de' suoi terrori stessi, che un sentimento confuso, simile all'immagini sognate da un febbricitante.

Si riscosse quando sentí picchiare; e, alzando la faccia atterrita, gridò: – chi è? chi è? Non venga nessuno!

– Nulla, nulla; buone nuove, – disse la vecchia: – è Marta che porta da mangiare.

– Chiudete, chiudete! – gridava Lucia.

– Ih! subito, subito, – rispondeva la vecchia; e presa una paniera dalle mani di quella Marta, la mandò via, richiuse, e venne a posar la paniera sur una tavola nel mezzo della camera. Invitò poi piú volte Lucia che venisse a goder di quella buona roba. Adoprava le parole piú efficaci, secondo lei, a mettere appetito alla poverina, prorompeva in esclamazioni sulla squisitezza de' cibi: – di que' bocconi che, quando le persone come noi possono arrivare a assaggiarne, se ne ricordan per un pezzo! Del vino che beve il padrone co' suoi amici.... quando capita qualcheduno di quelli...! e vogliono stare allegri! Ehm! – Ma vedendo che tutti gl'incanti riuscivano inutili, – siete voi che non volete, – disse. – Non istate poi a dirgli domani ch'io non v'ho fatto coraggio. Mangerò io; e ne resterà piú che abbastanza per voi, per quando metterete giudizio, e vorrete ubbidire –. Cosí detto, si mise a mangiare avidamente. Saziata che fu, s'alzò, andò verso il cantuccio, e, chinandosi sopra Lucia, l'invitò di nuovo a mangiare, per andar poi a letto.

– No, no, non voglio nulla, – rispose questa, con voce fiacca e come sonnolenta. Poi, con piú risolutezza, riprese: – è serrato l'uscio? è serrato bene? – E dopo aver guardato in giro per la camera, s'alzò, e, con le mani avanti, con passo sospettoso, andava verso quella parte.

La vecchia ci corse prima di lei, stese la mano al paletto, lo scosse, e disse: – sentite? vedete? è serrato bene? siete contenta ora?

– Oh contenta! contenta io qui! – disse Lucia, rimettendosi di nuovo nel suo cantuccio. – Ma il Signore lo sa che ci sono!

– Venite a letto: cosa volete far lí, accucciata come un cane? S'è mai visto rifiutare i comodi, quando si possono avere?

– No, no; lasciatemi stare.

– Siete voi che lo volete. Ecco, io vi lascio il posto buono: mi metto sulla sponda; starò incomoda per voi. Se volete venire a letto, sapete come avete a fare. Ricordatevi che v'ho pregata piú volte –. Cosí dicendo, si cacciò sotto vestita; e tutto tacque.

Lucia stava immobile in quel cantuccio, tutta in un gomitolo, con le ginocchia alzate, con le mani appoggiate sulle ginocchia, e col viso nascosto nelle mani. Non era il suo né sonno né veglia, ma una rapida successione, una torbida vicenda di pensieri, d'immaginazioni, di spaventi. Ora, piú presente a se stessa, e rammentandosi piú distintamente gli orrori veduti e sofferti in quella giornata, s'applicava dolorosamente alle circostanze dell'oscura e formidabile realtà in cui si trovava avviluppata; ora la mente, trasportata in una regione ancor piú oscura, si dibatteva contro i fantasmi nati dall'incertezza e dal terrore. Stette un pezzo in quest'angoscia; alfine, piú che mai stanca e abbattuta, stese le membra intormentite, si sdraiò, o cadde sdraiata, e rimase alquanto in uno stato piú somigliante a un sonno vero. Ma tutt'a un tratto si risentí, come a una chiamata interna, e provò il bisogno di risentirsi interamente, di riaver tutto il suo pensiero, di conoscere dove fosse, come, perché. Tese l'orecchio a un suono: era il russare lento, arrantolato della vecchia; spalancò gli occhi, e vide un chiarore fioco apparire e sparire a vicenda: era il lucignolo della lucerna, che, vicino a spegnersi, scoccava una luce tremola, e subito la ritirava, per dir cosí, indietro, come è il venire e l'andare dell'onda sulla riva: e quella luce, fuggendo dagli oggetti, prima che prendessero da essa rilievo e colore distinto, non rappresentava allo sguardo che una successione di guazzabugli. Ma ben presto le recenti impressioni, ricomparendo nella mente, l'aiutarono a distinguere ciò che appariva confuso al senso. L'infelice risvegliata riconobbe la sua prigione: tutte le memorie dell'orribil giornata trascorsa, tutti i terrori dell'avvenire, l'assalirono in una volta: quella nuova quiete stessa dopo tante agitazioni, quella specie di riposo, quell'abbandono in cui era lasciata, le facevano un nuovo spavento: e fu vinta da un tale affanno, che desiderò di morire. Ma in quel momento, si rammentò che poteva almen pregare, e insieme con quel pensiero, le spuntò in cuore come un'improvvisa speranza. Prese di nuovo la sua corona, e ricominciò a dire il rosario; e, di mano in mano che la preghiera usciva dal suo labbro tremante, il cuore sentiva crescere una fiducia indeterminata. Tutt'a un tratto, le passò per la mente un altro pensiero; che la sua orazione sarebbe stata piú accetta e piú certamente esaudita, quando, nella sua desolazione, facesse anche qualche offerta. Si ricordò di quello che aveva di piú caro, o che di piú caro aveva avuto; giacché, in quel momento, l'animo suo non poteva sentire altra affezione che di spavento, né concepire altro desiderio che della liberazione; se ne ricordò, e risolvette subito di farne un sacrifizio. S'alzò, e si mise in ginocchio e tenendo giunte al petto le mani, dalle quali pendeva la corona, alzò il viso e le pupille al cielo, e disse: – o Vergine santissima! Voi, a cui mi sono raccomandata tante volte, e che tante volte m'avete consolata! Voi che avete patito tanti dolori, e siete ora tanto gloriosa, e avete fatti tanti miracoli per i poveri tribolati; aiutatemi! fatemi uscire da questo pericolo, fatemi tornar salva con mia madre, Madre del Signore; e fo voto a voi di rimaner vergine; rinunzio per sempre a quel mio poveretto, per non esser mai d'altri che vostra.

Proferite queste parole, abbassò la testa, e si mise la corona intorno al collo, quasi come un segno di consacrazione, e una salvaguardia a un tempo, come un'armatura della nuova milizia a cui s'era ascritta. Rimessasi a sedere in terra, sentí entrar nell'animo una certa tranquillità, una piú larga fiducia. Le venne in mente quel *domattina* ripetuto dallo sconosciuto potente, e le parve di sentire in quella parola una promessa di salvazione. I sensi affaticati da tanta guerra s'assopirono a poco a poco in quell'acquietamento di pensieri: e finalmente, già vicino a giorno, col nome della sua protettrice tronco tra le labbra, Lucia s'addormentò d'un sonno perfetto e continuo.

Ma c'era qualchedun altro in quello stesso castello, che avrebbe voluto fare altrettanto, e non poté mai. Partito, o quasi scappato da Lucia, dato l'ordine per la cena di lei, fatta una consueta visita a certi posti del castello, sempre con quell'immagine viva nella mente, e con quelle parole risonanti all'orecchio, il signore s'era andato a cacciare in camera, s'era chiuso dentro in fretta e in furia, come se avesse avuto a trincerarsi contro una squadra di nemici; e spogliatosi, pure in furia, era andato a letto. Ma quell'immagine, piú che mai presente, parve che in quel momento gli dicesse: tu non dormirai. «Che sciocca curiosità da donnicciola, – pensava, – m'è venuta di vederla? Ha ragione quel bestione del Nibbio; uno non è piú uomo; è vero, non è piú uomo!... Io?... io non son piú uomo, io? Cos'è stato? che diavolo m'è venuto addosso? che c'è di nuovo? Non lo sapevo io prima d'ora, che le donne strillano? Strillano anche gli uomini alle volte, quando non si possono rivoltare. Che diavolo! non ho mai sentito belar donne?»

E qui, senza che s'affaticasse molto a rintracciare nella memoria, la memoria da sé gli rappresentò piú d'un caso in cui né preghi né lamenti non l'avevano punto smosso dal compire le sue risoluzioni. Ma la rimembranza di tali imprese, non che gli ridonasse la fermezza, che già gli mancava, di compir questa; non che spegnesse nell'animo quella molesta pietà; vi destava in vece una specie di terrore, una non so qual rabbia di pentimento. Di maniera che gli parve un sollievo il tornare a quella prima immagine di Lucia, contro la quale aveva cercato di rinfrancare il suo coraggio. «È viva costei, – pensava, – è qui; sono a tempo; le posso dire: andate, rallegratevi; posso veder quel viso cambiarsi, le posso anche dire: perdonatemi.... Perdonatemi? io domandar perdono? a una donna? io...! Ah, eppure! se una parola, una parola tale mi potesse far bene, levarmi d'addosso un po' di questa diavoleria, la direi; eh! sento che la direi. A che cosa son ridotto! Non son piú uomo, non son piú uomo!... Via! – disse, poi, rivoltandosi arrabbiatamente nel letto divenuto duro duro, sotto le coperte divenute pesanti pesanti: – via! sono sciocchezze che mi son passate per la testa altre volte. Passerà anche questa».

E per farla passare, andò cercando col pensiero qualche cosa importante, qualcheduna di quelle che solevano occuparlo fortemente, onde applicarvelo tutto; ma non ne trovò nessuna. Tutto gli appariva cambiato: ciò che altre volte stimolava piú fortemente i suoi desidèri, ora non aveva piú nulla di desiderabile: la passione, come un cavallo divenuto tutt'a un tratto restío per un'ombra, non voleva piú andare avanti. Pensando all'imprese avviate e non finite, in vece d'animarsi al compimento, in vece d'irritarsi degli ostacoli (ché l'ira in quel momento gli sarebbe parsa soave), sentiva una tristezza, quasi uno spavento de' passi già fatti. Il tempo gli s'affacciò davanti voto d'ogni intento, d'ogni occupazione, d'ogni volere, pieno soltanto di memorie intollerabili; tutte l'ore somiglianti a quella che gli passava cosí lenta, cosí pesante sul capo. Si schierava nella fantasia tutti i suoi malandrini, e non trovava da comandare a nessuno di loro una cosa che gl'importasse; anzi l'idea di rivederli, di trovarsi tra loro, era un nuovo peso, un'idea di schifo e d'impiccio. E se volle trovare un'occupazione per l'indomani, un'opera fattibile, dovette pensare che all'indomani poteva lasciare in libertà quella poverina.

«La libererò, sí; appena spunta il giorno, correrò da lei, e le dirò: andate, andate. La farò accompagnare.... E la promessa? e l'impegno? e don Rodrigo?.... Chi è don Rodrigo?»

A guisa di chi è colto da una interrogazione inaspettata e imbarazzante d'un superiore, l'innominato pensò subito a rispondere a questa che s'era fatta lui stesso, o piuttosto quel nuovo *lui*, che cresciuto terribilmente a un tratto, sorgeva come a giudicare l'antico. Andava dunque cercando le ragioni per cui, prima quasi d'esser pregato, s'era potuto risolvere a prender l'impegno di far tanto patire, senz'odio, senza timore, un'infelice sconosciuta, per servire colui; ma, non che riuscisse a trovar ragioni che in quel momento gli paressero buone a scusare il fatto, non sapeva quasi spiegare a se stesso come ci si fosse indotto. Quel volere, piuttosto che una deliberazione, era stato un movimento istantaneo dell'animo ubbidiente a sentimenti antichi, abituali, una conseguenza di mille fatti antecedenti; e il tormentato esaminator di se stesso, per rendersi ragione d'un sol fatto, si trovò ingolfato nell'esame di tutta la sua vita. Indietro, indietro, d'anno in anno, d'impegno in impegno, di sangue in sangue, di scelleratezza in scelleratezza: ognuna ricompariva all'animo consapevole e nuovo, separata da' sentimenti che l'avevan fatta volere e commettere; ricompariva con una mostruosità che que' sentimenti non avevano allora lasciato scorgere in essa. Eran tutte sue, eran lui: l'orrore di questo pensiero, rinascente a ognuna di quell'immagini, attaccato a tutte, crebbe fino alla disperazione. S'alzò in furia a sedere, gettò in furia le mani alla parete accanto al letto, afferrò una pistola, la staccò, e.... al momento di finire una vita divenuta insopportabile, il suo pensiero sorpreso da un terrore, da un'inquietudine, per dir cosí, superstite, si slanciò nel tempo che pure continuerebbe a scorrere dopo la sua fine. S'immaginava con raccapriccio il suo cadavere sformato, immobile, in balía del piú vile sopravvissuto; la sorpresa, la confusione nel castello, il giorno dopo: ogni cosa sottosopra; lui, senza forza, senza voce, buttato chi sa dove. Immaginava i discorsi che se ne sarebber fatti lí, d'intorno, lontano; la gioia de' suoi nemici. Anche le tenebre, anche il silenzio, gli facevan veder nella morte qualcosa di piú tristo, di spaventevole; gli pareva che non avrebbe esitato, se fosse stato di giorno, all'aperto, in faccia alla gente: buttarsi in un fiume e sparire.

E assorto in queste contemplazioni tormentose, andava alzando e riabbassando con una forza convulsiva del pollice, il cane della pistola; quando gli balenò in mente un altro pensiero. «Se quell'altra vita di cui m'hanno parlato quand'ero ragazzo, di cui parlano sempre, come se fosse cosa sicura; se quella vita non c'è, se è un'invenzione de' preti; che fo io? perché morire? cos'importa quello che ho fatto? cos'importa? è una pazzia la mia.... E se c'è quest'altra vita....!»

A un tal dubbio, a un tal rischio, gli venne addosso una disperazione piú nera, piú grave, dalla quale non si poteva fuggire, neppur con la morte. Lasciò cader l'arme, e stava con le mani ne' capelli, battendo i denti, tremando. Tutt'a un tratto, gli tornarono in mente parole che aveva sentite e risentite, poche ore prima: «Dio perdona tante cose, per un'opera di misericordia!» E non gli tornavan già con quell'accento d'umile preghiera, con cui erano state proferite; ma con un suono pieno d'autorità, e che insieme induceva una lontana speranza. Fu quello un momento di sollievo: levò le mani dalle tempie, e, in un'attitudine piú composta, fissò gli occhi della mente in colei da cui aveva sentite quelle parole; e la vedeva, non come la sua prigioniera, non come una supplichevole, ma in atto di chi dispensa grazie e consolazioni. Aspettava ansiosamente il giorno, per correre a liberarla, a sentire dalla bocca di lei altre parole di refrigerio e di vita; s'immaginava di condurla lui stesso alla madre. «E poi? che farò domani, il resto della giornata? che farò doman l'altro? che farò dopo doman l'altro? E la notte? la notte, che tornerà tra dodici ore! Oh la notte! no, no, la notte!» E ricaduto nel vòto penoso dell'avvenire, cercava indarno un impiego del tempo, una maniera di passare i giorni, le notti. Ora si proponeva d'abbandonare il castello, e d'andarsene in paesi lontani, dove nessun lo conoscesse, neppur di nome; ma sentiva che lui, lui sarebbe sempre con sé: ora gli rinasceva una fosca speranza di ripigliar l'animo antico, le antiche voglie; e che quello fosse come un delirio passeggiero; ora temeva il giorno, che doveva farlo vedere a' suoi cosí miserabilmente mutato; ora lo sospirava, come se dovesse portar la luce anche ne' suoi pensieri. Ed ecco appunto sull'albeggiare, pochi momenti dopo che Lucia s'era addormentata, ecco che, stando cosí immoto a sedere, sentí arrivarsi all'orecchio come un'onda di suono non bene espresso, ma che pure aveva non so che d'allegro. Stette attento, e riconobbe uno scampanare a festa lontano; e dopo qualche momento, sentí anche l'eco del monte, che ogni tanto ripeteva languidamente il concento, e si confondeva con esso. Di lí a poco, sente un altro scampanío piú vicino, anche quello a festa; poi un altro. «Che allegria c'è? cos'hanno di bello tutti costoro?» Saltò fuori da quel covile di pruni; e vestitosi a mezzo, corse a aprire una finestra, e guardò. Le montagne eran mezze velate di nebbia; il cielo, piuttosto che nuvoloso, era tutto una nuvola cenerognola; ma, al chiarore che pure andava a poco a poco crescendo, si distingueva, nella strada in fondo alla valle, gente che passava, altra che usciva dalle case, e s'avviava, tutti dalla stessa parte, verso lo sbocco, a destra del castello, tutti col vestito delle feste, e con un'alacrità straordinaria.

«Che diavolo hanno costoro? che c'è d'allegro in questo maledetto paese? dove va tutta quella canaglia?» E data una voce a un bravo fidato che dormiva in una stanza accanto, gli domandò qual fosse la cagione di quel movimento. Quello, che ne sapeva quanto lui, rispose che anderebbe subito a informarsene. Il signore rimase appoggiato alla finestra, tutto intento al mobile spettacolo. Erano uomini, donne, fanciulli, a brigate, a coppie, soli; uno, raggiungendo chi gli era avanti, s'accompagnava con lui; un altro, uscendo di casa, s'univa col primo che rintoppasse; e andavano insieme, come amici a un viaggio convenuto. Gli atti indicavano manifestamente una fretta e una gioia comune; e quel rimbombo non accordato ma consentaneo delle varie campane, quali piú, quali meno vicine, pareva, per dir cosí, la voce di que' gesti, e il supplimento delle parole che non potevano arrivar lassú. Guardava, guardava; e gli cresceva in cuore una piú che curiosità di saper cosa mai potesse comunicare un trasporto uguale a tanta gente diversa.

Capitolo ventiduesimo

Poco dopo, il bravo venne a riferire che, il giorno avanti, il cardinal Federigo Borromeo, arcivescovo di Milano, era arrivato a ***, e ci starebbe tutto quel giorno; e che la nuova sparsa la sera di quest'arrivo ne' paesi d'intorno aveva invogliati tutti d'andare a veder quell'uomo; e si scampanava piú per allegria, che per avvertir la gente. Il signore, rimasto solo, continuò a guardar nella valle, ancor piú pensieroso. «Per un uomo! Tutti premurosi, tutti allegri, per vedere un uomo! E però ognuno di costoro avrà il suo diavolo che lo tormenti. Ma nessuno, nessuno n'avrà uno come il mio; nessuno avrà passata una notte come la mia! Cos'ha quell'uomo, per render tanta gente allegra? Qualche soldo che distribuirà cosí alla ventura.... Ma costoro non vanno tutti per l'elemosina. Ebbene, qualche segno nell'aria, qualche parola.... Oh se le avesse per me le parole che possono consolare! se....! Perché non vado anch'io? Perché no?.... Anderò, anderò; e gli voglio parlare: a quattr'occhi gli voglio parlare. Cosa gli dirò? Ebbene, quello che, quello che.... Sentirò cosa sa dir lui, quest'uomo!»

Fatta cosí in confuso questa risoluzione, finí in fretta di vestirsi, mettendosi una sua casacca d'un taglio che aveva qualche cosa del militare; prese la terzetta rimasta sul letto, e l'attaccò alla cintura da una parte; dall'altra, un'altra che staccò da un chiodo della parete; mise in quella stessa cintura il suo pugnale; e staccata pur dalla parete una carabina famosa quasi al par di lui, se la mise ad armacollo; prese il cappello, uscí di camera; e andò prima di tutto a quella dove aveva lasciata Lucia. Posò fuori la carabina in un cantuccio vicino all'uscio, e picchiò, facendo insieme sentir la sua voce. La vecchia scese il letto in un salto, e corse ad aprire. Il signore entrò, e data un'occhiata per la camera, vide Lucia rannicchiata nel suo cantuccio e quieta.

– Dorme? – domandò sotto voce alla vecchia: – là, dorme? eran questi i miei ordini, sciagurata?

– Io ho fatto di tutto, – rispose quella: – ma non ha mai voluto mangiare, non è mai voluta venire....

– Lasciala dormire in pace; guarda di non la disturbare; e quando si sveglierà...... Marta verrà qui nella stanza vicina; e tu manderai a prendere qualunque cosa che costei possa chiederti. Quando si sveglierà.... dille che io.... che il padrone è partito per poco tempo, che tornerà, e che.... farà tutto quello che lei vorrà.

La vecchia rimase tutta stupefatta pensando tra sé: «che sia qualche principessa costei?»

Il signore uscí, riprese la sua carabina, mandò Marta a far anticamera, mandò il primo bravo che incontrò a far la guardia, perché nessun altro che quella donna mettesse piede nella camera; e poi uscí dal castello, e prese la scesa, di corsa.

Il manoscritto non dice quanto ci fosse dal castello al paese dov'era il cardinale; ma dai fatti che siam per raccontare, risulta che non doveva esser piú che una lunga passeggiata. Dal solo accorrere de' valligiani, e anche di gente piú lontana, a quel paese, questo non si potrebbe argomentare; giacché nelle memorie di quel tempo troviamo che da venti e piú miglia veniva gente in folla, per veder Federigo.

I bravi che s'abbattevano sulla salita, si fermavano rispettosamente al passar del signore, aspettando se mai avesse ordini da dar loro, o se volesse prenderli seco, per qualche spedizione; e non sapevan che si pensare della sua aria, e dell'occhiate che dava in risposta a' loro inchini.

Quando fu nella strada pubblica, quello che faceva

maravigliare i passeggieri, era di vederlo senza seguito. Del resto, ognuno gli faceva luogo, prendendola larga, quanto sarebbe bastato anche per il seguito, e levandosi rispettosamente il cappello. Arrivato al paese, trovò una gran folla; ma il suo nome passò subito di bocca in bocca; e la folla s'apriva. S'accostò a uno, e gli domandò dove fosse il cardinale. – In casa del curato, – rispose quello, inchinandosi, e gl'indicò dov'era. Il signore andò là, entrò in un cortiletto dove c'eran molti preti, che tutti lo guardarono con un'attenzione maravigliata e sospettosa. Vide dirimpetto un uscio spalancato, che metteva in un salottino, dove molti altri preti eran congregati. Si levò la carabina, e l'appoggiò in un canto del cortile; poi entrò nel salottino: e anche lí, occhiate, bisbigli, un nome ripetuto, e silenzio. Lui, voltatosi a uno di quelli, gli domandò dove fosse il cardinale; e che voleva parlargli.

– Io son forestiero, – rispose l'interrogato, e data un'occhiata intorno, chiamò il cappellano crocifero, che in un canto del salottino, stava appunto dicendo sotto voce a un suo compagno: – colui? quel famoso? che ha a far qui colui? alla larga! – Però, a quella chiamata che risonò nel silenzio generale, dovette venire; inchinò l'innominato, stette a sentir quel che voleva, e alzando con una curiosità inquieta gli occhi su quel viso, e riabbassandoli subito, rimase lí un poco, poi disse o balbettò: – non saprei se monsignore illustrissimo..... in questo momento..... si trovi..... sia.... possa..... Basta, vado a vedere –. E andò a malincorpo a far l'imbasciata nella stanza vicina, dove si trovava il cardinale.

A questo punto della nostra storia, noi non possiam far a meno di non fermarci qualche poco, come il viandante, stracco e tristo da un lungo camminare per un terreno arido e salvatico, si trattiene e perde un po' di tempo all'ombra d'un bell'albero, sull'erba, vicino a una fonte d'acqua viva. Ci siamo abbattuti in un personaggio, il nome e la memoria del quale, affacciandosi, in qualunque tempo, alla mente, la ricreano con una placida commozione di riverenza, e con un senso giocondo di simpatia: ora, quanto piú dopo tante immagini di dolore, dopo la contemplazione d'una moltiplice e fastidiosa perversità! Intorno a questo personaggio bisogna assolutamente che noi spendiamo quattro parole: chi non si curasse di sentirle, e avesse però voglia d'andare avanti nella storia, salti addirittura al capitolo seguente.

Federigo Borromeo, nato nel 1564, fu degli uomini rari in qualunque tempo, che abbiano impiegato un ingegno egregio, tutti i mezzi d'una grand'opulenza, tutti i vantaggi d'una condizione privilegiata, un intento continuo, nella ricerca e nell'esercizio del meglio. La sua vita è come un ruscello che, scaturito limpido dalla roccia, senza ristagnare né intorbidarsi mai, in un lungo corso per diversi terreni, va limpido a gettarsi nel fiume. Tra gli agi e le pompe, badò fin dalla puerizia a quelle parole d'annegazione e d'umiltà, a quelle massime intorno alla vanità de' piaceri, all'ingiustizia dell'orgoglio, alla vera dignità e a' veri beni, che, sentite o non sentite ne' cuori, vengono trasmesse da una generazione all'altra, nel piú elementare insegnamento della religione. Badò, dico, a quelle parole, a quelle massime, le prese sul serio, le gustò, le trovò vere; vide che non potevan dunque esser vere altre parole e altre massime opposte, che pure si trasmettono di generazione in generazione, con la stessa sicurezza e talora dalle stesse labbra, e propose di prender per norma dell'azioni e de' pensieri quelle che erano il vero. Persuaso che la vita non è già destinata ad essere un peso per molti, e una festa per alcuni, ma per tutti un impiego, del quale ognuno renderà conto, cominciò da fanciullo a pensare come potesse render la sua utile e santa.

Nel 1580, manifestò la risoluzione di dedicarsi al ministero ecclesiastico, e ne prese l'abito dalle mani di quel suo cugino Carlo, che una fama, già fin d'allora antica e universale, predicava santo. Entrò poco dopo nel collegio fondato da questo in Pavia, e che porta ancora il nome del loro casato; e lí, applicandosi assiduamente alle occupazioni che trovò prescritte, due altre ne assunse di sua volontà; e furono d'insegnar la dottrina cristiana ai piú rozzi e derelitti del popolo, e di visitare, servire, consolare e soccorrere gl'infermi. Si valse dell'autorità che tutto gli conciliava in quel luogo, per attirare i suoi compagni a secondarlo in tali opere; e in ogni cosa onesta e profittevole esercitò come un primato d'esempio, un primato che le sue doti personali sarebbero forse bastate a procacciargli, se fosse anche stato l'infimo per condizione. I vantaggi d'un altro genere, che la sua gli avrebbe potuto procurare, non solo non li ricercò, ma mise ogni studio a schivarli. Volle una tavola piuttosto povera che frugale, usò un vestiario piuttosto povero che semplice; a conformità di questo, tutto il tenore della vita e il contegno. Né credette mai di doverlo mutare, per quanto alcuni congiunti gridassero e si lamentassero che avvilisse cosí la dignità della casa. Un'altra guerra ebbe a sostenere con gl'istitutori, i quali, furtivamente e come per sorpresa, cercavano di mettergli davanti, addosso, intorno, qualche suppellettile piú signorile, qualcosa che lo facesse distinguer dagli altri, e figurare come il principe del luogo: o credessero di farsi alla lunga ben volere con ciò; o fossero mossi da quella sviisceratezza servile che s'invanisce e si ricrea nello splendore altrui; o fossero di que' prudenti che s'adombrano delle virtú come de' vizi, predicano sempre che la perfezione sta nel mezzo; e il mezzo lo fissan giusto in quel punto dov'essi sono arrivati, e ci stanno comodi. Federigo, non che lasciarsi vincere da que' tentativi, riprese coloro che li facevano; e ciò tra la pubertà e la giovinezza.

Che, vivente il cardinal Carlo, maggior di lui di ventisei anni, davanti a quella presenza grave, solenne, ch'esprimeva cosí al vivo la santità, e ne rammentava le opere, e alla quale, se ce ne fosse stato bisogno, avrebbe aggiunto autorità ogni momento l'ossequio manifesto e spontaneo de' circostanti, quali e quanti si fossero, Federigo fanciullo e giovinetto cercasse di conformarsi al contegno e al pensare d'un tal superiore, non è certamente da farsene maraviglia; ma è bensí cosa molto notabile che, dopo la morte di lui, nessuno si sia potuto accorgere che a Federigo, allor di vent'anni, fosse mancata una guida e un censore. La fama crescente del suo ingegno, della sua dottrina e della sua pietà, la parentela e gl'impegni di piú d'un cardinale potente, il credito della sua famiglia, il nome stesso, a cui Carlo aveva quasi annessa nelle menti un'idea di santità e di preminenza, tutto ciò che deve, e tutto ciò che può condurre gli uomini alle dignità ecclesiastiche, concorreva a pronosticargliele. Ma egli, persuaso in cuore di ciò che nessuno il quale professi cristianesimo può negar con la bocca, non ci esser giusta superiorità d'uomo sopra gli uomini, se non in loro servizio, temeva le dignità, e cercava di scansarle; non certamente perché sfuggisse di servire altrui; ché poche vite furono spese in questo come la sua; ma perché non si stimava abbastanza degno né capace di cosí alto e pericoloso servizio. Perciò, venendogli, nel 1595, proposto da Clemente VIII l'arcivescovado di Milano, apparve fortemente turbato, e ricusò senza esitare. Cedette poi al comando espresso del papa.

Tali dimostrazioni, e chi non lo sa? non sono né difficili né rare; e l'ipocrisia non ha bisogno d'un piú grande sforzo d'ingegno per farle, che la buffoneria per deriderle a buon conto, in ogni caso. Ma cessan forse per questo d'esser l'espressione naturale d'un sentimento virtuoso e sapiente? La vita è il paragone delle parole: e le parole ch'esprimono quel sentimento, fossero anche passate sulle labbra di tutti gl'impostori e di tutti i beffardi del mondo, saranno sempre belle, quando siano precedute e seguite da una vita di disinteresse e di sacrifizio.

In Federigo arcivescovo apparve uno studio singolare e continuo di non prender per sé, delle ricchezze, del tempo, delle cure, di tutto se stesso in somma, se non quanto fosse strettamente necessario. Diceva, come tutti dicono, che le rendite ecclesiastiche sono patrimonio de' poveri: come poi intendesse infatti una tal massima, si veda da questo. Volle che si stimasse a quanto poteva ascendere il suo mantenimento e quello della sua servitú; e dettogli che seicento scudi (scudo si chiamava allora quella moneta d'oro che, rimanendo sempre dello stesso peso e titolo, fu poi detta zecchino), diede ordine che tanti se ne contasse ogni anno dalla sua cassa particolare a quella della mensa; non credendo che a lui ricchissimo fosse lecito vivere di quel patrimonio. Del suo poi era cosí scarso e sottile misuratore a se stesso, che badava di non ismettere un vestito, prima che fosse logoro affatto: unendo però, come fu notato da scrittori contemporanei, al genio della semplicità quello d'una squisita pulizia: due abitudini notabili infatti, in quell'età sudicia e sfarzosa. Similmente, affinché nulla si disperdesse degli avanzi della sua mensa frugale, gli assegnò a un ospizio di poveri; e uno di questi, per suo ordine, entrava ogni giorno nella sala del pranzo a raccoglier ciò che fosse rimasto. Cure, che potrebbero forse indur concetto d'una virtú gretta, misera, angustiosa, d'una mente impaniata nelle minuzie, e incapace di disegni elevati; se non fosse in piedi questa biblioteca ambrosiana, che Federigo ideò con sí animosa lautezza, ed eresse, con tanto dispendio, da' fondamenti; per fornir la quale di libri e di manoscritti, oltre il dono de' già raccolti con grande studio e spesa da lui, spedí otto uomini, de' piú colti ed esperti che poté avere, a farne incetta, per l'Italia, per la Francia, per la Spagna, per la Germania, per le Fiandre, nella Grecia, al Libano, a Gerusalemme. Cosí riuscí a radunarvi circa trentamila volumi stampati, e quattordicimila manoscritti. Alla biblioteca uní un collegio di dottori (furon nove, e pensionati da lui fin che visse; dopo, non bastando a quella spesa l'entrate ordinarie, furon ristretti a due); e il loro ufizio era di coltivare vari studi, teologia, storia, lettere, antichità ecclesiastiche, lingue orientali, con l'obbligo ad ognuno di pubblicar qualche lavoro sulla materia assegnatagli; v'uní un collegio da lui detto trilingue, per lo studio delle lingue greca, latina e italiana; un collegio d'alunni, che venissero istruiti in quelle facoltà e lingue, per insegnarle un giorno; v'uní una stamperia di lingue orientali, dell'ebraica cioè, della caldea, dell'arabica, della persiana, dell'armena; una galleria di quadri, una di statue, e una scuola delle tre principali arti del disegno. Per queste, poté trovar professori già formati; per il rimanente, abbiam visto che da fare gli avesse dato la raccolta de' libri e de' manoscritti; certo piú difficili a trovarsi dovevano essere i tipi di quelle lingue, allora molto men coltivate in Europa che al presente; piú ancora de' tipi, gli uomini. Basterà il dire che, di nove dottori, otto ne prese tra i giovani alunni del seminario; e da questo si può argomentare che giudizio facesse degli studi consumati e delle riputazioni fatte di quel tempo: giudizio conforme a quello che par che n'abbia portato la posterità, col mettere gli uni e le altre in dimenticanza. Nelle regole che stabilí per l'uso e per il governo della biblioteca, si vede un intento d'utilità perpetua, non solamente bello in sé, ma in molte parti sapiente e gentile molto al di là dell'idee e dell'abitudini comuni di quel tempo. Prescrisse al bibliotecario che mantenesse commercio con gli uomini piú dotti d'Europa, per aver da loro notizie dello stato delle scienze, e avviso de' libri migliori che venissero fuori in ogni genere, e farne acquisto; gli prescrisse d'indicare agli studiosi i libri che non conoscessero, e potesser loro esser utili; ordinò che a tutti, fossero cittadini o forestieri, si desse comodità e tempo di servirsene, secondo il bisogno. Una tale intenzione deve ora parere ad ognuno troppo naturale, e immedesimata con la fondazione d'una biblioteca: allora non era cosí. E in una storia dell'ambrosiana, scritta (col costrutto e con l'eleganze comuni del secolo) da un Pierpaolo Bosca, che vi fu bibliotecario dopo la morte di Federigo, vien notato espressamente, come cosa singolare, che in questa libreria, eretta da un privato, quasi tutta a sue spese, i libri fossero esposti alla vista del pubblico, dati a chiunque li chiedesse, e datogli anche da sedere, e carta, penne e calamaio, per prender gli appunti che gli potessero bisognare; mentre in qualche altra insigne biblioteca pubblica d'Italia, i libri non erano nemmen visibili, ma chiusi in armadi, donde non si levavano se non per gentilezza de' bibliotecari, quando si sentivano di farli vedere un momento; di dare ai concorrenti il comodo di studiare, non se n'aveva neppur l'idea. Dimodoché arricchir tali biblioteche era un sottrar libri all'uso comune: una di quelle coltivazioni, come ce n'era e ce n'è tuttavia molte, che isteriliscono il campo.

Non domandate quali siano stati gli effetti di questa fondazione del Borromeo sulla coltura pubblica: sarebbe facile dimostrare in due frasi, al modo che si dimostra, che furon miracolosi, o che non furon niente; cercare e spiegare, fino a un certo segno, quali siano stati veramente, sarebbe cosa di molta fatica, di poco costrutto, e fuor di tempo. Ma pensate che generoso, che giudizioso, che benevolo, che perseverante amatore del miglioramento umano, dovess'essere colui che volle una tal cosa, la volle in quella maniera, e l'eseguí, in mezzo a quell'ignorantaggine, a quell'inerzia, a quell'antipatia generale per ogni applicazione studiosa, e per conseguenza in mezzo ai *cos'importa?* e *c'era altro da pensare?* e *che bell'invenzione!* e *mancava anche questa*, e simili; che saranno certissimamente stati piú che gli scudi spesi da lui in quell'impresa; i quali furon centocinquemila, la piú parte de' suoi.

Per chiamare un tal uomo sommamente benefico e liberale, può parer che non ci sia bisogno di sapere se n'abbia spesi molt'altri in soccorso immediato de' bisognosi; e ci son forse ancora di quelli che pensano che le spese di quel genere, e sto per dire tutte le spese, siano la migliore e la piú utile elemosina. Ma Federigo teneva l'elemosina propriamente detta per un dovere principalissimo; e qui, come nel resto, i suoi fatti furon consentanei all'opinione. La sua vita fu un continuo profondere ai poveri; e a proposito di questa stessa carestia di cui ha già parlato la nostra storia, avremo tra poco occasione di riferire alcuni tratti, dai quali si vedrà che sapienza e che gentilezza abbia saputo mettere anche in questa liberalità. De' molti esempi singolari che d'una tale sua virtú hanno notati i suoi biografi, ne citeremo qui un solo. Avendo risaputo che un nobile usava artifizi e angherie per far monaca una sua figlia, la quale desiderava piuttosto di maritarsi, fece venire il padre; e cavatogli di bocca che il vero motivo di quella vessazione era il non avere quattromila scudi che, secondo lui, sarebbero stati necessari a maritar la figlia convenevolmente, Federigo la dotò di quattromila scudi. Forse a taluno parrà questa una larghezza eccessiva, non ben ponderata, troppo condiscendente agli stolti capricci d'un superbo; e che quattromila scudi potevano esser meglio impiegati in cent'altre maniere. A questo non abbiamo nulla da rispondere, se non che sarebbe da desiderarsi che si vedessero spesso eccessi d'una virtú cosí libera dall'opinioni dominanti (ogni tempo ha le sue), cosí indipendente dalla tendenza generale, come, in questo caso, fu quella che mosse un uomo a dar quattromila scudi, perché una giovine non fosse fatta monaca.

La carità inesausta di quest'uomo, non meno che nel dare, spiccava in tutto il suo contegno. Di facile abbordo con tutti, credeva di dovere specialmente a quelli che si chiamano di bassa condizione, un viso gioviale, una cortesia affettuosa; tanto piú, quanto ne trovan meno nel mondo. E qui pure ebbe a combattere co' galantuomini del *ne quid nimis*, i quali, in ogni cosa, avrebbero voluto farlo star ne' limiti, cioè ne' loro limiti. Uno di costoro, una volta che, nella visita d'un paese alpestre e salvatico, Federigo istruiva certi poveri fanciulli, e, tra l'interrogare e l'insegnare, gli andava amorevolmente accarezzando, l'avvertí che usasse piú riguardo nel far tante carezze a que' ragazzi, perché eran troppo sudici e stomacosi: come se supponesse, il buon uomo, che Federigo non avesse senso abbastanza per fare una tale scoperta, o non abbastanza perspicacia, per trovar da sé quel ripiego cosí fino. Tale è, in certe condizioni di tempi e di cose, la sventura degli uomini costituiti in certe dignità: che mentre cosí di rado si trova chi gli avvisi de' loro mancamenti, non manca poi gente coraggiosa a riprenderli del loro far bene. Ma il buon vescovo, non senza un certo risentimento, rispose: – sono mie anime, e forse non vedranno mai piú la mia faccia; e non volete che gli abbracci?

Ben raro però era il risentimento in lui, ammirato per la soavità de' suoi modi, per una pacatezza imperturbabile, che si sarebbe attribuita a una felicità straordinaria di temperamento; ed era l'effetto d'una disciplina costante sopra un'indole viva e risentita. Se qualche volta si mostrò severo, anzi brusco, fu co' pastori suoi subordinati che scoprisse rei d'avarizia o di negligenza o d'altre tacce specialmente opposte allo spirito del loro nobile ministero. Per tutto ciò che potesse toccare o il suo interesse, o la sua gloria temporale, non dava mai segno di gioia, né di rammarico, né d'ardore, né d'agitazione: mirabile se questi moti non si destavano nell'animo suo, piú mirabile se vi si destavano. Non solo da' molti conclavi ai quali assistette, riportò il concetto di non aver mai aspirato a quel posto cosí desiderabile all'ambizione, e cosí terribile alla pietà; ma una volta che un collega, il quale contava molto, venne a offrirgli il suo voto e quelli della sua fazione (brutta parola, ma era quella che usavano), Federigo rifiutò una tal proposta in modo, che quello depose il pensiero, e si rivolse altrove. Questa stessa modestia, quest'avversione al predominare apparivano ugualmente nell'occasioni piú comuni della vita. Attento e infaticabile a disporre e a governare, dove riteneva che fosse suo dovere il farlo, sfuggí sempre d'impicciarsi negli affari altrui; anzi si scusava a tutto potere dall'ingerirvisi ricercato: discrezione e ritegno non comune, come ognuno sa, negli uomini zelatori del bene, qual era Federigo.

Se volessimo lasciarci andare al piacere di raccogliere i tratti notabili del suo carattere, ne risulterebbe certamente un complesso singolare di meriti in apparenza opposti, e certo difficili a trovarsi insieme. Però non ometteremo di notare un'altra singolarità di quella bella vita: che, piena come fu d'attività, di governo, di funzioni, d'insegnamento, d'udienze, di visite diocesane, di viaggi, di contrasti, non solo lo studio c'ebbe una parte, ma ce n'ebbe tanta, che per un letterato di professione sarebbe bastato. E infatti, con tant'altri e diversi titoli di lode, Federigo ebbe anche, presso i suoi contemporanei, quello d'uom dotto.

Non dobbiamo però dissimulare che tenne con ferma persuasione, e sostenne in pratica, con lunga costanza, opinioni, che al giorno d'oggi parrebbero a ognuno piuttosto strane che mal fondate; dico anche a coloro che avrebbero una gran voglia di trovarle giuste. Chi lo volesse difendere in questo, ci sarebbe quella scusa cosí corrente e ricevuta, ch'erano errori del suo tempo, piuttosto che suoi: scusa che, per certe cose, e quando risulti dall'esame particolare de' fatti, può aver qualche valore, o anche molto; ma che applicata cosí nuda e alla cieca, come si fa d'ordinario, non significa proprio nulla. E perciò, non volendo risolvere con formole semplici questioni complicate, né allungar troppo un episodio, tralasceremo anche d'esporle; bastandoci d'avere accennato cosí alla sfuggita che, d'un uomo cosí ammirabile in complesso, noi non pretendiamo che ogni cosa lo fosse ugualmente; perché non paia che abbiam voluto scrivere un'orazion funebre.

Non è certamente fare ingiuria ai nostri lettori il supporre che qualcheduno di loro domandi se di tanto ingegno e di tanto studio quest'uomo abbia lasciato qualche monumento. Se n'ha lasciati! Circa cento son l'opere che rimangon di lui, tra grandi e piccole, tra latine e italiane, tra stampate e manoscritte, che si serbano nella biblioteca da lui fondata: trattati di morale, orazioni, dissertazioni di storia, d'antichità sacra e profana, di letteratura, d'arti e d'altro.

«E come mai, dirà codesto lettore, tante opere sono dimenticate, o almeno cosí poco conosciute, cosí poco ricercate? Come mai, con tanto ingegno, con tanto studio, con tanta pratica degli uomini e delle cose, con tanto meditare, con tanta passione per il buono e per il bello, con tanto candor d'animo, con tant'altre di quelle qualità che fanno il grande scrittore, questo, in cento opere, non ne ha lasciata neppur una di quelle che son riputate insigni anche da chi non le approva in tutto, e conosciute di titolo anche da chi non le legge? Come mai, tutte insieme, non sono bastate a procurare, almeno col numero, al suo nome una fama letteraria presso noi posteri?»

La domanda è ragionevole senza dubbio, e la questione, molto interessante; perché le ragioni di questo fenomeno si troverebbero con l'osservar molti fatti generali: e trovate, condurrebbero alla spiegazione di piú altri fenomeni simili. Ma sarebbero molte e prolisse: e poi se non v'andassero a genio? se vi facessero arricciare il naso? Sicché sarà meglio che riprendiamo il filo della storia, e che, in vece di cicalar piú a lungo intorno a quest'uomo, andiamo a vederlo in azione, con la guida del nostro autore.

Capitolo ventitreesimo

Il cardinal Federigo, intanto che aspettava l'ora d'andar in chiesa a celebrar gli ufizi divini, stava studiando, com'era solito di fare in tutti i ritagli di tempo; quando entrò il cappellano crocifero, con un viso alterato.

– Una strana visita, strana davvero, monsignore illustrissimo!

– Chi è? – domandò il cardinale.

– Niente meno che il signor... – riprese il cappellano; e spiccando le sillabe con una gran significazione, proferí quel nome che noi non possiamo scrivere ai nostri lettori. Poi soggiunse: – è qui fuori in persona; e chiede nient'altro che d'esser introdotto da vossignoria illustrissima.

– Lui! – disse il cardinale, con un viso animato, chiudendo il libro, e alzandosi da sedere: – venga! venga subito!

– Ma... – replicò il cappellano, senza moversi: – vossignoria illustrissima deve sapere chi è costui: quel bandito, quel famoso...

– E non è una fortuna per un vescovo, che a un tal uomo sia nata la volontà di venirlo a trovare?

– Ma... – insistette il cappellano: – noi non possiamo mai parlare di certe cose, perché monsignore dice che le son ciance: però, quando viene il caso, mi pare che sia un dovere.... Lo zelo fa de' nemici, monsignore; e noi sappiamo positivamente che piú d'un ribaldo ha osato vantarsi che, un giorno o l'altro....

– E che hanno fatto? – interruppe il cardinale.

– Dico che costui è un appaltatore di delitti, un disperato, che tiene corrispondenza co' disperati piú furiosi, e che può esser mandato....

– Oh, che disciplina è codesta, – interruppe ancora sorridendo Federigo, – che i soldati esortino il generale ad aver paura? – Poi, divenuto serio e pensieroso, riprese: – san Carlo non si sarebbe trovato nel caso di dibattere se dovesse ricevere un tal uomo: sarebbe andato a cercarlo. Fatelo entrar subito: ha già aspettato troppo.

Il cappellano si mosse, dicendo tra sé: «non c'è rimedio: tutti questi santi sono ostinati».

Aperto l'uscio, e affacciatosi alla stanza dov'era il signore e la brigata, vide questa ristretta in una parte, a bisbigliare e a guardar di sott'occhio quello, lasciato solo in un canto. S'avviò verso di lui; e intanto squadrandolo, come poteva, con la coda dell'occhio, andava pensando che diavolo d'armeria poteva esser nascosta sotto quella casacca; e che, veramente, prima d'introdurlo, avrebbe dovuto proporgli almeno.... ma non si seppe risolvere. Gli s'accostò, e disse: – monsignore aspetta vossignoria. Si contenti di venir con me –. E precedendolo in quella piccola folla, che subito fece ala, dava a destra e a sinistra occhiate, le quali significavano: cosa volete? non lo sapete anche voi altri, che fa sempre a modo suo?

Appena introdotto l'innominato, Federigo gli andò incontro, con un volto premuroso e sereno, e con le braccia aperte, come a una persona desiderata, e fece subito cenno al cappellano che uscisse: il quale ubbidí.

I due rimasti stettero alquanto senza parlare, e diversamente sospesi. L'innominato, ch'era stato come portato lí per forza da una smania inesplicabile, piuttosto che condotto da un determinato disegno, ci stava anche come per forza, straziato da due passioni opposte, quel desiderio e quella speranza confusa di trovare un refrigerio al tormento interno, e dall'altra parte una stizza, una vergogna di venir lí come un pentito, come un sottomesso, come un miserabile, a confessarsi in colpa, a implorare un uomo: e non trovava parole, né quasi ne cercava. Però, alzando gli occhi in viso a quell'uomo, si sentiva sempre piú penetrare da un sentimento di venerazione imperioso insieme e soave, che, aumentando la fiducia, mitigava il dispetto, e senza prender l'orgoglio di fronte, l'abbatteva, e, dirò cosí, gl'imponeva silenzio.

La presenza di Federigo era infatti di quelle che annunziano una superiorità, e la fanno amare. Il portamento era naturalmente composto, e quasi involontariamente maestoso, non incurvato né impigrito punto dagli anni; l'occhio grave e vivace, la fronte serena e pensierosa; con la canizie, nel pallore, tra i segni dell'astinenza, della meditazione, della fatica, una specie di floridezza verginale: tutte le forme del volto indicavano che, in altre età, c'era stata quella che piú propriamente si chiama bellezza; l'abitudine de' pensieri solenni e benevoli, la pace interna d'una lunga vita, l'amore degli uomini, la gioia continua d'una speranza ineffabile, vi avevano sostituita una, direi quasi, bellezza senile, che spiccava ancor piú in quella magnifica semplicità della porpora.

Tenne anche lui, qualche momento, fisso nell'aspetto dell'innominato il suo sguardo penetrante, ed esercitato da lungo tempo a ritrarre dai sembianti i pensieri; e, sotto a quel fosco e a quel turbato, parendogli di scoprire sempre piú qualcosa di conforme alla speranza da lui concepita al primo annunzio d'una tal visita, tutt'animato, – oh! – disse: – che preziosa visita è questa! e quanto vi devo esser grato d'una sí buona risoluzione; quantunque per me abbia un po' del rimprovero!

– Rimprovero! – esclamò il signore maravigliato, ma raddolcito da quelle parole e da quel fare, e contento che il cardinale avesse rotto il ghiaccio, e avviato un discorso qualunque.

– Certo, m'è un rimprovero, – riprese questo, – ch'io mi sia lasciato prevenir da voi; quando, da tanto tempo, tante volte, avrei dovuto venir da voi io.

– Da me, voi! Sapete chi sono? V'hanno detto bene il mio nome?

– E questa consolazione ch'io sento, e che, certo, vi si manifesta nel mio aspetto, vi par egli ch'io dovessi provarla all'annunzio, alla vista d'uno sconosciuto? Siete voi che me la fate provare; voi, dico, che avrei dovuto cercare; voi che almeno ho tanto amato e pianto, per cui ho tanto pregato; voi, de' miei figli, che pure amo tutti e di cuore, quello che avrei piú desiderato d'accogliere e d'abbracciare, se avessi creduto di poterlo sperare. Ma Dio sa fare Egli solo le maraviglie, e supplisce alla debolezza, alla lentezza de' suoi poveri servi.

L'innominato stava attonito a quel dire cosí infiammato, a quelle parole, che rispondevano tanto risolutamente a ciò che non aveva ancor detto, né era ben determinato di dire; e commosso ma sbalordito, stava in silenzio. – E che? – riprese, ancor piú affettuosamente, Federigo: – voi avete una buona nuova da darmi, e me la fate tanto sospirare?

– Una buona nuova, io? Ho l'inferno nel cuore; e vi darò una buona nuova? Ditemi voi, se lo sapete, qual è questa buona nuova che aspettate da un par mio.

– Che Dio v'ha toccato il cuore, e vuol farvi suo, – rispose pacatamente il cardinale.

– Dio! Dio! Dio! Se lo vedessi! Se lo sentissi! Dov'è questo Dio?

– Voi me lo domandate? voi? E chi piú di voi l'ha vicino? Non ve lo sentite in cuore, che v'opprime, che v'agita, che non vi lascia stare, e nello stesso tempo v'attira, vi fa presentire una speranza di quiete, di consolazione, d'una consolazione che sarà piena, immensa, subito che voi lo riconosciate, lo confessiate, l'imploriate?

– Oh, certo! ho qui qualche cosa che m'opprime, che mi rode! Ma Dio! Se c'è questo Dio, se è quello che dicono, cosa volete che faccia di me?

Queste parole furon dette con un accento disperato; ma Federigo, con un tono solenne, come di placida ispirazione, rispose: – cosa può far Dio di voi? cosa vuol farne? Un segno della sua potenza e della sua bontà: vuol cavar da voi una gloria che nessun altro gli potrebbe dare. Che il mondo gridi da tanto tempo contro di voi, che mille e mille voci detestino le vostre opere... – (l'innominato si scosse, e rimase stupefatto un momento nel sentir quel linguaggio cosí insolito, piú stupefatto ancora di non provarne sdegno, anzi quasi un sollievo); – che gloria, – proseguiva Federigo, – ne viene a Dio? Son voci di terrore, son voci d'interesse; voci forse anche di giustizia, ma d'una giustizia cosí facile, cosí naturale! alcune forse, pur troppo, d'invidia di codesta vostra sciagurata potenza, di codesta, fino ad oggi, deplorabile sicurezza d'animo. Ma quando voi stesso sorgerete a condannare la vostra vita, ad accusar voi stesso, allora! allora Dio sarà glorificato! E voi domandate cosa Dio possa far di voi? Chi son io pover'uomo, che sappia dirvi fin d'ora che profitto possa ricavar da voi un tal Signore? cosa possa fare di codesta volontà impetuosa, di codesta imperturbata costanza, quando l'abbia animata, infiammata d'amore, di speranza, di pentimento? Chi siete voi, pover'uomo, che vi pensiate d'aver saputo da voi immaginare e fare cose piú grandi nel male, che Dio non possa farvene volere e operare nel bene? Cosa può Dio far di voi? E perdonarvi? e farvi salvo? e compire in voi l'opera della redenzione? Non son cose magnifiche e degne di Lui? Oh pensate! se io omiciattolo, io miserabile, e pur cosí pieno di me stesso, io qual mi sono, mi struggo ora tanto della vostra salute, che per essa darei con gaudio (Egli m'è testimonio) questi pochi giorni che mi rimangono; oh pensate! quanta, quale debba essere la carità di Colui che m'infonde questa cosí imperfetta, ma cosí viva; come vi ami, come vi voglia Quello che mi comanda e m'ispira un amore per voi che mi divora!

A misura che queste parole uscivan dal suo labbro, il volto, lo sguardo, ogni moto ne spirava il senso. La faccia del suo ascoltatore, di stravolta e convulsa, si fece da principio attonita e intenta; poi si compose a una commozione piú profonda e meno angosciosa; i suoi occhi, che dall'infanzia piú non conoscevan le lacrime, si gonfiarono; quando le parole furon cessate, si coprí il viso con le mani, e diede in un dirotto pianto, che fu come l'ultima e piú chiara risposta.

– Dio grande e buono! – esclamò Federigo, alzando gli occhi e le mani al cielo: – che ho mai fatto io, servo inutile, pastore sonnolento, perché Voi mi chiamaste a questo convito di grazia, perché mi faceste degno d'assistere a un sí giocondo prodigio! – Cosí dicendo, stese la mano a prender quella dell'innominato.

– No! – gridò questo, – no! lontano, lontano da me voi: non lordate quella mano innocente e benefica. Non sapete tutto ciò che ha fatto questa che volete stringere.

– Lasciate, – disse Federigo, prendendola con amorevole violenza, – lasciate ch'io stringa codesta mano che riparerà tanti torti, che spargerà tante beneficenze, che solleverà tanti afflitti, che si stenderà disarmata, pacifica, umile a tanti nemici.

– È troppo! – disse, singhiozzando, l'innominato. – Lasciatemi, monsignore; buon Federigo, lasciatemi. Un popolo affollato v'aspetta; tant'anime buone, tant'innocenti, tanti venuti da lontano, per vedervi una volta, per sentirvi: e voi vi trattenete.... con chi!

– Lasciamo le novantanove pecorelle, – rispose il cardinale: – sono in sicuro sul monte: io voglio ora stare con quella ch'era smarrita. Quell'anime son forse ora ben piú contente, che di vedere questo povero vescovo. Forse Dio, che ha operato in voi il prodigio della misericordia, diffonde in esse una gioia di cui non sentono ancora la cagione. Quel popolo è forse unito a noi senza saperlo: forse lo Spirito mette ne' loro cuori un ardore indistinto di carità, una preghiera ch'esaudisce per voi, un rendimento di grazie di cui voi siete l'oggetto non ancor conosciuto –. Cosí dicendo, stese le braccia al collo dell'innominato; il quale, dopo aver tentato di sottrarsi, e resistito un momento, cedette, come vinto da quell'impeto di carità, abbracciò anche lui il cardinale, e abbandonò sull'omero di lui il suo volto tremante e mutato. Le sue lacrime ardenti cadevano sulla porpora incontaminata di Federigo; e le mani incolpevoli di questo stringevano affettuosamente quelle membra, premevano quella casacca, avvezza a portar l'armi della violenza e del tradimento.

L'innominato, sciogliendosi da quell'abbraccio, si coprí di nuovo gli occhi con una mano, e, alzando insieme la faccia, esclamò: – Dio veramente grande! Dio veramente buono! io mi conosco ora, comprendo chi sono; le mie iniquità mi stanno davanti; ho ribrezzo di me stesso; eppure......! eppure provo un refrigerio, una gioia, sí una gioia, quale non ho provata mai in tutta questa mia orribile vita!

– È un saggio, – disse Federigo, – che Dio vi dà per cattivarvi al suo servizio, per animarvi ad entrar risolutamente nella nuova vita in cui avrete tanto da disfare, tanto da riparare, tanto da piangere!

– Me sventurato! – esclamò il signore, – quante, quante.... cose, le quali non potrò se non piangere! Ma almeno ne ho d'intraprese, d'appena avviate, che posso, se non altro, rompere a mezzo: una ne ho, che posso romper subito, disfare, riparare.

Federigo si mise in attenzione; e l'innominato raccontò brevemente, ma con parole d'esecrazione anche piú forti di quelle che abbiamo adoprato noi, la prepotenza fatta a Lucia, i terrori, i patimenti della poverina, e come aveva implorato, e la smania che quell'implorare aveva messa addosso a lui, e come essa era ancor nel castello....

– Ah, non perdiam tempo! – esclamò Federigo, ansante di pietà e di sollecitudine. – Beato voi! Questo è pegno del perdono di Dio! far che possiate diventare strumento di salvezza a chi volevate esser di rovina. Dio vi benedica! Dio v'ha benedetto! Sapete di dove sia questa povera nostra travagliata?

Il signore nominò il paese di Lucia.

– Non è lontano di qui, – disse il cardinale: – lodato sia Dio; e probabilmente.... – Cosí dicendo, corse a un tavolino, e scosse un campanello. E subito entrò con ansietà il cappellano crocifero, e per la prima cosa, guardò l'innominato; e vista quella faccia mutata, e quegli occhi rossi di pianto, guardò il cardinale; e sotto quell'inalterabile compostezza, scorgendogli in volto come un grave contento, e una premura quasi impaziente, era per rimanere estatico con la bocca aperta, se il cardinale non l'avesse subito svegliato da quella contemplazione, domandandogli se, tra i parrochi radunati lí, si trovasse quello di ***.

– C'è, monsignore illustrissimo, – rispose il cappellano.

– Fatelo venir subito, – disse Federigo, – e con lui il parroco qui della chiesa.

Il cappellano uscí, e andò nella stanza dov'eran que' preti riuniti: tutti gli occhi si rivolsero a lui. Lui, con la bocca tuttavia aperta, col viso ancor tutto dipinto di quell'estasi, alzando le mani, e movendole per aria, disse: – signori! signori! *haec mutatio dexterae Excelsi* –. E stette un momento senza dir altro. Poi, ripreso il tono e la voce della carica, soggiunse: – sua signoria illustrissima e reverendissima vuole il signor curato della parrocchia, e il signor curato di ***.

Il primo chiamato venne subito avanti, e nello stesso tempo, uscí di mezzo alla folla un: – io? – strascicato, con un'intonazione di maraviglia.

– Non è lei il signor curato di ***? – riprese il cappellano.

– Per l'appunto; ma....

– Sua signoria illustrissima e reverendissima vuol lei.

– Me? – disse ancora quella voce, significando chiaramente in quel monosillabo: come ci posso entrar io? Ma questa volta, insieme con la voce, venne fuori l'uomo, don Abbondio in persona, con un passo forzato, e con un viso tra l'attonito e il disgustato. Il cappellano gli fece un cenno con la mano, che voleva dire: a noi, andiamo; ci vuol tanto? E precedendo i due curati, andò all'uscio, l'aprí, e gl'introdusse.

Il cardinale lasciò andar la mano dell'innominato, col quale intanto aveva concertato quello che dovevan fare; si discostò un poco, e chiamò con un cenno il curato della chiesa. Gli disse in succinto di che si trattava; e se saprebbe trovar subito una buona donna che volesse andare in una lettiga al castello, a prender Lucia: una donna di cuore e di testa, da sapersi ben governare in una spedizione cosí nuova, e usar le maniere piú a proposito, trovar le parole piú adattate, a rincorare, a tranquillizzare quella poverina, a cui, dopo tante angosce, e in tanto turbamento, la liberazione stessa poteva metter nell'animo una nuova confusione. Pensato un momento, il curato disse che aveva la persona a proposito, e uscí. Il cardinale chiamò con un altro cenno il cappellano, al quale ordinò che facesse preparare subito la lettiga e i lettighieri, e sellare due mule. Uscito anche il cappellano, si voltò a don Abbondio.

Questo, che già gli era vicino, per tenersi lontano da quell'altro signore, e che intanto dava un'occhiatina di sotto in su ora all'uno ora all'altro, seguitando a almanaccar tra sé che cosa mai potesse essere tutto quel rigirío, s'accostò di piú, fece una riverenza, e disse: – m'hanno significato che vossignoria illustrissima mi voleva me; ma io credo che abbiano sbagliato.

– Non hanno sbagliato, – rispose Federigo; – ho una buona nuova da darvi, e un consolante, un soavissimo incarico. Una vostra parrocchiana, che avrete pianta per ismarrita, Lucia Mondella, è ritrovata, è qui vicino, in casa di questo mio caro amico; e voi anderete ora con lui, e con una donna che il signor curato di qui è andato a cercare, anderete, dico, a prendere quella vostra creatura, e l'accompagnerete qui.

Don Abbondio fece di tutto per nascondere la noia, che dico? l'affanno e l'amaritudine che gli dava una tale proposta, o comando che fosse; e non essendo piú a tempo a sciogliere e a scomporre un versaccio già formato sulla sua faccia, lo nascose, chinando profondamente la testa, in segno d'ubbidienza. E non l'alzò che per fare un altro profondo inchino all'innominato, con un'occhiata pietosa che diceva: sono nelle vostre mani: abbiate misericordia: *parcere subjectis*.

Gli domandò poi il cardinale, che parenti avesse Lucia.

– Di stretti, e con cui viva, o vivesse, non ha che la madre, – rispose don Abbondio.

– E questa si trova al suo paese?

– Monsignor, sí.

– Giacché, – riprese Federigo, – quella povera giovine non potrà esser cosí presto restituita a casa sua, le sarà una gran consolazione di veder subito la madre: quindi, se il signor curato di qui non torna prima ch'io vada in chiesa, fatemi voi il piacere di dirgli che trovi un baroccio o una cavalcatura; e spedisca un uomo di giudizio a cercar quella donna, per condurla qui.

– E se andassi io? – disse don Abbondio.

– No, no, voi: v'ho già pregato d'altro, – rispose il cardinale.

– Dicevo, – replicò don Abbondio, – per disporre quella povera madre. È una donna molto sensitiva; e ci vuole uno che la conosca, e la sappia prendere per il suo verso, per non farle male invece di bene.

– E per questo, vi prego d'avvertire il signor curato che scelga un uomo di proposito: voi siete molto piú necessario altrove, – rispose il cardinale. E avrebbe voluto dire: quella povera giovine ha molto piú bisogno di veder subito una faccia conosciuta, una persona sicura, in quel castello, dopo tant'ore di spasimo, e in una terribile oscurità dell'avvenire. Ma questa non era ragione da dirsi cosí chiaramente davanti a quel terzo. Parve però strano al cardinale che don Abbondio non l'avesse intesa per aria, anzi pensata da sé; e cosí fuor di luogo gli parve la proposta e l'insistenza, che pensò doverci esser sotto qualche cosa. Lo guardò in viso, e vi scoprí facilmente la paura di viaggiare con quell'uomo tremendo, d'andare in quella casa, anche per pochi momenti. Volendo quindi dissipare affatto quell'ombre codarde, e non piacendogli di tirare in disparte il curato e di bisbigliar con lui in segreto, mentre il suo nuovo amico era lí in terzo, pensò che il mezzo piú opportuno era di far ciò che avrebbe fatto anche senza questo motivo, parlare all'innominato medesimo; e dalle sue risposte don Abbondio intenderebbe finalmente che quello non era piú uomo da averne paura. S'avvicinò dunque all'innominato, e con quell'aria di spontanea confidenza, che si trova in una nuova e potente affezione, come in un'antica intrinsichezza, – non crediate, – gli disse, – ch'io mi contenti di questa visita per oggi. Voi tornerete, n'è vero? in compagnia di questo ecclesiastico dabbene?

– S'io tornerò? – rispose l'innominato: – quando voi mi rifiutaste, rimarrei ostinato alla vostra porta, come il povero. Ho bisogno di parlarvi! ho bisogno di sentirvi, di vedervi! ho bisogno di voi!

Federigo gli prese la mano, gliela strinse, e disse: – favorirete dunque di restare a desinare con noi. V'aspetto. Intanto, io vo a pregare, e a render grazie col popolo; e voi a cogliere i primi frutti della misericordia.

Don Abbondio, a quelle dimostrazioni, stava come un ragazzo pauroso, che veda uno accarezzar con sicurezza un suo cagnaccio grosso, rabbuffato, con gli occhi rossi, con un nomaccio famoso per morsi e per ispaventi, e senta dire al padrone che il suo cane è un buon bestione, quieto, quieto: guarda il padrone, e non contraddice né approva; guarda il cane, e non ardisce accostarglisi, per timore che il buon bestione non gli mostri i denti, fosse anche per fargli le feste; non ardisce allontanarsi, per non farsi scorgere; e dice in cuor suo: oh se fossi a casa mia!

Al cardinale, che s'era mosso per uscire, tenendo sempre per la mano e conducendo seco l'innominato, diede di nuovo nell'occhio il pover'uomo, che rimaneva indietro, mortificato, malcontento, facendo il muso senza volerlo. E pensando che forse quel dispiacere gli potesse anche venire dal parergli d'esser trascurato, e come lasciato in un canto, tanto piú in paragone d'un facinoroso cosí ben accolto, cosí accarezzato, se gli voltò nel passare, si fermò un momento, e con un sorriso amorevole, gli disse: – signor curato, voi siete sempre con me nella casa del nostro buon Padre; ma questo.... questo *perierat, et inventus est*.

– Oh quanto me ne rallegro! – disse don Abbondio, facendo una gran riverenza a tutt'e due in comune.

L'arcivescovo andò avanti, spinse l'uscio, che fu

subito spalancato di fuori da due servitori, che stavano uno di qua e uno di là: e la mirabile coppia apparve agli sguardi bramosi del clero raccolto nella stanza. Si videro que' due volti sui quali era dipinta una commozione diversa, ma ugualmente profonda; una tenerezza riconoscente, un'umile gioia nell'aspetto venerabile di Federigo; in quello dell'innominato, una confusione temperata di conforto, un nuovo pudore, una compunzione, dalla quale però traspariva tuttavia il vigore di quella selvaggia e risentita natura. E si seppe poi, che a piú d'uno de' riguardanti era allora venuto in mente quel detto d'Isaia; *il lupo e l'agnello andranno ad un pascolo; il leone e il bue mangeranno insieme lo strame*. Dietro veniva don Abbondio, a cui nessuno badò.

Quando furono nel mezzo della stanza, entrò dall'altra parte l'aiutante di camera del cardinale, e gli s'accostò, per dirgli che aveva eseguiti gli ordini comunicatigli dal cappellano; che la lettiga e le due mule eran preparate, e s'aspettava soltanto la donna che il curato avrebbe condotta. Il cardinale gli disse che, appena arrivato questo, lo facesse parlar subito con don Abbondio: e tutto poi fosse agli ordini di questo e dell'innominato; al quale strinse di nuovo la mano, in atto di commiato, dicendo: – v'aspetto –. Si voltò a salutar don Abbondio, e s'avviò dalla parte che conduceva alla chiesa. Il clero gli andò dietro, tra in folla e in processione: i due compagni di viaggio rimasero soli nella stanza.

Stava l'innominato tutto raccolto in sé, pensieroso, impaziente che venisse il momento d'andare a levar di pene e di carcere la sua Lucia: sua ora in un senso cosí diverso da quello che lo fosse il giorno avanti: e il suo viso esprimeva un'agitazione concentrata, che all'occhio ombroso di don Abbondio poteva facilmente parere qualcosa di peggio. Lo sogguardava, avrebbe voluto attaccare un discorso amichevole; ma, «cosa devo dirgli? – pensava: – devo dirgli ancora: mi rallegro? Mi rallegro di che? che essendo stato finora un demonio, vi siate finalmente risoluto di diventare un galantuomo come gli altri? Bel complimento! Eh eh eh! in qualunque maniera io le rigiri, le congratulazioni non vorrebbero dir altro che questo. E se sarà poi vero che sia diventato galantuomo: cosí a un tratto! Delle dimostrazioni se ne fanno tante a questo mondo, e per tante cagioni! Che so io, alle volte? E intanto mi tocca a andar con lui! in quel castello! Oh che storia! che storia! che storia! Chi me l'avesse detto stamattina! Ah, se posso uscirne a salvamento, m'ha da sentire la signora Perpetua, d'avermi cacciato qui per forza, quando non c'era necessità, fuor della mia pieve: e che tutti i parrochi d'intorno accorrevano, anche piú da lontano; e che non bisognava stare indietro; e che questo, e che quest'altro; e imbarcarmi in un affare di questa sorte! Oh povero me! Eppure qualcosa bisognerà dirgli a costui». E pensa e ripensa, aveva trovato che gli avrebbe potuto dire: non mi sarei mai aspettato questa fortuna d'incontrarmi in una cosí rispettabile compagnia; e stava per aprir bocca, quando entrò l'aiutante di camera, col curato del paese, il quale annunziò che la donna era pronta nella lettiga; e poi si voltò a don Abbondio, per ricevere da lui l'altra commissione del cardinale. Don Abbondio se ne sbrigò come poté, in quella confusione di mente; e accostatosi poi all'aiutante, gli disse: – mi dia almeno una bestia quieta; perché, dico la verità, sono un povero cavalcatore.

– Si figuri, – rispose l'aiutante, con un mezzo sogghigno: – è la mula del segretario, che è un letterato.

– Basta.... – replicò don Abbondio, e continuò pensando: «il cielo me la mandi buona».

Il signore s'era incamminato di corsa, al primo avviso: arrivato all'uscio, s'accorse di don Abbondio, ch'era rimasto indietro. Si fermò ad aspettarlo; e quando questo arrivò frettoloso, in aria di chieder perdono, l'inchinò, e lo fece passare avanti, con un atto cortese e umile: cosa che raccomodò alquanto lo stomaco al povero tribolato. Ma appena messo piede nel cortiletto, vide un'altra novità che gli guastò quella poca consolazione; vide l'innominato andar verso un canto, prender per la canna, con una mano, la sua carabina, poi per la cigna con l'altra, e, con un movimento spedito, come se facesse l'esercizio, mettersela ad armacollo.

«Ohi! ohi! ohi! – pensò don Abbondio: – cosa vuol farne di quell'ordigno, costui? Bel cilizio, bella disciplina da convertito! E se gli salta qualche grillo? Oh che spedizione! oh che spedizione!»

Se quel signore avesse potuto appena sospettare che razza di pensieri passavano per la testa al suo compagno, non si può dire cosa avrebbe fatto per rassicurarlo; ma era lontano le mille miglia da un tal sospetto; e don Abbondio stava attento a non far nessun atto che significasse chiaramente: non mi fido di vossignoria. Arrivati all'uscio di strada, trovarono le due cavalcature in ordine: l'innominato saltò su quella che gli fu presentata da un palafreniere.

– Vizi non ne ha? – disse all'aiutante di camera don Abbondio, rimettendo in terra il piede, che aveva già alzato verso la staffa.

– Vada pur su di buon animo: è un agnello –. Don Abbondio, arrampicandosi alla sella, sorretto dall'aiutante, su, su, su, è a cavallo.

La lettiga, ch'era innanzi qualche passo, portata da due mule, si mosse, a una voce del lettighiero; e la comitiva partí.

Si doveva passar davanti alla chiesa piena zeppa di popolo, per una piazzetta piena anch'essa d'altro popolo del paese e forestieri, che non avevan potuto entrare in quella. Già la gran nuova era corsa; e all'apparir della comitiva, all'apparir di quell'uomo, oggetto ancor poche ore prima di terrore e d'esecrazione, ora di lieta maraviglia, s'alzò nella folla un mormorío quasi d'applauso; e facendo largo, si faceva insieme alle spinte, per vederlo da vicino. La lettiga passò, l'innominato passò; e davanti alla porta spalancata della chiesa, si levò il cappello, e chinò quella fronte tanto temuta, fin sulla criniera della mula, tra il susurro di cento voci che dicevano: Dio la benedica! Don Abbondio si levò anche lui il cappello, si chinò, si raccomandò al cielo; ma sentendo il concerto solenne de' suoi confratelli che cantavano a distesa, provò un'invidia, una mesta tenerezza, un accoramento tale, che durò fatica a tener le lacrime.

Fuori poi dell'abitato, nell'aperta campagna, negli andirivieni talvolta affatto deserti della strada, un velo piú nero si stese sui suoi pensieri. Altro oggetto non aveva su cui riposar con fiducia lo sguardo, che il lettighiero, il quale, essendo al servizio del cardinale, doveva essere certamente un uomo dabbene, e insieme non aveva aria d'imbelle. Ogni tanto, comparivano viandanti, anche a comitive, che accorrevano per vedere il cardinale; ed era un ristoro per don Abbondio; ma passeggiero, ma s'andava verso quella valle tremenda, dove non s'incontrerebbe che sudditi dell'amico: e che sudditi! Con l'amico avrebbe desiderato ora piú che mai d'entrare in discorso, tanto per tastarlo sempre piú, come per tenerlo in buona; ma vedendolo cosí soprappensiero, gliene passava la voglia. Dovette dunque parlar con se stesso; ed ecco una parte di ciò che il pover'uomo si disse in quel tragitto: ché, a scriver tutto, ci sarebbe da farne un libro.

«È un gran dire che tanto i santi come i birboni gli abbiano a aver l'argento vivo addosso, e non si contentino d'esser sempre in moto loro, ma voglian tirare in ballo, se potessero, tutto il genere umano; e che i piú faccendoni mi devan proprio venire a cercar me, che non cerco nessuno, e tirarmi per i capelli ne' loro affari: io che non chiedo altro che d'esser lasciato vivere! Quel matto birbone di don Rodrigo! Cosa gli mancherebbe per esser l'uomo il piú felice di questo mondo, se avesse appena un pochino di giudizio? Lui ricco, lui giovine, lui rispettato, lui corteggiato: gli dà noia il bene stare; e bisogna che vada accattando guai per sé e per gli altri. Potrebbe far l'arte di Michelaccio; no signore: vuol fare il mestiere di molestar le femmine: il piú pazzo, il piú ladro, il piú arrabbiato mestiere di questo mondo; potrebbe andare in paradiso in carrozza, e vuol andare a casa del diavolo a piè zoppo. E costui....!» E qui lo guardava, come se avesse sospetto che quel costui sentisse i suoi pensieri, «costui, dopo aver messo sottosopra il mondo con le scelleratezze, ora lo mette sottosopra con la conversione.... se sarà vero. Intanto tocca a me a farne l'esperienza!... È finita: quando son nati con quella smania in corpo, bisogna che faccian sempre fracasso. Ci vuol tanto a fare il galantuomo tutta la vita, com'ho fatt'io? Nò signore: si deve squartare, ammazzare, fare il diavolo.... oh povero me!... e poi uno scompiglio, anche per far penitenza. La penitenza, quando s'ha buona volontà, si può farla a casa sua, quietamente, senza tant'apparato, senza dar tant'incomodo al prossimo. E sua signoria illustrissima, subito subito, a braccia aperte, caro amico, amico caro; stare a tutto quel che gli dice costui, come se l'avesse visto far miracoli; e prendere addirittura una risoluzione, mettercisi dentro con le mani e co' piedi, presto di qua, presto di là: a casa mia si chiama precipitazione. E senza avere una minima caparra, dargli in mano un povero curato! questo si chiama giocare un uomo a pari e caffo. Un vescovo santo, com'è lui, de' curati dovrebbe esserne geloso, come della pupilla degli occhi suoi. Un pochino di flemma, un pochino di prudenza, un pochino di carità, mi pare che possa stare anche con la santità.... E se fosse tutto un'apparenza? Chi può conoscer tutti i fini degli uomini? e dico degli uomini come costui? A pensare che mi tocca a andar con lui, a casa sua! Ci può esser sotto qualche diavolo: oh povero me! è meglio non ci pensare. Che imbroglio è questo di Lucia? Che ci fosse un'intesa con don Rodrigo? che gente! ma almeno la cosa sarebbe chiara. Ma come l'ha avuta nell'unghie costui? Chi lo sa? È tutto un segreto con monsignore: e a me che mi fanno trottare in questa maniera, non si dice nulla. Io non mi curo di sapere i fatti degli altri; ma quando uno ci ha a metter la pelle, ha anche ragione di sapere. Se fosse proprio per andare a prendere quella povera creatura, pazienza! Benché, poteva ben condurla con sé addirittura. E poi, se è cosí convertito, se è diventato un santo padre, che bisogno c'era di me? Oh che caos! Basta; voglia il cielo che la sia cosí: sarà stato un incomodo grosso, ma pazienza! Sarò contento anche per quella povera Lucia: anche lei deve averla scampata grossa; sa il cielo cos'ha patito: la compatisco; ma è nata per la mia rovina.... Almeno potessi vedergli proprio in cuore a costui, come la pensa. Chi lo può conoscere? Ecco lí, ora pare sant'Antonio nel deserto; ora pare Oloferne in persona. Oh povero me! povero me! Basta: il cielo è in obbligo d'aiutarmi, perché non mi ci son messo io di mio capriccio».

Infatti, sul volto dell'innominato si vedevano, per dir cosí, passare i pensieri, come, in un'ora burrascosa, le nuvole trascorrono dinanzi alla faccia del sole, alternando ogni momento una luce arrabbiata e un freddo buio. L'animo, ancor tutto inebriato dalle soavi parole di Federigo, e come rifatto e ringiovanito nella nuova vita, s'elevava a quell'idee di misericordia, di perdono e d'amore; poi ricadeva sotto il peso del terribile passato. Correva con ansietà a cercare quali fossero le iniquità riparabili, cosa si potesse troncare a mezzo, quali i rimedi piú espedienti e piú sicuri, come scioglier tanti nodi, che fare di tanti complici: era uno sbalordimento a pensarci. A quella stessa spedizione, ch'era la piú facile e cosí vicina al termine, andava con un'impazienza mista d'angoscia, pensando che intanto quella creatura pativa, Dio sa quanto, e che lui, il quale pure si struggeva di liberarla, era lui che la teneva intanto a patire. Dove c'eran due strade, il lettighiero si voltava, per saper quale dovesse prendere: l'innominato gliel'indicava con la mano, e insieme accennava di far presto.

Entrano nella valle. Come stava allora il povero don Abbondio! Quella valle famosa, della quale aveva sentito raccontar tante storie orribili, esserci dentro: que' famosi uomini, il fiore della braveria d'Italia, quegli uomini senza paura e senza misericordia vederli in carne e in ossa, incontrarne uno o due o tre a ogni voltata di strada. Si chinavano sommessamente al signore; ma certi visi abbronzati! certi baffi irti! certi occhiacci, che a don Abbondio pareva che volessero dire: fargli la festa a quel prete? A segno che, in un punto di somma costernazione, gli venne detto tra sé: «gli avessi maritati! non mi poteva accader di peggio». Intanto s'andava avanti per un sentiero sassoso, lungo il torrente: al di là quel prospetto di balze aspre, scure, disabitate; al di qua quella popolazione da far parer desiderabile ogni deserto: Dante non istava peggio nel mezzo di Malebolge.

Passan davanti la Malanotte; bravacci sull'uscio, inchini al signore, occhiate al suo compagno e alla lettiga. Coloro non sapevan cosa si pensare: già la partenza dell'innominato solo, la mattina, aveva dello straordinario; il ritorno non lo era meno. Era una preda che conduceva? E come l'aveva fatta da sé? E come una lettiga forestiera? E di chi poteva esser quella livrea? Guardavano, guardavano, ma nessuno si moveva, perché questo era l'ordine che il padrone dava loro con dell'occhiate.

Fanno la salita, sono in cima. I bravi che si trovan sulla spianata e sulla porta, si ritirano di qua e di là, per lasciare il passo libero: l'innominato fa segno che non si movan di piú; sprona, e passa davanti alla lettiga; accenna al lettighiero e a don Abbondio che lo seguano; entra in un primo cortile, da quello in un secondo; va verso un usciolino, fa stare indietro con un gesto un bravo che accorreva per tenergli la staffa, e gli dice: – tu sta costí, e non venga nessuno –. Smonta, lega in fretta la mula a un'inferriata, va alla lettiga, s'accosta alla donna, che aveva tirata la tendina, e le dice sottovoce: – consolatela subito; fatele subito capire che è libera, in mano d'amici. Dio ve ne renderà merito –. Poi fa cenno al lettighiero, che apra; poi s'avvicina a don Abbondio, e, con un sembiante cosí sereno come questo non gliel aveva ancor visto, né credeva che lo potesse avere, con dipintavi la gioia dell'opera buona che finalmente stava per compire, gli dice, ancora sotto voce: – signor curato, non le chiedo scusa dell'incomodo che ha per cagion mia: lei lo fa per Uno che paga bene, e per questa sua poverina –. Ciò detto, prende con una mano il morso, con l'altra la staffa, per aiutar don Abbondio a scendere.

Quel volto, quelle parole, quell'atto, gli avevan dato la vita. Mise un sospiro, che da un'ora gli s'aggirava dentro, senza mai trovar l'uscita; si chinò verso l'innominato, rispose a voce bassa bassa: – le pare? Ma, ma, ma, ma,....! – e sdrucciolò alla meglio dalla sua cavalcatura. L'innominato legò anche quella, e detto al lettighiero che stesse lí a aspettare, si levò una chiave di tasca, aprí l'uscio, entrò, fece entrare il curato e la donna, s'avviò davanti a loro alla scaletta; e tutt'e tre salirono in silenzio.

Capitolo ventiquattresimo

Lucia s'era risentita da poco tempo; e di quel tempo una parte aveva penato a svegliarsi affatto, a separar le torbide visioni del sonno dalle memorie e dall'immagini di quella realtà troppo somigliante a una funesta visione d'infermo. La vecchia le si era subito avvicinata, e, con quella voce forzatamente umile, le aveva detto: – ah! avete dormito? Avreste potuto dormire in letto: ve l'ho pur detto tante volte ier sera –. E non ricevendo risposta, aveva continuato, sempre con un tono di supplicazione stizzosa: – mangiate una volta: abbiate giudizio. Uh come siete brutta! Avete bisogno di mangiare. E poi se, quando torna, la piglia con me?

– No, no; voglio andar via, voglio andar da mia madre. Il padrone me l'ha promesso, ha detto: domattina. Dov'è il padrone?

– È uscito; m'ha detto che tornerà presto, e che farà tutto quel che volete.

– Ha detto cosí? ha detto cosí? Ebbene; io voglio andar da mia madre; subito, subito.

Ed ecco si sente un calpestío nella stanza vicina; poi un picchio all'uscio. La vecchia accorre, domanda: – chi è?

– Apri, – risponde sommessamente la nota voce. La vecchia tira il paletto; l'innominato, spingendo leggermente i battenti, fa un po' di spiraglio: ordina alla vecchia di venir fuori, fa entrar subito don Abbondio con la buona donna. Socchiude poi di nuovo l'uscio, si ferma dietro a quello, e manda la vecchia in una parte lontana del castellaccio; come aveva già mandata via anche l'altra donna che stava fuori, di guardia.

Tutto questo movimento, quel punto d'aspetto, il primo apparire di persone nuove, cagionarono un soprassalto d'agitazione a Lucia, alla quale, se lo stato presente era intollerabile, ogni cambiamento però era motivo di sospetto e di nuovo spavento. Guardò, vide un prete, una donna; si rincorò alquanto: guarda piú attenta: è lui, o non è lui? Riconosce don Abbondio, e rimane con gli occhi fissi, come incantata. La donna, andatale vicino, si chinò sopra di lei, e, guardandola pietosamente, prendendole le mani, come per accarezzarla e alzarla a un tempo, le disse: – oh poverina! venite, venite con noi.

– Chi siete? – le domandò Lucia; ma, senza aspettar la risposta, si voltò ancora a don Abbondio, che s'era trattenuto discosto due passi, con un viso, anche lui, tutto compassionevole; lo fissò di nuovo, e esclamò: – lei! è lei? il signor curato? Dove siamo?... Oh povera me! son fuori di sentimento!

– No, no, – rispose don Abbondio: – son io davvero: fatevi coraggio. Vedete? siam qui per condurvi via. Son proprio il vostro curato, venuto qui apposta, a cavallo....

Lucia, come riacquistate in un tratto tutte le sue forze, si rizzò precipitosamente; poi fissò ancora lo sguardo su que' due visi, e disse: – è dunque la Madonna che vi ha mandati.

– Io credo di sí, – disse la buona donna.

– Ma possiamo andar via, possiamo andar via davvero? – riprese Lucia, abbassando la voce, e con uno sguardo timido e sospettoso. – E tutta quella gente...? – continuò, con le labbra contratte e tremanti di spavento e d'orrore: – e quel signore...! quell'uomo...! Già, me l'aveva promesso....

– È qui anche lui in persona, venuto apposta con noi, – disse don Abbondio: – è qui fuori che aspetta. Andiamo presto; non lo facciamo aspettare, un par suo.

Allora, quello di cui si parlava, spinse l'uscio, e si fece vedere; Lucia, che poco prima lo desiderava, anzi, non avendo speranza in altra cosa del mondo, non desiderava che lui, ora, dopo aver veduti visi, e sentite voci amiche, non poté reprimere un subitaneo ribrezzo; si riscosse, ritenne il respiro, si strinse alla buona donna, e le nascose il viso in seno. L'innominato, alla vista di quell'aspetto sul quale già la sera avanti non aveva potuto tener fermo lo sguardo, di quell'aspetto reso ora piú squallido, sbattuto, affannato dal patire prolungato e dal digiuno, era rimasto lí fermo, quasi sull'uscio; nel veder poi quell'atto di terrore, abbassò gli occhi, stette ancora un momento immobile e muto; indi rispondendo a ciò che la poverina non aveva detto, – è vero, – esclamò: – perdonatemi!

– Viene a liberarvi; non è piú quello; è diventato buono: sentite che vi chiede perdono? – diceva la buona donna all'orecchio di Lucia.

– Si può dir di piú? Via, su quella testa; non fate la bambina; che possiamo andar presto, – le diceva don Abbondio. Lucia alzò la testa, guardò l'innominato, e, vedendo bassa quella fronte, atterrato e confuso quello sguardo, presa da un misto sentimento di conforto, di riconoscenza e di pietà, disse: – oh, il mio signore! Dio le renda merito della sua misericordia!

– E a voi, cento volte, il bene che mi fanno codeste vostre parole.

Cosí detto, si voltò, andò verso l'uscio, e uscí il primo. Lucia, tutta rianimata, con la donna che le dava braccio, gli andò dietro; don Abbondio in coda. Scesero la scala, arrivarono all'uscio che metteva nel cortile. L'innominato lo spalancò, andò alla lettiga, aprí lo sportello, e, con una certa gentilezza quasi timida (due cose nuove in lui) sorreggendo il braccio di Lucia, l'aiutò ad entrarvi, poi la buona donna. Slegò quindi la mula di don Abbondio, e l'aiutò anche lui a montare.

– Oh che degnazione! – disse questo; e montò molto piú lesto che non avesse fatto la prima volta. La comitiva si mosse quando l'innominato fu anche lui a cavallo. La sua fronte s'era rialzata; lo sguardo aveva ripreso la solita espressione d'impero. I bravi che incontrava, vedevan bene sul suo viso i segni d'un forte pensiero, d'una preoccupazione straordinaria; ma non capivano, né potevan capire piú in là. Al castello, non si sapeva ancor nulla della gran mutazione di quell'uomo; e per congettura, certo, nessun di coloro vi sarebbe arrivato.

La buona donna aveva subito tirate le tendine della lettiga: prese poi affettuosamente le mani di Lucia, s'era messa a confortarla, con parole di pietà, di congratulazione e di tenerezza. E vedendo come, oltre la fatica di tanto travaglio sofferto, la confusione e l'oscurità degli avvenimenti impedivano alla poverina di sentir pienamente la contentezza della sua liberazione, le disse quanto poteva trovar di piú atto a distrigare, a ravviare, per dir cosí, i suoi poveri pensieri. Le nominò il paese dove andavano.

– Sí? – disse Lucia, la qual sapeva ch'era poco discosto dal suo. – Ah Madonna santissima, vi ringrazio! Mia madre! mia madre!

– La manderemo a cercar subito, – disse la buona donna, la quale non sapeva che la cosa era già fatta.

– Sí, sí; che Dio ve ne renda merito.... E voi, chi siete? Come siete venuta....

– M'ha mandata il nostro curato, – disse la buona donna: – perché questo signore, Dio gli ha toccato il cuore (sia benedetto!), ed è venuto al nostro paese, per parlare al signor cardinale arcivescovo (che l'abbiamo là in visita, quel sant'uomo), e s'è pentito de' suoi peccatacci, e vuol mutar vita; e ha detto al cardinale che aveva fatta rubare una povera innocente, che siete voi, d'intesa con un altro senza timor di Dio, che il curato non m'ha detto chi possa essere.

Lucia alzò gli occhi al cielo.

– Lo saprete forse voi, – continuò la buona donna: – basta; dunque il signor cardinale ha pensato che, trattandosi d'una giovine, ci voleva una donna per venire in compagnia, e ha detto al curato che ne cercasse una; e il curato, per sua bontà, è venuto da me....

– Oh! il Signore vi ricompensi della vostra carità!

– Che dite mai, la mia povera giovine? E m'ha detto il signor curato, che vi facessi coraggio, e cercassi di sollevarvi subito, e farvi intendere come il Signore v'ha salvata miracolosamente....

– Ah sí! proprio miracolosamente; per intercession della Madonna.

– Dunque, che stiate di buon animo, e perdonare a chi v'ha fatto del male, e esser contenta che Dio gli abbia usata misericordia, anzi pregare per lui; ché, oltre all'acquistarne merito, vi sentirete anche allargare il cuore.

Lucia rispose con uno sguardo che diceva di sí, tanto chiaro come avrebbero potuto far le parole, e con una dolcezza che le parole non avrebbero saputa esprimere.

– Brava giovine! – riprese la donna: – e trovandosi al nostro paese anche il vostro curato (che ce n'è tanti tanti, di tutto il contorno, da mettere insieme quattro ufizi generali), ha pensato il signor cardinale di mandarlo anche lui in compagnia; ma è stato di poco aiuto. Già l'avevo sentito dire ch'era un uomo da poco; ma in quest'occasione, ho dovuto proprio vedere che è piú impicciato che un pulcin nella stoppa.

– E questo.... – domandò Lucia, – questo che è diventato buono.... chi è?

– Come! non lo sapete? – disse la buona donna, e lo nominò.

– Oh misericordia! – esclamò Lucia. Quel nome, quante volte l'aveva sentito ripetere con orrore in piú d'una storia, in cui figurava sempre come in altre storie quello dell'orco! E ora, al pensiero d'essere stata nel suo terribil potere, e d'essere sotto la sua guardia pietosa; al pensiero d'una cosí orrenda sciagura, e d'una cosí improvvisa redenzione; a considerare di chi era quel viso che aveva veduto burbero, poi commosso, poi umiliato, rimaneva come estatica, dicendo solo, ogni poco: – oh misericordia!

– È una gran misericordia davvero! – diceva la buona donna: – dev'essere un gran sollievo per mezzo mondo. A pensare quanta gente teneva sottosopra; e ora, come m'ha detto il nostro curato.... e poi, solo a guardarlo in viso, è diventato un santo! E poi si vedon subito le opere.

Dire che questa buona donna non provasse molta curiosità di conoscere un po' piú distintamente la grand'avventura nella quale si trovava a fare una parte, non sarebbe la verità. Ma bisogna dire a sua gloria che, compresa d'una pietà rispettosa per Lucia, sentendo in certo modo la gravità e la dignità dell'incarico che le era stato affidato, non pensò neppure a farle una domanda indiscreta, né oziosa: tutte le sue parole, in quel tragitto, furono di conforto e di premura per la povera giovine.

– Dio sa quant'è che non avete mangiato!

– Non me ne ricordo piú.... Da un pezzo.

– Poverina! Avrete bisogno di ristorarvi.

– Sí, – rispose Lucia con voce fioca.

– A casa mia, grazie a Dio, troveremo subito qualcosa. Fatevi coraggio, che ormai c'è poco.

Lucia si lasciava poi cader languida sul fondo della lettiga, come assopita; e allora la buona donna la lasciava in riposo.

Per don Abbondio questo ritorno non era certo cosí angoscioso come l'andata di poco prima; ma non fu neppur esso un viaggio di piacere. Al cessar di quella pauraccia, s'era da principio sentito tutto scarico, ma ben presto cominciarono a spuntargli in cuore cent'altri dispiaceri; come, quand'è stato sbarbato un grand'albero, il terreno rimane sgombro per qualche tempo, ma poi si copre tutto d'erbacce. Era diventato piú sensibile a tutto il resto; e tanto nel presente, quanto ne' pensieri dell'avvenire, non gli mancava pur troppo materia di tormentarsi. Sentiva ora, molto piú che nell'andare, l'incomodo di quel modo di viaggiare, al quale non era molto avvezzo; e specialmente sul principio, nella scesa dal castello al fondo della valle. Il lettighiero, stimolato da' cenni dell'innominato, faceva andar di buon passo le sue bestie; le due cavalcature andavan dietro dietro, con lo stesso passo; onde seguiva che, a certi luoghi piú ripidi, il povero don Abbondio, come se fosse messo a leva per di dietro, tracollava sul davanti, e, per reggersi, doveva appuntellarsi con la mano all'arcione; e non osava però pregare che s'andasse piú adagio, e dall'altra parte avrebbe voluto esser fuori di quel paese piú presto che fosse possibile. Oltre di ciò, dove la strada era sur un rialto, sur un ciglione, la mula, secondo l'uso de' pari suoi, pareva che facesse per dispetto a tener sempre dalla parte di fuori, e a metter proprio le zampe sull'orlo; e don Abbondio vedeva sotto di sé, quasi a perpendicolo, un salto, o come pensava lui, un precipizio. «Anche tu, – diceva tra sé alla bestia, – hai quel maledetto gusto d'andare a cercare i pericoli, quando c'è tanto sentiero!» E tirava la briglia dall'altra parte; ma inutilmente. Sicché, al solito, rodendosi di stizza e di paura, si lasciava condurre a piacere altrui. I bravi non gli facevan piú tanto spavento, ora che sapeva piú di certo come la pensava il padrone. «Ma, – rifletteva però, – se la notizia di questa gran conversione si sparge qua dentro, intanto che ci siamo ancora, chi sa come l'intenderanno costoro! Chi sa cosa nasce! Che s'andassero a immaginare che sia venuto io a fare il missionario! Povero me! mi martirizzano!» Il cipiglio dell'innominato non gli dava fastidio. «Per tenere a segno quelle facce lí, – pensava, – non ci vuol meno di questa qui; lo capisco anch'io; ma perché deve toccare a me a trovarmi tra tutti costoro!»

Basta; s'arrivò in fondo alla scesa, e s'uscí finalmente anche dalla valle. La fronte dell'innominato s'andò spianando. Anche don Abbondio prese una faccia piú naturale, sprigionò alquanto la testa di tra le spalle, sgranchí le braccia e le gambe, si mise a stare un po' piú sulla vita, che faceva un tutt'altro vedere, mandò piú larghi respiri, e, con animo piú riposato, si mise a considerare altri lontani pericoli. «Cosa dirà quel bestione di don Rodrigo? Rimaner con tanto di naso a questo modo, col danno e con le beffe, figuriamoci se la gli deve parere amara. Ora è quando fa il diavolo davvero. Sta a vedere che se la piglia anche con me, perché mi son trovato dentro in questa cerimonia. Se ha avuto cuore fin d'allora di mandare que' due demòni a farmi una figura di quella sorte sulla strada, ora poi, chi sa cosa farà! Con sua signoria illustrissima non la può prendere, che è un pezzo molto piú grosso di lui; lí bisognerà rodere il freno. Intanto il veleno l'avrà in corpo, e sopra qualcheduno lo vorrà sfogare. Come finiscono queste faccende? I colpi cascano sempre all'ingiú; i cenci vanno all'aria. Lucia, di ragione, sua signoria illustrissima penserà a metterla in salvo: quell'altro poveraccio mal capitato è fuor del tiro, e ha già avuto la sua: ecco che il cencio son diventato io. La sarebbe barbara, dopo tant'incomodi, dopo tante agitazioni, e senza acquistarne merito, che ne dovessi portar la pena io. Cosa farà ora sua signoria illustrissima per difendermi, dopo avermi messo in ballo? Mi può star mallevadore lui che quel dannato non mi faccia un'azione peggio della prima? E poi, ha tanti affari per la testa! mette mano a tante cose! Come si può badare a tutto? Lascian poi alle volte le cose piú imbrogliate di prima. Quelli che fanno il bene, lo fanno all'ingrosso: quand'hanno provata quella soddisfazione, n'hanno abbastanza, e non si voglion seccare a star dietro a tutte le conseguenze; ma coloro che hanno quel gusto di fare il male, ci mettono piú diligenza, ci stanno dietro fino alla fine, non prendon mai requie, perché hanno quel canchero che li rode. Devo andar io a dire che son venuto qui per comando espresso di sua signoria illustrissima, e non di mia volontà? Parrebbe che volessi tenere dalla parte dell'iniquità. Oh santo cielo! Dalla parte dell'iniquità io! Per gli spassi che la mi dà! Basta; il meglio sarà raccontare a Perpetua la cosa com'è; e lascia poi fare a Perpetua a mandarla in giro. Purché a monsignore non venga il grillo di far qualche pubblicità, qualche scena inutile, e mettermici dentro anche me. A buon conto, appena siamo arrivati, se è uscito di chiesa, vado a riverirlo in fretta in fretta; se no, lascio le mie scuse, e me ne vo diritto diritto a casa mia. Lucia è bene appoggiata; di me non ce n'è piú bisogno; e dopo tant'incomodi, posso pretendere anch'io d'andarmi a riposare. E poi.... che non venisse anche curiosità a monsignore di saper tutta la storia, e mi toccasse a render conto dell'affare del matrimonio! Non ci mancherebbe altro. E se viene in visita anche alla mia parrocchia!.... Oh! sarà quel che sarà; non vo' confondermi prima del tempo: n'ho abbastanza de' guai. Per ora vo a chiudermi in casa. Fin che monsignore si trova da queste parti, don Rodrigo non avrà faccia di far pazzie. E poi.... E poi? Ah! vedo che i miei ultimi anni ho da passarli male!»

La comitiva arrivò che le funzioni di chiesa non erano ancor terminate; passò per mezzo alla folla medesima non meno commossa della prima volta; e poi si divise. I due a cavallo voltarono sur una piazzetta di fianco, in fondo a cui era la casa del parroco; la lettiga andò avanti verso quella della buona donna.

Don Abbondio fece quello che aveva pensato: appena smontato, fece i piú sviscerati complimenti all'innominato, e lo pregò di volerlo scusar con monsignore; ché lui doveva tornare alla parrocchia addirittura, per affari urgenti. Andò a cercare quel che chiamava il suo cavallo, cioè il bastone che aveva lasciato in un cantuccio del salotto, e s'incamminò. L'innominato stette a aspettare che il cardinale tornasse di chiesa.

La buona donna, fatta seder Lucia nel miglior luogo della sua cucina, s'affaccendava a preparar qualcosa da ristorarla, ricusando, con una certa rustichezza cordiale, i ringraziamenti e le scuse che questa rinnovava ogni tanto.

Presto presto, rimettendo stipa sotto un calderotto dove notava un buon cappone, fece alzare il bollore al brodo, e riempitane una scodella già guarnita di fette di pane, poté finalmente presentarla a Lucia. E nel vedere la poverina a riaversi a ogni cucchiaiata, si congratulava ad alta voce con se stessa che la cosa fosse accaduta in un giorno in cui, com'essa diceva, non c'era il gatto nel fuoco. – Tutti s'ingegnano oggi a far qualcosina, – aggiungeva: – meno que' poveri poveri che stentano a aver pane di vecce e polenta di saggina; però oggi da un signore cosí caritatevole sperano di buscar tutti qualcosa. Noi, grazie al cielo, non siamo in questo caso: tra il mestiere di mio marito, e qualcosa che abbiamo al sole, si campa. Sicché mangiate senza pensieri intanto; ché presto il cappone sarà a tiro, e potrete ristorarvi un po' meglio –. Cosí detto, ritornò ad accudire al desinare, e ad apparecchiare.

Lucia, tornatele alquanto le forze, e acquietandosele sempre piú l'animo, andava intanto assettandosi, per un'abitudine, per un istinto di pulizia e di verecondia: rimetteva e fermava le trecce allentate e arruffate, raccomodava il fazzoletto sul seno, e intorno al collo. In far questo, le sue dita s'intralciarono nella corona che ci aveva messa, la notte avanti; lo sguardo vi corse; si fece nella mente un tumulto istantaneo; la memoria del voto, oppressa fino allora e soffogata da tante sensazioni presenti, vi si suscitò d'improvviso, e vi comparve chiara e distinta. Allora tutte le potenze del suo animo, appena riavute, furon sopraffatte di nuovo, a un tratto: e se quell'animo non fosse stato cosí preparato da una vita d'innocenza, di rassegnazione e di fiducia, la costernazione che provò in quel momento, sarebbe stata disperazione. Dopo un ribollimento di que' pensieri che non vengono con parole, le prime che si formarono nella sua mente furono: «oh povera me, cos'ho fatto!»

Ma non appena l'ebbe pensate, ne risentí come uno spavento. Le tornarono in mente tutte le circostanze del voto, l'angoscia intollerabile, il non avere una speranza di soccorso, il fervore della preghiera, la pienezza del sentimento con cui la promessa era stata fatta. E dopo avere ottenuta la grazia, pentirsi della promessa, le parve un'ingratitudine sacrilega, una perfidia verso Dio e la Madonna; le parve che una tale infedeltà le attirerebbe nuove e piú terribili sventure, in mezzo alle quali non potrebbe piú sperare neppur nella preghiera; e s'affrettò di rinnegare quel pentimento momentaneo. Si levò con divozione la corona dal collo, e tenendola nella mano tremante, confermò, rinnovò il voto, chiedendo nello stesso tempo, con una supplicazione accorata, che le fosse concessa la forza d'adempirlo, che le fossero risparmiati i pensieri e l'occasioni le quali avrebbero potuto, se non ismovere il suo animo, agitarlo troppo. La lontananza di Renzo, senza nessuna probabilità di ritorno, quella lontananza che fin allora le era stata cosí amara, le parve ora una disposizione della Provvidenza, che avesse fatti andare insieme i due avvenimenti per un fine solo; e si studiava di trovar nell'uno la ragione d'esser contenta dell'altro. E dietro a quel pensiero, s'andava figurando ugualmente che quella Provvidenza medesima, per compir l'opera, saprebbe trovar la maniera di far che Renzo si rassegnasse anche lui, non pensasse piú.... Ma una tale idea, appena trovata, mise sottosopra la mente ch'era andata a cercarla. La povera Lucia, sentendo che il cuore era lí lí per pentirsi, ritornò alla preghiera, alle conferme, al combattimento, dal quale s'alzò, se ci si passa quest'espressione, come il vincitore stanco e ferito, di sopra il nemico abbattuto: non dico ucciso.

Tutt'a un tratto, si sente uno scalpiccío, e un chiasso di voci allegre. Era la famigliola che tornava di chiesa. Due bambinette e un fanciullo entran saltando; si fermano un momento a dare un'occhiata curiosa a Lucia, poi corrono alla mamma, e le s'aggruppano intorno: chi domanda il nome dell'ospite sconosciuta, e il come e il perché; chi vuol raccontare le maraviglie vedute: la buona donna risponde a tutto e a tutti con un – zitti, zitti –. Entra poi, con un passo piú quieto, ma con una premura cordiale dipinta in viso, il padrone di casa. Era, se non l'abbiamo ancor detto, il sarto del villaggio, e de' contorni; un uomo che sapeva leggere, che aveva letto in fatti piú d'una volta il Leggendario de' Santi, il Guerrin meschino e i Reali di Francia, e passava, in quelle parti, per un uomo di talento e di scienza: lode però che rifiutava modestamente, dicendo soltanto che aveva sbagliato la vocazione; e che se fosse andato agli studi, in vece di tant'altri....! Con questo, la miglior pasta del mondo. Essendosi trovato presente quando sua moglie era stata pregata dal curato d'intraprendere quel viaggio caritatevole, non solo ci aveva data la sua approvazione, ma le avrebbe fatto coraggio, se ce ne fosse stato bisogno. E ora che la funzione, la pompa, il concorso, e soprattutto la predica del cardinale avevano, come si dice, esaltati tutti i suoi buoni sentimenti, tornava a casa con un'aspettativa, con un desiderio ansioso di sapere come la cosa fosse riuscita, e di trovare la povera innocente salvata.

– Guardate un poco, – gli disse, al suo entrare, la buona donna, accennando Lucia; la quale fece il viso rosso, s'alzò, e cominciava a balbettar qualche scusa. Ma lui, avvicinatosele, l'interruppe facendole una gran festa, e esclamando: – ben venuta, ben venuta! Siete la benedizione del cielo in questa casa. Come son contento di vedervi qui! Già ero sicuro che sareste arrivata a buon porto; perché non ho mai trovato che il Signore abbia cominciato un miracolo senza finirlo bene; ma son contento di vedervi qui. Povera giovine! Ma è però una gran cosa d'aver ricevuto un miracolo!

Né si creda che fosse lui il solo a qualificar cosí quell'avvenimento, perché aveva letto il Leggendario: per tutto il paese e per tutt'i contorni non se ne parlò con altri termini, fin che ce ne rimase la memoria. E, a dir la verità, con le frange che vi s'attaccarono, non gli poteva convenire altro nome.

Accostatosi poi passo passo alla moglie, che staccava il calderotto dalla catena, le disse sottovoce: – è andato bene ogni cosa?

– Benone: ti racconterò poi tutto.

– Sí, sí; con comodo.

Messo poi subito in tavola, la padrona andò a prender Lucia, ve l'accompagnò, la fece sedere; e staccata un'ala di quel cappone, gliela mise davanti; si mise a sedere anche lei e il marito, facendo tutt'e due coraggio all'ospite abbattuta e vergognosa, perché mangiasse. Il sarto cominciò, ai primi bocconi, a discorrere con grand'enfasi, in mezzo all'interruzioni de' ragazzi, che mangiavano ritti intorno alla tavola, e che in verità avevano viste troppe cose straordinarie, per fare alla lunga la sola parte d'ascoltatori. Descriveva le cerimonie solenni, poi saltava a parlare della conversione miracolosa. Ma ciò che gli aveva fatto piú impressione, e su cui tornava piú spesso, era la predica del cardinale.

– A vederlo lí davanti all'altare, – diceva, – un signore di quella sorte, come un curato....

– E quella cosa d'oro che aveva in testa.... – diceva una bambinetta.

– Sta' zitta. A pensare, dico, che un signore di quella sorte, e un uomo tanto sapiente, che, a quel che dicono, ha letto tutti i libri che ci sono, cosa a cui non è mai arrivato nessun altro, né anche in Milano; a pensare che sappia adattarsi a dir quelle cose in maniera che tutti intendano....

– Ho inteso anch'io, – disse l'altra chiacchierina.

– Sta' zitta! cosa vuoi avere inteso, tu?

– Ho inteso che spiegava il Vangelo in vece del signor curato.

– Sta' zitta. Non dico chi sa qualche cosa; ché allora uno è obbligato a intendere; ma anche i piú duri di testa, i piú ignoranti, andavan dietro al filo del discorso. Andate ora a domandar loro se saprebbero ripeter le parole che diceva: sí; non ne ripescherebbero una; ma il sentimento lo hanno qui. E senza mai nominare quel signore, come si capiva che voleva parlar di lui! E poi, per capire, sarebbe bastato osservare quando aveva le lacrime agli occhi. E allora tutta la gente a piangere....

– È proprio vero, – scappò fuori il fanciullo: – ma perché piangevan tutti a quel modo, come bambini?

– Sta zitto. E sí che c'è de' cuori duri in questo paese. E ha fatto proprio vedere che, benché ci sia la carestia, bisogna ringraziare il Signore, ed esser contenti: far quel che si può, industriarsi, aiutarsi, e poi esser contenti. Perché la disgrazia non è il patire, e l'esser poveri; la disgrazia è il far del male. E non son belle parole; perché si sa che anche lui vive da pover'uomo, e si leva il pane di bocca per darlo agli affamati; quando potrebbe far vita scelta, meglio di chi si sia. Ah! allora un uomo dà soddisfazione a sentirlo discorrere; non come tant'altri, fate quello che dico, e non fate quel che fo. E poi ha fatto proprio vedere che anche coloro che non son signori, se hanno piú del necessario, sono obbligati di farne parte a chi patisce.

Qui interruppe il discorso da sé, come sorpreso da un pensiero. Stette un momento; poi mise insieme un piatto delle vivande ch'eran sulla tavola, e aggiuntovi un pane, mise il piatto in un tovagliolo, e preso questo per le quattro cocche, disse alla sua bambinetta maggiore: – piglia qui –. Le diede nell'altra mano un fiaschetto di vino, e soggiunse: – va' qui da Maria vedova; lasciale questa roba, e dille che è per stare un po' allegra co' suoi bambini. Ma con buona maniera, ve'; che non paia che tu le faccia l'elemosina. E non dir niente, se incontri qualcheduno; e guarda di non rompere.

Lucia fece gli occhi rossi, e sentí in cuore una tenerezza ricreatrice; come già da' discorsi di prima aveva ricevuto un sollievo che un discorso fatto apposta non le avrebbe potuto dare. L'animo attirato da quelle descrizioni, da quelle fantasie di pompa, da quelle commozioni di pietà e di maraviglia, preso dall'entusiasmo medesimo del narratore, si staccava da' pensieri dolorosi di sé; e anche ritornandoci sopra, si trovava piú forte contro di essi. Il pensiero stesso del gran sacrifizio, non già che avesse perduto il suo amaro, ma insiem con esso aveva un non so che d'una gioia austera e solenne.

Poco dopo, entrò il curato del paese, e disse d'esser mandato dal cardinale a informarsi di Lucia, ad avvertirla che monsignore voleva vederla in quel giorno, e a ringraziare in suo nome il sarto e la moglie. E questi e quella, commossi e confusi, non trovavan parole per corrispondere a tali dimostrazioni d'un tal personaggio.

– E vostra madre non è ancora arrivata? – disse il curato a Lucia.

– Mia madre! – esclamò questa. Dicendole poi il curato, che l'aveva mandata a prendere, d'ordine dell'arcivescovo, si mise il grembiule agli occhi, e diede in un dirotto pianto, che durò un pezzo dopo che fu andato via il curato. Quando poi gli affetti tumultuosi che le si erano suscitati a quell'annunzio, cominciarono a dar luogo a pensieri piú posati, la poverina si ricordò che quella consolazione allora cosí vicina, di riveder la madre, una consolazione cosi inaspettata poche ore prima, era stata da lei espressamente implorata in quell'ore terribili, e messa quasi come una condizione al voto. *Fatemi tornar salva con mia madre*, aveva detto; e queste parole le ricomparvero ora distinte nella memoria. Si confermò piú che mai nel proposito di mantener la promessa, e si fece di nuovo, e piú amaramente, scrupolo di quel *povera me!* che le era scappato detto tra sé, nel primo momento.

Agnese infatti, quando si parlava di lei, era già poco lontana. È facile pensare come la povera donna fosse rimasta, a quell'invito cosí inaspettato, e a quella notizia, necessariamente tronca e confusa, d'un pericolo, si poteva dir, cessato, ma spaventoso; d'un caso terribile, che il messo non sapeva né circostanziare né spiegare; e lei non aveva a che attaccarsi per ispiegarlo da sé. Dopo essersi cacciate le mani ne' capelli, dopo aver gridato piú volte: – ah Signore! ah Madonna! –, dopo aver fatte al messo varie domande, alle quali questo non sapeva che rispondere, era entrata in fretta e in furia nel baroccio, continuando per la strada a esclamare e interrogare, senza profitto. Ma, a un certo punto, aveva incontrato don Abbondio che veniva adagio adagio, mettendo avanti, a ogni passo, il suo bastone. Dopo un – oh! – di tutt'e due le parti, lui s'era fermato, lei aveva fatto fermare, ed era smontata; e s'eran tirati in disparte in un castagneto che costeggiava la strada. Don Abbondio l'aveva ragguagliata di ciò che aveva potuto sapere e dovuto vedere. La cosa non era chiara; ma almeno Agnese fu assicurata che Lucia era affatto in salvo; e respirò.

Dopo, don Abbondio era voluto entrare in un altro discorso, e darle una lunga istruzione sulla maniera di regolarsi con l'arcivescovo, se questo, com'era probabile, avesse desiderato di parlar con lei e con la figliuola; e soprattutto che non conveniva far parola del matrimonio.... Ma Agnese, accorgendosi che il brav'uomo non parlava che per il suo proprio interesse, l'aveva piantato, senza promettergli, anzi senza risolver nulla; ché aveva tutt'altro da pensare. E s'era rimessa in istrada.

Finalmente il baroccio arriva, e si ferma alla casa del sarto. Lucia s'alza precipitosamente; Agnese scende, e dentro di corsa: sono nelle braccia l'una dell'altra. La moglie del sarto, ch'era la sola che si trovava lí presente, fa coraggio a tutt'e due, le acquieta, si rallegra con loro, e poi, sempre discreta, le lascia sole, dicendo che andava a preparare un letto per loro; che aveva il modo, senza incomodarsi; ma che, in ogni caso, tanto lei, come suo marito, avrebbero piuttosto voluto dormire in terra, che lasciarle andare a cercare un ricovero altrove.

Passato quel primo sfogo d'abbracciamenti e di singhiozzi, Agnese volle sapere i casi di Lucia, e questa si mise affannosamente a raccontarglieli. Ma, come il lettore sa, era una storia che nessuno la conosceva tutta; e per Lucia stessa c'eran delle parti oscure, inesplicabili affatto. E principalmente quella fatale combinazione d'essersi la terribile carrozza trovata lí sulla strada, per l'appunto quando Lucia vi passava per un caso straordinario: su di che la madre e la figlia facevan cento congetture, senza mai dar nel segno, anzi senza neppure andarci vicino.

In quanto all'autor principale della trama, tanto l'una che l'altra non potevano fare a meno di non pensare che fosse don Rodrigo.

– Ah anima nera! ah tizzone d'inferno! – esclamava Agnese: – ma verrà la sua ora anche per lui. Domeneddio lo pagherà secondo il merito; e allora proverà anche lui....

– No, no, mamma; no! – interruppe Lucia: – non gli augurate di patire, non l'augurate a nessuno! Se sapeste cosa sia patire! Se aveste provato! No, no! preghiamo piuttosto Dio e la Madonna per lui: che Dio gli tocchi il cuore, come ha fatto a quest'altro povero signore, ch'era peggio di lui; e ora è un santo.

Il ribrezzo che Lucia provava nel tornare sopra memorie cosí recenti e cosí crudeli, la fece piú d'una volta restare a mezzo; piú d'una volta disse che non le bastava l'animo di continuare, e dopo molte lacrime, riprese la parola a stento. Ma un sentimento diverso la tenne sospesa, a un certo punto del racconto: quando fu al voto. Il timore che la madre le desse dell'imprudente e della precipitosa; e che, come aveva fatto nell'affare del matrimonio, mettesse in campo qualche sua regola larga di coscienza, e volesse fargliela trovar giusta per forza; o che, povera donna, dicesse la cosa a qualcheduno in confidenza, se non altro per aver lume e consiglio, e la facesse cosí divenir pubblica, cosa che Lucia, solamente a pensarci, si sentiva venire il viso rosso; anche una certa vergogna della madre stessa, una ripugnanza inesplicabile a entrare in quella materia; tutte queste cose insieme fecero che nascose quella circostanza importante, proponendosi di farne prima la confidenza al padre Cristoforo. Ma come rimase allorché, domandando di lui, si sentí rispondere che non c'era piú, ch'era stato mandato in un paese lontano lontano, in un paese che aveva un certo nome!

– E Renzo? – disse Agnese.

– È in salvo, n'è vero? – disse ansiosamente Lucia.

– Questo è sicuro, perché tutti lo dicono; si tien per certo che si sia ricoverato sul bergamasco; ma il luogo proprio nessuno lo sa dire: e lui finora non ha mai fatto saper nulla. Che non abbia ancora trovata la maniera.

– Ah, se è in salvo, sia ringraziato il Signore! – disse Lucia; e cercava di cambiar discorso; quando il discorso fu interrotto da una novità inaspettata: la comparsa del cardinale arcivescovo.

Questo, tornato di chiesa, dove l'abbiam lasciato, sentito dall'innominato che Lucia era arrivata, sana e salva, era andato a tavola con lui, facendoselo sedere a destra, in mezzo a una corona di preti, che non potevano saziarsi di dare occhiate a quell'aspetto cosí ammansato senza debolezza, cosí umiliato senza abbassamento, e di paragonarlo con l'idea che da lungo tempo s'eran fatta del personaggio.

Finito di desinare, loro due s'eran ritirati di nuovo

insieme. Dopo un colloquio che durò molto piú del primo, l'innominato era partito per il suo castello, su quella stessa mula della mattina; e il cardinale, fatto chiamare il curato, gli aveva detto che desiderava d'esser condotto alla casa dov'era ricoverata Lucia.

– Oh! monsignore, – aveva risposto il curato, – non s'incomodi: manderò io subito ad avvertire che venga qui la giovine, la madre, se è arrivata, anche gli ospiti, se monsignore li vuole, tutti quelli che desidera vossignoria illustrissima.

– Desidero d'andar io a trovarli, – aveva replicato Federigo.

– Vossignoria illustrissima non deve incomodarsi: manderò io subito a chiamarli: è cosa d'un momento, – aveva insistito il curato guastamestieri (buon uomo del resto), non intendendo che il cardinale voleva con quella visita rendere onore alla sventura, all'innocenza, all'ospitalità e al suo proprio ministero in un tempo. Ma, avendo il superiore espresso di nuovo il medesimo desiderio, l'inferiore s'inchinò e si mosse.

Quando i due personaggi furon veduti spuntar nella strada, tutta la gente che c'era andò verso di loro; e in pochi momenti n'accorse da ogni parte, camminando loro ai fianchi chi poteva, e gli altri dietro, alla rinfusa. Il curato badava a dire: – via, indietro, ritiratevi; ma! ma! – Federigo gli diceva: – lasciateli fare, – e andava avanti, ora alzando la mano a benedir la gente, ora abbassandola ad accarezzare i ragazzi che gli venivan tra' piedi. Cosí arrivarono alla casa, e c'entrarono: la folla rimase ammontata al di fuori. Ma nella folla si trovava anche il sarto, il quale era andato dietro come gli altri, con gli occhi fissi e con la bocca aperta, non sapendo dove si riuscirebbe. Quando vide quel dove inaspettato, si fece far largo, pensate con che strepito, gridando e rigridando: – lasciate passare chi ha da passare –; e entrò.

Agnese e Lucia sentirono un ronzío crescente nella strada; mentre pensavano cosa potesse essere, videro l'uscio spalancarsi, e comparire il porporato col parroco.

– È quella? – domandò il primo al secondo; e, a un cenno affermativo, andò verso Lucia, ch'era rimasta lí con la madre, tutt'e due immobili e mute dalla sorpresa e dalla vergogna. Ma il tono di quella voce, l'aspetto, il contegno, e soprattutto le parole di Federigo l'ebbero subito rianimate. – Povera giovine, – cominciò: – Dio ha permesso che foste messa a una gran prova; ma v'ha anche fatto vedere che non aveva levato l'occhio da voi, che non v'aveva dimenticata. V'ha rimessa in salvo; e s'è servito di voi per una grand'opera, per fare una gran misericordia a uno, e per sollevar molti nello stesso tempo.

Qui comparve nella stanza la padrona, la quale, al rumore, s'era affacciata anch'essa alla finestra, e avendo veduto chi le entrava in casa, aveva sceso le scale, di corsa, dopo essersi raccomodata alla meglio; e quasi nello stesso tempo, entrò il sarto da un altr'uscio. Vedendo avviato il discorso, andarono a riunirsi in un canto, dove rimasero con gran rispetto. Il cardinale, salutatili cortesemente, continuò a parlar con le donne, mescolando ai conforti qualche domanda, per veder se nelle risposte potesse trovar qualche congiuntura di far del bene a chi aveva tanto patito.

– Bisognerebbe che tutti i preti fossero come vossignoria, che tenessero un po' dalla parte de' poveri, e non aiutassero a metterli in imbroglio, per cavarsene loro, – disse Agnese, animata dal contegno cosí famigliare e amorevole di Federigo, e stizzita dal pensare che il signor don Abbondio, dopo aver sempre sacrificati gli altri, pretendesse poi anche d'impedir loro un piccolo sfogo, un lamento con chi era al di sopra di lui, quando, per un caso raro, n'era venuta l'occasione.

– Dite pure tutto quel che pensate, – disse il cardinale: – parlate liberamente.

– Voglio dire che, se il nostro signor curato avesse fatto il suo dovere, la cosa non sarebbe andata cosí.

Ma facendole il cardinale nuove istanze perché si spiegasse meglio, quella cominciò a trovarsi impicciata a dover raccontare una storia nella quale aveva anch'essa una parte che non si curava di far sapere, specialmente a un tal personaggio. Trovò però il verso d'accomodarla con un piccolo stralcio: raccontò del matrimonio concertato, del rifiuto di don Abbondio, non lasciò fuori il pretesto *de' superiori* che lui aveva messo in campo (ah, Agnese!); e saltò all'attentato di don Rodrigo, e come, essendo stati avvertiti, avevano potuto scappare. – Ma sí, – soggiunse e concluse: – scappare per inciamparci di nuovo. Se in vece il signor curato ci avesse detto sinceramente la cosa, e avesse subito maritati i miei poveri giovani, noi ce n'andavamo via subito, tutti insieme, di nascosto, lontano, in luogo che né anche l'aria non l'avrebbe saputo. Cosí s'è perduto tempo; ed è nato quel che è nato.

– Il signor curato mi renderà conto di questo fatto, – disse il cardinale.

– No, signore, no, signore, – disse subito Agnese: – non ho parlato per questo: non lo gridi, perché già quel che è stato è stato; e poi non serve a nulla: è un uomo fatto cosí: tornando il caso, farebbe lo stesso.

Ma Lucia, non contenta di quella maniera di raccontar la storia, soggiunse: – anche noi abbiamo fatto del male: si vede che non era la volontà del Signore che la cosa dovesse riuscire.

– Che male avete potuto far voi, povera giovine? – disse Federigo.

Lucia, malgrado gli occhiacci che la madre cercava di farle alla sfuggita, raccontò la storia del tentativo fatto in casa di don Abbondio; e concluse dicendo: – abbiam fatto male; e Dio ci ha gastigati.

– Prendete dalla sua mano i patimenti che avete sofferti, e state di buon animo, – disse Federigo: – perché, chi avrà ragione di rallegrarsi e di sperare, se non chi ha patito, e pensa ad accusar se medesimo?

Domandò allora dove fosse il promesso sposo, e sentendo da Agnese (Lucia stava zitta, con la testa e gli occhi bassi) ch'era scappato dal suo paese, ne provò e ne mostrò maraviglia e dispiacere; e volle sapere il perché.

Agnese raccontò alla meglio tutto quel poco che sapeva della storia di Renzo.

– Ho sentito parlare di questo giovine, – disse il cardinale: – ma come mai uno che si trovò involto in affari di quella sorte, poteva essere in trattato di matrimonio con una ragazza cosí?

– Era un giovine dabbene, – disse Lucia, facendo il viso rosso, ma con voce sicura.

– Era un giovine quieto, fin troppo, – soggiunse Agnese: – e questo lo può domandare a chi si sia, anche al signor curato. Chi sa che imbroglio avranno fatto laggiú, che cabale? I poveri, ci vuol poco a farli comparir birboni.

– È vero pur troppo, – disse il cardinale: – m'informerò di lui senza dubbio –: e fattosi dire nome e cognome del giovine, ne prese l'appunto sur un libriccin di memorie. Aggiunse poi che contava di portarsi al loro paese tra pochi giorni, che allora Lucia potrebbe venir là senza timore, e che intanto penserebbe lui a provvederla d'un luogo dove potesse esser al sicuro, fin che ogni cosa fosse accomodata per il meglio.

Si voltò quindi ai padroni di casa, che vennero subito avanti. Rinnovò i ringraziamenti che aveva fatti fare dal curato, e domandò se sarebbero stati contenti di ricoverare, per que' pochi giorni, le ospiti che Dio aveva loro mandate.

– Oh! sí signore, – rispose la donna, con un tono di voce e con un viso ch'esprimeva molto piú di quell'asciutta risposta, strozzata dalla vergogna. Ma il marito, messo in orgasmo dalla presenza d'un tale interrogatore, dal desiderio di farsi onore in un'occasione di tanta importanza, studiava ansiosamente qualche bella risposta. Raggrinzò la fronte, torse gli occhi in traverso, strinse le labbra, tese a tutta forza l'arco dell'intelletto, cercò, frugò, sentí di dentro un cozzo d'idee monche e di mezze parole: ma il momento stringeva; il cardinale accennava già d'avere interpretato il silenzio: il pover'uomo aprí la bocca, e disse: – si figuri! – Altro non gli volle venire. Cosa, di cui non solo rimase avvilito sul momento; ma sempre poi quella rimembranza importuna gli guastava la compiacenza del grand'onore ricevuto. E quante volte, tornandoci sopra, e rimettendosi col pensiero in quella circostanza, gli venivano in mente, quasi per dispetto, parole che tutte sarebbero state meglio di quell'insulso *si figuri!* Ma, come dice un antico proverbio, del senno di poi ne son piene le fosse.

Il cardinale partí, dicendo: – la benedizione del Signore sia sopra questa casa.

Domandò poi la sera al curato come si sarebbe potuto in modo convenevole ricompensare quell'uomo, che non doveva esser ricco, dell'ospitalità costosa, specialmente in que' tempi. Il curato rispose che, per verità, né i guadagni della professione, né le rendite di certi campicelli, che il buon sarto aveva del suo, non sarebbero bastate, in quell'annata, a metterlo in istato d'esser liberale con gli altri; ma che, avendo fatto degli avanzi negli anni addietro, si trovava de' piú agiati del contorno, e poteva far qualche spesa di piú, senza dissesto, come certo faceva questa volentieri; e che, del rimanente, non ci sarebbe stato verso di fargli accettare nessuna ricompensa.

– Avrà probabilmente, – disse il cardinale, – crediti con gente che non può pagare.

– Pensi, monsignore illustrissimo: questa povera gente paga con quel che le avanza della raccolta: l'anno scorso, non avanzò nulla; in questo, tutti rimangono indietro del necessario.

– Ebbene, – disse Federigo: – prendo io sopra di me tutti que' debiti; e voi mi farete il piacere d'aver da lui la nota delle partite, e di saldarle.

– Sarà una somma ragionevole.

– Tanto meglio: e avrete pur troppo di quelli ancor piú bisognosi, che non hanno debiti perché non trovan credenza.

– Eh, pur troppo! Si fa quel che si può; ma come arrivare a tutto, in tempi di questa sorte?

– Fate che lui li vesta a mio conto, e pagatelo bene. Veramente, in quest'anno, mi par rubato tutto ciò che non va in pane; ma questo è un caso particolare.

Non vogliam però chiudere la storia di quella giornata, senza raccontar brevemente come la terminasse l'innominato.

Questa volta, la nuova della sua conversione l'aveva preceduto nella valle; vi s'era subito sparsa, e aveva messo per tutto uno sbalordimento, un'ansietà, un cruccio, un susurro. Ai primi bravi, o servitori (era tutt'uno) che vide, accennò che lo seguissero: e cosí di mano in mano. Tutti venivan dietro, con una sospensione nuova, e con la suggezione solita; finché, con un seguito sempre crescente, arrivò al castello. Accennò a quelli che si trovavan sulla porta, che gli venissero dietro con gli altri; entrò nel primo cortile, andò verso il mezzo, e lí, essendo ancora a cavallo, mise un suo grido tonante: era il segno usato, al quale accorrevano tutti que' suoi che l'avessero sentito. In un momento, quelli ch'erano sparsi per il castello, vennero dietro alla voce, e s'univano ai già radunati, guardando tutti il padrone.

– Andate ad aspettarmi nella sala grande, – disse loro; e dall'alto della sua cavalcatura, gli stava a veder partire. Ne scese poi, la menò lui stesso alla stalla, e andò dov'era aspettato. Al suo apparire, cessò subito un gran bisbiglío che c'era; tutti si ristrinsero da una parte, lasciando vòto per lui un grande spazio della sala: potevano essere una trentina.

L'innominato alzò la mano, come per mantener quel silenzio improvviso; alzò la testa, che passava tutte quelle della brigata, e disse: – ascoltate tutti, e nessuno parli, se non è interrogato. Figliuoli! la strada per la quale siamo andati finora, conduce nel fondo dell'inferno. Non è un rimprovero ch'io voglia farvi, io che sono avanti a tutti, il peggiore di tutti; ma sentite ciò che v'ho da dire. Dio misericordioso m'ha chiamato a mutar vita; e io la muterò, l'ho già mutata: cosí faccia con tutti voi. Sappiate dunque, e tenete per fermo che son risoluto di prima morire che far piú nulla contro la sua santa legge. Levo a ognun di voi gli ordini scellerati che avete da me; voi m'intendete; anzi vi comando di non far nulla di ciò che v'era comandato. E tenete per fermo ugualmente, che nessuno, da qui avanti, potrà far del male con la mia protezione, al mio servizio. Chi vuol restare a questi patti, sarà per me come un figliuolo: e mi troverei contento alla fine di quel giorno, in cui non avessi mangiato per satollar l'ultimo di voi, con l'ultimo pane che mi rimanesse in casa. Chi non vuole, gli sarà dato quello che gli è dovuto di salario, e un regalo di piú: potrà andarsene; ma non metta piú piede qui: quando non fosse per mutar vita; che per questo sarà sempre ricevuto a braccia aperte. Pensateci questa notte: domattina vi chiamerò, a uno a uno, a darmi la risposta; e allora vi darò nuovi ordini. Per ora, ritiratevi, ognuno al suo posto. E Dio che ha usato con me tanta misericordia, vi mandi il buon pensiero.

Qui finí, e tutto rimase in silenzio. Per quanto vari e tumultuosi fossero i pensieri che ribollivano in que' cervellacci, non ne apparve di fuori nessun segno. Erano avvezzi a prender la voce del loro signore come la manifestazione d'una volontà con la quale non c'era da ripetere: e quella voce, annunziando che la volontà era mutata, non dava punto indizio che fosse indebolita. A nessuno di loro passò neppur per la mente che, per esser lui convertito, si potesse prendergli il sopravvento, rispondergli come a un altr'uomo. Vedevano in lui un santo, ma un di que' santi che si dipingono con la testa alta, e con la spada in pugno. Oltre il timore, avevano anche per lui (principalmente quelli ch'eran nati sul suo, ed erano una gran parte) un'affezione come d'uomini ligi; avevan poi tutti una benevolenza d'ammirazione; e alla sua presenza sentivano una specie di quella, dirò pur cosí, verecondia, che anche gli animi piú zotici e piú petulanti provano davanti a una superiorità che hanno già riconosciuta. Le cose poi che allora avevan sentite da quella bocca, erano bensí odiose a' loro orecchi, ma non false né affatto estranee ai loro intelletti: se mille volte se n'eran fatti beffe, non era già perché non le credessero, ma per prevenir con le beffe la paura che gliene sarebbe venuta, a pensarci sul serio. E ora, a veder l'effetto di quella paura in un animo come quello del loro padrone, chi piú, chi meno, non ce ne fu uno che non gli se n'attaccasse, almeno per qualche tempo. S'aggiunga a tutto ciò, che quelli tra loro che, trovandosi la mattina fuor della valle, avevan risaputa per i primi la gran nuova, avevano insieme veduto, e avevano anche riferito la gioia, la baldanza della popolazione, l'amore e la venerazione per l'innominato, ch'erano entrati in luogo dell'antico odio e dell'antico terrore. Di maniera che, nell'uomo che avevan sempre riguardato, per dir cosí, di basso in alto, anche quando loro medesimi erano in gran parte la sua forza, vedevano ora la maraviglia, l'idolo d'una moltitudine; lo vedevano al di sopra degli altri, ben diversamente di prima, ma non meno; sempre fuori della schiera comune, sempre capo.

Stavano adunque sbalorditi, incerti l'uno dell'altro, e ognun di sé. Chi si rodeva, chi faceva disegni del dove sarebbe andato a cercar ricovero e impiego; chi s'esaminava se avrebbe potuto adattarsi a diventar galantuomo; chi anche, tocco da quelle parole, se ne sentiva una certa inclinazione; chi, senza risolver nulla, proponeva di prometter tutto a buon conto, di rimanere intanto a mangiare quel pane offerto cosí di buon cuore, e allora cosí scarso, e d'acquistar tempo: nessuno fiatò. E quando l'innominato, alla fine delle sue parole, alzò di nuovo quella mano imperiosa per accennar che se n'andassero, quatti quatti, come un branco di pecore, tutti insieme se la batterono. Uscí anche lui, dietro a loro, e, piantatosi prima nel mezzo del cortile, stette a vedere al barlume come si sbrancassero, e ognuno s'avviasse al suo posto. Salito poi a prendere una sua lanterna, girò di nuovo i cortili, i corridoi, le sale, visitò tutte l'entrature, e, quando vide ch'era tutto quieto, andò finalmente a dormire. Sí, a dormire; perché aveva sonno.

Affari intralciati, e insieme urgenti, per quanto ne fosse sempre andato in cerca, non se n'era mai trovati addosso tanti, in nessuna congiuntura, come allora; eppure aveva sonno. I rimorsi che gliel avevan levato la notte avanti, non che essere acquietati, mandavano anzi grida piú alte, piú severe, piú assolute; eppure aveva sonno. L'ordine, la specie di governo stabilito là dentro da lui in tant'anni, con tante cure, con un tanto singolare accoppiamento d'audacia e di perseveranza, ora l'aveva lui medesimo messo in forse, con poche parole; la dipendenza illimitata di que' suoi, quel loro esser disposti a tutto, quella fedeltà da masnadieri, sulla quale era avvezzo da tanto tempo a riposare, l'aveva ora smossa lui medesimo; i suoi mezzi, gli aveva fatti diventare un monte d'imbrogli, s'era messa la confusione e l'incertezza in casa; eppure aveva sonno.

Andò dunque in camera, s'accostò a quel letto in cui la notte avanti aveva trovate tante spine; e vi s'inginocchiò accanto, con l'intenzione di pregare. Trovò in fatti in un cantuccio riposto e profondo della mente, le preghiere ch'era stato ammaestrato a recitar da bambino; cominciò a recitarle; e quelle parole, rimaste lí tanto tempo ravvolte insieme, venivano l'una dopo l'altra come sgomitolandosi. Provava in questo un misto di sentimenti indefinibile; una certa dolcezza in quel ritorno materiale all'abitudini dell'innocenza; un inasprimento di dolore al pensiero dell'abisso che aveva messo tra quel tempo e questo; un ardore d'arrivare, con opere di espiazione, a una coscienza nuova, a uno stato il piú vicino all'innocenza, a cui non poteva tornare; una riconoscenza, una fiducia in quella misericordia che lo poteva condurre a quello stato, e che gli aveva già dati tanti segni di volerlo. Rizzatosi poi, andò a letto, e s'addormentò immediatamente.

Cosí terminò quella giornata, tanto celebre ancora quando scriveva il nostro anonimo; e ora, se non era lui, non se ne saprebbe nulla, almeno de' particolari; giacché il Ripamonti e il Rivola, citati di sopra, non dicono se non che quel sí segnalato tiranno, dopo un abboccamento con Federigo, mutò mirabilmente vita, e per sempre. E quanti son quelli che hanno letto i libri di que' due? Meno ancora di quelli che leggeranno il nostro. E chi sa se, nella valle stessa, chi avesse voglia di cercarla, e l'abilità di trovarla, sarà rimasta qualche stracca e confusa tradizione del fatto? Son nate tante cose da quel tempo in poi!

Capitolo venticinquesimo

Il giorno seguente, nel paesetto di Lucia e in tutto il territorio di Lecco, non si parlava che di lei, dell'innominato, dell'arcivescovo e d'un altro tale, che, quantunque gli piacesse molto d'andar per le bocche degli uomini, n'avrebbe, in quella congiuntura, fatto volentieri di meno: vogliam dire il signor don Rodrigo.

Non già che prima d'allora non si parlasse de' fatti suoi; ma eran discorsi rotti, segreti: bisognava che due si conoscessero bene bene tra di loro, per aprirsi sur un tale argomento. E anche, non ci mettevano tutto il sentimento di che sarebbero stati capaci: perché gli uomini, generalmente parlando, quando l'indegnazione non si possa sfogare senza grave pericolo, non solo dimostran meno, o tengono affatto in sé quella che sentono, ma ne senton meno in effetto. Ma ora, chi si sarebbe tenuto d'informarsi, e di ragionare d'un fatto cosí strepitoso, in cui s'era vista la mano del cielo, e dove facevan buona figura due personaggi tali? uno, in cui un amore della giustizia tanto animoso andava unito a tanta autorità; l'altro, con cui pareva che la prepotenza in persona si fosse umiliata, che la bravería fosse venuta, per dir cosí, a render l'armi, e a chiedere il riposo. A tali paragoni, il signor don Rodrigo diveniva un po' piccino. Allora si capiva da tutti cosa fosse tormentar l'innocenza per poterla disonorare, perseguitarla con un'insistenza cosí sfacciata, con sí atroce violenza, con sí abbominevoli insidie. Si faceva, in quell'occasione, una rivista di tant'altre prodezze di quel signore: e su tutto la dicevan come la sentivano, incoraggiti ognuno dal trovarsi d'accordo con tutti. Era un susurro, un fremito generale; alla larga però, per ragione di tutti que' bravi che colui aveva d'intorno.

Una buona parte di quest'odio pubblico cadeva ancora sui suoi amici e cortigiani. Si rosolava bene il signor podestà, sempre sordo e cieco e muto sui fatti di quel tiranno; ma alla lontana, anche lui, perché, se non aveva i bravi, aveva i birri. Col dottor Azzecca-garbugli, che non aveva se non chiacchiere e cabale, e con altri cortigianelli suoi pari, non s'usava tanti riguardi: eran mostrati a dito, e guardati con occhi torti; di maniera che, per qualche tempo, stimaron bene di non farsi veder per le strade.

Don Rodrigo, fulminato da quella notizia cosí impensata, cosí diversa dall'avviso che aspettava di giorno in giorno, di momento in momento, stette rintanato nel suo palazzotto, solo co' suoi bravi, a rodersi, per due giorni; il terzo, partí per Milano. Se non fosse stato altro che quel mormoracchiare della gente, forse, poiché le cose erano andate tant'avanti, sarebbe rimasto apposta per affrontarlo, anzi per cercar l'occasione di dare un esempio a tutti sopra qualcheduno de' piú arditi; ma chi lo cacciò, fu l'essersi saputo per certo, che il cardinale veniva da quelle parti. Il conte zio, il quale di tutta quella storia non sapeva se non quel che gli aveva detto Attilio, avrebbe certamente preteso che, in una congiuntura simile, don Rodrigo facesse una gran figura, e avesse in pubblico dal cardinale le piú distinte accoglienze: ora, ognun vede come ci fosse incamminato. L'avrebbe preteso, e se ne sarebbe fatto render conto minutamente; perché era un'occasione importante di far vedere in che stima fosse tenuta la famiglia da una primaria autorità. Per levarsi da un impiccio cosí noioso, don Rodrigo, alzatosi una mattina prima del sole, si mise in una carrozza, col Griso e con altri bravi, di fuori, davanti e di dietro; e, lasciato l'ordine che il resto della servitú venisse poi in seguito, partí come un fuggitivo, come (ci sia un po' lecito di sollevare i nostri personaggi con qualche illustre paragone), come Catilina da Roma, sbuffando, e giurando di tornar ben presto, in altra comparsa, a far le sue vendette.

Intanto, il cardinale veniva visitando, a una per giorno, le parrocchie del territorio di Lecco. Il giorno in cui doveva arrivare a quella di Lucia, già una gran parte degli abitanti erano andati sulla strada a incontrarlo. All'entrata del paese, proprio accanto alla casetta delle nostre due donne, c'era un arco trionfale, costrutto di stili per il ritto, e di pali per il traverso, rivestito di paglia e di borraccina, e ornato di rami verdi di pugnitopo e d'agrifoglio, distinti di bacche scarlatte; la facciata della chiesa era parata di tappezzerie; al davanzale d'ogni finestra pendevano coperte e lenzoli distesi, fasce di bambini disposte a guisa di pendoni; tutto quel poco necessario che fosse atto a fare, o bene o male, figura di superfluo. Verso le ventidue, ch'era l'ora in cui s'aspettava il cardinale, quelli ch'eran rimasti in casa, vecchi, donne e fanciulli la piú parte, s'avviarono anche loro a incontrarlo, parte in fila, parte in truppa, preceduti da don Abbondio, uggioso in mezzo a tanta festa, e per il fracasso che lo sbalordiva, e per il brulicar della gente innanzi e indietro, che, come andava ripetendo, gli faceva girar la testa, e per il rodío segreto che le donne avesser potuto cicalare, e dovesse toccargli a render conto del matrimonio.

Quand'ecco si vede spuntare il cardinale, o per dir meglio, la turba in mezzo a cui si trovava nella sua lettiga, col suo seguito d'intorno; perché di tutto questo non si vedeva altro che un indizio in aria, al di sopra di tutte le teste, un pezzo della croce portata dal cappellano che cavalcava una mula. La gente che andava con don Abbondio, s'affrettò alla rinfusa, a raggiunger quell'altra: e lui, dopo aver detto, tre e quattro volte: – adagio; in fila; cosa fate? – si voltò indispettito; e seguitando a borbottare: – è una babilonia, è una babilonia, – entrò in chiesa, intanto ch'era vòta; e stette lí ad aspettare.

Il cardinale veniva avanti, dando benedizioni con

la mano, e ricevendone dalle bocche della gente, che quelli del seguito avevano un bel da fare a tenere un po' indietro. Per esser del paese di Lucia, avrebbe voluto quella gente fare all'arcivescovo dimostrazioni straordinarie; ma la cosa non era facile, perché era uso che, per tutto dove arrivava, tutti facevano piú che potevano. Già sul principio stesso del suo pontificato, nel primo solenne ingresso in duomo, la calca e l'impeto della gente addosso a lui era stato tale, da far temere della sua vita; e alcuni gentiluomini che gli eran piú vicini, avevano sfoderate le spade, per atterrire e respinger la folla. Tanto c'era in que' costumi di scomposto e di violento, che, anche nel far dimostrazioni di benevolenza a un vescovo in chiesa, e nel moderarle, si dovesse andar vicino all'ammazzare. E quella difesa non sarebbe forse bastata, se il maestro e il sottomaestro delle cerimonie, un Clerici e un Picozzi, giovani preti che stavan bene di corpo e d'animo, non l'avessero alzato sulle braccia, e portato di peso, dalla porta fino all'altar maggiore. D'allora in poi, in tante visite episcopali ch'ebbe a fare, il primo entrar nella chiesa si può senza scherzo contarlo tra le sue pastorali fatiche, e qualche volta, tra i pericoli passati da lui.

Entrò anche in questa come poté; andò all'altare e, dopo essere stato alquanto in orazione, fece, secondo il suo solito, un piccol discorso al popolo, sul suo amore per loro, sul suo desiderio della loro salvezza, e come dovessero disporsi alle funzioni del giorno dopo. Ritiratosi poi nella casa del parroco, tra gli altri discorsi, gli domandò informazione di Renzo. Don Abbondio disse ch'era un giovine un po' vivo, un po' testardo, un po' collerico. Ma, a piú particolari e precise domande, dovette rispondere ch'era un galantuomo, e che anche lui non sapeva capire come, in Milano, avesse potuto fare tutte quelle diavolerie che avevan detto.

– In quanto alla giovine, – riprese il cardinale, – pare anche a voi che possa ora venir sicuramente a dimorare in casa sua?

– Per ora, – rispose don Abbondio, – può venire e

stare, come vuole: dico, per ora; ma, – soggiunse poi con un sospiro, – bisognerebbe che vossignoria illustrissima fosse sempre qui, o almeno vicino.

– Il Signore è sempre vicino, – disse il cardinale: – del resto, penserò io a metterla al sicuro –. E diede subito ordine che, il giorno dopo, si spedisse di buon'ora la lettiga, con una scorta, a prender le due donne.

Don Abbondio uscí di lí tutto contento che il cardinale gli avesse parlato de' due giovani, senza chiedergli conto del suo rifiuto di maritarli. «Dunque non sa niente, – diceva tra sé: – Agnese è stata zitta: miracolo! È vero che s'hanno a tornare a vedere; ma le daremo un'altra istruzione, le daremo». E non sapeva, il pover'uomo, che Federigo non era entrato in quell'argomento, appunto perché intendeva di parlargliene a lungo, in tempo piú libero; e, prima di dargli ciò che gli era dovuto, voleva sentire anche le sue ragioni.

Ma i pensieri del buon prelato per metter Lucia al sicuro eran divenuti inutili: dopo che l'aveva lasciata, eran nate delle cose, che dobbiamo raccontare.

Le due donne, in que' pochi giorni ch'ebbero a passare nella casuccia ospitale del sarto, avevan ripreso, per quanto avevan potuto, ognuna il suo antico tenor di vita. Lucia aveva subito chiesto da lavorare; e, come aveva fatto nel monastero, cuciva, cuciva, ritirata in una stanzina, lontano dagli occhi della gente. Agnese andava un po' fuori, un po' lavorava in compagnia della figlia. I loro discorsi eran tanto piú tristi, quanto piú affettuosi: tutt'e due eran preparate a una separazione; giacché la pecora non poteva tornare a star cosí vicino alla tana del lupo: e quando, quale, sarebbe il termine di questa separazione? L'avvenire era oscuro, imbrogliato: per una di loro principalmente. Agnese tanto ci andava facendo dentro le sue congetture allegre: che Renzo finalmente, se non gli era accaduto nulla di sinistro, dovrebbe presto dar le sue nuove; e se aveva trovato da lavorare e da stabilirsi, se (e come dubitarne?) stava fermo nelle sue promesse, perché non si potrebbe andare a star con lui? E di tali speranze, ne parlava e ne riparlava alla figlia, per la quale non saprei dire se fosse maggior dolore il sentire, o pena il rispondere. Il suo gran segreto l'aveva sempre tenuto in sé; e, inquietata bensí dal dispiacere di fare a una madre cosí buona un sotterfugio, che non era il primo; ma trattenuta, come invincibilmente, dalla vergogna e da' vari timori che abbiam detto di sopra, andava d'oggi in domani, senza dir nulla. I suoi disegni eran ben diversi da quelli della madre, o, per dir meglio, non n'aveva; s'era abbandonata alla Provvidenza. Cercava dunque di lasciar cadere, o di stornare quel discorso; o diceva, in termini generali, di non aver piú speranza, né desiderio di cosa di questo mondo, fuorché di poter presto riunirsi con sua madre; le piú volte, il pianto veniva opportunamente a troncar le parole.

– Sai perché ti par cosí? – diceva Agnese: – perché hai tanto patito, e non ti par vero che la possa voltarsi in bene. Ma lascia fare al Signore; e se.... Lascia che si veda un barlume, appena un barlume di speranza; e allora mi saprai dire se non pensi piú a nulla –. Lucia baciava la madre, e piangeva.

Del resto, tra loro e i loro ospiti era nata subito una grand'amicizia: e dove nascerebbe, se non tra beneficati e benefattori, quando gli uni e gli altri son buona gente? Agnese specialmente faceva di gran chiacchiere con la padrona. Il sarto poi dava loro un po' di svago con delle storie, e con de' discorsi morali: e, a desinare soprattutto, aveva sempre qualche bella cosa da raccontare, di Bovo d'Antona o de' Padri del deserto.

Poco distante da quel paesetto, villeggiava una coppia d'alto affare; don Ferrante e donna Prassede: il casato, al solito, nella penna dell'anonimo. Era donna Prassede una vecchia gentildonna molto inclinata a far del bene: mestiere certamente il piú degno che l'uomo possa esercitare; ma che pur troppo può anche guastare, come tutti gli altri. Per fare il bene, bisogna conoscerlo; e, al pari d'ogni altra cosa, non possiamo conoscerlo che in mezzo alle nostre passioni, per mezzo de' nostri giudizi, con le nostre idee; le quali bene spesso stanno come possono. Con l'idee donna Prassede si regolava come dicono che si deve far con gli amici: n'aveva poche; ma a quelle poche era molto affezionata. Tra le poche, ce n'era per disgrazia molte delle storte; e non eran quelle che le fossero men care. Le accadeva quindi, o di proporsi per bene ciò che non lo fosse, o di prender per mezzi, cose che potessero piuttosto far riuscire dalla parte opposta, o di crederne leciti di quelli che non lo fossero punto, per una certa supposizione in confuso, che chi fa piú del suo dovere possa far piú di quel che avrebbe diritto; le accadeva di non vedere nel fatto ciò che c'era di reale, o di vederci ciò che non c'era; e molte altre cose simili, che possono accadere, e che accadono a tutti, senza eccettuarne i migliori; ma a donna Prassede, troppo spesso e, non di rado, tutte in una volta.

Al sentire il gran caso di Lucia, e tutto ciò che, in quell'occasione, si diceva della giovine, le venne la curiosità di vederla; e mandò una carrozza, con un vecchio bracciere, a prender la madre e la figlia. Questa si ristringeva nelle spalle, e pregava il sarto, il quale aveva fatta loro l'imbasciata, che trovasse maniera di scusarla. Finché s'era trattato di gente alla buona che cercava di conoscer la giovine del miracolo, il sarto le aveva reso volentieri un tal servizio; ma in questo caso, il rifiuto gli pareva una specie di ribellione. Fece tanti versi, tant'esclamazioni, disse tante cose: e che non si faceva cosí, e ch'era una casa grande, e che ai signori non si dice di no, e che poteva esser la loro fortuna, e che la signora donna Prassede, oltre il resto, era anche una santa; tante cose insomma, che Lucia si dovette arrendere: molto piú che Agnese confermava tutte quelle ragioni con altrettanti – sicuro, sicuro.

Arrivate davanti alla signora, essa fece loro grand'accoglienza, e molte congratulazioni; interrogò, consigliò: il tutto con una certa superiorità quasi innata, ma corretta da tante espressioni umili, temperata da tanta premura, condita di tanta spiritualità, che, Agnese quasi subito, Lucia poco dopo, cominciarono a sentirsi sollevate dal rispetto opprimente che da principio aveva loro incusso quella signorile presenza; anzi ci trovarono una certa attrattiva. E per venire alle corte, donna Prassede, sentendo che il cardinale s'era incaricato di trovare a Lucia un ricovero, punta dal desiderio di secondare e di prevenire a un tratto quella buona intenzione, s'esibí di prender la giovine in casa, dove, senz'essere addetta ad alcun servizio particolare, potrebbe, a piacer suo, aiutar l'altre donne ne' loro lavori. E soggiunse che penserebbe lei a darne parte a monsignore.

Oltre il bene chiaro e immediato che c'era in un'opera tale, donna Prassede ce ne vedeva, e se ne proponeva un altro, forse piú considerabile, secondo lei; di raddirizzare un cervello, di metter sulla buona strada chi n'aveva gran bisogno. Perché, fin da quando aveva sentito la prima volta parlar di Lucia, s'era subito persuasa che una giovine la quale aveva potuto promettersi a un poco di buono, a un sedizioso, a uno scampaforca in somma, qualche magagna, qualche pecca nascosta la doveva avere. Dimmi chi pratichi, e ti dirò chi sei. La vista di Lucia aveva confermata quella persuasione. Non che, in fondo, come si dice, non le paresse una buona giovine; ma c'era molto da ridire. Quella testina bassa, col mento inchiodato sulla fontanella della gola, quel non rispondere, o risponder secco secco, come per forza, potevano indicar verecondia; ma denotavano sicuramente molta caparbietà: non ci voleva molto a indovinare che quella testina aveva le sue idee. E quell'arrossire ogni momento, e quel rattenere i sospiri.... Due occhioni poi, che a donna Prassede non piacevan punto. Teneva essa per certo, come se lo sapesse di buon luogo, che tutte le sciagure di Lucia erano una punizione del cielo per la sua amicizia con quel poco di buono, e un avviso per far che se ne staccasse affatto; e stante questo, si proponeva di cooperare a un cosí buon fine. Giacché, come diceva spesso agli altri e a se stessa, tutto il suo studio era di secondare i voleri del cielo: ma faceva spesso uno sbaglio grosso, ch'era di prender per cielo il suo cervello. Però, della seconda intenzione che abbiam detto, si guardò bene di darne il minimo indizio. Era una delle sue massime questa, che, per riuscire a far del bene alla gente, la prima cosa, nella maggior parte de' casi, è di non metterli a parte del disegno.

La madre e la figlia si guardarono in viso. Nella dolorosa necessità di dividersi, l'esibizione parve a tutt'e due da accettarsi, se non altro per esser quella villa cosí vicina al loro paesetto: per cui, alla peggio de' peggi, si ravvicinerebbero e potrebbero trovarsi insieme, alla prossima villeggiatura. Visto, l'una negli occhi dell'altra, il consenso, si voltaron tutt'e due a donna Prassede con quel ringraziare che accetta. Essa rinnovò le gentilezze e le promesse, e disse che manderebbe subito una lettera da presentare a monsignore.

Partite le donne, la lettera se la fece distendere da don Ferrante, di cui, per esser letterato, come diremo piú in particolare, si serviva per segretario, nell'occasioni d'importanza. Trattandosi d'una di questa sorte, don Ferrante ci mise tutto il suo sapere, e, consegnando la minuta da copiare alla consorte, le raccomandò caldamente l'ortografia; ch'era una delle molte cose che aveva studiate, e delle poche sulle quali avesse lui il comando in casa. Donna Prassede copiò diligentissimamente, e spedí la lettera alla casa del sarto. Questo fu due o tre giorni prima che il cardinale mandasse la lettiga per ricondur le donne al loro paese.

Arrivate, smontarono alla casa parrocchiale, dove si trovava il cardinale. C'era ordine d'introdurle subito: il cappellano, che fu il primo a vederle, l'eseguí, trattenendole solo quant'era necessario per dar loro, in fretta in fretta, un po' d'istruzione sul cerimoniale da usarsi con monsignore, e sui titoli da dargli; cosa che soleva fare, ogni volta che lo potesse di nascosto a lui. Era per il pover'uomo un tormento continuo il vedere il poco ordine che regnava intorno al cardinale, su quel particolare: – tutto, – diceva con gli altri della famiglia, – per la troppa bontà di quel benedett'uomo; per quella gran famigliarità –. E raccontava d'aver perfino sentito piú d'una volta co' suoi orecchi, rispondergli: messer sí, e messer no.

Stava in quel momento il cardinale discorrendo con don Abbondio, sugli affari della parrocchia: dimodoché questo non ebbe campo di dare anche lui, come avrebbe desiderato, le sue istruzioni alle donne. Solo, nel passar loro accanto, mentre usciva, e quelle venivano avanti, poté dar loro d'occhio, per accennare ch'era contento di loro, e che continuassero, da brave, a non dir nulla.

Dopo le prime accoglienze da una parte, e i primi inchini dall'altra, Agnese si cavò di seno la lettera, e la presentò al cardinale, dicendo: – è della signora donna Prassede, la quale dice che conosce molto vossignoria illustrissima, monsignore; come naturalmente, tra loro signori grandi, si devon conoscer tutti. Quand'avrà letto, vedrà.

– Bene, – disse Federigo, letto che ebbe, e ricavato il sugo del senso da' fiori di don Ferrante. Conosceva quella casa quanto bastasse per esser certo che Lucia c'era invitata con buona intenzione, e che lí sarebbe sicura dall'insidie e dalla violenza del suo persecutore. Che concetto avesse della testa di donna Prassede, non n'abbiam notizia positiva. Probabilmente, non era quella la persona che avrebbe scelta a un tal intento; ma, come abbiam detto o fatto intendere altrove, non era suo costume di disfar le cose che non toccavano a lui, per rifarle meglio.

– Prendete in pace anche questa separazione, e l'incertezza in cui vi trovate, – soggiunse poi: – confidate che sia per finir presto, e che il Signore voglia guidar le cose a quel termine a cui pare che le avesse indirizzate; ma tenete per certo che quello che vorrà Lui, sarà il meglio per voi –. Diede a Lucia in particolare qualche altro ricordo amorevole; qualche altro conforto a tutt'e due; le benedisse, e le lasciò andare. Appena fuori, si trovarono addosso uno sciame d'amici e d'amiche, tutto il comune, si può dire, che le aspettava, e le condusse a casa, come in trionfo. Era tra tutte quelle donne una gara di congratularsi, di compiangere, di domandare;

e tutte esclamavano dal dispiacere, sentendo che Lucia se n'anderebbe il giorno dopo. Gli uomini gareggiavano nell'offrir servizi; ognuno voleva star quella notte a far la guardia alla casetta. Sul qual fatto, il nostro anonimo credé bene di formare un proverbio: volete aver molti in aiuto? cercate di non averne bisogno.

Tante accoglienze confondevano e sbalordivano Lucia: Agnese non s'imbrogliava cosí per poco. Ma in sostanza fecero bene anche a Lucia, distraendola alquanto da' pensieri e dalle rimembranze che, pur troppo, anche in mezzo al frastono, le si risvegliavano, su quell'uscio, in quelle stanzucce, alla vista d'ogni oggetto.

Al tocco della campana che annunziava vicino il cominciar delle funzioni, tutti si mossero verso la chiesa, e fu per le nostre donne un'altra passeggiata trionfale.

Terminate le funzioni, don Abbondio, ch'era corso a vedere se Perpetua aveva ben disposto ogni cosa per il desinare, fu chiamato dal cardinale. Andò subito dal grand'ospite, il quale, lasciatolo venir vicino, – signor curato, – cominciò; e quelle parole furon dette in maniera, da dover capire, ch'erano il principio d'un discorso lungo e serio: – signor curato; perché non avete voi unita in matrimonio quella povera Lucia col suo promesso sposo?

«Hanno votato il sacco stamattina coloro», pensò don Abbondio; e rispose borbottando: – monsignore illustrissimo avrà ben sentito parlare degli scompigli che son nati in quell'affare: è stata una confusione tale da non poter, neppure al giorno d'oggi, vederci chiaro: come anche vossignoria illustrissima può argomentare da questo, che la giovine è qui, dopo tanti accidenti, come per miracolo; e il giovine, dopo altri accidenti, non si sa dove sia.

– Domando, – riprese il cardinale, – se è vero che prima di tutti codesti casi, abbiate rifiutato di celebrare il matrimonio, quando n'eravate richiesto, nel giorno fissato; e il perché.

– Veramente.... se vossignoria illustrissima sapesse.... che intimazioni.... che comandi terribili ho avuti di non parlare.... – E restò lí senza concludere, in un cert'atto, da far rispettosamente intendere che sarebbe indiscrezione il voler saperne di piú.

– Ma! – disse il cardinale, con voce e con aria grave fuor del consueto: – è il vostro vescovo che, per suo dovere e per vostra giustificazione, vuol saper da voi il perché non abbiate fatto ciò che, nella via regolare, era obbligo vostro di fare.

– Monsignore, – disse don Abbondio, facendosi piccino piccino, – non ho già voluto dire.... Ma m'è parso che, essendo cose intralciate, cose vecchie e senza rimedio, fosse inutile di rimestare.... Però, però, dico.... so che vossignoria illustrissima non vuol tradire un suo povero parroco. Perché vede bene, monsignore; vossignoria illustrissima non può esser per tutto; e io resto qui esposto.... Però, quando Lei me lo comanda, dirò, dirò tutto.

– Dite: io non vorrei altro che trovarvi senza colpa.

Allora don Abbondio si mise a raccontare la dolorosa storia; ma tacque il nome principale, e vi sostituí: un gran signore; dando cosí alla prudenza tutto quel poco che si poteva, in una tale stretta.

– E non avete avuto altro motivo? – domandò il cardinale, quando don Abbondio ebbe finito.

– Ma forse non mi sono spiegato abbastanza, – rispose questo: – sotto pena della vita, m'hanno intimato di non far quel matrimonio.

– E vi par codesta una ragion bastante, per lasciar d'adempire un dovere preciso?

– Io ho sempre cercato di farlo, il mio dovere, anche con mio grave incomodo, ma quando si tratta della vita....

– E quando vi siete presentato alla Chiesa, – disse, con accento ancor piú grave, Federigo, – per addossarvi codesto ministero, v'ha essa fatto sicurtà della vita? V'ha detto che i doveri annessi al ministero fossero liberi da ogni ostacolo, immuni da ogni pericolo? O v'ha detto forse che dove cominciasse il pericolo, ivi cesserebbe il dovere? O non v'ha espressamente detto il contrario? Non v'ha avvertito che vi mandava come un agnello tra i lupi? Non sapevate voi che c'eran de' violenti, a cui potrebbe dispiacere ciò che a voi sarebbe comandato? Quello da Cui abbiam la dottrina e l'esempio, ad imitazione di Cui ci lasciam nominare e ci nominiamo pastori, venendo in terra a esercitarne l'ufizio, mise forse per condizione d'aver salva la vita? E per salvarla, per conservarla, dico, qualche giorno di piú sulla terra, a spese della carità e del dovere, c'era bisogno dell'unzione santa, dell'imposizion delle mani, della grazia del sacerdozio? Basta il mondo a dar questa virtú, a insegnar questa dottrina. Che dico? oh vergogna! il mondo stesso la rifiuta: il mondo fa anch'esso le sue leggi, che prescrivono il male come il bene; ha il suo vangelo anch'esso, un vangelo di superbia e d'odio; e non vuol che si dica che l'amore della vita sia una ragione per trasgredirne i comandamenti. Non lo vuole; ed è ubbidito. E noi! noi figli e annunziatori della promessa! Che sarebbe la Chiesa, se codesto vostro linguaggio fosse quello di tutti i vostri confratelli? Dove sarebbe, se fosse comparsa nel mondo con codeste dottrine?

Don Abbondio stava a capo basso: il suo spirito si trovava tra quegli argomenti, come un pulcino negli artigli del falco, che lo tengono sollevato in una regione sconosciuta, in un'aria che non ha mai respirata. Vedendo che qualcosa bisognava rispondere, disse, con una certa sommissione forzata: – monsignore illustrissimo, avrò torto. Quando la vita non si deve contare, non so cosa mi dire. Ma quando s'ha che fare con certa gente, con gente che ha la forza, e che non vuol sentir ragioni, anche a voler fare il bravo, non saprei cosa ci si potesse guadagnare. È un signore quello, con cui non si può né vincerla né impattarla.

– E non sapete voi che il soffrire per la giustizia è il nostro vincere? E se non sapete questo, che cosa predicate? di che siete maestro? qual è la *buona nuova* che annunziate a' poveri? Chi pretende da voi che vinciate la forza con la forza? Certo non vi sarà domandato, un giorno, se abbiate saputo fare stare a dovere i potenti; che a questo non vi fu dato né missione, né modo. Ma vi sarà ben domandato se avrete adoprati i mezzi ch'erano in vostra mano per far ciò che v'era prescritto, anche quando avessero la temerità di proibirvelo.

«Anche questi santi son curiosi, – pensava intanto don Abbondio: – in sostanza, a spremerne il sugo, gli stanno piú a cuore gli amori di due giovani, che la vita d'un povero sacerdote». E, in quant'a lui, si sarebbe volentieri contentato che il discorso finisse lí; ma vedeva il cardinale, a ogni pausa restare in atto di chi aspetti una risposta: una confessione, o un'apologia, qualcosa in somma.

– Torno a dire, monsignore, – rispose dunque, – che avrò torto io.... Il coraggio, uno non se lo può dare.

– E perché dunque, potrei dirvi, vi siete voi impegnato in un ministero che v'impone di stare in guerra con le passioni del secolo? Ma come, vi dirò piuttosto, come non pensate che, se in codesto ministero, comunque vi ci siate messo, v'è necessario il coraggio, per adempir le vostre obbligazioni, c'è Chi ve lo darà infallibilmente, quando glielo chiediate? Credete voi che tutti que' milioni di martiri avessero naturalmente coraggio? che non facessero naturalmente nessun conto della vita? tanti giovinetti che cominciavano a gustarla, tanti vecchi avvezzi a rammaricarsi che fosse già vicina a finire, tante donzelle, tante spose, tante madri? Tutti hanno avuto coraggio; perché il coraggio era necessario, ed essi confidavano. Conoscendo la vostra debolezza e i vostri doveri, avete voi pensato a prepararvi ai passi difficili a cui potevate trovarvi, a cui vi siete trovato in effetto? Ah! se per tant'anni d'ufizio pastorale, avete (e come non avreste?) amato il vostro gregge, se avete riposto in esso il vostro cuore, le vostre cure, le vostre delizie, il coraggio non doveva mancarvi al bisogno: l'amore è intrepido. Ebbene, se voi gli amavate, quelli che sono affidati alle vostre cure spirituali, quelli che voi chiamate figliuoli; quando vedeste due di loro minacciati insieme con voi, ah certo! come la debolezza della carne v'ha fatto tremar per voi, cosí la carità v'avrà fatto tremar per loro. Vi sarete umiliato di quel primo timore perché era un effetto della vostra miseria; avrete implorato la forza per vincerlo, per discacciarlo, perché era una tentazione: ma il timor santo e nobile per gli altri, per i vostri figliuoli, quello l'avrete ascoltato, quello non v'avrà dato pace, quello v'avrà eccitato, costretto, a pensare, a fare ciò che si potesse, per riparare al pericolo che lor sovrastava.... Cosa v'ha ispirato il timore, l'amore? Cosa avete fatto per loro? Cosa avete pensato?

E tacque in atto di chi aspetta.

Capitolo ventiseiesimo

A una siffatta domanda, don Abbondio, che pur s'era ingegnato di risponder qualcosa a delle meno precise, restò lí senza articolar parola. E, per dir la verità, anche noi, con questo manoscritto davanti, con una penna in mano, non avendo da contrastare che con le frasi, né altro da temere che le critiche de' nostri lettori; anche noi, dico, sentiamo una certa ripugnanza a proseguire: troviamo un non so che di strano in questo mettere in campo, con cosí poca fatica, tanti bei precetti di fortezza e di carità, di premura operosa per gli altri, di sacrifizio illimitato di sé. Ma pensando che quelle cose erano dette da uno che poi le faceva, tiriamo avanti con coraggio.

– Voi non rispondete? – riprese il cardinale. – Ah, se aveste fatto, dalla parte vostra, ciò che la carità, ciò che il dovere richiedeva; in qualunque maniera poi le cose fossero andate, non vi mancherebbe ora una risposta. Vedete dunque voi stesso cosa avete fatto. Avete ubbidito all'iniquità, non curando ciò che il dovere vi prescriveva. L'avete ubbidita puntualmente: s'era fatta vedere a voi, per intimarvi il suo desiderio; ma voleva rimanere occulta a chi avrebbe potuto ripararsi da essa, e mettersi in guardia; non voleva che si facesse rumore, voleva il segreto, per maturare a suo bell'agio i suoi disegni d'insidie o di forza; vi comandò la trasgressione e il silenzio: voi avete trasgredito, e non parlavate. Domando ora a voi se non avete fatto di piú; voi mi direte se è vero che abbiate mendicati de' pretesti al vostro rifiuto, per non rivelarne il motivo –. E stette lí alquanto, aspettando di nuovo una risposta.

«Anche questa gli hanno rapportata le chiacchierone», pensava don Abbondio; ma non dava segno d'aver nulla da dire; onde il cardinale riprese: – se è vero, che abbiate detto a que' poverini ciò che non era, per tenerli nell'ignoranza, nell'oscurità, in cui l'iniquità li voleva.... Dunque lo devo credere; dunque non mi resta che d'arrossirne con voi, e di sperare che voi ne piangerete con me. Vedete a che v'ha condotto (Dio buono! e pur ora voi la adducevate per iscusa) quella premura per la vita che deve finire. V'ha condotto.... ribattete liberamente queste parole, se vi paiono ingiuste, prendetele in umiliazione salutare, se non lo sono.... v'ha condotto a ingannare i deboli, a mentire ai vostri figliuoli.

«Ecco come vanno le cose», diceva ancora tra sé don Abbondio: «a quel satanasso, – e pensava all'innominato, – le braccia al collo; e con me, per una mezza bugia, detta a solo fine di salvar la pelle, tanto chiasso. Ma sono superiori; hanno sempre ragione. È il mio pianeta, che tutti m'abbiano a dare addosso; anche i santi». E ad alta voce, disse: – ho mancato; capisco che ho mancato; ma cosa dovevo fare, in un frangente di quella sorte?

– E ancor lo domandate? E non ve l'ho detto? E dovevo dirvelo? Amare, figliuolo; amare e pregare. Allora avreste sentito che l'iniquità può aver bensí delle minacce da fare, de' colpi da dare, ma non de' comandi; avreste unito, secondo la legge di Dio, ciò che l'uomo voleva separare; avreste prestato a quegl'innocenti infelici il ministero che avevan ragione di richieder da voi: delle conseguenze sarebbe restato mallevadore Iddio, perché si sarebbe andati per la sua strada: avendone presa un'altra, ne restate mallevadore voi; e di quali conseguenze! Ma forse che tutti i ripari umani vi mancavano? forse che non era aperta alcuna via di scampo, quand'aveste voluto guardarvi d'intorno, pensarci, cercare? Ora voi potete sapere che que' vostri poverini, quando fossero stati maritati, avrebbero pensato da sé al loro scampo, eran disposti a fuggire dalla faccia del potente, s'eran già disegnato il luogo di rifugio. Ma anche senza questo, non vi venne in mente che alla fine avevate un superiore? Il quale, come mai avrebbe quest'autorità di riprendervi d'aver mancato al vostro ufizio, se non avesse anche l'obbligo d'aiutarvi ad adempirlo? Perché non avete pensato a informare il vostro vescovo dell'impedimento che un'infame violenza metteva all'esercizio del vostro ministero?

«I pareri di Perpetua!» pensava stizzosamente don Abbondio, a cui, in mezzo a que' discorsi, ciò che stava piú vivamente davanti, era l'immagine di que' bravi, e il pensiero che don Rodrigo era vivo e sano, e, un giorno o l'altro, tornerebbe glorioso e trionfante, e arrabbiato. E benché quella dignità presente, quell'aspetto e quel linguaggio, lo facessero star confuso, e gl'incutessero un certo timore, era però un timore che non lo soggiogava affatto, né impediva al pensiero di ricalcitrare: perché c'era in quel pensiero, che, alla fin delle fini, il cardinale non adoprava né schioppo, né spada, né bravi.

– Come non avete pensato, – proseguiva questo, – che, se a quegli innocenti insidiati non fosse stato aperto altro rifugio, c'ero io, per accoglierli, per metterli in salvo, quando voi me gli aveste indirizzati, indirizzati dei derelitti a un vescovo, come cosa sua, come parte preziosa, non dico del suo carico, ma delle sue ricchezze? E in quanto a voi, io, sarei divenuto inquieto per voi; io, avrei dovuto non dormire, fin che non fossi sicuro che non vi sarebbe torto un capello. Ch'io non avessi come, dove, mettere in sicuro la vostra vita? Ma quell'uomo che fu tanto ardito, credete voi che non gli si sarebbe scemato punto l'ardire, quando avesse saputo che le sue trame eran note fuor di qui, note a me, ch'io vegliavo, ed ero risoluto d'usare in vostra difesa tutti i mezzi che fossero in mia mano? Non sapevate che, se l'uomo promette troppo spesso piú che non sia per mantenere, minaccia anche non di rado, piú che non s'attenti poi di commettere? Non sapevate che l'iniquità non si fonda soltanto sulle sue forze, ma anche sulla credulità e sullo spavento altrui?

«Proprio le ragioni di Perpetua», pensò anche qui don Abbondio, senza riflettere che quel trovarsi d'accordo la sua serva e Federigo Borromeo su ciò che si sarebbe potuto e dovuto fare, voleva dir molto contro di lui.

– Ma voi, – proseguí e concluse il cardinale, – non avete visto, non avete voluto veder altro che il vostro pericolo temporale; qual maraviglia che vi sia parso tale, da trascurar per esso ogni altra cosa?

– Gli è perché le ho viste io quelle facce, – scappò detto a don Abbondio; – le ho sentite io quelle parole. Vossignoria illustrissima parla bene; ma bisognerebbe esser ne' panni d'un povero prete, e essersi trovato al punto.

Appena ebbe proferite queste parole, si morse la lingua; s'accorse d'essersi lasciato troppo vincere dalla stizza, e disse tra sé: «ora vien la grandine». Ma alzando dubbiosamente lo sguardo, fu tutto maravigliato, nel veder l'aspetto di quell'uomo, che non gli riusciva mai d'indovinare né di capire, nel vederlo, dico, passare, da quella gravità autorevole e correttrice, a una gravità compunta e pensierosa.

– Pur troppo! – disse Federigo, – tale è la misera e terribile nostra condizione. Dobbiamo esigere rigorosamente dagli altri quello che Dio sa se noi saremmo pronti a dare: dobbiamo giudicare, correggere, riprendere; e Dio sa quel che faremmo noi nel caso stesso, quel che abbiam fatto in casi somiglianti! Ma guai s'io dovessi prender la mia debolezza per misura del dovere altrui, per norma del mio insegnamento! Eppure è certo che, insieme con le dottrine, io devo dare agli altri l'esempio, non rendermi simile al dottor della legge, che carica gli altri di pesi che non posson portare, e che lui non toccherebbe con un dito. Ebbene, figliuolo e fratello; poiché gli errori di quelli che presiedono, sono spesso piú noti agli altri che a loro; se voi sapete ch'io abbia, per pusillanimità, per qualunque rispetto, trascurato qualche mio obbligo, ditemelo francamente, fatemi ravvedere; affinché, dov'è mancato l'esempio, supplisca almeno la confessione. Rimproveratemi liberamente le mie debolezze; e allora le parole acquisteranno piú valore nella mia bocca, perché sentirete piú vivamente, che non son mie, ma di Chi può dare a voi e a me la forza necessaria per far ciò che prescrivono.

«Oh che sant'uomo! ma che tormento! – pensava don Abbondio: – anche sopra di sé: purché frughi, rimesti, critichi, inquisisca; anche sopra di sé». Disse poi ad alta voce: – oh, monsignore! che mi fa celia? Chi non conosce il petto forte, lo zelo imperterrito di vossignoria illustrissima? – E tra sé soggiunse: «anche troppo».

– Io non vi chiedevo una lode, che mi fa tremare, – disse Federigo, – perché Dio conosce i miei mancamenti, e quello che ne conosco anch'io, basta a confondermi. Ma avrei voluto, vorrei che ci confondessimo insieme davanti a Lui, per confidare insieme. Vorrei, per amor vostro, che intendeste quanto la vostra condotta sia stata opposta, quanto sia opposto il vostro linguaggio alla legge che pur predicate, e secondo la quale sarete giudicato.

– Tutto casca addosso a me, – disse don Abbondio: – ma queste persone che son venute a rapportare, non le hanno poi detto d'essersi introdotte in casa mia, a tradimento, per sorprendermi, e per fare un matrimonio contro le regole.

– Me l'hanno detto, figliuolo: ma questo m'accora, questo m'atterra, che voi desideriate ancora di scusarvi; che pensiate di scusarvi, accusando; che prendiate materia d'accusa da ciò che dovrebb'esser parte della vostra confessione. Chi gli ha messi, non dico nella necessità, ma nella tentazione di far ciò che hanno fatto? Avrebbero essi cercata quella via irregolare, se la legittima non fosse loro stata chiusa? pensato a insidiare il pastore, se fossero stati accolti nelle sue braccia, aiutati, consigliati da lui? a sorprenderlo, se non si fosse nascosto? E a questi voi date carico? e vi sdegnate perché, dopo tante sventure, che dico? nel mezzo della sventura, abbian detto una parola di sfogo al loro, al vostro pastore? Che il ricorso dell'oppresso, la querela dell'afflitto siano odiosi al mondo, il mondo è tale; ma noi! E che pro sarebbe stato per voi, se avessero taciuto? Vi tornava conto che la loro causa andasse intera al giudizio di Dio? Non è per voi una nuova ragione d'amar queste persone (e già tante ragioni n'avete), che v'abbian dato occasione di sentir la voce sincera del vostro vescovo, che v'abbian dato un mezzo di conoscer meglio, e di scontare in parte il gran debito che avete con loro? Ah! se v'avessero provocato, offeso, tormentato, vi direi (e dovrei io dirvelo?) d'amarli, appunto per questo. Amateli perché hanno patito, perché patiscono, perché son vostri, perché son deboli, perché avete bisogno d'un perdono, a ottenervi il quale, pensate di qual forza possa essere la loro preghiera.

Don Abbondio stava zitto; ma non era piú quel silenzio forzato e impaziente: stava zitto come chi ha piú cose da pensare che da dire. Le parole che sentiva, eran conseguenze inaspettate, applicazioni nuove, ma d'una dottrina antica però nella sua mente, e non contrastata. Il male degli altri, dalla considerazione del quale l'aveva sempre distratto la paura del proprio, gli faceva ora un'impressione nuova. E se non sentiva tutto il rimorso che la predica voleva produrre (ché quella stessa paura era sempre lí a far l'ufizio di difensore), ne sentiva però; sentiva un certo dispiacere di sé, una compassione per gli altri, un misto di tenerezza e di confusione. Era, se ci si lascia passare questo paragone, come lo stoppino umido e ammaccato d'una candela, che presentato alla fiamma d'una gran torcia, da principio fuma, schizza, scoppietta, non ne vuol saper nulla; ma alla fine s'accende e, bene o male, brucia. Si sarebbe apertamente accusato, avrebbe pianto, se non fosse stato il pensiero di don Rodrigo; ma tuttavia si mostrava abbastanza commosso, perché il cardinale dovesse accorgersi che le sue parole non erano state senza effetto.

– Ora, – proseguí questo, – uno fuggitivo da casa sua, l'altra in procinto d'abbandonarla, tutt'e due con troppo forti motivi di starne lontani, senza probabilità di riunirsi mai qui, e contenti di sperare che Dio li riunisca altrove; ora, pur troppo, non hanno bisogno di voi; pur troppo, voi non avete occasione di far loro del bene; né il corto nostro prevedere può scoprirne alcuna nell'avvenire. Ma chi sa se Dio misericordioso non ve ne prepara? Ah non le lasciate sfuggire! cercatele, state alle velette, pregatelo che le faccia nascere.

– Non mancherò, monsignore, non mancherò, davvero, – rispose don Abbondio, con una voce che, in quel momento, veniva proprio dal cuore.

– Ah sí, figliuolo, sí! – esclamò Federigo; e con una dignità piena d'affetto, concluse: – lo sa il cielo se avrei desiderato di tener con voi tutt'altri discorsi. Tutt'e due abbiamo già vissuto molto: lo sa il cielo se m'è stato duro di dover contristar con rimproveri codesta vostra canizie, e quanto sarei stato piú contento di consolarci insieme delle nostre cure comuni, de' nostri guai, parlando della beata speranza, alla quale siamo arrivati cosí vicino. Piaccia a Dio che le parole le quali ho pur dovuto usar con voi, servano a voi e a me. Non fate che m'abbia a chieder conto, in quel giorno, d'avervi mantenuto in un ufizio, al quale avete cosí infelicemente mancato. Ricompriamo il tempo: la mezzanotte è vicina; lo Sposo non può tardare; teniamo accese le nostre lampade. Presentiamo a Dio i nostri cuori miseri, vòti, perché Gli piaccia riempirli di quella carità, che ripara al passato, che assicura l'avvenire, che teme e confida, piange e si rallegra, con sapienza; che diventa in ogni caso la virtú di cui abbiamo bisogno.

Cosí detto, si mosse; e don Abbondio gli andò dietro.

Qui l'anonimo ci avvisa che non fu questo il solo abboccamento di que' due personaggi, né Lucia il solo argomento de' loro abboccamenti; ma che lui s'è ristretto a questo, per non andar lontano dal soggetto principale del racconto. E che, per lo stesso motivo, non farà menzione d'altre cose notabili, dette da Federigo in tutto il corso della visita, né delle sue liberalità, né delle discordie sedate, degli odi antichi tra persone, famiglie, terre intere, spenti o (cosa ch'era pur troppo piú frequente) sopiti, né di qualche bravaccio o tirannello ammansato, o per tutta la vita, o per qualche tempo; cose tutte delle quali ce n'era sempre piú o meno, in ogni luogo della diocesi dove quell'uomo eccellente facesse qualche soggiorno.

Dice poi, che, la mattina seguente, venne donna Prassede, secondo il fissato, a prender Lucia, e a complimentare il cardinale, il quale gliela lodò, e raccomandò caldamente. Lucia si staccò dalla madre, potete pensar con che pianti; e uscí dalla sua casetta; disse per la seconda volta addio al paese, con quel senso di doppia amarezza, che si prova lasciando un luogo che fu unicamente caro, e che non può esserlo piú. Ma i congedi con la madre non eran gli ultimi; perché donna Prassede aveva detto che si starebbe ancor qualche giorno in quella sua villa, la quale non era molto lontana; e Agnese promise alla figlia d'andar là a trovarla, a dare e a ricevere un piú doloroso addio.

Il cardinale era anche lui sulle mosse per continuar la sua visita, quando arrivò, e chiese di parlargli il curato della parrocchia, in cui era il castello dell'innominato. Introdotto, gli presentò un gruppo e una lettera di quel signore, la quale lo pregava di far accettare alla madre di Lucia cento scudi d'oro ch'eran nel gruppo, per servir di dote alla giovine, o per quell'uso che ad esse sarebbe parso migliore; lo pregava insieme di dir loro, che, se mai, in qualunque tempo, avessero creduto che potesse render loro qualche servizio, la povera giovine sapeva pur troppo dove stesse; e per lui, quella sarebbe una delle fortune piú desiderate. Il cardinale fece subito chiamare Agnese, le riferí la commissione, che fu sentita con altrettanta soddisfazione che maraviglia; e le presentò il rotolo, ch'essa prese, senza far gran complimenti. – Dio gliene renda merito, a quel signore, – disse: – e vossignoria illustrissima lo ringrazi tanto tanto. E non dica nulla a nessuno, perché questo è un certo paese... Mi scusi, veda; so bene che un par suo non va a chiacchierare di queste cose; ma... lei m'intende.

Andò a casa, zitta, zitta; si chiuse in camera, svoltò il rotolo, e quantunque preparata, vide con ammirazione, tutti in un mucchietto e suoi, tanti di que' ruspi, de' quali non aveva forse mai visto piú d'uno per volta, e anche di rado; li contò, penò alquanto a metterli di nuovo per taglio, e a tenerli lí tutti, ché ogni momento facevan pancia, e sgusciavano dalle sue dita inesperte; ricomposto finalmente un rotolo alla meglio, lo mise in un cencio, ne fece un involto, un batuffoletto, e legatolo bene in giro con della cordellina, l'andò a ficcare in un cantuccio del suo saccone. Il resto di quel giorno, non fece altro che mulinare, far disegni sull'avvenire, e sospirar l'indomani. Andata a letto, stette desta un pezzo, col pensiero in compagnia di que' cento che aveva sotto: addormentata, li vide in sogno. All'alba, s'alzò e s'incamminò subito verso la villa, dov'era Lucia.

Questa, dal canto suo, quantunque non le fosse diminuita quella gran ripugnanza a parlar del voto, pure era risoluta di farsi forza, e d'aprirsene con la madre in quell'abboccamento, che per lungo tempo doveva chiamarsi l'ultimo.

Appena poterono esser sole, Agnese, con una faccia tutta animata, e insieme a voce bassa, come se ci fosse stato presente qualcheduno a cui non volesse farsi sentire, cominciò: – ho da dirti una gran cosa; – e le raccontò l'inaspettata fortuna.

– Iddio lo benedica, quel signore, – disse Lucia: – cosí avrete da star bene voi, e potrete anche far del bene a qualchedun altro.

– Come? – rispose Agnese: – non vedi quante cose possiamo fare, con tanti danari? Senti; io non ho altro che te, che voi due, posso dire; perché Renzo, da che cominciò a discorrerti, l'ho sempre riguardato come un mio figliuolo. Tutto sta che non gli sia accaduta qualche disgrazia, a vedere che non ha mai fatto saper nulla: ma eh! deve andar tutto male? Speriamo di no, speriamo. Per me, avrei avuto caro di lasciar l'ossa nel mio paese; ma ora che tu non ci puoi stare, in grazia di quel birbone, e anche solamente a pensare d'averlo vicino colui, m'è venuto in odio il mio paese: e con voi altri io sto per tutto. Ero disposta, fin d'allora, a venir con voi altri, anche in capo al mondo; e son sempre stata di quel parere; ma senza danari come si fa? Intendi ora? Que' quattro, che quel poverino aveva messi da parte, con tanto stento e con tanto risparmio, è venuta la giustizia, e ha spazzato ogni cosa; ma, per ricompensa, il Signore ha mandato la fortuna a noi. Dunque, quando avrà trovato il bandolo di far sapere se è vivo, e dov'è, e che intenzioni ha, ti vengo a prender io a Milano; io ti vengo a prendere. Altre volte mi sarebbe parso un gran che; ma le disgrazie fanno diventar disinvolti; fino a Monza ci sono andata, e so cos'è viaggiare. Prendo con me un uomo di proposito, un parente, come sarebbe a dire Alessio di Maggianico: ché, a voler dir proprio in paese, un uomo di proposito non c'è: vengo con lui: già la spesa la facciamo noi, e... intendi?

Ma vedendo che, in vece d'animarsi, Lucia s'andava accorando, e non dimostrava che una tenerezza senz'allegria, lasciò il discorso a mezzo, e disse: – ma cos'hai? non ti pare?

– Povera mamma! – esclamò Lucia, gettandole un braccio al collo, e nascondendo il viso nel seno di lei.

– Cosa c'è? – domandò di nuovo ansiosamente la madre.

– Avrei dovuto dirvelo prima, – rispose Lucia, alzando il viso, e asciugandosi le lacrime; – ma non ho mai avuto cuore: compatitemi.

– Ma di' su, dunque.

– Io non posso piú esser moglie di quel poverino!

– Come? come?

Lucia, col capo basso, col petto ansante, lacrimando senza piangere, come chi racconta una cosa che, quand'anche dispiacesse, non si può cambiare, rivelò il voto; e insieme, giungendo le mani, chiese di nuovo perdono alla madre, di non aver parlato fin allora; la pregò di non ridir la cosa ad anima vivente, e d'aiutarla ad adempire ciò che aveva promesso.

Agnese era rimasta stupefatta e costernata. Voleva

sdegnarsi del silenzio tenuto con lei; ma i gravi pensieri del caso soffogavano quel dispiacere suo proprio; voleva dirle: cos'hai fatto? ma le pareva che sarebbe un prendersela col cielo: tanto piú che Lucia tornava a dipinger co' piú vivi colori quella notte, la desolazione cosí nera, e la liberazione cosí impreveduta, tra le quali la promessa era stata fatta, cosí espressa, cosí solenne. E intanto, ad Agnese veniva anche in mente questo e quell'esempio, che aveva sentito raccontar piú volte, che lei stessa aveva raccontato alla figlia, di gastighi strani e terribili, venuti per la violazione di qualche voto. Dopo esser rimasta un poco come incantata, disse: – e ora cosa farai?

– Ora, – rispose Lucia, – tocca al Signore a pensarci; al Signore e alla Madonna. Mi son messa nelle lor mani: non m'hanno abbandonata finora; non m'abbandoneranno ora che... La grazia che chiedo per me al Signore, la sola grazia, dopo la salvazion dell'anima, è che mi faccia tornar con voi: e me la concederà, sí, me la concederà. Quel giorno... in quella carrozza... ah Vergine santissima!... quegli uomini!... chi m'avrebbe detto che mi menavano da colui che mi doveva menare a trovarmi con voi, il giorno dopo?

– Ma non parlarne subito a tua madre! – disse Agnese con una certa stizzetta temperata d'amorevolezza e di pietà.

– Compatitemi; non avevo cuore... e che sarebbe giovato d'affliggervi qualche tempo prima?

– E Renzo? – disse Agnese, tentennando il capo.

– Ah! – esclamò Lucia, riscotendosi, – io non ci devo pensar piú a quel poverino. Già si vede che non era destinato... Vedete come pare che il Signore ci abbia voluti proprio tener separati. E chi sa...? ma no, no: l'avrà preservato Lui da' pericoli, e lo farà esser fortunato anche di piú, senza di me.

– Ma intanto, – riprese la madre, – se non fosse che tu ti sei legata per sempre, a tutto il resto, quando a Renzo non gli sia accaduta qualche disgrazia, con que' danari io ci avevo trovato rimedio.

– Ma que' danari, – replicò Lucia, – ci sarebbero venuti, s'io non avessi passata quella notte? È il Signore che ha voluto che tutto andasse cosí: sia fatta la sua volontà –. E la parola morí nel pianto.

A quell'argomento inaspettato, Agnese rimase lí pensierosa. Dopo qualche momento, Lucia, rattenendo i singhiozzi, riprese: – ora che la cosa è fatta, bisogna adattarsi di buon animo; e voi, povera mamma, voi mi potete aiutare, prima, pregando il Signore per la vostra povera figlia, e poi... bisogna bene che quel poverino lo sappia. Pensateci voi, fatemi anche questa carità; ché voi ci potete pensare. Quando saprete dov'è, fategli scrivere, trovate un uomo..... appunto vostro cugino Alessio, che è un uomo prudente e caritatevole, e ci ha sempre voluto bene, e non ciarlerà: fategli scriver da lui la cosa com'è andata, dove mi son trovata, come ho patito, e che Dio ha voluto cosí, e che metta il cuore in pace, e ch'io non posso mai mai esser di nessuno. E fargli capir la cosa con buona grazia, spiegargli che ho promesso, che ho proprio fatto voto. Quando saprà che ho promesso alla Madonna... ha sempre avuto il timor di Dio. E voi, la prima volta che avrete le sue nuove, fatemi scrivere, fatemi saper che è sano; e poi... non mi fate piú saper nulla.

Agnese, tutta intenerita, assicurò la figlia che ogni cosa si farebbe come desiderava.

– Vorrei dirvi un'altra cosa, – riprese questa: – quel poverino, se non avesse avuto la disgrazia di pensare a me, non gli sarebbe accaduto ciò che gli è accaduto. È per il mondo; gli hanno troncato il suo avviamento, gli hanno portato via la sua roba, que' risparmi che aveva fatti, poverino, sapete perché... E noi abbiamo tanti danari! Oh mamma! giacché il Signore ci ha mandato tanto bene, e quel poverino, è proprio vero che lo riguardavate come vostro... sí, come un figliuolo, oh! fate mezzo per uno; ché, sicuro, Iddio non ci mancherà. Cercate un'occasione fidata, e mandateglieli, ché sa il cielo come n'ha bisogno!

– Ebbene, cosa credi? – rispose Agnese: – glieli manderò davvero. Povero giovine! Perché pensi tu ch'io fossi cosí contenta di que' danari? Ma...! io era proprio venuta qui tutta contenta. Basta, io glieli manderò, povero Renzo! ma anche lui.... so quel che dico; certo che i danari fanno piacere a chi n'ha bisogno; ma questi non saranno quelli che lo faranno ingrassare.

Lucia ringraziò la madre di quella pronta e liberale condiscendenza, con una gratitudine, con un affetto, da far capire a chi l'avesse osservata, che il suo cuore faceva ancora a mezzo con Renzo, forse piú che lei medesima non lo credesse.

– E senza di te, che farò io povera donna? – disse Agnese, piangendo anch'essa.

– E io senza di voi, povera mamma? e in casa di forestieri? e laggiú in quel Milano...! Ma il Signore sarà con tutt'e due; e poi ci farà tornare insieme. Tra otto o nove mesi ci rivedremo; e di qui allora, e anche prima, spero, avrà accomodate le cose Lui, per riunirci. Lasciamo fare a Lui. La chiederò sempre sempre alla Madonna questa grazia. Se avessi qualche altra cosa da offrirle, lo farei; ma è tanto misericordiosa, che me l'otterrà per niente.

Con queste ed altre simili, e piú volte ripetute parole di lamento e di conforto, di rammarico e di rassegnazione, con molte raccomandazioni e promesse di non dir nulla, con molte lacrime, dopo lunghi e rinnovati abbracciamenti, le donne si separarono, promettendosi a vicenda di rivedersi il prossimo autunno, al piú tardi; come se il mantenere dipendesse da loro, e come però si fa sempre in casi simili.

Intanto cominciò a passar molto tempo senza che Agnese potesse saper nulla di Renzo. Né lettere né imbasciate da parte di lui, non ne veniva: di tutti quelli del paese, o del contorno, a cui poté domandare, nessuno ne sapeva piú di lei.

E non era la sola che facesse invano una tal ricerca: il cardinal Federigo, che non aveva detto per cerimonia alle povere donne, di voler prendere informazioni del povero giovine, aveva infatti scritto subito per averne. Tornato poi dalla visita a Milano, aveva ricevuto la risposta in cui gli si diceva che non s'era potuto trovar recapito dell'indicato soggetto; che veramente era stato qualche tempo in casa d'un suo parente, nel tal paese, dove non aveva fatto dir di sé; ma, una mattina, era scomparso all'improvviso, e quel suo parente stesso non sapeva cosa ne fosse stato, e non poteva che ripetere certe voci in aria e contradditorie che correvano, essersi il giovine arrolato per il Levante, esser passato in Germania, perito nel guadare un fiume: che non si mancherebbe di stare alle velette, se mai si potesse saper qualcosa di piú positivo, per farne subito parte a sua signoria illustrissima e reverendissima.

Piú tardi, quelle ed altre voci si sparsero anche nel territorio di Lecco, e vennero per conseguenza agli orecchi d'Agnese. La povera donna faceva di tutto per venire in chiaro qual fosse la vera, per arrivare alla fonte di questa e di quella, ma non riusciva mai a trovar di piú di quel *dicono*, che, anche al giorno d'oggi, basta da sé ad attestar tante cose. Talora, appena glien'era stata raccontata una, veniva uno e le diceva che non era vero nulla; ma per dargliene in cambio un'altra, ugualmente strana o sinistra. Tutte ciarle: ecco il fatto.

Il governatore di Milano e capitano generale in Italia, don Gonzalo Fernandez di Cordova, aveva fatto un gran fracasso col signor residente di Venezia in Milano, perché un malandrino, un ladrone pubblico, un promotore di saccheggio e d'omicidio, il famoso Lorenzo Tramaglino, che, nelle mani stesse della giustizia, aveva eccitato sommossa per farsi liberare, fosse accolto e ricettato nel territorio bergamasco. Il residente avea risposto che la cosa gli riusciva nuova, e che scriverebbe a Venezia, per poter dare a sua eccellenza quella spiegazione che il caso avesse portato.

A Venezia avevan per massima di secondare e di coltivare l'inclinazione degli operai di seta milanesi a trasportarsi nel territorio bergamasco, e quindi di far che ci trovassero molti vantaggi e, soprattutto quello senza di cui ogni altro è nulla, la sicurezza. Siccome però, tra due grossi litiganti, qualche cosa, per poco che sia, bisogna sempre che il terzo goda; cosí Bortolo fu avvisato in confidenza, non si sa da chi, che Renzo non istava bene in quel paese, e che farebbe meglio a entrare in qualche altra fabbrica, cambiando anche nome per qualche tempo. Bortolo intese per aria, non domandò altro, corse a dir la cosa al cugino, lo prese con sé in un calessino, lo condusse a un altro filatoio, discosto da quello forse quindici miglia, e lo presentò, sotto il nome d'Antonio Rivolta, al padrone, ch'era nativo anche lui dello stato di Milano, e suo antico conoscente. Questo, quantunque l'annata fosse scarsa, non si fece pregare a ricevere un operaio che gli era raccomandato come onesto e abile, da un galantuomo che se n'intendeva. Alla prova poi, non ebbe che a lodarsi dell'acquisto; meno che, sul principio, gli era parso che il giovine dovesse essere un po' stordito, perché, quando si chiamava: Antonio! le piú volte non rispondeva.

Poco dopo, venne un ordine da Venezia, in istile pacato, al capitano di Bergamo, che prendesse e desse informazione, se nella sua giurisdizione, e segnatamente nel tal paese, si trovasse il tal soggetto. Il capitano, fatte le sue diligenze, come aveva capito che si voleva no, trasmise la risposta negativa, la quale fu trasmessa al residente in Milano, che la trasmettesse al gran cancelliere che potrebbe trasmetterla a don Gonzalo Fernandez di Cordova.

Non mancavan poi curiosi, che volessero saper da Bortolo il perché quel giovine non c'era piú, e dove fosse andato. Alla prima domanda Bortolo rispondeva: – ma! è scomparso –. Per mandar poi in pace i piú insistenti, senza dar loro sospetto di quel che n'era davvero, aveva creduto bene di regalar loro, a chi l'una, a chi l'altra delle notizie da noi riferite di sopra: però, come cose incerte, che aveva sentite dire anche lui, senza averne un riscontro positivo.

Ma quando la domanda gli venne fatta per commissione del cardinale, senza nominarlo, e con un certo apparato d'importanza e di mistero, lasciando capire ch'era in nome d'un gran personaggio, tanto piú Bortolo s'insospettí, e credé necessario di risponder secondo il solito; anzi, trattandosi d'un gran personaggio, diede in una volta tutte le notizie che aveva stampate a una a una, in quelle diverse occorrenze.

Non si creda però che don Gonzalo, un signore di quella sorte, l'avesse proprio davvero col povero filatore di montagna; che informato forse del poco rispetto usato, e delle cattive parole dette da colui al suo re moro incatenato per la gola, volesse fargliela pagare; o che lo credesse un soggetto tanto pericoloso, da perseguitarlo anche fuggitivo, da non lasciarlo vivere anche lontano, come il senato romano con Annibale. Don Gonzalo aveva troppe e troppo gran cose in testa, per darsi tanto pensiero de' fatti di Renzo; e se parve che se ne desse, nacque da un concorso singolare di circostanze, per cui il poveraccio, senza volerlo, e senza saperlo né allora né mai, si trovò, con un sottilissimo e invisibile filo, attaccato a quelle troppe e troppo gran cose.

Capitolo ventisettesimo

Già piú d'una volta c'è occorso di far menzione della guerra che allora bolliva, per la successione agli stati del duca Vincenzo Gonzaga, secondo di quel nome; ma c'è occorso sempre in momenti di gran fretta: sicché non abbiam mai potuto darne piú che un cenno alla sfuggita. Ora però, all'intelligenza del nostro racconto si richiede proprio d'averne qualche notizia piú particolare. Son cose che chi conosce la storia le deve sapere; ma siccome, per un giusto sentimento di noi medesimi, dobbiam supporre che quest'opera non possa esser letta se non da ignoranti, cosí non sarà male che ne diciamo qui quanto basti per infarinarne chi n'avesse bisogno.

Abbiam detto che, alla morte di quel duca, il primo chiamato in linea di successione, Carlo Gonzaga, capo d'un ramo cadetto trapiantato in Francia, dove possedeva i ducati di Nevers e di Rhétel, era entrato al possesso di Mantova; e ora aggiungiamo, del Monferrato: che la fretta appunto ce l'aveva fatto lasciar nella penna. La corte di Madrid, che voleva a ogni patto (abbiam detto anche questo) escludere da que' due feudi il nuovo principe, e per escluderlo aveva bisogno d'una ragione (perché le guerre fatte senza una ragione sarebbero ingiuste), s'era dichiarata sostenitrice di quella che pretendevano avere, su Mantova un altro Gonzaga, Ferrante, principe di Guastalla; sul Monferrato Carlo Emanuele I, duca di Savoia, e Margherita Gonzaga, duchessa vedova di Lorena. Don Gonzalo, ch'era della casa del gran capitano, e ne portava il nome, e che aveva già fatto la guerra in Fiandra, voglioso oltremodo di condurne una in Italia era forse quello che faceva piú fuoco, perché questa si dichiarasse; e intanto, interpretando l'intenzioni e precorrendo gli ordini della corte suddetta, aveva concluso col duca di Savoia un trattato d'invasione e di divisione del Monferrato; e n'aveva poi ottenuta facilmente la ratificazione dal conte duca, facendogli creder molto agevole l'acquisto di Casale, ch'era il punto piú difeso della parte pattuita al re di Spagna. Protestava però, in nome di questo, di non volere occupar paese, se non a titolo di deposito, fino alla sentenza dell'imperatore; il quale, in parte per gli ufizi altrui, in parte per suoi propri motivi, aveva intanto negata l'investitura al nuovo duca, e intimatogli che rilasciasse a lui in sequestro gli stati controversi: lui poi, sentite le parti, li rimetterebbe a chi fosse di dovere. Cosa alla quale il Nevers non s'era voluto piegare.

Aveva anche lui amici d'importanza: il cardinale di Richelieu, i signori veneziani, e il papa, ch'era, come abbiam detto, Urbano VIII. Ma il primo, impegnato allora nell'assedio della Roccella e in una guerra con l'Inghilterra, attraversato dal partito della regina madre, Maria de' Medici, contraria, per certi suoi motivi, alla casa di Nevers, non poteva dare che delle speranze. I veneziani non volevan moversi, e nemmeno dichiararsi, se prima un esercito francese non fosse calato in Italia; e, aiutando il duca sotto mano, come potevano, con la corte di Madrid e col governatore di Milano stavano sulle proteste, sulle proposte, sull'esortazioni, placide o minacciose, secondo i momenti. Il papa raccomandava il Nevers agli amici, intercedeva in suo favore presso gli avversari, faceva progetti d'accomodamento; di metter gente in campo non ne voleva saper nulla.

Cosí i due alleati alle offese poterono, tanto piú sicuramente, cominciar l'impresa concertata. Il duca di Savoia era entrato, dalla sua parte, nel Monferrato; don Gonzalo aveva messo, con gran voglia, l'assedio a Casale; ma non ci trovava tutta quella soddisfazione che s'era immaginato: che non credeste che nella guerra sia tutto rose. La corte non l'aiutava a seconda de' suoi desideri, anzi gli lasciava mancare i mezzi piú necessari; l'alleato l'aiutava troppo: voglio dire che, dopo aver presa la sua porzione, andava spilluzzicando quella assegnata al re di Spagna. Don Gonzalo se ne rodeva quanto mai si possa dire; ma temendo, se faceva appena un po' di rumore, che quel Carlo Emanuele, cosí attivo ne' maneggi e mobile ne' trattati, come prode nell'armi, si voltasse alla Francia, doveva chiudere un occhio, mandarla giú, e stare zitto. L'assedio poi andava male, in lungo, ogni tanto all'indietro, e per il contegno saldo, vigilante, risoluto degli assediati, e per aver lui poca gente, e, al dire di qualche storico, per i molti spropositi che faceva. Su questo noi lasciamo la verità a suo luogo, disposti anche, quando la cosa fosse realmente cosí, a trovarla bellissima, se fu cagione che in quell'impresa sia restato morto, smozzicato, storpiato qualche uomo di meno, e, *ceteris paribus*, anche soltanto un po' meno danneggiati i tegoli di Casale. In questi frangenti ricevette la nuova della sedizione di Milano, e ci accorse in persona.

Qui, nel ragguaglio che gli si diede, fu fatta anche menzione della fuga ribelle e clamorosa di Renzo, de' fatti veri e supposti ch'erano stati cagione del suo arresto; e gli si seppe anche dire che questo tale s'era rifugiato sul territorio di Bergamo. Questa circostanza fermò l'attenzione di don Gonzalo. Era informato da tutt'altra parte, che a Venezia avevano alzata la cresta, per la sommossa di Milano; che da principio avevan creduto che sarebbe costretto a levar l'assedio da Casale, e pensavan tuttavia che ne fosse ancora sbalordito, e in gran pensiero: tanto piú che, subito dopo quell'avvenimento, era arrivata la notizia, sospirata da que' signori e temuta da lui, della resa della Roccella. E scottandogli molto, e come uomo e come politico, che que' signori avessero un tal concetto de' fatti suoi, spiava ogni occasione di persuaderli, per via d'induzione, che non aveva perso nulla dell'antica sicurezza; giacché il dire espressamente: non ho paura, è come non dir nulla. Un buon mezzo è di fare il disgustato, di querelarsi, di reclamare: e perciò, essendo venuto il residente di Venezia a fargli un complimento, e ad esplorare insieme, nella sua faccia e nel suo contegno, come stesse dentro di sé (notate tutto; ché questa è politica di quella vecchia fine), don Gonzalo, dopo aver parlato del tumulto, leggermente e da uomo che ha già messo riparo a tutto; fece quel fracasso che sapete a proposito di Renzo; come sapete anche quel che ne venne in conseguenza. Dopo, non s'occupò piú d'un affare cosí minuto e, in quanto a lui, terminato; e quando poi, che fu un pezzo dopo, gli arrivò la risposta, al campo sopra Casale, dov'era tornato, e dove aveva tutt'altri pensieri, alzò e dimenò la testa, come un baco da seta che cerchi la foglia; stette lí un momento, per farsi tornar vivo nella memoria quel fatto, di cui non ci rimaneva piú che un'ombra; si rammentò della cosa, ebbe un'idea fugace e confusa del personaggio; passò ad altro, e non ci pensò piú.

Ma Renzo, il quale, da quel poco che gli s'era fatto veder per aria, doveva supporre tutt'altro che una cosí benigna noncuranza, stette un pezzo senz'altro pensiero o, per dir meglio, senz'altro studio, che di viver nascosto. Pensate se si struggeva di mandar le sue nuove alle donne, e d'aver le loro; ma c'eran due gran difficoltà. Una, che avrebbe dovuto anche lui confidarsi a un segretario, perché il poverino non sapeva scrivere, e neppur leggere, nel senso esteso della parola; e se, interrogato di ciò, come forse vi ricorderete, dal dottor Azzecca-garbugli, aveva risposto di sí, non fu un vanto, una sparata, come si dice; ma era la verità che lo stampato lo sapeva leggere, mettendoci il suo tempo: lo scritto è un altro par di maniche. Era dunque costretto a mettere un terzo a parte de' suoi interessi, d'un segreto cosí geloso: e un uomo che sapesse tener la penna in mano, e di cui uno si potesse fidare, a que' tempi non si trovava cosí facilmente; tanto piú in un paese dove non s'avesse nessuna antica conoscenza. L'altra difficoltà era d'avere anche un corriere; un uomo che andasse appunto da quelle parti, che volesse incaricarsi della lettera, e darsi davvero il pensiero di recapitarla; tutte cose, anche queste, difficili a trovarsi in un uomo solo.

Finalmente, cerca e ricerca, trovò chi scrivesse per lui. Ma, non sapendo se le donne fossero ancora a Monza, o dove, credé bene di fare accluder la lettera per Agnese in un'altra diretta al padre Cristoforo. Lo scrivano prese anche l'incarico di far recapitare il plico; lo consegnò a uno che doveva passare non lontano da Pescarenico; costui lo lasciò, con molte raccomandazioni, in un'osteria sulla strada, al punto piú vicino; trattandosi che il plico era indirizzato a un convento, ci arrivò; ma cosa n'avvenisse dopo, non s'è mai saputo. Renzo, non vedendo comparir risposta, fece stendere un'altra lettera, a un di presso come la prima, e accluderla in un'altra a un suo amico di Lecco, o parente che fosse. Si cercò un altro latore, si trovò; questa volta la lettera arrivò a chi era diretta. Agnese trottò a Maggianico, se la fece leggere e spiegare da quell'Alessio suo cugino: concertò con lui una risposta, che questo mise in carta; si trovò il mezzo di mandarla ad Antonio Rivolta nel luogo del suo domicilio: tutto questo però non cosí presto come noi lo raccontiamo. Renzo ebbe la risposta, e fece riscrivere. In somma, s'avviò tra le due parti un carteggio, né rapido né regolare, ma pure, a balzi e ad intervalli, continuato.

Ma per avere un'idea di quel carteggio, bisogna sapere un poco come andassero allora tali cose, anzi come vadano; perché, in questo particolare, credo che ci sia poco o nulla di cambiato.

Il contadino che non sa scrivere, e che avrebbe bisogno di scrivere, si rivolge a uno che conosca quell'arte, scegliendolo, per quanto può, tra quelli della sua condizione, perché degli altri si perita, o si fida poco; l'informa, con piú o meno ordine e chiarezza, degli antecedenti: e gli espone, nella stessa maniera, la cosa da mettere in carta. Il letterato, parte intende, parte frantende, dà qualche consiglio, propone qualche cambiamento, dice: lasciate fare a me; piglia la penna, mette come può in forma letteraria i pensieri dell'altro, li corregge, li migliora, carica la mano, oppure smorza, lascia anche fuori, secondo gli pare che torni meglio alla cosa: perché, non c'è rimedio, chi ne sa piú degli altri non vuol essere strumento materiale nelle loro mani; e quando entra negli affari altrui, vuol anche fargli andare un po' a modo suo. Con tutto ciò, al letterato suddetto non gli riesce sempre di dire tutto quel che vorrebbe; qualche volta gli accade di dire tutt'altro: accade anche a noi altri, che scriviamo per la stampa. Quando la lettera cosí composta arriva alle mani del corrispondente, che anche lui non abbia pratica dell'abbiccí, la porta a un altro dotto di quel calibro, il quale gliela legge e gliela spiega. Nascono delle questioni sul modo d'intendere; perché l'interessato, fondandosi sulla cognizione de' fatti antecedenti, pretende che certe parole voglian dire una cosa; il lettore, stando alla pratica che ha della composizione, pretende che ne vogliano dire un'altra. Finalmente bisogna che chi non sa si metta nelle mani di chi sa, e dia a lui l'incarico della risposta: la quale, fatta sul gusto della proposta, va poi soggetta a un'interpretazione simile. Che se, per di piú, il soggetto della corrispondenza è un po' geloso; se c'entrano affari segreti, che non si vorrebbero lasciar capire a un terzo, caso mai che la lettera andasse persa; se, per questo riguardo, c'è stata anche l'intenzione positiva di non dir le cose affatto chiare; allora, per poco che la corrispondenza duri, le parti finiscono a intendersi tra di loro come altre volte due scolastici che da quattr'ore disputassero sull'entelechia: per non prendere una similitudine da cose vive; che ci avesse poi a toccare qualche scappellotto.

Ora, il caso de' nostri due corrispondenti era appunto quello che abbiam detto. La prima lettera scritta in nome di Renzo conteneva molte materie. Da principio, oltre un racconto della fuga, molto piú conciso, ma anche piú arruffato di quello che avete letto, un ragguaglio delle sue circostanze attuali; dal quale, tanto Agnese quanto il suo turcimanno furono ben lontani di ricavare un costrutto chiaro e intero: avviso segreto, cambiamento di nome, esser sicuro, ma dovere star nascosto; cose per sé non troppo famigliari a' loro intelletti, e nella lettera dette anche un po' in cifra. C'era poi delle domande affannose, appassionate, su' casi di Lucia, con de' cenni oscuri e dolenti, intorno alle voci che n'erano arrivate fino a Renzo. C'erano finalmente speranze incerte, e lontane, disegni lanciati nell'avvenire, e intanto promesse e preghiere di mantener la fede data, di non perder la pazienza né il coraggio, d'aspettar migliori circostanze.

Dopo un po' di tempo, Agnese trovò un mezzo fidato di far pervenire nelle mani di Renzo una risposta, co' cinquanta scudi assegnatigli da Lucia. Al veder tant'oro, Renzo non sapeva cosa si pensare; e con l'animo agitato da una maraviglia e da una sospensione che non davan luogo a contentezza, corse in cerca del segretario, per farsi interpretar la lettera, e aver la chiave d'un cosí strano mistero.

Nella lettera, il segretario d'Agnese, dopo qualche lamento sulla poca chiarezza della proposta, passava a descrivere, con chiarezza a un di presso uguale, la tremenda storia di quella persona (cosí diceva); e qui rendeva ragione de' cinquanta scudi; poi veniva a parlar del voto, ma per via di perifrasi, aggiungendo, con parole piú dirette e aperte, il consiglio di mettere il cuore in pace, e di non pensarci piú.

Renzo, poco mancò che non se la prendesse col lettore interprete: tremava, inorridiva, s'infuriava, di quel che aveva capito, e di quel che non aveva potuto capire. Tre o quattro volte si fece rileggere il terribile scritto, ora parendogli d'intender meglio, ora divenendogli buio ciò che prima gli era parso chiaro. E in quella febbre di passioni, volle che il segretario mettesse subito mano alla penna, e rispondesse. Dopo l'espressioni piú forti che si possano immaginare di pietà e di terrore per i casi di Lucia, – scrivete, – proseguiva dettando, – che io il cuore in pace non lo voglio mettere, e non lo metterò mai; e che non son pareri da darsi a un figliuolo par mio; e che i danari non li toccherò; che li ripongo, e li tengo in deposito, per la dote della giovine; che già la giovine dev'esser mia; che io non so di promessa; e che ho ben sempre sentito dire che la Madonna c'entra per aiutare i tribolati, e per ottener delle grazie, ma per far dispetto e per mancar di parola, non l'ho sentito mai; e che codesto non può stare; e che, con questi danari, abbiamo a metter su casa qui; e che, se ora sono un po' imbrogliato, l'è una burrasca che passerà presto –; e cose simili.

Agnese ricevé poi quella lettera, e fece riscrivere; e il carteggio continuò, nella maniera che abbiam detto.

Lucia, quando la madre ebbe potuto, non so per qual mezzo, farle sapere che quel tale era vivo e in salvo e avvertito, sentí un gran sollievo, e non desiderava piú altro, se non che si dimenticasse di lei; o, per dir la cosa proprio a un puntino, che pensasse a dimenticarla. Dal canto suo, faceva cento volte al giorno una risoluzione simile riguardo a lui; e adoprava anche ogni mezzo, per mandarla ad effetto. Stava assidua al lavoro, cercava d'occuparsi tutta in quello: quando l'immagine di Renzo le si presentava, e lei a dire o a cantare orazioni a mente. Ma quell'immagine, proprio come se avesse avuto malizia, non veniva per lo piú, cosí alla scoperta; s'introduceva di soppiatto dietro all'altre, in modo che la mente non s'accorgesse d'averla ricevuta, se non dopo qualche tempo che la c'era. Il pensiero di Lucia stava spesso con la madre: come non ci sarebbe stato? e il Renzo ideale veniva pian piano a mettersi in terzo, come il reale aveva fatto tante volte. Cosí con tutte le persone, in tutti i luoghi, in tutte le memorie del passato, colui si veniva a ficcare. E se la poverina si lasciava andar qualche volta a fantasticar sul suo avvenire, anche lí compariva colui, per dire, se non altro: io a buon conto non ci sarò. Però, se il non pensare a lui era impresa disperata, a pensarci meno, e meno intensamente che il cuore avrebbe voluto, Lucia ci riusciva fino a un certo segno: ci sarebbe anche riuscita meglio, se fosse stata sola a volerlo. Ma c'era donna Prassede, la quale, tutta impegnata dal canto suo a levarle dall'animo colui, non aveva trovato miglior espediente che di parlargliene spesso. – Ebbene? – le diceva: – non ci pensiam piú a colui?

– Io non penso a nessuno, – rispondeva Lucia.

Donna Prassede non s'appagava d'una risposta simile; replicava che ci volevan fatti e non parole; si diffondeva a parlare sul costume delle giovani, le quali, diceva, – quando hanno nel cuore uno scapestrato (ed è lí che inclinano sempre), non se lo staccan piú. Un partito onesto, ragionevole, d'un galantuomo, d'un uomo assestato, che, per qualche accidente, vada a monte, son subito rassegnate; ma un rompicollo, è piaga incurabile –. E allora principiava il panegirico del povero assente, del birbante venuto a Milano, per rubare e scannare; e voleva far confessare a Lucia le bricconate che colui doveva aver fatte, sicuramente anche al suo paese.

Lucia, con la voce tremante di vergogna, di dolore, e di quello sdegno che poteva aver luogo nel suo animo dolce e nella sua umile fortuna, assicurava e attestava, che, al suo paese, quel poveretto non aveva mai fatto parlar di sé, altro che in bene; avrebbe voluto, diceva, che fosse presente qualcheduno di là, per fargli far testimonianza. Anche sull'avventure di Milano, delle quali non era ben informata, lo difendeva, appunto con la cognizione che aveva di lui e de' suoi portamenti fino dalla fanciullezza. Lo difendeva o si proponeva di difenderlo, per puro dovere di carità, per amore del vero, e, a dir proprio la parola con la quale spiegava a se stessa il suo sentimento, come prossimo. Ma da queste apologie donna Prassede ricavava nuovi argomenti per convincer Lucia, che il suo cuore era ancora perso dietro a colui. E per verità, in que' momenti, non saprei ben dire come la cosa stesse. L'indegno ritratto che la vecchia faceva del poverino, risvegliava, per opposizione, piú viva e piú distinta che mai, nella mente della giovine l'idea che vi s'era formata in una cosí lunga consuetudine; le rimembranze compresse a forza, si svolgevano in folla; l'avversione e il disprezzo richiamavano tanti antichi motivi di stima; l'odio cieco e violento faceva sorger piú forte la pietà: e con questi affetti, chi sa quanto ci potesse essere o non essere di quell'altro che dietro ad essi s'introduce cosí facilmente negli animi; figuriamoci cosa farà in quelli, donde si tratti di scacciarlo per forza. Sia come si sia, il discorso, per la parte di Lucia, non sarebbe mai andato molto in lungo; ché le parole finivan presto in pianto.

Se donna Prassede fosse stata spinta a trattarla in quella maniera da qualche odio inveterato contro di lei, forse quelle lacrime l'avrebbero tocca, e fatta smettere; ma parlando a fin di bene, tirava avanti, senza lasciarsi smovere: come i gemiti, i gridi supplichevoli, potranno ben trattenere l'arme d'un nemico, ma non il ferro d'un chirurgo. Fatto però bene il suo dovere per quella volta, dalle stoccate e da' rabbuffi veniva all'esortazioni, ai consigli, conditi anche di qualche lode, per temperar cosí l'agro col dolce, e ottener meglio l'effetto, operando sull'animo in tutti i versi. Certo, di quelle baruffe (che avevan sempre a un di presso lo stesso principio, mezzo e fine), non rimaneva alla buona Lucia propriamente astio contro l'acerba predicatrice, la quale poi nel resto la trattava con gran dolcezza; e anche in questo, si vedeva una buona intenzione. Le rimaneva bensí un ribollimento, una sollevazione di pensieri e d'affetti tale, che ci voleva molto tempo e molta fatica per tornare a quella qualunque calma di prima.

Buon per lei, che non era la sola a cui donna Prassede avesse a far del bene; sicché le baruffe non potevano esser cosí frequenti. Oltre il resto della servitú, tutti cervelli che avevan bisogno, piú o meno, d'esser raddirizzati e guidati; oltre tutte l'altre occasioni di prestar lo stesso ufizio, per buon cuore, a molti con cui non era obbligata a niente: occasioni che cercava, se non s'offrivan da sé; aveva anche cinque figlie; nessuna in casa, ma che le davan piú da pensare, che se ci fossero state. Tre eran monache, due maritate; e donna Prassede si trovava naturalmente aver tre monasteri e due case a cui soprintendere: impresa vasta e complicata, e tanto piú faticosa, che due mariti, spalleggiati da padri, da madri, da fratelli, e tre badesse, fiancheggiate da altre dignità e da molte monache, non volevano accettare la sua soprintendenza. Era una guerra, anzi cinque guerre, coperte, gentili, fino a un certo segno, ma vive e senza tregua: era in tutti que' luoghi un'attenzione continua a scansare la sua premura, a chiuder l'adito a' suoi pareri, a eludere le sue richieste, a far che fosse al buio, piú che si poteva, d'ogni affare. Non parlo de' contrasti, delle difficoltà che incontrava nel maneggio d'altri affari anche piú estranei: si sa che agli uomini il bene bisogna, le piú volte, farlo per forza. Dove il suo zelo poteva esercitarsi liberamente, era in casa: lí ogni persona era soggetta, in tutto e per tutto, alla sua autorità, fuorché don Ferrante, col quale le cose andavano in un modo affatto particolare.

Uomo di studio, non gli piaceva né di comandare né d'ubbidire. Che, in tutte le cose di casa, la signora moglie fosse la padrona, alla buon'ora; ma lui servo, no. E se, pregato, le prestava a un'occorrenza l'ufizio della penna, era perché ci aveva il suo genio; del rimanente, anche in questo sapeva dir di no, quando non fosse persuaso di ciò che lei voleva fargli scrivere. – La s'ingegni, – diceva in que' casi; – faccia da sé, giacché la cosa le par tanto chiara –. Donna Prassede, dopo aver tentato per qualche tempo, e inutilmente, di tirarlo dal lasciar fare al fare, s'era ristretta a brontolare spesso contro di lui, a nominarlo uno schivafatiche, un uomo fisso nelle sue idee, un letterato; titolo nel quale, insieme con la stizza, c'entrava anche un po' di compiacenza.

Don Ferrante passava di grand'ore nel suo studio, dove aveva una raccolta di libri considerabile, poco meno di trecento volumi: tutta roba scelta, tutte opere delle piú riputate, in varie materie; in ognuna delle quali era piú o meno versato. Nell'astrologia, era tenuto, e con ragione, per piú che un dilettante; perché non ne possedeva soltanto quelle nozioni generiche, e quel vocabolario comune, d'influssi, d'aspetti, di congiunzioni; ma sapeva parlare a proposito, e come dalla cattedra, delle dodici case del cielo, de' circoli massimi, de' gradi lucidi e tenebrosi, d'esaltazione e di deiezione, di transiti e di rivoluzioni, de' princípi in somma piú certi e piú reconditi della scienza. Ed eran forse vent'anni che, in dispute frequenti e lunghe, sosteneva la domificazione del Cardano contro un altro dotto attaccato ferocemente a quella dell'Alcabizio, per mera ostinazione, diceva don Ferrante; il quale, riconoscendo volentieri la superiorità degli antichi, non poteva però soffrire quel non voler dar ragione a' moderni, anche dove l'hanno chiara che la vedrebbe ognuno. Conosceva anche, piú che mediocremente, la storia della scienza; sapeva a un bisogno citare le piú celebri predizioni avverate, e ragionar sottilmente ed eruditamente sopra altre celebri predizioni andate a vòto, per dimostrar che la colpa non era della scienza, ma di chi non l'aveva saputa adoprar bene.

Della filosofia antica aveva imparato quanto poteva bastare, e n'andava di continuo imparando di piú, dalla lettura di Diogene Laerzio. Siccome però que' sistemi, per quanto sian belli, non si può adottarli tutti; e, a voler esser filosofo, bisogna scegliere un autore, cosí don Ferrante aveva scelto Aristotile, il quale, come diceva lui, non è né antico né moderno; è il filosofo. Aveva anche varie opere de' piú savi e sottili seguaci di lui, tra i moderni: quelle de' suoi impugnatori non aveva mai voluto leggerle, per non buttar via il tempo, diceva; né comprarle, per non buttar via i danari. Per eccezione però, dava luogo nella sua libreria a que' celebri ventidue libri *De subtilitate*, e a qualche altr'opera antiperipatetica del Cardano, in grazia del suo valore in astrologia; dicendo che chi aveva potuto scrivere il trattato *De restitutione temporum et motuum cœlestium*, e il libro *Duodecim geniturarum*, meritava d'essere ascoltato, anche quando spropositava; e che il gran difetto di quell'uomo era stato d'aver troppo ingegno; e che nessuno si può immaginare dove sarebbe arrivato, anche in filosofia, se fosse stato sempre nella strada retta. Del rimanente, quantunque, nel giudizio de' dotti, don Ferrante passasse per un peripatetico consumato, non ostante a lui non pareva di saperne abbastanza; e piú d'una volta disse, con gran modestia, che l'essenza, gli universali, l'anima del mondo, e la natura delle cose non eran cose tanto chiare, quanto si potrebbe credere.

Della filosofia naturale s'era fatto piú un passatempo che uno studio; l'opere stesse d'Aristotile su questa materia, e quelle di Plinio le aveva piuttosto lette che studiate: non di meno, con questa lettura, con le notizie raccolte incidentemente da' trattati di filosofia generale, con qualche scorsa data alla *Magia naturale* del Porta, alle tre storie *lapidum*, *animalium*, *plantarum*, del Cardano, al Trattato dell'erbe, delle piante, degli animali, d'Alberto Magno, a qualche altr'opera di minor conto, sapeva a tempo trattenere una conversazione ragionando delle virtú piú mirabili e delle curiosità piú singolari di molti semplici; descrivendo esattamente le forme e l'abitudini delle sirene e dell'unica fenice; spiegando come la salamandra stia nel fuoco senza bruciare: come la remora, quel pesciolino, abbia la forza e l'abilità di fermare di punto in bianco, in alto mare, qualunque gran nave; come le gocciole della rugiada diventin perle in seno delle conchiglie; come il cameleonte si cibi d'aria; come dal ghiaccio lentamente indurato, con l'andar de' secoli, si formi il cristallo; e altri de' piú maravigliosi segreti della natura.

In quelli della magia e della stregoneria s'era internato di piú, trattandosi, dice il nostro anonimo, di scienza molto piú in voga e piú necessaria, e nella quale i fatti sono di molto maggiore importanza, e piú a mano, da poterli verificare. Non c'è bisogno di dire che, in un tale studio, non aveva mai avuta altra mira che d'istruirsi e di conoscere a fondo le pessime arti de' maliardi, per potersene guardare, e difendere. E, con la scorta principalmente del gran Martino Delrio (l'uomo della scienza), era in grado di discorrere *ex professo* del maleficio amatorio, del maleficio sonnifero, del maleficio ostile, e dell'infinite specie che, pur troppo, dice ancora l'anonimo, si vedono in pratica alla giornata, di questi tre generi capitali di malíe, con effetti cosí dolorosi. Ugualmente vaste e fondate eran le cognizioni di don Ferrante in fatto di storia, specialmente universale: nella quale i suoi autori erano il Tarcagnota, il Dolce, il Bugatti, il Campana, il Guazzo, i piú riputati in somma.

Ma cos'è mai la storia, diceva spesso don Ferrante, senza la politica? Una guida che cammina, cammina, con nessuno dietro che impari la strada, e per conseguenza butta via i suoi passi; come la politica senza la storia è uno che cammina senza guida. C'era dunque ne' suoi scaffali un palchetto assegnato agli statisti; dove, tra molti di piccola mole, e di fama secondaria, spiccavano il Bodino, il Cavalcanti, il Sansovino, il Paruta, il Boccalini. Due però erano i libri che don Ferrante anteponeva a tutti, e di gran lunga, in questa materia; due che, fino a un certo tempo, fu solito di chiamare i primi, senza mai potersi risolvere a qual de' due convenisse unicamente quel grado: l'uno, il *Principe* e i *Discorsi* del celebre segretario fiorentino; mariolo sí, diceva don Ferrante, ma profondo: l'altro, la *Ragion di Stato* del non men celebre Giovanni Botero; galantuomo sí, diceva pure, ma acuto. Ma, poco prima del tempo nel quale è circoscritta la nostra storia, era venuto fuori il libro che terminò la questione del primato, passando avanti anche all'opere di que' due *matadori*, diceva don Ferrante; il libro in cui si trovan racchiuse e come stillate tutte le malizie, per poterle conoscere, e tutte le virtú, per poterle praticare; quel libro piccino, ma tutto d'oro; in una parola, lo *Statista Regnante* di don Valeriano Castiglione, di quell'uomo celeberrimo, di cui si può dire, che i piú gran letterati lo esaltavano a gara, e i piú gran personaggi facevano a rubarselo; di quell'uomo, che il papa Urbano VIII onorò, come è noto, di magnifiche lodi; che il cardinal Borghese e il viceré di Napoli, don Pietro di Toledo, sollecitarono a descrivere, il primo i fatti di papa Paolo V, l'altro le guerre del re cattolico in Italia, l'uno e l'altro invano; di quell'uomo, che Luigi XIII, re di Francia, per suggerimento del cardinal di

Richelieu, nominò suo istoriografo; a cui il duca Carlo Emanuele di Savoia conferí la stessa carica; in lode di cui, per tralasciare altre gloriose testimonianze, la duchessa Cristina, figlia del cristianissimo re Enrico IV, poté in un diploma, con molti altri titoli, annoverare «la certezza della fama ch'egli ottiene in Italia, di primo scrittore de' nostri tempi».

Ma se, in tutte le scienze suddette, don Ferrante poteva dirsi addottrinato, una ce n'era in cui meritava e godeva il titolo di professore: la scienza cavalleresca. Non solo ne ragionava con vero possesso, ma pregato frequentemente d'intervenire in affari d'onore, dava sempre qualche decisione. Aveva nella sua libreria, e si può dire in testa, le opere degli scrittori piú riputati in tal materia: Paride dal Pozzo, Fausto da Longiano, l'Urrea, il Muzio, il Romei, l'Albergato, il Forno primo e il Forno secondo di Torquato Tasso, di cui aveva anche in pronto, e a un bisogno sapeva citare a memoria tutti i passi cosí della Gerusalemme Liberata, come della Conquistata, che possono far testo in materia di cavalleria. L'autore però degli autori, nel suo concetto, era il nostro celebre Francesco Birago, con cui si trovò anche, piú d'una volta, a dar giudizio sopra casi d'onore; e il quale, dal canto suo, parlava di don Ferrante in termini di stima particolare. E fin da quando venner fuori i *Discorsi Cavallereschi* di quell'insigne scrittore, don Ferrante pronosticò, senza esitazione, che quest'opera avrebbe rovinata l'autorità dell'Olevano, e sarebbe rimasta, insieme con l'altre sue nobili sorelle, come codice di primaria autorità presso ai posteri: profezia, dice l'anonimo, che ognun può vedere come si sia avverata.

Da questo passa poi alle lettere amene; ma noi cominciamo a dubitare se veramente il lettore abbia una gran voglia d'andar avanti con lui in questa rassegna, anzi a temere di non aver già buscato il titolo di copiator servile per noi, e quello di seccatore da dividersi con l'anonimo sullodato, per averlo bonariamente seguito fin qui, in cosa estranea al racconto principale, e nella quale probabilmente non s'è tanto disteso, che per isfoggiar dottrina, e far vedere che non era indietro del suo secolo. Però, lasciando scritto quel che è scritto, per non perder la nostra fatica, ometteremo il rimanente, per rimetterci in istrada: tanto piú che ne abbiamo un bel pezzo da percorrere, senza incontrare alcun de' nostri personaggi, e uno piú lungo ancora, prima di trovar quelli ai fatti de' quali certamente il lettore s'interessa di piú, se a qualche cosa s'interessa in tutto questo.

Fino all'autunno del seguente anno 1629, rimasero tutti, chi per volontà, chi per forza, nello stato a un di presso in cui gli abbiam lasciati, senza che ad alcuno accadesse, né che alcun altro potesse far cosa degna d'esser riferita. Venne l'autunno, in cui Agnese e Lucia avevan fatto conto di ritrovarsi insieme: ma un grande avvenimento pubblico mandò quel conto all'aria: e fu questo certamente uno de' suoi piú piccoli effetti. Seguiron poi altri grandi avvenimenti, che però non portarono nessun cambiamento notabile nella sorte de' nostri personaggi. Finalmente nuovi casi, piú generali, piú forti, piú estremi, arrivarono anche fino a loro, fino agli infimi di loro, secondo la scala del mondo: come un turbine vasto, incalzante, vagabondo, scoscendendo e sbarbando alberi, arruffando tetti, scoprendo campanili, abbattendo muraglie, e sbattendone qua e là i rottami, solleva anche i fuscelli nascosti tra l'erba, va a cercare negli angoli le foglie passe e leggieri, che un minor vento vi aveva confinate, e le porta in giro involte nella sua rapina.

Ora, perché i fatti privati che ci rimangon da raccontare, riescan chiari, dobbiamo assolutamente premettere un racconto alla meglio di quei pubblici, prendendola anche un po' da lontano.

Capitolo ventottesimo

Dopo quella sedizione del giorno di san Martino e del seguente, parve che l'abbondanza fosse tornata in Milano, come per miracolo. Pane in quantità da tutti i fornai; il prezzo, come nell'annate migliori; le farine a proporzione. Coloro che, in que' due giorni, s'erano addati a urlare o a far anche qualcosa di piú, avevano ora (meno alcuni pochi stati presi) di che lodarsi: e non crediate che se ne stessero, appena cessato quel primo spavento delle catture. Sulle piazze, sulle cantonate, nelle bettole, era un tripudio palese, un congratularsi e un vantarsi tra' denti d'aver trovata la maniera di far rinviliare il pane. In mezzo però alla festa e alla baldanza, c'era (e come non ci sarebbe stata?) un'inquietudine, un presentimento che la cosa non avesse a durare. Assediavano i fornai e i farinaioli, come già avevan fatto in quell'altra fattizia e passeggiera abbondanza prodotta dalla prima tariffa d'Antonio Ferrer; tutti consumavano senza risparmio; chi aveva qualche quattrino da parte, l'investiva in pane e in farine; facevan magazzino delle casse, delle botticine, delle caldaie. Cosí, facendo a gara a goder del buon mercato presente, ne rendevano, non dico impossibile la lunga durata, che già lo era per sé, ma sempre piú difficile anche la continuazione momentanea. Ed ecco che, il 15 di novembre, Antonio Ferrer, *De orden de Su Excelencia*, pubblicò una grida, con la quale, a chiunque avesse granaglie o farine in casa, veniva proibito di comprarne né punto né poco, e ad ognuno di comprar pane, per piú che il bisogno di due giorni, *sotto pene pecuniarie e corporali, all'arbitrio di Sua Eccellenza*; intimazione a chi toccava per ufizio, e a ogni persona, di denunziare i trasgressori; ordine a' giudici, di far ricerche nelle case che potessero venir loro indicate; insieme però, nuovo comando a' fornai di tener le botteghe ben fornite di pane, *sotto pena, in caso di mancamento, di cinque anni di galera, et maggiore, all'arbitrio di S. E.* Chi sa immaginarsi una grida tale eseguita, deve avere una bella immaginazione; e certo, se tutte quelle che si pubblicavano in quel tempo erano eseguite, il ducato di Milano doveva avere almeno tanta gente in mare, quanta ne possa avere ora la gran Bretagna.

Sia com'esser si voglia, ordinando ai fornai di far tanto pane, bisognava anche fare in modo che la materia del pane non mancasse loro. S'era immaginato (come sempre in tempo di carestia rinasce uno studio di ridurre in pane de' prodotti che d'ordinario si consumano sott'altra forma), s'era, dico, immaginato di far entrare il riso nel composto del pane detto *di mistura*. Il 23 di novembre, grida che sequestra, agli ordini del vicario e de' dodici di provvisione, la metà del riso vestito (*risone* lo dicevano qui, e lo dicon tuttora) che ognuno possegga; pena a chiunque ne disponga senza il permesso di que' signori, la perdita della derrata, e una multa di tre scudi per moggio. E, come ognun vede, la piú onesta.

Ma questo riso bisognava pagarlo, e un prezzo troppo sproporzionato da quello del pane. Il carico di supplire all'enorme differenza era stato imposto alla città; ma il Consiglio de' decurioni, che l'aveva assunto per essa, deliberò, lo stesso giorno 23 di novembre, di rappresentare al governatore l'impossibilità di sostenerlo piú a lungo. E il governatore, con grida del 7 di dicembre, fissò il prezzo del riso suddetto a lire dodici il moggio: a chi ne chiedesse di piú, come a chi ricusasse di vendere, intimò la perdita della derrata e una multa d'altrettanto valore, *et maggior pena pecuniaria et ancora corporale sino alla galera, all'arbitrio di S. E., secondo la qualità de' casi et delle persone*.

Al riso brillato era già stato fissato il prezzo prima della sommossa; come probabilmente la tariffa o, per usare quella denominazione celeberrima negli annali moderni, il *maximum* del grano e dell'altre granaglie piú ordinarie sarà stato fissato con altre gride, che non c'è avvenuto di vedere.

Mantenuto cosí il pane e la farina a buon mercato in Milano, ne veniva di conseguenza che dalla campagna accorresse gente a processione a comprarne. Don Gonzalo, per riparare a questo, come dice lui, inconveniente, proibí, con un'altra grida del 15 di dicembre, di portar fuori della città pane, per piú del valore di venti soldi; pena la perdita del pane medesimo, e venticinque scudi, *et in caso di inhabilità, di due tratti di corda in publico, et maggior pena ancora*, secondo il solito, *all'arbitrio di S. E.* Il 22 dello stesso mese (e non si vede perché cosí tardi), pubblicò un ordine somigliante per le farine e per i grani.

La moltitudine aveva voluto far nascere l'abbondanza col saccheggio e con l'incendio; il governo voleva mantenerla con la galera e con la corda. I mezzi erano convenienti tra loro; ma cosa avessero a fare col fine, il lettore lo vede: come valessero in fatto ad ottenerlo, lo vedrà a momenti. È poi facile anche vedere, e non inutile l'osservare come tra quegli strani provvedimenti ci sia però una connessione necessaria: ognuno era una conseguenza inevitabile dell'antecedente, e tutti del primo, che fissava al pane un prezzo cosí lontano dal prezzo reale, da quello cioè che sarebbe risultato naturalmente dalla proporzione tra il bisogno e la quantità. Alla moltitudine un tale espediente è sempre parso, e ha sempre dovuto parere, quanto conforme all'equità, altrettanto semplice e agevole a mettersi in esecuzione: è quindi cosa naturale che, nell'angustie e ne' patimenti della carestia, essa lo desideri, l'implori e, se può, l'imponga. Di mano in mano poi che le conseguenze si fanno sentire, conviene che coloro a cui tocca, vadano al riparo di ciascheduna, con una legge la quale proibisca agli uomini di far quello a che eran portati dall'antecedente. Ci si permetta d'osservar qui di passaggio una combinazione singolare. In un paese e in un'epoca vicina, nell'epoca la piú clamorosa e la piú notabile della storia moderna, si ricorse, in circostanze simili, a simili espedienti (i medesimi, si potrebbe quasi dire, nella sostanza, con la sola differenza di proporzione, e a un di presso nel medesimo ordine) ad onta de' tempi tanto cambiati, e delle cognizioni cresciute in Europa, e in quel paese forse piú che altrove; e ciò principalmente perché la gran massa popolare, alla quale quelle cognizioni non erano arrivate, poté far prevalere a lungo il suo giudizio, e forzare, come colà si dice, la mano a quelli che facevan la legge.

Cosí, tornando a noi, due erano stati, alla fin de' conti, i frutti principali della sommossa; guasto e perdita effettiva di viveri, nella sommossa medesima; consumo, fin che durò la tariffa, largo, spensierato, senza misura, a spese di quel poco grano, che pur doveva bastare fino alla nuova raccolta. A questi effetti generali s'aggiunga quattro disgraziati, impiccati come capi del tumulto: due davanti al forno delle grucce, due in cima della strada dov'era la casa del vicario di provvisione.

Del resto, le relazioni storiche di que' tempi son fatte cosí a caso, che non ci si trova neppur la notizia del come e del quando cessasse quella tariffa violenta. Se, in mancanza di notizie positive, è lecito propor congetture, noi incliniamo a credere che sia stata abolita poco prima o poco dopo il 24 di dicembre, che fu il giorno di quell'esecuzione. E in quanto alle gride, dopo l'ultima che abbiam citata del 22 dello stesso mese, non ne troviamo altre in materia di grasce; sian esse perite, o siano sfuggite alle nostre ricerche, o sia finalmente che il governo, disanimato, se non ammaestrato dall'inefficacia di que' suoi rimedi, e sopraffatto dalle cose, le abbia abbandonate al loro corso. Troviamo bensí nelle relazioni di piú d'uno storico (inclinati, com'erano, piú a descriver grand'avvenimenti, che a notarne le cagioni e il progresso) il ritratto del paese, e della città principalmente, nell'inverno avanzato e nella primavera, quando la cagion del male, la sproporzione cioè tra i viveri e il bisogno, non distrutta, anzi accresciuta da' rimedi che ne sospesero temporariamente gli effetti, e neppure da un'introduzione sufficiente di granaglie estere, alla quale ostavano l'insufficienza de' mezzi pubblici e privati, la penuria de' paesi circonvicini, la scarsezza, la lentezza e i vincoli del commercio, e le leggi stesse tendenti a produrre e mantenere il prezzo basso, quando, dico, la cagion vera della carestia, o per dir meglio, la carestia stessa operava senza ritegno, e con tutta la sua forza. Ed ecco la copia di quel ritratto doloroso.

A ogni passo, botteghe chiuse; le fabbriche in gran parte deserte; le strade, un indicibile spettacolo, un corso incessante di miserie, un soggiorno perpetuo di patimenti. Gli accattoni di mestiere, diventati ora il minor numero, confusi e perduti in una nuova moltitudine, ridotti a litigar l'elemosina con quelli talvolta da cui in altri giorni l'avevan ricevuta. Garzoni e giovani licenziati da padroni di bottega, che, scemato o mancato affatto il guadagno giornaliero, vivevano stentatamente degli avanzi e del capitale; de' padroni stessi, per cui il cessar delle faccende era stato fallimento e rovina; operai, e anche maestri d'ogni manifattura e d'ogn'arte, delle piú comuni come delle piú raffinate, delle piú necessarie come di quelle di lusso, vaganti di porta in porta, di strada in istrada, appoggiati alle cantonate, accovacciati sulle lastre, lungo le case e le chiese, chiedendo pietosamente l'elemosina, o esitanti tra il bisogno e una vergogna non ancor domata, smunti, spossati, rabbrividiti dal freddo e dalla fame ne' panni logori e scarsi, ma che in molti serbavano ancora i segni d'un'antica agiatezza; come nell'inerzia e nell'avvilimento, compariva non so quale indizio d'abitudini operose e franche. Mescolati tra la deplorabile turba, e non piccola parte di essa, servitori licenziati da padroni caduti allora dalla mediocrità nella strettezza, o che quantunque facoltosissimi si trovavano inabili, in una tale annata, a mantenere quella solita pompa di seguito. E a tutti questi diversi indigenti s'aggiunga un numero d'altri, avvezzi in parte a vivere del guadagno di essi: bambini, donne, vecchi, aggruppati co' loro antichi sostenitori, o dispersi in altre parti all'accatto.

C'eran pure, e si distinguevano ai ciuffi arruffati, ai cenci sfarzosi, o anche a un certo non so che nel portamento e nel gesto, a quel marchio che le consuetudini stampano su' visi, tanto piú rilevato e chiaro, quanto piú sono strane, molti di quella genía de' bravi che, perduto, per la condizion comune, quel loro pane scellerato, ne andavan chiedendo per carità. Domati dalla fame, non gareggiando con gli altri che di preghiere, spauriti, incantati, si strascicavan per le strade che avevano per tanto tempo passeggiate a testa alta, con isguardo sospettoso e feroce, vestiti di livree ricche e bizzarre, con gran penne, guarniti di ricche armi, attillati, profumati; e paravano umilmente la mano, che tante volte avevano alzata insolente a minacciare, o traditrice a ferire.

Ma forse il piú brutto e insieme il piú compassionevole spettacolo erano i contadini, scompagnati, a coppie, a famiglie intere; mariti, mogli, con bambini in collo, o attaccati dietro le spalle, con ragazzi per la mano, con vecchi dietro. Alcuni che, invase e spogliate le loro case dalla soldatesca, alloggiata lí o di passaggio, n'eran fuggiti disperatamente; e tra questi ce n'era di quelli che, per far piú compassione, e come per distinzione di miseria, facevan vedere i lividi e le margini de' colpi ricevuti nel difendere quelle loro poche ultime provvisioni, o scappando da una sfrenatezza cieca e brutale. Altri, andati esenti da quel flagello particolare, ma spinti da que' due da cui nessun angolo era stato immune, la sterilità e le gravezze, piú esorbitanti che mai per soddisfare a ciò che si chiamava i bisogni della guerra, eran venuti, venivano alla città, come a sede antica e ad ultimo asilo di ricchezza e di pia munificenza. Si potevan distinguere gli arrivati di fresco, piú ancora che all'andare incerto e all'aria nuova, a un fare maravigliato e indispettito di trovare una tal piena, una tale rivalità di miseria, al termine dove avevan creduto di comparire oggetti singolari di compassione, e d'attirare a sé gli sguardi e i soccorsi. Gli altri che da piú o men tempo giravano e abitavano le strade della città, tenendosi ritti co' sussidi ottenuti o toccati come in sorte, in una tanta sproporzione tra i mezzi e il bisogno, avevan dipinta ne' volti e negli atti una piú cupa e stanca costernazione. Vestiti diversamente, quelli che ancora si potevano dir vestiti; e diversi anche nell'aspetto: facce dilavate del basso paese, abbronzate del pian di mezzo e delle colline, sanguigne di montanari; ma tutte affilate e stravolte, tutte con occhi incavati, con isguardi fissi, tra il torvo e l'insensato; arruffati i capelli, lunghe e irsute le barbe: corpi cresciuti e indurati alla fatica, esausti ora dal disagio; raggrinzata la pelle sulle braccia aduste e sugli stinchi e sui petti scarniti, che si vedevan di mezzo ai cenci scomposti. E diversamente, ma non meno doloroso di questo aspetto di vigore abbattuto, l'aspetto d'una natura piú presto vinta, d'un languore e d'uno sfinimento piú abbandonato, nel sesso e nell'età piú deboli.

Qua e là per le strade, rasente ai muri delle case, qualche po' di paglia pesta, trita e mista d'immondo ciarpume. E una tal porcheria era però un dono e uno studio della carità; eran covili apprestati a qualcheduno di que' meschini, per posarci il capo la notte. Ogni tanto, ci si vedeva, anche di giorno, giacere o sdraiarsi taluno a cui la stanchezza o il digiuno aveva levate le forze e tronche le gambe: qualche volta quel tristo letto portava un cadavere: qualche volta si vedeva uno cader come un cencio all'improvviso, e rimaner cadavere sul selciato.

Accanto a qualcheduno di que' covili, si vedeva pure chinato qualche passeggiero o vicino, attirato da una compassion subitanea. In qualche luogo appariva un soccorso ordinato con piú lontana previdenza, mosso da una mano ricca di mezzi, e avvezza a beneficare in grande; ed era la mano del buon Federigo. Aveva scelto sei preti ne' quali una carità viva e perseverante fosse accompagnata e servita da una complessione robusta; gli aveva divisi in coppie, e ad ognuna assegnata una terza parte della città da percorrere, con dietro facchini carichi di vari cibi, d'altri piú sottili e piú pronti ristorativi, e di vesti. Ogni mattina, le tre coppie si mettevano in istrada da diverse parti, s'avvicinavano a quelli che vedevano abbandonati per terra, e davano a ciascheduno aiuto secondo il bisogno. Taluno già agonizzante e non piú in caso di ricevere alimento, riceveva gli ultimi soccorsi e le consolazioni della religione. Agli affamati dispensavano minestra, ova, pane, vino; ad altri, estenuati da piú antico digiuno, porgevano consumati, stillati, vino piú generoso, riavendoli prima, se faceva di bisogno, con cose spiritose. Insieme, distribuivano vesti alle nudità piú sconce e piú dolorose.

Né qui finiva la loro assistenza: il buon pastore aveva voluto che, almeno dov'essa poteva arrivare, recasse un sollievo efficace e non momentaneo. Ai poverini a cui quel primo ristoro avesse rese forze bastanti per reggersi e per camminare, davano un po' di danaro, affinché il bisogno rinascente e la mancanza d'altro soccorso non li rimettesse ben presto nello stato di prima; agli altri cercavano ricovero e mantenimento, in qualche casa delle piú vicine. In quelle de' benestanti, erano per lo piú ricevuti per carità, e come raccomandati dal cardinale; in altre, dove alla buona volontà mancassero i mezzi, chiedevan que' preti che il poverino fosse ricevuto a dozzina, fissavano il prezzo, e ne sborsavan subito una parte a conto. Davano poi, di questi ricoverati, la nota ai parrochi, acciocché li visitassero; e tornavano essi medesimi a visitarli.

Non c'è bisogno di dire che Federigo non ristringeva le sue cure a questa estremità di patimenti, né l'aveva aspettata per commoversi. Quella carità ardente e versatile doveva tutto sentire, in tutto adoprarsi, accorrere dove non aveva potuto prevenire, prender, per dir cosí, tante forme, in quante variava il bisogno. Infatti, radunando tutti i suoi mezzi, rendendo piú rigoroso il risparmio, mettendo mano a risparmi destinati ad altre liberalità, divenute ora d'un'importanza troppo secondaria, aveva cercato ogni maniera di far danari, per impiegarli tutti in soccorso degli affamati. Aveva fatte gran compre di granaglie, e speditane una buona parte ai luoghi della diocesi, che n'eran piú scarsi; ed essendo il soccorso troppo inferiore al bisogno, mandò anche del sale, – con cui, – dice, raccontando la cosa, il Ripamonti[3], – l'erbe del prato e le cortecce degli alberi si convertono in cibo –. Granaglie pure e danari aveva distribuiti ai parrochi della città; lui stesso la visitava, quartiere per quartiere, dispensando elemosine; soccorreva in segreto molte famiglie povere; nel palazzo arcivescovile, come attesta uno scrittore contemporaneo, il medico Alessandro Tadino, in un suo *Ragguaglio* che avremo spesso occasion di citare andando avanti, si distribuivano ogni mattina due mila scodelle di minestra di riso[4].

Ma questi effetti di carità, che possiamo certamente chiamar grandiosi, quando si consideri che venivano da un sol uomo e dai soli suoi mezzi (giacché Federigo ricusava, per sistema, di farsi dispensatore delle liberalità altrui); questi, insieme con le liberalità d'altre mani private, se non cosí feconde, pur numerose; insieme con le sovvenzioni che il Consiglio de' decurioni aveva decretate, dando al tribunal di provvisione l'incombenza di distribuirle; erano ancor poca cosa in paragone del bisogno. Mentre ad alcuni montanari vicini a morir di fame, veniva, per la carità del cardinale, prolungata la vita, altri arrivavano a quell'estremo; i primi, finito quel misurato soccorso, ci ricadevano; in altre parti, non dimenticate, ma posposte, come meno angustiate, da una carità costretta a scegliere, l'angustie divenivan mortali; per tutto si periva, da ogni parte s'accorreva alla città. Qui, due migliaia, mettiamo, d'affamati piú robusti ed esperti a superar la concorrenza e a farsi largo, avevano acquistata una minestra, tanto da non morire in quel giorno; ma piú altre

[3] *Historiæ Patriæ, Decadis V, Lib. VI*, pag. 386.

[4] *Ragguaglio dell'origine et giornali successi della gran peste contagiosa, venefica et malefica, seguita nella città di Milano etc.*, Milano, 1648, pag. 10.

migliaia rimanevano indietro, invidiando quei, diremo noi, piú fortunati, quando, tra i rimasti indietro, c'erano spesso le mogli, i figli, i padri loro? E mentre in alcune parti della città, alcuni di quei piú abbandonati e ridotti all'estremo venivan levati di terra, rianimati, ricoverati e provveduti per qualche tempo; in cent'altre parti, altri cadevano, languivano o anche spiravano, senza aiuto, senza refrigerio.

Tutto il giorno, si sentiva per le strade un ronzío confuso di voci supplichevoli; la notte, un susurro di gemiti, rotto di quando in quando da alti lamenti scoppiati all'improvviso, da urli, da accenti profondi d'invocazione, che terminavano in istrida acute.

È cosa notabile che, in un tanto eccesso di stenti, in una tanta varietà di querele, non si vedesse mai un tentativo, non iscappasse mai un grido di sommossa: almeno non se ne trova il minimo cenno. Eppure, tra coloro che vivevano e morivano in quella maniera, c'era un buon numero d'uomini educati a tutt'altro che a tollerare; c'erano a centinaia, di que' medesimi che, il giorno di san Martino, s'erano tanto fatti sentire. Né si può pensare che l'esempio de' quattro disgraziati che n'avevan portata la pena per tutti, fosse quello che ora li tenesse tutti a freno: qual forza poteva avere, non la presenza, ma la memoria de' supplizi sugli animi d'una moltitudine vagabonda e riunita, che si vedeva come condannata a un lento supplizio, che già lo pativa? Ma noi uomini siam in generale fatti cosí: ci rivoltiamo sdegnati e furiosi contro i mali mezzani, e ci curviamo in silenzio sotto gli estremi; sopportiamo, non rassegnati ma stupidi, il colmo di ciò che da principio avevamo chiamato insopportabile.

Il vòto che la mortalità faceva ogni giorno in quella deplorabile moltitudine, veniva ogni giorno piú che riempito: era un concorso continuo, prima da' paesi circonvicini, poi da tutto il contado, poi dalle città dello stato, alla fine anche da altre. E intanto, anche da questa partivano ogni giorno antichi abitatori; alcuni per sottrarsi alla vista di tante piaghe; altri, vedendosi, per dir cosí, preso il posto da' nuovi concorrenti d'accatto, uscivano a un'ultima disperata prova di chieder soccorso altrove, dove si fosse, dove almeno non fosse cosí fitta e cosí incalzante la folla e la rivalità del chiedere. S'incontravano nell'opposto viaggio questi e que' pellegrini, spettacolo di ribrezzo gli uni agli altri, e saggio doloroso, augurio sinistro del termine a cui gli uni e gli altri erano incamminati. Ma seguitavano ognuno la sua strada, se non piú per la speranza di mutar sorte, almeno per non tornare sotto un cielo divenuto odioso, per non rivedere i luoghi dove avevan disperato. Se non che taluno, mancandogli affatto le forze, cadeva per la strada, e rimaneva lí morto: spettacolo ancor piú funesto ai suoi compagni di miseria, oggetto d'orrore, forse di rimprovero agli altri passeggieri. «Vidi io, – scrive il Ripamonti, – nella strada che gira le mura, il cadavere d'una donna.... Le usciva di bocca dell'erba mezza rosicchiata, e le labbra facevano ancora quasi un atto di sforzo rabbioso.... Aveva un fagottino in ispalla, e attaccato con le fasce al petto un bambino, che piangendo chiedeva la poppa.... Ed erano sopraggiunte persone compassionevoli, le quali, raccolto il meschinello di terra, lo portavan via, adempiendo cosí intanto il primo ufizio materno».

Quel contrapposto di gale e di cenci, di superfluità e di miseria, spettacolo ordinario de' tempi ordinari, era allora affatto cessato. I cenci e la miseria eran quasi per tutto; e ciò che se ne distingueva, era appena un'apparenza di parca mediocrità. Si vedevano i nobili camminare in abito semplice e dimesso, o anche logoro e gretto; alcuni, perché le cagioni comuni della miseria avevan mutata a quel segno anche la loro fortuna, o dato il tracollo a patrimoni già sconcertati: gli altri, o che temessero di provocare col fasto la pubblica disperazione, o che si vergognassero d'insultare alla pubblica calamità. Que' prepotenti odiati e rispettati, soliti a andare in giro con uno strascico di bravi, andavano ora quasi soli, a capo basso, con visi che parevano offrire e chieder pace. Altri che, anche nella prosperità, erano stati di pensieri piú umani, e di portamenti piú modesti, parevano anch'essi confusi, costernati, e come sopraffatti dalla vista continua d'una miseria che sorpassava, non solo la possibilità del soccorso, ma direi quasi, le forze della compassione. Chi aveva il modo di far qualche elemosina, doveva però fare una trista scelta tra fame e fame, tra urgenze e urgenze. E appena si vedeva una mano pietosa avvicinarsi alla mano d'un infelice, nasceva all'intorno una gara d'altri infelici; coloro a cui rimaneva piú vigore, si facevano avanti a chieder con piú istanza; gli estenuati, i vecchi, i fanciulli, alzavano le mani scarne; le madri alzavano e facevan veder da lontano i bambini piangenti, mal rinvoltati nelle fasce cenciose, e ripiegati per languore nelle loro mani.

Cosí passò l'inverno e la primavera: e già da qualche tempo il tribunale della sanità andava rappresentando a quello della provvisione il pericolo del contagio, che sovrastava alla città, per tanta miseria ammontata in ogni parte di essa; e proponeva che gli accattoni venissero raccolti in diversi ospizi. Mentre si discute questa proposta, mentre s'approva, mentre si pensa ai mezzi, ai modi, ai luoghi, per mandarla ad effetto, i cadaveri crescono nelle strade ogni giorno piú; a proporzion di questo, cresce tutto l'altro ammasso di miserie. Nel tribunale di provvisione vien proposto, come piú facile e piú speditivo, un altro ripiego, di radunar tutti gli accattoni, sani e infermi, in un sol luogo, nel lazzeretto, dove fosser mantenuti e curati a spese del pubblico; e cosí vien risoluto, contro il parere della Sanità, la quale opponeva che, in una cosí gran riunione, sarebbe cresciuto il pericolo a cui si voleva metter riparo.

Il lazzeretto di Milano (se, per caso, questa storia capitasse nelle mani di qualcheduno che non lo conoscesse, né di vista né per descrizione) è un recinto quadrilatero e quasi quadrato, fuori della città, a sinistra della porta detta orientale, distante dalle mura lo spazio della fossa, d'una strada di circonvallazione, e d'una gora che gira il recinto medesimo. I due lati maggiori son lunghi a un di presso cinquecento passi; gli altri due, forse quindici meno; tutti, dalla parte esterna, son divisi in piccole stanze d'un piano solo; di dentro gira intorno a tre di essi un portico continuo a volta, sostenuto da piccole e magre colonne.

Le stanzine eran dugent'ottantotto, o giú di lí: a' nostri giorni, una grande apertura fatta nel mezzo, e una piccola, in un canto della facciata del lato che costeggia la strada maestra, ne hanno portate via non so quante. Al tempo della nostra storia, non c'eran che due entrature; una nel mezzo del lato che guarda le mura della città, l'altra di rimpetto, nell'opposto. Nel centro dello spazio interno, c'era, e c'è tutt'ora, una piccola chiesa ottangolare.

La prima destinazione di tutto l'edifizio, cominciato nell'anno 1489, co' danari d'un lascito privato, continuato poi con quelli del pubblico e d'altri testatori e donatori, fu, come l'accenna il nome stesso, di ricoverarvi, all'occorrenza, gli ammalati di peste; la quale, già molto prima di quell'epoca, era solita, e lo fu per molto tempo dopo, a comparire quelle due, quattro, sei, otto volte per secolo, ora in questo, ora in quel paese d'Europa, prendendone talvolta una gran parte, o anche scorrendola tutta, per il lungo e per il largo. Nel momento di cui parliamo, il lazzeretto non serviva che per deposito delle mercanzie soggette a contumacia.

Ora, per metterlo in libertà, non si stette al rigor delle leggi sanitarie, e fatte in fretta in fretta le purghe e gli esperimenti prescritti, si rilasciaron tutte le mercanzie a un tratto. Si fece stender della paglia in tutte le stanze, si fecero provvisioni di viveri, della qualità e nella quantità che si poté; e s'invitarono, con pubblico editto, tutti gli accattoni a ricoverarsi lí.

Molti vi concorsero volontariamente; tutti quelli che giacevano infermi per le strade e per le piazze, ci vennero trasportati; in pochi giorni, ce ne fu, tra gli uni e gli altri, piú di tre mila. Ma molti piú furon quelli che restaron fuori. O che ognun di loro aspettasse di veder gli altri andarsene, e di rimanere in pochi a goder l'elemosine della città o fosse quella natural ripugnanza alla clausura, o quella diffidenza de' poveri per tutto ciò che vien loro proposto da chi possiede le ricchezze e il potere (diffidenza sempre proporzionata all'ignoranza comune di chi la sente e di chi l'ispira, al numero de' poveri, e al poco giudizio delle leggi), o il saper di fatto quale fosse in realtà il benefizio offerto, o fosse tutto questo insieme, o che altro, il fatto sta che la piú parte, non facendo conto dell'invito, continuavano a strascicarsi stentando per le strade. Visto ciò, si credé bene di passar dall'invito alla forza. Si mandarono in ronda birri che cacciassero gli accattoni al lazzeretto, e vi menassero legati quelli che resistevano; per ognun de' quali fu assegnato a coloro il premio di dieci soldi: ecco se, anche nelle maggiori strettezze, i danari del pubblico si trovan sempre, per impiegarli a sproposito. E quantunque, com'era stata congettura, anzi intento espresso della Provvisione, un certo numero d'accattoni sfrattasse dalla città, per andare a vivere o a morire altrove, in libertà almeno; pure la caccia fu tale che, in poco tempo, il numero de' ricoverati, tra ospiti e prigionieri, s'accostò a dieci mila.

Le donne e i bambini, si vuol supporre che saranno stati messi in quartieri separati, benché le memorie del tempo non ne dican nulla. Regole poi e provvedimenti per il buon ordine, non ne saranno certamente mancati; ma si figuri ognuno qual ordine potesse essere stabilito e mantenuto, in que' tempi specialmente e in quelle circostanze, in una cosí vasta e varia riunione, dove coi volontari si trovavano i forzati; con quelli per cui l'accatto era una necessità, un dolore, una vergogna, coloro di cui era il mestiere; con molti cresciuti nell'onesta attività de' campi e dell'officine, molti altri educati nelle piazze, nelle taverne, ne' palazzi de' prepotenti, all'ozio, alla truffa, allo scherno, alla violenza.

Come stessero poi tutti insieme d'alloggio e di vitto, si potrebbe tristamente congetturarlo, quando non n'avessimo notizie positive; ma le abbiamo. Dormivano ammontati a venti a trenta per ognuna di quelle cellette, o accovacciati sotto i portici, sur un po' di paglia putrida e fetente, o sulla nuda terra: perché, s'era bensí ordinato che la paglia fosse fresca e a sufficienza, e cambiata spesso; ma in effetto era stata cattiva, scarsa, e non si cambiava. S'era ugualmente ordinato che il pane fosse di buona qualità: giacché, quale amministratore ha mai detto che si faccia e si dispensi roba cattiva? ma ciò che non si sarebbe ottenuto nelle circostanze solite, anche per un piú ristretto servizio, come ottenerlo in quel caso, e per quella moltitudine? Si disse allora, come troviamo nelle memorie, che il pane del lazzeretto fosse alterato con sostanze pesanti e non nutrienti: ed è pur troppo credibile che non fosse uno di que' lamenti in aria. D'acqua perfino c'era scarsità; d'acqua, voglio dire, viva e salubre: il pozzo comune, doveva esser la gora che gira le mura del recinto, bassa, lenta, dove anche motosa, e divenuta poi quale poteva renderla l'uso e la vicinanza d'una tanta e tal moltitudine.

A tutte queste cagioni di mortalità, tanto piú attive, che operavano sopra corpi ammalati o ammalazzati, s'aggiunga una gran perversità della stagione: piogge ostinate, seguite da una siccità ancor piú ostinata, e con essa un caldo anticipato e violento. Ai mali s'aggiunga il sentimento de' mali, la noia e la smania della prigionia, la rimembranza dell'antiche abitudini, il dolore di cari perduti, la memoria inquieta di cari assenti, il tormento e il ribrezzo vicendevole, tant'altre passioni d'abbattimento o di rabbia, portate o nate là dentro; l'apprensione poi e lo spettacolo continuo della morte resa frequente da tante cagioni, e divenuta essa medesima una nuova e potente cagione. E non farà stupore che la mortalità crescesse e regnasse in quel recinto a segno di prendere aspetto e, presso molti, nome di pestilenza: sia che la riunione e l'aumento di tutte quelle cause non facesse che aumentare l'attività d'un'influenza puramente epidemica; sia (come par che avvenga nelle carestie anche men gravi e men prolungate di quella) che vi avesse luogo un certo contagio, il quale ne' corpi affetti e preparati dal disagio e dalla cattiva qualità degli alimenti, dall'intemperie, dal sudiciume, dal travaglio e dall'avvilimento trovi la tempera, per dir cosí, e la stagione sua propria, le condizioni necessarie in somma per nascere, nutrirsi e moltiplicare (se a un ignorante è lecito buttar là queste parole, dietro l'ipotesi proposta da alcuni fisici e riproposta da ultimo, con molte ragioni e con molta riserva, da uno, diligente quanto ingegnoso)[5]: sia poi che il contagio scoppiasse da principio nel lazzeretto medesimo, come, da un'oscura e inesatta relazione, par che pensassero i medici della Sanità; sia che vivesse e andasse covando prima d'allora (ciò che par forse piú verisimile, chi pensi come il disagio era già antico e generale, e la mortalità già frequente), e che portato in quella folla permanente, vi si propagasse con nuova e terribile rapidità. Qualunque di queste congetture sia la vera, il numero giornaliero de' morti nel lazzeretto oltrepassò in poco tempo il centinaio.

Mentre in quel luogo tutto il resto era languore, angoscia, spavento, rammarichío, fremito, nella Provvisione era vergogna, stordimento, incertezza. Si discusse, si sentí il parere della Sanità; non si trovò altro che di disfare ciò che s'era fatto con tanto apparato, con tanta spesa, con tante vessazioni. S'aprí il lazzeretto, si licenziaron tutti i poveri non ammalati che ci rimanevano, e che scapparon fuori con una gioia furibonda. La città tornò a risonare dell'antico lamento, ma piú debole e interrotto; rivide quella turba piú rada e piú compassionevole, dice il Ripamonti, per il pensiero del come fosse di tanto scemata. Gl'infermi furon trasportati a Santa Maria della Stella, allora ospizio di poveri; dove la piú parte perirono.

Intanto però cominciavano que' benedetti campi a imbiondire. Gli accattoni venuti dal contado se n'andarono, ognuno dalla sua parte, a quella tanto sospirata

[5] *Del morbo petecchiale... e degli altri contagi in generale*, opera del dott. F. Enrico Acerbi, cap. III, § 1 e 2.

segatura. Il buon Federigo gli accomiatò con un ultimo sforzo, e con un nuovo ritrovato di carità: a ogni contadino che si presentasse all'arcivescovado, fece dare un giulio, e una falce da mietere.

Con la messe finalmente cessò la carestia: la mortalità, epidemica o contagiosa, scemando di giorno in giorno, si prolungò però fin nell'autunno. Era sul finire, quand'ecco un nuovo flagello.

Molte cose importanti, di quelle a cui piú specialmente si dà titolo di storiche, erano accadute in questo frattempo. Il cardinal di Richelieu, presa, come s'è detto, la Roccella, abborracciata alla meglio una pace col re d'Inghilterra, aveva proposto e persuaso con la sua potente parola, nel Consiglio di quello di Francia, che si soccorresse efficacemente il duca di Nevers; e aveva insieme determinato il re medesimo a condurre in persona la spedizione. Mentre si facevan gli apparecchi, il conte di Nassau, commissario imperiale, intimava in Mantova al nuovo duca, che desse gli stati in mano a Ferdinando, o questo manderebbe un esercito ad occuparli. Il duca che, in piú disperate circostanze, s'era schermito d'accettare una condizione cosí dura e cosí sospetta, incoraggito ora dal vicino soccorso di Francia, tanto piú se ne schermiva; però con termini in cui il no fosse rigirato e allungato, quanto si poteva, e con proposte di sommissione, anche piú apparente, ma meno costosa. Il commissario se n'era andato, protestandogli che si verrebbe alla forza. In marzo, il cardinal di Richelieu era poi calato infatti col re, alla testa d'un esercito: aveva chiesto il passo al duca di Savoia; s'era trattato; non s'era concluso; dopo uno scontro, col vantaggio de' Francesi, s'era trattato di nuovo, e concluso un accordo, nel quale il duca, tra l'altre cose, aveva stipulato che il Cordova leverebbe l'assedio da Casale; obbligandosi, se questo ricusasse, a unirsi co' Francesi, per invadere il ducato di Milano. Don Gonzalo, parendogli anche d'uscirne con poco, aveva levato l'assedio da Casale, dov'era subito entrato un corpo di Francesi, a rinforzar la guarnigione.

Fu in questa occasione che l'Achillini scrisse al re Luigi quel suo famoso sonetto:

Sudate, o fochi, a preparar metalli:

e un altro, con cui l'esortava a portarsi subito alla liberazione di Terra santa. Ma è un destino che i pareri de' poeti non siano ascoltati: e se nella storia trovate de' fatti conformi a qualche loro suggerimento, dite pur francamente ch'eran cose risolute prima. Il cardinal di Richelieu aveva in vece stabilito di ritornare in Francia, per affari che a lui parevano piú urgenti. Girolamo Soranzo, inviato de' Veneziani, poté bene addurre ragioni per combattere quella risoluzione; che il re e il cardinale, dando retta alla sua prosa come ai versi dell'Achillini, se ne ritornarono col grosso dell'esercito, lasciando soltanto sei mila uomini in Susa, per mantenere il passo, e per caparra del trattato.

Mentre quell'esercito se n'andava da una parte, quello di Ferdinando s'avvicinava dall'altra; aveva invaso il paese de' Grigioni e la Valtellina; si disponeva a calar nel milanese. Oltre tutti i danni che si potevan temere da un tal passaggio, eran venuti espressi avvisi al tribunale della sanità, che in quell'esercito covasse la peste, della quale allora nelle truppe alemanne c'era sempre qualche sprazzo, come dice il Varchi, parlando di quella che, un secolo avanti, avevan portata in Firenze. Alessandro Tadino, uno de' conservatori della sanità (eran sei, oltre il presidente: quattro magistrati e due medici), fu incaricato dal tribunale, come racconta lui stesso, in quel suo ragguaglio già citato[6], di rappresentare al governatore lo spaventoso pericolo che sovrastava al paese, se quella gente ci passava, per andare all'assedio di Mantova, come s'era sparsa la voce. Da tutti i portamenti di don Gonzalo, pare che avesse una gran smania d'acquistarsi un posto nella storia, la quale infatti non poté non occuparsi di lui; ma (come spesso le accade) non conobbe, o non si curò di registrare l'atto di lui

[6] Pag. 16.

piú degno di memoria, la risposta che diede al Tadino in quella circostanza. Rispose che non sapeva cosa farci; che i motivi d'interesse e di riputazione, per i quali s'era mosso quell'esercito, pesavan piú che il pericolo rappresentato; che con tutto ciò si cercasse di riparare alla meglio, e si sperasse nella Provvidenza.

Per riparar dunque alla meglio, i due medici della Sanità (il Tadino suddetto e Senatore Settala, figlio del celebre Lodovico) proposero in quel tribunale che si proibisse sotto severissime pene di comprar roba di nessuna sorte da' soldati ch'eran per passare; ma non fu possibile far intendere la necessità d'un tal ordine al presidente, «uomo», dice il Tadino, «di molta bontà, che non poteva credere dovesse succedere incontri di morte di tante migliaia di persone, per il comercio, di questa gente, et loro robbe». Citiamo questo tratto per uno de' singolari di quel tempo: ché di certo, da che ci son tribunali di sanità, non accadde mai a un altro presidente d'un tal corpo, di fare un ragionamento simile; se ragionamento si può chiamare.

In quanto a don Gonzalo, poco dopo quella risposta, se n'andò da Milano; e la partenza fu trista per lui, come lo era la cagione. Veniva rimosso per i cattivi successi della guerra, della quale era stato il promotore e il capitano; e il popolo lo incolpava della fame sofferta sotto il suo governo. (Quello che aveva fatto per la peste, o non si sapeva, o certo nessuno se n'inquietava, come vedremo piú avanti, fuorché il tribunale della sanità, e i due medici specialmente). All'uscir dunque, in carrozza da viaggio, dal palazzo di corte, in mezzo a una guardia d'alabardieri, con due trombetti a cavallo davanti, e con altre carrozze di nobili che gli facevan seguito, fu accolto con gran fischiate da ragazzi ch'eran radunati sulla piazza del duomo, e che gli andaron dietro alla rinfusa. Entrata la comitiva nella strada che conduce a porta ticinese, di dove si doveva uscire, cominciò a trovarsi in mezzo a una folla di gente che, parte era lí ad aspettare, parte accorreva; tanto piú che i trombetti, uomini di formalità, non cessaron di sonare, dal palazzo di corte, fino alla porta. E nel processo che si fece poi su quel tumulto, uno di costoro, ripreso che, con quel suo trombettare, fosse stato cagione di farlo crescere, risponde: – caro signore, questa è la nostra professione; et se S. E. non hauesse hauuto a caro che noi hauessimo sonato, doveva comandarne che tacessimo –. Ma don Gonzalo, o per ripugnanza a far cosa che mostrasse timore, o per timore di render con questo piú ardita la moltitudine, o perché fosse in effetto un po' sbalordito, non dava nessun ordine. La moltitudine, che le guardie avevan tentato in vano di respingere, precedeva, circondava, seguiva le carrozze, gridando: – la va via la carestia, va via il sangue de' poveri, – e peggio. Quando furon vicini alla porta, cominciarono anche a tirar sassi, mattoni, torsoli, bucce d'ogni sorte, la munizione solita in somma di quelle spedizioni; una parte corse sulle mura, e di là fecero un'ultima scarica sulle carrozze che uscivano. Subito dopo si sbandarono.

In luogo di don Gonzalo, fu mandato il marchese Ambrogio Spinola, il cui nome aveva già acquistata, nelle guerre di Fiandra, quella celebrità militare che ancor gli rimane.

Intanto l'esercito alemanno, sotto il comando supremo del conte Rambaldo di Collalto, altro condottiere italiano, di minore, ma non d'ultima fama, aveva ricevuto l'ordine definitivo di portarsi all'impresa di Mantova; e nel mese di settembre, entrò nel ducato di Milano.

La milizia, a que' tempi, era ancor composta in gran parte di soldati di ventura arrolati da condottieri di mestiere, per commissione di questo o di quel principe, qualche volta anche per loro proprio conto, e per vendersi poi insieme con essi. Piú che dalle paghe, erano gli uomini attirati a quel mestiere dalle speranze del saccheggio e da tutti gli allettamenti della licenza. Disciplina stabile e generale non ce n'era; né avrebbe potuto accordarsi cosí facilmente con l'autorità in parte indipendente de' vari condottieri. Questi poi in particolare, né erano molto raffinatori in fatto di disciplina, né, anche volendo, si vede come avrebbero potuto riuscire a stabilirla e a mantenerla; ché soldati di quella razza, o si sarebbero rivoltati contro un condottiere novatore che si fosse messo in testa d'abolire il saccheggio; o per lo meno, l'avrebbero lasciato solo a guardar le bandiere. Oltre di ciò, siccome i principi, nel prendere, per dir cosí, ad affitto quelle bande, guardavan piú ad aver gente in quantità, per assicurar l'imprese, che a proporzionare il numero alla loro facoltà di pagare, per il solito molto scarsa; cosí le paghe venivano per lo piú tarde, a conto, a spizzico; e le spoglie de' paesi a cui la toccava, ne divenivano come un supplimento tacitamente convenuto. È celebre, poco meno del nome di Wallenstein, quella sua sentenza: esser piú facile mantenere un esercito di cento mila uomini, che uno di dodici mila. E questo di cui parliamo era in gran parte composto della gente che, sotto il suo comando, aveva desolata la Germania, in quella guerra celebre tra le guerre, e per sé e per i suoi effetti, che ricevette poi il nome da' trent'anni della sua durata: e allora ne correva l'undecimo. C'era anzi, condotto da un suo luogotenente, il suo proprio reggimento; degli altri condottieri, la piú parte avevan comandato sotto di lui, e ci si trovava piú d'uno di quelli che, quattr'anni dopo, dovevano aiutare a fargli far quella cattiva fine che ognun sa.

Eran vent'otto mila fanti, e sette mila cavalli; e, scendendo dalla Valtellina per portarsi nel mantovano, dovevan seguire tutto il corso che fa l'Adda per due rami di lago, e poi di nuovo come fiume fino al suo sbocco in Po, e dopo avevano un buon tratto di questo da costeggiare: in tutto otto giornate nel ducato di Milano.

Una gran parte degli abitanti si rifugiavano su per i monti, portandovi quel che avevan di meglio, e cacciandosi innanzi le bestie; altri rimanevano, o per non abbandonar qualche ammalato, o per preservar la casa dall'incendio, o per tener d'occhio cose preziose nascoste, sotterrate; altri perché non avevan nulla da perdere, o anche facevan conto d'acquistare. Quando la prima squadra arrivava al paese della fermata, si spandeva subito per quello e per i circonvicini, e li metteva a sacco addirittura: ciò che c'era da godere o da portar via, spariva; il rimanente, lo distruggevano o lo rovinavano; i mobili diventavan legna, le case, stalle: senza parlar delle busse, delle ferite, degli stupri. Tutti i ritrovati, tutte l'astuzie per salvar la roba, riuscivano per lo piú inutili, qualche volta portavano danni maggiori. I soldati, gente ben piú pratica degli stratagemmi anche di questa guerra, frugavano per tutti i buchi delle case, smuravano, diroccavano; conoscevan facilmente negli orti la terra smossa di fresco; andarono fino su per i monti a rubare il bestiame; andarono nelle grotte, guidati da qualche birbante del paese, in cerca di qualche ricco che vi si fosse rimpiattato; lo strascinavano alla sua casa, e con tortura di minacce e di percosse, lo costringevano a indicare il tesoro nascosto.

Finalmente se n'andavano; erano andati; si sentiva da lontano morire il suono de' tamburi o delle trombe; succedevano alcune ore d'una quiete spaventata; e poi un nuovo maledetto batter di cassa, un nuovo maledetto suon di trombe, annunziava un'altra squadra. Questi, non trovando piú da far preda, con tanto piú furore facevano sperpero del resto, bruciavan le botti votate da quelli, gli usci delle stanze dove non c'era piú nulla, davan fuoco anche alle case; e con tanta piú rabbia, s'intende, maltrattavan le persone; e cosí di peggio in peggio, per venti giorni: ché in tante squadre era diviso l'esercito.

Colico fu la prima terra del ducato, che invasero que' demòni; si gettarono poi sopra Bellano; di là entrarono e si sparsero nella Valsassina, da dove sboccarono nel territorio di Lecco.

Capitolo ventinovesimo

Qui, tra i poveri spaventati troviamo persone di nostra conoscenza.

Chi non ha visto don Abbondio, il giorno che si sparsero tutte in una volta le notizie della calata dell'esercito, del suo avvicinarsi, e de' suoi portamenti, non sa bene cosa sia impiccio e spavento. Vengono; son trenta, son quaranta, son cinquanta mila; son diavoli, sono ariani, sono anticristi; hanno saccheggiato Cortenuova; han dato fuoco a Primaluna: devastano Introbbio, Pasturo, Barsio; sono arrivati a Balabbio; domani son qui: tali eran le voci che passavan di bocca in bocca; e insieme un correre, un fermarsi a vicenda, un consultare tumultuoso, un'esitazione tra il fuggire e il restare, un radunarsi di donne, un metter le mani ne' capelli. Don Abbondio, risoluto di fuggire, risoluto prima di tutti e piú di tutti, vedeva però, in ogni strada da prendere, in ogni luogo da ricoverarsi, ostacoli insuperabili, e pericoli spaventosi. – Come fare? – esclamava: – dove andare? – I monti, lasciando da parte la difficoltà del cammino, non eran sicuri: già s'era saputo che i lanzichenecchi vi s'arrampicavano come gatti, dove appena avessero indizio o speranza di far preda. Il lago era grosso; tirava un gran vento: oltre di questo, la piú parte de' barcaioli, temendo d'esser forzati a tragittar soldati o bagagli, s'eran rifugiati, con le loro barche, all'altra riva: alcune poche rimaste, eran poi partite stracariche di gente; e, travagliate dal peso e dalla burrasca, si diceva che pericolassero ogni momento. Per portarsi lontano e fuori della strada che l'esercito aveva a percorrere, non era possibile trovar né un calesse, né un cavallo, né alcun altro mezzo: a piedi, don Abbondio non avrebbe potuto far troppo cammino, e temeva d'esser raggiunto per istrada. Il territorio bergamasco non era tanto distante, che le sue gambe non ce lo potessero portare in una tirata; ma si sapeva ch'era stato spedito in fretta da Bergamo uno squadrone di *cappelletti*, il qual doveva costeggiare il confine, per tenere in suggezione i lanzichenecchi; e quelli eran diavoli in carne, né piú né meno di questi, e facevan dalla parte loro il peggio che potevano. Il pover'uomo correva, stralunato e mezzo fuor di sé, per la casa; andava dietro a Perpetua, per concertare una risoluzione con lei; ma Perpetua, affaccendata a raccogliere il meglio di casa, e a nasconderlo in soffitta, o per i bugigattoli, passava di corsa, affannata, preoccupata, con le mani e con le braccia piene, e rispondeva: – or ora finisco di metter questa roba al sicuro, e poi faremo anche noi come fanno gli altri –. Don Abbondio voleva trattenerla, e discuter con lei i vari partiti; ma lei, tra il da fare, e la fretta, e lo spavento che aveva anch'essa in corpo, e la rabbia che le faceva quello del padrone, era, in tal congiuntura, meno trattabile di quel che fosse stata mai. – S'ingegnano gli altri; c'ingegneremo anche noi. Mi scusi, ma non è capace che d'impedire. Crede lei che anche gli altri non abbiano una pelle da salvare? Che vengono per far la guerra a lei i soldati? Potrebbe anche dare una mano, in questi momenti, in vece di venir tra' piedi a piangere e a impicciare –. Con queste e simili risposte si sbrigava da lui, avendo già stabilito, finita che fosse alla meglio quella tumultuaria operazione, di prenderlo per un braccio, come un ragazzo, e di strascinarlo su per una montagna. Lasciato cosí solo, s'affacciava alla finestra, guardava, tendeva gli orecchi; e vedendo passar qualcheduno, gridava con una voce mezza di pianto e mezza di rimprovero: – fate questa carità al vostro povero curato di cercargli qualche cavallo, qualche mulo, qualche asino. Possibile che nessuno mi voglia aiutare!

Oh che gente! Aspettatemi almeno, che possa venire anch'io con voi; aspettate d'esser quindici o venti, da condurmi via insieme, ch'io non sia abbandonato. Volete lasciarmi in man de' cani? Non sapete che sono luterani la piú parte, che ammazzare un sacerdote l'hanno per opera meritoria? Volete lasciarmi qui a ricevere il martirio? Oh che gente! Oh che gente!

Ma a chi diceva queste cose? Ad uomini che passavano curvi sotto il peso della loro povera roba, pensando a quella che lasciavano in casa, spingendo le loro vaccherelle, conducendosi dietro i figli, carichi anch'essi quanto potevano, e le donne con in collo quelli che non potevan camminare. Alcuni tiravan di lungo, senza rispondere né guardare in su; qualcheduno diceva: – eh messere! faccia anche lei come può; fortunato lei che non ha da pensare alla famiglia; s'aiuti, s'ingegni.

– Oh povero me! – esclamava don Abbondio: – oh che gente! che cuori! Non c'è carità: ognun pensa a sé; e a me nessuno vuol pensare –. E tornava in cerca di Perpetua.

– Oh appunto! – gli disse questa: – e i danari?

– Come faremo?

– Li dia a me, che anderò a sotterrarli qui nell'orto di casa, insieme con le posate.

– Ma....

– Ma, ma; dia qui; tenga qualche soldo, per quel che può occorrere; e poi lasci fare a me.

Don Abbondio ubbidí, andò allo scrigno, cavò il suo tesoretto, e lo consegnò a Perpetua; la quale disse: – vo a sotterrarli nell'orto, appiè del fico –; e andò. Ricomparve poco dopo, con un paniere dove c'era della munizione da bocca, e con una piccola gerla vota; e si mise in fretta a collocarvi nel fondo un po' di biancheria sua e del padrone, dicendo intanto: – il breviario almeno lo porterà lei.

– Ma dove andiamo?

– Dove vanno tutti gli altri? Prima di tutto, anderemo in istrada; e là sentiremo, e vedremo cosa convenga di fare.

In quel momento entrò Agnese con una gerletta sulle spalle, e in aria di chi viene a fare una proposta importante.

Agnese, risoluta anche lei di non aspettare ospiti di quella sorte, sola in casa, com'era, e con ancora un po' di quell'oro dell'innominato, era stata qualche tempo in forse del luogo dove ritirarsi. Il residuo appunto di quegli scudi, che ne' mesi della fame le avevan fatto tanto pro, era la cagion principale della sua angustia e della irresoluzione, per aver essa sentito che, ne' paesi già invasi, quelli che avevan danari, s'eran trovati a piú terribil condizione, esposti insieme alla violenza degli stranieri, e all'insidie de' paesani. Era vero che, del bene piovutole, come si dice, dal cielo, non aveva fatta la confidenza a nessuno, fuorché a don Abbondio; dal quale andava, volta per volta, a farsi spicciolare uno scudo, lasciandogli sempre qualcosa da dare a qualcheduno piú povero di lei. Ma i danari nascosti, specialmente chi non è avvezzo a maneggiarne molti, tengono il possessore in un sospetto continuo del sospetto altrui. Ora, mentre andava anch'essa rimpiattando qua e là alla meglio ciò che non poteva portar con sé, e pensava agli scudi, che teneva cuciti nel busto, si rammentò che, insieme con essi, l'innominato, le aveva mandate le piú larghe offerte di servizi; si rammentò le cose che aveva sentito raccontare di quel suo castello posto in luogo cosí sicuro, e dove, a dispetto del padrone, non potevano arrivar se non gli uccelli; e si risolvette d'andare a chiedere un asilo lassú. Pensò come potrebbe farsi conoscere da quel signore, e le venne subito in mente don Abbondio; il quale, dopo quel colloquio cosí fatto con l'arcivescovo, le aveva sempre fatto festa, e tanto piú di cuore, che lo poteva senza compromettersi con nessuno, e che, essendo lontani i due giovani, era anche lontano il caso che a lui venisse fatta una richiesta, la quale avrebbe messa quella benevolenza a un gran cimento. Suppose che, in un tal parapiglia, il pover'uomo doveva esser ancor piú impicciato e piú sbigottito di lei, e che il partito potrebbe parer molto buono anche a lui; e glielo veniva a proporre. Trovatolo con Perpetua, fece la proposta a tutt'e due.

– Che ne dite, Perpetua? – domandò don Abbondio.

– Dico che è un'ispirazione del cielo, e che non bisogna perder tempo, e mettersi la strada tra le gambe.

– E poi....

– E poi, e poi, quando saremo là, ci troveremo ben contenti. Quel signore, ora si sa che non vorrebbe altro che far servizi al prossimo; e sarà ben contento anche lui di ricoverarci. Là, sul confine, e cosí per aria, soldati non ne verrà certamente. E poi e poi, ci troveremo anche da mangiare; ché, su per i monti, finita questa poca grazia di Dio, – e cosí dicendo, l'accomodava nella gerla, sopra la biancheria, – ci saremmo trovati a mal partito.

– Convertito, è convertito davvero, eh?

– Che c'è da dubitarne ancora, dopo tutto quello che si sa, dopo quello che anche lei ha veduto?

– E se andassimo a metterci in gabbia?

– Che gabbia? Con tutti codesti suoi casi, mi scusi, non si verrebbe mai a una conclusione. Brava Agnese! v'è proprio venuto un buon pensiero –. E messa la gerla sur un tavolino, passò le braccia nelle cigne, e la prese sulle spalle.

– Non si potrebbe, – disse don Abbondio, – trovar qualche uomo che venisse con noi, per far la scorta al suo curato? Se incontrassimo qualche birbone, che pur troppo ce n'è in giro parecchi, che aiuto m'avete a dar voi altre?

– Un'altra, per perder tempo! – esclamò Perpetua. – Andarlo a cercar ora l'uomo, che ognuno ha da pensare a' fatti suoi. Animo! vada a prendere il breviario e il cappello; e andiamo.

Don Abbondio andò, tornò, di lí a un momento, col breviario sotto il braccio, col cappello in capo, e col suo bordone in mano; e uscirono tutt'e tre per un usciolino che metteva sulla piazzetta. Perpetua richiuse, piú per non trascurare una formalità, che per fede che avesse in quella toppa e in que' battenti, e mise la chiave in tasca. Don Abbondio diede, nel passare, un'occhiata alla chiesa, e disse tra i denti: – al popolo tocca a custodirla, che serve a lui. Se hanno un po' di cuore per la loro chiesa, ci penseranno; se poi non hanno cuore, tal sia di loro.

Presero per i campi, zitti zitti, pensando ognuno a' casi suoi, e guardandosi intorno, specialmente don Abbondio, se apparisse qualche figura sospetta, qualcosa di straordinario. Non s'incontrava nessuno: la gente era, o nelle case a guardarle, a far fagotto, a nascondere, o per le strade che conducevan direttamente all'alture.

Dopo aver sospirato e risospirato, e poi lasciato scappar qualche interiezione, don Abbondio cominciò a brontolare piú di seguito. Se la prendeva col duca di Nevers, che avrebbe potuto stare in Francia a godersela, a fare il principe, e voleva esser duca di Mantova a dispetto del mondo; con l'imperatore, che avrebbe dovuto aver giudizio per gli altri, lasciar correr l'acqua all'ingiú, non istar su tutti i puntigli: ché finalmente, lui sarebbe sempre stato l'imperatore, fosse duca di Mantova Tizio o Sempronio. L'aveva principalmente col governatore, a cui sarebbe toccato a far di tutto, per tener lontani i flagelli dal paese, ed era lui che ce gli attirava: tutto per il gusto di far la guerra. – Bisognerebbe, – diceva, – che fossero qui que' signori a vedere, a provare, che gusto è. Hanno da rendere un bel conto! Ma intanto, ne va di mezzo chi non ci ha colpa.

– Lasci un po' star codesta gente; che già non son quelli che ci verranno a aiutare, – diceva Perpetua. – Codeste, mi scusi, sono di quelle sue solite chiacchiere che non concludon nulla. Piuttosto, quel che mi dà noia...

– Cosa c'è?

Perpetua, la quale, in quel pezzo di strada, aveva pensato con comodo al nascondimento fatto in furia, cominciò a lamentarsi d'aver dimenticata la tal cosa, d'aver mal riposta la tal altra; qui, d'aver lasciata una traccia che poteva guidare i ladroni, là...

– Brava! – disse don Abbondio, ormai sicuro della

vita, quanto bastava per poter angustiarsi della roba: – brava! cosí avete fatto? Dove avevate la testa?

– Come! – esclamò Perpetua, fermandosi un momento su due piedi, e mettendo i pugni su' fianchi, in quella maniera che la gerla glielo permetteva: – come! verrà ora a farmi codesti rimproveri, quand'era lei che me la faceva andar via, la testa, in vece d'aiutarmi e farmi coraggio! Ho pensato forse piú alla roba di casa che alla mia; non ho avuto chi mi desse una mano; ho dovuto far da Marta e Maddalena; se qualcosa anderà a male, non so cosa mi dire: ho fatto anche piú del mio dovere.

Agnese interrompeva questi contrasti, entrando anche lei a parlare de' suoi guai: e non si rammaricava tanto dell'incomodo e del danno, quanto di vedere svanita la speranza di riabbracciar presto la sua Lucia; ché, se vi rammentate, era appunto quell'autunno sul quale avevan fatto assegnamento: né era da supporre che donna Prassede volesse venire a villeggiare da quelle parti, in tali circostanze: piuttosto ne sarebbe partita, se ci si fosse trovata, come facevan tutti gli altri villeggianti.

La vista de' luoghi rendeva ancor piú vivi que' pensieri d'Agnese, e piú pungente il suo dispiacere. Usciti da' sentieri, avevan presa la strada pubblica, quella medesima per cui la povera donna era venuta riconducendo, per cosí poco tempo, a casa la figlia, dopo aver soggiornato con lei, in casa del sarto. E già si vedeva il paese.

– Anderemo bene a salutar quella brava gente, – disse Agnese.

– E anche a riposare un pochino: ché di questa gerla io comincio ad averne abbastanza; e poi per mangiare un boccone, – disse Perpetua.

– Con patto di non perder tempo; ché non siamo in viaggio per divertimento, – concluse don Abbondio.

Furono ricevuti a braccia aperte, e veduti con gran piacere: rammentavano una buona azione. Fate del bene a quanti piú potete, dice qui il nostro autore; e' vi seguirà tanto piú spesso d'incontrar de' visi che vi mettano allegria.

Agnese, nell'abbracciar la buona donna, diede in un dirotto pianto, che le fu d'un gran sollievo; e rispondeva con singhiozzi alle domande che quella e il marito le facevan di Lucia.

– Sta meglio di noi, – disse don Abbondio: – è a Milano, fuor de' pericoli, lontana da queste diavolerie.

– Scappano, eh? il signor curato e la compagnia, – disse il sarto.

– Sicuro, – risposero a una voce il padrone e la serva.

– Li compatisco.

– Siamo incamminati, – disse don Abbondio; – al castello di ***.

– L'hanno pensata bene: sicuri come in chiesa.

– E qui, non hanno paura? – disse don Abbondio.

– Dirò, signor curato: propriamente in *ospitazione*, come lei sa che si dice, a parlar bene, qui non dovrebbero venire coloro: siam troppo fuori della loro strada, grazie al cielo. Al piú al piú, qualche scappata, che Dio non voglia: ma in ogni caso c'è tempo; s'hanno a sentir prima altre notizie da' poveri paesi dove anderanno a fermarsi.

Si concluse di star lí un poco a prender fiato; e, siccome era l'ora del desinare, – signori, – disse il sarto: – devono onorare la mia povera tavola: alla buona: ci sarà un piatto di buon viso.

Perpetua disse d'aver con sé qualcosa da rompere il digiuno. Dopo un po' di cerimonie da una parte e dall'altra, si venne a patti d'accozzar, come si dice, il pentolino, e di desinare in compagnia.

I ragazzi s'eran messi con gran festa intorno ad Agnese loro amica vecchia. Presto, presto; il sarto ordinò a una bambina (quella che aveva portato quel boccone a Maria vedova: chi sa se ve ne rammentate piú!), che andasse a diricciar quattro castagne primaticce, ch'eran riposte in un cantuccio: e le mettesse a arrostire.

– E tu, – disse a un ragazzo, – va' nell'orto, a dare una scossa al pesco, da farne cader quattro, e portale qui: tutte, ve'. E tu, – disse a un altro, – va' sul fico, a coglierne quattro de' piú maturi. Già lo conoscete anche troppo quel mestiere –. Lui andò a spillare una sua botticina; la donna a prendere un po' di biancheria da tavola. Perpetua cavò fuori le provvisioni; s'apparecchiò: un tovagliolo e un piatto di maiolica al posto d'onore, per don Abbondio, con una posata che Perpetua aveva nella gerla. Si misero a tavola, e desinarono, se non con grand'allegria, almeno con molta piú che nessuno de' commensali si fosse aspettato d'averne in quella giornata.

– Cosa ne dice, signor curato, d'uno scombussolamento di questa sorte? – disse il sarto: – mi par di leggere la storia de' mori in Francia.

– Cosa devo dire? Mi doveva cascare addosso anche questa!

– Però, hanno scelto un buon ricovero, – riprese quello: – chi diavolo ha a andar lassú per forza? E troveranno compagnia: ché già s'è sentito che ci sia rifugiata molta gente, e che ce n'arrivi tuttora.

– Voglio sperare, – disse don Abbondio, – che saremo ben accolti. Lo conosco quel bravo signore; e quando ho avuto un'altra volta l'onore di trovarmi con lui, fu cosí compito!

– E a me, – disse Agnese, – m'ha fatto dire dal signor monsignor illustrissimo, che, quando avessi bisogno di qualcosa, bastava che andassi da lui.

– Gran bella conversione! – riprese don Abbondio: – e si mantiene, n'è vero? si mantiene.

Il sarto si mise a parlare alla distesa della santa vita dell'innominato, e come, dall'essere il flagello de' contorni, n'era divenuto l'esempio e il benefattore.

– E quella gente che teneva con sé?... tutta quella servitú?... – riprese don Abbondio, il quale n'aveva piú d'una volta sentito dir qualcosa, ma non era mai quieto abbastanza.

– Sfrattati la piú parte, – rispose il sarto: – e quelli che son rimasti, han mutato sistema, ma come! In somma è diventato quel castello una Tebaide: lei le sa queste cose.

Entrò poi a parlar con Agnese della visita del cardinale. – Grand'uomo! – diceva; – grand'uomo! Peccato che sia passato di qui cosí in furia, che non ho né anche potuto fargli un po' d'onore. Quanto sarei contento di potergli parlare un'altra volta, un po' piú con comodo.

Alzati poi da tavola, le fece osservare una stampa rappresentante il cardinale, che teneva attaccata a un battente d'uscio, in venerazione del personaggio, e anche per poter dire a chiunque capitasse, che non era somigliante; giacché lui aveva potuto esaminar da vicino e con comodo il cardinale in persona, in quella medesima stanza.

– L'hanno voluto far lui, con questa cosa qui? – disse Agnese. – Nel vestito gli somiglia; ma...

– N'è vero che non somiglia? – disse il sarto: – lo dico sempre anch'io: noi, non c'ingannano, eh? ma, se non altro, c'è sotto il suo nome: è una memoria.

Don Abbondio faceva fretta; il sarto s'impegnò di trovare un baroccio che li conducesse appiè della salita; n'andò subito in cerca, e poco dopo, tornò a dire che arrivava. Si voltò poi a don Abbondio, e gli disse: – signor curato, se mai desiderasse di portar lassú qualche libro, per passare il tempo, da pover'uomo posso servirla: ché anch'io mi diverto un po' a leggere. Cose non da par suo, libri in volgare; ma però...

– Grazie, grazie, – rispose don Abbondio: – son circostanze, che si ha appena testa d'occuparsi di quel che è di precetto.

Mentre si fanno e si ricusano ringraziamenti, e si barattano saluti e buoni augúri, inviti e promesse d'un'altra fermata al ritorno, il baroccio è arrivato davanti all'uscio di strada. Ci metton le gerle, salgon su, e principiano, con un po' piú d'agio e di tranquillità d'animo, la seconda metà del viaggio.

Il sarto aveva detto la verità a don Abbondio, intorno all'innominato. Questo, dal giorno che l'abbiam lasciato, aveva sempre continuato a far ciò che allora s'era proposto, compensar danni, chieder pace, soccorrer poveri, sempre del bene in somma, secondo l'occasione. Quel coraggio che altre volte aveva mostrato nell'offendere e nel difendersi, ora lo mostrava nel non fare né l'una cosa né l'altra. Andava sempre solo e senz'armi, disposto a tutto quello che gli potesse accadere dopo tante violenze commesse, e persuaso che sarebbe commetterne una nuova l'usar la forza in difesa di chi era debitore di tanto e a tanti; persuaso che ogni male che gli venisse fatto, sarebbe un'ingiuria riguardo a Dio, ma riguardo a lui una giusta retribuzione; e che dell'ingiuria, lui meno d'ogni altro, aveva diritto di farsi punitore. Con tutto ciò, era rimasto non meno inviolato di quando teneva armate, per la sua sicurezza, tante braccia e il suo. La rimembranza dell'antica ferocia, e la vista della mansuetudine presente, una, che doveva aver lasciati tanti desidèri di vendetta, l'altra, che la rendeva tanto agevole, cospiravano in vece a procacciargli e a mantenergli un'ammirazione, che gli serviva principalmente di salvaguardia. Era quell'uomo che nessuno aveva potuto umiliare, e che s'era umiliato da sé. I rancori, irritati altre volte dal suo disprezzo e dalla paura degli altri, si dileguavano ora davanti a quella nuova umiltà: gli offesi avevano ottenuta, contro ogni aspettativa, e senza pericolo, una soddisfazione che non avrebbero potuta promettersi dalla piú fortunata vendetta, la soddisfazione di vedere un tal uomo pentito de' suoi torti, e partecipe, per dir cosí, della loro indegnazione. Molti, il cui dispiacere piú amaro e piú intenso era stato per molt'anni, di non veder probabilità di trovarsi in nessun caso piú forti di colui, per ricattarsi di qualche gran torto; incontrandolo poi solo, disarmato, e in atto di chi non farebbe resistenza, non s'eran sentiti altro impulso che di fargli dimostrazioni d'onore. In quell'abbassamento volontario, la sua presenza e il suo contegno avevano acquistato, senza che lui lo sapesse, un non so che di piú alto e di piú nobile; perché ci si vedeva, ancor meglio di prima, la noncuranza d'ogni pericolo. Gli odi, anche i piú rozzi e rabbiosi, si sentivano come legati e tenuti in rispetto dalla venerazione pubblica per l'uomo penitente e benefico. Questa era tale, che spesso quell'uomo si trovava impicciato a schermirsi dalle dimostrazioni che gliene venivan fatte, e doveva star attento a non lasciar troppo trasparire nel volto e negli atti il sentimento interno di compunzione, a non abbassarsi troppo, per non esser troppo esaltato. S'era scelto nella chiesa l'ultimo luogo; e non c'era pericolo che nessuno glielo prendesse: sarebbe stato come usurpare un posto d'onore. Offender poi quell'uomo, o anche trattarlo con poco riguardo, poteva parere non tanto un'insolenza e una viltà, quanto un sacrilegio: e quelli stessi a cui questo sentimento degli altri poteva servir di ritegno, ne partecipavano anche loro, piú o meno.

Queste medesime ed altre cagioni, allontanavano pure da lui le vendette della forza pubblica, e gli procuravano, anche da questa parte, la sicurezza della quale non si dava pensiero. Il grado e le parentele, che in ogni tempo gli erano state di qualche difesa, tanto piú valevano per lui, ora che a quel nome già illustre e infame, andava aggiunta la lode d'una condotta esemplare, la gloria della conversione. I magistrati e i grandi s'eran rallegrati di questa, pubblicamente come il popolo; e sarebbe parso strano l'infierire contro chi era stato soggetto di tante congratulazioni. Oltre di ciò, un potere occupato in una guerra perpetua, e spesso infelice, contro ribellioni vive e rinascenti, poteva trovarsi abbastanza contento d'esser liberato dalla piú indomabile e molesta, per non andare a cercar altro: tanto piú, che quella conversione produceva riparazioni che non era avvezzo ad ottenere, e nemmeno a richiedere. Tormentare un santo, non pareva un buon mezzo di cancellar la vergogna di non aver saputo fare stare a dovere un facinoroso: e l'esempio che si fosse dato col punirlo, non avrebbe potuto aver altro effetto, che di stornare i suoi simili dal divenire inoffensivi. Probabilmente anche la parte che il cardinal Federigo aveva avuta nella conversione, e il suo nome associato a quello del convertito, servivano a questo come d'uno scudo sacro. E in quello stato di cose e d'idee, in quelle singolari relazioni dell'autorità spirituale e del poter civile, ch'eran cosí spesso alle prese tra loro, senza mirar mai a distruggersi, anzi mischiando sempre alle ostilità atti di riconoscimento e proteste di deferenza, e che, spesso pure, andavan di conserva a un fine comune, senza far mai pace, poté parere, in certa maniera, che la riconciliazione della prima portasse con sé l'oblivione, se non l'assoluzione del secondo, quando quella s'era sola adoprata a produrre un effetto voluto da tutt'e due.

Cosí quell'uomo sul quale, se fosse caduto, sarebbero corsi a gara grandi e piccoli a calpestarlo; messosi volontariamente a terra, veniva risparmiato da tutti, e inchinato da molti.

È vero ch'eran anche molti a cui quella strepitosa mutazione dovette far tutt'altro che piacere: tanti esecutori stipendiati di delitti, tanti compagni nel delitto, che perdevano una cosí gran forza sulla quale erano avvezzi a fare assegnamento, che anche si trovavano a un tratto rotti i fili di trame ordite da un pezzo, nel momento forse che aspettavano la nuova dell'esecuzione. Ma già abbiam veduto quali diversi sentimenti quella conversione facesse nascere negli sgherri che si trovavano allora con lui, e che la sentirono annunziare dalla sua bocca: stupore, dolore, abbattimento, stizza; un po' di tutto, fuorché disprezzo né odio. Lo stesso accadde agli altri che teneva sparsi in diversi posti, lo stesso a' complici di piú alto affare, quando riseppero la terribile nuova, e a tutti per le cagioni medesime. Molt'odio, come trovo nel luogo, altrove citato, del Ripamonti, ne venne piuttosto al cardinal Federigo. Riguardavan questo come uno che s'era mischiato ne' loro affari, per guastarli; l'innominato aveva voluto salvar l'anima sua: nessuno aveva ragion di lagnarsene.

Di mano in mano poi, la piú parte degli sgherri di casa, non potendo accomodarsi alla nuova disciplina, né vedendo probabilità che s'avesse a mutare, se n'erano andati. Chi avrà cercato altro padrone, e fors'anche tra gli antichi amici di quello che lasciava; chi si sarà arrolato in qualche terzo, come allora dicevano, di Spagna o di Mantova, o di qualche altra parte belligerante; chi si sarà messo alla strada, per far la guerra a minuto, e per conto suo; chi si sarà anche contentato d'andar birboneggiando in libertà. E il simile avranno fatto quegli altri che stavano prima a' suoi ordini, in diversi paesi. Di quelli poi che s'eran potuti avvezzare al nuovo tenor di vita, o che lo avevano abbracciato volentieri, i piú, nativi della valle, eran tornati ai campi, o ai mestieri imparati nella prima età, e poi abbandonati; i forestieri eran rimasti nel castello, come servitori: gli uni e gli altri, quasi ribenedetti nello stesso tempo che il loro padrone, se la passavano, al par di lui, senza fare né ricever torti, inermi e rispettati.

Ma quando, al calar delle bande alemanne, alcuni fuggiaschi di paesi invasi o minacciati capitarono su al castello a chieder ricovero, l'innominato, tutto contento che quelle sue mura fossero cercate come asilo da' deboli, che per tanto tempo le avevan guardate da lontano come un enorme spauracchio, accolse quegli sbandati, con espressioni piuttosto di riconoscenza che di cortesia; fece sparger la voce, che la sua casa sarebbe aperta a chiunque ci si volesse rifugiare, e pensò subito a mettere, non solo questa, ma anche la valle, in istato di difesa, se mai lanzichenecchi o cappelletti volessero provarsi di venirci a far delle loro. Radunò i servitori che gli eran rimasti, pochi e valenti, come i versi di Torti; fece loro una parlata sulla buona occasione che Dio dava loro e a lui, d'impiegarsi una volta in aiuto del prossimo, che avevan tanto oppresso e spaventato; e, con quel tono naturale di comando, ch'esprimeva la certezza dell'ubbidienza, annunziò loro in generale ciò che intendeva che facessero, e soprattutto prescrisse come dovessero contenersi, perché la gente che veniva a ricoverarsi lassú, non vedesse in loro che amici e difensori. Fece poi portar giú da una stanza a tetto l'armi da fuoco, da taglio, in asta, che da un pezzo stavan lí ammucchiate, e gliele distribuí; fece dire a' suoi contadini e affittuari della valle, che chiunque si sentiva, venisse con armi al castello; a chi non n'aveva, ne diede; scelse alcuni, che fossero come ufiziali, e avessero altri sotto il loro comando; assegnò i posti all'entrature e in altri luoghi della valle, sulla salita, alle porte del castello; stabilí l'ore e i modi di dar la muta, come in un campo, o come già s'era costumato in quel castello medesimo, ne' tempi della sua vita disperata.

In un canto di quella stanza a tetto, c'erano in disparte l'armi che lui solo aveva portate; quella sua famosa carabina, moschetti, spade, spadoni, pistole, coltellacci, pugnali, per terra, o appoggiati al muro. Nessuno de' servitori le toccò; ma concertarono di domandare al padrone quali voleva che gli fossero portate. – Nessuna, – rispose; e, fosse voto, fosse proposito, restò sempre disarmato, alla testa di quella specie di guarnigione.

Nello stesso tempo, aveva messo in moto altr'uomini e donne di servizio, o suoi dipendenti, a preparar nel castello alloggio a quante piú persone fosse possibile, a rizzar letti, a disporre sacconi e strapunti nelle stanze, nelle sale, che diventavan dormitòri. E aveva dato ordine di far venire provvisioni abbondanti, per ispesare gli ospiti che Dio gli manderebbe, e i quali infatti andavan crescendo di giorno in giorno. Lui intanto non istava mai fermo; dentro e fuori del castello, su e giú per la salita, in giro per la valle, a stabilire, a rinforzare, a visitar posti, a vedere, a farsi vedere, a mettere e a tenere in regola, con le parole, con gli occhi, con la presenza. In casa, per la strada, faceva accoglienza a quelli che arrivavano; e tutti, o lo avessero già visto, o lo vedessero per la prima volta, lo guardavano estatici, dimenticando un momento i guai e i timori che gli avevano spinti lassú; e si voltavano ancora a guardarlo, quando, staccatosi da loro, seguitava la sua strada.

Capitolo trentesimo

Quantunque il concorso maggiore non fosse dalla parte per cui i nostri tre fuggitivi s'avvicinavano alla valle, ma all'imboccatura opposta, con tutto ciò, cominciarono a trovar compagni di viaggio e di sventura, che da traverse e viottole erano sboccati o sboccavano nella strada. In circostanze simili, tutti quelli che s'incontrano, è come se si conoscessero. Ogni volta che il baroccio aveva raggiunto qualche pedone, si barattavan domande e risposte. Chi era scappato, come i nostri, senza aspettar l'arrivo de' soldati; chi aveva sentiti i tamburi o le trombe; chi gli aveva visti coloro, e li dipingeva come gli spaventati soglion dipingere.

– Siamo ancora fortunati, – dicevan le due donne: – ringraziamo il cielo. Vada la roba; ma almeno siamo in salvo.

Ma don Abbondio non trovava che ci fosse tanto da rallegrarsi; anzi quel concorso, e piú ancora il maggiore che sentiva esserci dall'altra parte, cominciava a dargli ombra. – Oh che storia! – borbottava alle donne, in un momento che non c'era nessuno d'intorno: – oh che storia! Non capite, che radunarsi tanta gente in un luogo è lo stesso che volerci tirare i soldati per forza? Tutti nascondono, tutti portan via; nelle case non resta nulla; crederanno che lassú ci siano tesori. Ci vengono sicuro: sicuro ci vengono. Oh povero me! dove mi sono imbarcato!

– Oh! voglion far altro che venir lassú, – diceva Perpetua: – anche loro devono andar per la loro strada. E poi, io ho sempre sentito dire che, ne' pericoli, è meglio essere in molti.

– In molti? in molti? – replicava don Abbondio: – povera donna! Non sapete che ogni lanzichenecco ne mangia cento di costoro? E poi, se volessero far delle pazzie, sarebbe un bel gusto, eh? di trovarsi in una battaglia. Oh povero me! Era meno male andar su per i monti. Che abbian tutti a voler cacciarsi in un luogo!... Seccatori! – borbottava poi, a voce piú bassa: – tutti qui: e via, e via, e via; l'uno dietro l'altro, come pecore senza ragione.

– A questo modo, – disse Agnese, – anche loro potrebbero dir lo stesso di noi.

– Chetatevi un po', – disse don Abbondio: – ché già le chiacchiere non servono a nulla. Quel ch'è fatto è fatto: ci siamo, bisogna starci. Sarà quel che vorrà la Provvidenza: il cielo ce la mandi buona.

Ma fu ben peggio quando, all'entrata della valle, vide un buon posto d'armati, parte sull'uscio d'una casa, e parte nelle stanze terrene: pareva una caserma. Li guardò con la coda dell'occhio: non eran quelle facce che gli era toccato a vedere nell'altra dolorosa sua gita, o se ce n'era di quelle, erano ben cambiate; ma con tutto ciò, non si può dire che noia gli desse quella vista. «Oh povero me! – pensava: – ecco se le fanno le pazzie. Già non poteva essere altrimenti: me lo sarei dovuto aspettare da un uomo di quella qualità. Ma cosa vuol fare? vuol far la guerra? vuol fare il re, lui? Oh povero me! In circostanze che si vorrebbe potersi nasconder sotto terra, e costui cerca ogni maniera di farsi scorgere, di dar nell'occhio; par che li voglia invitare!»

– Vede ora, signor padrone, – gli disse Perpetua, – se c'è della brava gente qui, che ci saprà difendere. Vengano ora i soldati: qui non sono come que' nostri spauriti, che non son buoni che a menar le gambe.

– Zitta! – rispose, con voce bassa ma iraconda, don Abbondio: – zitta! che non sapete quel che vi dite. Pregate il cielo che abbian fretta i soldati, o che non vengano a sapere le cose che si fanno qui, e che si mette all'ordine questo luogo come una fortezza. Non sapete che i soldati è il loro mestiere di prender le fortezze? Non cercan altro; per loro, dare un assalto è come andare a nozze; perché tutto quel che trovano è per loro, e passano la gente a fil di spada. Oh povero me! Basta, vedrò se ci sarà maniera di mettersi in salvo su per queste balze. In una battaglia non mi ci colgono: oh! in una battaglia non mi ci colgono.

– Se ha poi paura anche d'esser difeso e aiutato... – ricominciava Perpetua; ma don Abbondio l'interruppe aspramente, sempre però a voce bassa: – zitta! E badate bene di non riportare questi discorsi. Ricordatevi che qui bisogna far sempre viso ridente, e approvare tutto quello che si vede.

Alla Malanotte, trovarono un altro picchetto d'armati, ai quali don Abbondio fece una scappellata, dicendo intanto tra sé: «ohimè, ohimè: son proprio venuto in un accampamento!» Qui il baroccio si fermò; ne scesero; don Abbondio pagò in fretta, e licenziò il condottiere; e s'incamminò con le due compagne per la salita, senza far parola. La vista di que' luoghi gli andava risvegliando nella fantasia, e mescolando all'angosce presenti, la rimembranza di quelle che vi aveva sofferte l'altra volta. E Agnese, la quale non gli aveva mai visti que' luoghi, e se n'era fatta in mente una pittura fantastica che le si rappresentava ogni volta che pensava al viaggio spaventoso di Lucia, vedendoli ora quali eran davvero, provava come un nuovo e piú vivo sentimento di quelle crudeli memorie. – Oh signor curato! – esclamò: – a pensare che la mia povera Lucia è passata per questa strada!

– Volete stare zitta? donna senza giudizio! – le gridò in un orecchio don Abbondio: – son discorsi codesti da farsi qui? Non sapete che siamo in casa sua? Fortuna che ora nessun vi sente; ma se parlate in questa maniera....

– Oh! – disse Agnese: – ora che è santo...!

– State zitta, – le replicò don Abbondio: – credete voi che ai santi si possa dire, senza riguardo, tutto ciò che passa per la mente? Pensate piuttosto a ringraziarlo del bene che v'ha fatto.

– Oh! per questo, ci avevo già pensato: che crede che non le sappia un pochino le creanze?

– La creanza è di non dir le cose che posson dispiacere, specialmente a chi non è avvezzo a sentirne. E intendetela bene tutt'e due, che qui non è luogo da far pettegolezzi, e da dir tutto quello che vi può venire in testa. È casa d'un gran signore, già lo sapete: vedete che compagnia c'è d'intorno: ci vien gente di tutte le sorte; sicché, giudizio, se potete: pesar le parole, e soprattutto dirne poche, e solo quando c'è necessità: ché a stare zitti non si sbaglia mai.

– Fa peggio lei con tutte codeste sue... – riprendeva Perpetua.

Ma: – zitta! – gridò sottovoce don Abbondio, e insieme si levò il cappello in fretta, e fece un profondo inchino: ché, guardando in su, aveva visto l'innominato scender verso di loro. Anche questo aveva visto e riconosciuto don Abbondio; e affrettava il passo per andargli incontro.

– Signor curato, – disse, quando gli fu vicino, – avrei voluto offrirle la mia casa in miglior occasione; ma, a ogni modo, son ben contento di poterle esser utile in qualche cosa.

– Confidato nella gran bontà di vossignoria illustrissima, – rispose don Abbondio, – mi son preso l'ardire di venire, in queste triste circostanze, a incomodarla: e, come vede vossignoria illustrissima, mi son preso anche la libertà di menar compagnia. Questa è la mia governante...

– Benvenuta, – disse l'innominato.

– E questa, – continuò don Abbondio, – è una donna a cui vossignoria ha già fatto del bene: la madre di quella... di quella...

– Di Lucia, – disse Agnese.

– Di Lucia! – esclamò l'innominato, voltandosi, con la testa bassa, ad Agnese. – Del bene, io! Dio immortale! Voi, mi fate del bene, a venir qui... da me... in questa casa. Siate la benvenuta. Voi ci portate la benedizione.

– Oh giusto! – disse Agnese: – vengo a incomodarla.

Anzi, – continuò, avvicinandosegli all'orecchio, – ho anche a ringraziarla...

L'innominato troncò quelle parole, domandando premurosamente le nuove di Lucia; e sapute che l'ebbe, si voltò per accompagnare al castello i nuovi ospiti, come fece, malgrado la loro resistenza cerimoniosa. Agnese diede al curato un'occhiata che voleva dire: veda un poco se c'è bisogno che lei entri di mezzo tra noi due a dar pareri.

– Sono arrivati alla sua parrocchia? – gli domandò l'innominato.

– No, signore, che non gli ho voluti aspettare que' diavoli, – rispose don Abbondio. – Sa il cielo se avrei potuto uscir vivo dalle loro mani, e venire a incomodare vossignoria illustrissima.

– Bene, si faccia coraggio, – riprese l'innominato: – ché ora è in sicuro. Quassú non verranno; e se si volessero provare, siam pronti a riceverli.

– Speriamo che non vengano, – disse don Abbondio. – E sento, – soggiunse, accennando col dito i monti che chiudevano la valle di rimpetto, – sento che, anche da quella parte, giri un'altra masnada di gente, ma... ma...

– È vero, – rispose l'innominato: – ma non dubiti, che siam pronti anche per loro.

«Tra due fuochi, – diceva tra sé don Abbondio: – proprio tra due fuochi. Dove mi son lasciato tirare! e da due pettegole! E costui par proprio che ci sguazzi dentro! Oh che gente c'è a questo mondo!»

Entrati nel castello, il signore fece condurre Agnese e Perpetua in una stanza del quartiere assegnato alle donne, che occupava tre lati del secondo cortile, nella parte posteriore dell'edifizio situata sur un masso sporgente e isolato, a cavaliere a un precipizio. Gli uomini alloggiavano ne' lati dell'altro cortile a destra e a sinistra, e in quello che rispondeva sulla spianata. Il corpo di mezzo, che separava i due cortili, e dava passaggio dall'uno all'altro, per un vasto andito di rimpetto alla porta principale, era in parte occupato dalle provvisioni, e in parte doveva servir di deposito per la roba che i rifugiati volessero mettere in salvo lassú. Nel quartiere degli uomini, c'erano alcune camere destinate agli ecclesiastici che potessero capitare. L'innominato v'accompagnò in persona don Abbondio, che fu il primo a prenderne il possesso.

Ventitré o ventiquattro giorni stettero i nostri fuggitivi nel castello, in mezzo a un movimento continuo, in una gran compagnia, e che ne' primi tempi, andò sempre crescendo; ma senza che accadesse nulla di straordinario. Non passò forse giorno, che non si desse all'armi. Vengon lanzichenecchi di qua; si son veduti cappelletti di là. A ogni avviso, l'innominato mandava uomini a esplorare; e, se faceva bisogno, prendeva con sé della gente che teneva sempre pronta a ciò, e andava con essa fuor della valle, dalla parte dov'era indicato il pericolo. Ed era cosa singolare, vedere una schiera d'uomini armati da capo a piedi, e schierati come una truppa, condotti da un uomo senz'armi. Le piú volte non erano che foraggieri e saccheggiatori sbandati, che se n'andavano prima d'esser sorpresi. Ma una volta, cacciando alcuni di costoro, per insegnar loro a non venir piú da quelle parti, l'innominato ricevette avviso che un paesetto vicino era invaso e messo a sacco. Erano lanzichenecchi di vari corpi che, rimasti indietro per rubare, s'eran riuniti, e andavano a gettarsi all'improvviso sulle terre vicine a quelle dove alloggiava l'esercito; spogliavano gli abitanti, e gliene facevan di tutte le sorte. L'innominato fece un breve discorso a' suoi uomini, e li condusse al paesetto.

Arrivarono inaspettati. I ribaldi che avevan creduto di non andar che alla preda, vedendosi venire addosso gente schierata e pronta a combattere lasciarono il saccheggio a mezzo, e se n'andarono in fretta, senz'aspettarsi l'uno con l'altro, dalla parte dond'eran venuti. L'innominato gl'inseguí per un pezzo di strada; poi, fatto far alto, stette qualche tempo aspettando, se vedesse qualche novità; e finalmente se ne ritornò. E ripassando nel paesetto salvato, non si potrebbe dire con quali applausi e benedizioni fosse accompagnato il drappello liberatore e il condottiero.

Nel castello, tra quella moltitudine, formata a caso, di persone, varie di condizione, di costumi, di sesso e d'età, non nacque mai alcun disordine d'importanza. L'innominato aveva messe guardie in diversi luoghi, le quali tutte invigilavano che non seguisse nessun inconveniente, con quella premura che ognuno metteva nelle cose di cui s'avesse a rendergli conto.

Aveva poi pregati gli ecclesiastici, e gli uomini piú autorevoli che si trovavan tra i ricoverati, d'andare in giro e d'invigilare anche loro. E piú spesso che poteva, girava anche lui, e si faceva veder per tutto; ma, anche in sua assenza, il ricordarsi di chi s'era in casa, serviva di freno a chi ne potesse aver bisogno. E, del resto, era tutta gente scappata, e quindi inclinata in generale alla quiete: i pensieri della casa e della roba, per alcuni anche di congiunti o d'amici rimasti nel pericolo, le nuove che venivan di fuori, abbattendo gli animi, mantenevano e accrescevano sempre piú quella disposizione.

C'era però anche de' capi scarichi, degli uomini d'una tempra piú salda e d'un coraggio piú verde, che cercavano di passar que' giorni in allegria. Avevano abbandonate le loro case, per non esser forti abbastanza da difenderle; ma non trovavan gusto a piangere e a sospirare sur una cosa che non c'era rimedio, né a figurarsi e a contemplar con la fantasia il guasto che vedrebbero pur troppo co' loro occhi. Famiglie amiche erano andate di conserva, o s'eran ritrovate lassú, s'eran fatte amicizie nuove; e la folla s'era divisa in crocchi, secondo gli umori e l'abitudini. Chi aveva danari e discrezione, andava a desinare giú nella valle, dove in quella circostanza, s'eran rizzate in fretta osterie: in alcune, i bocconi erano alternati co' sospiri, e non era lecito parlar d'altro che di sciagure: in altre, non si rammentavan le sciagure, se non per dire che non bisognava pensarci. A chi non poteva o non voleva farsi le spese, si distribuiva nel castello pane, minestra e vino: oltre alcune tavole ch'eran servite ogni giorno, per quelli che il padrone vi aveva espressamente invitati; e i nostri eran di questo numero.

Agnese e Perpetua, per non mangiare il pane a ufo, avevan voluto essere impiegate ne' servizi che richiedeva una cosí grande ospitalità; e in questo spendevano una buona parte della giornata; il resto nel chiacchierare con certe amiche che s'eran fatte, o col povero don Abbondio. Questo non aveva nulla da fare, ma non s'annoiava però; la paura gli teneva compagnia. La paura proprio d'un assalto credo che la gli fosse passata, o se pur gliene rimaneva, era quella che gli dava meno fastidio; perché, pensandoci appena appena, doveva capire quanto poco fosse fondata. Ma l'immagine del paese circonvicino inondato, da una parte e dall'altra, da soldatacci, le armi e gli armati che vedeva sempre in giro, un castello, quel castello, il pensiero di tante cose che potevan nascere ogni momento in tali circostanze, tutto gli teneva addosso uno spavento indistinto, generale, continuo; lasciando stare il rodío che gli dava il pensare alla sua povera casa. In tutto il tempo che stette in quell'asilo, non se ne discostò mai quanto un tiro di schioppo, né mai mise piede sulla discesa: l'unica sua passeggiata era d'uscire sulla spianata, e d'andare, quando da una parte e quando dall'altra del castello a guardar giú per le balze e per i burroni, per istudiare se ci fosse qualche passo un po' praticabile, qualche po' di sentiero, per dove andar cercando un nascondiglio in caso d'un serra serra. A tutti i suoi compagni di rifugio faceva gran riverenze o gran saluti, ma bazzicava con pochissimi: la sua conversazione piú frequente era con le due donne, come abbiam detto; con loro andava a fare i suoi sfoghi, a rischio che talvolta gli fosse dato sulla voce da Perpetua, e che lo svergognasse anche Agnese. A tavola poi, dove stava poco e parlava pochissimo, sentiva le nuove del terribile passaggio, le quali arrivavano ogni giorno, o di paese in paese e di bocca in bocca, o portate lassú da qualcheduno, che da principio aveva voluto restarsene a casa, e scappava in ultimo, senza aver potuto salvar nulla, e a un bisogno anche malconcio: e ogni giorno c'era qualche nuova storia di sciagura. Alcuni, novellisti di professione, raccoglievan diligentemente tutte le voci, abburattavan tutte le relazioni, e ne davan poi il fiore agli altri. Si disputava quali fossero i reggimenti piú indiavolati, se fosse peggio la fanteria o la cavalleria; si ripetevano, il meglio che si poteva, certi nomi di condottieri; d'alcuni si raccontavan l'imprese passate, si specificavano le stazioni e le marce: quel giorno, il tale reggimento si spandeva ne' tali paesi, domani anderebbe addosso ai tali altri, dove intanto il tal altro faceva il diavolo e peggio. Sopra tutto si cercava d'aver informazione, e si teneva il conto de' reggimenti che passavan di mano in mano il ponte di Lecco, perché quelli si potevano considerar come andati, e fuori veramente del paese. Passano i cavalli di Wallenstein, passano i fanti di Merode, passano i cavalli di Anhalt, passano i fanti di Brandeburgo, e poi i cavalli di Montecuccoli, e poi quelli di Ferrari; passa Altringer, passa Furstenberg, passa Colloredo; passano i Croati, passa Torquato Conti, passano altri e altri; quando piacque al cielo, passò anche Galasso, che fu l'ultimo. Lo squadron volante de' veneziani finí d'allontanarsi anche lui; e tutto il paese, a destra e a sinistra, si trovò libero. Già quelli delle terre invase e sgombrate le prime, eran partiti dal castello; e ogni giorno ne partiva: come, dopo un temporale d'autunno, si vede dai palchi fronzuti d'un grand'albero uscire da ogni parte gli uccelli che ci s'erano riparati. Credo che i nostri tre fossero gli ultimi ad andarsene; e ciò per volere di don Abbondio, il quale temeva, se si tornasse subito a casa, di trovare ancora in giro lanzichenecchi rimasti indietro sbrancati, in coda all'esercito. Perpetua ebbe un bel dire che, quanto piú s'indugiava, tanto piú si dava agio ai birboni del paese d'entrare in casa a portar via il resto; quando si trattava d'assicurar la pelle, era sempre don Abbondio che la vinceva; meno che l'imminenza del pericolo non gli avesse fatto perdere affatto la testa.

Il giorno fissato per la partenza, l'innominato fece trovar pronta alla Malanotte una carrozza, nella quale aveva già fatto mettere un corredo di biancheria per

Agnese. E tiratala in disparte, le fece anche accettare un gruppetto di scudi, per riparare al guasto che troverebbe in casa; quantunque, battendo la mano sul petto, essa andasse ripetendo che ne aveva lí ancora de' vecchi.

– Quando vedrete quella vostra buona, povera Lucia... – le disse in ultimo: – già son certo che prega per me, poiché le ho fatto tanto male: ditele adunque ch'io la ringrazio, e confido in Dio, che la sua preghiera tornerà anche in tanta benedizione per lei.

Volle poi accompagnar tutti e tre gli ospiti, fino alla carrozza. I ringraziamenti umili e sviscerati di don Abbondio e i complimenti di Perpetua, se gl'immagini il lettore. Partirono; fecero, secondo il fissato, una fermatina, ma senza neppur mettersi a sedere, nella casa del sarto, dove sentirono raccontar cento cose del passaggio: la solita storia di ruberie, di percosse, di sperpero, di sporchizie: ma lí, per buona sorte, non s'eran visti lanzichenecchi.

– Ah signor curato! – disse il sarto, dandogli di braccio a rimontare in carrozza: – s'ha da far de' libri in istampa, sopra un fracasso di questa sorte.

Dopo un'altra po' di strada, cominciarono i nostri viaggiatori a veder co' loro occhi qualche cosa di quello che avevan tanto sentito descrivere: vigne spogliate, non come dalla vendemmia, ma come dalla grandine e dalla bufera che fossero venute in compagnia: tralci a terra, sfrondati e scompigliati; strappati i pali, calpestato il terreno, e sparso di schegge, di foglie, di sterpi; schiantati, scapezzati gli alberi; sforacchiate le siepi; i cancelli portati via. Ne' paesi poi, usci sfondati, impannate lacere, paglia, cenci, rottami d'ogni sorte, a mucchi o seminati per le strade; un'aria pesante, zaffate di puzzo piú forte che uscivan dalle case; la gente, chi a buttar fuori porcherie, chi a raccomodar le imposte alla meglio, chi in crocchio a lamentarsi insieme; e, al passar della carrozza mani di qua e di là tese agli sportelli, per chieder l'elemosina.

Con queste immagini, ora davanti agli occhi, ora nella mente, e con l'aspettativa di trovare altrettanto a casa loro, ci arrivarono; e trovarono infatti quello che s'aspettavano.

Agnese fece posare i fagotti in un canto del cortiletto, ch'era rimasto il luogo piú pulito della casa; si mise poi a spazzarla, a raccogliere e a rigovernare quella poca roba che le avevan lasciata; fece venire un legnaiolo e un fabbro, per riparare i guasti piú grossi, e guardando poi, capo per capo, la biancheria regalata, e contando que' nuovi ruspi, diceva tra sé: «son caduta in piedi; sia ringraziato Iddio e la Madonna e quel buon signore: posso proprio dire d'esser caduta in piedi».

Don Abbondio e Perpetua entrano in casa, senza aiuto di chiavi; ogni passo che fanno nell'andito, senton crescere un tanfo, un veleno, una peste, che li respinge indietro; con la mano al naso, vanno all'uscio, di cucina; entrano in punta di piedi, studiando dove metterli, per iscansar piú che possono la porcheria che copre il pavimento; e dànno un'occhiata in giro. Non c'era nulla d'intero; ma avanzi e frammenti di quel che c'era stato, lí e altrove, se ne vedeva in ogni canto: piume e penne delle galline di Perpetua, pezzi di biancheria, fogli de' calendari di don Abbondio, cocci di pentole e di piatti; tutto insieme o sparpagliato. Solo nel focolare si potevan vedere i segni d'un vasto saccheggio accozzati insieme, come molte idee sottintese, in un periodo steso da un uomo di garbo. C'era, dico, un rimasuglio di tizzi e tizzoni spenti, i quali mostravano d'essere stati, un bracciolo di seggiola, un piede di tavola, uno sportello d'armadio, una panca di letto, una doga della botticina, dove ci stava il vino che rimetteva lo stomaco a don Abbondio. Il resto era cenere e carboni; e con que' carboni stessi, i guastatori, per ristoro, avevano scarabocchiati i muri di figuracce, ingegnandosi, con certe berrettine o con certe cheriche, e con certe larghe facciole, di farne de' preti, e mettendo studio a farli orribili e ridicoli: intento che, per verità, non poteva andar fallito a tali artisti.

– Ah porci! – esclamò Perpetua. – Ah baroni! – esclamò don Abbondio; e, come scappando, andaron fuori, per un altr'uscio che metteva nell'orto. Respirarono; andaron diviato al fico; ma già prima d'arrivarci, videro la terra smossa, e misero un grido tutt'e due insieme; arrivati, trovarono effettivamente, in vece del morto, la buca aperta. Qui nacquero de' guai: don Abbondio cominciò a prendersela con Perpetua, che non avesse nascosto bene: pensate se questa rimase zitta: dopo ch'ebbero ben gridato, tutt'e due col braccio teso, e con l'indice appuntato verso la buca, se ne tornarono insieme, brontolando. E fate conto che per tutto trovarono a un di presso la medesima cosa. Penarono non so quanto, a far ripulire e smorbare la casa, tanto piú che, in que' giorni, era difficile trovar aiuto; e non so quanto dovettero stare come accampati, accomodandosi alla meglio, o alla peggio, e rifacendo a poco a poco usci, mobili, utensili, con danari prestati da Agnese.

Per giunta poi, quel disastro fu una semenza d'altre questioni molto noiose; perché Perpetua, a forza di chiedere e domandare, di spiare e fiutare, venne a saper di certo che alcune masserizie del suo padrone, credute preda o strazio de' soldati, erano in vece sane e salve in casa di gente del paese; e tempestava il padrone che si facesse sentire, e richiedesse il suo. Tasto piú odioso non si poteva toccare per don Abbondio; giacché la sua roba era in mano di birboni, cioè di quella specie di persone con cui gli premeva piú di stare in pace.

– Ma se non ne voglio saper nulla di queste cose, – diceva. – Quante volte ve lo devo ripetere, che quel che è andato è andato? Ho da esser messo anche in croce, perché m'è stata spogliata la casa?

– Se lo dico, – rispondeva Perpetua, – che lei si lascerebbe cavar gli occhi di testa. Rubare agli altri è peccato, ma a lei, è peccato non rubare.

– Ma vedete se codesti sono spropositi da dirsi! – replicava don Abbondio: – ma volete stare zitta?

Perpetua si chetava, ma non subito subito; e prendeva pretesto da tutto per riprincipiare. Tanto che il pover'uomo s'era ridotto a non lamentarsi piú, quando trovava mancante qualche cosa, nel momento che ne avrebbe avuto bisogno; perché, piú d'una volta, gli era toccato a sentirsi dire: – vada a chiederlo al tale che l'ha, e non l'avrebbe tenuto fino a quest'ora, se non avesse che fare con un buon uomo.

Un'altra e piú viva inquietudine gli dava il sentire che giornalmente continuavano a passar soldati alla spicciolata, come aveva troppo bene congetturato; onde stava sempre in sospetto di vedersene capitar qualcheduno o anche una compagnia sull'uscio, che aveva fatto raccomodare in fretta per la prima cosa, e che teneva chiuso con gran cura; ma, per grazia del cielo, ciò non avvenne mai. Né però questi terrori erano ancora cessati, che un nuovo ne sopraggiunse.

Ma qui lasceremo da parte il pover'uomo: si tratta ben d'altro che di sue apprensioni private, che de' guai d'alcuni paesi, che d'un disastro passeggiero.

Capitolo trentunesimo

La peste che il tribunale della sanità aveva temuto che potesse entrar con le bande alemanne nel milanese, c'era entrata davvero, come è noto; ed è noto parimente che non si fermò qui, ma invase e spopolò una buona parte d'Italia. Condotti dal filo della nostra storia, noi passiamo a raccontar gli avvenimenti principali di quella calamità; nel milanese, s'intende, anzi in Milano quasi esclusivamente: ché della città quasi esclusivamente trattano le memorie del tempo, come a un di presso accade sempre e per tutto, per buone e per cattive ragioni. E in questo racconto, il nostro fine non è, per dir la verità, soltanto di rappresentar lo stato delle cose nel quale verranno a trovarsi i nostri personaggi; ma di far conoscere insieme, per quanto si può in ristretto, e per quanto si può da noi, un tratto di storia patria piú famoso che conosciuto.

Delle molte relazioni contemporanee, non ce n'è alcuna che basti da sé a darne un'idea un po' distinta e ordinata; come non ce n'è alcuna che non possa aiutare a formarla. In ognuna di queste relazioni, senza eccettuarne quella del Ripamonti[7], la quale le supera tutte, per la quantità e per la scelta de' fatti, e ancor piú per il modo d'osservarli, in ognuna sono omessi fatti essenziali, che son registrati in altre; in ognuna ci sono errori materiali, che si posson riconoscere e rettificare

[7] Josephi Ripamontii, canonici scalensis, chronistæ urbis Mediolani, *De peste quæ fuit anno 1630, Libri V*. Mediolani, 1640, apud Malatestas.

con l'aiuto di qualche altra, o di que' pochi atti della pubblica autorità, editi e inediti, che rimangono; spesso in una si vengono a trovar le cagioni di cui nell'altra s'eran visti, come in aria, gli effetti. In tutte poi regna una strana confusione di tempi e di cose; è un continuo andare e venire, come alla ventura, senza disegno generale, senza disegno ne' particolari: carattere, del resto, de' piú comuni e de' piú apparenti ne' libri di quel tempo, principalmente in quelli scritti in lingua volgare, almeno in Italia; se anche nel resto d'Europa, i dotti lo sapranno, noi lo sospettiamo. Nessuno scrittore d'epoca posteriore s'è proposto d'esaminare e di confrontare quelle memorie, per ritrarne una serie concatenata degli avvenimenti, una storia di quella peste; sicché l'idea che se ne ha generalmente, dev'essere, di necessità, molto incerta, e un po' confusa: un'idea indeterminata di gran mali e di grand'errori (e per verità ci fu dell'uno e dell'altro, al di là di quel che si possa immaginare), un'idea composta piú di giudizi che di fatti, alcuni fatti dispersi, non di rado scompagnati dalle circostanze piú caratteristiche, senza distinzion di tempo, cioè senza intelligenza di causa e d'effetto, di corso, di progressione. Noi, esaminando e confrontando, con molta diligenza se non altro, tutte le relazioni stampate, piú d'una inedita, molti (in ragione del poco che ne rimane) documenti, come dicono, ufiziali, abbiam cercato di farne non già quel che si vorrebbe, ma qualche cosa che non è stato ancor fatto. Non intendiamo di riferire tutti gli atti pubblici, e nemmeno tutti gli avvenimenti degni, in qualche modo, di memoria. Molto meno pretendiamo di rendere inutile a chi voglia farsi un'idea piú compita della cosa, la lettura delle relazioni originali: sentiamo troppo che forza viva, propria e, per dir cosí, incomunicabile, ci sia sempre nell'opere di quel genere, comunque concepite e condotte. Solamente abbiam tentato di distinguere e di verificare i fatti piú generali e piú importanti, di disporli nell'ordine reale della loro successione, per quanto lo comporti la ragione e la natura d'essi, d'osservare la loro efficienza reciproca, e di dar cosí, per ora e finché qualchedun altro non faccia meglio, una notizia succinta, ma sincera e continuata, di quel disastro.

Per tutta adunque la striscia di territorio percorsa dall'esercito, s'era trovato qualche cadavere nelle case, qualcheduno sulla strada. Poco dopo, in questo e in quel paese, cominciarono ad ammalarsi, a morire, persone, famiglie, di mali violenti, strani, con segni sconosciuti alla piú parte de' viventi. C'era soltanto alcuni a cui non riuscissero nuovi: que' pochi che potessero ricordarsi della peste che, cinquantatre anni avanti, aveva desolata pure una buona parte d'Italia, e in ispecie il milanese, dove fu chiamata, ed è tuttora, la peste di san Carlo. Tanto è forte la carità! Tra le memorie cosí varie e cosí solenni d'un infortunio generale, può essa far primeggiare quella d'un uomo, perché a quest'uomo ha ispirato sentimenti e azioni piú memorabili ancora de' mali; stamparlo nelle menti, come un sunto di tutti que' guai, perché in tutti l'ha spinto e intromesso, guida, soccorso, esempio, vittima volontaria; d'una calamità per tutti, far per quest'uomo come un'impresa; nominarla da lui, come una conquista, o una scoperta.

Il protofisico Lodovico Settala, ché, non solo aveva veduta quella peste, ma n'era stato uno de' piú attivi e intrepidi, e, quantunque allor giovinissimo, de' piú riputati curatori; e che ora, in gran sospetto di questa, stava all'erta e sull'informazioni, riferí, il 20 d'ottobre, nel tribunale della sanità, come, nella terra di Chiuso (l'ultima del territorio di Lecco, e confinante col bergamasco), era scoppiato indubitabilmente il contagio. Non fu per questo presa veruna risoluzione, come si ha dal Ragguaglio del Tadino[8].

Ed ecco sopraggiungere avvisi somiglianti da Lecco e da Bellano. Il tribunale allora si risolvette e si contentò di spedire un commissario che, strada facendo, prendesse un medico a Como, e si portasse con lui a visitare i luoghi indicati. Tutt'e due, «o per ignoran-

[8] Pag. 24.

za o per altro, si lasciorno persuadere da un vecchio et ignorante barbiero di Bellano, che quella sorte de mali non era Peste»[9]; ma, in alcuni luoghi, effetto consueto dell'emanazioni autunnali delle paludi, e negli altri, effetto de' disagi e degli strapazzi sofferti, nel passaggio degli alemanni. Una tale assicurazione fu riportata al tribunale, il quale pare che ne mettesse il cuore in pace.

Ma arrivando senza posa altre e altre notizie di morte da diverse parti, furono spediti due delegati a vedere e a provvedere: il Tadino suddetto, e un auditore del tribunale. Quando questi giunsero, il male s'era già tanto dilatato, che le prove si offrivano, senza che bisognasse andarne in cerca. Scorsero il territorio di Lecco, la Valsassina, le coste del lago di Como, i distretti denominati il Monte di Brianza, e la Gera d'Adda; e per tutto trovarono paesi chiusi da cancelli all'entrature, altri quasi deserti, e gli abitanti scappati e attendati alla campagna, o dispersi: «et ci parevano, – dice il Tadino, – tante creature seluatiche, portando in mano chi l'herba menta, chi la ruta, chi il rosmarino et chi una ampolla d'aceto». S'informarono del numero de' morti: era spaventevole; visitarono infermi e cadaveri, e per tutto trovarono le brutte e terribili marche della pestilenza. Diedero subito, per lettere, quelle sinistre nuove al tribunale della sanità, il quale, al riceverle, che fu il 30 d'ottobre, «si dispose», dice il medesimo Tadino, a prescriver le bullette, per chiuder fuori dalla Città le persone provenienti da' paesi dove il contagio s'era manifestato; «et mentre si compilaua la grida», ne diede anticipatamente qualche ordine sommario a' gabellieri.

Intanto i delegati presero in fretta e in furia quelle misure che parver loro migliori; e se ne tornarono, con la trista persuasione che non sarebbero bastate a rimediare e a fermare un male già tanto avanzato e diffuso.

Arrivati il 14 di novembre, dato ragguaglio, a voce e di nuovo in iscritto, al tribunale, ebbero da questo commissione di presentarsi al governatore, e d'espor-

[9] Tadino, ivi.

gli lo stato delle cose. V'andarono, e riportarono: aver lui di tali nuove provato molto dispiacere, mostratone un gran sentimento; ma i pensieri della guerra esser piú pressanti: *sed belli graviores esse curas*. Cosí il Ripamonti, il quale aveva spogliati i registri della Sanità, e conferito col Tadino, incaricato specialmente della missione: era la seconda, se il lettore se ne ricorda, per quella causa, e con quell'esito. Due o tre giorni dopo, il 18 di novembre, emanò il governatore una grida, in cui ordinava pubbliche feste, per la nascita del principe Carlo, primogenito del re Filippo IV, senza sospettare o senza curare il pericolo d'un gran concorso, in tali circostanze: tutto come in tempi ordinari, come se non gli fosse stato parlato di nulla.

Era quest'uomo, come già s'è detto, il celebre Ambrogio Spinola, mandato per raddirizzar quella guerra e riparare agli errori di don Gonzalo, e incidentemente, a governare; e noi pure possiamo qui incidentemente rammentar che morí dopo pochi mesi, in quella stessa guerra che gli stava tanto a cuore; e morí, non già di ferite sul campo, ma in letto, d'affanno e di struggimento, per rimproveri, torti, disgusti d'ogni specie ricevuti da quelli a cui serviva. La storia ha deplorata la sua sorte, e biasimata l'altrui sconoscenza; ha descritte con molta diligenza le sue imprese militari e politiche, lodata la sua previdenza, l'attività, la costanza: poteva anche cercare cos'abbia fatto di tutte queste qualità, quando la peste minacciava, invadeva una popolazione datagli in cura, o piuttosto in balía.

Ma ciò che, lasciando intero il biasimo, scema la maraviglia di quella sua condotta, ciò che fa nascere un'altra e piú forte maraviglia, è la condotta della popolazione medesima, di quella, voglio dire, che, non tocca ancora dal contagio, aveva tanta ragion di temerlo. All'arrivo di quelle nuove de' paesi che n'erano cosí malamente imbrattati, di paesi che formano intorno alla città quasi un semicircolo, in alcuni punti distante da essa non piú di diciotto o venti miglia; chi non crederebbe che vi si suscitasse un movimento generale, un desiderio di precauzioni bene o male intese, almeno una sterile inquietudine? Eppure, se in qualche cosa le memorie di quel tempo vanno d'accordo, è nell'attestare che non ne fu nulla. La penuria dell'anno antecedente, le angherie della soldatesca, le afflizioni d'animo, parvero piú che bastanti a render ragione della mortalità: sulle piazze, nelle botteghe, nelle case, chi buttasse là una parola del pericolo, chi motivasse peste, veniva accolto con beffe incredule, con disprezzo iracondo. La medesima miscredenza, la medesima, per dir meglio, cecità e fissazione prevaleva nel senato, nel Consiglio de' decurioni, in ogni magistrato.

Trovo che il cardinal Federigo, appena si riseppero i primi casi di mal contagioso, prescrisse, con lettera pastorale a' parrochi, tra le altre cose, che ammonissero piú e piú volte i popoli dell'importanza e dell'obbligo stretto di rivelare ogni simile accidente, e di consegnar le robe infette o sospette[10]: e anche questa può essere contata tra le sue lodevoli singolarità.

Il tribunale della sanità chiedeva, implorava cooperazione, ma otteneva poco o niente. E nel tribunale stesso la premura era ben lontana da uguagliare l'urgenza: erano, come afferma piú volte il Tadino, e come appare ancor meglio da tutto il contesto della sua relazione, i due fisici che, persuasi della gravità e dell'imminenza del pericolo, stimolavan quel corpo, il quale aveva poi a stimolare gli altri.

Abbiam già veduto come, al primo annunzio della peste, andasse freddo nell'operare, anzi nell'informarsi: ecco ora un altro fatto di lentezza non men portentosa, se però non era forzata, per ostacoli frapposti da magistrati superiori. Quella grida per le bullette, risoluta il 30 d'ottobre, non fu stesa che il dí 23 del mese seguente, non fu pubblicata che il 29. La peste era già entrata in Milano.

Il Tadino e il Ripamonti vollero notare il nome di

[10] *Vita di Federigo Borromeo*, compilata da Francesco Rivola. Milano, 1666, pag. 582.

chi ce la portò il primo, e altre circostanze della persona e del caso: e infatti, nell'osservare i princípi d'una vasta mortalità, in cui le vittime, non che esser distinte per nome, appena si potranno indicare all'incirca, per il numero delle migliaia, nasce una non so quale curiosità di conoscere que' primi e pochi nomi che poterono essere notati e conservati: questa specie di distinzione, la precedenza nell'esterminio, par che faccian trovare in essi, e nelle particolarità, per altro piú indifferenti, qualche cosa di fatale e di memorabile.

L'uno e l'altro storico dicono che fu un soldato italiano al servizio di Spagna; nel resto non sono ben d'accordo, neppur sul nome. Fu, secondo il Tadino, un Pietro Antonio Lovato, di quartiere nel territorio di Lecco; secondo il Ripamonti, un Pier Paolo Locati, di quartiere a Chiavenna. Differiscono anche nel giorno della sua entrata in Milano: il primo la mette al 22 d'ottobre, il secondo ad altrettanti del mese seguente: e non si può stare né all'uno né all'altro. Tutt'e due l'epoche sono in contraddizione con altre ben piú verificate. Eppure il Ripamonti, scrivendo per ordine del Consiglio generale de' decurioni, doveva avere al suo comando molti mezzi di prender l'informazioni necessarie; e il Tadino, per ragione del suo impiego, poteva, meglio d'ogn'altro, essere informato d'un fatto di questo genere. Del resto, dal riscontro d'altre date che ci paiono, come abbiam detto, piú esatte, risulta che fu, prima della pubblicazione della grida sulle bullette; e, se ne mettesse conto, si potrebbe anche provare o quasi provare, che dovette essere ai primi di quel mese; ma certo, il lettore ce ne dispensa.

Sia come si sia, entrò questo fante sventurato e portator di sventura, con un gran fagotto di vesti comprate o rubate a soldati alemanni; andò a fermarsi in una casa di suoi parenti, nel borgo di porta orientale, vicino ai cappuccini; appena arrivato, s'ammalò; fu portato allo spedale; dove un bubbone che gli si scoprí sotto un'ascella, mise chi lo curava in sospetto di ciò ch'era infatti; il quarto giorno morí.

Il tribunale della sanità fece segregare e sequestrare in casa la di lui famiglia; i suoi vestiti e il letto in cui era stato allo spedale, furon bruciati. Due serventi che l'avevano avuto in cura, e un buon frate che l'aveva assistito, caddero anch'essi ammalati in pochi giorni, tutt'e tre di peste. Il dubbio che in quel luogo s'era avuto, fin da principio, della natura del male, e le cautele usate in conseguenza, fecero sí che il contagio non vi si propagasse di piú.

Ma il soldato ne aveva lasciato di fuori un seminío che non tardò a germogliare. Il primo a cui s'attaccò, fu il padrone della casa dove quello aveva alloggiato, un Carlo Colonna sonator di liuto. Allora tutti i pigionali di quella casa furono, d'ordine della Sanità, condotti al lazzeretto, dove la piú parte s'ammalarono; alcuni morirono, dopo poco tempo, di manifesto contagio.

Nella città, quello che già c'era stato disseminato da costoro, da' loro panni, da' loro mobili trafugati da parenti, da pigionali, da persone di servizio, alle ricerche e al fuoco prescritto dal tribunale, e di piú quello che c'entrava di nuovo, per l'imperfezion degli editti, per la trascuranza nell'eseguirli, e per la destrezza nell'eluderli, andò covando e serpendo lentamente, tutto il restante dell'anno, e ne' primi mesi del susseguente 1630. Di quando in quando, ora in questo, ora in quel quartiere, a qualcheduno s'attaccava, qualcheduno ne moriva: e la radezza stessa de' casi allontanava il sospetto della verità, confermava sempre piú il pubblico in quella stupida e micidiale fiducia che non ci fosse peste, né ci fosse stata neppure un momento. Molti medici ancora, facendo eco alla voce del popolo (era, anche in questo caso, voce di Dio?), deridevan gli augúri sinistri, gli avvertimenti minacciosi de' pochi; e avevan pronti nomi di malattie comuni, per qualificare ogni caso di peste che fossero chiamati a curare; con qualunque sintomo, con qualunque segno fosse comparso.

Gli avvisi di questi accidenti, quando pur pervenivano alla Sanità, ci pervenivano tardi per lo piú e incerti. Il terrore della contumacia e del lazzeretto aguzzava tutti gl'ingegni: non si denunziavan gli ammalati, si corrompevano i becchini e i loro soprintendenti; da subalterni del tribunale stesso, deputati da esso a visitare i cadaveri, s'ebbero, con danari, falsi attestati.

Siccome però, a ogni scoperta che gli riuscisse fare, il tribunale ordinava di bruciar robe, metteva in sequestro case, mandava famiglie al lazzeretto, cosí è facile argomentare quanta dovesse essere contro di esso l'ira e la mormorazione del pubblico, «della Nobiltà, delli Mercanti et della plebe», dice il Tadino; persuasi, com'eran tutti, che fossero vessazioni senza motivo, e senza costrutto. L'odio principale cadeva sui due medici; il suddetto Tadino, e Senatore Settala, figlio del protofisico: a tal segno, che ormai non potevano attraversar le piazze senza essere assaliti da parolacce, quando non eran sassi. E certo fu singolare, e merita che ne sia fatta memoria, la condizione in cui, per qualche mese, si trovaron quegli uomini, di veder venire avanti un orribile flagello, d'affaticarsi in ogni maniera a stornarlo, d'incontrare ostacoli dove cercavano aiuti, e d'essere insieme bersaglio delle grida, avere il nome di nemici della patria: *pro patriae hostibus*, dice il Ripamonti.

Di quell'odio ne toccava una parte anche agli altri medici che, convinti come loro, della realtà del contagio, suggerivano precauzioni, cercavano di comunicare a tutti la loro dolorosa certezza. I piú discreti li tacciavano di credulità e d'ostinazione: per tutti gli altri, era manifesta impostura, cabala ordita per far bottega sul pubblico spavento.

Il protofisico Lodovico Settala, allora poco men che ottuagenario, stato professore di medicina all'università di Pavia, poi di filosofia morale a Milano, autore di molte opere riputatissime allora, chiaro per inviti a cattedre d'altre università, Ingolstadt, Pisa, Bologna, Padova, e per il rifiuto di tutti questi inviti, era certamente uno degli uomini piú autorevoli del suo tempo. Alla riputazione della scienza s'aggiungeva quella della vita, e all'ammirazione la benevolenza, per la sua gran carità nel curare e nel beneficare i poveri. E, una cosa che in noi turba e contrista il sentimento di stima ispirato da questi meriti, ma che allora doveva renderlo piú generale e piú forte, il pover'uomo partecipava de' pregiudizi piú comuni e piú funesti de' suoi contemporanei: era piú avanti di loro, ma senza allontanarsi dalla schiera, che è quello che attira i guai, e fa molte volte perdere l'autorità acquistata in altre maniere. Eppure quella grandissima che godeva non solo non bastò a vincere, in questo caso, l'opinion di quello che i poeti chiamavan volgo profano, e i capocomici, rispettabile pubblico; ma non poté salvarlo dall'animosità e dagl'insulti di quella parte di esso che corre piú facilmente da' giudizi alle dimostrazioni e ai fatti.

Un giorno che andava in bussola a visitare i suoi ammalati, principiò a radunarglisi intorno gente, gridando esser lui il capo di coloro che volevano per forza che ci fosse la peste; lui che metteva in ispavento la città, con quel suo cipiglio, con quella sua barbaccia: tutto per dar da fare ai medici. La folla e il furore andavan crescendo: i portantini, vedendo la mala parata, ricoverarono il padrone in una casa d'amici, che per sorte era vicina. Questo gli toccò per aver veduto chiaro, detto ciò che era, e voluto salvar dalla peste molte migliaia di persone: quando, con un suo deplorabile consulto, cooperò a far torturare, tanagliare e bruciare, come strega, una povera infelice sventurata, perché il suo padrone pativa dolori strani di stomaco, e un altro padrone di prima era stato fortemente innamorato di lei[11], allora ne avrà avuta presso il pubblico nuova lode di sapiente e, ciò che è intollerabile a pensare, nuovo titolo di benemerito.

Ma sul finire del mese di marzo, cominciarono, prima nel borgo di porta orientale, poi in ogni quartiere della città, a farsi frequenti le malattie, le morti, con accidenti strani di spasimi, di palpitazioni, di letargo, di delirio con quelle insegne funeste di lividi e di bubboni; morti per lo piú celeri, violente, non di rado re-

[11] *Storia di Milano* del Conte Pietro Verri, Milano, 1825, Tom. 4, pag. 155.

pentine, senza alcun indizio antecedente di malattia. I medici opposti alla opinion del contagio, non volendo ora confessare ciò che avevan deriso, e dovendo pur dare un nome generico alla nuova malattia, divenuta troppo comune e troppo palese per andarne senza, trovarono quello di febbri maligne, di febbri pestilenti: miserabile transazione, anzi trufferia di parole, e che pur faceva gran danno; perché, figurando di riconoscere la verità, riusciva ancora a non lasciar credere ciò che piú importava di credere, di vedere, che il male s'attaccava per mezzo del contatto. I magistrati, come chi si risente da un profondo sonno, principiarono a dare un po' piú orecchio agli avvisi, alle proposte della Sanità, a far eseguire i suoi editti, i sequestri ordinati, le quarantene prescritte da quel tribunale. Chiedeva esso di continuo anche danari per supplire alle spese giornaliere, crescenti, del lazzeretto, di tanti altri servizi; e li chiedeva ai decurioni, intanto che fosse deciso (che non fu, credo, mai, se non col fatto) se tali spese toccassero alla città, o all'erario regio. Ai decurioni faceva pure istanza il gran cancelliere, per ordine anche del governatore, ch'era andato di nuovo a metter l'assedio a quel povero Casale; faceva istanza il senato, perché pensassero alla maniera di vettovagliar la città, prima che dilatandovisi per isventura il contagio, le venisse negato pratica dagli altri paesi; perché trovassero il mezzo di mantenere una gran parte della popolazione, a cui eran mancati i lavori. I decurioni cercavano di far danari per via d'imprestiti, d'imposte; e di quel che ne raccoglievano, ne davano un po' alla Sanità, un po' a' poveri; un po' di grano compravano: supplivano a una parte del bisogno. E le grandi angosce non erano ancor venute.

Nel lazzeretto, dove la popolazione, quantunque decimata ogni giorno, andava ogni giorno crescendo, era un'altra ardua impresa quella d'assicurare il servizio e la subordinazione, di conservar le separazioni prescritte, di mantenervi in somma o, per dir meglio, di stabilirvi il governo ordinato dal tribunale della sanità: ché, fin da' primi momenti, c'era stata ogni cosa in confusione, per la sfrenatezza di molti rinchiusi, per la trascuratezza e per la connivenza de' serventi. Il tribunale e i decurioni, non sapendo dove battere il capo, pensaron di rivolgersi ai cappuccini, e supplicarono il padre commissario della provincia, il quale faceva le veci del provinciale, morto poco prima, acciò volesse dar loro de' soggetti abili a governare quel regno desolato. Il commissario propose loro, per principale, un padre Felice Casati, uomo d'età matura, il quale godeva una gran fama di carità, d'attività, di mansuetudine insieme e di fortezza d'animo, a quel che il seguito fece vedere, ben meritata; e per compagno e come ministro di lui, un padre Michele Pozzobonelli, ancor giovine, ma grave e severo, di pensieri come d'aspetto. Furono accettati con gran piacere; e il 30 di marzo, entrarono nel lazzeretto. Il presidente della Sanità li condusse in giro, come per prenderne il possesso; e, convocati i serventi e gl'impiegati d'ogni grado, dichiarò, davanti a loro, presidente di quel luogo il padre Felice, con primaria e piena autorità. Di mano in mano poi che la miserabile radunanza andò crescendo, v'accorsero altri cappuccini; e furono in quel luogo soprintendenti, confessori, amministratori, infermieri, cucinieri, guardarobi, lavandai, tutto ciò che occorresse. Il padre Felice, sempre affaticato e sempre sollecito, girava di giorno, girava di notte, per i portici, per le stanze, per quel vasto spazio interno, talvolta portando un'asta, talvolta non armato che di cilizio; animava e regolava ogni cosa; sedava i tumulti, faceva ragione alle querele, minacciava, puniva, riprendeva, confortava, asciugava e spargeva lacrime. Prese, sul principio, la peste; ne guarí, e si rimise, con nuova lena, alle cure di prima. I suoi confratelli ci lasciarono la piú parte la vita, e tutti con allegrezza.

Certo, una tale dittatura era uno strano ripiego; strano come la calamità, come i tempi; e quando non ne sapessimo altro, basterebbe per argomento, anzi per saggio d'una società molto rozza e mal regolata, il veder che quelli a cui toccava un cosí importante governo, non sapesser piú farne altro che cederlo, né trovassero a chi cederlo, che uomini, per istituto, il piú alieni da ciò. Ma è insieme un saggio non ignobile della forza e dell'abilità che la carità può dare in ogni tempo, e in qualunque ordin di cose, il veder quest'uomini sostenere un tal carico cosí bravamente. E fu bello lo stesso averlo accettato, senz'altra ragione che il non esserci chi lo volesse, senz'altro fine che di servire, senz'altra speranza in questo mondo, che d'una morte molto piú invidiabile che invidiata; fu bello lo stesso esser loro offerto, solo perché era difficile e pericoloso, e si supponeva che il vigore e il sangue freddo, cosí necessario e raro in que' momenti, essi lo dovevano avere. E perciò l'opera e il cuore di que' frati meritano che se ne faccia memoria, con ammirazione, con tenerezza, con quella specie di gratitudine che è dovuta, come in solido, per i gran servizi resi da uomini a uomini, e piú dovuta a quelli che non se la propongono per ricompensa. «Che se questi Padri iui non si ritrouauano, – dice il Tadino, – al sicuro tutta la Città annichilata si trouaua; puoiché fu cosa miracolosa l'hauer questi Padri fatto in cosí puoco spatio di tempo tante cose per benefitio publico, che non hauendo hauuto agiutto, o almeno puoco dalla Città, con la sua industria et prudenza haueuano mantenuto nel Lazeretto tante migliaia de poueri». Le persone ricoverate in quel luogo, durante i sette mesi che il padre Felice n'ebbe il governo, furono circa cinquantamila, secondo il Ripamonti; il quale dice con ragione, che d'un uomo tale avrebbe dovuto ugualmente parlare, se in vece di descriver le miserie d'una città, avesse dovuto raccontar le cose che posson farle onore.

Anche nel pubblico, quella caparbietà di negar la peste andava naturalmente cedendo e perdendosi, di mano in mano che il morbo si diffondeva, e si diffondeva per via del contatto e della pratica; e tanto piú quando, dopo esser qualche tempo rimasto solamente tra' poveri, cominciò a toccar persone piú conosciute. E tra queste, come allora fu il piú notato, cosí merita anche adesso un'espressa menzione il protofisico Settala. Avranno almen confessato che il povero vecchio aveva ragione? Chi lo sa? Caddero infermi di peste, lui, la moglie, due figliuoli, sette persone di servizio. Lui e uno de' figliuoli n'usciron salvi; il resto morí. «Questi casi, – dice il Tadino, – occorsi nella Città in case Nobili, disposero la Nobiltà, et la plebe a pensare, et gli increduli Medici, et la plebe ignorante et temeraria cominciò stringere le labra, chiudere li denti, et inarcare le ciglia».

Ma l'uscite, i ripieghi, le vendette, per dir cosí, della caparbietà convinta, sono alle volte tali da far desiderare che fosse rimasta ferma e invitta, fino all'ultimo, contro la ragione e l'evidenza: e questa fu bene una di quelle volte. Coloro i quali avevano impugnato cosí risolutamente, e cosí a lungo, che ci fosse vicino a loro, tra loro, un germe di male, che poteva, per mezzi naturali, propagarsi e fare una strage; non potendo ormai negare il propagamento di esso, e non volendo attribuirlo a que' mezzi (che sarebbe stato confessare a un tempo un grand'inganno e una gran colpa), erano tanto piú disposti a trovarci qualche altra causa, a menar buona qualunque ne venisse messa in campo. Per disgrazia, ce n'era una in pronto nelle idee e nelle tradizioni comuni allora, non qui soltanto, ma in ogni parte d'Europa: arti venefiche, operazioni diaboliche, gente congiurata a sparger la peste, per mezzo di veleni contagiosi, di malíe. Già cose tali, o somiglianti, erano state supposte e credute in molte altre pestilenze, e qui segnatamente, in quella di mezzo secolo innanzi. S'aggiunga che, fin dall'anno antecedente, era venuto un dispaccio, sottoscritto dal re Filippo IV, al governatore, per avvertirlo ch'erano scappati da Madrid quattro francesi, ricercati come sospetti di spargere unguenti velenosi, pestiferi: stesse all'erta, se mai coloro fossero capitati a Milano. Il governatore aveva comunicato il dispaccio al senato e al tribunale della sanità; né, per allora, pare che ci si badasse piú che tanto. Però, scoppiata e riconosciuta la peste, il tornar nelle menti quell'avviso poté servir di conferma al sospetto indeterminato d'una frode scellerata; poté anche essere la prima occasione di farlo nascere.

Ma due fatti, l'uno di cieca e indisciplinata paura, l'altro di non so quale cattività, furon quelli che convertirono quel sospetto indeterminato d'un attentato possibile, in sospetto, e per molti in certezza, d'un attentato positivo, e d'una trama reale. Alcuni, ai quali era parso di vedere, la sera del 17 di maggio, persone in duomo andare ungendo un assito che serviva a dividere gli spazi assegnati a' due sessi, fecero, nella notte, portar fuori della chiesa l'assito e una quantità di panche rinchiuse in quello; quantunque il presidente della Sanità, accorso a far la visita, con quattro persone dell'ufizio, avendo visitato l'assito, le panche, le pile dell'acqua benedetta, senza trovar nulla che potesse confermare l'ignorante sospetto d'un attentato venefico, avesse, per compiacere all'immaginazioni altrui, e *piú tosto per abbondare in cautela, che per bisogno*, avesse, dico, deciso che bastava dar una lavata all'assito. Quel volume di roba accatastata produsse una grand'impressione di spavento nella moltitudine, per cui un oggetto diventa cosí facilmente un argomento. Si disse e si credette generalmente che fossero state unte in duomo tutte le panche, le pareti, e fin le corde delle campane. Né si disse soltanto allora: tutte le memorie de' contemporanei che parlano di quel fatto (alcune scritte molt'anni dopo), ne parlano con ugual sicurezza: e la storia sincera di esso, bisognerebbe indovinarla, se non si trovasse in una lettera del tribunale della sanità al governatore, che si conserva nell'archivio detto di san Fedele; dalla quale l'abbiamo cavata, e della quale sono le parole che abbiam messe in corsivo.

La mattina seguente, un nuovo e piú strano, piú significante spettacolo colpí gli occhi e le menti de' cittadini. In ogni parte della città, si videro le porte delle case e le muraglie, per lunghissimi tratti, intrise di non so che sudiceria, giallognola, biancastra, sparsavi come con delle spugne. O sia stato un gusto sciocco di far nascere uno spavento piú rumoroso e piú generale, o sia stato un piú reo disegno d'accrescer la pubblica confusione, o non saprei che altro; la cosa è attestata di maniera, che ci parrebbe men ragionevole l'attribuirla a un sogno di molti, che al fatto d'alcuni: fatto, del resto, che non sarebbe stato, né il primo né l'ultimo di tal genere. Il Ripamonti, che spesso, su questo particolare dell'unzioni, deride, e piú spesso deplora la credulità popolare, qui afferma d'aver veduto quell'impiastramento, e lo descrive[12]. Nella lettera sopraccitata, i signori della Sanità raccontan la cosa ne' medesimi termini; parlan di visite, d'esperimenti fatti con quella materia sopra de' cani, e senza cattivo effetto; aggiungono, esser loro opinione, *che cotale temerità sia piú tosto proceduta da insolenza, che da fine scelerato*: pensiero che indica in loro, fino a quel tempo, pacatezza d'animo bastante per non vedere ciò che non ci fosse stato. L'altre memorie contemporanee, raccontando la cosa, accennano anche, essere stata, sulle prime, opinion di molti, che fosse fatta per burla, per bizzarria; nessuna parla di nessuno che la negasse; e n'avrebbero parlato certamente, se ce ne fosse stati; se non altro, per chiamarli stravaganti. Ho creduto che non fosse fuor di proposito il riferire e il mettere insieme questi particolari, in parte poco noti, in parte affatto ignorati, d'un celebre delirio; perché, negli errori e massime negli errori di molti, ciò che è piú interessante e piú utile a osservarsi, mi pare che sia appunto la strada che hanno fatta, l'apparenze, i modi con cui hanno potuto entrar nelle menti, e dominarle.

La città già agitata ne fu sottosopra: i padroni delle case, con paglia accesa, abbruciacchiavano gli spazi unti; i passeggieri si fermavano, guardavano, inorridivano, fremevano. I forestieri, sospetti per questo solo, e che allora si conoscevan facilmente al vestiario, venivano arrestati nelle strade dal popolo, e condotti

[12] .... et nos quoque ivimus visere. Maculæ erant sparsim inæqualiterque manantes, veluti si quis haustam spongia saniem adspersisset, impressissetve parieti: et ianuæ passim, ostiaque aedium eadem adspergine contaminata cernebantur, pag. 75.

alla giustizia. Si fecero interrogatòri, esami d'arrestati, d'arrestatori, di testimoni; non si trovò reo nessuno: le menti erano ancor capaci di dubitare, d'esaminare, d'intendere. Il tribunale della sanità pubblicò una grida, con la quale prometteva premio e impunità a chi mettesse in chiaro l'autore o gli autori del fatto. *Ad ogni modo non parendoci conueniente*, dicono que' signori nella citata lettera, che porta la data del 21 di maggio, ma che fu evidentemente scritta il 19, giorno segnato nella grida stampata, *che questo delitto in qualsiuoglia modo resti impunito, massime in tempo tanto pericoloso e sospettoso, per consolatione e quiete di questo Popolo, e per cauare indicio del fatto, habbiamo oggi publicata grida, etc*. Nella grida stessa però, nessun cenno, almen chiaro, di quella ragionevole e acquietante congettura, che partecipavano al governatore: silenzio che accusa a un tempo una preoccupazione furiosa nel popolo, e in loro una condiscendenza, tanto piú biasimevole, quanto piú poteva esser perniciosa.

Mentre il tribunale cercava, molti nel pubblico, come accade, avevan già trovato. Coloro che credevano esser quella un'unzione velenosa, chi voleva che la fosse una vendetta di don Gonzalo Fernandez de Cordova, per gl'insulti ricevuti nella sua partenza, chi un ritrovato del cardinal di Richelieu, per spopolar Milano, e impadronirsene senza fatica; altri, e non si sa per quali ragioni, ne volevano autore il conte di Collalto, Wallenstein, questo, quell'altro gentiluomo milanese. Non mancavan, come abbiam detto, di quelli che non vedevano in quel fatto altro che uno sciocco scherzo, e l'attribuivano a scolari, a signori, a ufiziali che s'annoiassero all'assedio di Casale. Il non veder poi, come si sarà temuto, che ne seguisse addirittura un infettamento, un eccidio universale, fu probabilmente cagione che quel primo spavento s'andasse per allora acquietando, e la cosa fosse o paresse messa in oblío.

C'era, del resto, un certo numero di persone non ancora persuase che questa peste ci fosse. E perché, tanto nel lazzeretto, come per la città, alcuni pur ne guarivano, «si diceua» (gli ultimi argomenti d'una opinione battuta dall'evidenza son sempre curiosi a sapersi), «si diceua dalla plebe, et ancora da molti medici partiali, non essere vera peste, perché tutti sarebbero morti»[13]. Per levare ogni dubbio, trovò il tribunale della sanità un espediente proporzionato al bisogno, un modo di parlare agli occhi, quale i tempi potevano richiederlo o suggerirlo. In una delle feste della Pentecoste, usavano i cittadini di concorrere al cimitero di San Gregorio, fuori di Porta Orientale, a pregar per i morti dell'altro contagio, ch'eran sepolti là; e, prendendo dalla divozione opportunità di divertimento e di spettacolo, ci andavano, ognuno piú in gala che potesse. Era in quel giorno morta di peste, tra gli altri, un'intera famiglia. Nell'ora del maggior concorso, in mezzo alle carrozze, alla gente a cavallo, e a piedi, i cadaveri di quella famiglia furono, d'ordine della Sanità, condotti al cimitero suddetto, sur un carro, ignudi, affinché la folla potesse vedere in essi il marchio manifesto della pestilenza. Un grido di ribrezzo, di terrore, s'alzava per tutto dove passava il carro; un lungo mormorío regnava dove era passato; un altro mormorío lo precorreva. La peste fu piú creduta: ma del resto andava acquistandosi fede da sé, ogni giorno piú; e quella riunione medesima non dové servir poco a propagarla.

In principio dunque, non peste, assolutamente no, per nessun conto: proibito anche di proferire il vocabolo. Poi, febbri pestilenziali: l'idea s'ammette per isbieco in un aggettivo. Poi, non vera peste; vale a dire peste sí, ma in un certo senso; non peste proprio, ma una cosa alla quale non si sa trovare un altro nome. Finalmente, peste senza dubbio, e senza contrasto: ma già ci s'è attaccata un'altra idea, l'idea del venefizio e del malefizio, la quale altera e confonde l'idea espressa dalla parola che non si può piú mandare indietro.

Non è, credo, necessario d'esser molto versato nella storia dell'idee e delle parole, per vedere che molte

[13] Tadino, pag. 93.

hanno fatto un simil corso. Per grazia del cielo, che non sono molte quelle d'una tal sorte, e d'una tale importanza, e che conquistino la loro evidenza a un tal prezzo, e alle quali si possano attaccare accessòri d'un tal genere. Si potrebbe però, tanto nelle cose piccole, come nelle grandi, evitare, in gran parte, quel corso cosí lungo e cosí storto, prendendo il metodo proposto da tanto tempo, d'osservare, ascoltare, paragonare, pensare, prima di parlare.

Ma parlare, questa cosa cosí sola, è talmente piú facile di tutte quell'altre insieme, che anche noi, dico noi uomini in generale, siamo un po' da compatire.

Capitolo trentaduesimo

Divenendo sempre piú difficile il supplire all'esigenze dolorose della circostanza, era stato, il 4 di maggio, deciso nel consiglio de' decurioni, di ricorrer per aiuto al governatore. E, il 22, furono spediti al campo due di quel corpo, che gli rappresentassero i guai e le strettezze della città: le spese enormi, le casse vòte, le rendite degli anni avvenire impegnate, le imposte correnti non pagate, per la miseria generale, prodotta da tante cause, e dal guasto militare in ispecie; gli mettessero in considerazione che, per leggi e consuetudini non interrotte, e per decreto speciale di Carlo V, le spese della peste dovevan essere a carico del fisco: in quella del 1576, avere il governatore, marchese d'Ayamonte, non solo sospese tutte le imposizioni camerali, ma data alla città una sovvenzione di quaranta mila scudi della stessa Camera; chiedessero finalmente quattro cose: che l'imposizioni fossero sospese, come s'era fatto allora; la Camera desse danari; il governatore informasse il re, delle miserie della città e della provincia; dispensasse da nuovi alloggiamenti militari il paese già rovinato dai passati. Il governatore scrisse in risposta condoglianze, e nuove esortazioni: dispiacergli di non poter trovarsi nella città, per impiegare ogni sua cura in sollievo di quella; ma sperare che a tutto avrebbe supplito lo zelo di que' signori: questo essere il tempo di spendere senza risparmio, d'ingegnarsi in ogni maniera. In quanto alle richieste espresse, *proueeré en el mejor modo que el tiempo y necesidades presentes permitieren.*

E sotto, un girigogolo, che voleva dire Ambrogio Spinola, chiaro come le sue promesse. Il gran cancelliere Ferrer gli scrisse che quella risposta era stata letta dai decurioni, *con gran desconsuelo*; ci furono altre andate e venute, domande e risposte; ma non trovo che se ne venisse a piú strette conclusioni. Qualche tempo dopo, nel colmo della peste, il governatore trasferí, con lettere patenti, la sua autorità a Ferrer medesimo, avendo lui, come scrisse, da pensare alla guerra. La quale, sia detto qui incidentemente, dopo aver portato via, senza parlar de' soldati, un milion di persone, a dir poco, per mezzo del contagio, tra la Lombardia, il Veneziano, il Piemonte, la Toscana, e una parte della Romagna; dopo aver desolati, come s'è visto di sopra, i luoghi per cui passò, e figuratevi quelli dove fu fatta; dopo la presa e il sacco atroce di Mantova; finí con riconoscerne tutti il nuovo duca, per escludere il quale la guerra era stata intrapresa. Bisogna però dire che fu obbligato a cedere al duca di Savoia un pezzo del Monferrato, della rendita di quindici mila scudi, e a Ferrante duca di Guastalla altre terre, della rendita di sei mila; e che ci fu un altro trattato a parte e segretissimo, col quale il duca di Savoia suddetto cedé Pinerolo alla Francia: trattato eseguito qualche tempo dopo, sott'altri pretesti, e a furia di furberie.

Insieme con quella risoluzione, i decurioni ne avevan presa un'altra: di chiedere al cardinale arcivescovo, che si facesse una processione solenne, portando per la città il corpo di san Carlo.

Il buon prelato rifiutò, per molte ragioni. Gli dispiaceva quella fiducia in un mezzo arbitrario, e temeva che, se l'effetto non avesse corrisposto, come pure temeva, la fiducia si cambiasse in iscandolo[14]. Temeva di piú, che, *se pur c'era di questi untori*, la processione fosse un'occasion troppo comoda al delitto: *se non ce*

[14] *Memoria delle cose notabili successe in Milano intorno al mal contaggioso l'anno 1630, ec.* raccolte da D. Pio la Croce, Milano, 1730. È tratta evidentemente da scritto inedito d'autore vissuto al tempo della pestilenza: se pure non è una semplice edizione, piuttosto che una nuova compilazione.

n'era, il radunarsi tanta gente non poteva che spander sempre piú il contagio: *pericolo ben piú reale*[15]. Ché il sospetto sopito dell'unzioni s'era intanto ridestato, piú generale e piú furioso di prima.

S'era visto di nuovo, o questa volta era parso di vedere, unte muraglie, porte d'edifizi pubblici, usci di case, martelli. Le nuove di tali scoperte volavan di bocca in bocca; e, come accade piú che mai, quando gli animi son preoccupati, il sentire faceva l'effetto del vedere. Gli animi, sempre piú amareggiati dalla presenza de' mali, irritati dall'insistenza del pericolo, abbracciavano piú volentieri quella credenza: ché la collera aspira a punire: e, come osservò acutamente, a questo stesso proposito, un uomo d'ingegno[16], le piace piú d'attribuire i mali a una perversità umana, contro cui possa far le sue vendette, che di riconoscerli da una causa, con la quale non ci sia altro da fare che rassegnarsi. Un veleno squisito, istantaneo, penetrantissimo, eran parole piú che bastanti a spiegar la violenza, e tutti gli accidenti piú oscuri e disordinati del morbo. Si diceva composto, quel veleno, di rospi, di serpenti, di bava e di materia d'appestati, di peggio, di tutto ciò che selvagge e stravolte fantasie sapessero trovar di sozzo e d'atroce. Vi s'aggiunsero poi le malíe, per le quali ogni effetto diveniva possibile, ogni obiezione perdeva la forza, si scioglieva ogni difficoltà. Se gli effetti non s'eran veduti subito dopo quella prima unzione, se ne capiva il perché; era stato un tentativo sbagliato di venefici ancor novizi: ora l'arte era perfezionata, e le volontà piú accanite nell'infernale proposito. Ormai chi avesse sostenuto ancora ch'era stata una burla, chi avesse negata l'esistenza d'una trama, passava per cieco, per ostinato; se pur non cadeva in sospetto d'uomo interessato a stornar dal vero l'attenzion del pubblico, di complice,

[15] Si unguenta scelerata et unctores in urbe essent... Si non essent... Certiusque adeo malum. Ripamonti, pag. 185.

[16] P. Verri, *Osservazioni sulla tortura*: Scrittori italiani d'economia politica; parte moderna, tom. 17, pag. 203.

d'*untore*: il vocabolo fu ben presto comune, solenne, tremendo. Con una tal persuasione che ci fossero untori, se ne doveva scoprire, quasi infallibilmente: tutti gli occhi stavano all'erta; ogni atto poteva dar gelosia. E la gelosia diveniva facilmente certezza, la certezza furore.

Due fatti ne adduce in prova il Ripamonti, avvertendo d'averli scelti, non come i piú atroci tra quelli che seguivano giornalmente, ma perché dell'uno e dell'altro era stato pur troppo testimonio.

Nella chiesa di sant'Antonio, un giorno di non so quale solennità, un vecchio piú che ottuagenario, dopo aver pregato alquanto inginocchioni, volle mettersi a sedere; e prima, con la cappa, spolverò la panca. – Quel vecchio, unge le panche! – gridarono a una voce alcune donne che vider l'atto. La gente che si trovava in chiesa (in chiesa!), fu addosso al vecchio; lo prendon per i capelli, bianchi com'erano; lo carican di pugni e di calci; parte lo tirano, parte lo spingon fuori; se non lo finirono, fu per istrascinarlo, cosí semivivo, alla prigione, ai giudici, alle torture. «Io lo vidi mentre lo strascinavan cosí, – dice il Ripamonti: – e non ne seppi piú altro: credo bene che non abbia potuto sopravvivere piú di qualche momento».

L'altro caso (e seguí il giorno dopo) fu ugualmente strano, ma non ugualmente funesto. Tre giovani compagni francesi, un letterato, un pittore, un meccanico, venuti per veder l'Italia, per istudiarvi le antichità, e per cercarvi occasion di guadagno, s'erano accostati a non so qual parte esterna del duomo, e stavan lí guardando attentamente. Uno che passava, li vede e si ferma; gli accenna a un altro, ad altri che arrivano: si formò un crocchio, a guardare, a tener d'occhio coloro, che il vestiario, la capigliatura, le bisacce, accusavano di stranieri e, quel ch'era peggio, di Francesi. Come per accertarsi ch'era marmo, stesero essi la mano a toccare. Bastò. Furono circondati, afferrati, malmenati, spinti, a furia di percosse, alle carceri. Per buona sorte, il palazzo di giustizia è poco lontano dal duomo; e, per una sorte ancor piú felice, furon trovati innocenti, e rilasciati.

Né tali cose accadevan soltanto in città: la frenesia s'era propagata come il contagio. Il viandante che fosse incontrato da de' contadini, fuor della strada maestra, o che in quella si dondolasse a guardar in qua e in là, o si buttasse giú per riposarsi; lo sconosciuto a cui si trovasse qualcosa di strano, di sospetto nel volto, nel vestito, erano untori: al primo avviso di chi si fosse, al grido d'un ragazzo, si sonava a martello, s'accorreva; gl'infelici eran tempestati di pietre, o, presi, venivan menati, a furia di popolo, in prigione. Cosí il Ripamonti medesimo. E la prigione, fino a un certo tempo, era un porto di salvamento.

Ma i decurioni, non disanimati dal rifiuto del savio prelato, andavan replicando le loro istanze, che il voto pubblico secondava rumorosamente. Federigo resistette ancor qualche tempo, cercò di convincerli; questo è quello che poté il senno d'un uomo, contro la forza de' tempi, e l'insistenza di molti. In quello stato d'opinioni, con idea del pericolo, confusa com'era allora, contrastata, ben lontana dall'evidenza che ci si trova ora, non è difficile a capire come le sue buone ragioni potessero, anche nella sua mente, esser soggiogate dalle cattive degli altri. Se poi, nel ceder che fece, avesse o non avesse parte un po' di debolezza della volontà, sono misteri del cuore umano. Certo, se in alcun caso par che si possa dare in tutto l'errore all'intelletto, e scusarne la coscienza, è quando si tratti di que' pochi (e questo fu ben del numero), nella vita intera de' quali apparisca un ubbidir risoluto alla coscienza, senza riguardo a interessi temporali di nessun genere. Al replicar dell'istanze, cedette egli dunque, acconsentí che si facesse la processione, acconsentí di piú al desiderio, alla premura generale, che la cassa dov'eran rinchiuse le reliquie di san Carlo, rimanesse dopo esposta, per otto giorni, sull'altar maggiore del duomo.

Non trovo che il tribunale della sanità, né altri, facessero rimostranza né opposizione di sorte alcuna. Soltanto, il tribunale suddetto ordinò alcune precauzioni che, senza riparare al pericolo, ne indicavano il timore.

Prescrisse piú strette regole per l'entrata delle persone in città; e, per assicurarne l'esecuzione, fece star chiuse le porte: come pure, affine d'escludere, per quanto fosse possibile, dalla radunanza gli infetti e i sospetti, fece inchiodar gli usci delle case sequestrate: le quali, per quanto può valere, in un fatto di questa sorte, la semplice affermazione d'uno scrittore, e d'uno scrittore di quel tempo, eran circa cinquecento[17].

Tre giorni furono spesi in preparativi: l'undici di giugno, ch'era il giorno stabilito, la processione uscí, sull'alba, dal duomo. Andava dinanzi una lunga schiera di popolo, donne la piú parte, coperte il volto d'ampi zendali, molte scalze, e vestite di sacco. Venivan poi l'arti, precedute da' loro gonfaloni, le confraternite, in abiti vari di forme e di colori; poi le fraterie, poi il clero secolare, ognuno con l'insegne del grado, e con una candela o un torcetto in mano. Nel mezzo, tra il chiarore di piú fitti lumi, tra un rumor piú alto di canti, sotto un ricco baldacchino, s'avanzava la cassa, portata da quattro canonici, parati in gran pompa, che si cambiavano ogni tanto. Dai cristalli traspariva il venerato cadavere, vestito di splendidi abiti pontificali, e mitrato il teschio; e nelle forme mutilate e scomposte, si poteva ancora distinguere qualche vestigio dell'antico sembiante, quale lo rappresentano l'immagini, quale alcuni si ricordavan d'averlo visto e onorato in vita. Dietro la spoglia del morto pastore (dice il Ripamonti, da cui principalmente prendiamo questa descrizione), e vicino a lui, come di meriti e di sangue e di dignità, cosí ora anche di persona, veniva l'arcivescovo Federigo. Seguiva l'altra parte del clero; poi i magistrati, con gli abiti di maggior cerimonia; poi i nobili, quali vestiti sfarzosamente, come a dimostrazione solenne di culto, quali, in segno di penitenza, abbrunati, o scalzi e incappati, con la buffa sul viso; tutti con torcetti. Finalmente una coda d'altro popolo misto.

[17] *Alleggiamento dello Stato di Milano etc.* di C. G. Cavatio della Somaglia. Milano, 1653, pag. 482.

Tutta la strada era parata a festa; i ricchi avevan cavate fuori le suppellettili piú preziose; le facciate delle case povere erano state ornate da de' vicini benestanti, o a pubbliche spese; dove in luogo di parati, dove sopra i parati, c'eran de' rami fronzuti; da ogni parte pendevano quadri, iscrizioni, imprese; su' davanzali delle finestre stavano in mostra vasi, anticaglie, rarità diverse; per tutto lumi. A molte di quelle finestre, infermi sequestrati guardavan la processione, e l'accompagnavano con le loro preci. L'altre strade, mute, deserte; se non che alcuni, pur dalle finestre, tendevan l'orecchio al ronzío vagabondo; altri, e tra questi si videro fin delle monache, eran saliti sui tetti, se di lí potessero veder da lontano quella cassa, il corteggio, qualche cosa.

La processione passò per tutti i quartieri della città: a ognuno di que' crocicchi, o piazzette, dove le strade principali sboccan ne' borghi, e che allora serbavano l'antico nome di *carrobi*, ora rimasto a uno solo, si faceva una fermata, posando la cassa accanto alla croce che in ognuno era stata eretta da san Carlo, nella peste antecedente, e delle quali alcune sono tuttavia in piedi: di maniera che si tornò in duomo un pezzo dopo il mezzogiorno.

Ed ecco che, il giorno seguente, mentre appunto regnava quella presontuosa fiducia, anzi in molti una fanatica sicurezza che la processione dovesse aver troncata la peste, le morti crebbero, in ogni classe, in ogni parte della città, a un tal eccesso, con un salto cosí subitaneo, che non ci fu chi non ne vedesse la causa, o l'occasione, nella processione medesima. Ma, oh forze mirabili e dolorose d'un pregiudizio generale! non già al trovarsi insieme tante persone, e per tanto tempo, non all'infinita moltiplicazione de' contatti fortuiti, attribuivano i piú quell'effetto; l'attribuivano alla facilità che gli untori ci avessero trovata d'eseguire in grande il loro empio disegno. Si disse che, mescolati nella folla, avessero infettati col loro unguento quanti piú avevan potuto. Ma siccome questo non pareva un mezzo bastante, né appropriato a una mortalità cosí vasta, e cosí diffusa in ogni classe di persone; siccome, a quel che pare, non era stato possibile all'occhio cosí attento, e pur cosí travedente, del sospetto, di scorgere untumi, macchie di nessuna sorte, su' muri, né altrove; cosí si ricorse, per la spiegazion del fatto, a quell'altro ritrovato, già vecchio, e ricevuto allora nella scienza comune d'Europa, delle polveri venefiche e malefiche; si disse che polveri tali, sparse lungo la strada, e specialmente ai luoghi delle fermate, si fossero attaccate agli strascichi de' vestiti, e tanto piú ai piedi, che in gran numero erano quel giorno andati in giro scalzi. «Vide pertanto, – dice uno scrittore contemporaneo[18], – l'istesso giorno della processione, la pietà cozzar con l'empietà, la perfidia con la sincerità, la perdita con l'acquisto». Ed era in vece il povero senno umano che cozzava co' fantasmi creati da sé.

Da quel giorno, la furia del contagio andò sempre crescendo: in poco tempo, non ci fu quasi piú casa che non fosse toccata: in poco tempo la popolazione del lazzeretto, al dir del Somaglia citato di sopra, montò da duemila a dodici mila: piú tardi, al dir di quasi tutti, arrivò fino a sedici mila. Il 4 di luglio, come trovo in un'altra lettera de' conservatori della sanità al governatore, la mortalità giornaliera oltrepassava i cinquecento. Piú innanzi, e nel colmo, arrivò, secondo il calcolo piú comune, a mille dugento, mille cinquecento; e a piú di tremila cinquecento, se vogliam credere al Tadino. Il quale anche afferma che, «per le diligenze fatte», dopo la peste, si trovò la popolazion di Milano ridotta a poco piú di sessantaquattro mila anime, e che prima passava le dugento cinquanta mila. Secondo il Ripamonti, era di sole dugento mila: de' morti, dice che ne risultava cento quaranta mila da' registri civici, oltre quelli di cui non si poté tener conto. Altri dicon piú o meno, ma ancor piú a caso.

Si pensi ora in che angustie dovessero trovarsi i de-

[18] Agostino Lampugnano; *La pestilenza seguita in Milano, l'anno 1630*. Milano, 1634, pag. 44.

curioni, addosso ai quali era rimasto il peso di provvedere alle pubbliche necessità, di riparare a ciò che c'era di riparabile in un tal disastro. Bisognava ogni giorno sostituire, ogni giorno aumentare serventi pubblici di varie specie: *monatti*, *apparitori*, commissari. I primi erano addetti ai servizi piú penosi e pericolosi della pestilenza: levar dalle case, dalle strade, dal lazzeretto, i cadaveri; condurli sui carri alle fosse, e sotterrarli; portare o guidare al lazzeretto gl'infermi, e governarli; bruciare, purgare la roba infetta e sospetta. Il nome, vuole il Ripamonti che venga dal greco *monos*; Gaspare Bugatti (in una descrizion della peste antecedente), dal latino *monere*; ma insieme dubita, con piú ragione, che sia parola tedesca, per esser quegli uomini arrolati la piú parte nella Svizzera e ne' Grigioni. Né sarebbe infatti assurdo il crederlo una troncatura del vocabolo *monathlich* (mensuale); giacché, nell'incertezza di quanto potesse durare il bisogno, è probabile che gli accordi non fossero che di mese in mese. L'impiego speciale degli apparitori era di precedere i carri, avvertendo, col suono d'un campanello, i passeggieri, che si ritirassero. I commissari regolavano gli uni e gli altri, sotto gli ordini immediati del tribunale della sanità. Bisognava tener fornito il lazzeretto di medici, di chirurghi, di medicine, di vitto, di tutti gli attrezzi d'infermeria; bisognava trovare e preparar nuovo alloggio per gli ammalati che sopraggiungevano ogni giorno. Si fecero a quest'effetto costruire in fretta capanne di legno e di paglia nello spazio interno del lazzeretto; se ne piantò un nuovo, tutto di capanne, cinto da un semplice assito, e capace di contener quattromila persone. E non bastando, ne furon decretati due altri; ci si mise anche mano; ma, per mancanza di mezzi d'ogni genere, rimasero in tronco. I mezzi, le persone, il coraggio, diminuivano di mano in mano che il bisogno cresceva.

E non solo l'esecuzione rimaneva sempre addietro de' progetti e degli ordini; non solo, a molte necessità, pur troppo riconosciute, si provvedeva scarsamente, anche in parole; s'arrivò a quest'eccesso d'impotenza e di disperazione, che a molte, e delle piú pietose, come delle piú urgenti, non si provvedeva in nessuna maniera. Moriva, per esempio, d'abbandono una gran quantità di bambini, ai quali eran morte le madri di peste: la Sanità propose che s'istituisse un ricovero per questi e per le partorienti bisognose, che qualcosa si facesse per loro; e non poté ottener nulla. «Si doueua non di meno, – dice il Tadino, – compatire ancora alli Decurioni della Città, li quali si trouauano afflitti, mesti et lacerati dalla Soldatesca senza regola, et rispetto alcuno; come molto meno nell'infelice Ducato, atteso che aggiutto alcuno, né prouisione si poteua hauere dal Gouernatore, se non che si trouaua tempo di guerra, et bisognaua trattar bene li Soldati»[19]. Tanto importava il prender Casale! Tanto par bella la lode del vincere, indipendentemente dalla cagione, dallo scopo per cui si combatta!

Cosí pure, trovandosi colma di cadaveri un'ampia, ma unica fossa, ch'era stata scavata vicino al lazzeretto; e rimanendo, non solo in quello, ma in ogni parte della città, insepolti i nuovi cadaveri, che ogni giorno eran di piú, i magistrati, dopo avere invano cercato braccia per il tristo lavoro, s'eran ridotti a dire di non saper piú che partito prendere. Né si vede come sarebbe andata a finire, se non veniva un soccorso straordinario. Il presidente della Sanità ricorse, per disperato, con le lacrime agli occhi, a que' due bravi frati che soprintendevano al lazzeretto; e il padre Michele s'impegnò a dargli, in capo a quattro giorni, sgombra la città di cadaveri; in capo a otto, aperte fosse sufficienti, non solo al bisogno presente ma a quello che si potesse preveder di peggio nell'avvenire. Con un frate compagno, e con persone del tribunale, dategli dal presidente, andò fuor della città, in cerca di contadini; e, parte con l'autorità del tribunale, parte con quella dell'abito e delle sue parole, ne raccolse circa dugento, ai quali fece scavar tre grandissime fosse; spedí poi dal lazzeretto monat-

[19] Pag. 117.

ti a raccogliere i morti; tanto che, il giorno prefisso, la sua promessa si trovò adempita.

Una volta, il lazzeretto rimase senza medici; e, con offerte di grosse paghe e d'onori, a fatica e non subito, se ne poté avere; ma molto men del bisogno. Fu spesso lí lí per mancare affatto di viveri, a segno di temere che ci s'avesse a morire anche di fame; e piú d'una volta, mentre non si sapeva piú dove batter la testa per trovare il bisognevole, vennero a tempo abbondanti sussidi, per inaspettato dono di misericordia privata: ché, in mezzo allo stordimento generale, all'indifferenza per gli altri, nata dal continuo temer per sé, ci furono degli animi sempre desti alla carità, ce ne furon degli altri in cui la carità nacque al cessare d'ogni allegrezza terrena; come, nella strage e nella fuga di molti a cui toccava di soprintendere e di provvedere, ce ne furono alcuni, sani sempre di corpo, e saldi di coraggio al loro posto: ci furon pure altri che, spinti dalla pietà, assunsero e sostennero virtuosamente le cure a cui non eran chiamati per impiego.

Dove spiccò una piú generale e piú pronta e costante fedeltà ai doveri difficili della circostanza, fu negli ecclesiastici. Ai lazzeretti, nella città, non mancò mai la loro assistenza: dove si pativa, ce n'era; sempre si videro mescolati, confusi co' languenti, co' moribondi, languenti e moribondi qualche volta loro medesimi; ai soccorsi spirituali aggiungevano, per quanto potessero, i temporali; prestavano ogni servizio che richiedessero le circostanze. Piú di sessanta parrochi, della città solamente, moriron di contagio: gli otto noni, all'incirca.

Federigo dava a tutti, com'era da aspettarsi da lui, incitamento ed esempio. Mortagli intorno quasi tutta la famiglia arcivescovile, e facendogli istanza parenti, alti magistrati, principi circonvicini, che s'allontanasse dal pericolo, ritirandosi in qualche villa, rigettò un tal consiglio, e resistette all'istanze, con quell'animo, con cui scriveva ai parrochi: «siate disposti ad abbandonar questa vita mortale, piuttosto che questa famiglia, questa figliolanza nostra: andate con amore incontro alla peste, come a un premio, come a una vita, quando ci sia da guadagnare un'anima a Cristo»[20]. Non trascurò quelle cautele che non gl'impedissero di fare il suo dovere (sulla qual cosa diede anche istruzioni e regole al clero); e insieme non curò il pericolo, né parve che se n'avvedesse, quando, per far del bene, bisognava passar per quello. Senza parlare degli ecclesiastici, coi quali era sempre per lodare e regolare il loro zelo, per eccitare chiunque di loro andasse freddo nel lavoro per mandarli ai posti dove altri eran morti, volle che fosse aperto l'adito a chiunque avesse bisogno di lui. Visitava i lazzeretti, per dar consolazione agl'infermi, e per animare i serventi; scorreva la città, portando soccorsi ai poveri sequestrati nelle case, fermandosi agli usci, sotto le finestre, ad ascoltare i loro lamenti, a dare in cambio parole di consolazione e di coraggio. Si cacciò in somma e visse nel mezzo della pestilenza, maravigliato anche lui alla fine, d'esserne uscito illeso.

Cosí, ne' pubblici infortuni, e nelle lunghe perturbazioni di quel qual si sia ordine consueto, si vede sempre un aumento, una sublimazione di virtú; ma, pur troppo, non manca mai insieme un aumento, e d'ordinario ben piú generale, di perversità. E questo pure fu segnalato. I birboni che la peste risparmiava e non atterriva, trovarono nella confusion comune, nel rilasciamento d'ogni forza pubblica, una nuova occasione d'attività, e una nuova sicurezza d'impunità a un tempo. Che anzi, l'uso della forza pubblica stessa venne a trovarsi in gran parte nelle mani de' peggiori tra loro. All'impiego di monatti e d'apparitori non s'adattavano generalmente che uomini sui quali l'attrattiva delle rapine e della licenza potesse piú che il terror del contagio, che ogni naturale ribrezzo. Erano a costoro prescritte strettissime regole, intimate severissime pene, assegnati posti, dati per superiori de' commissari, come abbiam detto; sopra questi e quelli eran delegati in ogni quartiere, magistrati e nobili, con l'autorità di

[20] Ripamonti, pag. 164.

provveder sommariamente a ogni occorrenza di buon governo. Un tal ordin di cose camminò, e fece effetto, fino a un certo tempo; ma, crescendo, ogni giorno, il numero di quelli che morivano, di quelli che andavan via, di quelli che perdevan la testa, venner coloro a non aver quasi piú nessuno che li tenesse a freno; si fecero, i monatti principalmente, arbitri d'ogni cosa. Entravano da padroni, da nemici nelle case, e, senza parlar de' rubamenti, e come trattavano gl'infelici ridotti dalla peste a passar per tali mani, le mettevano, quelle mani infette e scellerate, sui sani, figliuoli, parenti, mogli, mariti, minacciando di strascinarli al lazzeretto, se non si riscattavano, o non venivano riscattati con danari. Altre volte, mettevano a prezzo i loro servizi, ricusando di portar via i cadaveri già putrefatti, a meno di tanti scudi. Si disse (e tra la leggerezza degli uni e la malvagità degli altri, è ugualmente malsicuro il credere e il non credere), si disse, e l'afferma anche il Tadino[21], che monatti e apparitori lasciassero cadere apposta dai carri robe infette, per propagare e mantenere la pestilenza, divenuta per essi un'entrata, un regno, una festa. Altri sciagurati, fingendosi monatti, portando un campanello attaccato a un piede, com'era prescritto a quelli, per distintivo e per avviso del loro avvicinarsi, s'introducevano nelle case a farne di tutte le sorte. In alcune, aperte e vote d'abitanti, o abitate soltanto da qualche languente, da qualche moribondo, entravan ladri, a man salva, a saccheggiare: altre venivan sorprese, invase da birri che facevan lo stesso, e anche cose peggiori. Del pari con la perversità, crebbe la pazzia: tutti gli errori già dominanti piú o meno, presero dallo sbalordimento, e dall'agitazione delle menti, una forza straordinaria, produssero effetti piú rapidi e piú vasti. E tutti servirono a rinforzare e a ingrandire quella paura speciale dell'unzioni, la quale, ne' suoi effetti, ne' suoi sfoghi, era spesso, come abbiam veduto, un'altra perversità. L'immagine di quel supposto peri-

[21] Pag. 102.

colo assediava e martirizzava gli animi, molto piú che il pericolo reale e presente. «E mentre, – dice il Ripamonti, – i cadaveri sparsi, o i mucchi di cadaveri, sempre davanti agli occhi, sempre tra' piedi, facevano della città tutta come un solo mortorio, c'era qualcosa di piú brutto, di piú funesto, in quell'accanimento vicendevole, in quella sfrenatezza e mostruosità di sospetti... Non del vicino soltanto si prendeva ombra, dell'amico, dell'ospite; ma que' nomi, que' vincoli dell'umana carità, marito e moglie, padre e figlio, fratello e fratello, eran di terrore: e, cosa orribile e indegna a dirsi! la mensa domestica, il letto nuziale, si temevano, come agguati, come nascondigli di venefizio».

La vastità immaginata, la stranezza della trama turbavan tutti i giudizi, alteravan tutte le ragioni della fiducia reciproca. Da principio, si credeva soltanto che quei supposti untori fosser mossi dall'ambizione e dalla cupidigia; andando avanti, si sognò, si credette che ci fosse una non so quale voluttà diabolica in quell'ungere, un'attrattiva che dominasse le volontà. I vaneggiamenti degl'infermi che accusavan se stessi di ciò che avevan temuto dagli altri, parevano rivelazioni, e rendevano ogni cosa, per dir cosí, credibile d'ognuno. E piú delle parole, dovevan far colpo le dimostrazioni, se accadeva che appestati in delirio andasser facendo di quegli atti che s'erano figurati che dovessero fare gli untori: cosa insieme molto probabile, e atta a dar miglior ragione della persuasion generale e dell'affermazioni di molti scrittori. Cosí, nel lungo e tristo periodo de' processi per stregoneria, le confessioni, non sempre estorte, degl'imputati, non serviron poco a promovere e a mantener l'opinione che regnava intorno ad essa: ché, quando un'opinione regna per lungo tempo, e in una buona parte del mondo, finisce a esprimersi in tutte le maniere, a tentar tutte l'uscite, a scorrer per tutti i gradi della persuasione; ed è difficile che tutti o moltissimi credano a lungo che una cosa strana si faccia, senza che venga alcuno il quale creda di farla.

Tra le storie che quel delirio dell'unzioni fece immaginare, una merita che se ne faccia menzione, per il credito che acquistò, e per il giro che fece. Si raccontava, non da tutti nell'istessa maniera (che sarebbe un troppo singolar privilegio delle favole), ma a un di presso, che un tale, il tal giorno, aveva visto arrivar sulla piazza del duomo un tiro a sei, e dentro, con altri, un gran personaggio, con una faccia fosca e infocata, con gli occhi accesi, coi capelli ritti, e il labbro atteggiato di minaccia. Mentre quel tale stava intento a guardare, la carrozza s'era fermata; e il cocchiere l'aveva invitato a salirvi; e lui non aveva saputo dir di no. Dopo diversi rigiri, erano smontati alla porta d'un tal palazzo, dove entrato anche lui, con la compagnia, aveva trovato amenità e orrori, deserti e giardini, caverne e sale; e in esse, fantasime sedute a consiglio. Finalmente, gli erano state fatte vedere gran casse di danaro, e detto che ne prendesse quanto gli fosse piaciuto, con questo però, che accettasse un vasetto d'unguento, e andasse con esso ungendo per la città. Ma, non avendo voluto acconsentire, s'era trovato, in un batter d'occhio, nel medesimo luogo dove era stato preso. Questa storia, creduta qui generalmente dal popolo, e, al dir del Ripamonti, non abbastanza derisa da qualche uomo di peso[22], girò per tutta Italia e fuori. In Germania se ne fece una stampa: l'elettore arcivescovo di Magonza scrisse al cardinal Federigo, per domandargli cosa si dovesse credere de' fatti maravigliosi che si raccontavan di Milano; e n'ebbe in risposta ch'eran sogni.

D'ugual valore, se non in tutto d'ugual natura, erano i sogni de' dotti; come disastrosi del pari n'eran gli effetti. Vedevano, la piú parte di loro, l'annunzio e la ragione insieme de' guai in una cometa apparsa l'anno 1628, e in una congiunzione di Saturno con Giove, «inclinando, – scrive il Tadino, – la congiontione sodetta sopra questo anno 1630, tanto chiara, che ciascun la poteua intendere. *Mortales parat morbos, miranda viden-*

[22] Apud prudentium plerosque, non sicuti debuerat irrisa. *De Peste etc.*, pag. 77.

tur». Questa predizione, cavata, dicevano, da un libro intitolato *Specchio degli almanacchi perfetti*, stampato in Torino, nel 1623, correva per le bocche di tutti. Un'altra cometa, apparsa nel giugno dell'anno stesso della peste, si prese per un nuovo avviso; anzi per una prova manifesta dell'unzioni. Pescavan ne' libri, e pur troppo ne trovavano in quantità, esempi di peste, come dicevano, manufatta: citavano Livio, Tacito, Dione, che dico? Omero e Ovidio, i molti altri antichi che hanno raccontati o accennati fatti somiglianti: di moderni ne avevano ancor piú in abbondanza. Citavano cent'altri autori che hanno trattato dottrinalmente, o parlato incidentemente di veleni, di malíe, d'unti, di polveri: il Cesalpino, il Cardano, il Grevino, il Salio, il Pareo, lo Schenchio, lo Zachia e, per finirla, quel funesto Delrio, il quale, se la rinomanza degli autori fosse in ragione del bene e del male prodotto dalle loro opere, dovrebb'essere uno de' piú famosi; quel Delrio, le cui veglie costaron la vita a piú uomini che l'imprese di qualche conquistatore: quel Delrio, le cui *Disquisizioni Magiche* (il ristretto di tutto ciò che gli uomini avevano, fino a' suoi tempi, sognato in quella materia), divenute il testo piú autorevole, piú irrefragabile, furono, per piú d'un secolo, norma e impulso potente di legali, orribili, non interrotte carnificine.

Da' trovati del volgo, la gente istruita prendeva ciò che si poteva accomodar con le sue idee; da' trovati della gente istruita, il volgo prendeva ciò che ne poteva intendere, e come lo poteva; e di tutto si formava una massa enorme e confusa di pubblica follia.

Ma ciò che reca maggior maraviglia, è il vedere i medici, dico i medici che fin da principio avevan creduta la peste, dico in ispecie il Tadino, il quale l'aveva pronosticata, vista entrare, tenuta d'occhio, per dir cosí, nel suo progresso, il quale aveva detto e predicato che l'era peste, e s'attaccava col contatto, che non mettendovi riparo, ne sarebbe infettato tutto il paese, vederlo poi, da questi effetti medesimi cavare argomento certo dell'unzioni venefiche e malefiche; lui che in quel Carlo

Colonna, il secondo che morí di peste in Milano, aveva notato il delirio come un accidente della malattia, vederlo poi addurre in prova dell'unzioni e della congiura diabolica, un fatto di questa sorte: che due testimoni deponevano d'aver sentito raccontare da un loro amico infermo, come, una notte, gli eran venute persone in camera, a esibirgli la guarigione e danari, se avesse voluto unger le case del contorno; e come al suo rifiuto quelli se n'erano andati, e in loro vece, era rimasto un lupo sotto il letto, e tre gattoni sopra, «che sino al far del giorno vi dimororno»[23].

Se fosse stato un solo che connettesse cosí, si dovrebbe dire che aveva una testa curiosa; o piuttosto non ci sarebbe ragion di parlarne; ma siccome eran molti, anzi quasi tutti, cosí è storia dello spirito umano, e dà occasion d'osservare quanto una serie ordinata e ragionevole d'idee possa essere scompigliata da un'altra serie d'idee, che ci si getti a traverso. Del resto, quel Tadino era qui uno degli uomini piú riputati del suo tempo.

Due illustri e benemeriti scrittori hanno affermato che il cardinal Federigo dubitasse del fatto dell'unzioni[24]. Noi vorremmo poter dare a quell'inclita e amabile memoria una lode ancor piú intera, e rappresentare il buon prelato, in questo, come in tant'altre cose, superiore alla piú parte de' suoi contemporanei, ma siamo in vece costretti di notar di nuovo in lui un esempio della forza d'un'opinione comune anche sulle menti piú nobili. S'è visto, almeno da quel che ne dice il Ripamonti, come da principio, veramente stesse in dubbio: ritenne poi sempre che in quell'opinione avesse gran parte la credulità, l'ignoranza, la paura, il desiderio di scusarsi d'aver cosí tardi riconosciuto il contagio, e pensato a mettervi riparo; che molto ci fosse d'esagerato, ma insieme, che qualche cosa ci fosse di vero. Nella biblioteca ambrosiana si conserva un'operetta scritta di sua mano

[23] Pag. 123, 124.

[24] Muratori; *Del governo della peste*, Modena, 1714, pag. 117. – P. Verri; opuscolo citato, pag. 261.

intorno a quella peste; e questo sentimento c'è accennato spesso, anzi una volta enunciato espressamente. «Era opinion comune, – dice a un di presso, – che di questi unguenti se ne componesse in vari luoghi, e che molte fossero l'arti di metterlo in opera: delle quali alcune ci paion vere, altre inventate»[25].

Ci furon però di quelli che pensarono fino alla fine, e fin che vissero, che tutto fosse immaginazione: e lo sappiamo, non da loro, ché nessuno fu abbastanza ardito per esporre al pubblico un sentimento cosí opposto a quello del pubblico; lo sappiamo dagli scrittori che lo deridono o lo riprendono o lo ribattono, come un pregiudizio d'alcuni, un errore che non s'attentava di venire a disputa palese, ma che pur viveva; lo sappiamo anche da chi ne aveva notizia per tradizione. «Ho trovato gente savia in Milano, – dice il buon Muratori, nel luogo sopraccitato, – che aveva buone relazioni dai loro maggiori, e non era molto persuasa che fosse vero il fatto di quegli unti velenosi». Si vede ch'era uno sfogo segreto della verità, una confidenza domestica: il buon senso c'era; ma se ne stava nascosto, per paura del senso comune.

I magistrati, scemati ogni giorno, e sempre piú smarriti e confusi, tutta, per dir cosí, quella poca risoluzione di cui eran capaci, l'impiegarono a cercar di questi untori. Tra le carte del tempo della peste, che si conservano nell'archivio nominato di sopra, c'è una lettera (senza alcun altro documento relativo) in cui il gran cancelliere informa, sul serio e con gran premura, il governatore d'aver ricevuto un avviso che, in una casa di campagna de' fratelli Girolamo e Giulio Monti, gentiluomini milanesi, si componeva veleno in tanta quantità, che quaranta uomini erano occupati *en este exercicio*, con l'assistenza di quattro cavalieri bresciani, i quali facevano venir materiali dal veneziano, *para la fábrica del*

[25] Ecco le sue parole: «Unguenta uero haec aiebant componi conficique multifariam fraudisque uias fuisse complures; quarum sane fraudum, et artium aliis quidem assentimur, alias uero fictas fuisse comentitiasque arbitramur». *De pestilentia quae Mediolani anno 1630 magnam stragem edidit.* Cap. v.

veneno. Soggiunge che lui aveva preso, in gran segreto, i concerti necessari per mandar là il podestà di Milano e l'auditore della Sanità, con trenta soldati di cavalleria; che pur troppo uno de' fratelli era stato avvertito a tempo per poter trafugare gl'indizi del delitto, e probabilmente dall'auditor medesimo, suo amico; e che questo trovava delle scuse per non partire; ma che non ostante, il podestà co' soldati era andato *a reconocer la casa, y a ver si hallará algunos vestigios*, e prendere informazioni, e arrestar tutti quelli che fossero incolpati.

La cosa dové finire in nulla, giacché gli scritti del tempo che parlano de' sospetti che c'eran su que' gentiluomini, non citano alcun fatto. Ma pur troppo, in un'altra occasione, si credé d'aver trovato.

I processi che ne vennero in conseguenza, non eran certamente i primi d'un tal genere: e non si può neppur considerarli come una rarità nella storia della giurisprudenza. Ché, per tacere dell'antichità, e accennar solo qualcosa de' tempi piú vicini a quello di cui trattiamo, in Palermo, del 1526; in Ginevra, del 1530, poi del 1545, poi ancora del 1574; in Casal Monferrato, del 1536; in Padova, del 1555; in Torino, del 1599, e di nuovo, in quel medesim'anno 1630, furon processati e condannati a supplizi, per lo piú atrocissimi, dove qualcheduno, dove molti infelici, come rei d'aver propagata la peste, con polveri, o con unguenti, o con malíe, o con tutto ciò insieme. Ma l'affare delle cosí dette unzioni di Milano, come fu il piú celebre, cosí è fors'anche il piú osservabile; o, almeno, c'è piú campo di farci sopra osservazione, per esserne rimasti documenti piú circostanziati e piú autentici. E quantunque uno scrittore lodato poco sopra se ne sia occupato, pure, essendosi lui proposto, non tanto di farne propriamente la storia, quanto di cavarne sussidio di ragioni, per un assunto di maggiore, o certo di piú immediata importanza, c'è parso che la storia potesse esser materia d'un nuovo lavoro. Ma non è cosa da uscirne con poche parole; e non è qui il luogo di trattarla con l'estensione che merita. E oltre di ciò, dopo essersi fermato su que' casi, il lettore non si curerebbe piú certamente di conoscere ciò che rimane del nostro racconto. Serbando però a un altro scritto la storia e l'esame di quelli[26], torneremo finalmente a' nostri personaggi, per non lasciarli piú, fino alla fine.

[26] V. l'opuscolo in fine del volume.

Capitolo trentatreesimo

Una notte, verso la fine d'agosto, proprio nel colmo della peste, tornava don Rodrigo a casa sua, in Milano, accompagnato dal fedel Griso, l'uno de' tre o quattro che, di tutta la famiglia, gli eran rimasti vivi. Tornava da un ridotto d'amici soliti a straviziare insieme, per passar la malinconia di quel tempo: e ogni volta ce n'eran de' nuovi, e ne mancava de' vecchi. Quel giorno, don Rodrigo era stato uno de' piú allegri; e tra l'altre cose, aveva fatto rider tanto la compagnia, con una specie d'elogio funebre del conte Attilio, portato via dalla peste, due giorni prima.

Camminando però, sentiva un mal essere, un abbattimento, una fiacchezza di gambe, una gravezza di respiro, un'arsione interna, che avrebbe voluto attribuir solamente al vino, alla veglia, alla stagione. Non aprí bocca, per tutta la strada; e la prima parola, arrivati a casa, fu d'ordinare al Griso che gli facesse lume per andare in camera. Quando ci furono, il Griso osservò il viso del padrone, stravolto, acceso, con gli occhi in fuori, e lustri lustri; e gli stava alla lontana: perché, in quelle circostanze, ogni mascalzone aveva dovuto acquistar, come si dice, l'occhio medico.

– Sto bene, ve', – disse don Rodrigo, che lesse nel fare del Griso il pensiero che gli passava per la mente. – Sto benone; ma ho bevuto, ho bevuto forse un po' troppo. C'era una vernaccia!... Ma, con una buona dormita, tutto se ne va. Ho un gran sonno... Levami un po' quel lume dinanzi, che m'accieca... mi dà una noia...!

– Scherzi della vernaccia, – disse il Griso, tenendosi sempre alla larga. – Ma vada a letto subito, ché il dormire le farà bene.

– Hai ragione: se posso dormire... Del resto, sto bene. Metti qui vicino, a buon conto, quel campanello, se per caso, stanotte avessi bisogno di qualche cosa: e sta' attento, ve', se mai senti sonare. Ma non avrò bisogno di nulla... Porta via presto quel maledetto lume, – riprese poi, intanto che il Griso eseguiva l'ordine, avvicinandosi meno che poteva. – Diavolo! che m'abbia a dar tanto fastidio!

Il Griso prese il lume, e, augurata la buona notte al padrone, se n'andò in fretta, mentre quello si cacciava sotto.

Ma le coperte gli parvero una montagna. Le buttò via, e si rannicchiò, per dormire; ché infatti moriva dal sonno. Ma, appena velato l'occhio, si svegliava con un riscossone, come se uno, per dispetto, fosse venuto a dargli una tentennata; e sentiva cresciuto il caldo, cresciuta la smania. Ricorreva col pensiero all'agosto, alla vernaccia, al disordine; avrebbe voluto poter dar loro tutta la colpa; ma a queste idee si sostituiva sempre da sé quella che allora era associata con tutte, ch'entrava, per dir cosí, da tutti i sensi, che s'era ficcata in tutti i discorsi dello stravizio, giacché era ancor piú facile prenderla in ischerzo, che passarla sotto silenzio: la peste.

Dopo un lungo rivoltarsi, finalmente s'addormentò, e cominciò a fare i piú brutti e arruffati sogni del mondo. E d'uno in un altro, gli parve di trovarsi in una gran chiesa, in su, in su, in mezzo a una folla; di trovarcisi, ché non sapeva come ci fosse andato, come gliene fosse venuto il pensiero, in quel tempo specialmente; e n'era arrabbiato. Guardava i circostanti; eran tutti visi gialli, distrutti, con cert'occhi incantati, abbacinati, con le labbra spenzolate; tutta gente con certi vestiti che cascavano a pezzi; e da' rotti si vedevano macchie e bubboni. – Largo canaglia! – gli pareva di gridare, guardando alla porta, ch'era lontana lontana, e accompagnando il grido con un viso minaccioso, senza però moversi, anzi ristringendosi, per non toccar que' sozzi corpi, che già lo toccavano anche troppo da ogni parte. Ma nessuno di quegl'insensati dava segno di volersi scostare, e nemmeno d'avere inteso; anzi gli stavan piú addosso: e sopra tutto gli pareva che qualcheduno di loro, con le gomita o con altro, lo pigiasse a sinistra, tra il cuore e l'ascella, dove sentiva una puntura dolorosa, e come pesante. E se si storceva, per veder di liberarsene, subito un nuovo non so che veniva a puntarglisi al luogo medesimo. Infuriato, volle metter mano alla spada; e appunto gli parve che, per la calca, gli fosse andata in su, e fosse il pomo di quella che lo premesse in quel luogo; ma, mettendoci la mano, non ci trovò la spada, e sentí in vece una trafitta piú forte. Strepitava, era tutt'affannato, e voleva gridar piú forte; quando gli parve che tutti que' visi si rivolgessero a una parte. Guardò anche lui; vide un pulpito, e dal parapetto di quello spuntar su un non so che di convesso, liscio e luccicante; poi alzarsi e comparir distinta una testa pelata, poi due occhi, un viso, una barba lunga e bianca, un frate ritto, fuor del parapetto fino alla cintola, fra Cristoforo. Il quale, fulminato uno sguardo in giro su tutto l'uditorio, parve a don Rodrigo che lo fermasse in viso a lui, alzando insieme la mano, nell'attitudine appunto che aveva presa in quella sala a terreno del suo palazzotto. Allora alzò anche lui la mano in furia, fece uno sforzo, come per islanciarsi ad acchiappar quel braccio teso per aria; una voce che gli andava brontolando sordamente nella gola, scoppiò in un grand'urlo; e si destò. Lasciò cadere il braccio che aveva alzato davvero; stentò alquanto a ritrovarsi, ad aprir ben gli occhi; ché la luce del giorno già inoltrato gli dava noia, quanto quella della candela, la sera avanti; riconobbe il suo letto, la sua camera; si raccapezzò che tutto era stato un sogno: la chiesa, il popolo, il frate, tutto era sparito; tutto fuorché una cosa, quel dolore dalla parte sinistra. Insieme si sentiva al cuore una palpitazion violenta, affannosa, negli orecchi un ronzío, un fischio continuo, un fuoco di dentro, una gravezza in tutte le membra, peggio di quando era andato a letto. Esitò qualche momento, prima di guardar la parte dove aveva il dolore; finalmente la scoprí, ci diede un'occhiata paurosa; e vide un sozzo bubbone d'un livido paonazzo.

L'uomo si vide perduto: il terror della morte l'invase, e, con un senso per avventura piú forte, il terrore di diventar preda de' monatti, d'esser portato, buttato al lazzeretto. E cercando la maniera d'evitare quest'orribile sorte, sentiva i suoi pensieri confondersi e oscurarsi, sentiva avvicinarsi il momento che non avrebbe piú testa, se non quanto bastasse per darsi alla disperazione. Afferrò il campanello, e lo scosse con violenza. Comparve subito il Griso, il quale stava all'erta. Si fermò a una certa distanza dal letto; guardò attentamente il padrone, e s'accertò di quello che, la sera, aveva congetturato.

– Griso! – disse don Rodrigo, rizzandosi stentatamente a sedere: – tu sei sempre stato il mio fido.

– Sí, signore.

– T'ho sempre fatto del bene.

– Per sua bontà.

– Di te mi posso fidare...!

– Diavolo!

– Sto male, Griso.

– Me n'ero accorto.

– Se guarisco, ti farò del bene ancor piú di quello che te n'ho fatto per il passato.

Il Griso non rispose nulla, e stette aspettando dove andassero a parare questi preamboli.

– Non voglio fidarmi d'altri che di te, – riprese don Rodrigo: – fammi un piacere, Griso.

– Comandi, – disse questo, rispondendo con la formola solita a quell'insolita.

– Sai dove sta di casa il Chiodo chirurgo?

– Lo so benissimo.

– È un galantuomo, che, chi lo paga bene, tien segreti gli ammalati. Va' a chiamarlo: digli che gli darò quattro, sei scudi per visita, di piú, se di piú ne chiede; ma che venga qui subito; e fa' la cosa bene, che nessun se n'avveda.

– Ben pensato, – disse il Griso: – vo e torno subito.

– Senti, Griso: dammi prima un po' d'acqua. Mi sento un'arsione, che non ne posso piú.

– No, signore, – rispose il Griso: – niente senza il parere del medico. Son mali bisbetici: non c'è tempo da perdere. Stia quieto: in tre salti son qui col Chiodo.

Cosí detto, uscí, raccostando l'uscio.

Don Rodrigo, tornato sotto, l'accompagnava con l'immaginazione alla casa del Chiodo, contava i passi, calcolava il tempo. Ogni tanto ritornava a guardare il suo bubbone; ma voltava subito la testa dall'altra parte, con ribrezzo. Dopo qualche tempo, cominciò a stare in orecchi, per sentire se il chirurgo arrivava: e quello sforzo d'attenzione sospendeva il sentimento del male, e teneva in sesto i suoi pensieri. Tutt'a un tratto, sente uno squillo lontano, ma che gli par che venga dalle stanze, non dalla strada. Sta attento; lo sente piú forte, piú ripetuto, e insieme uno stropiccío di piedi: un orrendo sospetto gli passa per la mente. Si rizza a sedere, e si mette ancor piú attento; sente un rumor cupo nella stanza vicina, come d'un peso che venga messo giú con riguardo; butta le gambe fuor del letto, come per alzarsi, guarda all'uscio, lo vede aprirsi, vede presentarsi e venire avanti due logori e sudici vestiti rossi, due facce scomunicate, due monatti, in una parola; vede mezza la faccia del Griso che, nascosto dietro un battente socchiuso, riman lí a spiare.

– Ah traditore infame!... Via, canaglia! Biondino! Carlotto! aiuto! son assassinato! – grida don Rodrigo; caccia una mano sotto il capezzale, per cercare una pistola; l'afferra, la tira fuori; ma al primo suo grido, i monatti avevan preso la rincorsa verso il letto; il piú pronto gli è addosso, prima che lui possa far nulla; gli strappa la pistola di mano, la getta lontano, lo butta a giacere, e lo tien lí, gridando, con un versaccio di rabbia insieme e di scherno: – ah birbone! contro i monatti!

contro i ministri del tribunale! contro quelli che fanno l'opere di misericordia!

– Tienlo bene, fin che lo portiam via, – disse il compagno, andando verso uno scrigno. E in quella il Griso entrò, e si mise con colui a scassinar la serratura.

– Scellerato! – urlò don Rodrigo, guardandolo per di sotto all'altro che lo teneva, e divincolandosi tra quelle braccia forzute. – Lasciatemi ammazzar quell'infame, – diceva quindi ai monatti, – e poi fate di me quel che volete –. Poi ritornava a chiamar con quanta voce aveva, gli altri suoi servitori; ma era inutile, perché l'abbominevole Griso gli aveva mandati lontano, con finti ordini del padrone stesso, prima d'andare a fare ai monatti la proposta di venire a quella spedizione, e divider le spoglie.

– Sta' buono, sta' buono, – diceva allo sventurato Rodrigo l'aguzzino che lo teneva appuntellato sul letto. E voltando poi il viso ai due che facevan bottino, gridava: – fate le cose da galantuomini!

– Tu! tu! – mugghiava don Rodrigo verso il Griso, che vedeva affaccendarsi a spezzare, a cavar fuori danaro, roba, a far le parti, – Tu! dopo...! Ah diavolo dell'inferno! Posso ancora guarire! posso guarire! – Il Griso non fiatava, e neppure, per quanto poteva, si voltava dalla parte di dove venivan quelle parole.

– Tienlo forte, – diceva l'altro monatto: – è fuor di sé.

Ed era ormai vero. Dopo un grand'urlo, dopo un ultimo e piú violento sforzo per mettersi in libertà, cadde tutt'a un tratto rifinito e stupido: guardava però ancora, come incantato, e ogni tanto si riscoteva, o si lamentava.

I monatti lo presero, uno per i piedi, e l'altro per le spalle, e andarono a posarlo sur una barella che avevan lasciata nella stanza accanto; poi uno tornò a prender la preda; quindi, alzato il miserabil peso, lo portaron via.

Il Griso rimase a scegliere in fretta quel di piú che potesse far per lui; fece di tutto un fagotto, e se n'andò. Aveva bensí avuto cura di non toccar mai i monatti, di non lasciarsi toccar da loro; ma, in quell'ultima furia del frugare, aveva poi presi, vicino al letto, i panni del padrone, e gli aveva scossi, senza pensare ad altro, per veder se ci fosse danaro. C'ebbe però a pensare il giorno dopo, che, mentre stava gozzovigliando in una bettola, gli vennero a un tratto de' brividi, gli s'abbagliaron gli occhi, gli mancaron le forze, e cascò. Abbandonato da' compagni, andò in mano de' monatti, che, spogliatolo di quanto aveva indosso di buono, lo buttarono sur un carro; sul quale spirò, prima d'arrivare al lazzeretto, dov'era stato portato il suo padrone.

Lasciando ora questo nel soggiorno de' guai, dobbiamo andare in cerca d'un altro, la cui storia non sarebbe mai stata intralciata con la sua, se lui non l'avesse voluto per forza; anzi si può dir di certo che non avrebbero avuto storia né l'uno né l'altro: Renzo, voglio dire, che abbiam lasciato al nuovo filatoio, sotto il nome d'Antonio Rivolta.

C'era stato cinque o sei mesi, salvo il vero; dopo i quali, dichiarata l'inimicizia tra la repubblica e il re di Spagna, e cessato quindi ogni timore di ricerche e d'impegni dalla parte di qui, Bortolo s'era dato premura d'andarlo a prendere, e di tenerlo ancora con sé, e perché gli voleva bene, e perché Renzo, come giovine di talento, e abile nel mestiere, era, in una fabbrica, di grande aiuto al *factotum*, senza poter mai aspirare a divenirlo lui, per quella benedetta disgrazia di non saper tener la penna in mano. Siccome anche questa ragione c'era entrata per qualche cosa, cosí abbiam dovuto accennarla. Forse voi vorreste un Bortolo piú ideale: non so che dire: fabbricatevelo. Quello era cosí.

Renzo era poi sempre rimasto a lavorare presso di lui. Piú d'una volta, e specialmente dopo aver ricevuta qualcheduna di quelle benedette lettere da parte d'Agnese, gli era saltato il grillo di farsi soldato, e finirla: e l'occasioni non mancavano; ché, appunto in quell'intervallo di tempo, la repubblica aveva avuto bisogno di far gente. La tentazione era qualche volta stata per Renzo tanto piú forte, che s'era anche parlato d'invadere il milanese; e naturalmente a lui pareva che sarebbe stata una bella cosa, tornare in figura di vincitore a casa sua, riveder Lucia, e spiegarsi una volta con lei. Ma Bortolo, con buona maniera, aveva sempre saputo smontarlo da quella risoluzione.

– Se ci hanno da andare, – gli diceva, – ci anderanno anche senza di te, e tu potrai andarci dopo, con tuo comodo; se tornano col capo rotto, non sarà meglio essere stato a casa tua? Disperati che vadano a far la strada, non ne mancherà. E, prima che ci possan mettere i piedi...! Per me, sono eretico: costoro abbaiano; ma sí; lo stato di Milano non è un boccone da ingoiarsi cosí facilmente. Si tratta della Spagna, figliuolo mio: sai che affare è la Spagna? San Marco è forte a casa sua; ma ci vuol altro. Abbi pazienza: non istai bene qui?.... Vedo cosa vuoi dire; ma, se è destinato lassú che la cosa riesca, sta' sicuro che, a non far pazzie, riuscirà anche meglio. Qualche santo t'aiuterà. Credi pure che non è mestiere per te. Ti par che convenga lasciare d'incannar seta, per andare a ammazzare? Cosa vuoi fare con quella razza di gente? Ci vuol degli uomini fatti apposta.

Altre volte Renzo si risolveva d'andar di nascosto, travestito, e con un nome finto. Ma anche da questo, Bortolo seppe svolgerlo ogni volta, con ragioni troppo facili a indovinarsi.

Scoppiata poi la peste nel milanese, e appunto, come abbiam detto, sul confine del bergamasco, non tardò molto a passarlo; e.... non vi sgomentate, ch'io non vi voglio raccontar la storia anche di questa: chi la volesse, la c'è, scritta per ordine pubblico da un certo Lorenzo Ghirardelli: libro raro però e sconosciuto, quantunque contenga forse piú roba che tutte insieme le descrizioni piú celebri di pestilenze: da tante cose dipende la celebrità de' libri! Quel ch'io volevo dire è che Renzo prese anche lui la peste, si curò da sé, cioè non fece nulla; ne fu in fin di morte, ma la sua buona complessione vinse la forza del male: in pochi giorni, si trovò fuor di pericolo. Col tornar della vita, risorsero piú che mai rigogliose nell'animo suo le memorie, i desidèri, le speranze, i disegni della vita; val a dire che pensò piú che mai a Lucia. Cosa ne sarebbe di lei, in quel tempo, che il vivere era come un'eccezione? E, a cosí poca distanza, non poterne saper nulla? E rimaner, Dio sa quanto, in una tale incertezza! E quand'anche questa si fosse poi dissipata, quando, cessato ogni pericolo, venisse a risaper che Lucia fosse in vita; c'era sempre quell'altro mistero, quell'imbroglio del voto. «Anderò io, anderò a sincerarmi di tutto in una volta, – disse tra sé, e lo disse prima d'essere ancora in caso di reggersi. – Purché sia viva! Trovarla, la troverò io; sentirò una volta da lei proprio, cosa sia questa promessa, le farò conoscere che non può stare, e la conduco via con me, lei e quella povera Agnese, se è viva! che m'ha sempre voluto bene, e son sicuro che me ne vuole ancora. La cattura? eh! adesso hanno altro da pensare, quelli che son vivi. Giran sicuri, anche qui, certa gente, che n'hann'addosso.... Ci ha a esser salvocondotto solamente per i birboni? E a Milano, dicono tutti che l'è una confusione peggio. Se lascio scappare una occasion cosí bella, – (La peste! Vedete un poco come ci fa qualche volta adoprar le parole quel benedetto istinto di riferire e di subordinar tutto a noi inedesimi!) – non ne ritorna piú una simile!»

Giova sperare, caro il mio Renzo.

Appena poté strascicarsi, andò in cerca di Bortolo, il quale, fino allora, aveva potuto scansar la peste, e stava riguardato. Non gli entrò in casa, ma, datogli una voce dalla strada, lo fece affacciare alla finestra.

– Ah ah! – disse Bortolo: – l'hai scampata, tu. Buon per te!

– Sto ancora un po' male in gambe, come vedi, ma, in quanto al pericolo, ne son fuori.

– Eh! vorrei esser io ne' tuoi piedi. A dire: sto bene, le altre volte, pareva di dir tutto; ma ora conta poco. Chi può arrivare a dire: sto meglio; quella sí è una bella parola!

Renzo, fatto al cugino qualche buon augurio, gli comunicò la sua risoluzione.

– Va', questa volta, che il cielo ti benedica, – rispose

quello: – cerca di schivar la giustizia, com'io cercherò di schivare il contagio; e, se Dio vuole che la ci vada bene a tutt'e due, ci rivedremo.

– Oh! torno sicuro: e se potessi non tornar solo! Basta; spero.

– Torna pure accompagnato; che, se Dio vuole, ci sarà da lavorar per tutti, e ci faremo buona compagnia. Purché tu mi ritrovi, e che sia finito questo diavolo d'influsso!

– Ci rivedremo, ci rivedremo; ci dobbiam rivedere!

– Torno a dire: Dio voglia!

Per alquanti giorni, Renzo si tenne in esercizio, per esperimentar le sue forze, e accrescerle; e appena gli parve di poter far la strada, si dispose a partire. Si mise sotto panni una cintura, con dentro que' cinquanta scudi, che non aveva mai intaccati, e de' quali non aveva mai fatto parola, neppur con Bortolo; prese alcuni altri pochi quattrini, che aveva messi da parte giorno per giorno, risparmiando su tutto; prese sotto il braccio un fagottino di panni; si mise in tasca un benservito, che s'era fatto fare a buon conto, dal secondo padrone, sotto il nome d'Antonio Rivolta; in un taschino de' calzoni si mise un coltellaccio, ch'era il meno che un galantuomo potesse portare a que' tempi; e s'avviò, agli ultimi d'agosto, tre giorni dopo che don Rodrigo era stato portato al lazzeretto. Prese verso Lecco, volendo, per non andar cosí alla cieca a Milano, passar dal suo paese, dove sperava di trovare Agnese viva, e di cominciare a saper da lei qualcheduna delle tante cose che si struggeva di sapere.

I pochi guariti dalla peste erano, in mezzo al resto della popolazione, veramente come una classe privilegiata. Una gran parte dell'altra gente languiva o moriva; e quelli ch'erano stati fin allora illesi dal morbo, ne vivevano in continuo timore; andavan riservati, guardinghi, con passi misurati, con visi sospettosi, con fretta ed esitazione insieme: ché tutto poteva esser contro di loro arme di ferita mortale. Quegli altri all'opposto, sicuri a un di presso del fatto loro (giacché aver due volte la peste era caso piuttosto prodigioso che raro), giravano per mezzo al contagio franchi e risoluti; come i cavalieri d'un'epoca del medio evo, ferrati fin dove ferro ci poteva stare, e sopra palafreni accomodati anch'essi, per quanto era fattibile, in quella maniera, andavano a zonzo (donde quella loro gloriosa denominazione d'erranti), a zonzo e alla ventura, in mezzo a una povera marmaglia pedestre di cittadini e di villani, che, per ribattere e ammortire i colpi, non avevano indosso altro che cenci. Bello, savio ed utile mestiere! mestiere, proprio, da far la prima figura in un trattato d'economia politica.

Con una tale sicurezza, temperata però dall'inquietudini che il lettore sa, e contristata dallo spettacolo frequente, dal pensiero incessante della calamità comune, andava Renzo verso casa sua, sotto un bel cielo e per un bel paese, ma non incontrando, dopo lunghi tratti di tristissima solitudine, se non qualche ombra vagante piuttosto che persona viva, o cadaveri portati alla fossa senza onor d'esequie, senza canto, senza accompagnamento. A mezzo circa della giornata, si fermò in un boschetto, a mangiare un po' di pane e di companatico che aveva portato con sé. Frutte, n'aveva a sua disposizione, lungo la strada, anche piú del bisogno: fichi, pesche, susine, mele, quante n'avesse volute; bastava ch'entrasse ne' campi a coglierne, o a raccattarle sotto gli alberi, dove ce n'era come se fosse grandinato; giacché l'anno era straordinariamente abbondante, di frutte specialmente; e non c'era quasi chi se ne prendesse pensiero: anche l'uve nascondevano, per dir cosí, i pampani, ed eran lasciate in balía del primo occupante.

Verso sera, scoprí il suo paese. A quella vista, quantunque ci dovesse esser preparato, si sentí dare come una stretta al cuore: fu assalito in un punto da una folla di rimembranze dolorose, e di dolorosi presentimenti: gli pareva d'aver negli orecchi que' sinistri tocchi a martello che l'avevan come accompagnato, inseguito, quand'era fuggito da que' luoghi; e insieme sentiva, per dir cosí, un silenzio di morte che ci regnava attualmente. Un turbamento ancor piú forte provò allo sboccare sulla piazzetta davanti alla chiesa; e ancora peggio s'aspettava al termine del cammino: ché dove aveva disegnato d'andare a fermarsi, era a quella casa ch'era stato solito altre volte di chiamar la casa di Lucia. Ora non poteva essere, tutt'al piú, che quella d'Agnese; e la sola grazia, che sperava dal cielo era di trovarcela in vita e in salute. E in quella casa si proponeva di chiedere alloggio, congetturando bene che la sua non dovesse esser piú abitazione che da topi e da faine.

Non volendo farsi vedere, prese per una viottola di fuori, quella stessa per cui era venuto in buona compagnia, quella notte cosí fatta, per sorprendere il curato. A mezzo circa, c'era da una parte la vigna, e dall'altra la casetta di Renzo; sicché, passando, potrebbe entrare un momento nell'una e nell'altra, a vedere un poco come stesse il fatto suo.

Andando, guardava innanzi, ansioso insieme e timoroso di veder qualcheduno; e, dopo pochi passi, vide infatti un uomo in camicia, seduto in terra, con le spalle appoggiate a una siepe di gelsomini, in un'attitudine d'insensato: e, a questa, e poi anche alla fisonomia, gli parve di raffigurar quel povero mezzo scemo di Gervaso ch'era venuto per secondo testimonio alla sciagurata spedizione. Ma essendosegli avvicinato, dovette accertarsi ch'era in vece quel Tonio cosí sveglio che ce l'aveva condotto. La peste, togliendogli il vigore del corpo insieme e della mente, gli aveva svolto in faccia e in ogni suo atto un piccolo e velato germe di somiglianza che aveva con l'incantato fratello.

– Oh Tonio! – gli disse Renzo, fermandosegli davanti: – sei tu?

Tonio alzò gli occhi, senza mover la testa.

– Tonio! non mi riconosci?

– A chi la tocca, la tocca, – rispose Tonio, rimanendo poi con la bocca aperta.

– L'hai addosso eh? povero Tonio; ma non mi riconosci piú?

– A chi la tocca, la tocca, – replicò quello, con un

certo sorriso sciocco. Renzo, vedendo che non ne caverebbe altro, seguitò la sua strada, piú contristato. Ed ecco spuntar da una cantonata, e venire avanti una cosa nera, che riconobbe subito per don Abbondio. Camminava adagio adagio, portando il bastone come chi n'è portato a vicenda; e di mano in mano che s'avvicinava, sempre piú si poteva conoscere nel suo volto pallido e smunto, e in ogni atto, che anche lui doveva aver passata la sua burrasca. Guardava anche lui; gli pareva e non gli pareva: vedeva qualcosa di forestiero nel vestiario; ma era appunto forestiero di quel di Bergamo.

«È lui senz'altro!» disse tra sé, e alzò le mani al cielo, con un movimento di maraviglia scontenta, restandogli sospeso in aria il bastone che teneva nella destra; e si vedevano quelle povere braccia ballar nelle maniche, dove altre volte stavano appena per l'appunto. Renzo gli andò incontro, allungando il passo, e gli fece una riverenza; ché, sebbene si fossero lasciati come sapete, era però sempre il suo curato.

– Siete qui, voi? – esclamò don Abbondio.

– Son qui, come lei vede. Si sa niente di Lucia?

– Che volete che se ne sappia? Non se ne sa niente. È a Milano, se pure è ancora in questo mondo. Ma voi...

– E Agnese, è viva?

– Può essere; ma chi volete che lo sappia? non è qui. Ma...

– Dov'è?

– È andata a starsene nella Valsassina, da que' suoi parenti, a Pasturo, sapete bene; ché là dicono che la peste non faccia il diavolo come qui. Ma voi, dico...

– Questa la mi dispiace. E il padre Cristoforo...

– È andato via che è un pezzo. Ma...

– Lo sapevo; me l'hanno fatto scrivere: domandavo se per caso fosse tornato da queste parti.

– Oh giusto! non se n'è piú sentito parlare. Ma voi...

– La mi dispiace anche questa.

– Ma voi, dico, cosa venite a far da queste parti, per l'amor del cielo? Non sapete che bagattella di cattura...?

– Cosa m'importa? Hanno altro da pensare. Ho voluto venire anch'io una volta a vedere i fatti miei. E non si sa proprio...?

– Cosa volete vedere? che or ora non c'è piú nessuno, non c'è piú niente. E dico, con quella bagattella di cattura, venir qui, proprio in paese, in bocca al lupo, c'è giudizio? Fate a modo d'un vecchio che è obbligato ad averne piú di voi, e che vi parla per l'amore che vi porta; legatevi le scarpe bene, e, prima che nessuno vi veda, tornate di dove siete venuto; e se siete stato visto, tanto piú tornatevene di corsa. Vi pare che sia aria per voi, questa? Non sapete che sono venuti a cercarvi, che hanno frugato, frugato, buttato sottosopra...

– Lo so pur troppo, birboni!

– Ma dunque...!

– Ma se le dico che non ci penso. E colui, è vivo ancora? è qui?

– Vi dico che non c'è nessuno; vi dico che non pensiate alle cose di qui; vi dico che....

– Domando se è qui, colui.

– Oh santo cielo! Parlate meglio. Possibile che abbiate ancora addosso tutto quel fuoco, dopo tante cose!

– C'è, o non c'è?

– Non c'è, via. Ma, e la peste, figliuolo, la peste! Chi è che vada in giro, in questi tempi?

– Se non ci fosse altro che la peste in questo mondo.... dico per me: l'ho avuta, e son franco.

– Ma dunque! ma dunque! non sono avvisi questi? Quando se n'è scampata una di questa sorte, mi pare che si dovrebbe ringraziare il cielo, e....

– Lo ringrazio bene.

– E non andarne a cercar dell'altre, dico. Fate a modo mio....

– L'ha avuta anche lei, signor curato, se non m'inganno.

– Se l'ho avuta! Perfida e infame è stata: son qui per miracolo: basta dire che m'ha conciato in questa maniera che vedete. Ora avevo proprio bisogno d'un po' di quiete, per rimettermi in tono: via, cominciavo a stare un po' meglio.... In nome del cielo, cosa venite a far qui? Tornate....

– Sempre l'ha con questo tornare, lei. Per tornare, tanto n'avevo a non movermi. Dice: cosa venite? cosa venite? Oh bella! vengo, anch'io, a casa mia.

– Casa vostra...

– Mi dica; ne son morti molti qui?...

– Eh eh! – esclamò don Abbondio; e, cominciando da Perpetua, nominò una filastrocca di persone e di famiglie intere. Renzo s'aspettava pur troppo qualcosa di simile; ma al sentir tanti nomi di persone che conosceva, d'amici, di parenti, stava addolorato, col capo basso, esclamando ogni momento: – poverino! poverina! poverini!

– Vedete! – continuò don Abbondio: – e non è finita. Se quelli che restano non metton giudizio questa volta, e scacciar tutti i grilli dalla testa, non c'è piú altro che la fine del mondo.

– Non dubiti; che già non fo conto di fermarmi qui.

– Ah! sia ringraziato il cielo, che la v'è entrata! E, già s'intende, fate ben conto di ritornar sul bergamasco.

– Di questo non si prenda pensiero.

– Che! non vorreste già farmi qualche sproposito peggio di questo?

– Lei non ci pensi, dico; tocca a me: non son piú bambino: ho l'uso della ragione. Spero che, a buon conto, non dirà a nessuno d'avermi visto. È sacerdote; sono una sua pecora: non mi vorrà tradire.

– Ho inteso, – disse don Abbondio, sospirando stizzosamente: – ho inteso. Volete rovinarvi voi, e rovinarmi me. Non vi basta di quelle che avete passate voi; non vi basta di quelle che ho passate io. Ho inteso, ho inteso –. E, continuando a borbottar tra i denti quest'ultime parole, riprese per la sua strada.

Renzo rimase lí tristo e scontento, a pensar dove anderebbe a fermarsi. In quella enumerazion di morti fattagli da don Abbondio, c'era una famiglia di contadini portata via tutta dal contagio, salvo un giovinotto, dell'età di Renzo a un di presso, e suo compagno fin da piccino; la casa era pochi passi fuori del paese. Pensò d'andar lí.

E andando, passò davanti alla sua vigna; e già dal di fuori poté subito argomentare in che stato la fosse. Una vetticciola, una fronda d'albero di quelli che ci aveva lasciati, non si vedeva passare il muro; se qualcosa si vedeva, era tutta roba venuta in sua assenza. S'affacciò all'apertura (del cancello non c'eran piú neppure i gangheri); diede un'occhiata in giro: povera vigna! Per due inverni di seguito, la gente del paese era andata a far legna – nel luogo di quel poverino –, come dicevano. Viti, gelsi, frutti d'ogni sorte, tutto era stato strappato alla peggio, o tagliato al piede. Si vedevano però ancora i vestigi dell'antica coltura: giovani tralci, in righe spezzate, ma che pure segnavano la traccia de' filari desolati; qua e là, rimessiticci o getti di gelsi, di fichi, di peschi, di ciliegi, di susini; ma anche questo si vedeva sparso, soffogato, in mezzo a una nuova, varia e fitta generazione, nata e cresciuta senza l'aiuto della man dell'uomo. Era una marmaglia d'ortiche, di felci, di logli, di gramigne, di farinelli, d'avene salvatiche, d'amaranti verdi, di radicchielle, d'acetoselle, di panicastrelle e d'altrettali piante; di quelle, voglio dire, di cui il contadino d'ogni paese ha fatto una gran classe a modo suo, denominandole erbacce, o qualcosa di simile. Era un guazzabuglio di steli, che facevano a soverchiarsi l'uno con l'altro nell'aria, o a passarsi avanti, strisciando sul terreno, a rubarsi in somma il posto per ogni verso; una confusione di foglie, di fiori, di frutti, di cento colori, di cento forme, di cento grandezze: spighette, pannocchiette, ciocche, mazzetti, capolini bianchi, rossi, gialli, azzurri. Tra questa marmaglia di piante ce n'era alcune di piú rilevate e vistose, non però migliori, almeno la piú parte: l'uva turca, piú alta di tutte, co' suoi rami allargati, rosseggianti, co' suoi pomposi foglioni verdecupi, alcuni già orlati di porpora, co' suoi grappoli ripiegati, guarniti di bacche paonazze al basso, piú su di porporine, poi di verdi, e in cima di fiorellini biancastri; il tasso barbasso, con le sue gran foglie lanose a terra, e lo stelo diritto all'aria, e le lunghe spighe sparse e come stellate di vivi fiori gialli: cardi, ispidi ne' rami, nelle foglie, ne' calici, donde uscivano ciuffetti di fiori bianchi o porporini, ovvero si staccavano, portati via dal vento, pennacchioli argentei e leggieri. Qui una quantità di vilucchioni arrampicati e avvoltati a' nuovi rampolli d'un gelso, gli avevan tutti ricoperti delle lor foglie ciondoloni, e spenzolavano dalla cima di quelli le lor campanelle candide e molli: là una zucca salvatica, co' suoi chicchi vermigli, s'era avviticchiata ai nuovi tralci d'una vite; la quale, cercato invano un piú saldo sostegno, aveva attaccati a vicenda i suoi viticci a quella; e, mescolando i loro deboli steli e le loro foglie poco diverse, si tiravan giú, pure a vicenda, come accade spesso ai deboli che si prendon l'uno con l'altro per appoggio. Il rovo era per tutto; andava da una pianta all'altra, saliva, scendeva, ripiegava i rami o gli stendeva, secondo gli riuscisse; e, attraversato davanti al limitare stesso, pareva che fosse lí per contrastare il passo, anche al padrone.

Ma questo non si curava d'entrare in una tal vigna; e forse non istette tanto a guardarla, quanto noi a farne questo po' di schizzo. Tirò di lungo: poco lontano c'era la sua casa; attraversò l'orto, camminando fino a mezza gamba tra l'erbacce di cui era popolato, coperto, come la vigna. Mise piede sulla soglia d'una delle due stanze che c'era a terreno: al rumore de' suoi passi, al suo affacciarsi, uno scompiglío, uno scappare incrocicchiato di topacci, un cacciarsi dentro il sudiciume che copriva tutto il pavimento: era ancora il letto de' lanzichenecchi. Diede un'occhiata alle pareti: scrostate, imbrattate, affumicate. Alzò gli occhi al palco: un parato di ragnateli. Non c'era altro. Se n'andò anche di là, mettendosi le mani ne' capelli; tornò indietro, rifacendo il sentiero che aveva aperto lui, un momento prima; dopo pochi passi, prese un'altra straducola a mancina, che metteva ne' campi; e senza veder né sentire anima vivente, arrivò vicino alla casetta dove aveva pensato di fermarsi. Già principiava a farsi buio. L'amico era sull'uscio, a sedere sur un panchetto di legno, con le braccia incrociate, con gli occhi fissi al cielo, come un uomo sbalordito dalle disgrazie, e insalvatichito dalla solitudine. Sentendo un calpestío, si voltò a guardar chi fosse, e, a quel che gli parve di vedere cosí al barlume, tra i rami e le fronde, disse, ad alta voce, rizzandosi e alzando le mani: – non ci son che io? non ne ho fatto abbastanza ieri? Lasciatemi un po' stare, che sarà anche questa un'opera di misericordia.

Renzo, non sapendo cosa volesse dir questo, gli rispose chiamandolo per nome.

– Renzo....! – disse quello, esclamando insieme e interrogando.

– Proprio, – disse Renzo; e si corsero incontro.

– Sei proprio tu! – disse l'amico, quando furon vicini: – oh che gusto ho di vederti! Chi l'avrebbe pensato? T'avevo preso per Paolin de' morti, che vien sempre a tormentarmi, perché vada a sotterrare. Sai che son rimasto solo? solo! solo, come un romito!

– Lo so pur troppo, – disse Renzo. E cosí, barattando e mescolando in fretta saluti, domande e risposte, entrarono insieme nella casuccia. E lí, senza sospendere i discorsi, l'amico si mise in faccende per fare un po' d'onore a Renzo, come si poteva cosí all'improvviso e in quel tempo. Mise l'acqua al fuoco, e cominciò a far la polenta; ma cedé poi il matterello a Renzo, perché la dimenasse; e se n'andò dicendo: – son rimasto solo; ma! son rimasto solo!

Tornò con un piccol secchio di latte, con un po' di carne secca, con un paio di raveggioli, con fichi e pesche; e posato il tutto, scodellata la polenta sulla taffería, si misero insieme a tavola, ringraziandosi scambievolmente, l'uno della visita, l'altro del ricevimento. E, dopo un'assenza di forse due anni, si trovarono a un tratto molto piú amici di quello che avesser mai saputo d'essere nel tempo che si vedevano quasi ogni giorno; perché all'uno e all'altro, dice qui il manoscritto, eran toccate di quelle cose che fanno conoscere che balsamo sia all'animo la benevolenza; tanto quella che si sente, quanto quella che si trova negli altri.

Certo, nessuno poteva tenere presso di Renzo il luogo d'Agnese, né consolarlo della di lei assenza, non solo per quell'antica e speciale affezione, ma anche perché, tra le cose che a lui premeva di decifrare, ce n'era una di cui essa sola aveva la chiave. Stette un momento tra due, se dovesse continuare il suo viaggio, o andar prima in cerca d'Agnese, giacché n'era cosí poco lontano; ma, considerato che della salute di Lucia, Agnese non ne saprebbe nulla, restò nel primo proposito d'andare addirittura a levarsi questo dubbio, a aver la sua sentenza, e di portar poi lui le nuove alla madre. Però, anche dall'amico seppe molte cose che ignorava, e di molte venne in chiaro che non sapeva bene, sui casi di Lucia, e sulle persecuzioni che gli avevan fatte a lui, e come don Rodrigo se n'era andato con la coda tra le gambe, e non s'era piú veduto da quelle parti; insomma su tutto quell'intreccio di cose. Seppe anche (e non era per Renzo cognizione di poca importanza) come fosse proprio il casato di don Ferrante: ché Agnese gliel aveva bensí fatto scrivere dal suo segretario; ma sa il cielo com'era stato scritto; e l'interprete bergamasco, nel leggergli la lettera, n'aveva fatta una parola tale, che, se Renzo fosse andato con essa a cercar ricapito di quella casa in Milano, probabilmente non avrebbe trovato persona che indovinasse di chi voleva parlare. Eppure quello era l'unico filo che avesse, per andar in cerca di Lucia. In quanto alla giustizia, poté confermarsi sempre piú ch'era un pericolo abbastanza lontano, per non darsene gran pensiero: il signor podestà era morto di peste: chi sa quando se ne manderebbe un altro; anche la sbirraglia se n'era andata la piú parte; quelli che rimanevano, avevan tutt'altro da pensare che alle cose vecchie.

Raccontò anche lui all'amico le sue vicende, e n'ebbe in contraccambio cento storie, del passaggio dell'esercito, della peste, d'untori, di prodigi. – Son cose brutte, – disse l'amico, accompagnando Renzo in una camera che il contagio aveva resa disabitata; – cose che non si sarebbe mai creduto di vedere; cose da levarvi l'allegria per tutta la vita; ma però, a parlarne tra amici, è un sollievo.

Allo spuntar del giorno, eran tutt'e due in cucina; Renzo in arnese da viaggio, con la sua cintura nascosta sotto il farsetto, e il coltellaccio nel taschino de' calzoni: il fagottino, per andar piú lesto, lo lasciò in deposito presso all'ospite. – Se la mi va bene, – gli disse, – se la trovo in vita, se..... basta..... ripasso di qui; corro a Pasturo, a dar la buona nuova a quella povera Agnese, e poi, e poi.... Ma se, per disgrazia, per disgrazia che Dio non voglia..... allora, non so quel che farò, non so dov'anderò: certo, da queste parti non mi vedete piú –. E cosí parlando, ritto sulla soglia dell'uscio, con la testa per aria, guardava con un misto di tenerezza e d'accoramento, l'aurora del suo paese che non aveva piú veduta da tanto tempo. L'amico gli disse, come s'usa, di sperar bene; volle che prendesse con sé qualcosa da mangiare; l'accompagnò per un pezzetto di strada, e lo lasciò con nuovi augúri.

Renzo, s'incamminò con la sua pace, bastandogli d'arrivar vicino a Milano in quel giorno, per entrarci il seguente, di buon'ora, e cominciar subito la sua ricerca. Il viaggio fu senza accidenti e senza nulla che potesse distrar Renzo da' suoi pensieri, fuorché le solite miserie e malinconie. Come aveva fatto il giorno avanti, si fermò a suo tempo, in un boschetto a mangiare un boccone, e a riposarsi. Passando per Monza, davanti a una bottega aperta, dove c'era de' pani in mostra, ne chiese due, per non rimanere sprovvisto, in ogni caso. Il fornaio, gl'intimò di non entrare, e gli porse sur una piccola pala una scodelletta, con dentro acqua e aceto, dicendogli che buttasse lí i danari; e fatto questo, con certe molle, gli porse, l'uno dopo l'altro, i due pani, che Renzo si mise uno per tasca.

Verso sera, arriva a Greco, senza però saperne il nome; ma, tra un po' di memoria de' luoghi che gli era rimasta dell'altro viaggio, e il calcolo del cammino fatto da Monza in poi, congetturando che doveva esser poco lontano dalla città, uscí dalla strada maestra, per andar ne' campi in cerca di qualche *cascinotto*, e lí passar la notte; ché con osterie non si voleva impicciare. Trovò meglio di quel che cercava: vide un'apertura in una siepe che cingeva il cortile d'una cascina; entrò a buon conto. Non c'era nessuno: vide da un canto un gran portico, con sotto del fieno ammontato, e a quello appoggiata una scala a mano; diede un'occhiata in giro, e poi salí alla ventura; s'accomodò per dormire, e infatti s'addormentò subito, per non destarsi che all'alba. Allora, andò carpon carponi verso l'orlo di quel gran letto; mise la testa fuori, e non vedendo nessuno, scese di dov'era salito, uscí di dov'era entrato, s'incamminò per viottole, prendendo per sua stella polare il duomo; e dopo un brevissimo cammino, venne a sbucar sotto le mura di Milano, tra porta Orientale e porta Nuova, e molto vicino a questa.

Capitolo trentaquattresimo

In quanto alla maniera di penetrare in città, Renzo aveva sentito, cosí all'ingrosso, che c'eran ordini severissimi di non lasciar entrar nessuno, senza bulletta di sanità; ma che in vece ci s'entrava benissimo, chi appena sapesse un po' aiutarsi e cogliere il momento. Era infatti cosí; e lasciando anche da parte le cause generali, per cui in que' tempi ogni ordine era poco eseguito; lasciando da parte le speciali, che rendevano cosí malagevole la rigorosa esecuzione di questo; Milano si trovava ormai in tale stato, da non veder cosa giovasse guardarlo, e da cosa; e chiunque ci venisse, poteva parer piuttosto noncurante della propria salute, che pericoloso a quella de' cittadini.

Su queste notizie, il disegno di Renzo era di tentare d'entrar dalla prima porta a cui si fosse abbattuto; se ci fosse qualche intoppo, riprender le mura di fuori, finché ne trovasse un'altra di piú facile accesso. E sa il cielo quante porte s'immaginava che Milano dovesse avere. Arrivato dunque sotto le mura, si fermò a guardar d'intorno, come fa chi, non sapendo da che parte gli convenga di prendere, par che n'aspetti, e ne chieda qualche indizio da ogni cosa. Ma, a destra e a sinistra, non vedeva che due pezzi d'una strada storta; dirimpetto, un tratto di mura; da nessuna parte, nessun segno d'uomini viventi: se non che, da un certo punto del terrapieno, s'alzava una colonna d'un fumo oscuro e denso, che salendo s'allargava e s'avvolgeva in ampi globi, perdendosi poi nell'aria immobile e bigia. Eran vestiti, letti e altre masserizie infette che si bruciavano: e di tali triste fiammate se ne faceva di continuo, non lí soltanto, ma in varie parti delle mura.

Il tempo era chiuso, l'aria pesante, il cielo velato per tutto da una nuvola o da un nebbione uguale, inerte, che pareva negare il sole, senza prometter la pioggia; la campagna d'intorno, parte incolta, e tutta arida; ogni verzura scolorita, e neppure una gocciola di rugiada sulle foglie passe e cascanti. Per di piú, quella solitudine, quel silenzio, cosí vicino a una gran città, aggiungevano una nuova costernazione all'inquietudine di Renzo, e rendevan piú tetri tutti i suoi pensieri.

Stato lí alquanto, prese la diritta, alla ventura, andando, senza saperlo, verso porta Nuova, della quale, quantunque vicina, non poteva accorgersi, a cagione d'un baluardo, dietro cui era allora nascosta. Dopo pochi passi, principiò a sentire un tintinnío di campanelli, che cessava e ricominciava ogni tanto, e poi qualche voce d'uomo. Andò avanti e, passato il canto del baluardo, vide per la prima cosa, un casotto di legno, e sull'uscio, una guardia appoggiata al moschetto, con una cert'aria stracca e trascurata: dietro c'era uno stecconato, e dietro quello, la porta, cioè due alacce di muro, con una tettoia sopra, per riparare i battenti; i quali erano spalancati, come pure il cancello dello stecconato. Però, davanti appunto all'apertura, c'era in terra un tristo impedimento: una barella, sulla quale due monatti accomodavano un poverino, per portarlo via. Era il capo de' gabellieri, a cui, poco prima, s'era scoperta la peste. Renzo si fermò, aspettando la fine: partito il convoglio, e non venendo nessuno a richiudere il cancello, gli parve tempo, e ci s'avviò in fretta; ma la guardia, con una manieraccia, gli gridò: – olà! – Renzo si fermò di nuovo su due piedi, e, datogli d'occhio, tirò fuori un mezzo ducatone, e glielo fece vedere. Colui, o che avesse già avuta la peste, o che la temesse meno di quel che amava i mezzi ducatoni, accennò a Renzo che glielo buttasse; e vistoselo volar subito a' piedi, susurrò: – va' innanzi presto –. Renzo non se lo fece dir due volte; passò lo stecconato, passò la porta, andò avanti, senza che nessuno s'accorgesse di lui, o gli badasse; se non che, quando ebbe fatti forse quaranta passi, sentí un altro – olà – che un gabelliere gli gridava dietro. Questa volta, fece le viste di non sentire, e, senza voltarsi nemmeno, allungò il passo. – Olà! – gridò di nuovo il gabelliere, con una voce però che indicava piú impazienza che risoluzione di farsi ubbidire; e non essendo ubbidito, alzò le spalle, e tornò nella sua casaccia, come persona a cui premesse piú di non accostarsi troppo ai passeggieri, che d'informarsi de' fatti loro.

La strada che Renzo aveva presa, andava allora, come adesso, diritta fino al canale detto il *Naviglio*: i lati erano siepi o muri d'orti, chiese e conventi, e poche case. In cima a questa strada, e nel mezzo di quella che costeggia il canale, c'era una colonna, con una croce detta la croce di sant'Eusebio. E per quanto Renzo guardasse innanzi, non vedeva altro che quella croce. Arrivato al crocicchio che divide la strada circa alla metà, e guardando dalle due parti, vide a dritta, in quella strada che si chiama lo stradone di santa Teresa, un cittadino che veniva appunto verso di lui. «Un cristiano, finalmente!» disse tra sé; e si voltò subito da quella parte, pensando di farsi insegnar la strada da lui. Questo pure aveva visto il forestiero che s'avanzava; e andava squadrandolo da lontano, con uno sguardo sospettoso; e tanto piú, quando s'accorse che, in vece d'andarsene per i fatti suoi, gli veniva incontro. Renzo, quando fu poco distante, si levò il cappello, da quel montanaro rispettoso che era; e tenendolo con la sinistra, mise l'altra mano nel cocuzzolo, e andò piú direttamente verso lo sconosciuto. Ma questo, stralunando gli occhi affatto, fece un passo addietro, alzò un noderoso bastone, e voltata la punta, ch'era di ferro, alla vita di Renzo, gridò: – via! via! via!

– Oh oh! – gridò il giovine anche lui; rimise il cappello in testa, e, avendo tutt'altra voglia, come diceva poi, quando raccontava la cosa, che di metter su lite in quel momento, voltò le spalle a quello stravagante, e continuò la sua strada, o, per meglio dire, quella in cui si trovava avviato.

L'altro tirò avanti anche lui per la sua, tutto fremente, e voltandosi, ogni momento, indietro. E arrivato a casa, raccontò che gli s'era accostato un untore, con un'aria umile, mansueta, con un viso d'infame impostore, con lo scatolino dell'unto, o l'involtino della polvere (non era ben certo qual de' due) in mano, nel cocuzzolo del cappello, per fargli il tiro, se lui non l'avesse saputo tener lontano. – Se mi s'accostava un passo di piú, – soggiunse, – l'infilavo addirittura, prima che avesse tempo d'accomodarmi me, il birbone. La disgrazia fu ch'eravamo in un luogo cosí solitario, ché se era in mezzo Milano, chiamavo gente, e mi facevo aiutare a acchiapparlo. Sicuro che gli si trovava quella scellerata porcheria nel cappello. Ma lí da solo a solo, mi son dovuto contentare di fargli paura, senza risicare di cercarmi un malanno; perché un po' di polvere è subito buttata; e coloro hanno una destrezza particolare; e poi hanno il diavolo dalla loro. Ora sarà in giro per Milano: chi sa che strage fa! – E fin che visse, che fu per molt'anni, ogni volta che si parlasse d'untori, ripeteva la sua storia, e soggiungeva: – quelli che sostengono ancora che non era vero, non lo vengano a dire a me; perché le cose bisogna averle viste.

Renzo, lontano dall'immaginarsi come l'avesse scampata bella, e agitato piú dalla rabbia che dalla paura, pensava, camminando, a quell'accoglienza, e indovinava bene a un di presso ciò che lo sconosciuto aveva pensato di lui; ma la cosa gli pareva cosí irragionevole, che concluse tra sé che colui doveva essere un qualche mezzo matto. «La principia male, – pensava però: – par che ci sia un pianeta per me, in questo Milano. Per entrare, tutto mi va a seconda; e poi, quando ci son dentro, trovo i dispiaceri lí apparecchiati. Basta.... coll'aiuto di Dio.... se trovo.... se ci riesco a trovare.... eh! tutto sarà stato niente».

Arrivato al ponte, voltò, senza esitare, a sinistra, nella strada di san Marco, parendogli, a ragione, che dovesse condurre verso l'interno della città. E andando avanti, guardava in qua e in là, per veder se poteva scoprire qualche creatura umana; ma non ne vide altra che uno sformato cadavere nel piccol fosso che corre tra quelle poche case (che allora erano anche meno), e un pezzo della strada. Passato quel pezzo, sentí gridare: – o quell'uomo! – e guardando da quella parte, vide poco lontano, a un terrazzino d'una casuccia isolata, una povera donna, con una nidiata di bambini intorno; la quale, seguitandolo a chiamare, gli fece cenno anche con la mano. Ci andò di corsa; e quando fu vicino, – o quel giovine, – disse quella donna: – per i vostri poveri morti, fate la carità d'andare a avvertire il commissario che siamo qui dimenticati. Ci hanno chiusi in casa come sospetti, perché il mio povero marito è morto; ci hanno inchiodato l'uscio, come vedete; e da ier mattina, nessuno è venuto a portarci da mangiare. In tante ore che siam qui, non m'è mai capitato un cristiano che me la facesse questa carità: e questi poveri innocenti moion di fame.

– Di fame! – esclamò Renzo; e, cacciate le mani nelle tasche, – ecco, ecco, – disse, tirando fuori i due pani: – calatemi giú qualcosa da metterli dentro.

– Dio ve ne renda merito; aspettate un momento, – disse quella donna; e andò a cercare un paniere, e una fune da calarlo, come fece. A Renzo intanto gli vennero in mente que' pani che aveva trovati vicino alla croce, nell'altra sua entrata in Milano, e pensava: «ecco: è una restituzione, e forse meglio che se gli avessi restituiti al proprio padrone: perché qui è veramente un'opera di misericordia».

– In quanto al commissario che dite, la mia donna, – disse poi, mettendo i pani nel paniere, – io non vi posso servire in nulla; perché, per dirvi la verità, son forestiero, e non son niente pratico di questo paese. Però, se incontro qualche uomo un po' domestico e umano, da potergli parlare, lo dirò a lui.

La donna lo pregò che facesse cosí, e gli disse il nome della strada, onde lui sapesse indicarla.

– Anche voi, – riprese Renzo, – credo che potrete farmi un piacere, una vera carità, senza vostro incomodo. Una casa di cavalieri, di gran signoroni, qui di Milano, casa ***, sapreste insegnarmi dove sia?

– So che la c'è questa casa, – rispose la donna: – ma dove sia, non lo so davvero. Andando avanti di qua, qualcheduno che ve la insegni, lo troverete. E ricordatevi di dirgli anche di noi.

– Non dubitate, – disse Renzo, e andò avanti.

A ogni passo, sentiva crescere e avvicinarsi un rumore che già aveva cominciato a sentire mentre era lí fermo a discorrere: un rumor di ruote e di cavalli, con un tintinnío di campanelli, e ogni tanto un chioccar di fruste, con un accompagnamento d'urli. Guardava innanzi, ma non vedeva nulla. Arrivato allo sbocco di quella strada, scoprendosegli davanti la piazza di san Marco, la prima cosa che gli diede nell'occhio, furon due travi ritte, con una corda, e con certe carrucole; e non tardò a riconoscere (ch'era cosa famigliare in quel tempo) l'abbominevole macchina della tortura. Era rizzata in quel luogo, e non in quello soltanto, ma in tutte le piazze e nelle strade piú spaziose, affinché i deputati d'ogni quartiere, muniti a questo d'ogni facoltà piú arbitraria, potessero farci applicare immediatamente chiunque paresse loro meritevole di pena: o sequestrati che uscissero di casa, o subalterni che non facessero il loro dovere, o chiunque altro. Era uno di que' rimedi eccessivi e inefficaci de' quali, a quel tempo, e in que' momenti specialmente, si faceva tanto scialacquío.

Ora, mentre Renzo guarda quello strumento, pensando perché possa essere alzato in quel luogo, sente avvicinarsi sempre piú il rumore, e vede spuntar dalla cantonata della chiesa un uomo che scoteva un campanello: era un apparitore; e dietro a lui due cavalli che, allungando il collo, e puntando le zampe, venivano avanti a fatica; e strascinato da quelli, un carro di morti, e dopo quello un altro, e poi un altro e un altro; e di qua e di là, monatti alle costole de' cavalli, spingendoli, a frustate, a punzoni, a bestemmie. Eran que' cadaveri, la piú parte ignudi, alcuni mal involtati in qualche cencio, ammonticchiati, intrecciati insieme, come un gruppo di serpi che lentamente si svolgano al tepore della primavera; ché, a ogni intoppo, a ogni scossa, si vedevan que' mucchi funesti tremolare e scompaginarsi bruttamente, e ciondolar teste, e chiome verginali arrovesciarsi, e braccia svincolarsi, e batter sulle rote, mostrando all'occhio già inorridito come un tale spettacolo poteva divenire piú doloroso e piú sconcio.

Il giovine s'era fermato sulla cantonata della piazza, vicino alla sbarra del canale, e pregava intanto per que' morti sconosciuti. Un atroce pensiero gli balenò in mente: «forse là, là insieme, là sotto... Oh, Signore! fate che non sia vero! fate ch'io non ci pensi!»

Passato il convoglio funebre, Renzo si mosse, attraversò la piazza, prendendo lungo il canale a mancina, senz'altra ragione della scelta, se non che il convoglio era andato dall'altra parte. Fatti que' quattro passi tra il fianco della chiesa e il canale, vide a destra il ponte Marcellino; prese di lí, e riuscí in Borgo Nuovo. E guardando innanzi, sempre con quella mira di trovar qualcheduno da farsi insegnar la strada, vide in fondo a quella un prete in farsetto, con un bastoncino in mano, ritto vicino a un uscio socchiuso, col capo chinato, e l'orecchio allo spiraglio; e poco dopo lo vide alzar la mano e benedire. Congetturò quello ch'era di fatto, cioè che finisse di confessar qualcheduno; e disse tra sé: «questo è l'uomo che fa per me. Se un prete, in funzion di prete, non ha un po' di carità, un po' d'amore e di buona grazia, bisogna dire che non ce ne sia piú in questo mondo».

Intanto il prete, staccatosi dall'uscio, veniva dalla parte di Renzo, tenendosi, con gran riguardo, nel mezzo della strada. Renzo, quando gli fu vicino, si levò il cappello, e gli accennò che desiderava parlargli, fermandosi nello stesso tempo, in maniera da fargli intendere che non si sarebbe accostato di piú. Quello pure si fermò, in atto di stare a sentire, puntando però in terra il suo bastoncino davanti a sé, come per farsene un baluardo.

Renzo espose la sua domanda, alla quale il prete soddisfece, non solo con dirgli il nome della strada dove la casa era situata, ma dandogli anche, come vide che il poverino n'aveva bisogno, un po' d'itinerario; indicandogli, cioè, a forza di diritte e di mancine, di chiese e di croci, quell'altre sei o otto strade che aveva da passare per arrivarci.

– Dio la mantenga sano, in questi tempi, e sempre, – disse Renzo: e mentre quello si moveva per andarsene, – un'altra carità, – soggiunse; e gli disse della povera donna dimenticata. Il buon prete ringraziò lui d'avergli dato occasione di fare una carità cosí necessaria; e, dicendo che andava ad avvertire chi bisognava, tirò avanti. Renzo si mosse anche lui, e, camminando, cercava di fare a se stesso una ripetizione dell'itinerario, per non esser da capo a dover domandare a ogni cantonata. Ma non potreste immaginarvi come quell'operazione gli riuscisse penosa, e non tanto per la difficoltà della cosa in sé, quanto per un nuovo turbamento che gli era nato nell'animo. Quel nome della strada, quella traccia del cammino l'avevan messo cosí sottosopra. Era l'indizio che aveva desiderato e domandato, e del quale non poteva far di meno; né gli era stato detto nient'altro, da che potesse ricavare nessun augurio sinistro; ma che volete? quell'idea un po' piú distinta d'un termine vicino, dove uscirebbe d'una grand'incertezza, dove potrebbe sentirsi dire: è viva, o sentirsi dire: è morta; quell'idea l'aveva cosí colpito, che, in quel momento, gli sarebbe piaciuto piú di trovarsi ancora al buio di tutto, d'essere al principio del viaggio, di cui ormai toccava la fine. Raccolse però le sue forze, e disse a se stesso: «ehi! se principiamo ora a fare il ragazzo, com'anderà?» Cosí rinfrancato alla meglio, seguitò la sua strada, inoltrandosi nella città.

Quale città! e cos'era mai, al paragone, quello ch'era stata l'anno avanti, per cagion della fame!

Renzo s'abbatteva appunto a passare per una delle parti piú squallide e piú desolate: quella crociata di strade che si chiamava il *carrobio* di porta Nuova. (C'era allora una croce nel mezzo, e, dirimpetto ad essa, accanto a dove ora è san Francesco di Paola, una vecchia chiesa col titolo di sant'Anastasia). Tanta era stata in quel vicinato la furia del contagio, e il fetor de' cadaveri lasciati lí, che i pochi rimasti vivi erano stati costretti a sgomberare: sicché, alla mestizia che dava al passeggiero quell'aspetto di solitudine e d'abbandono, s'aggiungeva l'orrore e lo schifo delle tracce e degli avanzi della recente abitazione. Renzo affrettò il passo, facendosi coraggio col pensare che la meta non doveva essere cosí vicina, e sperando che, prima d'arrivarci, troverebbe mutata, almeno in parte, la scena; e infatti, di lí a non molto, riuscí in un luogo che poteva pur dirsi città di viventi; ma quale città ancora, e quali viventi! Serrati, per sospetto e per terrore, tutti gli usci di strada, salvo quelli che fossero spalancati per esser le case disabitate, o invase; altri inchiodati e sigillati, per esser nelle case morta o ammalata gente di peste; altri segnati d'una croce fatta col carbone, per indizio ai monatti, che c'eran de' morti da portar via: il tutto piú alla ventura che altro, secondo che si fosse trovato piuttosto qua che là un qualche commissario della Sanità o altro impiegato, che avesse voluto eseguir gli ordini, o fare un'angheria. Per tutto cenci e, piú ributtanti de' cenci, fasce marciose, strame ammorbato, o lenzoli buttati dalle finestre; talvolta corpi, o di persone morte all'improvviso, nella strada, e lasciati lí fin che passasse un carro da portarli via, o cascati da' carri medesimi, o buttati anch'essi dalle finestre: tanto l'insistere e l'imperversar del disastro aveva insalvatichiti gli animi, e fatto dimenticare ogni cura di pietà, ogni riguardo sociale! Cessato per tutto ogni rumor di botteghe, ogni strepito di carrozze, ogni grido di venditori, ogni chiacchierío di passeggieri, era ben raro che quel silenzio di morte fosse rotto da altro che da rumor di carri funebri, da lamenti di poveri, da rammarichío d'infermi, da urli di frenetici, da grida di monatti. All'alba, a mezzogiorno, a sera, una campana del duomo dava il segno di recitar certe preci assegnate dall'arcivescovo:

a quel tocco rispondevan le campane dell'altre chiese; e allora avreste veduto persone affacciarsi alle finestre, a pregare in comune; avreste sentito un bisbiglio di voci e di gemiti, che spirava una tristezza mista pure di qualche conforto.

Morti a quell'ora forse i due terzi de' cittadini, andati via o ammalati una buona parte del resto, ridotto quasi a nulla il concorso della gente di fuori, de' pochi che andavan per le strade, non se ne sarebbe per avventura, in un lungo giro, incontrato uno solo in cui non si vedesse qualcosa di strano, e che dava indizio d'una funesta mutazione di cose. Si vedevano gli uomini piú qualificati, senza cappa né mantello, parte allora essenzialissima del vestiario civile; senza sottana i preti, e anche de' religiosi in farsetto; dismessa in somma ogni sorte di vestito che potesse con gli svolazzi toccar qualche cosa, o dare (ciò che si temeva piú di tutto il resto) agio agli untori. E fuor di questa cura d'andar succinti e ristretti il piú che fosse possibile, negletta e trasandata ogni persona; lunghe le barbe di quelli che usavan portarle, cresciute a quelli che prima costumavan di raderle; lunghe pure e arruffate le capigliature, non solo per quella trascuranza che nasce da un invecchiato abbattimento, ma per esser divenuti sospetti i barbieri, da che era stato preso e condannato, come untor famoso, uno di loro, Giangiacomo Mora: nome che, per un pezzo, conservò una celebrità municipale d'infamia, e ne meriterebbe una ben piú diffusa e perenne di pietà. I piú tenevano da una mano un bastone, alcuni anche una pistola, per avvertimento minaccioso a chi avesse voluto avvicinarsi troppo; dall'altra pasticche odorose, o palle di metallo o di legno traforate, con dentro spugne inzuppate d'aceti medicati; e se le andavano ogni tanto mettendo al naso, o ce le tenevano di continuo. Portavano alcuni attaccata al collo una boccetta con dentro un po' d'argento vivo, persuasi che avesse la virtú d'assorbire e di ritenere ogni esalazione pestilenziale; e avevan poi cura di rinnovarlo ogni tanti giorni. I gentiluomini, non solo uscivano senza il solito seguito, ma si vedevano, con una sporta in braccio, andare a comprar le cose necessarie al vitto. Gli amici, quando pur due s'incontrassero per la strada, si salutavan da lontano, con cenni taciti e frettolosi. Ognuno, camminando, aveva molto da fare, per iscansare gli schifosi e mortiferi inciampi di cui il terreno era sparso e, in qualche luogo, anche affatto ingombro: ognuno cercava di stare in mezzo alla strada, per timore d'altro sudiciume, o d'altro piú funesto peso che potesse venir giú dalle finestre; per timore delle polveri venefiche che si diceva esser spesso buttate da quelle su' passeggieri; per timore delle muraglie, che potevan esser unte. Cosí l'ignoranza, coraggiosa e guardinga alla rovescia, aggiungeva ora angustie all'angustie, e dava falsi terrori, in compenso de' ragionevoli e salutari che aveva levati da principio.

Tal era ciò che di meno deforme e di men compassionevole si faceva vedere intorno, i sani, gli agiati: ché, dopo tante immagini di miseria, e pensando a quella ancor piú grave, per mezzo alla quale dovrem condurre il lettore, non ci fermeremo ora a dir qual fosse lo spettacolo degli appestati che si strascicavano o giacevano per le strade, de' poveri, de' fanciulli, delle donne. Era tale, che il riguardante poteva trovar quasi un disperato conforto in ciò che ai lontani e ai posteri fa la piú forte e dolorosa impressione; nel pensare, dico, nel vedere quanto que' viventi fossero ridotti a pochi.

In mezzo a questa desolazione aveva Renzo fatto già una buona parte del suo cammino, quando, distante ancor molti passi da una strada in cui doveva voltare, sentí venir da quella un vario frastono, nel quale si faceva distinguere quel solito orribile tintinnío.

Arrivato alla cantonata della strada, ch'era una delle piú larghe, vide quattro carri fermi nel mezzo; e come, in un mercato di granaglie, si vede un andare e venire di gente, un caricare e un rovesciar di sacchi, tale era il movimento in quel luogo: monatti ch'entravan nelle case, monatti che n'uscivan con un peso su le spalle, e lo mettevano su l'uno o l'altro carro: alcuni con la divisa rossa, altri senza quel distintivo, molti con uno ancor piú odioso, pennacchi e fiocchi di vari colori, che quegli sciagurati portavano come per segno d'allegria, in tanto pubblico lutto. Ora da una, ora da un'altra finestra, veniva una voce lugubre: – qua, monatti! – E con suono ancor piú sinistro, da quel tristo brulichío usciva qualche vociaccia che rispondeva: – ora, ora –. Ovvero eran pigionali che brontolavano, e dicevano di far presto: ai quali i monatti rispondevano con bestemmie.

Entrato nella strada, Renzo allungò il passo, cercando di non guardar quegl'ingombri, se non quanto era necessario per iscansarli; quando il suo sguardo s'incontrò in un oggetto singolare di pietà, d'una pietà che invogliava l'animo a contemplarlo; di maniera che si fermò, quasi senza volerlo.

Scendeva dalla soglia d'uno di quegli usci, e veniva verso il convoglio, una donna, il cui aspetto annunziava una giovinezza avanzata, ma non trascorsa; e vi traspariva una bellezza velata e offuscata, ma non guasta, da una gran passione, e da un languor mortale: quella bellezza molle a un tempo e maestosa, che brilla nel sangue lombardo. La sua andatura era affaticata, ma non cascante; gli occhi non davan lacrime, ma portavan segno d'averne sparse tante; c'era in quel dolore un non so che di pacato e di profondo, che attestava un'anima tutta consapevole e presente a sentirlo. Ma non era il solo suo aspetto che, tra tante miserie, la indicasse cosí particolarmente alla pietà, e ravvivasse per lei quel sentimento ormai stracco e ammortito ne' cuori. Portava essa in collo una bambina di forse nov'anni, morta; ma tutta ben accomodata, co' capelli divisi sulla fronte, con un vestito bianchissimo, come se quelle mani l'avessero adornata per una festa promessa da tanto tempo, e data per premio. Né la teneva a giacere, ma sorretta, a sedere sur un braccio, col petto appoggiato al petto, come se fosse stata viva; se non che una manina bianca a guisa di cera spenzolava da una parte, con una certa inanimata gravezza, e il capo posava sull'omero della madre, con un abbandono piú forte del sonno: della madre, ché, se anche la somiglianza de' volti non n'avesse fatto fede, l'avrebbe detto chiaramente quello de' due ch'esprimeva ancora un sentimento.

Un turpe monatto andò per levarle la bambina dalle braccia, con una specie però d'insolito rispetto, con un'esitazione involontaria. Ma quella, tirandosi indietro, senza però mostrare sdegno né disprezzo, – no! – disse: – non me la toccate per ora; devo metterla io su quel carro: prendete –. Cosí dicendo, aprí una mano, fece vedere una borsa, e la lasciò cadere in quella che il monatto le tese. Poi continuò: – promettetemi di non levarle un filo d'intorno, né di lasciar che altri ardisca di farlo, e di metterla sotto terra cosí.

Il monatto si mise una mano al petto; e poi, tutto premuroso, e quasi ossequioso, piú per il nuovo sentimento da cui era come soggiogato, che per l'inaspettata ricompensa, s'affaccendò a far un po' di posto sul carro per la morticina. La madre, dato a questa un bacio in fronte, la mise lí come sur un letto, ce l'accomodò, le stese sopra un panno bianco, e disse l'ultime parole: – addio, Cecilia! riposa in pace! Stasera verremo anche noi, per restar sempre insieme. Prega intanto per noi; ch'io pregherò per te e per gli altri –. Poi voltatasi di nuovo al monatto, – voi, – disse, – passando di qui verso sera, salirete a prendere anche me, e non me sola.

Cosí detto, rientrò in casa, e, un momento dopo, s'affacciò alla finestra, tenendo in collo un'altra bambina piú piccola, viva, ma coi segni della morte in volto. Stette a contemplare quelle cosí indegne esequie della prima, finché il carro non si mosse, finché lo poté vedere; poi disparve. E che altro poté fare, se non posar sul letto l'unica che le rimaneva, e mettersele accanto per morire insieme? come il fiore già rigoglioso sullo stelo cade insieme col fiorellino ancora in boccia, al passar della falce che pareggia tutte l'erbe del prato.

– O Signore! – esclamò Renzo: – esauditela! tiratela a voi, lei e la sua creaturina: hanno patito abbastanza! hanno patito abbastanza!

Riavuto da quella commozione straordinaria, e mentre cerca di tirarsi in mente l'itinerario per trovare se alla prima strada deve voltare, e se a diritta o a mancina, sente anche da questa venire un altro e diverso strepito, un suono confuso di grida imperiose, di fiochi lamenti, un pianger di donne, un mugolío di fanciulli.

Andò avanti, con in cuore quella solita trista e oscura aspettativa. Arrivato al crocicchio, vide da una parte una moltitudine confusa che s'avanzava, e si fermò lí, per lasciarla passare. Erano ammalati che venivan condotti al lazzeretto; alcuni, spinti a forza, resistevano in vano, in vano gridavano che volevan morire sul loro letto, e rispondevano con inutili imprecazioni alle bestemmie e ai comandi de' monatti che li guidavano; altri camminavano in silenzio, senza mostrar dolore, né alcun altro sentimento, come insensati; donne co' bambini in collo; fanciulli spaventati dalle grida, da quegli ordini, da quella compagnia, piú che dal pensiero confuso della morte, i quali ad alte strida imploravano la madre e le sue braccia fidate, e la casa loro. Ahi! e forse la madre, che credevano d'aver lasciata addormentata sul suo letto, ci s'era buttata, sorpresa tutt'a un tratto dalla peste; e stava lí senza sentimento, per esser portata sur un carro al lazzeretto, o alla fossa, se il carro veniva piú tardi. Forse, o sciagura degna di lacrime ancor piú amare! la madre, tutta occupata de' suoi patimenti, aveva dimenticato ogni cosa, anche i figli, e non aveva piú che un pensiero: di morire in pace. Pure, in tanta confusione, si vedeva ancora qualche esempio di fermezza e di pietà: padri, madri, fratelli, figli, consorti, che sostenevano i cari loro, e gli accompagnavano con parole di conforto: né adulti soltanto, ma ragazzetti, ma fanciulline che guidavano i fratellini piú teneri, e, con giudizio e con compassione da grandi, raccomandavano loro d'essere ubbidienti, gli assicuravano che s'andava in un luogo dove c'era chi avrebbe cura di loro per farli guarire.

In mezzo alla malinconia e alla tenerezza di tali viste, una cosa toccava piú sul vivo, e teneva in agitazione il nostro viaggiatore. La casa doveva esser lí vicina, e chi sa se tra quella gente.... Ma passata tutta la comitiva, e cessato quel dubbio, si voltò a un monatto che veniva dietro, e gli domandò della strada e della casa di don Ferrante. – In malora, tanghero, – fu la risposta che n'ebbe. Né si curò di dare a colui quella che si meritava; ma, visto, a due passi, un commissario che veniva in coda al convoglio, e aveva un viso un po' piú di cristiano, fece a lui la stessa domanda. Questo, accennando con un bastone la parte donde veniva, disse: – la prima strada a diritta, l'ultima casa grande a sinistra.

Con una nuova e piú forte ansietà in cuore, il giovine prende da quella parte. È nella strada; distingue subito la casa tra l'altre, piú basse e meschine; s'accosta al portone che è chiuso, mette la mano sul martello, e ce la tien sospesa, come in un'urna, prima di tirar su la polizza dove fosse scritta la sua vita, o la sua morte. Finalmente alza il martello, e dà un picchio risoluto.

Dopo qualche momento, s'apre un poco una finestra; una donna fa capolino, guardando chi era, con un viso ombroso che par che dica: monatti? vagabondi? commissari? untori? diavoli?

– Quella signora, – disse Renzo guardando in su, e con voce non troppo sicura: – ci sta qui a servire una giovine di campagna, che ha nome Lucia?

– La non c'è piú; andate, – rispose quella donna, facendo atto di chiudere.

– Un momento, per carità! La non c'è piú? Dov'è?

– Al lazzeretto; – e di nuovo voleva chiudere.

– Ma un momento, per l'amor del cielo! Con la peste?

– Già. Cosa nuova, eh? Andate.

– Oh povero me! Aspetti: era ammalata molto? Quanto tempo è....?

Ma intanto la finestra fu chiusa davvero.

– Quella signora! quella signora! una parola, per carità! per i suoi poveri morti! Non le chiedo niente del suo: ohe! – Ma era come dire al muro.

Afflitto della nuova, e arrabbiato della maniera, Renzo afferrò ancora il martello, e, cosí appoggiato alla porta, andava stringendolo e storcendolo, l'alzava per picchiar di nuovo alla disperata, poi lo teneva sospeso. In quest'agitazione, si voltò per vedere se mai ci fosse d'intorno qualche vicino, da cui potesse forse aver qualche informazione piú precisa, qualche indizio, qualche lume. Ma la prima, l'unica persona che vide, fu un'altra donna, distante forse un venti passi; la quale, con un viso ch'esprimeva terrore, odio, impazienza e malizia, con cert'occhi stravolti che volevano insieme guardar lui, e guardar lontano, spalancando la bocca come in atto di gridare a piú non posso, ma rattenendo anche il respiro, alzando due braccia scarne, allungando e ritirando due mani grinzose e piegate a guisa d'artigli, come se cercasse d'acchiappar qualcosa, si vedeva che voleva chiamar gente, in modo che qualcheduno non se n'accorgesse. Quando s'incontrarono a guardarsi, colei, fattasi ancor piú brutta, si riscosse come persona sorpresa.

– Che diamine....? – cominciava Renzo, alzando anche lui le mani verso la donna; ma questa, perduta la speranza di poterlo far cogliere all'improvviso, lasciò scappare il grido che aveva rattenuto fin allora: – l'untore! dàgli! dàgli! dàgli all'untore!

– Chi? io! ah strega bugiarda! sta' zitta, – gridò Renzo; e fece un salto verso di lei, per impaurirla e farla chetare. Ma s'avvide subito, che aveva bisogno piuttosto di pensare ai casi suoi. Allo strillar della vecchia, accorreva gente di qua e di là; non la folla che, in un caso simile, sarebbe stata, tre mesi prima; ma piú che abbastanza per poter fare d'un uomo solo quel che volessero. Nello stesso tempo, s'aprí di nuovo la finestra, e quella medesima sgarbata di prima ci s'affacciò questa volta, e gridava anche lei: – pigliatelo, pigliatelo; che dev'essere uno di que' birboni che vanno in giro a unger le porte de' galantuomini.

Renzo non istette lí a pensare: gli parve subito miglior partito sbrigarsi da coloro, che rimanere a dir le sue ragioni: diede un'occhiata a destra e a sinistra, da che parte ci fosse men gente, e svignò di là. Rispinse con un urtone uno che gli parava la strada; con un gran punzone nel petto, fece dare indietro otto o dieci passi un altro che gli correva incontro; e via di galoppo, col pugno in aria, stretto, nocchiuto, pronto per qualunque altro gli fosse venuto tra' piedi. La strada davanti era sempre libera; ma dietro le spalle sentiva il calpestío e, piú forti del calpestío, quelle grida amare: – dàgli! dàgli! all'untore! – Non sapeva quando fossero per fermarsi; non vedeva dove si potrebbe mettere in salvo. L'ira divenne rabbia, l'angoscia si cangiò in disperazione; e, perso il lume degli occhi, mise mano al suo coltellaccio, lo sfoderò, si fermò su due piedi, voltò indietro il viso piú torvo e piú cagnesco che avesse fatto a' suoi giorni; e, col braccio teso, brandendo in aria la lama luccicante, gridò: – chi ha cuore, venga avanti, canaglia! che l'ungerò io davvero con questo.

Ma, con maraviglia, e con un sentimento confuso di consolazione, vide che i suoi persecutori s'eran già fermati, e stavan lí come titubanti, e che, seguitando a urlare, facevan, con le mani per aria, certi cenni da spiritati, come a gente che venisse di lontano dietro a lui. Si voltò di nuovo, e vide (ché il gran turbamento non gliel aveva lasciato vedere un momento prima) un carro che s'avanzava, anzi una fila di que' soliti carri funebri, col solito accompagnamento; e dietro, a qualche distanza, un altro mucchietto di gente che avrebbero voluto anche loro dare addosso all'untore, e prenderlo in mezzo; ma eran trattenuti dall'impedimento medesimo. Vistosi cosí tra due fuochi, gli venne in mente che ciò che era di terrore a coloro, poteva essere a lui di salvezza; pensò che non era tempo di far lo schizzinoso; rimise il coltellaccio nel fodero, si tirò da una parte, prese la rincorsa verso i carri, passò il primo, e adocchiò nel secondo un buono spazio vòto. Prende la mira, spicca un salto; è su, piantato sul piede destro, col sinistro in aria, e con le braccia alzate.

– Bravo! bravo! – esclamarono, a una voce, i monatti, alcuni de' quali seguivano il convoglio a piedi, altri eran seduti sui carri, altri, per dire l'orribil cosa com'era, sui cadaveri, trincando da un gran fiasco che andava in giro. – Bravo! bel colpo!

– Sei venuto a metterti sotto la protezione de' monatti; fa' conto d'essere in chiesa, – gli disse uno de' due che stavano sul carro dov'era montato.

I nemici, all'avvicinarsi del treno, avevano, i piú, voltate le spalle, e se n'andavano, non lasciando di gridare: – dàgli! dàgli! all'untore! – Qualcheduno si ritirava piú adagio, fermandosi ogni tanto, e voltandosi, con versacci e con gesti di minaccia, a Renzo; il quale, dal carro, rispondeva loro dibattendo i pugni in aria.

– Lascia fare a me, – gli disse un monatto; e strappato d'addosso a un cadavere un laido cencio, l'annodò in fretta, e, presolo per una delle cocche, l'alzò come una fionda verso quegli ostinati, e fece le viste di buttarglielo, gridando: – aspetta, canaglia! – A quell'atto, fuggiron tutti, inorriditi; e Renzo non vide piú che schiene di nemici, e calcagni che ballavano rapidamente per aria, a guisa di gualchiere.

Tra i monatti s'alzò un urlo di trionfo, uno scroscio procelloso di risa, un – uh! – prolungato, come per accompagnar quella fuga.

– Ah ah! vedi se noi sappiamo proteggere i galantuomini? – disse a Renzo quel monatto: – val piú uno di noi che cento di que' poltroni.

– Certo, posso dire che vi devo la vita, – rispose Renzo: – e vi ringrazio con tutto il cuore.

– Di che cosa? – disse il monatto: – tu lo meriti: si vede che sei un bravo giovine. Fai bene a ungere questa canaglia: ungili, estirpali costoro, che non vaglion qualcosa, se non quando son morti; che, per ricompensa della vita che facciamo, ci maledicono, e vanno dicendo che, finita la moría, ci voglion fare impiccar tutti. Hanno a finir prima loro che la moría, e i monatti hanno a restar soli, a cantar vittoria, e a sguazzar per Milano.

– Viva la moría, e moia la marmaglia! – esclamò l'altro; e, con questo bel brindisi, si mise il fiasco alla bocca, e, tenendolo con tutt'e due le mani, tra le scosse del carro, diede una buona bevuta, poi lo porse a Renzo, dicendo: – bevi alla nostra salute.

– Ve l'auguro a tutti, con tutto il cuore, – disse Renzo: – ma non ho sete; non ho proprio voglia di bere in questo momento.

– Tu hai avuto una bella paura, a quel che mi pare, – disse il monatto: – m'hai l'aria d'un pover'uomo; ci vuol altri visi a far l'untore.

– Ognuno s'ingegna come può, – disse l'altro.

– Dammelo qui a me, – disse uno di quelli che venivano a piedi accanto al carro, – ché ne voglio bere anch'io un altro sorso, alla salute del suo padrone, che si trova qui in questa bella compagnia.... lí, lí, appunto, mi pare, in quella bella carrozzata.

E, con un suo atroce e maledetto ghigno, accennava il carro davanti a quello su cui stava il povero Renzo. Poi, composto il viso a un atto di serietà ancor piú bieco e fellonesco, fece una riverenza da quella parte, e riprese: – si contenta, padron mio, che un povero monattuccio assaggi di quello della sua cantina? Vede bene: si fa certe vite: siam quelli che l'abbiam messo in carrozza, per condurlo in villeggiatura. E poi, già a loro signori il vino fa subito male: i poveri monatti han lo stomaco buono.

E tra le risate de' compagni, prese il fiasco, e l'alzò; ma, prima di bere, si voltò a Renzo, gli fissò gli occhi in viso, e gli disse, con una cert'aria di compassione sprezzante: – bisogna che il diavolo col quale hai fatto il patto, sia ben giovine; ché, se non eravamo lí noi a salvarti, lui ti dava un bell'aiuto –. E tra un nuovo scroscio di risa, s'attaccò il fiasco alle labbra.

– E noi? eh! e noi? – gridaron piú voci dal carro ch'era avanti. Il birbone, tracannato quanto ne volle, porse, con tutt'e due le mani, il gran fiasco a quegli altri suoi simili, i quali se lo passaron dall'uno all'altro, fino a uno che, votatolo, lo prese per il collo, gli fece fare il mulinello, e lo scagliò a fracassarsi sulle lastre, gridando: – viva la moría! – Dietro a queste parole, intonò una loro canzonaccia; e subito alla sua voce s'accompagnaron tutte l'altre di quel turpe coro. La cantilena infernale, mista al tintinnío de' campanelli, al cigolío de' carri, al calpestío de' cavalli, risonava nel vòto silenzioso delle strade, e, rimbombando nelle case, stringeva amaramente il cuore de' pochi che ancor le abitavano.

Ma cosa non può alle volte venire in acconcio? cosa non può far piacere in qualche caso? Il pericolo d'un momento prima aveva resa piú che tollerabile a Renzo la compagnia di que' morti e di que' vivi; e ora fu a' suoi orecchi una musica, sto per dire, gradita, quella che lo levava dall'impiccio d'una tale conversazione. Ancor mezzo affannato, e tutto sottosopra, ringraziava intanto alla meglio in cuor suo la Provvidenza, d'essere uscito d'un tal frangente, senza ricever male né farne; la pregava che l'aiutasse ora a liberarsi anche da' suoi liberatori; e dal canto suo, stava all'erta, guardava quelli, guardava la strada, per cogliere il tempo di sdrucciolar giú quatto quatto, senza dar loro occasione di far qualche rumore, qualche scenata, che mettesse in malizia i passeggieri.

Tutt'a un tratto, a una cantonata, gli parve di riconoscere il luogo: guardò piú attentamente, e ne fu sicuro. Sapete dov'era? Sul corso di porta orientale, in quella strada per cui era venuto adagio, e tornato via in fretta, circa venti mesi prima. Gli venne subito in mente che di lí s'andava diritto al lazzeretto; e questo trovarsi sulla strada giusta, senza studiare, senza domandare, l'ebbe per un tratto speciale della Provvidenza, e per buon augurio del rimanente. In quel punto, veniva incontro ai carri un commissario, gridando a' monatti di fermare, e non so che altro: il fatto è che il convoglio si fermò, e la musica si cambiò in un diverbio rumoroso. Uno de' monatti ch'eran sul carro di Renzo, saltò giú: Renzo disse all'altro: – vi ringrazio della vostra carità: Dio ve ne renda merito –; e giú anche lui, dall'altra parte.

– Va', va', povero untorello, – rispose colui: – non sarai tu quello che spianti Milano.

Per fortuna, non c'era chi potesse sentire. Il convoglio era fermato sulla sinistra del corso: Renzo prende in fretta dall'altra parte, e, rasentando il muro, trotta innanzi verso il ponte; lo passa, continua per la strada del borgo, riconosce il convento de' cappuccini, è vicino alla porta, vede spuntar l'angolo del lazzeretto, passa il cancello, e gli si spiega davanti la scena esteriore di quel recinto: un indizio appena e un saggio, e già una vasta, diversa, indescrivibile scena.

Lungo i due lati che si presentano a chi guardi da quel punto, era tutto un brulichío; erano ammalati che andavano, in compagnie, al lazzeretto; altri che sedevano o giacevano sulle sponde del fossato che lo costeggia; sia che le forze non fosser loro bastate per condursi fin dentro al ricovero, sia che, usciti di là per disperazione, le forze fosser loro ugualmente mancate per andar piú avanti. Altri meschini erravano sbandati, come stupidi, e non pochi fuor di sé affatto; uno stava tutto infervorato a raccontar le sue immaginazioni a un disgraziato che giaceva oppresso dal male; un altro dava nelle smanie; un altro guardava in qua e in là con un visino ridente, come se assistesse a un lieto spettacolo. Ma la specie piú strana e piú rumorosa d'una tal trista allegrezza, era un cantare alto e continuo, il quale pareva che non venisse fuori da quella miserabile folla, e pure si faceva sentire piú che tutte l'altre voci: una canzone contadinesca d'amore gaio e scherzevole, di quelle che chiamavan villanelle; e andando con lo sguardo dietro al suono, per iscoprire chi mai potesse esser contento, in quel tempo, in quel luogo, si vedeva un meschino che, seduto tranquillamente in fondo al fossato, cantava a piú non posso, con la testa per aria.

Renzo aveva appena fatti alcuni passi lungo il lato meridionale dell'edifizio, che si sentí in quella moltitudine un rumore straordinario, e di lontano voci che gridavano: guarda! piglia! S'alza in punta di piedi, e vede un cavallaccio che andava di carriera, spinto da un piú strano cavaliere: era un frenetico che, vista quella bestia sciolta e non guardata, accanto a un carro, c'era montato in fretta a bisdosso, e, martellandole il collo co' pugni, e facendo sproni de' calcagni, la cacciava in furia; e monatti dietro, urlando; e tutto si ravvolse in un nuvolo di polvere, che volava lontano.

Cosí, già sbalordito e stanco di veder miserie, il giovine arrivò alla porta di quel luogo dove ce n'erano adunate forse piú che non ce ne fosse di sparse in tutto lo spazio che gli era già toccato di percorrere. S'affaccia a quella porta, entra sotto la volta, e rimane un momento immobile a mezzo del portico.

Capitolo trentacinquesimo

S'immagini il lettore il recinto del lazzeretto, popolato di sedici mila appestati; quello spazio tutt'ingombro, dove di capanne e di baracche, dove di carri, dove di gente; quelle due interminate fughe di portici, a destra e a sinistra, piene, gremite di languenti o di cadaveri confusi, sopra sacconi, o sulla paglia; e su tutto quel quasi immenso covile, un brulichío, come un ondeggiamento; e qua e là, un andare e venire, un fermarsi, un correre, un chinarsi, un alzarsi, di convalescenti, di frenetici, di serventi. Tale fu lo spettacolo che riempí a un tratto la vista di Renzo, e lo tenne lí, sopraffatto e compreso. Questo spettacolo, noi non ci proponiam certo di descriverlo a parte a parte, né il lettore lo desidera; solo, seguendo il nostro giovine nel suo penoso giro, ci fermeremo alle sue fermate, e di ciò che gli toccò di vedere diremo quanto sia necessario a raccontar ciò che fece, e ciò che gli seguí.

Dalla porta dove s'era fermato, fino alla cappella del mezzo, e di là all'altra porta in faccia, c'era come un viale sgombro di capanne e d'ogni altro impedimento stabile; e alla seconda occhiata, Renzo vide in quello un tramenío di carri, un portar via roba, per far luogo; vide cappuccini e secolari che dirigevano quell'operazione, e insieme mandavan via chi non ci avesse che fare. E temendo d'essere anche lui messo fuori in quella maniera, si cacciò addirittura tra le capanne, dalla parte a cui si trovava casualmente voltato, alla diritta.

Andava avanti, secondo che vedeva posto da poter

mettere il piede, da capanna a capanna, facendo capolino in ognuna, e osservando i letti ch'eran fuori allo scoperto, esaminando volti abbattuti dal patimento, o contratti dallo spasimo, o immobili nella morte, se mai gli venisse fatto di trovar quello che pur temeva di trovare. Ma aveva già fatto un bel pezzetto di cammino, e ripetuto piú e piú volte quel doloroso esame, senza veder mai nessuna donna: onde s'immaginò che dovessero essere in un luogo separato. E indovinava; ma dove fosse, non n'aveva indizio, né poteva argomentarlo. Incontrava ogni tanto ministri, tanto diversi d'aspetto e di maniere e d'abito, quanto diverso e opposto era il principio che dava agli uni e agli altri una forza uguale di vivere in tali servizi: negli uni l'estinzione d'ogni senso di pietà, negli altri una pietà sovrumana. Ma né agli uni né agli altri si sentiva di far domande, per non procacciarsi alle volte un inciampo; e deliberò d'andare, andare, fin che arrivasse a trovar donne. E andando non lasciava di spiare intorno; ma di tempo in tempo era costretto a ritirare lo sguardo contristato, e come abbagliato da tante piaghe. Ma dove rivolgerlo, dove riposarlo, che sopra altre piaghe?

L'aria stessa e il cielo accrescevano, se qualche cosa poteva accrescerlo, l'orrore di quelle viste. La nebbia s'era a poco a poco addensata e accavallata in nuvoloni che, rabbuiandosi sempre piú, davano idea d'un annottar tempestoso; se non che, verso il mezzo di quel cielo cupo e abbassato, traspariva, come da un fitto velo, la spera del sole, pallida, che spargeva intorno a sé un barlume fioco e sfumato, e pioveva un calore morto e pesante. Ogni tanto, tra mezzo al ronzío continuo di quella confusa moltitudine, si sentiva un borbottar di tuoni, profondo, come tronco, irresoluto; né, tendendo l'orecchio, avreste saputo distinguere da che parte venisse; o avreste potuto crederlo un correr lontano di carri, che si fermassero improvvisamente. Non si vedeva, nelle campagne d'intorno, moversi un ramo d'albero, né un uccello andarvisi a posare, o staccarsene: solo la rondine, comparendo subitamente di sopra il tetto del recinto, sdrucciolava in giú con l'ali tese, come per rasentare il terreno del campo; ma sbigottita da quel bruchío, risaliva rapidamente, e fuggiva. Era uno di que' tempi, in cui, tra una compagnia di viandanti non c'è nessuno che rompa il silenzio; e il cacciatore cammina pensieroso, con lo sguardo a terra; e la villana, zappando nel campo, smette di cantare, senza avvedersene; di que' tempi forieri della burrasca, in cui la natura, come immota al di fuori, e agitata da un travaglio interno, par che opprima ogni vivente, e aggiunga non so quale gravezza a ogni operazione, all'ozio, all'esistenza stessa. Ma in quel luogo destinato per sé al patire e al morire, si vedeva l'uomo già alle prese col male soccombere alla nuova oppressione; si vedevan centinaia e centinaia peggiorar precipitosamente; e insieme, l'ultima lotta era piú affannosa, e nell'aumento de' dolori, i gemiti piú soffogati: né forse su quel luogo di miserie era ancor passata un'ora crudele al par di questa.

Già aveva il giovine girato un bel pezzo, e senza frutto, per quell'andirivieni di capanne, quando, nella varietà de' lamenti e nella confusione del mormorío, cominciò a distinguere un misto singolare di vagiti e di belati; fin che arrivò a un assito scheggiato e sconnesso, di dentro il quale veniva quel suono straordinario. Mise un occhio a un largo spiraglio, tra due asse, e vide un recinto con dentro capanne sparse, e, cosí in quelle, come nel piccol campo, non la solita infermeria, ma bambinelli a giacere sopra materassine, o guanciali, o lenzoli distesi, o topponi; e balie e altre donne in faccende; e, ciò che piú di tutto attraeva e fermava lo sguardo, capre mescolate con quelle, e fatte loro aiutanti: uno spedale d'innocenti, quale il luogo e il tempo potevan darlo. Era, dico, una cosa singolare a vedere alcune di quelle bestie, ritte e quiete sopra questo e quel bambino, dargli la poppa; e qualche altra accorrere a un vagito, come con senso materno, e fermarsi presso il piccolo allievo, e procurar d'accomodarcisi sopra, e belare, e dimenarsi, quasi chiamando chi venisse in aiuto a tutt'e due.

Qua e là eran sedute balie con bambini al petto; alcune in tal atto d'amore, da far nascer dubbio nel riguardante, se fossero state attirate in quel luogo dalla paga, o da quella carità spontanea che va in cerca de' bisogni e de' dolori. Una di esse, tutta accorata, staccava dal suo petto esausto un meschinello piangente, e andava tristamente cercando la bestia, che potesse far le sue veci. Un'altra guardava con occhio di compiacenza quello che le si era addormentato alla poppa, e baciatolo mollemente, andava in una capanna a posarlo sur una materassina. Ma una terza, abbandonando il suo petto al lattante straniero, con una cert'aria però non di trascuranza, ma di preoccupazione, guardava fisso il cielo: a che pensava essa, in quell'atto, con quello sguardo, se non a un nato dalle sue viscere, che, forse poco prima, aveva succhiato quel petto, che forse c'era spirato sopra? Altre donne piú attempate attendevano ad altri servizi. Una accorreva alle grida d'un bambino affamato, lo prendeva, e lo portava vicino a una capra che pascolava a un mucchio d'erba fresca, e glielo presentava alle poppe, gridando l'inesperto animale e accarezzandolo insieme, affinché si prestasse dolcemente all'ufizio. Questa correva a prendere un poverino, che una capra tutt'intenta a allattarne un altro, pestava con una zampa: quella portava in qua e in là il suo, ninnandolo, cercando, ora d'addormentarlo col canto, ora d'acquietarlo con dolci parole, chiamandolo con un nome ch'essa medesima gli aveva messo. Arrivò in quel punto un cappuccino con la barba bianchissima, portando due bambini strillanti, uno per braccio, raccolti allora vicino alle madri spirate; e una donna corse a riceverli, e andava guardando tra la brigata e nel gregge, per trovar subito chi tenesse lor luogo di madre.

Piú d'una volta il giovine, spinto da quello ch'era il primo, e il piú forte de' suoi pensieri, s'era staccato dallo spiraglio per andarsene; e poi ci aveva rimesso l'occhio, per guardare ancora un momento.

Levatosi di lí finalmente, andò costeggiando l'assito, fin che un mucchietto di capanne appoggiate a quello, lo costrinse a voltare. Andò allora lungo le capanne, con la mira di riguadagnar l'assito, d'andar fino alla fine di quello, e scoprir paese nuovo. Ora, mentre guardava innanzi, per studiar la strada, un'apparizione repentina, passeggiera, istantanea, gli ferí lo sguardo, e gli mise l'animo sottosopra. Vide, a un cento passi di distanza, passare e perdersi subito tra le baracche un cappuccino, un cappuccino che, anche cosí da lontano e cosí di fuga, aveva tutto l'andare, tutto il fare, tutta la forma del padre Cristoforo. Con la smania che potete pensare, corse verso quella parte; e lí, a girare, a cercare, innanzi, indietro, dentro e fuori, per quegli andirivieni, tanto che rivide, con altrettanta gioia, quella forma, quel frate medesimo; lo vide poco lontano, che, scostandosi da una caldaia, andava, con una scodella in mano, verso una capanna; poi lo vide sedersi sull'uscio di quella, fare un segno di croce sulla scodella che teneva dinanzi; e, guardando intorno, come uno che stia sempre all'erta, mettersi a mangiare. Era proprio il padre Cristoforo.

La storia del quale, dal punto che l'abbiam perduto di vista, fino a quest'incontro, sarà raccontata in due parole. Non s'era mai mosso da Rimini, né aveva pensato a moversene, se non quando la peste scoppiata in Milano gli offrí occasione di ciò che aveva sempre tanto desiderato, di dar la sua vita per il prossimo. Pregò, con grand'istanza, d'esserci richiamato, per assistere e servire gli appestati. Il conte zio era morto; e del resto c'era piú bisogno d'infermieri che di politici: sicché fu esaudito senza difficoltà. Venne subito a Milano; entrò nel lazzeretto; e c'era da circa tre mesi.

Ma la consolazione di Renzo nel ritrovare il suo buon frate, non fu intera neppure un momento: nell'atto stesso d'accertarsi ch'era lui, dovette vedere quant'era mutato. Il portamento curvo e stentato; il viso scarno e smorto; e in tutto si vedeva una natura esausta, una carne rotta e cadente, che s'aiutava e si sorreggeva, ogni momento, con uno sforzo dell'animo.

Andava anche lui fissando lo sguardo nel giovine che

veniva verso di lui, e che, col gesto, non osando con la voce, cercava di farsi distinguere e riconoscere. – Oh padre Cristoforo! – disse poi, quando gli fu vicino da poter esser sentito senza alzar la voce.

– Tu qui! – disse il frate, posando in terra la scodella, e alzandosi da sedere.

– Come sta, padre? come sta?

– Meglio di tanti poverini che tu vedi qui, – rispose il frate: e la sua voce era fioca, cupa, mutata come tutto il resto. L'occhio soltanto era quello di prima, e un non so che piú vivo e piú splendido; quasi la carità, sublimata nell'estremo dell'opera, ed esultante di sentirsi vicina al suo principio, ci rimettesse un fuoco piú ardente e piú puro di quello che l'infermità ci andava a poco a poco spegnendo.

– Ma tu, – proseguiva, – come sei qui? perché vieni cosí ad affrontar la peste?

– L'ho avuta, grazie al cielo. Vengo... a cercar di... Lucia.

– Lucia! è qui Lucia?

– È qui: almeno spero in Dio che ci sia ancora.

– È tua moglie?

– Oh caro padre! no che non è mia moglie. Non sa nulla di tutto quello che è accaduto?

– No, figliuolo: da che Dio m'ha allontanato da voi altri, io non n'ho saputo piú nulla; ma ora ch'Egli mi ti manda, dico la verità che desidero molto di saperne. Ma... e il bando?

– Le sa dunque, le cose che m'hanno fatto?

– Ma tu, che avevi fatto?

– Senta, se volessi dire d'aver avuto giudizio, quel giorno in Milano, direi una bugia; ma cattive azioni non n'ho fatte punto.

– Te lo credo, e lo credevo anche prima.

– Ora dunque le potrò dir tutto.

– Aspetta, – disse il frate; e andato alcuni passi fuor della capanna, chiamò: – padre Vittore! – Dopo qualche momento, comparve un giovine cappuccino, al quale disse: – fatemi la carità, padre Vittore, di guardare anche per me, a questi nostri poverini, intanto ch'io me ne sto ritirato; e se alcuno però mi volesse, chiamatemi. Quel tale principalmente! se mai desse il piú piccolo segno di tornare in sé, avvisatemi subito, per carità.

– Non dubitate, – rispose il giovine; e il vecchio, tornato verso Renzo, – entriamo qui, – gli disse. – Ma... – soggiunse subito, fermandosi, – tu mi pari ben rifinito: devi aver bisogno di mangiare.

– È vero, – disse Renzo: – ora che lei mi ci fa pensare, mi ricordo che sono ancora digiuno.

– Aspetta, – disse il frate; e, presa un'altra scodella, l'andò a empire alla caldaia: tornato, la diede, con un cucchiaio, a Renzo; lo fece sedere sur un saccone che gli serviva di letto; poi andò a una botte ch'era in un canto, e ne spillò un bicchier di vino, che mise sur un tavolino, davanti al suo convitato; riprese quindi la sua scodella, e si mise a sedere accanto a lui.

– Oh padre Cristoforo! – disse Renzo: – tocca a lei a far codeste cose? Ma già lei è sempre quel medesimo. La ringrazio proprio di cuore.

– Non ringraziar me, – disse il frate: – è roba de' poveri; ma anche tu sei un povero, in questo momento. Ora dimmi quello che non so, dimmi di quella nostra poverina; e cerca di spicciarti; ché c'è poco tempo, e molto da fare, come tu vedi.

Renzo principiò, tra una cucchiaiata e l'altra, la storia di Lucia: com'era stata ricoverata nel monastero di Monza, come rapita... All'immagine di tali patimenti e di tali pericoli, al pensiero d'essere stato lui quello che aveva indirizzata in quel luogo la povera innocente, il buon frate rimase senza fiato; ma lo riprese subito, sentendo com'era stata mirabilmente liberata, resa alla madre, e allogata da questa presso a donna Prassede.

– Ora le racconterò di me, – proseguí Renzo; e raccontò in succinto la giornata di Milano, la fuga; e come era sempre stato lontano da casa, e ora, essendo ogni cosa sottosopra, s'era arrischiato d'andarci; come non ci aveva trovato Agnese; come in Milano aveva saputo che Lucia era al lazzeretto. – E son qui, – concluse, – son qui a cercarla, a veder se è viva, e se... mi vuole ancora... perché... alle volte...

– Ma, – domandò il frate, – hai qualche indizio dove sia stata messa, quando ci sia venuta?

– Niente, caro padre; niente se non che è qui, se pur la c'è, che Dio voglia!

– Oh poverino! ma che ricerche hai tu finora fatte qui?

– Ho girato e rigirato; ma, tra l'altre cose, non ho mai visto quasi altro che uomini. Ho ben pensato che le donne devono essere in un luogo a parte, ma non ci sono mai potuto arrivare: se è cosí, ora lei me l'insegnerà.

– Non sai, figliuolo, che è proibito d'entrarci agli uomini che non abbiano qualche incombenza?

– Ebbene, cosa mi può accadere?

– La regola è giusta e santa, figliuolo caro; e se la quantità e la gravezza de' guai non lascia che si possa farla osservar con tutto il rigore, è una ragione questa perché un galantuomo la trasgredisca?

– Ma, padre Cristoforo! – disse Renzo: – Lucia doveva esser mia moglie; lei sa come siamo stati separati; son venti mesi che patisco, e ho pazienza; son venuto fin qui, a rischio di tante cose, l'una peggio dell'altra, e ora...

– Non so cosa dire, – riprese il frate, rispondendo piuttosto a' suoi pensieri che alle parole del giovine: – tu vai con buona intenzione; e piacesse a Dio che tutti quelli che hanno libero l'accesso in quel luogo, ci si comportassero come posso fidarmi che farai tu. Dio, il quale certamente benedice questa tua perseveranza d'affetto, questa tua fedeltà in volere e in cercare colei ch'Egli t'aveva data; Dio, che è piú rigoroso degli uomini, ma piú indulgente, non vorrà guardare a quel che ci possa essere d'irregolare in codesto tuo modo di cercarla. Ricordati solo, che, della tua condotta in quel luogo, avremo a render conto tutt'e due; agli uomini facilmente no, ma a Dio senza dubbio. Vien qui –. In cosí dire, s'alzò, e nel medesimo tempo anche Renzo;

il quale, non lasciando di dar retta alle sue parole, s'era intanto consigliato tra sé di non parlare, come s'era proposto prima, di quella tal promessa di Lucia. «Se sente anche questo, – aveva pensato, – mi fa dell'altre difficoltà sicuro. O la trovo; e saremo sempre a tempo a discorrerne; o... e allora! che serve?»

Tiratolo sull'uscio della capanna, ch'era a settentrione, il frate riprese: – Senti; il nostro padre Felice, che è il presidente qui del lazzeretto, conduce oggi a far la quarantina altrove i pochi guariti che ci sono. Tu vedi quella chiesa lí nel mezzo.... – e, alzando la mano scarna e tremolante, indicava a sinistra nell'aria torbida la cupola della cappella, che torreggiava sopra le miserabili tende; e proseguí: – là intorno si vanno ora radunando, per uscire in processione dalla porta per la quale tu devi essere entrato.

– Ah! era per questo dunque, che lavoravano a sbrattare la strada.

– Per l'appunto: e tu devi anche aver sentito qualche tocco di quella campana.

– N'ho sentito uno.

– Era il secondo: al terzo saran tutti radunati: il padre Felice farà loro un piccolo discorso; e poi s'avvierà con loro. Tu, a quel tocco, portati là; cerca di metterti dietro quella gente, da una parte della strada, dove, senza disturbare, né dar nell'occhio, tu possa vederli passare; e vedi... vedi... se la ci fosse. Se Dio non ha voluto che la ci sia; quella parte, – e alzò di nuovo la mano, accennando il lato dell'edifizio che avevan dirimpetto: – quella parte della fabbrica, e una parte del terreno che è lí davanti, è assegnata alle donne. Vedrai uno stecconato che divide questo da quel quartiere, ma in certi luoghi interrotto, in altri aperto, sicché non troverai difficoltà per entrare. Dentro poi, non facendo tu nulla che dia ombra a nessuno, nessuno probabilmente non dirà nulla a te. Se però ti si facesse qualche ostacolo, dí che il padre Cristoforo da *** ti conosce, e renderà conto di te. Cercala lí; cercala con fiducia e... con rassegnazione. Perché, ricordati che non è poco ciò che tu sei venuto a cercar qui: tu chiedi una persona viva al lazzeretto! Sai tu quante volte io ho veduto rinnovarsi questo mio povero popolo! quanti ne ho veduti portar via! quanti pochi uscire!... Va' preparato a fare un sacrifizio...

– Già; intendo anch'io, – interruppe Renzo stravolgendo gli occhi, e cambiandosi tutto in viso; – intendo! Vo: guarderò, cercherò, in un luogo, nell'altro, e poi ancora, per tutto il lazzeretto, in lungo e in largo... e se non la trovo!...

– Se non la trovi? – disse il frate, con un'aria di serietà e d'aspettativa, e con uno sguardo che ammoniva.

Ma Renzo, a cui la rabbia riaccesa dall'idea di quel dubbio aveva fatto perdere il lume degli occhi, ripeté e seguitò: – se non la trovo, vedrò di trovare qualchedun altro. O in Milano, o nel suo scellerato palazzo, o in capo al mondo, o a casa del diavolo, lo troverò quel furfante che ci ha separati; quel birbone che, se non fosse stato lui, Lucia sarebbe mia, da venti mesi; e se eravamo destinati a morire, almeno saremmo morti insieme. Se c'è ancora colui, lo troverò....

– Renzo! – disse il frate, afferrandolo per un braccio, e guardandolo ancor piú severamente.

– E se lo trovo, – continuò Renzo, cieco affatto dalla collera, – se la peste non ha già fatto giustizia..... Non è piú il tempo che un poltrone, co' suoi bravi d'intorno, possa metter la gente alla disperazione, e ridersene: è venuto un tempo che gli uomini s'incontrino a viso a viso: e.... la farò io la giustizia!

– Sciagurato! – gridò il padre Cristoforo, con una voce che aveva ripresa tutta l'antica pienezza e sonorità: – sciagurato! – e la sua testa cadente sul petto s'era sollevata; le gote si colorivano dell'antica vita; e il fuoco degli occhi aveva un non so che di terribile. – Guarda, sciagurato! – E mentre con una mano stringeva e scoteva forte il braccio di Renzo, girava l'altra davanti a sé, accennando quanto piú poteva della dolorosa scena all'intorno. – Guarda chi è Colui che gastiga! Colui che giudica, e non è giudicato! Colui che flagella e che perdona! Ma tu, verme della terra, tu vuoi far giustizia! Tu lo sai, tu, quale sia la giustizia! Va', sciagurato, vattene! Io, speravo.... sí, ho sperato che, prima della mia morte, Dio m'avrebbe data questa consolazione di sentir che la mia povera Lucia fosse viva; forse di vederla, e di sentirmi prometter da lei che rivolgerebbe una preghiera là verso quella fossa dov'io sarò. Va', tu m'hai levata la mia speranza. Dio non l'ha lasciata in terra per te; e tu, certo, non hai l'ardire di crederti degno che Dio pensi a consolarti. Avrà pensato a lei, perché lei è una di quell'anime a cui son riservate le consolazioni eterne, Va'! non ho piú tempo di darti retta.

E cosí dicendo, rigettò da sé il braccio di Renzo, e si mosse verso una capanna d'infermi.

– Ah padre! – disse Renzo, andandogli dietro in atto supplichevole: – mi vuol mandar via in questa maniera?

– Come! – riprese, con voce non meno severa, il cappuccino. – Ardiresti tu di pretendere ch'io rubassi il tempo a questi afflitti, i quali aspettano ch'io parli loro del perdono di Dio, per ascoltar le tue voci di rabbia, i tuoi proponimenti di vendetta? T'ho ascoltato quando chiedevi consolazione e aiuto; ho lasciata la carità per la carità; ma ora tu hai la tua vendetta in cuore: che vuoi da me? vattene. Ne ho visti morire qui degli offesi che perdonavano; degli offensori che gemevano di non potersi umiliare davanti all'offeso: ho pianto con gli uni e con gli altri; ma con te che ho da fare?

– Ah gli perdono! gli perdono davvero, gli perdono per sempre! – esclamò il giovine.

– Renzo! – disse, con una serietà piú tranquilla, il frate: – pensaci; e dimmi un poco quante volte gli hai perdonato.

E, stato alquanto senza ricever risposta, tutt'a un tratto abbassò il capo, e, con voce cupa e lenta, riprese: – tu sai perché io porto quest'abito.

Renzo esitava.

– Tu lo sai! – riprese il vecchio.

– Lo so, – rispose Renzo.

– Ho odiato anch'io: io, che t'ho ripreso per un pensiero, per una parola, l'uomo ch'io odiavo cordialmente, che odiavo da gran tempo, io l'ho ucciso.

– Sí, ma un prepotente, uno di quelli....

– Zitto! – interruppe il frate: – credi tu che, se ci fosse una buona ragione, io non l'avrei trovata in trent'anni? Ah! s'io potessi ora metterti in cuore il sentimento che dopo ho avuto sempre, e che ho ancora, per l'uomo ch'io odiavo! S'io potessi! io? ma Dio lo può: Egli lo faccia!... Senti, Renzo: Egli ti vuol piú bene di quel che te ne vuoi tu: tu hai potuto macchinar la vendetta; ma Egli ha abbastanza forza e abbastanza misericordia per impedirtela; ti fa una grazia di cui qualchedun altro era troppo indegno. Tu sai, tu l'hai detto tante volte, ch'Egli può fermar la mano d'un prepotente; ma sappi che può anche fermar quella d'un vendicativo. E perché sei povero, perché sei offeso, credi tu ch'Egli non possa difendere contro di te un uomo che ha creato a sua immagine? Credi tu ch'Egli ti lascerebbe fare tutto quello che vuoi? No! ma sai tu cosa puoi fare? Puoi odiare, e perderti; puoi, con un tuo sentimento, allontanar da te ogni benedizione. Perché, in qualunque maniera t'andassero le cose, qualunque fortuna tu avessi, tien per certo che tutto sarà gastigo, finché tu non abbia perdonato in maniera da non poter mai piú dire: io gli perdono.

– Sí, sí, – disse Renzo, tutto commosso, e tutto confuso: – capisco che non gli avevo mai perdonato davvero; capisco che ho parlato da bestia, e non da cristiano: e ora, con la grazia del Signore, sí, gli perdono proprio di cuore.

– E se tu lo vedessi?

– Pregherei il Signore di dar pazienza a me, e di toccare il cuore a lui.

– Ti ricorderesti che il Signore non ci ha detto di perdonare a' nostri nemici, ci ha detto d'amarli? Ti ricorderesti ch'Egli lo ha amato a segno di morir per lui?

– Sí, col suo aiuto.

– Ebbene, vieni con me. Hai detto: lo troverò; lo troverai. Vieni, e vedrai con chi tu potevi tener odio, a chi potevi desiderar del male, volergliene fare, sopra che vita tu volevi far da padrone.

E, presa la mano di Renzo, e strettala come avrebbe potuto fare un giovine sano, si mosse. Quello, senza osar di domandar altro, gli andò dietro.

Dopo pochi passi, il frate si fermò vicino all'apertura d'una capanna, fissò gli occhi in viso a Renzo, con un misto di gravità e di tenerezza; e lo condusse dentro.

La prima cosa che si vedeva, nell'entrare, era un infermo seduto sulla paglia nel fondo; un infermo però non aggravato, e che anzi poteva parer vicino alla convalescenza; il quale, visto il padre, tentennò la testa, come accennando di no: il padre abbassò la sua, con un atto di tristezza e di rassegnazione. Renzo intanto, girando, con una curiosità inquieta, lo sguardo sugli altri oggetti, vide tre o quattro infermi, ne distinse uno da una parte sur una materassa, involtato in un lenzolo, con una cappa signorile indosso, a guisa di coperta: lo fissò, riconobbe don Rodrigo, e fece un passo indietro; ma il frate, facendogli di nuovo sentir fortemente la mano con cui lo teneva, lo tirò appiè del covile, e, stesavi sopra l'altra mano, accennava col dito l'uomo che vi giaceva.

Stava l'infelice, immoto; spalancati gli occhi, ma senza sguardo; pallido il viso e sparso di macchie nere; nere ed enfiate le labbra: l'avreste detto il viso d'un cadavere, se una contrazione violenta non avesse reso testimonio d'una vita tenace. Il petto si sollevava di quando in quando, con un respiro affannoso; la destra, fuor della cappa, lo premeva vicino al cuore, con uno stringere adunco delle dita, livide tutte, e sulla punta nere.

– Tu vedi! – disse il frate, con voce bassa e grave. – Può esser gastigo, può esser misericordia. Il sentimento che tu proverai ora per quest'uomo che t'ha offeso, sí; lo stesso sentimento, il Dio, che tu pure hai offeso, avrà per te in quel giorno. Benedicilo, e sei benedetto. Da quattro giorni è qui come tu lo vedi, senza dar segno di sentimento. Forse il Signore è pronto a concedergli un'ora di ravvedimento; ma voleva esserne pregato da te: forse vuole che tu ne lo preghi con quella innocente; forse serba la grazia alla tua sola preghiera, alla preghiera d'un cuore afflitto e rassegnato. Forse la salvezza di quest'uomo e la tua dipende ora da te, da un tuo sentimento di perdono, di compassione... d'amore!

Tacque; e, giunte le mani, chinò il viso sopra di esse, e pregò: Renzo fece lo stesso.

Erano da pochi momenti in quella positura, quando scoccò la campana. Si mossero tutt'e due, come di concerto; e uscirono. Né l'uno fece domande, né l'altro proteste: i loro visi parlavano.

– Va' ora, – riprese il frate, – va' preparato, sia a ricevere una grazia, sia a fare un sacrifizio; a lodar Dio, qualunque sia l'esito delle tue ricerche. E qualunque sia, vieni a darmene notizia; noi lo loderemo insieme.

Qui, senza dir altro, si separarono; uno tornò dond'era venuto; l'altro s'avviò alla cappella, che non era lontana piú d'un cento passi.

Capitolo trentaseiesimo

Chi avrebbe mai detto a Renzo, qualche ora prima, che, nel forte d'una tal ricerca, al cominciar de' momenti piú dubbiosi e piú decisivi, il suo cuore sarebbe stato diviso tra Lucia e don Rodrigo? Eppure era cosí: quella figura veniva a mischiarsi con tutte l'immagini care o terribili che la speranza o il timore gli mettevan davanti a vicenda, in quel tragitto; le parole sentite appiè di quel covile, si cacciavano tra i sí e i no, ond'era combattuta la sua mente; e non poteva terminare una preghiera per l'esito felice del gran cimento, senza attaccarci quella che aveva principiata là, e che lo scocco della campana aveva troncata.

La cappella ottangolare che sorge, elevata d'alcuni scalini, nel mezzo del lazzeretto, era, nella sua costruzione primitiva, aperta da tutti i lati, senz'altro sostegno che di pilastri e di colonne, una fabbrica, per dir cosí, traforata: in ogni facciata un arco tra due intercolunni; dentro girava un portico intorno a quella che si direbbe piú propriamente chiesa, non composta che d'otto archi, rispondenti a quelli delle facciate, con sopra una cupola; di maniera che l'altare eretto nel centro, poteva esser veduto da ogni finestra delle stanze del recinto, e quasi da ogni punto del campo. Ora, convertito l'edifizio a tutt'altr'uso, i vani delle facciate son murati; ma l'antica ossatura, rimasta intatta, indica chiaramente l'antico stato, e l'antica destinazione di quello.

Renzo s'era appena avviato, che vide il padre Felice comparire nel portico della cappella, e affacciarsi sull'arco di mezzo del lato che guarda verso la città; davanti al quale era radunata la comitiva al piano, nella strada di mezzo; e subito dal suo contegno s'accorse che aveva cominciata la predica.

Girò per quelle viottole, per arrivare alla coda dell'uditorio, come gli era stato suggerito. Arrivatoci, si fermò cheto cheto, lo scorse tutto con lo sguardo; ma non vedeva di là altro che un folto, direi quasi un selciato di teste. Nel mezzo, ce n'era un certo numero coperte di fazzoletti, o di veli: in quella parte ficcò piú attentamente gli occhi; ma, non arrivando a scoprirci dentro nulla di piú, gli alzò anche lui dove tutti tenevan fissi i loro. Rimase tocco e compunto dalla venerabil figura del predicatore; e, con quel che gli poteva restar d'attenzione in un tal momento d'aspettativa, sentí questa parte del solenne ragionamento.

– Diamo un pensiero ai mille e mille che sono usciti di là –; e, col dito alzato sopra la spalla, accennava dietro sé la porta che mette al cimitero detto di san Gregorio, il quale allora era tutto, si può dire, una gran fossa: – diamo intorno un'occhiata ai mille e mille che rimangon qui, troppo incerti di dove sian per uscire; diamo un'occhiata a noi, cosí pochi, che n'usciamo a salvamento. Benedetto il Signore! Benedetto nella giustizia, benedetto nella misericordia! benedetto nella morte, benedetto nella salute! benedetto in questa scelta che ha voluto far di noi! Oh! perché l'ha voluto, figliuoli, se non per serbarsi un piccol popolo corretto dall'afflizione, e infervorato dalla gratitudine? se non a fine che, sentendo ora piú vivamente, che la vita è un suo dono, ne facciamo quella stima che merita una cosa data da Lui, l'impieghiamo nell'opere che si possono offrire a Lui? se non a fine che la memoria de' nostri patimenti ci renda compassionevoli e soccorrevoli ai nostri prossimi? Questi intanto, in compagnia de' quali abbiamo penato, sperato, temuto; tra i quali lasciamo degli amici, de' congiunti; e che tutti son poi finalmente nostri fratelli; quelli tra questi, che ci vedranno passare in mezzo a loro, mentre forse riceveranno qualche sollievo nel pensare che qualcheduno esce pur salvo di qui, ricevano edificazione dal nostro contegno. Dio non voglia che possano vedere in noi una gioia rumorosa, una gioia mondana d'avere scansata quella morte, con la quale essi stanno ancor dibattendosi. Vedano che partiamo ringraziando per noi, e pregando per loro; e possan dire: anche fuor di qui, questi si ricorderanno di noi, continueranno a pregare per noi meschini. Cominciamo da questo viaggio, da' primi passi che siam per fare, una vita tutta di carità. Quelli che sono tornati nell'antico vigore, diano un braccio fraterno ai fiacchi; giovani, sostenete i vecchi; voi che siete rimasti senza figliuoli, vedete, intorno a voi, quanti figliuoli rimasti senza padre! siatelo per loro! E questa carità, ricoprendo i vostri peccati, raddolcirà anche i vostri dolori.

Qui un sordo mormorío di gemiti, un singhiozzío che andava crescendo nell'adunanza, fu sospeso a un tratto, nel vedere il predicatore mettersi una corda al collo, e buttarsi in ginocchio: e si stava in gran silenzio, aspettando quel che fosse per dire.

– Per me, – disse, – e per tutti i miei compagni, che, senza alcun nostro merito, siamo stati scelti all'alto privilegio di servir Cristo in voi; io vi chiedo umilmente perdono se non abbiamo degnamente adempito un sí gran ministero. Se la pigrizia, se l'indocilità della carne ci ha resi meno attenti alle vostre necessità, men pronti alle vostre chiamate; se un'ingiusta impazienza, se un colpevol tedio ci ha fatti qualche volta comparirvi davanti con un volto annoiato e severo; se qualche volta il miserabile pensiero che voi aveste bisogno di noi, ci ha portati a non trattarvi con tutta quell'umiltà che si conveniva, se la nostra fragilità ci ha fatti trascorrere a qualche azione che vi sia stata di scandolo; perdonateci! Cosí Dio rimetta a voi ogni vostro debito, e vi benedica –. E, fatto sull'udienza un gran segno di croce, s'alzò.

Noi abbiam potuto riferire, se non le precise parole, il senso almeno, il tema di quelle che proferí davvero; ma la maniera con cui furon dette non è cosa da potersi descrivere. Era la maniera d'un uomo che chiamava privilegio quello di servir gli appestati, perché lo teneva per tale; che confessava di non averci degnamente corrisposto, perché sentiva di non averci corrisposto degnamente; che chiedeva perdono, perché era persuaso d'averne bisogno. Ma la gente che s'era veduti d'intorno que' cappuccini non occupati d'altro che di servirla, e tanti n'aveva veduti morire, e quello che parlava per tutti, sempre il primo alla fatica, come nell'autorità, se non quando s'era trovato anche lui in fin di morte; pensate con che singhiozzi, con che lacrime rispose a tali parole. Il mirabil frate prese poi una gran croce ch'era appoggiata a un pilastro, se la inalberò davanti, lasciò sull'orlo del portico esteriore i sandali, scese gli scalini, e, tra la folla che gli fece rispettosamente largo, s'avviò per mettersi alla testa di essa.

Renzo, tutto lacrimoso, né piú né meno che se fosse stato uno di quelli a cui era chiesto quel singolare perdono, si ritirò anche lui, e andò a mettersi di fianco a una capanna; e stette lí aspettando, mezzo nascosto, con la persona indietro e la testa avanti, con gli occhi spalancati, con una gran palpitazion di cuore, ma insieme con una certa nuova e particolare fiducia, nata, cred'io, dalla tenerezza che gli aveva ispirata la predica, e lo spettacolo della tenerezza generale.

Ed ecco arrivare il padre Felice, scalzo, con quella corda al collo, con quella lunga e pesante croce alzata; pallido e scarno il viso, un viso che spirava compunzione insieme e coraggio; a passo lento, ma risoluto, come di chi pensa soltanto a risparmiare l'altrui debolezza; e in tutto come un uomo a cui un di piú di fatiche e di disagi desse la forza di sostenere i tanti necessari e inseparabili da quel suo incarico. Subito dopo lui, venivano i fanciulli piú grandini, scalzi una gran parte, ben pochi interamente vestiti, chi affatto in camicia. Venivan poi le donne, tenendo quasi tutte per la mano una bambina, e cantando alternativamente il *Miserere*; e il suono fiacco di quelle voci, il pallore e la languidezza di que' visi eran cose da occupar tutto di compassione l'animo di chiunque si fosse trovato lí come semplice spettatore. Ma Renzo guardava, esaminava, di fila in fila, di viso in viso, senza passarne uno; ché la processione andava tanto adagio, da dargliene tutto il comodo. Passa e passa; guarda e guarda; sempre inutilmente: dava qualche occhiata di corsa alle file che rimanevano ancora indietro: sono ormai poche; siamo all'ultima; son passate tutte; furon tutti visi sconosciuti. Con le braccia ciondoloni, e con la testa piegata sur una spalla, accompagnò con l'occhio quella schiera, mentre gli passava davanti quella degli uomini. Una nuova attenzione, una nuova speranza gli nacque nel veder, dopo questi, comparire alcuni carri, su cui erano i convalescenti che non erano ancora in istato di camminare. Lí le donne venivan l'ultime; e il treno andava cosí adagio che Renzo poté ugualmente esaminarle tutte, senza che gliene sfuggisse una. Ma che? esamina il primo carro, il secondo, il terzo, e via discorrendo, sempre con la stessa riuscita, fino a uno, dietro al quale non veniva piú che un altro cappuccino, con un aspetto serio, e con un bastone in mano, come regolatore della comitiva. Era quel padre Michele che abbiam detto essere stato dato per compagno nel governo al padre Felice.

Cosí svaní affatto quella cara speranza; e, andandosene, non solo portò via il conforto che aveva recato, ma, come accade le piú volte, lasciò l'uomo in peggiore stato di prima. Ormai quel che ci poteva esser di meglio, era di trovar Lucia ammalata. Pure, all'ardore d'una speranza presente sottentrando quello del timore cresciuto, il poverino s'attaccò con tutte le forze dell'animo a quel tristo e debole filo; entrò nella corsia, e s'incamminò da quella parte di dove era venuta la processione. Quando fu appiè della cappella, andò a inginocchiarsi sull'ultimo scalino; e lí fece a Dio una preghiera, o, per dir meglio, una confusione di parole arruffate, di frasi interrotte, d'esclamazioni, d'istanze, di lamenti, di promesse: uno di que' discorsi che non si fanno agli uomini, perché non hanno abbastanza penetrazione per intenderli, né pazienza per ascoltarli;

non son grandi abbastanza per sentirne compassione senza disprezzo.

S'alzò alquanto piú rincorato; girò intorno alla cappella; si trovò nell'altra corsia che non aveva ancora veduta, e che riusciva all'altra porta; dopo pochi passi, vide lo stecconato di cui gli aveva parlato il frate, ma interrotto qua e là, appunto come questo aveva detto; entrò per una di quelle aperture, e si trovò nel quartiere delle donne. Quasi al primo passo che fece, vide in terra un campanello, di quelli che i monatti portavano a un piede; gli venne in mente che un tale strumento avrebbe potuto servirgli come di passaporto là dentro; lo prese, guardò se nessuno lo guardava, e se lo legò come usavan quelli. E si mise subito alla ricerca, a quella ricerca, che, per la quantità sola degli oggetti sarebbe stata fieramente gravosa, quand'anche gli oggetti fossero stati tutt'altri; cominciò a scorrer con l'occhio, anzi a contemplar nuove miserie, cosí simili in parte alle già vedute, in parte cosí diverse: ché, sotto la stessa calamità, era qui un altro patire, per dir cosí, un altro languire, un altro lamentarsi, un altro sopportare, un altro compatirsi e soccorrersi a vicenda; era, in chi guardasse, un'altra pietà e un altro ribrezzo.

Aveva già fatto non so quanta strada, senza frutto e senza accidenti; quando si sentí dietro le spalle un – oh! – una chiamata, che pareva diretta a lui. Si voltò e vide, a una certa distanza, un commissario, che alzò una mano, accennando proprio a lui, e gridando: – là nelle stanze, ché c'è bisogno d'aiuto: qui s'è finito ora di sbrattare.

Renzo s'avvide subito per chi veniva preso, e che il campanello era la cagione dell'equivoco; si diede della bestia d'aver pensato solamente agl'impicci che quell'insegna gli poteva scansare, e non a quelli che gli poteva tirare addosso; ma pensò nello stesso tempo alla maniera di sbrigarsi subito da colui. Gli fece replicatamente e in fretta un cenno col capo, come per dire che aveva inteso, e che ubbidiva; e si levò dalla sua vista, cacciandosi da una parte tra le capanne.

Quando gli parve d'essere abbastanza lontano, pensò anche a liberarsi dalla causa dello scandolo; e, per far quell'operazione senz'essere osservato, andò a mettersi in un piccolo spazio tra due capanne che si voltavan, per dir cosí, la schiena. Si china per levarsi il campanello, e stando cosí col capo appoggiato alla parete di paglia d'una delle capanne, gli vien da quella all'orecchio una voce... Oh cielo! è possibile? Tutta la sua anima è in quell'orecchio: la respirazione è sospesa... Sí! sí! è quella voce!... – Paura di che? – diceva quella voce soave: – abbiam passato ben altro che un temporale. Chi ci ha custodite finora, ci custodirà anche adesso.

Se Renzo non cacciò un urlo, non fu per timore di farsi scorgere, fu perché non n'ebbe il fiato. Gli mancaron le ginocchia, gli s'appannò la vista; ma fu un primo momento; al secondo, era ritto, piú desto, piú vigoroso di prima; in tre salti girò la capanna, fu sull'uscio, vide colei che aveva parlato, la vide levata, chinata sopra un lettuccio. Si volta essa al rumore; guarda, crede di travedere, di sognare; guarda piú attenta, e grida: – oh Signor benedetto!

– Lucia! v'ho trovata! vi trovo! siete proprio voi! siete viva! – esclamò Renzo, avanzandosi, tutto tremante.

– Oh Signor benedetto! – replicò, ancor piú tremante, Lucia: – voi? che cosa è questa! in che maniera? perché? La peste!

– L'ho avuta. E voi...?

– Ah!.... anch'io. E di mia madre...?

– Non l'ho vista, perché è a Pasturo; credo però che stia bene. Ma voi.... come siete ancora pallida! come parete debole! Guarita però, siete guarita?

– Il Signore m'ha voluto lasciare ancora quaggiú. Ah Renzo! perché siete voi qui?

– Perché? – disse Renzo avvicinandosele sempre piú: – mi domandate perché? Perché ci dovevo venire? Avete bisogno che ve lo dica? Chi ho io a cui pensi? Non mi chiamo piú Renzo, io? Non siete piú Lucia, voi?

– Ah cosa dite! cosa dite! Ma non v'ha fatto scrivere mia madre...?

– Sí: pur troppo m'ha fatto scrivere. Belle cose da fare scrivere a un povero disgraziato, tribolato, ramingo, a un giovine che, dispetti almeno, non ve n'aveva mai fatti!

– Ma Renzo! Renzo! giacché sapevate... perché venire? perché?

– Perché venire! Oh Lucia! perché venire, mi dite? Dopo tante promesse! Non siam piú noi? Non vi ricordate piú? Che cosa ci mancava?

– Oh Signore! – esclamò dolorosamente Lucia, giungendo le mani, e alzando gli occhi al cielo: – perché non m'avete fatta la grazia di tirarmi a Voi...! Oh Renzo! cos'avete mai fatto? Ecco; cominciavo a sperare che... col tempo... mi sarei dimenticata...

– Bella speranza! belle cose da dirmele proprio sul viso!

– Ah, cos'avete fatto! E in questo luogo! tra queste miserie! tra questi spettacoli! qui dove non si fa altro che morire, avete potuto...!

– Quelli che moiono, bisogna pregare Iddio per loro, e sperare che anderanno in un buon luogo; ma non è giusto, né anche per questo, che quelli che vivono abbiano a viver disperati....

– Ma, Renzo! Renzo! voi non pensate a quel che dite. Una promessa alla Madonna!... Un voto!

– E io vi dico che son promesse che non contan nulla.

– Oh Signore! Cosa dite? Dove siete stato in questo tempo? Con chi avete trattato? Come parlate?

– Parlo da buon cristiano; e della Madonna penso meglio io che voi; perché credo che non vuol promesse in danno del prossimo. Se la Madonna avesse parlato, oh, allora! Ma cos'è stato? una vostra idea. Sapete cosa dovete promettere alla Madonna? Promettetele che la prima figlia che avremo, le metteremo nome Maria: ché questo son qui anch'io a prometterlo: queste son cose che fanno ben piú onore alla Madonna: queste son divozioni che hanno piú costrutto, e non portan danno a nessuno.

– No no; non dite cosí: non sapete quello che vi dite: non lo sapete voi cosa sia fare un voto: non ci siete stato voi in quel caso: non avete provato. Andate, andate, per amor del cielo!

E si scostò impetuosamente da lui, tornando verso il lettuccio.

– Lucia! – disse Renzo, senza moversi: – ditemi almeno, ditemi: se non fosse questa ragione.... sareste la stessa per me?

– Uomo senza cuore! – rispose Lucia, voltandosi, e rattenendo a stento le lacrime: – quando m'aveste fatte dir delle parole inutili, delle parole che mi farebbero male, delle parole che sarebbero forse peccati, sareste contento? Andate, oh andate! dimenticatevi di me: si vede che non eravamo destinati! Ci rivedremo lassú: già non ci si deve star molto in questo mondo. Andate; cercate di far sapere a mia madre che son guarita, che anche qui Dio m'ha sempre assistita, che ho trovato un'anima buona, questa brava donna, che mi fa da madre; ditele che spero che lei sarà preservata da questo male, e che ci rivedremo quando Dio vorrà, e come vorrà.... Andate, per amor del cielo, e non pensate a me.... se non quando pregherete il Signore.

E, come chi non ha piú altro da dire, né vuol sentir altro, come chi vuol sottrarsi a un pericolo, si ritirò ancor piú vicino al lettuccio, dov'era la donna di cui aveva parlato.

– Sentite, Lucia, sentite! – disse Renzo, senza però accostarsele di piú.

– No, no; andate per carità!

– Sentite: il padre Cristoforo....

– Che?

– È qui.

– Qui? dove? Come lo sapete?

– Gli ho parlato poco fa; sono stato un pezzo con lui: e un religioso della sua qualità, mi pare....

– È qui! per assistere i poveri appestati, sicuro. Ma lui? l'ha avuta la peste?

– Ah Lucia! ho paura, ho paura purtroppo... – e mentre Renzo esitava cosí a proferir la parola dolorosa per lui, e che doveva esserlo tanto a Lucia, questa s'era staccata di nuovo dal lettuccio, e si ravvicinava a lui: – ho paura che l'abbia adesso!

– Oh povero sant'uomo! Ma cosa dico, pover'uomo? Poveri noi! Com'è? è a letto? è assistito?

– È levato, gira, assiste gli altri; ma se lo vedeste, che colore che ha, come si regge! Se n'è visti tanti e tanti, che pur troppo... non si sbaglia!

– Oh poveri noi! E è proprio qui!

– Qui, e poco lontano: poco piú che da casa vostra a casa mia.... se vi ricordate....!

– Oh Vergine Santissima!

– Bene, poco piú. E pensate se abbiam parlato di voi! M'ha detto delle cose... E se sapeste cosa m'ha fatto vedere! Sentirete; ma ora voglio cominciare a dirvi quel che m'ha detto prima, lui, con la sua propria bocca. M'ha detto che facevo bene a venirvi a cercare, e che al Signore gli piace che un giovine tratti cosí, e m'avrebbe aiutato a far che vi trovassi; come è proprio stato la verità: ma già è un santo. Sicché, vedete!

– Ma, se ha parlato cosí, è perché lui non sa....

– Che volete che sappia lui delle cose che avete fatte voi di vostra testa, senza regola e senza il parere di nessuno? Un brav'uomo, un uomo di giudizio, come è lui, non va a pensar cose di questa sorte. Ma quel che m'ha fatto vedere! – E qui raccontò la visita fatta a quella capanna: Lucia, quantunque i suoi sensi e il suo animo, avessero, in quel soggiorno, dovuto avvezzarsi alle piú forti impressioni, stava tutta compresa d'orrore e di compassione.

– E anche lí, – proseguí Renzo, – ha parlato da santo: ha detto che il Signore forse ha destinato di far la grazia a quel meschino.... (ora non potrei proprio dargli un altro nome)... che aspetta di prenderlo in un buon punto; ma vuole che noi preghiamo insieme per lui.... Insieme! avete inteso?

– Sí, sí; lo pregheremo, ognuno dove il Signore ci terrà: le orazioni le sa mettere insieme Lui.

– Ma se vi dico le sue parole....!

– Ma Renzo, lui non sa...

– Ma non capite che, quando è un santo che parla, è il Signore che lo fa parlare? e che non avrebbe parlato cosí, se non dovesse esser proprio cosí?.... E l'anima di quel poverino? Io ho bensí pregato, e pregherò per lui: di cuore ho pregato, proprio come se fosse stato per un mio fratello. Ma come volete che stia nel mondo di là, il poverino, se di qua non s'accomoda questa cosa, se non è disfatto il male che ha fatto lui? Che se voi intendete la ragione, allora tutto è come prima: quel che è stato è stato: lui ha fatto la sua penitenza di qua....

– No, Renzo, no: il Signore non vuole che facciamo del male, per far Lui misericordia. Lasciate fare a Lui, per questo: noi, il nostro dovere è di pregarlo. S'io fossi morta quella notte, non gli avrebbe dunque potuto perdonare? E se non son morta, se sono stata liberata...

– E vostra madre, quella povera Agnese, che m'ha sempre voluto tanto bene, e che si struggeva tanto di vederci marito e moglie, non ve l'ha detto anche lei che l'è un'idea storta? Lei, che v'ha fatto intender la ragione anche dell'altre volte, perché, in certe cose, pensa piú giusto di voi...

– Mia madre! volete che mia madre mi desse il parere di mancare a un voto! Ma, Renzo! non siete in voi.

– Oh! volete che ve la dica? Voi altre donne, queste cose non le potete sapere. Il padre Cristoforo m'ha detto che tornassi da lui a raccontargli se v'avevo trovata. Vo: lo sentiremo: quel che dirà lui...

– Sí, sí; andate da quel sant'uomo; ditegli che prego per lui, e che preghi per me, che n'ho bisogno tanto tanto! Ma, per amor del cielo, per l'anima vostra, per l'anima mia, non venite piú qui, a farmi del male, a.... tentarmi. Il padre Cristoforo, lui saprà spiegarvi le cose, e farvi tornare in voi; lui vi farà mettere il cuore in pace.

– Il cuore in pace! Oh! questo, levatevelo dalla testa. Già me l'avete fatta scrivere questa parolaccia; e so io quel che m'ha fatto patire; e ora avete anche il cuore di dirmela. E io in vece vi dico chiaro e tondo che il cuore in pace non lo metterò mai. Voi volete dimenticarvi di me; e io non voglio dimenticarmi di voi. E vi prometto, vedete, che, se mi fate perdere il giudizio, non lo racquisto piú. Al diavolo il mestiere, al diavolo la buona condotta! Volete condannarmi a essere arrabbiato per tutta la vita; e da arrabbiato viverò.... E quel disgraziato! Lo sa il Signore se gli ho perdonato di cuore; ma voi... Volete dunque farmi pensare per tutta la vita che se non era lui...? Lucia! avete detto ch'io vi dimentichi: ch'io vi dimentichi! Come devo fare? A chi credete ch'io pensassi in tutto questo tempo?... E dopo tante cose! dopo tante promesse! Cosa v'ho fatto io, dopo che ci siamo lasciati? Perché ho patito, mi trattate cosí? perché ho avuto delle disgrazie? perché la gente del mondo m'ha perseguitato? perché ho passato tanto tempo fuori di casa, tristo, lontano da voi? perché, al primo momento che ho potuto, son venuto a cercarvi?

Lucia, quando il pianto le permise di formar parole, esclamò, giungendo di nuovo le mani, e alzando al cielo gli occhi pregni di lacrime: – o Vergine santissima, aiutatemi voi! Voi sapete che, dopo quella notte, un momento come questo non l'ho mai passato. M'avete soccorsa allora; soccorretemi anche adesso!

– Sí, Lucia; fate bene d'invocar la Madonna; ma perché volete credere che Lei che è tanto buona, la madre delle misericordie, possa aver piacere di farci patire.... me almeno.... per una parola scappata in un momento che non sapevate quello che vi dicevate? Volete credere che v'abbia aiutata allora, per lasciarci imbrogliati dopo?... Se poi questa fosse una scusa; se è ch'io vi sia venuto in odio.... ditemelo.... parlate chiaro.

– Per carità, Renzo, per carità, per i vostri poveri morti, finitela, finitela; non mi fate morire.. Non sarebbe un buon momento. Andate dal padre Cristoforo; raccomandatemi a lui, non tornate piú qui, non tornate piú qui.

– Vo; ma pensate se non voglio tornare! Tornerei se fosse in capo al mondo, tornerei –. E disparve.

Lucia andò a sedere, o piuttosto si lasciò cadere in

terra, accanto al lettuccio; e, appoggiata a quello la testa, continuò a piangere dirottamente. La donna, che fin allora era stata a occhi e orecchi aperti, senza fiatare, domandò cosa fosse quell'apparizione, quella contesa, questo pianto. Ma forse il lettore domanda dal canto suo chi fosse costei; e, per soddisfarlo, non ci vorranno, né anche qui, troppe parole.

Era un'agiata mercantessa, di forse trent'anni. Nello spazio di pochi giorni, s'era visto morire in casa il marito e tutti i figliuoli: di lí a poco, venutale la peste anche a lei, era stata trasportata al lazzeretto, e messa in quella capannuccia, nel tempo che Lucia, dopo aver superata, senza avvedersene, la furia del male, e cambiate, ugualmente senza avvedersene, piú compagne, cominciava a riaversi, e a tornare in sé; ché, fin dal principio della malattia, trovandosi ancora in casa di don Ferrante, era rimasta come insensata. La capanna non poteva contenere che due persone: e tra queste due, afflitte, derelitte, sbigottite, sole in tanta moltitudine, era presto nata un'intrinsichezza, un'affezione, che appena sarebbe potuta venire da un lungo vivere insieme. In poco tempo, Lucia era stata in grado di poter aiutar l'altra, che s'era trovata aggravatissima. Ora che questa pure era fuori di pericolo, si facevano compagnia e coraggio e guardia a vicenda; s'eran promesse di non uscir dal lazzeretto, se non insieme; e avevan presi altri concerti per non separarsi neppur dopo. La mercantessa che, avendo lasciata in custodia d'un suo fratello commissario della Sanità, la casa e il fondaco e la cassa, tutto ben fornito era per trovarsi sola e trista padrona di molto piú di quel che le bisognasse per viver comodamente, voleva tener Lucia con sé, come una figliuola o una sorella. Lucia aveva aderito, pensate con che gratitudine per lei, e per la Provvidenza; ma soltanto fin che potesse aver nuove di sua madre, e sapere, come sperava, la volontà di essa. Del resto, riservata com'era, né della promessa dello sposalizio, né dell'altre sue avventure straordinarie, non aveva mai detta una parola. Ma ora, in un cosí gran ribollimento d'affetti, aveva almen tanto bisogno di sfogarsi, quanto l'altra desiderio di sentire. E, stretta con tutt'e due le mani la destra di lei, si mise subito a soddisfare alla domanda, senz'altro ritegno, che quello che le facevano i singhiozzi.

Renzo intanto trottava verso il quartiere del buon frate. Con un po' di studio, e non senza dover rifare qualche pezzetto di strada, gli riuscí finalmente d'arrivarci. Trovò la capanna; lui non ce lo trovò; ma, ronzando e cercando nel contorno, lo vide in una baracca, che, piegato a terra, e quasi bocconi, stava confortando un moribondo. Si fermò lí, aspettando in silenzio. Poco dopo, lo vide chiuder gli occhi a quel poverino, poi mettersi in ginocchio, far orazione un momento, e alzarsi. Allora si mosse, e gli andò incontro.

– Oh! – disse il frate, vistolo venire; – ebbene?

– La c'è: l'ho trovata!

– In che stato?

– Guarita, o almeno levata.

– Sia ringraziato il Signore!

– Ma.... – disse Renzo, quando gli fu vicino da poter parlar sottovoce: – c'è un altro imbroglio.

– Cosa c'è?

– Voglio dire che... Già lei lo sa come è buona quella povera giovine; ma alle volte è un po' fissa nelle sue idee. Dopo tante promesse, dopo tutto quello che sa anche lei, ora dice che non mi può sposare, perché dice, che so io? che, quella notte della paura, s'è scaldata la testa, e s'è, come a dire, votata alla Madonna. Cose senza costrutto, n'è vero? Cose buone, chi ha la scienza e il fondamento da farle, ma per noi gente ordinaria, che non sappiamo bene come si devon fare.... n'è vero che son cose che non valgono?

– Dimmi: è molto lontana di qui?

– Oh no: pochi passi di là dalla chiesa.

– Aspettami qui un momento, – disse il frate: – e poi ci anderemo insieme.

– Vuol dire che lei le farà intendere....

– Non so nulla, figliuolo; bisogna ch'io senta lei.

– Capisco, – disse Renzo, e stette con gli occhi fissi a terra, e con le braccia incrociate sul petto, a masticarsi la sua incertezza, rimasta intera. Il frate andò di nuovo in cerca di quel padre Vittore, lo pregò di supplire ancora per lui, entrò nella sua capanna, n'uscí con la sporta in braccio, tornò da Renzo, gli disse: – andiamo –; e andò innanzi, avviandosi a quella tal capanna, dove, qualche tempo prima, erano entrati insieme. Questa volta, entrò solo, e dopo un momento ricomparve, e disse: – niente! Preghiamo; preghiamo –. Poi riprese: – ora, conducimi tu.

E senza dir altro, s'avviarono.

Il tempo s'era andato sempre piú rabbuiando, e annunziava ormai certa e poco lontana la burrasca. De' lampi fitti rompevano l'oscurità cresciuta, e lumeggiavano d'un chiarore istantaneo i lunghissimi tetti e gli archi de' portici, la cupola della cappella, i bassi comignoli delle capanne; e i tuoni scoppiati con istrepito repentino, scorrevano rumoreggiando dall'una all'altra regione del cielo. Andava innanzi il giovine, attento alla strada, con una grand'impazienza d'arrivare, e rallentando però il passo, per misurarlo alle forze del compagno; il quale, stanco dalle fatiche, aggravato dal male, oppresso dall'afa, camminava stentatamente, alzando ogni tanto al cielo la faccia smunta, come per cercare un respiro piú libero.

Renzo, quando vide la capanna, si fermò, si voltò indietro, disse con voce tremante: – è qui.

Entrano... – Eccoli! – grida la donna del lettuccio. Lucia si volta, s'alza precipitosamente, va incontro al vecchio, gridando: – oh chi vedo! O padre Cristoforo!

– Ebbene, Lucia! da quante angustie v'ha liberata il Signore! Dovete esser ben contenta d'aver sempre sperato in Lui.

– Oh sí! Ma lei, padre? Povera me, come è cambiato! Come sta? dica: come sta?

– Come Dio vuole, e come, per sua grazia, voglio anch'io, – rispose, con volto sereno, il frate. E, tiratala in un canto, soggiunse: – sentite: io non posso rimaner qui che pochi momenti. Siete voi disposta a confidarvi in me, come altre volte?

– Oh! non è lei sempre il mio padre?

– Figliuola, dunque; cos'è codesto voto che m'ha detto Renzo?

– È un voto che ho fatto alla Madonna.... oh! in una gran tribolazione!... di non maritarmi.

– Poverina! Ma avete pensato allora, ch'eravate legata da una promessa?

– Trattandosi del Signore e della Madonna!... non ci ho pensato.

– Il Signore, figliuola, gradisce i sagrifizi, l'offerte, quando le facciamo del nostro. È il cuore che vuole, è la volontà: ma voi non potevate offrirgli la volontà d'un altro, al quale v'eravate già obbligata.

– Ho fatto male?

– No, poverina, non pensate a questo: io credo anzi che la Vergine santa avrà gradita l'intenzione del vostro cuore afflitto, e l'avrà offerta a Dio per voi. Ma ditemi; non vi siete mai consigliata con nessuno su questa cosa?

– Io non pensavo che fosse male, da dovermene confessare: e quel poco bene che si può fare, si sa che non bisogna raccontarlo.

– Non avete nessun altro motivo che vi trattenga dal mantener la promessa che avete fatta a Renzo?

– In quanto a questo.... per me.... che motivo...? Non potrei proprio dire... – rispose Lucia, con un'esitazione che indicava tutt'altro che un'incertezza del pensiero; e il suo viso ancora scolorito dalla malattia, fiorí tutt'a un tratto del piú vivo rossore.

– Credete voi, – riprese il vecchio, abbassando gli occhi, – che Dio ha data alla sua Chiesa l'autorità di rimettere e di ritenere, secondo che torni in maggior bene, i debiti e gli obblighi che gli uomini possono aver contratti con Lui?

– Sí, che lo credo.

– Ora sappiate che noi, deputati alla cura dell'anime in questo luogo, abbiamo, per tutti quelli che ricorrono a noi, le piú ampie facoltà della Chiesa; e che per conseguenza, io posso, quando voi lo chiediate, sciogliervi dall'obbligo, qualunque sia, che possiate aver contratto a cagion di codesto voto.

– Ma non è peccato tornare indietro, pentirsi d'una promessa fatta alla Madonna? Io allora l'ho fatta proprio di cuore... – disse Lucia, violentemente agitata dall'assalto d'una tale inaspettata, bisogna pur dire speranza, e dall'insorgere opposto d'un terrore fortificato da tutti i pensieri che, da tanto tempo, eran la principale occupazione dell'animo suo.

– Peccato, figliuola? – disse il padre: – peccato il ricorrere alla Chiesa, e chiedere al suo ministro che faccia uso dell'autorità che ha ricevuto da essa, e che essa ha ricevuta da Dio? Io ho veduto in che maniera voi due siete stati condotti ad unirvi; e, certo, se mai m'è parso che due fossero uniti da Dio, voi altri eravate quelli: ora non vedo perché Dio v'abbia a voler separati. E lo benedico che m'abbia dato, indegno come sono, il potere di parlare in suo nome, e di rendervi la vostra parola. E se voi mi chiedete ch'io vi dichiari sciolta da codesto voto, io non esiterò a farlo; e desidero anzi che me lo chiediate.

– Allora...! allora...! lo chiedo; – disse Lucia, con un volto non turbato piú che di pudore.

Il frate chiamò con un cenno il giovine, il quale se ne stava nel cantuccio il piú lontano, guardando (giacché non poteva far altro) fisso fisso al dialogo in cui era tanto interessato; e, quando quello fu lí, disse, a voce piú alta, a Lucia: – con l'autorità che ho dalla Chiesa, vi dichiaro sciolta dal voto di verginità, annullando ciò che ci poté essere d'inconsiderato, e liberandovi da ogni obbligazione che poteste averne contratta.

Pensi il lettore che suono facessero all'orecchio di Renzo tali parole. Ringraziò vivamente con gli occhi colui che le aveva proferite; e cercò subito, ma invano, quelli di Lucia.

– Tornate, con sicurezza e con pace, ai pensieri d'una volta, – seguí a dirle il cappuccino: – chiedete di nuovo al Signore le grazie che Gli chiedevate, per essere una moglie santa; e confidate che ve le concederà piú abbondanti, dopo tanti guai. E tu, – disse, voltandosi a Renzo, – ricordati, figliuolo, che se la Chiesa ti rende questa compagna, non lo fa per procurarti una consolazione temporale e mondana, la quale, se anche potesse essere intera, e senza mistura d'alcun dispiacere, dovrebbe finire in un gran dolore, al momento di lasciarvi; ma lo fa per avviarvi tutt'e due sulla strada della consolazione che non avrà fine. Amatevi come compagni di viaggio, con questo pensiero d'avere a lasciarvi, e con la speranza di ritrovarvi per sempre. Ringraziate il cielo che v'ha condotti a questo stato, non per mezzo dell'allegrezze turbolente e passeggiere, ma co' travagli e tra le miserie, per disporvi a una allegrezza raccolta e tranquilla. Se Dio vi concede figliuoli, abbiate in mira d'allevarli per Lui, d'istillar loro l'amore di Lui e di tutti gli uomini; e allora li guiderete bene in tutto il resto. Lucia! v'ha detto, – e accennava Renzo, – chi ha visto qui?

– Oh padre, me l'ha detto!

– Voi pregherete per lui! Non ve ne stancate. E anche per me pregherete!... Figliuoli! voglio che abbiate un ricordo del povero frate –. E qui levò dalla sporta una scatola d'un legno ordinario, ma tornita e lustrata con una certa finitezza cappuccinesca; e proseguí: – qui dentro c'è il resto di quel pane... il primo che ho chiesto per carità; quel pane, di cui avete sentito parlare! Lo lascio a voi altri: serbatelo; fatelo vedere ai vostri figliuoli. Verranno in un tristo mondo, e in tristi tempi, in mezzo a' superbi e a' provocatori: dite loro che perdonino sempre, sempre! tutto, tutto! e che preghino, anche loro, per il povero frate!

E porse la scatola a Lucia, che la prese con rispetto, come si farebbe d'una reliquia. Poi, con voce piú tranquilla, riprese: – ora ditemi; che appoggi avete qui in Milano? Dove pensate d'andare a alloggiare, appena uscita di qui? E chi vi condurrà da vostra madre, che Dio voglia aver conservata in salute?

– Questa buona signora mi fa lei intanto da madre: noi due usciremo di qui insieme, e poi essa penserà a tutto.

– Dio la benedica, – disse il frate, accostandosi al lettuccio.

– La ringrazio anch'io, – disse la vedova, – della consolazione che ha data a queste povere creature; sebbene io avessi fatto conto di tenerla sempre con me, questa cara Lucia. Ma la terrò intanto; l'accompagnerò io al suo paese, la consegnerò a sua madre; e, – soggiunse poi sottovoce, – voglio farle io il corredo. N'ho troppa della roba; e di quelli che dovevan goderla con me, non ho piú nessuno!

– Cosí, – rispose il frate, – lei può fare un gran sacrifizio al Signore, e del bene al prossimo. Non le raccomando questa giovine: già vedo che è come sua: non c'è che da lodare il Signore, il quale sa mostrarsi padre anche ne' flagelli, e che, col farle trovare insieme, ha dato un cosí chiaro segno d'amore all'una e all'altra. Orsú, – riprese poi, voltandosi a Renzo, e prendendolo per una mano: – noi due non abbiam piú nulla da far qui: e ci siamo stati anche troppo. Andiamo.

– Oh padre! – disse Lucia: – la vedrò ancora? Io sono guarita, io che non fo nulla di bene a questo mondo; e lei...!

– È già molto tempo, – rispose con tono serio e dolce il vecchio, – che chiedo al Signore una grazia, e ben grande: di finire i miei giorni in servizio del prossimo. Se me la volesse ora concedere, ho bisogno che tutti quelli che hanno carità per me, m'aiutino a ringraziarlo. Via; date a Renzo le vostre commissioni per vostra madre.

– Raccontatele quel che avete veduto, – disse Lucia al promesso sposo: – che ho trovata qui un'altra madre, che verrò con questa piú presto che potrò, e che spero, spero di trovarla sana.

– Se avete bisogno di danari, – disse Renzo, – ho qui tutti quelli che m'avete mandati, e...

– No, no, – interruppe la vedova: – ne ho io anche troppi.

– Andiamo, – replicò il frate.

– A rivederci, Lucia...! e anche lei, dunque, quella

buona signora, – disse Renzo, non trovando parole che significassero quello che sentiva.

– Chi sa che il Signore ci faccia la grazia di rivederci ancora tutti! – esclamò Lucia.

– Sia Egli sempre con voi, e vi benedica, – disse alle due compagne fra Cristoforo; e uscí con Renzo dalla capanna.

Mancava poco alla sera, e il tempo pareva sempre piú vicino a risolversi. Il cappuccino esibí di nuovo al giovine di ricoverarlo per quella notte nella sua baracca. – Compagnia, non te ne potrò fare, – soggiunse: – ma avrai da stare al coperto.

Renzo però si sentiva una smania d'andare; e non si curava di rimaner piú a lungo in un luogo simile, quando non poteva profittarne per veder Lucia, e non avrebbe neppur potuto starsene un po' col buon frate. In quanto all'ora e al tempo, si può dire che notte e giorno, sole e pioggia, zeffiro e tramontano, eran tutt'uno per lui in quel momento. Ringraziò dunque il frate, dicendo che voleva andar piú presto che fosse possibile in cerca d'Agnese.

Quando furono nella strada di mezzo, il frate gli strinse la mano, e disse: – se la trovi, che Dio voglia! quella buona Agnese, salutala anche in mio nome; e a lei, e a tutti quelli che rimangono e si ricordano di fra Cristoforo, di' che preghin per lui. Dio t'accompagni, e ti benedica per sempre.

– Oh caro padre...! ci rivedremo? ci rivedremo?

– Lassú, spero –. E con queste parole, si staccò da Renzo; il quale, stato lí a guardarlo fin che non l'ebbe perso di vista, prese in fretta verso la porta, dando a destra e a sinistra l'ultime occhiate di compassione a quel luogo di dolori. C'era un movimento straordinario, un correr di monatti, un trasportar di roba, un accomodar le tende delle baracche, uno strascicarsi di convalescenti a queste e ai portici, per ripararsi dalla burrasca imminente.

Capitolo trentasettesimo

Appena infatti ebbe Renzo passata la soglia del lazzeretto e preso a diritta, per ritrovar la viottola di dov'era sboccato la mattina sotto le mura, principiò come una grandine di goccioloni radi e impetuosi, che, battendo e risaltando sulla strada bianca e arida, sollevavano un minuto polverío; in un momento, diventaron fitti; e prima che arrivasse alla viottola, la veniva giú a secchie. Renzo, in vece d'inquietarsene, ci sguazzava dentro, se la godeva in quella rinfrescata, in quel susurrío, in quel brulichío dell'erbe e delle foglie, tremolanti, gocciolanti, rinverdite, lustre; metteva certi respironi larghi e pieni; e in quel risolvimento della natura sentiva come piú liberamente e piú vivamente quello che s'era fatto nel suo destino.

Ma quanto piú schietto e intero sarebbe stato questo sentimento, se Renzo avesse potuto indovinare quel che si vide pochi giorni dopo: che quell'acqua portava via il contagio; che, dopo quella, il lazzeretto, se non era per restituire ai viventi tutti i viventi che conteneva, almeno non n'avrebbe piú ingoiati altri; che, tra una settimana, si vedrebbero riaperti usci e botteghe, non si parlerebbe quasi piú che di quarantina; e della peste non rimarrebbe se non qualche resticciolo qua e là; quello strascico che un tal flagello lasciava sempre dietro a sé per qualche tempo.

Andava dunque il nostro viaggiatore allegramente, senza aver disegnato né dove, né come, né quando, né se avesse da fermarsi la notte, premuroso soltanto di portarsi avanti, d'arrivar presto al suo paese, di trovar con chi parlare, a chi raccontare, soprattutto di poter presto rimettersi in cammino per Pasturo, in cerca d'Agnese. Andava, con la mente tutta sottosopra dalle cose di quel giorno; ma di sotto le miserie, gli orrori, i pericoli, veniva sempre a galla un pensierino: l'ho trovata; è guarita; è mia! E allora faceva uno sgambetto, e con ciò dava un'annaffiata all'intorno, come un can barbone uscito dall'acqua; qualche volta si contentava d'una fregatina di mani; e avanti, con piú ardore di prima. Guardando per la strada, raccattava, per dir cosí, i pensieri, che ci aveva lasciati la mattina e il giorno avanti, nel venire; e con piú piacere quelli appunto che allora aveva piú cercato di scacciare, i dubbi, le difficoltà, trovarla, trovarla viva, tra tanti morti e moribondi! «E l'ho trovata viva!» concludeva. Si rimetteva col pensiero nelle circostanze piú terribili di quella giornata; si figurava con quel martello in mano: ci sarà o non ci sarà? e una risposta cosí poco allegra; e non aver nemmeno il tempo di masticarla, che addosso quella furia di matti birboni; e quel lazzeretto, quel mare! lí ti volevo a trovarla! E averla trovata! Ritornava su quel momento quando fu finita di passare la processione de' convalescenti: che momento! che crepacore non trovarcela! e ora non gliene importava piú nulla. E quel quartiere delle donne! E là dietro a quella capanna, quando meno se l'aspettava, quella voce, quella voce proprio! E vederla, vederla levata! Ma che? c'era ancora quel nodo del voto, e piú stretto che mai. Sciolto anche questo. E quell'odio contro don Rodrigo, quel rodío continuo che esacerbava tutti i guai, e avvelenava tutte le consolazioni, scomparso anche quello. Talmenteché non saprei immaginare una contentezza piú viva, se non fosse stata l'incertezza intorno ad Agnese, il tristo presentimento intorno al padre Cristoforo, e quel trovarsi ancora in mezzo a una peste.

Arrivò a Sesto, sulla sera; né pareva che l'acqua volesse cessare. Ma, sentendosi piú in gambe che mai, e con tante difficoltà di trovar dove alloggiare, e cosí inzuppato, non ci pensò neppure. La sola cosa che l'incomodasse, era un grand'appetito: ché una consolazione come quella gli avrebbe fatto smaltire altro che la poca minestra del cappuccino. Guardò se trovasse anche qui una bottega di fornaio; ne vide una; ebbe due pani con le molle, e con quell'altre cerimonie. Uno in tasca e l'altro alla bocca, e avanti.

Quando passò per Monza, era notte fatta: nonostante, gli riuscí di trovar la porta che metteva sulla strada giusta. Ma meno questo, che, per dir la verità, era un gran merito, potete immaginarvi come fosse quella strada, e come andasse facendosi di momento in momento. Affondata (com'eran tutte; e dobbiamo averlo detto altrove) tra due rive, quasi un letto di fiume, si sarebbe a quell'ora potuta dire, se non un fiume, una gora davvero; e ogni tanto pozze, da volerci del buono e del bello a levarne i piedi, non che le scarpe. Ma Renzo n'usciva come poteva, senz'atti d'impazienza, senza parolacce, senza pentimenti; pensando che ogni passo, per quanto costasse, lo conduceva avanti, e che l'acqua cesserebbe quando a Dio piacesse, e che, a suo tempo, spunterebbe il giorno, e che la strada che faceva intanto, allora sarebbe fatta.

E dirò anche che non ci pensava se non proprio quando non poteva far di meno. Eran distrazioni queste; il gran lavoro della sua mente era di riandare la storia di que' tristi anni passati: tant'imbrogli, tante traversíe, tanti momenti in cui era stato per perdere anche la speranza, e fare andata ogni cosa; e di contrapporci l'immaginazioni d'un avvenire cosí diverso: e l'arrivar di Lucia, e le nozze, e il metter su casa, e il raccontarsi le vicende passate, e tutta la vita.

Come la facesse quando trovava due strade; se quella poca pratica, con quel poco barlume, fossero quelli che l'aiutassero a trovar sempre la buona, o se l'indovinasse sempre alla ventura, non ve lo saprei dire; ché lui medesimo, il quale soleva raccontar la sua storia molto per minuto, lunghettamente anzi che no (e tutto conduce a credere che il nostro anonimo l'avesse sentita da lui piú d'una volta), lui medesimo, a questo punto, diceva che, di quella notte, non se ne rammentava che come se l'avesse passata in letto a sognare. Il fatto sta che, sul finir di essa, si trovò alla riva dell'Adda.

Non era mai spiovuto; ma, a un certo tempo, da diluvio era diventata pioggia, e poi un'acquerugiola fine fine, cheta cheta, ugual uguale: i nuvoli alti e radi stendevano un velo non interrotto, ma leggiero e diafano; e il lume del crepuscolo fece vedere a Renzo il paese d'intorno. C'era dentro il suo; e quel che sentí, a quella vista, non si saprebbe spiegare. Altro non vi so dire, se non che que' monti, quel *Resegone* vicino, il territorio di Lecco, era diventato tutto come roba sua. Diede un'occhiata anche a sé, e si trovò un po' strano, quale, per dir la verità, da quel che si sentiva, s'immaginava già di dover parere: sciupata e attaccata addosso ogni cosa: dalla testa alla vita, tutto un fradiciume, una grondaia; dalla vita alla punta de' piedi, melletta e mota: le parti dove non ce ne fosse si sarebbero potute chiamare esse zacchere e schizzi. E se si fosse visto tutt'intero in uno specchio, con la tesa del cappello floscia e cascante, e i capelli stesi e incollati sul viso, si sarebbe fatto ancor piú specie. In quanto a stanco, lo poteva essere, ma non ne sapeva nulla: e il frescolino dell'alba aggiunto a quello della notte e di quel poco bagno, non gli dava altro che una fierezza, una voglia di camminar piú presto.

È a Pescate; costeggia quell'ultimo tratto dell'Adda, dando però un'occhiata malinconica a Pescarenico; passa il ponte; per istrade e campi, arriva in un momento alla casa dell'ospite amico. Questo, che s'era levato allora, e stava sull'uscio, a guardare il tempo, alzò gli occhi a quella figura cosí inzuppata, cosí infangata, diciam pure cosí lercia, e insieme cosí viva e disinvolta: a' suoi giorni non aveva visto un uomo peggio conciato e piú contento.

– Ohe! – disse: – già qui? e con questo tempo? Com'è andata?

– La c'è, – disse Renzo: – la c'è: la c'è.

– Sana?

– Guarita, che è meglio. Devo ringraziare il Signore e la Madonna fin che campo. Ma cose grandi, cose di fuoco: ti racconterò poi tutto.

– Ma come sei conciato!

– Son bello eh?

– A dir la verità, potresti adoprare il da tanto in su, per lavare il da tanto in giú. Ma, aspetta, aspetta; che ti faccia un buon fuoco.

– Non dico di no. Sai dove la m'ha preso? proprio alla porta del lazzeretto. Ma niente! il tempo il suo mestiere, e io il mio.

L'amico andò e tornò con due bracciate di stipa: ne mise una in terra, l'altra sul focolare, e, con un po' di brace rimasta della sera avanti, fece presto una bella fiammata. Renzo intanto s'era levato il cappello, e, dopo averlo scosso due o tre volte, l'aveva buttato in terra: e, non cosí facilmente, s'era tirato via anche il farsetto. Levò poi dal taschino de' calzoni il coltello, col fodero tutto fradicio, che pareva stato in molle; lo mise su un panchetto, e disse: – anche costui è accomodato a dovere; ma l'è acqua! l'è acqua! sia ringraziato il Signore.... Sono stato lí lí....! Ti dirò poi –. E si fregava le mani. – Ora fammi un altro piacere, – soggiunse: – quel fagottino che ho lasciato su in camera, va' a prendermelo, ché prima che s'asciughi questa roba che ho addosso....!

Tornato col fagotto, l'amico disse: – penso che avrai anche appetito: capisco che da bere, per la strada, non te ne sarà mancato; ma da mangiare....

– Ho trovato da comprar due pani, ieri sul tardi; ma, per dir la verità, non m'hanno toccato un dente.

– Lascia fare, – disse l'amico; mise l'acqua in un paiolo, che attaccò poi alla catena; e soggiunse: – vado a mungere: quando tornerò col latte, l'acqua sarà all'ordine; e si fa una buona polenta. Tu intanto fa' il tuo comodo.

Renzo, rimasto solo, si levò, non senza fatica, il resto de' panni, che gli s'eran come appiccicati addosso; s'asciugò, si rivestí da capo a piedi. L'amico tornò, e andò al suo paiolo: Renzo intanto si mise a sedere, aspettando.

– Ora sento che sono stanco, – disse: – ma è una bella tirata! Però questo è nulla! Ne ho da raccontartene per tutta la giornata. Com'è conciato Milano! Le cose che bisogna vedere! Le cose che bisogna toccare! Cose da farsi poi schifo a se medesimo. Sto per dire che non ci voleva meno di quel bucatino che ho avuto. E quel che m'hanno voluto fare que' signori di laggiú! Sentirai. Ma se tu vedessi il lazzeretto! C'è da perdersi nelle miserie. Basta; ti racconterò tutto.... E la c'è, e la verrà qui, e sarà mia moglie; e tu devi far da testimonio, e, peste o non peste, almeno qualche ora, voglio che stiamo allegri.

Del resto mantenne ciò, che aveva detto all'amico, di voler raccontargliene per tutta la giornata; tanto piú, che, avendo sempre continuato a piovigginare, questo la passò tutta in casa, parte seduto accanto all'amico, parte in faccende intorno a un suo piccolo tino, e a una botticina, e ad altri lavori, in preparazione della vendemmia; ne' quali Renzo non lasciò di dargli una mano; ché, come soleva dire, era di quelli che si stancano piú a star senza far nulla, che a lavorare. Non poté però tenersi di non fare una scappatina alla casa d'Agnese, per rivedere una certa finestra, e per dare anche lí una fregatina di mani. Tornò senza essere stato visto da nessuno; e andò subito a letto. S'alzò prima che facesse giorno; e, vedendo cessata l'acqua, se non ritornato il sereno, si mise in cammino per Pasturo.

Era ancor presto quando ci arrivò: ché non aveva meno fretta e voglia di finire, di quel che possa averne il lettore. Cercò d'Agnese; sentí che stava bene, e gli fu insegnata una casuccia isolata dove abitava. Ci andò; la chiamò dalla strada: a una tal voce, essa s'affacciò di corsa alla finestra; e, mentre stava a bocca aperta per mandar fuori non so che parola, non so che suono, Renzo la prevenne dicendo: – Lucia è guarita: l'ho veduta ierlaltro; vi saluta; verrà presto. E poi ne ho, ne ho delle cose da dirvi.

Tra la sorpresa dell'apparizione, e la contentezza della notizia, e la smania di saperne di piú, Agnese cominciava ora un'esclamazione, ora una domanda, senza finir nulla: poi, dimenticando le precauzioni ch'era solita a prendere da molto tempo, disse: – vengo ad aprirvi.

– Aspettate: e la peste? – disse Renzo: – voi non l'avete avuta, credo.

– Io no: e voi?

– Io sí; ma voi dunque dovete aver giudizio. Vengo da Milano; e, sentirete, sono proprio stato nel contagio fino agli occhi. È vero che mi son mutato tutto da capo a piedi; ma l'è una porcheria che s'attacca alle volte come un malefizio. E giacché il Signore v'ha preservata finora, voglio che stiate riguardata fin che non è finito quest'influsso; perché siete la nostra mamma: e voglio che campiamo insieme un bel pezzo allegramente, a conto del gran patire che abbiam fatto, almeno io.

– Ma.... – cominciava Agnese.

– Eh! – interruppe Renzo: – non c'è ma che tenga. So quel che volete dire; ma sentirete, sentirete, che de' ma non ce n'è piú. Andiamo in qualche luogo all'aperto, dove si possa parlar con comodo, senza pericolo; e sentirete.

Agnese gl'indicò un orto ch'era dietro alla casa; e soggiunse: – entrate lí, e vedrete che c'è due panche, l'una in faccia all'altra, che paion messe apposta. Io vengo subito.

Renzo andò a mettersi a sedere sur una: un momento dopo, Agnese si trovò lí sull'altra: e son certo che, se il lettore, informato come è delle cose antecedenti, avesse potuto trovarsi lí in terzo, a veder con gli occhi quella conversazione cosí animata, a sentir con gli orecchi que' racconti, quelle domande, quelle spiegazioni, quell'esclamare, quel condolersi, quel rallegrarsi, e don Rodrigo, e il padre Cristoforo, e tutto il resto, e quelle descrizioni dell'avvenire, chiare e positive come quelle del passato, son certo, dico, che ci avrebbe preso gusto, e sarebbe stato l'ultimo a venir via. Ma d'averla sulla carta tutta quella conversazione, con parole mute, fatte d'inchiostro, e senza trovarci un solo fatto nuovo, son di parere che non se ne curi molto, e che gli piaccia piú d'indovinarla da sé. La conclusione fu che s'anderebbe a metter su casa tutti insieme in quel paese del bergamasco dove Renzo aveva già un buon avviamento: in quanto al tempo, non si poteva decider nulla, perché dipendeva dalla peste, e da altre circostanze: appena cessato il pericolo, Agnese tornerebbe a casa, ad aspettarvi Lucia, o Lucia ve l'aspetterebbe: intanto Renzo farebbe spesso qualche altra corsa a Pasturo, a veder la sua mamma, e a tenerla informata di quel che potesse accadere.

Prima di partire, offrí anche a lei danari, dicendo: – gli ho qui tutti, vedete, que' tali: avevo fatto voto anch'io di non toccarli, fin che la cosa non fosse venuta in chiaro. Ora, se n'avete bisogno, portate qui una scodella d'acqua e aceto; vi butto dentro i cinquanta scudi belli e lampanti.

– No, no, – disse Agnese: – ne ho ancora piú del bisogno per me: i vostri, serbateli, che saran buoni per metter su casa.

Renzo tornò al paese con questa consolazione di piú d'aver trovata sana e salva una persona tanto cara. Stette il rimanente di quella giornata, e la notte, in casa dell'amico; il giorno dopo, in viaggio di nuovo, ma da un'altra parte, cioè verso il paese adottivo.

Trovò Bortolo, in buona salute anche lui, e in minor timore di perderla; ché, in que' pochi giorni, le cose, anche là, avevan preso rapidamente una bonissima piega. Pochi eran quelli che s'ammalavano; e il male non era piú quello; non piú que' lividi mortali, né quella violenza di sintomi; ma febbriciattole, intermittenti la maggior parte, con al piú qualche piccol bubbone scolorito, che si curava come un fignolo ordinario. Già l'aspetto del paese compariva mutato; i rimasti vivi cominciavano a uscir fuori, a contarsi tra loro, a farsi a vicenda condoglianze e congratulazioni. Si parlava già di ravviare i lavori: i padroni pensavano già a cercare e a caparrare operai, e in quell'arti principalmente dove il numero n'era stato scarso anche prima del contagio, com'era quella della seta. Renzo, senza fare il lezioso, promise (salve però le debite approvazioni) al cugino di rimettersi al lavoro, quando verrebbe accompagnato, a stabilirsi in paese. S'occupò intanto de' preparativi piú necessari: trovò una casa piú grande; cosa divenuta pur troppo facile e poco costosa; e la forní di mobili e d'attrezzi, intaccando questa volta il tesoro, ma senza farci un gran buco, ché tutto era a buon mercato, essendoci molta piú roba che gente che la comprassero.

Dopo non so quanti giorni, ritornò al paese nativo, che trovò ancor piú notabilmente cambiato in bene. Trottò subito a Pasturo; trovò Agnese rincoraggita affatto, e disposta a ritornare a casa quando si fosse; di maniera che ce la condusse lui: né diremo quali fossero i loro sentimenti, quali le parole, al rivedere insieme que' luoghi.

Agnese trovò ogni cosa come l'aveva lasciata. Sicché non poté far a meno di non dire che questa volta, trattandosi d'una povera vedova e d'una povera fanciulla, avevan fatto la guardia gli angioli. – E l'altra volta, – soggiungeva, – che si sarebbe creduto che il Signore guardasse altrove, e non pensasse a noi, giacché lasciava portar via il povero fatto nostro; ecco che ha fatto vedere il contrario, perché m'ha mandato da un'altra parte di bei danari, con cui ho potuto rimettere ogni cosa. Dico ogni cosa, e non dico bene; perché il corredo di Lucia che coloro avevan portato via bell'e nuovo, insieme col resto, quello mancava ancora; ma ecco che ora ci viene da un'altra parte. Chi m'avesse detto, quando io m'arrapinavo tanto a allestir quell'altro: tu credi di lavorar per Lucia: eh povera donna! lavori per chi non sai: sa il cielo, questa tela, questi panni, a che sorte di creature anderanno indosso: quelli per Lucia, il corredo davvero che ha da servire per lei, ci penserà un'anima buona, la quale tu non sai né anche che la sia in questo mondo.

Il primo pensiero d'Agnese fu quello di preparare nella sua povera casuccia l'alloggio il piú decente che potesse, a quell'anima buona: poi andò in cerca di seta da annaspare; e lavorando ingannava il tempo.

Renzo, dal canto suo, non passò in ozio que' giorni già tanto lunghi per sé: sapeva far due mestieri per buona sorte; si rimise a quello del contadino. Parte aiutava il suo ospite, per il quale era una gran fortuna l'avere in tal tempo spesso al suo comando un'opera, e un'opera di quell'abilità; parte coltivava, anzi dissodava l'orticello d'Agnese, trasandato affatto nell'assenza di lei. In quanto al suo proprio podere, non se n'occupava punto, dicendo ch'era una parrucca troppo arruffata, e che ci voleva altro che due braccia a ravviarla. E non ci metteva neppure i piedi; come né anche in casa: ché gli avrebbe fatto male a vedere quella desolazione; e aveva già preso il partito di disfarsi d'ogni cosa, a qualunque prezzo, e d'impiegar nella nuova patria quel tanto che ne potrebbe ricavare.

Se i rimasti vivi erano, l'uno per l'altro, come morti resuscitati, Renzo, per quelli del suo paese, lo era, come a dire, due volte: ognuno gli faceva accoglienze e congratulazioni, ognuno voleva sentir da lui la sua storia. Direte forse: come andava col bando? L'andava benone: lui non ci pensava quasi piú, supponendo che quelli i quali avrebbero potuto eseguirlo, non ci pensassero piú né anche loro: e non s'ingannava. E questo non nasceva solo dalla peste che aveva fatto monte di tante cose; ma era, come s'è potuto vedere anche in vari luoghi di questa storia, cosa comune a que' tempi, che i decreti, tanto generali quanto speciali, contro le persone, se non c'era qualche animosità privata e potente che li tenesse vivi, e li facesse valere, rimanevano spesso senza effetto, quando non l'avessero avuto sul primo momento; come palle di schioppo, che, se non fanno colpo, restano in terra, dove non dànno fastidio a nessuno. Conseguenza necessaria della gran facilità con cui li seminavano que' decreti. L'attività dell'uomo è limitata; e tutto il di piú che c'era nel comandare, doveva tornare in tanto meno nell'eseguire. Quel che va nelle maniche, non può andar ne' gheroni.

Chi volesse anche sapere come Renzo se la passasse con don Abbondio, in quel tempo d'aspetto, dirò che stavano alla larga l'uno dall'altro: don Abbondio, per timore di sentire intonar qualcosa di matrimonio: e, al solo pensarci, si vedeva davanti agli occhi don Rodrigo da una parte, co' suoi bravi, il cardinale dall'altra, co' suoi argomenti: Renzo, perché aveva fissato di non parlargliene che al momento di concludere, non volendo risicare di farlo inalberar prima del tempo, di suscitar, chi sa mai? qualche difficoltà, e d'imbrogliar le cose con chiacchiere inutili. Le sue chiacchiere, le faceva con Agnese. – Credete voi che verrà presto? – domandava l'uno. – Io spero di sí, – rispondeva l'altro: e spesso quello che aveva data la risposta, faceva poco dopo la domanda medesima. E con queste e con simili furberie, s'ingegnavano a far passare il tempo, che pareva loro piú lungo, di mano in mano che n'era piú passato.

Al lettore noi lo faremo passare in un momento tutto quel tempo, dicendo in compendio che, qualche giorno dopo la visita di Renzo al lazzeretto, Lucia n'uscí con la buona vedova; che, essendo stata ordinata una quarantina generale, la fecero insieme, rinchiuse nella casa di quest'ultima; che una parte del tempo fu spesa in allestire il corredo di Lucia, al quale, dopo aver fatto un po' di cerimonie, dovette lavorare anche lei; e che, terminata che fu la quarantina, la vedova lasciò in consegna il fondaco e la casa a quel suo fratello commissario; e si fecero i preparativi per il viaggio. Potremmo anche soggiunger subito: partirono, arrivarono, e quel che segue; ma, con tutta la volontà che abbiamo di secondar la fretta del lettore, ci son tre cose appartenenti a quell'intervallo di tempo, che non vorremmo passar sotto silenzio; e, per due almeno, crediamo che il lettore stesso dirà che avremmo fatto male.

La prima, che, quando Lucia tornò a parlare alla vedova delle sue avventure, piú in particolare, e piú ordinatamente di quel che avesse potuto in quell'agitazione della prima confidenza, e fece menzione piú espressa della signora che l'aveva ricoverata nel monastero di Monza, venne a sapere di costei cose che, dandole la chiave di molti misteri, le riempiron l'animo d'una dolorosa e paurosa maraviglia. Seppe dalla vedova che la sciagurata, caduta in sospetto d'atrocissimi fatti, era stata, per ordine del cardinale, trasportata in un monastero di Milano; che lí, dopo molto infuriare e dibattersi, s'era ravveduta, s'era accusata; e che la sua vita attuale era supplizio volontario tale, che nessuno, a meno di non togliergliela, ne avrebbe potuto trovare un piú severo. Chi volesse conoscere un po' piú in particolare questa trista storia, la troverà nel libro e al luogo che abbiam citato altrove, a proposito della stessa persona[27].

L'altra cosa è che Lucia, domandando del padre Cristoforo a tutti i cappuccini che poté vedere nel lazzeretto, sentí, con piú dolore che maraviglia, ch'era morto di peste.

Finalmente, prima di partire, avrebbe anche desiderato di saper qualcosa de' suoi antichi padroni, e di fare, come diceva, un atto del suo dovere, se alcuno ne rimaneva. La vedova l'accompagnò alla casa, dove seppero che l'uno e l'altra erano andati tra que' piú. Di donna Prassede, quando si dice ch'era morta, è detto tutto; ma intorno a don Ferrante, trattandosi ch'era stato dotto, l'anonimo ha creduto d'estendersi un po' piú; e noi, a nostro rischio, trascriveremo a un di presso quello che ne lasciò scritto.

Dice adunque che, al primo parlar che si fece di peste, don Ferrante fu uno de' piú risoluti a negarla, e che sostenne costantemente fino all'ultimo, quell'opinione; non già con ischiamazzi, come il popolo; ma con ragionamenti, ai quali nessuno potrà dire almeno che mancasse la concatenazione.

– *In rerum natura*, – diceva, – non ci son che due generi di cose: sostanze e accidenti; e se io provo che il contagio non può esser né l'uno né l'altro, avrò provato che non esiste, che è una chimera. E son qui. Le sostanze sono, o spirituali, o materiali. Che il contagio sia

[27] Ripam. *Hist. Pat.*, Dec. V, Lib. VI, Cap. III.

sostanza spirituale, è uno sproposito che nessuno vorrebbe sostenere; sicché è inutile parlarne. Le sostanze materiali sono, o semplici, o composte. Ora, sostanza semplice il contagio non è; e si dimostra in quattro parole. Non è sostanza aerea; perché, se fosse tale, in vece di passar da un corpo all'altro, volerebbe subito alla sua sfera. Non è acquea; perché bagnerebbe, e verrebbe asciugata da' venti. Non è ignea; perché brucerebbe. Non è terrea; perché sarebbe visibile. Sostanza composta, neppure; perché a ogni modo dovrebbe esser sensibile all'occhio o al tatto; e questo contagio, chi l'ha veduto? chi l'ha toccato? Riman da vedere se possa essere accidente. Peggio che peggio. Ci dicono questi signori dottori che si comunica da un corpo all'altro; ché questo è il loro achille, questo il pretesto per far tante prescrizioni senza costrutto. Ora, supponendolo accidente, verrebbe a essere un accidente trasportato: due parole che fanno ai calci, non essendoci, in tutta la filosofia, cosa piú chiara, piú liquida di questa: che un accidente non può passar da un soggetto all'altro. Che se, per evitar questa Scilla, si riducono a dire che sia accidente prodotto, dànno in Cariddi: perché, se è prodotto, dunque non si comunica, non si propaga, come vanno blaterando. Posti questi princípi, cosa serve venirci tanto a parlare di vibici, d'esantemi, d'antraci...?

– Tutte corbellerie, – scappò fuori una volta un tale.

– No, no, – riprese don Ferrante: – non dico questo: la scienza è scienza; solo bisogna saperla adoprare. Vibici, esantemi, antraci, parotidi, bubboni violacei, furoncoli nigricanti, son tutte parole rispettabili, che hanno il loro significato bell'e buono; ma dico che non han che fare con la questione. Chi nega che ci possa essere di queste cose, anzi che ce ne sia? Tutto sta a veder di dove vengano.

Qui cominciavano i guai anche per don Ferrante. Fin che non faceva che dare addosso all'opinion del contagio, trovava per tutto orecchi attenti e ben disposti: perché non si può spiegare quanto sia grande l'autorità d'un dotto di professione, allorché vuol dimostrare agli altri le cose di cui sono già persuasi. Ma quando veniva a distinguere, e a voler dimostrare che l'errore di que' medici non consisteva già nell'affermare che ci fosse un male terribile e generale; ma nell'assegnarne la cagione; allora (parlo de' primi tempi, in cui non si voleva sentir discorrere di peste), allora, in vece d'orecchi, trovava lingue ribelli, intrattabili; allora, di predicare a distesa era finita; e la sua dottrina non poteva piú metterla fuori, che a pezzi e bocconi.

– La c'è pur troppo la vera cagione, – diceva; – e son costretti a riconoscerla anche quelli che sostengono poi quell'altra cosí in aria... La neghino un poco, se possono, quella fatale congiunzione di Saturno con Giove. E quando mai s'è sentito dire che l'influenze si propaghino...? E lor signori mi vorranno negar l'influenze? Mi negheranno che ci sian degli astri? O mi vorranno dire che stian lassú a far nulla, come tante capocchie di spilli ficcati in un guancialino?... Ma quel che non mi può entrare, è di questi signori medici; confessare che ci troviamo sotto una congiunzione cosí maligna, e poi venirci a dire, con faccia tosta: non toccate qui, non toccate là, e sarete sicuri! Come se questo schivare il contatto materiale de' corpi terreni, potesse impedir l'effetto virtuale de' corpi celesti! E tanto affannarsi a bruciar de' cenci! Povera gente! brucerete Giove? brucerete Saturno?

His fretus, vale a dire su questi bei fondamenti, non prese nessuna precauzione contro la peste; gli s'attaccò; andò a letto, a morire, come un eroe di Metastasio, prendendosela con le stelle.

E quella sua famosa libreria? È forse ancora dispersa su per i muricciioli.

Capitolo trentottesimo

Una sera, Agnese sente fermarsi un legno all'uscio. – È lei, di certo! – Era proprio lei, con la buona vedova. L'accoglienze vicendevoli se le immagini il lettore.

La mattina seguente, di buon'ora, capita Renzo che non sa nulla, e vien solamente per isfogarsi un po' con Agnese su quel gran tardare di Lucia. Gli atti che fece, e le cose che disse, al trovarsela davanti, si rimettono anche quelli all'immaginazion del lettore. Le dimostrazioni di Lucia in vece furon tali, che non ci vuol molto a descriverle. – Vi saluto: come state? – disse, a occhi bassi, e senza scomporsi. E non crediate che Renzo trovasse quel fare troppo asciutto, e se l'avesse per male. Prese benissimo la cosa per il suo verso; e, come, tra gente educata, si sa far la tara ai complimenti, cosí lui intendeva bene che quelle parole non esprimevan tutto ciò che passava nel cuore di Lucia. Del resto, era facile accorgersi che aveva due maniere di pronunziarle: una per Renzo, e un'altra per tutta la gente che potesse conoscere.

– Sto bene quando vi vedo, – rispose il giovine, con una frase vecchia, ma che avrebbe inventata lui, in quel momento.

– Il nostro povero padre Cristoforo...! – disse Lucia: – pregate per l'anima sua: benché si può esser quasi sicuri che a quest'ora prega lui per noi lassú.

– Me l'aspettavo, pur troppo, – disse Renzo. E non fu questa la sola trista corda che si toccasse in quel colloquio. Ma che? di qualunque cosa si parlasse, il colloquio gli riusciva sempre delizioso. Come que' cavalli bisbetici che s'impuntano, e si piantan lí, e alzano una zampa e poi un'altra, e le ripiantano al medesimo posto, e fanno mille cerimonie prima di fare un passo, e poi tutto a un tratto prendon l'andare, e via, come se il vento li portasse, cosí era divenuto il tempo per lui: prima i minuti gli parevan ore; poi l'ore gli parevan minuti.

La vedova, non solo non guastava la compagnia, ma ci faceva dentro molto bene; e certamente, Renzo, quando la vide in quel lettuccio, non se la sarebbe potuta immaginare d'un umore cosí socievole e gioviale. Ma il lazzeretto e la campagna, la morte e le nozze, non son tutt'uno. Con Agnese essa aveva già fatto amicizia; con Lucia poi era un piacere a vederla, tenera insieme e scherzevole, e come la stuzzicava garbatamente, e senza spinger troppo, appena quanto ci voleva per obbligarla a dimostrar tutta l'allegria che aveva in cuore.

Renzo disse finalmente che andava da don Abbondio, a prendere i concerti per lo sposalizio. Ci andò, e, con un certo fare tra burlevole e rispettoso, – signor curato, – gli disse: – le è poi passato quel dolor di capo, per cui mi diceva di non poterci maritare? Ora siamo a tempo; la sposa c'è: e son qui per sentire quando le sia di comodo: ma questa volta, sarei a pregarla di far presto –. Don Abbondio non disse di no; ma cominciò a tentennare, a trovar cert'altre scuse, a far cert'altre insinuazioni: e perché mettersi in piazza, e far gridare il suo nome, con quella cattura addosso? e che la cosa potrebbe farsi ugualmente altrove; e questo e quest'altro.

– Ho inteso, – disse Renzo: – lei ha ancora un po' di quel mal di capo. Ma senta, senta –. E cominciò a descrivere in che stato aveva visto quel povero don Rodrigo; e che già a quell'ora doveva sicuramente essere andato. – Speriamo, – concluse, – che il Signore gli avrà usato misericordia.

– Questo non ci ha che fare, – disse don Abbondio: – v'ho forse detto di no? Io non dico di no; parlo... parlo per delle buone ragioni. Del resto, vedete, fin che c'è fiato... Guardatemi me: sono una conca fessa; sono stato anch'io, piú di là che di qua: e son qui; e... se non mi vengono addosso de' guai... basta... posso sperare di starci ancora un pochino. Figuratevi poi certi temperamenti. Ma, come dico, questo non ci ha che far nulla.

Dopo qualche altra botta e risposta, né piú né meno concludenti, Renzo strisciò una bella riverenza, se ne tornò alla sua compagnia, fece la sua relazione, e finí con dire: – son venuto via, che n'ero pieno, e per non risicar di perdere la pazienza, e di levargli il rispetto. In certi momenti, pareva proprio quello dell'altra volta; proprio quella mutria, quelle ragioni: son sicuro che, se la durava ancora un poco, mi tornava in campo con qualche parola in latino. Vedo che vuol essere un'altra lungagnata: è meglio fare addirittura come dice lui, andare a maritarsi dove andiamo a stare.

– Sapete cosa faremo? – disse la vedova: – voglio che andiamo noi altre donne a fare un'altra prova, e vedere se ci riesce meglio. Cosí avrò anch'io il gusto di conoscerlo quest'uomo, se è proprio come dite. Dopo desinare voglio che andiamo; per non tornare a dargli addosso subito. Ora, signore sposo, menateci un po' a spasso noi altre due, intanto che Agnese è in faccende: ché a Lucia farò io da mamma: e ho proprio voglia di vedere un po' meglio queste montagne, questo lago, di cui ho sentito tanto parlare; e il poco che n'ho già visto, mi pare una gran bella cosa.

Renzo le condusse prima di tutto alla casa del suo ospite, dove fu un'altra festa: e gli fecero promettere che, non solo quel giorno, ma tutti i giorni, se potesse, verrebbe a desinare con loro.

Passeggiato, desinato, Renzo se n'andò, senza dir dove. Le donne rimasero un pezzetto a discorrere, a concertarsi sulla maniera di prender don Abbondio; e finalmente andarono all'assalto.

«Son qui loro», disse questo tra sé; ma fece faccia tosta: gran congratulazioni a Lucia, saluti ad Agnese, complimenti alla forestiera. Le fece mettere a sedere, e poi entrò subito a parlar della peste: volle sentir da Lucia come l'aveva passata in que' guai: il lazzeretto diede opportunità di far parlare anche quella che l'era stata compagna; poi, com'era giusto, don Abbondio parlò anche della sua burrasca; poi de' gran mirallegri anche a Agnese, che l'aveva passata liscia. La cosa andava in lungo: già fin dal primo momento, le due anziane stavano alle velette, se mai venisse l'occasione d'entrar nel discorso essenziale: finalmente non so quale delle due ruppe il ghiaccio. Ma cosa volete? Don Abbondio era sordo da quell'orecchio. Non che dicesse di no; ma eccolo di nuovo a quel suo serpeggiare, volteggiare e saltar di palo in frasca. – Bisognerebbe, – diceva, – poter far levare quella catturaccia. Lei, signora, che è di Milano, conoscerà piú o meno il filo delle cose, avrà delle buone protezioni, qualche cavaliere di peso: ché con questi mezzi si sana ogni piaga. Se poi si volesse andar per la piú corta, senza imbarcarsi in tante storie; giacché codesti giovani, e qui la nostra Agnese, hanno già intenzione di spatriarsi (e io non saprei cosa dire: la patria è dove si sta bene), mi pare che si potrebbe far tutto là, dove non c'è cattura che tenga. Non vedo proprio l'ora di saperlo concluso questo parentado, ma lo vorrei concluso bene, tranquillamente. Dico la verità: qui, con quella cattura viva, spiattellar dall'altare quel nome di Lorenzo Tramaglino, non lo farei col cuor quieto: gli voglio troppo bene; avrei paura di fargli un cattivo servizio. Veda lei; vedete voi altre.

Qui, parte Agnese, parte la vedova, a ribatter quelle ragioni; don Abbondio a rimetterle in campo, sott'altra forma: s'era sempre da capo; quando entra Renzo, con un passo risoluto, e con una notizia in viso; e dice: – è arrivato il signor marchese ***.

– Cosa vuol dir questo? arrivato dove? – domanda don Abbondio, alzandosi.

– È arrivato nel suo palazzo, ch'era quello di don Rodrigo; perché questo signor marchese è l'erede per fidecommisso, come dicono; sicché non c'è piú dubbio. Per me, ne sarei contento, se potessi sapere che quel pover'uomo fosse morto bene. A buon conto, finora ho detto per lui de' paternostri, adesso gli dirò de' *De profundis*. E questo signor marchese è un bravissim'uomo.

– Sicuro, – disse don Abbondio: – l'ho sentito nominar piú d'una volta per un bravo signore davvero, per un uomo della stampa antica. Ma che sia proprio vero....?

– Al sagrestano gli crede?

– Perché?

– Perché lui l'ha veduto co' suoi occhi. Io sono stato solamente lí ne' contorni, e, per dir la verità, ci sono andato appunto perché ho pensato: qualcosa là si dovrebbe sapere. E piú d'uno m'ha detto lo stesso. Ho poi incontrato Ambrogio che veniva proprio di lassú, e che l'ha veduto, come dico, far da padrone. Lo vuol sentire, Ambrogio? L'ho fatto aspettar qui fuori apposta.

– Sentiamo, – disse don Abbondio. Renzo andò a chiamare il sagrestano. Questo confermò la cosa in tutto e per tutto, ci aggiunse altre circostanze, sciolse tutti i dubbi; e poi se n'andò.

– Ah! è morto dunque! è proprio andato! – esclamò don Abbondio. – Vedete, figliuoli, se la Provvidenza arriva alla fine certa gente. Sapete che l'è una gran cosa! un gran respiro per questo povero paese! ché non ci si poteva vivere con colui. È stata un gran flagello questa peste; ma è anche stata *una scopa*; ha spazzato via certi soggetti, che, figliuoli miei, non ce ne liberavamo piú: verdi, freschi, prosperosi: bisognava dire che chi era destinato a far loro l'esequie, era ancora in seminario, a fare i latinucci. E in un batter d'occhio, sono spariti, a cento per volta. Non lo vedremo piú andare in giro con quegli sgherri dietro, con quell'albagía, con quell'aria, con quel palo in corpo, con quel guardar la gente, che pareva che si stesse tutti al mondo per sua degnazione. Intanto, lui non c'è piú, e noi ci siamo. Non manderà piú di quell'imbasciate ai galantuomini. Ci ha dato un gran fastidio a tutti, vedete: ché adesso lo possiamo dire.

– Io gli ho perdonato di cuore, – disse Renzo.

– E fai il tuo dovere, – rispose don Abbondio: – ma si può anche ringraziare il cielo, che ce n'abbia liberati.

Ora, tornando a noi, vi ripeto: fate voi altri quel che credete. Se volete che vi mariti io, son qui; se vi torna piú comodo in altra maniera, fate voi altri. In quanto alla cattura, vedo anch'io che, non essendoci ora piú nessuno che vi tenga di mira, e voglia farvi del male, non è cosa da prendersene gran pensiero: tanto piú, che c'è stato di mezzo quel decreto grazioso, per la nascita del serenissimo infante. E poi la peste! la peste! ha dato di bianco a di gran cose la peste! Sicché, se volete.... oggi è giovedí.... domenica vi dico in chiesa; perché quel che s'è fatto l'altra volta, non conta piú niente, dopo tanto tempo; e poi ho la consolazione di maritarvi io.

– Lei sa bene ch'eravamo venuti appunto per questo, – disse Renzo.

– Benissimo; e io vi servirò: e voglio darne parte subito a sua eminenza.

– Chi è sua eminenza? – domandò Agnese.

– Sua eminenza, – rispose don Abbondio, – è il nostro cardinale arcivescovo, che Dio conservi.

– Oh! in quanto a questo mi scusi, – replicò Agnese: – ché, sebbene io sia una povera ignorante, le posso accertare che non gli si dice cosí; perché, quando siamo state la seconda volta per parlargli, come parlo a lei, uno di que' signori preti mi tirò da parte, e m'insegnò come si doveva trattare con quel signore, e che gli si doveva dire vossignoria illustrissima, e monsignore.

– E ora, se vi dovesse tornare a insegnare, vi direbbe che gli va dato dell'eminenza: avete inteso? Perché il papa, che Dio lo conservi anche lui, ha prescritto, fin dal mese di giugno, che ai cardinali si dia questo titolo. E sapete perché sarà venuto a questa risoluzione? Perché l'illustrissimo, ch'era riservato a loro e a certi principi, ora, vedete anche voi altri, cos'è diventato, a quanti si dà: e come se lo succiano volentieri! E cosa doveva fare, il papa? Levarlo a tutti? Lamenti, ricorsi, dispiaceri, guai; e per di piú, continuar come prima. Dunque ha trovato un bonissimo ripiego. A poco a poco poi, si comincerà a dar dell'eminenza ai vescovi; poi lo vorranno gli abati, poi i proposti: perché gli uomini son fatti cosí; sempre voglion salire, sempre salire; poi i canonici....

– Poi i curati, – disse la vedova.

– No no, – riprese don Abbondio: – i curati a tirar la carretta: non abbiate paura che gli avvezzin male, i curati: del reverendo, fino alla fin del mondo. Piuttosto, non mi maraviglierei punto che i cavalieri, i quali sono avvezzi a sentirsi dar dell'illustrissimo, a esser trattati come i cardinali, un giorno volessero dell'eminenza anche loro. E se la vogliono, vedete, troveranno chi gliene darà. E allora, il papa che ci sarà allora, troverà qualche altra cosa per i cardinali. Orsú, ritorniamo alle nostre cose: domenica vi dirò in chiesa; e intanto, sapete cos'ho pensato per servirvi meglio? Intanto chiederemo la dispensa per l'altre due denunzie. Hanno a avere un bel da fare laggiú in curia, a dar dispense, se la va per tutto come qui. Per domenica ne ho già.... uno.... due.... tre; senza contarvi voi altri: e ne può capitare ancora. E poi vedrete, andando avanti, che affare vuol essere: non ne deve rimanere uno scompagnato. Ha proprio fatto uno sproposito Perpetua a morire ora; ché questo era il momento che trovava l'avventore anche lei. E a Milano, signora, mi figuro che sarà lo stesso.

– Eccome! si figuri che, solamente nella mia cura, domenica passata, cinquanta denunzie.

– Se lo dico; il mondo non vuol finire. E lei, signora, non hanno principiato a ronzarle intorno de' mosconi?

– No, no; io non ci penso, né ci voglio pensare.

– Sí, sí, che vorrà esser lei sola. Anche Agnese, veda; anche Agnese....

– Uh! ha voglia di scherzare, lei, – disse questa.

– Sicuro che ho voglia di scherzare: e mi pare che sia ora finalmente. Ne abbiam passate delle brutte, n'è vero, i miei giovani? delle brutte n'abbiam passate: questi quattro giorni che dobbiamo stare in questo mondo, si può sperare che vogliano essere un po' meglio. Ma! fortunati voi altri, che, non succedendo disgrazie, avete ancora un pezzo da parlare de' guai passati: io in vece, sono alle ventitre e tre quarti, e.... i birboni posson morire; della peste si può guarire; ma agli anni non c'è rimedio: e, come dice, *senectus ipsa est morbus*.

– Ora, – disse Renzo, – parli pur latino quanto vuole; che non me n'importa nulla.

– Tu l'hai ancora col latino, tu: bene bene, t'accomoderò io: quando mi verrai davanti, con questa creatura, per sentirvi dire appunto certe paroline in latino, ti dirò: latino tu non ne vuoi: vattene in pace. Ti piacerà?

– Eh! so io quel che dico, – riprese Renzo: – non è quel latino lí che mi fa paura: quello è un latino sincero, sacrosanto, come quel della messa: anche loro, lí, bisogna che leggano quel che c'è sul libro. Parlo di quel latino birbone, fuor di chiesa, che viene addosso a tradimento, nel buono d'un discorso. Per esempio, ora che siam qui, che tutto è finito; quel latino che andava cavando fuori, lí proprio, in quel canto, per darmi ad intendere che non poteva, e che ci voleva dell'altre cose, e che so io? me lo volti un po' in volgare ora.

– Sta' zitto, buffone, sta' zitto: non rimestar queste cose; ché, se dovessimo ora fare i conti, non so chi avanzerebbe. Io ho perdonato tutto: non ne parliam piú: ma me n'avete fatti de' tiri. Di te non mi fa specie, che sei un malandrinaccio; ma dico quest'acqua cheta, questa santerella, questa madonnina infilzata, che si sarebbe creduto far peccato a guardarsene. Ma già, lo so io chi l'aveva ammaestrata, lo so io, lo so io –. Cosí dicendo, accennava Agnese col dito, che prima aveva tenuto rivolto a Lucia: e non si potrebbe spiegare con che bonarietà, con che piacevolezza facesse que' rimproveri. Quella notizia gli aveva dato una disinvoltura, una parlantina, insolita da gran tempo; e saremmo ancor ben lontani dalla fine, se volessimo riferir tutto il rimanente di que' discorsi, che lui tirò in lungo, ritenendo piú d'una volta la compagnia che voleva andarsene, e fermandola poi ancora un pochino sull'uscio di strada, sempre a parlar di bubbole.

Il giorno seguente, gli capitò una visita, quanto meno aspettata tanto piú gradita: il signor marchese del quale s'era parlato: un uomo tra la virilità e la vecchiezza, il cui aspetto era come un attestato di ciò che la fama diceva di aperto, cortese, placido, umile, dignitoso, e qualcosa che indicava una mestizia rassegnata.

– Vengo, – disse, – a portarle i saluti del cardinale arcivescovo.

– Oh che degnazione di tutt'e due!

– Quando fui a prender congedo da quest'uomo incomparabile, che m'onora della sua amicizia, mi parlò di due giovani di codesta cura, ch'eran promessi sposi, e che hanno avuto de' guai, per causa di quel povero don Rodrigo. Monsignore desidera d'averne notizia. Son vivi? E le loro cose sono accomodate?

– Accomodato ogni cosa. Anzi, io m'era proposto di scriverne a sua eminenza; ma ora che ho l'onore...

– Si trovan qui?

– Qui; e, piú presto che si potrà, saranno marito e moglie.

– E io la prego di volermi dire se si possa far loro del bene, e anche d'insegnarmi la maniera piú conveniente. In questa calamità, ho perduto i due soli figli che avevo, e la madre loro, e ho avute tre eredità considerabili. Del superfluo, n'avevo anche prima: sicché lei vede che il darmi una occasione d'impiegarne, e tanto piú una come questa, è farmi veramente un servizio.

– Il cielo la benedica! Perché non sono tutti come lei i...? Basta; la ringrazio anch'io di cuore per questi miei figliuoli. E giacché vossignoria illustrissima mi dà tanto coraggio, sí signore, che ho un espediente da suggerirle, il quale forse non le dispiacerà. Sappia dunque che questa buona gente son risoluti d'andare a metter su casa altrove, e di vender quel poco che hanno al sole qui: una vignetta il giovine, di nove o dieci pertiche, salvo il vero, ma trasandata affatto: bisogna far conto del terreno, nient'altro; di piú una casuccia lui, e un'altra la sposa: due topaie, veda. Un signore come vossignoria non può sapere come la vada per i poveri, quando voglion disfarsi del loro. Finisce sempre a andare in bocca di qualche furbo, che forse sarà già un pezzo che fa all'amore a quelle quattro braccia di terra, e quando sa che l'altro ha bisogno di vendere, si ritira, fa lo svogliato; bisogna corrergli dietro, e dargliele per un pezzo di pane: specialmente poi in circostanze come queste. Il signor marchese ha già veduto dove vada a parare il mio discorso. La carità piú fiorita che vossignoria illustrissima possa fare a questa gente, è di cavarli da quest'impiccio, comprando quel poco fatto loro. Io, per dir la verità, do un parere interessato, perché verrei ad acquistare nella mia cura un compadrone come il signor marchese; ma vossignoria deciderà secondo che le parrà meglio: io ho parlato per ubbidienza.

Il marchese lodò molto il suggerimento; ringraziò don Abbondio, e lo pregò di voler esser arbitro del prezzo, e di fissarlo alto bene; e lo fece poi restar di sasso, col proporgli che s'andasse subito insieme a casa della sposa, dove sarebbe probabilmente anche lo sposo.

Per la strada, don Abbondio, tutto gongolante, come vi potete immaginare, ne pensò e ne disse un'altra. – Giacché vossignoria illustrissima è tanto inclinato a far del bene a questa gente, ci sarebbe un altro servizio da render loro. Il giovine ha addosso una cattura, una specie di bando, per qualche scappatuccia che ha fatta in Milano, due anni sono, quel giorno del gran fracasso, dove s'è trovato impicciato, senza malizia, da ignorante, come un topo nella trappola: nulla di serio, veda: ragazzate, scapataggini: di far del male veramente, non è capace: e io posso dirlo, che l'ho battezzato, e l'ho veduto venir su: e poi, se vossignoria vuol prendersi il divertimento di sentir questa povera gente ragionar su alla carlona, potrà fargli raccontar la storia a lui, e sentirà. Ora, trattandosi di cose vecchie, nessuno gli dà fastidio; e, come le ho detto, lui pensa d'andarsene fuor di stato; ma, col tempo, o tornando qui, o altro, non si sa mai, lei m'insegna che è sempre meglio non esser su que' libri. Il signor marchese, in Milano, conta, come è giusto, e per quel gran cavaliere, e per quel grand'uomo che è.... No, no, mi lasci dire; ché la verità vuole avere il suo luogo. Una raccomandazione, una parolina d'un par suo, è piú del bisogno per ottenere una buona assolutoria.

– Non c'è impegni forti contro codesto giovine?

– No, no; non crederei. Gli hanno fatto fuoco addosso nel primo momento; ma ora credo che non ci sia piú altro che la semplice formalità.

– Essendo cosí, la cosa sarà facile; e la prendo volentieri sopra di me.

– E poi non vorrà che si dica che è un grand'uomo. Lo dico, e lo voglio dire; a suo dispetto, lo voglio dire. E anche se io stessi zitto, già non servirebbe a nulla, perché parlan tutti; e *vox populi, vox Dei*.

Trovarono appunto le tre donne e Renzo. Come questi rimanessero, lo lascio considerare a voi: io credo che anche quelle nude e ruvide pareti, e l'impannate, e i panchetti, e le stoviglie si maravigliassero di ricever tra loro una visita cosí straordinaria. Avviò lui la conversazione, parlando del cardinale e dell'altre cose, con aperta cordialità, e insieme con delicati riguardi. Passò poi a far la proposta per cui era venuto. Don Abbondio, pregato da lui di fissare il prezzo, si fece avanti; e, dopo un po' di cerimonie e di scuse, e che non era sua farina, e che non potrebbe altro che andare a tastoni, e che parlava per ubbidienza, e che si rimetteva, proferí, a parer suo, uno sproposito. Il compratore disse che, per la parte sua, era contentissimo, e, come se avesse franteso, ripeté il doppio; non volle sentir rettificazioni, e troncò e concluse ogni discorso invitando la compagnia a desinare per il giorno dopo le nozze, al suo palazzo, dove si farebbe l'istrumento in regola.

«Ah! – diceva poi tra sé don Abbondio, tornato a casa: – se la peste facesse sempre e per tutto le cose in questa maniera, sarebbe proprio peccato il dirne male: quasi quasi ce ne vorrebbe una, ogni generazione; e si potrebbe stare a patti d'averla; ma guarire, ve'».

Venne la dispensa, venne l'assolutoria, venne quel benedetto giorno: i due promessi andarono, con sicurezza trionfale, proprio a quella chiesa, dove, proprio per bocca di don Abbondio, furono sposi. Un altro trionfo, e ben piú singolare, fu l'andare a quel palazzotto; e vi lascio pensare che cose dovessero passar loro per la mente, in far quella salita, all'entrare in quella porta; e che discorsi dovessero fare, ognuno secondo il suo naturale. Accennerò soltanto che, in mezzo all'allegria, ora l'uno, ora l'altro motivò piú d'una volta, che, per compir la festa, ci mancava il povero padre Cristoforo. – Ma per lui, – dicevan poi, – sta meglio di noi sicuramente.

Il marchese fece loro una gran festa, li condusse in un bel tinello, mise a tavola gli sposi, con Agnese e con la mercantessa; e prima di ritirarsi a pranzare altrove con don Abbondio, volle star lí un poco a far compagnia agl'invitati, e aiutò anzi a servirli. A nessuno verrà, spero, in testa di dire che sarebbe stata cosa piú semplice fare addirittura una tavola sola. Ve l'ho dato per un brav'uomo, ma non per un originale, come si direbbe ora; v'ho detto ch'era umile, non già che fosse un portento d'umiltà. N'aveva quanta ne bisognava per mettersi al di sotto di quella buona gente, ma non per istar loro in pari.

Dopo i due pranzi, fu steso il contratto per mano d'un dottore, il quale non fu l'Azzecca-garbugli. Questo, voglio dire la sua spoglia, era ed è tuttavia a Canterelli. E per chi non è di quelle parti, capisco anch'io che qui ci vuole una spiegazione.

Sopra Lecco forse un mezzo miglio, e quasi sul fianco dell'altro paese chiamato Castello, c'è un luogo detto Canterelli, dove s'incrocian due strade; e da una parte del crocicchio, si vede un rialto, come un poggetto artificiale, con una croce in cima; il quale non è altro che un gran mucchio di morti in quel contagio. La tradizione, per dir la verità, dice semplicemente i morti del contagio; ma dev'esser quello senz'altro, che fu l'ultimo, e il piú micidiale di cui rimanga memoria. E sapete che le tradizioni, chi non le aiuta, da sé dicon sempre troppo poco.

Nel ritorno non ci fu altro inconveniente, se non che Renzo era un po' incomodato dal peso de' quattrini che portava via. Ma l'uomo, come sapete, aveva fatto ben altre vite. Non parlo del lavoro della mente, che non era piccolo, a pensare alla miglior maniera di farli fruttare. A vedere i progetti che passavan per quella mente, le riflessioni, l'immaginazioni; a sentire i pro e i contro, per l'agricoltura e per l'industria, era come se ci si fossero incontrate due accademie del secolo passato. E per lui l'impiccio era ben piú reale; perché, essendo un uomo solo, non gli si poteva dire: che bisogno c'è di scegliere? l'uno e l'altro, alla buon'ora; ché i mezzi, in sostanza, sono i medesimi; e son due cose come le gambe, che due vanno meglio d'una sola.

Non si pensò piú che a fare i fagotti, e a mettersi in viaggio: casa Tramaglino per la nuova patria, e la vedova per Milano. Le lacrime, i ringraziamenti, le promesse d'andarsi a trovare furon molte. Non meno tenera, eccettuate le lacrime, fu la separazione di Renzo e della famiglia dall'ospite amico: e non crediate che con don Abbondio le cose passassero freddamente. Quelle buone creature avevan sempre conservato un certo attaccamento rispettoso per il loro curato; e questo, in fondo, aveva sempre voluto bene a loro. Son que' benedetti affari, che imbroglian gli affetti.

Chi domandasse se non ci fu anche del dolore in distaccarsi dal paese nativo, da quelle montagne; ce ne fu sicuro: ché del dolore, ce n'è, sto per dire, un po' per tutto. Bisogna però che non fosse molto forte, giacché avrebbero potuto risparmiarselo, standо a casa loro, ora che i due grand'inciampi, don Rodrigo e il bando, eran levati. Ma, già da qualche tempo, erano avvezzi tutt'e tre a riguardar come loro il paese dove andavano. Renzo l'aveva fatto entrare in grazia alle donne, raccontando l'agevolezze che ci trovavano gli operai, e cento cose della bella vita che si faceva là. Del resto, avevan tutti passato de' momenti ben amari in quello a cui voltavan le spalle; e le memorie triste, alla lunga guastan sempre nella mente i luoghi che le richiamano. E se que' luoghi son quelli dove siam nati, c'è forse in tali memorie qualcosa di piú aspro e pungente. Anche il bambino, dice il manoscritto, riposa volentieri sul seno della balia, cerca con avidità e con fiducia la poppa che l'ha dolcemente alimentato fino allora; ma se la balia, per divezzarlo, la bagna d'assenzio, il bambino ritira la bocca, poi torna a provare, ma finalmente se ne stacca; piangendo sí, ma se ne stacca.

Cosa direte ora, sentendo che, appena arrivati e accomodati nel nuovo paese, Renzo ci trovò de' disgusti, bell'e preparati? Miserie; ma ci vuol cosí poco a disturbare uno stato felice! Ecco, in poche parole, la cosa.

Il parlare che, in quel paese, s'era fatto di Lucia, molto tempo prima che la ci arrivasse; il saper che Renzo aveva avuto a patir tanto per lei, e sempre fermo, sempre fedele; forse qualche parola di qualche amico parziale per lui e per tutte le cose sue, avevan fatto nascere una certa curiosità di veder la giovine, e una certa aspettativa della sua bellezza. Ora sapete come è l'aspettativa: immaginosa, credula, sicura; alla prova poi, difficile, schizzinosa: non trova mai tanto che le basti, perché, in sostanza, non sapeva quello che si volesse; e fa scontare senza pietà il dolce che aveva dato senza ragione. Quando comparve questa Lucia, molti i quali credevan forse che dovesse avere i capelli proprio d'oro, e le gote proprio di rosa, e due occhi l'uno piú bello dell'altro, e che so io? cominciarono a alzar le spalle, ad arricciar il naso, e a dire: – eh! l'è questa? Dopo tanto tempo, dopo tanti discorsi, s'aspettava qualcosa di meglio. Cos'è poi? Una contadina come tant'altre. Eh! di queste e delle meglio, ce n'è per tutto –. Venendo poi a esaminarla in particolare, notavan chi un difetto, chi un altro: e ci furon fin di quelli che la trovavan brutta affatto.

Siccome però nessuno le andava a dir sul viso a Renzo, queste cose; cosí non c'era gran male fin lí. Chi lo fece il male, furon certi tali che gliele rapportarono: e Renzo, che volete? ne fu tocco sul vivo. Cominciò a ruminarci sopra, a farne di gran lamenti, e con chi gliene parlava, e piú a lungo tra sé. «E cosa v'importa a voi altri? E chi v'ha detto d'aspettare? Son mai venuto io a parlarvene? a dirvi che la fosse bella? E quando me lo dicevate voi altri, v'ho mai risposto altro, se non che era una buona giovine? È una contadina! V'ho detto mai che v'avrei menato qui una principessa? Non vi piace? Non la guardate. N'avete delle belle donne: guardate quelle».

E vedete un poco come alle volte una corbelleria basta a decidere dello stato d'un uomo per tutta la vita. Se Renzo avesse dovuto passar la sua in quel paese, secondo il suo primo disegno, sarebbe stata una vita poco allegra. A forza d'esser disgustato, era ormai diventato disgustoso. Era sgarbato con tutti, perché ognuno poteva essere uno de' critici di Lucia. Non già che trattasse proprio contro il galateo; ma sapete quante belle cose si posson fare senza offender le regole della buona creanza: fino sbudellarsi. Aveva un non so che di sardonico in ogni sua parola; in tutto trovava anche lui da criticare, a segno che, se faceva cattivo tempo due giorni di seguito, subito diceva: – eh già, in questo paese! – Vi dico che non eran pochi quelli che l'avevan già preso a noia, e anche persone che prima gli volevan bene; e col tempo, d'una cosa nell'altra, si sarebbe trovato, per dir cosí, in guerra con quasi tutta la popolazione, senza poter forse né anche lui conoscer la prima cagione d'un cosí gran male.

Ma si direbbe che la peste avesse preso l'impegno di raccomodar tutte le malefatte di costui. Aveva essa portato via il padrone d'un altro filatoio, situato quasi sulle porte di Bergamo; e l'erede, giovine scapestrato, che in tutto quell'edifizio non trovava che ci fosse nulla di divertente, era deliberato, anzi smanioso di vendere, anche a mezzo prezzo; ma voleva i danari l'uno sopra l'altro, per poterli impiegar subito in consumazioni improduttive. Venuta la cosa agli orecchi di Bortolo, corse a vedere; trattò: patti piú grassi non si sarebbero potuti sperare; ma quella condizione de' pronti contanti guastava tutto, perché quelli che aveva messi da parte, a poco a poco, a forza di risparmi, erano ancor lontani da arrivare alla somma. Tenne l'amico in mezza parola, tornò indietro in fretta, comunicò l'affare al cugino, e gli propose di farlo a mezzo. Una cosí bella proposta troncò i dubbi economici di Renzo, che si risolvette subito per l'industria, e disse di sí. Andarono insieme, e si strinse il contratto. Quando poi i nuovi padroni vennero a stare sul loro, Lucia, che lí non era aspettata per nulla, non solo non andò soggetta a critiche, ma si può dire che non dispiacque; e Renzo venne a risapere che s'era detto da piú d'uno: – avete veduto quella bella baggiana che c'è venuta? – L'epiteto faceva passare il sostantivo.

E anche del dispiacere che aveva provato nell'altro paese, gli restò un utile ammaestramento. Prima d'allora era stato un po' lesto nel sentenziare, e si lasciava andar volentieri a criticar la donna d'altri, e ogni cosa. Allora s'accorse che le parole fanno un effetto in bocca, e un altro negli orecchi; e prese un po' piú d'abitudine d'ascoltar di dentro le sue, prima di proferirle.

Non crediate però che non ci fosse qualche fastidiuccio anche lí. L'uomo (dice il nostro anonimo: e già sapete per prova che aveva un gusto un po' strano in fatto di similitudini; ma passategli anche questa, che avrebbe a esser l'ultima), l'uomo, fin che sta in questo mondo, è un infermo che si trova sur un letto scomodo piú o meno, e vede intorno a sé altri letti, ben rifatti al di fuori, piani, a livello: e si figura che ci si deve star benone. Ma se gli riesce di cambiare, appena s'è accomodato nel nuovo, comincia, pigiando, a sentire, qui una lisca che lo punge, lí un bernoccolo che lo preme: siamo in somma, a un di presso, alla storia di prima. E per questo, soggiunge l'anonimo, si dovrebbe pensare piú a far bene, che a star bene: e cosí si finirebbe anche a star meglio. È tirata un po' con gli argani, e proprio da secentista; ma in fondo ha ragione. Per altro, prosegue, dolori e imbrogli della qualità e della forza di quelli che abbiam raccontati, non ce ne furon piú per la nostra buona gente: fu, da quel punto in poi, una vita delle piú tranquille, delle piú felici, delle piú invidiabili; di maniera che, se ve l'avessi a raccontare, vi seccherebbe a morte.

Gli affari andavan d'incanto: sul principio ci fu un po' d'incaglio per la scarsezza de' lavoranti e per lo sviamento e le pretensioni de' pochi ch'eran rimasti. Furon pubblicati editti che limitavano le paghe degli operai; malgrado quest'aiuto, le cose si rincamminarono, perché alla fine bisogna che si rincamminino. Arrivò da Venezia un altro editto, un po' piú ragionevole: esenzione, per dieci anni, da ogni carico reale e personale ai forestieri che venissero a abitare in quello stato. Per i nostri fu una nuova cuccagna.

Prima che finisse l'anno del matrimonio, venne alla luce una bella creatura; e, come se fosse fatto apposta per dar subito opportunità a Renzo d'adempire quella sua magnanima promessa, fu una bambina; e potete credere che le fu messo nome Maria. Ne vennero poi col tempo non so quant'altri, dell'uno e dell'altro sesso: e Agnese affaccendata a portarli in qua e in là, l'uno dopo l'altro, chiamandoli cattivacci, e stampando loro in viso de' bacioni, che ci lasciavano il bianco per qualche tempo. E furon tutti ben inclinati; e Renzo volle che imparassero tutti a leggere e scrivere, dicendo che, giacché la c'era questa birberia, dovevano almeno profittarne anche loro.

Il bello era a sentirlo raccontare le sue avventure: e finiva sempre col dire le gran cose che ci aveva imparate, per governarsi meglio in avvenire. – Ho imparato, – diceva, – a non mettermi ne' tumulti: ho imparato a non predicare in piazza: ho imparato a guardare con chi parlo: ho imparato a non alzar troppo il gomito: ho imparato a non tenere in mano il martello delle porte, quando c'è lí d'intorno gente che ha la testa calda: ho imparato a non attaccarmi un campanello al piede, prima d'aver pensato quel che possa nascere –. E cent'altre cose.

Lucia però, non che trovasse la dottrina falsa in sé, ma non n'era soddisfatta; le pareva, cosí in confuso, che ci mancasse qualcosa. A forza di sentir ripetere la stessa canzone, e di pensarci sopra ogni volta, – e io, – disse un giorno al suo moralista, – cosa volete che abbia imparato? Io non sono andata a cercare i guai: son loro che sono venuti a cercar me. Quando non voleste dire, – aggiunse, soavemente sorridendo, – che il mio sproposito sia stato quello di volervi bene, e di promettermi a voi.

Renzo, alla prima, rimase impicciato. Dopo un lungo dibattere e cercare insieme, conclusero che i guai vengono bensí spesso, perché ci si è dato cagione; ma che la condotta piú cauta e piú innocente non basta a tenerli lontani; e che quando vengono, o per colpa o senza colpa, la fiducia in Dio li raddolcisce, e li rende utili per una vita migliore. Questa conclusione, benché trovata da povera gente, c'è parsa cosí giusta, che abbiam pensato di metterla qui, come il sugo di tutta la storia.

La quale, se non v'è dispiaciuta affatto, vogliatene bene a chi l'ha scritta, e anche un pochino a chi l'ha raccomodata. Ma se in vece fossimo riusciti ad annoiarvi, credete che non s'è fatto apposta.

Storia della colonna infame

Introduzione

Ai giudici che, in Milano, nel 1630, condannarono a supplizi atrocissimi alcuni accusati d'aver propagata la peste con certi ritrovati sciocchi non men che orribili, parve d'aver fatto una cosa talmente degna di memoria, che, nella sentenza medesima, dopo aver decretata, in aggiunta de' supplizi, la demolizion della casa d'uno di quegli sventurati, decretaron di piú, che in quello spazio s'innalzasse una colonna, la quale dovesse chiamarsi infame, con un'iscrizione che tramandasse ai posteri la notizia dell'attentato e della pena. E in ciò non s'ingannarono: quel giudizio fu veramente memorabile.

In una parte dello scritto antecedente, l'autore aveva manifestata l'intenzione di pubblicarne la storia; ed è questa che presenta al pubblico, non senza vergogna, sapendo che da altri è stata supposta opera di vasta materia, se non altro, e di mole corrispondente. Ma se il ridicolo del disinganno deve cadere addosso a lui, gli sia permesso almeno di protestare che nell'errore non ha colpa, e che, se viene alla luce un topo, lui non aveva detto che dovessero partorire i monti. Aveva detto soltanto che, come episodio, una tale storia sarebbe riuscita troppo lunga, e che, quantunque il soggetto fosse già stato trattato da uno scrittore giustamente celebre (*Osservazioni sulla tortura*, di Pietro Verri), gli pareva che potesse esser trattato di nuovo, con diverso intento. E basterà un breve cenno su questa diversità, per far conoscere la ragione del nuovo lavoro. Cosí si potesse anche dire l'utilità; ma questa, pur troppo, dipende molto piú dall'esecuzione che dall'intento.

Pietro Verri si propose, come indica il titolo medesimo del suo opuscolo, di ricavar da quel fatto un argomento contro la tortura, facendo vedere come questa aveva potuto estorcere la confessione d'un delitto, fisicamente e moralmente impossibile. E l'argomento era stringente, come nobile e umano l'assunto.

Ma dalla storia, per quanto possa esser succinta, d'un avvenimento complicato, d'un gran male, fatto senza ragione da uomini a uomini, devono necessariamente potersi ricavare osservazioni piú generali, e d'un'utilità, se non cosí immediata, non meno reale. Anzi, a contentarsi di quelle sole che potevan principalmente servire a quell'intento speciale, c'è pericolo di formarsi una nozione del fatto, non solo dimezzata, ma falsa, prendendo per cagioni di esso l'ignoranza de' tempi e la barbarie della giurisprudenza, e riguardandolo quasi come un avvenimento fatale e necessario; che sarebbe cavare un errore dannoso da dove si può avere un utile insegnamento. L'ignoranza in fisica può produrre degl'inconvenienti, ma non delle iniquità; e una cattiva istituzione non s'applica da sé. Certo, non era un effetto necessario del credere all'efficacia dell'unzioni pestifere, il credere che Guglielmo Piazza e Giangiacomo Mora le avessero messe in opera; come dell'esser la tortura in vigore non era effetto necessario che fosse fatta soffrire a tutti gli accusati, né che tutti quelli a cui si faceva soffrire, fossero sentenziati colpevoli. Verità che può parere sciocca per troppa evidenza; ma non di rado le verità troppo evidenti, e che dovrebbero esser sottintese, sono in vece dimenticate; e dal non dimenticar questa dipende il giudicar rettamente quell'atroce giudizio. Noi abbiam cercato di metterla in luce, di far vedere che que' giudici condannaron degl'innocenti, che essi, con la piú ferma persuasione dell'efficacia dell'unzioni, e con una legislazione che ammetteva la tortura, potevano riconoscere innocenti; e che anzi, per trovarli colpevoli, per respingere il vero che ricompariva ogni momento, in mille forme, e da mille parti, con caratteri chiari allora com'ora, come sempre, dovettero fare continui sforzi d'ingegno, e ricorrere a espedienti, de' quali non potevano ignorar l'ingiustizia. Non vogliamo certamente (e sarebbe un tristo assunto) togliere all'ignoranza e alla tortura la parte loro in quell'orribile fatto: ne furono, la prima un'occasion deplorabile, l'altra un mezzo crudele e attivo, quantunque non l'unico certamente, né il principale. Ma crediamo che importi il distinguerne le vere ed efficienti cagioni, che furono atti iniqui, prodotti da che, se non da passioni perverse?

Dio solo ha potuto distinguere qual piú, qual meno tra queste abbia dominato nel cuor di que' giudici, e soggiogate le loro volontà: se la rabbia contro pericoli oscuri, che, impaziente di trovare un oggetto, afferrava quello che le veniva messo davanti; che aveva ricevuto una notizia desiderata, e non voleva trovarla falsa; aveva detto: *finalmente!* e non voleva dire: *siam da capo*; la rabbia resa spietata da una lunga paura, e diventata odio e puntiglio contro gli sventurati che cercavan di sfuggirle di mano; o il timor di mancare a un'aspettativa generale, altrettanto sicura quanto avventata, di parer meno abili se scoprivano degl'innocenti, di voltar contro di sé le grida della moltitudine, col non ascoltarle; il timore fors'anche di gravi pubblici mali che ne potessero avvenire: timore di men turpe apparenza, ma ugualmente perverso, e non men miserabile, quando sottentra al timore, veramente nobile e veramente sapiente, di commetter l'ingiustizia. Dio solo ha potuto vedere se que' magistrati, trovando i colpevoli d'un delitto che non c'era, ma che si voleva[1], furon piú complici o ministri d'una moltitudine che, accecata, non dall'ignoranza, ma dalla malignità e dal furore, violava con quelle grida i precetti piú positivi della legge divina, di cui si vantava seguace. Ma la menzogna, l'abuso del potere, la violazion delle leggi e delle regole piú note

[1] *Ut mos vulgo, quamvis falsis, reum subdere*. Tacit. Ann. I, 39.

e ricevute, l'adoprar doppio peso e doppia misura, son cose che si posson riconoscere anche dagli uomini negli atti umani; e riconosciute, non si posson riferire ad altro che a passioni pervertitrici della volontà; né, per ispiegar gli atti materialmente iniqui di quel giudizio, se ne potrebbe trovar di piú naturali e di men triste, che quella rabbia e quel timore.

Ora, tali cagioni non furon pur troppo particolari a un'epoca; né fu soltanto per occasione d'errori in fisica, e col mezzo della tortura, che quelle passioni, come tutte l'altre, abbian fatto commettere ad uomini ch'eran tutt'altro che scellerati di professione, azioni malvage, sia in rumorosi avvenimenti pubblici, sia nelle piú oscure relazioni private. «Se una sola tortura di meno, – scrive l'autor sullodato, – si darà in grazia dell'orrore che pongo sotto gli occhi, sarà ben impieato il doloroso sentimento che provo, e la speranza di ottenerlo mi ricompensa»[2]. Noi, proponendo a lettori pazienti di fissar di nuovo lo sguardo sopra orrori già conosciuti, crediamo che non sarà senza un nuovo e non ignobile frutto, se lo sdegno e il ribrezzo che non si può non provarne ogni volta, si rivolgeranno anche, e principalmente, contro passioni che non si posson bandire, come falsi sistemi, né abolire, come cattive istituzioni, ma render meno potenti e meno funeste, col riconoscerle ne' loro effetti, e detestarle.

E non temiamo d'aggiungere che potrà anche esser cosa, in mezzo ai piú dolorosi sentimenti, consolante. Se, in un complesso di fatti atroci dell'uomo contro l'uomo, crediam di vedere un effetto de' tempi e delle circostanze, proviamo, insieme con l'orrore e con la compassion medesima, uno scoraggimento, una specie di disperazione. Ci par di vedere la natura umana spinta invincibilmente al male da cagioni indipendenti dal suo arbitrio, e come legata in un sogno perverso e affannoso, da cui non ha mezzo di riscotersi, di cui non può nemmeno accorgersi. Ci pare irragionevole l'inde-

[2] Verri, *Osservazioni sulla tortura*, § VI.

gnazione che nasce in noi spontanea contro gli autori di que' fatti, e che pur nello stesso tempo ci par nobile e santa: rimane l'orrore, e scompare la colpa; e, cercando un colpevole contro cui sdegnarsi a ragione, il pensiero si trova con raccapriccio condotto a esitare tra due bestemmie, che son due deliri: negar la Provvidenza, o accusarla. Ma quando, nel guardar piú attentamente a que' fatti, ci si scopre un'ingiustizia che poteva esser veduta da quelli stessi che la commettevano, un trasgredir le regole ammesse anche da loro, dell'azioni opposte ai lumi che non solo c'erano al loro tempo, ma che essi medesimi, in circostanze simili, mostraron d'avere, è un sollievo il pensare che, se non seppero quello che facevano, fu per non volerlo sapere, fu per quell'ignoranza che l'uomo assume e perde a suo piacere, e non è una scusa, ma una colpa; e che di tali fatti si può bensí esser forzatamente vittime, ma non autori.

Non ho però voluto dire che, tra gli orrori di quel giudizio, l'illustre scrittore suddetto non veda mai, in nessun caso, l'ingiustizia personale e volontaria de' giudici. Ho voluto dir soltanto che non s'era proposto d'osservar quale e quanta parte c'ebbe, e molto meno di dimostrare che ne fu la principale, anzi, a parlar precisamente, la sola cagione. E aggiungo ora, che non l'avrebbe potuto fare senza nocere al suo particolare intento. I partigiani della tortura (ché l'istituzioni piú assurde ne hanno finché non son morte del tutto, e spesso anche dopo, per la ragione stessa che son potute vivere) ci avrebbero trovata una giustificazione di quella. – Vedete? – avrebbero detto, – la colpa è dell'abuso, e non della cosa. – Veramente, sarebbe una singolar giustificazione d'una cosa, il far vedere che, oltre all'essere assurda in ogni caso, ha potuto in qualche caso speciale servir di strumento alle passioni, per commettere fatti assurdissimi e atrocissimi. Ma l'opinioni fisse l'intendon cosí. E dall'altra parte, quelli che, come il Verri, volevano l'abolizion della tortura, sarebbero stati malcontenti che s'imbrogliasse la causa con distinzioni, e che, con dar la colpa ad altro, si diminuisse l'orrore per quella. Cosí almeno avvien d'ordinario: che chi vuol mettere in luce una verità contrastata, trovi ne' fautori, come negli avversari, un ostacolo a esporla nella sua forma sincera. È vero che gli resta quella gran massa d'uomini senza partito, senza preoccupazione, senza passione, che non hanno voglia di conoscerla in nessuna forma.

In quanto ai materiali di cui ci siam serviti per compilar questa breve storia, dobbiam dire prima di tutto, che le ricerche fatte da noi per iscoprire il processo originale, benché agevolate, anzi aiutate dalla piú gentile e attiva compiacenza, non han giovato che a persuaderci sempre piú che sia assolutamente perduto. D'una buona parte però è rimasta la copia; ed ecco come. Tra que' miseri accusati si trovò, e pur troppo per colpa d'alcun di loro, una persona d'importanza, don Giovanni Gaetano de Padilla, figlio del comandante del castello di Milano, cavalier di sant'Iago, e capitano di cavalleria; il quale poté fare stampare le sue difese, e corredarle d'un estratto del processo, che, come a reo costituito, gli fu comunicato. E certo, que' giudici non s'accorsero allora, che lasciavan fare da uno stampatore un monumento piú autorevole e piú durevole di quello che avevan commesso a un architetto.

Di quest'estratto, c'è di piú un'altra copia manoscritta, in alcuni luoghi piú scarsa, in altri piú abbondante, la quale appartenne al conte Pietro Verri, e fu dal degnissimo suo figlio, il signor conte Gabriele, con liberale e paziente cortesia, messa e lasciata a nostra disposizione. È quella che serví all'illustre scrittore per lavorar l'opuscolo citato, ed è sparsa di postille, che sono riflessioni rapide, o sfoghi repentini di compassion dolorosa, e d'indegnazione santa. Porta per titolo: *Summarium offensivi contra Don Johannem Cajetanum de Padilla*; ci si trovan per esteso molte cose delle quali nell'estratto stampato non c'è che un sunto; ci son notati in margine i numeri delle pagine del processo originale, dalle quali son levati i diversi brani; ed è pure sparsa di brevissime annotazioni latine, tutte però del carattere stesso del testo: *Detentio Morae*; *Descriptio Domini Johannis*;

Adversatur Commissario; *Inverisimile*; *Subgestio*, e simili, che sono evidentemente appunti presi dall'avvocato del Padilla, per le difese. Da tutto ciò pare evidente che sia una copia letterale dell'estratto autentico che fu comunicato al difensore; e che questo, nel farlo stampare, abbia omesse varie cose, come meno importanti, e altre si sia contentato d'accennarle. Ma come mai se ne trovano nello stampato alcune che mancano nel manoscritto? Probabilmente il difensore poté spogliar di nuovo il processo originale, e farci una seconda scelta di ciò che gli paresse utile alla causa del suo cliente.

Da questi due estratti abbiamo naturalmente ricavato il piú; ed essendo il primo, altre volte rarissimo, stato ristampato da poco tempo, il lettore potrà, se gli piace, riconoscere, col confronto di quello, i luoghi che abbiam presi dalla copia manoscritta.

Anche le difese suddette ci hanno somministrato diversi fatti, e materia di qualche osservazione. E siccome non furon mai ristampate, e gli esemplari ne sono scarsissimi, non mancherem di citarle, ogni volta che avremo occasion di servircene.

Qualche piccola cosa finalmente abbiam potuto pescare da qualcheduno de' pochi e scompagnati documenti autentici che son rimasti di quell'epoca di confusione e di disperdimento, e che si conservano nell'archivio citato piú d'una volta nello scritto antecedente.

Dopo la breve storia del processo abbiam poi creduto che non sarebbe fuor di luogo una piú breve storia dell'opinione che regnò intorno ad esso, fino al Verri, cioè per un secolo e mezzo circa. Dico l'opinione espressa ne' libri, che è, per lo piú, e in gran parte, la sola che i posteri possan conoscere; e ha in ogni caso una sua importanza speciale. Nel nostro, c'è parso che potesse essere una cosa curiosa il vedere un seguito di scrittori andar l'uno dietro all'altro come le pecorelle di Dante, senza pensare a informarsi d'un fatto del quale credevano di dover parlare. Non dico: cosa divertente; ché, dopo aver visto quel crudele combattimento, e quell'orrenda vittoria dell'errore contro la verità, e del furore potente contro l'innocenza disarmata, non posson far altro che dispiacere, dicevo quasi rabbia, di chiunque siano, quelle parole in conferma e in esaltazion dell'errore, quell'affermar cosí sicuro, sul fondamento d'un credere cosí spensierato, quelle maledizioni alle vittime, quell'indegnazione alla rovescia. Ma un tal dispiacere porta con sé il suo vantaggio, accrescendo l'avversione e la diffidenza per quell'usanza antica, e non mai abbastanza screditata, di ripetere senza esaminare, e, se ci si lascia passar quest'espressione, di mescere al pubblico il suo vino medesimo, e alle volte quello che gli ha già dato alla testa.

A questo fine, avevam pensato alla prima di presentare al lettore la raccolta di tutti i giudizi su quel fatto, che c'era riuscito di trovare in qualunque libro. Ma temendo poi di metter troppo a cimento la sua pazienza, ci siam ristretti a pochi scrittori, nessuno affatto oscuro, la piú parte rinomati: cioè quelli, de' quali son piú istruttivi anche gli errori, quando non posson piú esser contagiosi.

I.

La mattina del 21 di giugno 1630, verso le quattro e mezzo, una donnicciola chiamata Caterina Rosa, trovandosi, per disgrazia, a una finestra d'un cavalcavia che allora c'era sul principio di via della Vetra de' Cittadini, dalla parte che mette al corso di porta Ticinese (quasi dirimpetto alle colonne di san Lorenzo), vide venire un uomo con una cappa nera, e il cappello sugli occhi, e una carta in mano, *sopra la quale*, dice costei nella sua deposizione, *metteua su le mani, che pareua che scrivesse*. Le diede nell'occhio che, entrando nella strada, *si fece appresso alla muraglia delle case, che è subito dopo voltato il cantone*, e che *a luogo a luogo tiraua con le mani dietro al muro. All'hora*, soggiunge, *mi vie-*

ne in pensiero se a caso fosse un poco uno de quelli che, a' giorni passati, andauano ongendo le muraglie. Presa da un tal sospetto, passò in un'altra stanza, che guardava lungo la strada, per tener d'occhio lo sconosciuto, che s'avanzava in quella; *et viddi*, dice, *che teneua toccato la detta muraglia con le mani*.

C'era alla finestra d'una casa della strada medesima un'altra spettatrice, chiamata Ottavia Bono; la quale, non si saprebbe dire se concepisse lo stesso pazzo sospetto alla prima e da sé, o solamente quando l'altra ebbe messo il campo a rumore. Interrogata anch'essa, depone d'averlo veduto fin dal momento ch'entrò nella strada; ma non fa menzione di muri toccati nel camminare. *Viddi*, dice, *che si fermò qui infine della muraglia del giardino della casa delli Crivelli.... et viddi che costui haueua una carta in mano, sopra la quale misse la mano dritta, che mi pareua che volesse scriuere; et poi viddi che, leuata la mano dalla carta, la fregò sopra la muraglia del detto giardino, doue era un poco di bianco*. Fu probabilmente per pulirsi le dita macchiate d'inchiostro, giacché pare che scrivesse davvero. Infatti, nell'esame che gli fu fatto il giorno dopo, interrogato, *se l'attioni che fece quella mattina, ricercorno scrittura*, risponde: *signor sí*. E in quanto all'andar rasente al muro, se a una cosa simile ci fosse bisogno d'un perché, era perché pioveva, come accennò quella Caterina medesima, ma per cavarne una induzione di questa sorte: *è ben una gran cosa: hieri, mentre costui faceua questi atti di ongere, pioueua, et bisogna mo che hauesse pigliato quel tempo piouoso, perché piú persone potessero imbrattarsi li panni nell'andar in volta, per andar al coperto*.

Dopo quella fermata, costui tornò indietro, rifece la medesima strada, arrivò alla cantonata, ed era per isparire; quando, per un'altra disgrazia, fu rintoppato da uno ch'entrava nella strada, e che lo salutò. Quella Caterina, che, per tener dietro all'untore, fin che poteva, era tornata alla finestra di prima, domandò all'altro *chi fosse quello che haueua salutato*. L'altro, che, come depose poi, lo conosceva di vista, e non ne sapeva il nome, disse quel che sapeva, ch'era un commissario della Sanità. *Et io dissi a questo tale*, segue a deporre la Caterina, *è che ho visto colui a fare certi atti, che non mi piaccino niente. Subito puoi si diuulgò questo negotio*, cioè fu essa, almeno principalmente, che lo divolgò; *et uscirno dalle porte, et si vidde imbrattate le muraglie d'un certo ontume che pare grasso et che tira al giallo; et in particolare quelli del Tradate dissero che haueuano trouato tutto imbrattato li muri dell'andito della loro porta*. L'altra donna depone il medesimo. Interrogata, *se sa a che effetto questo tale fregasse di quella mano sopra il muro*, risponde: *dopo fu trouato onte le muraglie, particolarmente nella porta del Tradate*.

E, cose che in un romanzo sarebbero tacciate d'inverisimili, ma che pur troppo l'accecamento della passione basta a spiegare, non venne in mente né all'una né all'altra, che, descrivendo passo per passo, specialmente la prima, il giro che questo tale aveva fatto nella strada, non avevan però potuto dire che fosse entrato in quell'andito: non parve loro *una gran cosa* davvero, che costui, giacché, per fare un lavoro simile, aveva voluto aspettare che fosse levato il sole, non ci andasse almeno guardingo, non desse almeno un'occhiata alle finestre; né che tornasse tranquillamente indietro per la medesima strada, come se fosse usanza de' malfattori di trattenersi piú del bisogno nel luogo del delitto; né che maneggiasse impunemente una materia che doveva uccider quelli che *se ne imbrattassero i panni*; né troppe altre ugualmente strane inverisimiglianze. Ma il piú strano e il piú atroce si è che non paressero tali neppure all'interrogante, e che non ne chiedesse spiegazione nessuna. O se ne chiese, sarebbe peggio ancora il non averne fatto menzione nel processo.

I vicini, a cui lo spavento fece scoprire chi sa quante sudicerie che avevan probabilmente davanti agli occhi, chi sa da quanto tempo, senza badarci, si misero in fretta e in furia a abbruciacchiarle con della paglia accesa. A Giangiacomo Mora, barbiere, che stava sulla cantonata, parve, come agli altri, che fossero stati unti i muri della sua casa. E non sapeva, l'infelice, qual altro pericolo gli sovrastava, e da quel commissario medesimo, ben infelice anche lui.

Il racconto delle donne fu subito arricchito di nuove circostanze; o fors'anche quello che fecero subito ai vicini non fu in tutto uguale a quello che fecero poi al capitano di giustizia. Il figlio di quel povero Mora, essendo interrogato piú tardi *se sa o ha inteso dire in che modo il detto commissario ongesse le dette muraglie et case*, risponde: *sentei che una donna di quelle che stanno sopra il portico che trauersa la detta Vedra, quale non so come habbi nome, disse che detto commissario ongeua con una penna, hauendo un vasetto in mano*. Potrebb'esser benissimo che quella Caterina avesse parlato d'una penna da lei vista davvero in mano dello sconosciuto; e ognuno indovina troppo facilmente qual altra cosa poté esser da lei battezzata per vasetto; ché, in una mente la qual non vedeva che unzioni, una penna doveva avere una relazione piú immediata e piú stretta con un vasetto, che con un calamaio.

Ma pur troppo, in quel tumulto di chiacchiere, non andò persa una circostanza vera, che l'uomo era un commissario della Sanità; e, con quest'indizio, si trovò anche subito ch'era un Guglielmo Piazza, *genero della comar Paola*, la quale doveva essere una levatrice molto nota in que' contorni. La notizia si sparse via via negli altri quartieri, e ci fu anche portata da qualcheduno che s'era abbattuto a passar di lí nel momento del sottosopra. Uno di questi discorsi fu riferito al senato, che ordinò al capitano di giustizia, d'andar subito a prendere informazioni, e di procedere secondo il caso.

È stato significato al Senato che hieri mattina furno onte con ontioni mortifere le mura et porte delle case della Vedra de' Cittadini, disse il capitano di giustizia al notaio criminale che prese con sé in quella spedizione. E con queste parole, già piene d'una deplorabile certezza, e passate senza correzione dalla bocca del popolo in quella de' magistrati, s'apre il processo.

Al veder questa ferma persuasione, questa pazza

paura d'un attentato chimerico, non si può far a meno di non rammentarsi ciò che accadde di simile in varie parti d'Europa, pochi anni sono, nel tempo del colera. Se non che, questa volta, le persone punto punto istruite, meno qualche eccezione, non parteciparono della sciagurata credenza, anzi la piú parte fecero quel che potevano per combatterla; e non si sarebbe trovato nessun tribunale che stendesse la mano sopra imputati di quella sorte, quando non fosse stato per sottrarli al furore della moltitudine. È, certo, un gran miglioramento; ma se fosse anche piú grande, se si potesse esser certi che, in un'occasion dello stesso genere, non ci sarebbe piú nessuno che sognasse attentati dello stesso genere, non si dovrebbe perciò creder cessato il pericolo d'errori somiglianti nel modo, se non nell'oggetto. Pur troppo, l'uomo può ingannarsi, e ingannarsi terribilmente, con molto minore stravaganza. Quel sospetto e quella esasperazion medesima nascono ugualmente all'occasion di mali che possono esser benissimo, e sono in effetto, qualche volta, cagionati da malizia umana; e il sospetto e l'esasperazione, quando non sian frenati dalla ragione e dalla carità, hanno la trista virtú di far prender per colpevoli degli sventurati, sui piú vani indizi e sulle piú avventate affermazioni. Per citarne un esempio anch'esso non lontano, anteriore di poco al colera; quando gl'incendi eran divenuti cosí frequenti nella Normandia, cosa ci voleva perché un uomo ne fosse subito subito creduto autore da una moltitudine? L'essere il primo che trovavan lí, o nelle vicinanze; l'essere sconosciuto, e non dar di sé un conto soddisfacente: cosa doppiamente difficile quando chi risponde è spaventato, e furiosi quelli che interrogano; l'essere indicato da una donna che poteva essere una Caterina Rosa, da un ragazzo che, preso in sospetto esso medesimo per uno strumento della malvagità altrui, e messo alle strette di dire chi l'avesse mandato a dar fuoco, diceva un nome a caso. Felici que' giurati davanti a cui tali imputati comparvero (ché piú d'una volta la moltitudine eseguí da sé la sua propria sentenza); felici que' giurati, se entrarono nella loro sala ben persuasi che non sapevano ancor nulla, se non rimase loro nella mente alcun rimbombo di quel rumore di fuori, se pensarono, non che essi erano il paese, come si dice spesso con un traslato di quelli che fanno perder di vista il carattere proprio e essenziale della cosa, con un traslato sinistro e crudele nei casi in cui il paese si sia già formato un giudizio senza averne i mezzi; ma ch'eran uomini esclusivamente investiti della sacra, necessaria, terribile autorità di decidere se altri uomini siano colpevoli o innocenti.

La persona ch'era stata indicata al capitano di giustizia, per averne informazioni, non poteva dir altro che d'aver visto, il giorno prima, passando per via della Vetra, abbruciacchiar le muraglie, e sentito dire ch'erano state unte quella mattina da un *genero della comar Paola*. Il capitano di giustizia e il notaio si portarono a quella strada; e videro infatti muri affumicati, e uno, quello del barbiere Mora, imbiancato di fresco. E anche a loro *fu detto da diversi che si sono trouati ivi*, che ciò era stato fatto per averli veduti unti; *come anco dal detto Signor Capitano, et da me notaro*, scrive costui, *si sono visti ne' luoghi abbrugiati alcuni segni di materia ontuosa tirante al giallo, sparsaui come con le deta*. Quale riconoscimento d'un corpo di delitto!

Fu esaminata una donna di quella casa de' Tradati, la quale disse che avevan trovati *i muri dell'andito imbrattati di una certa cosa gialla, et in grande quantità*. Furono esaminate le due donne, delle quali abbiam riferita la deposizione; qualche altra persona, che non aggiunse nulla, per ciò che riguardava il fatto; e, tra gli altri, l'uomo che aveva salutato il commissario. Interrogato di piú, *se passando lui per la Vedra de' Cittadini, vidde le muraglie imbrattate*, risponde: *non li feci fantasia, perché fin' all'hora non si era detto cosa alcuna*.

Era già stato dato l'ordine d'arrestare il Piazza, e ci volle poco. Lo stesso giorno 22, *referisce.... fante della compagnia del Baricello di Campagna al prefato Signor Capitano, il quale ancora era in carrozza, che andaua ver-*

so casa sua, sicome passando dalla casa del Signor Senatore Monti Presidente della Sanità, ha ritrouato auanti a quella porta, il suddetto Guglielmo Commissario, et hauerlo, in esecuzione dell'ordine datogli, condotto in prigione.

Per ispiegare come la sicurezza dello sventurato non diminuisse punto la preoccupazione de' giudici, non basta certo l'ignoranza de' tempi. Avevano per un indizio di reità la fuga dell'imputato; che di lí non fossero condotti a intendere che il non fuggire, e un tal non fuggire, doveva essere indizio del contrario! Ma sarebbe ridicolo il dimostrar che uomini potevano veder cose che l'uomo non può non vedere: può bensí non volerci badare.

Fu subito visitata la casa del Piazza, frugato per tutto, *in omnibus arcis, capsis, scriniis, cancellis, sublectis*, per veder se c'eran vasi d'unzioni, o danari, e non si trovò nulla: *nihil penitus compertum fuit*. Né anche questo non gli giovò punto, come pur troppo si vede dal primo esame che gli fu fatto, il giorno medesimo, dal capitano di giustizia, con l'assistenza d'un auditore, probabilmente quello del tribunale della Sanità.

È interrogato sulla sua professione, sulle sue operazioni abituali, sul giro che fece il giorno prima, sul vestito che aveva; finalmente gli si domanda: *se sa che siano stati trouati alcuni imbrattamenti nelle muraglie delle case di questa città, particolarmente in Porta Ticinese*. Risponde: *mi non lo so, perché non mi fermo niente in Porta Ticinese*. Gli si replica che questo *non è verisimile*; si vuol dimostrargli che lo doveva sapere. A quattro ripetute domande, risponde quattro volte il medesimo, in altri termini. Si passa ad altro, ma non con altro fine: ché vedrem poi per qual crudele malizia s'insistesse su questa pretesa inverisimiglianza, e s'andasse a caccia di qualche altra.

Tra i fatti della giornata antecedente, de' quali aveva parlato il Piazza, c'era d'essersi trovato coi deputati d'una parrocchia. (Eran gentiluomini eletti in ciascheduna di queste dal tribunale della Sanità, per invigilare, girando per la città, sull'esecuzion de' suoi ordini).

Gli fu domandato chi eran quelli con cui s'era trovato; rispose: che li conosceva *solamente di vista e non di nome*. E anche qui gli fu detto: *non è verisimile*. Terribile parola: per intender l'importanza della quale, son necessarie alcune osservazioni generali, che pur troppo non potranno esser brevissime, sulla pratica di que' tempi, ne' giudizi criminali.

II.

Questa, come ognun sa, si regolava principalmente, qui, come a un di presso in tutta Europa, sull'autorità degli scrittori; per la ragion semplicissima che, in una gran parte de' casi, non ce n'era altra su cui regolarsi. Erano due conseguenze naturali del non esserci complessi di leggi composte con un intento generale, che gl'interpreti si facessero legislatori, e fossero a un di presso ricevuti come tali; giacché, quando le cose necessarie non son fatte da chi toccherebbe, o non son fatte in maniera di poter servire, nasce ugualmente, in alcuni il pensiero di farle, negli altri la disposizione ad accettarle, da chiunque sian fatte. L'operar senza regole è il piú faticoso e difficile mestiere di questo mondo.

Gli statuti di Milano, per esempio, non prescrivevano altre norme, né condizioni alla facoltà di mettere un uomo alla tortura (facoltà ammessa implicitamente, e riguardata ormai come connaturale al diritto di giudicare), se non che l'accusa fosse confermata dalla fama, e il delitto portasse *pena di sangue*, e ci fossero indizi[3]; ma senza dir quali. La legge romana, che aveva vigore ne' casi a cui non provvedessero gli statuti, non lo dice di piú, benché ci adopri piú parole. «I giudici non devono cominciar da' tormenti, ma servirsi prima

[3] *Statuta criminalia*; Rubrica generalis de forma citationis in criminalibus; De tormentis, seu quæstionibus.

d'argomenti verisimili e probabili; e se, condotti da questi, quasi da indizi sicuri, credono di dover venire ai tormenti, per iscoprir la verità, lo facciano, quando la condizion della persona lo permette»[4]. Anzi, in questa legge è espressamente istituito l'arbitrio del giudice sulla qualità e sul valore degl'indizi; arbitrio che negli statuti di Milano fu poi sottinteso.

Nelle cosí dette Nuove Costituzioni promulgate per ordine di Carlo V, la tortura non è neppur nominata; e da quelle fino all'epoca del nostro processo, e per molto tempo dopo, si trovano bensí, e in gran quantità, atti legislativi ne' quali è intimata come pena; nessuno, ch'io sappia, in cui sia regolata la facoltà d'adoprarla come mezzo di prova.

E anche di questo si vede facilmente la ragione: l'effetto era diventato causa; il legislatore, qui come altrove, aveva trovato, principalmente per quella parte che chiamiam procedura, un supplente, che faceva, non solo sentir meno, ma quasi dimenticare la necessità del suo, dirò cosí, intervento. Gli scrittori, principalmente dal tempo in cui cominciarono a diminuire i semplici commentari sulle leggi romane, e a crescer l'opere composte con un ordine piú indipendente, sia su tutta la pratica criminale, sia su questo o quel punto speciale, gli scrittori trattavan la materia con metodi complessivi, e insieme con un lavoro minuto delle parti; moltiplicavan le leggi con l'interpretarle, stendendone, per analogia, l'applicazione ad altri casi, cavando regole generali da leggi speciali; e, quando questo non bastava, supplivan del loro, con quelle regole che gli paressero piú fondate sulla ragione, sull'equità, sul diritto naturale, dove concordemente, anzi copiandosi e citandosi gli uni con gli altri, dove con disparità di pareri: e i giudici, dotti, e alcuni anche autori, in quella scienza, avevano, quasi in qualunque caso, e in qualunque circostanza d'un caso, decisioni da seguire o da scegliere. La legge, dico, era divenuta una scienza; anzi alla scienza, cioè al diritto

[4] *Cod.* Lib. IX; Tit. XLI, De quæstionibus, l. 8.

romano interpretato da essa, a quelle antiche leggi de' diversi paesi che lo studio e l'autorità crescente del diritto romano non aveva fatte dimenticare, e ch'erano ugualmente interpretate dalla scienza, alle consuetudini approvate da essa, a' suoi precetti passati in consuetudini, era quasi unicamente appropriato il nome di legge: gli atti dell'autorità sovrana, qualunque fosse, si chiamavano ordini, decreti, gride, o con altrettali nomi; e avevano annessa non so quale idea d'occasionale e di temporario. Per citarne un esempio, le gride de' governatori di Milano, l'autorità de' quali era anche legislativa, non valevano che per quanto durava il governo de' loro autori; e il primo atto del successore era di confermarle provvisoriamente. Ogni *gridario*, come lo chiamavano, era una specie d'Editto del Pretore, composto un poco alla volta, e in diverse occasioni; la scienza invece, lavorando sempre, e lavorando sul tutto; modificandosi, ma insensibilmente; avendo sempre per maestri quelli che avevan cominciato dall'esser suoi discepoli, era, direi quasi, una revisione continua, e in parte una compilazione continua delle Dodici Tavole, affidata o abbandonata a un decemvirato perpetuo.

Questa cosí generale e cosí durevole autorità di privati sulle leggi, fu poi, quando si vide insieme la convenienza e la possibilità d'abolirla, col far nuove, e piú intere, e piú precise, e piú ordinate leggi, fu, dico, e, se non m'inganno, è ancora riguardata come un fatto strano e come un fatto funesto all'umanità, principalmente nella parte criminale, e piú principalmente nel punto della procedura. Quanto fosse naturale s'è accennato; e del resto, non era un fatto nuovo, ma un'estensione, dirò cosí, straordinaria d'un fatto antichissimo, e forse, in altre proporzioni, perenne; giacché, per quanto le leggi possano essere particolarizzate, non cesseranno forse mai d'aver bisogno d'interpreti, né cesserà forse mai che i giudici deferiscano, dove piú, dove meno, ai piú riputati tra quelli, come ad uomini che, di proposito, e con un intento generale, hanno studiato la cosa prima di loro. E non so se un piú tranquillo e accurato esame non facesse trovare che fu anche, comparativamente e relativamente, un bene; perché succedeva a uno stato di cose molto peggiore.

È difficile infatti che uomini i quali considerano una generalità di casi possibili, cercandone le regole nell'interpretazion di leggi positive, o in piú universali ed alti princípi, consiglin cose piú inique, piú insensate, piú violente, piú capricciose di quelle che può consigliar l'arbitrio, ne' casi diversi, in una pratica cosí facilmente appassionata. La quantità stessa de' volumi e degli autori, la moltiplicità e, dirò cosí, lo sminuzzamento progressivo delle regole da essi prescritte, sarebbero un indizio dell'intenzione di restringer l'arbitrio, e di guidarlo (per quanto era possibile) secondo la ragione e verso la giustizia; giacché non ci vuol tanto per istruir gli uomini ad abusar della forza, a seconda de' casi. Non si lavora a fare e a ritagliar finimenti al cavallo che si vuol lasciar correre a suo capriccio; gli si leva la briglia, se l'ha.

Ma cosí avvien per il solito nelle riforme umane che si fanno per gradi (parlo delle vere e giuste riforme; non di tutte le cose che ne hanno preso il nome): ai primi che le intraprendono, par molto di modificare la cosa, di correggerla in varie parti, di levare, d'aggiungere: quelli che vengon dopo, e alle volte molto tempo dopo, trovandola, e con ragione, ancora cattiva, si fermano facilmente alla cagion piú prossima, maledicono come autori della cosa quelli di cui porta il nome, perché le hanno data la forma con la quale continua a vivere e a dominare.

In questo errore, diremmo quasi invidiabile, quando è compagno di grandi e benefiche imprese, ci par che sia caduto, con altri uomini insigni del suo tempo, l'autore dell'*Osservazioni sulla tortura*. Quanto è forte e fondato nel dimostrar l'assurdità, l'ingiustizia e la crudeltà di quell'abbominevole pratica, altrettanto ci pare che vada, osiam dire, in fretta nell'attribuire all'autorità degli scrittori ciò ch'essa aveva di piú odioso. E non è certamente la dimenticanza della nostra inferiorità che ci dia il coraggio di contradir liberamente, come siamo per fare, l'opinion d'un uomo cosí illustre, e sostenuta in un libro cosí generoso; ma la confidenza nel vantaggio d'esser venuti dopo, e di poter facilmente (prendendo per punto principale ciò che per lui era affatto accessorio) guardar con occhio piú tranquillo, nel complesso de' suoi effetti, e nella differenza de' tempi, come cosa morta, e passata nella storia, un fatto ch'egli aveva a combattere, come ancor dominante, come un ostacolo attuale a nuove e desiderabilissime riforme. E a ogni modo, quel fatto è talmente legato col suo e nostro argomento, che l'uno e l'altro eravam naturalmente condotti a dirne qualcosa in generale: il Verri perché, dall'essere quell'autorità riconosciuta al tempo dell'iniquo giudizio, induceva che ne fosse complice, e in gran parte cagione; noi perché, osservando ciò ch'essa prescriveva o insegnava ne' vari particolari, ce ne dovrem servire come d'un criterio, sussidiario ma importantissimo, per dimostrar piú vivamente l'iniquità, dirò cosí, individuale del giudizio medesimo.

«È certo, – dice l'ingegnoso ma preoccupato scrittore, – che niente sta scritto nelle leggi nostre, né sulle persone che possono mettersi alla tortura, né sulle occasioni nelle quali possano applicarvisi, né sul modo di tormentare, se col foco o col dislogamento e strazio delle membra, né sul tempo per cui duri lo spasimo, né sul numero delle volte da ripeterlo; tutto questo strazio si fa sopra gli uomini coll'autorità del giudice, unicamente appoggiato alle dottrine dei criminalisti citati»[5].

Ma in quelle leggi nostre stava scritta la tortura; ma in quelle d'una gran parte d'Europa[6], ma nelle romane,

[5] Verri, *Osservazioni sulla tortura*, § XIII.

[6] La pratica criminale dell'Inghilterra, non cercando la prova del delitto o dell'innocenza nell'interrogatorio del reo, escluse indirettamente, ma necessariamente, quel mezzo fallace e crudele d'aver la sua confessione. Francesco Casoni (*De tormentis*, cap. 1, 3) e Antonio Gomez (*Variarum resolutionum* etc., tom. 3, cap. 13, de tortura reorum, n. 4) attestano che, almeno al loro tempo, la tortura non era in uso nel regno d'Aragona. Giovanni Loccenio (*Synopsis juris Sueco-gothici*), citato da Ottone Tabor (*Tractat. de tortura, et indiciis delictorum*, cap. 2, 18), attesta il medesimo della Svezia, né so se alcun altro paese d'Europa sia andato immune da quel vergognoso flagello, o se ne sia liberato prima del secolo scorso.

ch'ebbero per tanto tempo nome e autorità di diritto comune, stava scritta la tortura. La questione dev'esser dunque, se i criminalisti interpreti (cosí li chiameremo, per distinguerli da quelli ch'ebbero il merito e la fortuna di sbandirli per sempre) sian venuti a render la tortura piú o meno atroce di quel che fosse in mano dell'arbitrio, a cui la legge l'abbandonava quasi affatto; e il Verri medesimo aveva, in quel libro medesimo, addotta, o almeno accennata, la prova piú forte in loro favore. «Farinaccio istesso, – dice l'illustre scrittore, – parlando de' suoi tempi, asserisce che i giudici, per il diletto che provavano nel tormentare i rei, inventavano nuove specie di tormenti; eccone le parole: *Judices qui propter delectationem, quam habent torquendi reos, inveniunt novas tormentorum species*»[7].

Ho detto: in loro favore; perché l'intimazione ai giudici d'astenersi dall'inventar nuove maniere di tormentare, e in generale le riprensioni e i lamenti che attestano insieme la sfrenata e inventiva crudeltà dell'arbitrio, e l'intenzion, se non altro, di reprimerla e di svergognarla, non sono tanto del Farinacci, quanto de' criminalisti, direi quasi, in genere. Le parole stesse trascritte qui sopra, quel dottore le prende da uno piú antico, Francesco dal Bruno, il quale le cita come d'uno piú antico ancora, Angelo d'Arezzo, con altre gravi e forti, che diamo qui tradotte: «giudici, arrabbiati e perversi, che saranno da Dio confusi; giudici ignoranti, perché l'uom sapiente abborrisce tali cose, e dà forma alla scienza col lume delle virtú»[8].

Prima di tutti questi, nel secolo XIII, Guido da Suzara, trattando della tortura, e applicando a quest'argomento le parole d'un rescritto di Costanzo, sulla custodia del reo, dice esser suo intento «d'imporre qualche moderazione ai giudici che incrudeliscono senza misura»[9].

[7] Verri, *Oss.* § VIII. – Farin. *Praxis et Theor. criminalis*, Quæst. XXXVIII, 56.
[8] Fran. a Bruno, *De indiciis et tortura*; part. II, Quæst. II, 7.
[9] Guid. de Suza, *De tormentis*, I. – Cod. IX, tit. 4, De custodia reorum; l. 2.

Nel secolo seguente, Baldo applica il celebre rescritto di Costantino contro il padrone che uccide il servo, «ai giudici che squarcian le carni del reo, perché confessi»; e vuole che, se questo muore ne' tormenti, il giudice sia decapitato, come omicida[10].

Piú tardi, Paride dal Pozzo inveisce contro que' giudici che, «assetati di sangue, anelano a scannare, non per fine di riparazione né d'esempio, ma come per un loro vanto (*propter gloriam eorum*); e sono per ciò da riguardarsi come omicidi»[11].

«Badi il giudice di non adoprar tormenti ricercati e inusitati; perché chi fa tali cose è degno d'esser chiamato carnefice piuttosto che giudice», scrive Giulio Claro[12].

«Bisogna alzar la voce (*clamandum est*) contro que' giudici severi e crudeli che, per acquistare una gloria vana, e per salire, con questo mezzo, a piú alti posti, impongono ai miseri rei nuove specie di tormenti», scrive Antonio Gomez[13].

Diletto e gloria! quali passioni, in qual soggetto! Voluttà nel tormentare uomini, orgoglio nel soggiogare uomini imprigionati! Ma almeno quelli che le svelavano, non si può credere che intendessero di favorirle.

A queste testimonianze (e altre simili se ne dovrà allegare or ora) aggiungeremo qui, che, ne' libri su questa materia, che abbiam potuti vedere, non ci è mai accaduto di trovar lamenti contro de' giudici che adoprassero tormenti troppo leggieri. E se, in quelli che non abbiam visti, ci si mostrasse una tal cosa, ci parrebbe una curiosità davvero.

Alcuni de' nomi che abbiam citati, e di quelli che avremo a citare, son messi dal Verri in una lista di «scrittori, i quali se avessero esposto le crudeli loro dottrine e la metodica descrizione de' raffinati loro spasimi in lingua volgare, e con uno stile di cui la rozzezza e

[10] Baldi, *ad lib. IX Cod.* tit. XIV, De emendatione servorum, 3.
[11] Par. de Puteo, *De syndicatu*; in verbo: Crudelitas officialis, 5.
[12] J. Clari, *Sententiarum receptarum*, Lib. V, § fin. Quæst. LXIV, 36.
[13] Gomez, *Variar. resol.* t. 3, c. 13, De tortura reorum, 5.

la barbarie non allontanasse le persone sensate e colte dall'esaminarli, non potevano essere riguardati se non coll'occhio medesimo col quale si rimira il carnefice, cioè con orrore e ignominia»[14]. Certo, l'orrore per quello che rivelano, non può esser troppo; è giustissimo questo sentimento anche per quello che ammettevano; ma se, per quello che ci misero, o ci vollero metter del loro, l'orrore sia un giusto sentimento, e l'ignominia una giusta retribuzione, il poco che abbiam visto, deve bastare almeno a farne dubitare.

È vero che ne' loro libri, o, per dir meglio, in qualcheduno, sono, piú che nelle leggi, descritte le varie specie di tormenti; ma come consuetudini invalse e radicate nella pratica, non come ritrovati degli scrittori. E Ippolito Marsigli, scrittore e giudice del secolo decimoquinto, che ne fa un'atroce, strana e ributtante lista, allegando anche la sua esperienza, chiama però *bestiali* que' giudici che ne inventan di nuovi[15].

Furono quegli scrittori, è vero, che misero in campo la questione del numero delle volte che lo spasimo potesse esser ripetuto; ma (e avremo occasion di vederlo) per impor limiti e condizioni all'arbitrio, profittando dell'indeterminate e ambigue indicazioni che ne somministrava il diritto romano.

Furon essi, è vero, che trattaron del tempo che potesse durar lo spasimo; ma non per altro che per imporre, anche in questo, qualche misura all'instancabile crudeltà, che non ne aveva dalla legge, «a certi giudici, non meno ignoranti che iniqui, i quali tormentano un uomo per tre o quattr'ore, – dice il Farinacci[16]; – a certi giudici iniquissimi e scelleratissimi, levati dalla feccia, privi di scienza, di virtú, di ragione, i quali, quand'hanno in loro potere un accusato, forse a torto (*forte indebite*), non gli parlano che tenendolo al tormento; e se non confessa quel ch'essi vorrebbero, lo lascian lí

[14] *Oss.* § XIII.

[15] Hipp. de Marsiliis, *ad Tit. Dig. de quæstionibus*; leg. In criminibus, 29.

[16] *Praxis*, etc. Quæst. XXXVIII, 54.

pendente alla fune, per un giorno, per una notte intera», aveva detto il Marsigli[17], circa un secolo prima.

In questi passi, e in qualche altro de' citati sopra si può anche notare come alla crudeltà cerchino d'associar l'idea dell'ignoranza. E per la ragion contraria, raccomandano, in nome della scienza, non meno che della coscienza, la moderazione, la benignità, la mansuetudine. Parole che fanno rabbia, applicate a una tal cosa; ma che insieme fanno vedere se l'intento di quegli scrittori era d'aizzare il mostro, o d'ammansarlo.

Riguardo poi alle persone che potessero esser messe alla tortura, non vedo cos'importi che niente ci fosse nelle leggi propriamente nostre, quando c'era molto, relativamente al resto di questa trista materia, nelle leggi romane, le quali erano in fatto leggi nostre anch'esse.

«Uomini, – prosegue il Verri, – ignoranti e feroci, i quali senza esaminare donde emani il diritto di punire i delitti, qual sia il fine per cui si puniscono, qual sia la norma onde graduare la gravezza dei delitti, qual debba esser la proporzione tra i delitti e le pene, se un uomo possa mai costringersi a rinunziare alla difesa propria, e simili principii, dai quali, intimamente conosciuti, possono unicamente dedursi le naturali conseguenze piú conformi alla ragione ed al bene della società; uomini, dico, oscuri e privati, con tristissimo raffinamento ridussero a sistema e gravemente pubblicarono la scienza di tormentare altri uomini, con quella tranquillità medesima colla quale si descrive l'arte di rimediare ai mali del corpo umano: e furono essi obbediti come legislatori, e si fece un serio e placido oggetto di studio, e si accolsero alle librerie legali i crudeli scrittori che insegnarono a sconnettere con industrioso spasimo le membra degli uomini vivi, e a raffinarlo colla lentezza e coll'aggiunta di piú tormenti, onde rendere piú desolante e acuta l'angoscia e l'esterminio».

Ma come mai ad uomini oscuri e ignoranti poté esser concessa tanta autorità? dico oscuri al loro tempo,

[17] *Practica causarum criminalium*; in verbo: Expedita; 86.

e ignoranti riguardo ad esso; ché la questione è necessariamente relativa; e si tratta di vedere, non già se quegli scrittori avessero i lumi che si posson desiderare in un legislatore, ma se n'avessero piú o meno di coloro che prima applicavan le leggi da sé, e in gran parte se le facevan da sé. E come mai era piú feroce l'uomo che lavorava teorie, e le discuteva dinanzi al pubblico, dell'uomo ch'esercitava l'arbitrio in rivato, sopra chi gli resisteva?

In quanto poi alle questioni accennate dal Verri, guai se la soluzione della prima, «donde emani il diritto di punire i delitti», fosse necessaria per compilar con discrezione delle leggi penali; poiché si poté bene, al tempo del Verri, crederla sciolta; ma ora (e per fortuna, giacché è men male l'agitarsi nel dubbio, che il riposar nell'errore) è piú controversa che mai. E l'altre, dico in generale tutte le questioni d'un'importanza piú immediata, e piú pratica, erano forse sciolte e sciolte a dovere, erano almeno discusse, esaminate quando gli scrittori comparvero? Vennero essi forse a confondere un ordine stabilito di piú giusti e umani princípi, a balzar di posto dottrine piú sapienti, a turbar, dirò cosí, il possesso a una giurisprudenza piú ragionata e piú ragionevole? A questo possiamo risponder francamente di no, anche noi; e ciò basta all'assunto. Ma vorremmo che qualcheduno di quelli che ne sanno, esaminasse se piuttosto non furon essi che, costretti, appunto perché privati e non legislatori, a render ragione delle loro decisioni, richiamaron la materia a princípi generali, raccogliendo e ordinando quelli che sono sparsi nelle leggi romane, e cercandone altri nell'idea universale del diritto; se non furon essi che, lavorando a costruir, con rottami e con nuovi materiali, una pratica criminale intera ed una, prepararono il concetto, indicarono la possibilità, e in parte l'ordine, d'una legislazion criminale intera ed una; essi che, ideando una forma generale, aprirono ad altri scrittori, dai quali furono troppo sommariamente giudicati, la strada a ideare una generale riforma.

In quanto finalmente all'accusa, cosí generale e cosí nuda, d'aver raffinato i tormenti, abbiamo in vece veduto che fu cosa dalla maggior parte di loro espressamente detestata e, per quanto stava in loro, proibita. Molti de' luoghi che abbiam riferiti possono anche servire a lavarli in parte dalla taccia d'averne trattato con quell'impassibile tranquillità. Ci si permetta di citarne un altro che parrebbe quasi un'anticipata protesta. «Non posso che dar nelle furie, – scrive il Farinacci (*non possum nisi vehementer excandescere*), – contro que' giudici che tengono per lungo tempo legato il reo, prima di sottoporlo alla tortura; e con quella preparazione la rendon piú crudele»[18].

Da queste testimonianze, e da quello che sappiamo essere stata la tortura negli ultimi suoi tempi, si può francamente dedurre che i criminalisti interpreti la lasciarono molto, ma molto, men barbara di quello che l'avevan trovata. E certo sarebbe assurdo l'attribuire a una sola causa una tal diminuzione di male; ma, tra le molte, mi par che sarebbe anche cosa poco ragionevole il non contare il biasimo e le ammonizioni ripetute e rinnovate pubblicamente, di secolo in secolo, da quelli ai quali pure s'attribuisce un'autorità di fatto sulla pratica de' tribunali.

Cita poi il Verri alcune loro proposizioni; le quali non basterebbero per fondarci sopra un generale giudizio storico, quand'anche fossero tutte esattamente citate. Eccone, per esempio, una importantissima, che non lo è: «Il Claro asserisce che basta vi siano alcuni indizii contro un uomo, e si può metterlo alla tortura»[19].

Se quel dottore avesse parlato cosí, sarebbe piuttosto una singolarità che un argomento; tanto una tal dottrina è opposta a quella d'una moltitudine d'altri dottori. Non dico di tutti, per non affermar troppo piú di quello che so; benché, dicendolo, non temerei d'affermar piú di quello che è. Ma in realtà il Claro disse, anche

[18] Quæst. XXXVIII, 38.
[19] *Oss.* § VIII.

lui, il contrario; e il Verri fu probabilmente indotto in errore dall'incuria d'un tipografo, il quale stampò: *Nam sufficit adesse aliqua indicia contra reum ad hoc ut torqueri possit*[20], in vece di *Non sufficit*, come trovo in due edizioni anteriori[21]. E per accertarsi dell'errore, non è neppur necessario questo confronto, giacché il testo continua cosí: «se tali indizi non sono anche legittimamente provati», frase che farebbe ai cozzi con l'antecedente, se questa avesse un senso affermativo. E soggiunge subito: «ho detto che non basta (*dixi quoque non sufficere*) che ci siano indizi, e che siano legittimamente provati, se non sono anche sufficienti alla tortura. Ed è una cosa che i giudici timorati di Dio devono aver sempre davanti agli occhi, per non sottoporre ingiustamente alcuno alla tortura: cosa del resto che li sottopone essi medesimi a un giudizio di revisione. E racconta l'Afflitto d'aver risposto al re Federigo, che nemmen lui, con l'autorità regia, poteva comandare a un giudice di mettere alla tortura un uomo, contro il quale non ci fossero indizi sufficienti».

Cosí il Claro; e basterebbe questo per esser come certi, che dovette intender tutt'altro che di rendere assoluto l'arbitrio con quell'altra proposizione che il Verri traduce cosí: «in materia di tortura e d'indizi, non potendosi prescrivere una norma certa, tutto si rimette all'arbitrio del giudice»[22]. La contradizione sarebbe troppo strana; e lo sarebbe di piú, se è possibile, con quello che l'autor medesimo dice altrove: «benché il giudice abbia l'arbitrio, deve però stare al diritto comune.... e badino bene gli ufiziali della giustizia, di non andar avanti tanto allegramente (*ne nimis animose procedant*), con questo pretesto dell'arbitrio»[23].

Cosa intese dunque, con quelle parole: *remittitur*

[20] *Sent. rec.* lib. V, quæst. LXIV, 12. Venet. 1640; ex typ. Baretiana, pag. 537.

[21] *Ven. apud Hier. Polum*, 1580, f. 172. – Ibid. *apud P. Ugolinum*, 1595, f. 180.

[22] Verri, loc. cit. – Clar. loc. cit. 13.

[23] Ibid., Quæst. XXXI, 9.

arbitrio judicis che il Verri traduce: «tutto si rimette all'arbitrio del giudice»?

Intese.... Ma che dico? e perché cercare in questo un'opinion particolare del Claro? Quella proposizione, egli non faceva altro che ripeterla, giacché era, per dir cosí, proverbiale tra gl'interpreti; e già due secoli prima, Bartolo la ripeteva anche lui, come sentenza comune: *Doctores communiter dicunt quod in hoc* (quali siano gl'indizi sufficienti alla tortura) *non potest dari certa doctrina, sed relinquitur arbitrio judicis*[24]. E con questo non intendevan già di proporre un principio, di stabilire una teoria, ma d'enunciar semplicemente un fatto; cioè che la legge, non avendo determinato gl'indizi, gli aveva per ciò stesso lasciati all'arbitrio del giudice. Guido da Suzara, anteriore a Bartolo d'un secolo circa, dopo aver detto o ripetuto anche lui, che gl'indizi son rimessi all'arbitrio del giudice, soggiunge: «come, in generale, tutto ciò che non è determinato dalla legge»[25]. E per citarne qualcheduno de' meno antichi, Paride dal Pozzo, ripetendo quella comune sentenza, la commenta cosí: «a ciò che non è determinato dalla legge, né dalla consuetudine, deve supplire la religion del giudice; e perciò la legge sugl'indizi mette un gran carico sulla sua coscienza»[26]. E il Bossi, criminalista del secolo XVI, e senator di Milano: «Arbitrio non vuol dir altro (*in hoc consistit*) se non che il giudice non ha una regola certa dalla legge, la quale dice soltanto non doversi cominciar dai tormenti, ma da argomenti verisimili e probabili. Tocca dunque al giudice a esaminare se un indizio sia verisimile e probabile»[27].

Ciò ch'essi chiamavano arbitrio, era in somma la cosa stessa che, per iscansar quel vocabolo equivoco e di tristo suono, fu poi chiamata poter discrezionale: cosa

[24] Bartol. *ad Dig.* lib. XLVIII, tit. XVIII, l. 22.

[25] Et generaliter omne quod non determinatur a iure, relinquitur arbitrio indicantis. De tormentis, 30.

[26] Et ideo lex super indiciis gravat conscientias iudicum. *De syndicatu*, in verbo: Mandavit, 18.

[27] Ægid. Bossii, *Tractatus varii*; tit. de indiciis ante torturam, 32.

pericolosa, ma inevitabile nell'applicazion delle leggi, e buone e cattive; e che i savi legislatori cercano, non di togliere, che sarebbe una chimera, ma di limitare ad alcune determinate e meno essenziali circostanze, e di restringere anche in quelle piú che possono.

E tale, oso dire, fu anche l'intento primitivo, e il progressivo lavoro degl'interpreti, segnatamente riguardo alla tortura, sulla quale il potere lasciato dalla legge al giudice era spaventosamente largo. Già Bartolo, dopo le parole che abbiam citate sopra, soggiunge: «ma io darò le regole che potrò». Altri ne avevan date prima di lui; e i suoi successori ne diedero di mano in mano molte piú, chi proponendone qualcheduna del suo, chi ripetendo e approvando le proposte da altri; senza lasciar però di ripeter la formola ch'esprimeva il fatto della legge, della quale non erano, alla fine, che interpreti.

Ma con l'andar del tempo, e con l'avanzar del lavoro, vollero modificare anche il linguaggio; e n'abbiam l'attestato dal Farinacci, posteriore ai citati qui, anteriore però all'epoca del nostro processo, e allora autorevolissimo. Dopo aver ripetuto, e confermato con un subisso d'autorità, il principio, che «l'arbitrio non si deve intender libero e assoluto, ma legato dal diritto e dall'equità»; dopo averne cavate, e confermate con altre autorità, le conseguenze, che «il giudice deve inclinare alla parte piú mite, e regolar l'arbitrio con la disposizion generale delle leggi, e con la dottrina de' dottori approvati, e che non può formare indizi a suo capriccio»; dopo aver trattato, piú estesamente, credo, e piú ordinatamente che nessuno avesse ancor fatto, di tali indizi, conclude: «puoi dunque vedere che la massima comune de' dottori – gl'indizi alla tortura sono arbitrari al giudice – è talmente, e anche concordemente ristretta da' dottori medesimi, che non a torto molti giurisperiti dicono doversi anzi stabilir la regola contraria, cioè che gl'indizi non sono arbitrari al giudice!»[28]. E cita questa sentenza di Francesco Casoni: «è error comune

[28] Ibid. Quæst. XXXVII, 193 ad 200.

de' giudici il credere che la tortura sia arbitraria; come se la natura avesse creati i corpi de' rei perché essi potessero straziarli a loro capriccio»[29].

Si vede qui un momento notabile della scienza, che, misurando il suo lavoro, n'esige il frutto; e dichiarandosi, non aperta riformatrice (ché non lo pretendeva, né le sarebbe stato ammesso), ma efficace ausiliaria della legge, consacrando la propria autorità con quella d'una legge superiore ed eterna, intima ai giudici di seguir le regole che ha trovate, per risparmiar degli strazi a chi poteva essere innocente, e a loro delle turpi iniquità. Triste correzioni d'una cosa che, per essenza, non poteva ricevere una buona forma; ma tutt'altro che argomenti atti a provar la tesi del Verri: «né gli orrori della tortura si contengono unicamente nello spasimo che si fa patire.... ma orrori ancora vi spargono i dottori sulle circostanze di amministrarla»[30].

Ci si permetta in ultimo qualche osservazione sopra un altro luogo da lui citato; ché l'esaminarli tutti sarebbe troppo in questo luogo, e non abbastanza certamente per la questione. «Basti un solo orrore per tutti; e questo viene riferito dal celebre Claro milanese, che è il sommo maestro di questa pratica: – Un giudice può, avendo in carcere una donna sospetta di delitto, farsela venire nella sua stanza secretamente, ivi accarezzarla, fingere di amarla, prometterle la libertà affine d'indurla ad accusarsi del delitto, e che con un tal mezzo un certo reggente indusse una giovine ad aggravarsi d'un omicidio, e la condusse a perdere la testa. – Acciocché non si sospetti che quest'orrore contro la religione, la virtú e tutti i piú sacri principii dell'uomo sia esagerato, ecco cosa dice il Claro: *Paris dicit quod judex potest*, etc.»[31].

Orrore davvero; ma per veder che importanza possa avere in una question di questa sorte, s'osservi che,

[29] Francisci Casoni, *Tractatus de tormentis*; cap. I, 10.

[30] *Oss.* § VIII.

[31] Ibid.

enunciando quell'opinione, Paride dal Pozzo[32] non proponeva già un suo ritrovato; raccontava, e pur troppo con approvazione, un fatto d'un giudice, cioè uno de' mille fatti che produceva l'arbitrio senza suggerimento di dottori; s'osservi che il Baiardi, il quale riferisce quell'opinione, nelle sue aggiunte al Claro (non il Claro medesimo), lo fa per detestarla anche lui, e per qualificare il fatto di *finzione diabolica*[33]; s'osservi che non cita alcun altro il quale sostenesse un'opinion tale, dal tempo di Paride dal Pozzo al suo, cioè per lo spazio d'un secolo. E andando avanti, sarebbe piú strano che ce ne fosse stato alcuno. E quel Paride dal Pozzo medesimo, Dio ci liberi di chiamarlo, col Giannone, *eccellente giureconsulto*[34]; ma l'altre sue parole che abbiam riferite sopra, basterebbero a far veder che queste bruttissime non bastano a dare una giusta idea nemmen delle dottrine di questo solo.

Non abbiam certamente la strana pretensione d'aver dimostrato che quelle degl'interpreti, prese nel loro complesso, non servirono, né furon rivolte a peggiorare. Questione interessantissima, giacché si tratta di giudicar l'effetto e l'intento del lavoro intellettuale di piú secoli, in una materia cosí importante, anzi cosí necessaria all'umanità; questione del nostro tempo, giacché, come abbiamo accennato, e del resto ognun sa, il momento in cui si lavora a rovesciare un sistema, non è il piú adattato a farne imparzialmente la storia; ma questione da risolversi, o piuttosto storia da farsi, con altro che con pochi e sconnessi cenni. Questi bastan però, se non m'inganno, a dimostrar precipitata la soluzione contraria; come erano, in certo modo, una preparazion necessaria al nostro racconto. Ché in esso noi avremo spesso a rammaricarci che l'autorità di quegli uomini non sia stata efficace davvero; e siam certi che il lettore dovrà dir con noi: fossero stati ubbiditi!

[32] Paridis de Puteo, *De syndicatu*, in verbo: Et advertendum est; Judex debet esse subtilis in investiganda maleficii veritate.

[33] *Ad Clar. Sentent. recept.* Quæst. LXIV, 24, add. 80, 81.

[34] *Istoria civile*, etc., lib. 28, cap. ult.

III.

E per venir finalmente all'applicazione, era insegnamento comune, e quasi universale de' dottori, che la bugia dell'accusato nel rispondere al giudice, fosse uno degl'indizi legittimi, come dicevano, alla tortura. Ecco perché l'esaminatore dell'infelice Piazza gli oppose, non essere verisimile che lui non avesse sentito parlare di muri imbrattati in porta Ticinese, e che non sapesse il nome de' deputati coi quali aveva avuto che fare.

Ma insegnavan forse che bastasse una bugia qualunque?

«La bugia, per fare indizio alla tortura, deve riguardar le qualità e le circostanze sostanziali del delitto, cioè che appartengano ad esso, e dalle quali esso si possa inferire; altrimenti no: *alias secus*».

«La bugia non fa indizio alla tortura, se riguarda cose che non aggraverebbero il reo, quando le avesse confessate».

E bastava, secondo loro, che il detto dell'accusato paresse al giudice bugia, perché questo potesse venire ai tormenti?

«La bugia per fare indizio alla tortura dev'esser provata concludentemente, o dalla propria confession del reo, o da due testimoni... essendo dottrina comune che due sian necessari a provare un indizio remoto, quale è la bugia»[35]. Cito, e citerò spesso il Farinacci, come uno de' piú autorevoli allora, e come gran raccoglitore dell'opinioni piú ricevute. Alcuni però si contentavano d'un testimonio solo, purché fosse maggiore d'ogni eccezione. Ma che la bugia dovesse risultar da prove legali, e non da semplice congettura del giudice, era dottrina comune e non contradetta.

Tali condizioni eran dedotte da quel canone della leg-

[35] *Praxis et Theoricæ criminalis*, Quæst. LII, 11, 13, 14.

ge romana, il quale proibiva (che cose s'è ridotti a proibire, quando se ne sono ammesse cert'altre!) di cominciar dalla tortura. «E se concedessimo ai giudici, – dice l'autor medesimo, – la facoltà di mettere alla tortura i rei senza indizi legittimi e sufficienti, sarebbe come in lor potere il cominciar da essa.... E per poter chiamarsi tali, devon gl'indizi esser verisimili, probabili, non leggieri, né di semplice formalità, ma gravi, urgenti, certi, chiari, anzi piú chiari del sole di mezzogiorno, come si suol dire.... Si tratta di dare a un uomo un tormento, e un tormento che può decider della sua vita: *agitur de hominis salute*; e perciò non ti maravigliare, o giudice rigoroso, se la scienza del diritto e i dottori richiedono indizi cosí squisiti, e dicon la cosa con tanta forza, e la vanno tanto ripetendo»[36].

Non diremo certamente che tutto questo sia ragionevole; giacché non può esserlo ciò che implica contradizione. Erano sforzi vani, per conciliar la certezza col dubbio, per evitare il pericolo di tormentare innocenti, e d'estorcere false confessioni, volendo però la tortura come un mezzo appunto di scoprire se uno fosse innocente o reo, e di fargli confessare una data cosa. La conseguenza logica sarebbe stata di dichiarare assurda e ingiusta la tortura; ma a questo ostava l'ossequio cieco all'antichità e al diritto romano. Quel libriccino *Dei delitti e delle pene*, che promosse, non solo l'abolizion della tortura, ma la riforma di tutta la legislazion criminale, cominciò con le parole: «Alcuni avanzi di leggi d'un antico popolo conquistatore». E parve, com'era, ardire d'un grand'ingegno: un secolo prima sarebbe parsa stravaganza. Né c'è da maravigliarsene: non s'è egli visto un ossequio dello stesso genere mantenersi piú a lungo, anzi diventar piú forte nella politica, piú tardi nella letteratura, piú tardi ancora in qualche ramo delle Belle Arti? Viene, nelle cose grandi, come nelle piccole, un momento in cui ciò che, essendo accidentale e fattizio, vuol perpetuarsi come naturale e necessario, è

[36] Ibid. Quæst. XXXVII, 2, 3, 4.

costretto a cedere all'esperienza, al ragionamento, alla sazietà, alla moda, a qualcosa di meno, se è possibile, secondo la qualità e l'importanza delle cose medesime; ma questo momento dev'esser preparato. Ed è già un merito non piccolo degl'interpreti, se, come ci pare, furon essi che lo prepararono, benché lentamente, benché senz'avvedersene, per la giurisprudenza.

Ma le regole che pure avevano stabilite, bastano in questo caso a convincere i giudici, anche di positiva prevaricazione. Vollero appunto costoro cominciar dalla tortura. Senza entrate in nulla che toccasse circostanze, né sostanziali né accidentali, del presunto delitto, moltiplicarono interrogazioni inconcludenti, per farne uscir de' pretesti di dire alla vittima destinata: non è verisimile; e, dando insieme a inverisimiglianze asserite la forza di bugie legalmente provate, intimar la tortura. È che non cercavano una verità, ma volevano una confessione: non sapendo quanto vantaggio avrebbero avuto nell'esame del fatto supposto, volevano venir presto al dolore, che dava loro un vantaggio pronto e sicuro: avevan furia. Tutto Milano sapeva (è il vocabolo usato in casi simili) che Guglielmo Piazza aveva unti i muri, gli usci, gli anditi di via della Vetra; e loro che l'avevan nelle mani, non l'avrebbero fatto confessar subito a lui!

Si dirà forse che, in faccia alla giurisprudenza, se non alla coscienza, tutto era giustificato dalla massima detestabile, ma allora ricevuta, che ne' delitti piú atroci fosse lecito oltrepassare il diritto? Lasciamo da parte che l'opinion piú comune, anzi quasi universale, de' giureconsulti, era (e se al ciel piace, doveva essere) che una tal massima non potesse applicarsi alla procedura, ma soltanto alla pena; «giacché, – per citarne uno, – benché si tratti d'un delitto enorme, non consta però che l'uomo l'abbia commesso; e fin che non consti, è dovere che si serbino le solennità del diritto»[37]. E solo per farne memoria, e come un di que' tratti notabili

[37] P. Follerii, *Pract. Crim.*, Cap. Quod suffocavit, 52.

con cui l'eterna ragione si manifesta in tutti i tempi, citeremo anche la sentenza d'un uomo che scrisse sul principio del secolo decimoquinto, e fu, per lungo tempo dopo, chiamato il Bartolo del diritto ecclesiastico, Nicolò Tedeschi, arcivescovo di Palermo, piú celebre, fin che fu celebre, sotto il nome d'Abate Palermitano: «Quanto il delitto è piú grave, – dice quest'uomo, – tanto piú le presunzioni devono esser forti; perché, dove il pericolo è maggiore, bisogna anche andar piú cauti»[38]. Ma questo, dico, non fa al nostro caso (sempre riguardo alla sola giurisprudenza), poiché il Claro attesta che nel foro di Milano prevaleva la consuetudine contraria; cioè era, in que' casi, permesso al giudice d'oltrepassare il diritto, anche nell'inquisizione[39] «Regola, – dice il Riminaldi, altro già celebre giureconsulto, – da non riceversi negli altri paesi»; e il Farinacci soggiunge: «ha ragione»[40]. Ma vediamo come il Claro medesimo interpreti una tal regola: «si viene alla tortura, quantunque gl'indizi non siano in tutto sufficienti (*in totum sufficientia*), né provati da testimoni maggiori d'ogni eccezione, e spesse volte anche senza aver data al reo copia del processo informativo». E dove tratta in particolare degl'indizi legittimi alla tortura, li dichiara espressamente necessari «non solo ne' delitti minori, ma anche ne' maggiori e negli atrocissimi, anzi nel delitto stesso di lesa maestà»[41]. Si contentava dunque d'indizi meno rigorosamente provati, ma li voleva provati in qualche maniera; di testimoni meno autorevoli, ma voleva testimoni; d'indizi piú leggieri, ma voleva indizi reali, relativi al fatto; voleva insomma render piú facile al giudice la scoperta del delitto, non dargli la facoltà di tormentare, sotto qualunque pretesto, chiunque gli venisse nelle mani. Son cose che una teoria astratta

[38] Quanto crimen est gravius, tanto præsumptiones debent esse vehementiores; quia ubi majus periculum, ibi cautius est agendum. – Abbatis Panormitani, *Commentaria in libros decretalium*, De præsumptionibus, Cap. XIV, 3.

[39] *Clar. Sent. Rec.* lib. V, § 1, 9.

[40] Hipp. Riminaldi, *Consilia*; LXXXVIII, 53. – Farin. Quæst. XXXVII, 79.

[41] Clar. Ib. Lib. V, § fin. Quæst. LXIV, 9.

non riceve, non inventa, non sogna neppure; bensí la passione le fa.

Intimò dunque l'iniquo esaminatore al Piazza: *che dica la verità per qual causa nega di sapere che siano state onte le muraglie, et di sapere come si chiamino li deputati, che altrimente, come cose inuerisimili, si metterà alla corda, per hauer la verità di queste inuerisimilitudini.* – *Se me la vogliono anche far attaccar al collo, lo faccino; che di queste cose che mi hanno interrogato non ne so niente*, rispose l'infelice, con quella specie di coraggio disperato, con cui la ragione sfida alle volte la forza, come per farle sentire che, a qualunque segno arrivi, non arriverà mai a diventar ragione.

E si veda a che miserabile astuzia dovettero ricorrer que' signori, per dare un po' piú di colore al pretesto. Andarono, come abbiam detto, a caccia d'una seconda *bugia*, per poter parlarne con la formola del plurale; cercarono un altro zero, per ingrossare un conto in cui non avevan potuto fare entrar nessun numero.

È messo alla tortura; gli s'intima *che si risolua di dire la verità*; risponde, tra gli urli e i gemiti e l'invocazioni e le supplicazioni: *l'ho detta, signore*. Insistono. *Ah per amor di Dio!* grida l'infelice: *V. S. mi facci lasciar giú, che dirò quello che so; mi facci dare un po' d'aqua*. È lasciato giú, messo a sedere, interrogato di nuovo; risponde: *io non so niente; V. S. mi facci dare un poco d'aqua*.

Quanto è cieco il furore! Non veniva loro in mente che quello che volevan cavargli di bocca per forza, avrebbe potuto addurlo lui come un argomento fortissimo della sua innocenza, se fosse stato la verità, come, con atroce sicurezza, ripetevano. – Sí, signore, – avrebbe potuto rispondere: – avevo sentito dire che s'eran trovati unti i muri di via della Vetra; e stavo a baloccarmi sulla porta di casa vostra, signor presidente della Sanità! – E l'argomento sarebbe stato tanto piú forte, in quanto, essendosi sparsa insieme la voce del fatto, e la voce che il Piazza ne fosse l'autore, questo avrebbe, insieme con la notizia, dovuto risapere il suo pericolo. Ma questa osservazion cosí ovvia, e che il furore non lasciava venire in mente a coloro, non poteva nemmeno venire in mente all'infelice, perché non gli era stato detto di cosa fosse imputato. Volevan prima domarlo co' tormenti; questi eran per loro gli argomenti verosimili e probabili, richiesti dalla legge; volevan fargli sentire quale terribile, immediata conseguenza veniva dal risponder loro di no; volevano che si confessasse bugiardo una volta, per acquistare il diritto di non credergli, quando avrebbe detto: sono innocente. Ma non ottennero l'iniquo intento. Il Piazza, rimesso alla tortura, alzato da terra, intimatogli che verrebbe alzato di piú, eseguita la minaccia, e sempre incalzato *a dir la verità*, rispose sempre: *l'ho detta*; prima urlando, poi a voce bassa; finché i giudici, vedendo che ormai non avrebbe piú potuto rispondere in nessuna maniera, lo fecero lasciar giú, e ricondurre in carcere.

Riferito l'esame in senato, il giorno 23, dal presidente della Sanità, che n'era membro, e dal capitano di giustizia, che ci sedeva quando fosse chiamato, quel tribunale supremo decretò che: «il Piazza, dopo essere stato raso, rivestito con gli abiti della curia, e purgato, fosse sottoposto alla tortura grave, con la legatura del canapo», atrocissima aggiunta, per la quale, oltre le braccia, si slogavano anche le mani; «a riprese, e ad arbitrio de' due magistrati suddetti; e ciò sopra alcune delle menzogne e inverisimiglianze risultanti dal processo».

Il solo senato aveva, non dico l'autorità, ma il potere d'andare impunemente tanto avanti per una tale strada. La legge romana sulla ripetizion de' tormenti[42], era interpretata in due maniere; e la men probabile era la piú umana. Molti dottori (seguendo forse Odofredo[43], che è il solo citato da Cino di Pistoia[44], e il piú antico de' citati dagli altri) intesero che la tortura non si po-

[42] Reus evidentioribus argumentis oppressus, repeti in quæstionem potest. *Dig.* lib. XLVIII, tit. 18, l. 18.

[43] Numquid potest repeti quæstio? Videtur quod sic; ut Dig. eo. l. Repeti. Sed vos dicatis quod non potest repeti sine novis indiciis. Odofredi, *ad Cod.* lib. IX, tit. 41, l. 18.

[44] Cyni Pistoriensis, *super Cod.* lib. IX, tit. 41, l. de tormentis, 8.

tesse rinnovare, se non quando fossero sopravvenuti nuovi indizi, piú evidenti de' primi, e, condizione che fu aggiunta poi, di diverso genere. Molt'altri, seguendo Bartolo[45], intesero che si potesse, quando i primi indizi fossero manifesti, evidentissimi, urgentissimi; e quando, condizione aggiunta poi anche questa, la tortura fosse stata leggiera[46]. Ora, né l'una, né l'altra interpretazione faceva punto al caso. Nessun nuovo indizio era emerso; e i primi erano che due donne avevan visto il Piazza toccar qualche muro; e, ciò ch'era indizio insieme e corpo del delitto, i magistrati avevan visto *alcuni segni di materia ontuosa* su que' muri abbruciacchiati e affumicati, e segnatamente in un andito.... dove il Piazza non era entrato. Di piú, quest'indizi, quanto manifesti, evidenti e urgenti, ognun lo vede, non erano stati messi alla prova, discussi col reo. Ma che dico? il decreto del senato non fa neppur menzione d'indizi relativi al delitto, non applica neppur la legge a torto; fa come se non ci fosse. Contro ogni legge, contro ogni autorità, come contro ogni ragione, ordina che il Piazza sia torturato di nuovo, *sopra alcune bugie e inverisimiglianze*; ordina cioè a' suoi delegati di rifare, e piú spietatamente, ciò che avrebbe dovuto punirli d'aver fatto. Perciocché era (e poteva non essere?) dottrina universale, canone della giurisprudenza, che il giudice inferiore, il quale avesse messo un accusato alla tortura senza indizi legittimi, fosse punito dal superiore.

Ma il senato di Milano era tribunal supremo; in questo mondo, s'intende. E il senato di Milano, da cui il pubblico aspettava la sua vendetta, se non la salute, non doveva essere men destro, men perseverante, men fortunato scopritore, di Caterina Rosa. Ché tutto si faceva con l'autorità di costei; quel suo: *all'hora mi viene in pensiero se a caso fosse un poco uno de quelli*, com'era stato il primo movente del processo, cosí n'era ancora il regolatore e il modello; se non che colei ave-

[45] Bart. *ad Dig.* loc. cit.
[46] V. Farinac. Quæst. XXXVIII, 72, et seq.

va cominciato col dubbio, i giudici con la certezza. E non paia strano di vedere un tribunale farsi seguace ed emulo d'una o di due donnicciole; giacché, quando s'è per la strada della passione, è naturale che i piú ciechi guidino. Non paia strano il veder uomini i quali non dovevan essere, anzi non eran certamente di quelli che vogliono il male per il male, vederli, dico, violare cosí apertamente e crudelmente ogni diritto; giacché il credere ingiustamente, è strada a ingiustamente operare, fin dove l'ingiusta persuasione possa condurre; e se la coscienza esita, s'inquieta, avverte, le grida d'un pubblico hanno la funesta forza (in chi dimentica d'avere un altro giudice) di soffogare i rimorsi; anche d'impedirli.

Il motivo di quelle odiose, se non crudeli prescrizioni, di tosare, rivestire, purgare, lo diremo con le parole del Verri. «In quei tempi credevasi che o ne' capelli e peli, ovvero nel vestito, o persino negli intestini trangugiandolo, potesse avere un amuleto o patto col demonio, onde rasandolo, spogliandolo e purgandolo ne venisse disarmato»[47]. E questo era veramente de' tempi; la violenza era un fatto (con diverse forme) di tutti i tempi, ma una dottrina di nessun tempo.

Quel secondo esame non fu che una ugualmente assurda e piú atroce ripetizione del primo, e con lo stesso effetto. L'infelice Piazza, interrogato prima, e contradetto con cavilli, che si direbbero puerili, se a nulla d'un tal fatto potesse convenire un tal vocabolo, e sempre su circostanze indifferenti al supposto delitto, e senza mai accennarlo nemmeno, fu messo a quella piú crudele tortura che il senato aveva prescritta. N'ebbero parole di dolor disperato, parole di dolor supplichevole, nessuna di quelle che desideravano, e per ottener le quali avevano il coraggio di sentire, di far dire quell'altre. *Ah Dio mio! ah che assassinamento è questo! ah Signor fiscale!... Fatemi almeno appiccar presto... Fatemi tagliar via la mano... Ammazzatemi; lasciatemi almeno riposar un poco. Ah! signor Presidente!.. Per amor di Dio, fate-*

[47] *Oss.* § III.

mi dar da bere; ma insieme: *non so niente, la verità l'ho detta*. Dopo molte e molte risposte tali, a quella freddamente e freneticamente ripetuta istanza di *dir la verità*, gli mancò la voce, ammutolí; per quattro volte non rispose; finalmente poté dire ancora una volta, con voce fioca; *non so niente; la verità l'ho già detta*. Si dovette finire, e ricondurlo di nuovo, non confesso, in carcere.

E non c'eran piú nemmen pretesti, né motivo di ricominciare: quella che avevan presa per una scorciatoia, gli aveva condotti fuor di strada. Se la tortura avesse prodotto il suo effetto, estorta la confession della bugia, tenevan l'uomo; e, cosa orribile! quanto piú il soggetto della bugia era per sé indifferente, e di nessuna importanza, tanto piú essa sarebbe stata, nelle loro mani, un argomento potente della reità del Piazza, mostrando che questo aveva bisogno di stare alla larga dal fatto, di farsene ignaro in tutto, in somma di mentire. Ma dopo una tortura illegale, dopo un'altra piú illegale e piú atroce, o grave, come dicevano, rimettere alla tortura un uomo, perché negava d'aver sentito parlare d'un fatto, e di sapere il nome de' deputati d'una parrocchia, sarebbe stato eccedere i limiti dello straordinario. Eran dunque da capo, come se non avessero fatto ancor nulla; bisognava venire, senza nessun vantaggio, all'investigazion del supposto delitto, manifestare il reato al Piazza, interrogarlo. E se l'uomo negava? se, come aveva dato prova di saper fare, persisteva a negare anche ne' tormenti? I quali avrebbero dovuto essere assolutamente gli ultimi, se i giudici non volevano appropriarsi una terribil sentenza d'un loro collega, morto quasi da un secolo, ma la cui autorità era viva piú che mai, il Bossi citato sopra. «Piú di tre volte, – dice, – non ho mai visto ordinar la tortura, se non da de' giudici boia: *nisi a carnificibus*»[48]. E parla della tortura, ordinata legalmente!

Ma la passione è pur troppo abile e coraggiosa a trovar nuove strade, per iscansar quella del diritto, quand'è

[48] *Tractat. var.*; tit. De tortura, 44.

lunga e incerta. Avevan cominciato con la tortura dello spasimo, ricominciarono con una tortura d'un altro genere. D'ordine del senato (come si ricava da una lettera autentica del capitano di giustizia al governatore Spinola, che allora si trovava all'assedio di Casale), l'auditor fiscale della Sanità, in presenza d'un notaio, promise al Piazza l'impunità, con la condizione (e questo si vede poi nel processo) che dicesse interamente la verità. Cosí eran riusciti a parlargli dell'imputazione, senza doverla discutere; a parlargliene, non per cavar dalle sue risposte i lumi necessari all'investigazion della verità, non per sentir quello che ne dicesse lui; ma per dargli uno stimolo potente a dir quello che volevan loro.

La lettera che abbiamo accennata, fu scritta il 28 di giugno, cioè quando il processo aveva, con quell'espediente, fatto un gran passo. «Ho giudicato conuenire, – comincia, – che V. E. sapesse quello che si è scoperto nel particolare d'alcuni scelerati che, a' giorni passati, andauano ungendo i muri et le porte di questa città». E non sarà forse senza curiosità, né senza istruzione, il veder come cose tali sian raccontate da quelli che le fecero. «Hebbi, – dice dunque, – commissione dal Senato di formar processo, nel quale, per il detto d'alcune donne, e d'un huomo degno di fede, restò aggrauato un Guglielmo Piazza, huomo plebeio, ma ora Commissario della Sanità, ch'esso, il venerdí alli 21, su l'aurora, hauesse unto i muri di una contrada posta in Porta Ticinese, chiamata la Vetra de' Cittadini».

E l'uomo degno di fede, messo lí subito per corroborar l'autorità delle donne, aveva detto d'aver rintoppato il Piazza, *il quale io salutai, et lui mi rese il saluto*. Questo era stato aggravarlo! come se il delitto imputatogli fosse stato d'essere entrato in via della Vetra. Non parla poi il capitano di giustizia della visita fatta da lui per riconoscere il corpo del delitto; come non se ne parla piú nel processo.

«Fu dunque, – prosegue, – incontinente preso costui». E non parla della visita fattagli in casa, dove non si trovò *nulla di sospetto*.

«Et essendosi maggiormente nel suo esame aggrauato, – (s'è visto!) – fu messo ad una graue tortura, ma non confessò il delitto».

Se qualcheduno avesse detto allo Spinola, che il Piazza non era stato interrogato punto intorno al delitto, lo Spinola avrebbe risposto: – Sono positivamente informato del contrario: il capitano di giustizia mi scrive, non questa cosa appunto, ch'era inutile; ma un'altra che la sottintende, che la suppone necessariamente; mi scrive che, messo ad una grave tortura, non lo confessò. – Se l'altro avesse insistito, – come! – avrebbe potuto dire l'uomo celebre e potente, – volete voi che il capitano di giustizia si faccia beffe di me, a segno di raccontarmi, come una notizia importante, che non è accaduto quello che non poteva accadere? – Eppure era proprio cosí: cioè, non era che il capitano di giustizia volesse farsi beffe del governatore; era che avevan fatta una cosa da non potersi raccontare nella maniera appunto che l'avevan fatta; era, ed è, che la falsa coscienza trova piú facilmente pretesti per operare, che formole per render conto di quello che ha fatto.

Ma sul punto dell'impunità, c'è in quella lettera un altro inganno che lo Spinola avrebbe potuto, anzi dovuto conoscer da sé, almeno per una parte, se avesse pensato ad altro che a prender Casale, che non prese. Prosegue essa cosí: «finché d'ordine del Senato (anco per esecutione della grida ultimamente fatta in questo particolare pubblicare da V. E.), promessa dal Presidente della Sanità a costui l'impunità, confessò finalmente, etc.».

Nel capitolo XXXI dello scritto antecedente, s'è fatto menzione d'una grida, con la quale il tribunale della Sanità prometteva premio e impunità a chi rivelasse gli autori degl'imbrattamenti trovati sulle porte e sui muri delle case, la mattina del 18 di maggio; e s'è anche accennata una lettera del tribunale suddetto al governatore, su quel fatto. In essa, dopo aver protestato che quella grida era stata pubblicata, *con participatione del Sig. Gran Cancelliere*, il quale faceva le veci del governatore, pregavan questo *di corroborarla con altra sua, con promessa di maggior premio*. E il governatore ne fece infatti promulgare una, in data del 13 di giugno, con la quale *promette a ciascuna persona che, nel termine di giorni trenta, metterà in chiaro la persona o le persone che hanno commesso, fauorito, aiutato cotal delitto, il premio, etc. et se quel tale sarà dei complici, gli promette anco l'impunità della pena*. Ed è per l'esecuzione di questa grida, così espressamente circoscritta a un fatto del 18 di maggio, che il capitano di giustizia dice essersi promessa l'impunità all'uomo accusato d'un fatto del 21 di giugno, e lo dice a quel medesimo che l'aveva, se non altro, sottoscritta! Tanto pare che si fidassero sull'assedio di Casale! giacché sarebbe troppo strano il supporre che travedessero essi medesimi a quel segno.

Ma che bisogno avevano d'usare un tal raggiro con lo Spinola?

Il bisogno d'attaccarsi alla sua autorità, di travisare un atto irregolare e abusivo, e secondo la giurisprudenza comune, e secondo la legislazion del paese. Era, dico, dottrina comune che il giudice non potesse, di sua autorità propria, concedere impunità a un accusato[49]. E nelle costituzioni di Carlo V, dove sono attribuiti al senato poteri ampissimi, s'eccettua però quello di «concedere remissioni di delitti, grazie o salvocondotti; essendo cosa riservata al principe»[50]. E il Bossi già citato, il quale, come senator di Milano in quel tempo, fu uno de' compilatori di quelle costituzioni, dice espressamente: «questa promessa d'impunità appartiene al principe solo»[51].

Ma perché mettersi nel caso d'usare un tal raggiro, quando potevan ricorrere a tempo al governatore, il quale aveva sicuramente dal principe un tal potere, e la facoltà di trasmetterlo? E non è una possibilità immaginata da noi: è quello che fecero essi medesimi,

[49] V. Farinacci, Quæst. LXXXI, 277.

[50] *Constitutiones dominii mediolanensis*; De Senatoribus.

[51] Op. cit. tit. De confessis per torturam, 11.

all'occasione d'un altro infelice, involto piú tardi in quel crudele processo. L'atto è registrato nel processo medesimo, in questi termini: *Ambrosio Spinola, etc. In conformità del parere datoci dal Senato con lettera dei cinque del corrente, concederete impunità, in virtú della presente, a Stefano Baruello, condannato come dispensatore et fabricatore delli onti pestiferi, sparsi per questa Città, ad estintione del Popolo, se dentro del termine che li sarà statuito dal detto Senato, manifestarà li auttori et complici di tale misfatto.*

Al Piazza l'impunità non fu promessa con un atto formale e autentico; furon parole dettegli dall'auditore della Sanità, fuor del processo. E questo s'intende: un tal atto sarebbe stato una falsità troppo evidente, se s'attaccava alla grida, un'usurpazion di potere, se non s'attaccava a nulla. Ma perché, aggiungo, levarsi in certo modo la possibilità di mettere in forma solenne un atto di tanta importanza?

Questi perché non possiam certo saperli positivamente; ma vedrem piú tardi cosa servisse ai giudici l'aver fatto cosí.

A ogni modo, l'irregolarità d'un tal procedere era tanto manifesta, che il difensor del Padilla la notò liberamente. Benché, come protesta con gran ragione, non avesse bisogno d'uscir da ciò che riguardava direttamente il suo cliente, per iscolparlo dalla pazza accusa; benché, senza ragione, e con poca coerenza, ammetta un delitto reale, e de' veri colpevoli, in quel mescuglio d'immaginazioni e d'invenzioni; ciò non ostante, ad abbondanza, come si dice, e per indebolire tutto ciò che potesse aver relazione con quell'accusa, fa varie eccezioni alla parte del processo che riguarda gli altri. E a proposito dell'impunità, senza impugnar l'autorità del senato in tal materia (ché alle volte gli uomini si tengon piú offesi a metter in dubbio il loro potere, che la loro rettitudine), oppone che il Piazza «fu introdotto nanti detto signor Auditore solamente, quale non haueua alcuna giurisditione... procedendo perciò nullamente, e contro li termini di ragione». E parlando della menzione che fu fatta piú tardi, e occasionalmente, di quell'impunità, dice: «e pure, sino a quel ponto, non appare, né si legge in processo impunità, quale pure, nanti detta redargutione, doueua constare in processo, secondo li termini di ragione».

In quel luogo delle difese c'è una parola buttata là, come incidentemente, ma significantissima. Ripassando gli atti che precedettero l'impunità, l'avvocato non fa alcuna eccezione espressa e diretta alla tortura data al Piazza, ma ne parla cosí: «sotto pretesto d'inuerisimili, torturato». Ed è, mi pare, una circostanza degna d'osservazione che la cosa sia stata chiamata col suo nome anche allora, anche davanti a quelli che n'eran gli autori, e da uno che non pensava punto a difender la causa di chi n'era stato la vittima.

Bisogna dire che quella promessa d'impunità fosse poco conosciuta dal pubblico, giacché il Ripamonti, raccontando i fatti principali del processo, nella sua storia della peste, non ne fa menzione, anzi l'esclude indirettamente. Questo scrittore, incapace d'alterare apposta la verità, ma inescusabile di non aver letto, né le difese del Padilla, né l'estratto del processo che le accompagna, e d'aver creduto piuttosto alle ciarle del pubblico, o alle menzogne di qualche interessato, racconta in vece che il Piazza, subito dopo la tortura, e mentre lo slegavano per ricondurlo in carcere, uscí fuori con una rivelazione spontanea, che nessuno s'aspettava[52]. La bugiarda rivelazione fu fatta bensí, ma il giorno seguente, dopo l'abboccamento con l'auditore, e a gente che se l'aspettava benissimo. Sicché, se non fossero rimasti que' pochi documenti, se il senato avesse avuto che fare soltanto col pubblico e con la storia, avrebbe ottenuto l'intento d'abbuiar quel fatto cosí essenziale al processo, e che diede le mosse a tutti gli altri che venner dopo.

Quello che passò in quell'abboccamento. nessuno lo sa, ognuno se l'immagina a un di presso. «È assai ve-

[52] *De peste*, etc. pag. 84.

rosimile, – dice il Verri, – che nel carcere istesso si sia persuaso a quest'infelice, che persistendo egli nel negare, ogni giorno sarebbe ricominciato lo spasimo; che il delitto si credeva certo, e altro spediente non esservi per lui fuorché l'accusarsene e nominare i complici; cosí avrebbe salvata la vita, e si sarebbe sottratto alle torture pronte a rinnovarsi ogni giorno. Il Piazza dunque chiese, ed ebbe l'impunità, a condizione però che esponesse sinceramente il fatto»[53].

Non pare però punto probabile che il Piazza abbia chiesto lui l'impunità. L'infelice, come vedremo nel seguito del processo, non andava avanti se non in quanto era strascinato; ed è ben piú credibile, che, per fargli fare quel primo, cosí strano e orribile passo, per tirarlo a calunniar sé e altri, l'auditore gliel'abbia offerta. E di piú, i giudici, quando gliene parlaron poi, non avrebbero omessa una circostanza cosí importante, e che dava tanto maggior peso alla confessione; né l'avrebbe omessa il capitano di giustizia nella lettera allo Spinola.

Ma chi può immaginarsi i combattimenti di quell'animo, a cui la memoria cosí recente de' tormenti avrà fatto sentire a vicenda il terror di soffrirli di nuovo, e l'orrore di farli soffrire! a cui la speranza di fuggire una morte spaventosa, non si presentava che accompagnata con lo spavento di cagionarla a un altro innocente! giacché non poteva credere che fossero per abbandonare una preda, senza averne acquistata un'altra almeno, che volessero finire senza una condanna. Cedette, abbracciò quella speranza, per quanto fosse orribile e incerta; assunse l'impresa, per quanto fosse mostruosa e difficile; deliberò di mettere una vittima in suo luogo. Ma come trovarla? a che filo attaccarsi? come scegliere tra nessuno? Lui, era stato un fatto reale, che aveva servito d'occasione e di pretesto per accusarlo. Era entrato in via della Vetra, era andato rasente al muro, l'aveva toccato; una sciagurata aveva traveduto, ma qualche cosa. Un fatto altrettanto innocente, e altret-

[53] *Oss.* § IV.

tanto indifferente fu, si vede, quello che gli suggerí la persona e la favola.

Il barbiere Giangiacomo Mora componeva e spacciava un unguento contro la peste; uno de' mille specifici che avevano e dovevano aver credito, mentre faceva tanta strage un male di cui non si conosce il rimedio, e in un secolo in cui la medicina aveva ancor cosí poco imparato a non affermare, e insegnato a non credere. Pochi giorni prima d'essere arrestato, il Piazza aveva chiesto di quell'unguento al barbiere; questo aveva promesso di prepararglene; e avendolo poi incontrato sul Carrobio, la mattina stessa del giorno che seguí l'arresto, gli aveva detto che il vasetto era pronto, e venisse a prenderlo. Volevan dal Piazza una storia d'unguento, di concerti, di via della Vetra: quelle circostanze cosí recenti gli serviron di materia per comporne una: se si può chiamar comporre l'attaccare a molte circostanze reali un'invenzione incompatibile con esse.

Il giorno seguente, 26 di giugno, il Piazza è condotto davanti agli esaminatori, e l'auditore gl'intima: *che dica conforme a quello che estraiudicialmente confessò a me, alla presenza anco del Notaro Balbiano, se sa chi è il fabricatore degli unguenti, con quali tante volte si sono trouate ontate le porte et mura delle case et cadenazzi di questa città.*

Ma il disgraziato, che, mentendo a suo dispetto, cercava di scostarsi il possibile meno dalla verità, rispose soltanto: *a me l'ha dato lui l'unguento, il Barbiero*. Son le parole tradotte letteralmente, ma messe cosí fuor di luogo dal Ripamonti: *dedit unguenta mihi tonsor.*

Gli si dice *che nomini il detto Barbiero*; e il suo complice, il suo ministro in un tale attentato, risponde: *credo habbi nome Gio. Jacomo, la cui parentela* (il cognome) *non so*. Non sapeva di certo, che dove stesse di casa, anzi di bottega; e, a un'altra interrogazione, lo disse.

Gli domandano *se da detto Barbiero lui Constituto ne ha hauuto o poco o assai di detto unguento*. Risponde: *me ne ha dato tanta quantità come potrebbe capire questo calamaro che è qua sopra la tauola*. Se avesse ricevuto dal

Mora il vasetto del preservativo che gli aveva chiesto, avrebbe descritto quello ma non potendo cavar nulla dalla sua memoria, s'attacca a un oggetto presente, per attaccarsi a qualcosa di reale. Gli domandano *se detto Barbiero è amico di lui Constituto*. E qui, non accorgendosi come la verità che gli si presenta alla memoria, faccia ai cozzi con l'invenzione, risponde: *è amico, signor sí, buon dí, buon anno, è amico, signor sí*; val a dire che lo conosceva appena di saluto.

Ma gli esaminatori, senza far nessuna osservazione, passarono a domandargli, *con qual occasione detto Barbiero gli ha dato detto onto*. Ed ecco cosa rispose: *passai di là, et lui chiamandomi mi disse: vi ho puoi da dare un non so che; io gli dissi che cosa era? et egli disse: è non so che onto; et io dissi: sí, sí, verrò puoi a tuorlo; et cosí da lí a due o tre giorni, me lo diede puoi*. Altera le circostanze materiali del fatto, quanto è necessario per accomodarlo alla favola; ma gli lascia il suo colore; e alcune delle parole che riferisce, eran probabilmente quelle ch'eran corse davvero tra loro. Parole dette in conseguenza d'un concerto già preso, a proposito d'un preservativo, le dà per dette all'intento di proporre di punto in bianco un avvelenamento, almen tanto pazzo quanto atroce.

Con tutto ciò, gli esaminatori vanno avanti con le domande, sul luogo, sul giorno, sull'ora della proposta e della consegna; e, come contenti di quelle risposte, ne chiedon dell'altre. *Che cosa gli disse quando gli consegnò il detto vasetto d'onto?*

Mi disse: pigliate questo vasetto, et ongete le muraglie qui adietro, et poi venete da me, che hauerete una mano de danari.

«Ma perché il barbiero, senza arrischiare, non ungeva da sé di notte!» postilla qui, stavo per dire esclama, il Verri. E una tale inverisimiglianza avventa, per dir cosí, ancor piú in una risposta successiva. Interrogato *se il detto Barbiero assignò a lui Constituto il luogo preciso da ongere*, risponde: *mi disse che ongessi lí nella Vedra de' Cittadini, et che cominciassi dal suo uschio, doue in effetto cominciai*.

«Nemmeno l'uscio suo proprio aveva unto il barbiere!» postilla qui di nuovo il Verri. E non ci voleva, certo, la sua perspicacia per fare un'osservazion simile; ci volle l'accecamento della passione per non farla, o la malizia della passione per non farne conto, se, come è piú naturale, si presentò anche alla mente degli esaminatori.

L'infelice inventava cosí a stento, e come per forza, e solo quando era eccitato, e come punto dalle domande, che non si saprebbe indovinare se quella promessa di danari sia stata immaginata da lui, per dar qualche ragione dell'avere accettata una commission di quella sorte, o se gli fosse stata suggerita da un'interrogazion dell'auditore, in quel tenebroso abboccamento. Lo stesso bisogna dire d'un'altra invenzione, con la quale, nell'esame, andò incontro indirettamente a un'altra difficoltà, cioè come mai avesse potuto maneggiar quell'unto cosí mortale, senza riceverne danno. Gli domandano *se detto Barbiero disse a lui Constituto per qual causa facesse ontare le dette i porte et muraglie*. Risponde: *lui non mi disse niente; m'imagino bene che detto onto fosse velenato, et potesse nocere alli corpi humani, poiché la mattina seguente mi diede un'aqua da beuere, dicendomi che mi sarei preseruato dal veleno di tal onto*.

A tutte queste risposte, e ad altre d'ugual valore, che sarebbe lungo e inutile il riferire, gli esaminatori non trovaron nulla da opporre, o per parlar piú precisamente, non opposero nulla. D'una sola cosa credettero di dover chiedere spiegazione: *per qual causa non l'ha potuto dire le altre volte*.

Rispose: *io non lo so, né so a che attribuire la causa, se non a quella aqua che mi diede da bere; perché V. S. vede bene che, per quanti tormenti ho hauuto, non ho potuto dir niente*.

Questa volta però, quegli uomini cosí facili a contentarsi, non son contenti, e tornano a domandare: *per qual causa non ha detto questa verità prima di adesso, massime sendo stato tormentato nella maniera che fu tormentato, et sabbato et hieri*.

Questa verità!

Risponde: *io non l'ho detta, perché non ho potuto, et se io fossi stato cent'anni sopra la corda, io non haueria mai potuto dire cosa alcuna, perché non poteuo parlare, poiché quando m'era dimandata qualche cosa di questo particolare, mi fugiva dal cuore, et non poteuo rispondere.* Sentito questo, chiuser l'esame, e rimandaron lo sventurato in carcere.

Ma basta il chiamarlo sventurato?

A una tale interrogazione, la coscienza si confonde, rifugge, vorrebbe dichiararsi incompetente; par quasi un'arroganza spietata, un'ostentazion farisaica, il giudicar chi operava in tali angosce, e tra tali insidie. Ma costretta a rispondere, la coscienza deve dire: fu anche colpevole; i patimenti e i terrori dell'innocente sono una gran cosa, hanno di gran virtú; ma non quella di mutar la legge eterna, di far che la calunnia cessi d'esser colpa. E la compassione stessa, che vorrebbe pure scusare il tormentato, si rivolta subito anch'essa contro il calunniatore: ha sentito nominare un altro innocente; prevede altri patimenti, altri terrori, forse altre simili colpe.

E gli uomini che crearon quell'angosce, che tesero quell'insidie, ci parrà d'averli scusati con dire: si credeva all'unzioni, e c'era la tortura? Crediam pure anche noi alla possibilità d'uccider gli uomini col veleno; e cosa si direbbe d'un giudice che adducesse questo per argomento d'aver giustamente condannato un uomo come avvelenatore? C'è pure ancora la pena di morte; e cosa si risponderebbe a uno che pretendesse con questo di giustificar tutte le sentenze di morte? No; non c'era la tortura per il caso di Guglielmo Piazza: furono i giudici che la vollero, che, per dir cosí, l'inventarono in quel caso. Se gli avesse ingannati, sarebbe stata loro colpa, perché era opera loro; ma abbiam visto che non gl'ingannò. Mettiam pure che siano stati ingannati dalle parole del Piazza nell'ultimo esame, che abbian potuto credere un fatto, esposto, spiegato, circostanziato in quella maniera. Da che eran mosse quelle parole? come l'avevano avute? Con un mezzo, sull'illegittimità del quale non dovevano ingannarsi, e non s'ingannarono infatti, poiché cercarono di nasconderlo e di travisarlo.

Se, per impossibile, tutto quello che venne dopo fosse stato un concorso accidentale di cose le piú atte a confermar l'inganno, la colpa rimarrebbe ancora a coloro che gli avevano aperta la strada. Ma vedremo in vece che tutto fu condotto da quella medesima loro volontà, la quale, per mantener l'inganno fino alla fine, dovette ancora eluder le leggi, come resistere all'evidenza, farsi gioco della probità, come indurirsi alla compassione.

IV.

L'auditore corse, con la sbirraglia, alla casa del Mora, e lo trovarono in bottega. Ecco un altro reo che non pensava a fuggire, né a nascondersi, benché il suo complice fosse in prigione da quattro giorni. C'era con lui un suo figliuolo; e l'auditore ordinò che fossero arrestati tutt'e due.

Il Verri, spogliando i libri parrocchiali di San Lorenzo, trovò che l'infelice barbiere poteva avere anche tre figlie; una di quattordici anni, una di dodici, una che aveva appena finiti i sei. Ed è bello il vedere un uomo ricco, nobile, celebre, in carica, prendersi questa cura di scavar le memorie d'una famiglia povera, oscura, dimenticata: che dico? infame; e in mezzo a una posterità, erede cieca e tenace della stolta esecrazione degli avi, cercar nuovi oggetti a una compassion generosa e sapiente. Certo, non è cosa ragionevole l'opporre la compassione alla giustizia, la quale deve punire anche quando è costretta a compiangere, e non sarebbe giustizia se volesse condonar le pene de' colpevoli al dolore degl'innocenti. Ma contro la violenza e la frode, la compassione è una ragione anch'essa. E se non fossero state che quelle prime angosce d'una moglie e d'una madre, quella rivelazione d'un cosí nuovo spavento, e d'un cosí nuovo cordoglio a bambine che vedevano metter le mani addosso al loro padre, al fratello, legarli, trattarli come scellerati; sarebbe un carico terribile contro coloro, i quali non avevano dalla giustizia il dovere, e nemmeno dalla legge il permesso di venire a ciò.

Ché, anche per procedere alla cattura, ci volevano naturalmente degl'indizi. E qui non c'era né fama, né fuga, né querela d'un offeso, né accusa di persona degna di fede, né deposizion di testimoni; non c'era alcun corpo di delitto; non c'era altro che il detto d'un supposto complice. E perché un detto tale, che non aveva per sé valor di sorte alcuna, potesse dare al giudice la facoltà di procedere, eran necessarie molte condizioni. Piú d'una essenziale, avremo occasion di vedere che non fu osservata; e si potrebbe facilmente dimostrarlo di molt'altre. Ma non ce n'è bisogno; perché, quand'anche fossero state adempite tutte a un puntino, c'era in questo caso una circostanza che rendeva l'accusa radicalmente e insanabilmente nulla: l'essere stata fatta in conseguenza d'una promessa d'impunità. «A chi rivela per la speranza dell'impunità, o concessa dalla legge, o promessa dal giudice, non si crede nulla contro i nominati», dice il Farinacci[54]. E il Bossi: «si può opporre al testimonio che quel che ha detto, l'abbia detto per essergli stata promessa l'impunità... mentre un testimonio deve parlar sinceramente, e non per la speranza d'un vantaggio... E questo vale anche ne' casi in cui, per altre ragioni, si può fare eccezione alla regola che esclude il complice dall'attestare... perché colui che attesta per una promessa d'impunità, si chiama corrotto, e non gli si crede»[55]. Ed era dottrina non contradetta.

Mentre si preparavano a visitare ogni cosa, il Mora disse all'auditore. *Oh V. S. veda! so che è venuta per quell'unguento; V. S. lo veda là; et aponto quel vasettino l'haueuo apparecchiato per darlo al Commissario, ma non*

[54] Quæst. XLIII, 192. V Summarium.

[55] *Tractat. var.*, tit. De oppositionibus contra testes; 21.

è venuto a pigliarlo; io, gratia a Dio, non ho fallato. V. S. veda per tutto; io non ho fallato: può sparagnare di farmi tener legato. Credeva l'infelice, che il suo reato fosse d'aver composto e spacciato quello specifico, senza licenza.

Frugan per tutto; ripassan vasi, vasetti, ampolle, alberelli, barattoli. (I barbieri, a quel tempo, esercitavan la bassa chirurgia; e di lí a fare anche un po' il medico, e un po' lo speziale, non c'era che un passo). Due cose parvero sospette; e, chiedendo scusa al lettore, siam costretti a parlarne, perché il sospetto manifestato da coloro, nell'atto della visita, fu quello che diede poi al povero sventurato un'indicazione, un mezzo per potersi accusare ne' tormenti. E del resto c'è in tutta questa storia qualcosa di piú forte che lo schifo.

In tempo di peste, era naturale che un uomo, il quale doveva trattar con molte persone, e principalmente con ammalati, stesse, per quanto era possibile, segregato dalla famiglia: e il difensor del Padilla fa questa osservazione dove, come vedremo or ora, oppone al processo la mancanza d'un corpo di delitto. La peste medesima poi aveva diminuito in quella desolata popolazione il bisogno della pulizia, ch'era già poco. Si trovaron perciò in una stanzina dietro la bottega, *duo vasa stercore humano plena*, dice il processo. Un birro se ne maraviglia, e (a tutti era lecito di parlar contro gli untori) fa osservare *che di sopra vi è il condotto*. Il Mora rispose: *io dormo qui da basso, et non vado di sopra*.

La seconda cosa fu che in un cortiletto si vide *un fornello con dentro murata una caldara di rame, nella quale si è trouato dentro dell'acqua torbida, in fondo della quale si è trouato una materia viscosa gialla et bianca, la quale, gettata al muro, fattone la proua, si attaccaua*. Il Mora disse: *l'è smoglio* (ranno): e il processo nota che lo disse con molta insistenza: cosa che fa vedere quanto essi mostrassero di trovarci mistero. Ma come mai s'arrischiarono di far tanto a confidenza con quel veleno cosí potente e cosí misterioso? Bisogna dire che il furore soffogasse la paura, che pure era una delle sue cagioni.

Tra le carte poi si trovò una ricetta, che l'auditore

diede in mano al Mora, perché spiegasse cos'era. Questo la stracciò, perché, in quella confusione, l'aveva presa per la ricetta dello specifico. I pezzi furon raccolti subito; ma vedremo come questo miserabile accidente fu poi fatto valere contro quell'infelice.

Nell'estratto del processo non si trova quante persone fossero arrestate insieme con lui. Il Ripamonti dice che menaron via tutta la gente di casa e di bottega; giovani, garzoni, moglie, figli, e anche parenti, se ce n'era lí[56].

Nell'uscir da quella casa, nella quale non doveva piú rimetter piede, da quella casa che doveva esser demolita da' fondamenti, e dar luogo a un monumento d'infamia, il Mora disse: *io non ho fallato, et se ho fallato, che sij castigato; ma da quello Elettuario in puoi, io non ho fatto altro; però, se hauessi fallato in qualche cosa, ne dimando misericordia.*

Fu esaminato il giorno medesimo, e interrogato principalmente sul ranno che gli avevan trovato in casa, e sulle sue relazioni col commissario. Intorno al primo, rispose: *signore, io non so niente, et l'hanno fatto far le donne; che ne dimandano conto da loro, che lo diranno; et sapeuo tanto io che quel smoglio vi fosse, quanto che mi credessi d'esser oggi condotto prigione.*

Intorno al commissario, raccontò del vasetto d'unguento che doveva dargli, e ne specificò gl'ingredienti; altre relazioni con lui, disse di non averne avute, se non che, circa un anno prima, quello era venuto a casa sua, a chiedergli un servizio del suo mestiere.

Subito dopo fu esaminato il figliuolo; e fu allora che quel povero ragazzo ripeté la sciocca ciarla del vasetto e della penna, che abbiam riferita da principio. Del resto, l'esame fu inconcludente; e il Verri osserva, in una postilla, che «si doveva interrogare il figlio del barbiere su quel ranno, e vedere da quanto tempo si trovava nella caldaia, come fatto, a che uso; e allora si sarebbe chiarito meglio l'affare. Ma, – soggiunge, – temevano di non trovarlo reo». E questa veramente è la chiave di tutto.

[56] Et si qui consanguinei erant, pag. 87.

Interrogarono però su quel particolare la povera moglie del Mora, la quale alle varie domande rispose che aveva fatto il bucato dieci o dodici giorni avanti; che ogni volta riponeva del ranno per certi usi di chirurgia; che per questo gliene avevan trovato in casa; ma che quello non era stato adoperato, non essendocene stato bisogno.

Si fece esaminare quel ranno da due lavandaie, e da tre medici. Quelle dissero ch'era ranno, ma alterato; questi, che non era ranno; le une e gli altri, perché il fondo appiccicava e faceva le fila. «In una bottega d'un barbiere, – dice il Verri, – dove si saranno lavati de' lini sporchi e dalle piaghe e da' cerotti, qual cosa piú naturale che il trovarsi un sedimento viscido grasso, giallo, dopo varii giorni d'estate?»[57].

Ma in ultimo, da quelle visite non risultava una scoperta; risultava soltanto una contradizione. E il difensore del Padilla ne deduce, con troppo evidente ragione, che «dalla lettura dell'istesso processo offensiuo, non si vede constare del corpo del delitto; requisito e preambolo necessario, acciò si venga a Reato; atto tanto pregiudiciale, e danno irreparabile». E osserva che, tanto piú era necessario, in quanto l'effetto che si voleva attribuire a un delitto, il morir tante persone, aveva la sua causa naturale. «Per i quali giuditii incerti, – dice, – quanto fosse necessario venire all'esperienza, lo ricercauano le maligne costellationi, et li pronostici de' Matthematici, quali nell'anno 1630 altro non concludeuano che peste, e finalmente il veder tante città insigni della Lombardia, et Italia rimanere desolate, et dalla peste distrutte, in quali non si sentirno pensieri, né timori di onto». Anche l'errore vien qui in aiuto della verità: la quale però non n'aveva bisogno. E fa male il vedere come quest'uomo, dopo aver fatto e questa e altre osservazioni, ugualmente atte a dimostrar chimerico il delitto medesimo, dopo avere attribuito alla forza de' tormenti le deposizioni che accusavano il suo

[57] *Oss.* § IV.

cliente, dica in un luogo queste strane parole: «conuien confessare, che per malignità de' detti nominati, et altri complici, con animo ancor di sualigiare le case, et far guadagni, come il detto barbiere, al fol. 104, disse, si mouessero a tanto delitto contro la propria Patria».

Nella lettera d'informazione al governatore, il capitano di giustizia parla di questa circostanza cosí: «Il barbiero è preso, in casa di cui si sono trouate alcune misture, per giudicio de periti, molto sospette». Sospette! È una parola con cui il giudice comincia, ma con cui non finisce, se non suo malgrado, e dopo aver tentati tutti i mezzi per arrivare alla certezza. E se ognuno non sapesse, o non indovinasse quelli ch'erano in uso anche allora, e che si sarebbero potuti adoprare, quando si fosse veramente pensato a chiarirsi sulla qualità velenosa di quella porcheria, l'uomo che presiedeva al processo ce l'avrebbe fatto sapere. In quell'altra lettera rammentata poco sopra, con la quale il tribunale della Sanità aveva informato il governatore di quel grande imbrattamento del 18 di maggio, si parlava pure d'un esperimento fatto sopra de' cani, «per accertarsi se tali ontuosità erano pestilentiali o no». Ma allora non avevan nelle mani nessun uomo sul quale potessero fare l'esperimento della tortura, e contro il quale le turbe gridassero: *tolle!*

Prima però di mettere alle strette il Mora, vollero aver dal commissario piú chiare e precise notizie; e il lettore dirà che ce n'era bisogno. Lo fecero dunque venire, e gli domandarono se ciò che aveva deposto era vero, e se non si rammentava d'altro. Confermò il primo detto, ma non trovò nulla da aggiungerci.

Allora gli dissero *che ha molto dell'inuerisimile che tra lui et detto Barbiero non sia passata altra negotiatione di quella che ha deposto, trattandosi di negotio tanto graue, il quale non si commette a persone per eseguirlo, se non con grande et confidente negotiatione, et non alla fugita, come lui depone.*

L'osservazione era giusta, ma veniva tardi. Perché non farla alla prima, quando il Piazza depose la cosa in que' termini? Perché una cosa tale chiamarla *verità*? Che avessero il senso del verisimile cosí ottuso, cosí lento, da volerci un giorno intero per accorgersi che lí non c'era? Essi? Tutt'altro. L'avevan delicatissimo, anzi troppo delicato. Non eran que' medesimi che avevan trovato, e immediatamente, cose inverisimili che il Piazza non avesse sentito parlare dell'imbrattamento di via della Vetra, e non sapesse il nome de' deputati d'una parrocchia? E perché in un caso cosí sofistici, in un altro cosí correnti?

Il perché lo sapevan loro, e Chi sa tutto; quello che possiamo vedere anche noi è che trovaron l'inverisimiglianza, quando poteva essere un pretesto alla tortura del Piazza; non la trovarono quando sarebbe stata un ostacolo troppo manifesto alla cattura del Mora.

Abbiam visto, è vero, che la deposizion del primo, come radicalmente nulla, non poteva dar loro alcun diritto di venire a ciò. Ma poiché volevano a ogni modo servirsene, bisognava almeno conservarla intatta. Se gli avessero dette la prima volta quelle parole: *ha molto dell'inuerisimile*; se lui non avesse sciolta la difficoltà, mettendo il fatto in forma meno strana, e senza contradire al già detto (cosa da sperarsi poco); si sarebbero trovati al bivio, o di dover lasciare stare il Mora, o di carcerarlo dopo avere essi medesimi protestato, per dir cosí, anticipatamente contro un tal atto.

L'osservazione fu accompagnata da un avvertimento terribile. *Et perciò se non si risoluerà di dire interamente la verità, come ha promesso, se gli protesta che non se gli seruarà l'impunità promessa, ogni volta che si trovi diminuta la suddetta sua confessione, et non intiera di tutto quello è passato tra di lui et il suddetto Barbiero, et per il contrario, dicendo la verità se gli seruarà l'impunità promessa*.

E qui si vede, come avevamo accennato sopra, cosa poté servire ai giudici il non ricorrere al governatore per quell'impunità. Concessa da questo, con autorità regia e riservata, con un atto solenne, e da inserirsi nel processo, non si poteva ritirarla con quella disinvoltura, Le parole dette da un auditore si potevano annullare con altre parole.

Si noti che l'impunità per il Baruello fu chiesta al governatore il 5 di settembre, cioè dopo il supplizio del Piazza, del Mora, e di qualche altro infelice. Si poteva allora mettersi al rischio di lasciarne scappar qualcheduno: la fiera aveva mangiato, e i suoi ruggiti non dovevan piú esser cosí impazienti e imperiosi.

A quell'avvertimento, il commissario dovette, poiché stava fermo nel suo sciagurato proposito, aguzzar l'ingegno quanto poteva, ma non seppe far altro che ripeter la storia di prima. *Dirò a V. S.: due dí avanti che mi dasse l'onto, era il detto Barbiero sul corso di Porta Ticinese, con tre d'altri in compagnia; et vedendomi passare, mi disse: Commissario, ho un onto da darui; io gli dissi: volete darmelo adesso? lui mi disse di no, et all'hora non mi disse l'effetto che doueua fare il detto onto; ma quando me lo diede poi, mi disse ch'era onto da ongere le muraglie, per far morire la gente; né io gli dimandai se lo haueua prouato*. Se non che la prima volta aveva detto: *lui non mi disse niente; m'imagino bene che detto onto fosse velenato*; la seconda: *mi disse ch'era per far morire la gente*. Ma senza farsi caso d'una tal contradizione, gli domandano chi erano *quelli che erano con detto Barbiero, et come erano vestiti*.

Chi fossero, non lo sa; sospetta che dovessero essere vicini del Mora; come fossero vestiti, non se ne rammenta; solo mantiene che è vero tutto ciò che ha deposto contro di lui. Interrogato se è pronto a sostenerglielo in faccia, risponde di sí. È messo alla tortura, per purgar l'infamia, e perché possa fare indizio contro quell'infelice.

I tempi della tortura sono, grazie al cielo, abbastanza lontani, perché queste formole richiedano spiegazione. Una legge romana prescriveva che «la testimonianza d'un gladiatore o di persona simile, non valesse senza i tormenti»[58]. La giurisprudenza aveva poi determina-

[58] *Dig.* lib. XXII, tit. V, De testibus, l. 21, 2.

te, sotto il titolo d'infami, le persone alle quali questa regola dovesse applicarsi; e il reo, confesso o convinto, entrava in quella categoria. Ecco dunque in che maniera intendevano che la tortura purgasse l'infamia. Come infame, dicevano, il complice non merita fede; ma quando affermi una cosa contro un suo interesse forte, vivo, presente, si può credere che la verità sia quella che lo sforzi ad affermare. Se dunque, dopo che un reo s'è fatto accusatore d'altri, gli s'intima, o di ritrattar l'accusa, o di sottoporsi ai tormenti, e lui persiste nell'accusa; se, ridotta la minaccia ad effetto, persiste anche ne' tormenti, il suo detto diventa credibile: la tortura ha purgato l'infamia, restituendo a quel detto l'autorità che non poteva avere dal carattere della persona.

E perché dunque non avevan fatta confermare al Piazza ne' tormenti la prima deposizione? Fu anche questo per non mettere a cimento quella deposizione, cosí insufficiente, ma cosí necessaria alla cattura del Mora? Certo una tale omissione rendeva questa ancor piú illegale: giacché era bensí ammesso che l'accusa dell'infame, non confermata ne' tormenti, potesse dar luogo, come qualunque altro piú difettoso indizio, a prendere informazioni, ma non a procedere contro la persona[59]. E riguardo alla consuetudine del foro milanese, ecco quel che attesta il Claro in forma generalissima: «Affinché il detto del complice faccia fede, è necessario che sia confermato ne' tormenti, perché, essendo lui infame a cagion del suo proprio delitto, non può essere ammesso come testimonio, senza tortura; e cosí si pratica da noi: *et ita apud nos servatur*»[60].

Era dunque legale almeno la tortura data al commissario in quest'ultimo costituto? No, certamente: era iniqua, anche secondo le leggi, poiché gliela davano per convalidare un'accusa che non poteva diventar valida con nessun mezzo, a cagion dell'impunità da cui era stata promossa. E si veda come gli avesse avvertiti

[59] V. Farinacci, Quæst. XLIII, 134, 135.
[60] Op. cit. Quæst. XXI, 13.

a proposito il loro Bossi. «Essendo la tortura un male irreparabile, si badi bene di non farla soffrire in vano a un reo in casi simili, cioè quando non ci siano altre presunzioni o indizi del delitto»[61].

Ma che? facevan dunque contro la legge, a dargliela, e a non dargliela? Sicuro; e qual maraviglia che chi s'è messo in una strada falsa, arrivi a due che non son buone, né l'una né l'altra?

Del resto, è facile indovinare che la tortura datagli per fargli ritrattare un'accusa, non dovette esser cosí efficace come quella datagli per isforzarlo ad accusarsi. Infatti, non ebbero questa volta a scrivere esclamazioni, a registrare urli né gemiti: sostenne tranquillamente la sua deposizione.

Gli domandaron due volte perché non l'avesse fatta ne' primi costituti. Si vede che non potevan levarsi dalla testa il dubbio, e dal cuore il rimorso, che quella sciocca storia fosse un'ispirazion dell'impunità. Rispose: *fu per l'impedimento dell'aqua che ho detto che haueuo beuuta*. Avrebbero certamente desiderato qualcosa di piú concludente; ma bisognava contentarsi. Avevan trascurati, che dico? schivati, esclusi, tutti i mezzi che potevan condurre alla scoperta della verità: delle due contrarie conclusioni che potevan risultare dalla ricerca, n'avevan voluta una, e adoprato, prima un mezzo, poi un altro, per ottenerla a qualunque costo: potevan pretendere di trovarci quella soddisfazione che può dar la verità sinceramente cercata? Spegnere il lume è un mezzo opportunissimo per non veder la cosa che non piace, ma non per veder quella che si desidera.

Calato dalla fune, e mentre lo slegavano, il commissario disse: *Signore, vi voglio un puoco pensar sino a dimani, et dirò poi quello d'auantaggio, che mi ricorderò, tanto contro di lui, quanto d'altri.*

Mentre poi lo riconducevano in carcere, si fermò, dicendo: *ho non so che da dire*; e nominò come gente amica del Mora, e pochi di buono, quel Baruello,

[61] Op. cit. tit. De indiciis et considerationibus ante torturam; 152.

e due *foresari*[62], Girolamo e Gaspare Migliavacca, padre e figlio.

Cosí lo sciagurato cercava di supplir col numero delle vittime alla mancanza delle prove. Ma coloro che l'avevano interrogato, potevano non accorgersi che quell'aggiungere era una prova di piú che non aveva che rispondere? Eran loro che gli avevan chiesto delle circostanze che rendessero verisimile il fatto; e chi propone la difficoltà, non si può dir che non la veda. Quelle nuove denunzie in aria, o que' tentativi di denunzie volevan dire apertamente: voi altri pretendete ch'io vi renda chiaro un fatto; come è possibile, se il fatto non è? Ma, in ultimo, quel che vi preme è d'aver delle persone da condannare: persone ve ne do; a voi tocca a cavarne quel che vi bisogna. Con qualcheduno vi riuscirà: v'è pur riuscito con me.

Di que' tre nominati dal Piazza, e d'altri che, andando avanti, furon nominati con ugual fondamento, e condannati con ugual sicurezza, non faremo menzione, se non in quanto potrà esser necessario alla storia di lui e del Mora (i quali, per essere i primi caduti in quelle mani, furono riguardati sempre come i principali autori del delitto); o in quanto ne esca qualcosa degna di particolare osservazione. Omettiamo pure in questo luogo, come faremo altrove, de' fatti secondari e incidenti, per venir subito al secondo esame del Mora; che fu in quel giorno medesimo.

In mezzo a varie domande, sul suo specifico, sul ranno, su certe lucertole che aveva fatto prender da de' ragazzi, per comporne un medicamento di que' tempi (domande alle quali soddisfece come un uomo che non ha nulla da nascondere né da inventare), gli metton lí i pezzi di quella carta che aveva stracciata nell'atto della visita. *La riconosco*, disse, *per quella scrittura che io strazziai inauertentamente; et si potranno li pezzetti con-*

[62] Arrotini di forbici per tagliar l'oro filato. L'esserci una professione a parte per quell'industria secondaria, fa vedere come fiorisse ancora la principale.

gregar insieme, per veder la continenza, et mi verrà ancora a memoria da chi mi sij stata data.

Passaron poi a fargli un'interrogazione di questa sorte: *in che modo, non hauendo piú che tanta amicitia con il detto Commissario chiamato Gulielmo Piazza, come ha detto nel precedente suo esame, esso Commissario con tanta libertà gli ricercò il suddetto vaso di preseruatiuo; et lui Constituto, con tanta libertà et prestezza, si offerse di darglielo, et l'interpellò di andarlo a pigliare, come nell'altro suo esame ha deposto.*

Ecco che torna in campo la misura stretta della verisimiglianza. Quando il Piazza asserí per la prima volta, che il barbiere, *suo amico di bon dí e bon anno*, con quella medesima *libertà e prestezza*, gli aveva offerto un vasetto per far morire la gente, non gli fecero difficoltà; la fanno a chi asserisce che si trattava d'un rimedio. Eppure, si devono naturalmente usar meno riguardi nel cercare un complice necessario a una contravvenzion leggiera, e per una cosa in sé onestissima, che a cercarlo, senza necessità, per un attentato pericoloso quanto esecrabile: e non è questa una scoperta che si sia fatta in questi due ultimi secoli. Non era l'uomo del secento che ragionava cosí alla rovescia: era l'uomo della passione. Il Mora rispose: *io lo feci per l'interesse*.

Gli domandano poi se conosce quelli che il Piazza aveva nominati; risponde che li conosce, ma non è loro amico, perché *son certa gente da lasciarli fare il fatto suo*. Gli domandano se sa chi avesse fatto quell'imbrattamento di tutta la città; risponde di no. Se sa da chi il commissario abbia avuto l'unguento per unger le muraglie: risponde ancora di no.

Gli domandan finalmente: *se sa che persona alcuna, con offerta de danari, habbi ricercato il detto Commissario ad ontar le muraglie della Vedra de' Cittadini, et che per cosí fare, li habbi poi dato un vasetto di vetro con dentro tal onto*. Rispose, chinando la testa, e abbassando la voce (*flectens caput, et submissa voce*): non so niente.

Forse soltanto allora cominciava a vedere a che strano e orribil fine potesse riuscire quel rigirío di domande. E chi sa in che maniera sarà stata fatta questa da coloro, che, incerti, volere o non volere, della loro scoperta, tanto piú dovevano accennar di saperne, e mostrarsi anticipatamente forti contro le negative che prevedevano. I visi e gli atti che facevan loro, non li notavano. Andaron dunque avanti a domandargli direttamente: *se lui Constituto ha ricercato il suddetto Gulielmo Piazza Commissario della Sanità ad ongere le muraglie lí a torno alla Vedra de' Cittadini, et per cosí fare se gli ha dato un vasetto di vetro con dentro l'onto che doueua adoperare; con promessa di dargli ancora una quantità de danari.*

Esclamò, piú che non rispose: *Signor no! maidé*[63] *no! no in eterno! far io queste cose?* Son parole che può dire un colpevole, quanto un innocente; ma non nella stessa maniera.

Gli fu replicato, *che cosa dirà poi quando dal suddetto Gulielmo Piazza Commissario della Sanità, gli sarà questa verità sostenuta in faccia.*

Di nuovo *questa verità*! Non conoscevan la cosa che per la deposizione d'un supposto complice; a questo avevan detto essi medesimi, il giorno medesimo, che, come la raccontava lui, *haueua molto dell'inuerisimile*; lui non ci aveva saputo aggiungere neppure un'ombra di verisimiglianza, se la contradizione non ne dà; e al Mora dicevano francamente: *questa verità!* Era, ripeto, rozzezza de' tempi? era barbarie delle leggi? era ignoranza? era superstizione? O era una di quelle volte che l'iniquità si smentisce da sé?

Il Mora rispose: *quando mi dirà questo in faccia, dirò che è un infame, et che non può dire questo, perché non ha mai parlato con me di tal cosa, et guardimi Dio!*

Si fa venire il Piazza, e, alla presenza del Mora, gli si domanda, tutto di seguito, se è vero questo e questo e questo; tutto ciò che ha deposto. Risponde: *Signor sí,*

[63] Antica interiezione milanese, corrispondente al toscano *madié*, «particella usata dagli antichi, alla provenzale», dice la Crusca. Significava in origine *mio Dio*; ed era una delle tante formole di giuramento, entrate per abuso nel discorso ordinario. Ma in questo caso quel Nome non sarebbe stato nominato in vano.

che è vero. Il povero Mora grida: *ah Dio misericordia! non si trouarà mai questo*.

Il commissario: *io sono a questi termini, per sostentarui voi*.

Il Mora: *non si trouarà mai, non prouarete mai d'esser stato a casa mia*.

Il commissario: *non fossi mai stato in casa vostra, come vi son stato; che sono a questi termini per voi*.

Il Mora: *non si trouarà mai che siate stato a casa mia*.

Dopo di ciò, furon rimandati, ognuno nel suo carcere.

Il capitano di giustizia, nella lettera al governatore, piú volte citata, rende conto di quel confronto in questi termini: «Il Piazza animosamente gli ha sostenuto in faccia, esser vero ch'egli riceué da lui tale unguento, con le circostanze del luogo e del tempo». Lo Spinola dovette credere che il Piazza avesse specificate queste circostanze, contradittoriamente col Mora; e tutto quel sostenere animosamente si riduceva in realtà a un *Signor sí, che è vero*.

La lettera finisce con queste parole: «Si vanno facendo altre diligenze per scoprire altri complici, o mandanti. Fratanto ho voluto che quello che passa fosse inteso da V. E., alla quale humilmente bacio le mani, et auguro prospero fine delle sue imprese». Probabilmente ne furono scritte altre, che sono perdute. In quanto all'imprese, l'augurio andò a vòto. Lo Spinola, non ricevendo rinforzi, e disperando ormai di prender Casale, s'ammalò, anche di passione, verso il principio di settembre, e morí il 25, mancando sull'ultimo all'illustre soprannome di prenditor di città, acquistato nelle Fiandre, e dicendo (in ispagnolo): m'han levato l'onore. Gli avevan fatto peggio, col dargli un posto a cui erano annesse tante obbligazioni, delle quali pare che a lui ne premesse solamente una: e probabilmente non gliel avevan dato che per questa.

Il giorno dopo il confronto, il commissario chiese d'esser sentito; e, introdotto, disse: *il Barbiero ha detto ch'io non sono mai stato a casa sua; perciò V. S. esamini Baldassar Litta, che sta nella casa dell'Antiano, nel-*

la Contrada di S. Bernardino, et Stefano Buzzio, che fa il tintore, et sta nel portone per contro S. Agostino, presso S. Ambrogio, li quali sono informati ch'io sono stato nella casa et bottega di detto Barbiero.

Era venuto a fare una tal dichiarazione, di suo proprio impulso? O era un suggerimento fattogli dare da' giudici? Il primo sarebbe strano, e l'esito lo farà vedere; del secondo c'era un motivo fortissimo. Volevano un pretesto per mettere il Mora alla tortura; e tra le cose che, secondo l'opinione di molti dottori, potevan dare all'accusa del complice quel valore che non aveva da sé, e renderla indizio sufficiente alla tortura del nominato, una era che tra loro ci fosse amicizia. Non però un'amicizia, una conoscenza qualunque; perché, «a intenderla cosí, – dice il Farinacci, – ogni accusa d'un complice farebbe indizio, essendo troppo facile che il nominante conosca il nominato in qualche maniera; ma bensí un praticarsi stretto e frequente, e tale da render verisimile che tra loro si sia potuto concertare il delitto»[64]. Per questo avevan domandato da principio al commissario, *se detto Barbiero è amico di lui Constituto*. Ma il lettore si rammenta della risposta che n'ebbero: *amico sí, buon dí buon anno*. L'intimazione minacciosa fattagli poi, non aveva prodotto niente di piú; e quello che avevan cercato come un mezzo, era diventato un ostacolo. È vero che non era, né poteva diventar mai un mezzo legittimo né legale, e che l'amicizia piú intima e piú provata non avrebbe potuto dar valore a un'accusa resa insanabilmente nulla dalla promessa d'impunità. Ma a questa difficoltà, come a tante altre che non risultavano materialmente dal processo, ci passavan sopra: quella, l'avevan messa in evidenza essi medesimi con le loro domande; e bisognava veder di levarla. Nel processo son riferiti discorsi di carcerieri, di birri e di carcerati per altri delitti, messi in compagnia di quegl'infelici, *per cavar loro qualcosa di bocca*. È quindi piú che probabile che abbiano, con uno di questi mez-

[64] Quæst. XLIII, 172-174.

zi, fatto dire al commissario, che la sua salvezza poteva dipendere dalle prove che desse della sua amicizia col Mora; e che lo sciagurato, per non dir che non n'aveva, sia ricorso a quel partito, al quale non avrebbe mai pensato da sé. Perché, quale assegnamento potesse fare sulla testimonianza de' due che aveva citati, si vede dalle loro deposizioni. Baldassare Litta, interrogato *se ha mai visto il Piazza in casa o in bottega del Mora*, risponde: *signor, no*. Stefano Buzzi, interrogato *se sa che tra il detto Piazza et Barbiero vi passi alcuna amicitia*, risponde: *può essere che siano amici, et che si salutassero; ma questo non lo saprei mai dire a V. S.* Interrogato di nuovo *se sa che il detto Piazza sia mai stato in casa o bottega del detto Barbiero*, risponde: *non lo saprei mai dire a V. S.*

Vollero poi sentire un altro testimonio, per verificare una circostanza asserita dal Piazza nella sua deposizione; cioè che un certo Matteo Volpi s'era trovato presente, quando il barbiere gli aveva detto: *ho poi da darui un non so che*. Questo Volpi, interrogato su di ciò, non solo risponde di non ne saper nulla, ma, *redarguito*, aggiunge risolutamente: *io giurarò che non ho mai visto che si siano parlati insieme*.

Il giorno seguente, 30 di giugno, fu sottomesso il Mora a un nuovo esame; e non s'indovinerebbe mai come lo principiassero.

Che dica per qual causa lui Constituto, nell'altro suo esame, mentre fu confrontato con Gulielmo Piazza Commissario della Sanità, ha negato a pena hauer cognitione di lui, dicendo che mai fu in casa sua, cosa però che in contrario gli fu sostenuta in faccia; et pure, nel primo suo esame mostra d'hauere piena sua cognitione, cosa che ancor depongono altri nel processo formato; il che ancora si conosce per vero dalla prontezza sua in offerirli, et apparecchiarli il vaso di preseruatiuo, deposto nel suo precedente esame.

Risponde: *è ben vero che detto Commissario passa da lí spesso dalla mia bottega; ma non ha prattica di casa mia, né di me.*

Replicano: *che non solo è contrario al suo primo esame, ma ancora alla depositione d'altri testimonij....*

Qui è superflua qualunque osservazione.

Non osaron però di metterlo alla tortura sulla deposizion del Piazza, ma che fecero? ricorsero all'espediente degl'inverisimili; e, cosa da non credersi, uno fu il negar che faceva d'avere amicizia col Piazza, e che questo praticasse in casa sua; mentre asseriva d'avergli promesso il preservativo! L'altro che non rendesse un conto soddisfacente del perché aveva fatta in pezzi quella scrittura. Ché il Mora seguitava a dire d'averlo fatto senza badarci, e non credendo che una tal cosa potesse importare alla giustizia; o che temesse, povero infelice! d'aggravarsi confessando che l'aveva fatto per trafugar la prova d'una contravvenzione, o che infatti non sapesse ben render conto a se stesso di ciò che aveva fatto in que' primi momenti di confusione e di spavento. Ma sia come si sia, que' pezzi gli avevano: e se credevano che in quella scrittura ci potesse esser qualche indizio del delitto, potevan rimetterla insieme, e leggerla come prima: il Mora stesso gliel aveva suggerito. Anzi, chi mai crederà che non l'avessero già fatto?

Intimaron dunque al Mora, con minaccia della tortura, che dicesse la verità su que' due punti. Rispose: *già ho detto quello che passa intorno alla scrittura; et puole il Commissario dir quello che vole, perché dice un'infamità, perché io non gli ho dato niente.*

Credeva (e non doveva crederlo?) che questa fosse in ultimo la verità che volevan da lui; ma no signore; gli dicono *che non se gli ricerca questa particolarità, perché sopra di essa non s'interroga, né si vole per adesso altra verità da lui, che di sapere il fine perché ha scarpato* (stracciato) *la detta scrittura, et perché ha negato et neghi che il detto Commissario sia stato alla bottega sua, mostrando quasi di non hauer cognitione di lui.*

Non si troverebbe, m'immagino, cosí facilmente un altro esempio d'un cosí sfrontatamente bugiardo rispetto alle formalità legali. Essendo troppo manifestamente mancante il diritto d'ordinar la tortura per l'oggetto principale, anzi unico, dell'accusa, volevano far constare ch'era per altro. Ma il mantello dell'iniquità è corto; e non si può tirarlo per ricoprire una parte, senza scoprirne un'altra. Compariva cosí di piú, che non avevano, per venire a quella violenza, altro che due iniquissimi pretesti: uno dichiarato tale in fatto da loro medesimi, col non voler chiarirsi di ciò che contenesse la scrittura; l'altro, dimostrato tale, e peggio, dalle testimonianze con cui avevan tentato di farlo diventare indizio legale.

Ma si vuol di piú? Quand'anche i testimoni avessero pienamente confermato il secondo detto del Piazza su quella circostanza particolare e accessoria; quand'anche non ci fosse stata di mezzo l'impunità; la deposizion di costui non poteva piú somministrare nessun indizio legale. «Il complice che varia e si contradice nelle sue deposizioni, essendo perciò anche spergiuro, non può fare, contro i nominati, indizio alla tortura.... anzi nemmeno all'inquisizione.... e questa si può dire dottrina comunemente ricevuta dai dottori»[65].

Il Mora fu messo alla tortura!

L'infelice non aveva la robustezza del suo calunniatore. Per qualche tempo però, il dolore non gli tirò fuori altro che grida compassionevoli, e proteste d'aver detta la verità. *Oh Dio mio! non ho cognitione di colui, né ho mai hauuto pratica con lui, et per questo non posso dire.... et per questo dice la bugia che sia praticato in casa mia, né che sia mai stato nella mia bottega. Son morto! misericordia, mio Signore! misericordia! Ho stracciato la scrittura, credendo fosse la ricetta del mio elettuario.... perché voleuo il guadagno io solamente.*

Questa non è causa sufficiente, gli dissero. Supplicò d'esser lasciato giú, che direbbe la verità! Fu lasciato giú, e disse: *La verità è che il Commissario non ha pratica alcuna meco.* Fu ricominciato e accresciuto il tormento: alle spietate istanze degli esaminatori, l'infelice rispondeva: *V. S. veda quello che vole che dica, lo dirò*: la risposta di Filota a chi lo faceva tormentare, per or-

[65] Farinacci, Quæst. XLIII; 185, 186.

dine d'Alessandro il grande, «il quale stava ascoltando pur anch'esso dietro ad un arazzo»[66]: *dic quid me velis dicere*[67] e la risposta di chi sa quant'altri infelici.

Finalmente, potendo piú lo spasimo che il ribrezzo di calunniar se stesso, che il pensiero del supplizio, disse: *ho dato un vasetto pieno di brutto, cioè sterco, acciò imbrattasse le muraglie, al Commissario. V. S. mi lasci giú, che dirò la verità.*

Cosí eran riusciti a far confermare al Mora le congetture del birro, come al Piazza l'immaginazioni della donnicciola; ma in questo secondo caso con una tortura illegale, come nel primo con un'illegale impunità. L'armi eran prese dall'arsenale della giurisprudenza; ma i colpi eran dati ad arbitrio, e a tradimento.

Vedendo che il dolore produceva l'effetto che avevan tanto sospirato, non esaudiron la supplica dell'infelice, di farlo almeno cessar subito. Gl'intimarono *che cominci a dire.*

Disse: *era sterco humano, smojazzo* (ranno; ed ecco l'effetto di quella visita della caldaia, cominciata con tanto apparato, e troncata con tanta perfidia); *perché me lo domandò lui, cioè il Commissario, per imbrattare le case, et di quella materia che esce dalla bocca dei morti, che son sui carri.* E nemmen questo era un suo ritrovato. In un esame posteriore, interrogato *doue ha imparato tal sua compositione*, rispose: *diceuano cosí in barbaría, che si adoperaua di quella materia che esce dalla bocca de' morti.... et io m'ingegnai ad aggiongerui la lisciuia et il sterco.* Avrebbe potuto rispondere: da' miei assassini, ho imparato; da voi altri e dal pubblico.

Ma c'è qui qualche altra cosa di molto strano. Come mai uscí fuori con una confessione che non gli avevan richiesta, che avevano anzi esclusa da quell'esame, dicendogli che *non se gli ricerca questa particolarità, perché sopra di essa non s'interroga?* Poiché il dolore lo strascinava a mentire, par naturale che la bugia dovesse stare

[66] Plutarco, *Vita d'Alessandro*; traduzione del Pompei.

[67] Q. Curtii, VI, 11.

almeno ne' limiti delle domande. Poteva dire d'essere amico intrinseco del commissario; poteva inventar qualche motivo colpevole, aggravante, dell'avere stracciata la scrittura; ma perché andar piú in là di quello che lo spingevano? Forse, mentre era sopraffatto dallo spasimo, gli andavan suggerendo altri mezzi per farlo finire? gli facevano altre interrogazioni, che non furono scritte nel processo? Se fosse cosí, potremmo esserci ingannati noi a dir che avevano ingannato il governatore col lasciargli credere che il Piazza fosse stato interrogato sul delitto. Ma se allora non abbiam messo in campo il sospetto che la bugia fosse nel processo, piuttosto che nella lettera, fu perché i fatti non ce ne davano un motivo bastante. Ora è la difficoltà d'ammettere un fatto stranissimo, che ci sforza quasi a fare una supposizione atroce, in aggiunta di tante atrocità evidenti. Ci troviam, dico, tra il credere che il Mora s'accusasse, senza esserne interrogato, d'un delitto orribile, che non aveva commesso, che doveva procacciargli una morte spaventosa, e il congetturar che coloro, mentre riconoscevan col fatto di non avere un titolo sufficiente di tormentarlo per fargli confessar quel delitto, profittassero della tortura datagli con un altro pretesto, per cavargli di bocca una tal confessione. Veda il lettore quel che gli pare di dovere scegliere.

L'interrogatorio che succedette alla tortura fu, dalla parte de' giudici, com'era stato quello del commissario dopo la promessa d'impunità, un misto o, per dir meglio, un contrasto d'insensatezza e d'astuzia, un moltiplicar domande senza fondamento, e un ometter l'indagini piú evidentemente indicate dalla causa, piú imperiosamente prescritte dalla giurisprudenza.

Posto il principio che «nessuno commette un delitto senza cagione»; riconosciuto il fatto che «molti deboli d'animo avevan confessato delitti che poi, dopo la condanna, e al momento del supplizio, avevan protestato di non aver commessi, e s'era trovato infatti, quando non era piú tempo, che non gli avevan commessi», la giurisprudenza aveva stabilito che «la confessione non avesse valore, se non c'era espressa la cagione del delitto, e se questa cagione non era verisimile e grave, in proporzion del delitto medesimo»[68]. Ora, l'infelicissimo Mora, ridotto a improvvisar nuove favole, per confermar quella che doveva condurlo a un atroce supplizio, disse, in quell'interrogatorio, che la bava de' morti di peste l'aveva avuta dal commissario, che questo gli aveva proposto il delitto, e che il motivo del fare e dell'accettare una proposta simile era che, ammalandosi, con quel mezzo, molte persone, avrebbero guadagnato molto tutt'e due: uno, nel suo posto di commissario; l'altro, con lo spaccio del preservativo. Non domanderemo al lettore se, tra l'enormità e i pericoli d'un tal delitto, e l'importanza di tali guadagni (ai quali, del resto, gli aiuti della natura non mancavan di certo), ci fosse proporzione. Ma se credesse che que' giudici, per esser del secento, ce la trovassero, e che una tal cagione paresse loro verisimile, li sentirà essi medesimi dir di no, in un altro esame.

Ma c'era di piú: c'era contro la cagione addotta dal Mora una difficoltà piú positiva, piú materiale, se non piú forte. Il lettore può rammentarsi che il commissario, accusando se stesso, aveva addotta anche lui la cagione da cui era stato mosso al delitto; cioè che il barbiere gli aveva detto: *ungete.... et poi venete da me, che hauerete una mano*, o come disse nel costituto seguente, *una buona mano de danari*. Ecco dunque due cagioni d'un solo delitto: due cagioni, non solo diverse, ma opposte e incompatibili. È l'uomo stesso che, secondo una confessione, offre largamente danari per avere un complice; secondo l'altra, acconsente al delitto per la speranza d'un miserabile guadagno. Dimentichiamo quel che s'è visto fin qui: come sian venute fuori quelle due cagioni, con che mezzi si siano avute quelle due confessioni; prendiam le cose al punto dove sono arrivate. Cosa facevano, trovandosi a un tal punto, de' giudici ai quali la passione non avesse pervertita, offuscata,

[68] Farinacci, Quæst. L, 31; LXXXI, 40; LII, 150, 152.

istupidita la coscienza? Si spaventavano d'essere andati (foss'anche senza colpa) tanto avanti; si consolavano di non essere almeno andati fino all'ultimo, all'irreparabile affatto; si fermavano all'inciampo fortunato che gli aveva trattenuti dal precipizio; s'attaccavano a quella difficoltà, volevano scioglier quel nodo; qui adopravan tutta l'arte, tutta l'insistenza, tutti i rigiri dell'interrogazioni; qui ricorrevano ai confronti; non facevano un passo prima d'aver trovato (ed era forse cosa difficile?) qual de' due mentisse, o se forse mentissero tutt'e due. I nostri esaminatori, avuta quella risposta del Mora: *perché lui hauerebbe guadagnato assai, poiché si sarian ammalate delle persone assai, et io hauerei guadagnato assai con il mio elettuario*, passarono ad altro.

Dopo ciò, basterà, se non è anche troppo, il toccar di fuga, e in parte, il rimanente di quel costituto.

Interrogato, *se vi sono altri complici di questo negotio*, risponde: *vi saranno li suoi compagni del Piazza, i quali non so chi siano*. Gli si protesta *che non è verisimile che non lo sappi*. Al suono di quella parola, terribile foriera della tortura, l'infelice afferma subito, nella forma piú positiva: *sono li Foresari et il Baruello*: quelli che gli erano stati nominati e cosí indicati, nel costituto antecedente.

Dice che il veleno lo teneva nel fornello, cioè dove loro s'erano immaginati che potesse essere; dice come lo componeva, e conclude: *buttauo via il resto nella Vedra*. Non possiam tenerci qui di non trascrivere una postilla del Verri. «E non avrebbe gettato nella Vetra il resto, dopo la prigionia del Piazza!»

Risponde a caso ad altre domande che gli fanno su circostanze di luogo, di tempo e di cose simili, come se si trattasse d'un fatto chiaro e provato in sostanza, e non ci mancassero che delle particolarità; e finalmente, è messo di nuovo alla tortura, affinché la sua deposizione potesse valer contro i nominati, e segnatamente contro il commissario. Al quale avevan data la tortura per convalidare una deposizione opposta a questa in punti essenziali! Qui non potremmo allegar testi di leggi, né opinioni di dottori; perché in verità la giurisprudenza non aveva preveduto un caso simile.

La confessione fatta nella tortura non valeva, se non era ratificata senza tortura, e in un altro luogo, di dove non si potesse vedere l'orribile strumento, e non nello stesso giorno. Eran ritrovati della scienza, per rendere, se fosse stato possibile, spontanea una confessione forzata, e soddisfare insieme al buon senso, il quale diceva troppo chiaro che la parola estorta dal dolore non può meritar fede, e alla legge romana che consacrava la tortura. Anzi la ragione di quelle precauzioni, la ricavavano gl'interpreti dalla legge medesima, cioè da quelle strane parole: «La tortura è cosa fragile e pericolosa e soggetta a ingannare; giacché molti, per forza d'animo o di corpo, curan cosí poco i tormenti, che non si può, con un tal mezzo, aver da loro la verità; altri sono cosí intolleranti del dolore, che dicon qualunque falsità, piuttosto che sopportare i tormenti»[69]. Dico: strane parole, in una legge che manteneva la tortura, e per intendere come non ne cavasse altra conseguenza, se non che «ai tormenti non si deve creder sempre», bisogna rammentarsi che quella legge era fatta in origine per gli schiavi, i quali, nell'abiezione e nella perversità del gentilesimo, poterono esser considerati come cose e non persone, e sui quali si credeva quindi lecito qualunque esperimento, a segno che si tormentavano per iscoprire i delitti degli altri. De' nuovi interessi di nuovi legislatori la fecero poi applicare anche alle persone libere; e la forza dell'autorità la fece durar tanti secoli piú del gentilesimo: esempio non raro, ma notabile, di quanto una legge, avviata che sia, possa estendersi al di là del suo principio, e sopravvivergli.

Per adempir dunque una tale formalità, chiamarono il Mora a un nuovo esame, il giorno seguente. Ma siccome in tutto dovevan metter qualcosa d'insidioso,

[69] Res est (quæstio) fragilis et periculosa, et quæ veritatem fallat. Nam plerique, patientia sive duritia tormentorum, ita tormenta contemnunt, ut exprimi eis veritas nullo modo possit, alii tanta sunt impatientia ut quovis mentiri quam pati tormenta velint. *Dig.*, Lib. XLVIII, tit. XVIII, l. 1, 23.

d'avvantaggioso, di suggestivo, cosí, in vece di domandargli se intendeva di ratificar la sua confessione, gli domandarono *se ha cosa alcuna d'aggiongere all'esame et confessione sua, che fece hieri, doppo che fu ommesso di tormentare*. Escludevano il dubbio: la giurisprudenza voleva che la confessione della tortura fosse rimessa in questione; essi la davan per ferma, e chiedevan soltanto che fosse accresciuta.

Ma in quell'ore (direm noi di riposo?) il sentimento dell'innocenza, l'orror del supplizio, il pensiero della moglie, de' figli, avevan forse data al povero Mora la speranza d'esser piú forte contro nuovi tormenti; e rispose: *Signor no, che non ho cosa d'aggiongerui, et ho piú presto cosa da sminuire*. Dovettero pure domandargli, *che cosa ha da sminuire*. Rispose piú apertamente, e come prendendo coraggio: *quell'unguento che ho detto, non ne ho fatto minga* (mica), *et quello che ho detto, l'ho detto per i tormenti*. Gli minacciaron subito la rinnovazion della tortura; e ciò (lasciando da parte tutte l'altre violente irregolarità) senza aver messe in chiaro le contradizioni tra lui e il commissario cioè senza poter dire essi medesimi se quella nuova tortura gliel'avrebbero data sulla sua confessione, o sulla deposizion dell'altro; se come a complice, o come a reo principale; se per un delitto commesso ad istigazione altrui, o del quale era stato l'istigatore; se per un delitto che lui aveva voluto pagar generosamente, o dal quale aveva sperato un miserabile guadagno.

A quella minaccia, rispose ancora: *replico che quello che dissi hieri non è vero niente, et lo dissi per li tormenti*. Poi riprese: *V. S. mi lasci un puoco dire un'Aue Maria, et poi farò quello che il Signore me inspirarà*; e si mise in ginocchio davanti a un'immagine del Crocifisso, cioè di Quello che doveva un giorno giudicare i suoi giudici. Alzatosi dopo qualche momento, e stimolato a confermar la sua confessione, disse: *in conscienza mia, non è vero niente*. Condotto subito nella stanza della tortura, e legato, con quella crudele aggiunta del canapo, l'infelicissimo disse: *V. S. non mi stij a dar piú tormenti, che la verità che ho deposto, la voglio mantenere*. Slegato e ricondotto nella stanza dell'esame, disse di nuovo: *non è vero niente*. Di nuovo alla tortura, dove di nuovo disse quello che volevano; e avendogli il dolore consumato fino all'ultimo quel poco resto di coraggio, mantenne il suo detto, si dichiarò pronto a ratificar la sua confessione; non voleva nemmeno che gliela leggessero. A questo non acconsentirono: scrupolosi nell'osservare una formalità ormai inconcludente, mentre violavan le prescrizioni piú importanti e piú positive. Lettogli l'esame, disse: *è la verità tutto*.

Dopo di ciò, perseveranti nel metodo di non proseguir le ricerche, di non affrontar le difficoltà, se non dopo i tormenti (ciò che la legge medesima aveva creduto di dover vietare espressamente, ciò che Diocleziano e Massimiano avevan voluto impedire[70]!), pensaron finalmente a domandargli se non aveva avuto altro fine che di guadagnar con la vendita del suo elettuario. Rispose: *che sappia mi*, quanto me, *non ho altro fine*.

Che sappia mi! Chi, se non lui, poteva sapere cosa fosse passato nel suo interno? Eppure quelle cosí strane parole erano adattate alla circostanza: lo sventurato non avrebbe potuto trovarne altre che significassero meglio a che segno aveva, in quel momento, abdicato, per dir cosí, sé medesimo, e acconsentiva a affermare, a negare, a sapere quello soltanto, e tutto quello che fosse piaciuto a coloro che disponevan della tortura.

Vanno avanti, e gli dicono: *che ha molto dell'inuerisimile che, solamente per hauer occasione il Commissario di lauorare assai, et lui Constituto di vendere il suo elettuario habbino procurato, con l'imbrattamento delle porte, la destruttione et morte della gente; perciò dica a che fine, et per che rispetto si sono mossi loro duoi a cosí fare, per un interesse cosí legiero*.

Ora vien fuori quest'inverisimiglianza? Gli avevan dunque minacciata e data a piú riprese la tortura per fargli ratificare una confessione inverisimile! L'osser-

[70] Nel rescritto citato sopra, alla pag. [685].

vazione era giusta, ma veniva tardi, diremo anche qui; giacché il rinnovarsi delle circostanze medesime, ci sforza quasi a usar le medesime parole. Come non s'erano accorti che ci fosse inverisimiglianza nella deposizione del Piazza, se non quando ebbero, su quella deposizione, carcerato il Mora; cosí ora non s'accorgono che ci sia inverisimiglianza nella confession di questo, se non dopo avergli estorta una ratificazione che, in mano loro, diventa un mezzo sufficiente per condannarlo. Vogliam supporre che realmente non se n'accorgessero che in questo momento? Come spiegheremo allora, come qualificheremo il ritener valida una tal confessione, dopo una tale osservazione? Forse il Mora diede una risposta piú soddisfacente che non fosse stata quella del Piazza? La risposta del Mora fu questa: *se il Commissario non lo sa lui, io non lo so; et bisogna che lui lo sappia, et da lui V. S. lo saprà, per essere stato lui l'inuentore*. E si vede che questo rovesciarsi l'uno sull'altro la colpa principale, non era tanto per diminuire ognuno la sua, quanto per sottrarsi all'impegno di spiegar cose che non erano spiegabili.

E dopo una risposta simile, gl'intimarono che *per hauer lui Constituto fatto la suddetta compositione et unguento, di concerto del detto Commissario, et a lui doppo dato per ontare le muraglie delle case, nel modo et forma da lui Constituto et dal detto Commissario, deposto, a fine di far morire la gente, sicome il detto Commissario ha confessato d'hauere per tal fine eseguito, esso Constituto si fa reo d'hauer procurato in tal modo la morte della gente, et che per hauer cosí fatto, sij incorso nelle pene imposte dalle leggi a chi procura et tenta di cosí fare*.

Ricapitoliamo. I giudici dicono al Mora: come è possibile che vi siate determinati a commettere un tal delitto, per un tal interesse? Il Mora risponde: il commissario lo deve sapere, per sé, e per me: domandatene a lui. Li rimette a un altro, per la spiegazione d'un fatto dell'animo suo, perché possan chiarirsi come un motivo sia stato sufficiente a produrre in lui una deliberazione. E a qual altro? A uno che non ammetteva un tal motivo, poiché attribuiva il delitto a tutt'altra cagione. E i giudici trovano che la difficoltà è sciolta, che il delitto confessato dal Mora è diventato verisimile; tanto che ne lo costituiscono reo.

Non poteva esser l'ignoranza quella che faceva loro vedere inverisimiglianza in un tal motivo; non era la giurisprudenza quella che li portava a fare un tal conto delle condizioni trovate e imposte dalla giurisprudenza.

V.

L'impunità e la tortura avevan prodotto due storie; e benché questo bastasse a tali giudici per proferir due condanne, vedremo ora come lavorassero e riuscissero, per quanto era possibile, a rifonder le due storie in una sola. Vedremo poi, in ultimo, come mostrassero, col fatto, d'esser persuasi essi medesimi, anche di questa.

Il senato confermò e estese la decisione de' suoi delegati. «Sentito ciò che risultava dalla confessione di Giangiacomo Mora, riscontrate le cose antecedenti, considerato ogni cosa», meno l'esserci, per un solo delitto, due autori principali diversi, due diverse cagioni, due diversi ordini di fatti, «ordinò che il Mora suddetto.... fosse di nuovo interrogato diligentissimamente, però senza tortura, per fargli spiegar meglio le cose confessate, e ricavar da lui gli altri autori, mandanti, complici del delitto; e che dopo l'esame fosse costituito reo, con la narrativa del fatto, d'aver composto l'unguento mortifero, e datolo a Guglielmo Piazza; e gli fosse assegnato il termine di tre giorni per far le sue difese. E in quanto al Piazza, fosse interrogato se aveva altro da aggiungere alla sua confessione, la quale si trovava mancante; e, non n'avendo, fosse costituito reo d'avere sparso l'unguento suddetto, e assegnatogli il medesimo termine per le difese». Cioè: vedete di cavar dall'uno e dall'altro quello che si potrà: a ogni modo, sian costituiti rei, ognuno sulla sua confessione, benché siano due confessioni contrarie.

Cominciaron dal Piazza, e in quel giorno medesimo. Da aggiungere, lui non aveva nulla, e non sapeva che n'avevan loro; e forse, accusando un innocente, non aveva preveduto che si creava un accusatore. Gli domandano perché non ha deposto d'aver dato al barbiere della bava d'appestati, per comporre l'unguento. *Non gli ho dato niente*, risponde; come se quelli che gli avevan creduta la bugia, dovessero credergli anche la verità. Dopo un andirivieni d'altre interrogazioni, gli protestano *che, per non hauer detta la verità intera, come hauea promesso, non può né deue godere della impunità che se gli era promessa*. Allora dice subito: *Signore, è vero che il suddetto Barbiero mi ricercò a portargli quella materia, et io glie la portai, per fare il detto onto*. Sperava, con l'ammetter tutto, di ripescar la sua impunità. Poi, o per farsi sempre piú merito, o per guadagnar tempo, soggiunse che i danari promessigli dal barbiere dovevan venire da una *persona grande*, e che l'aveva saputo dal barbiere medesimo, ma senza potergli mai cavar di bocca chi fosse. Non aveva avuto tempo d'inventarla.

Ne domandarono al Mora, il giorno dopo; e probabilmente il poverino l'avrebbe inventata lui, come avrebbe potuto, se fosse stato messo alla tortura. Ma, come abbiam visto, il senato l'aveva esclusa per quella volta, affine, si vede, di render meno sfrontatamente estorta la nuova ratificazione che volevano della sua confessione antecedente. Perciò, interrogato *se lui Constituto fu il primo a ricercare il detto Commissario.... et gli promise quantità de danari*; rispose: *Signor no; e doue vole V. S. che pigli mi* (io) *questa quantità de danari?* Potevano infatti rammentarsi che, nella minutissima visita fattagli in casa quando l'arrestarono, il tesoro che gli avevan trovato, era *un baslotto* (una ciotola), *con dentro cinque parpagliole* (dodici soldi e mezzo). Domandato della *persona grande*, rispose: *V. S. non vole già se non la verità, e la verità io l'ho detta quando sono stato tormentato, et ho detto anche d'auantaggio*.

Ne' due estratti non è fatto menzione che abbia ratificata la confessione antecedente; se, come è da credere, glielo fecero fare, quelle parole erano una protesta, della quale lui forse non conosceva la forza; ma essi la dovevan conoscere. E del rimanente, da Bartolo, anzi dalla Glossa, fino al Farinacci, era stata, ed era sempre dottrina comune, e come assioma della giurisprudenza, che «la confessione fatta ne' tormenti che fossero dati senza indizi legittimi, rimaneva nulla e invalida, quand'anche fosse poi ratificata mille volte senza tormenti: *etiam quod millies sponte sit ratificata*»[71].

Dopo di ciò, fu a lui e al Piazza pubblicato, come allora si diceva, il processo (cioè comunicati gli atti), e dato il termine di due giorni a far le loro difese: e non si vede perché uno di meno di quello che aveva decretato il senato. Fu all'uno e all'altro assegnato un difensore d'ufizio: quello assegnato al Mora se ne scusò. Il Verri attribuisce, per congettura, quel rifiuto a una cagione che pur troppo non è strana in quel complesso di cose. «Il furore, – dice, – era giunto al segno, che si credeva un'azione cattiva e disonorante il difender questa disgraziata vittima»[72]. Ma nell'estratto stampato, che il Verri non doveva aver visto, è registrata la cagion vera, forse non meno strana, e, da una parte, anche piú trista. Lo stesso giorno, due di luglio, il notaio Mauri, chiamato a difendere il detto Mora, disse: *io non posso accettare questo carico, perché, prima sono Notaro criminale, a chi non conuiene accettar patrocinij, et poi anche perché non sono né Procuratore, né Auocato, anderò bene a parlarli, per darli gusto* (per fargli piacere), *ma non accettarò il patrocinio*. A un uomo condotto ormai appiè del supplizio (e di qual supplizio! e in qual maniera!), a un uomo privo d'aderenze, come di lumi, e che non poteva aver soccorso se non da loro, o per mezzo loro, davano per difensore uno che mancava delle qualità necessarie a un tal incarico, e n'aveva delle incompati-

[71] Farinacci, Quæst. XXXVII, 110.

[72] *Oss.* § IV.

bili! Con tanta leggerezza procedevano! mettiam pure che non c'entrasse malizia. E toccava a un subalterno a richiamarli all'osservanza delle regole piú note, e piú sacrosante!

Tornato, disse: *sono stato dal Mora, il quale mi ha detto liberamente che non ha fallato, et che quello che ha detto, l'ha detto per i tormenti; et perché gli ho detto liberamente che non voleuo né poteuo sostener questo carico di diffenderlo, mi ha detto che almeno il Sig. Presidente sij servito* (si degni) *di prouederli d'un diffensore, et che non voglia permettere che habbi da morire indiffeso.* Di tali favori, e con tali parole, l'innocenza supplicava l'ingiustizia! Gliene nominarono infatti un altro.

Quello assegnato al Piazza, «comparve e chiese a voce che gli fosse fatto vedere il processo del suo cliente; e avutolo, lo lesse». Era questo il comodo che davano alle difese? Non sempre, poiché l'avvocato del Padilla, che divenne, come or ora vedremo, il concreto della *persona grande* buttata là in astratto e in aria, ebbe a sua disposizione il processo medesimo, tanto da farne copiar quella buona parte che è venuta per quel mezzo a nostra notizia.

Sullo spirar del termine, i due sventurati chiesero una proroga: «il senato concesse loro tutto il giorno seguente, e non piú: *et non ultra*». Le difese del Padilla furon presentate in tre volte: una parte il 24 di luglio 1631; la quale «fu ammessa senza pregiudizio della facoltà di presentar piú tardi il rimanente»; l'altra il 13 d'aprile 1632; e l'ultima il 10 di maggio dell'anno medesimo: era allora arrestato da circa due anni. Lentezza dolorosa davvero, per un innocente; ma, paragonata alla precipitazione usata col Piazza e col Mora, per i quali non fu lungo che il supplizio, una tal lentezza è una parzialità mostruosa.

Quella nuova invenzione del Piazza sospese però il supplizio per alcuni giorni, pieni di bugiarde speranze, ma insieme di nuove crudeli torture, e di nuove funeste calunnie. L'auditore della Sanità fu incaricato di ricevere, in gran segreto, e senza presenza di notaio, una nuova deposizione di costui; e questa volta fu lui che promosse l'abboccamento, per mezzo del suo difensore, facendo intendere che aveva qualcosa di piú da rivelare intorno alla *persona grande*. Pensò probabilmente che se gli riusciva di tirare in quella rete, cosí chiusa alla fuga, cosí larga all'entrata, un pesce grosso; questo per uscirne, ci farebbe un tal rotto, che ne potrebbero scappar fuori anche i piccoli. E siccome, tra le molte e varie congetture ch'eran girate per le bocche della gente, intorno agli autori di quel funesto imbrattamento del 18 di maggio (ché la violenza del giudizio fu dovuta in gran parte all'irritazione, allo spavento, alla persuasione prodotta da quello: e quanto i veri autori di esso furon piú colpevoli di quello che conoscessero loro medesimi!), s'era anche detto che fossero ufiziali spagnoli, cosí lo sciagurato inventore trovò anche qui qualcosa da attaccarsi. L'esser poi il Padilla figliuolo del comandante del castello, e l'aver quindi un protettor naturale, che, per aiutarlo, avrebbe potuto disturbare il processo, fu probabilmente ciò che mosse il Piazza a nominar lui piuttosto che un altro: se pure non era il solo ufiziale spagnolo che conoscesse, anche di nome. Dopo l'abboccamento, fu chiamato a confermar giudizialmente la sua nuova deposizione. Nell'altra aveva detto che il barbiere non gli aveva voluto nominar la *persona grande*. Ora veniva a sostenere il contrario; e per diminuire, in qualche maniera, la contradizione, disse che non gliel'aveva nominata subito. *Finalmente mi disse doppo il spatio di quattro o cinque giorni, che questo capo grosso era un tale di Padiglia, il cui nome non mi raccordo, benché me lo disse; so bene, et mi raccordo precisamente che disse esser figliolo del Sig. Castellano nel Castello di Milano*. Danari, però, non solo non disse d'averne ricevuti dal barbiere, ma protestò di non saper nemmeno se questo n'avesse avuti dal Padilla.

Fu fatta sottoscrivere al Piazza questa deposizione, e spedito subito l'auditore della Sanità a comunicarla al governatore, come riferisce il processo; e sicuramente a domandargli se consentirebbe, occorrendo, a consegnare all'autorità civile il Padilla, ch'era capitano di cavalleria, e si trovava allora all'esercito, nel Monferrato. Tornato l'auditore, e fatta subito confermar di nuovo la deposizione al Piazza, s'andò di nuovo addosso all'infelice Mora. Il quale, all'istanze per fargli dire che lui aveva promesso danari al commissario, e confidatogli che aveva una *persona grande*, e dettogli finalmente chi fosse, rispose: *non si trouarà mai in eterno: se io lo sapessi, lo direi, in conscienza mia*. Si viene a un nuovo confronto, e si domanda al Piazza, se è vero che il Mora gli ha promesso danari, *dichiarando che tutto ciò faceua d'ordine et commissione del Padiglia, figliolo del signor Castellano di Milano*. Il difensor del Padilla osserva, con gran ragione, che, «sotto pretesto di confronto», fecero cosí conoscere al Mora «quello che si desideraua dicesse». Infatti, senza questo, o altro simil mezzo, non sarebbero certamente riusciti a fargli buttar fuori quel personaggio. La tortura poteva bensí renderlo bugiardo, ma non indovino.

Il Piazza sostenne quel che aveva deposto. *E voi volete dir questo?* esclamò il Mora. *Sí, che lo voglio dire, che è la verità*, replicò lo sventurato impudente: *et sono a questo mal termine per voi, et sapete bene che mi diceste questo sopra l'uschio della vostra bottega*. Il Mora, che aveva forse sperato di poter, con l'aiuto del difensore, mettere in chiaro la sua innocenza, e ora prevedeva che nuove torture gli avrebbero estorta una nuova confessione, non ebbe nemmeno la forza d'opporre un'altra volta la verità alla bugia. Disse soltanto: *patientia! per amor di voi, morirò*.

Infatti, rimandato subito il Piazza, intimano a lui, *che dica hormai la verità*; e appena ha risposto: *Signore, la verità l'ho detta*; gli minacciano la tortura: *il che si farà sempre senza pregiuditio di quello che è conuitto, et confesso, et non altrimenti*. Era una formola solita; ma l'averla adoprata in questo caso fa vedere fino a che segno la smania di condannare gli avesse privati della facoltà di riflettere. Come mai la confessione d'avere indotto il Piazza al delitto con la promessa de' danari che si avrebbero dal Padilla, poteva non far pregiudizio alla confessione d'essersi lasciato indurre al delitto dal Piazza, per la speranza di guadagnar col preservativo?

Messo alla tortura, confermò subito tutto quello che aveva detto il commissario; ma non bastando questo ai giudici, disse che infatti il Padilla gli aveva proposto di fare *un ontione da ongere le Porte et Cadenazzi*, promessigli danari quanti ne volesse, datigliene quanti n'aveva voluti.

Noi altri, che non abbiamo, né timor d'unzioni, né furore contro untori, né altri furiosi da soddisfare, vediamo chiaramente, e senza fatica, come sia venuta, e da che sia stata mossa una tal confessione. Ma, se ce ne fosse bisogno, n'abbiamo anche la dichiarazione di chi l'aveva fatta. Tra le molte testimonianze che il difensor del Padilla poté raccogliere, c'è quella d'un capitano Sebastiano Gorini, che si trovava, in quel tempo (non si sa per qual cagione) nelle stesse carceri, e che parlava spesso con un servitore dell'auditor della Sanità, stato messo per guardia a quell'infelice. Depone cosí: «mi disse detto seruitore, sendo se non (*appena*) all'hora stato detto Barbiere rimenato dall'esame: V. S. non sa che il Barbiere m'ha detto adesso adesso, che nell'esame che ha fatto, ha dato fuori (*buttato fuori*) il Sig. Don Gioanni figliolo del Sig. Castellano? Et io, ciò sentendo, restai stupito, et li dissi: è vero questo? Et esso seruitore mi replicò che era vero; ma che era anche vero che lui protestaua di non raccordarsi di non hauer forsi mai parlato con alcuno spagnuolo, et che se li hauessero mostrato detto Sig. Don Gioanni, non l'haurebbe né anche conosciuto. Et soggiongendo, esso seruitore, disse: io li dissi perché dunque lo haueua dato fuori? et lui disse che l'haueua dato fuori per hauerlo sentito nominare là, et che perciò rispondeua a tutto quello che sentiua, o che li veniua cosí in bocca». Questo valse (e ne sia ringraziato il cielo) a favor del Padilla, ma vogliam noi credere che i giudici, i quali avevan messo, o lasciato mettere per guardia al Mora un servitore di quell'auditor cosí attivo, cosí investigatore, non risapessero, se non tanto tempo dopo, e accidentalmente da un testimonio, quelle parole cosí verisimili, dette senza speranza, un momento dopo quelle cosí strane che gli aveva estorte il dolore?

E perché, tra tante cose dell'altro mondo, parve strana anche ai giudici quella relazione tra il barbier milanese e il cavaliere spagnolo; e domandarono chi c'era stato di mezzo, alla prima disse ch'era stato *uno de' suoi*, fatto e vestito cosí e cosí. Ma incalzato a nominarlo, disse: *Don Pietro di Saragoza*. Questo almeno era un personaggio immaginario.

Ne furon poi fatte (dopo il supplizio del Mora, s'intende) le piú minute e ostinate ricerche. S'interrogarono soldati e ufiziali, compreso il comandante stesso del castello, don Francesco de Vargas, succeduto allora al padre del Padilla: nessuno l'aveva mai sentito nominare. Se non che si trovò finalmente, nelle carceri del podestà, un Pietro Verdeno, nativo di Saragozza, accusato di furto. Costui, esaminato, disse che in quel tempo era a Napoli; messo alla tortura, sostenne il suo detto; e non si parlò piú di Don Pietro di Saragozza.

Sempre incalzato da nuove domande, il Mora aggiunse che lui aveva poi fatto la proposta al commissario, il quale aveva anche lui avuto danari per questo, *da non so chi*. E certo non lo sapeva; ma vollero saperlo i giudici. Lo sventurato, rimesso alla tortura, nominò pur troppo una persona reale, un Giulio Sanguinetti, banchiere: «il primo venuto in mente all'uomo che inventava per lo spasimo»[73].

Il Piazza, che aveva sempre detto di non aver ricevuto danari, interrogato di nuovo, disse subito di sí. (Il lettore si rammenterà, forse meglio de' giudici, che, quando visitaron la casa di costui, danari gliene trovaron meno che al Mora, cioè punto). Disse dunque d'averne avuti da un banchiere; e non avendogli i giudici nominato il Sanguinetti, ne nominò lui un altro: Giro-

[73] quorum capita... fingenti inter dolores gemitusque occurrere. Liv. XXIV, 5.

lamo Turcone. E questo e quello e vari loro agenti furono arrestati, esaminati, messi alla tortura; ma, stando fermi a negare, furon finalmente rilasciati.

Il 21 di luglio, furono al Piazza e al Mora comunicati gli atti posteriori alla ripresa del processo, e dato un nuovo termine di due giorni a far le loro difese. L'uno e l'altro scelsero questa volta un difensore, col consiglio probabilmente di quelli ch'erano stati loro assegnati d'ufizio. Il 23 dello stesso mese, fu arrestato il Padilla; cioè, come è attestato nelle sue difese, gli fu detto dal commissario generale della cavalleria, che, per ordine dello Spinola, dovesse andare a costituirsi prigioniero nel castello di Pomate; come fece. Il padre, e si rileva dalle difese medesime, fece istanza, per mezzo del suo luogotenente, e del suo segretario, perché si sospendesse l'esecuzione della sentenza contro il Piazza e il Mora, fin che fossero stati confrontati con don Giovanni. Gli fu fatto rispondere «che non si poteua sospendere, perché il popolo esclamaua...» eccolo nominato una volta quel *civium ardor prava jubentium*; la sola volta che si poteva senza confessare una vergognosa e atroce deferenza, giacché si trattava dell'esecuzion d'un giudizio, non del giudizio medesimo. Ma cominciava allora soltanto a esclamare il popolo? o allora soltanto cominciavano i giudici a far conto delle sue grida?... «ma che in ogni caso il signor Don Francesco non si pigliasse fastidio, perché gente infame, com'erano questi duoi, non poteuano col suo detto pregiudicare alla reputatione del signor Don Giovanni». E il detto d'ognuno di que' due *infami* valse contro l'altro! E i giudici l'avevan tante volte chiamato *verità*! E nella sentenza medesima decretarono che, dopo l'intimazion di essa, fossero l'uno e l'altro tormentati di nuovo su ciò che riguardava i complici! E le loro deposizioni promossero torture, e quindi confessioni, e quindi supplizi; e se non basta, anche supplizi senza confessioni!

«Et cosí, – conclude la deposizione del segretario suddetto, – tornassimo dal signor Castellano, et li facessimo la relatione di quant'era passato; et lui non disse altro, ma restò mortificato; la qual mortificatione fu tale, che fra pochi giorni se ne morse».

Quell'infernale sentenza portava che, messi sur un carro, fossero condotti al luogo del supplizio; tanagliati con ferro rovente, per la strada; tagliata loro la mano destra, davanti alla bottega del Mora; spezzate l'ossa con la rota, e in quella intrecciati vivi, e alzati da terra; dopo sei ore, scannati; bruciati i cadaveri, e le ceneri buttate nel fiume; demolita la casa del Mora; sullo spazio di quella, eretta una colonna che si chiamasse infame; proibito in perpetuo di rifabbricare in quel luogo. E se qualcosa potesse accrescer l'orrore, lo sdegno, la compassione, sarebbe il veder que' disgraziati, dopo l'intimazione d'una tal sentenza, confermare, anzi allargare le loro confessioni, e per la forza delle cagioni medesime che gliele avevano estorte. La speranza non ancora estinta di sfuggir la morte, e una tal morte, la violenza di tormenti, che quella mostruosa sentenza farebbe quasi chiamar leggieri, ma presenti e evitabili, li fecero, e ripeter le menzogne di prima, e nominar nuove persone. Cosí, con la loro impunità, e con la loro tortura, riuscivan que' giudici, non solo a fare atrocemente morir degl'innocenti, ma, per quanto dipendeva da loro, a farli morir colpevoli.

Nelle difese del Padilla, si trovano, ed è un sollievo, le proteste che fecero della loro e dell'altrui innocenza, appena furono affatto certi di dover morire, e di non dover piú rispondere. Quel capitano citato poco fa, depose che, trovandosi vicino alla cappella dov'era stato messo il Piazza, lo sentí che «strepitaua, et diceua che moriua al torto, et che era stato assassinato sotto promessa», e rifiutava il ministero di due cappuccini venuti per disporlo a morir cristianamente. «Et in quanto a me, – soggiunge, – m'accorgei che lui haueua speranza che si douesse retrattare la sua causa.... et andai dal detto Commissario, pensando di far atto di carità col persuaderlo a disporsi a ben morire in gratia di Dio; come in effetto posso dire che mi riuscí; poiché li Padri non toccorono il punto che toccai io, qual fu che l'accertai di non hauer mai visto, né sentito dire che il Senato retrattasse cause simili, dopo seguita la condanna... Finalmente tanto dissi, che s'acquietò... et doppo che fu acquietato, diede alcuni sospiri, et poi disse come haueua dato fuori indebitamente molti innocenti». Tanto lui, quanto il Mora, fecero poi stendere dai religiosi che gli assistevano una ritrattazion formale di tutte l'accuse che la speranza o il dolore gli avevano estorte. L'uno e l'altro sopportarono quel lungo supplizio, quella serie e varietà di supplizi, con una forza che, in uomini vinti tante volte dal timor della morte e dal dolore; in uomini i quali morivan vittime, non di qualche gran causa, ma d'un miserabile accidente, d'un errore sciocco, di facili e basse frodi; in uomini che, diventando infami, rimanevano oscuri, e all'esecrazion pubblica non avevan da opporre altro che il sentimento d'un'innocenza volgare, non creduta, rinnegata tante volte da loro medesimi; in uomini (fa male il pensarci, ma si può egli non pensarci?) che avevano una famiglia, moglie, figliuoli, non si saprebbe intendere, se non si sapesse che fu rassegnazione: quel dono che, nell'ingiustizia degli uomini, fa veder la giustizia di Dio, e nelle pene, qualunque siano, la caparra, non solo del perdono, ma del premio. L'uno e l'altro non cessaron di dire, fino all'ultimo, fin sulla rota, che accettavan la morte in pena de' peccati che avevan commessi davvero. Accettar quello che non si potrebbe rifiutare! parole che possono parer prive di senso a chi nelle cose guardi soltanto l'effetto materiale; ma parole d'un senso chiaro e profondo per chi considera, o senza considerare intende, che ciò che in una deliberazione può esser piú difficile, ed è piú importante, la persuasion della mente, e il piegarsi della volontà, è ugualmente difficile, ugualmente importante, sia che l'effetto dipenda da esso, o no; nel consenso, come nella scelta.

Quelle proteste potevano atterrire la coscienza de' giudici; potevano irritarla. Essi riusciron pur troppo a farle smentire in parte, nel modo che sarebbe stato il piú decisivo, se non fosse stato il piú illusorio; cioè col far che accusassero sé medesimi, molti che da quelle proteste erano stati cosí autorevolmente scolpati. Di quest'altri processi toccheremo soltanto, come abbiam detto, qualcosa, e soltanto d'alcuni, per venire a quello del Padilla; cioè a quello che, come per l'importanza del reato è il principale, cosí, per la forma e per l'esito, è la pietra del paragone per tutti gli altri.

VI.

I due arrotini, sciaguratamente nominati dal Piazza, e poi dal Mora, erano stati imprigionati fino dal 27 di giugno; ma non furon mai confrontati, né con l'uno né con l'altro, e neppure esaminati, prima dell'esecuzione della sentenza, che fu il primo d'agosto. L'undici fu esaminato il padre; il giorno dopo, messo alla tortura, col solito pretesto di contradizioni e d'inverisimiglianze, confessò, cioè inventò una storia, alterando, come il Piazza, un fatto vero. Fecero l'uno e l'altro come que' ragni, che attaccano i capi del loro filo a qualcosa di solido, e poi lavoran per aria. Gli avevan trovata un'ampolla d'un sonnifero datogli, anzi composto in casa sua, dal Baruello suo amico; disse ch'era un *onto per fare che moressero la gente*; un estratto di rospi e di serpi, *con certe poluere che io non so che poluere siano.* Oltre il Baruello, nominò come complice qualche altra persona di comune conoscenza, e per capo il Padilla. Avrebbero i giudici voluto attaccar questa storia a quella de' due che avevano assassinati, e far per ciò dire a costui, che aveva ricevuto da loro *onto et danari*. Se avesse negato semplicemente, avevan la tortura; ma la prevenne con questa singolare risposta: *Signor no, che non è vero; ma se mi date li tormenti perché io neghi questa particolarità, sarò forzato a dire che è vero, benché non sij*. Non potevan piú, senza farsi troppo apertamente beffe della giustizia e dell'umanità, adoprar come esperimento un mezzo del quale eran cosí solennemente avvertiti che l'effetto sarebbe certo.

Fu condannato a quel medesimo supplizio; dopo l'intimazion della sentenza, torturato, accusò un nuovo banchiere, e altri; in cappella, e sul patibolo, ritrattò ogni cosa.

Se di questo disgraziato, il Piazza e il Mora avessero detto solamente ch'era un poco di buono, si vede da vari fatti che saltan fuori nel processo, che non l'avrebbero calunniato. Calunniaron però anche in questo, il suo figliuolo Gaspare; del quale è bensí riferito un fallo, ma è riferito da lui, e in tali momenti, e con tal sentimento, che ne risulta come una prova dell'innocenza e della rettitudine di tutta la sua vita. Ne' tormenti, in faccia alla morte, le sue parole furon tutte meglio che da uom forte; furon da martire. Non avendo potuto renderlo calunniator di se stesso, né d'altri, lo condannarono (non si vede con quali pretesti) come convinto; e dopo l'intimazion della sentenza, l'interrogarono, come al solito, se aveva altri delitti e chi erano i suoi compagni in quello per cui era stato condannato. Alla prima domanda rispose: *io non ho fatto né questo, né altri delitti; et moro perché una volta diedi d'un pugno sopra d'un occhio ad uno, mosso dalla collera*. Alla seconda: *io non ho alcuni compagni, perché attendeuo a far li fatti miei; et se non l'ho fatto, non ho né anche hauuto compagni*. Minacciatagli la tortura, disse: *V. S. facci quello che vole, che non dirò mai quello che non ho fatto, né mai condannarò l'anima mia; et è molto meglio che patisca tre o quattro hore de tormenti, che andar nell'inferno a patire eternamente*. Messo alla tortura, esclamò nel primo momento: *ah, Signore! non ho fatto niente: sono assassinato*. Poi soggiunse: *questi tormenti forniranno presto; et al mondo di là bisogna starui sempre*. Furono accresciute le torture, di grado in grado, fino all'ultimo, e con le torture, l'istanze di dir la verità. Sempre rispose: *l'ho già detta; voglio saluar l'anima. Dico che non voglio grauar la conscienza mia: non ho fatto niente*.

Non si può qui far a meno di non pensare che se gli stessi sentimenti avessero data al Piazza la stessa costanza, il povero Mora sarebbe rimasto tranquillo nella sua bottega, tra la sua famiglia; e, al pari di lui, questo giovine ancor piú degno d'ammirazione, che di compassione, e tant'altri innocenti non avrebbero nemmen potuto immaginarsi che spaventosa sorte sfuggivano. Lui medesimo, chi sa? Certo per condannarlo, non confesso, e su que' soli indizi, e quando, non essendoci altre confessioni, il delitto stesso non era che una congettura, bisognava violare piú svelatamente, piú arditamente, ogni principio di giustizia, ogni prescrizion di legge. A ogni modo, non potevano condannarlo a un piú mostruoso supplizio; non potevano almeno farglielo soffrire in compagnia d'uno, guardando il quale dovesse dire ogni momento a se stesso: l'ho condotto qui io. Di tanti orrori fu cagione la debolezza... che dico? l'accanimento, la perfidia di coloro che, riguardando come una calamità, come una sconfitta, il non trovar colpevoli, tentarono quella debolezza con una promessa illegale e frodolenta.

Abbiamo citato sopra l'atto solenne con cui una promessa simile fu fatta al Baruello, e abbiamo anche accennato di voler far vedere il conto diverso che i giudici ne facevano. Per ciò principalmente racconterem qui in succinto la storia anche di questo meschino. Accusato in aria, come s'è visto, prima dal Piazza d'essere un compagno del Mora, poi dal Mora d'essere un compagno del Piazza; poi dall'uno e dall'altro d'aver ricevuto danari per isparger l'unguento composto dal Mora con certe porcherie e peggio (e prima avevan protestato di non saper questo); poi dal Migliavacca, d'averne composto uno lui, con altre peggio che porcherie; costituito reo di tutte queste cose, come se ne facessero una, negò e sostenne bravamente i tormenti. Mentre pendeva la sua causa, un prete (che fu un altro de' testimoni fatti citar dal Padilla), pregato da un parente di questo Baruello, lo raccomandò a un fiscale del senato; il quale venne poi a dirgli che il suo raccomandato era sentenziato a morte, con tutta quell'aggiunta di carnificine; ma insieme, che «il senato s'accontentaua di proccurarli da S. E. l'impunità». E incaricò il prete che andasse a trovarlo, e vedesse di persuaderlo a dir la verità: «poiché il Senato vol sapere il fondamento di questo negocio, e pensa di saperlo da lui». Dopo averlo condannato! e dopo quelle esecuzioni!

Il Baruello, sentita la crudele notizia, e la proposizione, disse: «faranno poi di me come hanno fatto del Commissario?» Avendogli il prete detto che la promessa gli pareva sincera, cominciò una storia: che un tale (il quale era morto) l'aveva condotto dal barbiere; e questo, alzato un telo del parato della stanza, che nascondeva un uscio, l'aveva introdotto in una gran sala, dov'eran molte persone a sedere, tra le quali il Padilla. Al prete, che non aveva l'impegno di trovar de' rei, parvero cose strane; sicché l'interruppe, avvertendolo che badasse di non perdere il corpo e l'anima insieme; e se n'andò. Il Baruello accettò l'impunità, corresse la storia; e comparso l'undici di settembre davanti ai giudici, raccontò loro che un maestro di scherma (vivo pur troppo) gli aveva detto esserci una buona occasione di diventar ricchi, facendo un servizio al Padilla; e l'aveva poi condotto sulla piazza del castello, dov'era arrivato il Padilla medesimo con altri, e l'aveva subito invitato ad essere uno di quelli che ungevano sotto i suoi ordini, per vendicar gl'insulti fatti a don Gonzalo de Cordova, nella sua partenza da Milano; e gli aveva dato danari, e un vasetto di quell'unto micidiale. Dire che in questa storia, della quale qui accenniam soltanto il principio, ci fossero delle cose inverisimili, non sarebbe parlar propriamente; era tutto un monte di stravaganze, come il lettore ha potuto vedere da questo solo saggio. Dell'inverisimiglianze però ce ne trovarono anche i giudici e, per di piú, delle contradizioni: per ciò, dopo varie interrogazioni, seguite da risposte che imbrogliavan la cosa sempre piú, gli dissero, *che si esplichi meglio, perché si possa cauar cosa accertata da quello che dice*. Allora, o fosse un suo ritrovato per uscir d'impiccio in qualunque maniera, o fosse un vero accesso di frenesia, che ce n'era abbastanza cagioni, si mise a tremare, a storcersi, a gridare: aiuto! a voltolarsi per terra, a volersi nascondere sotto una tavola. Fu esorcizzato, acquietato, stimolato a dire; e cominciò un'altra storia, nella quale fece entrare incantatori e circoli e parole magiche e il diavolo, ch'egli aveva riconosciuto per padrone. Per noi basta l'osservare ch'eran cose nuove; e che, tra l'altre, ritrattò quello che aveva detto del vendicar l'ingiuria fatta a don Gonzalo, e asserí invece che il fine del Padilla era di farsi padrone di Milano; e a lui prometteva di farlo uno de' primi. Dopo varie interrogazioni, fu chiuso l'esame, se pure merita un tal nome; e dopo quello, n'ebbe tre altri; ne' quali, essendogli detto che il tal suo asserto non era verisimile, che il tal altro non era credibile, o rispose che infatti, la prima volta, non aveva detta la verità, o diede una spiegazione qualunque; e venendogli almen cinque volte buttata in faccia la deposizione del Migliavacca, in cui era accusato d'aver dato unguento da spargere ad altrettante persone delle quali, nella sua, non aveva parlato, rispose sempre che non era vero; e sempre i giudici passarono ad altro. Il lettore che si rammenta come, alla prima inverisimiglianza che credettero bene di trovar nella deposizione del Piazza, lo minacciarono di levargli l'impunità; come alla prima aggiunta che fece a quella deposizione, al primo fatto allegato dal Mora contro di lui, e da lui negato, gliela levarono in effetto, *per non hauer detta la verità intera, come haueua promesso*; vedrà ancor piú, se ce n'è bisogno, quanto servisse a coloro l'aver voluto piuttosto fare una giunteria al governatore, che chiedergli una facoltà, l'aver fatta una promessa in parole e di parole a quel Piazza, che doveva esser le primizie del sacrifizio offerto al furor popolare, e al loro.

Vogliam dir forse che sarebbe stata cosa giusta il mantener quell'impunità? Dio liberi! sarebbe come dire che colui aveva deposto un fatto vero. Vogliam dir soltanto che fu violentemente ritirata, com'era stata illegalmente promessa; e che questo fu il mezzo di quello. Del resto, non possiamo se non ripetere che non potevan far nulla di giusto nella strada che avevan presa, fuorché tornare indietro, fin ch'erano a tempo. Quell'impunità (lasciando da parte la mancanza de' poteri) non avevano avuto il diritto di venderla al Piazza, come il ladro non ha il diritto di dar la vita al viandante: ha il dovere di lasciargliela. Era un ingiusto supplimento a un'ingiusta tortura: l'una e l'altra volute, pensate, studiate dai giudici, piuttosto che far quello ch'era prescritto, non dico dalla ragione, dalla giustizia, dalla carità, ma dalla legge: verificare il fatto, facendolo spiegare alle due accusatrici, se pur la loro era accusa e non piuttosto congettura; lasciandolo spiegare all'imputato, se pur si poteva dire imputato; mettendo questo a confronto con quelle.

L'esito dell'impunità promessa al Baruello non si poté vedere, perché costui morí di peste il 18 di settembre, cioè il giorno dopo un confronto sostenuto impudentemente contro quel maestro di scherma, Carlo Vedano. Ma quando sentí avvicinarsi la sua fine, disse a un carcerato che l'assisteva, e che fu un altro de' testimoni fatti citar dal Padilla: «fatemi il piacere di dire al Sig. Podestà, che tutti quelli che ho incolpati gli ho incolpati al torto; et non è vero ch'io habbi chiapato danari dal figliuolo del Sig. Castellano.... io ho da morire di questa infermità: prego quelli che ho incolpati al torto mi perdonino; et di gratia ditelo al Sig. Podestà, se io ho d'andar saluo. Et io subito, – soggiunge il testimonio, – andai a referire al Sig. Podestà quello che il Baruello m'haueua detto».

Questa ritrattazione poté valere per il Padilla; ma il Vedano, il quale non era fin allora stato nominato che dal solo Baruello, fu atrocemente tormentato, quel giorno medesimo. Seppe resistere; e fu lasciato stare (in prigione, s'intende) fino alla metà di gennaio dell'anno seguente. Era, tra que' meschini, il solo che conoscesse davvero il Padilla, per aver tirato due volte di spada con lui, in castello; e si vede che questa circostanza fu quella che suggerí al Baruello di dargli una parte nella sua favola. Non l'aveva però accusato d'aver composto, né sparso, né distribuito unguenti mortiferi; ma solamente d'essere stato di mezzo tra lui e il Padilla. Non potevan quindi i giudici condannar come convinto un tale imputato, senza pregiudicar la causa di quel signore; e questo fu probabilmente quello che lo salvò. Non fu interrogato di nuovo, se non dopo il primo esame del Padilla; e l'assoluzion di questo tirò dietro la sua.

Il Padilla, dal castello di Pizzighettone, dov'era stato trasferito, fu condotto a Milano il 10 di gennaio del 1631, e messo nelle carceri del capitano di giustizia. Fu esaminato quel giorno medesimo; e se ci fosse bisogno d'una prova di fatto per esser certi che anche que' giudici potevano interrogar senza frodi, senza menzogne, senza violenze non trovare inverisimiglianze dove non ce n'era, contentarsi di risposte ragionevoli, ammettere, anche in una causa d'unzioni venefiche, che un accusato potesse dir la verità, anche dicendo di no, si vedrebbe da questo esame, e dagli altri due che furon fatti al Padilla.

I soli che avessero deposto d'essersi abboccati con lui, il Mora e il Baruello, avevano anche indicati i tempi; il primo all'incirca, il secondo piú precisamente. Domandaron dunque i giudici al Padilla, quando fosse andato al campo: indicò il giorno; di dove fosse partito per andarci: da Milano; se a Milano fosse mai tornato in quell'intervallo: una volta sola, e c'era rimasto un giorno solo, che specificò ugualmente. Non concordava con nessuna dell'epoche inventate dai due disgraziati. Allora gli dicono, senza minacce, con buona maniera, *che si metta a memoria* se non si trovò in Milano nel tal tempo, nel tal altro: risponde ogni volta di no, rapportandosi sempre alla sua prima risposta. Vengono alle persone, e ai luoghi. Se aveva conosciuto un Fontana bombardiere: era il suocero del Vedano, e il Baruello l'aveva nominato come uno di quelli che s'eran trovati al primo abboccamento. Risponde di sí. Se conosceva il Vedano: di sí ugualmente. Se sa dove sia la Vetra de' Cittadini e l'osteria de' sei ladri: era lí che il Mora aveva detto esser venuto il Padilla, condotto da don

Pietro di Saragozza, a fargli la proposta d'avvelenar Milano. Rispose che non conosceva né la strada, né l'osteria, neppur di nome. Gli domandano di don Pietro di Saragozza: questo non solo non lo conosceva, ma era impossibile che lo conoscesse. Gli domandano di certi due, vestiti alla francese; d'un cert'altro, vestito da prete: gente che il Baruello aveva detto esser venuti col Padilla all'abboccamento sulla piazza del castello. Non sa di chi gli si parli.

Nel secondo esame, che fu l'ultimo di gennaio, gli domandan del Mora, del Migliavacca, del Baruello, d'abboccamenti avuti con loro, di danari dati, di promesse fatte; ma senza parlargli ancora della trama a cui tutto questo si riferiva. Risponde che non ha mai avuto che far con costoro, che non gli ha mai nemmen sentiti nominare; replica che non era a Milano in que' diversi tempi.

Dopo piú di tre mesi, consumati in ricerche dalle quali, come doveva essere, non si cavò il minimo costrutto, il senato decretò che il Padilla fosse costituito reo con la narrativa del fatto, pubblicatogli il processo, e datogli un termine alle difese. In esecuzione di quest'ordine, fu chiamato ad un nuovo ed ultimo esame, il 22 di maggio. Dopo varie domande espresse, su tutti i capi d'accusa, alle quali rispose sempre un no, e per lo piú asciutto, vennero alla narrativa del fatto, cioè gli spiattellarono quella pazza novella, anzi quelle due. La prima, che lui costituto aveva detto al barbiere Mora *vicino all'hostaria detta delli sei ladri, che facesse un ontione.... et che douesse prender la detta ontione, et andar a bordegare* (impiastrare); e che, in ricompensa, gli aveva dato molte doppie; e don Pietro di Saragozza, per suo ordine, aveva poi mandato il detto barbiere a riscotere altri danari dai tali e tali banchieri. Ma questa è ragionevole in paragon dell'altra: che *esso Sig.r Constituto* aveva fatto chiamar sulla piazza del castello Stefano Baruello, gli aveva detto: *buon giorno, Sig.r Baruello; è molto tempo che desiderauo parlar con voi*; e, dopo qualche altro complimento, gli aveva dato venticinque ducatoni veneziani, e un vaso d'unguento, dicendogli ch'era di quello che si faceva in Milano, ma che non era perfetto, e bisognava *prendere delli ghezzi et zatti* (de' ramarri e de' rospi) *et del vino bianco*, e metter tutto in una pentola, *et farla bollire a concio a concio* (adagino adagino), *acciò questi animali possino morire arrabbiati*. Che un prete, *qual viene nominato per Francese dal detto Baruello*, e era venuto in compagnia del costituto, aveva fatto comparire *uno in forma d'huomo, in habito di Pantalone*, e fattolo al Baruello riconoscere per suo signore; e, scomparso che fu, il Baruello aveva domandato al costituto chi era colui, e quello gli aveva risposto ch'era il diavolo; e che, un'altra volta, lui costituto aveva dati al Baruello degli altri danari, e promessogli di farlo tenente della sua compagnia, se l'avesse servito bene.

A questo punto, il Verri (tanto un intento sistematico può far travedere anche i piú nobili ingegni, e anche dopo che hanno veduto) conclude cosí: «Tale è la serie del fatto deposto, contro il figlio del castellano, la quale, sebbene smentita da tutte le altre persone esaminate (trattine i tre disgraziati Mora, Piazza e Baruello, che alla violenza della tortura sacrificarono ogni verità), serví di base a un vergognosissimo reato»[74]. Ora, il lettore sa, e il Verri medesimo racconta che, di questi tre, due furon mossi a mentire dalle lusinghe dell'impunità, non dalla violenza della tortura.

Sentita quell'indegnissima filastrocca, il Padilla disse: *di tutti questi huomini che V. S. mi ha nominato, io non conosco altro che il Fontana et il Tegnone* (era un soprannome del Vedano); *et tutto quello che V. S. ha detto che si legge in Processo per bocca di costoro, è la maggior falsità et mentita che si trouasse mai al mondo; né è da credere che un Cauagliero par mio hauesse, né trattato, né pensato attione tanto infame come è questa; et prego Dio et sua Santa Madre, se queste cose sono vere, che mi confondano adesso; et spero in Dio che farò*

[74] *Oss.* § V, in fine.

conoscere la falsità di questi huomini, et che sarà palese al mondo tutto.

Gli replicarono, per formalità e senza insistenza che si risolvesse di dir la verità; e gl'intimarono il decreto del senato che lo costituiva reo d'aver composto e distribuito unguento venefico, e assoldato de' complici. *Io mi merauiglio molto*, riprese, *che il Senato sij venuto a resoluttione cosí grande, vedendosi et trouandosi che questa è una mera impostura et falsità, fatta non solo a me, ma alla Giustitia istessa. Come! un huomo di mia qualità, che ho speso la vita in seruitio di Sua Maestà, in diffesa di questo stato, nato da huomini che hanno fatto l'istesso, haueuo io da fare, né da pensar cosa che a loro, né a me portasse tanta nota et infamia? et torno a dire che questo è falso, et è la piú grande impostura che ad huomo sij mai stata fatta.*

Fa piacere il sentir l'innocenza sdegnata parlare un tal linguaggio; ma fa orrore il rammentarsi l'innocenza, davanti a quegli uomini stessi, spaventata, confusa, disperata, bugiarda, calunniatrice; l'innocenza imperterrita, costante, veridica, e condannata ugualmente.

Il Padilla fu assolto, non si sa quando per l'appunto, ma sicuramente piú d'un anno dopo, poiché l'ultime sue difese furono presentate nel maggio del 1632. E, certo, l'assolverlo non fu grazia; ma i giudici, s'avvidero che, con questo, dichiaravano essi medesimi ingiuste tutte le loro condanne? giacché non crederei che ce ne siano state altre, dopo quell'assoluzione. Riconoscendo che il Padilla non aveva punto dato danari per pagar le sognate unzioni, si rammentaron degli uomini che avevan condannati per aver ricevuto danari da lui, per questo motivo? Si rammentarono d'aver detto al Mora che una tal cagione *ha piú del verisimile.... che non è per hauer occasione di vendere, lui Constituto il suo elettuario, et il Commissario d'hauer modo di piú lauorare*? Si rammentarono che, nell'esame seguente, persistendo lui a negarla, gli avevan detto *che si troua pure essere la verità*? Che avendola negata ancora, nel confronto col Piazza, gli avevan data la tortura, perché la confessasse, e un'altra tortura, perché la confessione estorta dalla prima diventasse valida? Che, d'allora in poi, tutto il processo era camminato su quella supposizione? Ch'era stata espressa, sottintesa in tutte le loro interrogazioni, confermata in tutte le risposte, come la cagione finalmente scoperta e riconosciuta, come la vera, l'unica cagion del delitto del Piazza, del Mora, e poi degli altri condannati? Che la grida pubblicata, pochi giorni dopo il supplizio di que' due primi, dal gran cancelliere, col parer del senato, li diceva «arriuati a stato tale d'empietà, di tradir per danari la propria Patria»? E vedendo finalmente svanir quella cagione (giacché nel processo non s'era mai fatto menzione d'altri danari che di quelli del Padilla), pensarono che del delitto non rimanevano altri argomenti che confessioni, ottenute nella maniera che loro sapevano, e ritrattate tra i sacramenti e la morte? confessioni, prima in contradizion tra loro, e ormai scoperte in contradizion col fatto? Assolvendo insomma, come innocente, il capo, conobbero che avevan condannati, come complici, degl'innocenti?

Tutt'altro, almeno per quel che comparve in pubblico: il monumento e la sentenza rimasero; i padri di famiglia che la sentenza aveva condannati, rimasero infami; i figli che aveva resi cosí atrocemente orfani, rimasero legalmente spogliati. E in quanto a quello che sia passato nel cuor de' giudici, chi può sapere a quali nuovi argomenti sia capace di resistere un inganno volontario, e già agguerrito contro l'evidenza? E dico un inganno divenuto piú caro e prezioso che mai; giacché, se prima il riconoscerli innocenti era per que' giudici un perder l'occasione di condannare, ormai sarebbe stato un trovarsi terribilmente colpevoli; e le frodi, le violazioni della legge, che sapevano d'aver commesse, ma che volevan creder giustificate dalla scoperta di cosí empi e funesti malfattori, non solo sarebbero ricomparse nel loro nudo e laido aspetto di frodi e di violazioni della legge, ma sarebbero comparse come produttrici d'un orrendo assassinio. Un inganno finalmente, mantenuto e fortificato da un'autorità sempre potente, benché spesso fallace, e in quel caso stranamente illusoria, poiché in gran parte non era fondata che su quella de' giudici medesimi: voglio dire l'autorità del pubblico che li proclamava sapienti, zelanti, forti, vendicatori e difensori della patria.

La colonna infame fu atterrata nel 1778; nel 1803, fu sullo spazio rifabbricata una casa; e in quell'occasione, fu anche demolito il cavalcavia, di dove Caterina Rosa,

L'infernal dea che alla veletta stava,[75]

intonò il grido della carnificina: sicché non c'è piú nulla che rammenti, né lo spaventoso effetto, né la miserabile causa. Allo sbocco di via della Vetra sul corso di porta Ticinese, la casa che fa cantonata, a sinistra di chi guarda dal corso medesimo, occupa lo spazio dov'era quella del povero Mora.

Vediamo ora, se il lettore ha la bontà di seguirci in quest'ultima ricerca, come un giudizio temerario di colei, dopo aver tanto potuto sui tribunali, abbia, per loro mezzo, regnato anche ne' libri.

VII.

Tra i molti scrittori contemporanei all'avvenimento, scegliamo il solo che non sia oscuro, e che non n'abbia parlato a seconda affatto della credenza comune, Giuseppe Ripamonti, già tante volte citato. E ci par che possa essere un esempio curioso della tirannia che un'opinion dominante esercita spesso sulla parola di quelli di cui non ha potuto assoggettar la mente. Non solo non nega espressamente la reità di quegl'infelici (né, fino al Verri, ci fu chi lo facesse in uno scritto destinato al pubblico); ma pare piú d'una volta che la voglia espressamente affermare; giacché, parlando del

[75] Caro, trad. dell'*Eneide*, lib. VII.

primo interrogatorio del Piazza, chiama «malizia» la sua, e «avvedutezza» quella de' giudici; dice che, «con le molte contradizioni, palesava il delitto, nell'atto che voleva negarlo»; del Mora dice parimenti, che, «fin che poté reggere alla tortura, negava, al solito di tutti i rei, e che finalmente raccontò la cosa com'era: *exposuit omnia cum fide*». E nello stesso tempo, cerca di fare intendere il contrario, accennando, timidamente e di fuga, qualche dubbio sulle circostanze piú importanti; dirigendo, con una parola, la riflession del lettore al punto giusto; mettendo in bocca a qualche imputato parole piú atte a dimostrar la sua innocenza, di quelle che aveva sapute trovar lui medesimo; mostrando finalmente quella compassione che non si prova se non per gl'innocenti. Parlando della caldaia trovata in casa del Mora, dice: «fece principalmente grand'impressione una cosa forse innocente e accidentale, del resto schifosa, e che poteva parer qualcosa di quello che si cercava». Parlando del primo confronto, dice che il Mora «invocava la giustizia di Dio contro una frode, contro una maligna invenzione, contro un'insidia nella quale si poteva far cadere qualunque innocente». Lo chiama «sventurato padre di famiglia, che, senza saperlo, portava su quell'infausto capo l'infamia e la rovina sua e de' suoi». Tutte le riflessioni che abbiamo esposte poco fa, e quelle di piú che si posson fare, sulla contradizion manifesta tra l'assoluzion del Padilla, e la condanna degli altri, il Ripamonti le accenna con un vocabolo: «gli untori furon puniti ciò non ostante: *unctores puniti tamen*». Quanto non dice quell'avverbio, o congiunzione che sia! E aggiunge: «la città sarebbe rimasta inorridita di quella mostruosità di supplizi, se tutto non fosse parso meno del delitto».

Ma il luogo dove fa intender piú chiaramente il suo sentimento, è dove protesta di non volerlo dire. Dopo aver raccontato vari casi di persone cadute in sospetto d'untori, senza che ne seguissero processi, «mi trovo, – dice, – a un passo difficile e pericoloso, a dover dichiarare se, oltre quelli cosí a torto presi per untori, io creda che ci siano stati untori davvero... Né la difficoltà nasce dall'incertezza della cosa, ma dal non essermi lasciata la libertà di far quello che pur si pretende da ogni scrittore, cioè ch'esprima i suoi veri sentimenti. Ché se io dicessi che non ci furono untori, che senza ragione si va a immaginar malizia degli uomini in ciò che fu punizion di Dio, si griderebbe subito che la storia è empia, che l'autore non rispetta un giudizio solenne. Tanto l'opinion contraria è radicata nelle menti, e la plebe credula al solito, e la nobiltà superba son pronti a difenderla, come quello che possano aver di piú caro e di piú sacro. Mettersi in guerra con tanti, sarebbe un'impresa dura e inutile; e per ciò, senza negare, né affermare, né pender piú da una parte che dall'altra, mi ristringerò a riferir l'opinioni altrui»[76]. Chi domandasse se non sarebbe stata cosa piú ragionevole, come piú facile, il non parlarne affatto, sappia che il Ripamonti era istoriografo della città; cioè uno di quegli uomini, ai quali, in qualche caso, può essere comandato e proibito di scriver la storia.

Un altro istoriografo, ma in un campo piú vasto, Batista Nani, veneziano, che in questo caso non poteva esser condotto da nessun riguardo a dire il falso, fu condotto a crederlo dall'autorità d'un'iscrizione e d'un monumento. «Se ben veramente, – dice, – l'immaginazione de' popoli, alterata dallo spavento, molte cose si figurava, ad ogni modo il delitto fu scoperto e punito, stando ancora in Milano l'iscrizioni e le memorie degli edifici abbattuti, dove que' mostri si congregavano»[77]. Chi, non conoscendo altro di quello scrittore, prendesse questo ragionamento per misura del suo giudizio, s'ingannerebbe di molto. In varie ambascerie importanti, e in varie cariche domestiche, aveva avuto campo di conoscer gli uomini e le cose; e dà prova nella sua storia d'esserci non volgarmente riuscito. Ma i giudizi criminali, e la povera gente, quand'è poca, non si riguardano come materia propriamente della storia; sicché, non c'è da maravigliarsi che,

[76] Pag. 107, 108.

[77] Nani, *Historia veneta*; parte I, lib. VIII. Venezia, Lovisa, 1720, pag. 473.

occorrendo al Nani di parlare incidentemente di quel fatto, non ci guardasse tanto per la minuta. Se alcuno gli avesse citata un'altra colonna, e un'altra iscrizione di Milano, come prova d'una sconfitta ricevuta da' veneziani (sconfitta tanto vera, quanto il delitto di *que' mostri*), certo il Nani si sarebbe messo a ridere.

Fa piú maraviglia e piú dispiacere il trovar lo stesso argomento e gli stessi improperi, in uno scritto d'un uomo molto piú celebre, e con gran ragione. Il Muratori, nel «Trattato del governo della peste», dopo avere accennato diverse storie di quel genere, «ma nessun caso, – dice, – è piú rinomato di quel di Milano, ove nel contagio del 1630, furono prese parecchie persone, che confessarono un sí enorme delitto, e furono aspramente giustiziate. Ne esiste tuttavia (e l'ho veduta anch'io) la funesta memoria nella Colonna infame posta ov'era la casa di quegli inumani carnefici. Il perché grande attenzion ci vuole affinché non si rinnovassero piú simili esecrande scene». E quello che, non toglie il dispiacere, ma lo muta, è il veder che la persuasione del Muratori non era cosí risoluta come queste sue parole. Ché, venendo poi a discorrere (e si vede che è ciò che gli preme davvero) de' mali orribili che posson nascere dal figurarsi e dal credere tali cose senza fondamento, dice: «si giunge ad imprigionar delle persone, e per forza di tormenti a cavar loro di bocca la confession di delitti ch'eglino forse non avranno mai commesso, con far poi di loro un miserabile scempio sopra i pubblici patiboli». Non par egli che voglia alludere ai nostri disgraziati? E quello che lo fa creder di piú, è che attacca subito con quelle parole che abbiam già citate nello scritto antecedente, e che, per esser poche, trascriviam qui di nuovo: «Ho trovato gente savia in Milano, che aveva buone relazioni dai loro maggiori, e non era molto persuasa che fosse vero il fatto di quegli unti velenosi, i quali si dissero sparsi per quella città, e fecero tanto strepito nella peste del 1630»[78]. Non si può, dico, fare a meno di non sospettare che il

[78] Lib. I, cap. x.

Muratori credesse piuttosto sciocche favole quelle che chiama «esecrande scene», e (ciò che è piú grave) innocenti assassinati quelli che chiama «inumani carnefici». Sarebbe uno di que' casi tristi e non rari, in cui uomini tutt'altro che inclinati a mentire, volendo levar la forza a qualche errore pernicioso, e temendo di far peggio col combatterlo di fronte, hanno creduto bene di dir prima la bugia, per poter poi insinuare la verità.

Dopo il Muratori, troviamo uno scrittore piú rinomato di lui come storico, e (ciò che in un fatto di questa sorte parrebbe dover rendere il suo giudizio piú degno d'osservazione di qualunque altro) storico giureconsulto, e, come dice di sé medesimo, «piú giureconsulto che politico»[79], Pietro Giannone. Noi però non riferiremo questo giudizio, perché è troppo poco che l'abbiam riferito: è quello del Nani che il lettore ha veduto poco fa, e che il Giannone ha copiato, parola per parola, citando questa volta il suo autore appiè di pagina[80].

Dico: questa volta; perché il copiarlo che ha fatto senza citarlo, è cosa degna d'esser notata, se, come credo, non lo fu ancora[81]. Il racconto, per esempio, della sollevazione della Catalogna, e della rivoluzione del Portogallo, nel 1640, è, nella storia del Giannone, trascritto da quella del Nani, per piú di sette pagine in 4.°, con pochissime omissioni, o aggiunte, o variazioni, la piú considerabile delle quali è d'aver diviso in capitoli e in capoversi un testo che nello scritto originale andava tutto di seguito[82]. Ma chi mai s'immaginerebbe che

[79] *Istoria Civile*, etc. Introduzione.

[80] *Istoria Civile*, lib. XXXVI, cap. 2.

[81] Il Fabroni (*Vitæ Italorum*, etc., Petrus Jannonius) cita come scrittori dai quali il Giannone «ha preso i passi interi, invece di ricorrere ai documenti originali, e senza confessarlo schiettamente, il Costanzo, il Summonte, il Parrino, e principalmente il Buffierio». Ma par difficile che da quest'ultimo (che non abbiam potuto trovar chi sia) prenda piú che dal Costanzo, del quale «se al principio risponde il fine e il mezzo», deve avere intarsiata mezza, a dir poco, la storia nella sua; e piú che dal Parrino, del quale dovremo dir qualcosa or ora.

[82] Giannone, *Ist. Civ.* lib. XXXVI, cap. v, e il primo capoverso del vi. – Nani, *Hist. Ven.* parte I, lib. XI, pag. 651-661 dell'edizione citata.

l'avvocato napoletano, dovendo raccontare altre sollevazioni, non di Barcellona, né di Lisbona, ma quella di Palermo, del 1647, e quella di Napoli, contemporanea e piú celebre, per la singolarità e per l'importanza degli avvenimenti, e per Masaniello, non trovasse da far meglio, né da far piú che di prendere, non i materiali, ma la cosa bell'e fatta, dall'opera del cavaliere e procurator di san Marco? Chi l'anderebbe a pensare soprattutto dopo aver lette le parole con le quali il Giannone entra in quel racconto? e son queste: «Gli avvenimenti infelici di queste rivoluzioni sono stati descritti da piú autori: alcuni gli vollero far credere portentosi, e fuor del corso della natura: altri con troppo sottili minuzie distraendo i leggitori, non ne fecero nettamente concepire le vere cagioni, i disegni, il proseguimento, ed il fine: noi per ciò, seguendo gli scrittori piú serj e prudenti, gli ridurremo alla lor giusta e natural positura». Eppure ognuno può vedere, facendo il confronto, come, subito dopo queste sue parole, il Giannone metta mano a quelle del Nani[83], frammischiandoci ogni tanto, e specialmente sul principio, qualcheduna delle sue, facendo qua e là qualche cambiamento, alle volte per necessità, e nella stessa maniera che uno, il qual compri biancheria usata, leva il segno dell'antico padrone, e ci mette il suo. Cosí, dove il veneziano dice: «in quel regno», il napoletano sostituisce: «in questo regno»; dove il contemporaneo dice che vi «restano le fazioni quasi che intiere», il postero, che vi «restavano ancora le reliquie dell'antiche fazioni». È vero che, oltre queste piccole aggiunte o variazioni, si trovano anche in quel lunghissimo squarcio, come pezzi messi a rimendo, alcuni brani piú estesi, che non son del Nani. Ma, cosa veramente da non credersi, son presi da un altro quasi tutti, e quasi parola per parola: è roba di Domenico Parrino[84], scrittore (alla rovescia di molt'altri) oscuro,

[83] Giannone, lib. XXXVII, cap. II, III e IV. – Nani, parte II, lib. IV, pag. 146-157.

[84] *Teatro eroico e politico de' governi de' viceré del regno di Napoli*, etc.

ma letto molto, e fors'anche piú di quello che sperava lui medesimo, se, in Italia e fuori, è letta quanto lodata la «Storia civile del regno di Napoli», che porta il nome di Pietro Giannone. Ché, senza allontanarci da que' due periodi di storia de' quali s'è fatto qui menzione, se, dopo le sollevazioni catalana e portoghese, il Giannone, trascrive dal Nani la caduta del favorito Olivares, trascrive poi dal Parrino il richiamo del duca di Medina viceré di Napoli, che ne fu la conseguenza, e i ritrovati di questo per cedere il piú tardi che fosse possibile il posto al successore Enriquez de Cabrera. Dal Parrino ugualmente, in gran parte, il governo di questo; e poi dall'uno e dall'altro, a intarsiatura, il governo del duca d'Arcos, per tutto quel tempo che precedette le sollevazioni di Palermo e di Napoli, e come abbiam detto, il progresso e la fine di queste, sotto il governo di D. Giovanni d'Austria, e del conte d'Oñatte. Poi dal Parrino solo, sempre a lunghi pezzi, o a pezzettini frequenti, la spedizione di quel viceré contro Piombino e Portolongone; poi il tentativo del duca di Guisa contro Napoli; poi la peste del 1656. Poi dal Nani la pace de' Pirenei, e dal Parrino una piccola appendice dove sono accennati gli effetti di essa nel regno di Napoli[85].

Napoli, 1692, tom. 2.°; Duca d'Arcos. Il testo del Nani corre, con pochissimi e minuti cambiamenti, come abbiam detto, per sette capoversi del Giannone, l'ultimo de' quali termina con le parole: «si richiedevano, e per supplire altrove, e per difender il regno, grandissime provvisioni». E lí entra il Parrino con le parole: «Il viceré duca d'Arcos, trovandosi angustiato dalla necessità del danaro», e via via, *paucis mutatis*, al solito, per due capoversi, e per mezzo circa il seguente. Dopo, ritorna il Nani, e va avanti, prima solo, per un bel pezzo, poi alternato, e, per dir cosí, a scacchi, col Parrino. E c'è fino de' periodi, messi insieme bene o male, ma con pezzi dell'uno e dell'altro. Eccone un esempio: «Cosí in un momento s'estinse quell'incendio che minacciava l'eccidio al regno; e ciò che apportò maggior maraviglia, fu la subita mutazione degli animi, che dalle uccisioni, da' rancori e dagli odj passarono immantinente a pianti di tenerezza, ed a teneri abbracciamenti, senza distinzione d'amici, o d'inimici (Parrino, tom. II, pag. 425): fuorché alcuni pochi, i quali guidati dalla mala coscienza, si sottrassero colla fuga, tutti gli altri restituiti a' loro mestieri, maledicendo le confusioni passate, abbracciarono con giubilo la quiete presente (Nani, parte II, lib. IV, pag. 157 dell'ediz. cit.)». Giannone, lib. XXXVII, cap. IV, secondo capoverso.

[85] V. Giannone, lib. XXXVI, cap. VI, e ultimo; tutto il lib. XXXVII, che ha sette capitoli; e il preambolo del lib. seg. – Nani, parte I, lib. XII,

Voltaire, parlando, nel «Secolo di Luigi XIV», de' tribunali istituiti da quel re, in Metz e in Brisac, dopo la pace di Nimega, per decidere delle sue proprie pretensioni sopra territori di stati vicini, nomina, in una nota, il Giannone con gran lode, com'era da aspettarsi, ma per fargli una critica. Ecco la traduzione di quella nota: «Giannone, cosí celebre per la sua utile storia di Napoli, dice che questi tribunali erano stabiliti a Tournay. Sbaglia frequentemente negli affari che non son del suo paese. Dice, per esempio, che, a Nimega, Luigi XIV fece la pace con la Svezia; e in vece questa era sua alleata»[86]. Ma, lasciando da parte la lode, la critica, in questo caso, non è dovuta al Giannone, il quale, come in tant'altri casi, non fece nemmen la fatica di sbagliare. È vero che nel libro dell'uomo «cosí celebre», si leggono queste parole: «Seguí poscia la pace fra la Francia, la Svezia, l'Imperio e l'Imperadore» (nelle quali, del rimanente, non saprei se non ci sia ambiguità piuttosto che errore); e quest'altre: «Aprirono poscia», i francesi, «due tribunali, l'uno in Tournay, e l'altro in Metz; ed arrogandosi una giurisdizione non mai udita nel mondo sopra i principi lor vicini, fecero non solamente aggiudicare alla Francia, con titolo di dipendenze, tutto il paese che saltò loro in capriccio ne' confini della Fiandra e dell'Imperio, ma se ne posero per via di fatto in possessione, costringendo gli abitanti a riconoscere il re Cristianissimo per sovrano, prescrivendo termini, ed esercitando tutti quegli atti di signoria che sono soliti i principi di praticare co' sudditi». Ma son parole di quel povero ignorato Parrino[87], e non già stralciate da quel suo pezzo di storia, ma portate via insieme con esso: ché spesso il Giannone, in vece di star lí a cogliere un frutto qua e uno là, leva l'albero addirittura, e lo trapianta nel suo giardino. Tutta, si può

pag. 738; parte II, lib. III; IV; VIII. – Parrino, t. II, pag. 296 e seg., t. III, pag. 1 e seg.

[86] *Siècle de Louis XIV*; chap. XVII, Paix de Ryswick, not. c.

[87] Giannone, lib. XXXIX, cap. ultimo, pag. 461 e 463 del t. IV, Napoli, Niccolò Naso, 1723. – Parrino, t. III, pag. 553 e 567.

dire, la relazion della pace di Nimega è presa dal Parrino; come in gran parte, e con molte omissioni, ma con poche aggiunte, il viceregno in Napoli del marchese de los Veles, nel tempo del quale quella pace fu conclusa, e col quale il Parrino chiude la sua opera, e il Giannone il penultimo libro della sua. E probabilmente (stavo per dir di certo), chi si divertisse a farne il confronto intero, per tutto il periodo antecedente della dominazione spagnola in Napoli, con la quale comincia il lavoro del Parrino, troverebbe per tutto, quello che noi abbiam trovato in varie parti, e, se non m'inganno, senza veder mai citato il nome di quel tanto saccheggiato scrittore[88]. Cosí dal Sarpi, senza citarlo punto, prende il Giannone molti brani, e tutta l'orditura d'una sua digressione[89]; come mi fu fatto osservare da una dotta e gentile persona. E chi sa quali altri furti non osservati di costui potrebbe scoprire chi ne facesse ricerca; ma quel tanto che abbiam veduto d'un tal prendere da altri scrittori, non dico la scelta e l'ordine de' fatti, non dico i giudizi, l'osservazioni, lo spirito, ma le pagine, i capitoli, i libri, è sicuramente, in un autor famoso e lodato, quel che si dice un fenomeno. Sia stata, o sterilità, o pigrizia di mente, fu certamente rara, come fu raro il coraggio; ma unica la felicità di restare, anche con tutto ciò (fin che resta), un grand'uomo. E questa circostanza, insieme con l'occasione che ce ne dava l'argomento, ci faccia perdonare dal benigno lettore una digressione, lunga, per dir la verità, in una parte accessoria d'un piccolo scritto.

Chi non conosce il frammento del Parini sulla colonna infame? Ma chi non si maraviglierebbe di non vederne fatta menzione in questo luogo?

Ecco dunque i pochi versi di quel frammento, ne'

[88] Fu poi citato spesso appiè di pagina in qualche edizione fatta dopo la morte del Giannone; ma il lettore che non ne sa altro, deve immaginarsi che sia citato come testimonio de' fatti, non come autore del testo.

[89] Sarpi, *Discorso dell'origine*, etc. *dell'Uffizio dell'inquisizione*; Opere varie, Helmstat (Venezia), t. I, pag. 340. – Giannone, *Ist. Civ.* lib. XV, cap. ultimo.

quali il celebre poeta fa pur troppo eco alla moltitudine e all'iscrizione:

Quando, tra vili case e in mezzo a poche
Rovine, li' vidi ignobil piazza aprirsi.
Quivi romita una colonna sorge
In fra l'erbe infeconde e i sassi e il lezzo,
Ov'uom mai non penetra, però ch'indi
Genio propizio all'insubre cittade
Ognun rimove, alto gridando: lungi,
O buoni cittadin, lungi, che il suolo
Miserabile infame non v'infetti[90].

Era questa veramente l'opinion del Parini? Non si sa; e l'averla espressa, cosí affermativamente bensí, ma in versi, non ne sarebbe un argomento; perché allora era massima ricevuta che i poeti avessero il privilegio di profittar di tutte le credenze, o vere, o false, le quali fossero atte a produrre un'impressione, o forte, o piacevole. Il privilegio! Mantenere e riscaldar gli uomini nell'errore, un privilegio! Ma a questo si rispondeva che un tal inconveniente non poteva nascere, perché i poeti, nessun credeva che dicessero davvero. Non c'è da replicare: solo può parere strano che i poeti fossero contenti del permesso e del motivo.

Venne finalmente Pietro Verri, il primo, dopo cento quarantasett'anni, che vide e disse chi erano stati i veri carnefici, il primo che richiese per degl'innocenti cosí barbaramente trucidati, e cosí stolidamente abborriti, una compassione, tanto piú dovuta, quanto piú tarda. Ma che? Le sue «Osservazioni», scritte nel 1777, non furon pubblicate che nel 1804, con altre sue opere, edite e inedite, nella raccolta degli «Scrittori classici italiani d'economia politica». E l'editore rende ragione di questo ritardo, nelle «Notizie» premesse all'opere suddette. «Si credette, – dice, – che l'estimazione del senato potesse restar macchiata dall'antica infamia».

[90] PROCUL. HINC. PROCUL. ERGO. BONI. CIVES. NE. VOS. INFELIX. INFAME. SOLUM. COMMACULET.

Effetto comunissimo, a que' tempi, dello spirito di corpo, per il quale, ognuno, piuttosto che concedere che i suoi predecessori avessero fallato, faceva suoi anche gli spropositi che non aveva fatti. Ora un tale spirito non troverebbe l'occasione d'estendersi tanto nel passato, giacché, in quasi tutto il continente d'Europa, i corpi son di data recente, meno pochi, meno uno soprattutto, il quale, non essendo stato istituito dagli uomini, non può essere né abolito, né surrogato. Oltre di ciò, questo spirito è combattuto e indebolito piú che mai dallo spirito d'individualità: l'*io* si crede troppo ricco per accattar dal *noi*. E in questa parte, è un rimedio; Dio ci liberi di dire: in tutto.

A ogni modo, Pietro Verri non era uomo da sacrificare a un riguardo di quella sorte la manifestazione d'una verità resa importante dal credito in cui era l'errore, e piú ancora dal fine a cui intendeva di farla servire; ma c'era una circostanza per cui il riguardo diveniva giusto. Il padre dell'illustre scrittore era presidente del senato. Cosí è avvenuto piú volte, che anche le buone ragioni abbian dato aiuto alle cattive, e che, per la forza dell'une e dell'altre, una verità, dopo aver tardato un bel pezzo a nascere, abbia dovuto rimanere per un altro pezzo nascosta.

Indice

I promessi sposi

Stampato per conto della Casa editrice Einaudi
presso Mondadori Printing S.p.a., Stabilimento N. S. M., Cles (Trento)
nel mese di agosto 2012

C.L. 21070

Edizione — Anno

1 2 3 4 5 6 7 — 2012 2013 2014 2015